Jan Eik

Polnischer Tango
Kappes 16. Fall

Kriminalroman

Jaron Verlag

Jan Eik, geboren 1940 in Berlin als Helmut Eikermann, ist seit 1987 freiberuflicher Autor und Publizist. Er schrieb zahlreiche Kriminalromane und -erzählungen sowie Hör- und Fernsehspiele. Zu seinen Veröffentlichungen gehören u. a. «Der siebente Winter» (1989), «Der Geist des Hauses» (Ein Friedrichstadtpalastkrimi, 1998) und «Trügerische Feste» (2006). Im Jaron Verlag erschienen von ihm u. a. der Kriminalroman «Am Tag, als Walter Ulbricht starb» (2010, mit Horst Bosetzky), «Schaurige Geschichten aus Berlin» (2007) und «Der Berliner Jargon» (2009). Für die Krimireihe «Es geschah in Berlin» verfasste er «Der Ehrenmord» (2007), «Nach Verdun» (2008, mit Horst Bosetzky), «Goldmacher» (2009) und «In der Falle» (2011). 2011 schrieb er mit «Verhängnis in der Dorotheenstadt» den ersten Band für die Krimiserie «Es geschah in Preußen» und trug mit «Katzmann und das schweigende Dorf» einen Fall zu der Serie «Es geschah in Sachsen» bei.

Originalausgabe
1. Auflage 2012
© 2012 Jaron Verlag GmbH, Berlin
Alle Rechte vorbehalten. Jede Verwertung des Werkes und
aller seiner Teile ist nur mit Zustimmung des Verlages erlaubt.
Das gilt insbesondere für Vervielfältigungen, Übersetzungen,
Mikroverfilmungen und die Einspeicherung und Verarbeitung
in elektronischen Medien.
www.jaron-verlag.de
Umschlaggestaltung: Bauer + Möhring, Berlin
Satz: Pinkuin Satz und Datentechnik, Berlin
Druck und Bindung: CPI – Clausen & Bosse, Leck

ISBN 978-3-89773-678-8

Für Janusz – im 55. Jahr einer wunderbaren Freundschaft.

OKTOBER 1940

EINS

MARGOT saß am Küchenfenster und starrte in den Nachthimmel. Als endlich die Sirenen aufjaulten und die Scheiben zum Vibrieren brachten, spürte sie beinahe Erleichterung. So schauerlich das anhaltende Heulen in dem engen Hof auch widerhallte, war es doch ein nahezu vertrautes Geräusch, auf das sie den ganzen Abend gewartet hatte. Seit Wochen ging das so, und ein Ende war nicht abzusehen. Bald würden die Suchscheinwerfer über der Stadt aufflammen und die Flugabwehr zu schießen beginnen.

In der Nacht zum 26. August 1940, eine Woche nach ihrem 27. Geburtstag, waren die ersten Bomben auf Berlin gefallen. Zu ihrer nicht geringen Genugtuung, wie sich Margot eingestand, bewiesen die Engländer damit doch endlich, dass sie es ernst meinten mit diesem Krieg, der ein Jahr lang nur aus deutschen Triumphen bestanden hatte. Innerhalb von drei Wochen war Margots polnische Heimat besiegt und wieder einmal zwischen den Deutschen und den Russen aufgeteilt worden. Dänemark, Norwegen, Belgien und Holland hießen die nächsten Opfer, bevor zu Margots Entsetzen und beinahe ohne Gegenwehr auch Frankreich gefallen war, ihre letzte Hoffnung. In Paris lebte ihr Bruder Marcel – wenn er denn noch lebte. Seit mehr als einem Jahr fehlte jede Nachricht von ihm. Und vom Vater aus Warschau ebenso.

Nein, Margot, die eigentlich Małgorzata hieß, fürchtete die englischen Bomben nicht, wohl aber den allnächtlichen Fliegeralarm. Unten im Hof setzte das Getrappel zum Luftschutzkeller ein, Türen schlugen, Kinder weinten, hysterische Frauen keiften, eine Männerstimme erteilte Befehle. Da stand auch schon Hedwig mit ihrem Köfferchen und dem Klappstuhl in der Hand in der Küchentür und stellte die gleiche Frage wie bisher bei jedem Alarm: «Kommste heute endlich mit runter, Mädel? Wenn hier oben was passiert, und die finden dich ...»

«Und wenn mich da unten jemand erkennt?», antwortete sie gewohnheitsmäßig.

«Quatsch!», sagte Hedwig resolut. «Heute musste mit. Ich werd das dämliche Gefühl nicht los, als hätten es die Engländer heute auf uns abgesehen. Du bist einfach meine Nichte aus Oranienburg und hast es wegen der Flieger nicht bis nach Hause geschafft. Soll mal einer das Gegenteil behaupten!»

Es war ein Ritual. Sie hatten das schon oft genug miteinander besprochen, seit sie aus Hedwigs Laube in Heinersdorf in das Eckhaus in der Marienburger Straße zurückgekehrt waren, Seitenflügel vier Treppen links, Stube, Küche und ein winziger Korridor, Klosett eine halbe Treppe tiefer. Da der Nachbar, mit dem sie die Toilette teilten, im Felde stand und seine furchtsame Frau vorerst bei ihrer Schwester in Zehlendorf nächtigte, durfte Margot mit einiger Vorsicht das kleine Kabuff benutzen, dessen oberer Teil anderthalb Meter hoch in Hedwigs Küche hineinragte. In den Raum darüber hatte Hedwigs Mann vor Jahren einen geräumigen Schrank mit Schiebetüren eingebaut, einen Verschlag, den bereits Hedwigs einziger Sohn Kurt als sein Reich und seine Schlafstelle genutzt hatte, bevor er dem Arbeitsdienst und anschließend der Wehrmacht in die Fänge geriet. Jetzt schrieb er Feldpostkarten vom Polarkreis, und Margot zog sich allabendlich in die trügerische Geborgenheit der hölzernen Höhle über dem Klo zurück, wo sie bis jetzt jeden Fliegeralarm überstanden hatte. Davon ahnte Kurt nichts, wie überhaupt niemand etwas von Margots Existenz in Hedwigs bescheidener Wohnung wissen durfte.

«Nun mach schon!», drängte Hedwig. «Die Tommies schmeißen angeblich Brandbomben, und die Häuser fangen von oben an zu brennen. Willst du hier gebraten werden?»

Nein, das wollte sie nicht. Was für ein schrecklicher Tod!

Wenn schon, dann wollte sie selbst die Todesart und die Stunde bestimmen, in der sie sich von dieser entsetzlichen Welt verabschieden würde, in der sie allen nur zur Last fiel. Niemand außer Hedwig und Peter würde sie vermissen, und nicht einmal dessen war sie ganz sicher. In letzter Zeit dachte sie immer öfter über den Tod nach, der alle ihre Probleme lösen würde – und die ihrer Umgebung gleich mit. Peter würde ein zu ihm passendes Mädchen finden, sofern er es nicht schon längst gefunden hatte ...

«Träum nicht! Nimm den Hocker und komm endlich!» Hedwig gab nicht auf. Sie war Peters leibliche Tante, eine Seele von einem Menschen, die ihr ohne jede Einschränkung das Quartier in der Laube zur Verfügung gestellt hatte, bis der kriegsversehrte Gartennachbar mit amputiertem Unterschenkel heimkehrte und sein strammes SA-Regime auf die gesamte Laubenkolonie ausdehnte. Mit ihrem Aussehen und ihrem Akzent durfte es Margot nicht riskieren, ihm aufzufallen. Obwohl sie seit acht Jahren in Berlin lebte, klang ihr Deutsch noch immer eine Spur zu hart und fremdartig, um keinen Verdacht zu erregen.

Hedwig hielt ihr ein Kopftuch hin. «Bind das um und sprich kein Wort, dann geht alles wie geschmiert. Die Leute sind todmüde, und kein Mensch wird dich was fragen. Ist doch jeder mit sich selbst beschäftigt.»

Und morgen? Und übermorgen? Die polizeilich nicht angemeldete Nichte aus Oranienburg konnte nicht jede Nacht bei der Tante verbringen, aber die Engländer kamen mit schöner Regelmäßigkeit beinahe jede Nacht, um ihre Bomben über der Stadt zu verstreuen.

Hinter Hedwig bummerte es heftig an der Wohnungstür. «Alles raus hier?», erkundigte sich eine barsche Stimme.

«Wir kommen ja schon», sagte Hedwig, und damit war alles entschieden. Sie hatte «wir» gesagt.

«Wird auch höchste Zeit!», dröhnte es von draußen. Schwere Schritte trampelten die Treppe hinunter.

Wortlos band Margot das Tuch um und wollte den Küchenhocker greifen, als ihr der Mantel einfiel. Der hing auf dem Bügel in ihrem Kabuff. Ein blauer Mantel aus einem samtartigen Stoff, den ihr Peter vor ein paar Wochen mitgebracht hatte. «Aus Paris», hatte er ihr zugeflüstert, und tatsächlich wies das schmale Etikett im Futter einen Modesalon im IX. Arrondissement der französischen Hauptstadt aus. «Viel zu auffällig!», hatte sie Peter widersprochen, ohne allerdings das Leuchten in ihren Augen unterdrücken zu können. Was für ein wundervolles Stück! Und es passte wie angegossen, wie Hedwig voller Bewunderung feststellte. Und diese Farbe!

«So kalt isset noch jar nich», wandte Hedwig jetzt zwar ein, während Margot den Mantel überzog, wartete aber geduldig. Als der harte Gegenstand in der Manteltasche gegen ihre Hüfte schlug, stand Margot für einen Augenblick wie vom Blitz getroffen. Wie hatte sie vergessen können, was da von zwei Herrentaschentüchern umhüllt in der tiefen Tasche steckte? Jetzt war es zu spät, das Päckchen herauszunehmen, ohne Hedwigs Aufmerksamkeit zu erregen. Sie hätte sich das niemals von Peter aufschwatzen lassen dürfen! Doch Peter war ein verrückter Kerl, dem man nicht widersprechen konnte. Wie eine Modepuppe hatte er sie in den letzten Wochen ausstaffiert, selbst ihre Unterwäsche stammte aus Paris. Es war zum Lachen, wäre es nicht zum Heulen gewesen: Sie war sicherlich die bestgekleidete Wandschrankbewohnerin der Welt.

«Nu komm endlich, Mädel!», drängte Hedwig. Also nahm Margot den Hocker, schaltete das Korridorlicht aus und folgte Hedwig hinaus ins dunkle Treppenhaus. Da sich die Verdunklung an einigen Flurfenstern als unzureichend erwiesen hatte, blieb die Treppenbeleuchtung neuerdings außer Betrieb.

Stufe für Stufe tappten sie nach unten. Die Letzten waren sie nicht, wie Margot in der zweiten Etage bemerkte, wo sich ein steinaltes Ehepaar darüber stritt, wer den Koffer mit dem Besteck schleppen solle. «Wenn ick keene Wohnung mehr habe, brauche ick ooch keene silbernen Löffel!», lehnte sich der alte Mann auf, worauf die Frau sich darüber ausließ, dass es sich um den einzig verbliebenen Rest ihres väterlichen Erbes handle, den der Göttergatte noch nicht versoffen habe.

«Jeben Sie mir den Koffer, Herr Nachbar», bot Hedwig den beiden an. «Meine Nichte wird Ihn' den in'n Keller tragen. Die hat außer dem Hocker weiter kein Jepäck.»

«So weit kommt es noch!», zeterte sofort die Alte. «Du bringst es fertig und vertraust unser Hab und Gut im Dunkel fremden Leuten an! Du gibst den Koffer nicht aus der Hand, Rudolf!»

«Krieg ist Krieg», brabbelte ihr Mann. «Und ick hab'n nich mal anjefangen.»

Als Margot sich an dem alten Mann vorbeidrängelte und er wie Halt suchend nach ihr griff, roch sie die Alkoholfahne. Aber das störte sie nicht einmal. Plötzlich schien alles so normal. Trotz der beunruhigenden Situation fühlte sie sich seltsam beschwingt davon, nach langer Zeit anderen Menschen als Peter und Hedwig zu begegnen – und sei es im Dunkel –, fremde Stimmen zu vernehmen, die keine unmittelbare Bedrohung darstellten.

Gewiss, es gab die grimmigen Stimmen im Radio. Den quäkenden Volksempfänger in Hedwigs Küche, der nur einen Sender empfing, hasste sie. Also hatte Peter einen ganz modernen und sicherlich sehr teuren Blaupunkt-Super beschafft, mit dem sie in ihrem Kabuff endlich London hören konnte, wenn sie die notwendigen Vorsichtsmaßnahmen beachtete. Das war wie ein Stück zurückgewonnene Freiheit.

Eigentlich ging es ihr nicht schlecht. Peter sorgte für alles und besorgte alles. Hedwig und sie litten keine Not, solange Peter mit seiner Musik genug Geld verdiente – oder Zigaretten, die wahre Währung in diesen lausigen Zeiten. Hedwig rauchte nicht, und so hatte sich auch Margot das Rauchen abgewöhnt, so schwer es ihr gefallen war.

Der Eingang zum Luftschutzkeller für die fünfgeschossige Mietskaserne befand sich im Vorderhaus neben dem Flur. In den beiden muffigen Kellerräumen mussten alle Mieter aus drei Aufgängen unterkommen. Es herrschte drangvolle Enge. Die Luft war schon jetzt zum Schneiden dick, ein Säugling wimmerte, und die schwerhörige Frau, die unter Hedwig wohnte, unterhielt sich lautstark mit einer anderen Nachbarin. Niemand schien Margot zu beachten. Erst nachdem sie sich zu Hedwigs Platz neben dem dicken Fallrohr durchgedrängelt hatten und dort ein wenig Raum für Margots Hocker beanspruchten, breitete sich eine Welle von Unruhe in dem weiß gekalkten Raum aus. Aber die verebbte schnell, als die alte Frau, die ihnen auf der Treppe begegnet war, zeternd ihre angestammten Rechte auf zwei Bankplätze geltend machte.

In der Tür tauchte Glosinski auf und warf einen prüfenden Blick über die unfreiwillig Versammelten. Der stämmige Luftschutzwart, dessen Neugier Hedwig mehr fürchtete als alles andere, verbarg seinen schütteren rötlichen Haarpinsel unter einem blauen Helm. In der düsteren Kellerbeleuchtung wirkte er eher ein bisschen albern als gefährlich, zumal er sich um eine heitere Miene bemühte. «Ist doch alles nur zu eurem Besten, Volksgenossen», erläuterte er. «Reine Vorsicht. Spätestens in ein paar Wochen ist es endgültig aus mit Schurschiels Mückenstichen. Lasst mal unsere Luftwaffe erst richtig in Fahrt kommen, dann bleibt nicht viel übrig von Albions fettem Löwen!»

«Neulich hat der Löwe am Wedding janz schön jebrüllt», wagte eine hagere Frau mit einem gewaltigen Turban einzuwenden. «Bei meine Schwäjerin is der janze Dachstuhl abjebrannt bis runter in'n dritten Stock.»

Glosinski ließ sich nicht aus der Ruhe bringen. «Opfer müssen gebracht werden», erklärte er siegessicher. «Dafür ist schließlich Krieg. Wenn unsere Fallschirmjäger erst über dem zerbombten London abgesprungen sind, werden uns die Engländer jeden angekohlten Balken teuer bezahlen. Das garantiere ich euch! Denen werden die Terrorangriffe noch mal leidtun!»

In der Ferne hatte das Tackern der Flakgeschütze eingesetzt. Hier unten klang es bei weitem nicht so bedrohlich wie oben hinter den einfachen Fenstern in Hedwigs Küche. Margot fühlte, wie die Anspannung ein wenig nachließ, die sie an diesem fremden

Ort befallen hatte. Entkrampft schloss sie die Augen und lehnte sich an das dicke Rohr in ihrem Rücken. War das etwa das Hauptwasserrohr? Wenn nun eine Bombe das Rohr traf und alles unter Wasser setzte? Flüsternd erkundigte sie sich bei Hedwig.

Die winkte beruhigend ab. «Ist nur das Abwasserrohr», sagte sie. «Solange alle hier unten hucken, kann von oben eigentlich nischt Feuchtet kommen.»

Margot hatte wieder etwas gelernt. Auf keinen Fall durfte sie während eines Alarms die Wasserleitung oder die Toilette benutzen.

Oder besaß der Seitenflügel ein eigenes Abwasserrohr? Das hinter ihr erwies sich jedenfalls nach einiger Zeit als reichlich unbequeme Rückenlehne und strahlte Kälte aus. Wie gut, dass sie den Mantel angezogen hatte! Die meisten hier unten waren dick eingemummelt, ohne Mantel wäre sie viel mehr aufgefallen.

Bis jetzt hatte kaum jemand sie beachtet. Die Kinder hatten sich beruhigt, die Erwachsenen, fast ausschließlich Frauen und ältere Männer, dösten in dem schummrigen Licht der einzigen Kellerlampe vor sich hin. Ein lautes Gespräch wollte nicht aufkommen. Für das, was man sich zu erzählen hatte, war in den vergangenen Nächten ausreichend Zeit gewesen, jetzt warteten alle nur auf die Entwarnung. Bis dahin konnte es lange dauern, eine Stunde oder auch fünf. In der vergangenen Nacht hatten die Sirenen um viertel eins das ersehnte Zeichen gegeben, um eine Stunde später einen neuen Alarm zu verkünden, der bis kurz vor fünf dauerte.

Am Eingang machten sich zwei halbwüchsige HJler wichtig und drängten den Luftschutzwart mit dem blauen Helm, sie einen Blick hinauswerfen zu lassen.

«Nischt is!», schnauzte Glosinski und versperrte ihnen den Weg. «Vielleicht noch losjehn und Bombensplitter sammeln, wat? Ihr Rotznasen wartet schön, bis allet vorbei is!»

«Und morgen müssen wir wieder Trümmer räumen!», murrte der Kleinere der beiden.

Dabei blieb es draußen verhältnismäßig ruhig. Nur dumpf drang das ferne Tackern der Flak durch die Kellerfenster, hinter denen sich bis zur Straßenhöhe Sandsäcke türmten. Oben in Hedwigs Küchenverschlag hatte das viel bedrohlicher geklungen. Von Explosionen oder Flugzeugen hörte man hier unten gar nichts, jedenfalls im Augenblick nicht.

Als Margot aufschaute, stand Glosinski vor ihr und musterte sie wohlwollend, soweit sich das in der schwachen Beleuchtung ausmachen ließ. «Na, junge Frau, Sie sind wohl neu hier in der Jejend? Oder ham Sie's nich mehr bis nach Hause jeschafft?»

Margot wusste, dass bei Alarm jeder den nächstgelegenen Luftschutzraum aufzusuchen hatte, in jedem Keller also durchaus Fremde auftauchen konnten. Dennoch klopfte ihr das Herz im Halse. Wie der schon guckte!

Hedwig wusste sofort, was Sache war. «Is meine Nichte», erklärte sie patzig. «Bis nach Oranjenburch is ehm 'n halwejet Ende. Da sitzt se hier sicher.»

«Na klar», stimmte Glosinski sofort zu. «Hier is jede Volksjenossin willkommen, sogar die aus Oranjenburch ...» Er nickte Margot verschwörerisch zu, und die bemühte sich, sein dreistes Lächeln zu erwidern. Diesmal schien alles gutgegangen. Aber wie oft wollte sie sich und Hedwig das zumuten?

Sie hätte nicht sagen können, wie viel Zeit vergangen war, als aus der gegenüberliegenden Ecke plötzlich leise Musik zu ihr herüberklang. Jemand, den sie im Halbdunkel kaum erkennen konnte, spielte auf einer Mundharmonika. Einfach so vor sich hin und stockend, als würde er Protest erwarten. Der blieb aus. Im Gegenteil. «Spiel lieber was Flottet», ermunterte eine dicke Frau aus dem Vorderhaus den Musikanten, der sofort laut zum Filmschlager vom Seemann überging, den nichts erschüttern kann. Er traf nicht jeden Ton exakt, doch was machte das schon ... Glosinski, an die Tür gelehnt, hielt den Text für so situationsgeeignet, dass er halblaut eine Zeile mitsang: «... und wenn die janze Erde bebt ...» Aber keiner stimmte ein.

Dem Mundharmonikavirtuosen, ermuntert durch die beifällige Aufnahme seiner Kunst, fiel ein weiterer passender Titel ein: *Die Nacht ist nicht allein zum Schlafen da*. Tatsächlich brummten jetzt ein paar der grauen Kellergestalten die Melodie mit. Diese Menschen waren wahrhaftig durch nichts zu erschüttern! Margot kam sich wie in einer unwirklichen Filmszene vor. Sie schloss die Augen und spürte Hedwigs beruhigende Hand auf ihrer Schulter.

«Hab dir doch gesagt, es ist alles janz normal hier unten», flüsterte sie ihr ins Ohr.

Wie gerne hätte Margot es geglaubt.

Und dann passierte etwas, das sie nicht erwartet hatte. Von seinem Erfolg beschwingt, erhob sich der Mundharmonikaspieler aus seiner Ecke und tat ein paar Schritte zur Kellermitte hin. *Oui, Madame* spielte er jetzt und drehte sich dabei langsam einmal um sich selbst, ein mageres Männchen in der Uniform der Straßenreinigung, in dessen zerfurchten Zügen die rhythmisch auf- und abschwellenden Wangen geradezu grotesk wirkten. Das Hitlerbärtchen unter der spitzen Nase bemerkte Margot erst, als der Mann sein Gesicht der vergitterten Glühbirne an der Kellerdecke zuwandte und dabei sehnsuchtsvoll die Augenlider zusammenkniff. Sie war sicher, dass sein Blick nur auf ihr ruhte und sie förmlich durchbohrte.

Und dann stimmte er *Oh, Donna Clara* an, und die dicke Frau aus dem Vorderhaus begann, laut zu singen: «Ich hab dich tanzen gesehn! Und deine Schönheit hat mich toll gemacht ...»

Das Lied und diese Stimme dazu – Margot glaubte, es keinen Augenblick länger auszuhalten. Sie krampfte ihre Hände zu Fäusten und biss sich auf die Lippen.

«Ick heiße nämlich Clara!», erläuterte die Dicke stolz. Margot kannte die Stimme. Der Musikant machte eine zustimmende Verbeugung zu der Sängerin hin, und das war Margots Glück. Er hätte sonst die Tränen bemerkt, die über ihre Wangen liefen. Nicht einmal ein Schluchzen vermochte sie völlig zu unterdrücken.

Hedwig, deren Hand noch immer leicht auf ihrer Schulter

ruhte, fuhr erschrocken zusammen. «Jott, was is denn, Mädel?», flüsterte sie besorgt. «Is dir nich jut?»

Margot schüttelte ganz leicht den Kopf. «Nur eine Erinnerung ...», flüsterte sie schwach. Es war schon vorbei. Ganz unauffällig zog sie das Kopftuch tiefer ins Gesicht und wischte die Tränen mit dem Zipfel ab.

Die anschwellende Entwarnungssirene übertönte die Mundharmonika.

ZWEI

TODMÜDE hockte Kriminalkommissar Hermann Kappe hinter seinem Schreibtisch. Seit einer Woche ließen die Engländer kaum eine Nacht ohne Angriff vergehen. Der fehlende Schlaf zehrte allmählich an der Substanz, wie er fand, wobei es alle anderen genauso wie ihn traf. Jedermann schlich hohläugig und vergnatzt durch die langen Gänge des Präsidiums, selbst die privaten Gespräche beschränkten sich allmählich auf das Notwendigste.

Worüber sollte man reden? Über die Bomben und über die Toten, deren Identität es nach den Angriffen festzustellen galt? Ein schauerliches Thema, das Kappe mehr beschäftigte, als ihm lieb war. Die Lage war hoffnungslos, aber nicht ernst, wie sein Uralt-Kollege Gustav Galgenberg in so einem Fall gesagt hätte, der die dämlichen Sprüche in keiner Lebenslage lassen konnte. Daran hatte nicht einmal die Strafversetzung nach Köpenick etwas geändert, wie Kappe unlängst hatte erkennen müssen.

Als die Einberufungen einsetzten und ein Gutteil der Kriminalbeamten gen Osten entsandt wurde, um dort eine deutsche Ordnung zu errichten und durchzusetzen, hatte man auch Galgenbergs Dienstzeit verlängert. Ohne ihn jedoch ins Morddezernat zurückzubeordern, wie es Kappe hartnäckig bei Dr. Morack durchzusetzen versuchte. «Statt 'n ollen Mann in den verdienten Ruhestand zu entlassen! Wenn Se ma wenichstens nach Paris jeschickt hätten ...», lautete Galgenbergs bissiger Kommentar, als Kappe ihm am Telefon Moracks Ablehnung schonend beibrachte. «Uff'n Mongmatre wär ick vielleicht noch mal verjüngt jeworden.»

Ruhestand erst nach dem Sieg, hieß es offiziell, wobei keiner wusste oder gar erläuterte, wen es – außer dem schnöden Albion, das wohl als Nächstes an die Reihe kommen würde – noch zu besiegen galt. Hermann Kappe hätte es genügt, den Engländern das Bomben abzugewöhnen, aber dazu reichte offensichtlich Görings Luftüberlegenheit nicht aus, von der die Zeitung täglich posaunte. Vergeltungsangriffe ohne Pause, hieß es da mit schöner Regelmäßigkeit, von zerstörten Rollfeldern, Feuersäulen über den Londoner Hafenanlagen und unzähligen vernichteten Feindflugzeugen war jeden Tag die Rede. Kappe las es gar nicht mehr. Ihm mangelte es an Vertrauen zu Zahlen, die keiner überprüfen konnte. Insgeheim belächelte er die Statistik der englischen Verluste, die sein jüngerer Sohn Karl-Heinz zu Hause mit Akribie führte. Das Fähnchenstecken auf der jeweiligen Frontkarte war nur eine kurzzeitige Beschäftigung für den Jungen gewesen, der ständig herummaulte, dass alles schon vorbei und erobert sei, bevor er überhaupt das wehrfähige Alter erreicht habe.

«Warte mal ab, vielleicht kommt das dicke Ende noch nach», hatte Kappe ihm jüngst unvorsichtigerweise widersprochen und prompt einen empörten Blick seiner Klara geerntet. «Ich meine ja nur ...» Kappe war nichts Besseres eingefallen. «Noch sind die Engländer nicht besiegt ...»

Dazu hatte Klara säuerlich geschwiegen. Vor den englischen Bomben verspürte sie eine panische Furcht, obwohl in der Gegend um die Große Frankfurter bis jetzt kaum eine gefallen war.

Seufzend machte sich Kappe an sein Tagewerk, in der Hoffnung, dass seine Augen nicht gerade zugefallen waren, wenn Kriminal-Oberrat Dr. Morack zufällig das Büro betreten sollte.

Hans-Jochen Morack, promovierter Jurist im Range eines SS-Standartenführers, war seit einem Jahr der Chef, der den ungeliebten und zu Himmlers Kanzlei abgewanderten Brettschieß ersetzte, dem keiner eine Träne nachweinte. Nicht etwa, dass Morack ein besonders angenehmer Vorgesetzter war. Mehr Intelligenz als Brettschieß besaß er allemal – wozu nicht viel gehörte, wie Galgenberg angemerkt hätte. Immerhin war der Neue ein Mann, der seinen Untergebenen den gehörigen Freiraum für ihre Arbeit ließ und gänzlich auf dilettantische Hinweise verzichtete. Für ihn zählte ausschließlich der Erfolg: ein mit der Verhaftung des Täters abgeschlossener Fall. Punkt. Überflüssiges Gerede oder langatmige Berichte schätzte er ebenso wenig wie schlappe Entschlusslosigkeit oder mangelnde Aktivität. «Kurz und knapp!», lautete seine stehende Redewendung, und daran hielt er sich glücklicherweise – selbst wenn es galt, die Grundzüge der nationalsozialistischen Weltanschauung oder deren jeweilige tagespolitische Wendung darzulegen.

Das Verdunklungsgesetz beispielsweise hatte er mit zwei Sätzen erläutert: «Sie sind erfahrene Kriminalbeamte, meine Herren! Sie wissen, was verordnete Dunkelheit in einer Großstadt bedeutet.»

Na, und ob! Zweimal waren Frauen aus der verdunkelt fahrenden S-Bahn gestoßen worden, Diebstahl und Sittlichkeitsdelikte hatten in erschreckendem Maß zugenommen. Verdunklung bedeutete aber auch, dass Kappe jetzt dasaß und herauszufinden versuchte, auf welche Weise der Körper eines beleibten Mannes mittleren Alters in einen Bombentrichter an der Beusselstraße in Moabit gelangt war, wo man ihn vor zwei Tagen aufgefunden hatte.

Die tödliche Verletzung rührte mit größter Wahrscheinlichkeit von keiner Feindeinwirkung her. Vermutlich hatte ihn schlichtweg jemand erschlagen und – in der Hoffnung auf nur flüchtige Ermittlungen – in dem Loch abgelegt, das eine Sprengbombe zwischen den Straßenbahnschienen gerissen hatte.

Das Ergebnis der kriminaltechnischen Untersuchungen vor Ort schien Kappe unbefriedigend, doch hatte er nicht vor, darüber mit Klingbeil zu streiten, der dieses Ressort seit anderthalb Jahren wahrnahm. Bernhard Klingbeil, ein kräftiger, etwas weichlich wirkender Mensch und studierter Chemiker unüberhörbar baltisch-ostpreußischer Herkunft, 35 Jahre alt und in Wowerischken bei Prökuls an der Minje im Memelland gebürtig, war sicherlich der sturste, wenn auch nicht der schnellste unter den Kriminaltechnikern des Hauses, dem es gewöhnlich an Gewissenhaftigkeit nicht mangelte. Neben Dr. Morack war er ein weiterer Zugang, an den sich Hermann Kappe in den vergangenen zwei Jahren hatte gewöhnen müssen, nachdem das allseits verehrte Universalgenie Dr. Kniehase im November 1938 sehr plötzlich und unerwartet einem Herzanfall erlegen war. Erst danach stellte sich heraus, dass Kniehase seit Jahrzehnten im Konkubinat mit seiner Haushälterin gelebt hatte, von der es nun hieß, sie sei nach den geltenden Gesetzen als Halbjüdin anzusehen und demzufolge in doppelter Hinsicht eine Unperson ohne jeden Anspruch auf Anteilnahme oder Hilfe.

Der nächste Verlust, der die Berliner Kriminalpolizei ins Mark getroffen hatte, war der Tod von Ernst Gennat gewesen, dem sagenhaften Kommissar vom Alex, dem auch Hermann Kappe so viel verdankte. Die Beisetzung draußen in Stahnsdorf stand Kappe noch lebhaft vor Augen. An die zweitausend Menschen hatten dem «vollen Ernst» im August 1939 die letzte Ehre erwiesen. Wer würde jetzt noch schützend die Hand über einen wie Kappe halten, wenn möglicherweise alte Vorwürfe klammheimlicher sozialdemokratischer Gesinnung gegen ihn aufgerührt würden?

Infolge des kriegsbedingten Personalmangels zeichneten sich solche Probleme im Augenblick nicht ab. Es wurde jeder kluge Kopf gebraucht, wie Dr. Morack anmerkte. Die weniger klugen allerdings ...

Jeder verstand: Köpfe mussten rollen für den Sieg. Da brauchte es kein Schandmaul wie Galgenberg, um diese Erkenntnis zu vertiefen. Kurzer Prozess hieß es allemal. Das besetzte Dänemark hatte Erich und Franz Sass ausgeliefert, die Meisterdiebe vom Wittenbergplatz. Im Januar 1940 waren die beiden zu hohen Zuchthausstrafen verurteilt worden. Zwei Monate später hieß es lapidar, sie seien «auf der Flucht» erschossen worden.

Kappe war es kalt den Rücken runtergelaufen, als er das hörte. Wohl zum hundertsten Mal dachte er darüber nach, ob es gut war, zu dieser Polizei zu gehören. Ein sinnloser Gedanke, wie er wusste. Er hatte nichts anderes gelernt. Sollte er sich als Fischer bei seinem Bruder Albert in Wendisch Rietz verdingen? Glaubte er wirklich, ausgerechnet jetzt noch irgendwo dem ausgeklügelten System der gegenseitigen Überwachung und Bespitzelung entkommen zu können?

Dreißig Jahre bei der Kriminalpolizei! Kappes Dienstjubiläum war unbemerkt vorübergegangen. Niemandem außer Galgenberg, der mit einem bissigen Anruf gratulierte, fiel es auf. Für die neuen Herren zählte nur, was seit dem Tag der Machtergreifung geschehen war, und das war wahrhaftig genug. Keine acht Jahre waren verflossen, und nichts von dem, was vorher gewesen war, galt mehr. Im Gegenteil. Jeder Hinweis auf die frühere polizeiliche Praxis wurde als höchst unpassend, ja verdächtig empfunden. Himmler, als Reichsführer SS gleichzeitig oberster Polizeichef, sah die Aufgabe der Kriminalpolizei in der «Erforschung, Bekämpfung und vorbeugenden Verhinderung des allgemeinen und unpolitischen Verbrechertums». Für das politische war Heydrichs Gestapo zuständig, die sich auch hier am Alex eingenistet hatte. Wo die Mordsachen einzuordnen waren, wenn die Schwerpunkte «vorbeugende Verbrechensbekämpfung» und «planmäßige polizeiliche Überwachung» hießen, wurde nicht diskutiert. Glaubten alte Praktiker wie der Reichskriminaldirektor Nebe im Ernst, Gewaltverbrechen mit großzügigst angewendeter Vorbeugehaft verhindern oder aufklären zu können?

Außerdem war jetzt Krieg, an den die Engländer allnächtlich schmerzhaft erinnerten. Da galten ohnehin ganz andere Gesetze. Von der mangelhaften Verdunklung bis zum Abhören von Feindsendern war alles mit drakonischen Strafen belegt, und er, Hermann Kappe, hatte wie jeder Volksgenosse über die strikte Einhaltung zu wachen.

Na schön, an die verfluchte Verdunklung gewöhnte man sich, und ihn persönlich interessierte nicht, was die Engländer meldeten. Wahrscheinlich log deren Propaganda genauso wie die eigene.

Vom baldigen Sieg über die Engländer redete kaum noch einer. Woher die Briten auf ihrer Insel trotz der verhängten Blockade so viel Sprit nahmen, um jede Nacht mit ihren Bombern bis Berlin zu fliegen und tonnenweise Stahl und Sprengstoff abzuwerfen, schien Kappe ein Rätsel – unlösbar wie so viele in dieser trüben Zeit. In Berlin mussten im Februar und März für zwei Monate die Schulen geschlossen bleiben – aus Kohlemangel. Aber nach Moskau flog an jedem Wochentag eine Linienmaschine, und Finnland lieferte neuerdings auch allerhand Rohstoffe, genau wie die treuen Freunde, die Russen, denen anscheinend gleichgültig war, wie viele von ihren deutschen Genossen im KZ saßen. Stattdessen hatte sich Stalin halb Polen, einen Teil Finnlands und danach ohne jeden deutschen Protest Estland, Lettland und Litauen unter den Nagel gerissen. Wie sollte das alles enden? Mit einem großdeutschen Europa neben dem bolschewistischen Osten? Und Amerika? Würde Roosevelt ewig stillhalten?

Spätestens an diesem Punkt gab Hermann Kappe auf. Als Prophet hatte er nie getaugt, er war ohnehin kein Optimist. Aber wer hätte ihm wohl vor zehn Jahren vorausgesagt, dass er eines Tages vor der eigenen Frau Angst haben würde, ja sogar vor dem dreizehnjährigen Karl-Heinz. Die brauchten nur eine seiner bissigen Bemerkungen falsch – oder vielmehr richtig – verstehen, um ihn in Teufels Küche zu bringen ...

Er war fest entschlossen, es nicht darauf ankommen zu lassen. Er würde das Maul halten und seine Arbeit tun, wie er es seit dreißig Jahren gewohnt war – mochte da kommen, was wolle.

Zuerst kam mal Kampmeyer von den ersten Ermittlungen aus Moabit zurück. Immerhin nicht ganz ohne greifbares Ergebnis, wie sich herausstellte. Kampmeyer war ein reaktivierter Kriminalsekretär von der Fahndung, den sie Kappe der Bombentoten wegen zugeordnet hatten. Ein reichlich zynischer alter Hase, den nichts erschüttern konnte. Manchmal erinnerte er Kappe an seinen alten Kollegen Galgenberg. Es verging kein Tag, an dem Kampmeyer nicht über das ungerechte Schicksal räsonierte, einen alten Mann wie ihn irgendwelcher Toten wegen quer durch die Stadt zu scheuchen, wo er es finanziell nicht einmal nötig habe. Über die Quelle seines Wohlstandes sprach er nicht, verblüffend war nur, was er alles besorgen konnte. Die Frau war Hebamme, wie Kappe erfuhr. Glückliche Eltern erwiesen sich wahrscheinlich auch in Kriegszeiten als spendabel.

Kampmeyers Erkenntnissen zufolge war der Tote möglicherweise mit einem gewissen Ewald Fanselow aus der Calvinstraße identisch, einem 44-jährigen Junggesellen, den der Hausobmann als vermisst gemeldet hatte, nachdem Fanselow drei Nächte lang nicht im Luftschutzkeller aufgetaucht war.

«Soll immer gut gekleidet gewesen sein, der Mann. Das passt auf unsere Leiche.» Leider waren alle Taschen des Toten leer gewesen, und das Gesicht ließ sich auch kaum rekonstruieren. «Wenn mich einer fragt: Ich tippe ganz ordinär auf Raubmord», orakelte der Kriminalsekretär. «Den hat sich einer im behördlich verordneten Dunkel geschnappt und ...» Er griff sich mit einer eindeutigen Geste an den Hals und ließ die Zunge weit aus dem Mund hängen.

«Na, dann sollten wir uns wohl schleunigst das Zuhause dieses Fanselow angucken», meinte Kappe.

«Gemach, gemach, Euer Ehren», konterte Kampmeyer, der gerne den Älteren und Erfahrenen herauskehrte. Obwohl niedriger im Dienstrang, hatte er Kappe gleich zu Beginn ihrer Zusammenarbeit das Du angeboten, was Kappe kaum ausschlagen konnte. «Was glaubst du denn, wo ich den Vormittag verbracht habe? In ebendiesem Nobelbau in der Calvinstraße, dem leider gestern Nacht infolge Brandschadens das Dachgeschoss abhanden gekommen ist.»

«Und ausgerechnet da hat unser Toter gewohnt», vermutete Kappe, der von vornherein keine gute Nachricht erwartete.

Kampmeyer schüttelte den Kopf. «Das nun nicht. Unser Fanselow war eine Treppe tiefer ansässig. Den Rest hat die Feuerwehr erledigt. Ich drücke mich mal so aus: Aquarium mit Notausgang.

Die Wohnungstür stand jedenfalls sperrangelweit offen, das Wasser triefte noch immer die Treppen runter, und im Haus ging alles drunter und drüber. Klingbeil brauchen wir da gar nicht erst hinzuschicken ...»

«Und wo hast du den Herrn Oberleutnant gelassen?», erkundigte sich Kappe. Damit war Gerhard Piossek gemeint, der erst seit ein paar Wochen zur Inspektion gehörte und noch nicht einmal einen Dienstrang besaß, sofern man seinen militärischen Rang nicht als solchen wertete.

«Der hat derweil in der Nachbarschaft Klinken geputzt, aber natürlich so gut wie nichts rausgefunden.» Kampmeyer grinste sardonisch. «Jetzt musste der Herr Oberleutnant erst mal pinkeln. Verzeihung, urinieren natürlich.»

Kappe zog ein säuerliches Gesicht. Piossek mit selbständigen Befragungen zu beauftragen wäre ihm nicht in den Sinn gekommen. Auf dessen herablassende Art reagierten wohl die wenigsten Volksgenossen sonderlich gesprächsbereit. Andererseits musste der hochnäsige Kerl sein Lehrgeld zahlen, da half ihm nun nichts.

Wie aufs Stichwort trat der Parteigenosse Piossek ein, einziger Sohn eines Bäckermeisters aus der Lichtenberger Pfarrstraße und Abiturient mit glänzenden Zensuren, wie er zu betonen nicht vergaß. Mit seinen 28 Jahren eine ganze Generation jünger und nach eigenem Urteil um ein Vielfaches klüger als Kappe und Kampmeyer zusammen, war der junge Offizier als einer der Ersten im Blitzkrieg gegen Polen verwundet worden. Bei den Kämpfen auf der Westerplatte hatte ihm ein Granatsplitter die rechte Hand verstümmelt, worauf er als nicht mehr Kriegsdienstverwendungsfähiger bei der Polizei untergekommen war, wo man auch linkshändig schießen durfte, wie er altklug anmerkte. Kappes Entgegnung, bei den Mordbuben würde nur selten geschossen, hatte er mit einem verkniffenen Lächeln quittiert. Steif aufgerichtet, schien Piossek sich ständig im Feindesland zu bewegen, selbst hier in der Burg am Alex. Selbstverständlich hatte er Kampmeyer nicht unbewaffnet nach Moabit begleitet.

«Erzählen Sie mal!», forderte Kappe ihn jovial auf. «Was haben Sie denn so rausgefunden über den Verschwundenen?»

Piossek räusperte sich und machte Anstalten, Haltung anzunehmen, besann sich jedoch rechtzeitig, als sein Blick auf Kampmeyer fiel. Der Kriminalsekretär ruhte bequem zurückgelehnt auf seinem Bürostuhl und blickte erwartungsvoll zu ihm auf. «Zumindest wenig Nachteiliges», sagte Piossek, und sein Ton deutete leichte Verärgerung an. «Ein zurückhaltender, doch pflichtbewusster Volksgenosse, der seit seiner frühen Jugend in dem betreffenden Hause wohnte. Vater Steuerinspektor, Kriegsteilnehmer mit EK Zwo, 1928 verstorben, Mutter vor drei Jahren ebenfalls. Familie gilt mütterlicherseits als wohlhabend, deutschnational eingestellt. Keinerlei bekannte Beziehungen zum Judentum oder sozialdemokratisch-kommunistischen Kreisen. Der Tote selber, Junggeselle, war zwar kein Parteigenosse, stand dem neuen Staat aber in allen Belangen fördernd gegenüber. Er fiel beim Winterhilfswerk gelegentlich durch großzügige Spenden auf, flaggte regelmäßig und beteiligte sich vorbildlich an allen Luftschutzmaßnahmen.» Er schwieg und guckte Kappe an, als erwarte er ein Lob.

Kappe erwiderte seinen Blick, bemüht, den still vor sich hin feixenden Kampmeyer zu übersehen. «Ist das alles?», fragte er ungläubig.

Ein rosa Schimmer überzog Piosseks eckiges Gesicht. «Mehr war in der Kürze der zur Verfügung stehenden Zeit kaum zu ermitteln», schnarrte er. «Die Hausbewohner scheinen durch den Dachschaden stark verunsichert ...»

Kappe winkte ab. Dachschaden schien ihm der passende Ausdruck zu sein. «Piossek», sagte er mild und kniff die Augen zusammen, «Sie müssen noch viel lernen. Papas Eisernes Kreuz, die Winterhilfe und die Fahne vor dem Fenster sind das eine ... Die Lebensumstände, der Bekannten- und Verwandtenkreis, etwaige Auffälligkeiten vor allem in letzter Zeit – das ist es, worauf es hier ankommt! Hatte dieser Fanselow keine Freundin, kein Stammlokal, irgendwelche Saufkumpane oder Skatbrüder oder was weiß ich?»

Piossek guckte verunsichert, schwieg jedoch.

«Haben Sie wenigstens seine Arbeitsstelle ermittelt?»

«Es heißt, er sei Buchhalter von Beruf ...»

«Na wunderbar! Es heißt, er sei Buchhalter!» Kappe geriet allmählich in Fahrt und wurde ganz gegen seine Gewohnheit laut. «Davon gibt's höchstens 15 000 in dieser Stadt! Nehmen wir mal an, ein Drittel davon ist inzwischen zur Wehrmacht einberufen, dann haben wir nur noch 10 000 zu überprüfen. Wie viel davon schaffen Sie pro Tag?»

Piossek starrte ihn offenen Mundes an. Auch Kampmeyer war das Feixen vergangen. So aufgebracht hatte er Kappe noch nicht erlebt. «Auffällig ist allerdings», mischte er sich deshalb möglichst harmlos und beruhigend ein, «dass sich auch in der Wohnung keinerlei Papiere des Toten angefunden haben. Unglücklicherweise wohnte die Frau, die einmal die Woche bei ihm reinegemacht hat, oben im Hinterhaus mit dem ausgebrannten Dachgeschoss ...»

Piossek nickte dankbar und zustimmend, und Kampmeyer fuhr fort: «Ich würde jedenfalls aus dem bisher Bekannten schließen, dass Fanselow seine wichtigsten persönlichen Dokumente bei sich trug, möglicherweise in einem Köfferchen, einem Rucksack oder einem sonstigen Behältnis, das bei seinem Tode verlorenging – auf welche Weise auch immer.»

Kappe, dem Piosseks Dämlichkeit innerlich völlig gleichgültig war, hatte sich im wahrsten Sinne des Wortes nur künstlich aufgeregt. Gelassen stimmte er Kampmeyer zu: «Seine Arbeitsstelle finden wir über das Arbeitsamt raus. Das wäre dann Ihre nächste Aufgabe, Piossek.»

Der Oberleutnant blickte irritiert von einem zum anderen. «Soll ich das jetzt gleich in Angriff nehmen?»

«Das wird wohl am besten sein», sagte Kappe väterlich.

Kampmeyer hielt sein hämisches Lachen zurück, bis Piossek den Raum verlassen hatte und sich außer Hörweite befand. Kappe stimmte nicht ein. Wenn die da oben glaubten, mit solchen unbedarften Nullen könne man Mordfälle lösen – na, dann gute Nacht!

DREI

PETER ZOBEL war ein von Natur aus fröhlicher Mensch, den so leicht nichts aus der Bahn warf. Wenn es denn überhaupt eine Bahn gab, auf der er sich befand, so war sie in den letzten Jahren in einem ziemlichen Zickzackkurs verlaufen. Aber das störte ihn nicht. Er besaß ein sonniges Gemüt, und er machte Musik, was beides gut zueinanderpasste. Als Berufsmusiker durfte er sich dennoch nicht bezeichnen, denn er war kein ordnungsgemäßes Mitglied der RMK, der Reichsmusikkammer, die allein darüber zu befinden und zu entscheiden hatte, wer die Volksgenossen kulturell beflügeln oder zumindest unterhalten durfte.

Peter also durfte nicht, weil ihm die braune Karte der RMK fehlte. Und die wiederum fehlte ihm, weil er «Mampe» war: halb und halb, wie der Kräuterschnaps der gleichnamigen Firma, den sein Vater nach einem fetten Essen trank. Die falsche Hälfte kam von Mutters Seite her, deren Vorfahren um die Jahrhundertwende aus der Provinz Posen zugewandert waren und ihm außer ihrer Musikalität angeblich auch die falsche Nasenform vererbt hatten. Peter fand an seiner Nase nichts auszusetzen, und die Frauen und Mädchen, die ihn umschwärmten, erst recht nicht. Dennoch war Peter als Halbjude nicht würdig, echte deutsche Menschen mit Musik zu erfreuen. Aber er machte trotzdem welche. Die Stellung als Hilfsarbeiter im kriegswichtigen Unternehmen eines entfernten Verwandten stand nur in seinem Arbeitsbuch.

Auch an diesem Donnerstagabend Mitte Oktober 1940 hatte Peter nichts anderes vor, als Musik zu machen. Die ganze Nacht lang, wenn es die Engländer zuließen. Zur Not eignete sich auch der Keller unter der Rialto-Bar als Spielstätte. War es etwa verboten, im eigenen Luftschutzraum Musik zu machen? Marco, der italienische Barbesitzer halbrumänischer Herkunft, der sich selber gerne mal ans Schlagzeug setzte, um richtig loszuhotten, besaß ein weites Herz. Und er war ein «Swing», wie sie alle Swings waren, die allabendlich in seiner Bar zusammenkamen, um Swing zu spielen und zu hören. Und um danach zu tanzen. Natürlich kamen auch andere Leute ins Rialto, aber beschwert hatte sich seit langem niemand. Worüber auch? Im Schaukasten neben dem Eingang stand deutlich zu lesen: *Die Rialtos – Swingende Tanzmusik*. Wer anderes erwartete, konnte gerne in eines der übrigen zahllosen Tanzlokale rund um den Kurfürstendamm ausweichen. Geswingt wurde allerdings in den meisten davon. Wer wollte schon Polka tanzen – jetzt, mitten im Krieg!

Nach einem kurzen Verbot jeglicher Tanzveranstaltungen zu Kriegsbeginn waren die Bestimmungen schnell wieder gelockert worden. Man konnte den Fronturlaubern wie den genesenden Verwundeten schließlich nicht jedes großstädtische Vergnügen verweigern – und den daheimgebliebenen Frauen und Mädchen schon gar nicht.

Demzufolge war auch die Rialto-Bar jeden Abend knackevoll gewesen, bis die vermaledeiten Angriffe der Tommies einsetzten und die Leute lieber zu Hause den Alarm abwarteten. Nur die Unentwegten, eben die richtigen Swings, die man schon an ihrer lässigen Kleidung erkannte, fanden weiterhin den Weg ins Paradies. Manchmal nur für ein, zwei Stunden, bevor die Sirenen heulten. Dabei folgte nicht einmal auf jeden Alarm hin ein wirklicher Luftangriff. Nur leider wusste man das vorher nie.

Die Rialtos, wie sich die Hauskapelle der Einfachheit halber nannte, hatten keine feste Besetzung. Die Band bestand, wie Ottmar – der Älteste und deswegen am wenigsten von der Einberufung Bedrohte – spöttisch behauptete, im Wesentlichen aus einer Ansammlung ausgemusterter, wehrunwürdiger und ausländischer Musikanten, die teils vorhandene Arrangements, oft aber nur nach mündlicher Übereinkunft Skizziertes interpretierten. Kam jemand neu hinzu, fand er sich darein. Fand er sich nicht darein, passte er nicht zu den Rialtos und ging wieder. Das kam selten vor.

Ottmar war so etwas wie der Vertrauensmann der Band. Er hatte am Konservatorium Violine studiert, es aber schon in den frühen zwanziger Jahren vorgezogen, in mehr oder weniger obskuren Jazzbands zu spielen, mit denen er auch auf Schallplatten zu hören war. Das C-Melody-Sax und das Tenorsaxophon waren seine bevorzugten Instrumente, bis er 1929 oder 1930 im Haus Vaterland einen Musiker auf dem Sopransaxophon hörte und seine Karriere fortan als leidenschaftlicher Sidney-Bechet-Anhänger fortsetzte. Auch bei den Rialtos blies er, sooft es passte, auf dem silbrigen Metallrohr, das seine Kollegen spöttisch «Ottmars Trichtervioline» nannten.

Der musikalische Chef der Rialtos hieß Celi, was die Abkürzung eines längeren armenischen oder georgischen Namens war, den niemand sich merken konnte und wollte. Celi spielte auf jede geforderte Art Klavier: witzig wie Fats Waller, sparsam wie Count Basie oder fingerfertig wie ein gewisser Art Tatum, den wenige kannten. Enrico, der Trompete und Akkordeon spielte und den anderen als Halbgott des Swing galt, hatte er doch anderthalb Jahre in New York verbracht und Louis Armstrong persönlich gehört, besaß in seiner reichhaltigen Plattensammlung ein paar der begehrten Brunswick-Scheiben des angeblich blinden Meisters Tatum.

Heiße Musik und Schallplatten waren, wenn man von Frauen absah, überhaupt die Lieblingsthemen der Swings. Im Musikhaus Alberti in der Rankestraße oder bei Televox am Tauentzien konnte man noch immer wahre Schätze original amerikanischer Herkunft heben. Allerdings musste man inzwischen beim Kauf jeder neuen eine alte Schallplatte abliefern – der für die Schellack-Produktion notwendige Saft der südostasiatischen Lackschildlaus gehörte zu den knappen Importgütern im Großdeutschen Reich –, doch die ließ sich leicht beim Trödler auftreiben.

Dass es keine englischen Platten mehr gab, war bedauerlich, wurde aber durch einen anschwellenden Zustrom von Aufnahmen aus Holland, Dänemark, Belgien und Frankreich ausgeglichen, wo anscheinend keine Einschränkungen für Jazz und Swing galten. Eine französische Plattenfirma nannte sich ganz offen SWING und lieferte sogar Titel von Django Reinhardt, Peters Idol auf der Gitarre. Und amerikanische Brunswick-Platten gab es auch noch.

Die Soldaten, vor allem die jungen Offiziere, die aus Paris, Amsterdam oder Kopenhagen auf ein paar Tage nach Berlin kamen, berichteten wahre Wunderdinge von der dortigen Musikszene. Sie brachten keineswegs nur Schallplatten mit. Während es in der Reichshauptstadt immer schwieriger wurde, etwas Ess- oder Trinkbares, das auch nur einfachsten Ansprüchen genügte, oder ein modisches Kleidungsstück aufzutreiben, herrschte daran im Ausland offensichtlich kein Mangel – jedenfalls nicht für die deutschen Besatzer. Kein Wunder, dass sich die Rialto-Bar in den letzten Monaten zu einer florierenden Tausch- und Handelszentrale entwickelt hatte, in der nahezu alles zu haben war – sofern man über das nötige Geld verfügte. Und daran mangelte es den Musikern nicht. Marco zahlte gut und pünktlich, und mit Musik war überall Geld zu verdienen. Wenn Peter es recht bedachte, war es ihm noch nie so gut gegangen. So gut, dass es ihm Angst machte. Was nützte es, wenn er zu Hause mit ausländischen Zigaretten, Bohnenkaffee und echtem Cognac auftauchte, Schokolade und Seidenstrümpfe besorgen konnte? Das hässliche J und der aufgezwungene Name Sara in Mutters Kennkarte waren damit nicht zu beseitigen, ja, seine Warenlieferungen verstärkten eher die Furcht, dass jemand den guten Kaffee riechen und die Familie zusätzlich des Schwarzhandels bezichtigen würde. Wusste man denn, welche Schikanen die Nazis sich noch ausdachten? Im Generalgouvernement, so hieß es jedenfalls, mussten die Juden mit einer Kennzeichnung herumlaufen, wenn sie sich überhaupt noch aus dem Hause trauten oder nicht in Lodz, das neuerdings in Litzmannstadt umgetauft worden war, in einem Getto zusammengetrieben wurden.

Noch mehr als die Sorge um seine Mutter bedrückte Peter jeder Gedanke an Margot. Sie mit allem Lebensnotwendigen zu versorgen stellte derzeit kein ernsthaftes Problem dar, und bei Tante Hedwig war sie vorläufig gut aufgehoben. Doch wie lange noch? Wer hatte beispielsweise vor zwei Jahren, als er Margot seine nicht ganz uneigennützige Hilfe aufgedrängt hatte, geahnt, dass Polen so schnell von der Landkarte verschwinden würde und dass Bomben auf die Reichshauptstadt fallen könnten?

Peter war kein besonders ängstlicher Mensch, aber die Vorstellung, einen Fliegerangriff ungeschützt direkt unter dem Dach der Mietskaserne an der Prenzlauer Allee überstehen zu müssen, bereitete ihm Unbehagen.

«Was ist los mit euch? Wollt ihr heute gar nicht anfangen?», brachte Marco sich in Erinnerung. «Oder wartet ihr auf Sonderzuteilung auf Abschnitt 7?» Nach den nächtlichen Angriffen versuchte man, die Leute mit derartigen Sonderrationen zu beruhigen.

Auch heute war die Hälfte der Tische im Rialto noch unbesetzt, und von den Musikern fehlten mindestens noch drei.

«Blues in G», sagte Celi und begann mit einer langsamen Boogie-Einleitung. Rasselnd stieg der Schlagzeuger ein, während Peter noch überlegte, ob er erst mal den Bass übernehmen sollte. Er war der Gitarrist der Band, konnte aber auf mindestens drei anderen Instrumenten aushelfen. Und er sang auch, wenn es sein musste. Sein Schulenglisch war nicht das beste, doch besaß er die Gabe, von einem Moment auf den anderen in eine frei improvisierte deutsche Übersetzung zu wechseln, weil möglicherweise gerade eine verdächtig erscheinende Figur in der Tür aufgetaucht war. «Honigzuckersüß ist die kleine Lies, wie im Paradies geht's mir, wenn ich bin bei ihr ...», jodelte er ungeniert, wo es eben noch *honeysuckle rose* geheißen hatte. Das war ja das Gute, dass die Goldfasane und ihre Anhänger so leicht zu täuschen waren. Wer von denen wusste schon, dass *Sei doch nicht so* nichts anderes war als die Gershwin-Nummer *Don't be that way*, bekannt geworden durch den verhassten Swing-Juden Benny Goodman, dessen Erkennungsmelodie *Let's Dance* glücklicherweise auf Carl Maria von Webers *Aufforderung zum Tanz* zurückging und sich somit als urdeutsch verkaufen ließ ...

Nicht zu Unrecht galt Peter als Meister derartiger Camouflagen. «Am Waldesrand stand ein Indianer», sang er mit Inbrunst einem schwarz Uniformierten zu, der sich mit seiner blondbezopften Grete gravitätisch auf der Tanzfläche drehte. «Und ich stünd' so gern bei ihm ...», fuhr Peter fort, worauf der Kerl verlangte: «Na, nu mal 'n bisschen was Flottes!» Ein Blick zum Schlagzeuger, ein swingender Break, und los ging's mit dem echten *Indiana*, bis dem seligen SS-Heini nach fünf Minuten der Schweiß aufs Ehrenkleid tropfte.

Während die Bläser sich gerade auf einen gemeinsamen Riff einigten, den Celi ihnen viermal vorgegeben hatte, schlug Peter stoisch seine Klampfe. Ohne Bass schleppte der Rhythmus. *He ain't got rhythm*, behauptete Peter nicht von ungefähr von dem Mann hinter der Schießbude: Ihm fehlt's an Rhythmus – übrigens eine seiner eigenen Glanznummern. Manchmal, wenn alles gut lief, sang er auch: «Uns eint der Rhythmus.» Heute würde er nicht mehr singen müssen, wie er gerade mit einem frohen Blick feststellte. Gerade schlängelte sich Lora Kelly zwischen den Tischen durch zum niedrigen Podium, eine Sängerin, die nicht regelmäßig, aber wenigstens ein- bis zweimal in der Woche bei den Rialtos mitmachte. Eigentlich hieß sie Hannelore Kellermann, und seit die RMK gegen englische Pseudonyme Stellung genommen hatte, nannte sie sich offiziell auch so. Lora war eine lebhafte junge Frau mit einer angenehmen Alt-Stimme, kaum drei, vier Jahre älter als Peter, mit dem sie sich in letzter Zeit besonders gut verstand. Dass dabei nicht nur die Musik eine Rolle spielte, galt als ihr gemeinsames Geheimnis.

Die anderen Musiker, manche schon in den Dreißigern oder noch älter, betrachteten die Beziehung nicht ohne Eifersucht. Lora war keine ausgesprochene Schönheit, wirkte aber durch ihre frische und jungenhafte Art und ihre Zarah-Leander-Stimme sehr anregend auf Männer jeden Alters. Dabei hatte Peter gar nichts mit ihr. Nicht, weil das als Rassenschande sowieso verboten war und, wenn es aufflog, unweigerlich mit seinem KZ-Aufenthalt geendet hätte. Sondern weil in eben so einem KZ bereits der Mann saß, als dessen legitime Frau sich Lora betrachtete, und das meinte sie ernst. Außer Ottmar, dem Saxophonisten und Geiger, und Peter wusste niemand davon, und auch der nur durch Zufall. Vielleicht weil Ottmar und Lora mehr Vertrauen zu ihm hatten, als in solchen Zeiten mitunter gut war.

Angefangen hatte die ganze Sache vor ein paar Wochen mit einem harmlosen Gespräch zwischen Ottmar und ihm über die Aussicht, eine braune RMK-Karte – und sei es eine falsche – zu beschaffen. Ottmar kannte Hinz und Kunz und verfügte über die wunderlichsten Verbindungen. Er konnte so gut wie alles besorgen, von der gelben Reichsfettkarte bis hin zu falschen Bescheinigungen, allerdings wohl kaum Pässe oder Ausweise. Dennoch hatte Ottmar nicht nein gesagt und ihn ein paar Tage später beiläufig nach einem Passbild gefragt.

Das gekniffte blaue Kuvert mit dem Foto und den Daten, das Ottmar wortlos einsteckte, fiel Peter am gleichen Abend überraschenderweise noch einmal auf. Als er sich mit dem sperrigen Gitarrenfutteral über der Schulter aus der winzigen Garderobe drängte und dabei Loras Handtasche herunterriss, deren Inhalt sich auf dem fleckigen Linoleum ausbreitete, lag da plötzlich das Kuvert auf dem Boden. Lora, für gewöhnlich durch nichts zu erschüttern, war feuerrot angelaufen und wollte ihn wohl gerade einen Tolpatsch oder Schlimmeres nennen, resignierte jedoch und sagte rau: «Halt wenigstens das Maul!»

«Ich habe nichts gesehen!», beteuerte Peter und fügte leise hinzu: «Ich hoffe nur, es klappt.»

Bis jetzt hatte es nicht geklappt. Anscheinend aber besaß Lora eine Verbindung zu Leuten, die sich mit solchen Dingen befassten. Ein paar Abende später tauchte sie in einer Pause neben Peter auf, der gerade eine Gitarrenseite aufzog, und sagte beiläufig, als wolle sie ihn trösten: «So 'ne lumpige RMK-Karte wäre ein Klacks, wenn man ein Original hätte.»

Peter horchte auf.

«Ein bisschen retuschiert und ein neues Foto rein, und fertig ist die Laube», erläuterte sie.

«Das klingt ziemlich einfach. Wenn die Leute, die so was machen ...»

«Was für Leute?», fuhr sie ihn an. «Ich bin gelernte Fotografin. Weiter nichts.»

«Du meinst, ich müsste eine Karte ...» Er machte die bekannte drehende Handbewegung nach hinten.

«Wäre das Einfachste.»

«Mensch, ich kann doch keinem Kollegen seine Karte klauen ...»

Sie sah ihn an und lächelte. «Na eben, du bist 'ne viel zu ehrliche Seele. Also musst du warten, bis sich mal was ergibt.» Sie stand auf. «Bis dahin vergiss es.»

Das hatte Peter nicht vor. Ihm war längst ein ganz anderer Gedanke gekommen. Und nicht nur einer. Er hielt Lora zurück und flüsterte: «Könntest du auch das J aus einer echten Kennkarte rausretuschieren?»

Langsam setzte Lora sich wieder und blickte sich um, bevor sie ihm sehr ernst in die Augen sah. «Das solltest du noch viel eher vergessen», sagte sie leise. «Dafür haben die Schweine gesorgt, dass es nicht rausgeht.»

Es klang, als hätte sie es schon probiert.

Peter gab nicht auf. «Wenn man nun einen ganzen Pass fälscht ...», sagte er gedankenvoll, und wider Erwarten sprang Lora darauf an.

«Das sind ganz andere Dimensionen ...», sagte sie nachdenklich. «Für deine Mutter?»

Peter schüttelte den Kopf. Niemals würde seine Mutter die Familie verlassen, das war sicher. Wohin sollte sie denn gehen? Solange sie mit einem Arier verheiratet war, schien sie einigermaßen geschützt.

Lora war nicht auf den Kopf gefallen. «Etwa für Margot?», flüsterte sie, und Peter nickte.

Lora sah ihn lange an und kniff das rechte Auge zu. Das mochte ihre Bedenken ausdrücken, vielleicht aber auch so etwas wie Anerkennung. «Hätte ich mir denken können ...», sagte sie. «Geht es ihr einigermaßen gut?»

Peter nickte. Seit Margot vor ziemlich genau zwei Jahren von einem Tag auf den anderen verschwunden war, ging er allen Fragen nach ihr mit einem Achselzucken aus dem Wege. «Wahrscheinlich musste sie nach Polen zurück», lautete sein einziger Kommentar. Bald schien Margot in Vergessenheit geraten zu sein wie so viele andere, die von einem Tag auf den anderen verschwanden. Niemand fragte mehr nach ihr, und das war gut so. Es ersparte ihm das Lügen.

Auch Lora hatte an jenem Abend keine weiteren Fragen gestellt. Peter schien es, als wiche sie ihm seitdem aus, doch heute Abend, während sie *Goody, goody* sang, drehte sie sich zu ihm um und zwinkerte ihm vertraulich zu: Alles wird gut, sollte das wohl heißen. Und als Celi passenderweise den *Nachtexpress* anstimmte, einen Glanztitel für das Saxophontrio, bei dem Peter nichts anderes zu tun hatte, als stur den imitierten D-Zug-Rhythmus zu halten, vernahm er plötzlich ihre Stimme dicht an seinem Ohr: «Besorge mal vorsichtshalber ein Passfoto.»

Das steckte längst vorbereitet in seiner Brieftasche. Er hätte Lora küssen mögen, doch als er sich umwandte, war sie verschwunden. Vermutlich hatte sie nicht von ungefähr gerade diesen Titel für ihre Nachricht gewählt. Im Original hieß er *Nachtexpress nach Warschau*. Die flotte Swingnummer gehörte schon seit zwei, drei Jahren zum Repertoire der Rialtos. Margot liebte den Titel des Bezugs zu ihrer Heimatstadt wegen. «Ohne das Zuggeräusch könntet ihr den bei jeder jüdischen Hochzeit spielen», hatte sie gesagt. Danach klang der *Nachtexpress* wirklich ein bisschen. Peter dachte jedes Mal daran, wenn er ihn bei Hedwig für Margot spielte und pfiff, um sie ein wenig aufzumuntern. Den *Polnischen Tango* dagegen hatte sie ihm glatt verboten. So hieß die urdeutsche Spanierin *Donna Clara* bei den Rialtos seit jenem Abend, an dem Margot gefragt hatte: «Wisst ihr überhaupt, was ihr da spielt?»

Natürlich wussten die Rialtos das: eine der drei von ihnen nicht übermäßig geliebten Tangonummern im Repertoire. Für die Tänzer musste auch so was sein. Warum also nicht *Donna Clara*, die für den Verehrer aus Posen «das Maß der Liebe voll gemacht» hat?

Kein Mensch war bis dahin auf die Idee gekommen, dass *Donna Clara* polnischer Herkunft war. «Das ist der *Tango Milonga*», hatte Margot erklärt. «Komponiert von Jerzy Petersburski. Für die Revue *Warschau in Blumen*.»

Celi, aus dessen Besitz die Notenauszüge stammten, bestätigte es. «Steht so auf dem Original. Hielt ich für nicht so wichtig.»

«Du meinst, Petersburski klingt nicht ausgesprochen arisch ...» Das war Ottmar in seiner spöttischen Art.

«Ich kenne den Jerzy. Er stammt aus einer alten jüdischen Musikerfamilie.» Damit war Margot in Richtung Bierbar verschwunden.

Ottmar hatte die Schultern gehoben und gesagt: «Nu nebbich ... Einer mehr von unsre Leut. Was der Beda ist, der Texter von der *Clara*, das ist sowieso ein Wiener Jude. Hat etliche Operettentexte für Léhar und Paul Abraham verfasst.»

Alle hatten genickt, und Enrico, der beim Tango das Akkordeon spielte, sah es pragmatisch. «Petersburski oder Leningradski – das ist doch scheißegal, solange niemand danach fragt ...

Mehr darüber zu sagen war nicht notwendig. Dass seitdem der *Polnische Tango* erklang, wenn ein Tango oder gar «etwas Deutsches» verlangt wurde, galt unter den Rialtos als ausgemacht. Und das passierte oft genug. Peter sang den witzigen Text von Beda nunmehr mit besonderem Vergnügen, bis ihm eines Abends der zweite Trompeter, der aus Budapest stammte, lange in Wien gelebt hatte und über beste Verbindungen in die kürzlich angeschlossene

Ostmark verfügte, zuraunte: «Den Beda haben die Lumpen gleich ins KZ gesperrt!»

Seitdem verspürte Peter ein beklemmendes Gefühl, wenn er die *Donna Clara* sang und spielte.

Bis jetzt hatte nicht einmal die RMK den *Tango Milonga* verboten.

VIER

LOCKE KIENITZ versuchte, ganz kalt zu bleiben. Kalt wie Hundeschnauze. Das hatte er frühzeitig von seinem Schwager Eduard gelernt, wegen der Lederstulpen um die Hosenbeine «Knobelbecher-Ede» genannt und ein wichtiger Mann im Ringverein. Das war lange her. Noch in der Systemzeit, wie das heutzutage hieß. Der Verein war längst mausetot, und vielleicht lebte ja auch Ede nicht mehr. Locke hatte jedenfalls seit einer Ewigkeit nichts mehr von ihm gehört.

Ede fehlte ihm, und der ganze Verein auch. Die hatten immer Rat gewusst und sich gegenseitig geholfen. Jetzt musste er alleine zusehen, wie es weiterging, und das war er nicht gewohnt. Seit er vor gut zehn Jahren sein elendes Zuhause in der Breslauer Straße für immer verlassen hatte, waren ihm die Zellen am Alex und in Plötzensee vertrauter geworden als jede der kurzzeitigen Absteigen, in denen er zwischendurch untergekommen war. Und jedes Mal, wenn sie ihn rausgelassen hatten, war es draußen um einige Zähne verschärfter zugegangen. Wohin sollte das noch führen?

Jetzt musste er erst mal Plampe erreichen. Nur Plampe wusste, wie man Papiere frisierte oder wie man an irgendeinen Ausweis rankam.

Locke wollte nichts umsonst. Er hatte Geld, und er hatte was anzubieten: ein ganzes Stammbuch mit etlichen Urkunden, zwei echte Arbeitsbücher mit gültigen Einträgen – und außerdem noch etwas ganz Besonderes: einen hundertprozentig echten «Ausschließungsschein aus dem Wehrpflichtverhältnis», von der Kreispolizeibehörde und vom Wehrbezirkskommandeur eigenhändig unterzeichnet, gestempelt und vom Mai dieses Jahres datiert. *Der Erwin Kienitz, geboren am 2. Februar 1918, wird hiermit vom Dienst im Frieden für dauernd ausgeschlossen*, stand da neben seinem Passfoto. *Im Frieden* war durchgestrichen und durch *in der Wehrmacht* ersetzt worden. Er hatte nichts dazu getan, in den Besitz dieses kaum mit Gold aufzuwiegenden Dokuments zu gelangen, an dem er sich ein paar Monate erfreuen durfte. Jetzt war nur wichtig, dass so schnell wie möglich eine Korrektur des Namens und vorsichtshalber auch des Geburtsdatums erfolgte. Plampe würde es richten, dessen war sich Locke sicher. Dass die vom Alex früher oder später seine Spur aufnehmen würden, konnte er sich an den zehn Fingern abzählen, nachdem er es fertiggebracht hatte, drei Tage lang nicht auf der Arbeit zu erscheinen. Schön blöd, wie ihm hinterher klargeworden war, aber es hatte auch sein Gutes: Keine zehn Pferde würden ihn mehr zu dieser Sklavenarbeit kriegen!

Am ersten Morgen nach dem gewissen Ereignis hatte er einfach verschlafen. Hatte wie ein Toter in dieser ungewohnt weichen Furzmulde gelegen, bis die Mittagssonne ihn aufscheuchte. Da galt es, in aller Eile das Notwendigste zusammenzuraffen und ungesehen zu verschwinden. Immer in der Angst, dass die schon hinter ihm her waren, obwohl das unmöglich schien. So schnell konnten die niemals jemanden identifizieren, wie sie das nannten. Noch dazu einen, der unter einem dicken Asphaltbrocken in einem Bombentrichter ruhte. Ganz geräuschlos war der halbe Oberkörper darunter verschwunden.

Locke fühlte sich unsicher. Seit drei Tagen war er jetzt unterwegs und hatte immer noch keine feste Bleibe gefunden. Nicht mal die Laubenkolonien waren mehr das, was sie mal gewesen waren. Obwohl die Nächte schon reichlich kalt ausfielen, wohnten überall noch Leute in den Bretterhütten. Es sah aus, als würden viele Laubenpieper den Winter darin verbringen.

Nein, er musste was Festes finden, und dazu brauchte er dringend eine neue Identität. Vielleicht konnte er sich dann sogar anmelden und Lebensmittelkarten beziehen ...

Nur nicht so viel träumen! Auch das hatte ihm Ede eingetrichtert. Immer einen Schritt nach dem anderen und den Kopf nicht zu weit rausgestreckt. Am Ende zogen die am Alex eine Karte mit seinem nummerierten Foto und den Fingerabdrücken hervor, und alles war aus.

Nein, er musste auf der Hut sein wie nie zuvor. Wenn die ihn diesmal schnappten, war es aus. Diesmal drohte mehr als nur Konzertlager. Das KZ hatten sie ihm nach dem letzten Urteil unmissverständlich und nicht ganz schmerzfrei angedroht. «Genau da gehören asoziale Volksschädlinge deiner Art hin!», hatte ihn der Bulle am Alex voller Verachtung angeraunzt und war sich nicht zu schade gewesen, ihm dabei ins Gesicht zu schlagen. «Da lernst du endlich arbeiten! Und wenn nicht ...»

Die Handbewegung war eindeutig. Im Gegensatz zu den braven Volksgenossen, die sich so etwas lieber gar nicht erst vorstellten, wusste Locke nur zu genau, was die Buchstaben KZ bedeuteten. Anfangs war der eine oder andere aus dem Verein recht schweigsam von dort heimgekehrt und hatte nur gelegentlich eine unbedachte Bemerkung fallengelassen, die einen guten Zuhörer wie Locke nachdenklich stimmte. Im Lager ging es keineswegs nur gegen die Kommunisten, die Schwulen und die Juden. In der U-Haft in Moabit hatte er Einzelheiten über Sachsenhausen vernommen, die selbst abgebrühten Knastbrüdern die Haare zu Berge stehen ließen.

Beim letzten Mal war er noch einmal mit einem blauen Auge, sprich mit zwei Jahren davongekommen, und er hatte vorgehabt, es dabei zu belassen. Bloß nicht auffallen, hieß die eiserne Regel, und das bedeutete gleichzeitig: malochen wie ein Kaputter. Nur schmeckte ihm das ganz und gar nicht. Ausgerechnet in diese stinkige Asbestbude nach Reinickendorf hatten sie ihn zwangsverpflichtet, eine Dreckarbeit, die ihm nach drei Stunden bis zur Unterlippe stand. Dabei betrug die tägliche Arbeitszeit zehn Stunden. Waren die Roten nicht früher mal für den Achtstundentag auf die Barrikaden gegangen?

Vorsichtshalber hatte er sich erst mal eine Handverletzung zugezogen, die ihm in normalen Zeiten mindestens drei Wochen Ruhe eingebracht hätte. Dieses Armloch von Doktor aber guckte nur misstrauisch und ließ sich knapp zu einer Bescheinigung für eingeschränkten Arbeitseinsatz herab. Immerhin verschaffte die ihm ein wenig Luft und Bewegungsfreiheit auf dem Werkgelände.

Diese Freiheit allerdings bescherte ihm ganz unerwartet die Bekanntschaft eines feinen Büro-Pinkels, der beim ersten Vorbeigehen ein so deutliches Auge auf ihn warf, dass es selbst einem Blinden aufgefallen wäre. Locke war nicht schwul, doch war ihm nichts Menschliches fremd, und schon im Knast erfreute er sich einer gewissen Beliebtheit, da er jünger wirkte als alle anderen. Er war in der Gegend des Schlesischen Bahnhofs aufgewachsen. «Groß geworden» hätte als Übertreibung gelten müssen. Locke maß gerade mal einsachtundfünfzig und war schlank und drahtig, was sich bei den ersten Brüchen, an denen er beteiligt gewesen war, als ein ausgesprochener Vorteil erwiesen hatte. Seine gut gespielte Kindlichkeit stimmte außerdem die Richter milde, so dass sein Vorstrafenregister gerade unterhalb jener Linie lag, deren Überschreitung ihn mit tödlicher Sicherheit als asozialen Berufsverbrecher nach Sachsenhausen gebracht hätte. Die «tödliche Sicherheit» wurde dort leicht wörtlich genommen, wie Locke wusste.

Sein neuer Bekannter war bei aller Intelligenz reichlich naiv und fraß ihm aus der Hand, nachdem Locke ihn erst einmal ein bisschen angefüttert hatte. Und er war reich, wie Locke gleich bei seinem ersten Besuch in Moabit mit Kennerblick festgestellt hatte. Das war übrigens das Fieseste an diesem Ewald: eine Wohnung ausgerechnet in Moabit, wenn auch nicht in Sichtweite des Kriminalgerichts und der sternförmigen Anstalt, die Locke von innen besser kannte als von außen. Er hütete sich, es Ewald gegenüber zu erwähnen. Leider war der doch dahintergekommen, und daran trug Locke selber die Schuld. Da er die Rangordnung in der staubigen Asbestbude nicht durchschaute und Ewald es vermied, ihm seine wahre Position in dem Verwaltungsbau zu verraten, war

Locke davon ausgegangen, es müsse für Ewald ein Leichtes sein, seinem Herzallerliebsten einen einigermaßen bequemen Druckposten auf dem weitläufigen Firmengelände zu verschaffen. Damit aber tat sich Ewald schwer, schwafelte vom kriegsbedingten Schwersteinsatz aller männlichen Arbeitskräfte und seinem mangelnden Einfluss auf Personalentscheidungen. Dass der dennoch einen reichlich unvorsichtigen Vorstoß unternommen und sich unter dem Vorwand, da wäre einiges bei den Steuerklassen unklar, Einblick in die Personalunterlagen der Dienstverpflichteten verschafft hatte, ahnte Locke nicht. Tatsächlich war Ewald dabei in wohlberechneter Abwesenheit des stramm nationalsozialistischen Personalchefs ein heimlicher Blick auf ein amtlich gestempeltes Formular gelungen, das den Arbeitseinsatz eines gewissen Erwin Kienitz samt dringlich angeordneter ständiger Überwachung und Meldung aller Unregelmäßigkeiten betraf.

Locke gegenüber blieb dieses Papier unerwähnt. Noch immer zitternd, hatte Ewald nur geäußert: «Du musst einsehen, wie scheel ich selbst oft angesehen werde und welcher ständigen Gefährdung ich unterliege. Die sind imstande, meine uk-Stellung von heute auf morgen überprüfen zu lassen! Und was dann?»

Es war Locke ziemlich egal, ob und wie lange Ewald für die schaurige Asbestbude unabkömmlich blieb. Obwohl es schade um die Kuh gewesen wäre, die sich ziemlich unaufwendig melken ließ. Ein-, zweimal die Woche tauchte er, von Ewald sehnsüchtig erwartet, in der Calvinstraße auf und achtete sorgfältig darauf, nicht von irgendwelchen Nachbarn gesehen zu werden. Eine Weile war das gutgegangen, bis die Fliegerangriffe einsetzten und Ewald sich der Nachbarn wegen gezwungen sah, bei Alarm den Luftschutzkeller aufzusuchen. Zweimal war ihm nichts anderes übriggeblieben, als Locke alleine in der Wohnung zurückzulassen und dem damit Gelegenheit zu bieten, sich gründlich darin umzusehen. Ein schwerer goldener Ring, dessen Fehlen Ewald nicht einmal bemerkte oder bemerken wollte, schien Locke eine angemessene Belohnung für die ausgestandene Todesfurcht. Beim zweiten Mal allerdings – und das war nach Ewalds heimlichem Besuch in der Personalabteilung, von dem Locke sich nachträglich ausrechnete, was seinen Gönner wahrscheinlich so verschreckt hatte – fand er Kisten und Kästen fest verschlossen und nichts Kleinteiliges mitnehmenswert. Die reichlich vorhandene Kleidung passte ihm nicht und ließ sich nicht unauffällig transportieren. Ewald war nur ein paar Zentimeter größer als er, verfügte aber trotz der kriegsbedingten Versorgungslage über etwas, das er auf Französisch als sein *Embonpoint* bezeichnete – auf gut Deutsch: Er trug eine ziemliche Wampe vor sich her.

Eigentlich war er gar kein unangenehmer Geselle gewesen. Ein bisschen weich bei aller vorgetäuschten Härte, wie das bei solchen Typen eben war. In normalen Zeiten hätte man sich gut bei ihm einquartieren können, um über den Winter zu kommen. Und über den Krieg vielleicht.

Nun war alles zu spät. Das Schlüsselbund ruhte auf dem Grund der Spree, und alles Lohnenswerte aus der gepflegten Bude hatte Locke an sicherer Stelle versteckt. Nur das Stammbuch, das Arbeitsbuch und ein paar andere Papiere trug er bei sich. Wenn sie das bei ihm fanden ...

Es wurde höchste Zeit, dass er Plampe fand!

FÜNF

JEDER IM RIALTO hatte Margot gekannt. Und jeder wusste von der Affäre zwischen ihr und Peter, deren Anfang gut sechs Jahre zurücklag. Er war gerade sechzehn geworden, als er zum ersten Mal in der Rialto-Bar ausgeholfen hatte. Am Bass, wie er sich gut erinnerte. Das Instrument hatte ihn damals um beinahe zwei Haupteslängen überragt. Dennoch hatte Celi ihm aufmunternd zugenickt: «Gar nicht so übel, der Kleine!»

Celi konnte nicht ahnen, dass der Kleine den ganzen Abend über nicht etwa für ihn oder für sich oder für die tanzwütigen Gäste sein Bestes gegeben hatte, sondern alleine für das schwarzhaarige Mädchen mit den traurigen Augen, das an den vorderen Tischen bediente und auch der Kapelle die Getränke reichte. Tatsächlich hatte das Mädchen, eher schon eine junge Frau, ihm ein paarmal zugelächelt. Das war keine Einbildung. Sie hieß Margot, wie Peter leicht herausfand, und erstaunlicherweise wartete gegen Morgen keiner der Gäste oder der Musiker auf sie. Nur Peter stand frierend im Hauseingang, als sie endlich auftauchte und er ihr mit munteren Worten seine Begleitung antrug. Insgeheim beglückwünschte er sich, dass es sich bei dem Riesenbass um das Hausinstrument und nicht um sein eigenes handelte und er demzufolge die Hände frei hatte. Was ihm nicht allzu viel nützte. Dafür sorgte Margot denn doch. Immerhin hatte sie ihn nicht ausgelacht und seinem Angebot nach kurzem Zögern nicht widersprochen.

Natürlich hatte er zuerst einmal von seiner Musik geredet, von der sie auch ein bisschen was verstand. Besonders schüchtern war er nie gewesen, seine frühen Erfolge bei Frauen aller Altersklassen hatten sein Selbstbewusstsein gestärkt. Dass diese unwiderstehlich schöne Margot vermutlich drei, vier Jahre älter war als er, störte ihn nicht im Geringsten. Im Gegenteil. Er sah aus wie mindestens achtzehn, der schicke Hut und die Schuhe mit den hohen Absätzen ließen ihn ein wenig größer erscheinen, und er kam sich sehr elegant vor in seinem überlangen karierten Zweireiher, den langen weißen Schal lässig um den Hals geschlungen. Zu einem passenden Staubmantel hatte es damals noch nicht gereicht. Einen zusammengerollten Regenschirm, wie ihn die Swings als ihr Markenzeichen bei sich trugen, fand er denn doch zu affig.

In der S-Bahn, zwischen den unausgeschlafenen Arbeitern, die zur Frühschicht fuhren, fiel das Pärchen dennoch auf. Am Alexanderplatz sagte Margot ebenso freundlich wie bestimmt: «Weiter brauchst du wirklich nicht mitzukommen. Das ist keine gute Gegend hier.» Doch damit verpflichtete sie ihn natürlich erst recht, sie zu begleiten. So leicht ließ er sich nicht abwimmeln.

Der Alex samt Markthallen-Umgebung war zu dieser frühen Stunde wahrhaftig keine gute Gegend. Vor allem war es nicht Peters Gegend. Am Potsdamer Platz und im Dreh rund um den Kurfürstendamm, wo all die Bars und Tanzpaläste lagen, die ihn interessierten und die allmählich wieder mehr Zulauf kriegten, da kannte er sich aus. Zur Not auch noch im Südosten, am Kottbusser Tor oder am Moritzplatz. An diesem Morgen aber tauchten sie nach ein paar hundert Metern ins Scheunenviertel ein, von dem zu Hause in der Familie nur mit einer Spur von Geringschätzung gesprochen wurde. Er wusste nicht einmal, wie die schmutziggraue Straße hieß, die von der nicht viel vornehmeren Münzstraße abbog und sich irgendwo im Dunkel verlor.

Vor einem der düsteren Torwege blieb Margot stehen und kramte einen überdimensionalen Schlüssel aus ihrer Handtasche. «War nett, dass du mitgekommen bist», sagte sie in ihrem harten Deutsch. «Wie du siehst: Es lohnt nicht. Ich wohne hier möbliert. Bei Verwandten.»

Dass sie eigentlich aus Warschau stammte und zwei Jahre zuvor zum Studium nach Berlin gekommen war, hatte er unterwegs geschickt aus ihr herausgefragt. Sie hatte sich nicht gerade als gesprächig erwiesen und war erst ein bisschen aufgetaut, als er sagte: «Meine Mutter kommt aus Posen. Ich glaube, das hat auch mal zu Polen gehört.»

Sie hatte ihn forschend angesehen. «Ist sie jüdisch?» Das Ü sprach sie wie ein I aus.

Zu seiner Genugtuung konnte er nicken.

«Dann weißt du, weshalb ich nicht mehr studiere.»

Nach und nach, das heißt in den unzähligen Nächten, in denen er sie bis in die Dragonerstraße begleitete, erfuhr er die ganze Geschichte. Ihr Vater, in der polnischen Hauptstadt ein wohlhabender Kürschner, der gewissenhaft dem Ritus folgte, hatte es nach zähem Ringen für schicklich gehalten, der jüngsten Tochter ein Studium in Deutschland zu gestatten. In Polen herrschte kein gutes Klima für jüdische Studenten, ja für die Juden überhaupt, wie er fand. Für eine angehende Medizinerin schien es allemal besser, an der Berliner Universität zu studieren, als sich in Warschau den wachsenden antisemitischen Demütigungen auszusetzen. Wie schnell und gründlich sich der Wind in Berlin drehen würde, ahnte er nicht. Bereits nach zwei Semestern wurde Małgorzata Fejngold gezwungen, das Medizinstudium unfreiwillig zu beenden. Die Aussicht, es an einer polnischen Universität fortzusetzen, ging gegen null. Außerdem verspürte sie trotz der veränderten Verhältnisse nicht die geringste Lust, Berlin zu verlassen und in das strenge jüdische Elterhaus heimzukehren. Die Stellung als Servierin in der Rialto-Bar, wo niemand nach Herkunft oder Abstammung fragte und wo außerdem die Musik gespielt wurde, die sie liebte, machte ihr Spaß. Marco wusste ihre angenehme Ausstrahlung und ihre Zuverlässigkeit zu schätzen, und überraschenderweise kam sie sogar mit seiner eifersüchtigen Frau aus. Für die Stammgäste, die Swings also und ihren Anhang, gehörte sie bald ebenso zum Rialto wie Celis Band, zu der Peter ab 1935 so gut wie fest zählte, obwohl ihm die braune Karte fehlte. In der Olympiastadt Berlin servierte man die Suppe längst nicht mehr so heiß, wie sie von Goebbels' und Rosenbergs Köchen anfangs eingebrockt worden war.

Plötzlich durfte die Musik wieder heiß sein, Swing war angesagt, und schlaue Musiker präsentierten ihn als melodische Gegenströmung zum misstönenden Hot-Jazz. Im Delphi an der Kantstraße begeisterten Teddy Stauffers «Original Teddies» ihr Publikum, unter das sich an spielfreien Abenden Peter und die anderen Rialtos mischten. Dafür tauchten einige der Teddies gelegentlich im Rialto auf, und es wurde heiß gejamt. Zu aller Erstaunen konnte Stauffer noch 1939 eine ganze Serie von heißen Swing-Titeln aufnehmen. Seine Erkennungsmelodie *Goody Goody* war längst zur Erkennungsmelodie der Swings in Berlin geworden. Im Rialto verging kein Abend, ohne dass sie verlangt, gespielt und begeistert gesungen wurde.

Alles hätte so schön sein können. Allmählich kam Peter der spröden Margot so nahe, wie er sich das gewünscht hatte. Wie sollte sie auch auf Dauer der Beredsamkeit und dem ungestümen Charme eines jugendlichen Verehrers widerstehen, dessen Hartnäckigkeit sich irgendwann auszahlen musste! Nachdem sie den Schock über sein wahres Alter – das er ihr vorenthielt, bis er am Ziel war – überwunden hatte, entflammte ihre Liebe zu ihm auf erstaunliche Weise. Kurz vor seinem siebzehnten Geburtstag avancierte er vom getreuen nächtlichen Begleiter zu ihrem ebenso getreuen Liebhaber.

Es bereitete ihm kaum Probleme, die Geliebte aus den Klauen der orthodoxen Mischpoche in der Dragonerstraße zu befreien und sie in einem hochherrschaftlich möblierten Zimmer in der Meinekestraße unterzubringen. Die Sechszimmerwohnung gehörte der Witwe eines einstigen Varieté-Impresarios namens Blumenstein, deren nachlassendes Gehör und deren weites Herz den Liebenden zupassekamen. Nach und nach war die alte Dame gezwungen gewesen, die Riesenräume einzeln zu vermieten, und bald hatte sie jeglichen Überblick über das Kommen und Gehen der Untermieter samt ihren zahlreichen Gästen verloren, was sie nicht zu stören schien. Peter jedenfalls bewegte sich mit größter Selbstverständlichkeit im Reitstall, wie er das Domizil respektlos getauft hatte. Margots vier Meter hohes Balkonzimmer wurde sein zweites, wenn nicht sein erstes Zuhause. Daran änderten die Klagen seiner Mutter wenig, die sich ganz zu Unrecht um ihren Jungen sorgte. Peter fühlte sich bei Margot in guten und noch dazu sehr zärtlichen Händen.

Die Vertreibung aus dem Paradies folgte auf unsanfte Weise. Ein im NSKK, dem Nationalsozialistischen Kraftfahrerkorps, zum Führer aufgestiegener Chauffeur aus dem Hinterhaus neidete der Nicht-Arierin die prächtige Behausung mit der schwer durchschaubaren, in jedem Fall anrüchigen Bewohnerschaft und unternahm erfolgreiche Schritte, «diese ganze Sippschaft» daraus zu vertreiben, was ihm binnen Monatsfrist gelang. Nur dank gewisser Rialto-Beziehungen gelang es Peter, für Margot in aller Eile eine Bleibe zu finden, deren Vermieterin sich allerdings trotz überhöhter Miete bei weitem nicht so großherzig in Bezug auf Herrenbesuche erwies, wie Peter es erhofft hatte.

Margot fühlte sich in ihrer neuen Behausung am Nollendorfplatz höchst unwohl. Die Zimmerwirtin lehnte es rundweg ab, ein Schild mit dem Namen *Fejngold* an ihrem Klingelbrett zu dulden. «Ich persönlich habe nischt jegen Juden», erklärte sie. «Deswejen muss es aber nicht unbedingt an meine Türe dranstehen.»

Margots sanftem Hinweis, alle diesbezüglichen Einschränkungen gälten doch ausschließlich für deutsche Juden, begegnete sie mit meckerndem Lachen. «Ach, Sie mein' wohl, weil Sie aus der Pollackei stamm', sind Se was Besseres? Da wer'n Se sich noch wundern!»

Sie behielt recht. Schneller, als es Margot erwartet hatte, wurden alle in Deutschland lebenden Polen plötzlich aufgefordert, ihre Pässe bis zum 29. Oktober 1938 zur Eintragung eines «Sichtvermerks» auf dem Konsulat vorzulegen, anderenfalls würden sie zu Staatenlosen erklärt werden. Da deutete sich Böses an. Und richtig: Vier Wochen später wurden die meisten polnischen Juden in einer Nacht- und Nebelaktion verhaftet und nach Polen abgeschoben, dort jedoch nicht aufgenommen.

Glücklicherweise hatte Margot auch an diesem Abend im Rialto gearbeitet. Als sie morgens nach Hause kam, ließ die Vermieterin ihr genau zwanzig Minuten, die Schreckensbotschaft vom abendlichen Gestapo-Besuch zu verdauen und unter Zurücklassung eines Gutteils ihres bescheidenen Besitzes für immer aus der Wohnung zu verschwinden.

Von da an mehrte sich das Unglück. Zwar gelang es Peter, der Vermieterin Margots Habe bis auf den angeblich nie vorhanden gewesenen wertvollen Pelzmantel zu entreißen, eine andere Ausweichadresse als die der Verwandten im Scheunenviertel aber wusste auch er nicht. Als sich dann vierzehn Tage später der angebliche Volkszorn in einem blutigen SA-Pogrom gegen alles Jüdische entlud und er am Kurfürstendamm durch die Scherben der Schaufensterscheiben watete, wurde ihm endgültig klar, dass etwas Grundlegendes geschehen musste, um Margot möglichst dauerhaft zu schützen.

In der Rialto-Bar ging alles seinen gewohnten Gang. Mit einer Ausnahme: Eine Serviererin namens Margot war nicht mehr vorhanden und wurde allenfalls im Flüsterton erwähnt. «Hat leider gekündigt», antwortete Marco auf Fragen der Gäste und hob bedauernd die Schultern. «Schade. War so ein hübsches und fleißiges Mädel.»

Das hübsche, fleißige Mädel saß derweil untätig und voller Furcht in dem düsteren Hinterzimmer in der Dragonerstraße, dem sie gut drei Jahre zuvor entflohen war. Für immer, wie sie damals gehofft hatte. Onkel Moritz, das Familienoberhaupt, saß seit der Juniaktion im Lager, wohin man alle vorbestraften Juden eingewiesen hatte. Seine Straftat, ein Betrug, der zehn Jahre zurücklag, war seinerzeit mit vier Monaten Gefängnis geahndet worden.

Als Peter, nachdem er den zähen Widerstand von Tante Sally überwunden hatte, zu Margot vordrang und sich entsetzt umsah, lautete sein erster Satz: «Hier kannst du unmöglich bleiben!»

Margot hockte auf der Kante des durchgelegenen Kanapees und sah zu ihm auf. «Wohin soll ich sonst?»

«Ich lasse mir was einfallen. In dieser Umgebung und unter diesen Leuten darfst du auf gar keinen Fall bleiben. Wenn die Nazis hier morgen eine von ihren Aktionen veranstalten, bist du geliefert.»

«Das bin ich überall, wo immer die mich finden. Meine Papiere sind ungültig. Sie stecken mich ins Lager oder schicken mich nach Polen zurück. Das wäre vielleicht das Beste ...»

«Du bist verrückt! Da stecken sie dich auch nur ins Gefängnis, weil du die Passvorschriften verletzt hast. Nein, du bleibst hier in Berlin. Ich werde eine Unterkunft für dich finden. Wäre ja gelacht!»

Margot lächelte traurig und ohne jede Hoffnung. «Du gibst nie auf, nicht wahr?», sagte sie.

«Nie!», antwortete Peter mit Überzeugung. Drei Abende später brachte er sie raus nach Britz, wo er im Büro einer Gärtnerei ein Quartier für sie ausfindig gemacht hatte. Für genau drei Wochen. Dann packte den Gärtner die Angst, und für Margot begann eine fast halbjährige Odyssee durch immer neue Verstecke, die schließlich in Hedwigs Laube in Hohenschönhausen endete. Die letzte Hiobsbotschaft, die sie auf verschlungenen Wegen erreichte, war die vom unerwarteten Tod ihrer geliebten, großherzigen Mutter in Warschau und der Verzweiflung des Vaters.

Wenn Margot an die Zukunft dachte, sah sie einen engen schwarzen Tunnel vor sich, der ins Nichts führte. In manchen Nächten wuchs ihre Beklemmung so stark, dass sie glaubte, keine Luft mehr zu bekommen, und am liebsten das Küchenfenster neben ihrem Verschlag weit aufgerissen hätte. Wie lange sollte sie dieses Leben noch ertragen? Und wofür? Für Peter, versuchte sie sich einzureden, doch auch das misslang. Während sie Stunde um Stunde wach lag und nicht einmal das wispernde Radio Rettung versprach, saß Peter Abend für Abend im Rialto auf dem Podium und machte seine Musik, die ihm so viel bedeutete. Ohne Musik würde ich mich umbringen, hatte er einmal unvorsichtig geäußert. Ein Satz, den Margot nicht vergessen konnte, war «umbringen» doch ein Wort, das sich seit langem wieder und wieder in ihre Gedanken schlich.

Eigentlich war alles ganz einfach. Sie musste unwillkürlich lächeln, wenn sie daran dachte, dass Hedwig abends den Haupthahn für das Gas absperrte und den Griff an sich nahm, nachdem ihr eine Bemerkung von Margot aufgefallen war. «Das wirst du dir und mir doch nicht antun, Mädel!», lautete ihre Mahnung.

Natürlich nicht, konnte Margot reinen Herzens erwidern. Niemals würde sie sich mit Gas vergiften oder sich aus dem vierten Stock hinunter in den gepflasterten Hof stürzen, das war sicher. So etwas durfte sie Hedwig und damit auch Peter unmöglich antun. Eins fix drei, wie man hier in Berlin sagte, hätte die Gestapo herausgefunden, um wen es sich bei der Selbstmörderin handelte und wo die sich so lange versteckt gehalten hatte.

Wie wenig Peter von ihrer verzweifelten Stimmung ahnte, war ihr bewusst geworden, als er ihr vor ein paar Wochen dieses niedliche kleine Spielzeug mitgebracht hatte, das sie von da an in der Manteltasche verbarg: eine französische Taschenpistole, nur ein paar Zentimeter lang und gar nicht gefährlich aussehend. «Scheue dich nicht, sie zu gebrauchen, wenn du wirklich in Gefahr bist!», hatte er ihr mit ernster Miene geraten und ihr die Handhabung erklärt, als verstünde er etwas von Waffen.

Auch heute, als er vormittags um elf in der Marienburger Straße auftauchte und die Schätze aus dem gut gefüllten Gitarrenfutteral auf Hedwigs Küchentisch entleerte, flüsterte er Margot die Frage nach der Pistole zu, kaum dass Hedwig die Küche verlassen hatte.

Margot beruhigte ihn: «Alles in Ordnung.»

Den nächtlichen Aufenthalt im Luftschutzkeller erwähnte sie lieber nicht. Es würde ihn beunruhigen, und das wollte sie vermeiden. Sie hatte sich fest vorgenommen, ihn in den Stunden, die er mit ihr verbrachte, nicht mit ihrer Verzweiflung zu belasten.

Vermutlich war sie keine ganz unbegabte Schauspielerin, wie sie manchmal fand, wenn sie das fröhliche Rapunzel aus dem Turmgemach spielte, zu dem der Geliebte emporstieg. Das Märchen hatte sie in einem von Hedwigs Büchern entdeckt und immer wieder gelesen.

Peter wusste, dass sie gerne las. Zuunterst in der unverdächtigen Gitarrenhülle lagen zwei polnische Bücher für sie. «Wo hast du die her?», wollte Margot wissen.

Peter winkte ab. «Vom Trödler», sagte er. «Habe ich als Zugabe zu ein paar alten Schallplatten gekriegt.» Am liebsten hätte er ihr auch noch ein Grammophon mitgebracht, aber das wäre in Hedwigs enger Wohnung wohl doch zu sehr aufgefallen.

Damals, in der goldenen Zeit in der Meinekestraße, hatten sie öfter nach den Klängen aus Frau Blumensteins modernem Grammophonschrank getanzt, und eines Tages war Peter mit einer Platte aufgetaucht, deren schwarzes Etikett Margot mit ungläubigem Staunen betrachtete. Das Orchester Syrena Record unter Henryk Gold spielte *Tango Milonga* von Jerzy Petersburski! Zu Peters Bestürzung war sie in Tränen ausgebrochen.

«Ich wollte dir eine Freude machen ...», hatte er gestammelt.

Sie versuchte zu lächeln. «Das ist dir ja auch gelungen!» Wie konnte er ahnen, dass es sich um die Lieblingsplatte ihres Vaters handelte, der weitläufig mit Petersburski und dessen Cousin Henryk verwandt war. Obwohl deren Musik seinen orthodoxen Ansprüchen kaum genügte, hatte der Vater oft bewundernd von den beiden gesprochen. Einen Besuch im Kabarett Morskie Oko, wo sie auftraten, hatte er Margot dennoch verweigert: Das sei nichts für ein jüdisches Mädchen aus gutem Hause. Dabei war ihm selber der *Donna-Clara*-Text von diesem Beda durchaus geläufig. Er wusste sogar, dass dieser Beda schon im Kriege ein altes Soldatenlied umgedichtet hatte: *Rosa, wir fahr'n nach Lodz*. «Es fährt direkt ein Zug von Wien, der Hindenburg fahrt auch schon hin ...» In seiner eigenen Jugend hatten sie noch spöttisch gesungen: «Ich habe diese Landluft satt – Itzek, komm mit nach Lodz ...»

Hedwig, mit Hut und Mantel bekleidet, kam zurück in die Küche. «Ich muss noch zur Krankenkasse», sagte sie munter. «Hatte ich ganz vergessen. Wird wohl ein paar Stunden dauern ...»

Im Gegensatz zu Margot war sie eine schlechte Schauspielerin, doch Margot und Peter liebten sie in dieser Glanzrolle der vergesslichen alten Dame, der eine dringende Besorgung just in dem Augenblick einfiel, da das Publikum den dringenden Wunsch verspürte, allein gelassen zu werden.

In Hedwigs einzigem Zimmer stand als wichtigstes Möbel noch immer das doppelte Ehebett, in dem Walter Steguweit vor zwölf Jahren im wahrsten Sinne des Wortes sein Leben ausgehaucht hatte und an Tuberkulose gestorben war. Ein paar Nächte hatte Margot darin neben Hedwig geschlafen, bevor sie im gegenseitigen Einvernehmen in den Küchenverschlag umgezogen war. Und im ebenso stillschweigenden Einvernehmen nutzten Peter und Margot in Hedwigs Abwesenheit ebendieses Bett, das ihnen wenigstens für ein paar Stunden den Anschein von Geborgenheit vorgaukelte.

Peter liebte sie noch immer so stürmisch wie beim ersten Mal – und noch immer so oft, wenn es nach ihm gegangen wäre. Die Unterwäsche aus Paris bot zusätzlichen Anreiz. Margot gab sich alle Mühe, die feurige und unbekümmerte Liebste zu spielen, und es gab einen Moment höchster Lust, in dem sie tatsächlich alles vergaß. Aber eben nur einen Augenblick lang, dann fiel Peter ihr gequälter Gesichtsausdruck auf, und er fragte erschrocken: «Was hast du? Ist was passiert?»

Nein, es war nichts passiert. Hoffentlich nicht! Sie war nur unendlich müde. Und traurig, traurig, traurig ... Alles Unheil dieser Welt türmte sich wie ein Gebirge vor ihr auf. Und Peter streute zusätzlich Salz in alle ihre offenen Wunden, indem er beruhigend sagte: «Ich habe mit Lora gesprochen ...»

Margot spürte, wie sich alles in ihr verkrampfte. Lora! Natürlich kannte sie Lora, die sie einst recht sympathisch gefunden und dann beinahe vergessen hatte, bis der Name in Peters Erzählungen in letzter Zeit ein wenig zu häufig fiel. Margot war keine

Musikerin, sie spielte leidlich Klavier, aber sie besaß ein feines Gehör. Wenn Peter Lora erwähnte, schien ihr ein Unterton mitzuschwingen, der sie anfangs melancholisch stimmte, inzwischen jedoch beunruhigte und wütend machte.

«So? Und was sagt deine kluge Lora?», fragte sie viel spitzer als beabsichtigt.

Auch Peter verfügte über ein gutes Gehör und rückte unwillkürlich eine Handbreit von ihr ab. «Ach, nichts», sagte er leichthin. Vielleicht war es besser, in Margot keine vorzeitigen Hoffnungen zu wecken. «Wenn es so weit ist, wirst du es schon erfahren.»

SECHS

HEDWIG STEGUWEIT, geborene Zobel, war gelernte Friseuse. Man sah es den eigenen, adrett frisierten grauen Haaren, vor allem aber Margots schicker Frisur an. Hedwig bewunderte die schwarze Haarpracht ihrer Schrankmieterin und liebte es, sie stundenlang zu pflegen und zu bearbeiten. Auch andere Frauen im Haus schätzten Hedwigs diesbezügliches Geschick. Für Margot in ihrem Schrank wurde es jedes Mal eine Tortur, bis die geschwätzigen Nachbarinnen nach Stunden endlich wieder verschwanden. Andererseits bekam sie in diesen Plauderstündchen so manches zu hören, was Peter und Hedwig ihr augenscheinlich verschwiegen. Außer den beiden schienen beispielsweise alle Deutschen fest vom nahen Endsieg über die Engländer überzeugt, wie Margot mit Schrecken erfahren musste. «Det jeht ratzbatz, jenau wie mit die Franzosen!», lautete der allgemeine Tenor. «Man versteht jar nich, wat der Führer für eine Engelsjeduld mit diese Bombenschmeißer entwickelt. Aber er wird schon seine juten Jründe dafür haben ...»

Hedwigs vorsichtigen Einwand, sie wüsste gar nicht, was es denn in England schon groß zu holen gäbe, wenn noch dazu vorher alles zerbombt würde, akzeptierte niemand: «In London sitzen doch die reichen Juden alle auf ihr'n Gold. Die Franzosen haben auch immer janz arm jetan, und nu hat unser Paul seine Frau einen wundervollen Pelzmantel aus Paris mitjebracht, und mein Gotthardt pichelt abends echt französischen Konjack!»

Margot hasste diese Reden. An dem Abend im Keller hatte sie sich vorzustellen versucht, welche Stimme zu welcher Nachbarin passte. *Donna Clara* und der wundervolle Pelzmantel gehörten mit

Gewissheit zusammen. Nur – besaß sie nicht selbst einen überwältigend schönen Mantel aus Paris? Um welchen Preis war der nach Deutschland gelangt? Wem mochte er vorher gehört haben?

An diesem Nachmittag erwartete Hedwig keine ihrer Kundinnen. Als es dennoch zaghaft läutete, verschwand Margot mit geübtem Schwung in ihrem Versteck. Als sie die Schiebetür hinter sich zuzog, sah sie gerade noch, dass Hedwig ihr beruhigend zuwinkte. Seit es draußen so feucht geworden war, klemmte das Sperrholz ein wenig. Margot wollte kein unnötiges Geräusch verursachen und ließ einen Spalt offen.

«Nich in Ihre Stube, Frau Steguweit», vernahm sie vom Korridor her eine zurückhaltende Frauenstimme. «Wir sind es doch alle jewohnt, in Kiche zu sitzen, nicht wahr?»

Margot horchte auf. Dem harten Akzent nach musste die Frau Polin sein, oder sie stammte mindestens aus Oberschlesien. Erst hier in Berlin war Margot aufgefallen, dass sich das Leben in den engen Wohnungen der ärmeren Leute vornehmlich in der Küche abspielte. Das oft einzige Zimmer wurde ausschließlich für feierliche Anlässe und zum Schlafen genutzt. Kein Wunder also, dass die Besucherin mit dem so vertrauten Akzent darauf bestand, in der Küche Platz zu nehmen. Ausnahmsweise spürte Margot keinen Ärger, sondern vielmehr Neugierde. Wer mochte das sein?

Es war Frau Piechocki, wie sie sogleich erfuhr, denn in ihrer mütterlichen Art versuchte Hedwig, ihren Gast zu überreden: «Ist doch aber viel jemütlicher inner Stube, Frau Pischocki ...»

«Nein, nein. Ich will Ihnen keine Umstände machen und sie auch gar nicht aufhalten. Wahrscheinlich haben Sie zu tun.»

«Nu setzen Se sich erst mal hin. Von Umständen kann ja keine Rede sein. Wo drückt Ihn' denn der Schuh? Oder möchten Sie, dass ick Ihn' die Haare mache? Nötich wär's mal ...»

«Nein, nein», wehrte die Frau ab. «Wer guckt schon alte Schachtel wie mich an? Und jetzt schon gar nicht, nach dieses schreckliche Unglick ...»

«Um Jottes willen, was is denn passiert?»

Frau Piechocki antwortete nicht. Sie weinte. Margot hörte es sehr deutlich. Wenn sie sich vorbeugte, konnte sie die Frau am Küchentisch sehen, eine mollige kleine Person mit Brille und dunklen Haaren und grauen Strähnen, ganz in Schwarz gekleidet.

«Unser Sohn ... der Josef ...», schluchzte die Frau.

«Na, ich kenn ihn doch, den Josef. Was ist denn mit ihm?» Hedwigs Stimme klang beklommen.

Frau Piechocki flüsterte, aber Margot verstand dennoch, was sie sagte: «Sie haben ihn umgebracht.»

Eine ganze Weile herrschte ein unheilvolles Schweigen in der Küche. Am liebsten wäre Margot aus ihrem Versteck gekrochen, um sich zu den beiden Frauen zu setzen und den Schmerz ihrer unbekannten Landsmännin zu teilen.

Normalerweise hätte Hedwig jetzt gewiss nach Einzelheiten gefragt, doch verschloss ihr sicherlich Margots Anwesenheit den Mund. So war es Frau Piechocki, die schließlich sagte: «Entschuldigen Sie, aber Sie sind der einzige Mensch, mit dem man konnte immer reden.»

«Das können Sie auch jetzt noch!», versicherte Hedwig. «Ich weiß doch, dass Ihr Sohn verhaftet worden ist ...» Sie sprach sehr leise. Vielleicht war ihr aufgefallen, dass die ohnehin nur millimeterstarke Schranktür einen Spalt breit offen stand.

«Hier heert uns doch niemand?», vergewisserte sich Frau Piechocki.

Wahrscheinlich schüttelte Hedwig den Kopf, stand jedoch auf und schob die Tür mit einem energischen Ruck zu.

Margot tat etwas, was sie bis dahin nie auch nur in Erwägung gezogen hätte, solange sich eine fremde Person in der Küche befand: Sie legte vorsichtig ihr Ohr an die kalte Holzplatte, die zu ihrem Erstaunen wie ein Verstärker wirkte. Sie hörte die Atemzüge der beiden Frauen und verstand jede Silbe, die sie flüsternd miteinander sprachen.

«Sie haben ihn in ein Lager gesperrt. Sachsenhausen heißt

das. Ganz im Norden, weit draußen. Wir sind hingefahren, aber niemand darf ihn sehen. Und dann ...» Wieder schüttelte sie ein Schluchzen. «... dann haben sie uns geschrieben, er ist verstorben. Herzschwäche ...»

«Aber er war doch noch so jung ...»

«26 Jahre!» Frau Piechocki schrie es beinahe heraus. «Und immer kerngesund! War ja beinahe ein Deutscher, unser Josef. Hat immer hier gelebt, wie wir auch. Bis sie den verfluchten Krieg haben angefangen. Da hat er nicht halten können seinen großen Mund ...»

«Und deswegen ist er ins KZ gekommen?»

«Weil er zu einem anderen polnischen Kameraden hat gesagt: ‹Da musst du auf deine eigene Brieder schießen›, wo der ist eingezogen worden ...»

Margot hörte, wie sie weinte, und Hedwig flüsterte: «Das ist ja furchtbar ...»

«Sie haben ihn im Sarg geschickt, weil wir haben bezahlt. Aber war zugenagelt der Sarg, Öffnen verboten ...»

«Das ist eine Verbrecherbande!», sagte Hedwig ziemlich laut.

«Mein Mann und der Schwager, sie haben geredet mit dem Totengräber. Haben nachgeguckt alle drei. War unser Josef. Ganz dinn und verhungert und mit Narben und Flecke. Und hier ... am Arm, da hatten sie ihn gespritzt. War Geschwulst, groß wie Kastanie ...»

Margot wollte nicht länger zuhören. So leise es ging, bewegte sie sich in die Ecke und stopfte sich beide Zeigefinger in die Ohren. In was für ein Land war sie geraten? Was waren das für Menschen? Es konnte nicht mehr lange dauern, bis man auch ihr eine Spritze verpasste oder sie sonst irgendwie zu Tode brachte.

Als Hedwig eine halbe Stunde später die Schranktür aufschob, lehnte Margot noch immer mit geschlossenen Augen an die kalte Wand gepresst in ihrem Gehäuse. «Es geht mir nicht gut», sagte sie, und Hedwig stellte keine Fragen.

In dieser Nacht blieb der Alarm aus, aber der nächste Vormittag gab Margot den Rest. Einen Augenblick fürchtete sie, ihr Herz bliebe wahrhaftig stehen, nachdem die Türklingel zum vierten Mal anhaltend geläutet hatte und im winzigem Korridor die bellende Stimme des Luftschutzwarts Glosinski dröhnte: «Tut mir leid, Frau Steguweit, aber ich muss die Verdunklung persönlich überprüfen! Strengste Anweisung!»

Natürlich hatte Hedwig die Wohnungstür erst geöffnet, nachdem Margot hastig in den Wandschrank geschlüpft war und dessen Tür hinter sich zugezogen hatte.

Zuerst führte Hedwig den übereifrigen Luftschutzwart scheinbar widerstrebend in ihr einziges Zimmer. «In meiner Schlafstube hat eigentlich kein fremder Mann was zu suchen», betonte sie lautstark.

«Es ist sozusagen dienstlich, Frau Steguweit. Keine Angst, ich werde Sie schon nich zu nahe treten.»

«Na, das wär ja wohl noch schöner!», trumpfte Hedwig auf. «Das könnte Sie glatt ihren schönen Posten kosten, sich an einer wehrlosen Witwe und Soldatenmutter zu vergreifen!»

Glosinski, einmal dem Pantoffeldruck der eigenen Ehehälfte entkommen, genoss bei den Frauen im Hause nicht den besten Ruf. Darauf baute Hedwig, doch Margot zweifelte daran, dass ein dreister Kerl wie der sich in irgendeiner Weise einschüchtern lassen würde. Ihr nützte es sowieso nicht. Entweder blieb ihre Anwesenheit unbemerkt – oder es war alles aus.

Die Wand zwischen Küche und Stube war dünn. Margot verstand jedes Wort. «Von wegen schöner Posten!», quarrte der Luftschutzwart jetzt, während er hörbar rasselnd die schwarzen Papierrollos vor den beiden Stubenfenstern herabzog. «Ick halte schließlich als Erster meine Knochen hin für euch alle.»

«Ist ja nur noch für 'n paar Tage», entgegnete Hedwig schnippisch. «Ham Sie ja selber gesagt, nicht wahr? Wozu denn überhaupt noch die Kontrolle?»

Diesmal blieb Glosinski die Antwort schuldig. Eine Minute später betrat er die Küche. «Riecht aber jut bei Ihnen, Frau Steguweit», sagte er. «Weißkohl? Vajessen Se man bloß den Kümmel nich dranzumachen.»

Und dann stand er plötzlich direkt am Küchenfenster, nur noch durch die hauchdünne Sperrholzplatte von Margot getrennt. Überdeutlich vernahm sie seinen rasselnden Atem. Sie selber wagte kaum, Luft zu holen. Was würde Hedwig tun, wenn er vorgab, auch den Wandschrank überprüfen zu müssen, und plötzlich die Tür aufschob?

Und tatsächlich fiel Glosinski der Verschlag auf. «Sie ham ja hier 'n richtjen Riesenschrank überm Klosett!», sagte er bewundernd. «Is ja 'ne fiffje Idee!»

«Den hat noch mein Walter eingebaut. Eigenhändig. Da sind die Sachen von meinem Sohn drin!» Hedwigs Stimme zitterte kein bisschen. Nur das Hochdeutsch verriet ihre Erregung. «Und der ist an der Front!»

Sofort wiegelte Glosinski ab. «Ja, ja», sagte er besänftigend, «weiß ick doch alles. Jeht's ihm wenichstens jut?»

«Das hoffe ich sehr! Da oben im Norden liegt schon Schnee, hat er gerade geschrieben. Er wird wohl Schilaufen lernen.»

Glosinski lachte geräuschvoll. «Ja, unsre Jungs, die komm' weit rum in der Welt. Und unsereins muss sich hier derweilen mit Luftschutz und Verdunklung rumschlagen. Des Rollo sieht jar nich jut aus, Frau Steguweit. Sehn Se mal selber, wie überall am Rand die Sonne durch die Ritzen scheint.»

«Hier is Norden, da scheint keine Sonne. Und wenn ich abends wirklich noch mal inne Küche muss, mach ich keen Licht an», widersprach ihm Hedwig. Ihre Stimme klang patzig.

«Et jeht auf den Winter zu, Frau Steguweit. Da wird et früh dunkel», gab Glosinski zu bedenken.

Hedwig tat erstaunt. Hätte die Angst nicht so tief in ihr gesessen, hätte Margot sie dafür bewundert, als sie sagte: «Wat denn – bis zum Winter soll das so weitergehen mit diesen Terrorangriffen?»

Glosinski zog das Rollo hoch und räusperte sich. «Natürlich

nicht, Frau Steguweit! Aber Luftschutz bleibt Luftschutz. Solange der Krieg andauert, kann sich immer mal eine feindliche Maschine verirren. Und wenn Ihre Nichte aus Oranjenburch wieder zu Besuch kommt, müssen Se abends auch mal Kaffee kochen, nich wah? Is das 'ne Tochter von Ihr'n Bruder?»

Margot wusste nicht, ob Hedwig darauf mit einem Nicken oder Kopfschütteln antwortete. Sie hörte nur: «Meine Nichte arbeitet hier in Berlin. Da guckt se ehm öfter mal nach ihrer alten Tante, wenn Sie nischt dagegen haben.»

«Habick nich, habick absolut nich, Frau Steguweit. Sahren Se ihr 'n schönen Jruß von mir – so 'ne nette junge Frau ist bei uns jederzeit herzlich willkommen.»

«Werde ich ihr ausrichten.» Hedwig gab sich versöhnlich. «Und das olle Rollo bring ich schon in Ordnung. Da machen Se sich man keine Sorjen, Herr Schutzwart.»

«Na, sehn Se. Wenn nich, kann Ihn' ja vielleicht der junge Mann mit der Jitarre helfen, den ick schon öfters jesehen habe, wenn er übern Hoff jing ...»

Margot spürte förmlich, wie Hedwig tief Luft holte. Der Kerl war ja viel gefährlicher, als sie beide bisher angenommen hatten!

«Das ist mein Neffe», sagte sie gepresst. «Der holt mir die Feuerung aus dem Keller.»

Margot spürte auch den falschen Ton in Glosinskis Stimme: «Schön, wenn 'ne Familie so zusammenhält ...»

Die beiden waren jetzt an der Küchentür angelangt. «Is ja 'n ordentlicher Topp Weißkohl», sagte Glosinski, anscheinend mit Blick auf den Herd, den Hedwig ihre Kochmaschine nannte. «Soll wohl für den Rest der Woche reichen, wie?»

Margot hätte sich am liebsten hingeworfen und laut geschrien. Endlose Minuten vergingen, bis endlich die Korridortür zuschlug und Glosinskis Schritte die Treppe hinunterpolterten. Vor der Toilettentür verharrten sie noch einmal. Horchte der etwa an der Klotür? Margot war sich bewusst, dass der misstrauische Lauscher auch das leiseste Geräusch vernehmen würde, das sie verursachte. Die Decke zwischen dem Klosett und ihrem Versteck bestand nur aus einer Lage Bretter über zwei schwachen Kanthölzern. Der schäbige Bettvorleger unter ihrer Matratze konnte den Schall kaum dämpfen.

Es dauerte eine Ewigkeit, bis Glosinskis Schritte endlich im Treppenhaus verklangen, und eine zweite Ewigkeit verging, bevor Hedwig es wagte, die Schranktür aufzuschieben, hinter der Margot wie erstarrt hockte. Ich halte es nicht länger aus, wollte sie aufschreien, doch angesichts Hedwigs kreidebleicher Miene blieben ihr die Worte im Halse stecken.

«Det war knapp!», sagte Hedwig. Ihr Versuch zu lächeln misslang. Sie stand auf dem Küchenhocker, mit dessen Hilfe Margot leichter in den Wandschrank klettern konnte. Einen Augenblick sahen sie sich schweigend an, dann umarmten sie sich heulend. «Womit haben wir das bloß verdient!», schluchzte Hedwig schließlich, während sie von dem Hocker herunterstieg und ihr Gesicht mit der geblümten Küchenschürze abwischte. Sogleich schien auch die sentimentale Anwandlung vorbei. «Ick mach jetzt erst mal unser Mittagbrot fertig, Mädel», sagte sie resolut. «Essen müssen wir schließlich trotzdem.»

Margot schüttelte den Kopf. Ihr war jeder Appetit vergangen. Und ihr Entschluss stand fest. Sie hatte sich längst alles bis ins Kleinste überlegt. An Zeit dafür hatte es ihr in den letzten Tagen und Wochen nicht gemangelt. Lieber ein Ende mit Schrecken als ein Schrecken ohne Ende! War das nicht ein deutsches Sprichwort, wie für sie erdacht?

Nur machte es ihr Hedwig nicht so leicht, wie sie es erhofft hatte. Den Besuch von Frau Piechocki erwähnten beide mit keiner Silbe. Viel lieber sprachen sie von Peter. «Ich verstehe gar nicht, was mit dem Jungen los ist», sagte Hedwig, als sie das Essen auftat, ohne sich um Margots Protest zu kümmern. «Mein Weißkohl hätte ihm bestimmt geschmeckt ...»

Margot nickte stumm. In den vergangenen drei Tagen war Peter nicht aufgetaucht, das ließ sie das Schlimmste befürchten.

«Jetzt wird gegessen!», befahl Hedwig. «Und mach dir man bloß keine unnötigen Sorjen. Der olle Affe von Luftschutzwart wird sich so bald nicht wieder blicken lassen!»

Margot lächelte schwach und griff tapfer nach dem Löffel. Sie hatte nur eine Scheibe Brot zum Frühstück gegessen, und die Kohlsuppe roch verführerisch. Mein frommer Vater wäre lieber Hungers gestorben, als das zu essen, dachte sie beim Anblick des knorpeligen Schweinefleischs auf ihrem Teller.

Nach dem Essen wartete sie sehnsüchtig darauf, dass sich Hedwig endlich auf ihre angekündigte Einkaufstour begeben würde, doch die nahm sich alle Zeit der Welt, um das bisschen Abwasch zu erledigen und ihnen beiden noch einen starken Kaffee aufzubrühen, dank Peters Fürsorge aus echten Bohnen.

Über den Rand ihres Kaffeetopfes hinweg beobachtete sie Margot. «Heute lass ick dich jar nich jerne alleene hier zurück», sagte sie sorgenvoll. «Irjendwas jefällt mir nicht an dir ...»

Margot bemühte sich um ein munteres Lächeln. «Vielleicht musst du mich mal wieder frisieren», schlug sie vor.

Hedwig gönnte ihr einen prüfenden Blick und schüttelte den Kopf. «Du hast zujehört, was die Frau Pischocki erzählt hat, stimmt's?»

Margot senkte den Kopf und kniff die Lippen zusammen. «Nicht alles», murmelte sie.

«Die arme Frau. Es war der einzige Sohn ...»

«Sie sind aus Polen, nicht wahr?»

«Das schon. Aber solche wie die Pischockis gibt's doch hier in Berlin Tausende. Danach hat nie jemand gefragt ...»

«Nach den Juden auch nicht.»

Hedwig sah sie lange an und stand auf. «Ich muss jetzt einholen gehn und mich überall anstellen, sonst ist die Dekade zu Ende, und die schönen Marken verfallen.»

Bei seinem letzten Besuch hatte Peter wieder einmal Marken von einer Fleisch- und einer Fettkarte mitgebracht. Ihnen ging es wirklich gut. Mangel brauchten sie nicht zu leiden.

«Am besten schließe ich von draußen ab. Und du lass dich nicht etwa am Fenster blicken!»

Das war eine ganz überflüssige Befürchtung, wie Hedwig selber wusste. Margot verstand. «Du brauchst keine Angst zu haben. Ich springe nicht aus dem Fenster», sagte sie möglichst leichthin. «Nur die Tür lass besser unverschlossen, falls Peter doch noch kommt.»

Das sah Hedwig ein. «Na jut», sagte sie, «ich lass dir das andre Schlüsselbund hier. Aber sei vorsichtig ...»

Darauf kannst du dich verlassen, dachte Margot. Vorsichtig bis zur allerletzten Minute ...

Hinter Hedwig fiel die Tür ins Schloss.

Als Peter Zobel eine Stunde später das vereinbarte Klopfzeichen dagegentrommelte, öffnete ihm niemand.

SIEBEN

MARGOT war fest entschlossen, diesen Nachmittag ganz alleine zu genießen. Wie viel Zeit ihr bis zu Hedwigs Rückkehr blieb, um ihre Sachen zu ordnen und sich ein bisschen zurechtzumachen, ließ sich schwer voraussehen. Die paar Zeilen an Peter, die sie sich gründlich überlegt hatte, waren schnell geschrieben. Ein Kuvert und Briefmarken fand sie in der Keksdose auf dem Küchenschrank. Als sie den Klebstoff der Hitler-Marke auf ihrer Zunge spürte, überkam sie eine leichte Übelkeit.

Was blieb noch zu tun? Das Erste und Wichtigste waren die Papiere, der Pass mit dem polnischen Adler, Briefe und ein paar andere Kleinigkeiten. In Hedwigs Kochmaschine glimmte immer ein bisschen Glut. Mit einer halben Zeitung und einem Stück Holz war das Feuer schnell entfacht. Gierig fraßen die Flammen das Papier, ein letztes Mal schien der Adler die Schwingen zu heben. Beruhigt schob Margot die eisernen Ringe über die Feuerstelle.

Es war vorbei. Der Pass war das Letzte, was sie mit ihrem alten Leben verbunden hatte. Fast unbemerkt war es irgendwo in der unwirklichen Vergangenheit zu Ende gegangen, an die sie jetzt nicht zurückdenken wollte.

Als eine gutgekleidete namenlose junge Frau ganz ohne Vergangenheit und Zukunft würde sie zum Alex fahren, durch die Kaufhäuser bummeln, vielleicht eine Tasse Kaffee trinken, möglicherweise ein letztes Mal Musik hören ... Wie lange hatte sie das entbehrt? Natürlich wäre ihr der Kurfürstendamm lieber gewesen, doch dort war die Gefahr, einem Bekannten zu begegnen, viel zu groß. Ein solches Risiko wollte sie auf keinen Fall eingehen.

Sie trug ihre Pariser Unterwäsche und Seidenstrümpfe und dazu ein paar hochhackige Schuhe, die noch aus den guten Tagen stammten. Auch das Kleid mit dem bunten Einsatz entsprach wohl eher der Mode des Jahres 1938, aber darauf kam es jetzt nicht mehr an. Sie legte ein duftiges Chiffontuch um und zog den wunderbaren blauen Mantel darüber. Die Pistole in der Tasche schlug gegen ihre Hüfte. Sie nahm sie heraus und beguckte sie noch einmal. Sah ganz harmlos aus, das Ding – und funktionierte hoffentlich, wenn es darauf ankam.

Und wenn man sie nach einem Ausweis fragte? Nein, weshalb sollte man das tun, solange sie nicht auffiel! Sie musste sich nur ganz normal und unauffällig bewegen. Männer wurden gelegentlich kontrolliert, wie Peter und Hedwig immer wieder erzählt hatten. Frauen brauchten gar keine Kennkarte. Nur Jüdinnen, wie sie von Peter wusste. Eine Kennkarte mit einem eingedruckten J. Diesen verräterischen Buchstaben trugen auch die Pässe der Juden, damit die nicht etwa ins Ausland entschlüpften, ohne vorher die Reichsfluchtsteuer zu entrichten. Die Frage war nur: Wohin sollten die noch flüchten?

Das alles lag jetzt hinter ihr. Sie guckte noch einmal in ihr Schlafgehäuse über der Toilette, wo ihre verbliebenen irdischen Besitztümer ordentlich sortiert und gefaltet lagen. Hedwig würde wissen, was damit zu tun war, hatte sie erst einmal den Zettel entdeckt, der obenauf lag.

Sie schob die Sperrholztür zu, die wieder einmal klemmte, und gönnte der Küche einen Abschiedsblick. Ins Zimmer ging sie nicht. Behutsam öffnete sie die Korridortür und horchte ins Treppenhaus. Alles still. Vorsichtig zog sie die Tür hinter sich zu und tappte so leise wie möglich die Treppe hinunter. Unten angelangt, verharrte sie in dem schmalen Flur hinter der Hoftür. Draußen blieb alles ruhig. Mit ein paar Schritten huschte sie über die gelben Fliesen in den großen Hausflur, der zur Marienburger Straße führte. Selbst den weiteren Weg hatte sie sich genau überlegt: sofort um die Ecke herum in die Prenzlauer Allee. Dort waren viel mehr Menschen unterwegs als in der Nebenstraße, es fuhren der Bus und mehrere Straßenbahnlinien. Die Haltestelle befand sich nur wenige Schritte entfernt, doch wollte sie so direkt vor dem Haus nicht stehen bleiben. In dem leuchtenden Mantel fiel sie zu sehr auf, und falls einer der Hausbewohner aus dem Fenster guckte und die Frau aus dem Luftschutzkeller wiedererkannte ... An Glosinski wagte sie gar nicht zu denken.

Auf dem breiten Bürgersteig lief sie in Richtung Danziger Straße und überquerte die Allee an der nächsten Ecke. Obwohl wenig Verkehr herrschte – private Kraftfahrzeuge gab es nicht mehr, Radfahrer bestimmten das Bild auf dem Fahrdamm –, schwindelte ihr in der ungewohnten Umgebung ein wenig. Machte das die frische Luft, oder war es einfach das falsche Gefühl von Freiheit, das sie überkam?

Die nächste Haltestelle lag nicht weit entfernt. Ihr blieb die Wahl zwischen Omnibus und Straßenbahn – der Elektrischen, wie Hedwig sagte. Von ihr wusste sie, dass man mit der 71 oder 72 in ein paar Minuten am Alex war. Busse verkehrten nur noch selten, auch die wurden für den Krieg gebraucht. Die Linie 12 fuhr zum Olivaer Platz, damit war Peter früher hierhergefahren.

Vom S-Bahnhof her näherte sich die Straßenbahn. Die 72, *Charlottenburg Adolf-Hitler-Platz* stand auf dem Schild. Margot stieg in den Anhänger und drängte sich in die äußerste Ecke der Plattform. Der ein wenig kurz geratene Schaffner, unter dessen Mütze eine reiche Haarpracht hervorquoll, beugte sich weit aus dem offenen Wagen und klingelte ab. Erst als er sich umwandte, erkannte Margot, dass es sich um eine Frau handelte. Die gönnte ihr kaum einen Blick, als sie den Fahrschein verkaufte und die beiden Groschen klackernd in den Metallröhren vor ihrer Brust verschwanden.

Vorsichtshalber hielt Margot das Gesicht der Straße zugewandt. War es wirklich nur der Mantel, der sie so auffällig erscheinen ließ? «Einfach», hatte sie gesagt, als sie der Schaffnerin das Geld reichte. Ein unverdächtiges Wort, mehrfach geübt. Daran konnte es nicht liegen. Und dass sie nun einmal ausländisch aussah, fiel zwischen all diesen verschiedenen Menschen gar nicht auf. «Dich können wir jederzeit als Italienerin verkaufen», hatte Peter oft genug im Spaß vorgeschlagen. Italiener gab es genug in Berlin. Deshalb war Peter auch der Meinung gewesen, Margot könne sich ohne jede Gefahr auf der Straße bewegen, doch Hedwig hatte befürchtet, man würde sie zu oft sehen und mit der Zeit herausfinden, wohin sie gehörte. Als Margot flüchtig an Glosinski dachte, musste sie Hedwig nachträglich recht geben.

Durfte eine Jüdin überhaupt noch mit der Straßenbahn fahren? Erst jetzt wurde ihr bewusst, wie viele Schreckensnachrichten Peter und Hedwig ihr wohl vorenthalten hatten. Es war ihr einige Male aufgefallen, wenn die BBC-Nachrichten über neue Schikanen gegen die Juden berichteten.

Durch die wegen der Verdunklung blau gefärbte Scheibe entdeckte sie plötzlich die Mexico-Bar, in der sie einige Male mit Peter gewesen war, weil dort eine Swing-Band spielte. Wie lange lag das zurück! Quietschend bog die Straßenbahn aus der Prenzlauer in die Memhardstraße ein. Die Haltestelle an der U-Bahn lag direkt dem Seiteneingang von Tietz gegenüber. Zwar verriet die meterhohe Schrift zum Alexanderplatz hin den neuen Namen *HERTIE*, doch für Tante Sally wie für Hedwig – und damit auch für Margot – blieb es aller Arisierung zum Trotz das Warenhaus Tietz.

Am Alex brauste das Leben wie eh und je, obwohl viel weniger Autos das Oval umkreisten als in Margots Erinnerung. Nur ein paar Schritte waren es von hier bis ins Scheunenviertel, und für einen Augenblick war Margot versucht, noch einmal einen Blick in die Dragonerstraße zu werfen, wo Sally vermutlich noch immer vergeblich auf ihren Moritz wartete. Als Peter die Tante das letzte Mal in Margots Auftrag besucht hatte, war sie ihm stark gealtert und ein wenig verwirrt vorgekommen. Sie hatte ihn nicht erkannt und ihm misstrauisch die Tür vor der Nase zugeschlagen.

Tietz enttäuschte Margot. Zwar beeindruckten der prächtige Lichthof und die Treppenaufgänge sie noch immer, aber irgendwie wirkte das Ganze ein wenig schäbig und mitgenommen, und auf den Verkaufstischen türmte sich nur Plunder, wenn man es genau betrachtete. Ernüchtert und ziellos schlenderte Margot umher. Sie fand kaum etwas Betrachtenswertes. Selbst die Verkäuferinnen, einst aufmerksam um jede einzelne Kundin bemüht, erschienen ihr müde und abgekämpft. Kein Wunder nach all den Nachtalarmen.

Mit viel zu raschen Schritten verließ sie das Warenhaus durch den Haupteingang. Es fiel ihr schwer, die bummelnde junge Frau zu spielen, als die sie sich nicht fühlte. Glücklicherweise schienen es alle rings um sie herum eilig zu haben. Das war ihr in Berlin oft aufgefallen: Muße kannte diese Stadt nicht.

Unschlüssig, wohin sie sich wenden sollte, bog sie am Berolina-Haus in die Königstraße ein. Die Weltkugel auf dem Wertheimbau gleich links hinter der Brücke lockte sie plötzlich wenig. Stattdessen erinnerte sie sich an das Café Braun, in dem sie in ihrem ersten und einzigen Studienjahr öfter gesessen hatte. Arisiert hieß es nun Café Berolina. Peter hatte ihr ein paarmal von den Swing-Bands vorgeschwärmt, die dort gelegentlich gastierten, und sich königlich über Jimmy amüsiert, «den bekannten Neger-Schlagzeuger aus Deutsch-Südwest-Afrika», dessen Swing-Schau in der Tanz-Bar Kajüte im obersten Stockwerk ablief.

Die Rolltreppe führte immer noch hinauf ins Café, in dem tatsächlich eine leidlich anhörenswerte Kapelle spielte und die Tasse Kaffee nicht mehr als vierzig Pfennige kostete. Das war nicht Margots Problem. Ein bisschen Geld war das Einzige, was sie bei sich trug. Und die Pistole. Die Garderobiere griff schon nach dem Mantel, als ihr siedendheiß die Waffe einfiel. Sie hielt den Mantel fest. «Einen Moment bitte.»

Zwei Damen drängten zur Garderobe, so dass sie das handliche Päckchen unbeobachtet in dem schicken Umhängetäschchen verstauen konnte, zu dem sie glücklicherweise in letzter Minute gegriffen hatte. Auch das war ein Geschenk von Peter. Eine Frau ohne Tasche – das wäre gewiss aufgefallen.

In dem großen Saal waren alle Tische besetzt. Die Kapelle spielte gerade mittelmäßig swingend *Das Fräulein Gerda*, und Margot hoffte inständig, dass als Nächste nicht die *Donna Clara* an der Reihe sein würde.

Der Oberkellner, dessen Glanzzeiten gut dreißig Jahre zurückliegen mochten, lächelte ihr gewinnend zu und erbot sich, sie zu einem freien Platz zu führen. An dem Tisch nahe dem Fenster, durch das man hinüber zum S-Bahnhof blickte, saßen bereits die beiden Damen, die sich an der Garderobe vorgedrängt hatten. Die Ältere, die grauen Locken unter einem wagenradgroßen Hut verborgen, stimmte der ungebetenen Tischgenossin mit einem süßsauren Lächeln zu. Die Jüngere, auf deren rötlich gefärbtem Haar ein modisches Schleierhütchen thronte, rang sich immerhin zu einem freundlichen Lächeln in Margots Richtung durch. «Sie sind wohl nicht von hier», erkundigte sie sich ein wenig spitz, nachdem Margot bei der Bestellung ein wenig gezögert hatte. Die deutsche Unterscheidung zwischen Kaffee und dem deutlich vornehmeren Kaffé fiel ihr noch immer schwer. Dabei spielte das keine Rolle mehr. Es gab sowieso nur Muckefuck, wie Hedwig das Ersatzgetränk nannte.

«Aus Mailand ...», sagte sie ganz unverfroren und heimste sofort bewundernde, ja wohl auch ein wenig neidische Blicke ein. «*Buongiorno*», gurrte die Rothaarige sogar. Sofort bereute Margot die eigene Tollkühnheit. Was würde passieren, wenn die Frau Italienisch sprach?

Aber deren Kenntnisse reichten nicht über den Gruß hinaus, während die Grauhaarige – vielleicht ihre Mutter? – sich nicht zurückhielt und mit einem leisen Tadel in der Stimme meinte: «Na, wissen Sie, Ihr Duce, das ist mir ja auch einer ...»

Margot antwortete mit einem verklemmten Lächeln auf den für sie nicht deutbaren Vorwurf. Die Jüngere aber stieß die andere an und sagte: «Unterlass doch das, Tante Edeltraud!» Und an Margot gewandt: «Der Duce ist ein sehr charmanter Mann, nicht wahr?»

Dazu wollte Margot sich lieber nicht äußern und schwieg sibyllinisch. So hatte sie sich das Kaffeetrinken nicht vorgestellt.

Tante Edeltraud jedoch hielt es für notwendig, ihren Einwand zu verteidigen. «Ich meine ja nur: Er ist erst reichlich spät in den Krieg eingetreten, als wir Frankreich schon fast besiegt hatten ...»

Die andere versuchte, die Bemerkung zu entschärfen. «Vielleicht ist er klüger als wir alle zusammen», sagte sie und lächelte listig. «Ich mag ihn jedenfalls. Er wirkt sehr männlich.»

«Danke», murmelte Margot beklommen. Irgendeine Reaktion musste sie schließlich zeigen. Ob ihre Miene Bewunderung für Mussolini ausdrückte, wagte sie allerdings zu bezweifeln.

Das musste sie auch nicht, denn Edeltraud stellte fest: «Na, mir ist unser Führer allemal sympathischer! Und an dessen Klugheit ist wohl nicht zu zweifeln.»

Der Rothaarigen schien der Gesprächsstoff wenig zu behagen. «Was sagen Sie als Italienerin denn zu diesem Kaffee?», fragte sie spöttisch und wählte dabei wohl bewusst die Muckefuck-Betonung.

Hilflos hob Margot die Schultern. Der Kaffee schmeckte abscheulich, aber das war sie in Berlin nicht anders gewohnt. Zu Hause in Warschau hatten sie selten Kaffee getrunken, fast immer nur Tee.

Es war ihr peinlich, offenbar durch ihre Gegenwart die beiden Frauen an einem intimen Gespräch zu hindern. Die warfen sich nur hin und wieder halbe Sätze zu und verständigten sich anscheinend eher durch Blicke. Margot schien es am besten, das dünne Getränk einfach stehenzulassen und so schnell wie möglich wieder zu verschwinden.

Die jüngere Tischnachbarin mochte nur wenig älter sein als Margot. Sie beschloss, die seltene Gelegenheit zu nutzen, sich mit einer echten Ausländerin zu unterhalten. «Ich habe gleich gesehen, dass Sie nicht von hier sind», sagte sie, und so etwas wie Bewunderung klang in ihrer Stimme. «Alleine der Mantel – das ist ja ein Traum ...»

Margot nickte nur zurückhaltend. «Aus Paris ...», sagte sie, und selbst Tante Edeltraud musste gestehen, das gleich bemerkt zu haben. «Tja, da kommen wir mit unseren Punktkarten nicht mit», seufzte sie. «Nach dem Sieg werden wir allerhand nachzuholen haben ...»

Nach welchem Sieg denn noch?, hätte Margot am liebsten gefragt. Hatten die Deutschen nicht schon halb Europa unter die Stiefel genommen und plünderten es aus? Und tranken zu Hause trotzdem Kaffee-Ersatz ohne Sahne ...

«Waren Sie etwa nach dem Sieg in Paris?», wollte die Jüngere wissen.

Margot schüttelte den Kopf. «Ist schon ein paar Jahre her ...», sagte sie. Es stimmte sogar. Acht Jahre war es her, dass der Vater sie für eine Woche dorthin mitgenommen hatte, wo ihr Bruder damals seit einem Jahr studierte. Auf dem Rückweg war sie dann in Berlin geblieben.

«Hach, Paris ...», schwärmte die Rothaarige. «Na ja, vielleicht gibt es ja bald KdF-Reisen dahin. Wäre doch schön, nicht?»

KdF, das war der Urlaubsverein der Deutschen. Hatten sie Paris erobert, um Touristen dorthin zu schicken? Margot lächelte angestrengt. Mein Gott, was diese Frauen für Vorstellungen hatten!

Tante Edeltraud kam nicht von dem blauen Mantel los. «Solchen Stoff kriegt man ganz sicher nicht», sagte sie bedauernd, «und schon gar nicht in dieser Farbe ...»

«Wenn man wenigstens das Schnittmuster hätte», ergänzte die andere sehnsüchtig.

Margot empfand die Aufmerksamkeit der beiden als höchst unangenehm. Andererseits ... Wann hatte sie sich zum letzten Mal ganz ungezwungen mit fremden Menschen unterhalten, und noch dazu über Schnittmuster und Mode?

«Ich kann den Mantel aufzeichnen», schlug sie vor und erkannte im gleichen Augenblick, was für eine dumme Idee das war. Die Frauen würden sich lebhaft an sie und an den auffälligen Mantel erinnern, der sich mit Hilfe einer Zeichnung leicht identifizieren ließ. «Ich fürchte nur, ich zeichne nicht gut», fügte sie deshalb eilig hinzu, obwohl das nicht stimmte. Selbst dem Professor Sauerbruch, der seine weiblichen Studenten gar nicht wahrzunehmen pflegte, war eine ihrer anatomischen Skizzen aufgefallen.

Die Nichte und Tante Edeltraud waren Feuer und Flamme. Ein Kopierstift fand sich in Edeltrauds Handtasche, einige Blätter holzigen Papiers beschaffte der Kellner auf Wunsch der Damen. Margot gab sich alle Mühe, die Silhouette des Mantels möglichst ungelenk aufzumalen und dabei unauffällig Details wie Kragen und Taschen zu verfälschen.

Die Rothaarige war dennoch begeistert, und auch Tante Edeltraud äußerte die Überzeugung, nach einer solchen Zeichnung könne Frau Dorfschmidt mit Gewissheit einen schicken Mantel schneidern. «Frau Dorfschmidt ist nämlich meine Schneiderin», erläuterte sie stolz. Margot wunderte sich nicht darüber. Wie es schien, verfügte jede Berlinerin über eine eigene Schneiderin. Darin unterschied sich nicht einmal Hedwig vom Rest der weiblichen Bevölkerung. Kauften wirklich nur die Ärmsten der Armen Konfektionsware?

Sie fand keine Zeit, darüber nachzudenken. Die beiden, die ihre Redseligkeit nicht mehr bremsten, luden sie zu einem Gläschen ein, das sie unmöglich abschlagen konnte.

Der Kirschlikör war süß und klebrig, schmeckte aber besser als die braune Flüssigkeit namens Kaffee. Aus dem Gläschen wurden drei, und die beiden Frauen ließen nicht zu, dass Margot wenigstens eine Runde davon bezahlte.

Die Jüngere erschrak, als sie auf die Uhr blickte. «Ich muss nämlich zum Dienst ...», sagte sie. Um welche Art Dienst es sich handelte, blieb bei dem hastigen Abschied offen, der Margot ganz recht war. Sie blieb noch ein Weilchen sitzen. *Die kleine Stadt will schlafen gehn* spielte die Kapelle mit schluchzender Geige. Vor den hohen Fenstern war es längst dunkel geworden, und die Kellner hatten sorgfältig die schweren Verdunklungsvorhänge zugezogen.

Als Margot auf die Straße trat, leuchteten zwischen S-Bahn

und Berolina-Hochhaus nur die weiß gestrichenen Rinnsteine aus dem Dunkel. Im Bahnhof glimmte eine Notbeleuchtung und tauchte alles in ein unwirkliches, ja geradezu unheimliches Dämmerlicht. Margot verspürte dennoch keine Furcht. Oft genug hatte sie sich hier zu beinahe jeder Tages- und Nachtzeit unbehelligt durch das Menschengewimmel gedrängt. Jetzt trug sie sogar eine Waffe in der Tasche mit sich herum. Und außerdem den Brief. Den musste sie noch einstecken. Draußen war sie an einem Briefkasten vorbeigekommen, also ging sie zurück.

Wieder im Bahnhof, zögerte sie vor dem Fahrkartenschalter, hinter dessen Scheibe eine trübe Funzel blakte. Wohin sollte sie fahren? *Züge in Richtung Spandau und Potsdam*, stand schlecht lesbar über der Treppe, *nach Erkner und Hoppegarten*. Sie lebte lange genug in Berlin und kannte das Streckennetz, konnte sich nun aber nicht entscheiden, wohin sie eigentlich wollte. Erkner klang weit entfernt. Weit genug? Würden nicht zu viele Leute dorthin unterwegs sein? Potsdam zum Beispiel war eine größere Stadt, wie sie wusste. Dahin fuhren bestimmt viele.

Wohin sie auch wollte, sie brauchte die richtige Fahrkarte. Um die zu erwerben, musste sie den Zielbahnhof angeben. Automaten gab es nur für Fahrten im Nahbereich der Stadt- und Ringbahn und nicht für die zweite Klasse. In der aber wollte sie fahren, da sie erfahrungsgemäß viel schwächer besetzt war. Dort gab es jedoch auch mehr Kontrollen. Sie durfte nicht riskieren, von einem Kontrolleur ohne gültige Karte gestellt zu werden.

Die Preistafel neben dem Schalter war in dem herrschenden Halbdunkel schwer zu entziffern. Entschlossen kramte sie einen Ein- und einen Zweimarkschein aus ihrer Geldbörse und stellte sich in die Reihe vor dem Schalter. «Zweimal Zweiter zu eins fünfzig», flüsterte sie still vor sich hin, bis sie vor der Luke stand und sich prompt versprach.

«Na, was nu?», knurrte der Mann hinter dem durchlöcherten Fenster, schob dann jedoch, ohne sie eines weiteren Blicks zu würdigen, die beiden gelben Pappkärtchen durch die Öffnung.

Aufatmend stieg Margot zum Bahnsteig hinauf. Das mit der zweiten Fahrkarte war eine kluge Idee. Möglicherweise klappte es nicht sofort mit ihrem Vorhaben. Vielleicht war es sogar besser, sie fuhr erst einmal ein paar Runden mit der Ringbahn, bis der Strom der Fahrgäste nachließ.

Sie ließ die Fahrkarte knipsen und stieg in den abfahrbereiten Zug, dessen Türen sich hinter ihr schlossen.

Sie hatte noch viel Zeit.

Erst ein paar Stunden später stand sie auf dem Bahnhof Gesundbrunnen erneut vor der Wahl, welchen Zug sie nehmen sollte, und war schon im Begriff, dem vertraut klingenden *Oranienburg* nachzugeben, als ihr Hedwig einfiel. Nein, so leicht wollte sie es denen nicht machen, falls die doch etwas über sie herausfanden. Keine Nichte aus Oranienburg. Sie musste lange warten, bis endlich der Zug aus Lichterfelde-Ost anrollte. *Velten*, las sie, und das klang wie außerhalb dieser Welt. Beinahe beruhigt sank sie in die Polster der zweiten Klasse.

ACHT

SEIT ER ÜBER GELD VERFÜGTE, bevorzugte auch Erwin Kienitz die komfortable zweite Klasse der S-Bahn. In den letzten Tagen war er viele Stunden in den rot-gelben Zügen unterwegs gewesen. Sein Leben lang hatte er nur die Holzklasse gekannt, gepolstert saß es sich aber entschieden angenehmer, wenn man zum zehnten Mal den Vollring absolvierte. Das kam ihm allemal als die bequemste Weise vor, den Abend und die halbe Nacht herumzubringen und dabei noch eine Mütze voll Schlaf zu nehmen. Nur morgens waren die Züge knackend voll, da schlenderte er lieber ziellos durch die Straßen und hielt nach einem guten Frühstück Ausschau.

Danach nutzte Locke auch die Stadtbahn und die Vorortstrecken, einfach um ein bisschen was zu sehen. Er war seinen Lebtag nie aus Berlin rausgekommen und kannte weder Potsdam noch Bernau. Dass man ihn dort aufgriff, schien ihm unwahrscheinlich. In Velten war er sogar auf die Idee verfallen, sich nach einer Bleibe umzusehen. Niemand konnte ihn in so einem Nest vermuten. Erst die familiäre Atmosphäre eines Bäckerladens, in dem sich Kunden und Bedienung duzten und ihn wie eine Erscheinung aus einer anderen Welt betrachteten, belehrte ihn eines Besseren. Als Fremder war man hier innerhalb einer halben Stunde geliefert.

Am zweiten Morgen kaufte er sich eine Zeitung und verbrachte seine Zeit weiterhin auf den langen Strecken der Bahn. An Geldmangel würde seine Reiselust glücklicherweise nicht scheitern. Der dicke Ewald musste ein verdammt misstrauischer Hund gewesen sein: war Buchhalter, hatte aber offenbar weder Banken noch

Sparkasse getraut. Das Bargeldversteck in der Wohnung war nicht leicht zu finden gewesen. Dafür hatte es sich gelohnt. Lauter Fünfziger und etliche blaue Hunderter. Mit so viel Zaster kam man eine Weile aus, ohne sich bei irgendeinem Hehler verdächtig machen zu müssen. Der Rucksack mit Ewalds Trödel lag sicher in einem Versteck. Irgendwann würde genug Gras über die Sache gewachsen sein. In der Zeitung hatte er nichts über einen Toten in Moabit gefunden, und wenn die Engländer weiter so fleißig bombten, würden die Polypen irgendwann die Übersicht verlieren. Anfang des Monats war ein ganzer S-Bahn-Zug von einer Bombe in Stücke gerissen worden. Fünfzehn Tote.

Dennoch schien ihm die S-Bahn vorerst der geeignete Aufenthalt für seine Zwecke. Er achtete darauf, immer eine gültige Fahrkarte bei sich zu haben. Sollte ihn wirklich eine Kontrolle überraschen, weil er zu weit gefahren war, so würde er sich damit herausreden, im trüben Licht der Verdunklung eingeschlafen zu sein.

Sorgen machte ihm neben den Papieren, deren Gebrauch von Tag zu Tag riskanter wurde, vor allem seine Kleidung. Ein Paar billige Schuhe hatte er bei Hertie aufgetrieben, frische Unterwäsche, Hemden und Strümpfe stammten aus Ewalds Besitz. Derartigen Luxus war er gar nicht gewohnt. Sein Leben lang hatte er nie mehr als eine Hose und ein Jackett besessen und noch nie einen Mantel getragen. Jetzt aber stand der Winter bevor. Er wusste nicht, was noch auf ihn zukam. Am Hausvogteiplatz war er durch mehrere Bekleidungshäuser gestrichen, ohne eine einzige Anprobe zu wagen. Er besaß keine Punktkarte und kannte nicht einmal die eigene Konfektionsgröße. Die Aufmerksamkeit der Verkäufer in Anspruch zu nehmen erschien ihm zu gefährlich. Die schwulen alten Zausel, sämtlich weit aus dem wehrpflichtigen Alter raus, würden sich des ausgemergelten und abgerissenen blonden Jünglings nur zu gut erinnern.

Das war eine weitere Sache, die ihm seinen plötzlichen Reichtum vergällte: Er brauchte zwar keinen Hunger zu leiden, konnte sich aber nirgends auf gepflegte Weise den Bauch vollschlagen, weil ihm die Fleisch- und Fettmarken fehlten und weil es überhaupt nur noch eine Art Einheitsfraß gab, jedenfalls in den Kneipen, in die er sich in seinem Aufzug hineintraute. Der Gänsebraten mit Rotkohl und Klößen, von dem er in Plötzensee nächtelang geträumt hatte, lag in ebenso weiter Ferne wie das klosettdeckelgroße Schnitzel, das die Phantasien seines Zellengenossen beflügelt hatte.

Zwar ließen sich mit Geld viele Probleme lösen – aber man musste über die richtigen Beziehungen verfügen. Genau daran mangelte es ihm. Am frühen Nachmittag war er am Schlesischen Bahnhof ausgestiegen und sich beinahe so fremd vorgekommen wie in Velten. Gewiss, da gab es noch ein paar von den vertrauten Kneipen, selbst das alte Vereinslokal lud zur markenfreien Suppe ein, aber er zog es vor, sich dort lieber nicht in Erinnerung zu bringen. Von allen alten Vereinsbrüdern war ihm nur Kiste eingefallen, ein vierschrötiger Ringer mit eckigem Körper, an dessen mitleidiges Wohlwollen er sich erinnerte. Bei Kiste und seiner Frau Selma war er damals die ersten Nächte untergeschlüpft, nachdem er es zu Hause nicht mehr ausgehalten hatte. Die flotte Selma ging auf den Strich, wie jeder wusste, und wenn Kundschaft da war, mussten sich Kiste und er so lange in der Küche aufhalten. Die Geräusche aus der Stube hatten Locke erregt, und einmal hatte Selma ihm zärtlich über die blonden Locken gestrichen: «Könntest mein Sohn sein ...»

Tatsächlich hausten die beiden noch immer auf dem zweiten Hinterhof in der Koppenstraße, aber dass sie sich über den unangemeldeten Besucher freuten, konnte Locke nicht feststellen. Kiste tat richtig erschrocken. Er kam gerade von der Arbeit in der Markthalle, wie er sagte, und er war sauber. Auch das betonte er. «Du ahnst nicht, wie jefährlich die Zeiten geworden sind ...»

Das ahnte Locke durchaus. Deswegen war er ja hier. Er brauchte weiter nichts als die Adresse von Plampe. Und vielleicht einen einigermaßen passenden Anzug, wenn sie ihm da behilflich sein konnten ...

Die beiden waren alt geworden. Selma sah nicht so aus, als würde sie auf der Straße noch viel Geld verdienen. Sie mochte Locke noch immer und besann sich sofort auf eine ehemalige Kollegin, deren Sohn mit einem Steckschuss in der Lunge aus Polen zurückgekommen war und dessen Einsegnungsanzug für ein schmales Hemde wie Locke eigentlich passen musste. Wenn Mietze den noch besaß, und wenn Locke in zwei, drei Tagen noch mal vorbeikäme ...

«Jeh ma lieber jleich rüber bei Se», ordnete Kiste an, der offensichtlich wenig Wert auf einen zweiten Besuch legte. Der grüne Fünfziger, den Locke Selma reichte, machte ihn noch argwöhnischer. «Wat hast'n fürn Ding jedreht?», wollte er wissen, kaum dass Selma aus der Wohnung war. Im gleichen Atemzug jedoch hob er abwehrend die Hände und sagte: «Lass ma lieba sin! Wat ick nich weeß, macht mir nich heeß. Die haben heutzutage Methoden, Sachen aus eim rauszefraren, die man bis dahin selber janich jewusst hat ...»

Dazu konnte Locke nur nicken. Ihre Unterhaltung fiel recht einsilbig aus, bis Selma freudestrahlend zurückkehrte, einen dunkelbraunen Anzug mit feinem Nadelstreifen über dem Arm. Außerdem war ihr etwas eingefallen: «Der Stoobmantel hängt ooch noch im Spinde, nich wah, Emil? Den muss mal eena hier jlatt vajessen ham ...»

So war Locke zu einem engen Anzug, einem reichlich bemessenen beigefarbenen Staubmantel und schließlich noch zu einer abgeschabten Aktentasche gekommen. Einen passenden braunen Hut erwarb er am Bahnhof und kam sich jetzt, nachdem ihm Kiste sein Rasierzeug gepumpt hatte, beinahe elegant vor, zumindest aber ausreichend verwandelt. Und er hatte Plampes Adresse in einer Laubenkolonie am Hohenzollernkanal, gar nicht weit von Plötzensee entfernt, wie Kiste säuerlich angemerkt hatte. Locke guckte auf die von Ewald übernommene Armbanduhr: Für heute war es zu spät, um in einer unbekannten und unbeleuchteten Gegend am Kanal jemanden zu suchen, nach dem man sich besser nicht erkundigte.

Bei Aschinger am Bahnhof Friedrichstraße aß er schlecht, wenn auch reichlich, dann bummelte er noch ein Stück die Straße rauf bis zum Oranienburger Tor und landete schließlich in einer Kaschemme, die er nur vom Hörensagen kannte. In Plötzensee hatte einer erzählt, in genau diesem Laden sei ihm mal ein frisierter Pass angeboten worden, für dessen Erwerb er leider nicht das nötige Kleingeld besessen habe.

Die vage Information half ihm nicht weiter, das spürte Locke in den ersten zehn Minuten, und die Lage besserte sich auch nach dem dritten dünnen Bier nicht. Allerdings folgte ihm einer auf die Toilette, der ihn sofort anquatschte. «Na, Kleener, suchste was Bestimmtes? Du guckst so verlangend ...»

Wahrscheinlich wieder nur ein Schwuler, dachte Locke, fragte aber immerhin: «Was haste denn anzubieten?»

Der andere, ein Enddreißiger mit schlechten Zähnen und einem unangenehmen Grinsen, maß ihn von Kopf bis Fuß und sagte: «Hau hier lieber ab. Wir mögen keine fremden Stricher in unserm Revier.»

Locke setzte alles auf eine Karte. «Könnte man vielleicht 'ne Kennkarte für euer Revier erwerben? Oder sonst 'n gestempeltes Papier?»

Der andere kniff seine Augenlider zusammen und bleckte die Zahnlücken. «Nu mal ganz vorsichtig, Freundchen. Du bist doch blond, wozu brauchst du da neue Flebben?»

Locke machte, dass er den Hosenschlitz zubekam, und sagte patzig: «So fragt man Leute aus ...»

Ein Dritter, sichtlich Unbeteiligter betrat das stinkige Klo, und damit war die Kontaktaufnahme zu Ende. Der Grinser wies mit dem Daumen wortlos und unmissverständlich nach draußen, und Locke hielt es für besser, dem Rat zu folgen. Wenn die ihm hier eins über die Rübe gaben, war er das ganze schöne Geld auf einen Schlag los, und kein Hahn krähte danach. Hastig zahlte er und machte, dass er rauskam. Niemand hielt ihn auf.

Auf dem Weg zurück zum Bahnhof überlegte er, wohin er

fahren sollte, konnte sich aber nicht entschließen. In Erkner und in Strausberg war er gestern gewesen, nach Spandau oder Potsdam war es nicht weit genug. Blieb die unterirdische Nord-Süd-Strecke. Die war endgültig fertig geworden, während er im Knast gesessen hatte.

In der Halle sah er sich den Streckenplan an und kaufte schließlich eine Fahrkarte zweiter Klasse nach Rangsdorf. Das klang nach weit draußen, aber kaum anderthalb Stunden später war er schon wieder am Anhalter Bahnhof. Er stieg aus. Der Knipser in der Wanne war gerade mit seinen Stullen beschäftigt, so dass Locke darauf verzichtete, ihm die teure Fahrkarte zu reichen, und tat, als höre er nicht, was der ihm mit vollen Backen hinterherrief.

Oben in der Vorhalle angekommen, ärgerte er sich. Warum ging er wegen einer lumpigen Mark ein solches Risiko ein! Er konnte sich hundert Billetts leisten, wenn er wollte! Andererseits erstaunte ihn, dass die Reichsbahn noch genug Leute für solche unwichtigen Posten hatte. Eine halbe Million Berliner waren zur Wehrmacht eingezogen, hieß es, und die setzten Männer ein, nur um die Fahrkarten zu kontrollieren!

Er schlenderte ein bisschen in der trübe beleuchteten Halle herum, bis ihm eine uniformierte Doppelstreife auffiel, die wahllos junge Männer zu kontrollieren schien. Zielstrebig verließ er den Bahnhof und tauchte wieder in den Untergrund ab, diesmal am anderen Ende des unterirdischen Bahnsteigs. «Einmal Velten Zweiter», verlangte er, ohne lange zu überlegen. Bis Velten war es ein halbweges Ende, das gab ihm erst mal Zeit, zur Ruhe zu kommen. Dass die Strecke ausgerechnet über Reinickendorf verlief, störte ihn einen Augenblick. Direkt am S-Bahnhof befand sich die beschissene Asbestbude, aber kein Aas, das ihn kannte, wohnte dort. Außerdem fuhren Schichtarbeiter nicht zweiter Klasse.

Mit dem Bahnhof verband ihn eine weitere ungute Erinnerung. An jenem bewussten Abend war er nach der Spätschicht an der Teichstraße in die Straßenbahn eingestiegen, wie Ewald es ihm eingeschärft hatte. Die Linie 15 fuhr durch den Wedding nach Moabit. Hinter dem Kriminalgericht stieg Ewald gewöhnlich direkt am Knast aus, wie er lachend erzählt hatte. Locke fand es weniger lustig. Er bestand darauf, sich woanders zu treffen, und so hatte sich Ewald breitschlagen lassen, ihn an der Putlitzstraße von der Straßenbahn abzuholen. Er kannte dort in der Nähe ein Lokal, wo sie essen und ein Glas Wein trinken konnten. «Damit das klar ist: Du bist mein Neffe und nur auf Montage in Berlin!»

Die angebliche Nähe zog sich ganz schön hin. Die Kneipe, nur von ein paar Kerzen schummrig erhellt, lag fast an der Beusselstraße, war aber ganz gemütlich, und auch das Essen fiel zu Lockes Zufriedenheit aus. Worüber er dennoch mit Ewald in Streit geraten war, daran konnte Locke sich beim besten Willen nicht mehr erinnern. Irgendwie hatte der die Nazis verteidigt, obwohl die doch Leute wie ihn glatt ins KZ sperrten. Es fielen jedenfalls ziemlich böse Worte, mit denen sie sich anzischten wie zwei alte Ganter, und Locke war drauf und dran gewesen, Ewald einfach stehenzulassen und sich zum nächsten S-Bahnhof durchzufragen, aber da war außer ihnen niemand auf der Straße, den er fragen konnte. Außerdem hatte er gerade noch fünfzig Pfennige in der Tasche. So blieb ihm nichts anderes übrig, als neben Ewald herzudackeln und sich dessen Gerede über seine schlechten Manieren und seine Undankbarkeit anzuhören und ihm ab und zu mit einem giftigen Wort Bescheid zu stoßen.

Im düsteren Schein der Gaslaternen erkannte er ein gewaltiges Loch mitten auf der Straße, mit Holzbohlen dürftig abgesperrt. «Vorgestern ist hier eine Bombe runtergekommen», sagte Ewald fast ehrfurchtsvoll.

Als hätten die Engländer auf ebendieses Stichwort gelauert, setzten schlagartig die Sirenen ein.

«Alarm!», stieß Ewald bebend hervor und blickte sich in Panik nach dem nächsten Luftschutzkeller um. «Wir können nicht zusammenbleiben», verlangte er. «Du musst selber zusehen, wo du bleibst!»

Mit einem harten Griff hielt Locke ihn an seinem eleganten

Überzieher fest. «Das könnte dir so passen, mich hier alleine rumzuschubsen! Wie weit ist es noch bis zu dir?»

«Das ist unmöglich, das musst du einsehen! Wenn hier noch eine Bombe runterkommt ...»

Locke spürte, dass der dicke Mann zitterte. «Scheiß dir nicht in die Hose, du Pfeifenheini!», fuhr er den Älteren an. «Meinst du, die treffen dieselbe Stelle zweimal? Nichts ist! Wir beide verkriechen uns jetzt schön gemütlich im nächsten Keller und warten zusammen das bisschen Alarm ab, verstanden!»

Ewald versuchte sich loszureißen, aber das gelang ihm nicht. Was Locke einmal in der Hand hielt, ließ er so schnell nicht wieder los. Ewald hob seine knubblige Faust und versetzte ihm einen erstaunlich kräftigen Hieb gegen Kinn und Hals. Ungläubig registrierte Locke den dumpfen Schmerz und schlug fast automatisch zurück, mitten in Ewalds Visage hinein. Der verlor seinen Hut, taumelte, und Locke schickte einen linken Leberhaken hinterher. Den hatte ihm seinerzeit noch Schwager Ede beigebracht, und in Plötzensee hatte er den Schlag ausgiebig geübt. Ewald sank vornüber, direkt in das nach oben schnellende Knie hinein.

«Das war's wohl», sagte Locke befriedigt, bevor ihm die Situation richtig zum Bewusstsein kam. Er stand hier mitten in der Nacht mitten auf der Straße in einer fremden Gegend neben einem Mann, dem das Blut aus der zerschmetterten Nase über den eleganten Überzieher schoss, und es war klar, wer hier wen niedergeschlagen, sprich überfallen hatte.

Hektisch blickte er sich um. Noch immer war niemand in der Nähe aufgetaucht. Links lag ein Kohlenplatz. Licht war nirgendwo zu sehen. Weit entfernt geisterten schemenhafte Figuren an den Häusern entlang. Ihm blieb nicht viel Zeit zum Überlegen. Entweder brachte er das jetzt zu einem bösen Ende und türmte, bevor jemand aufkreuzte – oder er war gleich geliefert. Ein Wort von Ewald würde genügen, und sie hatten ihn.

Ohne nachzudenken, hob er einen Steinbrocken auf und ließ ihn auf Ewalds Schädel krachen.

Nachträglich war er die Szene in Gedanken hundertmal durchgegangen, und jedes Mal waren ihm neue Fehler aufgefallen, die er begangen hatte. In jener Nacht jedoch war ihm keine Zeit zum Nachdenken geblieben. Blitzschnell hatte er Ewalds Taschen geleert, das Zeug im eigenen Hemd verstaut und den schweren Körper zum Rand des Bombentrichters geschleift. Der rollte wie von selbst hinein, und Locke schickte sicherheitshalber einen dicken Brocken vom zerstörten Straßenbelag hinterher.

Natürlich war er nicht so dämlich gewesen, in einen Luftschutzkeller zu gehen. Den kurzen Alarm hatte er in einem Hof hinter den Müllkästen verbracht und war schließlich auf Irrwegen in die Calvinstraße gelangt, wo ihn niemand sah, als er leise Ewalds Wohnung aufschloss. Nach dem Alarm lagen die Hausbewohner im tiefsten Schlummer.

Nein, in dem Haus war er nicht aufgefallen, da war sich Locke ziemlich sicher. Die Frage, ob sie Ewald inzwischen identifiziert hatten, beschäftigte ihn viel mehr und war mit einiger Sicherheit mit Ja zu beantworten. Mindestens in der Buchhaltung musste sein Fehlen auffallen. Ob die Polypen dann die Verbindung von dem Toten im Bombentrichter zu dem vorbestraften Hilfsarbeiter herausfanden, der seit drei Tagen nicht mehr in der Asbestbude angetreten war, schien ihm weniger sicher. Wahrscheinlich bearbeiteten das bei der Polizei ganz unterschiedliche Abteilungen, die nichts miteinander zu tun hatten. Das hoffte er zumindest.

Die S-Bahn war nicht geheizt, doch Locke war an Kälte gewöhnt. Immerhin saß er hier trocken in den Polstern und konnte vor sich hin dösen. Vielleicht hatte er sogar geschlafen, als draußen die gequetschte Lautsprecherstimme «Velten» verkündete. «Alle aussteigen, Zug fährt zurück nach Lichterfelde-Ost.»

Na meinetwegen, dachte er schläfrig und drückte sich tief in die Ecke, damit ihn der Fahrer und der Zugbegleiter nicht bemerkten, die vom Ende des Zuges nach vorn liefen. Auch dabei war die Verdunklung hilfreich.

Der Alarm kam, als die S-Bahn in den Bahnhof Heiligensee

rollte und mit einem harten Ruck stehenblieb. Undeutlich wurden die Fahrgäste aufgefordert, den nächsten Schutzraum aufzusuchen. Wo der sich befinden sollte, verstand Locke nicht. Anscheinend war er der Einzige, der ausstieg. Er irrte auf dem Bahnsteig umher, bis der Beamte mit der roten Mütze ihn ansprach und sagte: «Setzen Sie sich man ruhig wieder rin. Bis jetzt ist hier noch nie was runtergekommen.»

Also stieg Locke wieder in ein Abteil zweiter Klasse, ein anderes diesmal, in dem er nicht der einzige Passagier war. Er merkte es erst, nachdem sich seine Augen an die Finsternis gewöhnt hatten. Die spärliche Beleuchtung war inzwischen gänzlich erloschen.

Schräg gegenüber, in der anderen bequemen Ecke der Polsterklasse, saß jemand. Eine Frau vermutlich, wie Locke an den undeutlichen Konturen zu erkennen glaubte. Sie lehnte regungslos an der Wand neben dem Fenster und verhielt sich völlig still.

«Ist ja hoffentlich bald vorbei», sagte Locke laut. Die Frau reagierte nicht. Wahrscheinlich hatte sie Angst. Na, dann eben nicht! Er wollte sich niemandem aufdrängen, obwohl ihm eine Unterhaltung mit einer Frau – wahrscheinlich sogar einer jungen, er hatte das so im Gefühl – durchaus behagt hätte. In Plötzensee hatten die Neuankömmlinge wahre Wundermären über einsame und männertolle Soldatenfrauen verbreitet. Ihm war noch keine davon begegnet, seit er raus war.

Zwanzig Minuten mochten vergangen sein, als Flugzeuge über den Zug hinwegdröhnten. Heute kamen sie also von Nordwesten. Dem durchdringenden Geräusch nach mussten es Hunderte sein. Über der Stadt leuchteten die Finger der Suchscheinwerfer in den Himmel, und die Flak begann heftig zu schießen.

Seltsamerweise verspürte Locke keinerlei Furcht. Er lehnte sich zurück, schloss die Augen und träumte von der Frau, die nur ein paar Meter von ihm entfernt saß und doch unerreichbar blieb. Wenn er erst Papiere besaß, wurde das vielleicht anders. Bis jetzt hatte er bei einer hässlichen alten Hexe in der Oppelner Straße gewohnt, deren keifende Stimme ihn bis in den Schlaf verfolgte.

Aber dahin traute er sich sowieso nicht zurück. Im Betrieb kannten sie seine Adresse. Dort würden die zuerst nach ihm suchen. Als zahlungskräftiger möblierter Herr mit einwandfreien Papieren aber konnte er leicht bei einer Soldatenfrau im besten Alter unterkommen, besser noch bei einer jungen Witwe, mit üppigen Brüsten und langen blonden Haaren, die ihn auffordernd anlächelte ...

Die Entwarnung weckte ihn. Die S-Bahn ruckte an und hielt ebenso abrupt. Von der Bank, auf der die Frau saß, die Locke noch immer nur undeutlich sah, obwohl das Schummerlicht gerade wieder aufflackerte, fiel polternd etwas auf den Boden. Die Besitzerin des Gegenstandes bückte sich nicht danach. Schlief sie so fest?

Auf dem anderen Gleis fuhr der Gegenzug ein. «Lichterfelde-Ost zurückbleiben!», quakte es von draußen. Die Frau rührte sich nicht, als sich der Zug in Bewegung setzte. Was war da auf den Boden gefallen? Es hatte sich schwer und metallisch angehört. Als Locke gerade beschlossen hatte, sich unauffällig zu nähern und danach zu gucken, erreichte die S-Bahn die nächste Station. Jemand riss ungestüm die Türen auf. Zu spät, dachte er. Doch der Zugestiegene richtete sich unter lautem Rumoren in dem Abteil hinter ihm ein.

Erst als der Zug vor der Einfahrt zum Bahnhof Tegel die Fahrt verlangsamte, erhob sich Locke entschlossen und ging die paar Schritte bis zu der Bank, auf der die Unbekannte in ihrer Ecke anscheinend noch immer fest schlief.

Er hatte sich nicht geirrt. Sie war jung, hatte dunkles gewelltes Haar, und ihr linker Arm hing ganz locker herab. Er schenkte ihr nur einen flüchtigen Blick, während seine Füße auf dem schmutzigen Boden herumschurrten und tatsächlich gegen etwas stießen, was er mit einem Griff in seinen Besitz brachte und in der Manteltasche verschwinden ließ. Wahrscheinlich hatte er einen groben Missgriff getan, das Ding in seiner Tasche war schwer und sicherlich aus Eisen. Erst nachdem er die Sperre hinter sich gelassen und diesmal brav die Fahrkarte abgegeben hatte, wagte er, es halb hervorzuziehen, und erstarrte. Eine Pistole. Eine handliche kleine Waffe mit kurzem Lauf und geriffeltem Griff.

Überwältigt schloss Locke für einen Moment die Augen. Sollte er das nun Glück nennen?

Das niedliche Ding hatte in seiner Hand Platz. Er blickte sich auf der nächtlich leeren Straße um und beguckte es näher. Die Pistole roch intensiv nach Schießpulver, als hätte gerade jemand damit geschossen.

NEUN

AN DIESEM ABEND ging es bei Kappes ein wenig höher her als gewöhnlich. Hartmut, der älteste Sohn, war ganz unerwartet für ein paar Urlaubstage aus Belgien heimgekehrt, und Margarete und Arno, seit ihrer stillen Hochzeit im April des Jahres eine junge Familie, hatten sich zu Besuch angesagt, außerdem Otto, Hermann Kappes Neffe, Kriminalkommissar wie der Onkel, der ebenfalls für ein paar Tage in der Reichshauptstadt weilte. Seine hübsche Gertrud, die Mutterfreuden entgegensah und sich nicht wohl fühlte, hatte er zu Hartmuts Bedauern leider nicht mitgebracht.

Angesichts des Krieges und der damit verbundenen Abwesenheit zahlreicher Familienmitglieder war Klara Kappes Fünfzigster beinahe ebenso unbemerkt vorübergegangen wie Gretchens Hochzeit. Es galt also, ein bisschen was nachzuholen – falls die Engländer für den Abend keine anderen Pläne hatten.

Otto Kappe war im Oktober 1939 nach Lodz versetzt worden, und wie es der Zufall wollte, war nun auch Arno, der für den Reichsrundfunk als Techniker mit einem Propagandawagen herumkutschierte, für den Einsatz in Litzmannstadt vorgesehen. Seit zwei Jahren nannte er sich technischer Propagandist. Bei den SS-Diensträngen hatte er es nicht weiter als bis zum Sturmmann gebracht, ungefähr ein Gefreiter bei der Wehrmacht. Kappe hatte ihn noch nie in Uniform gesehen, was in seinen Augen für Arno sprach.

Margarete, die dennoch von Arnos großer Karriere träumte, freute sich auf die Veränderung, zumal ihr eine größere und schönere Wohnung als auf dem dunklen Hinterhof in Prenzlauer Berg versprochen war, wo sie und Arno sich mit anderthalb Zimmern ohne Bad zufriedengeben mussten. «Wenigstens mit Innentoilette», hatte ihre Mutter sie getröstet.

So viel Mühe sich Klara Kappe mit dem Abendessen gab – die kriegsbedingten Einschränkungen waren nicht zu übersehen. Immerhin hatte Hermann Kappe ausreichend Bier beschafft, und ein Fläschchen Danziger Goldwasser für die Damen war von Otto beigesteuert worden, so dass sich Klara einen wunderschönen Familienabend mit tiefschürfenden Gesprächen versprach, zu dem es leider nicht so recht kam. Die Urlauber erwiesen sich als wenig auskunftswillig, wie sich herausstellte. Hartmut, der ihr vormittags noch allerlei vom fröhlichen Dasein auf dem Fliegerhorst nahe der belgischen Küste vorgeschwärmt hatte, versank in Einsilbigkeit und tat schließlich seine Absicht kund, noch mal in die Stadt zu fahren. Er sei schließlich nach Berlin gekommen, um was zu erleben. Die väterliche Anmerkung, er solle sich vor den Engländern vorsehen, quittierte er mit einem schiefen Lächeln und der Antwort, er sei wohl den englischen Fliegern näher gekommen und habe mehr von denen gesehen als alle anderen zusammen. Erst vor drei Tagen habe die Flak ihres Fliegerhorsts einen davon runtergeholt.

Klara war entsetzt. «Aber Junge, du kannst doch nicht einfach losgehen ... Wenn dir nun was passiert!»

Das fand Hermann, der sich seiner väterlichen Verantwortung durchaus bewusst war, reichlich übertrieben. «Der Junge ist zwanzig, Klara. Und was ihm da draußen jeden Tag passieren kann, wollen wir uns lieber nicht vorstellen.»

«Nimmste mich mit?», fragte Karl-Heinz.

Er meinte es ernst. Aber so weit ging die Bruderliebe denn doch nicht.

Außerdem brauste Klara gleich auf: «Du bist dreizehn, mein Kind! Vergiss das nicht – auch wenn Krieg ist!» Der Junge machte ihr allmählich Sorgen, viel zu oft fiel die Schule wegen der nächtlichen Terrorangriffe aus.

«Ich möchte auch mal irgendwo richtig flotte Musik hören»,

maulte ihr Jüngster. «Nicht bloß immer den ollen Operettenkram und die Märsche im Radio!»

Das waren ja ganz neue Töne! Kappe, der schon ein paar Bier intus hatte, konnte darüber nur lachen. Bei Klara dudelte der Apparat den ganzen Tag, das ewige «Bomben auf Engeland»-Gesinge und die ständige Siegesfanfare schienen ihr zu gefallen. Kappe war längst aufgefallen, dass der Junge ein paar Schallplatten mit schräger Musik vor ihm versteckt hielt. Das öde Einheitsprogramm im Radio, das die Reichssender seit einigen Monaten ausstrahlten, traf auch seinen Geschmack nicht gerade. Abends musste man neuerdings auf den Reichssender Breslau ausweichen, damit die englischen Flieger den Berliner Sender nicht zur Peilung benutzen konnten, wie Arno behauptete.

Kappe wollte heute keinen Streit. «Oh, Donna Clara!», begann er übermütig zu singen. Er wusste, wie sehr Klara dieses Lied liebte, das ihrer Schönheit schmeichelte. Na gut, ein bisschen war der Lack schon ab, aber für ihre fünfzig sah sie immer noch ganz proper aus, wenn sie bei guter Laune war. Wenn ...

Heute Abend zeigte sie sich eher von ihrer ungnädigen Seite, was sie den Besuch natürlich nicht spüren lassen wollte. «Halt dich bitte zurück, Hermann!», lautete ihr Kommentar zu der ungewohnten Gesangseinlage ihres Gatten, der auch sofort verstummte.

Eigentlich ein selten alberner Text, dachte er dabei und war froh darüber, in Karl-Heinz' Gegenwart nicht bis zu der ein wenig schlüpfrigen Zeile *Ich hab im Traume dich dann im Ganzen gesehn* vorgedrungen zu sein.

Erst nachdem der Junge frühzeitig ins Bett geschickt worden war, um Schlaf nachzuholen, und Klara und Margarete sich in die Küche zurückgezogen hatten, taute die Männerrunde ein wenig auf. Schwiegersohn Arno war begierig darauf, von Otto möglichst Genaues über das Leben in seinem künftigen Einsatzort zu erfahren, aber der winkte nur ab. «Lass dich überraschen», sagte er. «Es gibt 'ne Menge Leute, denen es in Litzmannstadt gut gefällt.»

«Dir also nicht?», schlussfolgerte Arno.

Otto hob die Schultern. «Die Engländer kommen jedenfalls nicht bis zu uns.»

«Und die Polen? Gibt's viel Ärger mit denen?»

Otto verzog das Gesicht. «Die Polen sind nicht das eigentliche Problem.»

«Sondern?»

«Wir haben seit April ein hermetisch abgeschlossenes Getto in der Stadt. Eigentlich war vorgesehen, alle Juden aus dem Warthegau ins Generalgouvernement abzuschieben. Aber nun können sich die hohen Herren anscheinend nicht einigen, wie es weitergehen soll.»

«Ein Getto?», fragte Arno. «Wie soll ich mir das vorstellen?»

Otto sah von einem zum anderen. «Ein ganzes Stadtviertel ist eingezäunt und wird von der Schutzpolizei bewacht. Die Juden sind durch einen gelben Stern auf der Brust und auf dem Rücken gekennzeichnet. Ihr täglicher Versorgungssatz beträgt dreißig Pfennige. Wer Schmuggelware oder Geld über den Zaun wirft oder in Empfang nimmt, den Zaun zu durchkriechen oder überklettern versucht oder sich sonst irgendwie daran zu schaffen macht, wird ohne Anruf erschossen.»

Arno schluckte. «Sind denn das sehr viele Juden?»

«Rund 170 000.»

«Und was sollen die in dem Getto machen?»

«Arbeiten – was sonst?» Otto grinste süßsäuerlich. «Und sich dabei der Propaganda aus deinen Lautsprechern erfreuen.»

Die Aussicht schien Arno nicht zu gefallen. Er hatte eher eine Art «Kraft durch Freude»-Aktion erwartet. Bei den Österreichern und den Sudetendeutschen war er mit dem Musikprogramm und munteren Durchsagen ganz gut angekommen. Vor dem Einsatz in Polen graute ihm ein bisschen, nur wollte er Margarete das nicht spüren lassen.

So schlimm hatte es sich Hermann Kappe nicht vorgestellt. «Und du spielst da die Polizei in diesem Getto?», erkundigte er sich bei seinem Neffen.

Der schüttelte den Kopf. «Das müssen die Juden alleine machen. Selbstverständlich unter Aufsicht und strenger Kontrolle. Kannst du dich an Zirpins erinnern? Den Herrn Kriminaldirektor haben sie zum Kripo-Chef von Litzmannstadt-Getto gemacht. Für den sind die Juden sowieso alle mehr oder weniger kriminell veranlagt.»

An der Polizeischule in Charlottenburg hatte Otto den Unterricht des damaligen Kriminalrats genossen, und natürlich kannte auch Hermann Kappe Doktor Walter Zirpins, der sich seine Sporen beim Verhör des Reichstagsbrandstifters verdient hatte. Er galt allgemein als ein besonders scharfer Hund.

«Gertruds Schwangerschaft wegen habe ich einen Antrag auf Rückkehr nach Berlin gestellt», sagte Otto. «Zirpins hat mir einen langen Vortrag über unsere Arbeit gehalten, die immer unter den denkbar ungünstigsten, schwierigsten und schmutzigsten Verhältnissen vor sich geht, die aber andererseits als Neuland reizt und ebenso vielseitig wie interessant und vor allem beruflich dankbar, das heißt befriedigend ist. Punktum. Um uns bei Stimmung zu halten, will er dafür sorgen, dass wir bevorzugt beschlagnahmte Gegenstände aus jüdischem Besitz zu abgeschätzten Preisen erwerben dürfen.»

Hermann holte neues Bier aus der Küche. So recht schmecken wollte es ihnen nicht. «Wohin soll das alles mal führen?», sagte Kappe gedankenverloren. «Wir können doch nicht halb Europa hinter Zäunen gefangen halten und bewachen.»

«Na, so viele Juden gibt es ja nun auch wieder nicht», wandte Arno ein.

«Wo die alle bleiben sollen, ist mir dennoch schleierhaft», sagte Kappe. «Mit der Auswanderung klappt es jetzt im Krieg auch nicht mehr.»

Otto schlug mit der Handfläche auf den Tisch. «Zerbrechen wir uns nicht des Führers Kopf!», sagte er. «Die Vorsehung wird ihm schon was eingeben.» Er sah Arno misstrauisch an. «Solche Reden bist du nicht gewohnt, wie? Musst du wohl gleich Meldung machen ...»

Kappe winkte ab. «Lass mal unsern Arno, der ist schon in Ordnung. Vielleicht sehen wir ja auch ein bisschen zu schwarz ...»

Und als hätten die Engländer genau diesen Satz abgewartet, begannen draußen die Sirenen zu heulen. Klara reagierte wie immer panisch auf das Signal, wusste nicht, ob sie zuerst Karl-Heinz, der noch gar nicht geschlafen hatte, aus dem Bett zerren oder den Besuch mit zusätzlichem Hausrat beladen sollte, was Kappe sich drohend verbat.

«Du solltest Doktor Goebbels etwas mehr trauen, meine Gute. Das sind nur Nadelstiche, die uns Churchills Terrorflieger da versetzen!»

«Aber Hartmut ist in der Stadt unterwegs!», jammerte sie. «Und Gretchen und Arno müssen auch noch in die Dunckerstraße zurück. Wer weiß, wie lange das wieder dauert ...»

Sie hatten Glück. Die Entwarnung kam schon nach vierzig Minuten, und so blieb noch Zeit für ein letztes gemeinsames Bier, bevor die Kinder sich verabschiedeten und Otto als Letzter zurückblieb.

«Erzähl mal vom Präsidium!», forderte er seinen Onkel Hermann auf, aber dem war in Klaras Gegenwart nicht so recht nach reden zumute.

«Geht alles so vor sich hin», sagte er. «Viel zu wenig Leute, das kannst du dir ja vorstellen. Und die Bombennächte bescheren uns natürlich zusätzliche Arbeit. Die Vergewaltigungen haben zugenommen, und die Aufklärungsrate geht in den Keller. Im Augenblick habe ich die Leiche eines Erschlagenen am Hals, die einer, der sich für besonders schlau hält, in einem Bombentrichter abgelegt hat.»

Otto nickte. «Es würde mich interessieren, ob sie meine Lieblingsbetrügerin Martha Lange inzwischen geschnappt haben. Die wird seit 1935 oder noch länger gesucht ...»

«Da mache ich dir wenig Hoffnung», sagte Kappe. «Die Zahl der flüchtigen oder unangemeldeten Personen steigt trotz der angedrohten Strafen ständig. Im ganzen Reichsgebiet sind es etliche

Tausend, darunter illegal lebende Juden, entlaufene Kriegsgefangene, Wehrunwillige aller Art und ein paar von den eher harmlosen Rumtreibern, die noch übrig sind ...»

«Ich verstehe nicht», mischte sich Klara ein, «wie du das so ruhig hinnehmen kannst! Alle diese Leute sind doch gefährlich, besonders in Kriegszeiten! Wenn jeder Volksgenosse seiner Pflicht nachkommt ...»

«Wenn!», unterbrach Kappe sie mit lauter Stimme. «Dann wären die Lager eben noch ein bisschen voller, aber um deine Sicherheit stünde es kaum einen Deut besser.»

Bevor seine Frau ihm voller Empörung antworten konnte, klingelte das Telefon. «Hartmut!», schrie Klara auf und riss den Hörer von der Gabel.

Ruhig nahm Kappe ihr den aus der Hand. «Das ist ein Dienstapparat», erinnerte er sie.

Es war nicht Hartmut, sondern der Kriminaldienst, der ihn aufforderte, sofort ins Präsidium zu kommen. In der S-Bahn habe man die Leiche einer jungen Frau entdeckt. Wahrscheinlich ermordet.

ZEHN

WIE GEWÖHNLICH ging alles schief, was nur schiefgehen konnte. Nachdem ein Eisenbahner, von dem nicht mehr als der Name bekannt war und der inzwischen seinen Dienst in Schöneberg angetreten hatte, die Tote auf dem unterirdischen und demzufolge ausreichend beleuchteten Stettiner Bahnhof entdeckt hatte, war die Leiche am Bahnhof Friedrichstraße ausgeladen und abtransportiert worden. Bei dieser Gelegenheit hatte man immerhin den Wagen geräumt und verschlossen. Mit einem Vierkantschlüssel, wie ihn jeder S-Bahner bei sich führte. Angeblich waren sogar die Personalien der Abteilinsassen aufgenommen worden. Von wem? Das herauszufinden gelang Kappe vorerst nicht. Er kam sich reichlich verschaukelt vor, nachdem er vom Alex endlich zur Friedrichstraße gelangt war und sich dort mit dem Aufsichtsbeamten auf dem unteren Bahnsteig herumschlug.

Im Stadtzentrum seien Bomben eingeschlagen, hieß es, Brandbomben hätten das Hauptpostamt getroffen. Der Angriff hatte auch den Zugverkehr durcheinandergebracht, und natürlich war es nicht möglich gewesen, einen einzelnen Wagen mitten im Betrieb und ausgerechnet im Nord-Süd-Tunnel aus dem Zug herauszunehmen. Der Wagen blieb weiter unterwegs und konnte nunmehr im Depot in Augenschein genommen werden. In Velten, wie der Rotbemützte mitteilte, dem man die Schadenfreude anmerkte.

Da soll er vorläufig stehen bleiben, entschied Kappe. Bevor er sich auf eine nächtliche Reise in die Provinz machte, wollte er sich erst mal die Leiche angucken und sich davon überzeugen, ob der Einsatz überhaupt gerechtfertigt war. Dazu fehlten noch Klingbeil und Piossek, und überdies drückte ihn die Blase. Eine Bierfahne hatte er außerdem, aber auch ein Kriminalkommissar durfte schließlich mal einen Schluck trinken.

Wie nicht anders zu erwarten, lagen die Toiletten in einem anderen Teil des Bahnhofs, allerdings auch im Keller und nur über viele Stufen zu erreichen. Kappe staunte, was sich zu dieser frühen Morgenstunde in so einem Bahnhof an Volk herumtrieb. Eine Razzia hätte hier sicher den einen oder anderen Erfolg erbracht, aber das war nicht sein Bier. Womit seine Gedanken wieder beim Bier angelangt waren und verharrten. Ihn plagte ein höllischer Durst. Die Menschenmenge vor dem Wartesaal half ihm, den zu verdrängen und sich wieder an den Abstieg zur Nord-Süd-Bahn zu machen.

Unten auf dem Bahnsteig hielt Piossek auffällig Ausschau nach ihm und erschrak, als Kappe plötzlich wie aus dem Boden gewachsen vor ihm stand und fragte: «Suchen Sie was Bestimmtes?»

Von der anderen Seite kam Klingbeil die Treppe von der U-Bahn herab, das Köfferchen mit den notwendigsten Utensilien in der Hand. «Mejn Jottchen», stöhnte er in seinem anheimelnden Ostpreußisch, «als würde Fliejeralarm alleine nich jenüjen!»

Verdrossen machten sie sich zuerst einmal auf die Suche nach der Leiche, die angeblich in die nahe Charité gebracht worden war. Dort fanden sie die Tote erst nach einigem Hin und Her zwischen etlichen anderen Verblichenen im Leichenkeller aufgebahrt und mit einem weißen Tuch abgedeckt. «Kann dazu nichts sagen, bin nur der Nachtdienst», äußerte der Sektionsgehilfe mit quäkender Stimme, während er das Laken zurückschlug. Die Leiche war unbekleidet.

Kappe registrierte es fassungslos. «Wer hat angeordnet, die Tote zu entkleiden?», herrschte er den Gehilfen an.

Der zog scharf die Luft durch die Nase, als missbillige er Kappes Alkoholfahne, und entgegnete beleidigt: «Schon mal eine ausgezogen, nachdem die Totenstarre eingesetzt hat?»

Erst jetzt bemerkte Kappe die schlecht operierte Hasenscharte des Mannes. «Bei dieser Toten handelt es sich vermutlich um das Opfer eines Verbrechens! Da darf nichts verändert werden. Leuchtet Ihnen das nicht ein?»

«Davon ist mir nichts bekannt. Die Leichen, die hier liegen, sind alle unbekleidet!»

Resigniert wandte sich Kappe wieder der Toten zu. Zu ändern war sowieso nichts.

Die Frau war jung. Und sie war hübsch. Ihre Haut wirkte fast so weiß wie das Tuch, das der Mann achtlos bis zu ihrem nackten Busen aufgeschlagen hatte. Kappe versuchte, sich auf das Gesicht und den Kopf der Toten zu konzentrieren. Dunkle Locken, ebenmäßige Züge, blutleere Lippen. Ein bisschen fremdländisch wirkte sie vielleicht, aber so sahen auch hunderte Berlinerinnen aus. Sie war gut frisiert, obwohl das verkrustete Blut unterhalb der linken Schläfe den Eindruck etwas beeinträchtigte. Sichtbare Verletzungen: eine Einschussöffnung an ebendieser Schläfe. Klingbeil nahm die Stelle mit Hilfe seiner Taschenlampe näher in Augenschein und begann zu fotografieren.

«Nicht direkt aufgesetzt, aber leichte Schmauchspuren», stellte er fest und schlug ungerührt das Tuch gänzlich zur Seite. Aufmerksam betrachtete er den Körper. Pikiert wandte Piossek sich ab, während Klingbeil fotografierte.

«Keine weiteren sichtbaren Verletzungen oder Blutergüsse», bemerkte der. «Könnte sich ebenso gut um einen Suizid handeln ...» Er maß Piossek mit einem langen und – wie es Kappe schien – spöttischen Blick und deckte die Leiche wieder zu.

Kappe nickte unzufrieden. «Dann müsste sich die Waffe theoretisch noch in dem S-Bahn-Waggon befinden.»

Der stand in Velten. Eine halbe Weltreise war es bis dahin. Deshalb gab Kappe die Hoffnung nicht ganz auf, die Angelegenheit möglicherweise gleich hier zu klären. «Wo sind denn die Sachen der Frau?», erkundigte er sich. «Ihre Kleidung und was sie sonst noch bei sich trug?» Vielleicht fand sich etwas Greifbares, ein

Abschiedsbrief oder sonst ein Hinweis. Dass man die Tote entkleidet hatte, machte die Sache nicht besser. Die Auffindungssituation ließ sich ohnehin nicht mehr rekonstruieren.

Wortlos wuchtete der Sektionsgehilfe einen Wäschebeutel auf die Beine der Toten und machte Anstalten, ihn zu öffnen.

Kappe hinderte ihn daran. «Moment mal! Gibt es keine Aufstellung der Habseligkeiten?»

Der Gehilfe schien dicht davor, die Beherrschung zu verlieren. «Das macht der Tagesdienst», quäkte er abweisend. «Hier kommt nichts weg!»

Kappe, dem eine scharfe Erwiderung auf der Zunge lag, blieb ruhig. Hatte ja alles keinen Zweck. «Dann führen Sie uns jetzt bitte an einen etwas freundlicheren Ort, möglichst mit einem großen Tisch und einer hellen Lampe darüber.»

Der freundliche Ort war der gefliese Sektionsraum und der Tisch mit Zink beschlagen und abwaschbar. Die OP-Lampe allerdings spendete ausreichend Licht. In ihrem hellen Schein breitete Klingbeil ganz erstaunliche Sachen aus. Da war zuerst ein Mantel in einem samtigen Blau, wie Kappe es noch nicht gesehen hatte. Das gute Stück war am Kragen mit Blut befleckt, ebenso ein leichtes Chiffontuch, das fremdländisch und teuer aussah. Kappe kannte sich mit Textilien nicht so gut aus wie seine Klara, die früher Verkäuferin im Kaufhaus Herzog gewesen war. Über das modische Kleid mit dem bunten Einsatz wäre sie sicher in Verzückung geraten, während die Unterwäsche der Toten sie möglicherweise gleichermaßen sprachlos gemacht hätte wie die drei Männer, die sich jetzt darüberbeugten. Selbst Bernhard Klingbeil, für gewöhnlich die abgeklärte Ruhe in Person, vermochte ein leises Pfeifen durch die Zähne nicht zu unterdrücken. «Donnerwetter!», flüsterte er, während er das seidige Gewebe des himmelblauen Unterrocks behutsam zwischen seinen plumpen Fingern rieb. «Hatte sich aber feinjemacht, unsre Marjell!»

Kappe überließ es Klingbeil, ungeniert die Seidenstrümpfe, den ebenfalls blauen Strumpfhaltergürtel mit Spitzenbesatz und einen Büstenhalter von ungewöhnlicher Form vor ihnen auszubreiten.

«So was gibt es doch gar nicht auf dem deutschen Markt», konstatierte Piossek, der sich bis dahin ausgesprochen schweigsam verhalten hatte. Er schien sich unbehaglich zu fühlen bei dieser Tätigkeit als nächtlicher Fachmann für aufreizende Damenwäsche, was Kappe ihm nicht verübelte. Ihm selbst war nicht wohl in seiner Haut. Was für eine Dame war denn da ums Leben gekommen? Wenn sie einem gewissen Gewerbe nachgegangen war, dann vermutlich in höheren Kreisen. Ihm kam da so ein Gedanke. Nicht von ungefähr munkelte man, dass Himmler in der Nähe des Kurfürstendamms einen richtigen Puff betreiben ließ, mit Edelnutten aus halb Europa, wie es hieß. Falls das hier eine dieser Damen war – dann gute Nacht!

Klingbeil konnte sich gar nicht losreißen von den zarten Dessous. «Davon ist wohl wirklich nichts auf deutschen Webstühlen fabriziert worden», vermutete er kopfschüttelnd. «Wenn ich mir meine Agnes in solcher Wäsche ausmale ...»

Kappe hatte sich inzwischen der Handtasche zugewandt, einem eleganten braunen Lederding mit geflochtenen Nähten. Der Inhalt erwies sich als enttäuschend: zwei Herrentaschentücher, ein Kamm und eine kleine Geldbörse, in der sich vier Scheine und ein bisschen Kleingeld befanden. Weiter nichts.

Da war doch was faul. Welche Frau ging ohne Parfum, Lippenstift, Spiegel und zehnerlei sonstige Utensilien aus dem Haus? Noch dazu eine, die so gekleidet war wie die Tote!

Er ergriff den blauen Mantel und fuhr in dessen Taschen. Zwei Fahrkarten zweiter Klasse mit einer hohen Preisstufe. Die eine mit einem A für Alexanderplatz entwertet, die andere ungeknipst. Um die Datumsprägung zu entschlüsseln, hätte er die Brille aufsetzen müssen. Hat Zeit bis später, entschied er. Die Brille lag zu Hause auf dem Nachttisch. Deshalb konnte er auch nur den Namen *Charles Sauvage* auf dem im Mantel eingenähten Etikett lesen, den Rest entzifferte Klingbeil: «*Tailleur-couturier Paris.*»

«Das heißt Maßschneider», erklärte Piossek, offensichtlich froh darüber, endlich auch etwas beisteuern zu können.

«Na also, meine Herren», meinte Kappe, der das leere Handtäschchen vergeblich schüttelte. «Früher hätte das eine wunderschöne Zeitungsüberschrift abgegeben: *Die unbekannte Tote aus Paris* ...»

Klingbeil hob schnüffelnd die Nase. «Ein Hauch davon liegt noch in der Luft», sagte er.

Kappe widersprach ihm ganz prosaisch: «Nur das Parfumfläschchen fehlt leider.»

Auch Piossek fand etwas anzumerken: «Die Frau muss nicht notwendigerweise aus Paris stammen. Französische Waren kann man inzwischen auch hier ...»

Er zögerte, worauf Kappe ergänzte: «... auf dem Schwarzmarkt erwerben, meinen Sie.»

Piossek schüttelte den Kopf. «Nicht nur dort. Haben Sie eine Vorstellung davon, was die Pakete alles enthalten, die täglich aus dem Ausland anrollen? Mein Schwager ist zurzeit in Paris. Sie ahnen nicht, was der alles ...» Nun schwieg er doch, als hätte er zu viel verraten.

Kappe nickte. «Dann könnten wir ihm ja mal die Adresse von diesem *Tailleur* mitteilen. Vielleicht erinnert der Schneider sich, für wen der Mantel genäht worden ist.»

Klingbeil guckte skeptisch. Er war mal wieder unsicher, ob Kappe sich einen Scherz leistete.

Piossek sagte steif: «Meinen Schwager halten wir wohl besser raus aus den Ermittlungen.»

Deren Ergebnis war, von dem aufschlussreichen Etikett abgesehen, als ausgesprochen mager zu bewerten. Klingbeil packte alles ordentlich in den Wäschesack zurück, den Kappe versiegelte.

«Wird heute im Laufe des Tages abgeholt», sagte er zu dem Sektionsgehilfen, der sich im Hintergrund gehalten hatte. Es war ja wohl niemandem zuzumuten, die halbe Nacht mit einem Wäschesack in der Hand auf der S-Bahn rumzugondeln.

Aus der halben wurde beinahe die ganze Nacht. Das Fahrpersonal blieb unauffindbar, und das Depot, in dem der Zug stand, befand sich noch ein erhebliches Stück hinter dem Bahnhof von Velten. In Richtung Nordsee, wie Kappe gallig anmerkte. Nach langem Herumreden übernahm ein hinkender Eisenbahner mit einer Karbidlampe die Führung über das Gleisgewirr. Wegen der Stromschiene, erläuterte er, was auf Kappes volles Einverständnis traf. Vor Stromschlägen hatte er einen Heidenrespekt. Ihm war schon unbehaglich zumute, wenn es zu Hause eine defekte Lamelle in der Steckdose zu erneuern galt. Die Pappsicherungen brannten öfter mal durch.

In der Halle hatten sich bereits zwei Reinigungskräfte über den Zug hergemacht. Die Frauen schworen Stein und Bein, den verschlossenen Waggon nicht betreten zu haben. Dennoch ließ sich eines der Türpaare ohne weiteres aufziehen, wie Piossek feststellte, nachdem ihnen der Eisenbahner das Abteil geöffnet hatte. Er sah Kappe fragend an.

Der winkte ab. «Sowieso alles versaut», murmelte er mürrisch. Er hatte immer noch Durst, und Müdigkeit machte ihm zu schaffen. «Gucken wir uns mal um.»

Der Platz, auf dem die Tote mit großer Wahrscheinlichkeit gesessen hatte, ließ sich leicht finden. Jemand hatte einen Tuchfetzen um die Haltestange darüber gewunden, und die schwärzlichen Flecke auf dem gemusterten Polster, jeder nur ein Pfennigstück groß, waren auch nicht zu übersehen. Während Klingbeil daran herumschabte, um eine Probe zu gewinnen, sahen Kappe und Piossek sich in dem Abteil um. Erwartungsgemäß fiel auch hier das Ergebnis dürftig aus. Nicht mal in den blechernen Abfallkästen zwischen den Bänken fand sich etwas, das auf den ersten Blick wie eine Spur ausgesehen hätte. Von einer Tatwaffe ganz zu schweigen, obwohl sich Kappe und Piossek wahrlich mühten, im Schein ihrer Taschenlampen auf dem schmutzigen Boden etwas Waffenähnliches zu entdecken.

Am Ende war es Piossek, der doch noch fündig wurde. Aus

dem Staub unter der elektrischen Heizung, die sich unter einer Sitzbank, gut zwei Meter vom vermutlichen Tatort entfernt, befand, klaubte er ein stumpf angelaufenes Metallröhrchen hervor: eine Patronenhülse. «Kaliber 6,35», wie er sofort fachmännisch feststellte.

Mit einem Papiertaschentuch nahm Kappe ihm das Fundstück ab und roch daran. Kein Zweifel, die Patrone war erst vor kurzem abgefeuert worden. «Sehr gut», sagte er zu Piossek, um den endlich mal zu loben. «Jetzt fehlen uns bloß noch der Täter und die Waffe.»

Die aber blieben unauffindbar.

ELF

«ABER SIE MUSS doch irgendwas gesagt oder hinterlassen haben!» In Peters Stimme mischten sich ohnmächtige Wut und Verzweiflung. Er konnte und wollte nicht glauben, was Hedwig, selber schreckensbleich und mit verweinten Augen, ihm da tonlos mitgeteilt hatte: «Margot ist verschwunden. Spurlos.»

«Spurlos! Das gibt es doch überhaupt nicht!» Hilflos schlug er mit der Faust auf den Küchentisch, an dem er Hedwig gegenübersaß. «Hast du alle ihre Sachen gründlich durchsucht?»

Hedwig schüttelte den Kopf. «Überhaupt nicht», gab sie zu. «So was macht man nicht! Schlimm genug, dass ich ihr hier ständig auf der Pelle gesessen habe, da schnüffle ich nicht auch noch in ihren Sachen rum.»

«Na gut, wir gucken gleich mal zusammen nach. Und wer wem auf der Pelle gesessen hat, wissen wir ja.» Er sah sie durchbohrend an. «Hattet ihr Streit miteinander?»

Hedwig war empört. «Wie kommst du denn darauf? Mit so einem lieben Mädel wie deiner Margot kann man doch überhaupt nicht streiten! Wir ...» Glosinskis Kontrolle war ihr eingefallen und dann der Besuch von Frau Piechocki, und so fuhr sie leise fort: «... wir haben höchstens zusammen geweint ...»

«Geweint? Was ist denn passiert?»

Hedwig wedelte schwach mit der Hand, als wolle sie eine Fliege verscheuchen. «Nichts ... jedenfalls nichts, was Margot betrifft.»

«Erzähl trotzdem! Irgendwas muss sie aus dem Haus getrieben haben.»

Stockend berichtete Hedwig von Frau Piechocki und dem ermordeten Sohn. Glosinskis aufdringlichen Besuch erwähnte sie lieber nicht.

«Das ist natürlich furchtbar», sagte Peter. «Aber deswegen ist sie bestimmt nicht abgehauen.»

Hedwig hob die runden Schultern. «Vielleicht ist sie zu einer Adresse, wo sie vorher mal gewohnt hat ...»

Peter schüttelte stumm den Kopf. «Da kann sie nirgends hin, und das weiß sie auch.»

«Gibt es denn sonst keine Freunde oder Bekannten in Berlin?»

«Hat sie dir gegenüber welche erwähnt? Tante Hedwig, sie lebt seit zwei Jahren illegal in dieser Stadt. Immer versteckt. Immer auf der Flucht. Du warst unsere einzige und letzte Hoffnung!»

Schuldbewusst senkte Hedwig den Kopf und verschränkte die Finger, als wolle sie beten. «Ich mache mir solche Vorwürfe ...», flüsterte sie.

«Vorwürfe helfen uns jetzt nicht weiter. Oder war da noch was anderes?» Er blickte ihr forschend ins Gesicht.

«Da war nichts, Junge!», schrie Hedwig auf. «Verstehst du denn nicht, dass ich genauso verzweifelt bin wie du? Jede Minute denke ich nur daran, was dem Mädel alles passieren kann ...» Sie starrte blicklos vor sich auf den Tisch. «Weißt du, ich hatte mir eigentlich immer eine Tochter gewünscht. Und dann kam unser Kurtchen, und Walter war so stolz auf ihn, und er war ja auch ein guter Junge – jedenfalls bis er zur HJ musste und all dieses ekelhafte Nazi-Zeug nachplapperte. Vielleicht bringt er mal eine liebe Schwiegertochter ins Haus, habe ich immer gedacht. So eine wie deine Margot ... Davon habe ich geträumt ...»

Sie weinte. Peter zwang sich, nicht weich zu werden. «Träumen können wir später», sagte er rau. «Jetzt müssen wir uns erst mal was einfallen lassen, wie wir Margot wiederfinden.»

Hedwig nickte. «Sieh du mal richtig in ihrem Schrank nach, ob sie was hinterlassen hat.»

«Und du guckst in der Stube. Schau dich genau um.»

«I wo», sagte Hedwig und schüttelte den Kopf. «Sie ist nie von alleine in die Stube gegangen. ‹Das ist dein Reich›, hat sie immer gesagt, ‹und meins ist hier.› In einem Wandschrank!» Sie schlug die Hände vors Gesicht. «Wenn ich mir das jetzt überlege ...»

Peter sah sie verständnislos an. «Was ist dann?»

«Na, möchtest du so leben? Bei einer alten Frau im Wandschrank in der kalten Küche?»

Peter ergriff ihre Hände und drückte sie. «Hedwig», sagte er eindringlich, «sie fühlt sich wohl bei dir! Sie mag dich, das hat sie mir oft genug gesagt. So, wie die Dinge jetzt stehen, hängt ihr Leben davon ab, in deiner Küche gut aufgehoben zu sein.»

Hedwig schniefte, nickte und schüttelte gleichzeitig den Kopf. «Und weshalb ist sie dann auf und davon? Ohne ein Wort?»

«Und ohne Dank. Das meinst du doch.» Peter kaute nachdenklich auf seiner Unterlippe. «Das passt nicht zu ihr, stimmt's?»

Sie winkte ab. «Als ob's mir auf den Dank ankäme! Du musst sie finden, Peter. Versprichst du mir das?»

«Versprechen kann ich überhaupt nichts. Und nur du kannst mir helfen. Möglicherweise kommt es auf jedes Wort an, das ihr miteinander gesprochen habt, jede noch so unwichtige Bemerkung. Margot ist nicht die Frau, die sich innerhalb von Minuten zu einem unbedachten Schritt hinreißen lässt. Wenn sie wirklich in einem plötzlichen Entschluss von hier weggegangen ist, dann gibt es dafür einen Grund. Mindestens einen Anlass ...»

«Ich glaube, sie hatte ziemlichen Kummer, weil du seit drei Tagen nicht hier warst ...»

«Wir haben Schallplattenaufnahmen gemacht. Damit wollte ich sie überraschen. Die Platten sollen zu Weihnachten in die Geschäfte kommen.»

«Darfst du denn bei so was mitmachen? Ich denke, du bist nicht in dieser Musikkammer.»

«Das hat Ottmar gedeichselt. Zobel ist glücklicherweise ein Allerweltsnamen, da ist es leichter, die mal übers Ohr zu hauen.»

«Und wenn sie dich dabei erwischen?»

«Das ist doch jetzt vollkommen unwichtig. Ich komme schon durch. Versuch dich lieber zu erinnern, was Margot gesagt hat. Worüber habt ihr gesprochen?»

Ein trauriges Lächeln überzog Hedwigs faltiges Gesicht. «Über Gott und die Welt haben wir geredet, das kannst du dir doch vorstellen. Sie hat mir von ihrer Kindheit und von der Schule in Warschau erzählt und von der Musik ... Wusstest du, dass *Donna Clara* ein polnisches Lied ist?»

Peter nickte. «Ein polnischer Tango. Wir spielen ihn beinahe jeden Abend.»

«Den soll ein entfernter Verwandter von ihr komponiert haben. Bestimmt auch ein Jude ...»

«Natürlich! Was glaubst du denn? Hat sie etwa gesagt, dass sie zurück zu ihrer Familie nach Warschau will?»

«Nein, die Mutter ist ja tot, und der Vater ist sehr streng – wenn er denn überhaupt noch lebt. Er geht jeden Tag in die Synagoge, hat sie erzählt. Sie hat große Angst um ihn, das merkt man. Und um ihren Bruder in Paris ...»

«Dazu hat sie allen Grund ...» Peter ging zum Wandschrank und schob die leichte Sperrholzplatte zur Seite.

«Ganz hinten ist eine Lampe. Die hat Kurt noch eingebaut. Da steht auch das schöne Radio von dir.»

Peter kroch in den Schrank und schaltete das Licht ein. Das Bettzeug lag sorgfältig zusammengelegt unter einer Kamelhaardecke, ein Rock und ein Kleid hingen an der Stirnseite des Verschlags auf Bügeln. Auf dem Wandbrett in halber Höhe des Schrankes standen ein paar Bücher, daneben lagen zwei ordentlich gefaltete Stapel mit Wäsche und Kleidung – und darauf ein Blatt Papier. *Danke für alles, M.*, stand darauf. Mehr nicht.

Hastig durchwühlte Peter die Wäsche, blätterte jedes einzelne Buch durch, fand aber nicht den kleinsten Hinweis auf eine weitere Botschaft.

Er faltete den Zettel zusammen und kroch aus dem Schrank. «Sind sonst noch irgendwo Sachen von ihr?»

Hedwig verneinte. «Na, das sieht ja schön aus da drin!», stellte sie mit einem kritischen Blick fest.

Peter beschloss, ihr den Zettel vorläufig zu verschweigen. Stammte der wirklich von Margot? Ihn bewegte ein böser Gedanke. «Könnte es sein, Tante Hedwig, dass jemand Margots Anwesenheit hier in der Wohnung bemerkt hat?»

«Aber nein, wie kommst du denn darauf?», beteuerte Hedwig. Seinem Blick hielt sie dabei nicht stand. Der Luftschutzkeller war ihr eingefallen – und Glosinskis Schnüffelei.

«Versuch dich zu erinnern!»

«Aber Junge, was glaubst du denn, was passiert sein soll?»

«Wenn ich das wüsste! Vielleicht hat irgendwann mal jemand oben auf der Bodentreppe gestanden und mein Klopfzeichen belauscht ...»

«Und dann?», fragte Hedwig beklommen.

«Dann brauchte er nur zu warten, bis du aus dem Haus bist, und hat es nachgeahmt. Margot öffnet ihm arglos ...»

Hedwig sah ihn aus schreckgeweiteten Augen an. «Das wäre ja furchtbar ...», flüsterte sie. «Du meinst doch nicht etwa, die haben sie abgeholt?»

Schwerfällig ließ Peter sich auf einen der beiden Küchenstühle fallen. «Wohl kaum», sagte er. «Die hätten sicher hier auf dich gewartet. Außerdem habe ich ja gestern Abend selber geklopft, und niemand hat sich darum gekümmert.»

«Das muss gewesen sein, kurz bevor ich endlich vom Einholen zurückkam. Ich habe fast zwei Stunden nur nach Fleisch angestanden.»

Sie sahen sich ratlos an. «Sie hat deinen wunderbaren Mantel angezogen», sagte Hedwig schließlich.

«Den fand sie von Anfang an zu auffällig. Und ich Dussel wollte nicht auf sie hören!»

«Mach dir keine Vorwürfe, Junge. Sie ist ganz verliebt in das gute Stück ...»

«Ist sie damit mal auf der Straße gewesen?»

Hedwig schüttelte heftig den Kopf. «Sie wollte nie raus. Damit bringt sie dich und mich nur unnötig in Gefahr, meint sie.»

«Und doch hat sie den Mantel gestern Nachmittag angezogen, ihre Papiere eingesteckt – und ist einfach weggegangen ...» Peter konnte es noch immer nicht fassen. «Sie musste die Treppe runter, über den Hof und durch den Hausflur. Hast du mal vorsichtig im Haus rumgefragt, ob sie jemandem aufgefallen ist?»

Das hatte Hedwig nicht gewagt. Nur stockend kam sie schließlich darauf zu sprechen, dass man Margot einmal im Luftschutzkeller gesehen habe, also die meisten Hausbewohner wüssten, wie sie aussehe ...

Peter war sprachlos. «Und das erzählst du mir erst jetzt? Bist du dir der Gefahr gar nicht bewusst, in die du euch beide gebracht hast? Wenn nun jemand ihre Kennkarte verlangt hätte?»

«Ich hab auch keine», entgegnete Hedwig ein bisschen bockig. «Sollte ich sie bei den Brandbomben hier oben lassen? Ich habe einfach gesagt, das ist meine Nichte aus Oranienburg, und damit basta. Kein Mensch hat was gefragt.»

Das stimmte natürlich nicht. Im Keller hatte Glosinski sich an Margot rangemacht, und ein paar Tage später war er dann hier oben in der Wohnung aufgetaucht mit seinem scheinheiligen Getue und Gefrage. Selbst Peter mit seinem Gitarrenfutteral war nicht unerwähnt geblieben ...

Der schwieg jetzt. Die Hände an den Kopf gepresst, versuchte er nachzudenken. Hedwig hatte ja nicht einmal unrecht. Nur Männer im wehrfähigen Alter mussten stets ihre Kennkarte, den Wehrpass oder ein ähnliches Dokument parat haben. Hatte er selbst nicht Margot und Hedwig empfohlen, sich ruhig mal auf die Straße zu wagen?

«Was willst du jetzt machen?», fragte Hedwig.

«Ich weiß nicht ...» Peter war hin- und hergerissen zwischen der zwirnfadendünnen Hoffnung, es könne jeden Augenblick klopfen und Margot stünde unversehrt vor der Tür und der Vorstellung vom Allerschlimmsten: Sie hatten Margot gefasst.

Sie würde schweigen, dessen war er gewiss. Von ihr würde niemand erfahren, wo und bei wem sie die letzten Wochen und Monate verbracht hatte. Aber würden die es nicht trotzdem herausfinden? Der blaue Mantel! Wie hatte er nur so einfältig sein können! Einen solchen Mantel und in dieser Farbe gab es nur einmal in der Stadt. Ein Fliegerleutnant hatte Marco das gute Stück angeboten. Peter war nur zufällig dazugekommen. Marco stellte keine Fragen und überließ ihm den Mantel, der ein kleines Vermögen kostete. Das ist er auch wert, hatte er gedacht und sich im Voraus auf Margots Gesicht gefreut ...

«Hedwig», sagte er, und sie merkte, dass er es sehr ernst meinte, «wir können möglicherweise ganz schnell in eine üble Lage geraten. Sollte Margot wirklich etwas passiert sein – was wir um Gottes willen nicht hoffen wollen –, dann könnte es sein, dass man hier Erkundigungen einholt ...»

Hedwig sah ihm fest in die Augen. «Ich weiß von nichts!», erklärte sie mit ebenso fester Stimme. «Wer will mir alter Schachtel denn was beweisen?»

«Margot ist eine hübsche Frau, vergiss das nicht. Dafür haben Männer ein gutes Gedächtnis. Und die Frauen werden sich an den Mantel erinnern.»

«Na und? War eben meine Nichte aus Oranienburg, wie ich gesagt habe.»

«Name, Adresse, Geburtsdatum? Hedwig, das sind Leute, die keinerlei Rücksicht nehmen. Die beuteln dich so lange, bis du alles sagst!»

«Da kennst du mich schlecht! Wenn ich nicht will, dann will ich nicht.»

«Aber du hast keine Nichte in Oranienburg ...»

«Na und? Habe ich eben geflunkert. Weil mir die junge Frau leid tat. Oder was weiß ich. Zerbrich dir man nich mein' Kopp. Ick red mir schon raus!» Unwillkürlich war sie ins Berlinische verfallen, als böte das einen Schutz.

«Auf jeden Fall müssen Margots Sachen raus aus dem Wandschrank und verschwinden. Das meiste nehme ich am besten gleich mit. In das Futteral passt 'ne Menge rein.»

Offenen Mundes starrte ihn Hedwig an. «Du hast sie also schon aufgegeben?», fragte sie tonlos. «Deine einzige Margot?»

«Natürlich nicht!», begehrte Peter auf. «Aber es ist besser, wir sind auf alle Eventualitäten vorbereitet. Die paar Plünnen kann ich jederzeit wieder mitbringen. Aber falls die hier Haussuchung halten ...» Er verstummte. War es nötig, die gute alte Tante, Vaters einzige Schwester, derart in Angst und Schrecken zu versetzen? Behutsam legte er seine Hand auf ihren Arm. «Es ist doch nur vorsichtshalber», sagte er leise. «Vielleicht geschieht ja ein Wunder, und sie kommt in zehn Minuten putzmunter hier zur Tür hereingeschneit.»

Hedwig sah ihn kummervoll an. Sie wusste, dass er selber nicht an dieses Wunder glaubte.

ZWÖLF

LOCKE KIENITZ betrachtete die S-Bahn schon beinahe als sein Zuhause. Den vierten Tag war er jetzt unterwegs, die Müdigkeit machte ihm allmählich zu schaffen, aber aus dem Knast war er an schlechtes Schlafen gewöhnt. Seine Fahrkarte war bisher nur zweimal kontrolliert worden, auch denen wurden anscheinend die Arbeitskräfte knapp.

Kurz vor zehn Uhr stieg er am Bahnhof Jungfernheide aus und versuchte sich zu orientieren. Sich in der Stadt zurechtzufinden bereitete ihm keine Probleme, aber hier war die Stadt zu Ende, obwohl der Bahnhof noch auf dem Vollring lag und die nächste Station Westend hieß.

Den Tegeler Weg rauf, hatte Kiste ihm reichlich lustlos mitgeteilt, und irgendwo rechts. Kolonie Bienenheim, Parzelle 137. «Und sag bloß nicht, ich hätte dich geschickt!»

Als er den Kanal vor sich sah, wusste er, dass er falsch war, und es verging eine weitere Viertelstunde, bis er den Eingang zur Kolonie endlich fand. Der war natürlich verschlossen, was für Locke allerdings das geringste Problem darstellte. Einen einfachen Sperrhaken trug er allemal mit sich rum. Das war nicht ganz ungefährlich, aber darauf kam es nun wirklich nicht mehr an, wenn man bedachte, was er sonst noch bei sich hatte. Wenn die ihn irgendwo gründlich kontrollierten, ging er unweigerlich hops. Helfen konnte ihm nur Plampe.

Dessen Name stand nicht dran an der Gartenpforte der Parzelle, an der natürlich auch keine Klingel den Besucher zur Anmeldung einlud. Alles sah sehr akkurat und abweisend aus.

Das Tor mit doppeltem Stacheldraht über den Eisenspitzen war selbstredend verschlossen, und zwar von innen, so dass man nicht rankam an den mit einem Vorhängeschloss gesicherten Riegel. Laubenpieper eben, dachte Locke unzufrieden. Hat sich hier auf seinen Landsitz zurückgezogen und hofft, dass ihn keiner aufspürt und an die alten Zeiten erinnert.

Die Laube, ein massig wirkendes Wirrwarr von hölzernen An- und Umbauten unter einem gemeinsamen Teerdach, verbarg sich hinter einer herbstlich gefärbten Hecke. Dorthin führte ein mit einer Pergola überdachter und von Ziegelsteinen eingefasster Weg, und wenn Locke nicht alles täuschte, kräuselte sich aus einem der beiden Schornsteine heller Rauch in den grauen Herbsthimmel. Suchend sah er sich nach einem Wurfgeschoss um, aber auf dem Weg gab es nur Sand. Er richtete sich auf, schob Zeige- und kleinen Finger der Linken in die Mundwinkel und stieß einen schrillen Pfiff aus, der wahrscheinlich noch am Kanal zu hören war.

Es dauerte denn auch keine zehn Sekunden, bis sich eine Tür öffnete und gleich darauf Plampes kahler Eierkopf hinter der Hecke auftauchte. Der kneistete, vermochte den ungebetenen Besucher jedoch nicht zu identifizieren und kam steifbeinig zum Tor gewackelt. «Wat soll denn dit?», fragte er ungehalten aus einigen Metern Entfernung. «Ick koofe nüscht, und ick habe ooch nüscht zu verkoofen!»

Locke ließ sich nicht beirren. «Mensch, Plampe, kennste mir nich mehr?», sagte er mit gedämpfter Stimme. «Ick bin's doch, Locke Kienitz aus de Breslauer ...»

Plampe, ein für sein Alter großgewachsener Mann in einem grauen Handwerkerkittel, stand jetzt direkt hinter dem Tor und musterte ihn kritisch. «Ede sein Schwager?», vergewisserte er sich. «Dir hab ick als so 'n spillrijen Bengel mit großer Schnauze in Erinnerung.»

Locke lachte verklemmt. «Die is mir inzwischen verjangen», sagte er.

Der alte Mann musterte ihn abwägend. «Wat willst du denn

hier? Falls de dir da irjendwelche falschen Hoffnungen machst – ick bin aus allet raus! Eijentlich kenn ick ja keen mehr von früha. Det is heutzutage besser so ...»

«Versteh ick ja sehr jut. Ick bin ja selber sauber. Aber ick muss mit dir reden.»

Plampe spähte über die Gitterstäbe hinweg nach beiden Seiten den Weg entlang. «Wer hat'n dir allet jesehn?»

«Keine Menschenseele!»

«Und am Tor? Wer hat dich in die Kolonie jelassen?» Plampe sprach plötzlich fast Hochdeutsch.

Locke griente schief und sagte: «Selbst ist der Mann, hab ick mal jelernt ...»

Unter Plampes geschickten Fingern öffnete sich das Tor erstaunlich schnell. Der zog ihn nach einem weiteren sichernden Blick in den Garten. «Am hellerlichten Tage!», murrte er. «Und denn noch rumfeifen wie so 'ne Dampflok!»

«Irgendwie musste ick mich schließlich bemerkbar machen.»

«Mussteste nich! Wenn du denkst, dass bei mir was zu holen ist, haste dich sowieso jeirrt!»

«So is dit nich», sagte Locke. «Asche hab ick selber ...»

«Na, kuck mal einer an, der kleene Großkotz!»

Plampe führte ihn in die ebenerdige Veranda, in der es ein bisschen muffig roch und genauso kühl war wie draußen, bot ihm aber keinen Platz in einem der beiden wackligen Korbsessel an. Die flankierten ein nicht viel standfesteres Tischchen mit Wachstuchdecke, auf dem der *Völkische Beobachter* lag. *Unerschöpfliche Reserven der deutschen Luftwaffe*, entzifferte Locke. War Plampe etwa umgefallen? Na, dann gute Nacht!

«Biste jetzt einer von denen?», erkundigte er sich misstrauisch.

«Man muss schließlich wissen, was in der Welt vorjeht», sagte Plampe nüchtern. «Zumindest, wat unsereins davon erfahren darf.» Er sah Locke von oben herab an und kniff die Augen zusammen. «Also, was is? Woher haste überhaupt meine Adresse?»

«Es is so ...», begann Locke vorsichtig. «Sie haben mir beim letzten Mal Konzertlager angedroht ... Und mich anschließend dienstverpflichtet in so 'ne schauerliche Asbestbude in Reinickendorf ...»

«Na, und weiter?» Plampe klang beinahe drohend.

«Ick hab's nich ausjehalten», gab Locke kleinlaut zu. Vielleicht war auf die Mitleidstour an Plampe ranzukommen.

«Ach nee!», sagte der und mehr nicht. Immerhin schien ihn das Stehen anzustrengen. Er setzte sich schwerfällig und wies salopp auf den anderen Korbstuhl. Aufatmend ließ Locke sich nieder.

«Wat meinst du, wat ick alles hab aushalten müssen in mein' Leben», philosophierte Plampe indessen. Er stand auf, verschwand in der Tür zur Laube und kehrte mit einer Flasche und zwei Gläsern zurück.

Eine Viertelstunde und zwei Schnäpse später hatte Locke ihm beigebogen, was er mindestens brauchte: einen neuen Namen im Arbeitsbuch und den Stempel irgendeiner kriegswichtigen Fabrik dazu. Und dann noch ...

Plampe, der sich die gewundene Rede schweigend angehört hatte, winkte ab. «Det is schon mehr als jenuch, mein Lieber ... Ick hab dir doch jesacht, ick bin da raus. Nischt is mit krumme Dinger bei Papa Plampe, verstehste?»

«Nee», entgegnete Locke aufsässig, «versteh ick wirklich nich! Früher hat immer eener dem andern jeholfen, wenn der in Not war. Und soviel ick weiß, bist du nur so jut über die Runden jekomm, weil dir nie eener verfiffen hat. Oder irre ick mich da?»

Plampe machte ein unglückliches Gesicht und schnaufte.

Jetzt habe ich dich, dachte Locke. «Soll ooch nich dein Schaden sein, Plampe. Ick zahle bar ...»

Plampe hob schwach die Hand. «Was bedeutet schon Jeld in diesen lausigen Zeiten ...»

«Na, irgendwelche Einkünfte musste ja wohl auch haben, oder?» Locke sah ihn lauernd an.

Plampe wich seinem Blick aus. «Wir brauchen nich viel», sagte er. Es klang nicht sehr überzeugend.

«Plampe, Mensch, denk mal an Ede! Der hat immer viel von dir jehalten!»

Plampe wand sich. «Na jut, die Jungs haben mich nie rinjerissen, das stimmt. Aber woher weeß ick denn, dass du echt bist? Haste mal jehört, was die alles unternehm, um solche wie unsereins ins Lager zu bringen?»

«Jenau darum bin ick doch hier! Du bist der Einzige, der mich davor bewahren kann. Für dich ist das 'n Klacks ...»

«Und wenn de denn ufffliechst, ham se Papa Plampen am Arsch! So sieht's doch aus!»

Locke schüttelte den Kopf. «Nee!», sagte er entschlossen. «Wenn ick ufffliege, werden die keene Freude an mir haben. Ick weeß, wat mir blüht. Und deswejen ...» Er griff in die rechte Tasche seines Staubmantels, zauberte die kleine Pistole hervor und hielt sie sich spielerisch an die Schläfe. «Biste jetzt überzeugt?»

Plampe schluckte. «Du bist verrückt», sagte er. «Aber zeich mal her, das Ding. So was könnt ick jut jebrauchen ...»

Wenn es nottat, konnte Locke sich blitzschnell entscheiden. «Und schon sind wir miteinander im Jeschäft», sagte er hastig und reichte Plampe die Spielzeugpistole. «Das Ding ist deins. Außerdem hab ich sicher noch ein bisschen was anderes in meiner Aktentasche, was du gebrauchen kannst ...» Er meinte damit nicht nur die Zigaretten, mit denen er sich reichlich versorgt hatte.

«Momang, Momang!» Plampe hob die Hände, in der rechten die Pistole, und im gleichen Augenblick ertönte über ihren Köpfen ein helles Glöckchen.

«Meine Frau, die kommt vom Einholen zurück», ächzte Plampe erschrocken und erhob sich. «Kein Wort zu ihr! Du bist einfach nur Edes Schwager, weiter nüscht. Ist das klar?»

«Klar wie Kloßbrühe!», betonte Locke. Befriedigt sah er, wie die Pistole in Plampes Kitteltasche verschwand, bevor der rausging, um das Gartentor zu öffnen. Wie raffiniert, nicht mal die eigene Frau kam ungesehen hier rein. Locke stand auf. Um den Klingelmechanismus zu begucken, musste er sich hochrecken.

Über der Glocke verschwand durch ein Röhrchen eine kaum sichtbare Angelsehne nach draußen. Bewundernd kniff Locke ein Auge zu. Die Pergola über dem Weg tarnte die Vorrichtung perfekt.

Plampes hageres Frauchen war ein ganz anderer Typ als Kistes Selma, empfand aber offensichtlich das gleiche Mitgefühl für das Bürschchen, das ihr Plampe undeutlich als den Verwandten eines alten Kollegen präsentierte, der ein bisschen seiner Hilfe bedürfe. Das fand sie völlig in Ordnung und setzte ohne weiteres voraus, dass Locke am gemeinsamen Mittagessen in der schmalen Küche teilnahm, was den wiederum ermunterte, sich vorsichtig zu erkundigen, ob sich nicht für ein, zwei Nächte etwas mit einem Quartier für ihn machen ließe, es dauere doch bestimmt ein bisschen, bis Plampe ...

Es bedurfte nicht dessen warnenden Blicks, um den Satz unvollständig zu lassen. Die Frau wusste anscheinend Bescheid. Ihr Blick zu ihrem Mann ließ Locke hoffen, und Plampe war klug genug, die Lage vernünftig einzuschätzen. Immerhin hatten sie noch einiges miteinander zu bekaspern, und es konnte nicht in seinem Interesse liegen, dass Locke noch ein paarmal durch die Kolonie trabte.

«Sehr komfortabel haben wir's nicht», sagte er stirnrunzelnd, «aber wenn dir 'ne einfache Matratze in einem ungeheizten Kabuff genügt ...»

Viel besser, als ich es in den letzten drei Nächten hatte, dachte Locke, in mehrfacher Hinsicht erleichtert. Die Sache mit den Papieren kam voran, und er war erst mal weg von der Straße und raus aus der S-Bahn. Was Besseres konnte ihm gar nicht passieren. Im Überschwang seiner Gefühle kramte er einen losen Geldschein aus der Jacketttasche, in der normalerweise das Kavalierstuch steckte, und schob ihn ein bisschen großkotzig über den Tisch. «Ich will ja nichts umsonst ...», sagte er und begriff sofort, dass es der falsche Ton war.

«Wir führ'n hier keen Hotel!», schnauzte Plampe. Auch die Frau guckte ein bisschen pikiert.

«Is ja nur, weil ...», stotterte Locke, «... kost' ja schließlich alles heutzutage. Und Marken habe ick nu mal keene ...»

«Brauchste ooch nich.» Die Frau betrachtete ihn schon wieder mit milderem Blick. «Wir haben selber Hühner und Karnickel. Bei uns ist noch keener verhungert.»

«Danke», sagte Locke. Den Schein ließ er auf dem Tisch liegen.

Plampe kam auch nicht darauf zurück, als sie am Nachmittag wieder auf der Veranda zusammensaßen und Lockes Wünsche im Einzelnen durchgingen. Der Alte stöhnte nur immer wieder oder wehrte ganz ab. «Du hast vielleicht kindliche Vorstellungen!», sagte er. «Wo haste denn die Flebben von diesem Fanselow eigentlich her?»

«Der ist beim Fliegerangriff umjekomm', irjendwo in Moabit. Wär doch schade um die echten Papiere, findste nich?»

Plampe kratzte sich den kahlen Eierkopf. «Na ja, echte Papiere sind immer die beste Grundlage. Der Name lässt sich 'n bisskèn frisieren ...»

«Und die Stempel?»

Sofort verhärteten sich Plampes Züge. «Det lass man meine Sorje sin!», fauchte er. «Und überhaupt! Du bist nie hier jewesen, vastehste? Wir zwee beede kenn' uns überhaupt nich!»

«Na selbstredend! Ick hab dir doch jesacht, wat ick mache ...» Nur besaß er die Pistole gar nicht mehr, wie ihm einfiel. «Wenn die mich wirklich schnappen sollten – ick bring mich um», versicherte er dennoch.

Plampe maß ihn mit einem langen Blick. «Jeb's Jott, desses nich dazu kommt», sagte er. «Vielleicht solltest du ja versuchen, in't Ausland zu kommen. Hier spielen die ja reene verrückt!» Wieder ruhte sein prüfender Blick auf Locke. «Du sachst doch, du hättest Kies ...»

Locke nickte. «Da brauchte ick aber 'n richtigen Pass ...», gab er zu bedenken.

«Det weeß ick selber! Haste wenigstens 'n Passbild?»

Locke griente schief. «Am Alex ham die mehrere davon. Alle mit 'ner Nummer versehen ...»

«Na, wenigstens den Humor haste noch nich janz verlorn», knurrte Plampe und verschwand im Nebenraum. Zu Lockes Überraschung hielt er einen Fotoapparat in der Hand, als er wieder auftauchte.

Nach dem Fotografieren verbannte ihn Plampe ins Nachtquartier, obwohl es draußen gerade erst zu dunkeln begann. «Keinen Mucks und kein Licht! Haben wir uns verstanden?»

«So müde, wie ick bin – mach dir man keene Sorgen ...»

Tatsächlich schlief er auf dem weiß bezogenen Feldbett bereits fest, als Plampes Frau fürsorglich eine zweite Decke über ihm ausbreitete. Irgendwann klingelte das Glöckchen in seine Träume. Er schreckte auf und glaubte, eine dumpfe Männerstimme zu hören, gab es aber sofort auf, weiter gegen den Schlaf anzukämpfen. Wenn jetzt die Sirene losheult, dachte er noch. Es war ihm völlig gleichgültig.

In dieser Nacht blieb der Fliegeralarm aus. Auf seine Frage, wo sie denn bei einem Angriff blieben, sahen sich Plampe und seine Frau nur an und lachten. «Wir stellen uns untern Kirschbaum, der hat die dichtesten Zweige», scherzte die Frau. Sie saßen beim Frühstück. Locke fühlte sich wohl wie seit langem nicht mehr. Wann je hatte er sich überhaupt wohl gefühlt? Na schön, die paar Mal bei Ewald war es ihm recht gut gegangen, aber an den wollte er lieber nicht denken.

«Bis heute Abend musste noch bleiben», eröffnete ihm Plampe nach dem Frühstück. «Am besten setzt du dich hier auf die Veranda und behältst det Tor im Blick. Wachsamkeit kann nie schaden ...»

Locke stellte keine Fragen. Plampe verkroch sich und hatte zu tun, das war klar. Die Frau verschwand wortlos, und so hockte er denn in dem knarrenden Korbsessel, rauchte eine Zigarette nach der anderen und döste vor sich hin. Zeitung lesen war nicht sein Ding, er kam selten über die Überschrift hinaus. Ein Radio schien Plampe nicht zu besitzen. Hatten die hier überhaupt Strom in ihrer Laube?

Konnte ihm ja egal sein. Schade nur, dass er heute Abend wieder abdampfen musste. Hoffentlich wenigstens in eine halbe Freiheit mit einigermaßen vorzeigbaren Papieren. Ob das mit dem Pass klappen würde, stand in den Sternen. Plampe hatte ihn auf die Frage hin nur unergründlich angesehen und gesagt: «Da musste dich wohl verhört haben ...» Doch dann hatte er widerstrebend nachgeschoben: «Kannst in zwei, drei Wochen mal im Hammer am Kottbusser Tor nachfragen, wenn bis dahin alles geklappt hat. Sagst nur, du kämst aus Finsterwalde ...»

Abends gegen halb neun – Locke machte sich bereits Hoffnung, nach dem reichhaltigen Abendbrot doch noch eine weitere Nacht auf dem Feldbett verbringen zu dürfen – klingelte das Glöckchen in der Veranda in einem erkennbaren Rhythmus. Plampe ging zum Gartentor und kam mit einem Mann zurück, den er sofort in die Küche schob, ohne dass Locke ihn wirklich zu Gesicht bekam.

Er hockte in der Veranda, bis Plampe auftauchte und ihm ein Kuvert in die Hand drückte. «Hier haste erst mal das Notwendigste. Ich bring dich zum Tor.»

«Und? Was bin ich dir schuldig?»

Plampe beugte sich zu ihm und flüsterte sehr eindringlich: «Dass du das Maul hältst! Immer und überall!»

Locke antwortete nur mit einer Kopfbewegung, doch Plampe war noch nicht fertig. Am Tor angekommen, raunte er: «Ich meine es todernst, Locke. Wenn da was schiefgeht, kümmern sich ganz andere Leute um dich, verstehst du? Die finden dich, egal ob du drinnen oder draußen bist ...»

Ein Schauer überlief Lockes Nacken. Das klang nach alten Zeiten, aber die waren vergleichsweise harmlos gewesen gegen das, was jetzt stattfand. Er wollte lieber nicht wissen, in was für Machenschaften Plampe steckte. Stattdessen fingerte er ein paar Scheine aus der Reverstasche unter dem Staubmantel und schob sie dem Alten beim Abschiedsgruß in die Hand.

«Na gut, können wir immer gebrauchen», murmelte der, ohne das Geld in Augenschein zu nehmen, und verrammelte das Tor hinter Locke.

Der Mond schien schwach. Lockes Orientierungssinn war gut genug, sich überall zurechtzufinden, wo er einmal langgegangen war. Ihm stand eine weitere Nacht in der S-Bahn bevor. Im Abteil würde er erst mal lesen, wer er jetzt überhaupt war. Eventuell nur vorläufig.

Wenn alles gutging, würde er in zwei, drei Wochen vielleicht über einen richtigen Pass verfügen. Keiner, den er kannte, hatte je einen besessen.

Und auch er würde nie einen besitzen. Das wurde ihm schlagartig klar, als er neben dem Fahrkartenschalter das frisch angeklebte Plakat mit dem Foto entdeckte und las: *Wer kennt diese Frau?*

Das mit dem Lesen ging bei ihm nicht so flott. Aber die Frau im blauen Mantel, die er nur im Dunkel gesehen hatte, die kannte er. Außerdem passte alles: das Datum, die Strecke, die Beschreibung der Toten. Deswegen hatte die sich nicht gerührt in ihrer Ecke. Und er in seiner grenzenlosen Dämlichkeit hob die Pistole auf!

Auf dem Bahnsteig verbarg er sich, so gut es ging, im Halbdunkel und huschte ins Abteil, als der Zug endlich einfuhr. Fröstelnd sank er in die Polster. Der Griff nach der Mordwaffe war schon schlimm genug gewesen. Doch was viel schrecklicher war: Er hatte die Pistole weitergegeben, ohne Plampe zu warnen. Eine heiße Waffe! Das würden ihm die Leute, vor denen sich anscheinend sogar Plampe fürchtete, nie verzeihen – wer immer sie auch sein mochten!

NOVEMBER 1940

DREIZEHN

DAS POLIZEIREVIER, das für die Marienburger Straße zuständig war, befand sich in der Rykestraße, von der Marienburger nur ein paar Schritte die Wörther rauf, quer über die Straße in Richtung Fransecky. Glosinski kannte den Weg und die Zuständigkeiten. Dennoch trieb es ihn mit einiger Regelmäßigkeit zum Revier 70, ebenfalls in der Ryke, an der stumpfen Ecke zur Tresckowstraße, mit Blick auf den Wasserturm und direkt neben der jüdischen Volksschule gelegen. Die Synagoge auf dem Hof war nur der umliegenden Bebauung wegen in der Kristallnacht nicht angesteckt worden.

Besser als jeder andere wusste Glosinski, was in der Gegend so los war. Bis 1933 hatte die ganze Ecke bis runter zum Revier 69 an der Immanuelkirchstraße als rot gegolten. Er erinnerte sich gut daran. So halb hatte er ja selber mal zum RFB dazugehört, Thälmanns Rotfrontkämpferbund. Ein gnädiges Schicksal hatte ihn vor dem letzten Schritt bewahrt. Im gleichen Jahr hatte die SA ihn dennoch in den alten Wasserspeicher geschleppt und geprügelt, wie er in seinem Leben noch nie geprügelt worden war. Glosinski hatte eisern geschwiegen. Er wusste: Wenn die ihm die Sache mit Probanek anhängten, war sein Leben keinen Pfifferling mehr wert. Probanek war ein SA-Spitzel gewesen, der in den Kämpfen des Jahres 1932 verschüttgegangen war, und Glosinski wusste zufällig genau, bei welcher Gelegenheit.

Glücklicherweise ahnten die Schläger augenscheinlich nichts von seinen Kenntnissen, sie prügelten einfach aus purem Blutrausch auf ihn ein. Rausgeholt aus dem Wasserkeller hatte ihn dann der Kriminalsekretär Kachold vom Revier 70, der ihn von ein paar alten Geschichten her kannte, an die sich Glosinski ebenso ungern erinnerte wie an Probaneks Verschwinden oder an die zwei Tage und Nächte in den Fängen der SA in den unheimlich hallenden Gewölben unter dem Platz. Die gebrochenen Rippen waren wieder verheilt. Die Narbe am Hinterkopf blieb ein ständiges Mahnmal.

Kachold, ein Weltkriegsveteran mit einer tiefen Narbe auf der Wange, hatte Glosinski klargemacht, dass ihm Derartiges oder Schlimmeres jederzeit wieder blühen konnte. Es sei denn, er schwöre den roten Brüdern endgültig und für alle Zeiten ab und beweise seine Treue zum just angebrochenen Dritten Reich durch die Tat. Dazu gehörten neben einer einwandfreien völkischen Haltung zuerst einmal jede Art von Informationen, die er ihm, Kachold, zukommen ließ. Das Weitere würde sich dann ergeben.

So war Albert Glosinski in die Mühle geraten, aus der es kein Entrinnen gab, wie er bald feststellen musste. Sie hatten ihn an der Pape, wie man in seinen Kreisen sagte. Im gleichen Maße, in dem er als Kacholds bester Zuträger dessen Wohlwollen errang, verlor er in seiner näheren Umgebung an Ansehen. Jeder am oberen Ende der Marienburger bis weit rein in die Prenzlauer wusste, dass Glosinski mittlerweile zum eifrigsten Hofhund des gefürchteten Blockwalters aufgestiegen war, dem er getreulich Meckerer, Judenfreunde, Flaggenverweigerer, Winterhilfsmuffel und Eintopfsonntagsbetrüger meldete. In den ersten Jahren war Glosinski im Räderwerk der Inneren Front ohne wirkliche Funktion geblieben, bis ihn der ein wenig asthmatische Blockwart kurzerhand zum Hausobmann und Luftschutzwart gemacht hatte, zum Treppenterrier, wie die Leute ihn spöttisch nannten, dem die Entrümpelung der Bodenräume oblag und der sich allein schon durch die Verteilung der Lebensmittel-, Kohlen- und Punktkarten und die Kontrolle der Verdunklung Zutritt zu allen Wohnungen verschaffen konnte. In letzter Zeit hatte sein Vorgesetzter, der Wert darauf legte, dass man seine offizielle Dienstbezeichnung «Blockleiter» verwendete, ihn verstärkt auf das Verbot des Abhörens ausländischer Sender hingewiesen. Derlei sei der Nährboden aller umlaufenden Greuelpropaganda und ein Verbrechen gegen die nationale Sicherheit unseres Volkskörpers, das auf Befehl des Führers mit schweren Zuchthausstrafen geahndet werde.

Im Grunde war der Mann ein Wichtigtuer und eitler Schwätzer, das hatte Glosinski längst kapiert. Trotz seiner minderen Größe, die weit unter dem für die SS notwendigen Maß lag, allerdings ein einflussreicher und nicht ungefährlicher Schwätzer, den man sich wohl besser nicht zum Feind machte. Dazu bestand auch gar keine Veranlassung. Selbst bei der Aufteilung und Versteigerung der Grünstein'schen Wohnungseinrichtung waren sie sich nicht gegenseitig in die Quere gekommen. Der Blockleiter bevorzugte die schweren Ölgemälde aus dem Besitz der Witwe, die in ein Zimmer irgendwo im Scheunenviertel umziehen musste, Glosinski war an dem hellbirkenen Schlafzimmer interessiert, das er auch prompt zu einem Vorzugspreis erworben hatte.

Mit Kachold hingegen war das eine ganz andere Sache. Dem altgedienten Kriminalsekretär durfte er nicht mit Geschwafel und der Aufzählung notorischer Meckerer kommen. Der wollte was anderes hören. Der war hinter den großen und den kleinen Ganoven her, den Arbeitsscheuen, Asozialen und was sonst noch an Bodensatz aus der Weimarer Systemzeit übrig geblieben war, wie er sich ausdrückte. Natürlich auch hinter Kommunisten und ehemaligen Sozis, aber die hatten sich längst in die Furche geduckt und wagten nicht, den Kopf zu erheben, soweit sie nicht ohnehin in Sachsenhausen saßen.

Kachold kannte Glosinskis Vergangenheit, wenn auch glücklicherweise nicht die ganze. Jedenfalls wusste er von dessen Verbindungen zum Milieu. Aber was waren die noch wert, fast acht Jahre nach der Machtergreifung? Kachold gab dennoch nicht auf, setzte ihn immer wieder mal auf einen alten Bekannten an oder ließ ihn einfach in den einschlägigen Budiken rumsitzen und die Lage peilen. Glosinski fühlte sich dabei zunehmend unwohl. Er war überzeugt, dass alle Welt ihn längst durchschaute, und dieser Gedanke verursachte geradezu körperliches Unbehagen. Außerdem fürchtete er insgeheim beinahe mehr noch als Kacholds Tücke die Rache einstiger Vereinsbrüder.

Auch heute hatte Kachold wieder so ein blödsinniges Anliegen. Diesmal betraf es nicht die üblichen Ganoven, die Einbrecher, Schränker oder die Luden, die man längst alle weggefangen hatte, sondern die Fälscher. Männer also, die in der Lage waren, gültige Papiere und Dokumente in betrügerischer Weise zu verändern oder gar herzustellen.

«In unserer Gegend sind sogar falsche Fett- und Fleischmarken aufgetaucht!», sagte Kachold so drohend, als wäre Glosinski in derlei Geschäfte verwickelt. «Aber die stellen nicht das wirkliche Problem dar», erläuterte er in etwas gemäßigtem Ton. «Da leben Leute seit Jahren mit falschen Papieren. Da werden Geburtsurkunden und Stammbücher verfälscht, von Taufbescheinigungen und ähnlichem Krempel gar nicht zu reden. Arbeitsbücher und Bescheinigungen aller Art werden mit Stempeln versehen, die wie echt aussehen – es gibt beinahe nichts, was nicht auch als Fälschung existiert.»

Glosinski nickte stumpf. «Das hätte ich nicht gedacht ...», sagte er. «Die Kommune, die kommen doch wohl dabei zuallererst in Frage. Es hieß doch mal, man hätte eine ganze Fälscherzentrale entdeckt.»

«Haben wir auch!», sagte Kachold, als wäre er direkt daran beteiligt gewesen. «Diese Genossen sind im KZ gut untergebracht, soweit sie nicht ins Ausland entkommen sind. Es bleiben die kriminellen Fälscher ...»

Glosinskis Blick ging an Kachold vorbei in den Hof, in dem breit der Backsteinbau der Synagoge thronte. Soldaten waren dabei, riesige Kisten hineinzuschleppen.

Ärgerlich über die Ablenkung, bemerkte es Kachold und sah ebenfalls aus dem Fenster. «Was gibt's da zu sehen?», sagte er unwillig. «Die Synagoge ist als Wehrmachtsmagazin beschlagnahmt worden.»

Glosinski nickte eifrig. «Richtig so! Wozu brauchen die noch 'ne Synagoge? Sind doch sowieso nur noch 'n paar übrig von den Juden.»

«Immer noch genug», knurrte Kachold. «Die sind übrigens besonders scharf auf falsche Papiere!»

«Kann ich mir vorstellen.»

Kacholds Blick verriet ihm, dass seine diesbezügliche Meinung nicht gefragt war. «Ich möchte, dass du die Augen offen hältst, verstanden! Die Verdunklung erleichtert den Straftätern aller Art ihre dunklen Geschäfte. Guck dir die Leute genau an, die fremd in eurem Luftschutzkeller sind.»

Glosinski mochte es nicht, von dem Beamten geduzt zu werden. «Jawoll, Herr Kriminalsekretär!», sagte er dennoch. Wenn das diesmal der ganze Auftrag war, hatte er Glück gehabt. Und dass er solche wie die hübsche Nichte von der Steguweiten bei ihrem nächsten Auftauchen im Keller mal genauer betrachten würde, brauchte er dem nicht extra auf die Nase zu binden.

Aber so einfach machte es ihm Kachold nicht. Er machte Glosinski klar, dass er sich gefälligst um irgendeine Art von falscher Identitätsbescheinigung bemühen solle, und ließ sich ziemlich detailliert darüber aus, wohin er sich zu wenden, was er zu tun und worauf er zu achten habe.

In Kacholds düsterem Dienstzimmer war es nicht sehr warm. Dennoch spürte Glosinski Schweißtropfen unter seinem schütteren Haarschopf. «Ich weiß nicht so recht», sagte er unsicher, «ob ich da wirklich an die richtigen Leute rankomme. Manchmal habe ich das Gefühl, die Jungs misstrauen mir sowieso ...»

Kachold sah ihn an, als wäre er eine eklige Spinne. «Wir wollen doch keine alten Geschichten aufrühren, nicht wahr, Volksgenosse Glosinski? Du tust einfach, was dir gesagt wird, und du tust gefälligst dein Bestes. Haben wir uns verstanden?»

«Jawoll», antwortete Glosinski kleinlaut und erhob sich. Da hatte er sich was Schönes eingebrockt! «Hei'tler», sagte er an der Tür und schwenkte die Rechte.

«Heil Hitler, Glosinski! Ich erwarte in spätestens einer Woche den ersten Bericht.»

Wie in Trance stolperte Glosinski in den dunklen Flur. An der Eingangstür des Polizeireviers drückte jemand den Lichtschalter und kam näher. Glosinski hielt es für besser, ein paar Schritte weiterzugehen, damit nicht jeder gleich sah, woher er kam. Die Flurwand war mit allerlei Propagandaplakaten dekoriert, rechts hingen die Fahndungsaufrufe. Konnte nicht schaden, wenn er sich die mal wieder anguckte. Beim vorletzten Mal war ihm unangenehmerweise ein bekanntes Gesicht begegnet, doch das hatte er Kachold verschwiegen. Keine schlafenden Hunde wecken. So genau wusste der vermutlich nicht, wer früher zu welchem Ringverein oder nur zu den Ratten gehört hatte.

Alles ziemlich finstere Typen, die da hingen. Auf manche war eine Belohnung ausgesetzt. Geld konnte man immer gebrauchen. Und dann traf es ihn wie ein Schlag in den Magen. Das Gesicht hätte er unter Hunderten wiedererkannt! Ein unauffälliges A4-Blatt nur: *Wer kennt diese Frau?*

«Habe ich es nicht geahnt!», murmelte Glosinski vor sich hin und starrte auf das Foto, das zweifellos eine Tote darstellte. Der Kopf war ein wenig nach links geneigt, die Augen blickten starr.

Hinter Glosinski ging jemand vorbei, er nahm es kaum wahr. Mit offenem Munde las er den Text. Die Frau war tot in der S-Bahn aufgefunden worden, im Zug von Velten zum Stettiner Bahnhof. In Glosinskis Kopf läuteten die Glocken. Velten, das musste die Strecke nach Oranienburg sein. So genau kannte er sich da nicht aus. Jedenfalls im Norden. Meine Nichte aus Oranienburg, hatte die Steguweiten ziemlich patzig gesagt, daran erinnerte er sich deutlich. Vor allem an die Nichte selber, trotz der funzligen Beleuchtung im Keller. So eine Schönheit gab's im ganzen Haus nicht. Sieh an: *Bekleidet mit Unterwäsche ausländischen Fabrikats und mit einem auffallenden blauen Mantel, ebenfalls nichtdeutscher Herkunft.* Auch an den erinnerte er sich gut.

Das war ein dicker Hund! Um ganz sicher zu sein, beguckte er noch einmal das Foto und las den Text ein zweites Mal. *Meldungen an die Kriminalgruppe M im Präsidium oder jede andere Polizeidienststelle.*

Für einen Augenblick war er versucht, das Blatt einfach abzumachen und spornstreichs den Weg zum Alex anzutreten. In zehn Minuten konnte er dort sein und mit großartiger Geste aufklären, um wen es sich bei der Toten handelte. Ein dickes Lob war ihm allemal sicher. Und Kachold würde stinksauer sein, das war ebenso sicher.

Nein, es lohnte sich wohl nicht, den derart zu verärgern. Wer weiß, was der hinter seinem Rücken gegen ihn unternehmen würde. Am Ende drehte der es noch so, dass er, Glosinski, der Dumme dabei war. Da war es allemal besser, er verschaffte sich bei Kachold eine gute Nummer.

Bedächtig löste er die beiden Reißnägel und rollte das Blatt zusammen.

Kachold blickte unwillig auf, als Glosinski wieder in der Tür auftauchte. «Was vergessen?», fragte er mürrisch.

Glosinski nickte und trat dicht an Kacholds Schreibtisch heran. So dicht war er dem noch nie auf die Pelle gerückt. Demonstrativ entrollte er das Blatt vor Kacholds Augen. «Die Frau kenne ich!», erklärte er selbstzufrieden.

Unsanft nahm ihm Kachold das Papier aus der Hand und studierte es. «Woher denn?», wollte er wissen.

«Aus dem Luftschutzkeller. Angeblich die Nichte einer Hausbewohnerin, die es nicht bis zu sich nach Hause geschafft hatte.»

Kachold schien nicht sonderlich beeindruckt.

«Aus Oranienburg», schob Glosinski nach. «Das passt doch mit der S-Bahn, oder?»

Kachold las und blickte auf. «Hier ist von Velten die Rede. Das ist 'ne andere Strecke.»

Glosinski sah seine Felle davonschwimmen. «Sie ist es trotzdem», beharrte er. «Das Gesicht und der blaue Mantel – unverkennbar ...»

Kachold legte das Blatt achtlos auf den Schreibtisch und sah ihn forschend an. «Glosinski», sagte er, «das ist 'ne verflucht ernste Angelegenheit. Ich hoffe, Sie irren sich nicht. Oder machen Sie sich vielleicht nur wichtig?»

«Herr Kriminalsekretär, das ist die Frau aus unserem Luftschutzkeller! Das nehme ich auf meinen Eid.»

«Auf Ihren Eid ...», brummelte Kachold. «Wann war die Dame denn bei euch im Keller?»

Plötzlich spürte Glosinski wieder den Schweiß auf der Kopfhaut unter seinen rötlichen Haarbüscheln. «Da muss ich erst mal scharf nachdenken ...»

«Denken Sie, denken Sie», ermunterte ihn der Kriminalsekretär spöttisch. «Wie ich die kenne, wollen die Kollegen von der M das nämlich ganz genau wissen. Und wehe, da stimmt was nicht!»

«Das stimmt Wort für Wort!», beteuerte Glosinski. «Und das Datum kriege ich auch noch raus. Müsste ungefähr vor vierzehn Tagen gewesen sein. Es waren ja noch mehr Leute im Keller, und alle haben sie gesehen.» Er überlegte und fuhr fort: «Das war in der Nacht, wo einer *Donna Clara* gespielt hat, und unsere Dicke aus dem Vorderhaus hat dazu gesungen.»

Kachold sah mit ungläubigem Spott zu ihm auf. «Na, in eurem Keller scheint es ja munter zuzugehen», sagte er gedehnt. «Unter solchen Bedingungen wäre ich vielleicht auch besser Luftschutzwart geworden.»

VIERZEHN

MEHR ALS ZWEI WOCHEN waren vergangen, und noch immer traten sie auf der Stelle. Bezüglich des Toten aus dem Moabiter Bombentrichter hatte sich so gut wie nichts Greifbares ergeben. Bis vor kurzem hatte nicht einmal hundertprozentig festgestanden, ob es sich tatsächlich um den verschwundenen Ewald Fanselow handelte, der allerdings auch an seinem Arbeitsplatz bei den Deutschen Asbestwerken in Reinickendorf vermisst wurde.

Und mit der Schönen aus Paris, wie Kappe den Fall getauft hatte, kamen sie ebenso wenig weiter. Da es sich bei beiden Toten um Zivilisten ohne erkennbaren politischen oder kriminellen Hintergrund handelte, hielt sich der Druck von oben in Grenzen. Morack ließ ihn zusammen mit dem Anfänger Piossek wursteln und hütete sich vor irgendwelchen Nachfragen, nachdem Kampmeyer von einem Tag auf den anderen ausgefallen war und nicht mehr zum Dienst erschien. Kappes Nachfrage, ob der Kriminalsekretär ernsthaft erkrankt sei, blieb unbeantwortet, bis ihm Bernhard Klingbeil zuflüsterte: «Die Frau ist doch Hebamme ...»

Kappe verstand nicht gleich. «Was hat das mit Kampmeyer zu tun? Er wird sich ja nicht mit Kindbettfieber infiziert haben.»

Klingbeil fand die Angelegenheit gar nicht komisch. «Es gibt da eine verschärfte Anordnung von Himmler, von wegen Abtreibung ...», murmelte er und mehr nicht.

Auch das noch! Immerhin erklärte das Kampmeyers Wohlstand. Vergnatzt saß Kappe mit Piossek zusammen im Büro. «Ich glaube, wir müssen endlich mal raus zu dieser Asbestfirma», meinte Kappe griesgrämig. Mit «wir» meinte er Piossek. Bei den leitenden Parteigenossen in einem Rüstungsbetrieb machte dessen forsches Auftreten möglicherweise Eindruck. Außerdem musste noch einmal die Reinigungskraft gründlich befragt werden, die in Fanselows Wohnung angeblich ein- und ausgegangen war. Kampmeyer hatte zwar mit der Frau geredet, doch war die nach dem Verlust ihrer Wohnung kaum ansprechbar gewesen.

Als Kappe dem Oberleutnant seine Vorstellungen näherzubringen versuchte, trafen die aber nur bezüglich der Asbestwerke auf dessen Einverständnis «Ich habe mich meinen Lebtag mit noch keiner Reinemachfrau unterhalten», versuchte sich Piossek rauszureden.

«Nächstens beantrage ich noch Hilfe von der weiblichen Kripo», murrte Kappe gallig.

Piossek fand die Idee gar nicht übel. «Frauen haben bekanntlich ein besseres Gespür für die Schwächen ihrer Geschlechtsgenossinnen», dozierte er. «Vielleicht hilft uns das weiter. Auch um die Identität unserer schönen Ausländerin herauszufinden.»

Im Fall der Toten aus Paris hatte Kappe bei Dr. Morack immerhin einen kleinen Fortschritt erreicht, von dem er sich viel versprach. Während der Oberrat bezüglich Ewald Fanselow jeden öffentlichen Aufruf zur Mithilfe kategorisch verweigert hatte, um nicht «das durch die Luftangriffe entstandene allgemeine Gefühl einer Bedrohung infolge der Verdunklung unnötig zu verstärken», war ein solcher Aufruf mit dem Foto der Toten zwar nicht für die Presse, aber wenigstens für die Bahnhöfe der nördlichen S-Bahn-Strecken und für die interne Fahndung freigegeben worden.

Bis jetzt hatte sich niemand gemeldet. Und nun kam ihm der neunmalkluge Anfänger Piossek mit weiblicher Kriminalpolizei! «Danke für den Ratschlag», sagte Kappe. «Bis jetzt kennen wir nicht mal die Nationalität der Toten! Sie kann ebenso gut aus Paris stammen wie aus ... Litzmannstadt beispielsweise.»

Das Thema Polen reizte Piossek zu Widerspruch. «Wieso gerade Litzmannstadt?», fragte er aggressiv.

Weil Klara gerade Margaretes ersten Brief von dort erhalten hatte, war Kappe die Stadt eingefallen. Nur war das kein Argument. Die hochhackigen Schuhe der Toten allerdings verrieten eine polnische Herkunft, wie Klingbeils Kollegen von der Kriminaltechnik mit einiger Sicherheit annahmen. Dafür stammte die Patronenhülse aus der S-Bahn unzweifelhaft aus spanischer Produktion, was Klingbeil zu einer Theorie über die Schusswaffe veranlasste: Es existierte da im spanischen Hendaye eine Waffenfabrik, die eine Taschenpistole Unique Modell 10 fertigte, Kaliber 6,35 Millimeter. Die gleiche Waffe war von der Manufacture d'Armes des Pyrénées Francaises M.A.P.F. erhältlich, ein handliches kleines Ding von bescheidener Durchschlagskraft. Aus der Nähe abgeschossen, hatte es jedoch gereicht, einen Menschen zu töten.

Seltsam nur, dass niemand die Getötete vermisste. Jedenfalls nicht in Berlin und im weiteren Umkreis. Aus Osnabrück meldete die Reichszentrale für Vermisste und unbekannte Tote, die sich in Nebes Reichskriminalamt am Werderschen Markt befand, eine dunkelhaarige Vermisste, auf die aber weder das Foto noch das sonstige Signalement passten.

Immer wieder betrachtete Kappe das Foto und vergegenwärtigte sich die Gesichtszüge der Toten. Handelte es sich um eine Spanierin? Konnte es nicht ebenso gut eine Jüdin sein, deren Verwandte sich aus naheliegenden Gründen nicht meldeten?

«Was Sie immer gleich denken!», meinte Piossek dazu. «Ich glaube eher an eine Französin, die sich dunkler Geschäfte wegen in der Reichshauptstadt aufgehalten hat und vermutlich von ihren Landsleuten aus dem Schwarzmarktmilieu um die Ecke gebracht worden ist.»

In ihre Diskussion platzte die Meldung eines Kriminalsekretärs Kachold vom Polizeirevier 70, es habe sich ein glaubwürdiger Zeuge gemeldet, der Näheres zur Identität der unbekannten Toten aus der S-Bahn aussagen könne.

«Halten Sie den Mann auf dem Revier fest!», ordnete Kappe an. «Wir holen ihn sofort ab.»

Piossek war Feuer und Flamme. «Na, sehen Sie! Wenn die Not am größten ist ...»

Kappe dämpfte seinen Eifer. «Sie reden vorerst kein Wort mit dem Zeugen. Keine Fragen, nichts, bis er hier vor mir auf dem Stuhl sitzt.»

Piossek nickte und war schon halb draußen, als Kappe ihn zurückrief. «Damit wir uns richtig verstehen, Piossek: Das ist ein dienstlicher Befehl!»

Wieder nickte Piossek. Diesmal mit verkniffener Miene. Befehle von einem Halb-Zivilisten – so etwas schmeckte ihm nicht, wie man ihm anmerkte.

Der Oberleutnant konnte noch gar nicht aus dem Haus sein, als die Pforte anrief, um eine Zeugin anzumelden, die etwas wegen der Toten aus der S-Bahn auszusagen habe.

Es war wie verhext. Vierzehn Tage gar nichts, und dann innerhalb von Minuten gleich zwei Zeugen. «Ich komme selber runter», sagte Kappe mit ungewohnter Munterkeit und machte sich auf den Weg.

Bei der Zeugin handelte es sich um die 57-jährige Hausfrau Edeltraud Tomalla aus der Kommandantenstraße, der die amtliche Atmosphäre des Präsidiums sichtlich aufs Gemüt schlug. Nach Luft und Worten ringend, saß sie vor Kappe und wunderte sich ein ums andere Mal, wie genau der Herr Kommissar es ausgerechnet mit ihren eigenen Personalien nahm. Sie wolle doch nur ...

Beruhigend hob Kappe die Hand. «Dazu kommen wir sofort. Erst einmal muss ich ja wissen, mit wem ich es zu tun habe, nicht wahr?»

Edeltraud Tomalla nickte beklommen. «Ich fahre nicht so oft mit der S-Bahn. Aber am Bahnhof Gesundbrunnen habe ich dieses Plakat mit dem Bild gesehen ...», äußerte sie verschüchtert. Kappe nickte wohlwollend, und so fuhr sie etwas weniger zaghaft fort: «Die Frau kennst du doch, habe ich sofort gedacht. Eigentlich ja nur, weil uns der schöne Mantel aufgefallen ist ...»

Kappe lächelte ihr noch freundlicher zu. «Na, dann beschreiben Sie doch mal das gute Stück.» Die fehlenden Angaben ließen sich immer noch ergänzen.

Zu seiner Überraschung förderte Frau Tomalla ein sorgfältig gefaltetes Blatt aus ihrer umfangreichen Handtasche hervor und strich es auf der Tischplatte glatt. «So sah er aus. Jedenfalls so ungefähr. Den Kragen hat die Dame nicht so genau getroffen ...»

Verblüfft starrte Kappe auf das holzige Papier. Die Zeichnung glich dem Mantel der Toten auffallend, wenn auch nicht in allen Details.

«Und die Farbe?», erkundigte er sich beinahe ungläubig. «Wie würden Sie die beschreiben?»

«Ein leuchtendes Blau. Genauer kann ich es nicht sagen. Und dazu dieser samtige Stoff ...»

Kappe hob den Finger und griff zum Telefon. «Das werden wir gleich haben», sagte er und lächelte sie wiederum gewinnend an. So eine Zeugin war ja nicht mit Gold aufzuwiegen!

Die Asservatenkammer versprach, den Mantel umgehend zu schicken. Bis dahin hatte Kappe Gelegenheit, Edeltraud Tomalla über die näheren Umstände ihrer Bekanntschaft mit dem Mantel und dessen Trägerin sowie über die Entstehung der Skizze zu befragen.

Die Frau, merklich erfreut über sein Interesse, taute langsam auf und war in ihrem Redefluss kaum noch zu bremsen. Der Mantel stamme aus Paris, das wisse sie hundertprozentig. Bei der Besitzerin jedoch, die gleichzeitig auch die Urheberin der Zeichnung war, habe es sich um eine Italienerin gehandelt. Das zu beschwören sei sie jederzeit bereit. Und zwar aus Mailand, wie aus dem Gespräch ohne Zweifel hervorgegangen sei. Die junge Frau habe lebhaft den Duce verteidigt, daran erinnerte sich Edeltraud Tomalla ganz genau.

Ein Beamter mit einer Armprothese brachte den Mantel. Arbeiteten denn hier nur noch alte Männer und Krüppel? Kappe vergaß diesen Gedanken aber schnell angesichts der Begeisterung der Frau. «Das ist er!», rief sie immer wieder entzückt, während sie das

Kleidungsstück nach allen Seiten drehte und wendete, den Stoff befühlte und ein wenig angewidert die hässlichen Flecke darauf betrachtete. «Ist das etwa ...»

Kappe nickte. Es handle sich um Blut, bestätigte er.

«Und sehen Sie hier? Den Kragen hat sie falsch gezeichnet. Und die Taschen auch ...»

Auch das musste Kappe bestätigen. Kein Zweifel, Edeltraud Tomalla hatte am Abend vor deren gewaltsamem Tod mit der Unbekannten im Café zusammengesessen, und die Skizze in ihrer seltsamen Mischung von Vollkommenheit und Dilettantismus stammte von der Hand der toten Mailänderin. Sofern sie denn tatsächlich eine Italienerin war. Das ließ sich vermutlich über die Botschaft klären.

«Sie haben uns sehr geholfen», lobte Kappe seine Besucherin. «Wir werden ein ausführliches Protokoll aufsetzen. Das müssen Sie dann unterschreiben.»

«Jetzt gleich? Dauert das lange?»

«Am besten sofort. Das heißt, sobald mein Kollege frei ist.»

Er hatte nicht vor, Piossek die Befragung des anderen Zeugen zu überlassen. Sollte der Oberleutnant seine Formulierungskünste mal ruhig an Frau Tomalla erproben! Kappe brauchte dann nur noch Korrektur zu lesen.

«Und meine Nichte? Die werden Sie doch nicht etwa extra verhören? Sie arbeitet nämlich bei so einer Wehrmachts-Dienststelle ...»

«Wenn es nötig ist, werden wir sie befragen. Machen Sie sich nur keine Sorgen, Frau Tomalla.»

Die Frau hatte den Mantel auf Kappes Schreibtisch abgelegt. «Was wird jetzt damit?», wollte sie wissen.

«Der bleibt bei den Asservaten, bis die Sache endgültig geklärt ist. Danach geht er eventuell an die Erben. Oder an die Botschaft. Das wird sich zeigen ...»

«So ein schönes Stück ...», sagte Edeltraud Tomalla bedauernd.

Endlich kam Piossek. Er schob einen mittelgroßen Mann mit grobem Mondgesicht und rötlichen Haarbüscheln vor sich her. «Das ist der Herr Glosinski», meldete er. Kappe hob abwehrend die Hand. «Moment, Moment, ich bin gleich so weit. Sie übernehmen es bitte inzwischen, mit Frau Tomalla ein Protokoll anzufertigen. Möglichst ausführlich. Sie hat eine Menge zu berichten.»

Piossek zog ein saures Gesicht und verschwand mit der Frau im Schlepptau.

Kappe bot Glosinski den frei gewordenen Stuhl an. «Na, dann wollen wir mal!», sagte er aufgeräumt. Die Vernehmung der Zeugin hatte ihn in gute Stimmung versetzt, die hoffentlich bei diesem Glosinski anhalten würde. Der sah nicht so aus, als säße er zum ersten Mal vor einem Kriminalbeamten, aber man konnte sich da täuschen.

«Ick wollte mich nich voreilig äußern, Herr Kommissar, solange Fremde im Raum sind», sagte der auch schon. «Aber der Mantel hier – den erkenne ick uff hundert Meilen jejen den Wind wieder ...»

FÜNFZEHN

LOCKE hatte es vorgezogen, sich ein Zimmer weit genug weg vom Schlesischen Bahnhof und von seiner letzten Adresse am Schlesischen Tor zu suchen. Es musste ein Viertel sein, wo ihn niemand kannte. Lichtenberg kam da in Frage oder Neukölln, aber eigentlich waren ihm beide Gegenden doch zu fremd. In den Gassen südlich vom Rosenthaler Platz, wo die Vereine in ihren Glanzzeiten zu Hause gewesen waren, ließ sich sicherlich was finden – aber wie leicht konnte da einer auftauchen, der sich von früher her an ihn erinnerte. Oder aus Plötzensee. Das Risiko wollte er nicht eingehen.

Den Seinen gibt's der Herr im Schlafe – warum nicht auch ihm? Ganz korrekt, wie es seiner neuen Rolle entsprach, war er in der Brunnenstraße vorstellig geworden, wo eine Frau Papendiek per Annonce ein freundliches möbliertes Zimmer für einen alleinstehenden Herrn anbot. Die genannte Adresse entpuppte sich als ein Gemüseladen, dessen Eigentümerin seiner Bewerbung durchaus wohlwollend gegenüberstand. Seit ihr Sohn in Holland die Früchte des Sieges genoss, wie sie sich ausdrückte, stand dessen Zimmer leer und ungenutzt und kostete nur unnötige Miete – ein Zustand, den sie als selbständige Geschäftsfrau nur schwer zu ertragen vermochte.

Zwischen eins und halb drei blieb das Geschäft geschlossen, da durfte Locke wiederkommen und sich das schmale Zimmer in der Papendiek'schen Wohnung über dem Gemüseladen angucken. Der sparsam möblierte Raum mit dem weißen Metallbett, Schrank und Waschtoilette und einer Art Schreibtisch gefiel Locke ausnehmend gut. Der Platz am Fenster gewährte einen direkten Blick auf die Brunnenstraße mit der Straßenbahnhaltestelle und dem U-Bahn-Eingang. Das sah nach einem passablen Fluchtweg aus – wenn man bereit war, aus dem ersten Stock zu springen. Er würde springen, wenn es darauf ankam, das wusste Locke.

Mit Frau Papendiek wurde er schnell handelseinig, zumal er die Miete gleich bar und für den November im Voraus bezahlte und der Wirtin dabei einen Blick auf zwei weitere grüne Scheine in seiner Brieftasche gestattete. Die Frau gefiel ihm, eine stramme rotblonde Walküre, die ihren Busen selbstbewusst vor sich her trug und den Jahren nach seine Mutter hätte sein können. Das mit der Anmelderei nahm sie nicht so tragisch, nachdem er mit dem Arbeitsbuch herumgewedelt und von seiner Tätigkeit bei einer Metallfirma in der Köpenicker Straße gesprochen hatte. Schichtarbeit, wie er bedachtsam hinzusetzte, meistens nachmittags und abends. Er hatte nicht die Absicht, das bequeme Nest jeden Morgen zu nachtschlafender Zeit zu verlassen, um regelmäßige Arbeit vorzutäuschen.

Auch davon war Frau Papendiek angetan. «Na wunderbar, da können Sie mir ja gelegentlich vormittags mit der Ware helfen ...»

Dazu hatte Locke bereitwillig gelächelt, und tatsächlich war er ihr in den vergangenen zwei Wochen einige Male zur Hand gegangen, was sie jedes Mal mit einer Einladung zum Mittagessen vergalt. Das fiel bei einer selbständigen Gemüsehändlerin mit den entsprechenden Beziehungen zum befreundeten Schlächter ebenso gehaltvoll wie kalorienreich aus und wurde mit einem Gläschen Likör nach dem Kompott abgerundet.

An solchen Tagen fühlte sich Locke wie im Schlaraffenland. Einen Tropfen Essig in den reinen Wein der Freude träufelte nur die Pflicht, jeden Tag für mindestens acht, neun Stunden aus dem Hause verschwinden zu müssen, um seiner angeblichen Tätigkeit nachzugehen. Frau Papendieks Verwunderung über seine kurze Arbeitszeit, wo doch alle anderen bis zu zwölf Stunden in den Betrieben schuften mussten, war er mit dem undeutlich geflüsterten

Argument eines besonders hoch spezialisierten und geheimen Auftrags begegnet, an dem er die Ehre habe mitzuwirken. Außerdem war ihm schnell aufgegangen, dass man das Haus zwar mittags mit einem flotten Abschiedsgruß verlassen und im U-Bahn-Schacht verschwinden, es aber nach einer Station und einem kleinen Umweg ebenso leicht und vom Gemüseladen aus ungesehen wieder betreten konnte. Nutzte man die Zugänge über die Höfe von der Schönholzer oder von der Bernauer Straße aus, ließ sich auch der Nachmittag ungestört auf dem Bett liegend mit Zeitungslektüre verbringen. Das Radio in der Küche wagte er nicht zu benutzen. Nur vormittags oder beim gemeinsamen Mittagsmahl kam er in den Genuss der neusten Nachrichten. Siegesfanfaren gab es im Augenblick keine, es hieß, die U-Boot-Offensive gegen England werde verstärkt fortgeführt und die Italiener seien in Griechenland einmarschiert. Die Abende verbrachte Locke meistens im Kino, bevor er dann so spät wie möglich, aber noch vor dem Fliegeralarm in sein Zimmer heimkehrte.

Inzwischen hatte er im Luftschutzkeller die meisten Hausbewohner oder vielmehr Hausbewohnerinnen kennengelernt, von denen eine sich anscheinend so stark zu ihm hingezogen fühlte, dass sie es regelmäßig verstand, einen Platz in seiner Nähe zu finden. Was Frau Papendiek ihrerseits mit einem mokanten Blick quittierte, und beim vierten Alarm konnte sie es sich nicht verkneifen zu sagen: «Na, setzen Sie sich schon zu ihr! Die kann's ja kaum erwarten ...»

Dabei fand Locke die aufgetakelte Nachbarin ziemlich unangenehm. In ihrer fieberhaften Redseligkeit erinnerte sie ihn an seine eigene Mutter, und an die wollte er zuletzt denken. So ließ er sich am nächsten Abend bewusst dicht an der Seite von Frau Papendiek nieder, was der und ihm giftige Blicke seitens der Verschmähten einbrachte.

An Frau Papendieks Juno-Figur, in deren Schatten der Untermieter in seinem Einsegnungsanzug noch schmächtiger wirkte, prallte derlei ab. Sie war es, die mit ihrer durchdringenden Sägestimme in diesem Keller den Ton angab, und niemand – schon gar nicht der trottelige Luftschutzwart – machte ihr diese Führungsrolle streitig. Wer wollte einer Geschäftsfrau widersprechen, von deren Gemüsezuteilung und Wohlwollen sie alle abhingen?

Nur die unsympathische Nachbarin kaufte ihre Kartoffeln woanders, wie er erfuhr. Locke ahnte nicht, was sich in deren eifersüchtigen Gemüt über seinem bisher blondlockigen Haupt zusammenbraute. Vor ein paar Tagen hatte er sich einen militärischen Fassonschnitt zugelegt und dabei sogar erwogen, die Haare dunkel zu färben. Doch wie sollte er das Frau Papendiek erklären? Auf der Straße trug er den Hut, den er am Schlesischen Bahnhof erworben hatte und der nach dem Friseurbesuch ziemlich locker saß. Ein Hut auf dem Kopf kam ihm immer noch ungewohnt vor, von früher her war er nur Mützen gewohnt. Sollte er nicht besser dazu zurückkehren, auch Plampes wegen? Der hatte ihn mit dem Staubmantel und dem dämlichen Hut gesehen. Ob die ihn schon suchten? Wenn er nachmittags und abends in der Stadt unterwegs war, achtete er darauf, ob ihm jemand folgte. Bis jetzt war ihm nichts aufgefallen. Auch über die Tote in der S-Bahn hatte die Zeitung nichts gemeldet. Vielleicht würde nie rauskommen, wer sie mit was für einer Waffe erschossen hatte. Und warum der Täter die Pistole liegengelassen und nicht beseitigt hatte.

Oder hatte die Frau sich am Ende selbst umgebracht?

Je öfter Locke darüber nachdachte, desto wahrscheinlicher erschien ihm diese Möglichkeit. Er sah das dunkle Abteil vor sich, die Frau lehnte schemenhaft und leblos in ihrer Ecke. Die Waffe war ihrer Hand entfallen und polterte beim Anrucken der S-Bahn vom Sitz.

So musste es gewesen sein.

Das beruhigte ihn. Plampe konnte überhaupt nichts von der Herkunft der Waffe wissen. Darauf ankommen lassen wollte es Locke dennoch nicht. Er hatte es nicht eilig. Der Hammer am Kottbusser Tor blieb ihm immer noch. Stichwort Finsterwalde. Erst mal saß oder lag er hier in der Brunnenstraße warm und trocken.

Hinter der Gardine konnte er beinahe den ganzen Tag die Straße und den U-Bahn-Eingang da unten beobachten, ohne dass ihn einer sah. Bis jetzt hatte er nie etwas Verdächtiges bemerkt.

Weshalb machte er sich überhaupt Sorgen? Wenn er weiter so sparsam blieb, reichte das Geld noch eine ganze Weile, und dann gab es immer noch Ewalds sicher gebunkerten Schatz, der sich versilbern ließ. Sollten alle Stränge reißen, war es ein Leichtes, sich mit Hilfe des Arbeitsbuchs irgendwo eine nette Beschäftigung zu suchen. Die *Morgenpost* war täglich voller Stellenangebote jeder Art.

Sein einziger Kummer war im Grunde genommen, dass er keine Frau fand. Die Papendieken mit ihrem beeindruckenden Busen war nun wirklich ein bisschen zu alt und ein bisschen zu sehr aufs Geschäft fixiert. Bei der konnte er allenfalls als gut verpflegter Handlanger im Laden landen, wohl kaum in ihrem Bett.

Und diese schwabbelschnäuzige Nachbarin aus dem Keller? Locke kriegte förmlich Hautjucken, wenn er an die dachte. Da war ja so einer wie Ewald noch Gold dagegen. Bei den warmen Brüdern hatte er sowieso immer Schlag gehabt. Auch der Friseur hatte ewig verliebt in seinen Locken rumgefuhrwerkt, bis die sich endlich am Boden ringelten.

Locke guckte auf den Wecker, den ihm Frau Papendiek großzügig überlassen hatte. Es ging auf sechs – Zeit, aus der Wohnung zu verschwinden, bevor die Frau Wirtin das Geschäft schloss und hier oben auftauchte. Er zog sich an und betrachtete sich kritisch im Spiegel, der nur seine obere Hälfte abbildete. Er brauchte ein, zwei neue Hemden, und es wurde Zeit, dass er sich einen vernünftigen Anzug beschaffte. Frau Papendiek hatte ihm einen Schneider in der Rheinsberger Straße empfohlen, den Stoff müsse er allerdings mitbringen. Gäbe es da keine Möglichkeiten über seinen Betrieb, wenn sie da so wichtige und geheime Sachen bauten?

Dabei hatte sie ihn so merkwürdig angeschaut. Ob sie was ahnte?

Vielleicht war heute der richtige Tag, sich mal in der Stadt nach passender Kledage oder Anzugstoff umzugucken. Oder besser morgen am Tage? Immer nur im Kino zu sitzen war auch langweilig. Bei *Jud Süß* war er eingeschlafen, und *Trenck der Pandur* hatte er schon dreimal gesehen. Einen anderen Hans-Albers-Film, *Wasser für Canitoga*, von dem seine Zellengenossen in Plötzensee geschwärmt hatten, suchte er vergeblich im Programm.

Er steckte vorsichtshalber mehr Geld ein als gewöhnlich. Weshalb lief er nicht einfach die Brunnenstraße runter über den Blasenthaler Rotz, wie sie den Platz immer genannt hatten, und die paar Schritte weiter bis zur Mulack- und Steinstraße, wo es noch immer genügend Nutten geben musste? Jetzt, wo die Kerle alle Soldat spielen mussten, blühte deren Geschäft bestimmt nicht. Vielleicht fand er eine, die nach was aussah und ihn mal richtig rannahm.

Er zog den fleckigen Staubmantel straff, schob den Hut verwegen in die Stirn und machte sich auf den Weg.

SECHZEHN

KAPPE hatte Albert Glosinskis Aussage zu Papier gebracht, und der Luftschutzwart unterschrieb und nickte gehorsam zu Kappes strenger Ermahnung, jedermann gegenüber zu schweigen und kein Sterbenswörtchen über seine Aussage verlauten zu lassen. Die Vernehmung dieser Hedwig Steguweit behielt Kappe sich selber vor. Am besten gleich an Ort und Stelle in der Marienburger. Es galt da, ein paar höchst interessante Fragen zu klären. Handelte es sich bei der Frau aus Glosinskis Keller und der Italienerin aus dem Café Braun tatsächlich um dieselbe Person? Es sah danach aus. Weshalb aber, wenn es sich denn wirklich um die Nichte der Hedwig Steguweit handelte, hatte die Frau oder sonst wer bis dato keine Vermisstenanzeige erstattet? In Oranienburg war keine Person, auf welche die Beschreibung der Toten zutraf, abgängig. So viel hatte Kappe ermittelt.

Außerdem – und diese Frage würde auch Frau Steguweit vermutlich nicht beantworten können: Wenn die Tote aus Oranienburg stammte, weshalb hatte sie dann im Zug von Velten nach Lichterfelde gesessen? War sie schon viel früher, etwa auf der Hinfahrt und vor dem Umsteigen in Schönholz, erschossen worden? Die Nord-Süd-Bahn zwischen Anhalter Bahnhof und Gesundbrunnen war stark befahren, da musste eine Tote trotz Verdunklung früher oder später auffallen. Dennoch hatten sich außer der Tomalla und Glosinski keine weiteren Zeugen gemeldet.

Es half nichts, da mussten alle Stationen abgeklappert und die in jener Nacht Diensthabenden befragt werden. Eine wunderbare Aufgabe für Piossek. Bei der Gelegenheit konnte der sich gleich noch mal bei den Asbestwerken in Reinickendorf umhören, die lagen am Wege.

Kappe blickte auf die Uhr und erschrak. Es war spät geworden. Viel zu spät für alle seine Fragen. Er hatte heute noch etwas vor, woran er mit einem gewissen Unbehagen dachte, sosehr er sich auch darauf freute. Sein alter Freund Theodor Trampe war am vergangenen Wochenende 62 Jahre alt geworden und hatte ihn für den Freitagabend zu einem kleinen Umtrunk eingeladen. Eine Art Herrenabend im engsten Kreis, wie Trampe ihm versichert hatte, als er sich telefonisch für Kappes Glückwunschkarte bedankte. «Natürlich nur, wenn du Zeit und Lust hast ...»

Mit der Zeit sah es nicht gut aus, aber Lust, sich endlich mal wieder mit einem ganz normalen Menschen und noch dazu einem so alten Freund wie Trampe zu unterhalten, verspürte Kappe allemal. Da Morack ihm für den morgigen Sonnabend einen freien Tag bewilligt hatte, fiel es ihm leicht, Klara gegenüber die abendliche Abwesenheit zu verteidigen. «Hauptsache, du bist zu Hause, wenn der Alarm anfängt!», hatte sie gebarmt. «Du wirst doch deine Familie nicht alleine in den Luftschutzkeller schicken!»

Das Geschenk für Trampe stammte noch aus Kampmeyers reichhaltiger Beziehungskiste. Mit schlechtem Gewissen kramte Kappe die Flasche dänischen Aquavit aus den Tiefen des Aktenschranks und verstaute sie in seiner Aktentasche. Noch mal nach Hause zu fahren lohnte nicht. Bis zum Moritzplatz, in dessen Nähe Trampe seit Urzeiten hauste, waren es nur drei Stationen mit der U-Bahn. Nahm er die Straßenbahn, kam er noch näher ran und konnte außerdem einen Blick auf die alte Gegend werfen, in der er selber seine ersten Berliner Jahre verbracht hatte. Theodor Trampe, schon damals aktiver Sozialdemokrat und Kriegsgegner, war in der Waldemarstraße sein Nachbar gewesen.

Über die alten Zeiten redeten sie denn auch eine ganze Weile, als sie in traulicher Runde um Trampes Tisch herumsaßen und den öligen Aquavit probierten. Die Straßenbahnfahrt über die unbeleuchtete Jannowitzbrücke und durch die kaum hellere Brücken- und Neanderstraße war für Kappe enttäuschend verlaufen. Diese blödsinnige Verdunklung machte aus der Stadt ein schwärzliches Häusermeer, in dem die mit Leuchtplaketten am Revers versehenen Passanten wie schwach illuminierte Glühwürmchen herumschwammen.

Wie hatte hier vor fast dreißig Jahren das Leben getobt, wenn ihn der abendliche Nachhauseweg an all den einladenden Schaufenstern und gemütlichen Destillen vorbeitrieb! In den Schaufenstern blakten allenfalls eine Art Hindenburg-Lichter, und mit der Gemütlichkeit war es allerorten längst vorbei.

Für immer? Willy Eschborn war es, der sich so pessimistisch äußerte, Trampes zweiter guter Freund, dem Kappe schon mehrmals begegnet war. Eschborn schien ihm über seine gut vierzig Jahre hinaus vorzeitig gealtert: Zwei scharfe Falten zogen sich an der Nase entlang. Vielleicht war er magenkrank. Kappe erinnerte sich gut an Eschborns schmucken Garten hinter der Lichtenberger Kirche, an die kleine, runde Frau und an das muntere blonde Kind.

«Katharina ist jetzt elf», sagte Eschborn bedrückt. «Und auf unserem Laubengelände stehen Neubauten ...»

«Nichts bleibt so, wie es ist, Willy», widersprach ihm Theodor Trampe mit fester Stimme. «Du weißt doch selber: Die Kinder wachsen heran, und Wohnungen werden auch gebraucht.»

«Vor allem, wenn die Engländer noch mehr davon zerbomben ...», stimmte Eschborn ihm zu und maß Kappe mit einem schiefen Blick. Er war misstrauisch, das spürte Kappe beinahe körperlich. Schon bei ihrem letzten Zusammentreffen in Trampes Wohnung war ihm das aufgefallen. 1938 war das gewesen, und sie hatten über die Autofallen-Täter gesprochen. Auf sein Gedächtnis konnte Kappe sich verlassen. Eschborn anscheinend auch. Er hatte nicht vergessen, dass Kappe Kriminalkommissar war.

Der hätte ihm gerne etwas von seiner Befangenheit genommen. Schlimm genug, dass man in diesen Zeiten Privates kaum vom Politischen trennen konnte. Die Kriminalpolizei gehörte zum nationalsozialistischen Führungsapparat, das vergaß nicht mal Morack öfter zu betonen. Zum Überwachungsapparat, hätte Trampe sicherlich gesagt, wäre es nicht um Kappe gegangen. Dass es sich bei Theodor selbst, bei Eschborn und vermutlich auch bei dem vierten Mann, der bis jetzt schweigend mit am Tisch saß, nicht um Freunde der Nazis handelte, war Kappe durchaus bewusst. Er war schließlich auch keiner, aber das konnte er denen kaum klarmachen.

«Haben Sie mal was von Ihrem Freund Bernsdorff gehört?», erkundigte er sich möglichst harmlos bei Eschborn, in dessen Augen sofort Misstrauen aufflackerte. «Ich meine ... ist er noch rechtzeitig weggekommen?», schob Kappe nach, was Eschborn nur mit einem knappen «Ich hoffe es» beantwortete.

«Das war dieser Radium-Fritze aus der Koloniestraße?», vergewisserte sich Trampe, sichtlich bemüht, die spürbare Spannung am Tisch zu mildern. Dass es sich bei Bernsdorff um einen Juden handelte, blieb unausgesprochen.

Kappe und Eschborn nickten zustimmend. «Für die Polizei stand er damals unter Mordverdacht», sagte Eschborn aufsässig. Er beobachtete Kappe, was dem nicht entging.

Leichthin schüttelte Kappe den Kopf. «Für mich nicht», erklärte er. «Und mit Ihrer Hilfe haben wir ja den wirklichen Mörder gefunden.»

«Ach nee!», sagte Trampe gedehnt. «Davon habt ihr mir ja noch nie was erzählt!»

«Mir auch nicht», bemerkte Eschborn trocken.

Kappe hob die breiten Schultern. «Es war ein SA-Mann», teilte er knapp mit. «Das Auto, das er fuhr, hat ihn verraten.» Er lächelte Eschborn zu. «Und Sie hatten ihn erkannt.»

Eilfertig goss Trampe eine neue Runde ein. «Darauf müssen wir erst mal einen trinken!»

Allmählich lockerte sich die Stimmung, und das Gespräch wurde lebhafter. Selbst der vierte Mann, den Trampe als Richard vorgestellt hatte, schob die eine oder andere Bemerkung ein, wohlüberlegte Sätze stets, wie es Kappe schien. Von dem hageren Mittfünfziger, der ein wenig unnahbar wirkte, ging eine gewisse Autorität aus, die alle am Tisch stillschweigend anerkannten. Auch Kappe. Es geht mich nichts an, aber wenn dieser Richard nicht irgendeine frühere Parteikapazität ist, fresse ich einen Besen, dachte er und war froh darüber, dass es ihn nichts anging.

Trampe fragte Kappe über die Familie aus, und der plauderte freimütiger, als es sonst seine Art war, benannte seine Sorgen um den Großen, der in Belgien beim Bodenpersonal der Flieger diente, und sprach von Arno und Margarete am ungeliebten Einsatzort des Schwiegersohns. Bei dem Namen Litzmannstadt horchte Richard auf, enthielt sich aber jedes Kommentars.

«Wissen Sie, was da in Polen vor sich geht?», fragte er erst eine ganze Weile später, und Kappe gab zu, einiges darüber gehört zu haben, was nicht nur ihm missfiel. «Die haben Schreckliches vor mit den Polen und den Juden», vermutete Richard. Jeder am Tisch wusste, wer «die» waren.

Trampe schüttelte sich. «Sie können schließlich nicht alle Juden umbringen …», sagte er ungläubig.

Richard hob die Schultern. «Sie wollen sie in Richtung Osten treiben. Straßen bauend, wie es heißt.»

«Was bedeutet in Richtung Osten?», fragte Eschborn. «Da liegt immer noch Russland, und mit dem sind sie verbündet. In den nächsten Tagen kommt Molotow zum Staatsbesuch nach Berlin.»

Richards Mund verzog sich zu einem dünnen Lächeln. «Fragt sich nur, wie lange so ein Bündnis hält. Bisher sind alle Abkommen gebrochen worden. Bloß Stalin und seine Kommunisten glauben scheinbar an die Ewigkeit.»

Trampe kam mit einer Platte mit belegten Broten aus der Küche. «Bier ist auch genügend da», sagte er. «Eigentlich sind wir ja zusammengekommen, um meinen Geburtstag zu feiern, oder?»

Kappe, der das Gespräch mit Richard aufschlussreich fand, ein lästiges Gefühl im Magen aber nur schwer unterdrücken konnte, tat ihm den Gefallen und erzählte den eher harmlosen Witz über die nächtliche Begrüßung im Luftschutzkeller: «Wer mit

‹Guten Morgen› grüßt, hat schon geschlafen, wer ‹Guten Abend› sagt, hat noch nicht geschlafen. Und wer stramm mit ‹Heil Hitler› in den Keller tritt, der hat die ganze Zeit verschlafen ...» Der Witz stammte aus dem Repertoire von Kampmeyer, wie ihm hinterher einfiel. Außerdem kannten alle die Pointe.

«Wie geht's deinem Jüngsten?», wollte Trampe von Eschborn wissen. Der war, wie sich herausstellte, inzwischen Vater von drei Kindern. Paul wurde fünf, und der Nachkömmling war erst im August auf die Welt gekommen. «Sechzig Zentimeter groß und neun Pfund», wie Eschborn nun doch nicht ohne Stolz berichtete.

«Donnerwetter!» Kappe stellte sich das runde Frauchen dazu vor. «Musste Ihre Frau lange im Krankenhaus bleiben?»

«Er ist zu Hause geboren. Beinahe hätten wir keine Hebamme gefunden. Habt ihr die gerade alle verhaftet?»

Kappe schloss die Augen und schüttelte den Kopf. «Die Frau eines Kollegen hat es auch getroffen», sagte er zurückhaltend. «Ich kann wahrhaftig nichts dafür ...»

Trampe, der die Bierflaschen verteilte, mischte sich ein: «Na, die Hauptsache ist wohl, dass Mutter und Kind gesund sind!»

Eschborn zögerte. «Das schon ...», sagte er gedehnt.

Kappe und Trampe wechselten einen Blick, den Eschborn natürlich bemerkte. «Der Junge schielt», sagte er. «Ziemlich stark sogar.»

«Rechts oder links?», wollte Trampe wissen.

«Rechts.»

«Dann braucht er vielleicht nicht zu schießen, wenn er groß ist», versuchte der Hausherr den jungen Vater zu trösten, doch Richard vermasselte es ihm.

«Da hast du eine völlig falsche Vorstellung, Theo», wandte er ein. «Schießen müssen heutzutage sogar die Einäugigen. Und sie treffen sehr genau, wie sich rausstellt.»

Trampe reagierte ärgerlich. «Vielleicht behauptest du als Nächstes noch, dass bei Verdunklung die Blinden im Vorteil sind!», sagte er.

Eine Weile aßen sie wortlos und tranken ihr Bier dazu. «Aber der Junge heißt wahrscheinlich nicht Horst», vermutete Kappe, der Eschborn gerne ein bisschen aufmuntern wollte.

Der schüttelte den Kopf. «Bis jetzt nennen wir ihn nur Dicker. Getauft wird er auf den Namen Günter.»

Trampe staunte. «Du willst deinen Sohn taufen lassen?»

«Anfang Dezember in der Glaubenskirche. Du bist herzlich eingeladen. Der Pfarrer war mal unser Gartennachbar.»

Trampe nickte verständnisvoll. «Wenn das so ist ...»

Eschborn hielt es anscheinend für nötig, sich weiter zu rechtfertigen. «Meine Frau will nicht noch mal irgendwo auffallen. Was meinst du, wie die bei Katharinas Schulanmeldung geguckt haben, weil das Mädel nicht getauft war!»

«War bei uns Freidenkern nun mal nicht üblich», stellte Richard fest. «Selbst die von der SS lehnen die Kirche ab und bezeichnen sich nur als gottgläubig.»

«Na, dann doch lieber eine richtige Taufe», sagte Kappe. «Meine drei sind auch keine Heiden.»

Die Aquavitflasche war leer. Trampe holte Nachschub aus der Küche. Kappe hob abwehrend die Hand. «Mir lieber keinen mehr.»

«Hast du morgen Frühdienst?»

«Das nicht, aber ...»

«Verstehe schon. Du darfst nicht drüber reden ...»

«Ach Quatsch», sagte Kappe ärgerlich. «Ich habe immer noch mit Mordfällen zu tun und wünsche mir manchmal, man könnte offener darüber reden. Wegen der Angriffe und der Verdunklung verzichtet die Obrigkeit lieber auf jeden Presserummel.»

Richard hörte ihm aufmerksam zu. «Was gibt es denn so an besonderen Fällen?», wollte er wissen.

Trampe verzog das Gesicht, als plagten ihn Zahnschmerzen. Kappe sah keinen Grund, die Frage nicht zu beantworten. «Wir haben einen Toten in einem Bombentrichter in Moabit, der nicht von alleine oder durch Feindeinwirkung da reingeraten ist. Und eine junge Unbekannte, die man in der S-Bahn erschossen hat.»

«Keine Papiere?», forschte Richard.

Kappe bestätigte es.

Eschborn sagte: «Heißt es nicht, jeder muss einen Lichtbildausweis bei sich tragen? Kennkarte, Pass, Führerschein oder so was?»

Kappe griente. «Dienstausweis oder Mitgliedsbuch der Partei reichen auch. Aber die Reichsmeldeordnung ist das eine, die Praxis sieht ganz anders aus. Im ganzen Reich treiben sich mittlerweile tausende Ausländer ohne gültige Papiere herum. Trotz aller Kontrollen.»

«An der Prenzlauer Allee haben sie ein großes Durchgangslager eingerichtet», sagte Eschborn, worauf Richard ergänzte: «Und ein noch viel größeres Lager in der Wuhlheide.»

Das konnte Kappe nur bestätigen. «Dabei sind die Ausländer keineswegs das einzige Problem», sagte er, um von diesem gefährlichen Thema wegzukommen. «Im Dezernat meines Neffen suchen sie seit 1932 eine Trickbetrügerin. Das sind jetzt zehn Jahre ...»

«Meinst du nicht, die hat sich längst falsche Papiere beschafft?», vermutete Trampe.

Kappe zuckte die Achseln. Er merkte, dass Richard ihn gespannt beobachtete, und das missfiel ihm. «Das ist nicht mein Ressort», sagte er abweisend. «Ich hab mit meinen Mördern genug zu tun.»

Eschborn, der mit Richard einen Blick gewechselt hatte, blieb dennoch bei dem Thema. «Außer Trickbetrügerinnen gibt es ja sicherlich noch andere Leute, die auf falsche Papiere angewiesen sind ...»

Kappe spürte, dass alle eine Antwort von ihm erwarteten. Er blickte von einem zum anderen und sagte: «Das halte ich für höchst riskant. Seit der Volkszählung im vorigen Jahr existieren ein einheitliches Melderegister und eine entsprechende Kartei. Alle Dienststellen, egal ob Polizei, Einwohnermeldeamt, Krankenkasse, Arbeits- oder Finanzamt, oder einfach nur die Hauseigentümer und Vermieter sind gehalten, jede Veränderung, jeden Zuzug, jede

An- oder Ummeldung innerhalb einer Woche anzuzeigen. Seit Kriegsbeginn ist diese Frist auf drei Tage verkürzt worden. Die Dienststellen tauschen ihre Angaben untereinander aus.»

Trampe kraulte seinen Haarkranz. «Hört sich ja gefährlich an. Meine Frau hat trotzdem nicht mal 'ne Kennkarte oder so was ...»

Eschborn stimmte ihm zu und sah Kappe dabei triumphierend an. «Meine auch nicht!»

Kappe verspürte wenig Lust, den dreien die Feinheiten der Reichsmeldeordnung zu erläutern, die sich sein ehemaliger Kollege Liebermann von Sonnenburg zusammen mit den Statistikern ausgedacht hatte. «Das stimmt schon. Die Hausfrauen bleiben noch außen vor ...», sagte er müde.

Richard, der Kappe nicht aus den Augen gelassen hatte, ergänzte mit ätzender Schärfe: «Es sei denn, man hat ihnen den zusätzlichen Vornamen Sara verliehen ...»

«Ja», sagte Kappe, «alle Juden sind verpflichtet, die mit einem J versehene Kennkarte bei sich zu führen.»

Weshalb er gerade in diesem Augenblick an die Tote aus der S-Bahn dachte, wusste er selbst nicht.

SIEBZEHN

ALBERT GLOSINSKI hatte sich etwas ausgedacht. Was er brauchte, war eine Bescheinigung für Bombengeschädigte, um einem Bruder in der Not zu helfen. Mit so einem Schein ließ sich allerhand anfangen, wenn man vorgab, alle Papiere bei einem der letzten Angriffe eingebüßt zu haben. Seines Wissens handelte es sich dabei um ein formloses Blatt ohne Lichtbild, auf dem nur Name und Adresse standen.

So etwas galt es zu beschaffen. Zerstörte Häuser gab es inzwischen überall in Berlin, man munkelte von mehreren hundert Toten und zahllosen Verletzten. Glosinski bezweifelte, dass man es auf den einzelnen Ämtern genauer wusste. Außerdem brauchte er ja die Bescheinigung nicht wirklich. Sie sollte nur der Köder sein, nach dem Kachold schnappen konnte wie der Dackel nach der Wurst. Der Kriminalsekretär würde sich auf die Spur setzen, und er, Glosinski, war raus aus dieser schmuddligen Angelegenheit ...

Das blieb natürlich eine Milchmädchenrechnung. Keiner wusste das besser als Glosinski. Raus würde er nie mehr kommen, solange Kachold Dienst tat. Und danach würde es einen anderen geben, der Glosinski an der langen Leine auf immer neue Scheißhaufen ansetzte, die es zu erschnüffeln galt. Die Sache mit der Frau im blauen Mantel, von der er sich so viel versprochen hatte, drohte ebenfalls nur in neuen Ärger auszuarten.

Das Schlimmste aber war: Da saß mit größter Wahrscheinlichkeit irgendwo irgendwer im Verborgenen und machte einen dicken Strich hinter dem Namen *Glosinski*, und irgendwann kam noch ein Querstrich dazu, so dass ein Kreuz daraus wurde. Verräter verfallen der Feme, hatte es in den frühen Zwanzigern bei den Freikorps geheißen. Eine Redewendung, die im Milieu übernommen worden war und die heute wie damals galt. Da war sich Glosinski ziemlich sicher.

Voll stiller Verzweiflung war er losgezogen, hatte die Nase in die eine und andere Destille gesteckt und meistens schon nach dem ersten dünnen Bier gemerkt, dass er hier nicht landen konnte mit seiner Fragerei. Einen Fälscher finden, der denen bisher entgangen war! Was Kachold sich da vorstellte, war schlichtweg idiotisch.

Am Ende war er in der Kleinen Rosenthaler hängengeblieben, in einer Stampe, deren Budiker er nicht kannte. Und der ihn auch nicht. Das war schon mal was. In der Ecke hatten ein paar Gestalten zusammengehockt, getuschelt und ihm scheele Blicke zugeworfen, bis schließlich einer an den Tisch getreten war mit der Frage, ob er hier was Bestimmtes suche.

Glosinski, längst nicht mehr so nüchtern, wie es im Interesse seines Auftrags notwendig gewesen wäre, nuschelte Undeutliches, war aber auf Zureden hin bereit, eine Lage zu schmeißen und in der Folge wenigstens einen Zipfel seines Anliegens erkennen zu lassen. Die Männer hatten dazu geschwiegen und waren auch nach der zweiten Runde nicht viel redseliger geworden. Nicht einmal seine betont unauffälligen Äußerungen über einstige Vereinsriten und Mitgliedschaften hoben ihre Gesprächsbereitschaft. Einer verschwand, ohne dass Glosinski begriff, wohin, die anderen wechselten das Gesprächsthema, so sie denn überhaupt eines hatten. Mal ging es um einen, der verschüttgegangen war, und dann um irgendwelche Weibergeschichten, die Glosinski nicht interessierten. «Ich brauche eine Bescheinigung» war alles, was ihm noch einfiel, bevor sein Schädel auf die narbige Tischplatte niedersank.

Als er wach wurde, weil ihn der Wirt derb an der Schulter rüttelte, war er der letzte Gast. Neben ihm standen die Stühle auf dem Tisch. «Schluss jetzt! Sonst musste noch mit in' Luftschutzkeller!»

Der Wirt schob ihm einen Zettel hin. Die Zeche erschien

Glosinski unverhältnismäßig hoch. Er grabbelte nach seiner Brieftasche. Wenigstens hatten sie ihn nicht beklaut. Er zahlte, ohne zu murren, rappelte sich hoch und suchte schwankend den Weg zum Klo. Von dort kam ihm doch noch einer aus der Runde entgegen. Einer, der zu jung war, um vor acht, neun Jahren richtig dazugehört zu haben. Rabenjungs hatten solche Burschen früher geheißen.

«Ick warte draußen uff dich», flüsterte der vertraulich.

An der Ecke wartete er tatsächlich auf Glosinksi. «Wat wär's dir denn wert, wenn ick dir 'n Namen nenne?»

Glosinski brauchte ein Weilchen, bis ihm überhaupt einfiel, weshalb er in der Kneipe gesessen hatte. «Kommt drauf an», murmelte er mit schwerer Zunge.

«Mindestens 'n Schein müsste schon dabei abfallen ...»

Glosinski stierte den Burschen an. Scheißverdunklung! Wenn der ihm jetzt eins über die Rübe gab ...

Machte der nicht. «Was is nu?», drängelte er stattdessen. Hatte anscheinend selber Schiss.

«Was haste denn anzubieten?»

«Nich mehr als wie 'n Namen. Um den Rest musste dir schon selber kümmern.»

Glosinski war zwar betrunken, aber nicht blöd. «Ick zahle 'n Hunderter, und du sachst mir Schmidt oder Schulze», höhnte er.

Der Rabenjunge widersprach: «Quatsch! Aber die andern dürfen nischt davon erfahren! Ick hab jenau jehört, wat se jesacht ham.»

«So. Und det wäre?»

«Det wäre: Für Papiere jibtet nur noch ein', der in Frare käme ...»

Glosinski versuchte sich zu konzentrieren. «Nämlich?», fragte er.

Statt einer Antwort streckte der Bursche die leere Handfläche aus. «Schein jejen Namen», sagte er frech.

Glosinski hatte nicht vor, dem seine Barschaft vorzublättern.

Außerdem würde ihm Kachold nicht abnehmen, dass ihn die bloße Namensnennung hundert Mark gekostet hatte.

«Übertreib man nicht, mein Junge», sagte er. «'n halber Schein tut's auch. Mehr kann ick bei aller Liebe nicht erübrijen.»

Aus der Ferne klangen Schritte. «Na los», sagte der Junge und sah sich gehetzt um. «Und keen Wort von mir, vastehste!»

Glosinski fingerte einen Fünfzigmarkschein aus der Tasche. Geschickt ließ der Junge für einen Moment ein Feuerzeug aufleuchten. «Keene Blüte?», fragte er.

Glosinski hielt den Schein fest, bis der andere flüsterte: «Plampe heeßt der Mann. Wohnt irjendwo inne Lauben hinter Plötzensee ...»

Und weg war er mit dem Schein.

Glosinski stand wie die Gans, wenn's donnert. Das kam von der verfluchten Sauferei! Plampe! Bei dem Namen klingelten alle Schiffsglocken. Auf den hätte er auch selber kommen können, wenn er geahnt hätte, dass der noch lebt. Plampe war seinerzeit eine legendäre Figur gewesen. Ein alter Knacker und ein richtiger Fuchs, dem Vernehmen nach. Glosinski hatte ihn nie gesehen. Und er kannte auch keinen, der sich rühmen durfte, Plampe wirklich zu kennen.

Oder doch? Glosinski grub in den Tiefen seines Gedächtnisses, während er die Linienstraße entlangtorkelte, über den Horst-Wessel-Platz rüber zum Prenzlauer Tor. Frische Luft tat ihm jetzt gut. Er musste nur zusehen, noch vor dem Alarm zu Hause anzukommen.

Am Friedhof Ecke Jostystraße, auf dem Horst Wessel begraben lag, stolperte er über den weiß gekalkten Rinnstein und rannte im Dunkel gegen einen Kasten mit Streusand. Er ging beinahe zu Boden. «Scheißkiste!», fluchte er laut und rieb sich das schmerzende Knie.

Moment mal! «Scheißkiste», flüsterte er noch einmal, und der Schmerz war vergessen. Kiste hieß der Kerl, der sich damals gebrüstet hatte, Plampe habe ihm tadellose neue Flebben besorgt!

Ganz ungetrübt war die Erinnerung an Kiste nicht. Der hatte ihm damals mal das Ringen beibringen wollen, aber mehr als eine scharfe Runde mit der Frau war dabei nicht rausgekommen. Glosinski griente vor sich hin. War schließlich nicht seine Schuld, dass er Kiste seinerzeit nicht zu Hause angetroffen hatte. Ob die beiden noch zusammen waren? Wenn Kiste denn überhaupt draußen war und nicht im KZ. Ob die immer noch in ihrem Loch am Schlesischen Bahnhof hausten?

So kam es, dass es am Sonntagvormittag um halb zwölf in der Koppenstraße klingelte und Glosinski vor Kistes Wohnungstür stand. Der erkannte ihn nicht. Und die Frau, die hinter Kiste auftauchte – Glosinski traute seinen Augen kaum: Hatte er tatsächlich mit der mal eine schnelle Nummer geschoben?

Kiste wollte ihn nicht reinlassen. «Wir koofen nüscht!», sagte er und versuchte, die Tür zuzuschieben. Aber ganz von gestern war Glosinski, den Fuß im Türspalt eingeklemmt, ja auch nicht. «Willste wirklich auf'n Treppenflur mit mir verhandeln?», fragte er nachdrücklich.

Kiste wollte gar nicht mit ihm verhandeln, konnte es aber schlecht darauf ankommen lassen, dass jemand sie hörte. Also bugsierte er den ungebetenen Gast in die Küche, in der es intensiv nach Braten duftete.

«Eintoppsonntag», lästerte Glosinski verständnisinnig.

«Mann, ick arbeit inne Halle. Da bleibt ebent mal wat übrig, wat weg muss ...»

«Hab man keene Angst, ick will euch nischt wegfressen.»

«Zur Not reicht's ooch für dreie», sagte die Frau. Kiste scheuchte sie mit einer Kopfbewegung aus der Küche. Sie gehorchte brav.

«Wat willste denn überhaupt von mir?», herrschte Kiste den Besucher an. «Ick bin aus allet raus, verstehste? Kann mir an nischt und an keen erinnern. Ooch an dir nich ...»

«Ist ja auch jar nich nötig. Du wolltest mir mal das Ringen beibringen. Aber jetzt stecke ick inner Bredullje ...»

Umständlich begann Glosinski, die Geschichte auszubreiten,

die er sich ausgedacht hatte, doch Kiste unterbrach ihn rau: «Wat azählste mir den janzen Sums? Haste keen Friseur?»

Glosinski schluckte. «Also jut, ick benötige ein jewisses Papier. Mehr nicht. Und du weißt, wo ick Plampe finde.»

Kiste erstarrte. «Wat denn für 'n Plampe? Ick kenn keen, der so heißt!» Er starrte Glosinski aus wasserhellen Augen an.

Der erwiderte den Blick ungerührt und schwieg.

Mindestens drei Minuten lang sprach keiner ein Wort. Dann wurde es Kiste zu viel. «Und wenn de mir zehnmal anglotzt wie so 'n Ochsenfrosch – ick weeß von keen Plampe.»

«Ach! Und wer hat dir dunnemals die neuen Flebben besorgt, auf die du so stolz warst?»

Kistes eckiges Gesicht lief rot an. «Nu komm mir nich mit olle Kamellen aus de Systemzeit», sagte er. Es klang nicht mehr ganz so ablehnend wie zuvor.

«Ick komme dir mit jarnüscht. Ich brauche weiter nichts wie die Hausnummer von Plampe da draußen in Plötzensee. Oder meinste, es wäre besser, ick irre da mang de Laubenpieper rum und mache alle Pferde scheu?»

«Die sind schon scheu jenuch!», murrte Kiste. «Ick weeß jar nich, wat ihr neuerdings alle von Plampe wollt. Der piept inzwischen vielleicht uff'n janz andern Kalmus ... Wenner überhaupt noch wat macht», fügte er hastig hinzu.

«Das lass man meine Sorge sein.»

Kiste zierte sich noch immer. «Mann, wir zwee beede ham uns sieben, acht Jährchen nich jesehn, und denn kommste mit so wat an! Hat et nich jeheißen, du wärst jetzt bei die Braunen?»

Genau das hatte Glosinski befürchtet. Man misstraute ihm. Dennoch wich er Kistes argwöhnischem Blick nicht aus. «Irgend 'ne Tarnung braucht der Mensch ja schließlich», sagte er patzig. «Oder bist du nicht in der Arbeitsfront und in der NSV?»

Kiste schnaubte höhnisch. «Ick war noch nie wo drin, außer am Alex und inne Plötze. Und det eene sare ick dir in aller Freundschaft: Wenn deinetwejen mit Plampe wat schiefloofft, denn sitzt du wo drinne, und zwar bis hier!» Er zog einen deutlichen Eichstrich mitten über seine Stirn.

Die unverhüllte Drohung noch im Ohr, stiefelte Glosinski am frühen Nachmittag den Tegeler Weg rauf zur Kolonie Bienenheim. Eigentlich war es sinnlos, was er vorhatte, aber jetzt einfach kneifen war auch nicht drin. Irgendwie würde die Nachricht über sein Auftauchen von Kiste zu Plampe gelangen, und wenn er bei dem nicht erschien, war das vielleicht noch gefährlicher, als wenn er sich dort mit seiner windigen Bescheinigungsgeschichte einführte. Wie viel er dann an Kachold weitergab, stand auf einem anderen Blatt. Schon bei Kiste war ihm die Idee gekommen, und für einen Augenblick spielte er auch jetzt mit dem Gedanken, sich den alten Kollegen und Brüdern einfach anzuvertrauen. Vielleicht wussten die Rat? Oder kannten einen, um den es nicht schade war, wenn sie ihn griffen ...

Daran glaubte er zwar selbst nicht. Was auch immer er tat – er steckte bis zum Hals in der Scheiße. Das hatte Kiste ihm in seiner drastischen Art klargemacht. Die misstrauten ihm und waren zu allem bereit. Und auf der anderen Seite lauerte Kachold nur darauf, ihm eins reinzuwürgen. Fragte sich nur, was schlimmer war.

In Plampes Garten knipste ein zaundürres Muttchen verdorrte Blütenstände von den Sträuchern. «Mein Mann ist nicht da», sagte sie abweisend, als Glosinski sich meldete. Da er nicht wegging, kam sie zum Tor, und er flüsterte ihr zu, die Angelegenheit sei wirklich dringend.

«Wer sind Sie überhaupt?», wollte sie wissen.

«Jemand, der in Not ist», log Glosinski. Er kam sich schäbig vor dabei, aber das half jetzt nichts.

«So sehen Sie gar nicht aus», sagte die Frau kopfschüttelnd, trottete aber trotzdem zur Laube und verschwand darin.

Eine Ewigkeit verging, dann tauchte der kahle Eierkopf eines alten Mannes über der Hecke auf. Glosinski hob den Arm und winkte, was den Alten nicht zu beeindrucken schien. Nur langsam und voller Misstrauen näherte er sich dem Tor. Als er dicht genug heran war, murmelte Glosinski die alte Vereinsparole: «Lass Neider neiden, Hasser hassen, was Gott uns gönnt, muss man uns lassen.» Etwas Besseres fiel ihm nicht ein.

«Einigkeit macht stark», ergänzte Plampe ebenso leise. Er griente schief und rückte sein Gebiss zurecht. «Das war unterm vorjen Kaiser», sagte er grimmig. «Die Zeiten sind vorbei. Endgültig.»

«Ja, leider ...»

Plampe sah ihm forschend ins Gesicht, blickte dann sichernd den Kolonieweg entlang und öffnete immerhin das Tor.

In der Veranda war es saukalt, und bei ihrem Gespräch wollte erst recht keine Wärme aufkommen. Was Glosinski auch vorbrachte und an wen immer er Plampe erinnerte – der Alte spielte den vergesslichen Trottel. «Kenn ick nich ... Kann ick mir nich druff besinn'... Muss 'ne Verwechslung vorliejen ...»

Glosinski war nahe daran aufzugeben, als Plampe unerwartet aufzutauen schien. «Ick simmelier die janze Zeit, woher ick dein' Namen kenne», sagte er. Sein Blick war plötzlich klar und durchdringend. «Du warst damals bei der Sache mit dem Prohabek dabei!»

Glosinski verschlug es die Sprache. Damit hatte er am allerwenigsten gerechnet. Er überlegte fieberhaft. Niemand hatte ihn je mit Prohabeks Verschwinden in Verbindung gebracht. Zu zweit waren sie dem Verräter damals auf die Pelle gerückt, und dieser Zweite war auf Nimmerwiedersehen ins Ausland verschwunden. Mit Papieren aus Plampes Werkstatt. Da also lag der Hase im Pfeffer!

Glosinski atmete tief ein. «Wie kommst du denn darauf?», sagte er gedehnt. «Den Namen höre ick zum ersten Mal ...»

«Ach nee!», entgegnete Plampe im gleichen Tonfall. «Du musst ja 'ne große Nummer sein bei deinen neuen Freunden, wenn die dir das verziehen haben. Bei Horst Wessel haben sie noch den allerletzten Spannemann erwischt und hinjerichtet ...»

«Ick weiß jar nich, wovon du redest ...», keuchte Glosinski, der totenbleich im Korbsessel hockte. Eiskalt war ihm, und das lag nicht bloß an der niedrigen Temperatur in der Veranda.

«Du verstehst mich sehr gut!» Von wegen Trottel! Plampes Stimme klang ihm wie die Posaune des Jüngsten Gerichts ins Ohr. «Oder wissen die am Ende gar nicht, dass du es warst?»

Da war Glosinski schon aufgesprungen und packte den Alten am Hals. «Noch ein Wort, und ich drück zu!», zischte er.

Plampe schien es seltsamerweise nicht zu berühren. Seine Augen, ganz dicht vor denen Glosinskis, verrieten keine Angst. «Auf einen mehr oder weniger kommt's solchen wie dir ja nicht an ...», gurgelte er.

Glosinski fühlte sich trotz seiner körperlichen Überlegenheit hilflos. Was sollte er tun? Den Alten umbringen bedeutete glatten Selbstmord. Womit konnte er dem drohen, damit er das Maul hielt?

Oberhalb seiner Hüfte spürte er etwas Hartes, das gegen seinen Leib drückte. Er lockerte seinen Griff und guckte nach unten. Die kleine Pistole, die Plampe da gegen seinen Bauch richtete, war kaum zu erkennen. Der Alte musste sie aus der Kitteltasche gezogen haben.

Glosinskis Hände sanken herab. «Du wirst mich doch nicht erschießen!», sagte er rau und trat einen Schritt zurück.

Plampe hielt die niedliche Waffe weiter auf ihn gerichtet. «Kommt darauf an, wann deine Freunde hier anrücken», sagte er lauernd.

Glosinski schüttelte den Kopf. Vielleicht war es falsch, aber er sagte: «Keiner weiß, dass ich hier bin. Ehrenwort!»

Plampe, mit der Spielzeugpistole noch immer auf ihn zielend, verzog das Gesicht zu einer schiefen Grimasse. «Ehrenwort?»

Glosinski atmete schwer. Er ließ sich zurück in den knarrenden Korbsessel fallen und sagte: «Ich will dir reinen Wein einschenken, Plampe. Sie haben mich tatsächlich losgeschickt, einen Fälscher ausfindig zu machen. Falsche Fleischmarken und so was. Da habe ich mich an dich erinnert. Wenn du mich jetzt erschießt, kommen sie dir früher oder später auf die Schliche. Wo willst du mit der Leiche hin? Hier im Garten unterm Birnbaum verbuddeln?»

Das schiefe Grinsen war dem Alten noch nicht vergangen. «Wir haben eine schöne, tiefe Fäkaliengrube ...», sagte er ätzend und knirschte mit den falschen Zähnen.

«Na und wenn schon! Die finden mich! Und dann ist es aus mit dir. Und mit deiner Frau. Willst du das wirklich?»

Plampe machte eine unbestimmte Handbewegung, so dass die Pistole für einen Augenblick zur Decke schwenkte. Glosinski warf sich mit seinem ganzen Gewicht nach vorn und gegen den Alten, der prompt das Gleichgewicht verlor und zu Boden ging. Die Pistole rutschte über das abgeschabte Linoleum unter das wacklige Tischchen. Glosinski hob das putzige Ding auf. Es war kleiner als seine Handfläche. Irgendwas Ausländisches stand darauf. Er roch daran. Zweifellos hatte jemand damit geschossen.

In der Tür zur Küche stand Plampes Frau. «Was ist denn hier los?», fragte sie fassungslos.

Unauffällig ließ Glosinski die Pistole in der Manteltasche verschwinden und beugte sich über Plampe, um dem aufzuhelfen.

«Bin plötzlich hingefallen», brabbelte der Alte mit schmerzverzerrtem Gesicht, während er sich mit Glosinskis Hilfe mühsam aufrappelte.

«Keilt ihr euch etwa?»

«Quatsch!», stöhnte Plampe. «Bleib du man inne Küche, und mach die Düre fest zu!»

Die Frau jedoch öffnete nach einem scheelen Blick wortlos die Tür zum Garten und ging hinaus, ehe Glosinski sie daran hindern konnte.

Ächzend war Plampe in den Korbsessel gesunken. «So, nu kannste mich in Ruhe erschießen», sagte er. «Ist einfacher, als wenn wir erst auf deine Leute warten.»

Glosinski war ratlos. Allein der Gedanke, den alten Mann mit dieser Kinderpistole zu erschießen, war ihm widerwärtig. «Und dann? Was mache ich mit deiner Frau?», fragte er aufgebracht. Was war, wenn die jetzt Hilfe holte? «Alle ab in die Jauchegrube?», fauchte er Plampe an. «Glaubst du wirklich, das bringe ich fertig?»

Der sah ihn an und sagte stoisch: «Was bleibt dir denn anderes übrig?»

Ja, was blieb ihm anderes übrig? «Wir schließen ein Abkommen», schlug er vor.

Plampe guckte argwöhnisch, schien jedoch Mut zu schöpfen. «Verstehe. Eine Art Hitler-Stalin-Pakt», meinte er höhnisch. «Bleibt nur die Frage, wer wen zuerst bescheißt.»

«Hör mal, Plampe, ich meine es ernst», entgegnete Glosinski. «Wir haben beide was zu verbergen ...»

«Genau wie Hitler und Stalin.»

«Nun hör doch mal auf mit diesen Saftsäcken! Wir beide waren mal Vereinsbrüder. Nur daran sollten wir denken. Wir haben den Namen Prohabek beide nie gehört, und ich kenne keinen Plampe. Bin nie hier gewesen und weiß überhaupt von nichts. Ist das ein Angebot?»

Plampe saß regungslos und starrte ihn an.

Glosinski spürte seine trockene Kehle. «Hast du wenigstens einen Schnaps, damit wir einen darauf trinken können?»

Plampe rappelte sich auf. «Wenn die hier auftauchen ...», begann er.

Glosinski schnitt ihm das Wort ab. «... dann haben sie deinen Namen nicht von mir! Denkst du, ich bin lebensmüde? Sieh lieber zu, dass deine Bude sauber ist.»

«Da mach dir man keine Sorgen!» Plampe schlurfte zur Küchentür. Glosinski folgte ihm sicherheitshalber. Doch Plampe nahm nur eine Flasche aus dem Küchenschrank und dazu zwei Gläser.

Die Tür zur Stube stand offen. Ungefragt betrat Glosinki den niedrigen Raum, in dem ein eiserner Ofen wohlige Wärme verbreitete. Er wollte sich an den Tisch setzen, zögerte aber einen Moment. Vor dem großen Fenster, durch das man einen Blick in den hinteren Teil des Gartens hatte, standen ein weiterer, völlig leer geräumter Tisch und ein Stuhl mit einem Kissen. War das Plampes Arbeitsplatz?

Neugierig trat Glosinski näher, konnte im ersten Augenblick jedoch nichts Auffälliges entdecken. Nur ein rechteckiges Stück Papier lag auf dem Boden.

«Na, nu setz dich schon hin», forderte Plampe ihn auf. Er stellte die Gläser ab und goss ein.

Glosinski setzte sich und tat, als müsse er seinen Schuh zubinden. Dabei hob er ganz unauffällig das Papier auf. Ein Foto, das fühlte er, als er es in der Manteltasche verschwinden ließ, wo schon die Pistole steckte. «Also noch mal», sagte er, «damit wir uns richtig verstehen: kein Plampe und kein Prohabek – was immer auch kommt ...»

Plampe starrte ihn erwartungsvoll an, als fehle da noch was.

«Weiter nichts!», sagte Glosinski eindringlich. «Ich bleib noch 'n paar Minuten, bis es dunkel wird. Damit mich keiner sieht ...»

Er hob das Glas und streckte es in Plampes Richtung. Zögernd stieß der mit seinem Glas dagegen.

«Und wer sagt mir, dass du nicht ...», begann Plampe erneut.

«*Ich* sage das! Überleg doch mal selber! Du hast mit Prohabek den höheren Trumpf im Ärmel! Wer weiß denn noch davon?»

Um Plampes Mund spielte ein dünnes Lächeln. Er trank und sagte: «Mach dir man nich ins Hemde. Solange mir nischt passiert, bist du sicher ...»

Als Glosinski sich eine halbe Stunde später am Tor verabschiedete, forderte Plampe: «Gib mir die Pistole wieder.»

Glosinski schüttelte den Kopf. «Die nehme ich als Andenken mit. Wer weiß, wozu ich die noch mal brauche.»

Plampe sagte nichts, verschloss das Tor hinter ihm und verschwand in der Dämmerung.

Glosinski guckte erst auf dem S-Bahnhof nach dem Passfoto, das er eingesteckt hatte. Das Herz blieb ihm beinahe stehen, als er das Gesicht darauf erkannte. Ein Zweifel war trotz der schummrigen Beleuchtung kaum möglich. Hatte sich denn alles gegen ihn verschworen?

Es war die schwarzhaarige Schönheit mit dem blauen Mantel.

ACHTZEHN

HINTER GERHARD PIOSSEK lag ein mieses Wochenende. Und das keineswegs nur, weil die zerschmetterte Hand bei dem herbstlichen Nieselwetter besonders stark schmerzte. Zu Hause, im Schrippendunst der Wohnung seiner Eltern über der Bäckerei, fiel ihm beinahe die Decke auf den Kopf, und so war er am Sonnabend gleich vom Alex aus zum Zoo gefahren, um sich in einem der hundert Tanzlokale auf und um den Kurfürstendamm mal richtig zu amüsieren. Hängengeblieben war er schließlich in einem Schuppen namens Rialto, wo eine flott klingende Kapelle aufspielte. Außerdem saßen da ein paar Damen herum, die vielleicht keine Damen waren, obwohl sie so aussahen, und darauf kam es ihm an. Mit einer war er näher ins Gespräch gekommen, hatte sich nicht lumpen lassen bei der Zeche und etliche Male mit ihr getanzt. Zuerst korrekt und hoheitsvoll, wie er es einst in der Tanzschule gelernt hatte, heißer und inniger dann im weiteren Verlauf des Abends. Seine Tanzpartnerin, über die Backfischjahre ein wenig hinaus und dennoch voll jugendlichen Übermuts, gefiel ihm zunehmend.

Die heiße Musik entsprach ebenfalls seinem Geschmack. Selbst bei der Wehrmacht hatten sich immer ein paar Swingfreunde zusammengefunden, zu denen sich Piossek zählte. Insgeheim beneidete er den jungen Gitarristen auf dem Podium um dessen Virtuosität, die ihn ein bisschen melancholisch stimmte. Noch vor gut einem Jahr hatte er die Klampfe selber ganz leidlich beherrscht, wenn auch nicht mit der Professionalität eines Berufsmusikers. Dann war der Krieg ausgebrochen. Ihn hatte es gleich am zweiten Tag erwischt, ein Heimatschuss, wie die Kameraden im Lazarett lästerten. Für ihn bedeutete es das Ende aller Träume. Er war nun mal kein Adonis, und die Gitarre und das bisschen Singen dazu hatten seine Chancen bei der Damenwelt erheblich verbessert. Damit war nun Schluss. Für immer.

Plötzlich fühlte er sich mit seinen 28 Jahren wie ein alter Mann. Wie ein Krüppel auf jeden Fall, der er mit seiner zerschossenen Pfote nun einmal war. Das überraschende Angebot, zur Kriminalpolizei zu gehen, war ihm im ersten Augenblick wie ein goldener Anker erschienen, der bei näherer Betrachtung allerdings stark an Glanz verlor. Den ewig müden Vater mit den teigigen Händen vor Augen, hatte Piossek sich erfolgreich geweigert, Bäcker zu werden. Nunmehr, nach kaum einem Vierteljahr Dienst im Polizeipräsidium, erfüllte ihn die Vorstellung, seine Tage wie Kappe oder Kampmeyer in einem dieser muffigen Büros abzusitzen, mit Grauen.

Zu allem Überfluss nahm ihn sich Doktor Morack am Sonnabendvormittag ganz scheinheilig zur Brust. Anscheinend hatte sich Kappe bei dem über den schwerfälligen Lehrling beschwert. Oder war der Herr Standartenführer selbst daraufgekommen, dass Leistungen und Einsatzbereitschaft des Oberleutnants zu wünschen übrig ließen? Jedenfalls las der Chef Piossek in einer einstündigen Audienz ganz gewaltig die Leviten, so dass dem nichts anderes übrigblieb, als Reue zu zeigen und Besserung zu geloben.

«Pflicht ist Pflicht, mein Lieber!», hatte Morack gebellt. «Von Ihnen als Wehrmachtsoffizier und Parteigenosse erwarte ich einfach mehr als von irgendeinem beliebigen Polizeibürokraten! Sie sind jung, Ihnen stehen in diesem Hause oder auch an höherer Stelle alle Türen offen. Richten Sie sich danach!»

Na gut, ab Montag würde alles anders werden. Vielleicht musste er ja wirklich mal ein bisschen mehr Eifer zeigen und diesem trotteligen Kappe beweisen, was alleine schon rein intellektuell in ihm steckte.

Davor lag erst mal die Sonnabendnacht. Die Dame aus dem Rialto schien durchaus geneigt, sie mindestens bis in den Sonntagmorgen mit ihm gemeinsam zu verbringen, und ließ anklingen, dass sich ihre Wohnung in nicht allzu weiter Entfernung in Halensee befinde. Piossek, der ums Verrecken nicht zugegeben hätte, noch bei Mama und Papa zu wohnen und etwas von «weit draußen ansässig sein» murmelte, vernahm es mit Erleichterung. Bis Halensee hätte sich ein Taxi gefunden, aber selbst die verkehrten nur noch mit Sondergenehmigung. Mit seiner Kripo-Marke hätte er diese Bedingung erfüllt, damit aber unter Umständen der Dame einen Schock versetzt. Er hatte sich ihr als Wehrmachtsoffizier im Genesungsurlaub präsentiert.

Die Wohnung lag im Seitenflügel eines Hauses mit Blick auf die Ringbahn, die man nachts zwar nicht sah, wohl aber hörte. Das Ehebett im einzigen Zimmer hätte ihn stutzig machen müssen, nur war er nicht in der Stimmung, sich so nahe dem Ziel davon bremsen zu lassen, es offensichtlich mit einer verheirateten Frau zu tun zu haben. War vielleicht sogar besser so ...

Dass der dazugehörende Ehemann ausgerechnet in dieser Nacht reichbepackt auf Heimaturlaub aus dem besetzten Lüttich heimkehren würde, erwies sich als einigermaßen unangenehm. Piossek, kaum über die ersten Präliminarien eines ausgedehnten Liebesspiels hinausgelangt, fand gerade noch Zeit, mit Mühe wenigstens in die eigene Hose zu schlüpfen, als der Gehörnte mit Brachialgewalt in die Stube eindrang. Dessen verständlicher Zorn richtete sich glücklicherweise stärker gegen das ungetreue Weib als gegen den eher zufälligen Nebenbuhler, dessen eilige Flucht er nur durch einige ziellos geworfene Kleidungsstücke und Gegenstände behinderte, während er der Seinen unflätige Beschimpfungen an den Kopf warf.

Piossek kam sich ein bisschen schäbig vor, ihr nicht beizustehen, verzichtete aber angesichts der deutlichen körperlichen Überlegenheit des Heimkehrers und der eigenen schmerzenden Verwundung auf jede Hilfeleistung. Noch unten im Hof vernahm er die schallende Soldatenstimme und die schrillen Schreie der Frau, die das Heulen einer vorbeifahrenden S-Bahn übertönten.

Den restlichen Sonntag blieb Piossek zu Hause im Bett und redete sich seiner Mutter gegenüber mit starken Schmerzen in der Hand raus. Kurz vor halb zehn trieb dann der Fliegeralarm alle in den Keller, wo die Eltern zweieinhalb Stunden saßen, ohne dass ein Flugzeug am Himmel auftauchte. Piossek wusste es genau, verbrachte er doch die ganze Zeit zusammen mit dem Luftschutzwart in der Haustür stehend.

Es war, wie gesagt, kein besonders erfreuliches Wochenende für ihn.

Montag früh saß er seit zehn Minuten am Schreibtisch und studierte noch einmal die Akte Fanselow, als Kappe eintraf und mit leicht angewinkeltem Arm ein legeres «Hei'tler!» abließ.

«Heil Hitler!», grüßte Piossek stramm zurück. Er lächelte den Kommissar gewinnend an und sagte: «Ich kümmere mich dann heute um die Bahnhöfe und fahre raus nach Reinickendorf.»

«Tun Sie das ...» Kappe vertiefte sich in das Aussageprotokoll der Zeugin Tomalla, und Piossek dampfte ab, bevor Kappe ein Haar in der Suppe entdecken konnte.

Natürlich wäre es dem Oberleutnant lieber gewesen, sich eingehender um die hübsche Italienerin zu kümmern, aber wenn es denn sein musste, würde er auch im Fall des toten Buchhalters beweisen, was in ihm steckte.

Bezüglich der Ermittlungen auf den S-Bahnhöfen war er auf eine geradezu geniale Idee gekommen. Aus *Scherls Straßenführer* hatte er die Betriebs- und Verkehrsämter der Reichsbahn herausgesucht und kurzerhand das in der Invalidenstraße für zuständig befunden. Kraft seines gebieterischen Auftretens drang er erstaunlich rasch zu einem asthmatischen Beamten vor, der sich zwar als unzuständig für die Dienstpläne der Aufsichtsbeamten auf den Bahnhöfen im Nordbereich erklärte, sich jedoch stark genug einschüchtern ließ, ihm zu versprechen, bis zum nächsten Tag ebendiese Pläne samt kompletter Namensliste zu beschaffen.

Zufrieden mit diesem ersten Erfolg, stiefelte Piossek hinunter zum Nord-Süd-Bahnsteig des nahen Stettiner Bahnhofs und bestieg die S-Bahn in Richtung Velten. Die Deutschen Asbestwerke, ein kriegswichtiges Unternehmen von beachtlicher Ausdehnung, lagen direkt am Bahnhof Reinickendorf in der Graf-Roedern-Allee. Piossek hielt es für überflüssig, sich beim Pförtner nach dem Weg zur Verwaltung zu erkundigen. Den würde er schon finden, wenn er sich erst einmal ein bisschen umgeguckt hatte. Nur flüchtig wies er die Dienstmarke vor und sah gerade noch, wie der alte Mann erschrocken zum Telefonhörer griff.

Es wunderte Piossek deshalb nicht, dass man ihn erwartete, als er eine halbe Stunde später in das Vorzimmer des Betriebsführers vordrang. Hinter die Geheimnisse der Asbest-Herstellung war er in diesen dreißig Minuten nicht gelangt, und auch sonst war ihm außer Staub und Dreck nichts aufgefallen.

Der Betriebsführer, ein kurz und gedrungen geratener Endvierziger mit Halbglatze, Führerbärtchen und Parteiabzeichen am Revers des Nadelstreifenanzugs, gab sich ebenso straff militärisch wie sein Besucher, den er mit einigem Misstrauen beäugte.

Dessen Mitteilung, es ginge um den vermissten und inzwischen zweifelsfrei identifizierten Ewald Fanselow, beruhigte ihn sichtlich. «Unser langjähriger Lohnbuchhalter. Ein guter Mann auf seinem Posten! Stets einsatzbereit und zuverlässig. Tragisch, ein solcher Tod durch feindlichen Bombenterror!»

Piossek beließ es dabei, deutete nur an, dass man den Toten offensichtlich beraubt habe, was es aufzuklären gälte. Dazu müsse man sich auch über Fanselows Privatleben, etwaige Freund- oder Bekanntschaften informieren.

Womit der Betriebsführer nicht dienen konnte. «Bedaure außerordentlich. Habe den Mann noch aus der Systemzeit übernommen. Und natürlich überprüft. Bot keinerlei Anlass zu Misstrauen. War in keiner Partei oder Gewerkschaft und ist 1933 sofort in die Arbeitsfront eingetreten.»

«Was war dieser Fanselow für ein Mensch?»

Der Mann hinter dem gewaltigen Schreibtisch, der eine Nummer zu groß für ihn wirkte, sah Piossek an, als verstünde er nicht. «Ich bin hier als Betriebsführer eingesetzt», erklärte er markig. «Die Produktion hat zu laufen. Tag und Nacht. Industrie und Kriegsmarine sind auf unseren Asbest angewiesen. Da bleibt keine Zeit, sich um die privaten Belange oder gar um das Seelenleben jedes ... Lohnbuchhalters zu kümmern. Leuchtet Ihnen das ein? Versuchen Sie's mal unter der Gefolgschaft in seiner Abteilung. Dort hat man ihn vielleicht besser gekannt.»

Vierzig Minuten später wusste Piossek immerhin, dass Fanselow unter den Kolleginnen dieser Gefolgschaft – Männer waren in der Verwaltung kaum tätig – als ein etwas eigenbrötlerischer, betont höflicher und stets zuvorkommender Junggeselle gegolten hatte. Es schien, als habe er, auch was das elegante Äußere anging, auf reichlich großem Fuß gelebt. Angeblich eine Erbschaft, wie er mal habe durchblicken lassen, ohne dass jemand Genaueres wusste.

Mehr war nicht herauszufragen aus Fanselows Untergebenen, drei grauen Mäusen unterschiedlichen Alters, die sich gegenseitig mit Blicken belauerten und sich dabei sichtlich bemühten, dem Toten nichts Böses nachzusagen.

Sie einzeln zu vernehmen blieb ihm immer noch, dachte Piossek, während er sich vorzustellen versuchte, ob Fanselow mit einer der drei was gehabt haben könnte. Nicht sehr wahrscheinlich, entschied er.

Von etwaigen Freundschaften wussten die Frauen angeblich nichts. Da käme allenfalls der Udo Alisch in Frage, bei dessen Erwähnung Glanz in ihre Augen trat, ein junger Mann eben, frisch von der Handelshochschule in eine verantwortungsvolle Position berufen und leider inzwischen zur Wehrmacht eingezogen. Vielleicht wisse man ja in der Personalabteilung mehr über den oder über Fanselow.

Der Personalchef, ein ungesund wirkender Parteigenosse mit aufgeschwemmtem Leib, bläulicher Gesichtsfarbe und schwärzlichen Augenringen, griff während des Gesprächs zweimal zu seinem Pillenröhrchen und trank Wasser nach. Piosseks Besuch begrüßte er: «Wird Zeit, dass sich mal jemand um den Saustall hier kümmert!»

Piossek verzichtete auf die naheliegende Frage, ob er selbst nicht für ebendiesen Saustall zuständig sei.

Bei der Nennung des Namens Fanselow jedenfalls erlosch das Interesse des Mannes spürbar. «Ach der ...», brummte er nur. «Den hätte man gut mit Hafer ernähren können ...»

Piossek verstand nicht. Der Dicke ahmte ein hässliches Wiehern nach. «Der personifizierte Amtsschimmel! Ein richtiger Krümelkacker, wenn Sie mich fragen.» Erst jetzt schien ihm einzufallen, welches Ende Fanselow gefunden hatte und wer ihm da gegenübersaß. «Na ja, Buchhalter müssen wahrscheinlich so sein ...», murmelte er. «Er war jedenfalls überkorrekt. Und so ein bisschen weich ...» Er hob die schwammige Hand, wackelte mit den Fingern und griente. «Den hätte ich mal bei der Wehrmacht erleben wollen ...»

Und ich dich, dachte Piossek. Er sagte: «Apropos Wehrmacht, mir ist da ein Name genannt worden. Udo Alisch. War der eventuell näher mit Fanselow bekannt?»

Der Mann mit den schwarzen Augenringen kniff die Lider zusammen. «Das glaube ich nicht», sagte er missbilligend. «Mit unserem Alisch hatten wir viel vor. Hab mich sehr für seine uk-Stellung eingesetzt. Aber Sie wissen ja: Krieg ist Krieg ... Wer weiß, ob der wiederkommt ...» Er erschrak und ergänzte eilig: «So meine ich das nicht! Ob der zu uns zurückkommt, das ist die Frage. In dem steckt nämlich mehr. Hat die richtige Heldenfigur, einsdreiundachtzig groß, blond, blaue Augen, arischer Nachweis bis ins siebzehnte Jahrhundert – den holt sich irgendwann die SS.»

Mit einer Entschuldigung trat die Sekretärin ins Zimmer und flüsterte ihrem Chef etwas ins Ohr.

«Der Termin, richtig! Muss mich jetzt entschuldigen. Geht nämlich um Fremdarbeiter. Wir brauchen dringend Leute, denn was man uns hier so schickt ...» Er machte eine wegwerfende Handbewegung. «Ich dachte schon, Sie kämen deswegen. Der Kerl aus Plötzensee beispielsweise, den ich vorige Woche gemeldet habe, der ist noch nicht wiederaufgetaucht. Einfach verschwunden! Wie kann denn so was sein?» Er sah Piossek hilfesuchend an.

Der wechselte gerade einen Blick mit der jungen Frau, die ihn in angenehmer Weise an die Wochenend-Bekanntschaft aus der Rialto-Bar erinnerte. War doch schade, dass die Sache so gründlich schiefgegangen war!

«Fällt Ihnen noch irgendwas zu Fanselow ein, Fräulein Schröder?», fragte der Chef. «Suchen Sie dem Herrn Kommissar mal dessen Personalakte raus. Die kann er sich auch ohne meine Hilfe angucken.»

«Gerne.»

So kam es, dass Piossek ein weiteres Stündchen in angenehmer Gesellschaft im Vorzimmer des Personalchefs verbrachte, vorgeblich schwer beschäftigt mit dem Inhalt des dünnen Aktendeckels, den das nette Fräulein Schröder ihm herausgesucht hatte und in dem sich nichts Bemerkenswertes fand. Also trank er den trüben Bürokaffee, den sie ihm kredenzte, und plauderte mit ihr.

«Irgendwie war dieser Fanselow ein merkwürdiger Zeitgenosse», wusste Fräulein Schröder zu berichten. «So ein bisschen ...» Sie machte eine gezierte Handbewegung und lachte. «Er war nicht verheiratet, soviel ich weiß ...»

Diesmal verstand Piossek sofort. «Sie meinen ...», er suchte nach Worten und senkte die Stimme, «... ein 175er?»

«Ich will nichts gesagt haben!», widersprach sie sofort. «Das wird doch streng bestraft, nicht?»

«Er ist ja tot», beruhigte Piossek sie. «Aber interessant wäre es schon, das herauszufinden.»

«Na, dafür sind Sie ja Kriminalkommissar! Mir kam er jedenfalls immer so vor ...»

Bis zum Kommissar war es noch weit, wie Piossek wusste. Immerhin befand er sich auf dem besten Weg. Und er hatte nicht die

Absicht, die aufgeschlossene junge Dame mit den Feinheiten der Dienstrangordnung zu belästigen. Er fragte: «Haben Sie ihn mal mit anderen Männern zusammen gesehen?»

Sie schüttelte den Kopf. «Das eigentlich nicht ...» Und dann fiel ihr doch etwas ein. «Er stand mal im Hof und hat mit einem der Dienstverpflichteten gesprochen. Das fand ich eigenartig. Mit denen hatte er nun wirklich nichts zu tun.»

«Wissen Sie den Namen des Mannes?»

«Mann ist übertrieben. Das war nur so ein halbes Hemd. Sah aus wie ein Pimpf.» Sie lachte «Mit blonden Locken ...»

«Ach nee! Wo finde ich denn den?»

«Das hat der Chef Sie doch gerade gefragt. Der Betreffende ist schon seit über vierzehn Tagen nicht zur Arbeit erschienen. Vielleicht haben wir es ein bisschen spät gemeldet ...»

«Seit wann genau fehlt er denn?»

«Ich guck gleich mal nach. Die Akte liegt drinnen beim Chef.»

Piossek spürte ein Kribbeln bis in die Fingerspitzen der verwundeten Hand. Heute war sein Tag! Er würde es Kappe und Morack beweisen. Und sich, wenn er Glück hatte, mit Fräulein Schröder verabreden. Die war unverheiratet und trug nicht mal einen Verlobungsring. Und schien sehr aufgeschlossen ...

Der letzte Arbeitstag eines gewissen Erwin Kienitz, den sie ihm nannte, ließ Piossek innerlich aufjubeln. Am darauffolgenden Morgen war Fanselows Leiche in Moabit gefunden worden. Und niemand vor ihm war auf diesen Zusammenhang gestoßen!

Mit Eifer widmete er sich der Akte Kienitz. Die war noch dünner als die von Fanselow, aber sehr viel gehaltvoller.

«Das ist ein dicker Hund!», flüsterte Piossek. Ein mehrfach vorbestrafter Asozialer, der genau an dem Tag verschwand, an dem ein heimlicher Homosexueller ermordet und ausgeraubt worden war. Und die beiden hatten sich gekannt, waren vielleicht sogar ...

Fräulein Schröder hatte noch eine weitere Überraschung parat. «Vor ungefähr vier Wochen ist der Fanselow mal hier aufgetaucht und wollte Einblick in die Akten der Dienstverpflichteten nehmen», erinnerte sie sich. «Wegen der Steuergruppe, hat er gesagt. Ich habe ihm die Akten rausgesucht, obwohl der Chef nicht da war. Ist das schlimm?»

Piossek setzte sein bezauberndstes Lächeln auf. «Sie ahnen gar nicht, wie sehr Sie mir helfen», sagte er charmant. «Ich könnte Sie vor Freude küssen ...»

Fräulein Schröder errötete und tat ein bisschen gschamig. «Aber Herr Kommissar! Doch nicht mitten am Tage und hier im Büro ...»

NEUNZEHN

KAPPE ließ sich Zeit. Die Frau rannte ihm nicht weg. Mittags, wenn die Geschäfte zwischen eins und halb drei schlossen, musste eine Rentnerin und Hausfrau eigentlich zu Hause sein.

Zehn nach eins betrat er das Haus in der Marienburger Straße und stiefelte im Seitenflügel die vier Treppen hoch. Sollte ich jemals die Erinnerungen eines altgedienten Kriminalen schreiben, dachte er dabei, dann müssten sie so beginnen: *Merkwürdigerweise wohnen Zeugen und Verdächtige immer ganz oben ...*

Er bemühte sich, nicht unnötig zu poltern, und verschnaufte erst mal, als er oben angekommen war. Aus der Wohnung war Musik zu vernehmen. Frau Steguweit war also zu Hause. Dennoch dauerte es lange, bis sich hinter der Tür auf sein Klingeln hin etwas regte und das Radio ausgeschaltet wurde. Jemand spähte durch den Spion, Kappe setzte ein freundlich-neutrales Gesicht auf.

«Was ist denn?», fragte eine Frauenstimme.

Kappe trat dicht an die Tür heran. «Kriminalpolizei», sagte er halblaut. «Ich muss mit Ihnen sprechen, Frau Steguweit.»

Schlüssel klapperten, die Sperrkette rasselte. Im Halbdunkel des winzigen Korridors nahm Kappe eine sehr akkurat frisierte ältere Frau wahr, die ihm die Tür nicht direkt einladend öffnete, ihn jedoch ohne Umschweife hereinbat. In die Küche natürlich, wo sich in einer Berliner Familie ohnehin das Leben abspielte. Die Frau, mit einer blauen Kittelschürze bekleidet, war allerdings alleine.

«Sie haben mich erwartet?», fragte Kappe, nachdem er sich ausgewiesen und Frau Steguweit ihm einen Platz an ihrem wachstuchbedeckten Küchentisch angeboten hatte. Auf dem Wandbrett darüber thronte der schwarze Volksempfänger aus Bakelit. Auf dem Herd köchelte in einem kleinen Topf etwas Wohlriechendes.

Die Frau, sie mochte um die sechzig sein, sah Kappe mit einer Mischung von Ängstlichkeit und Courage an. «Wie kommen Sie denn darauf?», fragte sie ein wenig aufsässig.

«Sie erschrecken gar nicht, wenn die Kriminalpolizei bei Ihnen auftaucht ...», erläuterte Kappe gemütlich.

«Muss man das?»

Da legte sie den Finger in eine offene Wunde. «Natürlich nicht!», sagte Kappe mit einer Überzeugung, die er längst nicht mehr besaß. Bei den zahllosen Delikten und Denunziationen und den hohen Strafen hatten die meisten Leute heutzutage allen Grund zu erschrecken. Oder froh zu sein, dass es nur die Kripo und nicht die Gestapo war.

«Ich habe bloß ein paar einfache Fragen an Sie», begann Kappe und schlug sein Notizbuch auf. «Am besten setzen Sie sich auch hin.»

Das war ihr nicht recht, wie er spürte, doch sie folgte seinem Wunsch und blickte ihn erwartungsvoll an.

«Sie haben öfter mal Besuch von Verwandten, nicht wahr?»

Frau Steguweit schien das als Feststellung und nicht als Frage zu betrachten und schwieg.

Kappe gedachte, keine großen Umwege zu wählen. Er sagte: «Neulich war da mal Ihre Nichte mit im Luftschutzkeller ...»

Ihre Augen weiteten sich. «Schon möglich ...», gab sie zögernd zu.

«Könnten Sie mir bitte deren Personalien nennen?»

«Die Personalien?», fragte sie befremdet.

«Ja», bestätigte Kappe eine Spur ungehaltener. «Name, Geburtsdatum, Adresse ...»

Frau Steguweit tat, als würde sie nachdenken. «Das kann nur eine sehr weitläufige Verwandte gewesen sein, soweit ich mich überhaupt erinnere ...»

«Auf den Verwandtschaftsgrad kommt es nicht an. Eine junge Frau jedenfalls, dunkelhaarig, trug einen blauen Mantel ...»

Frau Steguweit nickte leicht mit ihrem gutfrisierten Kopf. «Ich erinnere mich dunkel ...», sagte sie. «Aber das war eigentlich gar keine Verwandte. Das habe ich nur so gesagt, weil der Glosinski danach gefragt hat. Das ist der Luftschutzwart. Der mischt sich nämlich in alles ein, was ihn gar nichts angeht. Erst vor ein paar Tagen hat in der Zeitung gestanden, es sei eine selbstverständliche Pflicht, bei Fliegeralarm schutzsuchende Fremde im eigenen Luftschutzraum aufzunehmen, soweit die verfügbaren Plätze das nur irgend zulassen. Und Platz war ja genug.»

Kappe kannte die diesbezügliche Bekanntmachung des Oberbefehlshabers der Luftwaffe, die sie beinahe wörtlich wiedergegeben hatte. Es klang, als hätte sie die auswendig gelernt, und das verstärkte sein Misstrauen.

«Na, nun mal langsam. An der Geschichte mit dem Luftschutzkeller zweifelt ja niemand. Ich möchte von Ihnen wissen, wer die Frau war.»

Hedwig Steguweit saß steif auf ihrem Küchenstuhl und blickte ihm offen in die Augen. «Das weiß ich nicht», sagte sie. «Und wenn Sie mich totschlagen.»

Kappe verzog das Gesicht. «Wir reden nicht von totschlagen, Frau Steguweit», sagte er ärgerlich. «Hier geht es lediglich um eine wahrheitsgemäße Zeugenaussage, zu der Sie verpflichtet sind. Wenn Sie mich belügen, kann das allerdings bestraft werden!»

Sein Ton schien sie ein wenig zu beeindrucken. Dennoch schüttelte sie den Kopf. «Ich weiß den Namen wirklich nicht. Und die Adresse schon gar nicht. Was ist denn mit der Frau? Ist sie eine Betrügerin?»

«Was mit der Frau ist, möchte ich gerne von Ihnen hören. Wo und wie haben Sie die kennengelernt?»

Hedwig Steguweit guckte ihn hilflos an. «Das überlege ich schon die ganze Zeit ...», sagte sie gedehnt. «Ich kann mich tatsächlich nicht darauf besinnen ...»

Kappe sah sie scharf an. Sie spielte ihm etwas vor, da war er sich sicher. Deshalb fuhr er sie barsch an: «Dann bleibt mir wohl nichts anderes übrig, als Sie mit zum Präsidium zu nehmen. Vielleicht fällt Ihnen dort bis morgen früh ein, um wen es sich bei der Dame handelt.»

«Bis morgen früh?» Jetzt war sie doch erschrocken.

«Ja.» Kappe tat, als wolle er sich erheben. «Wir haben da sehr nette Zellen, in denen es sich gut nachdenken lässt. Allerdings stellen die anderen Insassinnen nicht immer die angenehmste Gesellschaft dar ...»

Die Frau reagierte eher empört als verängstigt. «Sie wollen mich verhaften und mit Verbrechern zusammensperren, nur weil ich unter einem schlechten Gedächtnis leide, seit mein Mann tot ist und der Junge bei den Soldaten?» Ihre Stimme zitterte. Beinahe hätte Kappe Mitleid empfunden. Doch er ermittelte schließlich in einem Mordfall, und ihm fehlte es an Zeit und Geduld, sich auf irgendwelche Spielchen einzulassen.

«Nur vorläufig festnehmen», berichtigte er. «Also, was ist nun? Woher kennen Sie die Frau?»

«Sie hat gesagt, sie heißt Margot ...», flüsterte Frau Steguweit mit weit aufgerissenen Augen.

«Und weiter?»

Sie hob die schmalen Schultern. «Das weiß ich wirklich nicht ...»

Kappe atmete tief. Er blätterte in seinem Notizbuch, zog ein postkartengroßes Foto der S-Bahn-Toten hervor und schob es ihr über den Tisch zu. «Ist sie das?»

Unwillkürlich entfuhr der Frau ein Schreckenslaut. Kappe registrierte es mit Befriedigung. Er befand sich auf dem richtigen Weg, das war mal sicher.

«Sie sieht ja aus wie tot ...» Es klang wie ein Aufschrei.

«Richtig. Deswegen bin ich hier. Fällt Ihnen jetzt der Name ein?»

Die Frau starrte auf das Foto. Um ihren Mund zuckte es verräterisch. Kappe sah, dass sie nicht in der Lage war, sofort zu antworten. Eher würde sie im nächsten Augenblick zu schluchzen beginnen. «Sie ist ... tot ...», murmelte sie nach einer langen Pause.

«Ja, sie ist tot. Und Sie werden mir jetzt sagen, um wen es sich handelt. Das ist nämlich unser Problem. Sie trug keinerlei Papiere bei sich.»

Die Frau hob beide Handflächen vor die Augen und stützte die Ellenbogen auf den Tisch. So saß sie minutenlang und sagte kein Wort.

Kappe ließ ihr Zeit, obwohl die Gefahr bestand, dass sie die nur nutzte, um sich eine neue Geschichte auszudenken.

«Ich hab sie auf der Straße getroffen ...», begann sie endlich. «Sie hat mich angesprochen. Das heißt, sie hat mir geholfen, die Kartoffeln raufzutragen ... Und dann hat sie mir erzählt, dass sie ausgebombt worden ist. Oder vielmehr ihre Eltern. Als sie nach Hause gekommen ist, stand das Haus nicht mehr. Und die Eltern liegen wahrscheinlich unter den Trümmern ...

«Wo soll das gewesen sein? Hier in Berlin?»

Frau Steguweit blickte ihn an. In ihren Augen war kein Arg, aber Kappe blieb skeptisch. «In Hamburg», sagte sie rasch. «Da waren schwere Angriffe. Es stand sogar in der *Morgenpost*.»

Da also hatte sie es gelesen. Soweit sich Kappe erinnerte, waren die Angriffe auf Hamburg erst in den letzten Oktobertagen gemeldet worden, einige Tage nach dem Tod der Frau also. Allerdings war Hamburg vorher bereits mehrfach bombardiert worden. Einzelheiten darüber zu erfahren würde auch für ihn schwierig sein.

«Was für einen Dialekt sprach sie denn?», fragte er.

Wieder zögerte sie lange, als müsse sie überlegen. «Eher so etwas auswärtig ...» Ihr fiel etwas ein. «Sie hat gesagt, ihr Vater wäre Italiener ... gewesen. Sie sah ja auch ein bisschen so aus ...»

Kappe nickte. Er glaubte ihr nicht, obwohl die Halbitalienerin zur Aussage der Tomalla passte. Hedwig Steguweit war einfach nicht die Frau, jemand Wildfremdes – und noch dazu eine halbe

Ausländerin – mir nichts, dir nichts in ihrer Wohnung aufzunehmen, die nur aus Stube und Küche bestand.

«Sie war einfach nett und hilflos, und sie tat mir so leid ...»

«Das können Sie einem erzählen, der keine Krempe am Hut hat», knurrte Kappe entnervt. Er wusste, dass es ein sinnloser Versuch bleiben würde, die Frau, die sich in einem Kokon von Lügen eingesponnen hatte, mit logischen Argumenten zur Räson zu bringen. Und so war es auch. Wonach er auch fragte, Hedwig Steguweit war zu keiner erschöpfenden Auskunft zu bewegen. Die Frau hätte sie vom Einkauf nach oben begleitet, man sei ins Plaudern geraten, bis dann die Sirenen losheulten und der Luftschutzwart sie ermahnt hätte, endlich in den Keller zu gehen.

«Dort haben sie die junge Frau eindeutig als Ihre Nichte aus Oranienburg vorgestellt.»

Das gab sie zu. «Das habe ich nur gesagt, um diesen lästigen Menschen zu beruhigen. Ich habe gar keine Nichte. Schon gar nicht in Oranienburg.»

«Wer ist denn der junge Mann mit der Gitarre, der so oft zu Ihnen kommt?»

Sie schluckte. Die Frage war ihr mindestens so unangenehm wie die nach der falschen Nichte. Mit belegter Stimme sagte sie: «Das ist mein Neffe. Der holt mir die Feuerung aus dem Keller und kümmert sich auch sonst ein bisschen um mich.»

«Und ab und zu spielt er Ihnen was auf der Gitarre vor ...»

Sie sah ihn verwundert an. «Ja, das hat er öfter mal gemacht ...»

«Wozu sollte er sonst das Instrument rumschleppen?»

«Na hören Sie mal! Er ist schließlich Musiker ...» Sie verstummte, als hätte sie zu viel gesagt.

«Wo spielt er denn?»

Auch das wusste sie angeblich nicht. «In meinem Alter geht man nicht mehr in Tanzlokale», war alles, was Kappe erfuhr. Die Adresse des musikalischen Neffen namens Peter Zobel konnte sie ihm allerdings nicht vorenthalten. Auch dass der noch im Haus-halt des Vaters lebte, ihres Bruders nämlich, teilte sie nur widerstrebend mit.

«Lietzenburger Straße?», fragte Kappe. «Ihr Bruder hat gewiss Telefon?»

Sie nickte. Nur die Nummer habe sie im Augenblick verlegt ...

Kappe winkte ab. Das Verhalten der Frau signalisierte ihm deutlich genug, dass mit dem Neffen etwas nicht stimmte. 22 Jahre alt und nicht bei der Wehrmacht!

Zum ersten Mal gab sie freiwillig eine Auskunft: «Meine Schwägerin ist nicht arisch ...»

Auch das noch!, dachte Kappe. Auf die naheliegende Frage, ob etwa auch die bewusste Margot Jüdin gewesen sei, verzichtete er und sagte stattdessen: «Ich würde mich gerne mal in Ihrer Wohnung umgucken. Oder ist es Ihnen lieber, ich komme mit einem Kollegen und einem Haussuchungsbefehl wieder?»

Sie stand auf. «Ich habe nichts zu verbergen!», sagte sie. Es klang erleichtert.

Was sollte sie auch in den beiden Räumen verbergen? Kappe warf einen Blick in den Wandschrank, der ihm aufgefallen war. Da lagen Bücher, ein Rucksack und ein Persilkarton in einem bunten Durcheinander, das in einem gewissen Widerspruch zur sonstigen Ordnung in der Küche stand. «Das sind die Sachen meines Jungen», erklärte Hedwig Steguweit kategorisch. «Er hat es nicht gerne, wenn da jemand rangeht ...»

Die mustergültig aufgeräumte Stube konnte als Stolz jeder deutschen Hausfrau gelten. Zwischen dem sorgfältig abgedeckten Doppelbett, einem mächtigen Kleiderschrank, der Waschkommode mit hohem Spiegelaufsatz, einem Vertiko und einem runden Tisch mit drei Stühlen blieb kaum Platz, sich zu einem der beiden Fenster durchzuschlängeln. Auf dem halbhohen Vertiko stand der einzige Gegenstand, der nicht hierher passte und allein schon deshalb Kappes Aufmerksamkeit erregte: ein moderner und gewiss recht teurer Radio-Super.

Kappe staunte. «Sie haben zwei Radioapparate?»

Frau Steguweit suchte nach Worten. «Der hier gehört eigentlich ... meinem Neffen ...», stotterte sie. «Hat er sozusagen nur bei mir untergestellt ... Und wenn mein Sohn mal auf Urlaub kommt ...» Sie sah zu Kappe auf. «Für mich schalte ich nur die ... den Volksempfänger ein. Wirklich!»

Das Wort Goebbelsschnauze hatte sie sich gerade noch verkniffen. Ausnahmsweise glaubte Kappe ihr diesmal. Bei der nächsten Antwort war er weniger sicher. Er fragte: «Wo hat denn die junge Frau geschlafen?»

Hedwig Steguweit errötete ein zweites Mal, als sie sagte: «Na, da neben mir ... Nur die eine Nacht! Ich konnte sie doch nach dem Alarm nicht einfach auf die Straße schicken ...»

In dem ebenso düsteren wie winzigen Korridor reichte er ihr ein Kärtchen. «Dort melden Sie sich morgen um elf», sagte er. «Dann setzen wir ein Protokoll auf, das Sie unterzeichnen werden. Bis dahin sprechen Sie mit keiner Menschenseele über die Angelegenheit. Haben wir uns verstanden?» Er hob die Stimme. «Auch nicht am Telefon!»

Ob die Ermahnung was nützte? Er wollte diesen Gitarristen vernehmen, ohne dass die liebe Tante ihn vorher informierte.

Als er die Wohnungstür öffnete, versuchte er es ein letztes Mal. «Wollen Sie mir nicht doch lieber sagen, wer diese Margot wirklich war?»

Hedwig Steguweit schwieg störrisch.

Sie wirkte sichtlich erleichtert, als sie die Tür hinter ihm schloss.

ZWANZIG

DER ANFANG VOM ENDE kam plötzlich und unerwartet, wie es in Todesanzeigen hieß. Eben hatte Locke sich noch bequem auf dem Bett geräkelt und lüstern die farbigen Fotos betrachtet, die an Deutlichkeit nichts zu wünschen übrigließen. Das Buch hatte er tief im Schrank verborgen gefunden, als er dort Ewalds Kohle verkutet hatte. *Von Leibeszucht und Leibesschönheit.* Lauter blonde Schönheiten, und alle splitterfasernackt. Erstaunlich, dass so ein Buch nicht verboten war!

Er stand in aller Seelenruhe auf, wusch sich flüchtig und brühte in der Küche ein Kännchen echten Bohnenkaffee auf. Mit dem Kaffee hatte er sogar seine Wirtin überrascht. Auf dem Schwarzmarkt war eben nicht nur Anzugstoff leicht aufzutreiben. Locke war selbst ins Staunen geraten, was so alles angeboten wurde.

Da saß er nun in Hemd und Hosenträgern vor seinem gut gebutterten Marmeladenbrot und blätterte in Frau Papendieks *Morgenpost*, als es an der Tür klingelte. Im Radio dudelte Pinkelmusik. Wer an der Tür lauschte, hörte also, dass einer zu Hause war. Locke war eigentlich nicht willens zu öffnen. Andererseits brauchte er sich nicht zu verstecken. Frau Papendiek war seine Zeugin, dass er sich auch heute wieder zur Spätschicht auf den Weg machen würde. Vorher wollte er noch mit dem Stoff zu dem Schneider, den sie ihm empfohlen hatte.

Es klingelte ein zweites Mal. Seufzend erhob er sich. Vielleicht die Post, die irgendwas nicht durch den Briefschlitz kriegte? Oder hatte die Papendiek vielleicht ihre Schlüssel vergessen? Locke schlurfte in den langen Flur und rief: «Komm ja schon!» Ihm fiel ein, dass ein Blick durch den Spion das Mindeste war, was es für ihn an Vorsicht aufzubringen galt. Dazu war es jetzt reichlich spät, und außerdem war das Guckloch von draußen verklebt, wie es schien, denn er starrte nur gegen eine dunkle Fläche.

Das flaue Gefühl im Magen, das ihn überkam, kannte er. Da war was faul. «Worum geht's denn?», erkundigte er sich schroff.

Statt einer Antwort vernahm er das erschreckende Geräusch des Schlüssels, und die Tür öffnete sich. «Frau Papendiek», wollte er sagen, doch der schrankbreite Kerl, der da vor ihm aufragte und sofort die Pranke nach ihm ausstreckte, besaß keinerlei Ähnlichkeit mit der Wirtin.

Unter der Pfote wegzutauchen und wie der Blitz den Flur entlang in sein Zimmer zu sprinten war die Sache eines Augenblicks. Die Tür zu verriegeln schaffte Locke nicht mehr, da warf sich der Kerl schon dagegen und hatte ihn am Kragen – wenn das Hemd einen gehabt hätte. Die waren zu zweit, wie sich herausstellte, und sie brauchten ihre Hundemarken gar nicht vorzuzeigen. Locke wusste auch so, mit wem er es zu tun hatte. Vielmehr: Wer es mit ihm zu tun hatte. Der ältere der beiden wirkte durch seine bloße Masse bedrohlich, der andere war ein drahtiger Geselle um die dreißig mit einem Bulldoggengesicht. Es hätte Locke nicht gewundert, wenn der statt Kriminalpolizei Gestapo gesagt hätte.

«Na, wen haben wir denn da?», lärmte der Alte, unter dessen eisernem Griff sich Locke krümmte. «So schreckhaft schon am späten Morgen?»

«Was wollen Sie von mir?», ächzte Locke. «Ich bin ein ehrlicher deutscher Arbeiter ...»

«Halt's Maul!», unterbrach ihn die Bulldogge grob. «Papiere!»

Der Alte lockerte seinen Griff immerhin so weit, dass Locke an sein Jackett herankam, das auf dem Bügel an der Tür hing. Mein Gott, wenn da wenigstens die Pistole in der Tasche gesteckt hätte!

Er förderte das Arbeitsbuch zutage und dazu die Wunderwaffe, den *Ausschließungsschein aus dem Wehrpflichtverhältnis*. Name und

Geburtsdatum stimmten in beiden Dokumenten überein. Er hatte lange genug trainiert, beide Angaben fehlerlos herzubeten.

Der Alte beguckte die Papiere, hielt die gestempelte Seite des Arbeitsbuchs gegen das Licht und zuckte mit den Achseln.

«Gegen mich liegt nichts vor!», sagte Locke mit Nachdruck. «Ich muss gleich los zur Schicht ...»

Innerlich verfluchte er seine voreilige Dämlichkeit. Weshalb hatte er denen nicht in aller Seelenruhe die Tür geöffnet, die Papiere vorgewiesen – und fertig? Durch seinen albernen Fluchtversuch waren die erst misstrauisch geworden.

«Das wird sich alles zeigen ...», brummelte der Alte, während der andere überall im Zimmer rumschnüffelte. «Jetzt kommen Sie erst mal mit aufs Revier.»

«Warum denn das? Ich muss zur Schicht ...»

«Ja, ja, wir sind nicht schwerhörig.» Das war der Jüngere. Gefunden hatte er nichts. «Anziehen, aber 'n bisschen dalli bitte!»

Locke streifte sein zweites Hemd über. «Was liegt denn gegen mich vor?», fragte er höflich.

«Verstoß gegen die Meldeordnung auf jeden Fall. Wo ist Ihre Kennkarte?»

«Die ... die muss im Betrieb liegen ...» Etwas Besseres fiel ihm nicht ein. «Von wegen Betriebsausweis und so ...»

Er wusste, dass alle Ausreden keinen Sinn hatten, wenn die erst anfingen, ihn zu überprüfen. Immerhin klang Revier eine Nummer kleiner als Alex. Vielleicht ließen die sich doch bequatschen. «Ich bin noch nicht dazu gekommen, mich umzumelden», sagte er unterwürfig, während er das enge Jackett überzog und nach dem Staubmantel griff. «Wohn ja erst seit ein paar Tagen hier ...»

«Und schon liegt die erste Anzeige vor», polterte der Alte. «Na los, ab geht die Post!»

Sie versiegelten das Zimmer. «Haussuchung holen wir nach, wenn notwendig.»

Bis zum Polizeirevier 14 waren es nur ein paar hundert Schritte die Brunnenstraße runter. Unterwegs erfuhr Locke beiläufig, eine Frau habe ihn angezeigt. «Haste wohl 'ne Braut schwer enttäuscht», vermutete die Bulldogge feixend.

In Locke stieg Wut auf. Das konnte nur das Ekelpaket aus dem Luftschutzkeller gewesen sein, die ihn angeschwärzt hatte. Gleichzeitig spürte er so etwas wie Erleichterung. Wenn es sich lediglich um die Meldegeschichte drehte, kam er vielleicht mit einem blauen Auge davon.

Der Anruf des Alten bei der Firma in der Köpenicker Straße machte alle Hoffnungen zunichte. «Bei der Firma haben die noch nie was von dir gehört ...»

«Das muss ein Irrtum sein ...»

«Und Schicht arbeiten sie auch nicht. Sind bloß zwölf Leute in der Bude.» Der Alte kam hinter seinem Schreibtisch hervor und baute sich dicht vor Locke auf, der wie ein Häufchen Unglück auf dem Stuhl hockte. «Tja, mein Lieber, *mit des Geschickes Mächten / ist kein ew'ger Bund zu flechten*», zitierte er. «Woll'n wir doch mal sehen, was uns da für 'n Vogel ins Netz gegangen ist! Oder packste lieber gleich aus?»

Das tat Locke nicht. Man gibt höchstens so viel zu, wie sie einem tatsächlich nachweisen können, lautete das eherne Gesetz. Nach drei Stunden, die er in der engen Revierzelle zusammen mit einem Taschendieb und einem finster schweigenden Ausländer verbrachte, fuhr man sie alle drei in einem klapprigen Opel Blitz zum Alex.

Als er dort auf dem vertrauten Stuhl saß und fotografiert wurde und sie ihm die Fingerabdrücke abnahmen, wusste er, dass es unaufhaltsam auf das Ende zuging.

EINUNDZWANZIG

PIOSSEK vermochte sein Glück kaum zu fassen. Für Mittwochabend war er mit Fräulein Schröder verabredet. Und in Moabit, wohin er von Reinickendorf mit der 15 gefahren war, wartete die nächste freudige Überraschung auf ihn. Rein äußerlich sah man dem Bau in der Calvinstraße kaum noch etwas von dem Brandschaden an, im Treppenhaus waren die Spuren des Löschwassers weitgehend getilgt.

Fanselows Wohnungstür, an deren Rahmen noch die Reste des amtlichen Siegels klebten, wurde auf sein Klingeln hin von einer rüstigen Vollschlanken geöffnet, aus deren grell geschminktem Mund sich sofort ein nicht enden wollender Wortschwall ergoss, der einen leichten Fuselgeruch indes nicht gänzlich überdeckte: Fanselows Reinemachefrau aus dem Hinterhaus, wie sich herausstellte, nachdem Piossek sich ausgewiesen hatte.

«Die Wohnung ist mir behördlicherseits zugesprochen worden!», betonte sie ein ums andere Mal, woran Piossek gar nicht zweifelte. Selbst die Frage nach dem erbrochenen Siegel unterdrückte er klug, um die Frau nicht zu verärgern. Die gebärdete sich aufgeregt genug und beruhigte sich erst allmählich, als sie merkte, dass der nette Kriminalbeamte weit eher an dem verstorbenen Ewald Fanselow als an ihr oder der Wohnungsangelegenheit interessiert war.

Was für ein Mensch der unter so schrecklichen Umständen Verblichene gewesen sei? Ein komischer eben, wie alleinstehende Herren es so zu sein pflegen. Immer freundlich und korrekt. Sehr eigen. Und sehr eigenwillig. Solange die Mutter noch lebte, hätte nie ein Fremder die Wohnung betreten, aber einige Monate nach deren Tod hätte sie dem Herrn Fanselow ihre uneigennützige Hilfe angetragen, die der zuerst ein wenig widerstrebend, mit der Zeit aber voller Dankbarkeit in Anspruch genommen habe.

Ob in der Wohnung etwas fehlte, konnte sie nicht sagen. «Ich habe nie in seinen Schränken gekramt», behauptete sie, obwohl Piossek sie gerade bei dieser Tätigkeit überrascht hatte. «Na ja, jetzt muss ich ja alles ausräumen, da ist das was anderes ...»

Etwas Auffälliges habe sie nicht gefunden, Schmuck oder Geld schon gar nicht. Nicht einmal ein Sparbuch, und das sei doch verwunderlich, nicht wahr? Denn Geld habe Fanselow immer gehabt, da war sie ganz sicher. Aber dann diese schrecklichen Brandbomben, und all die fremden Menschen im Haus und natürlich auch in dieser Wohnung ...

Ein paar Tage hatte sie wirklich genug mit sich selbst und ihren wenigen verbliebenen Habseligkeiten zu tun gehabt, bevor sie sich dann um die Wohnung bemüht habe. Die bot sich ja nach ihrem Fliegerschaden und Fanselows überraschendem Tod sozusagen an, das habe auch der Blockwart eingesehen und sich für sie eingesetzt.

Piossek fiel es schwer, ihren ausufernden Redestrom auch nur zu unterbrechen, geschweige denn aufzuhalten. «Der Herr Fanselow ...», begann er immer wieder, doch sie kam vom Hundertsten ins Tausendste, bis er sich endlich besann und ihr ein wenig unwirsch in die Parade fuhr: «Der feine Mensch, von dem sie da ständig sprechen – hatte der gar keine Fehler?»

«Gottchen, Fehler ...» Sie wandte die Augen himmelwärts, dass nur das Weiße sichtbar blieb. «Haben wir nicht alle welche? Vom Führer vielleicht mal abgesehen ...»

Piossek überhörte die nahezu blasphemische Bemerkung aus dem Munde einer solchen Person. «Hat er getrunken? Sich in schlechter Gesellschaft herumgetrieben? Welche Art von Umgang hatte er überhaupt? Freunde, Freundinnen? Na, und so weiter ...»

«Freundinnen?» Sie lächelte breiter noch, als ihr Mund war,

was sie nicht unbedingt verschönte. «Doch nicht der Herr Fanselow! Das war ein eingefleischter Junggeselle, wie er im Buche steht. Wenn nicht sogar ...» Sie schwieg vielsagend, aber auch ein wenig erschrocken, als hätte sie zu viel geäußert.

«Wenn was nicht?», bohrte Piossek.

«Na, hören Sie mal, so was sagt man keinem gerne nach. Schon gar nicht, wenn er tot ist ...»

«Sie meinen, er hatte nichts für Frauen übrig?»

«Das nun auch wieder nicht. Er war immer sehr aufmerksam und charmant ... Und seine Mutter, die hat er geradezu vergöttert!»

«Haben ihn öfter mal Männer besucht?»

«Na, Sie können Fragen stellen! Ich wohne im Hinterhaus. Das heißt, da habe ich gewohnt, bis ...»

Piossek hob ablehnend die Hand. «Aber Sie haben hier saubergemacht. Da ist Ihnen sicher das eine oder andere aufgefallen.»

«Nun ja ...» Sie wand sich. «Ein bisschen seltsam war es schon ... Ich glaube, er hatte manchmal Besuch ...»

«Der über Nacht blieb?»

«Das weiß ich nicht!», sagte sie beinahe entrüstet und fügte etwas kleinlauter hinzu: «Jedenfalls nicht sicher ...»

«Haben Sie mal einen von seinen Bekannten gesehen?» An ihrem Schweigen erkannte er, dass es nur noch eines kleinen Anstoßes bedurfte. «Nun reden Sie schon! Oder wollen Sie morgen extra ins Präsidium kommen? Der Kommissar ist wahrscheinlich nicht ganz so rücksichtsvoll mit seinen Fragen.»

«Einmal hat jemand was im Schlafzimmer liegengelassen ...», druckste sie verschämt. «Das war dem Herrn Fanselow sehr peinlich ...»

«Was war es denn?»

Sie machte eine abwertende Handbewegung. «Nur ein Wäschestück. Aber wenn Sie so fragen, fällt mir der junge Mann ein, über den ich mich zweimal gewundert habe. Der war auf jeden Fall fremd hier im Haus, und als ich Herrn Fanselow nach dem gefragt habe, da ist der richtig ärgerlich geworden ...»

«Das erzählen Sie mal bitte ein bisschen genauer!»

Sie erzählte es ausführlicher. Ob genauer, wagte Piossek zu bezweifeln. Ein junger Mensch, fast noch ein Junge, blond gelockt und schlecht gekleidet, der sich auf der Treppe im Vorderhaus an ihr vorbeigedrückt hatte und der ihr eines späten Vormittags ein zweites Mal aufgefallen war, wie er das Haus verließ, als sie gerade vom Einkauf zurückkam.

Piossek fühlte sich wie Sherlock Holmes persönlich. Es war eigentlich erstaunlich einfach, die richtigen Fragen zu stellen und daraus die passenden Schlüsse zu ziehen. «Vormittags? An einem Werktag? Hat der Herr Fanselow an dem Tag nicht gearbeitet?»

«Das ist es ja ...», sagte die Frau nachdenklich. «Danach habe ich den Fanselow gar nicht mehr gesehen ...»

Einigermaßen beschwingt kehrte Piossek ins Präsidium zurück. Kappe würde staunen, was er alles herausgefunden hatte. Und gänzlich ohne fremde Hilfe!

Leider war Kappe nicht in seinem Büro, und Dr. Morack mit seinen Erkenntnissen zu belästigen, ohne den Kommissar vorher zu informieren, schien Piossek denn doch zu kühn. Er setzte sich an den Schreibtisch und begann, seine Feststellungen zu notieren. So ganz hatte er sich noch nicht daran gewöhnt, mit der Linken zu schreiben. Bei den Personalien des verdächtigen Kienitz angelangt, kam ihm eine Idee. Den an seiner letzten Wohnanschrift in der Oppelner Straße zu suchen war vermutlich hoffnungslos. Blieb die Fahndung! Einen flüchtigen Dienstverpflichteten hatten die auf jeden Fall zu suchen, dazu brauchte er nicht erst Kappes Genehmigung.

Wo die Kollegen saßen, wusste er. Mit Kampmeyer war er schon mal dort gewesen. Er machte sich auf den Weg durch die langen Gänge, verlief sich zweimal, fand aber schließlich das richtige Zimmer.

Der vertrocknete alte Herr, der ihn dort empfing, hörte sich an, was Piossek zu sagen hatte, und wies auf einen Aktenschrank, in dem ein Fach mit Hunderten Karteikarten offen stand. «Alles

Dienstverpflichtete», sagte er lustlos. «Haben Sie 'ne Ahnung, wie viele davon abgängig sind?»

«Es handelt sich um einen Mordfall», entgegnete Piossek scharf. Das hatte er von Kappe gelernt.

Den lethargischen Alten brachte es nicht aus der Ruhe. «Na ja, lass mal hier», sagte er. «Wollen mal sehen, was wir für die M tun können.»

Das klang nicht gerade vielversprechend und dämpfte Piosseks frisch entfachten Eifer ein wenig. Mal fand eben auch die längste Glückssträhne ihr Ende.

Eine Stunde später saß er immer noch an seinem Bericht, und Kappe war noch immer außer Haus. Piossek meldete sich vorschriftsmäßig, als das Telefon läutete. Eine müde Stimme verkündete: «Da habt ihr aber Glück gehabt. Wir haben ihn!»

Piossek verstand nicht. «Wen habt ihr?»

«Na, den Dienstverpflichteten, den ihr sucht. Erwin Kienitz. Die neue Karte ist gerade eben erst rein. Das ist er hundertprozentig. Die Fingerabdrücke stimmen vollkommen überein.»

Das gibt es doch gar nicht!, dachte Piossek, besann sich jedoch und fragte: «Und wo ist der Mann jetzt?»

«Wahrscheinlich noch in der Aufnahme. Darum müsst ihr euch schon selber kümmern.»

Der hatte gut reden. Nachdem Piossek mit einiger Mühe herausgefunden hatte, wo der vorläufig Festgenommene steckte, verweigerte man ihm dessen sofortige Überstellung zwecks Vernehmung. Vom vorgeschriebenen Formblatt war die Rede und der notwendigen Unterschrift des Dezernatsleiters. Piossek kochte innerlich vor Ungeduld, doch es half nichts. Er hatte keine andere Wahl, als auf Kappes baldige Rückkehr zu hoffen.

ZWEIUNDZWANZIG

ES WAR DER SCHWÄRZESTE TAG in Peter Zobels Leben seit dem Herbst 1938. Nein, noch viel schwärzer als jene Wochen, in denen Margot und seine eigene Mutter zu Unpersonen geworden waren. Die Ungewissheit, was inzwischen mit Margot geschehen sein mochte, nagte Tag und Nacht an ihm. Immer wieder versuchte er sich vorzustellen, was sie veranlasst haben konnte, das verhältnismäßig sichere Quartier bei Hedwig einfach aufzugeben und spurlos zu verschwinden. Ohne ihm eine Nachricht zu hinterlassen. Das war es, was ihn am tiefsten traf. Er hatte ihr blind vertraut, und er hatte fest angenommen, auch ihr absolutes Vertrauen zu genießen. Wer sonst, wenn nicht er? War sie nicht von allen Verbindungen abgeschnitten gewesen und ganz alleine auf ihn angewiesen?

Er konnte mit niemandem über Margots Verschwinden sprechen. Mit Hedwig hatte er vereinbart, dass sie anrufen würde, sobald sie irgendetwas erfuhr.

Und dann hatte Lora ihn am Sonntagabend zur Seite genommen und durchblicken lassen, es gäbe bei der geplanten Aktion Schwierigkeiten. Für den Augenblick sei die Verbindung unterbrochen.

«Margot ist verschwunden», hatte er zurückgeflüstert, worauf Lora ihn lange angesehen hatte.

«Auf manchen S-Bahnhöfen soll ein Fahndungsaufruf hängen. Eine junge Frau in einem blauen Mantel. Die Beschreibung würde auf Margot passen ...»

Vor Peter tat sich ein Abgrund auf. «Auf welchen Bahnhöfen?»

«Keine Ahnung. Meine Schwester hat es beiläufig erwähnt. Sie steigt gewöhnlich am Gesundbrunnen um.»

Deshalb hatte Peter beschlossen, heute zum Gesundbrunnen zu fahren und sich dort umzugucken. Eine junge Frau in einem blauen Mantel! Er wagte sich nicht vorzustellen, was sonst noch in dem Aufruf stand.

Er saß noch beim Frühstück, als die Mutter die Post hereinbrachte. «Na, der sieht ja aus!», sagte sie und legte einen mit braunen Klebestreifen versehenen Brief auf den Tisch. «Für dich ...»

Peter griff nach dem Kuvert oder dem, was davon übrig geblieben war. Der rechte Rand mit der Briefmarke fehlte gänzlich, der Rest sah aus, als hätte ihn jemand aus einem lodernden Feuer gezogen und anschließend mit schmutzigem Wasser begossen. Den kaum lesbaren Namen und die Anschrift hatte die Post ergänzt, das Ganze notdürftig verklebt und mit der Bemerkung versehen: *Beschädigt eingeliefert infolge Feindeinwirkung.*

«Wer schreibt dir denn da? Sieht aus wie eine Frauenhandschrift», sagte die Mutter. «Ein Absender ist nicht drauf.»

Peter saß wie gelähmt, den beschädigten Umschlag in den zitternden Fingern. Eine Frauenhandschrift. Margots Handschrift, soweit er das an den erhalten gebliebenen Buchstaben erkennen konnte. Von wem sonst. Er erhob sich schwerfällig.

«Was ist denn mit dir?», fragte die Mutter besorgt. «Erwartest du eine schlechte Nachricht?»

Er antwortete nicht. Wortlos schleppte er sich in sein Zimmer, verriegelte die Tür hinter sich und warf sich aufs Bett.

Lange lag er so, ohne den Brief zu öffnen, und als er sich endlich dazu entschloss, überraschte ihn der Inhalt nicht. Die Überreste eines einzelnen, von der Hitze gebräunten Blatts steckten darin, auf dem nur wenige Zeilen standen. Das linke Drittel samt der Anrede war dem Feuer gänzlich anheimgefallen. Kein Zweifel, es war ein Abschiedsbrief. *In Ewigkeit Deine Margot.* Das war deutlich genug. Er sank auf das Bett zurück, und das große Heulen überkam ihn. Sein Schluchzen war so laut, dass die Mutter mehrmals heftig an der Tür klopfte und rüttelte. Er reagierte nicht.

Er lag immer noch apathisch, wenn auch tränenlos auf dem Bett, als sie am frühen Nachmittag erneut vor der Tür auftauchte und von dort auf ihn einredete.

Es dauerte ein Weilchen, bis er verstand, was sie sagte: Da wäre ein Kommissar von der Kriminalpolizei, der ihn dringend sprechen wolle, er solle bitte um Gottes willen die Tür aufmachen!

Der Beamte, der neben der Mutter im Korridor stand, als Peter endlich die Tür öffnete, war ein kräftiger Mann um die fünfzig, der sich knapp als Kommissar Kappe vorstellte. «Können wir hier in Ihrem Zimmer miteinander reden?»

Peter nickte und gab die Tür frei. Jetzt war sowieso alles egal.

Der Kommissar sah sich um. Das Zimmer eines Musikers eben. Kein richtiger Schreibtisch, dafür ein Grammophonschrank und ein Regal mit Schallplatten. Mehrere Gitarren standen und lagen herum, dazu Noten und allerlei Krimskrams, wie Peter beruhigt registrierte. Er bot dem Kommissar einen Stuhl an. Der setzte sich erst, nachdem Peter auf der Bettkante Platz genommen hatte, wobei er den Brief unauffällig unter die Decke schob.

«Sie wissen, weshalb ich komme?», fragte Kappe. Er sprach ganz normal und wirkte eher gemütlich als gefährlich.

Peter saß reglos und schüttelte ganz leicht den Kopf. Erst mal sehen, was der wusste. Dass sie die Spur zu ihm schnell gefunden hatten, erschien ihm bedrohlich genug.

Der Kommissar öffnete sein dickes Notizbuch und entnahm ihm ein Foto in der Größe einer Ansichtskarte. Er zeigte es Peter nicht, sondern betrachtete es, als sähe er es zum ersten Mal. «Es geht um eine junge Dame», sagte er. «Vermutlich aus Ihrem Bekanntenkreis.»

Peter lächelte gequält. «Ich spiele in Tanzlokalen. Dahin kommen viele junge Damen.»

Kappe reichte ihm das Foto. «Aber an die hier werden Sie sich erinnern, nicht wahr?»

Es war Margot. Und sie war tot. Die Pupillen blicklos, die Gesichtszüge starr. Vor Peters Augen wurde es dunkel.

«Ist Ihnen nicht gut?», fragte Kappe.

Peter schüttelte den Kopf. Er blickte auf das Foto und atmete schwer.

«Also, wie heißt die Dame? Und wann haben Sie sie zum letzten Mal gesehen?»

Peter überlegte fieberhaft. Es war sinnlos, die Bekanntschaft mit Margot zu leugnen. Jeder im Rialto würde sie erkennen und keinen Grund sehen, ihn nicht mit ihr in Verbindung zu bringen, zumal es sich um eine alte Geschichte handelte. Niemand hatte Margot in den letzten zwei Jahren gesehen. Niemand außer ihm.

«Sie heißt Margot», sagte er. «Sie war früher mal Serviererin in der Bar, in der ich meistens spiele.»

«Na, das ist doch schon mal was», sagte der Kommissar. Es klang nicht unzufrieden. «Wenn Sie mir nun noch den Familiennamen verraten wollen?»

Wenn er jetzt Fejngold sagte, bekam die Angelegenheit sofort eine andere, gefährliche Dimension. Entschlossen schüttelte Peter den Kopf. «Danach habe ich sie nie gefragt.»

«Aber Sie hatten ein Verhältnis mit ihr.»

Das war eine Feststellung, der zu widersprechen ebenfalls sinnlos schien. «Das ist lange her ...», sagte er.

«Wie lange?»

«Zwei, drei Jahre ...» Peter hob die Schultern. Ihn fröstelte trotz der Wärme im Zimmer.

«Wann ist Ihnen denn diese Margot zum letzten Mal begegnet?»

Das genau war die Frage, die Peter am meisten fürchtete. Was und wie viel wusste der Kriminalkommissar über Margot und ihn? Hatten sie Hedwig bereits verhört? Was hatte die zugegeben? «Ich weiß nicht ...», sagte er. «Ich habe sie noch ein paarmal in der Stadt getroffen ...»

«Wann?»

Er wusste nicht, was er antworten sollte. Also schwieg er.

Kappe kniff die Augen zusammen und sah ihn stirnrunzelnd an. «Herr Zobel», sagte er ruhig, doch der drohende Unterton war nicht zu überhören, «Sie scheinen sich des Ernstes Ihrer Lage nicht bewusst zu sein. Wir ermitteln hier in einem Mordfall. Sie geben zu, ein Verhältnis mit der Getöteten unterhalten zu haben, wissen aber angeblich nicht einmal ihren Namen und verweigern die Antwort auf die Frage, wann Sie das Opfer zum letzten Mal gesehen haben.»

«Sie ist ... ermordet worden?», stammelte Peter.

Der Kommissar reagierte aufgebracht. «Ja, was glauben Sie denn, auf welche Weise sie ums Leben gekommen ist? Sie ist erschossen worden!»

Peter drückte die Hände gegen seinen schmerzenden Schädel. Wie widersinnig das alles war! Jetzt hielten die ihn für Margots Mörder. Und wenn er es genau betrachtete, war er das. Er und kein anderer hatte ihr diese unselige Pistole aufgedrängt!

«Na, kommen Sie, Herr Zobel, wir fahren jetzt gemeinsam zum Präsidium, und dort erleichtern Sie Ihr Gewissen und legen ein Geständnis ab.»

Der Kommissar erhob sich. Peter blickte zu ihm auf und schüttelte den Kopf. «Ich habe sie nicht erschossen. Warum sollte ich das tun?»

«Wer sonst könnte es denn Ihrer Meinung nach gewesen sein?»

«Niemand!» Peter schüttelte noch immer verzweifelt den Kopf. «Sie selbst hat sich umgebracht.» Er fischte nach dem Brief unter der Bettdecke und zog das zerbröselnde Papier hervor. «Gerade heute habe ich ihren Abschiedsbrief bekommen ...»

Misstrauisch beäugte der Kommissar die Papierreste. «Heute? Und das soll ich Ihnen glauben? Wo waren Sie denn am Abend des 23. Oktober?»

«Da muss ich in meinen Kalender gucken. Ich nehme an, in der Rialto-Bar. Dort spiele ich fast jeden Abend.»

Unter Kappes wachsamem Blick stand er auf und holte seinen Taschenkalender. Als er ihn aufschlug, wurde ihm klar, was für ein brisantes Dokument er in Händen hielt. Mindestens die Hälfte aller Tage zierte ein unauffälliges *M*, manchmal mit einer Zeit versehen. An diesen Tagen hatte er Margot besucht. Nur nicht an den drei Tagen vor dem 23., von denen er zwei im Aufnahmestudio in der Lützowstraße verbracht hatte. Und den bewussten Abend wie gewohnt in der Rialto-Bar.

«Und das Fräulein Margot? War die auch dort?»

«Nein.» Er zögerte. «Sie ... sie hatte keine Papiere. Wir haben uns nur gelegentlich in der Stadt getroffen ...»

«Sie besaß keine Papiere?»

Peter schüttelte den Kopf. Die würden es sowieso herausfinden. «Sie war Jüdin.» Jetzt war es heraus. «Aus Polen. Ihr Pass war ungültig.»

Die Mitteilung schien den Kommissar nicht zu erschüttern. «Und wo wohnte sie?», fragte er im gleichen ruhigen Ton wie bisher.

Peter sah ihm fest in die Augen. «Das weiß ich nicht», sagte er. «Danach habe ich nie gefragt.»

Der Kommissar hob die rechte Augenbraue. Es war deutlich, dass er Peter nicht glaubte.

«Sie hieß Margot Fejngold, mit j», sagte der, als könne das seine Glaubwürdigkeit erhöhen. «Aus Warschau. Sie hat früher mal Medizin studiert.»

«Werden wir alles überprüfen. Auch Ihr Alibi.» Er nahm Peter den Notizkalender aus der Hand und steckte ihn ein. «Wenn Sie mir nun noch erklären wollen, woher das Fräulein Fejngold die Pistole hatte und wo die Waffe nach dem angeblichen Selbstmord geblieben sein soll ...»

DREIUNDZWANZIG

LOCKE, in den letzten Wochen an eine regelmäßige und reichliche Nahrungsaufnahme gewöhnt, verspürte nichts als Hunger. Alles andere war ihm gleichgültig. Was immer denen auch einfiel, früher oder später würden sie dahinterkommen, wer er wirklich war. Dann fehlte nur noch ein Schritt bis zur Asbestbude. Und ein weiterer bis zu Ewald ...

Aber das konnte dauern. Die kochten auch nur mit Wasser. Wegen der kleinen Fälschung würden die nicht gleich den ganzen schwerfälligen Apparat in Bewegung setzen. Jetzt hatten sie ihn erst mal in die Zelle gesteckt, wo er dem Taschendieb vom Revier wiederbegegnete. Der hatte ihn schon dort vergeblich auszufragen versucht. Ein ängstlicher Anfänger, wie Locke vermutete. Oder ein Spitzel.

Die Zelle wurde aufgeschlossen, für einen Zugang wahrscheinlich. Sie waren nur zu viert.

«Erwin Kienitz!», raunzte der Wachtmeister.

Locke erhob sich. Kein Zugang also. Und im gleichen Augenblick durchfuhr es ihn siedendheiß: Die hatten ihn bereits identifiziert!

«Raustreten!»

Gehorsam trottete er vor dem Wachtmeister her, der ihn an der nächsten Gittertür einem anderen, ebenso bärbeißigen Beamten übergab. Der ließ die stählerne Acht einrasten und nahm Locke an die Knebelkette. Das sah verflucht noch mal überhaupt nicht gut aus!

Der Uniformierte brachte ihn in einen Teil des Gebäudes,

den Locke nicht kannte. Und die beiden Figuren, die ihn in dem kahlen Vernehmungsraum erwarteten, hatte er noch nie gesehen. Ein Jüngerer, der eher wie ein vor Eifer strotzender Offizier aussah, und ein Altgedienter, wahrscheinlich nicht weniger gefährlich, der einen auf gemütlich machte.

«Nun erzählen Sie mal, Kienitz», sagte der. «Wer hat Ihnen denn zu den falschen Papieren verholfen?»

Locke setzte sein treudoofes Kindergesicht auf, das ihm schon öfter geholfen hatte. «Hab ich gekauft. In so einer Spelunke in der Münzstraße ...»

Der Alte blätterte in einer ziemlich dicken Akte. «Woher hatten Sie das Geld? So was kostet doch!»

«Ich hab ja gearbeitet ...»

«In den Deutschen Asbestwerken? Für 23,50 die Woche?»

So weit waren die also schon. Es sah absolut nicht gut aus für ihn. «Hab ein kleines Ding gedreht», gab er niedergeschlagen zu. «Aus 'ner Handtasche ... bei Wertheim am Alex, so im Gewühl ...»

Der Offiziertyp sah aus, als würde er gleich platzen. «Aus einem Raub stammt das Geld wohl in der Tat!», entfuhr es ihm.

Der Alte sah ihn strafend an, fuhr dann aber fort, als wäre nichts gewesen: «Keine Märchenstunde, Kienitz! Damit wir uns richtig verstehen: Sie sitzen hier bei M. Das sagt Ihnen doch was.»

Sie hatten ihn. Er war im Morddezernat gelandet. So leicht gab er dennoch nicht auf. «Ick hab mein Lebtach nischt mit Mord und Totschlag zu tun jehabt! Det müsste doch ooch in Ihr'n Akten stehen!»

«Bis zur Nacht des 19. Oktober ...»

Locke hob die Schultern. «Ick führ keen Tagebuch ...»

«Sollten Sie aber. Das war der Abend, an dem Sie nach der Spätschicht nach Moabit gefahren sind. Erinnern Sie sich? Vom nächsten Tag an sind Sie dann nicht mehr an Ihrem Arbeitsplatz erschienen.»

Es war nur noch ein Rückzugsgefecht, das wusste keiner besser als Locke. Aber zu leicht wollte er es denen auch nicht machen.

«Was sollte ich denn ausgerechnet in Moabit?», fragte er scheinheilig.

«Vielleicht waren Sie mit jemandem verabredet?»

Das war der Offizier. Hatte einen richtigen Kasernenhofton am Leibe, der Kerl. Aus seinem rechten Ärmel guckte ein lederbezogener Stumpf.

«Mit wem denn?», fragte Locke. Es war hoffnungslos. Die wussten ja schon alles. In der Kneipe würde man sich an Ewald und ihn erinnern, und das Geld im Schrank hatten sie bei Frau Papendiek auch längst gefunden.

Er war schon so gut wie tot. Er senkte den Kopf und hörte gar nicht richtig hin, was der Offizier ihm empört entgegenschleuderte: «Mit dem Buchhalter Ewald Fanselow, den Sie dann heimtückisch und im Schutze der Verdunklung umgebracht und in einem Bombentrichter abgelegt haben!»

«Ick hab ihn nich umjebracht ...», war alles, was er von sich gab. «Er ist jestürzt», fuhr er nach einiger Zeit fort. «Und dann ...»

Es war eine wirre Geschichte, in die er sich verrannte und die ihm nicht half, das spürte er selber. Bis der Alte sagte: «Sie wollen doch bloß darauf hinaus, dass es sich nicht um Mord, sondern um einen Totschlag handelte, stimmt's?»

Bloß das nicht! Totschlag, das bedeutete so was wie mildernde Umstände, und das hieß lebenslänglich, wahrscheinlich auch noch im KZ. Nicht mit ihm, Locke Kienitz! Sollten sie ihn ruhig einen Kopf kürzer machen, die Aasgeier! Besser ein Ende mit Schrecken als ein Schrecken ohne Ende. «Ich habe ihn umgebracht», sagte er dumpf.

«Auf welche Weise?»

«Erschlagen ...», murmelte Locke.

Der Alte sah ihn zweifelnd an. Anscheinend wollte der ihm nicht glauben, so schmächtig und verloren, wie er da vor ihm hockte.

Locke hob den Kopf. «Da ist außerdem noch die andere Sache!», sagte er beinahe triumphierend. «In der S-Bahn ...»

Jetzt waren die Herren Kommissare doch verblüfft. «In der S-Bahn?», fragte der Alte gedehnt. «Was haben Sie denn da angestellt?»

«Ich habe die Frau erschossen, nach der Sie mit Ihren Plakaten suchen.»

Schweigen herrschte im Raum. Die beiden Kriminalen guckten sich erst gegenseitig und dann ihn an.

«Wir suchen keine Frau», sagte der Alte endlich. «Wir haben eine Tote gefunden.»

«In der S-Bahn von Velten, ich weiß. Sie hat dagesessen und geschlafen, und ich wollte an ihre Handtasche. Es war gleich nach dem Alarm. Da ist sie aufgewacht und hat mich groß angeguckt. Da habe ich abgedrückt.»

«Woher hatten Sie denn die Waffe?»

«War so 'ne Spielzeugpistole», sprudelte es aus ihm heraus. «Französisch oder so was. Hab ich auch in der Münzstraße gekauft. Zusammen mit den Papieren.» Die sollten ihm erst mal das Gegenteil beweisen!

«Und wo ist die Waffe jetzt?»

«Habe ich in die Spree jeschmissen. An der Jannowitzbrücke.»

Der Alte sah ihn lange und nachdenklich an. «Na, Kienitz», sagte er, und der Unglaube stand ihm noch immer ins Gesicht geschrieben, «dann wollen wir uns mal an ein ausführliches Protokoll machen.»

VIERUNDZWANZIG

WIDER ERWARTEN war Otto Kappe mit seiner schwangeren Gertrud vorzeitig aus Litzmannstadt heimgekehrt. «Das müssen wir feiern!», hatte er seinem Onkel Hermann zugerufen, als sie sich im Präsidium begegneten. «Du hast doch auch allen Grund, wie man hört!»

Ja, die Geschichte vom überraschend entlarvten Doppelmörder war schnell rum im roten Bau am Alex. Viel schneller und viel ausführlicher, als es Kappe recht sein konnte. Piossek hingegen sonnte sich in seinem Ruhm. Hatte er ja auch verdient, wie Kappe ihm bereitwillig zugestand. Erwin Kienitz hatte sein umfassendes Geständnis ohne Umschweife unterzeichnet und auch bei der Vernehmung durch den Staatsanwalt keinen Rückzieher gemacht. Außerdem hatte die Aufsicht des S-Bahnhofs Heiligensee ihn als den Mann wiedererkannt, der während des Alarms in ein Zugabteil der zweiten Klasse nach Lichterfelde-Ost eingestiegen war.

Kappe blieb es, die Identität der Ermordeten nachzuweisen, was ihm dank der Angaben des Musikers Peter Zobel nicht schwerfiel. Dessen Alibi für die Todesnacht hatten die Musiker und der Chef der Rialto-Bar überzeugend bestätigt. Sie identifizierten die Tote anhand des Fotos ohne weiteres als die ehemalige Serviererin Małgorzata Fejngold, wohnhaft in der Dragonerstraße, wenn man den Angaben der Lohnabrechnung trauen durfte.

Unter der angegebenen Adresse im Scheunenviertel stieß Kappe nur auf eine verwirrte alte Jüdin, die angesichts des Fotos der Toten in einen heulenden Singsang verfiel und zu keiner annehmbaren Aussage zu bewegen war. Kappe beließ es dabei. Ob die

Tote wirklich hier gehaust hatte oder woanders, blieb letztendlich gleichgültig, und niemand fragte danach.

Es fragte überhaupt niemand nach irgendwelchen Einzelheiten, nachdem der Name Margot oder Małgorzata Fejngold einmal feststand und Erwin Kienitz sein doppeltes Geständnis vor Dr. Morack wiederholt hatte. Der strahlte und pochte ein ums andere Mal auf Piosseks ausführlichen Bericht. «Das nenne ich prompte kriminalpolizeiliche Arbeit!»

Kappe hütete sich, ihm zu widersprechen. Piossek hatte zweifellos mehr Schwein als Verstand gehabt, und Kappe neidete ihm den Erfolg nicht. Machte es einen Unterschied, ob der Fanselow-Mörder auch noch die Frau oder die sich selbst erschossen hatte? An Kienitz' Schicksal änderte es nichts.

Die Woche verging, Molotow war nach Moskau zurückgekehrt, und die Engländer hatten in der Nacht zum Freitag mal wieder richtig zugeschlagen. Aber die beiden Mordfälle waren abgeschlossen, und das war die Hauptsache. Als Kappe Sonnabend früh ins Präsidium kam, empfing ihn Dr. Morack mit der Nachricht, der Doppelmörder Erwin Kienitz habe sich in der Nacht in der Zelle umgebracht. «Erspart uns viel Arbeit», fügte er zufrieden hinzu.

Kappe nickte nur. «Piossek wird sich darum kümmern», sagte er. «Ist ja quasi sein Fall ...»

Gedankenverloren saß er an seinem Schreibtisch. Vor ihm lagen die Vernehmungsprotokolle Albert Glosinskis, der Frau Steguweit und des Peter Zobel. Dazu ein Cellophantütchen mit den kaum zu entziffernden Resten eines Briefes und ein Taschenkalender. Beweismittel, die keinen Menschen mehr interessierten. Kappe fühlte sich zwischen Baum und Borke. Sie einfach zu beseitigen, dafür war er zu sehr preußischer Beamter. Also legte er eine ordnungsgemäße Akte an, heftete die Blätter säuberlich ab und das Tütchen dazu. Dafür würde sich schon ein unauffälliger Platz finden. Den Taschenkalender steckte er ein.

Als Otto Kappe ins Zimmer trat, fand er seinen Onkel in trüber Stimmung vor. «Mach nicht so 'n Gesicht!», bat er. «Ich dachte, wir gehen heute Abend mal richtig aus mit unseren Frauen ...»

Kappe lächelte schwermütig. «Eigentlich ist mir nicht nach Feiern zumute», sagte er. Plötzlich aber kam ihm eine Idee. «Ich wüsste allerdings, wo wir hingehen könnten. Hoffentlich machen uns die Engländer keinen Strich durch die Rechnung.»

Klara Kappe fand die Rialto-Bar entschieden zu mondän, ließ sich aber von Gertrud und Otto überzeugen, es sei genau das Richtige für einen festlichen Abend. Dass sich der Chef des Hauses persönlich um sie bemühte und ihnen einen Tisch direkt an der Tanzfläche anbot, erstaunte allerdings auch Otto.

Kappe aber wehrte ab. «Wir sind ganz privat hier und halten uns gerne im Hintergrund», sagte er.

Auch das war kein Problem. Schnell war eine Nische gefunden.

«Kennst du den Mann?», erkundigte sich Klara argwöhnisch. «Er tut ja, als wärst du hier Stammgast!»

Kappe grinste. «Das wäre ihm sicherlich nicht recht.»

Die Kapelle begann zu spielen. «Endlich mal was Flottes!», schwärmte Gertrud, der man die Schwangerschaft ansah. Tanzen wollte sie trotzdem. Otto ließ sich nicht lange bitten.

Als sie zurückkamen, stand eine Flasche Sekt auf dem Tisch. «Geht aufs Haus», hatte die Serviererin erklärt und Kappes abwehrende Geste glatt übersehen.

«Ihr ahnt ja gar nicht, wie glücklich wir sind, wieder in Berlin zu sein!», sagte Otto.

«Was ist denn so schrecklich an Litzmannstadt?», wollte Klara wissen.

Otto blickte sie ernst an. «Davon wollen wir heute lieber nicht sprechen ...», sagte er düster.

Als die Kapelle eine Pause einlegte, näherte sich deren Gitarrist dem Tisch, hielt sich jedoch in gebührendem Abstand. Kappe hob freundlich die Hand und winkte ihn heran.

«Ich hoffe, Sie sind nicht meinetwegen hier», sagte der junge Musiker.

Klara betrachtete ihn wohlwollend. Ihr fiel auf, dass er ein schmales Trauerband am Revers seines hellen Jacketts trug.

«Eigentlich doch», meinte Kappe jovial. «Ich wollte mal hören, was Sie so für Musik machen.»

«Und? Gefällt sie Ihnen?»

«Ganz schön flott. Unsere Söhne hätten sicherlich ihre helle Freude daran», urteilte Kappe diplomatisch.

Peter Zobel war geneigt, es als Kompliment aufzufassen. «Haben Sie einen besonderen Musikwunsch?»

Kappe schüttelte den Kopf. «Ich wollte Ihnen was zurückgeben, was wir nicht mehr brauchen», sagte er leise und schob Zobel den Taschenkalender in die Hand.

Klara Kappe staunte. «Ach, du kennst den Herrn dienstlich?»

«Klara!», mahnte Kappe ärgerlich. «Das geht niemand etwas an ...»

Der junge Mann aber war schon verschwunden. Zwei Minuten später begann die Kapelle zu spielen. Einen Tango. *Oh, Donna Clara ...*

Klara Kappe war entzückt. «Endlich mal was Deutsches!», sagte sie und reckte den Kopf, um die Musiker zu sehen. Der Gitarrist stand mit dem Rücken zum Publikum. Niemand sah, dass es ihm nicht gelang, die Tränen zurückzuhalten.

NACHBEMERKUNG

IM GEGENSATZ zu den möglichst authentisch dargestellten Zeitumständen und historischen Fakten sind Handlung und Personen – mit wenigen Ausnahmen – erfunden. SS-Sturmbannführer Walter Zirpins, 1940/41 Chef der Kriminalpolizei im Getto Litzmannstadt und später maßgeblich an den Judendeportationen beteiligt, setzte seine Karriere ab 1951 in Niedersachsen fort und war bis zu seiner Pensionierung Leiter der Kriminalpolizei in Hannover. Er starb 1976 als hochgeachteter Nestor der Wirtschaftskriminologie in der Bundesrepublik. Jerzy Petersburskis (1895–1979) *Tango Milonga* wurde mit dem deutschen Text *Oh, Donna Clara* von Fritz Löhner-Beda weltbekannt. Die Nationalsozialisten verschleppten Löhner-Beda nach Dachau und Buchenwald, wo er *Das Buchenwaldlied* schrieb. Vergebens auf die Fürsprache Franz Lehárs hoffend, wurde er im Dezember 1942 in Auschwitz erschlagen, nachdem eine Gruppe inspizierender I.G.-Farben-Direktoren die Arbeitsleistung des erkrankten 59-Jährigen bemängelt hatte. Alle diese Fakten findet man im Internet, ebenso verschiedene Fassungen der *Donna Clara* um 1929/30 und zahlreiche (auch auf CD vorliegende) musikalische Beispiele für die erstaunlich blühende Berliner Swing-Szene der späten dreißiger und frühen vierziger Jahre, von der u. a. Coco Schumann und Horst H. Lange in ihren Erinnerungen und Knud Wolffram in seinem Buch *Tanzdielen und Vergnügungspaläste* berichten.

Advances in
Carbohydrate Chemistry and Biochemistry

Volume 37

Advances in Carbohydrate Chemistry and Biochemistry

Editors

R. STUART TIPSON

DEREK HORTON

Board of Advisors

LAURENS ANDERSON
STEPHEN J. ANGYAL
GUY G. S. DUTTON
ALLAN B. FOSTER
DEXTER FRENCH

BENGT LINDBERG
HANS PAULSEN
NATHAN SHARON
MAURICE STACEY
ROY L. WHISTLER

Volume 37

1980

ACADEMIC PRESS

A Subsidiary of Harcourt Brace Jovanovich, Publishers

New York   London   Toronto   Sydney   San Francisco

COPYRIGHT © 1980, BY ACADEMIC PRESS, INC.
ALL RIGHTS RESERVED.
NO PART OF THIS PUBLICATION MAY BE REPRODUCED OR
TRANSMITTED IN ANY FORM OR BY ANY MEANS, ELECTRONIC
OR MECHANICAL, INCLUDING PHOTOCOPY, RECORDING, OR ANY
INFORMATION STORAGE AND RETRIEVAL SYSTEM, WITHOUT
PERMISSION IN WRITING FROM THE PUBLISHER.

ACADEMIC PRESS, INC.
111 Fifth Avenue, New York, New York 10003

United Kingdom Edition published by
ACADEMIC PRESS, INC. (LONDON) LTD.
24/28 Oval Road, London NW1 7DX

LIBRARY OF CONGRESS CATALOG CARD NUMBER: 45–11351

ISBN 0–12–007237–8

PRINTED IN THE UNITED STATES OF AMERICA

80 81 82 83   9 8 7 6 5 4 3 2 1

CONTENTS

List of Contributors vii
Preface ix

William Ward Pigman (1910–1977)
Anthony Herp

Text 1

Free-Radical Reactions of Carbohydrates as Studied by Radiation Techniques
Clemens von Sonntag

I. Introduction 7
II. Radical Reactions 9
III. Radical Reactions of Selected Compounds in Aqueous Solution 26
IV. Radical Reactions in Crystalline Carbohydrates 67
V. Miscellaneous 74

Synthesis of L-Ascorbic Acid
Thomas C. Crawford and Sally Ann Crawford

I. Introduction 79
II. Structure and Spectral Properties 80
III. Synthesis 85
IV. Addendum 155

Primary Structure of Glycoprotein Glycans: Basis for the Molecular Biology of Glycoproteins
Jean Montreuil

I. The Past. The Birth of the Molecular Biology of Glycoproteins 158
II. The Present 164
III. The Future 200
IV. Conclusions 212
V. Addendum 213

Neoglycoproteins: The Preparation and Application of Synthetic Glycoproteins
Christopher P. Stowell and Yuan Chuan Lee

I. Introduction 225
II. Preparation of Neoglycoproteins 228
III. Properties of Neoglycoproteins 254
IV. Applications of Neoglycoproteins and of Modification Reactions . . . 257
V. Conclusion 281

Biochemistry of α-D-Galactosidic Linkages in the Plant Kingdom

PRAKASH M. DEY

I. Introduction 284
II. α-D-Galactosides of Sucrose 289
III. α-D-Galactosides of Polyols 312
IV. α-D-Galactolipids 322
V. Polysaccharides 332
VI. α-D-Galactopyranosyl-specific Lectins 339
VII. Metabolism 342

Bibliography of Crystal Structures of Carbohydrates, Nucleosides, and Nucleotides 1976

GEORGE A. JEFFREY AND MUTTAIYA SUNDARALINGAM

I. Introduction 373
II. Data for Carbohydrates 374
III. Data for Nucleosides and Nucleotides 408
IV. Preliminary Communications 434

AUTHOR INDEX 437
SUBJECT INDEX 471

LIST OF CONTRIBUTORS

Numbers in parentheses indicate the pages on which the authors' contributions begin.

SALLY ANN CRAWFORD, *Central Research, Chemical Process Research, Pfizer, Inc., Eastern Point Road, Groton, Connecticut 06340* (79)

THOMAS C. CRAWFORD, *Central Research, Chemical Process Research, Pfizer, Inc., Eastern Point Road, Groton, Connecticut 06340* (79)

PRAKASH M. DEY, *Department of Biochemistry, Royal Holloway College, University of London, Egham Hill, Egham, Surrey, TW20 OEX, England* (283)

ANTHONY HERP, *Department of Biochemistry, New York Medical College, Basic Science Building, Valhalla, New York 10595* (1)

GEORGE A. JEFFREY, *Department of Crystallography, University of Pittsburgh, Pittsburgh, Pennsylvania 15260* (373)

YUAN CHUAN LEE, *Department of Biology and the McCollum–Pratt Institute, The Johns Hopkins University, Baltimore, Maryland 21218* (225)

JEAN MONTREUIL, *Laboratoire de Chimie Biologique et Laboratoire Associé au C.N.R.S. n° 217, Université des Sciences et Techniques de Lille 1, B.P. 36, 59650-Villeneuve d'Ascq, France* (157)

CHRISTOPHER P. STOWELL, *Department of Biology and the McCollum–Pratt Institute, The Johns Hopkins University, Baltimore, Maryland 21218* (225)

MUTTAIYA SUNDARALINGAM, *Department of Biochemistry, University of Wisconsin, Madison, Wisconsin 53706* (373)

CLEMENS VON SONNTAG, *Institut für Strahlenchemie im Max-Planck-Institut für Kohlenforschung, D-4330 Mülheim an der Ruhr, Stiftstrasse 34–36, West Germany* (7)

PREFACE

Almost two decades ago, Phillips discussed, in Volume 16 of this series, the behavior of carbohydrates when subjected to ionizing radiation. Since that time, there has been in this area extensive new work, fundamental and applied, encompassing both simple and complex carbohydrates. Development in this field has been greatly aided by improved analytical methodology, and von Sonntag here provides a broad and comprehensive account of the more recent developments. A nutritionally and commercially important vitamin, L-ascorbic acid, was the subject of a classic article by Fred Smith in Volume 2 (1946) of *Advances*, but since that time there has been an enormous expenditure of research and development effort directed toward improving the practical synthesis of this unusual sugar, and this is set out in a comprehensive treatment by the Crawfords in this volume. In addition to the direct relevance of this work to the synthesis of L-ascorbic acid, the chapter assembles a great body of synthetic "know-how" of broad general interest for the synthetic chemist, and it also illustrates the value of alternative or complementary microbiological procedures in synthesis.

In the first of a projected series of related articles on the subject of glycoproteins, Montreuil contributes a compact but far-reaching chapter that sets the stage of modern structural work on the glycan portions of these molecules. Although these studies had their genesis in painstaking, early investigations on the oligosaccharides of milk, only recently has the wide-reaching significance of glycoproteins as biological information-carriers become fully recognized. The explosive growth of research in this area has arisen from this awareness, coupled with the development of separation and structure-determination methodologies of a finesse scarcely conceivable only a decade ago.

The covalent, chemical attachment of sugars or glycans to proteins is not a new concept, but interest in such synthetic structures as glycoprotein analogs ("neoglycoproteins") has developed rapidly in recent years as a result of advances in our knowledge of glycoprotein structure and function, and the need for reference analogs of defined carbohydrate composition. In this volume, Stowell and Lee provide a comparative and critical treatment of these synthetic, carbohydrate–protein conjugates, and survey their applications as synthetic antigens and lectin substrates, and in metabolic studies.

The chapter by Dey focuses on the multitude of oligosaccharides and polysaccharides containing α-D-galactosidic linkages that are found in the plant kingdom. Although the sucrose-related family of oligosaccharides, as exemplified by raffinose and stachyose, are very well known and were discussed a quarter of a century ago by French in Volume 9, Dey develops in this volume the broader range of products formed by α-D-galactosylation of numerous acceptors; these products have important implications in the metabolism and classification of all higher plants, and in nutritional considerations with various plant foodstuffs.

In continuation of established procedure, this volume includes a bibliography, contributed by Jeffrey and Sundaralingam, of crystal structures, published during 1976, for sugars, nucleosides, and nucleotides; the graphic depictions were computer-generated from the original coordinates and are oriented to the viewpoint familiar to carbohydrate chemists, and any errors found in the original reports have been corrected.

W. Ward Pigman, one of the founders of this series, co-editor of the first four volumes, long-time member of the Advisory Board (1950–1977), and close friend of the present Editors, passed away in 1977, as briefly noted in the Preface to Volume 34. His friend and colleague, Anthony Herp, here contributes a detailed account of Pigman's life and scientific career.

The Subject Index was compiled by Dr. L. T. Capell.

Kensington, Maryland R. STUART TIPSON
Columbus, Ohio DEREK HORTON
December, 1979

Advances in
Carbohydrate Chemistry and Biochemistry

Volume 37

Ward Pigman

WILLIAM WARD PIGMAN

1910–1977

When W. Ward Pigman, a founder of *Advances in Carbohydrate Chemistry* and its first co-editor (with M. L. Wolfrom), died suddenly of a heart attack in the morning hours of September 30, 1977, at Woods Hole, Massachusetts, the scientific world lost an indefatigable and courageous pioneer; the academic community, a distinguished and well-liked teacher; and those who knew him, a warm and loyal friend. Death reached him while he was attending an International Symposium organized by The Society for Complex Carbohydrates, of which he was the founder, the first president, and a relentless promoter.

William Ward Pigman, first son of James Ward Pigman and Olga (Chapel) Pigman, was born on March 5, 1910, in Chicago to a middle-class family, his father working for the U. S. Post Office. To what extent his early childhood and environment influenced his temperament is not known; however, he loved life intensely, and that spirit was reflected in his many and varied activities.

While studying for his bachelor's degree at George Washington University, Washington, D. C., he provided for his own support by first working as a chemist in the Cement Section of the (then) Bureau of Standards; but, finding the work there dull and unimaginative, as it entailed routine inorganic analyses, Ward Pigman succeeded in arranging a transfer to the Carbohydrate Section as a research assistant in the laboratory of Dr. Horace S. Isbell. While working there, he received his B.S. degree in 1933, and in the following year, a M.S. degree. Shortly thereafter, he married Alice Wolfe, a school teacher and social worker, by whom he had three children: James Ward, Jean Louise, and John Charles. Alice Pigman, from whom he was divorced in May, 1973, lives in Birmingham, Alabama. In 1936, he earned a Ph.D. degree in organic chemistry at the University of Maryland, and was promoted to research chemist at the Bureau of Standards, a post that he held until 1938. It was during these years that he became interested in the field of carbohydrates, and until his death, he continued to be a pioneer of the subject, first by investigating as yet unexplored reactions of sugars, especially their behavior as related to the phenomenon of mutarotation. During this period, he planned, first in collaboration with Dr. Isbell and later in conjunction with R. M.

Goepp, Jr.,[1] a book entitled *The Chemistry of the Carbohydrates*. Because of Dr. Isbell's withdrawal and Dr. Goepp's death in an airplane crash in 1946, Pigman was left to complete the book alone. This book,[2] published in 1948, was destined to become the standard reference on the subject, and to establish Pigman as an authority on sugar chemistry. It was to be followed, in 1957, by a multi-authored volume, *The Carbohydrates*, edited by Pigman; its success prompted a second edition of *The Carbohydrates*, in four volumes, which he edited in collaboration with Derek Horton.

In 1939, because of his ability, he was awarded a Lalor Fellowship; this enabled him to proceed to the University of Leipzig, where he worked under the estimable Professor Burckhardt Helferich, whose exploration of carbohydrases ranks him among the authorities in the field. Just shortly before Ward Pigman passed away, he went to Bonn at the invitation of the German Chemical Society to partake in the celebration of the 90th birthday of his illustrious tutor.

Pigman's stay in Leipzig was, to his deep regret, interrupted by the outbreak of the Second World War, and this forced him to accept an early return; he re-joined Dr. Isbell at the National Bureau of Standards (1940–1943), but then left for a post in industry. As research director of the Berwyn Branch Laboratory of the Corn Products Refining Company in Argo, Illinois, he invented the cold-water-soluble "Niagara" starch. Then, from 1946 to 1949, Ward Pigman was group leader in organic chemistry at the Institute of Paper Chemistry in Appleton, Wisconsin. At Appleton, he initiated projects that eventually led to his researches encompassing the broad family of glycoconjugates in both their structural and physiological aspects.

As Ward Pigman cherished freedom and individual initiative in research, which he felt were closer to realization in the academic world than in industry, he joined, in 1949, the Department of Biochemistry at the University of Alabama Medical Center and School of Dentistry, Birmingham, as Associate Professor. There, he co-directed the Arthritis and Rheumatism Laboratory, and became involved in the study of arthritic inflammations. Intrigued by the finding that the hyaluronic acid in the synovial fluid of patients afflicted with rheumatoid arthritis has an abnormally low viscosity, Pigman investigated at length the degradation of this acid, and made the important observations that this reaction, which he termed "oxidative–reductive depo-

---

(1) For an obituary, see *Adv. Carbohydr. Chem.*, 3 (1948) xv–xxiii.
(2) R. M. Goepp, Jr., and W. W. Pigman, *Chemistry of the Carbohydrates*, Academic Press, New York, 1948.

lymerization," is oxygen-dependent, requires metal catalysts, and proceeds by way of free radicals generated during autoxidation of the polysaccharide. The results led him to develop some interesting speculations, such as (1) the importance of free-radical mechanisms in biological systems, and their contribution to health and disease, and (2) the therapeutic possibilities implicit in the role that synovial hyaluronic acid might play in the protection of the joints; both of these concepts were in advance of their time, and their full significance is only now emerging. He also became interested in the role of sugars in dental caries, and developed an "artificial mouth" that is widely used as a model for studying tooth decay.

Pigman's reputation as a leading biochemist was thus already well established when, in 1960, he was appointed Professor and Chairman of the Department of Biochemistry at New York Medical College, where he continued in the high tradition of Carl Neuberg[3] who, for some twenty years, had worked and taught in this Department. In this capacity, Pigman became central not only to the life of his Department but to the College itself. An organizer of extraordinary ability, he instituted interdepartmental seminars with the participation of leading scientists, and in 1963, founded, and for five years directed as its Dean, the Graduate School of Basic Sciences. At the same time, he continued to be active in research, deploying his efforts towards elucidating chemical and functional aspects of the glycoproteins of salivary mucus. The methods and procedures developed in his Laboratory contributed to paving the way for significant advances in our knowledge about the nature of mucins. He greatly improved the isolation and purification of these compounds of high molecular weight, and showed that they are composed of subunits; he resolved an important controversial issue concerning the nature of the carbohydrate–protein linkage in these molecules by identifying the hydroxyl groups of peptidyl-serine and -threonine as the points of attachment for the carbohydrate side-chains, rather than the ester linkage that had originally been postulated by Alfred Gottschalk.[4] He helped to establish and to refine the conditions of the alkaline β-elimination reaction, which has become a valuable tool for defining the mode of linkage between carbohydrate side-chains and the protein backbone. By introducing colloidal palladium into the alkaline milieu containing sodium borohydride (to facilitate reduction of the unsaturated derivatives of threonine to 2-aminobutanoic acid), he was able to show that the number of

(3) For an obituary, see *Adv. Carbohydr. Chem.*, 13 (1958) 1–7.
(4) For an obituary, see *Adv. Carbohydr. Chem. Biochem.*, 33 (1976) 1–9.

oligosaccharide side-chains O-glycosylically attached to the polypeptide backbone may be determined quantitatively. His contributions to the field have been summarized in a review dedicated to his memory.[5]

Not surprisingly, postgraduate workers from many parts of the world were attracted to Pigman's laboratory to gain experience in the study of glycoproteins. Among these, Guido Tettamanti of Milan, Italy, and Zensaku Yosizawa of Sendai, Japan, have achieved international recognition.

Pigman was a recipient of the C. S. Hudson Award in 1959, and received the Medal of the French Biological Society in 1963, and the Medal of the University of Milan in 1964. From 1956 to 1960, he presided over the Committee on Social Aspects of Science of the American Association for the Advancement of Science, and also served a term as Chairman of the Division of Carbohydrate Chemistry of the American Chemical Society. His published works number well over three hundred articles. He fondly talked about those whose scientific interests he shared: David Aminoff, Don M. Carlson, Zacharias Dische, Alfred Gottschalk, W. Z. Hassid, Roger W. Jeanloz, N. K. Kochetkov, and many others.

Tall and slender, with snow-white hair, his blue eyes always scrutinizing, this agile man, easily recognizable in any crowd, was a familiar face at the meetings of the many scientific societies to which he belonged: American Association for the Advancement of Science, American Chemical Society, American Federation for Clinical Research, American Rheumatism Association, American Society of Biological Chemists, American Society for Clinical Investigation, The Biochemical Society (London), International Association of Dental Research, Society for Experimental Biology and Medicine, and the Swiss Chemical Society. Pigman, a devout Unitarian, was always ready to engage in lively debates, no matter what the subject; a true humanitarian, he voiced his opinion, even if it was unpopular, on political and social issues, piling up argument upon argument. He expressed his views fearlessly and forcefully, notwithstanding the consequences; this brought him in the early fifties before the Senate Subcommittee on Investigation (of Unamerican Activities), chaired by the late Senator Joseph McCarthy, that saw him fully exonerated of all accusations.

Amidst a very active social and scientific life, a sudden illness in 1968 gave cause for much anxiety, but his extraordinary physical and mental strengths helped him achieve a speedy recovery, and he then

(5) A. Herp, A. M. Wu, and J. Moschera, *Mol. Cell. Biochem.*, 23 (1979) 27–44.

continued his strenuous schedule with youthful vigor, shuttling between New York and Birmingham, Alabama (where he maintained a Professorship), and relentlessly exploring new and often controversial ideas.

He liked to travel, and he undertook numerous lecture tours, which led him to France, Japan, and the United Kingdom, and he talked at length about the experiences he had had and the customs he had observed. In Holland, he visited the place that his ancestors had come from in the eighteenth century.

His office door was always wide open to students and faculty alike, as was his home at Jamesburg, New Jersey, which was to become the setting for many social gatherings where he and his second wife, the charming Gladys Hargreaves, a physicist and chemist whom he married in October 1973, entertained his many friends and colleagues. Quite often, his daughter Jean Louise (Mrs. Guy Lytle) would join them. On these occasions, he never missed an opportunity to show a new acquisition of some modern painting or antique silverware which held for him a passionate, almost child-like, fascination. Ward Pigman was a gentle man, animated by a personal interest in the plight and welfare of those who worked with him, and of others who turned to him for help.

At the age of 65, Ward Pigman retired from the Chair, but he continued his multi-faceted activities and interests as vigorously as ever. And so, it is not surprising that death reached him while he was actively concerned in the process of organizing a symposium on Glycoproteins in Relation to Pathological Conditions under the auspices of the American Chemical Society,[6] putting the finishing touches to a multi-authored book, *The Glycoconjugates*,[7] working on a solar-energy generating-device, and writing manuscripts.

Testimony to the affection that surrounded him was perhaps best expressed by the unveiling, by the student body of the Graduate School, of a commemorative plaque in the Departmental yard, amidst trees and flowers, many of which had been planted by him. It reads simply: Ward Pigman, 1910–1977. Scientist, Teacher, Friend. He lived all three to the fullest.

ANTHONY HERP

(6) E. F. Walborg, Jr. (Ed.), *Glycoproteins and Glycolipids in Disease Processes*, ACS Symp. Ser. 80, Am. Chem. Soc., Washington, D. C., 1978.
(7) M. I. Horowitz and W. Pigman, *The Glycoconjugates*, Academic Press, New York, Vol. I, 1977; Vol. II, 1978.

FREE-RADICAL REACTIONS OF CARBOHYDRATES AS STUDIED BY RADIATION TECHNIQUES

By Clemens von Sonntag

Institut für Strahlenchemie im Max-Planck-Institut für Kohlenforschung, Mülheim an der Ruhr, West Germany

I. Introduction	7
II. Radical Reactions	9
1. Elimination and Rearrangement Reactions	9
2. Radical–Radical Reactions	17
3. Radical–Scavenger Reactions	18
4. Peroxyl-radical Reactions	23
III. Radical Reactions of Selected Compounds in Aqueous Solution	26
1. Polyhydric Alcohols	26
2. Neutral Sugars	32
3. Sugar Phosphates and Nucleotides	42
4. Amino Sugars	48
5. Radical-induced Scission of the Glycosidic or N–Glycosyl Linkage	51
6. Radical-induced DNA Strand-breaks	58
7. L-Ascorbic Acid	65
IV. Radical Reactions in Crystalline Carbohydrates	67
1. Chain Reactions	69
2. Non-chain, Radical Reactions	73
V. Miscellaneous	74

I. Introduction

Radiation techniques are powerful tools[1-3] for the study of free-radical reactions both in solution and in the solid state. In aqueous solution, the γ-radiolysis of the solvent water gives rise to OH radicals, sol-

---

(1) A. Henglein, W. Schnabel, and J. Wendenburg, *Einführung in die Strahlenchemie*, Verlag Chemie, Weinheim, 1969.
(2) A. J. Swallow, *Radiation Chemistry—An Introduction*, Longmans, Green, London, 1973.
(3) J. W. T. Spinks and R. J. Woods, *An Introduction to Radiation Chemistry*, Wiley, New York, 2nd edn., 1976.

vated electrons (e_{aq}^-), and H atoms as reactive species (see reaction 1).*

$$H_2O \xrightarrow{} \cdot OH, e_{aq}^-, H\cdot, H_2, H_2O_2, H^+, OH^- \qquad (1)$$

Whereas solvated electrons react slowly with carbohydrates,[4,5] OH radicals[4,6,7] and H atoms[4,8] react quite readily with them, the former at nearly diffusion-controlled rates. The solvated electron may be converted by N_2O into ·OH radicals (see reaction 2). In this case, the radicals in the system are then 90% ·OH and 10% ·H.

$$e_{aq}^- + N_2O \rightarrow \cdot OH + N_2 + OH^- \quad (k_2 = 5.6 \times 10^9 \text{ M}^{-1} \cdot \text{s}^{-1})^{4,5} \qquad (2)$$

Both ·OH and H· abstract carbon-bound hydrogen atoms from the (solute) carbohydrate (see reaction 3). The abstraction of oxygen-bound hydrogen atoms is very much less likely.[9]

$$\cdot OH\ (H\cdot) + H-\underset{|}{\overset{|}{C}}-OH \rightarrow H_2O\ (H_2) + \cdot \underset{|}{\overset{|}{C}}-OH \qquad (3)$$

Because of the high reactivity of the ·OH radical, the selectivity with respect to the site of attack is greatly lowered. From D-glucose, for example, six different primary D-glucosyl radicals are formed in about equal yields.[10]

Molecular oxygen adds to primary carbohydrate radicals[11] at a virtually diffusion-controlled rate, to give peroxyl radicals (see reaction 4).

$$\cdot \underset{|}{\overset{|}{C}}-OH + O_2 \longrightarrow \cdot O-O-\underset{|}{\overset{|}{C}}-OH \quad (k_4 \sim 2 \times 10^9 \text{ M}^{-1}\cdot\text{s}^{-1})^{11} \qquad (4)$$

The greater solubility of N_2O as compared to that of O_2 allows suppression of reaction (5) if a 4:1 (v/v) mixture of these gases is used to

---

* The radiation-chemical yield is generally expressed in terms of the G-value (molecules or radicals formed per 100 eV of energy absorbed): $G(\dot{O}H) = 2.7$, $G(e_{aq}^-) = 2.7$, $G(H\cdot) = 0.5$, $G(H^+) = 3.3$, $G(OH^-) = 0.6$, $G(H_2) = 0.45$, and $G(H_2O_2) = 0.7$.

(4) M. Anbar and P. Neta, *Int. J. Appl. Radiat. Isot.*, 18 (1967) 493–523.
(5) M. Anbar, M. Bambenek, and A. B. Ross, *Natl. Stand. Ref. Data Ser. Natl. Bur. Stand.*, 43 (1973); A. B. Ross, *ibid.*, 43 Suppl. (1975).
(6) L. M. Dorfman and G. E. Adams, *Natl. Stand. Ref. Data Ser. Natl. Bur. Stand.*, 46 (1973).
(7) Farhataziz and A. B. Ross, *Natl. Stand. Ref. Data Ser. Natl. Bur. Stand.*, 59 (1977).
(8) M. Anbar, Farhataziz, and A. B. Ross, *Natl. Stand. Ref. Data Ser. Natl. Bur. Stand.*, 51 (1975).
(9) K.-D. Asmus, H. Möckel, and A. Henglein, *J. Phys. Chem.*, 77 (1973) 1218–1221.
(10) M. N. Schuchmann and C. von Sonntag, *J. Chem. Soc. Perkin Trans. 2*, (1978) 1958–1963.
(11) G. E. Adams and R. L. Willson, *Trans. Faraday Soc.*, 65 (1969) 2981–2987.

keep the solution saturated during irradiation. All carbohydrate radicals from reaction 3 will then be converted into the corresponding peroxyl radicals (see reaction 4).

$$e_{aq}^- + O_2 \longrightarrow O_2^{\cdot -} \quad (k_5 = 2 \times 10^{10} \text{ M}^{-1}.\text{s}^{-1})^{4,5} \tag{5}$$

To generate carbohydrate radicals by radiation is in many respects superior to other radical-generating techniques, as no additive is needed, and, except for the small yield of H_2O_2 (from reaction 1; compare Sect. II,3e), no material that could interfere with the free-radical reactions is introduced. Nitrous oxide itself is largely inert towards free-radical attack (compare, Sect. II,3f).

In the crystalline state, radiolysis is the most suitable, free-radical generator. However, the specificity in producing a certain radical species is usually less here than in aqueous solutions, as the radiation energy is absorbed by the carbohydrate itself. Specific reactions, sometimes of preparative interest, occur only if chain reactions are induced within the crystalline material by the radicals generated in the radiolytic processes.

The field of carbohydrate radiation chemistry was reviewed by Phillips[12,13] in 1961 and in 1971. Since then, knowledge has increased so rapidly that it is useful to review it anew. Those readers interested in food sterilization by radiation, and in related studies on carbohydrates, are referred to the review by Dauphin and Saint-Lèbe,[14] wherein references not given in the present article may be found.

The present chapter is not meant to be an arcanum accessible only to the trained radiation chemist, but is intended to give comprehensive information to readers generally interested in carbohydrate and free-radical chemistry. Following a general description of the free-radical reactions thus far discovered for this class of compounds, there is a Section dealing with individual compounds, as well as a special Section on the radiation chemistry of solid carbohydrates, including aspects of preparative interest.

II. Radical Reactions

1. Elimination and Rearrangement Reactions

(a) Elimination of Water.—Carbohydrate radicals undergo a number of elimination reactions, the most ubiquitous of which is the elimination of water (see reaction 6).

(12) G. O. Phillips, *Adv. Carbohydr. Chem.*, 16 (1961) 13–58.
(13) G. O. Phillips, *Radiat. Res. Rev.*, 3 (1971) 335–351.
(14) J.-F. Dauphin and L. R. Saint-Lèbe, in P. S. Elias and A. J. Cohen (Eds.), *Radiation Chemistry of Major Food Components*, Elsevier, Amsterdam, 1977, pp. 131–185.

$$-\dot{C}OH-CHOH- \rightarrow -CO-\dot{C}H- + H_2O \qquad (6)$$

This reaction was first discovered for ethylene glycol by e.s.r. spectroscopy,[15–17] and was later confirmed by product analysis[18,19] and by pulse radiolysis using optical and polarographic detection[20] (see Sect. III,1).

The reaction is acid- and base-catalyzed. The hydroxide ion is a more effective catalyst (diffusion-controlled) than the proton.[20] In the base-catalyzed reaction, the intermediate, radical anions are very short-lived; for example, that ($\cdot CHO^- - CH_2OH$) derived from ethylene glycol eliminates OH^- with a rate constant[21] of 3×10^6 s^{-1}. Substitution of the carbon-bound hydrogen atoms by methyl groups increases the rate somewhat, but not drastically. The radical-anion $\cdot CHO^- - CH_2OH$ is a strongly reducing species. In competition with its OH^- elimination, it may transfer an electron to 4-pyridinecarboxylic acid methyl betaine. The transfer rate[21] is 3.8×10^9 M^{-1}·s^{-1}.

At neutral pH, reaction 6 is readily observed at low radical concentrations. Here, the elimination may be due to the base-catalyzed process, but a contribution from an uncatalyzed reaction cannot be excluded. Experiments to elucidate this point are thus far lacking.

The route that the elimination will take should there be a choice cannot be predicted offhand. Somewhat surprisingly, the radical at C-2 from erythritol eliminates about seven times faster towards C-1 (reaction 7a) than towards C-3 (reaction 7b), as shown by a product analysis[22] and by an e.s.r. spectroscopic[23] study.

$$\begin{array}{c} CH_2OH \\ | \\ \dot{C}-OH \\ | \\ HCOH \\ | \\ CH_2OH \end{array} \xrightarrow{-H_2O} \begin{array}{l} \rightarrow \cdot CH_2-CO-CHOH-CH_2OH \qquad (7a) \\ \\ \rightarrow HOCH_2-CO-\dot{C}H-CH_2OH \qquad (7b) \end{array}$$

(15) R. Livingston and H. Zeldes, *J. Am. Chem. Soc.*, 88 (1966) 4333–4336.
(16) N. M. Bazhin, E. V. Kuznetsov, N. N. Bubnov, and V. V. Voevodskii, *Kinet. Katal.*, 7 (1966) 643–645.
(17) A. L. Buley, R. O. C. Norman, and R. J. Pritchett, *J. Chem. Soc., B*, (1966) 849–852.
(18) F. Seidler and C. von Sonntag, *Z. Naturforsch. Teil B*, 24 (1969) 780–781.
(19) C. von Sonntag and E. Thoms, *Z. Naturforsch. Teil B*, 25 (1970) 1405–1407.
(20) K. M. Bansal, M. Grätzel, A. Henglein, and E. Janata, *J. Phys. Chem.*, 77 (1973) 16–19.
(21) S. Steenken, *J. Phys. Chem.*, 83 (1979) 595–599.
(22) M. Dizdaroglu, H. Scherz, and C. von Sonntag, *Z. Naturforsch. Teil B*, 27 (1972) 29–41.
(23) G. Behrens, unpublished results.

TABLE I

pK Values of Some α-Hydroxyalkyl Radicals and Their Parent Alcohols

Radical	pK Value	pK Value of parent alcohol	ΔpK
ĊH$_2$OH	10.71^a, 10.7^b	15.09^c	−4.38
MeĊHOH	11.51^a, 11.6^b	15.93^c	−4.42
Me$_2$ĊOH	12.03^a, 12.2^b	17.1^c	−5.07
(CF$_3$)$_2$ĊOH	1.70^a	9.8^a	−8.1

^{a} From Ref. 31. ^{b} From Ref. 32. ^{c} From Ref. 33.

(b) **Elimination of HOR and NR$_3$.**—The elimination of HOR from β-alkoxy-α-hydroxyalkyl radicals has been reported for a number of compounds and under different conditions.[24–29] Only the base-catalyzed elimination has been studied kinetically, and it has been shown that its kinetics very much resemble those of the water elimination.[21]

The deamination of radicals of the type R$_3$N$^+$—CH$_2$—ĊOH—R' derived from simple amino alcohols has been shown by e.s.r. spectroscopy to occur by elimination[30] of R$_3$NH$^+$. The pK values of α-hydroxyalkyl radicals are 4 to 8 units lower than those of their parent alcohols (see Table I). Therefore, it has been argued[30] that, near pH 7, the deamination of these radicals occurs from the radical zwitterion (see reaction 8). Similar reactions have been invoked to account for the

$$R_3\overset{+}{N}-CH_2-\underset{\cdot}{\overset{OH}{\underset{|}{C}}}-R \xrightarrow[-H_2O]{OH^-} R_3\overset{+}{N}-CH_2-\underset{\cdot}{\overset{O^-}{\underset{|}{C}}}-R \longrightarrow$$

$$NR_3 + {}^\cdot CH_2-\overset{O}{\underset{\|}{C}}-R \quad (8)$$

(24) M. Dizdaroglu, D. Henneberg, G. Schomburg, and C. von Sonntag, *Z. Naturforsch. Teil B*, 30 (1975) 416–425.
(25) M. Dizdaroglu, J. Leitich, and C. von Sonntag, *Carbohydr. Res.*, 47 (1976) 15–23.
(26) S. Kawakishi, Y. Kito, and M. Namiki, *Agric. Biol. Chem.*, 39 (1975) 1897–1898.
(27) M. Dizdaroglu, K. Neuwald, and C. von Sonntag, *Z. Naturforsch. Teil B*, 31 (1976) 227–233.
(28) C. von Sonntag and M. Dizdaroglu, *Carbohydr. Res.*, 58 (1977) 21–30.
(29) A. G. W. Bradbury and C. von Sonntag, *Carbohydr. Res.*, 60 (1978) 183–186.
(30) T. Foster and P. R. West, *Can. J. Chem.*, 52 (1974) 3589–3598.
(31) G. P. Laroff and R. W. Fessenden, *J. Phys. Chem.*, 77 (1973) 1283–1288.
(32) K.-D. Asmus, A. Henglein, A. Wigger, and G. Beck, *Ber. Bunsenges. Phys. Chem.*, 70 (1966) 756–758.
(33) J. Murto, *Acta Chem. Scand.*, 18 (1964) 1043–1053.

deamination products from 2-amino-2-deoxy-D-glucose.[34] It is considered[30] that the interesting, radiation-induced, radical chain-reaction of choline chloride in the crystalline state[35,36] follows a similar route.

The elimination of the acetamido group has not thus far been observed.[37]

(c) **Elimination of HX (X = Hal, OAc, or OPO_3H_2).**—If α-hydroxyalkyl radicals contain in the β position groups that are better leaving-groups than the OH, OR, or NR_2 groups (for example, X = $Br^{17,38,39}$, Cl, F, $OAc,^{40,41}$ or OPO_3H^{42-44}), the elimination reaction becomes much faster. In the case of X = Cl, the half-life of reaction 9 is[38] shorter than 1 μs.

$$-\dot{C}OH-CHX- \rightarrow -CO-\dot{C}H- + H^+ + X^- \qquad (9)$$

Such a reaction is not restricted to radicals having a hydroxyl group α to the radical site (see reaction 9), but is also observed with radicals derived from ethers. Here, the reaction gives rise to the radicals **3** and **4** (depicted in reactions *11a* and *11b*), as has been shown by e.s.r. spectroscopy.[39] Radical **3** is formed by a nucleophilic substitution at the radical site, whereas radical **4** is formed by an attack at the site of the leaving group. This substitution may be SN2, water being the nucleophile, or E1, with a radical-cation **2** as an intermediate (see reaction *10*). The E1 mechanism (reaction *10* followed by *11a* and *11b*) is

---

(34) A. G. W. Bradbury and C. von Sonntag, *Carbohydr. Res.*, 62 (1978) 223–233.
(35) B. M. Tolbert, P. T. Adams, E. L. Bennett, A. M. Hughes, M. R. Kirk, R. M. Lemmon, R. M. Noller, R. Ostwald, and M. Calvin, *J. Am. Chem. Soc.*, 75 (1953) 1867–1868.
(36) R. M. Lemmon, P. K. Gordon, M. A. Parsons, and F. Mazzetti, *J. Am. Chem. Soc.*, 80 (1958) 2730–2733.
(37) A. G. W. Bradbury and C. von Sonntag, *Z. Naturforsch. Teil B*, 31 (1976) 1274–1284.
(38) G. Behrens and D. Schulte-Frohlinde, *Ber. Bunsenges. Phys. Chem.*, 80 (1976) 429–436.
(39) B. C. Gilbert, J. P. Larkin, and R. O. C. Norman, *J. Chem. Soc. Perkin Trans. 2*, (1972) 794–802.
(40) T. Matsushige, G. Koltzenburg, and D. Schulte-Frohlinde, *Ber. Bunsenges. Phys. Chem.*, 79 (1975) 657–661.
(41) G. Koltzenburg, T. Matsushige, and D. Schulte-Frohlinde, *Z. Naturforsch. Teil B*, 31 (1976) 960–964.
(42) A. Samuni and P. Neta, *J. Phys. Chem.*, 77 (1973) 2425–2429.
(43) S. Steenken, G. Behrens, and D. Schulte-Frohlinde, *Int. J. Radiat. Biol.*, 25 (1974) 205–210.
(44) G. Behrens, G. Koltzenburg, A. Ritter, and D. Schulte-Frohlinde, *Int. J. Radiat. Biol.*, 33 (1978) 163–171.

the more likely, because the radical-cation **5**, which does not react with water, is formed in an analogous reaction (reaction *12*).[45]

$$-\dot{C}OR-CHX- \longrightarrow -\dot{C}OR-\overset{+}{C}H- + X^- \quad (10)$$
$$\phantom{-\dot{C}OR-CHX-}\mathbf{1} \phantom{\longrightarrow -\dot{C}OR-\overset{+}{C}H- + X^-}\mathbf{2}$$

$$\begin{array}{c} -\overset{\cdot}{\underset{|}{C}}-\overset{+}{C}H- \\ OR \\ \mathbf{2} \end{array} \xrightarrow{+H_2O,\ -H^+} \begin{cases} -\overset{OH}{\underset{|}{C}}-\dot{C}H- \quad (11a) \\ OR \\ \mathbf{3} \\[4pt] -\overset{\cdot}{\underset{|}{C}}-\overset{OH}{\underset{|}{C}H}- \quad (11b) \\ OR \\ \mathbf{4} \end{cases}$$

$$\begin{array}{c} Me \\ | \\ O \\ \diagdown \\ \overset{\cdot}{C}-CH_2Cl \\ | \\ Me-O \end{array} \xrightarrow{-Cl^-} \begin{array}{c} Me \\ | \\ \overset{+}{O} \\ \diagup\diagup \\ C-\dot{C}H_2 \\ | \\ Me-O \\ \mathbf{5} \end{array} \quad (12)$$

In the presence of more-nucleophilic entities than water (for example, phosphate), these enter into the radical-cation intermediates, and the corresponding radicals have been observed.[23]

As already mentioned, the phosphate group is rated among the good leaving-groups. However, the rate of phosphate elimination depends strongly on its state of protonation[44] (see Table II). The rate of elimination is considerably increased if the carbon atom α to the leaving group is activated by an adjacent alkyl group.[44]

The radical-induced dephosphorylation of sugar phosphates (see Sect. III,3) and the scission of DNA strands (see Sect. III,6) are mainly due to these reactions, at least in the absence of molecular oxygen.

(d) Formation of Allyl Radicals by Elimination of Water.—Elimination of water to give allyl radicals (reaction *13*) has also been observed

---

(45) G. Behrens, E. Bothe, J. Eibenberger, G. Koltzenburg, and D. Schulte-Frohlinde, *Angew. Chem.*, 90 (1978) 639.

Table II

Estimated Rate-constants of Phosphate Elimination from 2-Methoxyethyl Phosphate-2-yl Radicals[44]

Radical	$k_{10}[s^{-1}]$
MeO—ĊH—CH$_2$—OPO$_3^{2-}$	~0.1–1
MeO—ĊH—CH$_2$—OPO$_3$H$^-$	~10^3
MeO—ĊH—CH$_2$—OPO$_3$H$_2$	~3×10^6
MeO—ĊH—CH$_2$—OPO$_3^-$(CH$_2$—CH$_2$—OMe)	~10^3–10^4
MeO—ĊH—CH$_2$—OPO$_3$H(CH$_2$—CH$_2$—OMe)	~2×10^7
MeO—ĊH—CH$_2$—O—PO$_3$(CH$_2$—CH$_2$—OMe)$_2$	>4×10^7

in a few instances. In aqueous solution, it is most prominent with D-ribose 5-phosphate[46] and 2-acetamido-2-deoxy-D-glucose.[37] It is also observed with neutral sugars irradiated in the solid state.[47]

$$>\!\dot{C}\!-\!CHOH\!-\!CHOH\!-\; \rightarrow\; >\!\dot{C}\!-\!COH\!=\!CH\!-\; +\; H_2O \quad (13a)$$

$$\rightarrow\; >\!\dot{C}\!-\!CH\!=\!COH\!-\; +\; H_2O \quad (13b)$$

(e) Elimination of Carbon Monoxide.—It has been demonstrated with glycolaldehyde and glyceraldehyde that radicals of the type —CHOH—ĊO readily eliminate carbon monoxide[48] (see reaction 14).

$$-\!CHOH\!-\!\dot{C}O\; \rightarrow\; -\!\dot{C}HOH\; +\; CO \quad (14)$$

Apparently, its hydrated form and the ring-closed carbohydrate analogs also undergo such a reaction.[24,28,37,47,49,50]

(f) Fragmentations and Rearrangements of Alkoxyalkyl Radicals.— Radicals derived from ethers show fragmentation if they are suitably substituted.[51] Similarly, fragmentation according to reaction 15 has been observed in disaccharides[49,52] and cyclo-hexa- and -hepta-amyloses.[50]

(46) L. Stelter, C. von Sonntag, and D. Schulte-Frohlinde, *Int. J. Radiat. Biol.*, 29 (1976) 255–269.
(47) M. Dizdaroglu, D. Henneberg, K. Neuwald, G. Schomburg, and C. von Sonntag, *Z. Naturforsch. Teil B*, 32 (1977) 213–224.
(48) S. Steenken and D. Schulte-Frohlinde, *Tetrahedron Lett.*, (1973) 653–654.
(49) C. von Sonntag, M. Dizdaroglu, and D. Schulte-Frohlinde, *Z. Naturforsch. Teil B*, 31 (1976) 857–864.
(50) P. J. Baugh, J. I. Goodall, G. O. Phillips, C. von Sonntag, and M. Dizdaroglu, *Carbohydr. Res.*, 49 (1976) 315–323.
(51) S. Steenken, H.-P. Schuchmann, and C. von Sonntag, *J. Phys. Chem.*, 79 (1975) 763–764.
(52) H. Zegota and C. von Sonntag, *Z. Naturforsch. Teil B*, 32 (1977) 1060–1067.

$$\overset{|}{\underset{|}{\cdot\text{C}}}-\text{O}-\text{R} \longrightarrow \overset{|}{\underset{|}{\text{C}}}=\text{O} + \cdot\text{R} \qquad (15)$$

Rearrangements according to reactions 16 and 17 are analogous reactions.[24,28,49,53,54]

$$(16)$$

$$(17)$$

These rearrangements occur with six-membered, as well as with five-membered, rings.[55]

(g) Hydrolysis of Radicals α to the Lactol Bridge.—The rate of hydrolytic processes appears to be drastically enhanced if the bond to be hydrolyzed is next to a radical site[49] (for example, reactions 18 and 19) (compare Sect. III,5). Such an effect is not too surprising, considering that acid-catalyzed hydrolysis of acetals varies by as much as eight orders of magnitude, depending on the nature of the substituents next to the bonds to be cleaved.[56]

$$(18)$$

(53) V. Hartmann, C. von Sonntag, and D. Schulte-Frohlinde, Z. Naturforsch. Teil B, 25 (1970) 1394–1404.
(54) C. von Sonntag, K. Neuwald, and M. Dizdaroglu, Radiat. Res., 58 (1974) 1–8.
(55) J. W. Wilt, in J. K. Kochi (Ed.), Free Radicals, Vol. I, Wiley–Interscience, New York, 1973, pp. 412 ff.
(56) E. Schmitz and I. Eichhorn, in S. Patai (Ed.), The Chemistry of the Ether Linkage, Interscience Publishers, London, 1967, p. 333.

$$\text{(structure)} \xrightarrow{H_2O} \text{(structure)} + \text{(structure)} \quad (19)$$

(h) **Formation of Malonaldehyde.**—There are many reports on the formation of malonaldehyde from radicals derived from polyhydric alcohols, sugars, starch, and DNA.[57–76] The yield of malonaldehyde increases with increasing pH if the substrates are irradiated in aqueous solution.[57,58] Despite the fact that this observation has been made very often, no satisfactory mechanism has thus far been put forward to account for this product.

Among other discrepancies, it is difficult to see how a (strongly oxidizing) acylalkyl radical[21] could be oxidized as required by the mechanism given in Ref. 60. Another mechanistic proposal[57] requires in the polyhydric alcohol series a primary α or ω radical. As the probability of their formation decreases with increasing chain-length, erythritol should yield more malonaldehyde than, for example, mannitol; this

---

(57) H. Scherz, *Radiat. Res.*, 43 (1970) 12–24.
(58) H. Scherz, *Carbohydr. Res.*, 14 (1970) 417–419.
(59) H. Scherz, *Experientia*, 24 (1968) 420–421.
(60) J. S. Moore and A. F. Norris, *Int. J. Radiat. Biol.*, 29 (1976) 489–492.
(61) G. Berger and L. (R.) Saint-Lèbe, *C. R. Acad. Sci. Ser. D*, 268 (1969) 2620–2623.
(62) G. Berger, D. R. Woodhouse, and L. (R.) Saint-Lèbe, *C. R. Acad. Sci. Ser. D*, 273 (1971) 1064–1067.
(63) N. P. Krushinskaya and M. I. Shal'nov, *Radiobiology (USSR)*, 7 (1967) 36–45.
(64) D. S. Kapp and K. C. Smith, *Radiat. Res.*, 42 (1970) 34–49.
(65) G. Berger, D. R. Woodhouse, and L. Saint-Lèbe, *Staerke*, 24 (1972) 15–19.
(66) G. Berger, J. F. Dauphin, J. P. Michel, G. Enrico, J. P. Agnel, F. Seguin, and L. Saint-Lèbe, *Staerke*, 29 (1977) 80–90.
(67) G. Berger, J. P. Agnel, and L. Saint-Lèbe, *Staerke*, 29 (1977) 40–47.
(68) G. Haesen, G. Stehlik, and E. Maes, *Monatsh. Chem.*, 108 (1977) 79–90.
(69) A. B. Stewart and R. V. Winchester, *Staerke*, 27 (1975) 9–11.
(70) J. S. Moore, G. O. Phillips, and D. Rhys, *Int. J. Radiat. Biol.*, 23 (1973) 113–119.
(71) J. P. Michel, M. Rigouard, G. Berger, and L. Saint-Lèbe, *Staerke*, 29 (1977) 254–260.
(72) D. A. Agievskii, G. N. Razumova, L. I. Kudryashov, and V. V. Generalova, *High Energy Chem. (USSR)*, 9 (1975) 433–435.
(73) R. V. Winchester, *Staerke*, 25 (1973) 230–233.
(74) R. Venkataramani, S. K. Mehta, and S. D. Soman, *Radiat. Eff.*, 30 (1976) 81–83.
(75) T. Bucknall, H. E. Edwards, K. G. Kemsley, J. S. Moore, and G. O. Phillips, *Carbohydr. Res.*, 62 (1978) 49–59.
(76) O. L. Klamerth and F. J. Kocsis, *Int. J. Radiat. Biol.*, 14 (1968) 293–295.

has not, however, been found. The mechanisms proposed in Ref. 75 involve an accumulation of malonaldehyde following mixed, first- and second-order kinetics. However, the increase in the absorbance attributed to malonaldehyde was strictly first-order over a range of dose rate of more than ten-fold.

2. Radical–Radical Reactions

(a) **Reactions of α-Hydroxyalkyl Radicals.**—When interacting with one another, the primary carbohydrate radicals both disproportionate (reaction 20) and dimerize (reaction 21).

$$2 \cdot \overset{|}{\underset{|}{C}}-OH \longrightarrow H-\overset{|}{\underset{|}{C}}-OH + \overset{|}{\underset{|}{C}}=O \qquad (20)$$

$$2 \cdot \overset{|}{\underset{|}{C}}-OH \longrightarrow HO-\overset{|}{\underset{|}{C}}-\overset{|}{\underset{|}{C}}-OH \qquad (21)$$

There may be loss of configuration on passing from alcohol function through the radical state and back to alcohol function; for example, *scyllo*-inositol yields largely *myo*-inositol[77] by way of reaction 20. The epimerization of sugars, observed[78] after irradiation in frozen solution, might also, at least in part, be due to this reaction.

Radicals from simple alcohols have been shown also to disproportionate by way of the enol, as in reaction[79] 22.

$$2 \cdot \underset{\underset{Me}{|}}{\overset{\overset{Me}{|}}{C}}-OH \longrightarrow \underset{\underset{Me}{|}}{\overset{\overset{CH_2}{\|}}{C}}-OH + H-\underset{\underset{Me}{|}}{\overset{\overset{Me}{|}}{C}}-OH \qquad (22)$$

It is to be expected that the corresponding reaction also takes place with the primary carbohydrate radicals. No experiments have thus far been conducted to establish occurrence of this reaction in the carbohydrate series.

The ratio k_{20}/k_{21} is considered to be high for carbohydrate radicals. Only the smallest radical of this group, namely, the hydroxymethyl

(77) A. Kirsch, C. von Sonntag, and D. Schulte-Frohlinde, *J. Chem. Soc. Perkin Trans. 2*, (1975) 1334–1338.
(78) N. K. Kochetkov, L. I. Kudryashov, M. A. Chlenov, and T. Ya. Livertovskaya, *Carbohydr. Res.*, 28 (1973) 86–88.
(79) B. Blank, A. Henne, G. P. Laroff, and H. Fischer, *Pure Appl. Chem.*, 41 (1975) 475–494.

radical, has a pronounced tendency to dimerize, whereas the bulkier ones seem to tend to disproportionate.[80] The tendency of the hydroxymethyl radical to add to other radicals opens up interesting routes to branched-chain sugar derivatives.[81]

(b) Reactions of Acylalkyl Radicals.—The acylalkyl radicals (—CO—ĊH—) either combine[19,22] (reaction 23), or become reduced by the primary carbohydrate radicals[77] (reaction 24).

$$2 \text{ —CO—ĊH—} \rightarrow \text{—CO—CH—CH—CO—} \quad (23)$$

$$\text{—CO—ĊH—} + \text{>Ċ—OH} \rightarrow \text{—CO—CH}_2\text{—} + \text{>C=O} \quad (24)$$

There is no evidence that radicals of the type —CO—ĊH—CHOH— are oxidized by way of enolic intermediates to compounds of the type —CO—CH$_2$—CO—.

Most of the dimeric material that has been found[82–84] in γ-irradiated, deoxygenated aqueous solutions of carbohydrates might be formed by way of reaction 23, especially at low-radical, steady-state conditions, where reaction 6 is of great importance. However, except for ethylene glycol[19] and erythritol,[22] it has not yet been possible to characterize the dimeric material in sufficient detail.

3. Radical–Scavenger Reactions

(a) **Hydrogen-abstraction Reactions.**—The acylalkyl radicals (—CO—ĊH—, from reaction 6) and the β-hydroxyalkylalkyl radicals (—CHOH—ĊH—, from reactions 15 and 16) are rather good, hydrogen-abstracting radicals, and can abstract a hydrogen atom from the substrate (as in reaction 25) and thereby induce chain reactions. For ethylene glycol, the other propagating step is reaction 26 (compare Sect. II,1a).[19,85–89] In aqueous solution at room temperature, k_{25} has

(80) C. von Sonntag and H.-P. Schuchmann, *Adv. Photochem.*, 10 (1977) 59–145.
(81) P. M. Collins, V. R. N. Munashinghe, and N. N. Oparaeche, *J. Chem. Soc. Perkin Trans. 1*, (1977) 2423–2428.
(82) S. A. Barker, P. M. Grant, M. Stacey, and R. B. Ward, *J. Chem. Soc.*, (1959) 2648–2654.
(83) A. J. Bailey, S. A. Barker, and M. Stacey, *Radiat. Res.*, 15 (1961) 538–545.
(84) J. B. Snell, *J. Polym. Sci., Part A*, (1965) 2591–2607.
(85) S. A. Barker, J. S. Brimacombe, and E. D. M. Eades, *Radiat. Res.*, 22 (1964) 357–367.
(86) C. E. Burchill and K. M. Perron, *Can. J. Chem.*, 49 (1971) 2382–2389.
(87) H. J. van der Linde and C. von Sonntag, *Photochem. Photobiol.*, 13 (1971) 147–155.
(88) P. J. Venter, H. J. van der Linde, and R. A. Basson, *J. Chem. Soc. Chem. Commun.*, (1972) 187–188.
(89) D. Schulte-Frohlinde and C. von Sonntag, *Isr. J. Chem.*, 10 (1972) 1139–1150.

been measured[86] as being 75 $M^{-1} \cdot s^{-1}$. As expected, this chain reaction is favored by high concentrations of substrate, high temperature, and low, steady-state, radical concentrations. The primary β-hydroxyalkyl-alkyl radicals —CHOH—CH$_2$ are almost as good hydrogen-abstracting radicals; they abstract hydrogen atoms from alcohols with rate constants ranging[90–92] from 16 to 53 $M^{-1} \cdot s^{-1}$.

Some very interesting chain-reactions occur in the crystalline state, where the matrix provides favorable conditions.[25,26,47,54,93,94] This subject is dealt with more amply in Section IV,1.

$$\text{CHO—}\dot{\text{C}}\text{H}_2 + \text{CH}_2\text{OH—CH}_2\text{OH} \rightarrow$$
$$\text{CHO—CH}_3 + \dot{\text{C}}\text{HOH—CH}_2\text{OH} \quad (25)$$
$$\dot{\text{C}}\text{HOH—CH}_2\text{OH} \rightarrow \text{CHO—CH}_2\text{·} + \text{H}_2\text{O} \quad (26)$$

(b) Reduction of the Acylalkyl Radicals by Phenoxides.—The acylalkyl radicals, for example, CHO—CH$_2$·, (compare Sects. II,1a–c) react rapidly with phenoxides.[21] The rate of this electron-transfer reaction is greatly increased if the phenoxide is suitably substituted with electron-donating groups; for example, the rate constant increases from $k = 4 \times 10^6$ $M^{-1} \cdot s^{-1}$ for phenoxide to $k = 2 \times 10^9$ $M^{-1} \cdot s^{-1}$ for 4-hydroxyphenoxide. (The use of the Hammett equation yields a value of $\rho = -7.9$.) There is also a very fast electron-transfer from N,N'-tetramethyl-p-phenylenediamine ($k = 2 \times 10^9$ $M^{-1} \cdot s^{-1}$).

(c) Reduction by Transition-metal Ions.—The primary carbohydrate radicals (—·COH—) are not reduced by Fe^{2+} ions. However, studies[95] on the reactions of the radicals derived from isopropyl alcohol indicate that these radicals might form a complex with the Fe^{2+} ions. The eventual fate of these radicals is not influenced by the presence of the Fe^{2+} ions.

The oxidizing, acylalkyl radicals (for example, reaction 27) (compare Sects. II,1a–c) readily react with Fe^{2+}. The rate constant for reaction 27a is[96] 4.5×10^5 $M^{-1} \cdot s^{-1}$. The corresponding reaction of Ti^{3+} is[96] somewhat faster (6×10^7 $M^{-1} \cdot s^{-1}$).

(90) C. E. Burchill and I. S. Ginns, *Can. J. Chem.*, 48 (1970) 2628–2632.
(91) C. E. Burchill and I. S. Ginns, *Can. J. Chem.*, 48 (1970) 1232–1238.
(92) C. E. Burchill and G. F. Thompson, *Can. J. Chem.*, 49 (1971) 1305–1309.
(93) C. von Sonntag and M. Dizdaroglu, *Z. Naturforsch. Teil B*, 28 (1973) 367–368.
(94) M. Dizdaroglu, C. von Sonntag, D. Schulte-Frohlinde, and W. W. Dahlhoff, *Ann.*, (1973) 1592–1594.
(95) A. G. Pribush, S. A. Brusentseva, V. N. Shubin, and P. I. Dolin, *High Energy Chem. (USSR)*, 9 (1975) 206–208.
(96) B. C. Gilbert, R. O. C. Norman, and R. C. Sealy, *J. Chem. Soc. Perkin Trans. 2*, (1973) 2174–2180.

$$\text{CHO}-\dot{\text{C}}\text{H}_2 + \text{Fe}^{2+} \rightarrow \text{CHO}-\text{CH}_2^- \; (\leftrightarrow \text{CH}_2\!=\!\text{CHO}^-) + \text{Fe}^{3+} \quad (27a)$$

$$\text{CHO}-\text{CH}_2^- + \text{H}^+ \rightarrow \text{CHO}-\text{CH}_3 \quad (27b)$$

It has been noted that, in the radiolysis of D-ribose 5-phosphate in D_2O, where the radicals **6** or **7**, or both, are generated, free radical or substrate reduction, or both, mainly leads to incorporation of H at C-5 of the product, 5-deoxy-D-*erythro*-pentos-4-ulose, probably by way of transfer of a carbon-bound, hydrogen atom[97] (compare Sect. III,3a).

In the presence of Fe(II) ions, incorporation of D at C-5 occurs either by reduction of the intermediate **6** by way of a reaction analogous to 27, or, possibly, through an enol ether intermediate (**8**) from the short-lived, ring-closed intermediate[46] **7**.

(d) Oxidation by Transition-metal Ions.—Radicals derived from alcohols and carbohydrates are reported to be oxidized by $[\text{Fe(CN)}_6]^{3-}$ at diffusion-controlled rates.[11] Radical **9** from D-ribose 5-phosphate is oxidized by iron(III) ions, and phosphate is eliminated (see reactions 28 and 29). The carbonium ion **10** is a likely intermediate.[46]

There is increasing evidence that radicals might also react with one another by electron transfer.[98] In these reactions, carbonium ions and carbanions are formed without the intermediacy of a transition-metal, redox system.

(97) L. Stelter, C. von Sonntag, and D. Schulte-Frohlinde, Z. *Naturforsch. Teil B*, 30 (1975) 656–657.
(98) H. R. Haysom, J. M. Phillips, and G. Scholes, *J. Chem. Soc. Chem. Commun.*, (1972) 1082–1083.

$$10 \xrightarrow{H_2O} \text{[structure]} \xrightarrow{-\text{(P)}-OH} \text{[structure]} \quad (29)$$

ribo-Pento-
dialdose

(e) Reactions with Hydrogen Peroxide.—Radicals (with particular readiness, those of the type —ĊOH—) react with H_2O_2 (reaction 30). The rate constant of $\cdot CH_2OH$ reacting with H_2O_2 is[90] $k = 4 \times 10^4$ M^{-1}·s^{-1}, and that of $Me_2\dot{C}OH$ is[99,100] an order of magnitude faster ($k = 5 \times 10^5$ M^{-1}·s^{-1}). Experiments in tritiated water[100] show that the oxygen-bound hydrogen atom (or an electron?), but not the neighboring, carbon-bound hydrogen atom, is transferred to H_2O_2.

$$\text{—ĊOH—} + H_2O_2 \rightarrow \text{—CO—} + H_2O + \cdot OH \quad (30)$$

Despite these high rate-constants, radiolytically formed H_2O_2 has only a small influence on the products; this is partly due to its low yield, and partly to the efficiency of the competing reactions.

The radicals derived from ethylene glycol and related compounds react with H_2O_2 in an alkaline medium (pH > 7.5), to give[101] semidione (**11**) and carboxyalkyl radicals (**12**).

$$(31)$$

$$(32)$$

The mechanism of these reactions is not yet fully understood.

(f) Reactions of α-Hydroxyalkyl Radicals with N_2O and Halides.—In general, N_2O is rather inert towards attack by free radicals. It is, however, a good electron acceptor, and efficiently reacts with such ketyl radical ions as are depicted in reaction 33.

(99) C. E. Burchill and P. W. Jones, *Can. J. Chem.*, 49 (1971) 4005–4016.
(100) N. S. Kalyazina, K. S. Kalugin, and Yu. I. Moskalev, *High Energy Chem. (USSR)*, 7 (1973) 416–417.
(101) S. Steenken, *J. Chem. Soc. Chem. Commun.*, (1976) 352–353.

$$N_2O + \overset{|}{\underset{|}{C}}-O^- \rightarrow N_2 + \overset{|}{\underset{|}{C}}=O + O^{\cdot -} \qquad (33)$$

A chain reaction[102–105] sets in if the resulting $O^{\cdot -}$ radical, or its protonated form, the OH radical[106] (pK = 11.9), abstracts a hydrogen atom α to the hydroxyl group of the parent alcohol. The formation of hydrogen from $N_2O + \cdot CH_2O^-$, and methane from $N_2O + Me_2^{\cdot}CO^-$, suggests that the mechanism might not be so simple, and that other reactions may play a role (see later).

The ketyl radical-anion, also, may transfer an electron to alkyl[107] or aryl halides.[108] In these reactions, an alkyl or aryl radical is formed, and this then propagates a chain.

$$R-X + \cdot \overset{|}{\underset{|}{C}}-O^- \longrightarrow R\cdot + X^- + \overset{|}{\underset{|}{C}}=O \qquad (34)$$

(where X = Br or I)

A chain reaction has also been observed with organic peroxides.[109] It has been reported that the 2-hydroxypropyl-(2) radical (derived from isopropyl alcohol) may undergo a chain reaction, even at neutral pH, where the equilibrium concentration of ketyl ion is very low (see Table I), but this chain reaction is not very efficient. Using available data,[99,109] the rate constant for the propagating reaction in the N_2O-2-hydroxypropyl-(2) radical system is calculated to be ~ 150 $M^{-1} \cdot s^{-1}$.

At high temperatures (>500 K), hydroxyalkyl radicals react with N_2O by way of another chain-reaction. An oxygen transfer (reaction 35) has been proposed as one of the chain-carrying steps.[110,111]

$$N_2O + \cdot \overset{|}{\underset{|}{C}}-OH \longrightarrow N_2 + \cdot O-\overset{|}{\underset{|}{C}}-OH \qquad (35)$$

(102) W. V. Sherman, *Chem. Commun.*, (1966) 250–251.
(103) W. V. Sherman, *Chem. Commun.*, (1966) 790–792.
(104) W. V. Sherman, *J. Am. Chem. Soc.*, 89 (1967) 1302–1307.
(105) W. V. Sherman, *J. Phys. Chem.*, 71 (1967) 4245–4255.
(106) J. Rabani and M. S. Matheson, *J. Am. Chem. Soc.*, 86 (1964) 3175–3176.
(107) W. V. Sherman, *J. Phys. Chem.*, 72 (1968) 2287–2288.
(108) R. Backlin and W. V. Sherman, *J. Chem. Soc. Chem. Commun.*, (1971) 453–454.
(109) M. H. Awan, S. A. Chandhri, and Farhataziz, *Nucleus (Calcutta)*, 8 (1971) 87–94.
(110) T. G. Ryan and G. R. Freeman, *J. Phys. Chem.*, 81 (1977) 1455–1458.
(111) T. G. Ryan, T. E. M. Sambrook, and G. R. Freeman, *J. Phys. Chem.*, 82 (1978) 26–29.

(g) **Addition to Double Bonds.**—Radicals derived from carbohydrates can add to carbon–carbon double bonds, as do other alkyl radicals. This reaction requires an activation energy of a few kJ. mol^{-1}, and is therefore slow [for example, k ($\cdot$CH$_2$ – CH$_2$OH + CH$_2$=CH$_2$) = 3×10^4 M^{-1}. s^{-1}; see Ref. 111a] compared to radical–radical reactions. The latter were, however, observed with radicals derived from nucleotides,[112] where the carbon–carbon double bond is within the same molecule (compare Sect. III,3c). In the pure carbohydrate systems, there are no double bonds where the radicals could add, except for the enol intermediates likely to be formed in disproportionation reactions (compare Sect. II,2a). It is not yet clear whether such reactions could contribute to the formation of the oligomer fraction formed[82–84] from sugars irradiated in deoxygenated solutions.

(h) **Reactions with Molecular Oxygen.**—Oxygen reacts with the primary carbohydrate radicals at virtually diffusion-controlled rates ($k_{36} \sim 2 \times 10^9$ M^{-1}. s^1), to give peroxyl radicals[11] (reaction 36).

$$\cdot\overset{|}{\underset{|}{C}}-OH + O_2 \longrightarrow \cdot O-O-\overset{|}{\underset{|}{C}}-OH \qquad (36)$$

Elimination and rearrangement reactions of the primary radicals (see Sect. II,1) that are slower than 2×10^5 s^{-1} are, therefore, suppressed at ordinary concentrations of oxygen (air-saturated: [O$_2$] $\sim 2 \times 10^{-4}$ M). Similarly, radical–radical reactions (see Sect. II,2) cannot compete effectively with reaction 36, even at the high dose-rates of pulse radiolysis. Because the hydroxyalkyl radicals are nearly planar, two different peroxyl radicals are generated at optically active centers.

4. Peroxyl-radical Reactions

(a) **Elimination of HO$_2$· from α-Hydroxyalkylperoxyl Radicals.**— α-Hydroxyalkylperoxyl radicals have been shown to eliminate HO$_2$· in an uncatalyzed reaction and by way of a base-induced reaction.[113–117]

(111a) T. Söylemez and C. von Sonntag, *J. Chem. Soc., Perkin Trans.* 2, (in press).
(112) K. Keck, *Z. Naturforsch. Teil B*, 23 (1968) 1034–1043.
(113) J. Rabani, D. Klug-Roth, and A. Henglein, *J. Phys. Chem.*, 78 (1974) 2089–2093.
(114) Y. Ilan, J. Rabani, and A. Henglein, *J. Phys. Chem.*, 80 (1976) 1558–1565.
(115) E. Bothe, G. Behrens, and D. Schulte-Frohlinde, *Z. Naturforsch. Teil B*, 32 (1977) 886–889.
(116) E. Bothe, D. Schulte-Frohlinde, and C. von Sonntag, *J. Chem. Soc. Perkin Trans.* 2, (1978) 416–420.
(117) E. Bothe, M. N. Schuchmann, D. Schulte-Frohlinde, and C. von Sonntag, *Photochem. Photobiol.*, 28 (1978) 639–644.

$$\underset{\underset{R'}{|}}{\overset{\overset{R}{|}}{HO-C-O_2^{\bullet}}} \longrightarrow \underset{\underset{R'}{|}}{\overset{\overset{R}{|}}{C}}=O + HO_2^{\bullet} \qquad (37)$$

$$\underset{\underset{R'}{|}}{\overset{\overset{R}{|}}{HO-C-O_2^{\bullet}}} + B^- \longrightarrow \underset{\underset{R'}{|}}{\overset{\overset{R}{|}}{C}}=O + O_2^{\bullet-} + BH \qquad (38)$$

The uncatalyzed $HO_2^{\bullet}$ elimination from the peroxyl radical derived from methanol is too slow to be measured at room temperature ($k < 10$ s^{-1}). That derived from ethanol eliminates $HO_2^{\bullet}$ with $k = 52$ s^{-1}, and that derived from isopropyl alcohol undergoes an even faster elimination of $HO_2^{\bullet}$ ($k = 665$ s^{-1}). The activation energies are[117] ~60 kJ. mol^{-1}. If OH$^-$ acts as the base, reaction 38 occurs at rates that are near to diffusion-controlled. The catalysis by phosphate is three orders of magnitude slower.

The $HO_2^{\bullet}$ elimination reactions of the peroxyl radicals derived from polyhydric alcohols and from neutral sugars[10,116,118] are discussed in more detail later (see Sects. III,1b and 2b, respectively).

(b) Reactions with Other Peroxyl Radicals.—At high concentrations of peroxyl radicals, reactions second-order in peroxyl radicals play a role.[119] The combination of two peroxyl radicals may give rise to a tetraoxide intermediate[119] (for example, **14**), which must be very short-lived at room temperature and that rapidly decomposes into products. There appears to be little back-reaction into two peroxyl radicals if the "tetraoxide" can undergo a facile fragmentation.[120,121] The reaction is then virtually diffusion-controlled. In many reactions of primary and secondary peroxyl radicals, the Russell mechanism (a concerted reaction giving O_2, a carbonyl compound, and an alcohol) appears to operate.[119] Such a process does not play an important role in the fate of the peroxyl radicals derived from methanol[120] or *tert*-butanol.[121]

The hydroxymethyl peroxyl radicals[120] decompose mainly according

---

(118) M. N. Schuchmann and C. von Sonntag, *Z. Naturforsch. Teil B*, 33 (1978) 329–331.
(119) J. A. Howard, in J. K. Kochi (Ed.), *Free Radicals*, Vol. II, Wiley, New York, 1973, pp. 3–62.
(120) E. Bothe and D. Schulte-Frohlinde, *Z. Naturforsch., Teil B*, 33 (1978) 786–788.
(121) M. N. Schuchmann and C. von Sonntag, *J. Phys. Chem.*, 83 (1979) 780–784.

to reaction 39. The corresponding reaction is also given by the peroxyl radicals derived from *tert*-butanol.[121]

$$2 \text{ HOCH}_2\text{—O}_2^{\cdot} \rightarrow \text{H}_2\text{O}_2 + 2 \text{ HCO}_2\text{H} \qquad (39)$$

Because of the fast $\text{HO}_2^{\cdot}$ elimination of the peroxyl radical derived from isopropyl alcohol **17** (reaction 44; compare Sect. II,4a), it is very difficult to study the bimolecular decay of this radical without the interference of the first-order decay, even at the dose rates of pulse radiolysis. This radical would be the simplest model for carbohydrates. As good models, at least for the peroxyl radicals at the lactol bridge (C-5 in D-ribo- and D-gluco-pyranose), diethyl ether[122,123] or *tert*-butanol[121] may serve. The peroxyl radical (**13**) of the latter is of some relevance, because of the OH group at the neighboring carbon atom. The peroxyl radicals derived from diethyl ether and *tert*-butanol both show considerable C–C bond fragmentation. The probable mechanism for the *tert*-butanol-derived peroxyl radical is given by reactions 40 to 44. Similar reactions have been observed with the peroxyl radicals derived from diethyl ether.

$$2 \underset{\underset{\text{Me}}{|}}{\overset{\overset{\text{Me}}{|}}{\text{HO—C—CH}_2\text{—O}_2^{\cdot}}} \longrightarrow \underset{\underset{\text{Me}}{|}}{\overset{\overset{\text{Me}}{|}}{\text{HO—C—CH}_2\text{—O—O—O—O—CH}_2\text{—C—OH}}}\overset{\text{Me}}{\underset{\text{Me}}{|}} \qquad (40)$$

13 **14**

$$\mathbf{14} \xrightarrow{-\text{O}_2} 2 \underset{\underset{\text{Me}}{|}}{\overset{\overset{\text{Me}}{|}}{\text{HO—C—CH}_2\text{O}^{\cdot}}} \xrightarrow{-2 \text{ CH}_2\text{O}} 2 \underset{\underset{\text{Me}}{|}}{\overset{\overset{\text{Me}}{|}}{^{\cdot}\text{C—OH}}} \qquad (41, 42)$$

15 **16**

$$\underset{\underset{\text{Me}}{|}}{\overset{\overset{\text{Me}}{|}}{\text{HO—C}^{\cdot}}} \xrightarrow{\text{O}_2} \underset{\underset{\text{Me}}{|}}{\overset{\overset{\text{Me}}{|}}{\text{HO—C—O}_2^{\cdot}}} \xrightarrow{-\text{HO}_2^{\cdot}} \underset{\underset{\text{Me}}{|}}{\overset{\overset{\text{Me}}{|}}{\text{C=O}}} \qquad (43, 44)$$

16 **17**

The kinetics of this reaction have been monitored by pulse radiolysis, using conductivity detection. At pH 9.5, the half-life of **17** is <3.5 μs, because of the base-induced reaction 38, and the appear-

(122) D. Lindsay, J. A. Howard, E. C. Horswill, L. Iton, K. V. Ingold, T. Cobbley, and A. Li, *Can. J. Chem.*, 51 (1973) 870–880.
(123) C. von Sonntag, K. Neuwald, H.-P. Schuchmann, F. Weeke, and E. Janssen, *J. Chem. Soc. Perkin Trans.* 2, (1975) 171–175.

ance of $H^+ + O_2^{\cdot-}$ [$pK_a(HO_2^{\cdot}) = 4.75$ (see Ref. 124)] reflects the rate of reaction 40.

In neutral sugars, the fragmentation reactions are most likely with radicals sited at the lactol bridge (C-5 in D-gluco[10] and D-ribo-pyranose[28]), because these radicals undergo $HO_2^{\cdot}$ elimination only slowly (see Sect. III,2). In D-ribose 5-phosphate[125] (see Sect. III,3) and in DNA[126] (see Sect. III,6), these bimolecular reactions of peroxyl radicals lead to dephosphorylation and strand breaks, respectively.

Radicals **15** may combine within the solvent cage to give the peroxide **18** (reaction 45), in competition with fragmentation (reaction 42)

$$2\ \text{HO}-\underset{\underset{\text{Me}}{|}}{\overset{\overset{\text{Me}}{|}}{\text{C}}}-\text{CH}_2-\text{O}^{\cdot} \longrightarrow \text{HO}-\underset{\underset{\text{Me}}{|}}{\overset{\overset{\text{Me}}{|}}{\text{C}}}-\text{CH}_2-\text{O}-\text{O}-\text{CH}_2-\underset{\underset{\text{Me}}{|}}{\overset{\overset{\text{Me}}{|}}{\text{C}}}-\text{OH} \quad (45)$$

15 **18**

and other processes. For neutral sugars, the corresponding peroxides are not stable, and hydrolyze to carbonyl compounds and H_2O_2.

It appears that, at least at room temperature, $O_2^{\cdot-}$ reacts only slowly with other peroxyl radicals (see, for example, Ref. 121). The reaction of two $O_2^{\cdot-}$ with one another is negligible, or does not occur at all ($2k < 0.3\ M^{-1}\cdot s^{-1}$),[124] and, at neutral pH, $O_2^{\cdot-}$ largely disappears by reacting with its conjugate acid, namely, $HO_2^{\cdot}$ ($k = 8.9 \times 10^7\ M^{-1}\cdot s^{-1}$)[124].

The $O_2^{\cdot-}$ radical-ion apparently does not react with alcohols[127] or such neutral sugars as D-glucose[118] (see Sect. III,2b). However, it reacts rapidly with L-ascorbate[128,129] (see Sect. III,7).

III. Radical Reactions of Selected Compounds in Aqueous Solution

1. Polyhydric Alcohols

The free-radical chemistry of polyhydric alcohols in deoxygenated solutions has been extensively investigated by using radiolysis and ra-

---

(124) B. H. J. Bielski and A. O. Allen, *J. Phys. Chem.*, 81 (1977) 1048–1050.
(125) L. Stelter, C. von Sonntag, and D. Schulte-Frohlinde, *Z. Naturforsch. Teil B*, 30 (1975) 609–615.
(126) M. Dizdaroglu, D. Schulte-Frohlinde, and C. von Sonntag, *Z. Naturforsch. Teil C*, 30 (1975) 826–828.
(127) G. Hughes and H. A. Makada, *Adv. Chem. Ser.*, 75 (1968) 102–111.
(128) C. L. Greenstock and G. W. Ruddock, *Int. J. Radiat. Phys. Chem.*, 8 (1976) 367–369.
(129) B. H. J. Bielski and H. W. Richter, *J. Am. Chem. Soc.*, 99 (1977) 3019–3023.

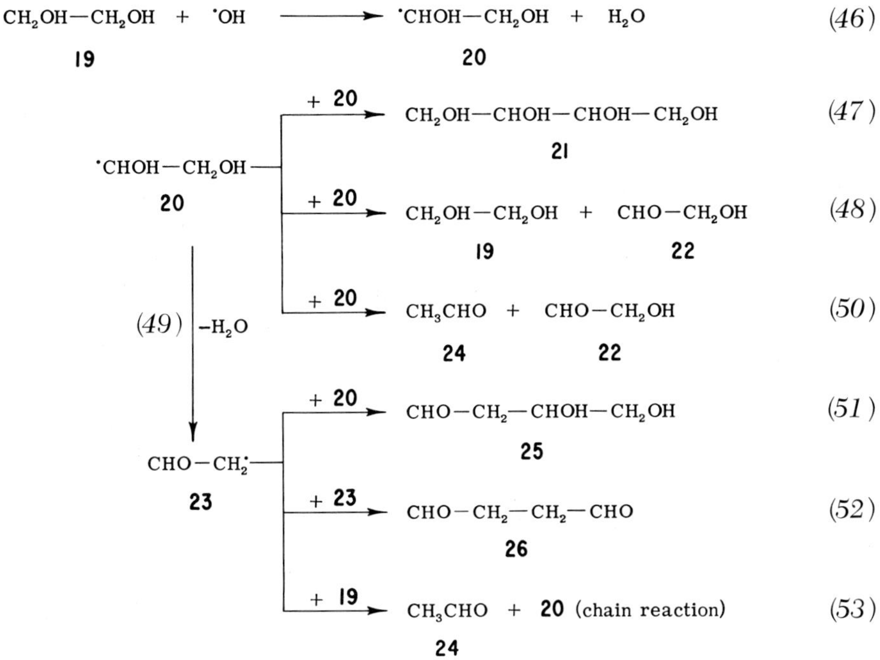

$$CH_2OH-CH_2OH + {}^{\bullet}OH \longrightarrow {}^{\bullet}CHOH-CH_2OH + H_2O \qquad (46)$$
$$19 \phantom{+ {}^{\bullet}OH \longrightarrow }20$$

$${}^{\bullet}CHOH-CH_2OH \begin{cases} \xrightarrow{+\ 20} CH_2OH-CHOH-CHOH-CH_2OH & (47) \\ \phantom{\xrightarrow{+\ 20}}\quad 21 & \\ \xrightarrow{+\ 20} CH_2OH-CH_2OH + CHO-CH_2OH & (48) \\ \phantom{\xrightarrow{+\ 20}}\quad 19 \qquad\qquad 22 & \\ \xrightarrow{+\ 20} CH_3CHO + CHO-CH_2OH & (50) \\ \phantom{\xrightarrow{+\ 20}}\quad 24 \qquad\quad 22 & \end{cases}$$

$$20 \xrightarrow[-H_2O]{(49)} CHO-CH_2^{\bullet} \begin{cases} \xrightarrow{+\ 20} CHO-CH_2-CHOH-CH_2OH & (51) \\ \phantom{\xrightarrow{+\ 20}}\qquad\quad 25 & \\ \xrightarrow{+\ 23} CHO-CH_2-CH_2-CHO & (52) \\ \phantom{\xrightarrow{+\ 20}}\qquad\quad 26 & \\ \xrightarrow{+\ 19} CH_3CHO + 20 \text{ (chain reaction)} & (53) \\ \phantom{\xrightarrow{+\ 19}}\quad 24 & \end{cases}$$
$$23$$

Scheme 1.—Reactions of Radicals Derived from Ethylene Glycol. [The G-values of products[19] of a N_2O-saturated, 0.1 M solution of ethylene glycol at 20° and at a dose rate of 0.1 W.kg^{-1} are: G(tetritol, **21**) = 0.15, G(glycolaldehyde, **22**) = 1.05, G(acetaldehyde, **24**) = 1.2, G(2-deoxytetrose, **25**) = 0.25, and G(succinaldehyde, **26**) = 1.7].

diomimetic systems. There are reports on e.s.r.[15–17,39,43,86,96,101,130–132] and pulse-radiolysis studies.[20,60] Product studies deal with ethylene glycol,[18,19,57,85–89,133–141] 1,2-propanediol,[142] glycerol, [57,59,143] erythritol,[22,57] ribitol,[57] D-glucitol,[57,144,145] D-mannitol,[57,146] *myo*-inositol,[147] and *scyllo*-inositol.[77]

(130) A. L. Karasev, *High Energy Chem. (USSR)*, 11 (1977) 81–82.
(131) R. O. C. Norman and R. J. Pritchett, *J. Chem. Soc., B*, (1967) 1329–1332.
(132) T. Ohmae, H. Sakurai, S.-I. Ohnishi, K. Kuwata, and I. Nitta, *J. Chem. Phys.*, 46 (1967) 1865–1869.
(133) S. A. Barker, J. C. Bevington, J. S. Brimacombe, and E. D. M. Eades, *J. Chem. Soc.*, (1962) 4508–4512.
(134) L. I. Kartasheva, O. A. Sosnovskii, and A. K. Pikaev, *High Energy Chem. (USSR)*, 5 (1971) 327–328.
(135) L. I. Kartasheva and A. K. Pikaev, *High Energy Chem. (USSR)*, 7 (1973) 382–386.
(136) L. I. Kartasheva and A. K. Pikaev, *High Energy Chem. (USSR)*, 7 (1973) 28–31.
(137) L. I. Kartasheva and A. K. Pikaev, *High Energy Chem. (USSR)*, 9 (1975) 212–215.
(138) A. K. Pikaev and L. I. Kartasheva, *Int. J. Radiat. Phys. Chem.*, 7 (1975) 395–415.
(139) V. S. Vetrov, E. P. Kalyazin, E. P. Petryaev, and V. N. Sokolov, *High Energy Chem. (USSR)*, 7 (1973) 336–337.

The reactions of peroxyl radicals derived from polyhydric alcohols were studied by using flash photolysis of H_2O_2 as the radiomimetic system,[116] and by various product studies on ethylene glycol,[148,149] glycerol,[149] erythritol,[145] D-arabinitol,[149] D-mannitol,[146,149] D-glucitol,[145,150,151] *myo*-inositol,[147,152–154] and *scyllo*-inositol.[77]

(a) **Deoxygenated Solutions.**—Among the polyhydric alcohols, ethylene glycol,[19] erythritol,[22] and *scyllo*-inositol[77] have been the most widely studied. For these, the elimination of water from the 1,2-dihydroxyalkyl radicals (compare Sect. II,1a) is always observed as one of the important processes (see Schemes 1–3). For ethylene glycol, G-values of all products are essentially temperature-independent, except for that of acetaldehyde, which strongly increases with increasing temperature ($G = 0.5$ at 0°, 1.2 at 20°, and 6.4 at 80°)[19]; this is due to a chain reaction (reaction 53; compare, also, Sect. II,3a). At higher concentrations of ethylene glycol, G(acetaldehyde) increases further, and, in neat ethylene glycol and at low dose-rates, G(acetaldehyde) = 200,000 has been found.[88] On irradiation of neat ethylene glycol, a high G(2-methyl-1,3-dioxolane) had been observed[85] in 1964, and it is now considered that acetaldehyde formed in the chain reaction is the probable precursor of this compound.

The G-values of all products depend on the dose rate, not only that of acetaldehyde, the product of the chain reaction (reaction 53). At high dose-rates, the elimination of water (reaction 49) cannot compete effectively with the disproportionation and combination reactions of

---

(140) V. S. Vetrov, E. P. Kalyazin, and E. P. Petryaev, *High Energy Chem. (USSR)*, 9 (1975) 209–211.
(141) C. Walling and R. A. Johnson, *J. Am. Chem. Soc.*, 97 (1975) 2405–2407.
(142) G. Schwenker, *Arch. Pharm. (Weinheim)*, 294 (1961) 661–679.
(143) A. F. Norris, Ph. D. Thesis, Salford, 1977.
(144) G. O. Phillips and W. J. Criddle, *J. Chem. Soc.*, (1961) 3763–3770.
(145) G. O. Phillips and K. W. Davies, *J. Chem. Soc.*, (1964) 3981–3990.
(146) G. O. Phillips, *J. Chem. Soc.*, (1963) 297–303.
(147) W. J. Criddle and E. Ward, *J. Chem. Soc., B*, (1970) 40–43.
(148) M. Ahmad, M. H. Awan, and D. Mohammad, *J. Chem. Soc., B*, (1968) 945–946.
(149) K. Stockhausen, *Atomkernenergie*, 24 (1974) 51–53.
(150) G. O. Phillips and W. J. Criddle, *J. Chem. Soc.*, (1961) 3756–3762.
(151) G. O. Phillips and G. J. Moody, *Int. J. Appl. Radiat. Isot.*, 6 (1959) 78–85.
(152) E. Bancher, J. Washüttl, B. Schmidt, P. Riederer, and F. Wurst, *J. Radioanal. Chem.*, 24 (1975) 295–301.
(153) E. Bancher, J. Washüttl, B. Schmidt, P. Riederer, and F. Wurst, *J. Radioanal. Chem.*, 24 (1975) 303–312.
(154) E. Bancher, J. Washüttl, B. Schmidt, P. Riederer, and F. Wurst, *Anal. Chem.*, 30 (1977) 303–310.

the primary radical **20** (see reactions 47 and 48). Therefore, the ratio G(glycolaldehyde)/G(succindialdehyde) increases with increasing dose-rate.[19]

In alkaline solution (0.1 M KOH) and in the presence of N_2O, the formation of formaldehyde and acetic acid is observed.[137,138] The mechanism of these reactions still awaits clarification.

The radiolysis of erythritol[22] is similar to that of ethylene glycol.

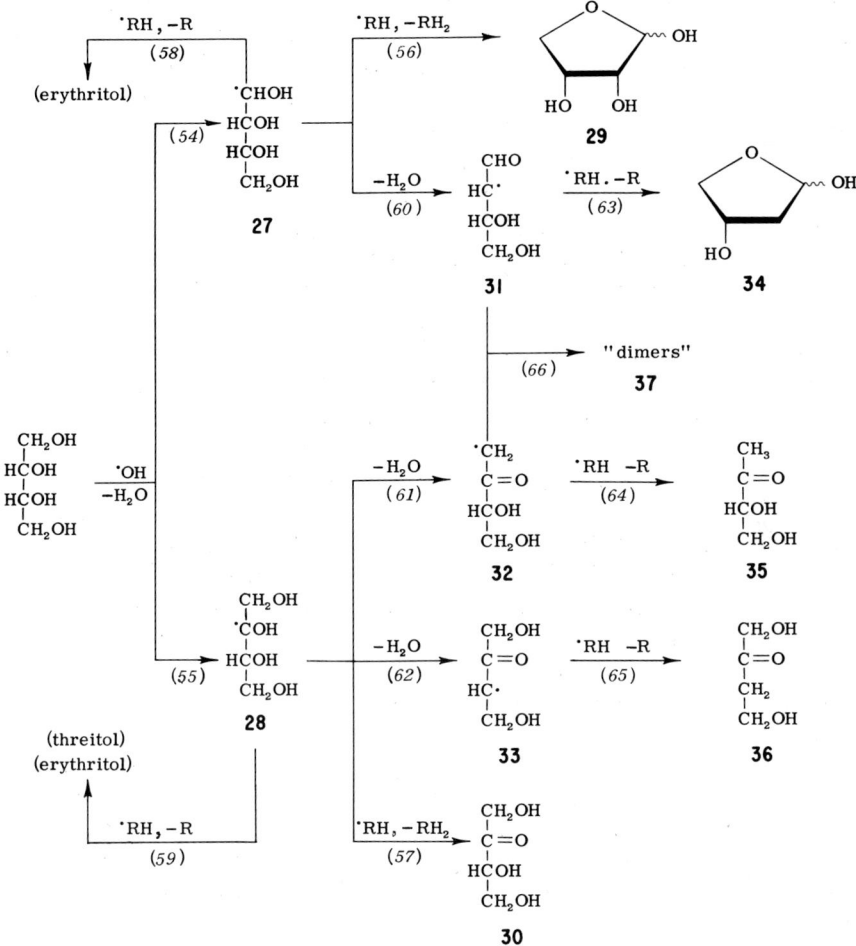

Scheme 2.—Reactions of Radicals Derived from Erythritol. [The G-values of products[22] of a N_2O-saturated, 0.01 M solution of erythritol at 20° and at a dose rate of 2.8 W.kg^{-1} are: G(erythrose, **29**) = 1.3, G(*glycero*-tetrulose, **30**) = 1.4, G(2-deoxytetrose, **34**) = 0.7, G(1-deoxytetrulose, **35**) = 0.75, G(3-deoxytetrulose, **36**) = 0.1, G("dimers," **37**) = 0.45, G(glyceraldehyde) = 0.1, and G(glycolaldehyde) = <0.1]

However, five different radicals (**27, 28,** and **31–33**) have to be considered (see Scheme 2). It may be noted that the radical at C-2, namely, **28**, eliminates water seven times as fast towards C-1 (reaction *61*) as towards C-3 (reaction *62*), as may be seen from the relative abundances of the products, namely, 1-deoxytetrulose **35**, and 3-deoxytetrulose **36**. This result was confirmed by the relative, steady-state concentrations of their precursor radicals, **32** and **33**, in an e.s.r.-spectroscopic experiment.[23] In the "dimer" fraction (**37**), only material from precursor radicals **31** and **32** has been detected, in agreement with the results for ethylene glycol, where the major "dimer" was succinaldehyde (compare, legend to Scheme 1), the combination product of the radicals formed after elimination of water from the primary radicals.

On reduction, the radical $CH_2OH—\dot{C}OH—CHOH—CH_2OH$ (**28**) is expected to give both erythritol and threitol (reaction *59*), but the formation of threitol was not checked. However, in the case of *scyllo*-inositol,[77] *myo*-inositol (**42**) (see Scheme 3, reaction *67*) has been detected as a major product. At 0°, the material balances G(Products) = G(·OH + ·H) and G(*scyllo-myo*-inosose, **40**) = G(deoxyinosose, **43**) + G(*myo*-inositol, **39**) could be achieved. At low temperature and high dose-rate, the primary radicals (**38**) preponderate in their steady-state concentration, and reduce (see reaction *70*) practically all acylalkyl radicals (**42**) formed in reaction *69*. They also disproportionate with one another, to give *scyllo-myo*-inosose (**40**), *myo*-inositol (**39**), and *scyllo*-inositol (**41**) (reactions *67* and *68*). The good material-balance implies that the yield of *scyllo*-inositol must be low, and it was concluded that radicals **38** mainly undergo reaction *67*. Once radical **38** is formed, the carbon atom may lose its former configuration, because the radical is only slightly pyramidal. Why, in the disproportionation reaction, the formation of *myo*-inositol (reaction *67*) is very much favored over the formation of *scyllo*-inositol (reaction *68*) is not yet understood.

At 25°, especially at low dose-rates, a good material-balance on the basis of the products listed in Scheme 3 is not obtained, most probably because of formation of "dimer." At low dose-rate and a higher temperature, the radicals **42** are likely to be more abundant in the steady state than the primary radicals **38**, and an excess of the former necessarily leads to formation of "dimer."

(b) **Oxygenated Solutions.**—In oxygenated solutions, the primary radicals are scavenged by molecular oxygen (see Sect. II,3h), and reactions such as those just described cannot occur. Instead, the products arise from the reactions of the peroxyl radicals. The peroxyl radicals derived from polyhydric alcohols readily eliminate HO_2· (see Sect.

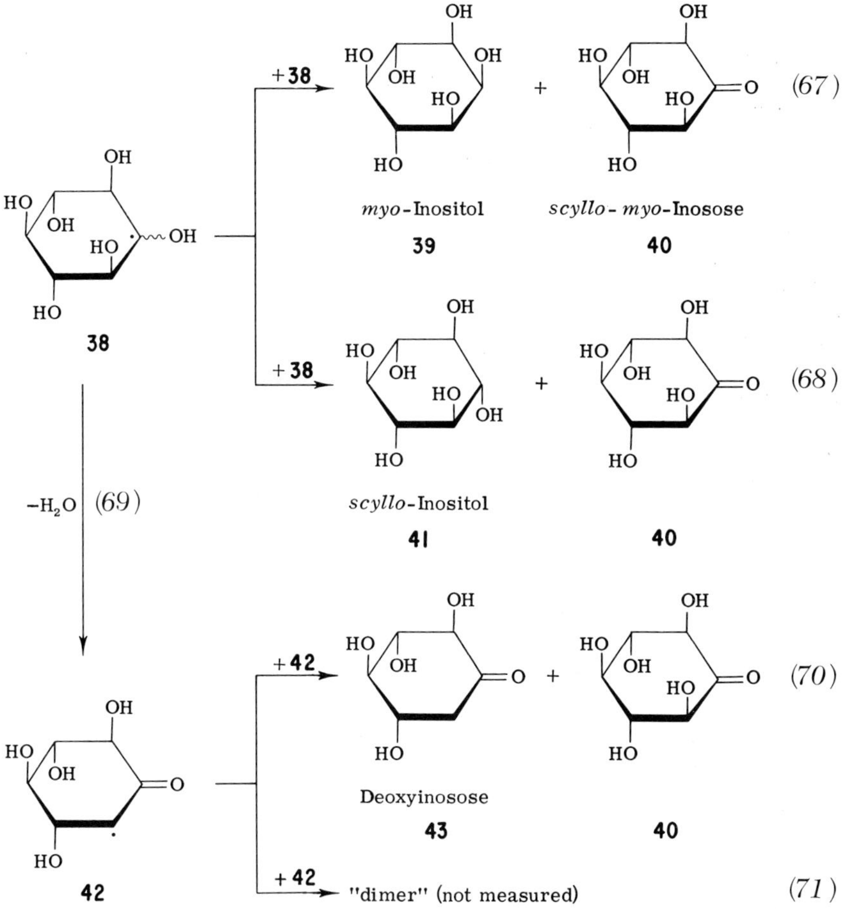

Scheme 3.—Reactions of Radicals Derived from scyllo-Inositol. [The G-values of products[77] in the γ-radiolysis of a N_2O-saturated, 0.01 M solution of scyllo-inositol at 0° and a dose rate of 2.9 W.kg^{-1} are: G(scyllo-myo-inosose, **40**) = 3.0, G(myo-inositol, **39**) = 2.1, and G(deoxyinosose, **43**) = 1.1].

II,4a), to give the corresponding carbonyl compound. Therefore, the combined G-values of the carbonyl compounds essentially equal G(ȮH), and G(H_2O_2) usually reaches[77,149] the expected value of 3.6. Kinetic data on the rate of the uncatalyzed HO_2· elimination of various polyhydric alcohols are given in Table III. It may be seen that, with all polyhydric alcohols except ethylene glycol, two first-order processes are observed, one with $k \sim 200$ s^{-1}, and the other with $k \sim 2700$ s^{-1}. In the series of acyclic polyhydric alcohols, the contribution of the fast process increases with increasing chain-length. With the (cyclic)

TABLE III

First-order Rate-constants of the HO_2^- Elimination of Peroxyl Radicals Derived from Various Substrates[116] and the Ratio of G(ketoses) to G(aldoses)[149]

Substrate	Rate constant [s⁻¹] (pH = 5.5, T = 22°)			Relative yields of the different reactions			G (ketoses) / G (aldoses)
	Slow	Fast	Within flash duration	Slow	Fast	Within flash duration	
Ethylene glycol	190						
Glycerol	210	3000		1	0.15		0.53
Erythritol	190	3000		1	0.8		0.95
Xylitol	220	2800		1	0.9		1.57[a]
D-Glucitol	210	2700		1	1.3		2.05[b]
myo-Inositol	470	2600		1	0.8		
D-Glucose	400	2600	>70,000	1	0.5	0.95	
Methyl α-D-glucopyranoside	400	2000		1	0.6		
Di-2-propyl ether	<10						

[a] D-Arabinitol as substrate. [b] D-Mannitol as substrate.

inositol also, two processes are observed. For the latter, it could be argued that equatorial and axial peroxyl radicals (note that the configuration is lost on going through the radical state) eliminate at different rates. This argument does not apply for the acyclic, polyhydric alcohols; for these, it seems possible that the peroxyl radicals at the ends (giving rise to aldoses) and those in the interior of the molecule (giving rise to ketoses) might eliminate at different rates. Indeed, with increasing chain-length, the ratio G(ketoses)/G(aldoses) increases, as does the ratio of the importance of the fast process to that of the slow one (see Table III). However, there is no quantitative fit, and other contributions must play a role.

2. Neutral Sugars

The radiation chemistry of neutral sugars in aqueous solution follows lines similar to those reported for the polyhydric alcohols (see Sect. III,1); however, the lactol bridge introduces a new and interesting feature. E.s.r.-spectroscopic studies have been made on frozen solutions[155–159] and on radiomimetic systems.[48,131,160,161] Except for the small aldehydes glycolaldehyde and glyceraldehyde,[48] the complexity

(155) P. J. Baugh, K. Kershaw, and G. O. Phillips, *Nature (London)*, 221 (1969) 1138–1139.
(156) P. J. Baugh, K. Kershaw, and G. O. Phillips, *J. Chem. Soc., B*, (1970) 1482–1489.

of the systems did not allow full interpretation of the spectra. With a radiomimetic system (flash photolysis of H_2O_2), the kinetics of the $HO_2\cdot$ elimination from the peroxyl radicals derived from D-glucose was investigated.[116]

Many product studies have been made, both for deoxygenated solutions (glycolaldehyde,[48] glyceraldehyde,[48] 2-deoxy-D-*erythro*-pentose,[53,89,162] D-ribose,[28,57,78] D-arabinose,[57] D-xylose,[57] D-glucose,[24,57,68,82,84,163–175] D-mannose,[57,167,176] D-galactose,[57,167,170] and D-fructose[57,74,165,172,177]), and in the presence of oxygen (D-ribose,[28,178] D-glucose,[10,151,163,166,167,179–181] D-mannose,[167,179,182] D-galactose,[167,179] and D-fructose[177]),

---

(157) I. E. Makarov, B. G. Ershov, and A. K. Pikaev, *Bull. Acad. Sci. USSR, Div. Chem. Sci.*, (1972) 95–98.
(158) J. Bardsley, P. J. Baugh, and G. O. Phillips, *J. Chem. Soc. Perkin Trans. 2*, (1975) 614–619.
(159) G. V. Abagyan, A. S. Aspresyan, and A. M. Dubinskaya, *Russ. J. Phys. Chem.*, 50 (1976) 16–20.
(160) P J. Baugh, O. Hinojosa, and J. C. Arthur, Jr., *J. Phys. Chem.*, 71 (1967) 1135–1137.
(161) J. Schmidt and D. C. Borg, *Radiat. Res.*, 65 (1976) 220–237.
(162) B. Parsons, D. Schulte-Frohlinde, and C. von Sonntag, *Z. Naturforsch., Teil B*, 33 (1978) 666–668.
(163) G. O. Phillips, G. J. Moody, and G. L. Mattok, *J. Chem. Soc.*, (1958) 3522–3534.
(164) P. M. Grant and R. B. Ward, *J. Chem. Soc.*, (1959) 2871–2876.
(165) S. V. Starodubtsev, M. P. Tikhomolova, E. L. Aizenshtat, and K. Tashukhamedova, *J. Gen. Chem. USSR*, 31 (1961) 2903–2905.
(166) G. O. Phillips, *Radiat. Res.*, 18 (1963) 446–460.
(167) N. K. Kochetkov, L. I. Kudryashov, S. M. Yarovaya, and É. I. Bortsova, *J. Gen. Chem. USSR*, 35 (1965) 270–272.
(168) N. M. Émanuél', V. A. Sharpatyi, M. T. Nadzhimiddinova, L. I. Kudryashov, S. M. Yarovaya, and N. K. Kochetkov, *Dokl. Phys. Chem.*, 177 (1967) 875–878.
(169) H. Scherz, *Nature (London)*, 219 (1968) 611–612.
(170) N. K. Kochetkov, L. I. Kudryashov, S. M. Yarovaya, and S. V. Voznesenskaya, *Bull. Acad. Sci. USSR, Div. Chem. Sci.*, (1970) 211.
(171) L. I. Kudryashov, S. M. Yarovaya, S. V. Voznesenskaya, and N. K. Kochetkov, *J. Gen. Chem. USSR*, 41 (1971) 441–446.
(172) S. Kawakishi, Y. Kito, and M. Namiki, *Carbohydr. Res.*, 30 (1973) 220–222.
(173) S. Kawakishi and M. Namiki, *Carbohydr. Res.*, 26 (1973) 252–254.
(174) H. Esterbauer, J. Schubert, E. B. Sanders, and C. C. Sweeley, *Z. Naturforsch. Teil B*, 32 (1977) 315–320.
(175) S. Kawakishi, Y. Kito, and M. Namiki, *Agric. Biol. Chem.*, 41 (1977) 951–957.
(176) G. O. Phillips and W. J. Criddle, *J. Chem. Soc.*, (1962) 2733–2739.
(177) G. O. Phillips and G. J. Moody, *J. Chem. Soc.*, (1960) 754–761.
(178) G. O. Phillips and W. J. Criddle, *J. Chem. Soc.*, (1962) 2740–2744.
(179) G. O. Phillips, *Nature (London)*, 173 (1954) 1044.
(180) G. O. Phillips, W. Griffiths, and J. V. Davies, *J. Chem. Soc., B*, (1966) 194–200.
(181) S. Kawakishi, Y. Kito, and M. Namiki, *Carbohydr. Res.*, 39 (1975) 263–269.
(182) G. O. Phillips and W. J. Criddle, *J. Chem. Soc.*, (1960) 3404–3412.

but only a few of these reported a reasonable number of products, and even fewer gave quantitative data (G-values). The subsequent discussion will be largely based on those papers in which quantitative data were reported.

(a) **Deoxygenated Solutions.**—Quantitative data are available on the radiolysis of oxygen-free, N_2O-saturated, aqueous solutions of 2-deoxy-D-*erythro*-pentose,[53] D-ribose,[28] and D-glucose.[24] All of these sugars follow a similar route. Therefore, only the data obtained with D-glucose are discussed here. The G-values of the measured products are given in Table IV, from which it may be seen that the sum of the G-values of the measured products does not reach the value of the D-glucose consumption. An appreciable proportion of the radicals formed must have combined, to give products of molecular weights higher than that of D-glucose. The results for ethylene glycol[19] and erythritol[22] indicated that this fraction is not made up merely of simple dehydro dimers, but that the acylalkyl radicals play a major role in the formation of dimer. Preliminary experiments conducted with glycerol indicated that products containing more than twice as many carbon atoms as the starting material are also formed, even at very low conversions, at least at low dose-rates.[183] Thus, the nature of the oligomer fraction, and the mechanism of its formation, are still open questions. At very high doses, polymers having high molecular weights are formed.[82-84]

The products of low molecular weight that are listed in Table IV may be accounted for by the disproportionation reactions (see Schemes 4–9) of the six primary, glucose radicals (**44–49**) and the radicals that are generated from these primary radicals by a number of elimination and rearrangement reactions. The elimination of water (see Sect. II,1a) is the most prominent reaction (reactions *73, 80, 83, 87, 88, 93, 102, 105,* and *107*), and the equivalent elimination of HOR (see Sect. II, 1b) is also observed (reactions *94* and *110*), as well as the rearrangement involving the lactol bridge (see Sect. II,1f) (reactions *74* and *99*), and its hydrolytic cleavage (see Sect. II,1g) (reaction *100*). The elimination of carbon monoxide (see Sect. II,1e) (reaction *75*) appears to be a process of minor importance. Other fragmentations of the carbon skeleton are negligible, at least at neutral pH.

(b) **Oxygenated Solutions.**—On reaction with O_2, the primary D-glucosyl radicals **44–49** are converted into the corresponding peroxyl radicals (**50** to **55**). Except for **54**, they are all α-hydroxyalkyl peroxyl

(183) A. F. Norris, Ph. D. Thesis, Salford, 1978.

TABLE IV

Products (and Their Initial G-Values) from the γ-Radiolysis of
Deoxygenated, N_2O-saturated[24] or 4:1 N_2O/O_2-saturated[10]
Aqueous Solutions of D-Glucose at a Dose Rate of
0.18 W.kg^{-1} at Room Temperature

Product	G-value N_2O	G-value N_2O/O_2
D-Gluconic acid	0.15	0.90
D-*arabino*-Hexos-2-ulose	0.15	0.90
D-*ribo*-Hexos-3-ulose	0.10	0.57
D-*xylo*-Hexos-4-ulose	0.075	0.50
D-*xylo*-Hexos-5-ulose	0.18	0.60
D-*gluco*-Hexodialdose	0.22	1.55
2-Deoxy-D-*arabino*-hexonic acid	0.95	absent
5-Deoxy-D-*threo*-hexos-4-ulose	⎫	absent
5-Deoxy-D-*xylo*-hexonic acid	⎬ 0.08	absent
2-Deoxy-D-*erythro*-hexos-5-ulose	⎪	absent
5-Deoxy-D-*xylo*-hexodialdose	⎭	absent
3-Deoxy-D-*erythro*-hexos-4-ulose	⎫	absent
3-Deoxy-D-*erythro*-hexos-2-ulose	⎬ 0.25	absent
4-Deoxy-L-*threo*-hexos-5-ulose	⎭	absent
6-Deoxy-D-*xylo*-hexos-5-ulose	0.05	absent
2-Deoxy-D-*erythro*-hexos-3-ulose	a	absent
4-Deoxy-D-*threo*-hexos-3-ulose	a	absent
D-Arabinose	0.01	⎫ 0.10
D-Arabinonic acid	absent	⎭
D-Ribose	<0.005	absent
D-Xylose	<0.005	⎫ 0.08
xylo-Pentodialdose	absent	⎭
2-Deoxy-D-*erythro*-pentose	0.04	absent
D-Erythrose	0.01	⎫ 0.02
D-Erythronic acid	absent	⎭
L-Threose	<0.003	absent
L-*threo*-Tetrodialdose	absent	0.20
3-Deoxytetrulose	0.02	absent
1,3-Dihydroxy-2-propanone	0.03	absent
D-Glyceraldehyde and glyceric acid	absent	0.13
Glyoxal	b	0.11
Glyoxylic acid–glycolic acid	b	0.4
Formaldehyde	b	0.12
Formic acid	b	0.6
D-Glucose consumption	5.6	5.6

a Products identified (no G-values given) in Ref. 175. They are expected to be included in the G-values of the other deoxyhexosuloses given in the Table. b Not determined, probably absent.

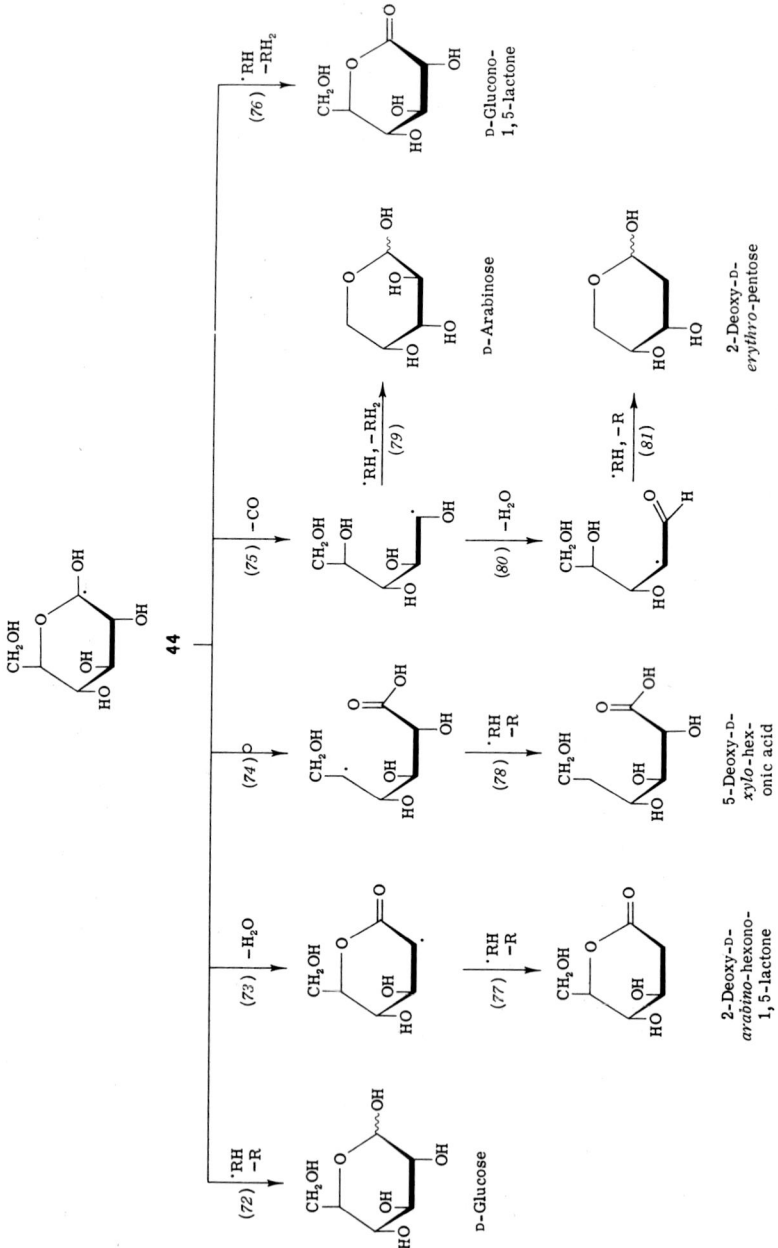

Scheme 4.—Radical Reactions Starting from the Radical at C-1 of D-Glucose.[24]

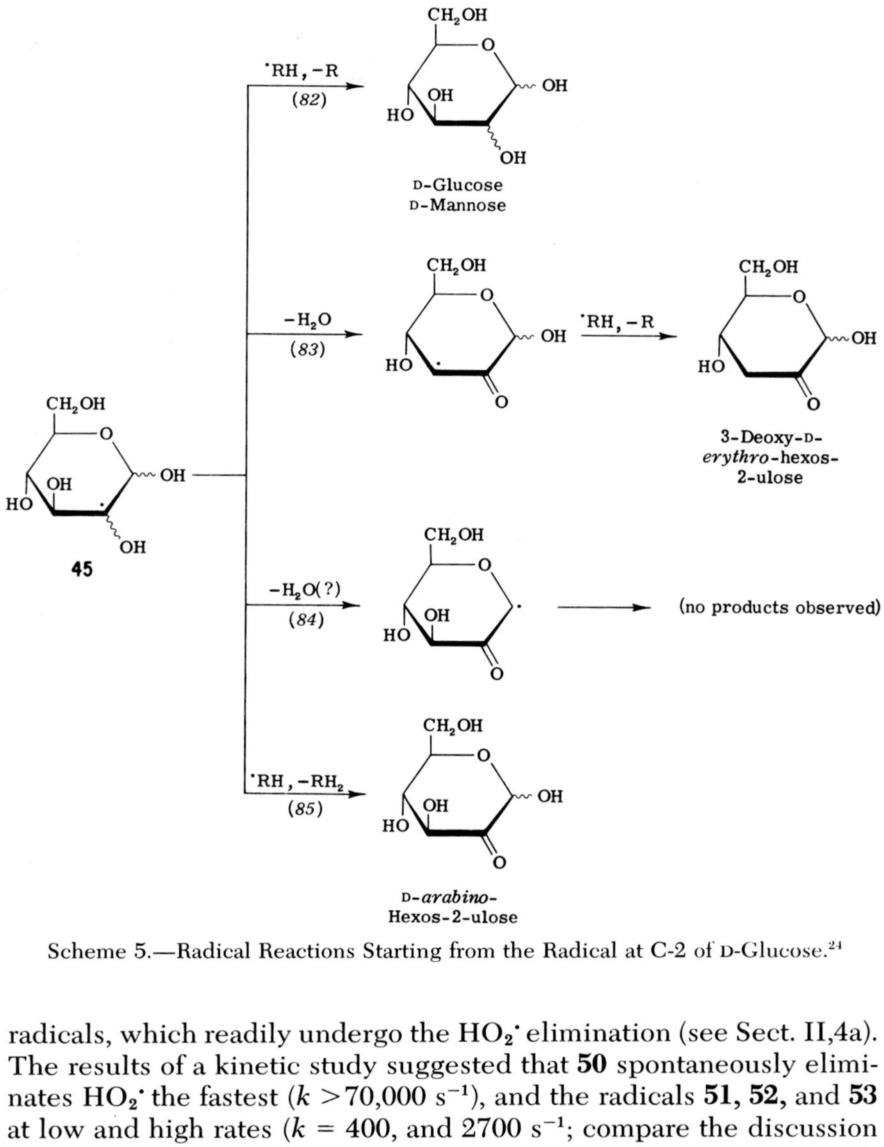

Scheme 5.—Radical Reactions Starting from the Radical at C-2 of D-Glucose.[24]

radicals, which readily undergo the $HO_2^{\cdot}$ elimination (see Sect. II,4a). The results of a kinetic study suggested that **50** spontaneously eliminates $HO_2^{\cdot}$ the fastest ($k > 70,000$ s^{-1}), and the radicals **51, 52,** and **53** at low and high rates ($k = 400$, and 2700 s^{-1}; compare the discussion on peroxyl radicals derived from inositol, in Sect. III,1b), and **55** with $k \sim 200-400$ s^{-1}. It is considered that radical **54** does not eliminate spontaneously, but undergoes only the base-induced reaction (see reactions *113* and *114* in Scheme 10). The corresponding products are the major products (see Table IV). Because of its relatively slow elimination of $HO_2^{\cdot}$, radical **54** is the longest lived peroxyl radical and is the

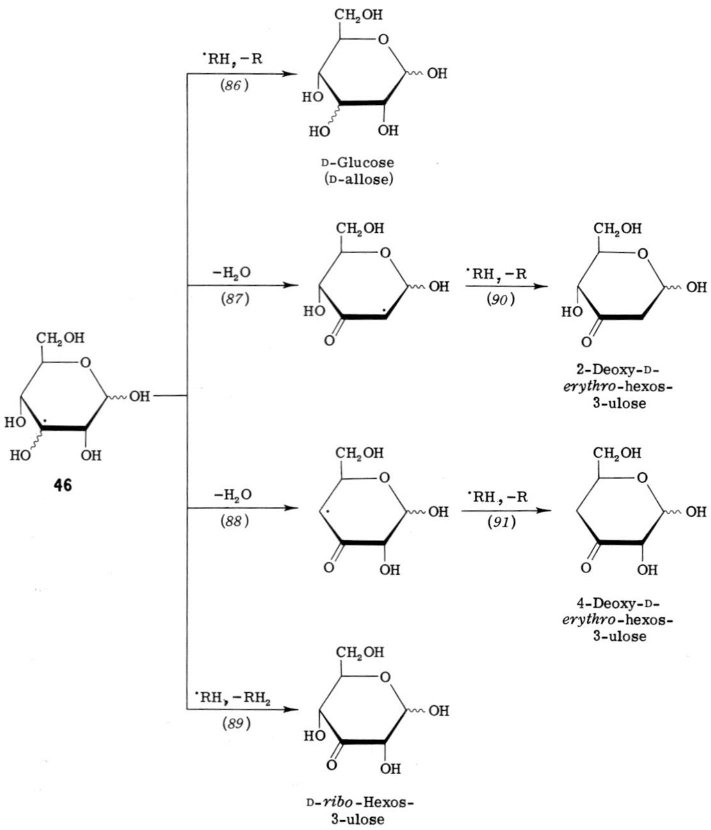

Scheme 6.—Radical Reactions Starting from the Radical at C-3 of D-Glucose.[24]

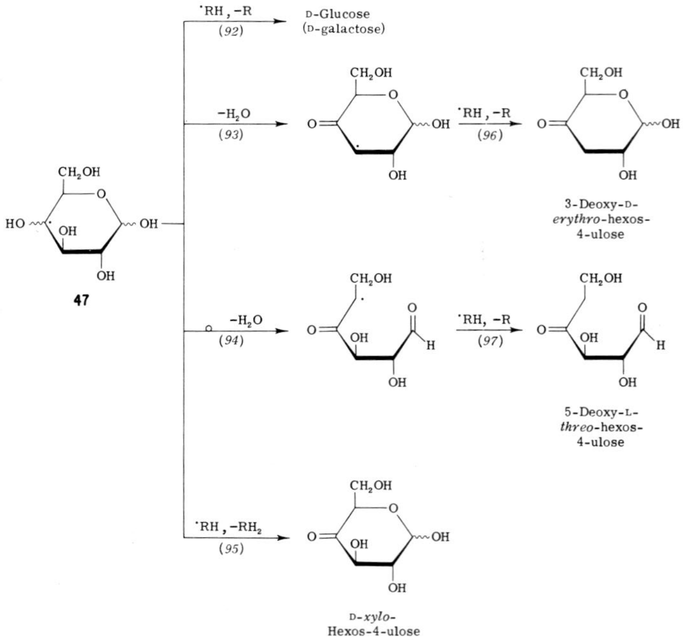

Scheme 7.—Radical Reactions Starting from the Radical at C-4 of D-Glucose.[24]

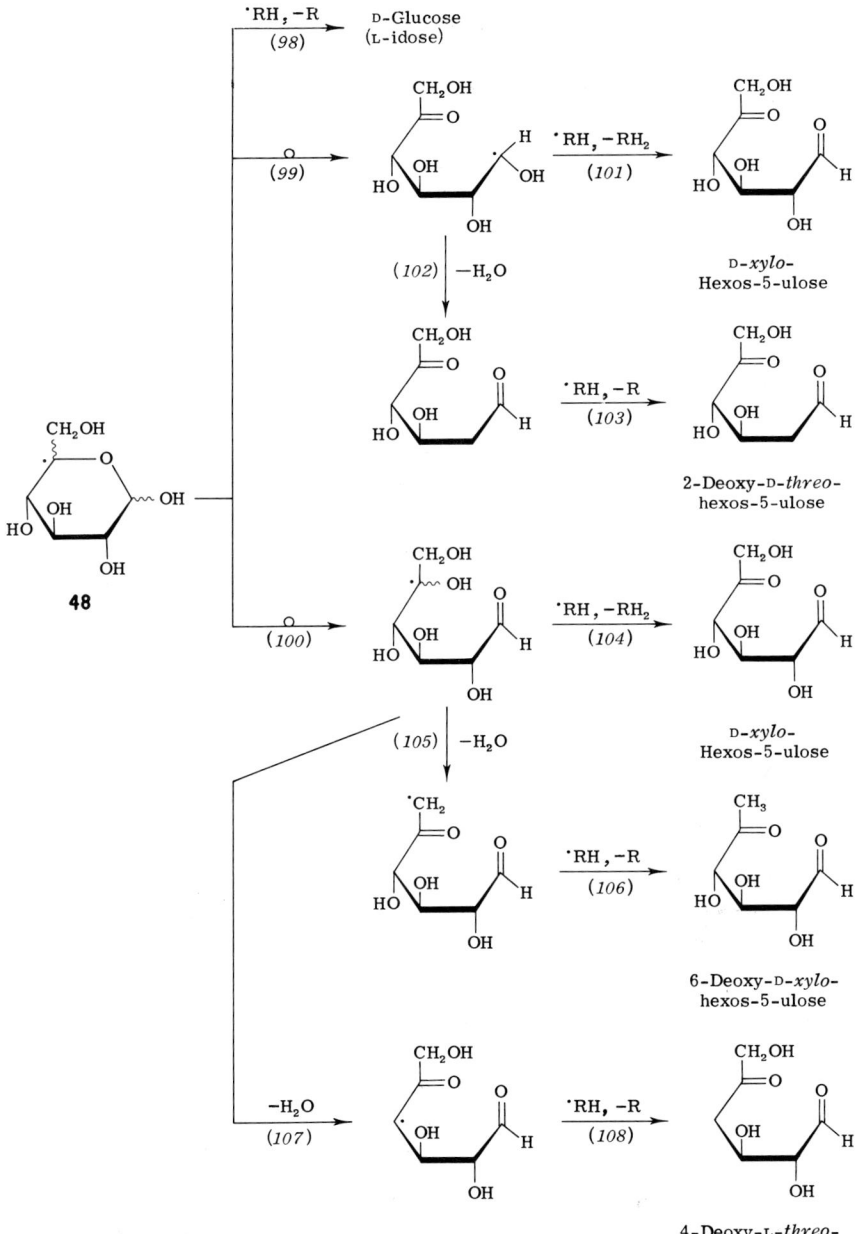

Scheme 8.—Radical Reactions Starting from the Radical at C-5 of D-Glucose.[24]

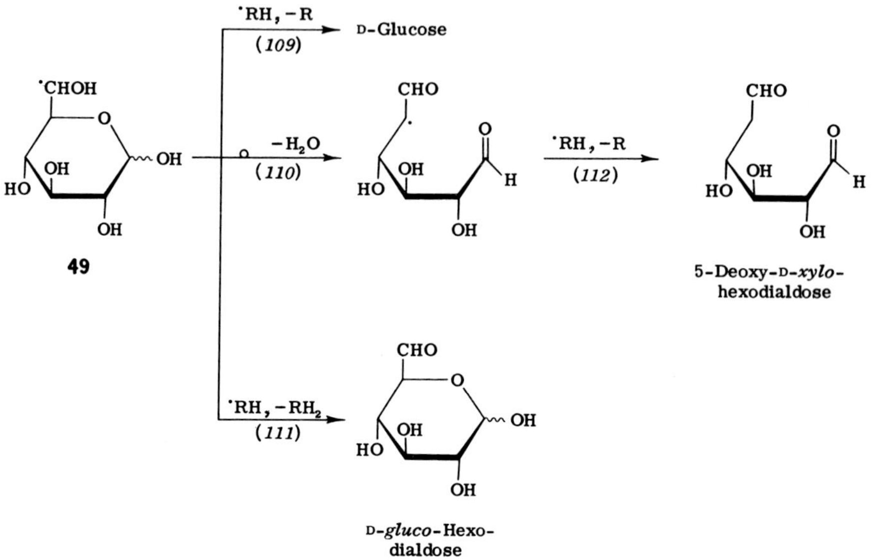

Scheme 9.—Radical Reactions Starting from the Radical at C-6 of D-Glucose.[24]

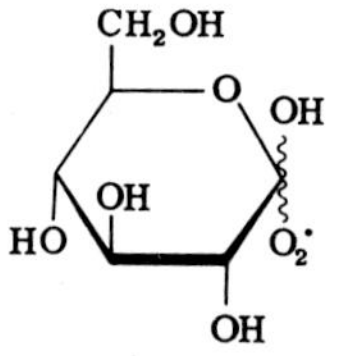

50

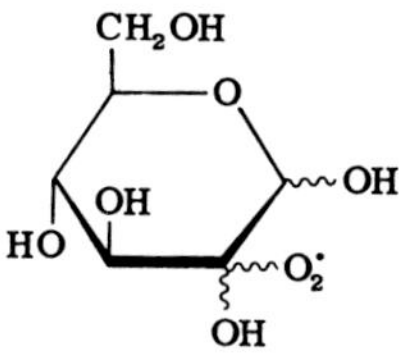

51

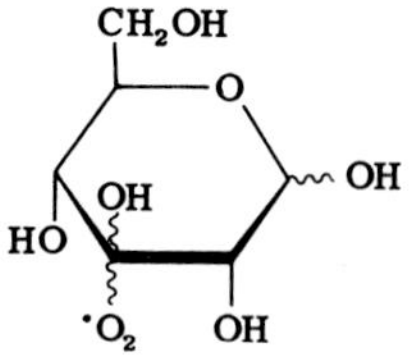

52

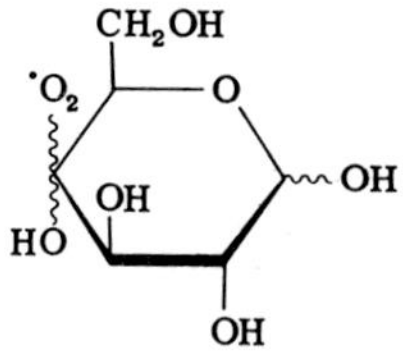

53

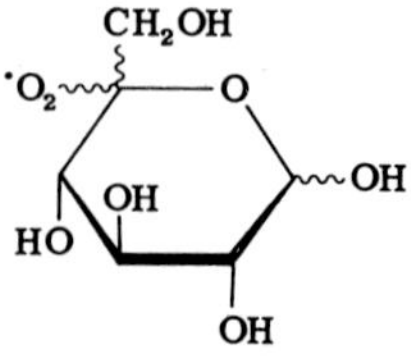

54

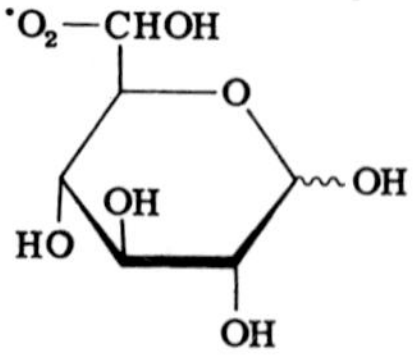

55

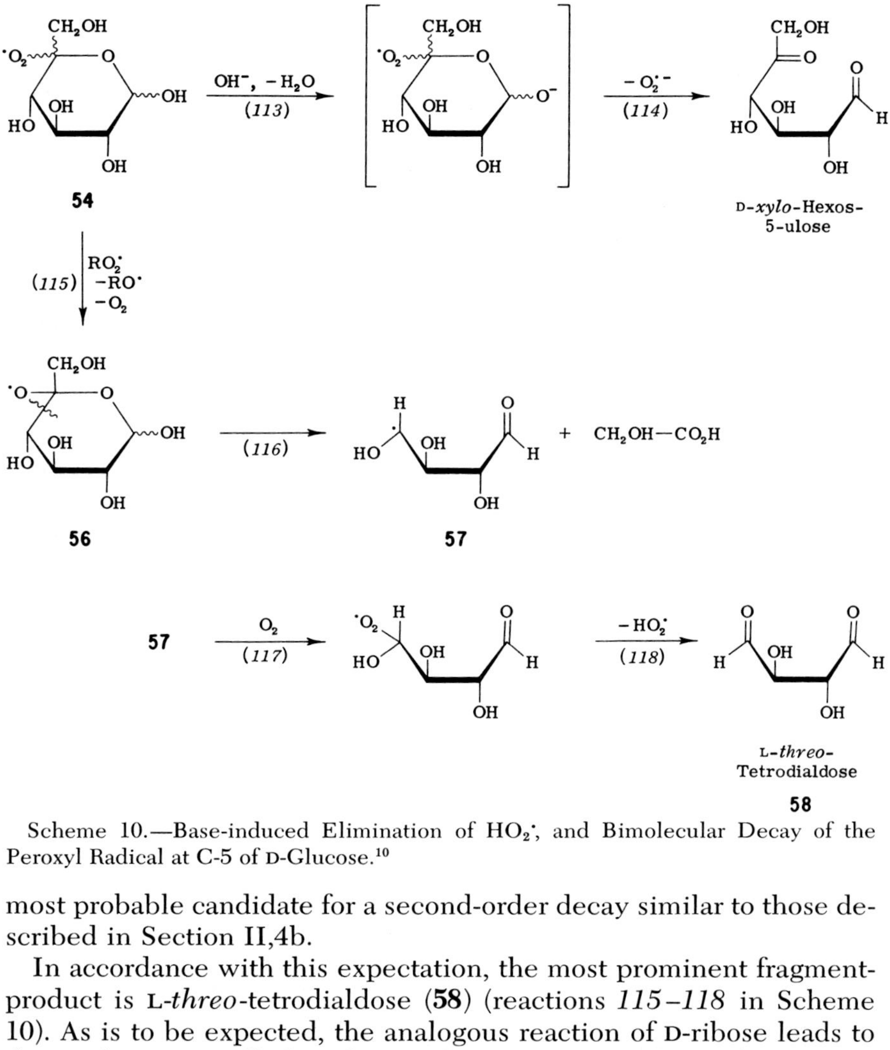

Scheme 10.—Base-induced Elimination of $HO_2^{\cdot}$, and Bimolecular Decay of the Peroxyl Radical at C-5 of D-Glucose.[10]

most probable candidate for a second-order decay similar to those described in Section II,4b.

In accordance with this expectation, the most prominent fragment-product is L-*threo*-tetrodialdose (**58**) (reactions *115–118* in Scheme 10). As is to be expected, the analogous reaction of D-ribose leads to the *erythro* isomer.[28] The other products containing fewer than six carbon atoms (see Table IV) can all be accounted for by similar processes from the other peroxyl radicals (**50–53,** and **55**). The shorter lifetime of these peroxyl radicals lessens their steady-state concentration and, hence, their chance to undergo a second-order decay. Therefore, the other fragment-products are formed in lower yields compared to L-*threo*-tetrodialdose (**58**). In the kinetic study,[116] it was found that radical **50** rapidly ($k > 70{,}000$ s^{-1}) gives rise to $HO_2^{\cdot}$ ($H^+ + O_2^{\cdot -}$). The fact that methyl α-D-glucopyranoside does not give this reaction appears to preclude an electron transfer from the C-1-centered radical **44** to oxygen, and is in favor of a (short-lived) peroxyl radical, **50**.

Because the peroxyl radicals derived from D-glucose rapidly eliminate $HO_2^{\bullet}$, and because $HO_2^{\bullet}$ is largely dissociated at neutral pH $[pK_a(HO_2^{\bullet}) = 4.75]^{124}$, no chain autoxidation (reactions *119* and *120*, RH = D-glucose) sets in. The $O_2^{\bullet-}$ radical-ion is not capable of abstracting a hydrogen atom from D-glucose, and therefore does not propagate the chain.[118]

$$R^{\bullet} + O_2 \rightarrow RO_2^{\bullet} \qquad (119)$$

$$RO_2^{\bullet} + RH \rightarrow RO_2H + R^{\bullet} \qquad (120)$$

3. Sugar Phosphates and Nucleotides

The radiolysis of sugar phosphates has been the subject of wide interest, because these esters can serve as models in studying radical-induced, DNA strand-breaks. In particular, D-ribose 5-phosphate[46,97,125,184–188] has been extensively investigated, but there are also reports on some other sugar phosphates (glyceraldehyde 3-phosphate,[188] 2-deoxy-D-*erythro*-pentose 5-phosphate,[188] D-glucosyl phosphate,[188,189] D-glucose 6-phosphate,[86,188–190] D-fructose 1-phosphate,[188,191,192] D-fructose 6-phosphate,[188,191,192] and D-fructose 1,6-bisphosphate[188,191]). Inorganic phosphate and dephosphorylation products are usually measured, but, with D-ribose 5-phosphate, some data are also available on altered sugars retaining the phosphate group[187]; these do not differ much from the products obtained from D-ribose,[28] except for the phosphate group on C-5. Radical-induced dephosphorylation has also been studied with a great number of nucleotides. The G-values of the release of inorganic phosphate are compiled in Ref. 193. Some mechanistic aspects are discussed next.

(184) N. K. Kochetkov, L. I. Kudrjashov, M. A. Chlenov, and L. P. Grineva, *Carbohydr. Res.*, 35 (1974) 235–241.
(185) L. Stelter, C. von Sonntag, and D. Schulte-Frohlinde, *Int. J. Radiat. Biol.*, 25 (1974) 515–519.
(186) S. Bachman and H. Zegota, *Nukleonika*, 20 (1975) 439–446.
(187) L. Stelter, C. von Sonntag, and D. Schulte-Frohlinde, to be published.
(188) C. L. Greenstock and E. Shierman, *Int. J. Radiat. Biol.*, 28 (1975) 1–12.
(189) N. K. Kochetkov, L. I. Kudryashov, M. A. Chlenov, and L. P. Grineva, *J. Gen. Chem. USSR*, 41 (1971) 2091–2095.
(190) N. K. Kochetkov, L. I. Kudryashov, M. A. Chlenov, and L. P. Grineva, *Dokl. Chem.*, 202 (1972) 115–117.
(191) H. Zegota and S. Bachman, *Proc. Symp. Radiat. Chem., 4th, Tihany, (1976)*, Akademiai Kiado, Budapest, 1978, pp. 827–836.
(192) H. Zegota and C. von Sonntag, unpublished results.
(193) C. von Sonntag and D. Schulte-Frohlinde, in J. Hüttermann, W. Köhnlein, R. Téoule, and A. J. Bertinchamps (Eds.), *Effects of Ionizing Radiation on DNA*, Springer Verlag, Berlin, 1978, p. 217.

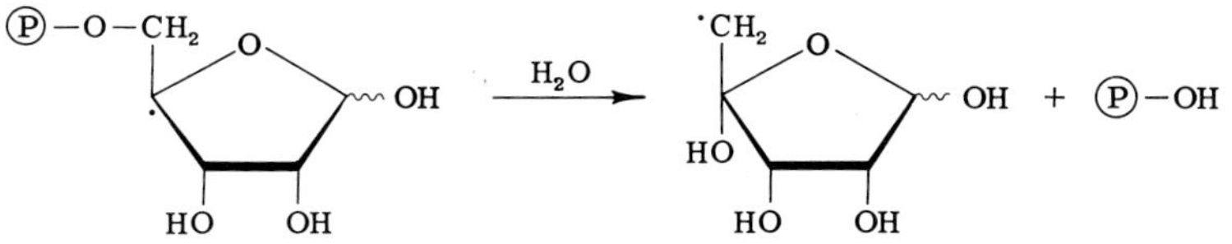

59 60 (*121*)

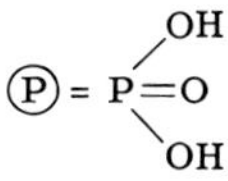

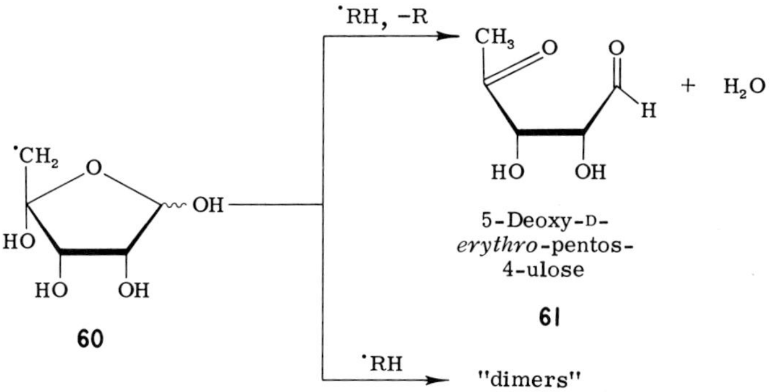

5-Deoxy-D-*erythro*-pentos-4-ulose

60 61

(*122*)

(*123*)

$$60 + Fe^{2+} + H^{+} \longrightarrow 61 + Fe^{3+} \quad (124)$$

Scheme 11.—Dephosphorylation Reactions Starting from the Radical at C-4 of D-Ribose 5-Phosphate.

(a) Deoxygenated, Aqueous Solutions of Sugar Phosphates.—The phosphate group is rather unreactive towards attack by ˙H and ˙OH radicals,[194] and the scission of the phosphoric ester bond by the action of the solvated electron is expected[195] to be negligible, because other competing processes are usually faster. Therefore, as with neutral sugars, the ˙OH radicals react with the carbohydrate part by abstracting carbon-bound hydrogen atoms.

With D-ribose 5-phosphate, dephosphorylation largely occurs from the radical β to the phosphate group (**59**, in Scheme 11); some principal aspects of the mechanism have already been discussed in Section II,1c. The resulting product is 5-deoxy-D-*erythro*-pentos-4-ulose (**61**) (see Table V, and reactions *121* and *122*). The yield of **61** is increased in

(194) G. Grabner, N. Getoff, and F. Schwörer, *Int. J. Radiat. Phys. Chem.*, 5 (1973) 393–403.

(195) C. von Sonntag, G. Ansorge, A. Sugimori, T. Omori, G. Koltzenburg, and D. Schulte-Frohlinde, *Z. Naturforsch. Teil B*, 27 (1972) 471–472.

TABLE V

Products (and Their G-Values) from γ-Irradiated, Aqueous D-Ribose
5-Phosphate (10 mM)[a]

Product	N_2O	N_2O/Fe^{2+}	N_2O/Fe^{3+}	N_2O/O_2
Inorganic phosphate	1.3			0.60
ribo-Pentodialdose	0.22	0.45	0.62	0.10
5-Deoxy-erythro-pentos-4-ulose	0.10	0.80	0.42	absent
3-Deoxy-D-glycero-pentodialdos-4-ulose	0.06	absent	absent	absent
3-Oxoglutaraldehyde	0.06	absent	absent	absent
erythro-Tetrodialdose	absent	absent	absent	0.40
Formic acid	absent	absent	absent	0.41
Minor, phosphate-free products	0.09	absent	0.12	0.08

[a] N_2O: 22 mM (saturated); Fe^{2+}, Fe^{3+}: 1 mM (Ref. 46); and 4:1 (v/v) N_2O/O_2 (saturated).[125]

the presence of Fe(II) ions (see Table V), which efficiently reduce radical **60** (reaction *124*), thus preventing combination reactions that lead to the formation of "dimers" (reaction *123*).

Dephosphorylation can also occur from the radical α to the phosphate group (**62**, in Scheme 12). Oxidation of this radical (**62**) leads to a carbonium ion (reaction *125*) which, in its subsequent reactions (*126* and *127*), eliminates the phosphate group, affording *ribo*-pentodialdose (**63**). Oxidation by other radicals in this system is not very effective, and is more readily brought about by Fe^{3+} ions [compare G(**63**) in N_2O and N_2O/Fe^{3+}; see Table V].

In competition with these oxidation reactions are two unimolecular elimination-reactions which eventually lead to **64** and **65** (Table V, reactions *128* to *133*). Product **65** may also have the radical at C-3, namely, **66**, as a precursor (reaction *134*). As expected, the precursor radicals **62** and **66** are rapidly oxidized in the presence of Fe^{3+} ions, and the formation of **65** and **65** is suppressed (see Table V).

The products observed with D-glucose 6-phosphate,[184] D-fructose 6-phosphate,[192] and D-fructose 1-phosphate[192] follow lines similar to those depicted for D-ribose 5-phosphate. Mechanistic proposals that differ greatly from those reported here have been put forward[184,190] to account for the major dephosphorylation products; however, they appear to be invalid in light of subsequent results.[46,97]

(b) **Oxygenated, Aqueous Solutions of Sugar Phosphates.**—In the presence of molecular oxygen, the primary radicals of the sugar phosphates (for example, D-ribose 5-phosphate[125]) are converted into the corresponding peroxyl radicals. Dephosphorylation largely occurs from the peroxyl radical at C-5. Whereas the formation of *ribo*-pento-

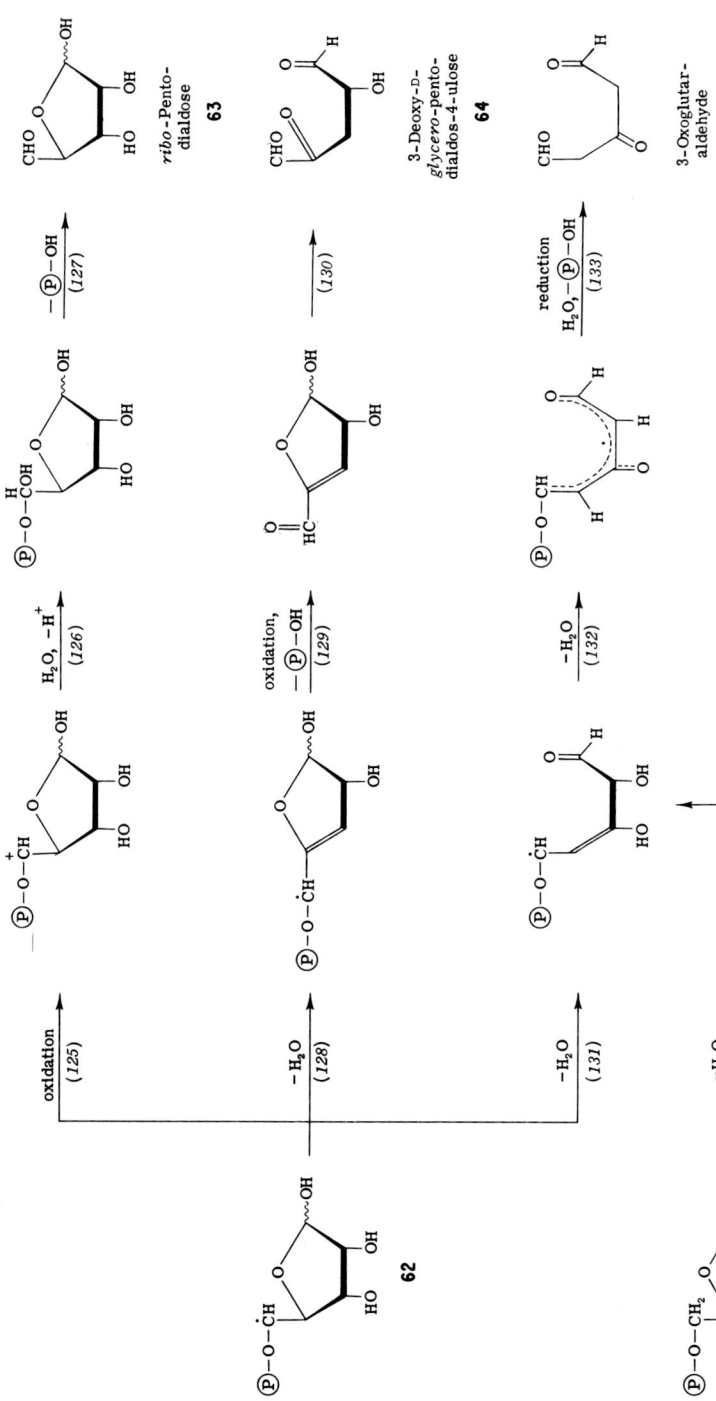

Scheme 12.—Dephosphorylation Reactions Starting from the Radicals at C-5 and C-3 of D-Ribose 5-Phosphate.

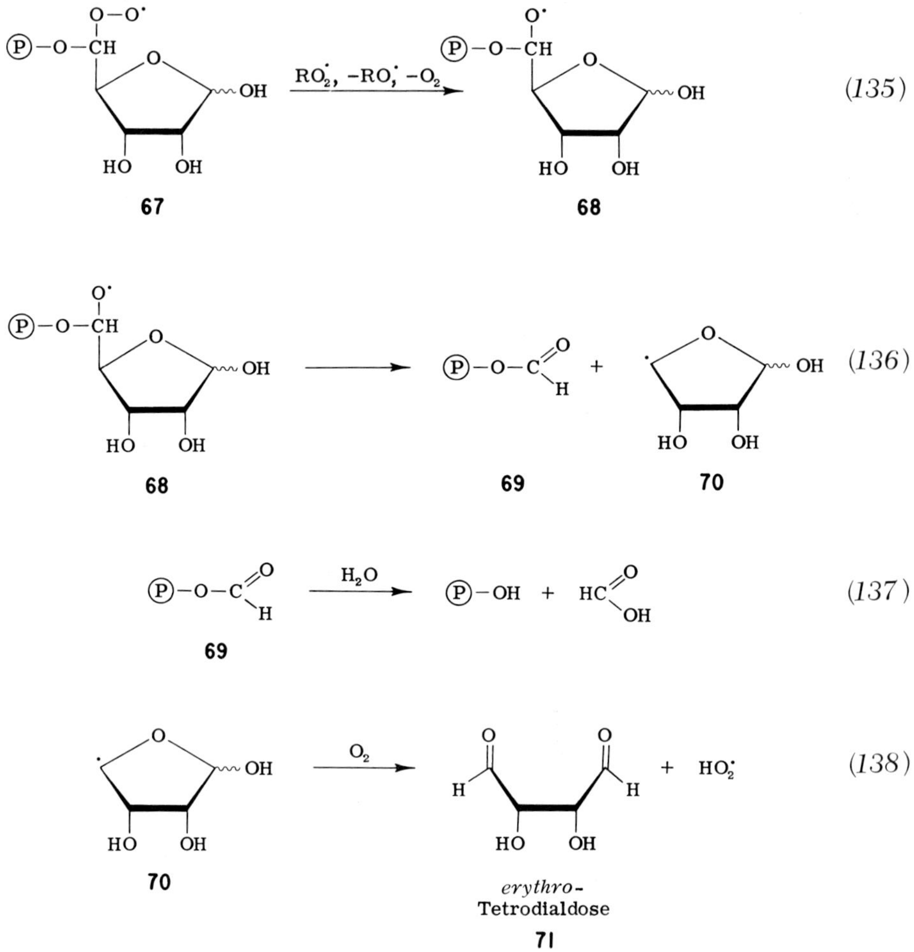

Scheme 13.—Mechanism Proposed for the Decay of the Peroxyl Radical at C-5 of D-Ribose 5-Phosphate.

dialdose (see Table V) is not yet fully understood mechanistically, there is good evidence for the reaction leading to *erythro*-tetrodialdose (**71**) (see Table V). The reaction sequence *135* to *138* in Scheme 13 follows lines similar to those for the formation of the same compound from D-ribose[28] and of L-*threo*-tetrodialdose from D-glucose[10] (discussed in Section III,2b). The anhydride (**69**) of phosphoric acid with formic acid formed in reaction *136* hydrolyzes (reaction *137*), and radical **70** is converted into *erythro*-tetrodialdose **71** (reaction *138*). As expected, G(formic acid) and G(**71**) match (see Table V).

(c) **Nucleotides.**—Because of the importance of radiation-induced strand-breaks in DNA (see Sect. III,6), a vast number of nucleotides have been investigated with respect to their radical-induced release of inorganic phosphate. The data were compiled in Ref. 193. It is considered that elimination of inorganic phosphate occurs by mechanisms similar to those discussed for the elimination of inorganic phosphate from sugar phosphates (see Sect. III,3a,b) and the formation of DNA strand-breaks (see Sect. III,6). There are some interesting results on thymidine 3′,5′-bisphosphate that might shed some light on the mechanism of phosphate release. It has been reported that no monophosphates (containing base, sugar, and one phosphate group) are formed.[196] This finding does not necessarily imply that both phosphates are always released, as there is also evidence[197] that, in this respect, thymidine 3′,5′-bisphosphate behaves similarly to DNA[198] (see Sect. III,6), that is, the elimination of one phosphate group and a base appears to be a major process.

The radicals at C-5′ of purine nucleoside 5′-phosphates (for example, **72**) can add to the purine, yielding[112] phosphates of type **74**. The probable mechanism is given by reactions *145* and *146*.

(145)

(146)

(196) J. F. Ward and I. Kuo, *Int. J. Radiat. Biol.*, 23 (1973) 543–557.
(197) M. Dizdaroglu and C. von Sonntag, unpublished results.
(198) F. Beesk, M. Dizdaroglu, D. Schulte-Frohlinde, and C. von Sonntag, *Int. J. Radiat. Biol.*, (in press).

4. Amino Sugars

The e.s.r. spectra of irradiated, low-temperature glasses containing 2-amino-2-deoxy-D-glucose,[199] and the pulse radiolysis of several amino sugars in aqueous solution[200] have been reported, and some product studies have been made on 2-amino-2-deoxy-D-glucose[34,201-204] and 2-acetamido-2-deoxy-D-glucose.[37,202-205]

(a) **2-Amino-2-deoxy-D-glucose.**—It has thus far been possible to determine only the deamination products[34] of 2-amino-2-deoxy-D-glucose. In the presence of molecular oxygen, the yields of ammonia and of the nitrogen-free carbohydrate products match within experimental error, but this is not true with deoxygenated solutions. This behavior was to be expected, because, in the absence of oxygen, the intermediate radicals tend to dimerize, and only the disproportionation products were measured. The product distribution at pH = 5.0, where 2-amino-2-deoxy-D-glucose is protonated (pK = 7.8), differs from that at pH = 8.5 (free base). The ·OH radical is an electrophilic species, as has been shown in its reactions with aromatic compounds.[206] Therefore, its site of attack will be altered upon protonation of the amino group. For the deamination process, four primary radicals can be envisaged, namely, the radicals **75–78**. Radicals **76** and **78** can dispropor-

(199) V. A. Sharpatyi and M. A. Nadzhafova, *Bull. Acad. Sci. USSR, Div. Chem. Sci.*, (1972) 2491–2495.
(200) J. S. Moore, G. O. Phillips, J. V. Davies, and K. S. Dodgson, *Carbohydr. Res.*, 12 (1970) 253–260.
(201) N. K. Kochetkov, L. I. Kudryashov, and T. M. Senchenkova, *Dokl. Chem.*, 154 (1964) 98–100.
(202) L. I. Kudryashov, T. M. Senchenkova, L. I. Nedoborova, and N. K. Kochetkov, *J. Gen. Chem. USSR*, 38 (1968) 2304–2307.
(203) L. I. Kudryashov and T. M. Senchenkova, *J. Gen. Chem. USSR*, 44 (1974) 1363–1366.
(204) L. I. Kudryashov and T. M. Senchenkova, *J. Gen. Chem. USSR*, 45 (1975) 426–427.
(205) N. K. Kochetkov, L. I. Kudryashov, T. M. Senchenkova, and L. I. Nedoborova, *J. Gen. Chem. USSR*, 36 (1966) 1033–1037.
(206) P. O'Neill, D. Schulte-Frohlinde, and S. Steenken, *Faraday Discuss. Chem. Soc.*, 63 (1978) 141–148.

tionate to give imino compounds which liberate ammonia on hydrolysis (reactions *147* and *148*; product: D-*arabino*-hexos-2-ulose, **79**).

If the amino group is protonated, the OH radicals are expected to abstract a hydrogen atom preferentially from C-1 and C-3 (to give the protonated radicals **75** and **77**, respectively), compared to that at C-2 and the nitrogen atom. Radicals **75** and **77** are β-amino-α-hydroxyalkyl radicals that have been shown by e.s.r. spectroscopy[30] to eliminate ammonia (see Sect. II,1b). The product, namely, 2-deoxy-D-*arabino*-hexonic acid (**80**), has radical **75** as its precursor, whereas the precursor of the product 2-deoxy-D-*erythro*-hexos-3-ulose (**81**) is radical **77**. G(**80**) and G(**81**) are, indeed, about twice as large at pH 5.0 as at pH 8.5. On the other hand, products arising from the radicals at C-2 and the nitrogen atom, namely, radicals **76** and **78**, should show the reverse effect. As expected, the yield of D-*arabino*-hexos-2-ulose (**79**) is very much higher at pH 8.5 than at pH 5.0.

An interesting product is D-arabinose (**82**). It has been suggested[34] that its major precursor might be radical **78**, which could undergo β-cleavage (see Scheme 14, reaction *149*). The fragmentation towards C-3 (reaction *150*) would then give rise to the four-carbon products D-erythrose (**83**) and D-threose (**84**) as well as 2-deoxy-D-*glycero*-tetrose (**85**).

In the presence of molecular oxygen, D-arabinose (**82**) is the major deamination product. D-*arabino*-Hexos-2-ulose (**79**) is also formed, but the formation of 2-deoxy-D-*arabino*-hexonic acid (**80**) and 2-deoxy-D-*erythro*-hexos-3-ulose (**81**) is suppressed. It has been suggested[34] that the peroxyl radical derived from the N-centered radicals (**78**) may be, in part, the precursor of D-arabinose. A mechanism similar to the

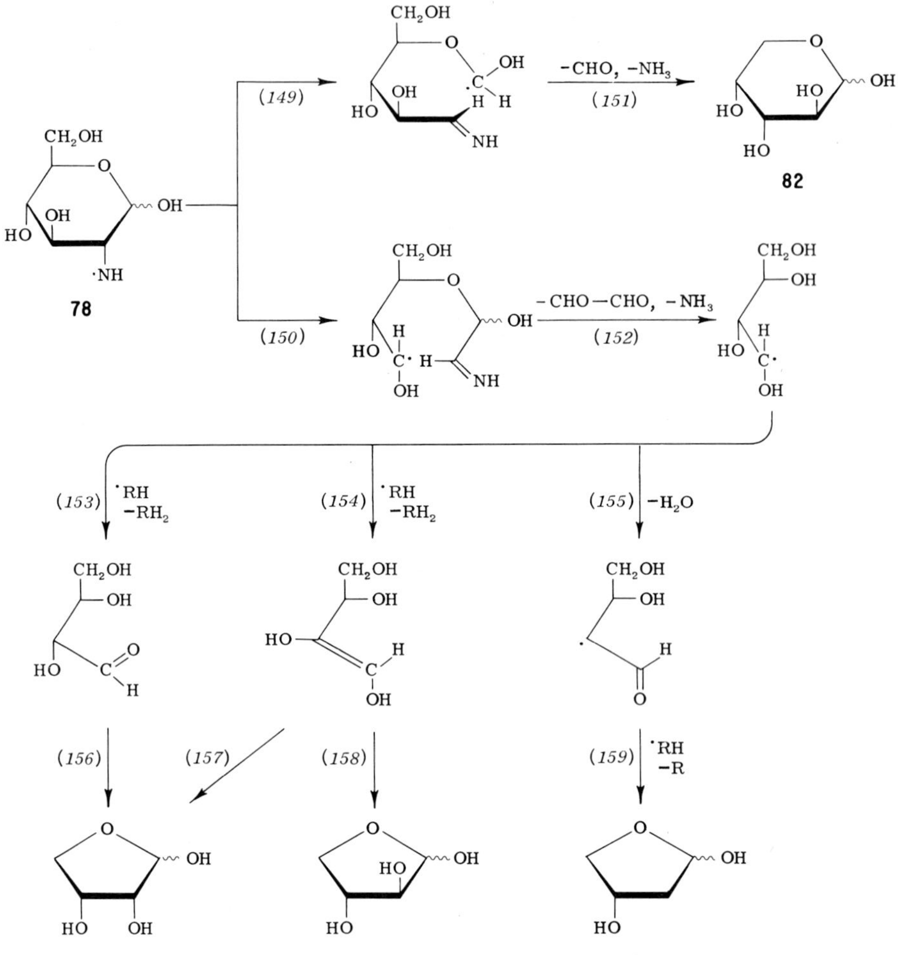

Scheme 14.—Proposed Fragmentation Reactions of the N-Centered Radical from 2-Amino-2-deoxy-D-glucose.[34]

base-catalyzed elimination of $HO_2^{\cdot}$ from radical **54** (see Sect. III,2b) has been proposed.

(b) 2-Acetamido-2-deoxy-D-glucose.—As mentioned in Section II,1b, the acetamido group is a poor leaving-group, and the elimination of H_2NCOCH_3 is not observed, at least not near neutral pH (pH ~6.5). Evidence for this is the absence of 2-deoxy-D-*arabino*-hexonic acid and 3-deoxy-D-*erythro*-hexos-2-ulose from among the products obtained in deoxygenated solutions.[37] Most of the products can be explained by the reactions observed with neutral sugars (see Sect. III,2a,b). However, the formation of 1-acetamido-1,3-dideoxy-D-*gly-cero*-2-pentulose may indicate a reaction not thus far observed with the neutral sugars; it might be formed from the radical at C-1. Elimination of carbon monoxide (see Sect. II,1e) is followed by elimination of water, to give an allyl radical (see Sect. II,1d) which is reduced in a disproportionation reaction. Similar reactions were observed with D-ribose 5-phosphate (see Sect. III,3). The reason why such a reaction is not observed in the radiolysis of neutral sugars in aqueous solution might be the competing (faster) elimination of water, to give —ĊH—CO— radicals (see Sect. II,1a). Such a reaction is not possible in the present case.

Oxygen suppresses the formation of deoxy compounds, and enhances the formation of fragmentation products. As expected from the results obtained with neutral sugars (see Sect. III,2b), the most prominent fragment-product here is 2-acetamido-2-deoxy-L-*threo*-tetrodialdose.[37]

5. Radical-induced Scission of the Glycosidic or N–Glycosyl Linkage

The mechanism of the radical-induced scission of the glycosidic linkage appears to be rather complex. It depends strongly on the nature of the aglycon. Alkyl and aryl glycosides, disaccharides, and nucleosides are dealt with in this Section. There are a number of reports on e.s.r. studies.[155,156,158,160,161,168,207,208] The complexity of the systems does not allow full interpretation of the spectra at the present time. Product studies have been undertaken with the following compounds: alkyl glycosides,[209–216] aryl glycosides,[210,212,217–219] cello-

(207) V. A. Sharpatyi, M. T. Nadzhimiddinova, L. I. Kudryashov, and E. I. Bortsova, *High Energy Chem. (USSR)*, 2 (1968) 248–249.
(208) P. J. Baugh, K. Kershaw, G. O. Phillips, and M. G. Webber, *Carbohydr. Res.*, 31 (1973) 199–209.
(209) M. L. Wolfrom, W. W. Binkley, and L. J. McCabe, *J. Am. Chem. Soc.*, 81 (1959) 1442–1446.
(210) G. O. Phillips, F. A. Blouin, and J. C. Arthur, Jr., *Radiat. Res.*, 23 (1964) 527–536.
(211) N. K. Kochetkov, L. I. Kudryashov, M. A. Chlenov, and O. S. Chizhov, *Dokl. Phys. Chem.*, 179 (1968) 297–300.
(212) N. K. Kochetkov, L. I. Kudryashov, and M. A. Chlenov, *J. Gen. Chem. USSR*, 35 (1965) 2235–2239.
(213) N. K. Kochetkov, L. I. Kudryashov, and M. A. Chlenov, *J. Gen. Chem. USSR*, 38 (1968) 76–80.
(214) L. I. Kudryashov, M. A. Chlenov, and N. K. Kochetkov, *Bull. Acad. Sci. USSR, Div. Chem. Sci.*, (1969) 186–188.

biose,[49,52,220–225] gentiobiose,[52,223] lactose,[52,57,170,220–223,226] maltose,[52,57,82,165,221,223,227] melibiose,[52] sucrose,[52,57,74,169,209,228] α,α-trehalose,[52,229] thymidine,[27,230–234] and uridine.[235]

(a) Alkyl and Aryl Glycosides.—It has been proposed that the scission of the glycosidic linkage is induced by solvated electrons.[212,213,217] This mechanism seems to apply only in the case of benzyl β-D-glucopyranoside,[213,217] where formation of the resonance-stabilized benzyl radical (reaction *160*) serves as the driving force. In other cases, this mechanism[212] has been ruled out (phenyl β-D-glucopyranoside) by the N_2O test,[218] or proved unlikely [methyl α(β)-D-glucopyranoside] by later results on disaccharides.[49,52] For phenyl β-D-glucopyranoside, the mechanism is very probably the same as that found for the elimination of methanol from anisole, a process that has been studied in detail.[206] It involves the formation of a phenoxyl radical and, in acidic so-

---

(215) L. I. Kudryashov, T. Ya. Livertovskaya, S. V. Voznesenskaya, Yu. I. Kovalev, V. A. Sharpatyi, and N. K. Kochetkov, *J. Gen. Chem. USSR*, 40 (1970) 1123–1127.
(216) L. I. Kudryashov, S. V. Voznesenskaya, T. Ya. Livertovskaya, V. A. Sharpatyi, and N. V. Zakatova, *J. Gen. Chem. USSR*, 40 (1970) 1367–1370.
(217) N. S. Fel', L. I. Nedoborova, L. I. Kudryashov, P. I. Dolin, and N. K. Kochetkov, *High Energy Chem. (USSR)*, 5 (1971) 215–219.
(218) G. O. Phillips, W. G. Filby, J. S. Moore, and J. V. Davies, *Carbohydr. Res.*, 16 (1971) 89–103.
(219) G. O. Phillips, W. G. Filby, J. S. Moore, and J. V. Davies, *Carbohydr. Res.*, 16 (1971) 105–111.
(220) N. K. Kochetkov, L. I. Kudryashov, S. M. Yarovaya, and É. I. Bortsova, *J. Gen. Chem. USSR*, 35 (1965) 1195–1197.
(221) L. I. Kudryashov, É. I., Bortsova, S. M. Yarovaya, and N. K. Kochetkov, *J. Gen. Chem. USSR*, 36 (1966) 237–240.
(222) N. K. Kochetkov, L. I. Kudryashov, S. M. Yarovaya, É. I. Bortsova, and O. S. Chizhov, *J. Gen. Chem. USSR*, 38 (1968) 2297–2303.
(223) N. K. Kochetkov, L. I. Kudryashov, S. M. Yarovaya, M. T. Nadzhimiddinova, V. A. Sharpatyi, and N. M. Émanuél', *High Energy Chem. (USSR)*, 2 (1968) 478–482.
(224) M. Dizdaroglu and C. von Sonntag, *Z. Naturforsch. Teil B*, 28 (1973) 635–646.
(225) M. N. Schuchmann and C. von Sonntag, *Int. J. Radiat. Biol.*, 34 (1978) 397–400.
(226) L. I. Kudryashov, S. M. Yarovaya, É. I. Bortsova, and V. A. Sharpatyi, *J. Gen. Chem. USSR*, 41 (1971) 2323–2328.
(227) G. O. Phillips and K. W. Davies, *J. Chem. Soc.*, (1964) 205–215.
(228) G. O. Phillips and G. J. Moody, *J. Chem. Soc.*, (1960) 720–768.
(229) S. Adam, *Int. J. Radiat. Biol.*, 32 (1977) 219–227.
(230) J. Cadet and R. Téoule, *C. R. Acad. Sci. Ser. C*, 276 (1973) 1743–1746.
(231) R. Téoule and J. Cadet, *Int. J. Radiat. Biol.*, 27 (1975) 211–222.
(232) J. Cadet and R. Téoule, *Bull. Soc. Chim. Fr.*, (1975) 885–890.
(233) J. Cadet and R. Téoule, *Bull. Soc. Chim. Fr.*, (1975) 879–884.
(234) J. Cadet and R. Téoule, *Bull. Soc. Chim. Fr.*, (1975) 891–895.
(235) R. Ducolomb, J. Cadet, and R. Téoule, *Z. Naturforsch. Teil C*, 29 (1974) 643–644.

lutions, radical cations. The reaction giving rise to the phenoxyl radical might be written as an ˙OH addition to the *ipso* position (**86**), with the subsequent elimination of D-glucose (reaction *162*). The strong increase in G(D-glucose) with[218] decreasing pH might be due, in part, to reactions of the radical-cation (reaction *163*). Besides, hydroxylation of the ring occurs through the precursor radicals **87–89**. Because of the higher reactivity of the aromatic ring towards the ˙OH radical as compared to that of D-glucose, the attack at the sugar moiety is considered to be negligible.[218] Rate constants for the reactions of the solvated electron and the ˙OH radical with a number of aryl D-glucosides are available.[219]

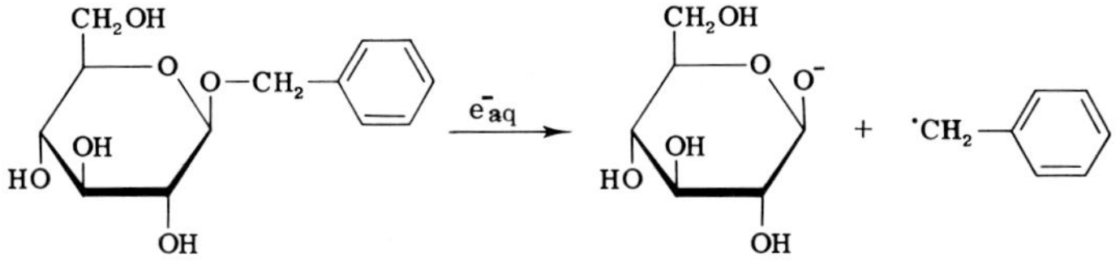

$$(160)$$

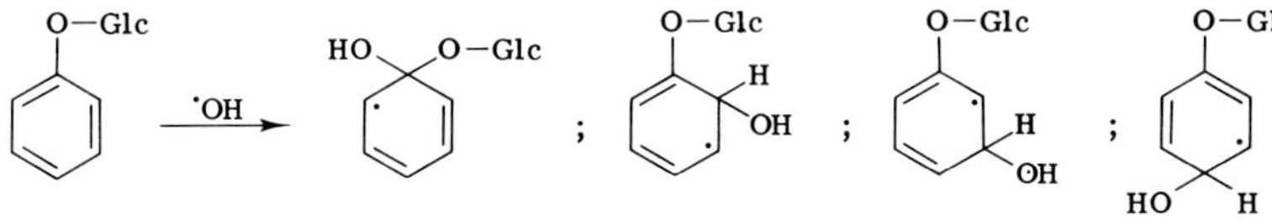

$$(161)$$

86 ; **87** ; **88** ; **89**

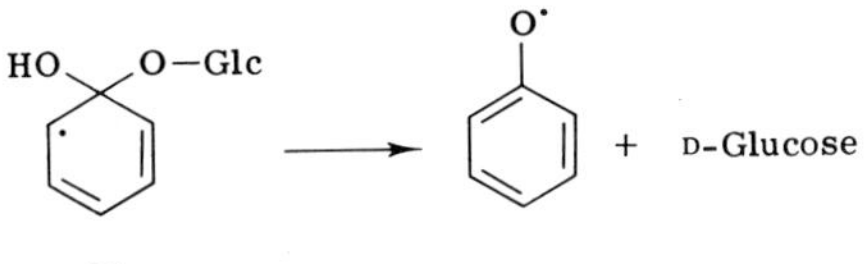

$$(162)$$

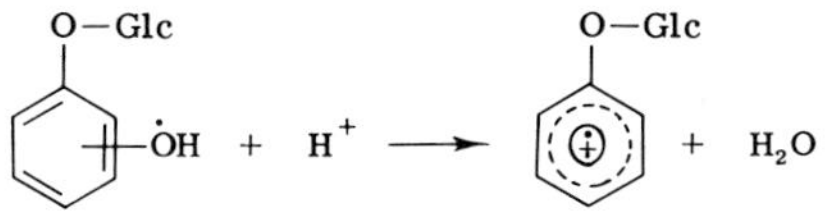

86

$$(163)$$

86-89

(b) Disaccharides.—The interpretation of the mechanism of the radical-induced scission of the glycosidic linkage of disaccharides is largely based on the results of an extensive study on cellobiose[49,224] that has been supplemented by some data for six other disaccharides.[52]

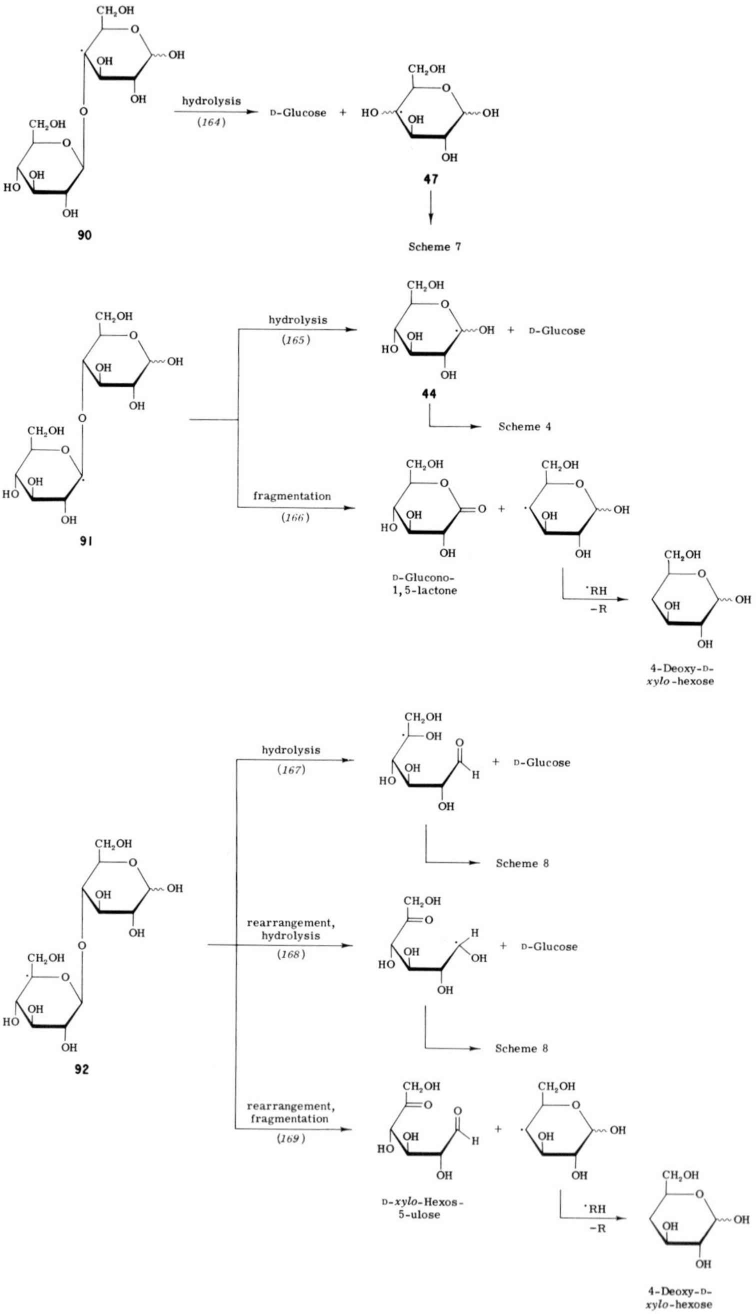

Scheme 15.—Mechanisms Proposed for the Radical-induced Scission of the Glycosidic Linkage of Cellobiose.

Whenever the glycosidic linkage of cellobiose is broken, two products of low molecular weight, arising from the two D-glucose subunits, are formed. Scheme 15 shows the proposed reactions, which account for 98% of the material found. All of the free-radical reactions mentioned in this Scheme have been discussed previously (see Sects. II,1b and III,2a). Fast hydrolysis of the glycosidic linkage of the radicals **90–92** (reactions *164, 165, 167, 168*) is inferred from the results of this study. From the dose rate given in Ref. 49, and the assumption that the hydrolysis must be about 10 times as fast as the bimolecular decay of the cellobiosyl radicals (expected rate-constant, $2k \sim 5 \times 10^8$ $M^{-1} \cdot s^{-1}$), a hydrolysis rate-constant of 35 s^{-1} was estimated (pH ~ 5). As it is known that the rate constant for the acid-catalyzed hydrolysis of acetals may vary by eight orders of magnitude, depending on the substituents,[56] a drastic enhancement induced by the unpaired electron might well be possible.

In the presence of O_2, the G-value for scission of the glycosidic linkage of cellobiose is lessened by a factor[225] of ~ 2.5. The reason for this great decrease is not yet understood, but there is evidence that this effect is more general, and it appears to apply also to the radiation-induced release of polysaccharides from the cell wall of *Micrococcus radiodurans*,[236] and to the degradation of glycosaminoglycans (synovial fluid).[236a]

(c) **Nucleosides.**—The primary species of the radiolysis of water, namely, solvated electrons, OH radicals, and H atoms, largely react with the base moiety of the nucleosides, but some OH radicals (~ 10–20%) abstract carbon-bound hydrogen atoms from the sugar moiety. As the OH radicals are not very selective, five different primary radicals (**93–97**) are formed. The reactions of the radicals at the sugar moiety of the nucleoside are, in principle, the same as those described for neutral sugars (see Sect. III,2a,b).

Scheme 16 presents the overall reactions starting from the radicals at C-1' to C-5' (**93–97**). Except for the radical at C-2', all radicals have been shown to undergo reactions that eventually lead to elimination of the base. It has been suggested that the base is eliminated from the labile (and not yet isolated) hemiaminal (**99–104**) or hemiamidal (**98**)

(236) R. E. J. Mitchel, *Radiat. Res.*, 66 (1976) 158–169.
(236a) R. Brinkman, H. B. Lamberts, and J. Zuideveld, *Int. J. Radiat Biol.*, 3 (1961) 279–283; H. B. Lamberts and P. Alexander, *Biochim. Biophys. Acta*, 88 (1964) 642–644; R. Brinkman and H. B. Lamberts, *Curr. Top. Radiat. Res.*, 2 (1966) 281–302; M. W. Aarnoudse and H. B. Lamberts, *Int. J. Radiat. Biol.*, 20 (1971) 437–445.

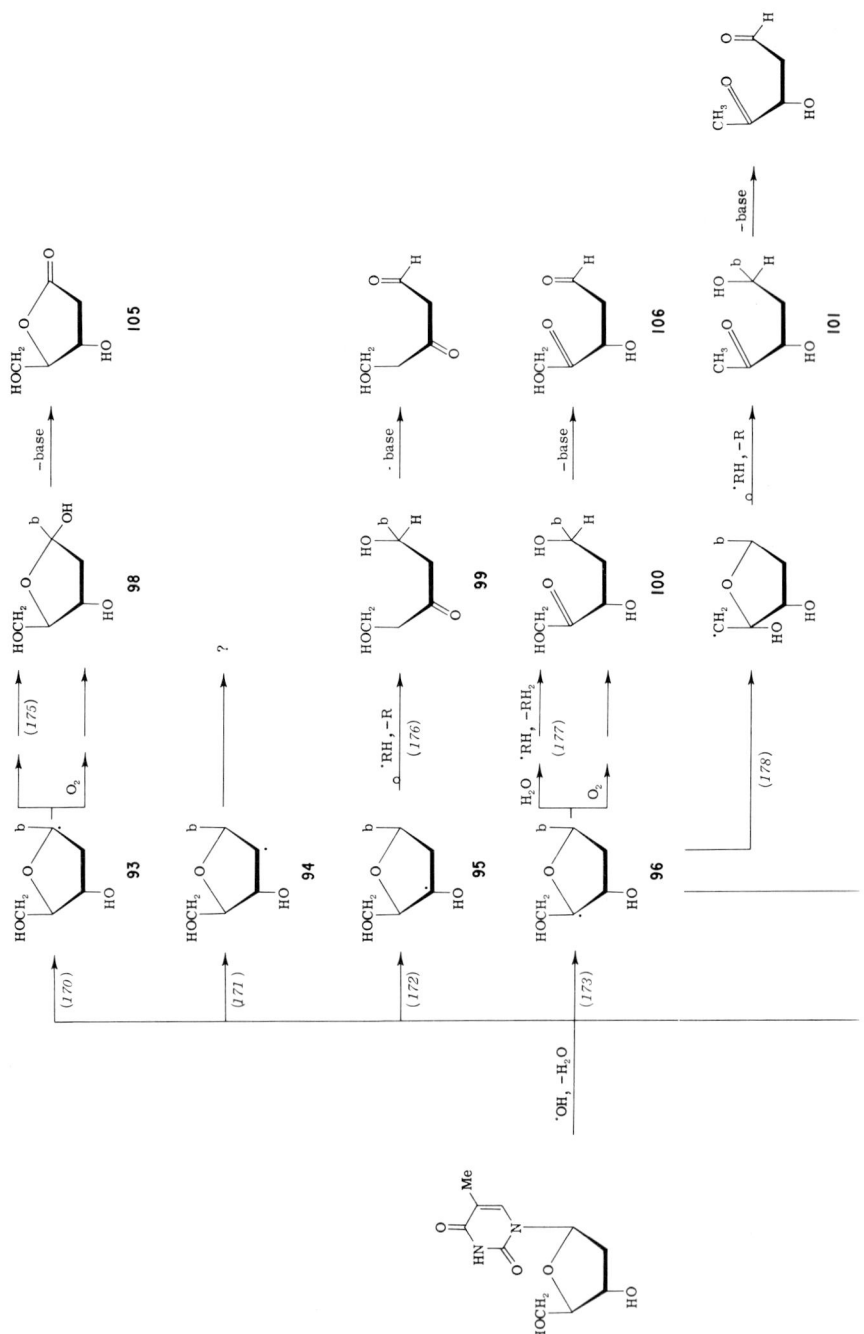

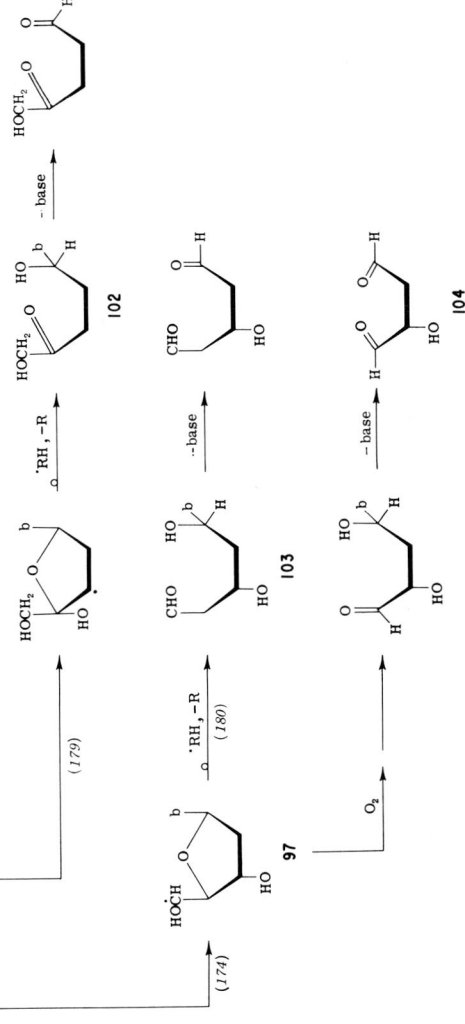

Scheme 16.—Free-radical Reactions Leading to Release of the Base in Thymidine.[27]

intermediates. The elimination of bases plays an important role in the free-radical chemistry of DNA (see Sect. III,6). In the formation of the hemiamidal (reaction *175*), a carbonium ion might be the intermediate (see Sect. II,3d). Reactions *176–180* are better understood (see Sect. II,1b,c,g), and their subsequent reactions are straightforward (see Sect. II,2b). In the presence of oxygen, reactions *175–180* are suppressed. The products then arise from the peroxyl radicals formed by addition of oxygen to the primary radicals **93–97**. Whereas the routes to **105** and **106** are still in dispute, the degradation of the peroxyl radical at C-5' is likely to be of the same type as that discussed in Section III,3b.

6. Radical-induced DNA Strand-breaks

Free-radical reactions at the sugar residues of DNA can lead to DNA strand-breaks. These DNA strand-breaks are among the best-documented lesions (of living cells) induced by ionizing radiation.[237] The usual assay for monitoring DNA strand-breaks is by sedimenting the DNA in an alkaline, sucrose gradient in an ultracentrifuge.[238] These alkaline conditions also convert alkali-labile sites[239] of the DNA into DNA strand-breaks. A substructure such as **107**, created in the DNA chain, renders it alkali-labile, as are RNA and apurinic

$$-\overset{|}{\underset{HO}{C}}-\overset{|}{\underset{O-\textcircled{P}\sim}{C}}-$$

107

DNA   RNA   Apurinic acid (open-chain form)

(237) H. Dertinger and H. Jung, *Molekulare Strahlenbiologie*, Springer Verlag, Berlin, 1969.
(238) T. Coquerelle and U. Hagen, in J. Hüttermann, W. Köhnlein, R. Téoule, and A. J. Bertinchamps (Eds.), *Effects of Ionizing Radiation on DNA*, Springer Verlag, Berlin, 1978, pp. 261–268.
(239) R. Frey and U. Hagen, *Radiat. Environ. Biophys.*, 11 (1974) 125–133.

acids.[240,241] In the γ-irradiated DNA, two alkali-labile structures, **108** and **109**, have been recognized.[242,243] The mechanism of the formation

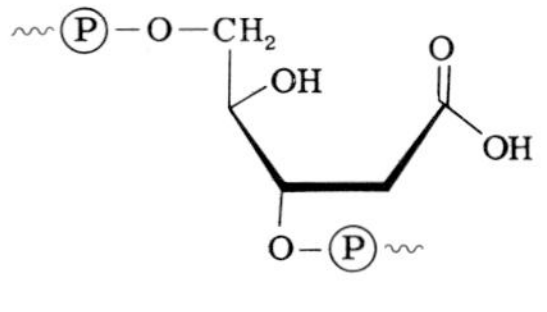

108 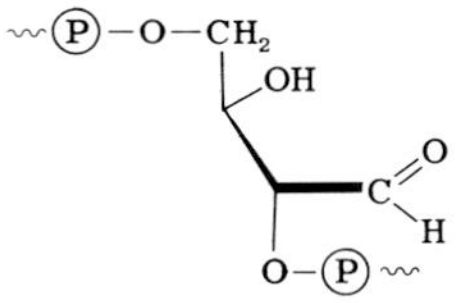   **109**

of **108** has been discussed in Section III,5 (on nucleosides). The alkali-labile structure **109** is only formed in the presence of oxygen. It is expected to be generated according to Scheme 17, which follows lines similar to those discussed for Scheme 13.

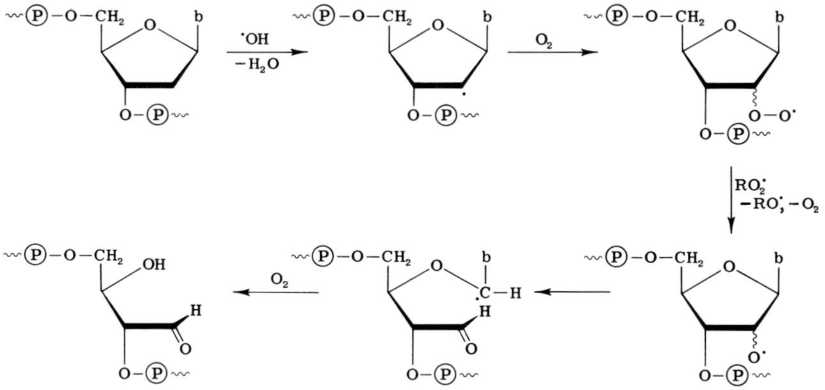

109

Scheme 17.—Formation of an Alkali-labile DNA Site after Attack by OH at C-2′ in the Presence of Oxygen.

Besides the reactions leading to the alkali-labile sites, there are free-radical reactions that lead immediately to strand breaks. These strand breaks can be assayed by centrifuging the irradiated DNA (after denaturation by heat and formaldehyde).[239] The unwinding of the bro-

(240) D. M. Brown and A. R. Todd, *J. Chem. Soc.*, (1952) 52–58.
(241) C. Tamm, H. S. Shapiro, R. Lipshitz, and E. Chargaff, *J. Biol. Chem.*, 203 (1953) 673–688.
(242) M. Dizdaroglu, D. Schulte-Frohlinde, and C. von Sonntag, *Int. J. Radiat. Biol.*, 32 (1977) 481–483.
(243) M. Dizdaroglu, D. Schulte-Frolinde, and C. von Sonntag, *Z. Naturforsch. Teil C*, 32 (1977) 1021–1022.

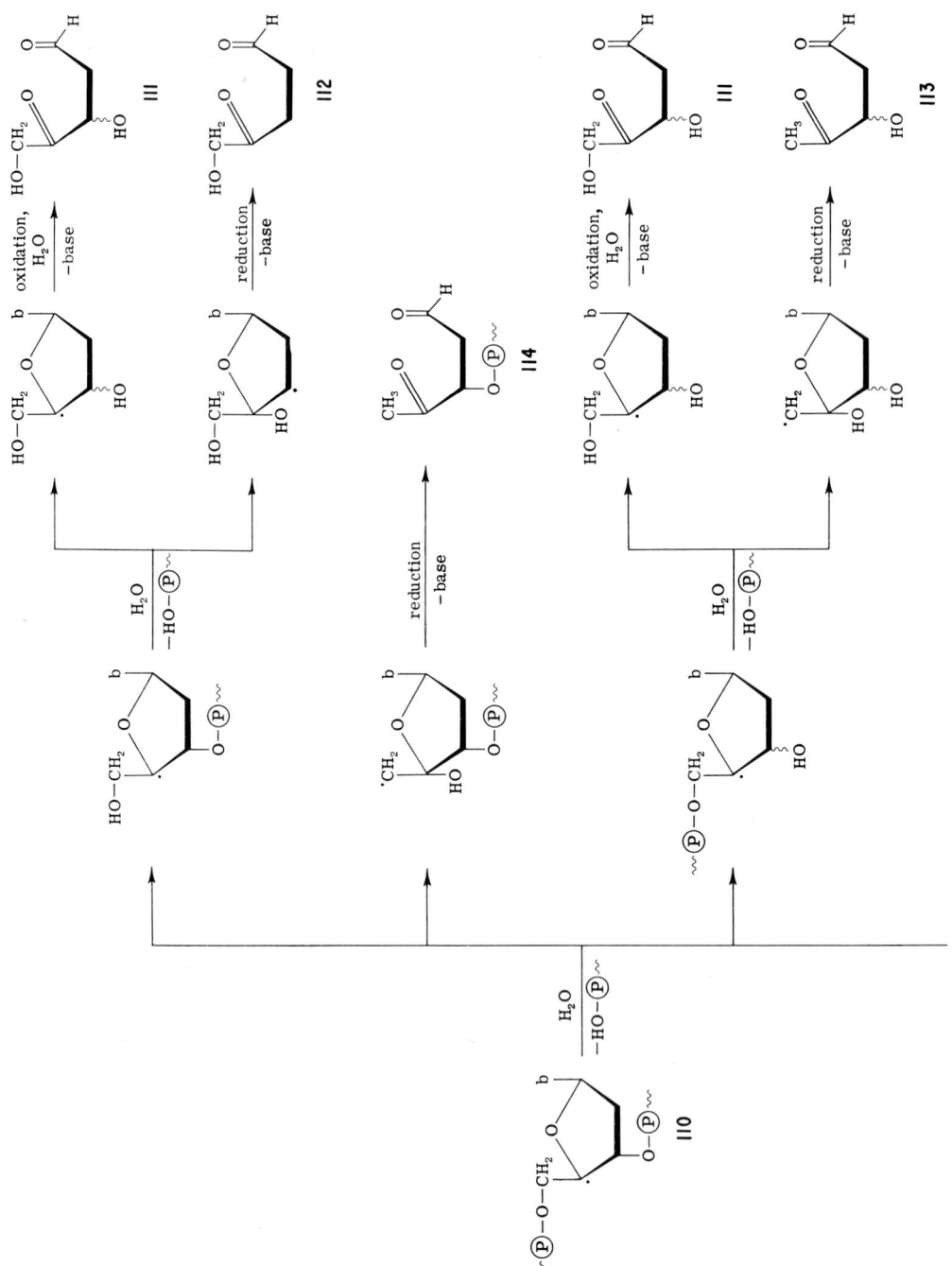

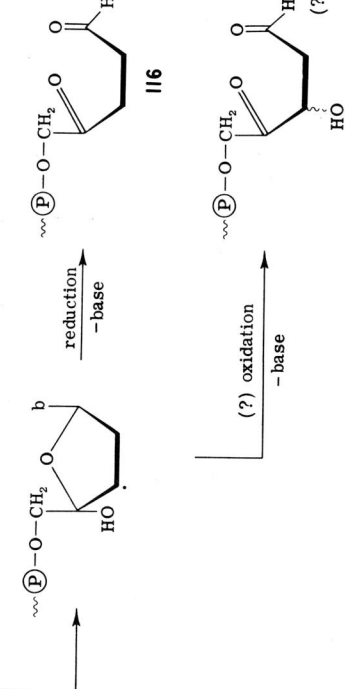

Scheme 18.—Mechanism Proposed for the Formation of DNA Strand-breaks after Attack by OH at C-4' in the Absence of Oxygen.

ken strands of DNA was studied by pulse radiolysis, using a light-scattering technique.[244,245]

Studies on model compounds, notably on D-ribose 5-phosphate,[46,97,125,185] had already suggested the type of reactions that should lead to the immediate strand-breaks. In these immediate strand-breaks, a phosphoric ester linkage, or the C–C bond between C-3′ and C-5′, must be broken. The latter reaction is expected to occur only in the presence of oxygen, because scission of the carbon skeleton is not very probable under anoxic conditions.

A rigorous application of the mechanistic scheme for phosphate release given in Section III,3a leads from the DNA radical at C-4′ (**110**) to[246] the free sugars **111–113** (see Scheme 18). Concurrent with the release of the altered sugars (**111–113**) is the formation of the same sugars bound[198] to a DNA fragment by a phosphoric ester linkage, namely, products **114–116**. The mechanism of the release of the unaltered bases in the last steps of the reaction sequences has been discussed in Section III,5. In Scheme 18, the reactions leading to the products **111–116** have been written in an abbreviated way. There is increasing evidence (see Sect. II,1c) that such radical cations as **117** are intermediates.

In Scheme 19, it is shown that the radical-cation **117** can either be attacked by the nucleophile water (reactions *182* and *183*), or by the nucleophile phosphate (reactions *184* and *185*) of the phosphoric ester that is still attached to the radical-cation. Because the formation of the radical-cations is fast, the phosphate-bridged radicals **120** and **121**, formed in reactions *184* and *185*, may be in equilibrium with **117** and with one another. They are probably unstable, and rapidly revert to **117** before they can undergo radical–radical reactions.

In the presence of molecular oxygen, C–C bond fragmentation occurs (see Sects. II,4b and III,2b). In DNA, this process leads to the release of a 2-deoxytetrodialdose (**127**) (see Scheme 20) and to the same sugar bound[247] to DNA (**128**) (see Scheme 20). The mechanism of the C–C bond-scission, and the subsequent reactions to give **128**, have been discussed for the model compound D-ribose 5-phosphate

---

(244) D. Lindenau, U. Hagen, and W. Schnabel, *Z. Naturforsch. Teil C*, 31 (1976) 484–485.

(245) D. Lindenau, U. Hagen, and W. Schnabel, *Radiat. Environ. Biophys.*, 13 (1976) 287–294.

(246) M. Dizdaroglu, C. von Sonntag, and D. Schulte-Frohlinde, *J. Am. Chem. Soc.*, 97 (1975) 2277–2278.

(247) M. Isildar, D. Schulte-Frohlinde, and C. von Sonntag, (to be published).

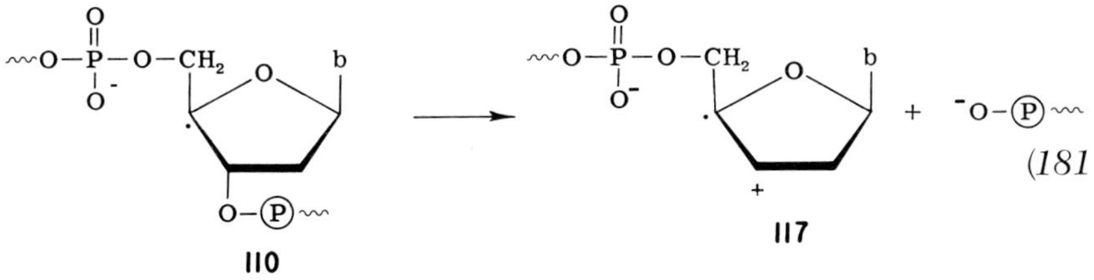

$$\text{110} \longrightarrow \text{117} + {}^{-}\text{O-}\textcircled{P}\text{∿} \qquad (181)$$

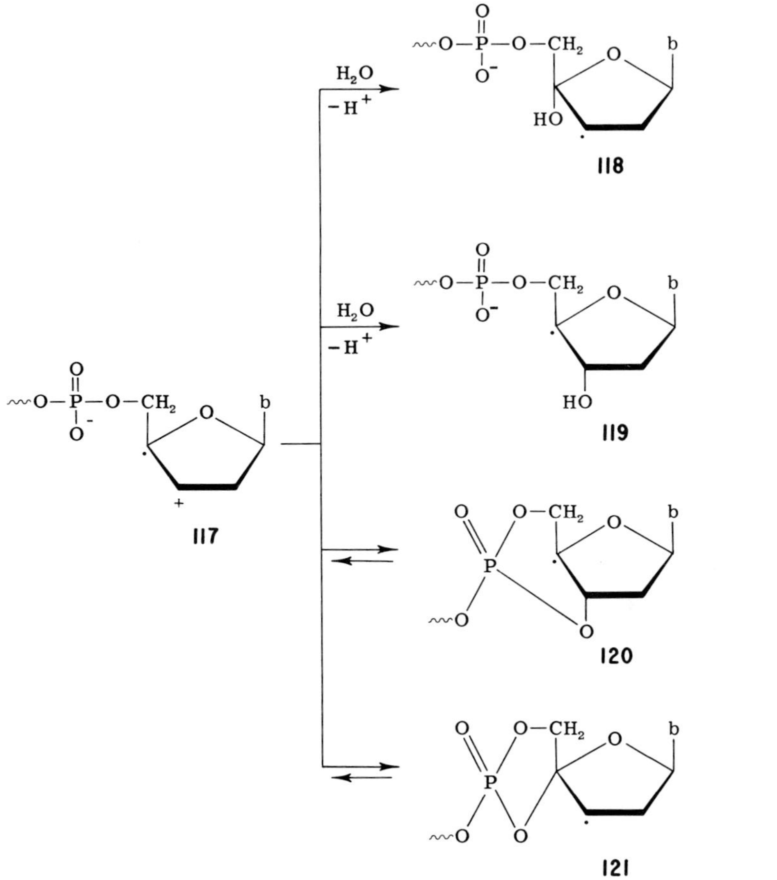

$$\text{117} \xrightarrow[-\text{H}^+]{\text{H}_2\text{O}} \text{118} \qquad (182)$$

$$\text{117} \xrightarrow[-\text{H}^+]{\text{H}_2\text{O}} \text{119} \qquad (183)$$

$$\text{117} \rightleftarrows \text{120} \qquad (184)$$

$$\text{117} \rightleftarrows \text{121} \qquad (185)$$

Scheme 19.—Possible Reactions of One of the Radical Cations Derived from the DNA Radical at C-4′.

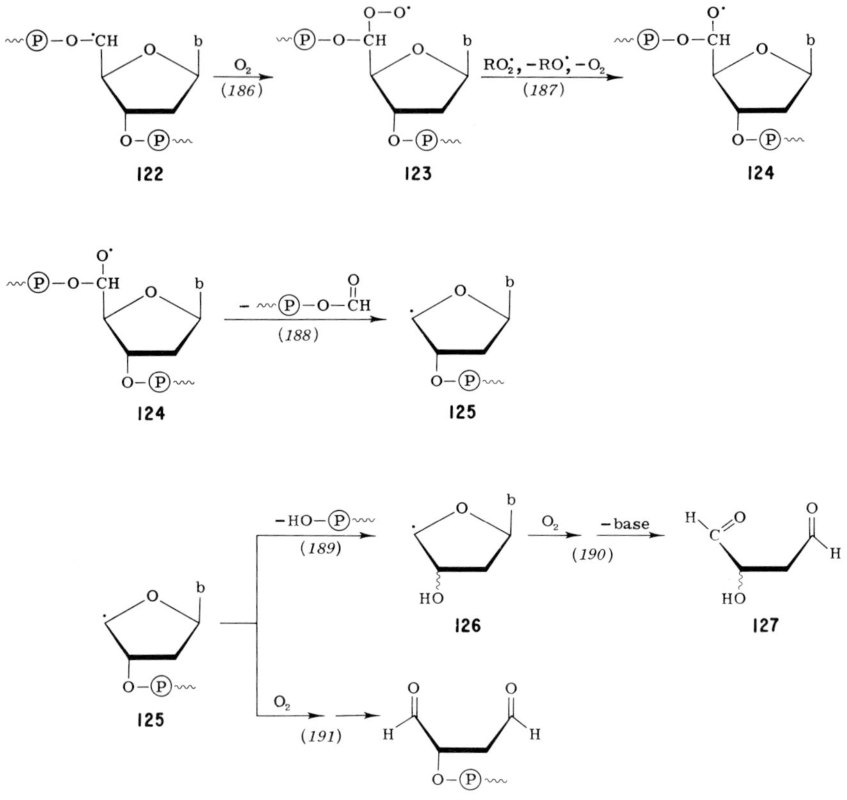

Scheme 20.—Mechanism Proposed for the DNA Strand-break Induced by the C-5' Radical in the Presence of Oxygen.

(see Scheme 13) and thymidine (see Scheme 16). In the release of the free sugar **127**, a hydrolytic step, as already discussed, must occur from the intermediate **125** (reaction *189*). This reaction must be fast enough to compete with the addition of oxygen, a process that is near to diffusion-controlled. The rate constant for reaction *189*, as estimated from model compounds (see Table II), is of the expected order of magnitude to compete with reaction *191* at ordinary concentrations (~0.2 mM) of oxygen.

The formation of **111** and **115**, also observed in the presence of oxygen, may be similar to that discussed for the reaction in the absence of oxygen, except that the oxidant in the last step is, most probably, molecular oxygen. The mechanism of this step is not yet understood.

7. L-Ascorbic Acid

After it had been detected *in vitro*[248–250] and *in vivo*,[251] there developed a great deal of interest in the structure, and the reactions, of the radical derived by hydrogen abstraction from L-ascorbic acid (ascorbate anion). Using radiation techniques and radiomimetic systems, much information has been gained by e.s.r. spectroscopy,[252–255] pulse radiolysis (using optical[128,129,256–258] and polarographic detection[259,260]), and product studies[261–263] on L-ascorbic acid and related compounds.

The e.s.r.-spectroscopic studies showed that, both in alkaline (pH < 13) and acidic, aqueous solutions, the principal radical generated by

·OH radicals has structure **129**. With its pK_a value of -0.45, it is much more acidic than the parent compound (pK_a 4.1). It has been consid-

(248) I. Yamazaki, H. S. Mason, and L. H. Piette, *Biochem. Biophys. Res. Commun.*, 1 (1959) 336.
(249) I. Yamazaki, H. S. Mason, and L. H. Piette, *J. Biol. Chem.*, 235 (1960) 2444–2449.
(250) I. Yamazaki and L. H. Piette, *Biochim. Biophys. Acta*, 50 (1961) 62–69.
(251) P. S. Duke, *Exp. Mol. Pathol.*, 8 (1968) 112–122.
(252) Y. Kirino and T. Kwan, *Chem. Pharm. Bull.*, 19 (1971) 718–721.
(253) G. P. Laroff, R. W. Fessenden, and R. H. Schuler, *J. Am. Chem. Soc.*, 94 (1972) 9062–9073.
(253a) R. W. Fessenden and N. C. Verma, *Biophys. J.*, 24 (1978) 93–101.
(254) Y. Kirino and R. H. Schuler, *J. Am. Chem. Soc.*, 95 (1973) 6926–6928.
(255) S. Steenken and G. Olbrich, *Photochem. Photobiol.*, 18 (1973) 43–48.
(256) B. H. J. Bielski and A. O. Allen, *J. Am. Chem. Soc.*, 92 (1970) 3793–3794.
(257) B. H. J. Bielski, D. A. Comstock, and R. A. Bowen, *J. Am. Chem. Soc.*, 93 (1971) 5624–5629.
(258) M. Schöneshöfer, *Z. Naturforsch. Teil B*, 27 (1972) 649–659.
(259) M. Grätzel and A. Henglein, *Ber. Bunsenges. Phys. Chem.*, 77 (1973) 2–6.
(260) K. M. Bansal, M. Schöneshöfer, and M. Grätzel, *Z. Naturforsch. Teil B*, 28 (1977) 528–529.
(261) N. F. Barr and C. G. King, *J. Am. Chem. Soc.*, 78 (1956) 303–305.
(262) B. S. N. Rao, *Radiat. Res.*, 17 (1962) 683–693.
(263) H. Ogura, M. Murata, and M. Kondo, *Radioisotopes*, 19 (1970) 29–31.

ered[253] that this is due to a much stronger charge-delocalization in the radical-anion than in L-ascorbate itself. Besides this principal radical (**129**), another radical is observed[252,253] below pH 6, to which the tentative structure **130** has been assigned.[253] Although it has been shown[263] that H atoms add to L-ascorbic acid ($k = 2 \times 10^8$ M^{-1}. s^{-1}) rather than abstracting a hydrogen atom, no such adduct radical has thus far been observed by e.s.r. spectroscopy.

There is still considerable controversy concerning the interpretation of pulse-radiolysis results,[256–258] and none of these interpretations are in line with the principal conclusions drawn from the e.s.r.-spectral experiments.[253] In Ref. 257, it was concluded that the principal radical **129** is already protonated at a rather high pH (pK = 4.25; that is, 0.15 unit above that of the parent compound), and that the neutral radical has a further pK value of 1.1. In the second, extended pulse-radiolysis study,[258] the intermediacy of various OH-adduct radicals was discussed. This view might be supported by the tentative assignment[253] of radical **130**, observed by e.s.r. spectroscopy. However, the suggestion[258] that the principal radical **129** should show a pK of 3 is not compatible with the interpretation of the e.s.r.-spectral results.[253]

The complex kinetics observed for this system[257,258] suggest that, at a very short time-scale, reactions might occur that e.s.r. spectroscopy is not yet capable of monitoring, and optical detection is insufficient for a full interpretation of the events. Unfortunately, some interesting polarographic studies[259,260] are of little help in elucidating the apparent discrepancies.

Not only ·OH radicals, but also the radical-ions $(SCN)_2^{·-}$, $Br_2^{·-}$, and $I_2^{·-}$, react rapidly with L-ascorbate.[258] Surprisingly, the radical derived from isopropyl alcohol ($Me_2\dot{C}OH$), which is known to be a good reducing agent, quickly oxidizes L-ascorbate,[255] as does[128,129] $O_2^{·-}$, which is generally rather inert. The rate constant of $O_2^{·-}$ with L-ascorbate has been variously determined to be 1.5×10^5 M^{-1}. s^{-1} (Ref. 129), 2.7×10^5 M^{-1}. s^{-1} (Ref. 264), and 1.2×10^8 M^{-1}. s^{-1} (Ref. 128). The last was obtained by using a competition technique.

The product analysis of L-ascorbic acid irradiated in deaerated solution is restricted to the measurement of dehydro-L-ascorbic acid, hydrogen, and the decrease in L-ascorbic acid.[263] To account for the fact that N_2O has no effect on G(L-ascorbic acid consumption), a rather complex mechanism has been put forward that also allows the formation of a reduction product (L-gulono-1,4-lactone, suggested but not measured).

(264) M. Nishikimi, *Biochem. Biophys. Res. Commun.*, 63 (1975) 463–468.

IV. RADICAL REACTIONS IN CRYSTALLINE CARBOHYDRATES

Crystalline carbohydrates have been widely studied, both by e.s.r. spectroscopy[265-281] and by product analysis.[25,26,47,54,93,94,282-300] Despite

(265) H. Ueda, *J. Phys. Chem.*, 67 (1963) 2185–2190.
(266) H. Ueda, *J. Phys. Chem.*, 67 (1963) 966–968.
(267) G. O. Phillips and M. Young, *J. Chem. Soc., A*, (1966) 393–400.
(268) G. O. Phillips and P. J. Baugh, *J. Chem. Soc., A*, (1966) 387–392.
(269) J. Hüttermann and A. Müller, *Z. Naturforsch. Teil B*, 24 (1969) 463–464.
(270) J. Hüttermann and A. Müller, *Radiat. Res.*, 38 (1969) 248–259.
(271) H. Neubacher, *Biophysik*, 6 (1969) 161–172.
(272) H. Neubacher, *Z. Naturforsch. Teil B*, 24 (1969) 1184–1185.
(273) I. V. Nikitin, V. A. Sharpatyi, L. I. Kudryashov, N. K. Kochetkov, and N. M. Émanuél', *Dokl. Phys. Chem.*, 190 (1970) 71–74.
(274) P. Cavatorta, P. R. Crippa, and A. Vecli, *Int. Radiat. Phys. Chem.*, 3 (1971) 483–490.
(275) J. Bardsley, P. J. Baugh, and G. O. Phillips, *J. Chem. Soc. Chem. Commun.*, (1972) 1335–1336; T. Ichikawa and H. Yoshida, *Radiat. Phys. Chem.*, 11 (1978) 173–178.
(276) I. V. Nikitin, I. V. Miroshnichenko, L. I. Kudryashov, and M. E. Dyatkina, *Dokl. Phys. Chem.*, 204 (1972) 402–404.
(277) J. Bardsley, P. J. Baugh, J. I. Goodall, and G. O. Phillips, *J. Chem. Soc. Chem. Commun.*, (1974) 890–891.
(278) G. Armand, P. J. Baugh, E. A. Balazs, and G. O. Phillips, *Radiat. Res.*, 64 (1975) 573–580.
(279) A. Gräslund and G. Löfroth, *Acta Chem. Scand. Ser. B*, 29 (1975) 475–482.
(280) P. J. Baugh, J. I. Goodall, and J. Bardsley, *J. Chem. Soc. Perkin Trans. 2*, (1978) 700–706.
(281) H. C. Box and E. E. Budzinski, *J. Chem. Phys.*, 67 (1977) 4726–4729.
(282) G. J. Moody and G. O. Phillips, *Chem. Ind. (London)*, (1959) 1247–1248.
(283) G. O. Phillips and P. J. Baugh, *Nature (London)*, 198 (1963) 282–283.
(284) A. Ehrenberg, L. Ehrenberg, and G. Löfroth, *Acta Chem. Scand.*, 17 (1963) 53–56.
(285) E. Herlitz, G. Löfroth, and G. Widmark, *Acta Chem. Scand.*, 19 (1965) 595–600.
(286) G. O. Phillips and P. J. Baugh, *J. Chem. Soc., A*, (1966) 370–377.
(287) G. O. Phillips, P. J. Baugh, and G. Löfroth, *J. Chem. Soc., A*, (1966) 377–382.
(288) G. Löfroth, *Acta Chem. Scand.*, 21 (1967) 1997–2006.
(289) G. O. Phillips and N. W. Worthington, *Radiat. Res.*, 43 (1970) 34–44.
(290) G. Löfroth and C. Kim, *Radiat. Eff.*, 3 (1970) 217–220.
(291) G. Löfroth and C. Kim, *Acta Chem. Scand.*, 24 (1970) 749–750.
(292) J. S. Moore and G. O. Phillips, *Carbohydr. Res.*, 16 (1971) 79–87.
(293) G. Löfroth, *Int. J. Radiat. Phys. Chem.*, 4 (1972) 277–283.
(294) P. Riesz and T. C. Smitherman, *Isr. J. Chem.*, 10 (1972) 1165–1184.
(295) T. Gejvall and G. Löfroth, *Acta Chem. Scand.*, 27 (1973) 1108–1109.
(296) G. Löfroth and T. Gejvall, *Acta Chem. Scand., Ser. B*, 28 (1974) 777–780.
(297) G. Löfroth and T. Gejvall, *Acta Chem. Scand. Ser. B*, 28 (1974) 829–831.
(298) A. Rigouard, G. Berger, and L. Saint-Lèbe, *C. R. Acad. Sci., Ser. D*, 280 (1975) 763–766.
(299) A. G. W. Bradbury and C. von Sonntag, *Z. Naturforsch. Teil B*, 32 (1977) 725–726.
(300) N. U. Ahmed, P. J. Baugh, and G. O. Phillips, *J. Chem. Soc. Perkin Trans. 2*, (1972) 1305–1309.

all these efforts, the radiation chemistry of solid carbohydrates, especially the primary processes, is still poorly understood. Little is known about the mechanism whereby the radiation energy is dissipated. In general, two primary processes must be envisaged, ionization (192) and excitation (193).

$$M \xrightarrow{\gamma} M^+ + e^- \quad (192)$$
$$M \xrightarrow{\gamma} M^* \quad (193)$$
$$M^+ + M \rightarrow N^+ + P \quad (194)$$
$$M^+ + e^- \rightarrow M^* \quad (195)$$
$$N^+ + e^- \rightarrow N^* \quad (196)$$
$$M^* \rightarrow \text{radicals} \quad (197)$$
$$N^* \rightarrow \text{radicals} \quad (198)$$

In nonaromatic systems, ionization usually plays a major role, as compared to excitation.[301] Whereas, in liquids or highly disordered solids, the electron can be solvated,[302] no, or very low yields of, solvated electrons are observed in solid carbohydrates, even at low temperatures.[275] This implies that the electron may return to the positive hole (reaction 195). However, it cannot be excluded that ion–molecule reactions (reaction 194) precede this reaction, and that recombination occurs with the resulting ion N^+, instead of with the parent ion M^+ (reaction 196). Process 194 has been studied with simple alcohols in the gas phase.[303,304]

$$H-\overset{|}{\underset{|}{C}}-OH^{\cdot +} + H-\overset{|}{\underset{|}{C}}-OH \longrightarrow H-\overset{|}{\underset{|}{C}}-OH_2^+ + \cdot\overset{|}{\underset{|}{C}}-OH \quad (199)$$

$$H-\overset{|}{\underset{|}{C}}-OH^{\cdot +} + H-\overset{|}{\underset{|}{C}}-OH \longrightarrow H-\overset{|}{\underset{|}{C}}-O\cdot + H-\overset{|}{\underset{|}{C}}-OH_2^+ \quad (200)$$

$$e^- + H-\overset{|}{\underset{|}{C}}-OH_2^+ \longrightarrow H-\overset{|}{\underset{|}{C}}-OH + H\cdot \quad (201)$$

$$H\cdot + H-\overset{|}{\underset{|}{C}}-OH \longrightarrow H_2 + \cdot\overset{|}{\underset{|}{C}}-OH \quad (202)$$

(301) G. Klein and R. Voltz, *Int. J. Radiat. Phys. Chem.*, 7 (1975) 155–174.
(302) L. Kevan, *Actions Chim. Biol. Radiat.*, 13 (1969) 57–117.
(303) K. R. Ryan, L. W. Sieck, and J. H. Futrell, *J. Chem. Phys.*, 41 (1964) 111–116.
(304) J. G. J. Thynne, F. K. Amenu-Kpodo, and A. G. Harrison, *Can. J. Chem.*, 44 (1966) 1655–1661.

The reaction scheme as given by reactions *199–202* demands that O-deuterated alcohols shall give high yields of HD. This has, in fact, been found.[305] However crystalline, O-deuterated carbohydrates yield[296] H_2 almost exclusively. Thus, this concept appears to be invalid for crystalline carbohydrates, although, in both cases, hydrogen is the major product [$G(H_2)$ = 3–5].

It could then be argued that the electron rapidly returns to the primary ion, affording an excited state (reaction *195*). However, the alcohol models (liquid and gas phase) show that at least the lowest, electronically excited state predominantly splits the O–H bond or eliminates H_2, to give the corresponding carbonyl compounds. With O-deuterated alcohols, these processes lead[80] to HD (>75%). Obviously, the mechanistic concepts developed for the liquid alcohols cannot be applied directly to solid carbohydrates.

Despite the present poor understanding of the primary processes, the radiolysis of carbohydrates is a unique way to generate carbohydrate radicals within the carbohydrate matrix. It has enabled some interesting chain reactions to be detected (see Sect. IV,1). Many radical reactions observed in aqueous solution are also observed in the solid state. In addition, there are reactions that are more pronounced in the solid state, and their products can be studied more readily than in the liquid state.

1. Chain Reactions

The primary carbohydrate radicals (>Ċ—OH) can undergo rearrangement, fragmentation, or elimination reactions, to yield secondary radicals that are capable of hydrogen abstraction. Under favorable conditions, provided by the structure of the crystals, chain reactions set in. Because of these restrictions, they have only been observed thus far with 2-deoxy-D-*erythro*-pentose,[54] α-lactose·H_2O (Refs. 93 and 94) (but not the β or the anhydrous form),[300] and D-fructose.[25,26,47] There are no chain reactions with α-D-glucose,[47] D-ribose,[47] D-xylose,[47] or D-arabinose,[47] and, judging from G(destruction), with α-D-glucose,[286,287,296] β-D-glucose,[287,296] α-D-glucose·H_2O (Refs. 287 and 296), sucrose,[293] α,α-trehalose·$2H_2O$ (Ref. 293), and maltose·H_2O (Ref. 293) also. In the following description, the chain reactions are discussed. They are of some preparative value, because the products are cumbersome to synthesize by conventional techniques.

(305) D. Schulte-Frohlinde, G. Lang, and C. von Sonntag, *Ber. Bunsenges. Phys. Chem.*, 72 (1968) 63–66.

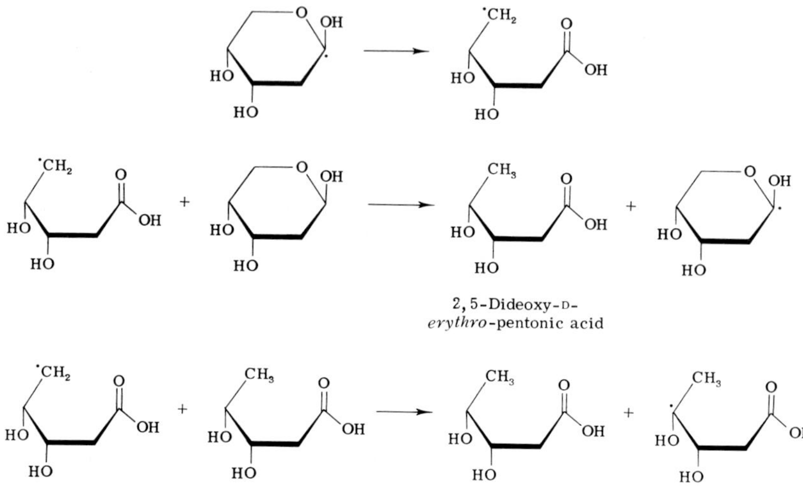

Scheme 21.—Radical Chain-reaction in Crystalline 2-Deoxy-D-*erythro*-pentose, and the Formation of the "Dead" Radical.

(a) **2-Deoxy-D-*erythro*-pentose.**—The product of the chain reaction occurring in 2-deoxy-D-*erythro*-pentose is 2,5-dideoxy-D-*erythro*-pentonic acid, having[54] an initial G-value >650. With increasing dose, the G-value drops. Nevertheless, at a dose of 250 kJ. kg^{-1}, 20% of the crystal is converted into the aforementioned acid, and even higher doses may be applied. There are few byproducts, and the radiation-induced chain-reaction proved to be a more convenient method to produce this acid (which can be isolated merely by ion-exchange chromatography[54]) than the usual, multistep process of synthesis.[53]

The most probable mechanism is shown in Scheme 21. Among other radicals, the radical at C-1 is generated, and this can rearrange to a radical at C-5 (reaction 203; see also, Sect. II,1f). This radical has H-abstracting properties (see Sect. II,3a). Apparently, the crystal structure (or the alterations introduced on proceeding from 2-deoxy-D-*erythro*-pentose to its C-1 radical, or rearranged radical at C-5, or both) allows the reaction to proceed by H-abstraction from a neighboring 2-deoxy-D-*erythro*-pentose molecule. The crystal structure of 2-deoxy-D-*erythro*-pentose reveals that the relevant distance (C-5 to H-1 of a neighboring 2-deoxy-D-*erythro*-pentose molecule) is[306] only 310 pm (see Sect. IV,1c).

In competition with this propagation, there appears to be a reaction

(306) M. N. Schuchmann, C. von Sonntag, C. Krüger, and Y.-H. Tsay (to be published).

of the propagating radical with a 2,5-dideoxy-D-*erythro*-pentonic acid molecule formed in a preceding step (reaction 204). This reaction will again give a 2,5-dideoxy-D-*erythro*-pentonic acid molecule plus radical **131** (reaction 205). In fact, the radical observed[269,270] at room temperature in γ-irradiated, single crystals of 2-deoxy-D-*erythro*-pentose had been ascribed to radical **131** prior to the elucidation of the chain process. Radical **131** is a "dead" radical, and it cannot propagate the chain.

(b) α-Lactose Monohydrate.—In α-lactose monohydrate, apparently three chain-reactions were observed.[93] The most important one leads to 5-deoxylactobionic acid (**134**) in a sequence (reactions 206 and 207 in Scheme 22) analogous to that described for 2-deoxy-D-*erythro*-pentose (see Sect. IV,1a). Its G-value is ~40, and it has been shown that this process may be of preparative value.[94]

The other chain-reaction leads to 2-deoxylactobionolactone (**135**) [G(**135**) = 20]. The propagating steps are the elimination of water (reaction 208; see Sect. II,1a) and the hydrogen abstraction from a neighboring α-lactose molecule (reaction 209). A further chain-reaction sets in, starting from the radical at C-1', namely, **133**, giving rise to D-galactono-1,5-lactone (**136**) and 4-deoxy-D-*xylo*-hexose (**137**) (reactions 210 and 211). The G-values of these products are not very high (G = 4.5). Either the chain length is short, or the G-value of the starting radical **133** is small compared to that of the radical **132**. The reactions leading to a termination of the various chains are not yet known.

(c) β-D-Fructose.—The third known example of a chain reaction within a carbohydrate crystal is that of β-D-fructose.[25,26,47] The product is 6-deoxy-D-*threo*-2,5-hexodiulose (**140**). The initial G-value is ~40 at room temperature. The G-value is independent of the dose rate, but decreases with increase in dose. It also decreases with decreasing temperature, and becomes[25] negligible at 0°. An increase above room temperature has no enhancing effect. It has been suggested that the steps in this chain reaction are reactions 212 and 213. Among other radicals, radical **138** is formed by direct action of the radiation, or through hydrogen abstraction from C-5 by reactive radicals (for example, hydrogen atoms), or both. The rearrangement of radical **138** to give radical **139** (reaction 212; see Sect. II,1b) creates a radical having H-abstracting power. The chain is propagated if radical **139** abstracts a hydrogen atom at C-5 of a neighboring D-fructose molecule. In fact, inspection of the crystal structure of β-D-fructose reveals[25] that (assuming no perturbance of the positions of the various atoms in the lattice throughout these reactions), there are only two hydrogen atoms avail-

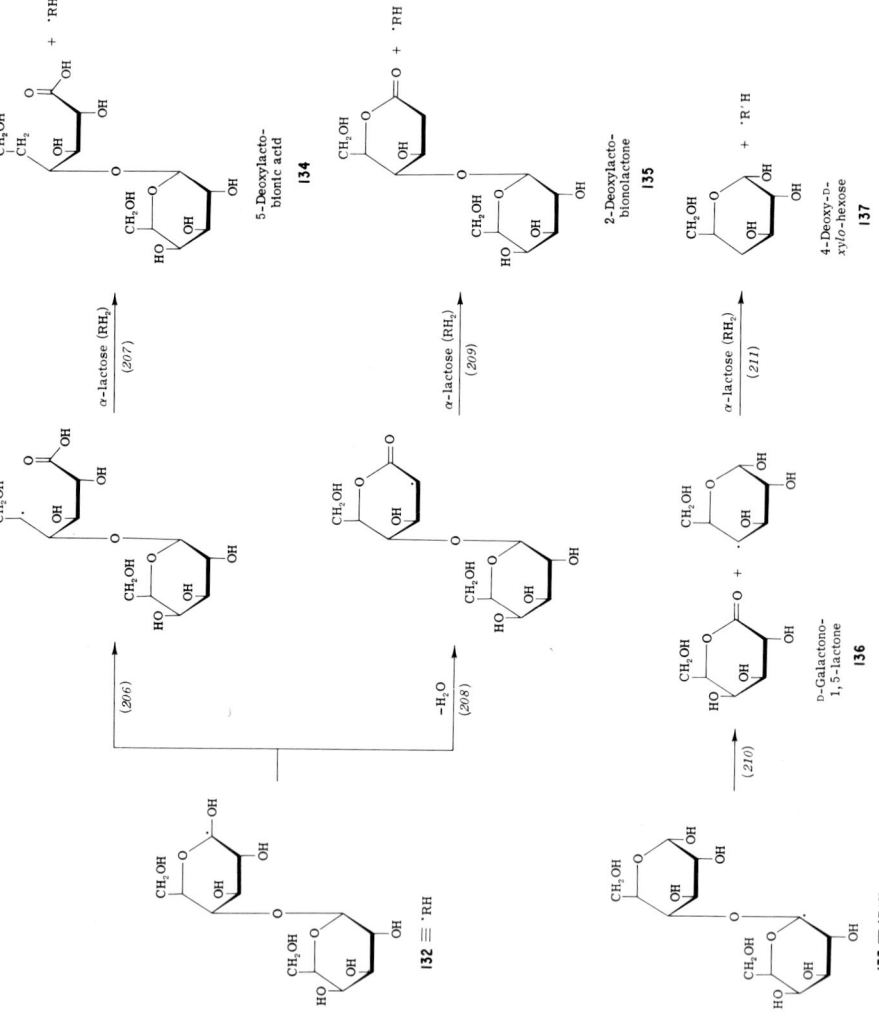

Scheme 22.—Radical Chain-reactions in Crystalline α-Lactose Monohydrate.

$$\underset{\mathbf{138} \equiv \text{'RH}}{\text{[structure]}} \longrightarrow \underset{\mathbf{139}}{\text{[structure]}} \quad (212)$$

$$\underset{\mathbf{139}}{\text{[structure]}} \xrightarrow[-H_2O]{\text{D-fructose} \atop (\equiv RH_2)} \underset{\substack{\mathbf{140} \\ \text{6-Deoxy-D-} \\ threo\text{-2,5-} \\ \text{hexodiulose}}}{\text{[structure]}} + \text{'RH} \quad (213)$$

able for abstraction from a next neighbor. One hydrogen atom is at C-5 of the neighboring D-fructose molecule, along the c axis of the crystal (C-6–H-5 distance 340 pm). The other is at C-1 of the product molecule formed in a preceding reaction (C-6–H-1, ~310 pm, based on the position of the D-fructose molecule that took the place of the product molecule **140**). These two hydrogen atoms may compete for radical **139**. Hydrogen abstraction at C-5 will propagate the chain according to reaction *213*, but hydrogen abstraction at C-1 of **140** will lead to a radical incapable of propagating a chain, and the termination of the chain may occur by way of such a reaction. It has also been speculated that the temperature effect observed is due to such a competition.

2. Non-chain, Radical Reactions

The occurrence of chain reactions, that is, the formation of one (or a few) product(s) with high yields (G-values), is rather unusual in the radiation chemistry of carbohydrates, and appears to be restricted to the few examples mentioned in Section IV,1. In general, there is formation of a great number of products. α-D-Glucose serves as a typical example.[41] The ~30 products having three to six carbon atoms identified thus far[41] virtually present only "the tip of the iceberg." This is immediately seen by comparing the sum of the hydrogen and carbon dioxide yields [$G(H_2) = 5.75$, $G(CO_2) = 0.7$] with the combined yields of all products of low molecular weight (three to six carbon atoms; $G = 1.2$). The lack of a proper materials-balance is largely due to the presence of a vast number of products having a molecular weight higher than that of D-glucose itself, but these products have not yet been identified. Similar behavior has been found with 2-acetamido-2-deoxy-D-glucose,[299] and the non-chain products of D-fructose.[47] A number of reactions became apparent in the solid-state studies (for example, water-elimination reactions according to Sect. II,1d), because the radicals, immobilized in the lattice, have more time to undergo these reactions than in solution, where the same reactions have to compete with radical–radical reactions.

V. Miscellaneous

The ability of aqueous solutions of polyhydric alcohols or sugars to form transparent glasses at low temperatures has been used to trap and study electrons in these matrices.[155,158,307–311] Cycloamyloses can serve as a trap for radiation-generated electrons,[275] and radiation effects on complexes of cyclo-hexa- and -hepta-amyloses with aromatic compounds have been studied.[267,268,277,280,312,313]

As was to be expected, grafting of polymers onto cellulose is most readily achieved by using high-energy radiation. Besides many reports in the patent literature, there is a vast number of studies more fundamental in nature, but to deal with this subject would exceed the scope of this article. A few references are given[314–321] from which the reader may find his way more easily into the literature. A complete

(307) J. D. Zimbrick and L. S. Myers, Jr., *J. Chem. Phys.*, 54 (1971) 2899–2909.
(308) J. Moan, *Acta Chem. Scand.*, 26 (1972) 897–903.
(309) H. B. Steen and M. Kongshaug, *J. Phys. Chem.*, 76 (1972) 2217–2223.
(310) J. Moan, *Int. J. Radiat. Phys. Chem.*, 5 (1973) 293–300.
(311) D.-P. Lin and L. Kevan, *Int. J. Radiat. Phys. Chem.*, 8 (1976) 713–717.
(312) G. O. Phillips and M. Young, *J. Chem. Soc., A*, (1966) 383–387.
(313) G. O. Phillips and M. Young, *J. Chem. Soc., A*, (1968) 1240–1243.
(314) J. C. Arthur, Jr., O. Hinojosa, and V. W. Tripp, *J. Appl. Polym. Sci.*, 13 (1969) 1497–1507.
(315) S. Dilli and J. L. Garnett, *Aust. J. Chem.*, 23 (1970) 1163–1173.
(316) P. K. Chidambareswaran, V. Sundaram, J. Prakash, N. C. Verma, and B. B. Singh, *J. Polym. Sci.*, 9 (1971) 2651–2658.
(317) O. Hinojosa and J. C. Arthur, Jr., *Polym. Lett.*, 10 (1972) 161–165.
(318) M. Shimada, Y. Nakamura, Y. Kusama, O. Matsuda, N. Tamura, and E. Kageyama, *J. Appl. Polym. Sci.*, 18 (1974) 3379–3386.
(319) M. Shimada, Y. Nakamura, Y. Kusama, O. Matsuda, N. Tamura, and E. Kageyama, *J. Appl. Polym. Sci.*, 18 (1974) 3387–3396.
(320) Y. Kusama, *J. Appl. Polym. Sci.*, 20 (1976) 1679–1688.
(321) J. L. Garnett and E. C. Martin, *Aust. J. Chem.*, 29 (1976) 2591–2601.

literature survey is to be found in the "Biweekly List of Papers on Radiation Chemistry" and its Annual Indexes.[322]

Because ionizing radiation is a powerful sterilizing agent, food chemists became interested in this technique. Studies were mainly directed towards starch and its degradation.[61,62,65-67,69,71,229,323-344] The question of the wholesomeness of irradiated food has also been considered.[345-348] For a review, see Ref. 14.

For various other reasons, a number of carbohydrate-containing natural products and their constituents were irradiated, and their breakdown or radical formation was measured.[200,210,274,278,289,349-360] In gen-

(322) *Biweekly Lists of Papers on Radiation Chemistry and Photochemistry*, Radiation Chemistry Data Center, Radiation Laboratory, Univ. of Notre Dame, Notre Dame, Indiana.
(323) E. J. Bourne, M. Stacey, and G. Vaughan, *Chem. Ind. (London)*, (1956) 573–574.
(324) A. Mishina and Z. Nikuni, *Nature (London)*, 184 (1959) 1867.
(325) M. Samec, *Staerke*, 12 (1960) 99–102.
(326) A. R. Deschreider, *Staerke*, 12 (1960) 197–201.
(327) V. F. Oreshko, L. F. Gorin, and N. V. Rudenko, *Russ. J. Phys. Chem.*, 36 (1962) 575.
(328) H. Reuschl and A. Guilbot, *Ann. Technol. Agric.*, 13 (1964) 399–448.
(329) H. Reuschl and A. Guilbot, *Staerke*, 18 (1966) 73–77.
(330) A. Bigler, S. Vaibel, Y. N. Krutova, I. N. Putilova, and A. Yat, *Appl. Biochem. Microbiol. (USSR)*, 5 (1969) 258–263.
(331) G. Berger and L. (R.) Saint-Lèbe, *Staerke*, 21 (1969) 205–211.
(332) H. N. Ananthaswamy, U. K. Vatki, and A. Sreenivasan, *J. Food Sci.*, 35 (1970) 795–798.
(333) G. Berger and L. (R.) Saint-Lèbe, *C. R. Acad. Sci., Ser. D*, 271 (1970) 552–555.
(334) H. Scherz, *Staerke*, 23 (1971) 259–267.
(335) A. Athanassiadis and G. Berger, *Staerke*, 25 (1973) 362–367.
(336) H. Scherz, *Z. Naturforsch. Teil C*, 28 (1973) 14–20.
(337) G. Berger, J. P. Agnel, and L. Saint-Lèbe, *Staerke*, 25 (1973) 203–210.
(338) B. T. Hofreiter, *J. Polym. Sci.*, 12 (1974) 2755–2766.
(339) R. M. A. El Saadany, F. M. El Saadany, and Y. H. Foda, *Staerke*, 26 (1974) 422–425.
(340) J. F. Dauphin, H. Athanassiadis, G. Berger, and L. Saint-Lèbe, *Staerke*, 26 (1974) 14–17.
(341) G. Berger, J. P. Angel, and L. (R.) Saint-Lèbe, *Staerke*, 26 (1974) 185–189.
(342) J. P. Michél, M. Rigouard, G. Berger, and L. Saint-Lèbe, *Staerke*, 27 (1975) 363–368.
(343) H. Scherz, *Staerke*, 27 (1975) 46–51.
(344) E. Hamidi and J. F. Dauphin, *Staerke*, 28 (1976) 333–336.
(345) J. Schubert, *Bull. Org. Mond. Santé, Bull. W. H. O.*, 41 (1969) 873–904.
(346) J. Schubert and E. B. Sanders, *Nature (London) New Biol.*, 233 (1971) 199–203.
(347) J. Schubert, *IAEA Proc. Ser.*, 561/1 (1974) 1–38.
(348) J. F. Diehl and H. Scherz, *Int. J. Appl. Radiat. Isot.*, 26 (1975) 499–501.
(349) G. O. Phillips and G. J. Moody, *J. Chem. Soc.*, (1958) 3534–3539.
(350) V. A. Sharpatyi and S. I. Gol'din, *Bull. Acad. Sci. USSR, Div. Chem. Sci.*, (1967) 1283.

eral, these investigations have yielded little information with respect to the mechanisms involved, and are therefore not pertinent to this article.

On dissolution of irradiated carbohydrates, a weak lyoluminescence is observed.[361-366] The nature of the luminescent species has not yet been fully established.

A number of papers deal with the self-decomposition of radioactively labelled carbohydrates.[367-371]

Because of the great interest in the radiation-induced degradation of DNA, there are many investigations on the e.s.r. spectroscopy of solid nucleosides and nucleotides,[372-386] as well as of DNA itself.[387] This field has briefly reviewed in Ref. 388.

---

(351) E. A. Balazs, J. V. Davies, G. O. Phillips, and M. D. Young, *Radiat. Res.*, 31 (1967) 243–255.
(352) N. V. Zakatova, D. P. Minkhadzhiddinova, and V. A. Sharpatyi, *Bull. Acad. Sci. USSR, Div. Chem. Sci.*, (1969) 1520.
(353) F. Jooyandeh, J. S. Moore, R. E. Morgan, and G. O. Phillips, *Radiat. Res.*, 45 (1971) 455–461.
(354) E. R. Humphreys and G. R. Howells, *Carbohydr. Res.*, 16 (1971) 65–69.
(355) S. I. Gol'din and S. V. Markevich, *High Energy Chem. (USSR)*, 5 (1971) 414.
(356) P. J. Baugh, R. E. Morgan, K. Kershaw, and G. O. Phillips, *Radiat. Res.*, 46 (1971) 217–225.
(357) F. Jooyandeh, J. S. Moore, and G. O. Phillips, *Int. J. Radiat. Biol.*, 25 (1974) 611–617.
(358) M. Balakrishnan, W. J. Criddle, and B. J. Jones, *Int. J. Radiat. Phys. Chem.*, 8 (1976) 549–553.
(359) H. E. Edwards, J. S. Moore, and G. O. Phillips, *Int. J. Radiat. Biol.*, 32 (1977) 351–359.
(360) C. Baquey, C. Darnez, and P. Blanquet, *Radiat. Res.*, 70 (1977) 82–90.
(361) N. A. Atavi, K. V. Ettinger, and J. K. Fremlin, *Radiat. Eff.*, 17 (1973) 45.
(362) N. A. Atavi and K. V. Ettinger, *Radiat. Eff.*, 20 (1973) 135–139.
(363) N. A. Atavi and K. V. Ettinger, *Nature (London)*, 247 (1974) 193–194.
(364) N. A. Atavi and K. V. Ettinger, *Nature (London)*, 249 (1974) 341–342.
(365) P. J. Baugh and M. G. Mahjani, *Radiat. Eff.*, 32 (1977) 125–126.
(366) P. J. Baugh, M. G. Mahjani, S. C. Ellis, and D. R. Evans, *Radiat. Phys. Chem.*, 10 (1977) 21–24.
(367) G. O. Phillips and K. W. Davies, *J. Chem. Soc.*, (1965) 2654–2658.
(368) G. O. Phillips, W. J. Criddle, and G. J. Moody, *J. Chem. Soc.*, (1962) 4216–4224.
(369) G. O. Phillips and K. W. Davies, *Proc. Conf. Methods Preparing Storing Marked Molecules, Brussels*, (1973) 619–628.
(370) G. Sheppard, H. C. Sheppard, and J. F. Stivala, *J. Labelled Compd.*, 10 (1974) 557–567.
(371) D. H. T. Fong, C. L. Bodkin, M. A. Long, and J. L. Garnett, *Aust. J. Chem.*, 28 (1975) 1981–1991.
(372) D. E. Holmes, L. S. Myers, Jr., and R. B. Ingalls, *Nature (London)*, 209 (1966) 1017–1018.

(373) H. Dertinger, Z. Naturforsch. Teil B, 22 (1967) 1261–1266.
(374) C. Alexander, Jr., and C. E. Franklin, J. Chem. Phys., 54 (1971) 1909–1913.
(375) G. Hartig and H. Dertinger, Int. J. Radiat. Biol., 20 (1971) 577–588.
(376) A. van de Vorst, Y. Lion, and C. M. Calberg-Bacq, Int. J. Radiat. Biol., 24 (1973) 605–608.
(377) D. L. Allison and C. Alexander, Jr., J. Magn. Reson., 14 (1974) 366–373.
(378) R. A. Farley, Ph.D. Thesis, Univ. of Rochester, N. Y., (1975).
(379) J. Hüttermann, W. A. Bernhard, E. Haindl, and G. Schmidt, Mol. Phys., 32 (1976) 1111–1121.
(380) W. A. Bernhard, J. Hüttermann, and A. Müller, Radiat. Res., 68 (1976) 390–413.
(381) W. A. Bernhard, D. M. Close, K. R. Mercer, and J. C. Corelli, Radiat. Res., 66 (1976) 19–32.
(382) H. C. Box, W. R. Potter, and E. E. Budzinski, J. Chem. Phys., 62 (1975) 3476–3478.
(383) H. C. Box and E. E. Budzinski, J. Chem. Phys., 62 (1975) 197–199.
(384) J. Hüttermann, W. A. Bernhard, E. Haindl, and G. Schmidt, J. Phys. Chem., 81 (1977) 228–232.
(385) H. Oloff and J. Hüttermann, J. Magn. Reson., 27 (1977) 197–213.
(386) W. A. Bernhard, D. M. Close, J. Hüttermann, and H. Zehner, J. Chem. Phys., 67 (1977) 1211–1219.
(387) A. Graeslund, A. Ehrenberg, A. Rupprecht, G. Stroem, and H. Crespi, Int. J. Radiat. Biol., 28 (1975) 313–323.
(388) J. Hüttermann, J. N. Herak, and E. Westhof, in J. Hüttermann, W. Köhnlein, R. Téoule, and A. J. Bertinchamps (Eds.), Effects of Ionizing Radiation on DNA, Springer Verlag, Berlin, 1978, pp. 31–55.

SYNTHESIS OF L-ASCORBIC ACID

By Thomas C. Crawford and Sally Ann Crawford

Central Research, Chemical Process Research, Pfizer Inc., Groton, Connecticut

I. Introduction	79
II. Structure and Spectral Properties	80
III. Synthesis	85
1. The L-*threo*-Pentos-2-ulose–Cyanide Synthesis	86
2. The Reichstein–Grüssner Synthesis	89
3. Conversion of L-Sorbose into L-Ascorbic Acid by Way of Methyl α-L-*xylo*-2-Hexulopyranosidonic Acid	105
4. Direct Oxidation of L-Sorbose to L-*xylo*-2-Hexulosonic Acid ("2-Keto-L-gulonic Acid")	106
5. Conversion of D-Glucitol ("Sorbitol") into L-*xylo*-2-Hexulosonic Acid	112
6. Synthesis by Way of D-Glucuronic Acid	115
7. Synthesis by Way of L-Gulonic Acid	119
8. Synthesis by Way of D-*xylo*-5-Hexulosonic Acid ("5-Keto-D-gluconic Acid")	126
9. Synthesis by Way of D-*threo*-2,5-Hexodiulosonic Acid ("2,5-Diketo-D-gluconic Acid")	137
10. Synthesis of L-Ascorbic Acid by Way of D-Galacturonic Acid	146
11. Miscellaneous Syntheses	148
12. Direct Fermentation to Give L-Ascorbic Acid	150
13. Synthesis of Labelled L-Ascorbic Acid	151
IV. Addendum	155

I. Introduction

In this article, an attempt has been made to provide a complete summary of methods developed for the synthesis of L-ascorbic acid. Included are the methods of preparation of precursors in the various syntheses. The syntheses of analogs and isomers of L-ascorbic acid are not covered. Many of the methods used for the preparation of analogs are obvious as they are based on the procedures used for the synthesis of L-ascorbic acid. The synthesis and biological activity of a number of these analogs have been reviewed.[1-5]

As a number of excellent articles have been published that review various aspects of the biological roles of L-ascorbic acid,[6] the biosynthesis of L-ascorbic acid in plants and animals,[7-11] and radicals derived from L-ascorbic acid,[12] these topics will not be treated. Likewise, the methods by which L-ascorbic acid is assayed[13] and the uses of L-ascorbic acid and related molecules in a wide variety of assays and oxidation–reduction systems will not be discussed.

II. STRUCTURE AND SPECTRAL PROPERTIES

In 1928, Szent-Györgyi[14] isolated "hexuronic acid" in crystalline form from the adrenal cortex of the ox, from orange juice, and from cabbage juice. During the course of this work, he established $C_6H_8O_6$ as the molecular formula, the presence of an acidic functional group, and the facile and reversible nature of its oxidation. He and Svirbely[15,16] conclusively established the identity[17,18] of vitamin C and "hexuronic acid," and, in addition, found that paprika is a particularly rich source of the acid. It was from paprika and, earlier, from adrenal cortex, that material was obtained for the determination of its struc-

(1) W. N. Haworth and E. L. Hirst, *Ergeb. Vitam. Hormonforsch.*, 2 (1939) 160–191.
(2) E. L. Hirst, *Fortschr. Chem. Org. Naturst.*, 2 (1939) 132–159.
(3) F. Smith, *Adv. Carbohydr. Chem.*, 2 (1946) 79–106.
(4) T. Reichstein and V. Demole, *Festschr. Emil C. Barell*, (1936) 107–138.
(5) C. G. King and J. J. Burns (Eds.), *Ann. N. Y. Acad. Sci.*, 258 (1975) 1–552; a general review on L-ascorbic acid, particularly emphasizing its biological uses and metabolism.
(6) W. H. Sebrell and R. S. Harris (Eds.), *The Vitamins*, Vol. I, Academic Press, New York, 1967, pp. 306–501.
(7) F. Loewus, *Annu. Rev. Plant Physiol.*, 22 (1971) 337–364.
(8) C. G. King, *World Rev. Nutr. Diet.*, 18 (1973) 47–59.
(9) J. J. Burns, *Kirk–Othmer Encyclopedia of Chemical Technology*, 2nd edn., Vol. 2, Interscience, New York, 1963, pp. 747–762. This review briefly covers all aspects of L-ascorbic acid.
(10) F. A. Loewus, *Phytochemistry*, 2 (1963) 109–128.
(11) E. M. Baker, *Proc. Conf. Dimensions Nutr.*, (1969) 71–75.
(12) C. von Sonntag, *Adv. Carbohydr. Chem. Biochem.*, 37 (1980) 7–77.
(13) J. H. Roe, "Ascorbic Acid," P. György and W. N. Pearson (Eds.), *The Vitamins*, Vol. VII, Academic Press, New York, 1967, pp. 27–51.
(14) A. Szent-Györgyi, *Biochem. J.*, 22 (1928) 1387–1409.
(15) J. L. Svirbely and A. Szent-Györgyi, *Biochem J.*, 27 (1933) 279–285.
(16) J. L. Svirbely and A. Szent-Györgyi, *Biochem. J.*, 26 (1932) 865–870.
(17) J. L. Svirbely and A. Szent-Györgyi, *Nature*, 129 (1932) 576.
(18) J. L. Svirbely and A. Szent-Györgyi, *Nature*, 129 (1932) 690.

ture. Detailed descriptions of the sequence of events that led to the discovery of the correct structure of the "hexuronic acid," later named L-ascorbic acid by Szent-Györgyi and Haworth, have been published.[19,21] In the early 1930's, a number of structures[22–29] had been proposed that were considered consistent with the chemical data then available. In 1932, Cox[30] provided the first X-ray data on crystalline L-ascorbic acid. These data revealed that L-ascorbic acid must be an almost planar molecule with a pseudo-plane of symmetry perpendicular to the molecular plane (this pseudo-plane of symmetry was a consequence of the fact that X-ray techniques available at that time could not distinguish between carbon and oxygen atoms, because of their similar atomic volumes and X-ray scattering powers). Almost simultaneously, the u.v. absorption data were published,[31] and interpreted as being inconsistent with the presence of a carboxyl group. These data, together with those derived from a study of the oxidation products of L-ascorbic acid and the preparation of bis(phenylhydrazone) derivatives, led Hirst and coworkers[32] to propose, in a classic paper, that L-ascorbic acid is, indeed, "3-keto-L-sorbosone" (**4**), which might react by way of a variety of tautomeric forms, including **1**. In papers published shortly afterwards, Hirst and coworkers[33,34] gave a detailed account of the work that confirmed **1** as the structure of L-ascorbic

(19) See Refs. 1, 2, 4, and 6 for summaries of this early work.
(20) L. J. Harris, *Annu. Rev. Biochem.*, 2 (1933) 263–271.
(21) L. J. Harris, *Annu. Rev. Biochem.*, 3 (1934) 265–274.
(22) P. A. Levene and A. L. Raymond, *Science*, 78 (1933) 64. This article was published in July, 1933.
(23) E. G. Cox, E. L. Hirst, and R. J. W. Reynolds, *Nature*, 130 (1932) 888.
(24) P. Karrer, H. Salomon, K. Schöpp, and R. Morf, *Helv. Chim. Acta*, 16 (1933) 181–183.
(25) F. Micheel and K. Kraft, *Hoppe-Seyler's Z. Physiol. Chem.*, 215 (1933) 215–224.
(26) F. Micheel and K. Kraft, *Hoppe-Seyler's Z. Physiol. Chem.*, 216 (1933) 233–238.
(27) P. Karrer, H. Salomon, K. Schöpp, and R. Morf, *Vierteljahrsschr. Naturforsch. Ges. Zuerich*, 78 (1933) 8–14; *Chem. Abstr.*, 28 (1934) 510^2.
(28) P. Karrer, G. Schwarzenbach, and K. Schöpp, *Helv. Chim. Acta*, 16 (1933) 302–306.
(29) P. Karrer, H. Salomon, R. Morf, and K. Schöpp, *Biochem. Z.*, 258 (1933) 4–15.
(30) E. G. Cox, *Nature*, 130 (1932) 205–206. In addition, J. D. Bernal [*Nature*, 129 (1932) 721] reported that the X-ray analysis of crystals of L-ascorbic acid showed a large, flat cell and that the strong, negative birefringence of the crystals pointed to a ring structure. However, no data were supplied.
(31) R. W. Herbert and E. L. Hirst, *Nature*, 130 (1932) 205.
(32) E. L. Hirst, R. W. Herbert, E. G. V. Percival, R. J. W. Reynolds, and F. Smith, *Chem. Ind. (London)*, (1933) 221–222.
(33) R. W. Herbert, E. L. Hirst, E. G. V. Percival, R. J. W. Reynolds, and F. Smith, *J. Chem. Soc.*, (1933) 1270–1290.
(34) E. L. Hirst, E. G. V. Percival, and F. Smith, *Nature*, 131 (1933) 617.

acid. The ozonolysis of tetra-O-methyl-L-ascorbic acid, and identification of the resulting products, provided key data that enabled alternative, possible structures to be eliminated. Shortly thereafter, additional evidence was published by other workers[35–37] that provided support for structure **1**. This early work on L-ascorbic acid is summarized in several reviews.[1,2,38]

It must be noted at this point that, when Szent-Györgyi initially isolated **1**, he unfortunately called it "hexuronic acid." In early 1933, he and Haworth[39] proposed that the name be changed to ascorbic acid. In 1965, the trivial name L-ascorbic acid was recognized by the IUPAC–IUB Commission on Biochemical Nomenclature[40] as an acceptable name for vitamin C. The systematic name for L-ascorbic acid is L-*threo*-hex-2-enono-1,4-lactone. In the past, scorbutamin, redoxon, vitamin C, cevitamic acid, and hexuronic acid have been used as names for **1**. Throughout this article, the trivial name L-ascorbic acid will be used for **1**.

Shortly after the structure of L-ascorbic acid had been determined, several different syntheses were reported that provided further sup-

(35) P. Karrer, K. Schöpp, and F. Zehnder, *Helv. Chim. Acta*, 16 (1933) 1161–1163.
(36) F. Micheel and K. Kraft, *Hoppe-Seyler's Z. Physiol. Chem.*, 222 (1933) 235–249.
(37) H. von Euler and C. Martius, *Ann.*, 505 (1933) 73–87.
(38) W. N. Haworth, *Chem. Ind. (London)*, 52 (1933) 482–485.
(39) A. Szent-Györgyi and W. N. Haworth, *Nature*, 131 (1933) 24.
(40) IUPAC–IUB Commission on Biochemical Nomenclature, *Biochim. Biophys. Acta*, 107 (1965) 4.

port for the proposed structure. The details of these syntheses will be presented in subsequent Sections.

Following the publication of **1** as the proposed structure for L-ascorbic acid, Cox and Goodwin[41] re-analyzed their X-ray data, and found them consistent with structure **1**. In the years since this original X-ray analysis was made, improved X-ray techniques have resulted in refinement of the crystallographic parameters[42,43] and of the detailed structure of L-ascorbic acid.[44–46] Hydrogen atoms have been located, and intermolecular hydrogen-bonding in crystalline L-ascorbic acid has been investigated by using both X-ray[44,45] and neutron-diffraction[46] data. The approximate conformation in the crystal is shown by structure **6a**. In addition, the structures of sodium L-ascorbate,[47,48] calcium L-ascorbate dihydrate[49,50] and dehydro-L-ascorbic acid[51,52] have been determined by X-ray analysis. Finally, the crystal structure of D-*erythro*-hex-2-enono-1,4-lactone ("D-erythorbic acid") (**7**) has been determined,[53,54] and compared with those of L-ascorbic acid and sodium L-ascorbate.[55]

Before proceeding to a discussion of the various syntheses of L-ascorbic acid, its chemical and physical properties will be sum-

(41) E. G. Cox and T. H. Goodwin, *J. Chem. Soc.*, (1936) 769–775.
(42) Armour Research Foundation, *Anal. Chem.*, 20 (1948) 986–987.
(43) C. von Planta, *Helv. Chim. Acta*, 44 (1961) 1444–1446.
(44) J. Hvoslef, *Acta Chem. Scand.*, 18 (1964) 841–842.
(45) J. Hvoslef, *Acta Crystallogr., Sect. B*, 24 (1968) 23–35.
(46) J. Hvoslef, *Acta Crystallogr., Sect. B*, 24 (1968) 1431–1440.
(47) J. Hvoslef, *Acta Crystallogr., Sect. B*, 25 (1969) 2214–2223.
(48) S. L. Ruskin and A. T. Merrill, *Science*, 108 (1948) 713–714.
(49) R. A. Hearn and C. E. Bugg, *Acta Crystallogr., Sect. B*, 30 (1974) 2705–2711.
(50) J. Hvoslef and K. E. Kjellevole, *Acta Crystallogr., Sect. B*, 30 (1974) 2711–2716.
(51) J. Hvoslef, *Acta Chem. Scand.*, 24 (1970) 2238–2239.
(52) J. Hvoslef, *Acta Crystallogr., Sect. B*, 28 (1972) 916–923.
(53) N. Azarnia, H. M. Berman, and R. D. Rosenstein, *Acta Crystallogr., Sect. B*, 27 (1971) 2157–2161.
(54) N. Azarnia, H. M. Berman, and R. D. Rosenstein, *Acta. Crystallogr., Sect. B*, 29 (1973) 1170.
(55) N. Azarnia, Ph. D. Dissertation, University of Pittsburgh, Pittsburgh, Pennsylvania (1971).

marized.[56] L-Ascorbic acid is a white, crystalline solid melting[15,57] at 192° and having, in water, a specific rotation[15] at the sodium D line of +24°. In solution, L-ascorbic acid has[58,59] a pK_1 of 4.17 and[58,60,61] a pK_2 of 11.79. The more-acidic proton has been shown by both chemical and physical methods to be that of the 3-hydroxyl group. The crystal structures of sodium[47,48] and calcium L-ascorbate[49,50] have the metal associated with O-3. The facile and reversible oxidation of L-ascorbic acid was first noted by Szent-Györgyi[14] who reported[56] a potential of +127 mV. The infrared,[62] ultraviolet,[31,63,64] and ^{1}H-nuclear magnetic resonance (n.m.r.)[63] spectra have all been reported. The structure of L-ascorbic acid in solution has been studied by ^{13}C-n.m.r. spectroscopy.[65-67] As originally recognized by Hirst,[32] a variety of tautomeric structures is possible (including **1–5**, or hydrates thereof).

It has been proved by X-ray analysis that, in the solid state, **1** is the tautomer present, but the claim has been made that,[68] in solution, L-ascorbic acid exists as **2**. Structures **3**, **4**, and **5** were readily eliminated by a study of the ^{13}C-n.m.r. spectrum,[65,67] and, on the basis of the chemical shifts of the carbon resonances for C-1, C-2, and C-3, and the known chemistry of L-ascorbic acid, **1** is favored over **2** in solution. Berger[66] claimed that the proton-carbon-coupled spectrum of L-ascorbic acid is consistent only with structure **1**. Ogawa and coworkers[67] studied the conformation of L-ascorbic acid and L-ascorbic acid-5-*d* in deuterium oxide by ^{13}C-n.m.r. spectroscopy, and concluded that, in

(56) For a brief summary, see *The Merck Index*, 9th edn., Merck and Co., Inc., Rahway, New Jersey, 1976, p. 855.
(57) L. Kofler and H. Sitte, *Monatsh. Chem.*, 81 (1950) 619–626; *Chem. Abstr.*, 45 (1951) 3218e.
(58) T. W. Birch and L. J. Harris, *Biochem. J.*, 27 (1933) 595–599.
(59) C. D. Hurd, *J. Chem. Educ.*, 47 (1970) 481–482.
(60) P. Karrer and G. Schwarzenbach, *Helv. Chim. Acta*, 17 (1934) 58–59.
(61) G. Nebbia and E. M. Pizzoli, *Acta Vitaminol.*, 13 (1959) 269–273; *Chem. Abstr.*, 55 (1961) 13,496c.
(62) M. J. D. Low, L. Abrams, and J. Coleman, *Chem. Commun.*, (1965) 389–390 and J. Hvoslef and P. Klaeboe, *Acta Chem. Scand.*, 25 (1971) 3043–3053.
(63) This spectrum is available in *Sadtler Standard Spectra*, Sadtler Research Laboratories, Inc., Philadelphia, Pennsylvania, 1972, spectra numbers 5424 (i.r.) and 3126 (^{1}H-n.m.r.).
(64) E. Schauenstein, I. Oschenfeld-Lohr, H. Puxkandl, and M. Stampfer, *Monatsh. Chem.*, 79 (1948) 487–498.
(65) J. H. Billman, S. A. Sojka, and P. R. Taylor, *J. Chem. Soc., Perkin Trans. 2*, (1972) 2034–2035.
(66) S. Berger, *Tetrahedron*, 33 (1977) 1587–1589.
(67) T. Ogawa, J. Uzawa, and M. Matsui, *Carbohydr. Res.*, 59 (1977) c32–c35.
(68) R. Hüttenrauch, *Dtsch. Apoth.-Ztg.*, 105 (1965) 1621–1624. This author suggested that this should be the preponderant form in solution.

aqueous solution, the most favored rotamer of L-ascorbic acid is **6b**. This rotamer is not that present in the crystalline state of L-ascorbic acid, but is similar to that in the crystal structure of sodium L-ascorbate.

III. SYNTHESIS

Before presenting the various syntheses of L-ascorbic acid that have been developed since its structure was determined, it is appropriate to comment on the general, synthetic approaches that have been used.

Without question, the most important starting-material for the synthesis of **1** is D-glucose (**8**), which contains the requisite six carbon atoms, some or all of the appropriate stereochemistry (depending on the approach to be employed), and, from the industrial point of view,

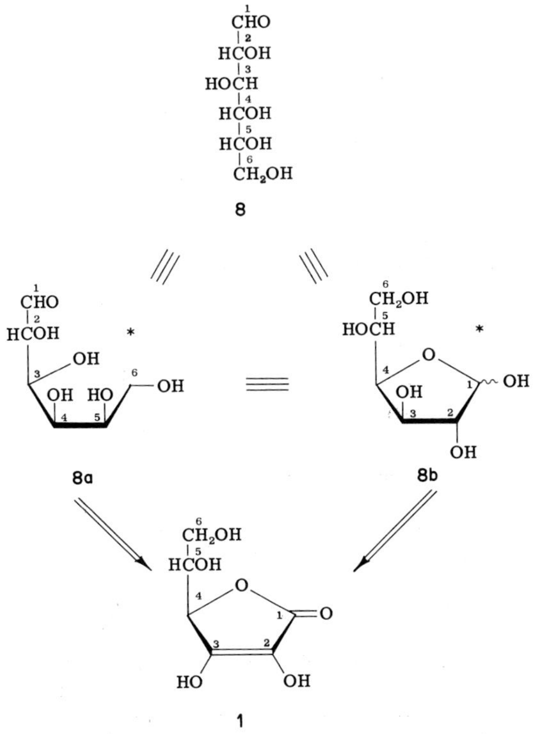

Scheme 1

*These representations of D-glucose are presented in order to illustrate the relationship between D-glucose, the two methods of synthesis, and L-ascorbic acid.

an attractively low cost. It has been shown[7] that, in the biosynthesis of **1**, D-glucose is converted into **1** by two separate pathways, one in which C-1 of D-glucose becomes C-6 of **1**, and one in which C-1 of D-glucose becomes C-1 of **1** (see Scheme 1). Both of these routes have been used in converting D-glucose into synthetic L-ascorbic acid. When D-glucose is converted into **1** by transforming C-1 of **8** into C-6 of **1**, D-glucose (**8a**) must be reduced at C-1 and oxidized at C-5 and C-6, to afford L-*xylo*-hexulosonic acid which, on lactonization, affords **1**. This series of reactions (reduction, oxidation at C-5, and oxidation at C-6) has been conducted by a number of different sequences, and it comprises one series of syntheses of L-ascorbic acid. When D-glucose is converted into **1** without inversion of the entire carbon chain, D-glucose (**8b**) must be oxidized at C-1 and C-2, and the stereochemistry at C-5 must be inverted: these steps constitute another series for the synthesis of L-ascorbic acid.

L-Ascorbic acid has also been synthesized from D-galacturonic acid —a hexose derivative not so readily available as D-glucose. In addition, several methods have been reported for the synthesis of **1** starting with L-xylose (a pentose not readily available) and cyanide, or with L-threose (a tetrose not readily available) and a two-carbon fragment.

1. The L-*threo*-Pentos-2-ulose–Cyanide Synthesis

The first synthesis of L-ascorbic acid was reported in 1933 by Reichstein and coworkers.[69–74] Similar, independent reports by Haworth and coworkers[38,75–77] followed a short time later. Aqueous potassium cyanide solution was added to L *threo*-pentos-2-ulose (L-xylosone) (**9**),

(69) T. Reichstein, A. Grüssner, and R. Oppenauer, *Helv. Chim. Acta*, 16 (1933) 561–565.
(70) T. Reichstein, A. Grüssner, and R. Oppenauer, *Nature (London)*, 132 (1933) 280.
(71) T. Reichstein, A. Grüssner, and R. Oppenauer, *Helv. Chim. Acta*, 17 (1934) 510–520.
(72) T. Reichstein, A. Grüssner, and R. Oppenauer, *Helv. Chim. Acta*, 16 (1933) 1019–1033.
(73) T. Reichstein, U. S. Pat. 2,056,126 (1936); *Chem. Abstr.*, 30 (1936) 8247[3].
(74) It is interesting that, when Reichstein and coworkers[69,70] published the first synthesis of L-ascorbic acid, the correct structure was not yet known, and they considered their synthesis to constitute support of structure **35**, earlier proposed by Micheel and Kraft.[25]
(75) W. N. Haworth and E. L. Hirst, *Chem. Ind. (London)*, 52 (1933) 645–646.
(76) R. G. Ault, D. K. Baird, H. C. Carrington, W. N. Haworth, R. W. Herbert, E. L. Hirst, E. G. V. Percival, F. Smith, and M. Stacey, *J. Chem. Soc.*, (1933) 1419–1423.
(77) W. N. Haworth and E. L. Hirst, *Helv. Chim. Acta*, 17 (1934) 520–523.

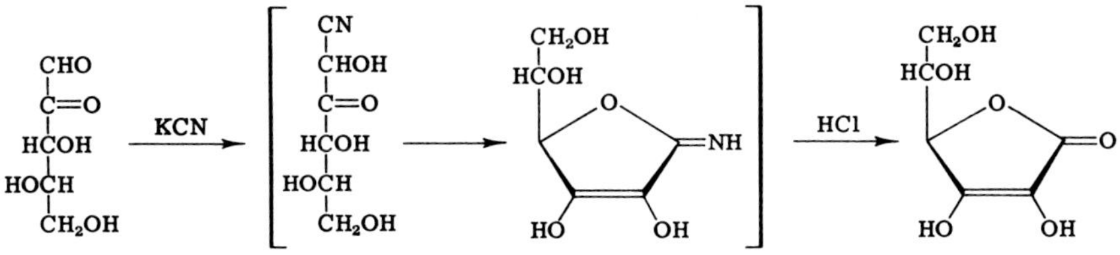

Scheme 2

to afford cyanohydrin **10** which, under mild conditions, cyclizes to **11**. Hydrolysis of **11** then gives L-ascorbic acid (see Scheme 2). The yield for the conversion of **9** into **1** was ~40%.

In this reaction sequence, **11** was not isolated, but, when the same series of reactions was conducted starting with D-*arabino*-hexos-2-ulose (D-glucosone, **12**), the cyclic imine **13** was isolated.[77]

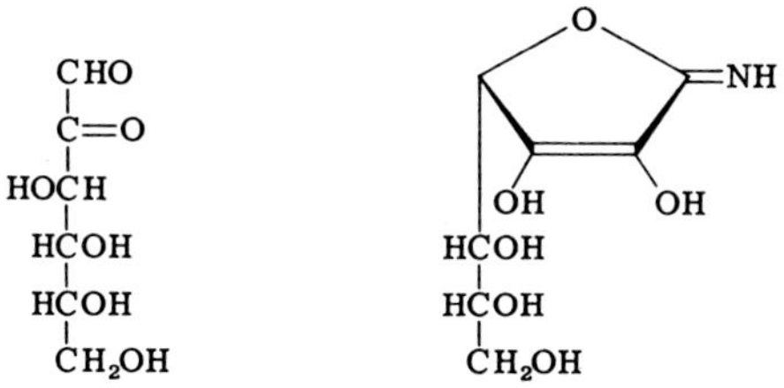

L-*threo*-Pentos-2-ulose (**9**) was prepared by several procedures (see Scheme 3). In procedure A, D-galacturonic acid (**14**) was reduced with sodium amalgam to L-galactonic acid (**15**), which lactonized to L-galactono-1,4-lactone (**16**) by removal of water. Treatment of **16** with ammonia in methanol afforded L-galactonamide (**17**) which, on oxidation with sodium hypochlorite, gave L-lyxose (**18**). Reaction of **18** with phenylhydrazine yielded the corresponding osazone (**19**) which, on hydrolysis, afforded **9**.

In procedure B, a similar method was followed. D-Glucaro-1,4:6,3-dilactone (**20**) was reduced to L-gulono-1,4-lactone (**21**) which, when treated with ammonia in methanol, afforded L-gulonamide (**22**). Oxidation of **22** with sodium hypochlorite gave L-xylose (**23**), which formed osazone **19** with phenylhydrazine. Hydrolysis of **19** afforded **9**.

Stone[78] subsequently reported an improved method for preparing aldos-2-uloses from aldoses. D-Xylose was directly oxidized to D-*threo*-pentos-2-ulose (in 34% yield) by cupric acetate in the presence

(78) I. Stone, U. S. Pat. 2,206,374 (1940); *Chem. Abstr.*, 34 (1940) 7545⁶.

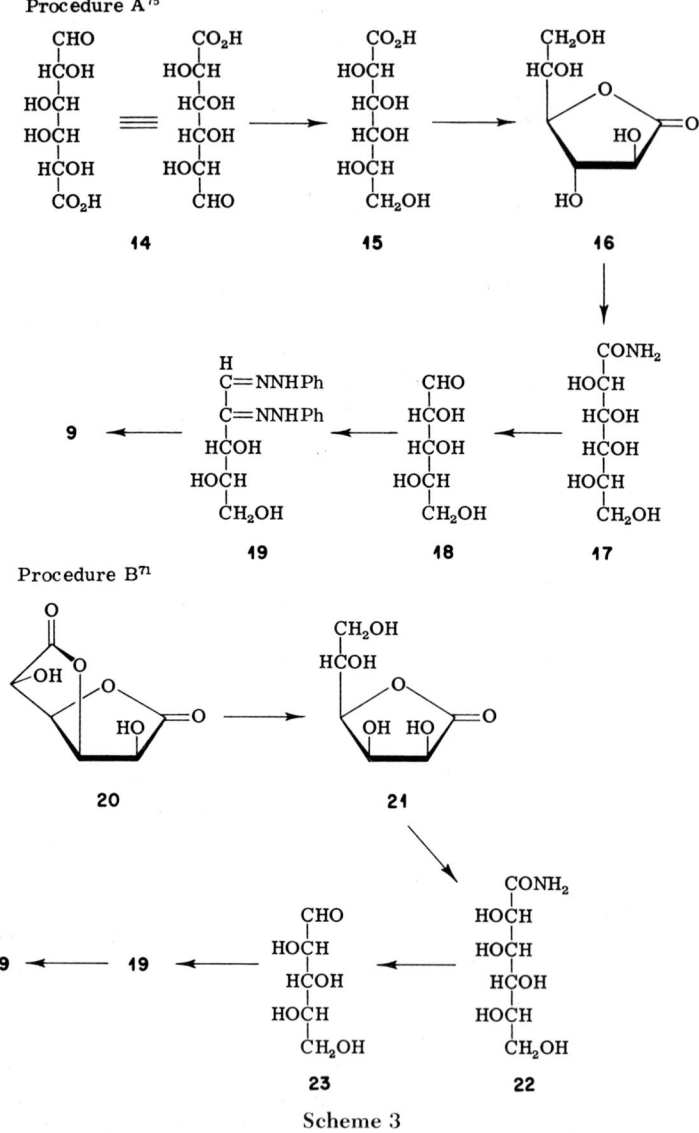

Scheme 3

of calcium carbonate in water. The resulting aldosulose was then converted into D-ascorbic acid. A similar procedure has since been described[79] in which D-xylose was oxidized with cupric acetate in methanol to D-9 in 50–55% yield, and the D-*threo*-pentos-2-ulose was then

(79) J. K. Hamilton and F. Smith, *J. Am. Chem. Soc.*, 74 (1952) 5162–5163.

converted into D-ascorbic acid by treatment with potassium cyanide, followed by dilute hydrochloric acid, to afford the cyclic imine D-11, which was hydrolyzed by boiling in hydrochloric acid for three hours under reflux. The facility with which cyanohydrin D-10, or the potassium salt thereof, cyclizes to the iminoascorbic acid (D-11) (aqueous solution for ten minutes at room temperature) is interesting when compared with the lactonization of L-*xylo*-2-hexulosonic acid (discussed in Section III,2e).

This general synthesis—the addition of cyanide to an aldos-2-ulose, followed by cyclization and hydrolysis—proved of great value in the preparation of analogs of ascorbic acid,[80] but is not competitive with later syntheses of L-ascorbic acid, because an efficient and inexpensive method for the synthesis of **9** has not yet been developed.

2. The Reichstein–Grüssner Synthesis

The next series of syntheses that will be described all fall into a general class in which the complete carbon chain of D-glucose is inverted in order to afford L-ascorbic acid. Thus, C-1 of D-glucose becomes C-6 of L-ascorbic acid. The most important synthesis in this series is that reported by Reichstein and Grüssner[81] in 1934 (see Scheme 4; the yields given therein are those originally reported).

D-Glucose (**8**) was hydrogenated to D-glucitol ("sorbitol") (**24**) which was microbiologically oxidized to L-*xylo*-2-hexulopyranose (L-sorbopyranose) (**25**) with *Bacterium xylinum* (*Acetobacter xylinum*). On treatment of **25** with acetone in the presence of sulfuric acid, 2,3:4,6-di-*O*-isopropylidene-L-*xylo*-2-hexulofuranose (**26**) was isolated. Compound **26** was oxidized to the corresponding acid (**27**) with potassium permanganate; when **27** was heated in water, it afforded L-*xylo*-2-hexulosonic acid ("2-keto-L-gulonic acid") (**28**). L-Ascorbic acid (**1**) was obtained from **28** by heating in water at 100° (13–20% yield), or by esterifying **28**, to afford methyl L-*xylo*-2-hexulosonate (**29**), which was converted into **1** by treatment with sodium methoxide in methanol, followed by acidification with hydrogen chloride gas. By using the latter procedure, L-ascorbic acid was obtained from **28** in 73% yield. The overall yield of **1** from D-glucitol (**24**) was 15–18%, and, from L-sorbose, 25–30%. Thus, this synthesis provided, for the first time, an efficient method for the preparation of L-ascorbic acid. It also became the industrial method for the preparation of L-ascorbic acid. During

(80) See, for example, D. K. Baird, W. N. Haworth, R. W. Herbert, E. L. Hirst, F. Smith, and M. Stacey, *J. Chem. Soc.*, (1934) 62–67, and Refs. 1–4.
(81) T. Reichstein and A. Grüssner, *Helv. Chim. Acta*, 17 (1934) 311–328.

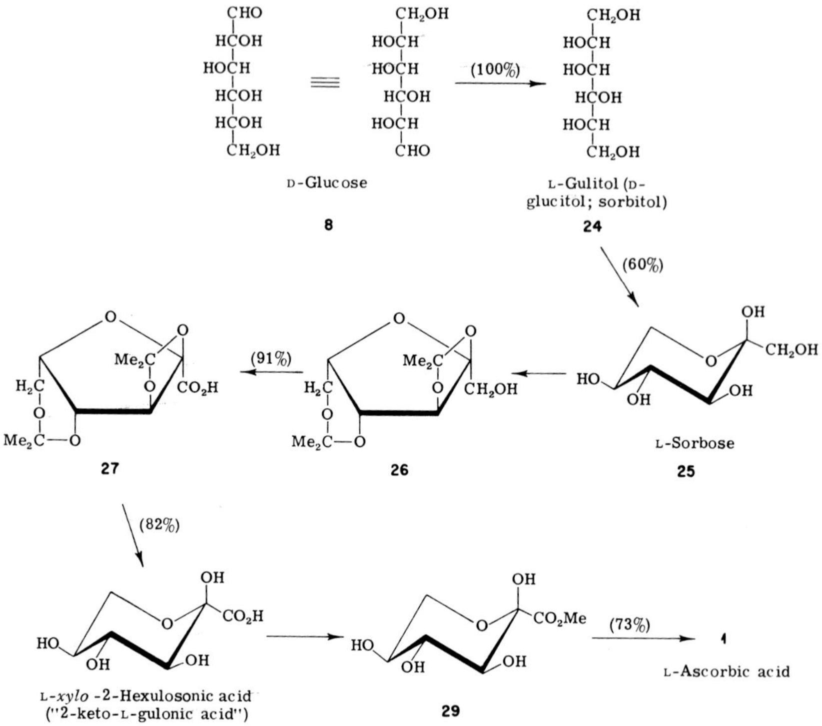

Scheme 4

8 D-Glucose → **24** L-Gulitol (D-glucitol; sorbitol) (100%) → **25** L-Sorbose (60%) → **26** (Me₂C protected sorbose derivative) → **27** (91%) L-xylo-2-Hexulosonic acid derivative

28 L-*xylo*-2-Hexulosonic acid ("2-keto-L-gulonic acid") (82%) ← **27**

28 → **29** → (73%) → **1** L-Ascorbic acid

the succeeding years, a number of modifications and improvements in yield were made. As a result, this synthesis remains the current, industrial method for the preparation of L-ascorbic acid. All efforts to develop a superior, industrial procedure have thus far been unsuccessful. The two most attractive features of the Reichstein–Grüssner synthesis are the low cost of D-glucose and the fact that the second oxidation step is performed on a fully protected intermediate, namely **26**, for which overoxidation or other side reactions are not possible.

The following is a summary of the relevant chemistry that was known at the time when Reichstein and Grüssner developed this synthesis, as well as a summary of the subsequent modifications to this approach. Each step is discussed separately.

a. D-Glucose to D-Glucitol.—The hydrogenation of D-glucose (**8**) to D-glucitol (**24**) in the presence of a nickel catalyst was reported by Ipatiew[82] in 1912. Subsequently, Cake[83] reduced **8** to **24** under basic con-

(82) W. Ipatiew, *Ber.*, 45 (1912) 3218–3226.
(83) W. E. Cake, *J. Am. Chem. Soc.*, 44 (1922) 859–861.

ditions catalyzed by platinum black, but these conditions resulted in the concomitant formation of D-mannitol. Finally, in 1932, Adkins and coworkers[84] demonstrated that D-glucose could be reduced to **24** in 97% yield, without epimerization of the D-glucose, by using a nickel catalyst. Currently, Raney nickel catalyst (or other nickel catalyst) is used in this hydrogenation step,[85–87] and the yield is essentially quantitative.

b. D-Glucitol to L-Sorbose.—The microbiological oxidation of D-glucitol (**24**) to L-sorbose (**25**) was initially reported in 1904 by Bertrand[88]; a practical procedure was described in 1933 by Schlubach and Vorwerk[89] using *Bacterium xylinum* (*Acetobacter xylinum*), and this afforded **25** in 50–75% yield. Since that time, the use of *A. xylinum*[90,91] by other workers has been reported, as well as the use of *A. aceti*,[91] *A. acetovorum*,[92] *A. gluconicum*,[90] *A. melanogenum*,[86,93,94] *A. peroxydans*,[91] *Bacterium xylinoides*,[90] *Streptomyces albidoflavus*,[95] and *S. flaveolus*.[95] This transformation has also been achieved with *Acetobacter suboxydans*,[86,91–93,96–99] which provides L-sorbose in >95% yield.

(84) L. W. Covert, R. Connor, and H. Adkins, *J. Am. Chem. Soc.*, 54 (1932) 1651–1663.
(85) I. Manta, I. Selmiciu, N. Preda, and A. Demetrescu, *Lucr. Prezentate Conf. Natl. Farm. Bucharest*, 1958, pp. 24–29; *Chem. Abstr.*, 53 (1959) 19,895d.
(86) K. Strickdorn, E. Koenig, G. Konetzke, W. Knape, T. Elsaesser, J. Huber, W. Jagemann, H. Stopsack, and G. Junghanns, E. Ger. Pat. 33,788 (1964); *Chem. Abstr.*, 63 (1965) 6286d.
(87) J. Tulecki, *Farm. Pol.*, 8 (1952) 302–305; *Chem. Abstr.*, 47 (1953) 12,751f.
(88) G. Bertrand, *Ann. Chim. Phys.*, 3 (1904) 181–288; *Chem. Zentralbl.*, 75 (1904) 1291.
(89). H. H. Schlubach and J. Vorwerk, *Ber.*, 66 (1933) 1251–1253.
(90) K. Bernhauer and B. Gorlich, *Biochem. Z.*, 280 (1935) 375–378.
(91) E. I. Fulmer and L. A. Underkofler, *Iowa State Coll. J. Sci.*, 21 (1974) 251–270; *Chem. Abstr.*, 41 (1947) 6299e.
(92) M. S. Loitsyanskaya, *Mikrobiologiya*, 22 (1953) 263–266; *Chem. Abstr.*, 47 (1953) 12,523f.
(93) A. A. Imshenetskii and L. A. Kuzyurina, *Mikrobiologiya*, 23 (1954) 159–165.
(94) H. Stopsack, E. Ger. Pat. 33,788 (1964).
(95) E. Masuo and E. Kondo, *Annu. Rep. Shionogi Res. Lab.*, 6 (1956) 115–117; *Chem. Abstr.*, 51 (1957) 5192h.
(96) A. J. Kluyver and F. J. G. de Leeuw, *Tijdschr. Vgl. Geneesk.*, 10 (1924) 170–182; *Chem. Abstr.*, 18 (1924) 3202^6.
(97) I. R. Sherwood, *Aust. Chem. Inst. J. Proc.*, 14 (1947) 221–232.
(98) E. I. Fulmer, J. W. Dunning, J. F. Guymon, and L. A. Underkofler, *J. Am. Chem. Soc.*, 58 (1936) 1012–1013.
(99) P. A. Wells, J. J. Stubbs, L. B. Lockwood, and E. T. Roe, *Ind. Eng. Chem.*, 29 (1937) 1385–1388.

The fermentative oxidation of **24** to **25** has been reviewed.[100–102]

c. 2,3:4,6-Di-O-isopropylidene-L-*xylo*-hexulofuranose (26).—It was found in the original work reported by Reichstein and Grüssner[81] that, when L-sorbose (**25**) is treated with acetone–sulfuric acid, its 2,3:4,6-diisopropylidene acetal (**26**) is formed, accompanied by a second compound identified [103–105] as the 2,3-isopropylidene acetal **30**. This mix-

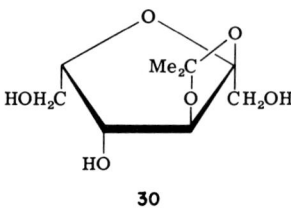

30

ture of **30** and **26** was relatively readily separated, and **30** could be recycled. A major improvement in this procedure resulted when the reaction was conducted[106–108] at −8 to +4°; **26** is then formed to the exclusion of **30**. When L-sorbose (**25**) is stirred in acetone, with sulfuric acid as the catalyst, at 4°, **26** is isolated in 85% yield.[107] Alternatively, when the mixture is initially heated for 30 min at 50° and then cooled to −8°, **26** is formed in 97% yield.[107]

It has been claimed that acetalation of **25** with acetone–sulfuric acid (or other dehydrating agent) in the presence of ultrasonic waves lessens the time of reaction (to <70 min), and **26** may be isolated in 76% yield.[109] In addition, several reports have been published on the use of other acid catalysts, namely, zinc chloride–phosphoric acid,[110]

(100) M. Kulhánek, *Adv. Appl. Microbiol.*, 12 (1970) 11–33.
(101) Z. G. Rasumovskaya, *Mikrobiologiya*, 31 (1962) 172–178.
(102) Refs. 100 and 101 also review the use of other micro-organisms in the various syntheses of **1**.
(103) H. Ohle, *Ber.*, 71 (1938) 562–568.
(104) V. M. Berezovskii, G. E. Tsimarkina, and L. I. Strel'chunas, *Tr. Vses. Nauchno-Issled. Vitamin Inst.*, 5 (1954) 21–25; *Chem. Abstr.*, 51 (1957) 7307f.
(105) J. Kvapil and M. Liska, *Cesk. Farm.*, 15 (1966) 517–521; *Chem. Abstr.*, 66 (1967) 98,536q.
(106) R. G. Kristalinskaya, *Proc. Sci. Inst. Vitamin Res. USSR*, 3 (1941) 78–84; *Chem. Abstr.*, 36 (1942) 3007⁹.
(107) Y. M. Slobodin, *J. Gen. Chem. USSR*, 17 (1947) 485–488.
(108) I. T. Strukov and N. A. Kopylova, *Farmatsiya*, 10 (1947) 8–12; *Chem. Abstr.*, 44 (1950) 8327b.
(109) M. Hosokawa, H. Yagi, and K. Naito, U. S. Pat. 2,849,355 (1958); *Chem. Abstr.*, 53 (1959) 3084a.
(110) H. Van Grunenberg, C. Bredt, and W. Freudenberg, *J. Am. Chem. Soc.*, 60 (1938) 1507.

p-toluenesulfonic acid,[111] copper(II) sulfate,[111] and a sulfonic acid ion-exchange resin.[112]

Other ketones and aldehydes have been used for preparing protected derivatives of L-sorbose that are structurally analogous to **26**. These include cyclohexanone,[113–115] formaldehyde,[81,116] acetone,[81,116,117] benzaldehyde,[81,116] and l-methylcyclohexanone.[115] The resulting acetals have been converted into L-ascorbic acid.

d. 2,3:4,6-Di-O-isopropylidene-L-$xylo$-hexulofuranosonic Acid (27).

—The oxidation of **26** as originally performed, with potassium permanganate in water, afforded **27** in 90% yield.[81,116] Since that time, a number of alternative procedures for the oxidation have been developed.

Several, different, electrochemical oxidations of **26** to **27** have been reported. Using a variety of electrodes (copper, Monel metal, nickel, or silver), **26** was oxidized in aqueous potassium hydroxide solution containing potassium chromate or potassium permanganate, to afford **27** in 70–85% yield.[118,119] This electrochemical oxidation has been conducted in aqueous, alkaline solution in the presence of a surfactant, but with added metal catalyst, to give **27** in 85–95% yield.[120] Alternatively, the oxidation has been performed by using an anode on which nickel oxide was deposited. This anode, in a solution of **26** at pH >9, with or without nickel salts, afforded **27** in >90% yield.[121] A number of additional publications described[122–140] other modifications of the

---

(111) T. Sato and R. Ishido, Jpn. Pat. 23,640 (1963); *Chem. Abstr.*, 60 (1964) 4241e.
(112) A. V. Fondarenko, M. A. Veksler, and V. A. Yakovlev, *Khim.-Farm. Zh.*, 8 (1974) 28–32; U. S. Pat. 3,037,052 (1962); *Chem. Abstr.*, 82 (1975) 60,369e.
(113) V. F. Kazimirova, *J. Gen. Chem. USSR*, 25 (1955) 1559–1561.
(114) T. Reichstein, U. S. Pat. 2,039,929 (1936); *Chem. Abstr.*, 30 (1936) 4180^5.
(115) F. Hoffmann-LaRoche and Co., Br. Pat. 435,971 (1935); *Chem. Abstr.*, 30 (1936) 1394^2.
(116) T. Reichstein, U. S. Pat. 2,301,811 (1942); *Chem. Abstr.*, 37 (1943) 2018^3.
(117) T. Reichstein, Swiss Pat. 171,716 (1934); *Chem. Abstr.*, 29 (1935) 5461^5.
(118) A. Verheyden, U. S. Pat. 2,559,033 (1951); *Chem. Abstr.*, 45 (1951) 8926c.
(119) A. Verheyden, U. S. Pat. 2,559,034 (1951); *Chem. Abstr.*, 45 (1951) 8926d.
(120) R. Wittman, U. S. Pat. 4,008,132 (1977); *Chem. Abstr.*, 86 (1977) 73,070h.
(121) G. J. Frohlich, A. J. Kratavil, and E. Zrike, U. S. Pat. 3,453,191 (1969); *Chem. Abstr.*, 72 (1970) 21,911z.
(122) P. M. Robertson, Belg. Pat. 827,299 (1974); *Chem. Abstr.* 85 (1976) 113,812q.
(123) A. A. Avrutskaya, M. Y. Fioshin, and A. I. Borisov, USSR Pat. 255,235 (1969); *Chem. Abstr.*, 72 (1970) 121,874h.
(124) G. J. Frohlich, A. J. Kratavil, and E. Zrike, Fr. Pat. 1,534,566 (1968); *Chem. Abstr.*, 72 (1970) 21,911z.
(125) M. Y. Fioshin, I. A. Avrutskaya, T. E. Mulina, E. A. Meller, L. G. Seleznev, L. M. Sukhmaneva, E. S. Gridyushko, and V. M. Nitchenko, USSR Pat. 382,603 (1973); *Chem. Abstr.*, 79 (1973) 79,137n.

electrochemical oxidation of **26** to **27**. In one,[127] iron salts were added to the mixture, and this then afforded yields (90%) similar to those obtained with nickel salts (see later discussion).

Following the initial report by Reichstein and Grüssner[81] on the oxidation of **26** to **27**, a number of other methods using potassium permanganate or related manganese salts (such as potassium manganate) as the oxidant, under a variety of different conditions, appeared.[114,115, 141–149]

---

(126) A. I. Borisov, I. A. Avrutskaya, M. Y. Fioshin, and A. N. Makarov, USSR Pat. 327,158 (1972); *Chem. Abstr.*, 76 (1972) 127,377c.
(127) E. Hechler and I. Sander, Ger. Pat. 2,410,034 (1975); *Chem. Abstr.*, 83 (1975) 123,304y.
(128) R. Wittmann, Ger. Offen. Pat. 2,505,911 (1976); *Chem. Abstr.*, 86 (1977) 73,070h.
(129) E. Hechler, Ger. Offen. Pat. 2,460,156 (1976); *Chem. Abstr.*, 85 (1976) 177,887a.
(130) A. I. Borisov, I. A. Avrutskaya, and M. Y. Fioshin, *Elektrokhimiya*, 6 (1970) 1397–1401; *Chem. Abstr.*, 73 (1970) 136,735h.
(131) M. Y. Fioshin, I. A. Avrutskaya, A. I. Borisov, and L. A. Chupina, *Elektrokhimiya*, 7 (1971) 397–401; *Chem. Abstr.*, 75 (1971) 14,178z.
(132) I. A. Avrutskaya, T. E. Mulina, and T. G. Tsar'kova, in L. G. Feoktistov (Ed.), *Novosti Elektrokhim. Org. Soedin, Tezisy Dokl. Vses. Soveshch. Elktrokhim. Org. Soedin*, 8th edn., Riga, 1973, pp. 99–100; *Chem. Abstr.*, 82 (1975) 36,576z.
(133) E. A. Meller, L. G. Seleznev, T. I. Luknitskii, L. M. Sukhmaneva, and M. A. Veksler, Ref. 132, pp. 22–23; *Chem. Abstr.*, 82 (1975) 36,560q.
(134) I. A. Avrutskaya, M. Y. Fioshin, and T. E. Mulina, *Elektrokhimiya*, 9 (1973) 897–901; *Chem. Abstr.*, 79 (1973) 86,762r.
(135) A. I. Borisov, I. A. Avrutskaya, and M. Y. Fioshin, *Elektrokhimiya*, 7 (1971) 1877; *Chem. Abstr.*, 76 (1972) 154,037y.
(136) M. E. Meller, L. G. Seleznev, F. I. Luknitskii, L. M. Sukhmaneva, M. A. Veksler, T. V. Sazonova, and T. A. Ivanova, *Khim.-Farm. Zh.*, 7 (1973) 33–35; *Chem. Abstr.*, 81 (1974) 162,586u.
(137) A. I. Borisov, I. A. Avrutskaya, and M. Y. Fioshin, USSR Pat. 288,749 (1971); *Chem. Abstr.*, 76 (1972) 67,472t.
(138) M. Y. Fioshin, I. A. Avrutskaya, A. I. Borisov, and A. N. Makarov, *Elektrokhimiya*, 8 (1972) 748–751; *Chem. Abstr.*, 77 (1972) 55,616a.
(139) F. L. Smidth and Co. A/S, Dan. Pat. 68,836 (1949); *Chem. Abstr.*, 43 (1949) 8919f.
(140) S. A. Plyushkin, M. G. Vinogradova, V. E. Kudryashova, A. A. Charikov, and E. S. Gridyushkeo, *Khim.-Farm. Zh.*, 11 (1977) 72–75; *Chem. Abstr.*, 86 (1977) 195,195y.
(141) E. Boasson, S. Goldschmidt, and A. Middlebeek, Dutch Pat., 57,142 (1946); *Chem. Abstr.*, 41 (1974) 4168d.
(142) L. O. Shnaidman, USSR Pat. 104,879 (1957); *Chem. Abstr.*, 51 (1957) 12,966h.
(143) V. M. Tursin, USSR Pat. 64,479 (1945); *Chem. Abstr.*, 40 (1946) 5447[8].
(144) V. M. Tursin and M. I. Rusakova, *J. Appl. Chem. (USSR)*, 18 (1945) 564–567.
(145) N. S. Zolotarev, M. D. Moskvin, V. M. Tursin, and N. S. Nechaeva, *Khim.-Farm. Zh.*, 3 (1969) 32–33; *Chem. Abstr.*, 72 (1970) 103,706a.
(146) P. Rumpf and S. Marlier, *Bull. Soc. Chim. Fr.*, (1959) 187–190.

Weijlard[150,151] found that **26** could be converted into **27** in 90% yield with a catalytic amount of nickel chloride and one molar equivalent of sodium hypochlorite, an oxidant less costly than potassium permanganate. Since then, a number of workers have reported modifications of this procedure.[152–162] Although the active oxidant in these oxidations has not yet been identified, it is interesting that Nakagawa and co-workers[163,164] prepared nickel peroxide by treating nickel sulfate with sodium hypochlorite. Nickel peroxide has been used for the oxidation of **26** to **27** in 73% yield,[164] as well as for oxidizing a wide range of other alcohols.[165]

The oxidation of **26** to **27** has also been achieved by using air, or oxygen, and a metal catalyst. Among the catalysts that have been used are

(147) S. D. Borisoglebskii, *Tr. Vses. Konf. Vitaminam*, (1940) 134–136; *Chem. Abstr.*, 38 (1944) 2789⁴.
(148) C. F. Cuiban, E. Istric, S. Morganu, F. Serbescu, S. Teodorescu, B. Benes, and E. Klein, *Rev. Chim. (Bucharest)*, 10 (1959) 71–74; *Chem. Abstr.*, 57 (1962) 965f.
(149) V. I. Maksimov, V. V. Nikonova, A. F. Lazarev, and L. A. Zvereva, *J. Gen. Chem. (USSR)*, 9 (1939) 936–943; *Chem. Abstr.*, 34 (1940) 380⁵.
(150) J. Weijlard, *J. Am. Chem. Soc.*, 67 (1945) 1031–1032.
(151) J. Weijlard and J. B. Ziegler, U. S. Pat. 2,367,251 (1945); *Chem. Abstr.*, 39 (1945) 2766⁷.
(152) A. A. Beer and N. A. Preobrazhenskii, *J. Appl. Chem. (USSR)*, 19 (1946) 1121–1124; *Chem. Abstr.*, 41 (1947) 4776a.
(153) I. A. Rubtsov, M. V. Balyakina, L. G. Gryzlova, E. S. Zhdanovich, and N. A. Preobrazhenskii, *T. Vses. Nauchno-Issled. Vitamin Inst.*, 5 (1954) 17–21; *Chem. Abstr.*, 51 (1957) 7307h.
(154) I. A. Rubtsov, M. V. Balyakina, E. M. Potak, E. I. Flippovich, K. V. Lipets, A. P. Nechaev, and N. A. Beigel'man, USSR Pat. 106,842 (1957); *Chem. Abstr.*, 52 (1958) 2060g.
(155) J. Mayer, J. Ctvrtnik, and J. Zak, Czech. Pat. 104,601 (1962); *Chem. Abstr.*, 59 (1963) 11,647d.
(156) J. Mayer, J. Zak, and J. Ctvrtnik, *Tech. Publ. Stredisko Tech. Inform. Potrovinar. Prumyslin*, 139 (1963) 96–99; *Chem. Abstr.*, 60 (1964) 6916f.
(157) Takeda Chemical Industries, Ltd., Fr. Pat. 1,385,271 (1965); *Chem. Abstr.*, 62 (1965) 13,222a.
(158) H. Stopsack, M. Schmidt, R. Ring, and L. Rudloff, E. Ger. Pat. 48,196 (1966); *Chem. Abstr.*, 65 (1966) 18,676f.
(159) E. Hashii, Jpn. Pat. 26,693 (1965); *Chem. Abstr.*, 64 (1966) 11,302h.
(160) K. Sudo and K. Morita, Jpn. Pat. 00,645 (1970); *Chem. Abstr.*, 72 (1970) 78,436c.
(161) E. I. Grigorashvili, N. S. Zolotev, Z. G. Tkhorevskaya, A. D. Khafizova, and K. D. Vasilenko, USSR Pat 335,936 (1976); *Chem. Abstr.*, 84 (1976) 180,562a.
(162) T. Kato, Jpn. Pat. 15,363 (1961); *Chem. Abstr.*, 56 (1962) 11,694c.
(163) K. Nakagawa, R. Konaka, and T. Nakata, *J. Org. Chem.*, 27 (1962) 1597–1601.
(164) K. Nakagawa and T. Konaka, Fr. Pat. 1,337,521 (1963); *Chem. Abstr.*, 60 (1964) 2830d.
(165) M. V. George and K. S. Balachandran, *Chem. Rev.*, 75 (1975) 491–519.

palladium on carbon,[166–168] palladium or platinum,[169] platinum on carbon,[170] and palladium boride on carbon.[171] Good yields were reported (in some cases, 90% or greater).

A number of interesting uses for **27** have been described. Mohacsi and coworkers[172–176] reported that **27** is a useful reagent for resolving amines. Molle and Boch[177] found that, as well as lessening fatigue, the calcium salt of **27** has hypocholesterinemia-inducing and hypolipemia-inducing properties. Szkrybalo[178] reported that a number of derivatives of L-*xylo*-2-hexulofuranosonic acid having structures **31**, similar to that of **27**, and their esters and salts have utility as pre-emergence and post-emergence, plant-growth regulants and herbicides.

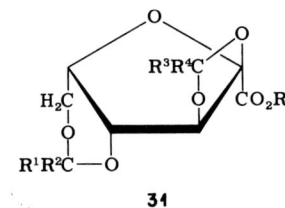

31

e. Conversion of 2,3:4,6-Di-*O*-isopropylidene-L-*xylo*-hexulofuranosonic Acid (27) into 1.—Since Reichstein and Grüssner[81] first reported the conversion of **27** into L-ascorbic acid, a great deal of work has been

(166) L. O. Shnaidman and I. N. Kushehinskaya, *Tr. Vses. Nauchno-Issled. Vitamin Inst.*, 8 (1961) 13–22; *Chem. Abstr.*, 58 (1963) 249e.
(167) Z. Csürös, J. Petro, E. Fogassy, and A. Lengyel, Hung. Teljes Pat. 4463 (1972); *Chem. Abstr.*, 78 (1973) 4484u.
(168) Z. Csürös, J. Petro, E. Fogassy, and A. Lengyel, *Period. Polytech. Chem. Eng.*, 18 (1974) 167–181; *Chem. Abstr.*, 81 (1974) 105,828b.
(169) G. M. Jaffé and E. J. Pleven, Ger. Offen. Pat. 2,123,621 (1971); *Chem. Abstr.*, 76 (1972) 87,504h.
(170) G. M. Jaffé and E. J. Pleven, Fr. Pat. 2,091,490 (1971); *Chem. Abstr.*, 77 (1972) 114,805m.
(171) Z. Csürös, J. Petro, E. Fogassy, and A. Lengyel, Hung. Teljes Pat. 3388 (1972); *Chem. Abstr.*, 76 (1972) 127,376b.
(172) C. W. D. Hollander, W. Leimgruber, and E. Mohacsi, U. S. Pat. 3,904,632 (1975); *Chem. Abstr.*, 84 (1976) 44,600j.
(173) C. W. D. Hollander, W. Leimgruber, and E. Mohacsi, U. S. Pat. 3,682,925 (1972); *Chem. Abstr.*, 73 (1970) 77,081s.
(174) C. W. D. Hollander, W. Leimgruber, and E. Mohacsi, U. S. Pat 3,855,227 (1974); *Chem. Abstr.*, 73 (1970) 77,081s.
(175) C. W. D. Hollander, W. Leimgruber, and E. Mohacsi, U. S. Pat 3,912,761 (1975); *Chem. Abstr.*, 84 (1976) 59,943x.
(176) E. Mohacsi and W. Leimgruber, *Org. Syn.*, 55 (1976) 80–84.
(177) J. L. Molle and J. C. Boch, U. S. Pat. 3,910,960 (1975); *Chem. Abstr.*, 81 (1974) 29,508e.
(178) W. Szkrybalo, U. S. Pat 4,007,206 (1977); *Chem. Abstr.*, 87 (1977) 1178x.

performed in an attempt to improve on those procedures; this work can readily be divided into two major areas: (1) hydrolysis of **27** to L-*xylo*-2-hexulosonic acid ("2-keto-L-gulonic acid") (**28**), followed by esterification and base-catalyzed cyclization to **1**, or (2) hydrolysis of **27** to **28**, followed directly by acid-catalyzed cyclization to **1**.

Before discussing the base-catalyzed cyclization of methyl L-*xylo*-2-hexulosonate (**29**) to **1**, it is appropriate to comment on the hydrolysis of **27**. Reichstein and Grüssner[81,116] hydrolyzed **27** to L-*xylo*-2-hexulosonic acid (**28**) simply by refluxing in water. Alternatively, it has been reported that **27** may be directly converted into methyl L-*xylo*-2-hexulosonate (**29**) in acidic methanol in 90% yield.[179,180] Interestingly, by using a catalytic amount of acid in an alcoholic solvent, **27** may be partially hydrolyzed and esterified,[181] thus affording **32**.

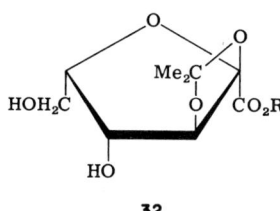

32

Methyl L-*xylo*-2-hexulosonate (**29**) was originally prepared by treating acid **28** with diazomethane, dimethyl sulfate, or dimethyl sulfite.[81,116] Alternatively, it was reported that **28** may be directly converted into **29** in acidic methanol.[116] Since this initial work, a number of modified methods have been described for effecting this esterification. Drefahl and Gross[182] prepared the benzyl, butyl, ethyl, methyl, 3-methylbutyl, 1-methylethyl, 2-methylpropyl, and propyl esters of **28** by heating it in the appropriate alcohol in the presence of a sulfonic acid ion-exchange resin. The yield of the methyl ester (**29**) was 96%, and that of the rest lay in the range of 40–50%. Sodium L-*xylo*-2-hexulosonate was converted into **29** in 85% yield by using concentrated sulfuric acid in methanol.[183] Ethyl L-*xylo*-2-hexulosonate was prepared in 100% yield from **28** by heating it in ethanol in the presence of a sulfonic acid ion-exchange resin. The ethanol was dried by condens-

(179) H. Stopsack, G. Junghanns, M. Schmidt, and R. Ring, E. Ger. Pat. 39,696 (1965); *Chem. Abstr.*, 64 (1966) 3672g.
(180) A. Corbellini, Fr. Pat. 851,347 (1940); *Chem. Abstr.*, 36 (1942) 1947².
(181) A. H. Ruys and J. F. Lemmens, U. S. Pat 2,491,933 (1949); *Chem. Abstr.*, 44 (1950) 3013b; Br. Pat. 621,209 (1949); *Chem. Abstr.*, 43 (1949) 6654e.
(182) G. Drefahl and B. Gross, *J. Prakt. Chem.*, 1 (1955) 153–156.
(183) N. V. de Bataafsche Petroleum Maatschappij, Fr. Pat. 930,140 (1948); *Chem. Abstr.*, 43 (1949) 5415g.

ing it in a Soxhlet extractor filled with 4A molecular sieves.[184] A similar procedure was reported[185,186] for the preparation of **29**.

The base-catalyzed cyclization of methyl L-*xylo*-2-hexulosonate (**29**) to L-ascorbic acid (**1**) was initially reported by Reichstein and Grüssner.[81] Compound **29** in methanol was converted by sodium methoxide into sodium L-ascorbate in high yield; after acidification and purification, this afforded L-ascorbic acid (**1**) in 72% yield.[187,188] It is noteworthy that Ohle and coworkers[189–191] and Mauer and Schiedt[192] had reported that, when methyl D-*arabino*-2-hexulosonate ("methyl 2-keto-D-gluconate") (**33**) is treated with a base, followed by acidification, a compound having the molecular formula $C_6H_8O_6$ is obtained, to which both groups assigned structure **34** because of its having characteristics similar to those of L-ascorbic acid. At that time, the structure of L-ascorbic acid (**1**) had not been established. Structure **35a**, or its tautomer **35b**, had been proposed by Micheel and Kraft,[25] and this structure was supported by Reichstein and coworkers[69,70,74] in connection with their first synthesis of **1**. After determination of the structure of **1** by Hirst and coworkers,[32] structure **7** was readily assigned to the compound obtained by base-catalyzed cyclization of **33**. Thus, D-erythorbic acid (**7**) was the first isomer of **1** to be prepared.

(184) R. Bogoczek, Pol. Pat. 57,573 (1969); *Chem. Abstr.*, 72 (1970) 13,024x.
(185) R. Bogoczek, Pol. Pat. 57,042 (1969); *Chem. Abstr.*, 72 (1969) 21,920b.
(186) Takeda Chemical Industries, Ltd., Fr. Pat. 1,321,221 (1963); *Chem. Abstr.*, 60 (1964) 651c.
(187) T. Reichstein, U. S. Pat. 2,265,121 (1941); *Chem. Abstr.*, 36 (1942) 1739⁵.
(188) T. Reichstein, Br. Pat. 428,814 (1935); *Chem. Abstr.*, 29 (1935) 7022⁷.
(189) H. Ohle, *Angew. Chem.*, 46 (1933) 399–400.
(190) H. Ohle, H. Erlbach, and H. Carls, *Ber.*, 67 (1934) 324–332.
(191) H. Ohle and R. Wolter, *Ber.*, 63 (1930) 843–852.
(192) K. Maurer and B. Schiedt, *Ber.*, 66 (1933) 1054–1057.

Table I

Base-catalyzed Cyclization of 29 to 1

Solvent	Temp. (degrees)	Base	Yield (%)[a]	References
MeOH	—	NaOMe	73	81,187,188
H_2O	80	$CaCO_3$	75–80	187
EtOH	80	Et_3N	77	188
MeOH	65	Zn(ONa)OH	74–77	193
MeOH	65	Pb(ONa)OH	60–65	193
H_2O	100	$Fe(OH)_3$[b]	40–85	194,195
MeOH	50	$NaHCO_3$	94[c]	196,197
MeOH	reflux	NaOAc	90[c]	196,197
MeOH	80–90	Et_2NH–AcOH	71	198
—	—	NaF and powdered glass	—	199
H_2O	25	trypsin, pH 8	80	200
H_2O	70–80	$MgCO_3$	—	201
H_2O	heat	dilute alkali	90	202
H_2O	60	pH 7	72	203
90% MeOH–H_2O	—	NaOH	—	204
H_2O	—	pH 6–8	—	205
EtOH	reflux	NaOEt	92	184
MeOH	—	NaOMe	95	185
MeOH	—	NaOMe	81	186
MeOH	65	$NaHCO_3$	92[c]	206
H_2O	—	Amberlite IR-45 (OH^-)	81	207
MeOH	40	Amberlite IRA-410 (OH^-)	90[d]	208
MeOH	20	NaOMe	84[d]	209,210

[a] The yield is based on L-ascorbic acid (**1**) or the salt of **1**, when this is possible. [b] Each of a variety of metals (cadmium, cobalt, iron, magnesium, manganese, nickel, and zinc) was individually added to aqueous, or water–methanol, solutions of **29**. The yields of L-ascorbic acid ranged from 40 to 85%. These reactions presumably proceed by way of the metal hydroxide. [c] The yield is based on the weight of the salt of L-ascorbic acid. [d] The yield is for the conversion of **28** into **29** into **1**. Compound **29** was prepared by using Amberlite 200 (H^+) ion-exchange resin; it was also prepared directly from **27**.

A summary of the methods by which **29** has been converted into **1** by base-catalyzed cyclization is shown in Table I. The most attractive, base-catalyzed, cyclization procedure appears to be that using the salt of a weak acid, such as sodium hydrogencarbonate, sodium acetate, or related basic salts. L-*xylo*-2-Hexulosonic acid (**28**) has been re-

(193) V. Ettel, U. S. Pat. 2,590,163 (1952); *Chem. Abstr.*, 46 (1952) 11,233*i*.
(194) R. Pasternack and P. P. Regna, U. S. Pat 2,165,151 (1939); *Chem. Abstr.*, 33 (1939) 8363[2]; Br. Pat. 521,831 (1939); *Chem. Abstr.*, 36 (1942) 874[5].
(195) R. Pasternack and P. P. Regna, U. S. Pat. 2,165,184 (1939); *Chem. Abstr.*, 33 (1939) 8363[2].

ported[211-213] to afford L-ascorbic acid in low yield on treatment with sodium hydroxide followed by acidification. It was postulated that **36a** and **36b** were formed initially, but that, on acidification, only **36a** was converted into L-ascorbic acid. This result has not been confirmed by other workers.

```
    NaO   CO₂Na              NaO   CO₂Na
       \ /                      \ /
  NaO´   HCOH              HCOH     ONa
         |                    |
         HOCH                 HOCH
         |                    |
         CH₂OH                CH₂OH
         36a                  36b
```

Summaries of the methods by which 2,3:4,6-di-O-isopropylidene-L-xylo-2-hexulofuranosonic acid (**27**), L-xylo-2-hexulosonic acid (**28**),

---

(196) F. Elger, U. S. Pat. 2,179,978 (1939); Chem. Abstr., 34 (1940) 1823⁴.
(197) T. Reichstein, Br. Pat. 469,157 (1937); Chem. Abstr., 32 (1938) 731⁸.
(198) F. Boedecker and H. Volk, Ger. Pats. 861,841 and 892,446 (1953); Chem. Abstr., 50 (1956) 4203c.
(199) N. V. Organon, Belg. Pat. 446,215 (1942); Chem. Abstr., 39 (1945) 785².
(200) A. Monzini, Ric. Sci., 22 (1952) 1601–1607; Chem. Abstr., 47 (1953) 10,482e; 48 (1954) 12,186g.
(201) Sankyo Co., Jpn. Pat. 161,770 (1944); Chem. Abstr., 43 (1949) 3841i.
(202) M. Yamazaki, Nippon Nogei Kagaku Kaishi, 27 (1953) 462–465; Chem. Abstr., 49 (1955) 16,340d.
(203) N. V. Chemische Fabriek "Naarden," Dutch Pat. 60,373 (1947); Chem. Abstr., 42 (1948) 1603h.
(204) N. V. de Bataafsche Petroleum Maatschappij, Fr. Pats. 929,751 (1948), 929,752 (1948), 929,753 (1948); Chem. Abstr., 43 (1949) 5157c.
(205) Nederlandsche Organisatie voor Toegepast-Natuurwetenschappelijk Onderzockten Behoeve van de Voeding, Belg. Pat. 449,638 (1943); Chem. Abstr., 42 (1948) 212a.
(206) F. Elger, Festschr. Emil Barell, (1936) 229–237; Chem. Abstr., 31 (1937) 2585⁵.
(207) K. Masutani, K. Takase, H. Ueuo, and K. Ito, Jpn. Pat. 21,767 (1965); Chem. Abstr., 64 (1966) 3672f.
(208) K. Sugimoto, S. Wada, and K. Ito, Jpn. Pat. 27,054 (1965); Chem. Abstr., 64 (1966) 12,783c.
(209) Takeda Chemical Industries, Ltd., Fr. Pat. 1,321,221 (1963); Chem. Abstr., 60 (1964) 651c.
(210) S. Wada, Jpn. Pat. 1406 (1964); Chem. Abstr., 60 (1964) 14,600a.
(211) F. Micheel, K. Kraft, and W. Lohmann, Hoppe-Seyler's Z. Physiol. Chem., 225 (1934) 13–27.
(212) F. Micheel, Congr. Int. Quim. Pura Aplicada, 9th, 5 (1934) 283–289; Chem. Abstr., 31 (1937) 1074².
(213) F. Micheel and K. Kraft, Naturwissenschaften, 22 (1934) 205–206.

TABLE II: Acid-catalyzed Conversion of 27 into 1

Solvent	Time (hours)	Temp. (degrees)	Acid	Yield (%)	References
—	—	—	HOAc–HCl	—	141
H_2O	3	100	conc. HCl	60	214
$CHCl_3$–EtOH	50	reflux	HCl gas	>80	215,216
1,4-Dioxane	3	reflux	conc. HCl	65	215
EtOH	4	reflux	aq. HCl	—	217,218
AcOH	1	85–90	conc. HCl	>85	219
1,4-Dioxane	1.5	88	conc. HCl	85	219
None	0.083	110	conc. H_2SO_4	—	219
H_2O	1	140	—	60	220
H_2O	1	70	conc. HCl	80	221
Xylene[a]	1	70	conc. HCl	80	222
PhMe[a]	1	110	conc. HCl	85–92	222
None	1	60	conc. HCl	60–75	223
$CHCl_3$–EtOH	55	40	conc. HCl	83	206,224–226
C_6H_6–BuOH	21	—	HCl	84	227
$Cl(CH_2)_2Cl$–EtOH	13	65	aq. HCl	82	228–231
H_2O	2	60	HCl	80	233
$Cl(CH_2)_2Cl$–1,4-dioxane	6	76	HCl	60	230
$Cl(CH_2)_2Cl$–Bu_2O	9	70	HCl	72	230
$Cl(CH_2)_2Cl$–EtOH	—	—	HCl	—	234
EtOH	45	75	conc. HCl	78	235
PhMe, $C_6H_{13}OH$, Me_2CO	30	70	HCl	90	236
HCO_2H	192	25	HCl gas	83	237
C_6H_6[b]	5	65	conc. HCl	92	238
None	1	75	cat. HCl	76	239
Chlorinated solvent	6	60	HCl	85	240
None	0.067	120	HCl gas	70–80	241
$Cl(CH_2)_2Cl$–EtOH	52	60	HCl	88	242
ClCH=CHCl–Me_2CO–EtOH	24	68	HCl	88	243
$Cl(CH_2)_2Cl$–EtOH	9	65–70	$SOCl_2$	86	244
H_2O	7	90	Zerolite 225 (K^+ or H^+)[c]	80	245
EtOH	2	80	Zerolite 225 (H^+)	90	245
$Cl(CH_2)_2Cl$–EtOH	35	65	conc. HCl	80	146,148
$CHCl_3$–EtOH	40–50	—	HCl	—	147

[a] The use of chlorobenzene and tetrachloroethane was reported. [b] A surfactant, octadecanoyl-1,3-propanediamine dioleate, was added to this mixture. The use of 1,2-dichloroethane and toluene was also reported. [c] Zerolite 225 is a poly(styrenesulfonic acid) ion-exchange resin.

(214) T. Reichstein, Br. Pat. 428,815 (1935); *Chem. Abstr.*, 31 (1937) 3943[6].
(215) T. Reichstein, Br. Pat. 466,548 (1937); *Chem. Abstr.*, 31 (1937) 8124[5].
(216) F. Egler, U. S. Pat. 2,179,977 (1939); *Chem. Abstr.*, 34 (1940) 1823[4].
(217) F. Egler, U. S. Pat. 2,129,317 (1938); *Chem. Abstr.*, 32 (1938) 8442[9].
(218) T. Reichstein, Br. Pat. 459,207 (1937); *Chem. Abstr.*, 31 (1937) 3943[6].
(219) R. Pasternack and G. O. Cragwell, U. S. Pat. 2,185,383 (1940); *Chem. Abstr.*, 34 (1940) 3024[8].
(220) M. van Eekelen and P. J. van der Laan, U. S. Pat. 2,491,065 (1949); *Chem. Abstr.*, 41 (1947) 6024h; 46 (1952) 525i.
(221) H. H. Bassford, U. S. Pat. 2,444,087 (1948); *Chem. Abstr.*, 42 (1948) 6496a.
(222) H. H. Bassford, W. S. Harmon, and J. F. Mahoney, U. S. Pat. 2,462,251 (1949); *Chem. Abstr.*, 43 (1949) 3451g.
(223) O. Zima, U. S. Pat. 2,189,830 (1940); *Chem. Abstr.*, 34 (1940) 4235[8].
(224) L. O. Shnaidman, *Tr. Vses. Nauchno-Issled. Vitamin Inst.*, 5 (1954) 32–41; *Chem. Abstr.*, 51 (1957) 7306e.
(225) W. Wenner U. S. Pat. 2,159,191 (1939); *Chem. Abstr.*, 33 (1939) 7049[3].
(226) Nederlandsche Centrale Organisatie voor Toegepast-Natuurwetenschapelijk Onderzoek., Br. Pat. 601,789 (1948); *Chem. Abstr.*, 42 (1948) 7788g.
(227) K. Sano and N. Watanabe, *Annu. Rep. Takamine Lab.*, 7 (1955) 27–29; *Chem. Abstr.*, 50 (1956) 14,540i.
(228) V. M. Berezovskii and L. I. Strel'chunas, *J. Gen. Chem. USSR*, 20 (1950) 2145–2148.
(229) V. M. Berezovskii and L. I. Strel'chunas, *Zh. Prikl. Khim.*, 22 (1949) 1113–1115; *Chem. Abstr.*, 45 (1951) 5627a.
(230) V. I. Veksler and G. E. Shaltyko, *J. Gen. Chem. USSR*, 24 (1954) 2121–2123.
(231) V. I. Veksler and G. E. Shaltyko, *J. Appl. Chem. USSR*, 28 (1955) 723–727.
(232) H. Stopsack, W. Schacknies, and M. Schmidt, E. Ger. Pat. 86,627 (1971); *Chem. Abstr.*, 78 (1973) 4487x.
(233) V. I. Veksler and G. E. Shaltyko, *J. Gen. Chem. USSR*, 24 (1954) 1403–1407.
(234) V. M. Berezovskii and L. I. Strel'chunas, *Tr. Vses. Nauchno-Issled. Vitamin Inst.*, 6 (1959) 55–60; *Chem. Abstr.*, 55 (1961) 13,775g.
(235) Y. M. Slobodin and A. K. Basova, *J. Appl. Chem. USSR*, 19 (1946) 172–175; *Chem. Abstr.*, 41 (1947) 2395a.
(236) T. Tanaka, A. Matsumoto, and M. Furukawa, Jpn. Pat. 68 09,217 (1968); *Chem. Abstr.*, 69 (1968) 107,007j.
(237) G. Kereszty, E. Wolf, and Z. Földi, Belg. Pat. 452,811 (1943); *Chem. Abstr.*, 41 (1947) 7686g; Austrian Pat. 164,552 (1949); *Chem. Abstr.*, 47 (1953) 6979a.
(238) Y. Fujiwara, T. Okuno, and H. Saikawa, Jpn. Pat. 73 15,931 (1973); *Chem. Abstr.*, 79 (1973) 53,169z.
(239) L. O. Schnaidman and B. M. Dul'china, USSR Pat. 141,988 (1965); *Chem. Abstr.*, 63 (1965) 1859g.
(240) S. V. Petrescu and V. Puscasu, Rom. Pat. 51,297 (1968); *Chem. Abstr.*, 70 (1969) 78,330x.
(241) N. V. Maatschappij voor Uitvindingen van Dikkers and Bargeboer, Dutch Pat. 59,710 (1947); *Chem. Abstr.*, 41 (1947) 6025a; Belg. Pat. 445,820 (1942); *Chem. Abstr.*, 40 (1946) 2942[6].
(242) K. Fuxa, Czech. Pat. 96,160 (1960); *Chem. Abstr.*, 55 (1961) 27,122d.
(243) R. Moudry, J. Mayer, M. Moudra, and B. Dvorska, Czech. Pat 116,314 (1965); *Chem. Abstr.*, 65 (1966) 3952a.
(244) A. Bogner, Hung. Pat. 149,668 (1962); *Chem. Abstr.*, 60 (1964) 9350b.
(245) Politechnika Slaska, Br. Pat. 1,222,322 (1971); R. Bogaczek, Fr. Demandé Pat. 2,001,090 (1969); *Chem. Abstr.*, 72 (1970) 133,146k.

Table III

Acid-catalyzed Conversion of 28 into 1

Solvent	Time (hours)	Temp. (degrees)	Acid	Yield (%)	References
C_6H_6–BuOH	—	—	HCl	72	202
H_2O	2	100	—	13–20	81,214
H_2O	2	100	CO_2	50	187
EtOH, $HC(OEt)_3$	3	60	HCl gas	50	187
EtOH	5	reflux	HCl	—	217,218,246
AcOH	0.5	90–95	conc. HCl	>85	219
H_2O	0.5	140	—	50	220
Xylene	1	70	conc. HCl	80	222
$CHCl_3$–EtOH	40	60	HCl	—	247
$Me_2C=CHCOMe$	1.5	70	HCl	85	232
HCO_2H	192	25	HCl	—	237
$Cl(CH_2)_2Cl^a$	6	70	conc. HCl	82	238
tert-BuOH	6	reflux	Wofatit KPS $(H^+)^b$	91	245
1,4-Dioxane	1	80	Zerolit 225 $(H^+)^b$	90	245
F_3CCO_2H–H_2O	1–2	115	F_3CCO_2H	50	248

^{a} A surfactant (dodecylbenzenesulfonic acid) was used. The use of carbon tetrachloride and trimethyloctadecanoylammonium chloride was also reported. ^{b} A poly(styrenesulfonic acid) ion-exchange resin.

and methyl L-xylo-2-hexulosonate (**29**) have been converted into L-ascorbic acid by way of acid-catalyzed cyclization are given in Tables II, III, and IV, respectively.

In addition, it has been reported that esters of **27** afford **1** when they are heated in hydrochloric acid,[225,249,250] or in chloroform–ethanol–hydrochloric acid.[225] Compound **32** has been converted into **1** in 50% yield by heating under pressure in water at 140° or by heating in aqueous acid.[226,251]

It should be noted that the initial, catalyzed cyclizations of **27**, **28**, or **29** by aqueous acid had a serious, inherent weakness. It was determined early on that, under these conditions, the L-ascorbic acid, as it is formed, decomposes at an appreciable rate.[233,252] Subsequently, Reichstein[215] found that, in an essentially nonaqueous system (chloro-

(246) E. Merck and Co., Ger. Pat. 696,810 (1940); *Chem. Abstr.*, 35 (1941) 6067³.
(247) T. B. Remizova, *Tr. Khabar. Politekh. Inst.*, (1968) 29–31; *Chem. Abstr.*, 78 (1973) 4459q.
(248) D. B. Karr, E. M. Baker, and B. M. Tolbert, *J. Labelled Compd.*, 6 (1970) 155–165.
(249) O. Zima, U. S. Pat. 2,190,167 (1940); *Chem. Abstr.*, 34 (1940) 4235⁸.
(250) F. Hoffmann-La Roche and Co., Br. Pat. 461,790 (1937); *Chem. Abstr.*, 31 (1937) 5516⁴.
(251) P. J. van der Laan, Dutch Pat. 59,340 (1947); *Chem. Abstr.*, 41 (1947) 5692f.
(252) P. P. Regna and B. P. Caldwell, *J. Am. Chem. Soc.*, 66 (1944) 246–250.

TABLE IV

Acid-catalyzed Conversion of 29 into 1

Solvent	Time (hours)	Temp. (degrees)	Acid	Yield (%)	References
H_2O	0.5	145	—	59–65	204
MeOH	18	120	—	45	204
MeOH–H_2O	2	140–145	—	63	198
$CHCl_3$–EtOH	70	reflux	HCl	—	215,216
EtOH	4	reflux	HCl	—	217,218
H_2O	0.5	140	—	60	220
PhMe	0.67	110	conc. HCl	87	222
H_2O	120–168	25	conc. HCl	85–90	249
H_2O	1	60	conc. HCl	70–80	249

form–ethanol–hydrochloric acid), compounds **27**, **28**, and **29** are converted into **1** in good yield. Later, Bassford and coworkers[222] discovered that high yields of relatively pure L-ascorbic acid are readily obtained simply by heating **27**, **28** or **29** in a solvent such as benzene, chlorobenzene, tetrachloroethane, or toluene containing concentrated hydrochloric acid without an alcoholic cosolvent. Presumably, these conditions are successful because the L-ascorbic acid precipitates from the mixture as fast as it is formed, and, therefore, there is insufficient decomposition to affect the yield adversely.

The mechanism for the conversion of **27** into **1** has been studied by several groups.[228,230,231,233,253,254] In the presence of an alcohol, the apparent sequence[181,228,231] is **27** → **32** → **29** → **1**. Clearly, the mechanism is dependent on the reaction conditions and, therefore, further speculation is avoided. It is interesting that Veksler and Shaltyko[254] found that, in aqueous acid, **28** and **29** are converted more slowly than **27** into **1**.

In summary, the synthesis of L-ascorbic acid (**1**, see Scheme 4) by way of D-glucose (**8**) → D-glucitol (**24**) → L-sorbose (**25**) → 2,3:4,6-di-O-isopropylidene-L-xylo-2-hexulofuranose (**26**) → 2,3:4,6-di-O-isopropylidene-L-xylo-2-hexulofuranosonic acid (**27**) → **1** may be achieved in excellent yield; in commercial practice, it affords **1** in >50% overall yield.[255] During the course of the development of this synthesis, a number of papers were published in which the whole sequence was performed, and the overall yield reported. In 1934, the over-

(253) V. I. Veksler and G. E. Shaltyko, *J. Appl. Chem. USSR*, 28 (1955) 723–727.
(254) V. I. Veksler and G. E. Shaltyko, *J. Gen. Chem. USSR*, 26 (1956) 1639–1642.
(255) *Drug Cosmet. Ind.*, 121 (1977) 40, 43.

all yield[81] was 15–18%. In 1959, Rumpf and Marlier[146] gave a detailed experimental account and, from L-sorbose, obtained a yield of 43–49% and, in 1967, Romero[256] described his experimental details that afforded a yield of 37%.

3. Conversion of L-Sorbose into L-Ascorbic Acid by Way of Methyl α-L-*xylo*-2-Hexulopyranosidonic Acid

An alternative procedure for the protection of L-sorbose (**25**), followed by oxidation at C-1 and cyclization of the product to L-ascorbic acid, was developed by Hinkley and Hoinowski.[257] L-Sorbose (**25**) was converted into methyl α-L-sorbopyranoside (**37**) by treatment with methanol and hydrogen chloride.[258] Glycoside **37** was then oxidized with air in the presence of a suspension of platinum oxide in aqueous sodium hydrogencarbonate solution at 60°, to afford methyl α-L-*xylo*-2-hexulopyranosidonic acid (**38**), which, when heated in hydrochloric acid, was converted into L-ascorbic acid (**1**), presumably by way of L-*xylo*-2-hexulosonic acid (see Scheme 5). Acid **38** has also been prepared by oxidation of **37** with nitrogen tetraoxide.[259,260] Yields were not reported for this reaction sequence, and it appears to offer no potential

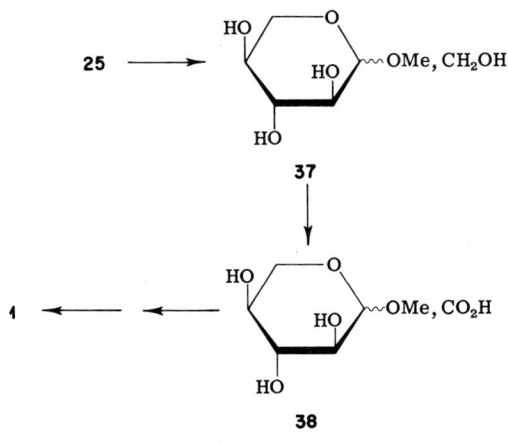

Scheme 5

(256) J. M. Romero, *An. Farm. Hosp.*, 10 (1967) 127–131; *Chem. Abstr.*, 68 (1968) 13,298g.
(257) D. F. Hinkley and A. M. Hoinowski, U. S. Pat. 3,721,663 (1973); *Chem. Abstr.*, 78 (1973) 160,063m.
(258) G. Arragon, *C. R. Acad. Sci.*, 199 (1934) 1231–1233.
(259) O. Braenden and O. Gisvold, *J. Am. Pharm. Assoc.*, 41 (1952) 382–385.
(260) O. Gisvold, U. S. Pat. 2,702,808 (1955); *Chem. Abstr.*, 50 (1956) 1900f.

advantages over the Reichstein–Grüssner synthesis. Both syntheses entail five steps from D-glucose, but the oxidation of **37** must be conducted under more carefully controlled conditions than that of **26**, as a primary hydroxyl group must be selectively oxidized in the presence of secondary hydroxyl groups; this restriction necessarily limits the variety of oxidants that can be used, and opens up the possibility that over-oxidation will be a serious side-reaction under any but optimal conditions. A similar reaction-sequence has been used to convert D-fructose (**39**) into D-erythorbic acid (**7**).

39

4. Direct Oxidation of L-Sorbose to L-*xylo*-2-Hexulosonic Acid ("2-Keto-L-gulonic Acid")

Clearly, an improved synthesis of L-ascorbic acid would result from the direct oxidation of L-sorbose (**25**) to L-*xylo*-2-hexulosonic acid (**28**), thus eliminating the protecting–deprotecting steps currently required in the Reichstein–Grüssner synthesis (see Scheme 4). Efforts to perform this oxidation may be divided into two categories, namely, chemical and fermentative. The results of each method will be summarized.

a. Chemical Oxidation of L-Sorbose.—Haworth and coworkers[261,262] reported the first direct oxidation of L-sorbose (**25**) to L-*xylo*-2-hexulosonic acid (**28**) by use of hot, aqueous nitric acid. Acid **28** was converted into its methyl ester **29**, from which **1** was formed. The overall yield was ~20%. Subsequently, it was found[263] that **25** may be converted into **28** in 20–31% yield with nitric acid containing sodium nitrite during 15–30 days at 5° or, in similar yield, with nitric acid alone.[264,265]

(261) W. N. Haworth, E. L. Hirst, J. K. N. Jones, and F. Smith, Br. Pat. 443,901 (1936); *Chem. Abstr.*, 30 (1936) 5240⁶.
(262) W. N. Haworth, E. L. Hirst, J. K. N. Jones, and F. Smith, U. S. Pat. 2,073,207 (1937); *Chem. Abstr.*, 31 (1937) 3069⁴.
(263) J. Overhoff and H. W. Huyser, U. S. Pat. 2,467,442 (1949); *Chem. Abstr.*, 43 (1949) 6225b; Dutch Pat. 59,301 (1947); *Chem. Abstr.*, 41 (1947) 5895b.
(264) P. J. van der Laan, U. S. Pat. 2,444,885 (1948); *Chem. Abstr.*, 42 (1948) 7788e.
(265) P. J. van der Laan, Dutch Pat. 59,584 (1947); *Chem. Abstr.*, 41 (1947) 6278i.

This oxidation has been achieved by using nitrogen tetraoxide in dry carbon tetrachloride, to afford **28** in 50–60% yield,[259] or with N-oxides.[266] The oxidation has been performed with a number of miscellaneous oxidants: oxygenated halogen compounds (no yield given)[267]; hydrogen peroxide–nickel–sodium bromide (20%)[268]; bromine, chlorine, chromium dioxide–potassium permanganate, cupric ion, hydrogen peroxide plus ferrous sulfate (variable yield, low to 40%), nitric acid, nitrogen dioxide, nitrous acid, sodium chlorate, sodium hypobromite, sodium hypochlorite, and sodium perchlorate[267–270]; and sodium chlorite (30–33%).[270] Bogoczek[269] studied a number of different oxidants for use in the desired oxidation of **25**, and found that, if the proportion of oxidant added is small, the conversion into **28** (based on unrecovered **25**) is almost quantitative, but that the yields rapidly decrease as the proportion of oxidant added to the reaction mixture is increased. He showed that this was due to the decomposition of **28** under the reaction conditions.

The most promising of the direct, chemical-oxidation procedures for the conversion of **25** into **28** appears to be air oxidation catalyzed by platinum (or related metals). Heyns and coworkers[271–275] and the Mercks[276] found that **28** may be prepared from **25** in up to 62% yield by using 5% platinum-on-carbon in aqueous sodium hydrogencarbonate.[275] However, under the conditions of the reaction, **28** can be further oxidized to oxalic acid and L-threonic acid. Dalmer and Heyns[272,273] found that the resulting, aqueous solution can be concentrated, and **28** may then be converted into **1**. Tamas[277] reported that **25** may be converted into **28** in 48% yield by using air in the presence of palladium-on-carbon as the catalyst.

Finally, L-sorbose (**25**) and L-tagatose (L-*lyxo*-2-hexulose) (**40**) have

(266) R. Bogoczek, Pol. Pat. 57,572 (1969); *Chem. Abstr.*, 75 (1971) 130,074m.
(267) N. V. Organon, Belg. Pats. 444,049, 445,377 (1942); *Chem. Abstr.*, 39 (1945) 531⁴.
(268) R. Bogoczek, Pol. Pat. 57,041 (1969); *Chem. Abstr.*, 72 (1970) 21,919h.
(269) R. Bogoczek, *Zesz. Nauk. Politech. Slask. Chem.*, (1970) 5–79.
(270) S. Goldschmidt, Dutch Pat. 57,143 (1946); *Chem. Abstr.*, 41 (1947) 4168f.
(271) K. Heyns, *Ann.*, 558 (1947) 177–187.
(272) O. Dalmer and K. Heyns, Can. Pat. 387,438 (1940); *Chem. Abstr.*, 34 (1940) 3883².
(273) O. Dalmer and K. Heyns, U. S. Pat. 2,189,778 (1940); *Chem. Abstr.*, 34 (1940) 4236¹.
(274) O. Dalmer and K. Heyns, U. S. Pat. 2,190,377 (1940); *Chem. Abstr.*, 34 (1940) 4080¹.
(275) K. Heyns and H. Paulsen, *Angew. Chem.*, 69 (1957) 600–608.
(276) K. Merck, L. Merck, W. Merck, and F. Merck, Br. Pat. 495,050 (1938); *Chem. Abstr.*, 33 (1939) 2656⁹.
(277) Z. Tamas, *Olaj Szappan Kozmet.*, 19 (1970) 21–24; *Chem. Abstr.*, 74 (1971) 112,353b.

been directly converted into L-ascorbic acid in low yield by X-ray irradiation of their aqueous solutions.[278] The mixtures were processed by bubbling hydrogen sulfide through them and then using chromatography. This treatment converts any dehydro-L-ascorbic acid present into **1**.

```
    CH₂OH
    |
    C=O
    |
    HCOH
    |
    HCOH
    |
    HOCH
    |
    CH₂OH

     40
```

b. Fermentative Oxidation of L-Sorbose.—The first, fermentative oxidation of L-sorbose (**25**) to L-*xylo*-2-hexulosonic acid (**28**) was reported by Huang,[279] using micro-organisms of the genus *Pseudomonas*; the yield was not reported. This work showed that, when the fermentation was started at pH 7–8 with 20 g of **25** per liter, compound **28** was present to the extent of 3 g/L after 80 h. Other micro-organisms that have been reported to produce **28** from **25** include bacteria of the genera *Acetobacter, Aerobacter, Alcaligenes, Azotobacter, Bacillus, Escherichia, Gluconobacter, Klebsiella, Micrococcus, Pseudomonas, Serratia*, and *Xanthomonas*.[280,281] However, no indication has yet been given as to the efficiency of any of these conversions.

Two different mechanisms for the formation of L-*xylo*-2-hexulosonic acid (**28**) from L-sorbose (**25**) have been proposed, depending on the organism used for the fermentative oxidation. It was concluded[280–283] that the metabolism of **25** by *Pseudomonas aeruginosa* IFO 3898 most probably follows the sequence **25** → L-idose (**41**) → L-idonic acid (**42**) → **28**. Both **41** and **42** were isolated from the fermentation broth. With *Gluconobacter melanogenus*, it was concluded[284–287] that **25** is

(278) H. Matsumaru and N. Hayashi, Ger. Offen. Pat. 2,127,659 (1971); U. S. Pat. 3,794,573 (1974); Br. Pat. 1,298,184 (1971); *Chem. Abstr.*, 76 (1972) 59,982u.
(279) H. T. Huang, U. S. Pat. 3,043,749 (1962); *Chem. Abstr.*, 59 (1963) 5739e.
(280) M. Isono, I, Nakanishi, K. Sasajima, K. Motizuki, T. Kanzaki, H. Okazaki, and H. Yoshino, *Agric. Biol. Chem.*, 32 (1968) 424–431.
(281) K. Mochizuki, T. Kanzaki, N. Okazaki, M. Doi, M. Isono, T. Nakanishi, and K. Sasajima, Jpn. Pat. 5907 (1966); *Chem. Abstr.*, 66 (1967) 1597n.
(282) T. Kanzaki and H. Okazaki, *Agric. Biol. Chem.*, 34 (1970) 432–436.
(283) K. Mochizuki, T. Kanzaki, T. Kusunoki, and H. Okazaki, Jpn. Pat. 69 08,073 (1969); *Chem. Abstr.*, 71 (1969) 37,484c.
(284) Y. Tsukada and D. Perlman, *Biotechnol. Bioeng.*, 14 (1972) 799–810.
(285) Y. Tsukada and D. Perlman, *Biotechnol. Bioeng.*, 14 (1972) 811–818.
(286) Y. Tsukada and D. Perlman, *Biotechnol. Bioeng.*, 14 (1972) 1035–1038.
(287) I. Kitamura and D. Perlman, *Eur. J. Appl. Microbiol.*, 2 (1975) 1–7.

initially oxidized at C-1 to afford L-*xylo*-hexos-2-ulose (**44**), and that **44** is oxidized to **28**. With this organism, L-idose (**41**) was not converted into **28**, but was oxidized to L-idonic acid (**42**) and the corresponding lactone. This result is in agreement with earlier studies reported by Tengerdy[288,289] using a mutant strain of *Pseudomonas*.

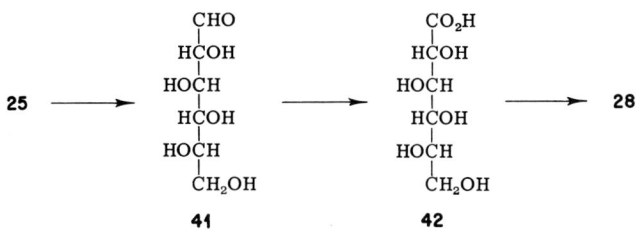

L-Sorbose (**25**) has also been converted into **28** by using bacteria of the genera *Achromobacter*, *Alcaligenus*, and *Serratia*.[290] From *S. marcescens*,[290] 2.8 g of **28** in 3.8 L of broth was produced in 10 days, starting with a 2% concentration of L-sorbose. It has been reported that *Pseudomonas fluorescens* No. 806 converts **25** into **28** in 25–35% yield.[291] At the present time, the direct fermentation of **25** to **28** clearly is not efficient enough to compete with the Reichstein–Grüssner, chemical procedure.

c. Oxidation of L-Sorbose to L-*xylo*-Hexos-2-ulose, and Thence to L-*xylo*-Hexulosonic Acid.—A number of methods have been described for the conversion of **25** into L-*xylo*-hexos-2-ulose (**44**). One of the first, chemical routes was reported by Micheel[211–213] and King and White,[292] who converted **25** into **28** by treatment with phenylhydrazine to form osazone **43**, which, on hydrolysis, afforded **44**; on oxidation with bromine, **44** gave **28**.

Compound **43** has been prepared from a mixture of L-gulose and L-sorbose, or from L-gulose.[293–296] The mixture of L-gulose and L-sorbose

(288) R. P. Tengerdy, *J. Biochem. Microbiol. Technol. Eng.*, 3 (1961) 241–253.
(289) R. P. Tengerdy, *J. Biochem. Microbiol. Technol. Eng.*, 3 (1961) 255–260.
(290) I. Chihata, S. Yamada, and S. Ishikawa, Jpn. Pat. 39,838 (1974); *Chem. Abstr.*, 82 (1975) 123,357x.
(291) R. M. Aliyeva and M. Kh. Shigayeva, USSR Pat. 526,660 (1976).
(292) C. G. King and E. G. White, U. S. Pat. 2,318,500 (1943); *Chem. Abstr.*, 37 (1943) 6096⁴.
(293) P. P. T. Sah, Z. *Vitaminforsch.*, 8 (1938–1939) 144–154; *Chem. Abstr.*, 33 (1939) 3765⁴.
(294) P. P. T. Sah, *Ber.*, 70 (1937) 498–499.
(295) P. P. T. Sah, *Sci. Rep. Natl. Tsinghua Univ.*, A, 3 (1934–1935) 265–277; *Chem. Abstr.*, 30 (1936) 2923⁹.
(296) P. P. T. Sah, *Ber.*, 69 (1936) 158–159.

```
           H                H
           C=NNHPh          C=O
           |                |
           C=NNHPh          C=O
           |                |
           HOCH             HOCH
  25  →    |          →     |
           HCOH             HCOH
           |                |
           HOCH             HOCH
           |                |
           CH₂OH            CH₂OH
            43               44
```

was prepared by the reduction of D-glucose (**8**) to D-glucitol (**24**), and oxidation thereof with bromine to a mixture of D-fructose (**39**), D-glucose (**8**), L-gulose (**45**), D-mannose, and L-sorbose (**25**), followed by destructive fermentation of the D enantiomers to leave a mixture of L-gulose and L-sorbose.[293,294] L-Gulose was also prepared by the oxidation of starch to D-glucaric acid, reduction of this to L-gulonic acid (or L-gulono-1,4-lactone), and reduction to L-gulose.[295,296] In an early report on the oxidation of **25** with hydrogen peroxide, potassium permanganate, or sodium hypochlorite, it was claimed[297] that the oxidation can be accomplished in two stages by way of L-*xylo*-hexos-2-ulose (**44**). The oxidation of **25** with cupric acetate,[298] or with zinc oxide, oxygen, and u.v. irradiation,[299,300] affords **44**. None of these procedures appear to be particularly efficient.

Naito and coworkers[301,302] described a preparation of **44** that utilized oxidation of **26** with acetic anydride–dimethyl sulfoxide to **46** (40% yield) which, on hydrolysis, afforded **44** in 90% yield.

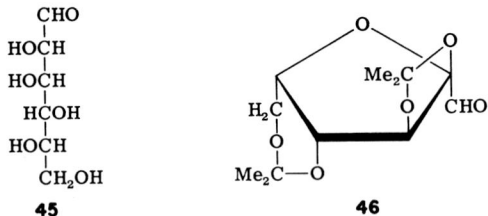

```
     CHO
     |
     HOCH
     |
     HOCH
     |
     HCOH
     |
     HOCH
     |
     CH₂OH
      45                      46
```

(297) F. Hoffmann-La Roche and Co., A.-G., Ger. Pat. 644,962 (1937); *Chem. Abstr.*, 31 (1937) 6415⁸.
(298) F. Boedecker and H. Volk, Ger. Pat. 846,846 (1952); *Chem. Abstr.*, 47 (1953) 11,233*h*.
(299) T. Naito, T. Hirayama, and T. Miki, Jpn. Pat. 74 10,932 (1974); *Chem. Abstr.*, 81 (1974) 63,925*y*.
(300) G. Heinemann and E. F. Schoenewaldt, Fr. Pat. 1,430,787 (1966); *Chem. Abstr.*, 65 (1966) 13,813*d*.
(301) T. Naito, T. Miki, and T. Hirayama, Jpn. Pat. 73 19,297 (1973); *Chem. Abstr.*, 79 (1973) 79,136*m*.
(302) T. Naito, T. Miki, and T. Hirayama, Jpn. Pat. 74 28,173 (1974); *Chem. Abstr.*, 82 (1975) 140,436*q*.

The fermentative oxidation of **25** to **44** has been reported by three groups. Perlman and coworkers[303–306] found that *Gluconobacter melanogenus* is able to produce **44** from L-sorbose[307] (**25**). However, the yield reported was low, namely, 1 mg of **44** per 21 mg of **25** consumed (per mL) in the absence of calcium carbonate, and somewhat higher in the presence of calcium carbonate. Kondo and Ameyama[308] discovered that *Acetobacter suboxydans* var. 5-ketogluconicum produces **44** from L-sorbose (**25**). Makover and coworkers[309,310] disclosed that **44** is formed from **25** by micro-organisms selected from the following genera: *Acinetobacter, Aerobacter, Bacillus, Gluconobacter, Mycobacterium, Paecilomyces, Pseudomonas, Sarcina, Serratia,* and *Streptomyces*. Again, the conversion was low, namely, <4%. These results support the intermediacy, with certain organisms, of **44** in the fermentative oxidation at C-1 of **25** to give **28**.

The oxidation of **44** to L-*xylo*-2-hexulosonic acid (**28**) has been achieved both by chemical and fermentative oxidation. Compound **44** has been oxidized to **28** with bromine,[292–298,301] or chlorine.[301] Naito and coworkers[301,302] and Bogoczek[311] obtained yields of >90% for this oxidation.

It has been reported[312] that L-*xylo*-hexos-2-ulose (**44**) may be efficiently oxidized, microbiologically, to L-*xylo*-2-hexulosonic acid. The yields obtained by this procedure were as high as 80%, using micro-organisms from the following genera: *Acetobacter, Aerobacter, Bacillus, Candida, Escherichia, Gluconobacter, Penicillium, Pseudomonas, Serratia,* and *Staphylococcus*. The most efficacious organism appeared to be *Pseudomonas putida*. In addition, it was determined that some of the **28** was reduced to L-idonic acid (**42**) during the course of the fermentation, and that **44** was reduced back to **25**, showing that this step is reversible. These results are consistent with the mecha-

(303) I. Kitamura and D. Perlman, *Biotechnol. Bioeng.*, 17 (1975) 349–359.
(304) C. K. A. Martin and D. Perlman, *Biotechnol. Bioeng.*, 17 (1975) 1473–1483.
(305) C. K. A. Martin and D. Perlman, *Eur. J. Appl. Microbiol.*, 3 (1976) 91–95.
(306) C. K. A. Martin and D. Perlman, *Biotechnol. Bioeng.*, 18 (1976) 217–237.
(307) This result supports earlier findings[286–289] which suggested that L-sorbose is oxidized directly at C-1. See the direct oxidation of **25** to **28** by fermentation (Section III,4b).
(308) K. Kondo and M. Ameyama, *Rep. Fac. Agric., Shizuoka Univ.*, 7 (1957) 118–162.
(309) S. Makover and D. L. Pruess, U. S. Pat. 3,912,592 (1975); *Chem. Abstr.*, 84 (1976) 41,982z.
(310) S. Makover, G. B. Ramsey, F. M. Vane, C. G. Witt, and R. B. Wright, *Biotechnol. Bioeng.*, 17 (1975) 1485–1514.
(311) R. Bogoczek, Pol. Pat. 56,362 (1968); *Chem. Abstr.*, 71 (1969) 13,335d.
(312) S. Makover and D. L. Pruess, U. S. Pat. 3,907,639 (1975), Br. Pat. 1,430,376 (1976), Ger. Offen. Pat. 2,343,587 (1974); *Chem. Abstr.*, 81 (1974) 2394c; Swiss Pat. 580,161 (1976); *Chem. Abstr.*, 86 (1977) 119,247b.

$$\begin{array}{c}\mathrm{CO_2H}\\|\\\mathrm{HOCH}\\|\\\mathrm{HOCH}\\|\\\mathrm{HCOH}\\|\\\mathrm{HOCH}\\|\\\mathrm{CH_2OH}\end{array}$$

47

nism in which **25** is directly oxidized at C-1 to **44**, and then **44** is oxidized to **28**.

In addition, L-sorbose (**25**) has been converted into L-*xylo*-2-hexulosonic acid (**28**) by way of L-*xylo*-hexos-2-ulose (**44**) by using mixtures of *Gluconobacter melanogenus* IFO 3293 and *Pseudomonas syringae* NRRL B-865 immobilized in a poly(acrylamide) gel.[305] The yields were, however, low.

It is apparent from the foregoing discussion that, at the present time, the direct chemical or fermentative oxidation of L-sorbose to L-*xylo*-2-hexulosonic acid is not efficient enough to compete with the Reichstein–Grüssner protection–oxidation method.

5. Conversion of D-Glucitol ("Sorbitol") into L-*xylo*-2-Hexulosonic Acid

For the conversion of D-glucitol (**24**) into L-*xylo*-2-hexulosonic acid (**28**), several other methods, that do not proceed by way of L-sorbose, have been reported.

a. Direct, Fermentative Oxidation.—Obviously, were an efficient method for the direct, fermentative oxidation of **24** into **28** developed, it would provide, for the synthesis of **1**, a method more economical than the Reichstein–Grüssner approach. In 1966, Motizuki and co-workers[313,314,315] disclosed that micro-organisms from the genera *Acetobacter*, *Bacterium*, and *Pseudomonas* are able to achieve this trans-

---

(313) K. Motizuki, T. Kanzaki, H. Okazaki, H. Yoshino, K. Nara, M. Isono, I. Nakanishi, and K. Sasajima, U. S. Pat. 3,234,105 (1966); *Chem. Abstr.*, 62 (1965) 9742*h*. In one example, the yield for the conversion of **24** into **28** into **1** was reported to be greater than 70% using *Acetobacter cerinus* in a 5% D-glucitol broth and a fermentation time of 10 days. If this is correct, this approach clearly could prove competitive with the Reichstein–Grüssner synthesis. However subsequent reports have tended to suggest that this result is not valid (see Ref. 282).

(314) Y. Obata, K. Nara, K. Tarui, K. Mochizaki, and M. Isono, Jpn. Pat. 75 22,113 (1975); *Chem. Abstr.*, 84 (1976) 29,189*p*.

(315) Takeda Chemical Industries, Ltd., Fr. Pat. 1,376,741 (1964); *Chem. Abstr.*, 62 (1965) 9742*h*; U. S. Pat. 3,234,105 (1964); *Chem. Abstr.*, 62 (1965) 9742*h*.

formation. The concentration of D-glucitol in the broths was generally 2–5%, and the yields were 12% (or less). The preponderant product obtained from **24** by using *Acetobacter* and *Gluconobacter* organisms was generally **28**, but a variety of other products was identified.[280] A careful study[316] of the products from the fermentation of **24** with *Gluconobacter melanogenus* revealed the presence of eight compounds, including D-fructose (**39**), D-glucitol (**24**), D-*arabino*-2-hexulosonic acid (**48**), L-*xylo*-2-hexulosonic acid (**28**), L-idonic acid (**42**), D-mannonic acid, and L-sorbose (**25**). From the results of a study of the fermentation of D-glucitol (**24**), the following metabolic pathway was proposed[317]: D-glucitol (**24**) → L-sorbose (**25**) → L-idose (**41**) → L-idonic acid (**42**) → L-*xylo*-2-hexulosonic acid (**28**). It has been reported[318] that continuous fermentation of **24** affords **28** in low yield.

$$\begin{array}{c} CO_2H \\ | \\ C=O \\ | \\ HOCH \\ | \\ HCOH \\ | \\ HCOH \\ | \\ CH_2OH \end{array}$$

48

b. Chemical Oxidation of D-Glucitol.—As might be expected, an efficient, direct oxidation of D-glucitol (**24**) to L-gulose (**45**), L-gulonic acid (**47**), or L-*xylo*-2-hexulosonic acid (**28**) has not been published. Heyns and Beck[319] oxidized **24** with oxygen in the presence of platinum-on-carbon to a mixture of D-fructose (**39**), D-glucose (**8**), L-gulose (**45**), and L-sorbose (**25**) and various alduronic acids, from which L-gulose (**45**) was isolated in 18–20% yield as the corresponding 2-benzyl-2-phenylhydrazone.

In addition, **24** has been transformed into **28** by a protection–oxidation–deprotection sequence. D-Glucitol (L-gulitol) (**24**) was treated with acetaldehyde and acid, to afford 3,5:4,6-di-O-ethylidene-L-gulitol[320-322] (**49**) which, on oxidation with oxygen and platinum-on-car-

(316) H. Okazaki, T. Kanzaki, M. Doi, K. Nara, and K. Motizuki, *Agric. Biol. Chem.*, 32 (1968) 1250–1255.
(317) H. Okazaki, T. Kanzaki, K. Sasajima, and Y. Terada, *Agric. Biol. Chem.*, 33 (1969) 207–211.
(318) R. Bogoczek, Pol. Pat. 62,547 (1971); *Chem. Abstr.*, 76 (1972) 97,935p.
(319) K. Heyns and M. Beck, *Chem. Ber.*, 91 (1958) 1720–1724.
(320) H. Appel, *J. Chem. Soc.*, (1935) 425–426.
(321) R. C. Hockett and F. C. Schaefer, *J. Am. Chem. Soc.*, 69 (1947) 849–851.
(322) K. Gätzi and T. Reichstein, *Helv. Chim. Acta*, 21 (1938) 186–195.

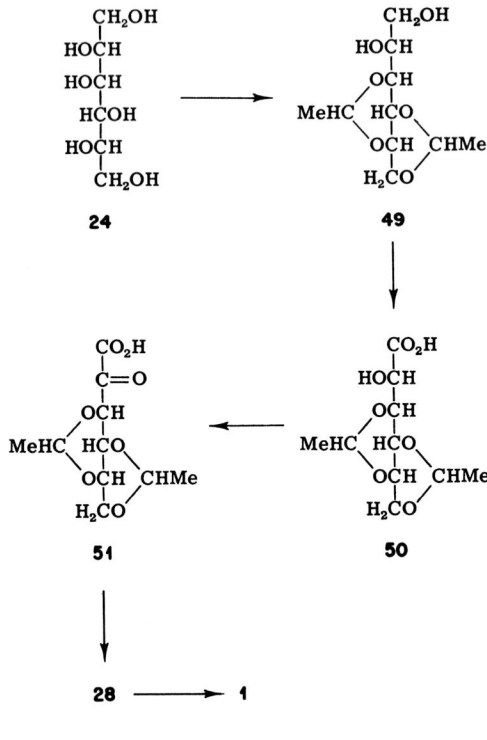

Scheme 6

bon, gave 3,5:4,6-di-*O*-ethylidene-L-gulonic acid (**50**) in 50–70% yield.[323] Compound **50** was then oxidized with sodium hypochlorite and nickel chloride to 3,5:4,6-di-*O*-ethylidene-L-*xylo*-2-hexulosonic acid (**51**). Acid hydrolysis of **51** afforded **28** in 33% yield (see Scheme 6). Attempts to oxidize **49** directly to **51** with oxygen and platinum-on-carbon failed.

It may be noted that 1,2,3,4-tetra-*O*-benzoyl-5,6-*O*-isopropylidene-D-glucitol (**52**) has been oxidized with trityl tetrafluoroborate[324,325] to 3,4,5,6-tetra-*O*-benzoyl-*keto*-L-sorbose (**53**) in 50% yield. This illustrates an interesting oxidation of acetals, and constitutes a partial, chemical synthesis of L-sorbose (**25**) from D-glucitol (**24**).

(323) A. A. D'Addieco, U. S. Pat. 2,847,421 (1958); *Chem. Abstr.*, 53 (1959) 3084g.
(324) D. H. R. Barton, P. D. Magnus, G. Smith, and D. Zurr, *J. Chem. Soc., Chem. Commun.*, (1971) 861–863.
(325) D. H. R. Barton, P. D. Magnus, G. Smith, G. Streckert, and D. Zurr, *J. Chem. Soc., Perkin Trans. 1*, (1972) 542–552.

```
    CH₂OBz           CH₂OBz          CH₂OH
    HCOBz            HCOBz           C=O
    BzOCH     →      BzOCH      ≡    BzOCH
    HCOBz            HCOBz           HCOBz
    HCO\             C=O             BzOCH
    H₂CO/CMe₂        CH₂OH           CH₂OBz
      52               53
```

6. Synthesis by Way of D-Glucuronic Acid

All synthetic efforts directed towards the synthesis of L-ascorbic acid that have thus far been presented began with the reduction of D-glucose (**8**) to D-glucitol (**24**), followed by oxidation at C-5 and C-6. An alternative approach to the synthesis of L-ascorbic acid is first to convert D-glucose (or its equivalent) into D-glucuronic acid (**54**) (or its equivalent), followed by reduction of **54** at C-1 and then oxidation at C-5, or oxidation of **54** first at C-5 and then reduction at C-1. These options are shown in Scheme 7; in both, formation of L-xylo-2-hexulosonic acid (**28**) (or its equivalent) results. In this Section, several approaches to the synthesis of L-ascorbic acid that proceed through an intermediate equivalent to **55** will be presented.

In 1971, Theander and Bakke[326–329] gave an account of the conversion of D-glucose (**8**) into **1** by treating **8** in acetone in the presence of an acid to form a 9:1 mixture of mono- and di-isopropylidene acetals (**56** and **57**, respectively) which, on oxidation with oxygen and platinic acid afforded the lactone **58** (see Scheme 8). During the course of the oxidation, the pH of the mixture was allowed to fall to 3, an acidity high enough to cause selective hydrolysis of the 5,6-O-isopropylidene group in **57**, permitting both **56** and **57** to be converted into **58** in ~50% yield.[327] If **56** was used as the starting material, **58** was obtained in 70% yield.[326] Compound **58** was converted into L-ascorbic acid (**1**) in 48–57% yield by heating it in 0.5 M sulfuric acid, and, after the pH

(326) J. Bakke and O. Theander, *J. Chem. Soc., D*, (1971) 175–176.
(327) O. Theander, Ger. Offen. Pat. 1,812,033 (1970); Br. Pat. 1,204,028 (1970); U. S. Pat. 3,592,808 (1971); *Chem. Abstr.*, 72 (1970) 121,875j.
(328) O. Theander, Swed. Pat. 351,638 (1972); *Chem. Abstr.*, 79 (1973) 53,739k.
(329) T. Kitahara, T. Ogawa, T. Naganuma, and M. Matsui [*Agric. Biol. Chem.*, 38 (1974) 2189–2190] reported the preparation of L-ascorbic acid from D-glucurono-6,3-lactone (**63**) by way of **61** (71%), **58** (81%, using MnO₂), **59**, and **1** (56% for hydrolysis and reduction). Although all of the steps in this synthesis had previously been reported, this paper served to emphasize the fact that D-glucurono-6,3-lactone can serve as a starting material for the preparation of **58**, which may then be converted by way of the Bakke–Theander procedure into L-ascorbic acid.

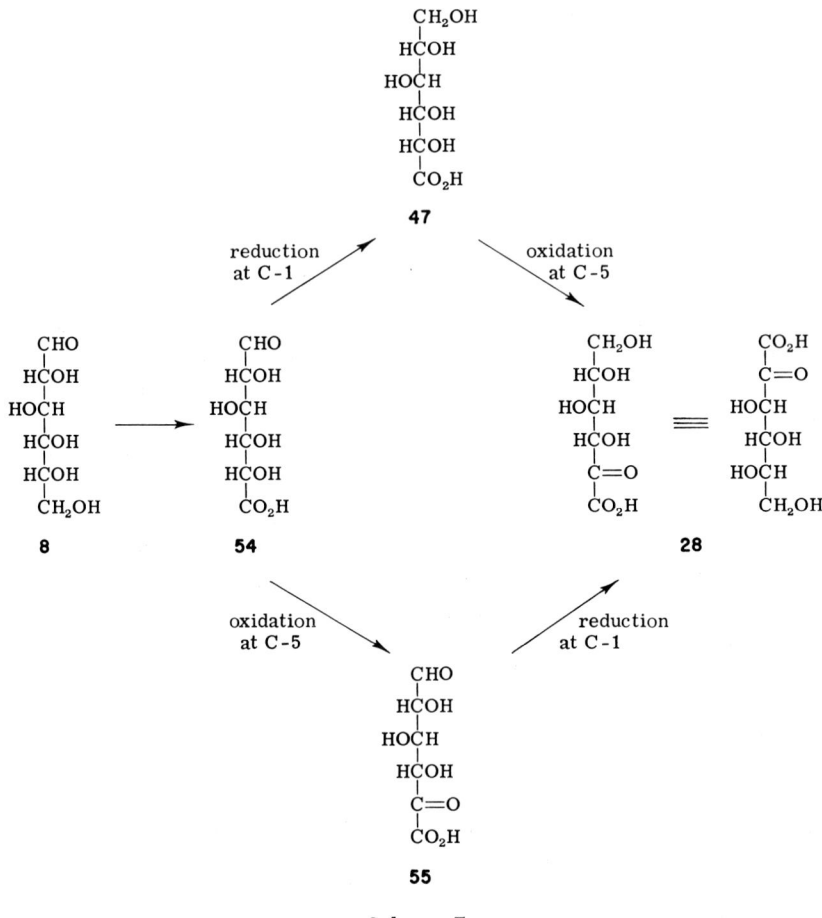

Scheme 7

of the resulting solution had been adjusted to 7, reducing the product with sodium or potassium borohydride.[326,328] It has not yet been determined whether the hydrolysis of **58** affords *aldehydo*-L-*threo*-hex-4-enurono-6,3-lactone (**59**) directly, or whether hydrolysis of the lactone ring competes with the hydrolysis of the isopropylidene group, to afford **55** which, under the acidic conditions, cyclizes to **59**. In any event, **59** must be present as an intermediate in the synthesis, even though it has not yet been isolated and characterized. This constituted the first synthesis of **59**.

Compound **58** has been prepared by several other methods. In one example, **56** was oxidized at pH 7–8 with air in the presence of platinum-on-carbon to **60** (50–60% yield) which, on acidification,

SYNTHESIS OF L-ASCORBIC ACID

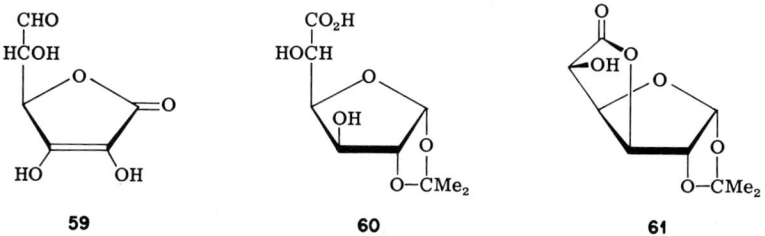

Scheme 8

afforded[330] **61**. The oxidation of **61** to **58** has been achieved with a variety of oxidants: chromium trioxide[331] (17%); oxygen–platinum oxide[332,333] (74–80%); dimethyl sulfoxide–phosphorus pentaoxide[333,334] (56%); ruthenium tetraoxide[333] (75%); and manganese dioxide[335,336] (28%) and[329] (81%). Alternatively, **61** has been converted into nitrate **62** with nitric acid–acetic anhydride (yield 88%) and, on treatment with piperidine, **62** afforded [333] **58** (87%). Compound **61** has also been

(330) C. L. Mehltretter, B. H. Alexander, R. L. Mellies, and C. E. Rist, *J. Am. Chem. Soc.*, 73 (1951) 2424–2427.
(331) W. Mackie and A. S. Perlin, *Can. J. Chem.*, 43 (1965) 2921–2924.
(332) K. Heyns, E. Alpers, and J. Weyer, *Chem. Ber.*, 101 (1968) 4209–4213.
(333) K. Dax and H. Weidmann, *Carbohydr. Res.*, 25 (1972) 363–370.
(334) K. Onodera, S. Hirano, and N. Kashimura, *Carbohydr. Res.*, 6 (1968) 276–285.
(335) H. Weidmann, *Monatsh. Chem.*, 96 (1965) 766–773.
(336) H. Weidmann and G. Olbrich, *Tetrahedron Lett.*, (1965) 725–726.

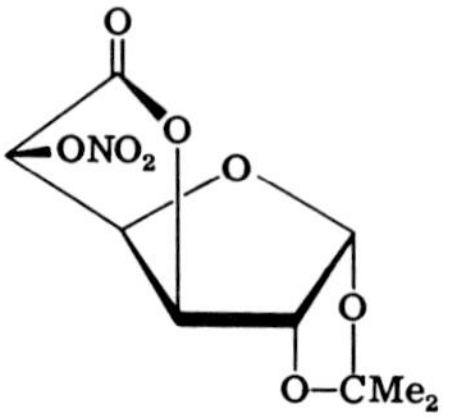

prepared by heating D-glucofuranurono-6,3-lactone (**63**) with acetone containing sulfuric acid[329,337] (yield 70–80%).

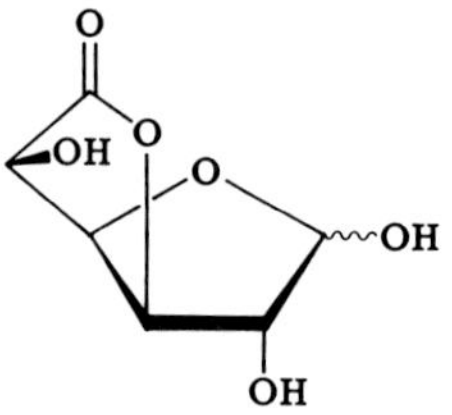

Two methods by which D-glucofuranurono-6,3-lactone (**63**) has been synthesized are shown in Scheme 9. The oxidation of starch to oxidized starch (**64**) has been described by a number of workers. Heyns and Graife[338] were able to obtain 50–55% yields of **64** by oxidation with nitric acid plus nitrogen tetraoxide. From **64**, D-glucofuran-

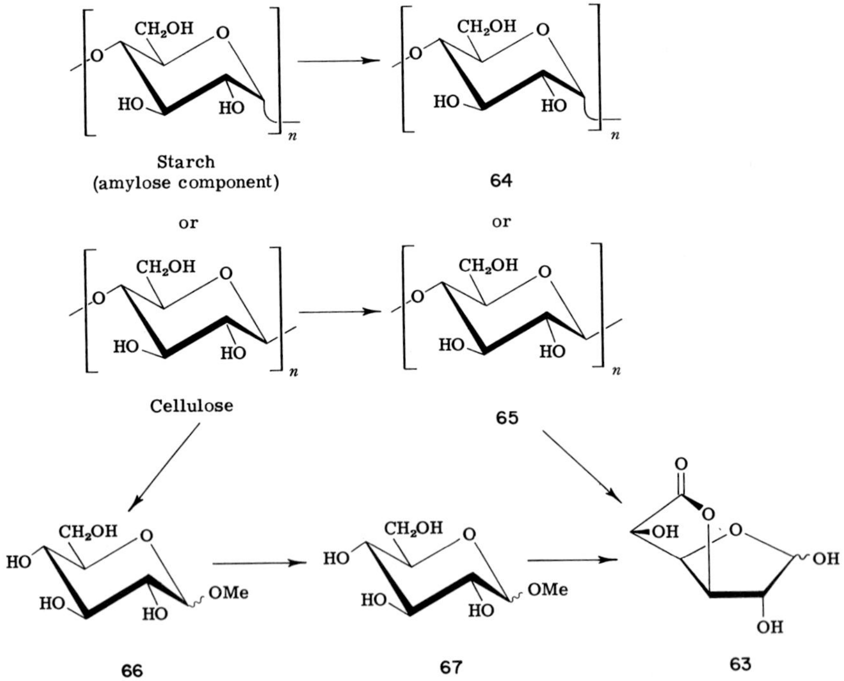

Scheme 9

(337) L. N. Owen, S. Peat, and W. J. G. Jones, *J. Chem. Soc.*, (1941) 339–344.
(338) K. Heyns and G. Graefe, *Chem. Ber.*, 86 (1953) 646–650.

urono-6,3-lactone (**63**) was obtained in 26% yield (based on the starting material) by hydrolysis with 0.5 M hydrochloric acid for 15 min at 155°. Alternatively, starch was broken down to methyl α,β-D-glucopyranoside (**66**) in 80–95% yield by acid-catalyzed methanolysis.[339–341] The oxidation of **66** to **67** has been achieved[342,343] with air in the presence of platinum-on-carbon in a yield of >85%. Hydrolysis of **67** gives[343] **63** in a yield of <30%.

Cellulose may also serve as the starting material for the preparation of D-glucurono-6,3-lactone. However, the methanolysis of cellulose to methyl α,β-D-glucopyranoside (**66**) has thus far been reported to proceed in only low yield. Whereas the oxidation of cellulose to "celluronic acid" (**65**) proceeds in high yield,[344] the hydrolysis of this material to **63** has not yet been efficiently achieved. The preparation of **63** has been reviewed in detail,[345–349] as have its subsequent reactions.[350]

7. Synthesis by Way of L-Gulonic Acid

As stated in Section III,6, L-ascorbic acid may be prepared by converting L-glucose (**8**) into D-glucuronic acid (**54**), followed by reduction of **54** to L-gulonic acid (**47**), which can then be converted into L-*xylo*-2-hexulosonic acid (**28**) (or its equivalent), and this into **1**. In the present Section, the methods by which L-gulonic acid (**47**) has been prepared will be presented, followed by a discussion of the methods by which it has been converted into **28** and **1**.

a. Preparation of L-Gulonic Acid (L-Gulono-1,4-lactone).—Probably the most important and efficient method for the preparation of L-gulonic acid (**47**) (L-gulono-1,4-lactone) (**21**) is the hydrogenation of D-

---

(339) S. M. Cantor, *Ind. Quim.*, 4 (1942) 1–2; *Chem. Abstr.*, 40 (1946) 5277².
(340) D. W. Kaiser, S. Fuzesi, and R. J. Raynor, U. S. Pat. 3,296,245 (1967); *Chem. Abstr.*, 66 (1967) 55,714d.
(341) C. S. Nevin and R. G. Short, U. S. Pat. 3,375,243 (1968); *Chem. Abstr.*, 68 (1968) 106,243a.
(342) D. B. Easty, *J. Org. Chem.*, 27 (1962) 2102–2106.
(343) S. A. Barker, E. J. Bourne, and M. Stacey, *Chem. Ind. (London)*, (1951) 970.
(344) T. P. Nevell, *Methods Carbohydr. Chem.*, 3 (1963) 164–185.
(345) C. A. Marsh, in G. J. Dutton (Ed.), *Glucuronic Acid*, Academic Press, New York, 1966, pp. 3–136.
(346) E. Anderson and L. Sands, *Adv. Carbohydr. Chem.*, 1 (1945) 329–344.
(347) R. S. Teague, *Adv. Carbohydr. Chem.*, 9 (1954) 185–246.
(348) C. L. Mehltretter, *Adv. Carbohydr. Chem.*, 8 (1953) 231–249.
(349) K. Heyns and H. Paulsen, *Adv. Carbohydr. Chem.*, 17 (1962) 169–221.
(350) K. Dax and H. Weidmann, *Adv. Carbohydr. Chem. Biochem.*, 33 (1976) 189–233.

glucofuranurono-6,3-lactone (**63**). Reduction of **63** with hydrogen in the presence of Raney nickel as the catalyst has been reported by several groups[351–353]; after removal of the water, it affords **21** in 60–80% yield. This reduction has also been conducted with sodium borohydride[354,355] or sodium amalgam.[356,357]

CH$_2$OH
|
HCOH
|
[structure]

21

Several alternative methods for the preparation of L-gulono-1,4-lactone (**21**) have been reported. L-Idonic acid (**42**) (see Section III,8 for the preparation of this compound) was heated at 140° in aqueous pyridine under pressure, to afford a mixture of **47** and **42** that was separated[358] by forming the 2,4:3,5-di-O-benzylidene derivative (**68**) of **42** by reaction with benzaldehyde–hydrochloric acid, and filtering off **68**. Ruskin and Hockett[359,360] prepared a mixture of L-gulonic acid (**47**) and L-idonic acid (**42**) by the route shown in Scheme 10. D-Glucitol (**24**) was protected with 2-furaldehyde, to afford **69**, oxidation of which provided **70**. Hydrolysis of **70** yielded L-xylose (**23**). Treatment of **23** with calcium cyanide gave cyanohydrin **71** which, after hydrolysis with calcium oxide, resulted in a mixture of L-gulonic acid (**47**) and L-idonic acid (**42**) in 93% yield. The conversion of L-xylose into a mixture of **47** and **42**, by cyanohydrin formation and hydrolysis thereof, was initially reported by Fischer and Stahel,[361] and later by Fischer and

---

(351) F. Hoffmann-La Roche and Co., Ger. Pat. 618,907 (1935); *Chem. Abstr.*, 30 (1936) 1070^7.
(352) W. Berends and J. Konings, *Recl. Trav. Chim. Pays-Bas*, 74 (1955) 1365–1370.
(353) M. Ishidate, Y. Imai, Y. Hirasaka, and K. Umemoto, *Chem. Pharm. Bull.*, 11 (1965) 173–176.
(354) R. L. Taylor and H. E. Conrad, *Biochemistry*, 11 (1972) 1383–1388.
(355) M. L. Wolfrom and K. Anno, *J. Am. Chem. Soc.*, 74 (1952) 5583–5584.
(356) E. Fischer and O. Piloty, *Ber.*, 24 (1891) 521–528.
(357) H. Thierfelder, *Hoppe-Seyler's Z. Physiol. Chem.*, 15 (1891) 71–76.
(358) B. E. Gray, U. S. Pat. 2,421,612 (1947); *Chem. Abstr.*, 41 (1947) 5683*h*.
(359) S. L. Ruskin and R. C. Hockett, U. S. Pat. 2,853,495 (1958); *Chem. Abstr.*, 53 (1959) 5150*e*.
(360) S. L. Ruskin, U. S. Pat. 2,934,481 (1960); *Chem. Abstr.*, 54 (1960) 16,696*h*.
(361) E. Fischer and R. Stahel, *Ber.*, 24 (1891) 528–539.

Fay,[362] LaForge,[363] Nef,[364] and Levene and Meyer.[365] Karabinos[366] used this method to prepare D-gulono-1,4-lactone, and Hulyalkar and Jones[367] prepared ^{14}C-labelled D-gulono-1,4-lactone by using this technology. The D-gulono-1,4-lactone may be obtained free from D-idono-1,4-lactone by recrystallization.

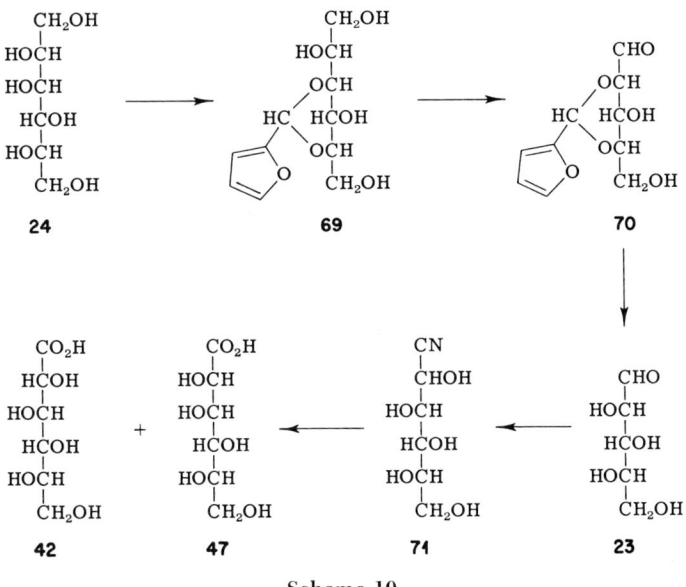

Scheme 10

(362) E. Fischer and I. W. Fay, *Ber.*, 28 (1895) 1975–1983.
(363) F. B. LaForge, *J. Biol. Chem.*, 36 (1918) 347–349; U. S. Pat. 1,285,248 (1918); *Chem. Abstr.*, 13 (1919) 230.
(364) J. U. Nef, *Ann.*, 403 (1914) 204–383; *Chem. Abstr.*, 8 (1914) 1738.
(365) P. A. Levene and G. M. Meyer, *J. Biol. Chem.*, 26 (1916) 355–365.
(366) J. V. Karabinos, *Org. Synth. Coll. Vol.*, 4 (1963) 506–508.
(367) R. K. Hulyalkar and J. K. N. Jones, *Can. J. Chem.*, 41 (1963) 1898–1904.

Several miscellaneous procedures have been reported for the preparation of L-gulonic acid (**47**). 5-*O*-Benzoyl-1,3:2,4-di-*O*-ethylidene-D-glucitol (**72**) was oxidized[368] with chromium trioxide to **73**. After hydrolysis of **73**, the L-gulose (**45**) formed was oxidized[369,370] with bromine to **21**. As noted in Section III,5b, 3,5:4,6-di-*O*-ethylidene-L-gulonic acid (**50**) was prepared from 3,5:4,6-di-*O*-ethylidene-D-gulitol (**49**) in 50–70% yield. By hydrolysis, **50** afforded[323] **21**.

```
        OCH₂                    OCH₂                 CHO
       /   |                   /   |                  |
   MeHC   HCO                MeHC HCO              HOCH
       \  |  \                   \ |  \              |
        OCH   CHMe                OCH  CHMe        HOCH
       /   \ /                   /  \ /             |
     HCO                        HCO               HCOH
       |                          |                |
     HCOBz                     HCOBz             HOCH
       |                          |                |
     CH₂OH                       CHO             CH₂OH

       72                         73                45
```

b. Fermentative Oxidation of L-Gulonic Acid.—L-Gulonic acid (**47**) has been converted into L-*xylo*-2-hexulosonic acid (**28**) both by fermentative and chemical procedures. Gray[358] reported that **47** gives **28** in 75% yield on using *Acetobacter suboxydans*. This oxidation was also accomplished by Perlman,[371] who used *Pseudomonas aeruginosa* during 8 days, and obtained a 44% yield of **28**. Kita[372] found a number of micro-organisms that are able to convert **47** into **28**; several achieve formation of **28** in >80% yield. These include *Xanthomonas campestris* and *X. translucens*.

It is probable that the mixture of L-idonic acid (**42**) and L-gulonic acid (**47**) obtained from L-xylose by way of cyanohydrins **71** may be directly converted into **28** by fermentative oxidation, as it is known that *Pseudomonas aeruginosa*[371,373–375] and *Acetobacter suboxy-*

(368) K. Heyns and W. Stein, *Ann.*, 558 (1947) 194–200.
(369) J. C. Sowden and H. O. L. Fischer, *J. Am. Chem., Soc.*, 67 (1945) 1713–1715.
(370) L. C. Stewart and N. K. Richtmyer, *J. Am. Chem. Soc.*, 77 (1955) 1021–1024.
(371) D. Perlman, U. S. Pat. 2,917,435 (1959); *Chem. Abstr.*, 54 (1960) 9202*a*.
(372) D. Kita, U. S. Pat. 4,155,812 (1979).
(373) R. Takeda, M. Isono, T. Nakanishi, and K. Sasajima, Jpn. Pat. 2463 (1964); *Chem. Abstr.*, 61 (1964) 1230g.
(374) I. Nakanishi, K. Sasajima, M. Isono, and R. Takeda, *Takeda Kenkyusho Nempo*, 23 (1964) 38–47; *Chem. Abstr.*, 63 (1965) 17,086*h*.
(375) M. Kulhánek, *Chem. Listy*, 47 (1953) 1071–1074.

dans[358,376,377] oxidize both **47** and **42**. However, this mixed fermentation has not yet been reported.

It was also found that L-gulono-1,4-lactone (**21**) is enzymatically oxidized to L-ascorbic acid (**1**) in ~40% yield by using an enzyme system isolated from a variety of natural sources, including rat livers and germinating peas.[378] L-Galactono-1,4-lactone (**16**) was also oxidized to **1** with this enzyme system.

c. Chemical Oxidation of L-Gulonic Acid.—Regna and coworkers[379,380] prepared L-*xylo*-2-hexulosonic acid (**28**) in 68% yield from L-gulonic acid (**47**) by using vanadium pentaoxide plus sodium chlorate. Because a good assay was not then available, the yield reported may be somewhat high. However, the reaction appears to be general, as a variety of other aldonic acids and esters were also oxidized to the corresponding keto-acid or keto-ester. In addition, aldulosonic acids were prepared from the corresponding aldonic acid by using ferric sulfate (and other metal catalysts)–chromic acid[380] in ~40% yield, or by electrochemical oxidation in the presence of chromium trioxide in 50% yield. By using a similar procedure, the mixture of **47** and **42** obtained by way of the cyanohydrin of L-xylose (see Scheme 10) was oxidized[359,360] to **28**.

The direct oxidation of L-gulono-1,4-lactone (**21**) to L-ascorbic acid has been reported. With the Fenton reagent (ferrous sulfate–hydrogen peroxide), **21** gave L-ascorbic acid in 10% yield.[352] Later, it was found[381,382] that treatment of **21** with ionizing irradiation (X-rays, γ-rays, or cathode rays) affords **1** in low yield. This method was also used[352,381,382] to oxidize D-glucono-1,4-lactone to D-erythorbic acid (**7**); L-galactono-1,4-lactone (**16**), L-talono-1,4-lactone, or L-idono-1,4-lactone to **1**; and D-gulono-1,4-lactone to D-**1**. All yields were quite low.

(376) E. Masuo and K. Yoshida, *Annu. Rep. Shionogi Res. Lab.*, (1954) 62–68; *Chem. Abstr.*, 50 (1956) 15,711i.
(377) K. Mochizuki, T. Kanzaki, H. Okazaki, and M. Doi, Jpn. Pat. 69 08,074 (1969); *Chem. Abstr.*, 71 (1969) 37,509q.
(378) F. A. Isherwood and L. W. Mapson, Br. Pat. 763,055 (1956); *Chem. Abstr.*, 51 (1957) 8387b.
(379) P. P. Regna and B. P. Caldwell, *J. Am. Chem. Soc.*, 66 (1944) 243–244.
(380) R. Pasternack and P. P. Regna, U. S. Pats. 2,153,311 (1939); *Chem. Abstr.*, 33 (1939) 5006²; 2,188,777 (1940); *Chem. Abstr.*, 34 (1940) 3765¹; 2,203,923 (1940); *Chem. Abstr.*, 34 (1940) 6947⁶; 2,207,991 (1940); *Chem. Abstr.*, 35 (1941) 2155⁸; 2,222,155 (1940); *Chem. Abstr.*, 35 (1941) 1326⁹.
(381) B. Coleby, *Chem. Ind. (London)*, (1957) 111–112.
(382) B. Coleby, Br. Pat. 871,500 (1961); *Chem. Abstr.*, 58 (1962) 4854a.

L-Gulono-1,4-lactone (**21**) was converted[383] into **1** by the procedure shown in Scheme 11. When **21** was treated with benzaldehyde–hydrogen chloride, **74** was isolated in >65% yield.[384] On oxidation with manganese dioxide, compound **74** gave **75** in 70–90% yield; on hydrolysis with 70% acetic acid–water, **75** afforded **1** in 70% yield. That this is one of the few syntheses of **1** which does not have the cyclization of **28** or **29** as its last step is noteworthy. Under different conditions of lysis, (methanolic hydrogen chloride), **75** is converted into **29**, not **1**.

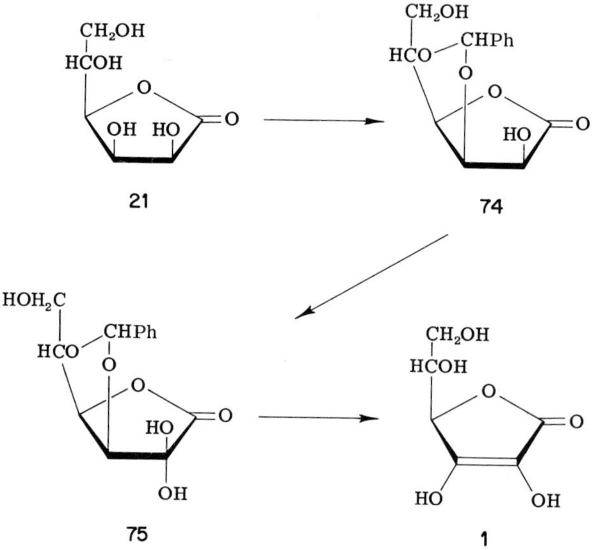

Scheme 11

Alternatively, when **21** was treated with benzaldehyde diethyl acetal–hydrochloric acid, ethyl 3,5:4,6-di-O-benzylidene-L-gulonate (**76**) was formed in >90% yield. Diacetal **76** was efficiently oxidized to **77** (>90% yield) with dimethyl sulfoxide–trifluoroacetic anhydride, or by way of the nitrate of **76** and triethylamine. Hydrolysis of **77** then afforded ethyl L-*xylo*-2-hexulosonate in 86% yield.[383]

Finally D-glucopyranuronic acid (**78**) was converted into methyl

(383) T. C. Crawford and R. Breitenback, *J. Chem. Soc., Chem. Commun.*, (1979) 388–389.
(384) M. Matsui, M. Okada, and M. Ishidate [*Yakugaku Zasshi*, 86 (1966) 110–113] first prepared **73** in 43% yield, using concentrated hydrochloric acid as the catalyst.

L-*xylo*-2-hexulosonate (**29**) by the procedure[385–387] shown in Scheme 12. Compound **78** was acetylated, the product esterified, and the ester converted[386] into the corresponding phenyl l-thioglycoside (76%), which was reduced to **79** (68%) with Raney nickel. The bromination of **79** was accomplished by photolyzing it in the presence of *N*-bromosuccinimide in carbon tetrachloride, affording **80** in 47% yield. Treatment of **80** with mercuric acetate in acetic acid gave **81**. Hydrolysis of **81** with base gave methyl ester **29**, which was then converted into **1**.

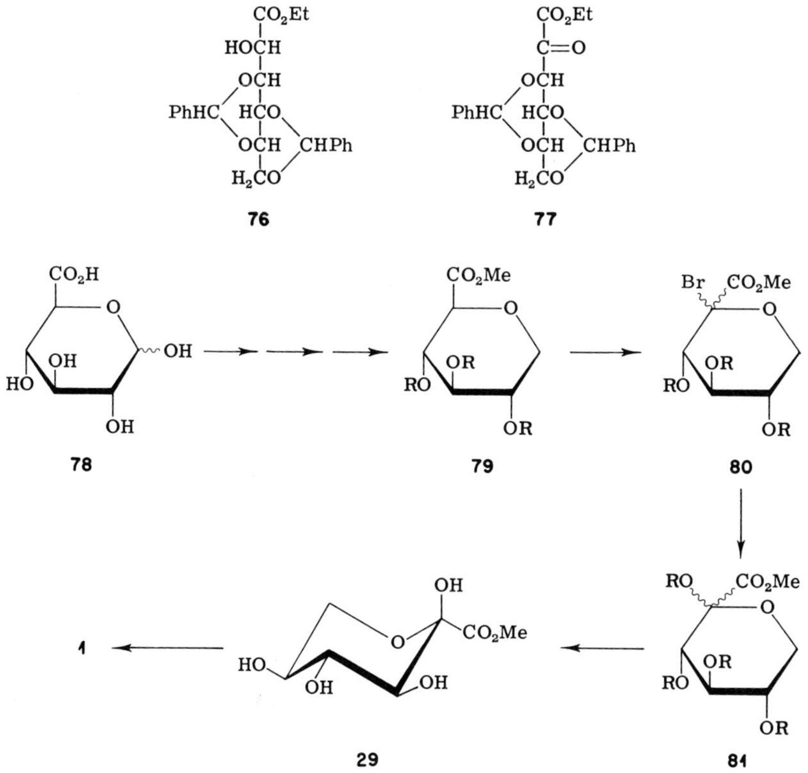

Scheme 12

(385) R. J. Ferrier and R. H. Furneaux, *J. Chem. Soc., Chem. Commun.*, (1977) 332–333.
(386) R. J. Ferrier and R. H. Furneaux, *Carbohydr. Res.*, 52 (1976) 63–68.
(387) R. J. Ferrier and R. H. Furneaux, *J. Chem. Soc. Perkin Trans. 1*, (1978) 1996–2000.

8. Synthesis by Way of D-xylo-5-Hexulosonic Acid ("5-Keto-D-gluconic Acid")

All synthetic routes that have been described, up to this point, have involved, in various sequences, reduction of D-glucose (8) at C-1, and oxidation at C-5 and C-6, resulting in inversion of the carbon chain. In the next two Sections will be described syntheses of 1 in which the carbon chain of D-glucose is not inverted, and C-1 in 8 becomes C-1 in L-ascorbic acid (1).

In the present Section, the methods by which D-glucose has been converted into D-xylo-5-hexulosonic acid ("5-keto-D-gluconic acid") (82) and subsequently into 1 will be presented.

a. Chemical Preparation of D-xylo-5-Hexulosonic Acid.

—D-Glucose was oxidized, with nitric acid[388,389] or bromine,[390–392] directly to D-xylo-5-hexulosonic acid (82) in low yield. It has also been shown that, on treatment with chlorine–water, methyl β-D-glucopyranoside affords[393] first D-gluconic acid and then 82. Similar results were obtained when methyl β-cellobioside was used as the starting material.[394] The yields in these reactions were very poor.

$$\begin{array}{c} CO_2H \\ | \\ HCOH \\ | \\ HOCH \\ | \\ HCOH \\ | \\ C=O \\ | \\ CH_2OH \end{array} \equiv HOCH_2, HO\text{---}\begin{array}{c}\text{(furanose form)}\end{array}$$

D-xylo-5-Hexulosonic acid
("5-keto-D-gluconic acid")
82

82a

When treated with chromium trioxide in glacial acetic acid, methyl 2,3,4,6-tetra-O-acetyl-β-D-glucopyranoside (83) affords[395,396] methyl 2,3,4,6-tetra-O-acetyl-D-xylo-5-hexulosonate (84). This oxidation pro-

---

(388) H. Kiliani, *Ber.*, 55 (1922) 2817–2826.
(389) L. V. Kuridze, M. E. Shishiniashvili, and S. G. Utalishvili, *Khelaty Met. Prir. Soedin. Ikh Primen.*, 1 (1974) 19–25; *Chem. Abstr.*, 84 (1976) 74,544m.
(390) T. Reichstein and O. Neracher, *Helv. Chim. Acta*, 18 (1935) 892–896.
(391) E. W. Cook and R. T. Major, *J. Am. Chem. Soc.*, 57 (1935) 773.
(392) M. Hönig and F. Tempus, *Ber.*, 57 (1924) 787–791.
(393) A. Dyfverman, B. Lindberg, and D. Wood, *Acta Chem. Scand.*, 5 (1951) 253–260.
(394) A. Dyfverman, *Acta Chem. Scand.*, 7 (1953) 280–284.
(395) S. J. Angyal and K. James, *J. Chem. Soc., Chem. Commun.*, (1969) 617–618.
(396) S. J. Angyal and K. James, *Aust. J. Chem.*, 23 (1970) 1209–1221.

cedure is useful for a variety of methyl aldopyranosides, provided that the l-methoxyl group has the β orientation. The result is consistent with the theory of stereoelectronic control developed by Deslongchamps and coworkers explaining the selective reactivity of anomeric carbon–hydrogen bonds in the α and β anomers.[397-399] In addition, both methyl α- and β-aldofuranosides may be oxidized.

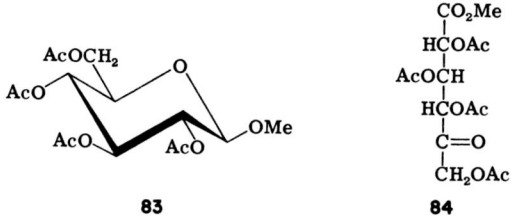

83   84

b. Fermentative Oxidation of D-Glucose to D-*xylo*-5-Hexulosonic Acid.—The fermentative oxidation of D-glucose (8) to calcium D-*xylo*-5-hexulosonate (82) was first reported by Boutroux,[400-402] using *Bacterium oblongus*. Since that time, there has been a great deal of additional work on this transformation. D-Glucose was converted into 82 by a number of micro-organisms, including *Acetobacter melanogenum*,[403,404] *A. suboxydans*,[96,405-420] other *Acetobacter* species,[407,423]

(397) P. Deslongchamps and C. Moreau, *Can. J. Chem.*, 49 (1971) 2465–2467.
(398) P. Deslongchamps, C. Moreau, D. Frehel, and P. Atlani, *Can. J. Chem.*, 50 (1972) 3402–3404.
(399) P. Deslongchamps, *Pure Appl. Chem.*, 43 (1975) 351–378.
(400) L. Boutroux, *C. R. Acad. Sci.*, 102 (1886) 924–927.
(401) L. Boutroux, *C. R. Acad. Sci.*, 111 (1890) 185–187.
(402) L. Boutroux *C. R. Acad. Sci.*, 127 (1898) 1224–1227; *Chem. Zentralbl.*, 70 (1899) 250.
(403) E. Riedl-Tumova and K. Bernhauer, *Biochem. Z.*, 320 (1950) 472–476.
(404) I. O. Foda and R. H. Vaughn, *J. Bacteriol.*, 65 (1953) 233–237.
(405) J. Frateur, P. Simonart, and T. Coulon, *Antonie van Leeuwenhoek J. Microbiol. Serol.*, 20 (1954) 111–128; *Chem. Abstr.*, 48 (1954) 5267e.
(406) K. Bernhauer and B. Gorlich, *Biochem. Z.*, 280 (1935) 367–374.
(407) S. Herman and P. Nueschul, *Biochem. Z.*, 233 (1931) 129–216.
(408) K. Bernhauer and H. Konobloch, *Naturwissenschaften*, 26 (1938) 819.
(409) K. Bernhauer and E. Riedl-Tumova, *Biochem. Z.*, 320 (1950) 466–471.
(410) S. Teramoto, R. Yagi, and I. Hori, *Hakko Kogaku Zasshi*, 24 (1946) 22–26; *Chem. Abstr.*, 47 (1953) 8962i.
(411) U. Sumiki and Y. Hatsuda, *Nippon Nogei-Kagaku Kaishi*, 23 (1949) 87–89.
(412) S. Khesghi, H. R. Roberts, and W. Bucek, *Appl. Microbiol.*, 2 (1954) 183–190.
(413) L. B. Lockwood, *Methods Carbohydr. Chem.*, 2 (1963) 54–56.
(414) P. Scalaffa, E. Galante, and G. A. Lanzani, *Boll. Soc. Ital. Biol. Sper.*, 39 (1963) 667–668; *Chem. Abstr.*, 59 (1963) 10,490c.

Bacterium gluconicum,[424,425] *B. xylinum*,[405–407,424–426] other *Bacterium* species,[427] and *Pseudomonas* species.[428] This fermentation proceeds from D-glucose (**8**), to D-gluconic acid (**86**), to **82**.

On the basis of consumption of oxygen, it was shown that quantitative conversion of D-glucose into **82** is possible[405–422] by using *Acetobacter suboxydans*. Yields of 90% were reported[410,420,421] for the preparation of **82** from **8**. The conditions for the fermentation have been studied.[418,420,421] Yamazaki[421] found that formation of calcium D-gluconate (**86**) is not affected by the proportion of calcium carbonate added to the fermentation mixture, or by the pH of the medium. The conversion of the calcium D-gluconate into **82** was, however, greatly dependent on the pH.

The crystal structure of calcium α-D-*xylo*-5-hexulo-5,2-furanosonate[429] has been determined, and is shown in **85**. It was concluded,[430] on the basis of u.v., i.r., and ^{1}H-n.m.r. data, that, in solution, the sodium salt of **82** is present as a mixture of **85** (with Na replacing Ca$_{0.5}$), **85a**, and **85b**. The ^{13}C-n.m.r. spectrum[431] reveals that, in aqueous solution, **85b** is present to the extent of <3%.

---

(415) P. Scalaffa and E. Galante, *Boll. Soc. Ital. Biol. Sper.*, 40 (1964) 591–594; *Chem. Abstr.*, 61 (1964) 8643*b*.

(416) E. Galante, P. Scalaffa, and G. A. Lanzani, *Enzymologia*, 27 (1964) 176–184; *Chem. Abstr.*, 62 (1965) 1990*f*.

(417) I. Babbar, M. C. Srinivasan, H. A. Vartak, and V. Jagannathan, Indian Pat. 77,713 (1964); *Chem. Abstr.*, 63 (1965) 1200*f*.

(418) S. A. Shchelkunova and G. N. Voinova, *Mikrobiologiya*, 38 (1969) 583–588, and references cited therein.

(419) A. J. Kluyver and A. G. J. Boezaardt, *Recl. Trav. Chim. Pays-Bas*, 57 (1938) 609–615.

(420) J. J. Stubbs, L. B. Lockwood, E. T. Roe, B. Tabenkin, and G. E. Ward, *Ind. Eng. Chem.*, 32 (1940) 1626–1631.

(421) M. Yamazaki, *Nippon Nogei-Kagaku Kaishi*, 28 (1954) 748–751.

(422) Y. Ishida, K. Mochizuki, and T. Kusunoki, Jpn. Pat. 15,245 (1962); *Chem. Abstr.*, 61 (1964) 16,744*d*.

(423) E. Masuo and K. Yoshida, *Annu. Rep. Shionogi Res. Lab.*, 3 (1953) 91–96; *Chem. Abstr.*, 50 (1956) 15,711*e*.

(424) S. Hermann, *Biochem. Z.*, 214 (1930) 357–367.

(425) K. Bernhauer and K. Irrgang, *Biochem. Z.*, 280 (1935) 360–366.

(426) K. Bernhauer and K. Schön, *Hoppe-Seyler's Z. Physiol. Chem.*, 180 (1929) 232–240.

(427) T. Takahashi and Y. Asai, *Nippon Nogei-Kagaku Kaishi*, 6 (1930) 223–241, 407–412, and 526–537; *Chem. Abstr.*, 24 (1930) 4318.

(428) D. J. Stewart, *Nature*, 183 (1959) 1133–1134.

(429) A. A. Balchin and C. H. Carlisle, *Acta Crystallogr.*, 19 (1965) 103–111.

(430) C. Chen, H. Yamamoto, and T. Kwan, *Chem. Pharm. Bull.*, 18 (1970) 815–819.

(431) T. C. Crawford, G. C. Andrews, H. Faubl, and G. N. Chmurny, *J. Am. Chem. Soc.*, in press.

```
    H   Ca₀.₅
     O......O                          CO₂Na              CO₂Na
  H₂C    O                   HO   O                      HCOH
          C=O                         CO₂Na              HOCH
  HO   HO                        HO                      HCOH
                            HOH₂C                        C=O
     HO                         HO                       CH₂OH

 (represents the              85a                         85b
 crystal structure)
       85
```

c. Reduction of D-xylo-5-Hexulosonic Acid and Related Compounds.—The hydrogenation of calcium D-xylo-5-hexulosonate (**85**) was first reported by Pasternak and Brown.[432] An aqueous slurry of **85** (the solubiity of **85** in water is low[433,454]—34 mM at 80°) was heated for 4 h at 60° under 100 atm. of hydrogen in the presence of Raney nickel, to afford a mixture of calcium L-idonate (**42**) and calcium D-gluconate (**86**), but the ratio of **42** to **86** was not determined. Pure L-idonic acid was, however, isolated by treating the mixture with benzaldehyde–hydrochloric acid, to afford insoluble 2,4:3,5-di-O-benzylidene-L-idonic acid (**68**), following the procedure of Alberda van Ekenstein and Lobry de Bruyn,[434,435] and then hydrolyzing **68** to L-idonic acid. The structure of **68** was determined by Reichstein and coworkers.[436]

```
     CO₂Ca₀.₅           CO₂Ca₀.₅
      HCOH               HCOH
      HOCH               HOCH
      HCOH               HCOH
      HOCH               HCOH
      CH₂OH              CH₂OH

       42                  86
```

Subsequently, Gray[437] reported the fermentative oxidation of D-glucose (**8**) to the calcium salt of D-xylo-5-hexulosonic acid (**85**), and the hydrogenation of the ammonium, potassium, or sodium salt of **85**, all of which are more water-soluble than the calcium salt, to a mixture of

(432) R. Pasternack and E. V. Brown, U. S. Pats. 2,168,878, 2,168,879 (1939); *Chem. Abstr.*, 33 (1939) 9553[6]; Br. Pat. 530,822 (1940); *Chem. Abstr.*, 36 (1940) 624[4].
(433) S. Teramoto and I. Hori, *Hakko Kogaku Zasshi*, 26 (1948) 7–9.
(434) W. Alberda van Ekenstein and C. A. Lobry de Bruyn, *Recl. Trav. Chim. Pays-Bas*, 18 (1899) 306–308.
(435) W. Alberda van Ekenstein and J. J. Blanksma, *Recl. Trav. Chim. Pays-Bas*, 27 (1908) 1–4.
(436) E. Seebach, E. Sorkin, and T. Reichstein, *Helv. Chim. Acta*, 28 (1945) 934–940.
(437) B. E. Gray, U. S. Pat. 2,421,611 (1947); *Chem. Abstr.*, 41 (1947) 5683h.

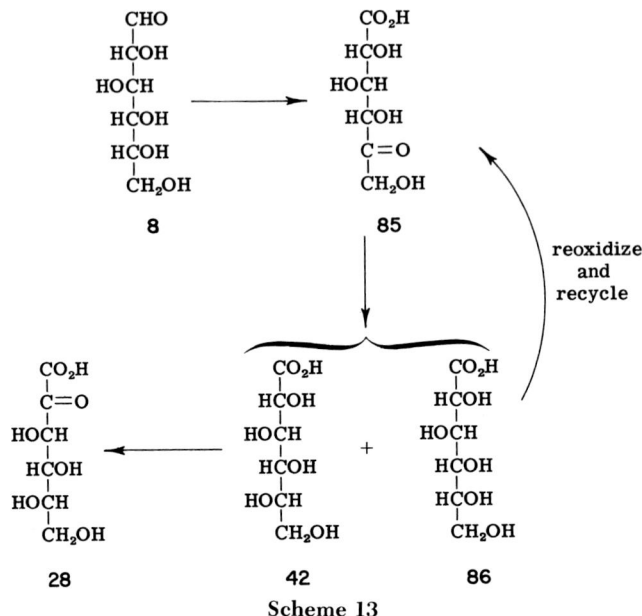

Scheme 13

the respective salts of **42** and of **86**. Fermentative oxidation of any of the mixtures with *Acetobacter suboxydans* selectively converted the salt of D-gluconic acid (**86**) into the corresponding salt of **85**, which was isolated by filtration, and then recycled through the hydrogenation step. The resulting salt of L-idonic acid (**42**) was then oxidized with *Pseudomonas mildenbergii* to L-*xylo*-2-hexulosonic acid (**28**) (see Scheme 13). The overall yield, based on the starting D-glucose, was ~50%. This sequence has been undertaken by a number of workers with variations in the method of reduction of **85** (or equivalent salt) and in the method by which **42** and **86** were separated. This work will be covered in later parts of this Section. The details of the various methods for the hydrogenation of **85** will now be presented.

A number of groups of workers[438–444] described results that fully substantiated the early findings of Pasternack and Brown[432] and

(438) I. Hori and T. Karasaki, *Hakko Kogaku Zasshi*, 27 (1949) 84–90.
(439) S. Seramoto and I. Hori, *Hakko Kogaku Zasshi*, 26 (1948) 49–53.
(440) S. Teramoto and I. Hori, *Hakko Kogaku Zasshi*, 28 (1950) 143–146.
(441) S. Teramoto and I. Hori, *Hakko Kogaku Zasshi*, 28 (1950) 146–149.
(442) M. Yamazaki and T. Miki, *Hakko Kogaku Zasshi*, 31 (1953) 39–42.
(443) R. M. Alieva, *Vestn. Leningr. Univ., Ser. Biol.*, 18 (1963) 148–151; *Chem. Abstr.*, 60 (1964) 9346c.
(444) T. Sato, I. Takahashi, and T. Iida, Jpn. Pat. 20,535 (1965); *Chem. Abstr.*, 64 (1966) 2153c.

Gray.[437] It was determined that, at a variety of temperatures and pressures, using Raney nickel as the catalyst, the calcium salt of **85** was converted, in good yield, into an essentially 1:1 mixture of the calcium salts of **42** and **86**. This ratio was determined by isolating 2,4:3,5-di-*O*-benzylidene-L-idonic acid (**68**) from the reaction mixture.

In 1960, Miki and coworkers[445–448] and others[449,450] found that the reduction of **85** (which had been isolated, washed free from chloride, and dried over phosphorus pentaoxide at 85°) in water at pH 7.6 and 80°, with hydrogen at 84 kg. cm^{-2} (1194 lb. in.$^{-2}$; 8.09 MPa) over Raney nickel afforded calcium L-idonate (**42**) in 94% yield. A study of the effect of pH and temperature showed that, in the pH range of 6.2–8.0, at 40–80°, **42** was obtained in 58–77% yield. Although this work clearly illustrates that, under carefully controlled conditions, the ratio of L-idonic acid (**42**) to D-gluconic acid (**86**) obtained in the hydrogenation of **85** is >1:1, the lack of an accurate and direct assay for the starting material and products leaves doubt as to the validity of the 94% yield reported.

Following the development of a gas–liquid chromatographic assay for L-idonic and D-gluconic acids,[451–453] Yamamoto and coworkers[454–457] carefully studied the hydrogenation of calcium D-*xylo*-2-

(445) T. Miki, T. Hasegawa, and Y. Sahashi, *J. Vitaminol.*, 6 (1960) 205–210.
(446) The patents in Refs. 447–450 appeared between 1959 and 1965, and concerned the reduction of **85** (or other salt) to L-idonic acid. The *Chem. Abstr.* citation suggested that, under the conditions reported, L-idonic acid was the major product.
(447) K. Sato and T. Miki, Jpn. Pat. 2157 (1959); *Chem. Abstr.*, 54 (1960) 13,017c.
(448) Y. Sahashi, I. Asai, M. Yamazaki, and T. Miki, Jpn. Pat. 3875 (1960); *Chem. Abstr.*, 55 (1961) 1469a.
(449) K. Asano and A. Matsmoto, Jpn. Pat. 20,016 (1961); *Chem. Abstr.*, 57 (1962) 15,-221e.
(450) Y. Nakajima and S. Taura, Jpn. Pat. 2331 (1965); *Chem. Abstr.*, 63 (1965) 668e.
(451) O. Raunhardt, H. W. H. Schmidt, and H. Neukom, *Helv. Chim. Acta*, 50 (1967) 1267–1274.
(452) C. Chen, T. Imanari, H. Yamamoto, and T. Kwan, *Chem. Pharm. Bull.*, 16 (1968) 755–757.
(453) Several other methods have been reported for the determination of idonic acid and gluconic acid: Y. Asahi and F. Kasahana, *Bunseki Kagaku*, 14 (1965) 614–618; *Chem. Abstr.*, 63 (1965) 10,690d; K. Sasajima, I. Nakanishi, and M. Isono, *Takeda Kenyusho Nempo*, 24 (1965) 92–99; *Chem. Abstr.*, 64 (1966) 5438a; K. Takiura and M. Yamamoto, *Yakugaku Zasshi*, 85 (1965) 606–610; *Chem. Abstr.*, 63 (1965) 10,050b.
(454) C. Chen, H. Yamamoto, and T. Kwan, *Chem. Pharm. Bull.*, 17 (1969) 2349–2352. In a number of Japanese patents referred to therein, the reduction of calcium D-*xylo*-5-hexulosonate is disclosed.
(455) T. Suga and H. Yamamoto, Jpn. Pat. 18,729 (1971); *Chem. Abstr.*, 75 (1971) 118,542e.
(456) C. Chen, H. Yamamoto, and T. Kwan, *Chem. Pharm. Bull.*, 17 (1969) 1287–1289.
(457) C. Chen, H. Yamamoto, and T. Kwan, *Chem. Pharm. Bull.*, 18 (1970) 1305–1309.

hexulosonate (**86**). The hydrogenation was conducted at 80° with hydrogen at 60 kg. cm^{-2} (853 lb. in.$^{-2}$, 5.78 MPa) and with a variety of catalysts, and was usually complete within several hours. The highest ratio of L-idonic to D-gluconic acid was 2.7:1 (73:27) using palladium modified with boron (obtained by reducing palladium chloride with sodium borohydride).[456] Lower ratios were observed with Raney nickel, ruthenium on carbon, palladium on carbon, and rhodium on carbon. In a subsequent paper,[457] the hydrogenation of sodium D-*xylo*-5-hexulosonate was described. In contrast to the calcium salt, the sodium salt is soluble in water, and thus, in these hydrogenations, only the catalysts were insoluble. Nickel boride and palladium boride were found to provide the highest ratio of L-idonic to D-gluconic acid [2.7:1 (73%) and 3.4:1 (77%), respectively]. A very remarkable dependence on pH was observed for the hydrogenation with palladium boride. The greatest selectivity was found to coincide with the equivalence point of D-*xylo*-5-hexulosonic acid (pH 6.5–7). This pH-dependence was absent in the hydrogenation in the presence of palladium on carbon, which afforded a 1:1 ratio of **42** to **86** (sodium salts). Clearly, a number of complex factors affect the selectivity observed in the hydrogenation of **85**.

Sodium borohydride has been used to reduce calcium[458] and sodium[457] D-*xylo*-5-hexulosonate (**85**). In each instance, a 1:1 mixture of L-idonic and D-gluconic acid was formed.

Finally, methyl 2,3,4,6-tetra-*O*-acetyl-D-*xylo*-5-hexulosonate (**84**) has been reduced[396] by hydrogenation in the presence of Raney nickel, to afford the corresponding derivatives of L-idonic and D-gluconic acid in the ratio of 9:1, from which the L-idonic acid derivative was isolated in 48% yield after acetylation. Interestingly, when reduced with sodium borohydride, 2,3,4,6-tetra-*O*-benzyl-*N*,*N*-dimethyl-D-*xylo*-5-hexulosonamide afforded the L isomer as the major component (no ratio given)[459] as well.

Several attempts to reduce D-*xylo*-5-hexulosonate (**85**) selectively to L-idonic acid (**42**) by fermentative reduction have been reported.[460–464] An enzyme system isolated from *Fusarium oxysporum* has been re-

(458) J. K. Hamilton and F. Smith, *J. Am. Chem. Soc.*, 76 (1954) 3543–3544.
(459) H. Kuzuhara and H. G. Fletcher, Jr., *J. Org. Chem.*, 32 (1967) 2535–2537.
(460) Y. Takagi, *Agric. Biol. Chem.*, 26 (1962) 717–718, and references cited therein.
(461) T. Sonoyama, B. Kageyama, and T. Honjo, Jpn. Pat. 74 125,589 (1974); *Chem. Abstr.*, 82 (1975) 153,797h.
(462) Y. Takagi, Jpn. Pat. 2332 (1965); *Chem. Abstr.*, 62 (1965) 16,923b.
(463) Y. Takagi, Jpn. Pat. 2608 (1962); *Chem. Abstr.*, 58 (1963) 9601f.
(464) Y. Takagi, *Agric. Biol. Chem.*, 26 (1962) 719–720, and references cited therein.

ported[462] to reduce **85** to **42** in ~80% yield. No practical method for achieving this reduction enzymically has as yet been developed.

d. Other Methods for Preparing L-Idonic Acid and Related Compounds.—L-Idose (**41**) may be prepared either from D-glucose (**8**) or D-glucofuranurono-6,3-lactone (**63**). In Scheme 14, the synthesis of L-idose (**41**) from **61** is shown. The yield for the reduction of **87** with lithium borohydride to give **88** was[465] 81%. On treatment with base, **88** was converted[466] into epoxide **89** which, in dilute acid, afforded **41** (by way of **90**) in quantitative yield.[467] L-Idose (**41**) may be oxidized to L-idonic acid (**42**) with a variety of oxidants.

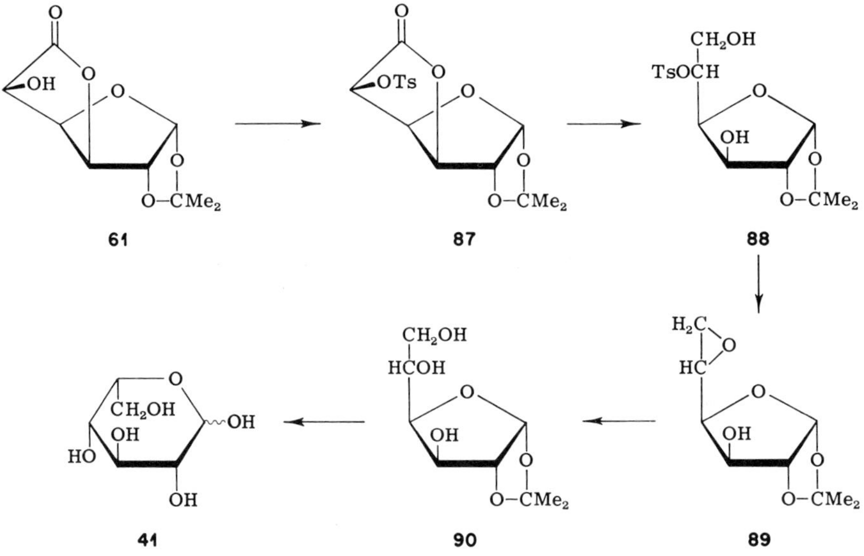

Scheme 14

An alternative synthesis[468] of L-idonic acid is shown in Scheme 15. On oxidation with periodate, 1,2-O-isopropylidene-α-D-glucofuranose (**56**) yields the protected dialdose **91**. When **91** is treated with hydrogen cyanide, a mixture (**92**) of the D-*gluco* and L-*ido* nitriles results, with the D-*gluco* nitrile preponderating. Hydrolysis affords L-iduronic

---

(465) K. Dax, I. Macher, and H. Weidmann, *J. Carbohydr. Nucleos. Nucleot.*, 1 (1974) 323–336, and references cited therein.
(466) R. E. Gramera, T. R. Ingle, and R. L. Whistler, *J. Org. Chem.*, 29 (1964) 878–880.
(467) M. Blanc-Muesser and J. Defaye, *Synthesis*, (1977) 568–569, and references cited therein.
(468) M. L. Wolfrom and G. H. S. Thomas, *Methods Carbohydr. Chem.*, 2 (1962) 32–34.

acid (**93**), which is separated from the D-glucuronic acid (**54**). Reduction of **93** gives L-idonic acid (**42**). Alternatively, aldehyde **91** has been converted,[469] by ethynylation and ozonolysis, into L-idurono-6,3-lactone. The ethynylation favors the L-*ido* configuration (**94**) over the D-*gluco* configuration (**95**) by the ratio of 14:11, and the 5-epimeric acetylenes are readily separable.

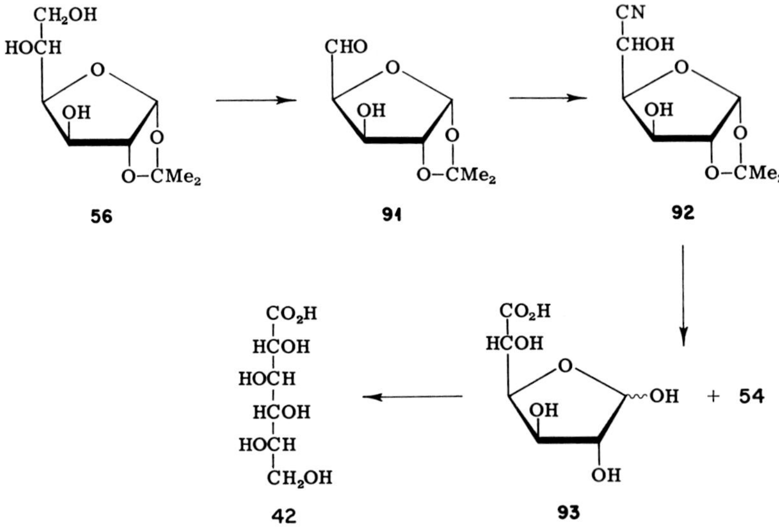

Scheme 15

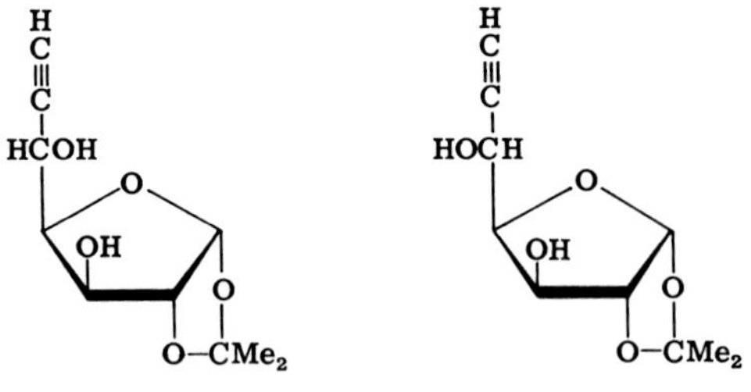

In addition, L-sorbose has been isomerized in low yield to L-idose by using *Pseudomonas aeruginosa*.[282] The L-idose was not accumulated, but was converted into L-idonic acid.

e. Conversion of L-Idonic Acid or Mixtures of L-Idonic Acid and D-Gluconic Acid into L-*xylo*-2-Hexulosonic Acid.

—In addition to the two methods already mentioned for the preparation of pure L-idonic

(469) D. Horton and J.-H. Tsai, *Carbohydr. Res.*, 58 (1977) 89–108.

acid (**42**) from a mixture of L-idonic acid and D-gluconic acid [preparation of the insoluble dibenzylidene acetal (**68**) of L-idonic acid and fermentative oxidation of D-gluconic acid (**86**) to the insoluble calcium D-*xylo*-5-hexulosonate (**85**)], two other methods have been reported.

In one, the insoluble, binary salt cadmium(II) chloride L-idonate was formed, and it was separated from the soluble cadmium D-gluconate by filtration. It was claimed that >90% of the L-idonic acid could be isolated by this procedure.[470]

The second procedure, and probably the more effective [if, as here, the desired product is L-*xylo*-2-hexulosonic acid (**28**)], is based on simultaneous, fermentative oxidation of L-idonic acid (**42**) to **28**, and fermentative decomposition of D-gluconic acid (**86**). Efforts directed toward the simultaneous oxidation of **42** and decomposition of D-gluconic acid will be summarized, as well as efforts made to convert **42** efficiently into **28** by fermentative oxidation.

Gray[437] was the first to report the conversion of **42** into **28** by fermentation. The yield in this conversion, using *Pseudomonas mildenbergii*, was good (>80% assuming a 1:1 ratio of **42** to **86** in the hydrogenation of **85**). Since that time, a number of organisms have been reported to afford **28** from **42**, including species from the genus *Acetobacter*,[376] *Cyanococcus chromospirans*,[471] *Micrococcus aurantiacus*,[472] *Pseudomonas aeruginosa*,[375] *P. fluorescens*,[473–479] *P. 2-keto-gulonicum*,[480] and a mixture of two organisms of the genus *Pseudomonas*.[481] The yield when using *Pseudomonas fluorescens* was reported[474,478] to be 92%.

(470) B. Gorlich and M. Kulhánek, *Collect. Czech. Chem. Commun.*, 31 (1966) 1407–1410.
(471) G. Farber, *Sb. Cesk. Akad. Zemed.*, 23 (1951) 355–364; *Chem. Abstr.*, 45 (1951) 9605a.
(472) R. N. Shoemaker, U. S. Pat. 2,741,577 (1956); *Chem. Abstr.*, 50 (1956) 15,031*i*; Br. Pat. 796,817 (1958); *Chem. Abstr.*, 52 (1958) 15,848*e*; Ger. Pat. 1,009,583 (1957); *Chem. Abstr.*, 53 (1959) 14,429*d*.
(473) I. Hori and T. Nakatani, *Hakko Kogaku Zasshi*, 31 (1953) 72–74.
(474) I. Hori and T. Nakatani, *Hakko Kogaku Zasshi*, 32 (1954) 33–36.
(475) M. Yamazaki, *Hakko Kogaku Zasshi*, 31 (1953) 86–90.
(476) M. Yamazaki, *Hakko Kogaku Zasshi*, 31 (1953) 126–130.
(477) M. Yamazaki, *Hakko Kogaku Zasshi*, 31 (1953) 230–234.
(478) R. M. Alieva, *Tr. Petergof. Biol. Inst. Leningr. Gos. Univ.*, (1966) 100–103; *Chem. Abstr.*, 65 (1966) 19,025*c*.
(479) M. Kudaka, H. Aida, and K. Mijamoto, *Hakko Kogaku Zasshi*, 31 (1953) 251–256; *Chem. Abstr.*, 49 (1955) 11,774*a*.
(480) N. Nagasaka and M. Histaka, Jpn. Pat. 2172 (1954); *Chem. Abstr.*, 49 (1955) 14,800*g*.
(481) R. N. Shoemaker, Br. Pat. 800,634 (1958); *Chem. Abstr.*, 53 (1959) 8009*g*; U. S. Pat. 2,948,659 (1960); *Chem. Abstr.*, 54 (1960) 24,431*f*.

Kulhánek[100,102,375] found that the mixture of **42** and **86** could be converted into L-*xylo*-2-hexulosonic acid (**28**) by destructive fermentation of **86**, and fermentative oxidation of **42** to **28**. The yield of **28** (based on the **42** present in the mixture) was reported to be 90%.

Yamazaki[482–485] described the fermentative oxidation, with *Pseudomonas fluorescens*, of a 1:1 mixture of **42** and **86** to a mixture of **28** and D-*arabino*-2-hexulosonic acid (**48**). From this mixture, **28** was isolated in 52% yield.

Leibster and coworkers[486–490] and Faerber and coworkers[491,492] disclosed that, when the mixture of **42** and **86** is fermented with an activated strain of *Pseudomonas chromospirans*, **42** is converted into **28**, and **86** is entirely decomposed. Using *P. fluorescens*, Fujisawa and coworkers[493] found that a 7:3 mixture of **42** and **86** is converted into **28** in 85% yield (based on the amount of **42** initially present). Using *P. aeruginosa*, Takeda and coworkers[373,374] obtained an 87% yield in the same transformation. It was later reported [377] that *Acetobacter melanogenus* and *A. suboxydans* are also able to convert mixtures of **42** and **86** into **28**.

Thus, D-glucose (**8**) may be efficiently converted into calcium D-*xylo*-5-hexulosonate (**85**) which, on hydrogenation, affords an ~7:3 mixture of L-idonic acid (**42**) and D-gluconic acid (**86**) that may be efficiently converted into L-*xylo*-2-hexulosonic acid (**28**). The overall yield of **28** is ~50% (see Scheme 13). Much of this chemistry has been reviewed.[100–102] Should a more selective reduction of **85** be found, this

(482) M. Yamazaki, *Nippon Nogei-Kagaku Kaishi*, 27 (1953) 633–638.
(483) M. Yamazaki, *Nippon Nogei-Kagaku Kaishi*, 28 (1954) 890–894.
(484) M. Yamazaki, Jpn. Pats. 969 and 1072 (1955); *Chem. Abstr.*, 51 (1957) 2855b.
(485) M. Yamazaki, Jpn. Pat. 5331 (1955); *Chem. Abstr.*, 52 (1958) 2899c.
(486) G. Faerber, O. Vondrova, B. Luksik, and J. Liebster, *Cesk. Mikrobiol.*, 3 (1958) 133–136; *Chem. Abstr.*, 53 (1959) 7320h.
(487) O. Vondrova, G. Faerber, and J. Liebster, *Cesk. Mikrobiol.*, 3 (1958) 258–260; *Chem. Abstr.*, 53 (1959) 7320i.
(488) J. Liebster, Czech. Pat. 96,983 (1960); *Chem. Abstr.*, 55 (1961) 27,765d.
(489) G. Faerber, O. Vondrova, J. Liebster, and B. Luksik, *Folia Biol.* (*Prague*), 4 (1958) 348–357; *Chem. Abstr.*, 55 (1961) 27,528c.
(490) O. Vondrova, G. Faerber, and J. Liebster, *Cesk. Mikrobiol.*, 3 (1958) 103–107; *Chem. Abstr.*, 53 (1959) 4428f.
(491) G. Faerber, O. Vondrova, and B. Luksik, Czech. Pat. 87,081 (1957); *Chem. Abstr.*, 55 (1961) 3000b.
(492) G. Faerber, O. Vondrova, and B. Luksik, Czech. Pat. 87,466 (1957); *Chem. Abstr.*, 55 (1961) 3000d.
(493) T. Fujisawa, M. Yamazaki, K. Nishiyama, K. Shimizu, and H. Sawai, Jpn. Pat. 8714 (1963); *Chem. Abstr.*, 59 (1963) 5738b; Jpn. Pat. 7725 (1963); *Chem. Abstr.*, 59 (1963) 6959d.

sequence of reactions would clearly be competitive with the Reichstein–Grüssner synthesis.

9. Synthesis by Way of D-*threo*-2,5-Hexodiulosonic Acid ("2,5-Diketo-D-gluconic Acid")

a. Preparation.—In 1953, Katznelson and coworkers[494] first prepared, *and identified*, D-*threo*-2,5-hexodiulosonic acid ("2,5-diketo-D-gluconic acid") (**96**) as a product of fermentative oxidation of D-glucose by *Acetobacter melanogenum*. It is probable that, prior to this work, **96** had been prepared, but not identified.[406,409,425,495–497] In particular, Bernhauer and Riedl-Tumova[409] reported the formation of a keto-acid different from either D-*arabino*-2-hexulosonic acid (**48**) or D-*xylo*-5-hexulosonic acid (**82**) when D-glucose was oxidized with *A. melanogenum*. In addition, several earlier reports on the conversion of D-glucose into "glucuronic acid," or an unknown keto-acid, using *Acetobacter gluconicum*,[406,425] *A. xylinum*,[425] *A. melanogenum*,[497] *Bacterium industrium* var. *Hoshigaki* nov. sp.,[496] or *Ustulina vulgaris*,[495] possibly actually described the conversion of D-glucose into **96**, without recognition of this by the respective authors.

$$
\begin{array}{cc}
\text{CO}_2\text{H} & \text{CO}_2\text{H} \\
| & | \\
\text{C}=\text{O} & \text{C}=\text{O} \\
| & | \\
\text{HOCH} & \text{HOCH} \\
| & | \\
\text{HCOH} & \text{HCOH} \\
| & | \\
\text{C}=\text{O} & \text{HCOH} \\
| & | \\
\text{CH}_2\text{OH} & \text{CH}_2\text{OH} \\
\end{array}
$$

D-*threo*-2,5-Hexo-   D-*arabino*-2-Hexu-
diulosonic acid ("2,5-   losonic acid ("2-keto-
diketo-D-gluconic acid")   D-gluconic acid")

96   **48**

The following micro-organisms have been used to convert D-glucose into **96**: *Acetobacter melanogenum*,[405,498] *A. rubininosus*,[498] *A.*

(494) H. Katznelson. S. W. Tanenbaum, and E. L. Tatum, *J. Biol. Chem.*, 204 (1953) 43–59.
(495) L. Wunschendorff and C. Killian, *C. R. Acad. Sci.*, 187 (1928) 572–574; *Chem. Abstr.*, 23 (1929) 635⁹.
(496) T. Takahashi and T. Asai, *Nippon Nogei-Kagaku Kaishi*, 7 (1931) 1–5; *Chem. Abstr.*, 25 (1931) 2450; *Zentralbl. Bakteriol. Parasitenkd. Infektionskr., 2 Abt.*, 84 (1931) 193–195; *Chem. Abstr.*, 25 (1931) 5190².
(497) H. Knobloch and H. Tietze, *Biochem. Z.*, 309 (1941) 399–414.
(498) M. Ameyama and K. Kondo, *Bull. Agric. Chem. Soc. Jpn.*, 22 (1958) 373–379.

aurantium,[498] *A. suboxydans* var. *biourgianum*,[499] *A. suboxydans*,[500] *Gluconobacter* species,[501] and a number of *Acetomonas* species.[502] It has been noted that maltose (**97**) can be hydrolyzed, and subsequently converted into **96**, by *Acetobacter melanogenum*.[503]

97

All of the micro-organisms that had been reported before 1964 proved to be less than satisfactory for the production of **96** from D-glucose. Among the drawbacks associated with some of the micro-organisms were (*a*) the production of colored bodies, (*b*) the generation of such byproducts[504–506] as comenic acid (**98**), rubinic acid (**99**), rubininol (**100**),[504,507,508] and D-lyxuronic acid (**101**),[509] and (*c*) the use of special procedures to prepare the cells in order to obtain **96**.

98 **99** **100** **101**

In 1964, Wakisaka[510,511] reported that *Pseudomonas albosesame* nov. sp. (*P. sesami*) is able to form **96** from D-glucose, efficiently and in high

(499) A. H. Southamer, *Antonie van Leeuwenhoek J. Microbiol Serol.*, 25 (1959) 241–264.
(500) Z. G. Razumovskaya and O. A. Vasil'eva, *Uch. Zap. Leningr. Gos. Univ., Ser. Biol. Nauk*, 41 (1956) 57–66; *Chem. Abstr.*, 52 (1957) 16,471b.
(501) B. Bloemsma and A. Ruiter, *Dtsch. Lebensm. Rundsch.*, 59 (1963) 234–235.
(502) J. G. Carr, R. A. Coggins and G. C. Whiting, *Chem. Ind. (London)*, 31 (1963) 1279.
(503) H. Katznelson and S. W. Tanenbaum, *J. Bacteriol.*, 68 (1954) 368–372.
(504) K. Aida, M. Fujii, and T. Asai, *Bull. Agric. Chem. Soc. Jpn.*, 21 (1957) 30–37.
(505) H. Murooka, Y. Kobayashi, and T. Asai, *Agric. Biol. Chem.*, 26 (1962) 135–141.
(506) H. Murooka, Y. Kobayashi, and T. Asai, *Agric. Biol. Chem.*, 26 (1962) 142–149.
(507) K. Aida, T. Kojima, and T. Asai, *J. Gen. Appl. Microbiol.*, 1 (1955) 18–29.
(508) K. Aida, *J. Gen. Appl. Microbiol.*, 1 (1955) 30–37.
(509) M. Ameyama and K. Kondo, *Bull. Agric. Chem. Soc. Jpn.*, 22 (1958) 271–272.
(510) Y. Wakisaka, *Agric. Biol. Chem.*, 28 (1964) 369–374.
(511) Y. Wakisaka, Jpn. Pat. 14,493 (1964); *Chem. Abstr.*, 61 (1964) 16,742f.

yield. Apparently, this organism produces some colored bodies. In 1972, Oga and coworkers[512–515] found that *Acetobacter fragum* readily produces calcium D-*threo*-2,5-hexodiulosonate. No pigment was formed, and the yields obtained were as high as 85–87%, based on D-glucose. Finally, Kita[516] found that *A. cerinus* efficiently converts D-glucose into **96**.

The enzyme system in *A. melanogenum* that is responsible for the oxidation of D-*arabino*-2-hexulosonic acid (**48**) to **96** has been separated and partially purified.[517] It was discovered[518–520] that **96** is further oxidized to carbon dioxide and 2-oxopentanedioic acid (α-ketoglutaric acid) (**102**) when phenazine methosulfate is added to a cell-free enzyme-preparation from *A. melanogenum*.

$$\begin{array}{c} CO_2H \\ | \\ C=O \\ | \\ CH_2 \\ | \\ CH_2 \\ | \\ CO_2H \end{array}$$

102

It has been demonstrated that *A. suboxydans* var. *biourgianum*,[499] *A. melanogenus*,[494] *Gluconobacter liquefaciens*,[521] and *Pseudomonas albosesame*[510,511] are able to transform D-glucose (**8**), D-gluconic acid (**86**), or D-*arabino*-2-hexulosonic acid (**48**) into D-*threo*-2,5-hexodiulosonic acid (**96**). It is interesting that, with *G. liquefaciens*, **96** was the only product from the oxidation of **8**, or **86**, shortly after the inflection in the respiration curves. Further reaction afforded the degradation products described earlier.[504,507,508]

It was reported[505,506] that D-*xylo*-5-hexulosonic acid is oxidized by *G*.

(512) S. Oga, K. Sato, K. Imada, and K. Asano, Jpn. Kokai 29,580 Pat. 72 (1972); *Chem. Abstr., Abstr.,* 78 (1973) 82,947m.
(513) S. Oga, K. Sato, K. Imada, and K. Asano, Jpn. Pat. 72 38,193 (1972); *Chem. Abstr.,* 78 (1973) 2739c.
(514) S. Oga, K. Sato, K. Imada, and K. Asano, U. S. Pat. 3,790,444 (1974); *Chem. Abstr.,* 78 (1973) 82,947m.
(515) S. Oga and K. Sato, Jpn. Kokai Pat., 74 61,384 (1974); *Chem. Abstr.,* 81 (1974) 150,316u; Daiichi Seiyaku Co., Ltd., Jpn. Pat. 76 033,631 (1976); *Chem. Abstr.,* 81 (1974) 150,316u.
(516) D. Kita, Belg. Pat. 872,095 (1979).
(517) A. G. Datta and H. Katznelson, *Arch. Biochem. Biophys.,* 65 (1956) 576–578.
(518) A. G. Datta and H. Katznelson, *Nature,* 179 (1957) 153–154.
(519) D. H. Bone, *Nature,* 190 (1961) 562–563.
(520) A. G. Datta, R. M. Hochster, and H. Katznelson, *Can. J. Biochem. Physiol.,* 36 (1958) 327–332.
(521) A. H. Southamer, *Biochim. Biophys. Acta,* 48 (1961) 484–500.

liquefaciens to a mixture of products, including **96**. It has also been noted that *Chromobacterium lividum*[522] or *G. oxydans* strain G1-116 (subspecies *melanogenum*)[523] converts both potassium and calcium D-gluconate into **96**. *C. lividum* did not produce colored bodies, and afforded **96** in ~50% yield, starting with D-gluconic acid. However, starting from D-glucose, *C. lividum* grew well but, in spite of trials employing a wide variety of fermentation conditions, **96** was not produced. Finally, it has been shown that *Acetobacter melanogenum* ATCC 9937 converts D-glucose into D-gluconic acid, this into D-*xylo*-5-hexulosonic acid (**85**), and **85** into D-*threo*-2,5-hexodiulosonic acid.[524] Thus, it is clear that there are two distinct pathways by which D-glucose is fermentatively transformed into **96**: D-glucose (**8**) into D-gluconic acid (**86**), **86** into D-*xylo*-5-hexulosonic acid (**85**), **85** into **96**; and D-glucose (**8**) into D-gluconic acid (**86**), **86** into D-*arabino*-2-hexulosonic acid (**48**), and **48** into **96**.

When micro-organisms of the genus *Acetomonas*[502] were grown in the presence of D-fructose (**39**), D-*threo*-2,5-hexodiulose (**103**) was the major product. The use of L-sorbose as a substrate has been reported[525] to afford **103** as well.

$$\begin{array}{c} CH_2OH \\ | \\ C=O \\ | \\ HOCH \\ | \\ HCOH \\ | \\ C=O \\ | \\ CH_2OH \end{array}$$

103

The only non-fermentative preparation of **96** is based on the oxidation of methyl β-D-glucopyranoside with aqueous chlorine; small quantities of **96** were reportedly detected by chromatographic methods,[526] but, as no further identification was made, substantiation is needed before this reaction can be assumed to yield **96**, even in low yield.

(522) M. Bernaerts and J. De Ley, *Antonie van Leeuwenhoek J. Microbiol. Serol.*, 37 (1971) 185–195.
(523) B. B. Keele, P. B. Hamilton, and G. H. Elkan, *J. Bacteriol.*, 101 (1970) 698–704.
(524) R. M. Stroshane and D. Perlman, *Biotech. Bioeng.*, 19 (1977) 459–465.
(525) O. Terada, K. Tomizawa, and S. Kinoshita, *Nippon Nogei-Kagaku Kaishi*, 35 (1961) 127–130; O. Terada, K. Tomizawa, S. Suzuki, and S. Kinoshita, *ibid.*, 35 (1961) 131–134; *Chem. Abstr.*, 59 (1963) 9279d.
(526) J. T. Henderson, *J. Am. Chem. Soc.*, 79 (1957) 5304–5308.

b. **Structure of D-*threo*-2,5-Hexodiulosonic Acid.**—The structure of **96** was initially determined by Katznelson and coworkers.[494] It was found that (*a*) the uptake of oxygen during the fermentation of D-glucose (**8**) to **96** corresponded to a three-step oxidation; (*b*) the same product (**96**) was formed from **8, 86**, and **48**; (*c*) on reduction of **96** with an excess of sodium borohydride, a mixture of six-carbon acids (not further identified) was formed that was chromatographically identical with **86**; and (*d*) on oxidation of **96** with periodic acid, oxalic and glycolic acids were formed. Subsequently, Kondo and coworkers[527,528] confirmed the results of the periodic acid oxidation. Wakisaka[510,529] also reduced **96** with an excess of sodium borohydride, and the resulting mixture was oxidized with ferric sulfate–hydrogen peroxide; this afforded a mixture of D-arabinose (**104**) and L-xylose (**23**), in which **104**

$$\begin{array}{c} \text{CHO} \\ | \\ \text{HOCH} \\ | \\ \text{HCOH} \\ | \\ \text{HCOH} \\ | \\ \text{CH}_2\text{OH} \end{array}$$

104

was reported to be the major component. In addition, the bis(2,4-dinitrophenylhydrazone) of **96** was prepared as a pure, crystalline solid. Bernaerts and De Ley[522] also reduced **96** with an excess of sodium borohydride to a mixture of acids, which was lactonized and the lactones reduced with sodium amalgam to the aldoses, identified by chromatography as D-glucose (**8**), D-mannose, L-gulose (**45**), and L-idose (**41**)—the mixture to be expected if the ketone groups are located at C-2 and C-5. The barium,[529] potassium,[529] and calcium[494,501,504,522,524,529] salts of **96** have been isolated. The isolation of salts of **96** in pure form is difficult, owing to their instability. It has been reported[522] that the calcium salt of **96** is stable for several months at 6°. In solution, **96** decomposes at high or low pH.

Katznelson and coworkers[494] noted that **96** is a positional isomer of dehydro-L-ascorbic acid (**105**), as is evident when **96** is depicted in the 1,4-lactone form **106** (which, presumably, could exist as **107** or **108**). On the basis of polarographic data, Bernaerts and De Ley[522] suggested

(527) K. Kondo, M. Ameyama, and T. Yamaguchi, *Nippon Nogei-Kagaku Kaishi*, 30 (1956) 419–422.
(528) K. Kondo, M. Ameyama, and T. Yamaguchi, *Nippon Nogei-Kagaku Kaishi*, 30 (1956) 423–426.
(529) Y. Wakisaka, *Agric. Biol. Chem.*, 28 (1964) 819–827.

that the structure of **96** might be **109a**. It has since been suggested[530] that **109b** might be the structure of **96**. Since those reports, ^{13}C-n.m.r. data were obtained that support structure **110** as the major tautomeric form in solution.[431]

c. **Chemical Reactions of D-*threo*-2,5-Hexodiulosonic Acid.**—As the preparation and study of the reactions of **96** are relatively recent, an attempt has been made to achieve complete coverage of the literature related to its preparation and the proof of its structure. In this Section, a variety of chemical reactions of **96** will be summarized. Although these are clearly ancillary data in an article on L-ascorbic acid, they illustrate other transformations involving D-*threo*-2,5-hexodiulosonic acid (**96**).

An aqueous solution of the calcium salt of **96** at pH 7.0, kept for 20 days at 30°, formed L-*glycero*-tetrulose (**111**) in 50% yield,[531,532] along

(530) K. Imada and K. Asano, *Chem. Pharm. Bull.*, 22 (1974) 1691–1698.
(531) K. Imada, K. Inoue, and M. Sato, *Carbohydr. Res.*, 34 (1974) C1–C2.
(532) K. Imada and K. Inoue, Jpn. Kokai Pat. 74 124,013 (1974); *Chem. Abstr.*, 82 (1974) 140,437r.

with oxalic acid. Other reaction-conditions were also reported to effect this transformation. Heating of an aqueous acid solution of the calcium salt of **96** results in formation of comenic acid (**98**) in good yield.[533] This is a commercially important reaction, as comenic acid has been efficiently converted into maltol[534] (3-hydroxy-2-methyl-4-pyrone), which is partially responsible for the odor of freshly baked bread and which has gained importance as a flavoring agent. When **96** was treated with a variety of hydrazines, N-methyl- and N-aryl-5-oxidopyridazinium derivatives (**112**) were formed in 50–85% yield.[535–537] However, if **96** is treated with hydrazine, **113** and **114** are produced in 85% and 5% yield, respectively.[530,535,538]

Finally, after treatment of **96** with methanol and acid, methyl D-*threo*-2,5-hexodiulosonate (**115**) was isolated.[539,540] Under more vigorous conditions, the methyl ester 5-(dimethyl acetal) (**116**) was formed,[539] the structure of which was confirmed by an X-ray structure determination. This work provided additional support for the conclusion that the structure of **96** in solution is mainly **110**.

(533) S. Oga, K. Asano, and K. Imada, U. S. Pat. 3,654,316 (1972); Jpn. Kokai Pat. 73 64,072 (1973); *Chem. Abstr.*, 79 (1973) 136,980h; Jpn. Pat. 76 033,115 (1976).
(534) B. E. Tate and R. L. Miller, U. S. Pat. 3,130,204 (1964); *Chem. Abstr.*, 60 (1964) 10,651g.
(535) K. Imada, *J. Chem. Soc. Chem. Commun.*, (1973) 796–797.
(536) K. Imada, *Chem. Pharm. Bull.*, 22 (1974) 1732–1738.
(537) K. Imada and K. Asano, Jpn. Pat. 73 03,629 (1973); *Chem. Abstr.*, 78 (1973) 147,982r.
(538) K. Imada and K. Asano, Jpn. Pat. 73 03,630 (1973); *Chem. Abstr.*, 78 (1973) 147,983s.
(539) G. C. Andrews, B. E. Bacon, J. Bordner, and G. L. A. Hennessee, *Carbohydr. Res.*, 77 (1979) 25–36.
(540) G. C. Andrews, B. E. Bacon, T. C. Crawford, and R. Breitenbach, *J. Chem. Soc., Chem. Commun.*, (1979) 740–741; G. C. Andrews, U. S. Pat. 4,159,990 (1979).

d. Reduction of 96.—Clearly, if D-*threo*-2,5-hexodiulosonic acid (**96**) could be regio- and stereo-selectively reduced to L-*xylo*-2-hexulosonic acid (**28**), an efficient, three-step synthesis of L-ascorbic acid (**1**) from D-glucose would be available[540] (see Scheme 16). Both chemical and fermentative reductions have been reported.

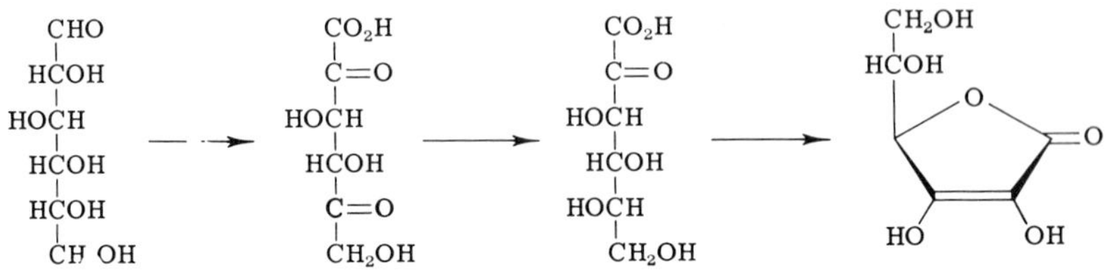

Scheme 16

Micro-organisms belonging to the genera *Arthrobacter*, *Bacillus*, *Brevibacterium*, *Micrococcus*, *Pseudomonas*, and *Staphylococcus* have been reported to reduce **95** to **28**, although in <17% yield.[541] In subsequent patents,[542,543] organisms belonging to the genera *Brevibacterium* and *Corynebacterium* were reported to reduce **96**. However both the D and L epimers at C-5 were produced, and the greatest yield of **28** was <16%. In an effort to circumvent the lack of stereoselectivity, the reduction of **96** was achieved by using a mixed-fermentation culture.[544] One micro-organism, taken from the genera *Acetobacter*, *Acetomonas*, or *Gluconobacter*, was found to be capable of converting D-glucose [or D-*arabino*-2-hexulosonic acid (**48**)] into **96**. The second micro-organism, from the genus *Brevibacterium* or *Corynebacterium*, is capable of converting **96** into **28** or **48**, or both. By using a mixed culture, D-glucose was converted into **28** in ~18% yield; **48** was not present. In a later patent, it was reported that a 7.8% solution of calcium D-*threo*-2,5-hexodiulosonate (**96**) was reduced by a *Corynebacterium* species to afford a solution containing ~4% of calcium L-*xylo*-2-hexulosonate (**28**), from which sodium L-*xylo*-2-hexulosonate (**96**)

(541) T. Sonoyama, B. Kageyama, and T. Honjo, U. S. Pat. 3,922,194 (1975); *Chem. Abstr.*, 82 (1975) 15,275k.
(542) T. Sonoyama, H. Tani, B. Kageyama, K. Kobayashi, T. Honjo, and S. Yagi, U. S. Pat. 3,959,076 (1976); *Chem. Abstr.*, 85 (1976) 121,786z.
(543) T. Sonoyama, H. Tani, B. Kageyama, K. Kobayashi, T. Honjo, and S. Yagi, U. S. Pat. 3,963,574 (1976); *Chem. Abstr.*, 85 (1976) 44,945w.
(544) T. Sonoyama, H. Tani, B. Kageyama, K. Kobayashi, T. Honjo, and S. Yagi, U. S. Pat. 3,998,697 (1976); Ger. Offen. Pat. 2,530,861 (1976); *Chem. Abstr.*, 85 (1976) 19,058b.

was isolated.[545,546] This result suggests that the fermentative reduction proceeded in ~50% yield. Whether or not any D-*arabino*-2-hexulosonic acid (**48**) was formed was not reported.

The regioselective hydrogenation of **96** with Raney nickel as the catalyst was investigated by Wakisaka.[529] However, **48** was the major, and **28** was the minor isomer obtained (no yields being reported).

In other work,[540] it was found that, with one-quarter of an equivalent of sodium borohydride, **96** was regio- and stereo-selectively reduced in good yield to a >4:1 mixture of **28** and **48**. This result contrasts with that of earlier work,[529] in which it was reported that, on reduction of **96** with an excess of sodium borohydride, followed by a Ruff degradation of the mixture to the pentoses, D-arabinose (**104**) was the preponderant product, with a smaller proportion of L-xylose (**23**). This finding suggests that the reduction was stereoselective in the direction opposite to that actually observed in the later work. The methyl ester (**115**) of **96** has been selectively reduced with sodium borohydride, to afford methyl L-*xylo*-2-hexulosonate as the major product.[540]

e. Alternative Method for the Preparation of Derivatives of 96, and Conversion into 1.

A protected derivative of **96** was prepared[547,548] from **48**, and converted into **1** (see Scheme 17). Methyl D-*arabino*-2-hexulosonate (**33**) was acetalized to **117**, which gave **118** on acetylation; **118** was hydrolyzed to **119**, and the product was benzoylated to give **120**, so that the configuration of C-5 could then be inverted. This was accomplished by two procedures. In the first,[547] **120** was oxidized to **121**, and **121** was stereoselectively reduced with sodium borohydride to give **122**; by treatment of **122** with a base, the product was **1**; the overall yield for this sequence was reported to be 36%. In the second method,[548] **120** was *p*-toluenesulfonylated and the resulting ester was heated in hexamethylphosphoric triamide in the presence of sodium benzoate, to afford the inverted benzoate (the 5-benzoate of **122**), which was then converted into **1**.

(545) K. Ikawa, K. Tokuyama, M. Kiyokawa, M. Kimoto, S. Yamane, T. Tabato, T. Sonoyama, and T. Honjo, Jpn. Pat. 77 66,684 (1977); *Chem. Abstr.*, 87 (1977) 182,601y.

(546) K. Ikawa, K. Tokuyama, M. Kiyokawa, M. Kimoto, S. Yamane, T. Tobato, T. Sonoyama, and T. Honjo, Jpn. Pat. 77 66,685 (1977); *Chem. Abstr.*, 87 (1977) 182,600x.

(547) T. Ogawa, K. Taguchi, N. Takasaka, M. Mikata, and M. Matsui, *Carbohydr. Res.*, 51 (1976) c1–c4.

(548) M. Matsui, T. Ogawa, K. Taguchi, and M. Mikata, Jpn. Pat. 77 00,255 (1977); *Chem. Abstr.*, 87 (1977) 53,526d.

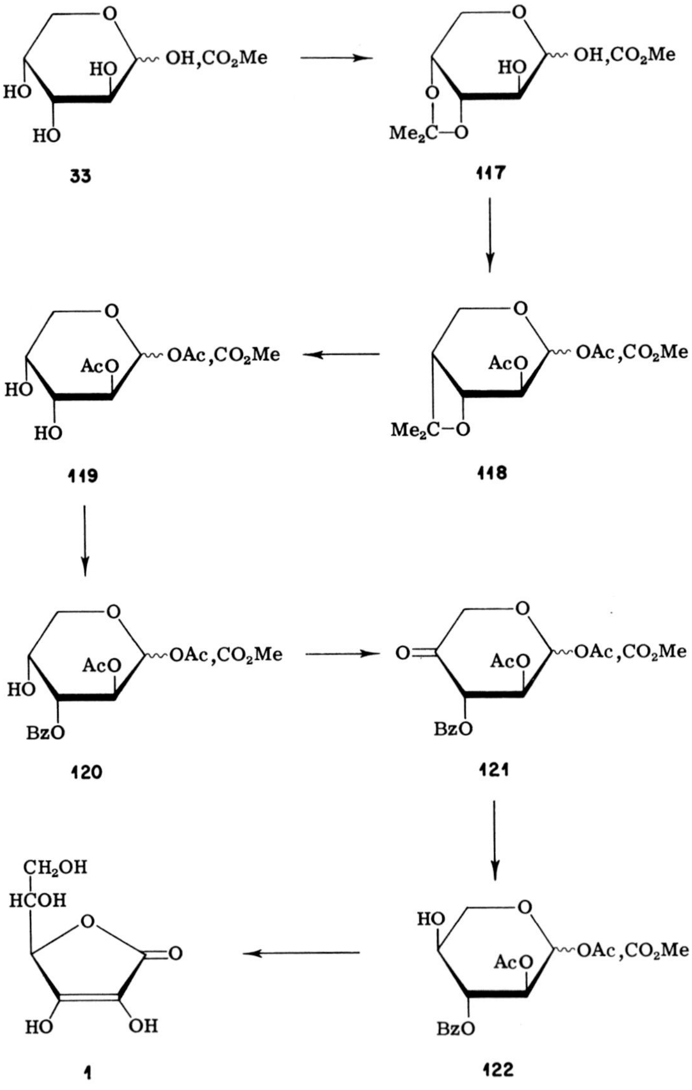

Scheme 17

10. Synthesis of L-Ascorbic Acid by Way of D-Galacturonic Acid

The fermentative oxidation of D-galactose or D-galactonic acid to D-*lyxo*-2-hexulosonic acid by *Aerobacter aerogenes*,[549] *Pseudomonas*

(549) E. Masuo and Y. Nozoki, *Annu. Rep. Shionogi Res. Lab.*, 6 (1956) 110–114; *Chem. Abstr.*, 51 (1957) 5192f.

fluorescens,[550,551] *P. aeruginosa*,[375,551] and *P. fragi*[551] has been reported. In addition, the enzyme D-galactose oxidase was isolated from *Polyporus circinatus* and shown to convert D-galactose into D-galactonic acid.[552] To the best of the authors' knowledge, there are no examples of the fermentative oxidation of L-galactose or L-galactonic acid in the literature.

Isbell[553] described a procedure for the preparation of L-ascorbic acid from pectin (see Scheme 18). D-Galacturonic acid (**14**) was obtained in 18% yield as a mixture of the sodium and calcium salts[554] by means of an enzymic hydrolysis of beet pulp, or orange or grapefruit peel. Reduction of **14** with hydrogen in the presence of Raney nickel catalyst afforded L-galactonic acid (**15**) in 93% yield, and **15** was then oxidized to L-*lyxo*-2-hexulosonic acid (**123**) with sodium chlorate–vanadium pentaoxide[379,380] in 25–30% yield. Esterification of **123** afforded methyl L-*lyxo*-2-hexulosonate (**124**) in 90% yield, and this was converted by base into **1** in 71% yield. A similar procedure was subse-

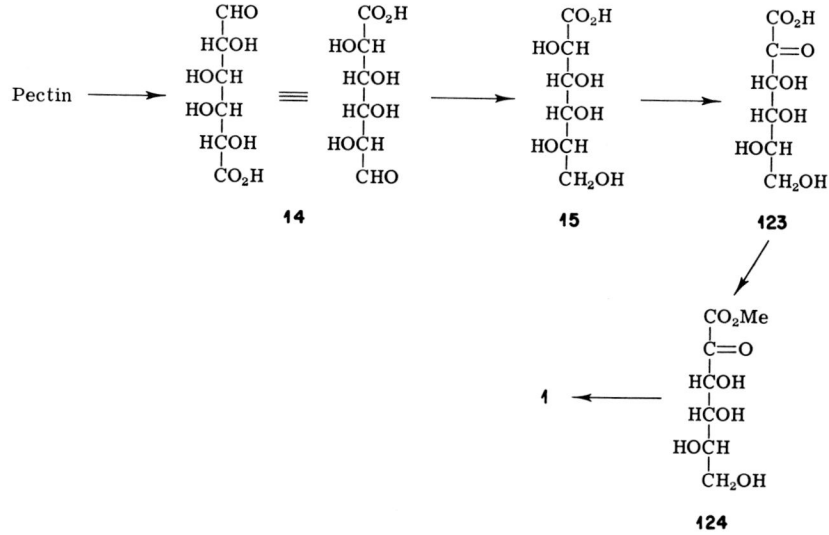

Scheme 18

(550) T. Asai, K. Aida, and Y. Ueno, *Nippon Nogei-Kagaku Kaishi*, 26 (1952) 625–630; *Chem. Abstr.*, 48 (1954) 12,882*f*.
(551) M. F. Mastropietro-Cancellieri and G. F. Tiecco, *Rend. Ist. Super. Sanita*, 24 (1961) 754–762; *Chem. Abstr.*, 56 (1962) 13,341*b*.
(552) J. A. D. Cooper, W. Smith, M. Bacila, and H. Medina, *J. Biol. Chem.*, 234 (1959) 445–448.
(553) H. S. Isbell, *J. Res. Natl. Bur. Stand.*, 33 (1944) 45–61.
(554) R. Pasternack and P. P. Regna, U. S. Pat. 2,338,534 (1944); *Chem. Abstr.*, 38 (1944) 3670^6.

quently reported by Kozakiewicz.[555] Acid **123** and ester **124** were also converted into **1** by other workers.[556–558]

When **14** was treated with diazomethane, the corresponding methyl ester was obtained.[559] In an attempt to prepare **1** from this compound by a "one-pot" reduction–oxidation–cyclization procedure, the methyl ester was heated in pyridine in the presence of aluminum isopropoxide. By titration with iodine, it was found that some of this ester had been converted into a material that might have been L-ascorbic acid. Unfortunately, the alleged product was not further characterized, and therefore this report must be considered with some scepticism.

It is interesting that, when **14** was treated with calcium hydroxide, D-*arabino*-5-hexulosonic acid (**125**) was formed in good yield.[560,561] By a similar procedure, D-glucuronic acid (**54**) was converted in 60–70% yield into D-*lyxo*-5-hexulosonic acid (**126**).[562,563] Stereoselective reduction of **125** or **126**, could, potentially, afford L-galactonic acid or L-gulonic acid, respectively, which could then be converted into **1**.

$$
\begin{array}{cc}
CO_2H & CO_2H \\
HOCH & HOCH \\
HCOH & HOCH \\
HCOH & HCOH \\
C=O & C=O \\
CH_2OH & CH_2OH \\
\textbf{125} & \textbf{126}
\end{array}
$$

11. Miscellaneous Syntheses

A derivative of DL-*xylo*-2-hexulosonic acid (**28**) was prepared[564] from 2,3,4,5-tetra-*O*-acetyl-DL-xylonic acid (**127**) by the procedure shown in Scheme 19, but no yields were reported. Conversion of **128** into **1**, by treatment with base, is obvious, based on earlier work.

(555) T. Kozakiewicz, *Gaz. Cukrow.*, 89 (1949) 394–396; *Sugar Ind. Abstr.*, 12 (1950) 12; *Chem. Abstr.*, 48 (1954) 7550h.
(556) F. Hoffmann-La Roche and Co., A.-G., Swiss Pat. 194,281 (1938); *Chem. Abstr.*, 32 (1938) 7216⁵.
(557) F. Hoffmann-La Roche and Co., A.-G., Swiss Pat. 199,593 (1938); *Chem. Abstr.*, 33 (1939) 3534⁶.
(558) D. A. Verner, *Ukr. Khem. Zh.*, 18 (1952) 366–370; *Chem. Abstr.*, 49 (1955) 1002i.
(559) T. Reichstein and A. Grüssner, *Helv. Chim. Acta*, 18 (1935) 608–610.
(560) F. Ehrlich and R. Guttmann, *Ber.*, 67 (1934) 573–589.
(561) B. Carlsson and O. Samuelson, *Carbohydr. Res.*, 11 (1969) 347–354.
(562) E. R. Nelson and P. J. Nelson, *Aust. J. Chem.*, 21 (1968) 2323–2325.
(563) B. Carlsson, O. Samuelson, T. Popoff, and O. Theander, *Acta Chem. Scand.*, 23 (1969) 261–267.

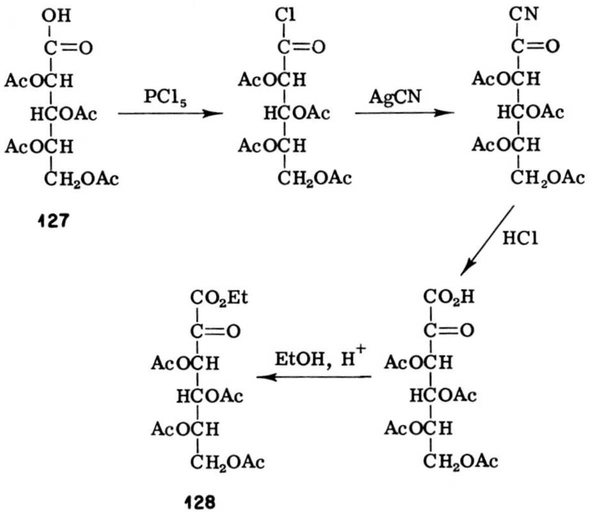

SYNTHESIS OF L-ASCORBIC ACID

$$\begin{array}{c}
\text{OH} \\
| \\
\text{C=O} \\
| \\
\text{AcOCH} \\
| \\
\text{HCOAc} \\
| \\
\text{AcOCH} \\
| \\
\text{CH}_2\text{OAc} \\
\mathbf{127}
\end{array}
\xrightarrow{\text{PCl}_5}
\begin{array}{c}
\text{Cl} \\
| \\
\text{C=O} \\
| \\
\text{AcOCH} \\
| \\
\text{HCOAc} \\
| \\
\text{AcOCH} \\
| \\
\text{CH}_2\text{OAc}
\end{array}
\xrightarrow{\text{AgCN}}
\begin{array}{c}
\text{CN} \\
| \\
\text{C=O} \\
| \\
\text{AcOCH} \\
| \\
\text{HCOAc} \\
| \\
\text{AcOCH} \\
| \\
\text{CH}_2\text{OAc}
\end{array}
\xrightarrow{\text{HCl}}
\begin{array}{c}
\text{CO}_2\text{H} \\
| \\
\text{C=O} \\
| \\
\text{AcOCH} \\
| \\
\text{HCOAc} \\
| \\
\text{AcOCH} \\
| \\
\text{CH}_2\text{OAc}
\end{array}
\xrightarrow[\longleftarrow]{\text{EtOH, H}^+}
\begin{array}{c}
\text{CO}_2\text{Et} \\
| \\
\text{C=O} \\
| \\
\text{AcOCH} \\
| \\
\text{HCOAc} \\
| \\
\text{AcOCH} \\
| \\
\text{CH}_2\text{OAc} \\
\mathbf{128}
\end{array}$$

Scheme 19

When L-threose (**129**) was treated[565–569] with ethyl oxoethanoate (glyoxylate) and sodium cyanide in aqueous ethanol, **1** was formed (see Scheme 20,A). Alternatively, **130** was heated in the presence of 3 equivalents of sodium methoxide and 2 equivalents of ethyl glyoxylate, to afford **1** (see Scheme 20,B) in 33% yield (70% yield by iodine titration following acidification); this synthesis has been used for preparing a number of analogs of L-ascorbic acid. Compound **130** was prepared in 38% yield from L-xylose by way of the oxime.[569] By a second procedure, compound **130** was obtained in 23% yield from D-glucitol in 5 steps involving L-xylose and its oxime[570,571]; this reaction sequence was studied in further detail by Stedehouder,[570,571] who found that **1** may be isolated in 75–80% yield (yields from iodine titration were 90%) by using sodium methoxide in methanol for the final con-

---

(564) R. T. Major and E. W. Cook, U. S. Pat. 2,368,557 (1945); *Chem. Abstr.*, 40 (1946) 354⁹.
(565) B. Helferich and O. Peters, *Ber.*, 70 (1937) 465–468.
(566) B. Helferich and O. Peters, U. S. Pat. 2,068,453 (1937); *Chem. Abstr.*, 31 (1937) 1825⁹.
(567) B. Helferich, Br. Pat. 460,586 (1937); *Chem. Abstr.*, 31 (1937) 4775⁷.
(568) B. Helferich, U. S. Pat. 2,207,680 (1940); *Chem. Abstr.*, 34 (1940) 8184⁵.
(569) Y. Hamamura, M. Otsuka, M. Suzumoto, and K. Hayashiya, *Nippon Nogei-Kagaku Kaishi*, 22 (1948) 25–26; *Chem. Abstr.*, 46 (1952) 101,08i.
(570) P. L. Stedehouder, *Recl. Trav. Chim. Pays-Bas*, 71 (1952) 831–836.
(571) P. L. Stedehouder, Dutch Pat. 59,711 (1947); *Chem. Abstr.*, 41 (1947) 6025b.

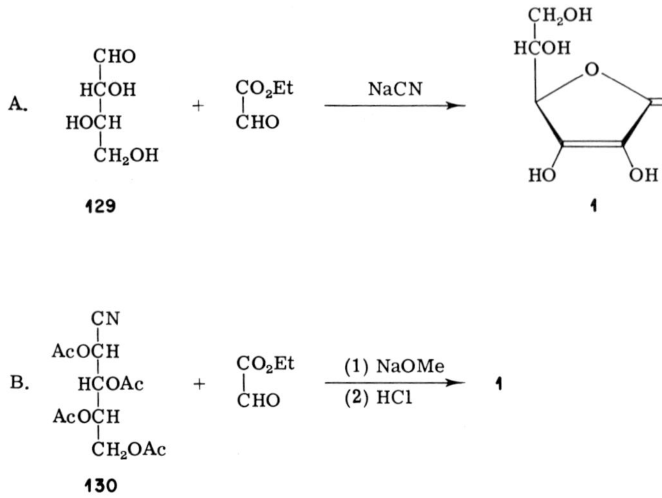

A.

CHO
|
HCOH
|
HOCH
|
CH₂OH

129

+

CO₂Et
|
CHO

→ NaCN →

CH₂OH
|
HCOH
|
[furanone ring with HO, OH, =O]

1

B.

CN
|
AcOCH
|
HCOAc
|
AcOCH
|
CH₂OAc

130

+

CO₂Et
|
CHO

(1) NaOMe
(2) HCl
→ **1**

Scheme 20

densation step. The key step in this synthesis is the addition of anion **131** to L-threose (or a derivative thereof).

Diethyl oxopropanedioate (**132**) may be used[568] instead of ethyl glyoxylate; compound **1** is then formed in ~46% yield, presumably by the addition of anion **133** to **132**, followed by hydrolysis and decarboxylation.

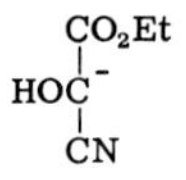

CO₂Et
|
HOC⁻
|
CN

131

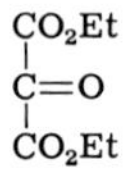

CO₂Et
|
C=O
|
CO₂Et

132

CN
|
HOC⁻
|
HCOR
|
ROCH
|
CH₂OR

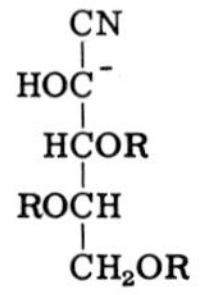

133

12. Direct Fermentation to Give L-Ascorbic Acid

L-Ascorbic acid has been identified as a metabolite of a variety of micro-organisms.[572–578] *Aspergillus niger* has been reported[572–574] to produce **1** from several carbon sources, including D-glucurono-6,3-lac-

(572) M. Geiger-Huber and H. Galli, *Helv. Chim. Acta*, 28 (1945) 248–250; *Verh. Naturforsch. Ges. Basel*, 56 (1944–1945) 37–57.
(573) A. Galli, *Ber. Schweiz. Botan. Ges.*, 56 (1946) 113–174; *Chem. Abstr.*, 42 (1948) 2639d.
(574) K. S. Sastry and P. S. Sarma, *Nature*, 179 (1957) 44–45.
(575) C. V. Ramakrishnan and P. J. Desai, *Curr. Sci.*, 25 (1956) 189–190; *Chem. Abstr.*, 50 (1956) 16,968i.
(576) C. V. Ramakrishnan, *Naturwissenschaften*, 43 (1956) 352.

tone (**63**) (1.8–3.5% yield).[574] *A. flavus*[575] grown in a medium containing sucrose afforded **1**. Unidentified molds[579] and *Fusarium vasinfectum*[580] grown on a sucrose medium yielded **1**. *Lipomyces starkeyi*,[581,582] *Saccharomyces carlsbergensis*,[583] *S. cerevisiae*,[582-584] *Torulopsis gropengiesserei*,[582] and a variety of other yeasts[582] have been found to produce **1**. *S. carlsbergensis*[583] most effectively converted L-galactono-1,4-lactone (**16**) into **1**, but also produced **1** from D-glucose (**8**) and L-gulono-1,4-lactone (**21**). *L. starkeyi*[581] was grown on D-glucose, as were a variety of other micro-organisms.[582]

At the present time, **1** is not produced in high yield by any of these organisms.

13. Synthesis of Labelled L-Ascorbic Acid

A separate Section on the synthesis of variously labelled L-ascorbic acid is included here, because of the important role that these molecules have played in helping to elucidate the metabolic fate of **1** in plants and animals. Tritium, deuterium, and carbon-14 have each been incorporated into **1**.

a. Tritiated and Deuterated L-Ascorbic Acid.—Labels have been placed at C-4, C-5, and C-6. The preparation of L-[6-^{3}H]ascorbic acid was accomplished by reducing D-glucose with sodium borotritide to afford D-[1-^{3}H]glucitol, which was converted into 2,3:4,6-di-*O*-isopropylidene-L-*xylo*-2-[6-^{3}H]hexulosonic acid by the Reichstein–Grüssner procedure (see Scheme 4), and this was cyclized to [6-^{3}H]**1** with formic acid–hydrochloric acid. The specific acitivity[585] was 0.47 μCi. mmol^{-1}.

---

(577) I. P. Mitev, I. P. Pashev, M. S. Kharizanova, B. K. Lambrev, and M. N. Beshkov, *Izv. Mikrobiol. Inst. Bulgar. Akad. Nauk*, 8 (1957) 209–221; *Chem. Abstr.*, 54 (1960) 22,832c.

(578) L. L. Zaika and J. L. Smith, *J. Sci. Food Agric.*, 26 (1975) 1357–1369. In this study, the antioxidant activity was not associated with **1** or a derivative thereof, but was found in a benzene-soluble fraction.

(579) C. V. Ramakrishnan and K. S. Srinivasan, *Sci. Cult.*, 16 (1951) 320–321; *Chem. Abstr.*, 45 (1951) 9612a.

(580) R. Kalyanasundaram and L. Saraswathi-Devi, *Curr. Sci.*, 24 (1955) 273–274.

(581) H. M. C. Heick, H. B. Stewart, G. L. A. Graff, and J. E. C. Humpers, *Can. J. Biochem.*, 47 (1969) 752–753.

(582) H. M. C. Heick, G. L. A. Graff, and J. E. C. Humpers, *Can. J. Microbiol.*, 18 (1972) 597–600.

(583) H. S. Bleeg, *Enzymologia*, 31 (1966) 105–112.

(584) J. Humpers and G. Graff, *C. R. Soc. Biol.*, 161 (1967) 1839–1841.

(585) N. Flueck and J. Wuersch, *J. Carbohydr. Nucleos. Nucleot.*, 3 (1976) 273–279.

Alternatively, D-[1-³H]glucitol was transformed into L-[5-³H]xylose by the procedure[586] shown in Scheme 21. L-Xylose was converted into 1 by the procedure[38,69–79,93,95–98] described in Section III,1. L-[5-³H]-Xylose was alternatively prepared[586] by the route shown in Scheme 22, which starts with L-xylose. It was reported[586] that the sequence in Scheme 22 affords material of higher specific activity than that given by Scheme 21.

A formal synthesis of L-[6-³H]ascorbic acid was achieved when D-glucurono-6,3-lactone was reduced to L-[6-³H]gulono-1,4-lactone with sodium borotritide.[354] L-Gulono-1,4-lactone has been converted into 1 by several routes (see Section III,7b,c). Starting with methyl D-*xylo*-2-hexulosonate, and following the method shown in Scheme 17, L-(5-²H)ascorbic acid was prepared by reduction of 121 with sodium borodeuteride.[547,548,587] In a related, but shorter, synthesis, sodium D-*threo*-2,5-hexodiulosonate was reduced with sodium borodeuteride to a mixture of keto-acids (see Section III,9d), which was esterified. By fractional recrystallization, methyl L-*xylo*-2-hexulosonate was obtained, and this was then converted[588] into (5-²H)1.

L-[4-³H]Ascorbic acid has been prepared[589–591] by boiling a 50%

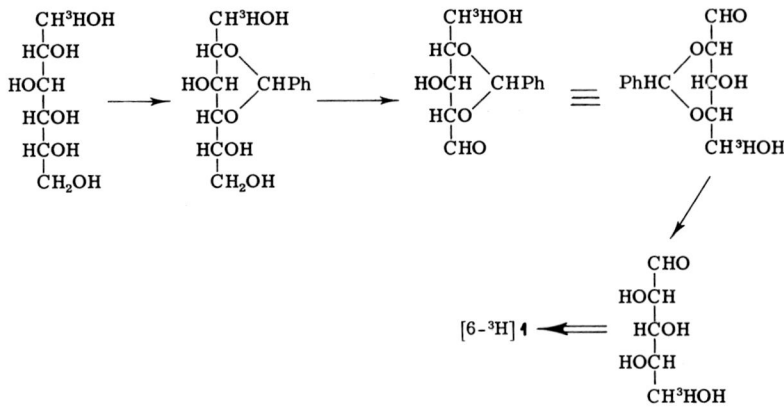

Scheme 21

(586) S. L. von Schuching and A. F. Abt, *Methods Enzymol.*, 18 (1970) 3–22.
(587) M. Matsui, T. Ogawa, K. Toguchi, and N. Takesaka, Jpn. Kokai 77 57,180 (1977); *Chem. Abstr.*, 87 (1977) 202,026v.
(588) See Ref. 540.
(589) E. M. Bell, E. M. Baker, and B. M. Tolbert, *J. Labelled Compd.*, 2 (1966) 148–154.
(590) G. S. Brenner, D. F. Hinkley, L. M. Perkins, and S. Weber, *J. Org. Chem.*, 29 (1964) 2389–2392.
(591) J. W. Weigl, *Anal. Chem.*, 24 (1952) 1483–1486.

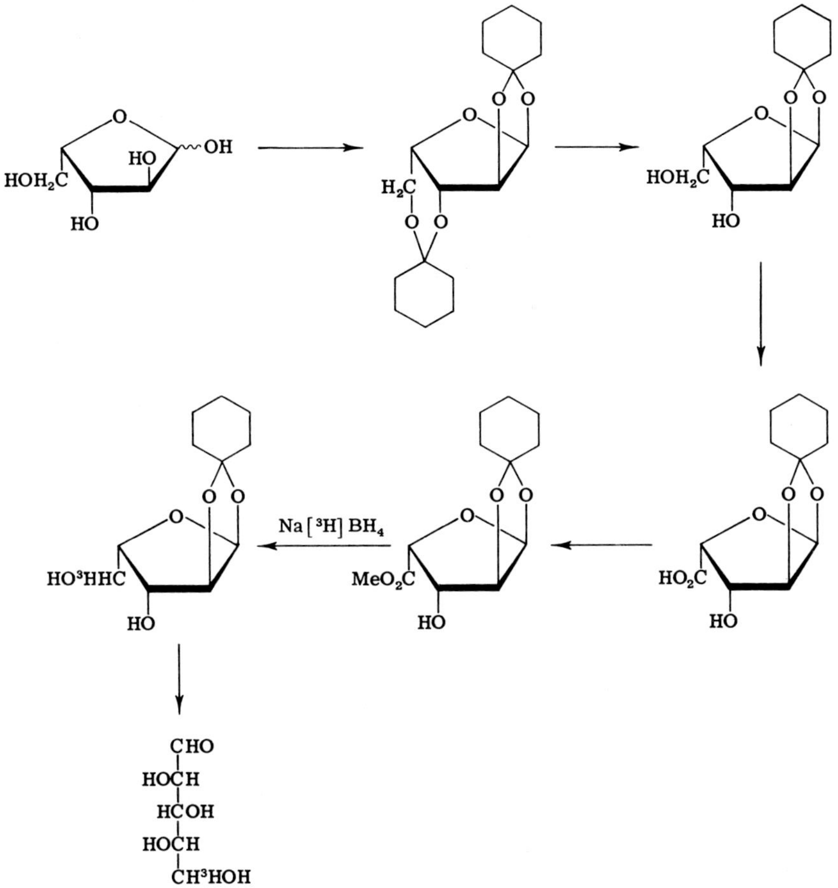

Scheme 22

aqueous methanol solution of **1** that contained 2 equivalents of base and [^{3}H]water under reflux for 17 hours. The resulting mixture of L-[4-^{3}H]ascorbic acid and L-*erythro*-[4-^{3}H]hex-2-enono-1,4-lactone (L-*arabino*-[4-^{3}H]ascorbic acid) was repeatedly recrystallized from acetonitrile, to afford pure [4-^{3}H]**1**. Alternatively, a solution of dipotassium L-ascorbate in a small volume of [^{3}H]water was heated in a sealed tube for 20 hours at 100°. The resulting material was purified by extraction with acetonitrile, to yield [4-^{3}H]**1** having a specific activity of 9.5 μCi. mg^{-1}. It was also demonstrated[589] that L-ascorbic acid is reasonably stable to ionizing radiation. Irradiation of **1** with γ-rays (118 Mrad) resulted in only 1% of decomposition.

b. **¹⁴C-Labelled L-Ascorbic Acid.**—A variety of syntheses have been used to prepare ¹⁴C-labelled L-ascorbic acid.

By adding ¹⁴C-labelled sodium cyanide to L-*threo*-pentos-2-ulose (**9**), L-[1-¹⁴C]ascorbic acid was prepared (see Scheme 2) having an activity[592–596] of 2.1×10^6 counts. min^{-1}. mg^{-1}. L-Xylose was prepared by the sequence shown in Scheme 21. The resulting L-xylose was oxidized with cupric acetate to **9** in 40–50% yield. In the second procedure, [1-¹⁴C]**1** (specific activity 0.1 µCi. mg^{-1}) was purified by way of 5,6-*O*-cyclohexylidene-L-ascorbic acid.[596]

Uniformly labelled **1** was prepared by the Reichstein–Grüssner synthesis (see Scheme 4), starting with uniformly labelled D-glucose.[597–599] L-[2,3,4,5,6-¹⁴C]Ascorbic acid was prepared [600] from L-[U-¹⁴C]xylose by way of L-*threo*-pentos-2-ulose (**9**) (see Scheme 2). The L-[U-¹⁴C]xylose was prepared from D-[U-¹⁴C]glucitol by using the route shown in Scheme 21.

L-[6-¹⁴C]Ascorbic acid was prepared[248,601] by starting with barium D-[1-¹⁴C]gluconate and D-[1-¹⁴C]glucose, and following the Reichstein–Grüssner synthesis (see Scheme 4). Material having a specific activity of 3.25 µCi. mg^{-1} was obtained.[248] L-[5-¹⁴C]Ascorbic acid was also prepared[248] by this procedure by starting with D-[2-¹⁴C]glucose.

L-[4-¹⁴C]-,-[3-¹⁴C]-,-[6-¹⁴C]-, and-[U-¹⁴C]-Ascorbic acid were prepared[602] from the corresponding, labelled D-glucose by the Bakke–Theander synthesis (see Scheme 8).

c. **Commercially Available, Labelled Intermediates.**—It may be noted that a number of methods for preparing ¹⁴C-labelled D-glucose and L-xylose have been reviewed.[586,603] In addition, a wide variety of

(592) J. J. Burns and C. G. King, *Science*, 111 (1950) 257–258.
(593) L. L. Salomon, J. J. Burns, and C. G. King, *J. Am. Chem. Soc.*, 74 (1952) 5161–5162.
(594) J. J. Burns, *Univ. Microfilms, Pub.*, No. 4254 (1953); *Diss. Abstr.*, 12 (1952) 563.
(595) L. L. Salomon, Ph.D. Dissertation, Columbia University, New York, 1952.
(596) S. L. von Schuching and G. H. Frye, *Biochem. J.*, 98 (1966) 652–654.
(597) A. A. Bothner-By, M. Gibbs, and R. C. Anderson, *Science*, 112 (1950) 363.
(598) P. B. Dayton, *J. Org. Chem.*, 21 (1956) 1535–1536.
(599) L. O. Shnaidman, M. I. Siling, I. N. Kushchinskaya, T. N. Eremina, O. N. Shevyreva, V. P. Shishkov, N. A. Kosolapova, L. G. Kazakevich, and T. P. Timafeeva, *Tr. Inst. Eksp. Klin. Med. Akad. Nauk Latv. SSR*, 27 (1962) 1–14; *Chem. Abstr.*, 58 (1963) 4508a.
(600) S. Rudoff, *Univ. Microfilms*, 58-2712; *Diss. Abstr.*, 19 (1959) 1551–1552.
(601) H. L. Frush and H. S. Isbell, *J. Res. Natl. Bur. Stand.*, 59 (1957) 289–292.
(602) M. Williams and F. A. Loewus, *Carbohydr. Res.*, 63 (1978) 149–155.
(603) H. L. Frush, L. T. Sniegoski, N. B. Holt, and H. S. Isbell, *J. Res. Natl. Bur. Stand., Sect. A*, 69 (1965) 535–540.

labelled carbohydrates is commercially available,[604] including D-[2-^{14}C]glucose, D-[3,4-^{14}C]glucose, D-[6-^{14}C]glucose, D-[U-^{14}C]glucose, D-[1-^{3}H]glucose, D-[2-^{3}H]glucose, D-[3-^{3}H]glucose, D-[5-^{3}H]glucose, D-[6-^{3}H]glucose, D-[U-^{14}C]glucitol, D-[1-^{3}H]glucitol, L-[1-^{14}C]ascorbic acid, and L-[U-^{14}C]ascorbic acid. The preparation of almost any deuterated, tritiated, or ^{14}C-labelled L-ascorbic acid is now possible.

IV. Addendum

As regards the work of Ogawa and coworkers[67] (see pages 84 and 85), results obtained in these laboratories[605] suggest that, for L-ascorbic acid in aqueous solution, the ^{13}C- and ^{1}H-n.m.r.-spectral data observed at room temperature are consistent with an averaging of rotamer populations around C-5–C-6, rather than a single, favored rotamer. A similar conclusion has been reached by Spoormaker and de Bie.[606]

(604) Available from New England Nuclear, 549 Albany St., Boston, Mass. 02118, U. S. A. These and other labelled compounds may be available from other venders.
(605) G. C. Andrews, E. B. Whipple, G. N. Chmurny, and T. C. Crawford, unpublished results (Pfizer, Inc.).
(606) T. Spoormaker and M. J. A. de Bie, *Recl. Trav. Chim. Pays-Bas*, 98 (1979) 59–64.

PRIMARY STRUCTURE OF GLYCOPROTEIN GLYCANS
BASIS FOR THE MOLECULAR BIOLOGY OF GLYCOPROTEINS

By Jean Montreuil

Laboratoire de Chimie Biologique et Laboratoire Associé au C.N.R.S. n° 217 de l'Université des Sciences et Techniques de Lille, France

I. The Past. The Birth of the Molecular Biology of Glycoproteins	158
II. The Present	164
1. Aspects of the Primary Structure of Glycoprotein Glycans	164
2. Primary Structure and Metabolism of the N-Linked Glycans	182
III. The Future	200
1. The Development and Improvement of Procedures for the Study of the Primary Structure of Glycans	200
2. Prediction of Glycan Structures	205
3. Spatial Conformation of the Glycans	206
IV. Conclusions	212
V. Addendum	213
1. Role of Glycans	213
2. Primary Structure of Glycoprotein Glycans	214
3. Primary Structure and Metabolism of N-Linked Glycans	218

> "We know now that the specificity of many natural polymers is written in terms of sugar residues, not of amino acids or nucleotides."
>
> Nathan Sharon

The glycoproteins, together with the glycolipids, constitute the class of the glycoconjugates, the classification of which is given in Fig. 1; that is, the glycoconjugates are the products of association between a carbohydrate, which is called a glycan, with either a protein or a lipid.

During the past ten years, the chemistry and biochemistry of the glycoconjugates in general, and of the glycoproteins in particular, have acquired an importance as great as that of such other natural

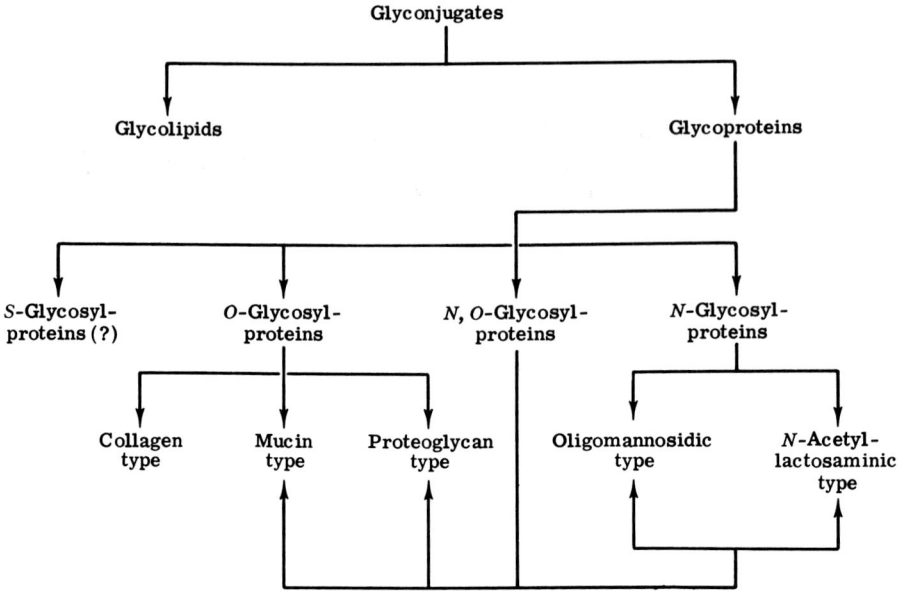

Fig. 1.—Tentative Classification of Glycoconjugates.

compounds as proteins and nucleic acids. The reasons for the considerable interest that these compounds have aroused can be found, first, in our present knowledge of the structure of glycans, and second, in a series of discoveries and observations that have allowed the foundations to be laid for the development of the molecular biology and pathology of the glycoconjugates.

I. The Past. The Birth of the Molecular Biology of Glycoproteins

For a long time, carbohydrates of high molecular weight had been mainly regarded as reserve substances, energy-storage compounds, and support structures, and knowledge of glycosidic, high polymers had remained limited to homopolymers generally constituted of repeating disaccharide or oligosaccharide units, as in cellulose and chitin. However, in 1969, glycoconjugates received their "lettres de noblesse" due to the unexpected discovery that the glycans, which had been thought to have neither a role nor any biological significance, are, on the contrary, extremely important. Glycoproteins and glycolipids suddenly aroused the interest of researchers, because Burger and

Goldberg[1] and Inbar and Sachs[2] had just rediscovered that the glycoconjugates of the cell membranes are profoundly modified in cancer cells. The idea then arose that this molecular mutation, the consequence of which was the appearance of surface neoantigens, could be a factor in cancer induction and metastatic diffusion at the same time as it released an immune reaction against the neoplastic cells. This observation, added to the knowledge that the activities of hormones, enzymes, and transport substances that are glycoproteins are diminished or inhibited by artificial modification of the glycan moieties, gave birth to the view that glycans are by no means useless accidents of Nature, born at random from the presence of glycosyltransferases, but that they could well represent signals of recognition of cells by other cells, or of proteins by cells.

It is, in this regard, astonishing that this hypothesis had not been inspired earlier by active research. More than 20 years ago, it had, indeed, been demonstrated that serological specificity, bound to the idea of blood groups or bacterial antigens, lay in glycan structures. Other dates could, subsequently, have been the signal for the "great beginning" of research on glycoconjugates. In 1955, Gottschalk demonstrated that the elimination of sialic acid from red blood-cell membranes prevents the fixation of influenza virus on them (for reviews, see Ref. 3). In 1963, Aub and coworkers[4] observed, as later did Burger and Goldberg[1] and Inbar and Sachs,[2] that the agglutinability of cancer cells by some lectins or phytoagglutinins (for reviews on lectins, see Ref. 5) is profoundly modified compared with normal cells. In 1964, Gesner and Ginsburg[6] showed that rat lymphocytes treated with a fucosidase migrate to the liver instead of the spleen, their real destination. The fucose present at the lymphocyte surface thus constitutes a recognition signal of these cells by a receptor present on the spleen cell-membranes. However, the concept of the biological specificity of the glycans only became general later on, thanks to a series of experimen-

(1) M. M. Burger and A. R. Goldberg, *Proc. Natl. Acad. Sci. U. S. A.*, 57 (1967) 359–366; M. M. Burger, *ibid.*, 62 (1969) 994–1001.
(2) M. Inbar and L. Sachs, *Nature*, 223 (1969) 710–712; *Proc. Natl. Acad. Sci. U. S. A.*, 63 (1969) 1418–1425.
(3) A. Gottschalk, *Biochim. Biophys. Acta*, 23 (1957) 645; *Physiol. Rev.*, 37 (1957) 66.
(4) J. C. Aub, C. Tieslau, and A. Lankester, *Proc. Natl. Acad. Sci. U. S. A.*, 50 (1963) 613.
(5) N. Sharon and H. Lis, *Science*, 177 (1972) 949–959; H. Lis and N. Sharon, *Lectins: Their Chemistry and Application to Immunology*, in M. Sela (Ed.), *The Antigens*, Vol. 4, Academic Press, New York, 1977, pp. 429–530; I. J. Goldstein and C. E. Hayes, *Adv. Carbohydr. Chem. Biochem.*, 35 (1978) 127–340.
(6) B. M. Gesner and V. Ginsburg, *Proc. Natl. Acad. Sci. U. S. A.*, 52 (1964) 750–755.

tal results that demonstrated that the glycan moieties of glycoconjugates are endowed with a certain "biological intelligence."

Thus, at the beginning of research on the biological role of glycoproteins, numerous authors considered that glycans associated with proteins were metabolic accidents and that they played no important biological role. This "gadget hypothesis" was, in particular, upheld by Gottschalk[7], to whom the biosynthesis of the glycans took place when the following conditions were fulfilled. (*i*) The presence in the peptide chains of a "code sequence" of amino acids (for a review, see Ref. 8), for example the tripeptide Asn-X-Ser (or Thr), which codes for the conjugation of the first 2-acetamido-2-deoxy-D-glucose residue on L-asparagine (Asn) in the case of N-glycosylproteins, or the sequence Gly-X-Hyl-Gly-Y-Arg, which directs the linkage of a residue of D-galactose with the hydroxy-L-lysine (Hyl), X and Y being quite diverse amino acids. (*ii*) The presence in the cells of specific glycosyltransferases and of glycosylnucleotide precursors. Under these conditions, the composition and structure of the glycans would, according to Gottschalk, depend on the relative concentrations of the "sugar nucleotides." Were this hypothesis correct, the structure of the glycans would depend on chance, and would never be definite.

Then, little by little, it began to be suggested that the glycans could well play an important biological role, and we may summarize the hypotheses, based on experimental results that have been obtained on this subject up to the present time (for reviews, see Refs. 8 to 20), as follows. *a. The hypothesis of the induction of protein conformation* is

(7) A. Gottschalk, *Nature (London)*, 222 (1969) 452–454.
(8) R. G. Spiro, *Adv. Protein Chem.*, 27 (1973) 349–467.
(9) G. Ashwell and A. G. Morell, in G. A. Jamieson and T. J. Greenwalt, *Glycoproteins of Blood Cells and Plasma*, Lippincott, Philadelphia, 1971, pp. 173–189.
(10) A. Gottschalk, *Glycoproteins. Their Structure and Function*, Elsevier, Amsterdam, 1972.
(11) R. D. Marshall, *Annu. Rev. Biochem.*, 41 (1972) 673–702.
(12) R. Schauer, *Angew. Chem. Int. Ed. Engl.*, 12 (1973) 127–138.
(13) J. Montreuil, *Méthodologie de la Structure et du Métabolisme des Glycoconjugués*, Colloque International du Centre National de la Recherche Scientifique No. 221, Villeneuve d'Ascq, 20–27 juin 1973, CNRS éd., Paris, 1974.
(14) J. Montreuil, *Recent Data on the Structure of the Carbohydrate Moiety of Glycoproteins: Metabolic and Biological Implications*, Proc. Int. Symp. Carbohydr. Chem. VIIth, Bratislava, 1974; *Pure Appl. Chem.*, 42 (1975) 431–477.
(15) G. Ashwell and A. G. Morell, *Adv. Enzymol.*, 41 (1974) 99–128.
(16) N. Sharon, *Complex Carbohydrates, Their Chemistry, Biosynthesis and Functions*, Addison Wesley, Reading, Pa., 1975.
(17) R. Kornfeld and S. Kornfeld, *Comparative Aspects of Glycoprotein Structure*, Annu. Rev. Biochem., 45 (1976) 217–237.

based on the glycan–glycan and glycan–protein interactions as putting into play ionic forces, either repulsive or attractive, namely, hydrogen-bond, or hydrophobic, or both. *b. The hypothesis of the protection of proteins against proteolytic attack* is based on the observation that numerous glycoproteins lose their resistance to proteases on treatment with neuraminidases. *c. The hypothesis of the control of membrane permeability* is based on the observation[21] that chemical or enzymic modification of the glycan β-Gal-(1→3)-α-GalNAc-(1→)-Thr of the "antifreeze glycoprotein" of an antarctic fish abolishes the function of this protein (which is to lower the freezing point of the blood of this fish by 2°). The glycan moiety thus acts on the orientation of water molecules, and, on this basis, the hypothesis was put forward that, at the level of cell membranes, the orientation and concentration of water, and, in consequence, the movement of mineral ions and organic substances of low molecular weight is linked to the glycans of membrane glycoconjugates. More particularly, it is linked to the relative numbers of the highly hydrophilic, sialic acid residues and of the relatively hydrophobic, fucose residues. Thus, in controlling the cell-membrane permeability, the glycans of surface glycoconjugates intervene powerfully in the regulation of the metabolism of the cell, and any modification of their composition and of their structure or distribution at the cell surface would lead to metabolic disturbances, such as are observed in transformed cells and cancer cells. *d. The "exit passport" hypothesis.* In 1966, Eylar[22] proposed the "exit passport" hypothesis to explain why most extracellular proteins are glycosylated, whereas intracellular proteins are rarely so substituted. According to this author,[22] "the lack of a specific function of the carbohydrate unit in biologically active glycoproteins suggests a more general role, and it is proposed that the carbohydrate acts as a chemical label which, upon interaction with a membrane receptor or carrier, promotes the transport of the newly synthesized glycoprotein into the extracellular environment," and he concluded "that the carbohydrate unit need play no functional role in biologically active proteins, that the

---

(18) A. Rosenberg and C. L. Schengrund, *Biological Roles of Sialic Acids*, Plenum Press, New York, 1976.
(19) G. Ashwell and A. G. Morell, *Trends Biochem. Sci.*, 2 (1977) 76–78.
(20) A. Meager and R. C. Hughes, *Virus Receptors*, in P. Cuatrecasas and M. F. Greaves (Eds.), *Receptors and Recognition*, Ser. A, Vol. 4, Chapman and Hall, London, 1977, pp. 141–196.
(21) J. R. Vandenheede, A. I. Ahmed, and R. E. Feeney, *J. Biol. Chem.*, 247 (1972) 7885–7889.
(22) H. Eylar, *J. Theoret. Biol.*, 10 (1965) 89–112.

carbohydrate unit in glycoproteins from the same cell would be identical or very similar, and that glycoprotein biosynthesis would involve similar primary or tertiary structures at those regions in the protein molecule where the carbohydrate unit is attached." *e. The recognition-signal hypothesis.* In 1971, following the remarkable work of Ashwell, the concept of the glycan recognition-signal was born: intercellular recognition and association by proteins because of carbohydrate groups that the cells carry and which play the role of "antennae" towards membrane receptors.

In the latter hypothesis, put forward by Winterburn and Phelps,[23] the glycans fix the destiny of extracellular proteins and, in consequence, the glycoproteins are synthesized *by* cells *for* cells. Such is the "target-cell hypothesis," in favor of which a series of experimental achievements may be cited. (*i*) Erythropoietin, which stimulates the formation of red-blood corpuscles in the bone marrow, and certain hypophyseal hormones, become "blind" after treatment with neuraminidase, and are then incapable of recognizing their target cells or of acting on the regulator system of adenyl cyclase. (*ii*) The elimination of the terminal sialic acid residues from numerous glycoproteins, in particular of serum glycoproteins, passes the sentence of death on these compounds. In monitoring, for example, the evolution of radioactivity from such glycoproteins as α_1-acid glycoprotein (see the glycan structure in Fig. 11) labelled with iodine-125, Ashwell and coworkers[24] demonstrated that asialo-α_1-acid glycoprotein, which thus possessed galactosyl groups in terminal positions, disappeared in less than half an hour from the plasma of the animal into which it had been injected. In parallel with this, the radioactivity appeared in the hepatocytes. The elimination of the terminal galactosyl groups with β-D-galactosidase, which exposes 2-acetamido-2-deoxyglucosyl groups in the terminal positions, maintains the asialo-agalacto-α_1-acid glycoprotein in the plasma. The terminal galactosyl groups are thus the recognition signals of these asialoglycoproteins for the hepatocytes, and Ashwell's group proved that they are recognized by the hepatocyte membrane, by showing, by the kinetics of incorporation, that the radioactivity of [^{125}I]asialo-α_1-acid glycoprotein is fixed very rapidly onto the hepatocyte-membrane proteins. Ashwell and coworkers[25] succeeded in isolating the hepatocyte-membrane receptor for galactoglycoproteins: it

(23) P. J. Winterburn and C. F. Phelps, *Nature (London)*, 236 (1972) 147–151.
(24) A. G. Morell, R. A. Irvine, I. Sternlieb, I. H. Scheinberg, and G. Ashwell, *J. Biol. Chem.*, 243 (1968) 155–159.
(25) R. L. Hudgin, W. E. Pricer, G. Ashwell, R. J. Stockert, and A. G. Morell, *J. Biol. Chem.*, 249 (1974) 5536–5543.

consists of a sialylglycoprotein[26] that loses its property of recognition of galactose if it is desialylated by neuraminidase. The proof was thus furnished that a "galactoglycan" carries the recognition signal of a glycoprotein for a "sialoglycan," itself carried by a protein integrated in a plasma membrane. Any modification of the glycans makes both glycoproteins lose all recognition sense. (*iii*) Treatment of erythrocytes with neuraminidase diminishes their lifetime (their half-life is lessened from 25 to 2 days in the dog), and is followed by an uptake of the "asialo-erythrocytes" in the liver and spleen. This observation should be compared with that of Gesner and Ginsburg[6] concerning lymphocytes, mentioned earlier. (*iv*) Some types of virus, such as influenza virus and myxoviruses, can attach to cells with the aid of sialic acid residues bound to cell-membrane glycoconjugates, and it has been suggested that the latter could play a part in the infection of cells with viruses.

In conclusion, it appears more and more obvious that glycoproteins play two important roles. The first is of a physicochemical order. It concerns (*1*) the conformation of the peptide chain of glycoproteins and its protection against proteolytic attack, and (*2*) the orientation and concentration of water molecules, and also the movement of mineral ions and organic compounds of low molecular weight at the level of cell-surface membranes. The second is of a biological order. It is essentially based on the concept of a recognition signal carried by the glycans and, in consequence, on their specific structure. The biological role that glycans and glycoconjugates play may be summarized thus. (*a*) Glycoconjugates are cell-surface antigens, and their structure and function are modified in virus-transformed cells and in cancerous cells. (*b*) They play an important role in intercellular adhesion and recognition, and in cell-contact inhibition. (*c*) They are receptor sites for enzymes, hormones, proteins, and viruses. (*d*) Glycan groups permit the export of proteins from the cell. (*e*) The sugar component regulates the catabolism of circulating proteins by different tissues, and the lifetimes of proteins and cells.

Moreover, during the past few years, a glycoprotein pathology that is due to a lack of lysosomal glycosidases has been discovered, and the term "glycoproteinosis" has been coined.

It then clearly appeared that complete knowledge of the primary structure and conformation of the glycans was necessary, first, to establish the relationships between structure and specific biological activity, and second, to explain the pathogenesis of the glycoprotein-

(26) T. Kawasaki and G. Ashwell, *J. Biol. Chem.*, 251 (1976) 5292–5299.

oses. Such was the aim settled on by several laboratories in the world, and their efforts have given us a better definition of the structure of the glycoproteins. In the following Section, the structures of glycoprotein glycans known at present will be described. Whether they conform with their normal and pathological metabolism and with the biological role, generally attributed to them, of being a recognition signal will then be discussed.

II. The Present

1. Aspects of the Primary Structure of Glycoprotein Glycans

Thanks to the perfecting of chemical, physical, and enzymic methodologies during the past few years (for reviews, see Refs. 8, 10, 13, 14, 17, 27, and 28), the structures of glycans have been determined by the dozen (for reviews, see Refs. 8, 10, 11, 13, 14, 16, 17, and 29–34). In particular, the development by our laboratory, in association with the Dutch group of J. F. G. Vliegenthart, of a process based uniquely on permethylation and 360-MHz, n.m.r. spectroscopy (see later) allows the rapid determination of glycan structures of the N-acetyl-lactosaminic type (see Fig. 3).

Thus, whereas a period of several years had been necessary for the determination of the first, definitive structures of glycans (the glycans of serotransferrin[35,36] and of IgG immunoglobins[37]), a matter of weeks

---

(27) R. L. Whistler and J. N. BeMiller, *Methods in Carbohydrate Chemistry*, Vol. VII: *General Methods, Glycosaminoglycans, and Glycoproteins*, Academic Press, New York, 1976.

(28) J. Montreuil, *Les Glycoprotides. Procédés de Détermination de la Composition et de la Structure de la Fraction Glucidique*, in P. Boulanger et J. Polonowski (Eds.), *Problèmes Actuels de Biochimie Générale*, Masson et Cie, Paris, 1972, pp. 175–269.

(29) R. D. Marshall and A. Neuberger, *Adv. Carbohydr. Chem. Biochem.*, 25 (1970) 407–478.

(30) K. Schmid, *Chimia*, 26 (1972) 405–414.

(31) R. J. Winzler, in C. H. Li (Ed.), *Hormonal Proteins and Peptides*, Academic Press, New York, 1973, pp. 1–16.

(32) J. F. Kennedy, *Chem. Soc. Rev.*, 2 (1973) 355–395.

(33) M. Horowitz and W. Pigman, *The Glycoconjugates*, Academic Press, New York, Vol. I, 1977; Vol. II, 1978.

(34) J. Montreuil and J. F. Vliegenthart, *Primary Structure and Conformation of Glycans N-Glycosidically Linked to Peptide Chains, Proc. Int. Symp. Glycoconjugates, 4th, Woods Hole, 1977,* Academic Press, New York, 1979, pp. 35–78.

(35) G. Spik, R. Vandersyppe, B. Fournet, B. Bayard, P. Charet, S. Bouquelet, G. Strecker, and J. Montreuil, in Ref. 13, pp. 483–500.

was sufficient for defining of the structures of glycans of 18 glycopeptides[38,39] isolated by Schmid and coworkers[40] from proteolytic hydrolyzates of α_1-acid glycoprotein.

The knowledge now possessed as to the structures of numerous glycans (structures that have, in general, been elucidated during the past four years), entirely confirms, from the comparative biochemical point of view, the concepts developed[14] in 1974 at the VIIth Symposium on Carbohydrate Chemistry held in Bratislava. In fact, glycan structures may be classified into families, within each of which these structures are very similar and present common oligosaccharide sequences, even if they originate from animals, micro-organisms, plants, or viruses. Consequently, the following series of classes and concepts may be established.

a. **The Types of Glycan–Protein Linkages.**—The glycans are conjugated to peptide chains by two types of primary, covalent linkage.

The first, the glycosidic type, gives rise to the O-glycoproteins or O-glycosylproteins, which are very varied. Such glycosidic linkages may be subdivided as follows. (i) *Linkages between L-serine and L-threonine,* on the one hand, and the following monosaccharides, on the other hand: 2-acetamido-2-deoxy-D-galactose, in very numerous glycoproteins for which the structure of the glycosidic fraction is defined[41–72] in Table I; D-xylose in the proteoglycans[73,74]; D-mannose in

---

(36) G. Spik, B. Bayard, B. Fournet, G. Strecker, S. Bouquelet, and J. Montreuil, *FEBS Lett.,* 50 (1975) 296–299.
(37) J. Baenziger, S. Kornfeld, and S. Kochwa, *J. Biol. Chem.,* 249 (1974) 1889–1896, 1897–1903.
(38) B. Fournet, G. Strecker, G. Spik, and J. Montreuil; K. Schmid; L. Dorland, J. Haverkamp, B. L. Schut, and J. F. G. Vliegenthart, *Proc. Int. Symp. Glycoconjugates, 4th, Woods Hole, 1977,* Academic Press, New York, 1979, pp. 149–156.
(39) B. Fournet, G. Strecker, and J. Montreuil; L. Dorland, J. Haverkamp, and J. F. G. Vliegenthart; K. Schmid and J. P. Binette, *Biochemistry,* 17 (1978) 5206–5214.
(40) K. Schmid, R. B. Nimberg, A. Kimura, H. Yamaguchi, and J. P. Binette, *Biochim. Biophys. Acta,* 492 (1977) 291–302.
(41) A. L. De Vries, J. Vandenheede, and R. E. Feeney, *J. Biol. Chem.,* 246 (1971) 305–308; W. T. Shier, Y. Lin, and A. L. De Vries, *FEBS Lett.,* 54 (1975) 135–138.
(42) J. Baenziger and S. Kornfeld, *J. Biol. Chem.,* 249 (1974) 7260–7269, 7270–7281.
(43) G. Spik, M. Pamblanco, A. Cretel, and J. Montreuil, unpublished results.
(44) O. P. Bahl, R. B. Carlsen, R. Bellisario, and N. Swaminathan, *Biochem. Biophys. Res. Commun.,* 48 (1972) 416–422.
(45) L. Rovis, B. Anderson, E. A. Kabat, F. Gruezo, and J. Liao, *Biochemistry,* 10 (1973) 5340–5354.
(46) W. Dahr, G. Uhlenbruck, and G. W. G. Bird, *Vox Sang.,* 28 (1975) 133–148.
(47) W. M. Glöckner, R. A. Newman, and G. Uhlenbruck, *Biochim. Biophys. Acta,* 443 (1976) 402–413.

TABLE I

Structure[a] of Glycans O-Glycosylically Conjugated Through the Linkage α-GalNAc-(1→3)-Ser or Thr

Origin of glycans	Substitution by additional sugar residues of		References
	Galactose	2-Acetamido-2-deoxygalactose	
Anti-freeze glycoprotein from antarctic fish			41
Human-serum IgA₁			42
Human-milk IgA			43
Human chorionic gonadotropin β-subunit			44
Human ovarian-cyst fluid			45
T-reactive erythrocytes	none		46,47
Bovine-cartilage keratan sulfate			48
Milk-fat globules			47,49
Porcine-submaxillary mucin			50
Rat small-intestinal mucin			51
Epiglycanin of TA-3 cells			52
Rat-brain glycoproteins			53
Human-serum IgA₁			42
Tn-reactive erythrocytes	no galactose residue	none	54
Porcine, submaxillary mucin			55
Submaxillary mucins	no galactose residue	α-SA[b]-(2→6)	55–58
Human erythrocytes	no galactose residue	α-NeuAc-(2→6)	46
Canine, submaxillary mucin	none	α-NeuAc-(2→6)	58
Rat-brain glycoproteins	none	α-NeuAc-(2→6)	53
Porcine, submaxillary mucin	α-SA-(2→6)	none	50
Epiglycanin of TA-3 cells	α-NeuAc-(2→3)	none	52

Source			Ref.
Fetuin		α-NeuAc-(2→3)	none	59
Bovine, kappa casein		α-NeuAc-(2→3)	none	60,61
Rat-brain glycoproteins		α-NeuAc-(2→3)	none	53
Human glycophorin		α-NeuAc-(2→3)	none	62
N Blood-group	{	α-NeuAc-(2→3)	none	47,62,63
		α-NeuAc-(2→3)-Gal	none	64
M Blood-group	{	α-NeuAc-(2→3)	α-NeuAc-(2→6)	47,62,63
		α-NeuAc-(2→3)-Gal	α-NeuAc-(2→6)	64
Human glycophorin		α-NeuAc-(2→3)	α-NeuAc-(2→6)	62
Lymphocytes		α-NeuAc-(2→3)	α-NeuAc-(2→6)	65
Milk-fat globules		α-NeuAc-(2→3)	α-NeuAc-(2→6)	47,49
Fetuin		α-NeuAc-(2→3)	α-NeuAc-(2→6)	59
Rat-brain glycoproteins		α-NeuAc-(2→3)	α-NeuAc-(2→6)	53,66
Bovine, kappa casein		α-NeuAc-(2→3)	α-NeuAc-(2→6)	61
Epiglycanin of TA-3 cells	α-NeuAc-(2→3)-β-Gal-(1→4)-β-GlcNAc-(1→3)		α-NeuAc-(2→6)	67
Rat, small-intestinal mucosa		α-Fuc-(1→2)	none	51
Porcine, submaxillary mucin (H-active)		α-Fuc-(1→2)	none	50,55
Porcine, and canine, submaxillary mucin		α-Fuc-(1→2)	α-NeuGl-(2→6)	55,68
Porcine, submaxillary mucin		α-SA-(2→6), α-Fuc-(1→2)	none	50
Porcine, submaxillary mucin (A-active)	α-GalNAc-(1→3), α-Fuc-(1→2)		none	55
Canine, submaxillary mucin	α-Fuc-(1→2)-β-Gal-(1→?)-[SO$_4$]-β-GlcNAc-(1→6), α-Fuc-(1→2)		none	68
Porcine, gastric mucin		α-Fuc-(1→2)	α-Fuc-(1→2)-β-Gal-(1→4)-β-GlcNAc-(1→6)	69
Porcine, gastric mucin		α-GlcNAc-(1→4)	β-GlcNAc-(1→4)-β-Gal-(1→4)-β-GlcNAc-(1→6)	70
Human, gastric mucin, and core region of human, and hog, blood-group substances	β-Gal-(1→3)-β-GlcNAc-(1→3)		β-Gal-(1→4)-β-GlcNAc-(1→6)	71,72

[a] Fundamental structure: β-Gal-(1→3)-α-GalNAc-(1→3)-Ser (Thr). [b] SA = sialic acid.

the "mannans" of *Saccharomyces cerevisiae*,[75] *Cryptococcus laurentii*,[76] *Penicillium melinii*,[77] and *Torulopsis candida*,[78] and in *Nereis* collagen[79]; D-galactose in the collagen of *Lumbricus*[80] and *Nereis*,[79] and in tomato extensin[81]; and L-fucose in a glycopeptide (from human urine[82]) having the structure β-Glc-(1→3)-α-Fuc-(1→)-Thr, and in rat tissues.[83] All of the *O*-L-seryl and *O*-L-threonyl glycosi-

---

(48) B. A. Bray, R. Lieberman, and K. Meyer, *J. Biol. Chem.*, 242 (1967) 3373–3380; F. J. Kieras, *ibid.*, 249 (1974) 7506–7513.
(49) R. A. Newman, R. Harrison, and G. Uhlenbruck, *Biochim. Biophys. Acta*, 63 (1976) 344–356.
(50) M. M. Baig and D. Aminoff, *J. Biol. Chem.*, 247 (1972) 6111–6118.
(51) J. K. Wold, B. Smestad, and G. Uhlenbruck, *Acta Chem. Scand. Ser. B.*, 29 (1975) 703–709.
(52) J. F. Codington, K. B. Linsley, R. W. Jeanloz, T. Irimura, and T. Osawa, *Carbohydr. Res.*, 40 (1975) 171–182.
(53) J. Finne, *Biochim. Biophys. Acta*, 412 (1975) 317–325.
(54) W. Dahr, G. Uhlenbruck, H. H. Gunson, and M. Van der Hart, *Vox Sang.*, 28 (1975) 249–252.
(55) D. Carlson, *J. Biol. Chem.*, 243 (1968) 616–626.
(56) A. Gottschalk and E. R. B. Graham, *Biochim. Biophys. Acta*, 34 (1959) 380–391.
(57) E. R. B. Graham and A. Gottschalk, *Biochim. Biophys. Acta*, 38 (1960) 513–534.
(58) C. G. Lombart and R. J. Winzler, *Eur. J. Biochem.*, 49 (1974) 77–86.
(59) R. G. Spiro and V. D. Bhoyroo, *J. Biol. Chem.*, 249 (1974) 5704–5717.
(60) A. M. Fiat, C. Alais, and P. Jollès, *Eur. J. Biochem.*, 27 (1972) 408–412.
(61) B. Fournet, A. M. Fiat, J. Montreuil, and P. Jollès, *Biochimie*, 57 (1975) 161–165.
(62) D. B. Thomas and R. J. Winzler, *J. Biol. Chem.*, 244 (1969) 5943–5946.
(63) M. Fukuda and T. Osawa, *J. Biol. Chem.*, 248 (1973) 5100–5105.
(64) G. F. Springer and P. R. Desai, *Biochem. Biophys. Res. Commun.*, 61 (1974) 470–475; *Carbohydr. Res.*, 40 (1975) 183–192.
(65) R. A. Newman, W. M. Glöckner, and G. G. Uhlenbruck, *Eur. J. Biochem.*, 64 (1976) 373–380.
(66) T. Krusius and J. Finne, *Eur. J. Biochem.*, 78 (1977) 369–379.
(67) J. F. Codington, N. A. Evans, R. W. Jeanloz, and D. Van den Eijnden, personal communication.
(68) C. G. Lombart and R. J. Winzler, *Eur. J. Biochem.*, 49 (1974) 77–86.
(69) G. O. Aspinall, personal communication.
(70) N. K. Kochetkov, V. A. Derevitskaya, and N. P. Arbatsky, *Eur. J. Biochem.*, 67 (1976) 129–136.
(71) M. D. Oates, A. C. Rosbottom, and J. Schrager, *Carbohydr. Res.*, 34 (1974) 115–137.
(72) T. Feizi, E. A. Kabat, G. Vicari, B. Anderson, and W. L. Marsh, *J. Immunol.*, 106 (1971) 1578–1592.
(73) E. L. Stern, B. Lindahl, and L. Rodén, *J. Biol. Chem.*, 246 (1971) 5707–5715.
(74) B. Lindahl and L. Rodén, in A. Gottschalk (Ed.), *Glycoproteins*, Elsevier, Amsterdam, 1972, Vol. A, pp. 491–517.
(75) T. Nakajima and C. E. Ballou, *J. Biol. Chem.*, 249 (1974) 7679–7684.
(76) M. K. Raizada, J. S. Schutzbach, and H. Ankel, *J. Biol. Chem.*, 250 (1975) 3310–3315.

dic linkages are alkali-labile, and the glycans are detached from the peptide chains by a β-elimination mechanism, provided that the carboxyl group of the β-hydroxy amino acid is substituted.[84,85] (ii) *Linkage between 5-hydroxy-L-lysine* and either D-galactose or the disaccharide α-Glc-(1→2)-β-Gal in tropocollagen from guinea-pig skin,[86] in the glomerular basement-membrane,[87] in collagen from the cuttlefish,[88] and in a collagen fraction from body-wall glycoproteins of the leech.[89] This type of linkage is alkali-stable. (iii) *The linkage between 4-hydroxy-L-proline* and L-arabinose in cell walls prepared from higher plants, and in tomato extensin.[90,91] This is also an alkali-stable linkage. (iv) *Unusual linkages*, such as the 1-thioglycosidic, alkali-labile linkage of glycopeptides (isolated from normal urine) having a galactose disaccharide conjugated to the thiol group of L-cysteine,[92] and, from the human-erythrocyte membrane, having a glucose trisaccharide linked to the same amino acid[93]; also, the glycosidic linkage between the phenolic group of L-tyrosine and N-acetylneuraminic acid in chicken ovomucoid.[94]

The second class of linkage is the N-glycosylic type found in N-glycoproteins or N-glycosylproteins. Until now, only the association of 2-acetamido-2-deoxy-D-glucose and L-asparagine has been characterized: it is 2-acetamido-1-N-(L-aspart-4-oyl)-2-deoxy-β-D-glucopyranosylamine ("asparaginyl-N-acetylglucosamine").

---

(77) A. L. Rosenthal and J. H. Nordin, *J. Biol. Chem.*, 250 (1975) 5295–5303.
(78) J. B. Leleu, B. Fournet, J. P. Morilhat, R. Bonaly, and J. Montreuil, *Biochimie*, 59 (1977) 687–692.
(79) R. G. Spiro and V. D. Bhoyroo, *Fed. Proc.*, 30 (1971) 1223.
(80) L. Muir and Y. C. Lee, *J. Biol. Chem.*, 244 (1969) 2343–2349.
(81) D. T. A. Lamport, L. Katona, and S. Roerig, *Biochem. J.*, 133 (1973) 125–131.
(82) P. Hallgren, A. Lundblad, and S. Svensson, *J. Biol. Chem.*, 250 (1975) 5312–5314.
(83) G. Larriba, M. Klinger, S. Sramek, and S. Steiner, *Biochem. Biophys. Res. Commun.*, 77 (1977) 79–85.
(84) F. K. Hartley and F. R. Jevons, *Biochem. J.*, 84 (1962) 134–139.
(85) J. Montreuil, M. Monsigny, and M.-T. Buchet, *C. R. Acad. Sci., Ser. D*, 264 (1967) 2068–2071.
(86) W. T. Butler and L. W. Cunningham, *J. Biol. Chem.*, 241 (1966) 3882–3888.
(87) R. G. Spiro, *J. Biol. Chem.*, 242 (1967) 4813–4823.
(88) M. Isemura, T. Ikenaka, and Y. Matsushima, *J. Biochem. (Tokyo)*, 74 (1973) 11–21.
(89) T. Biswas and A. K. Mukherjee, *Carbohydr. Res.*, 63 (1978) 173–181.
(90) D. T. A. Lamport, *Nature (London)*, 216 (1967) 1322–1324.
(91) D. T. A. Lamport and D. H. Miller, *Plant Physiol.*, 48 (1971) 454–456.
(92) C.-J. Lote and J. B. Weiss, *Biochem. J.*, 123 (1971) 25P; *FEBS Lett.*, 16 (1971) 81–85.
(93) J. B. Weiss, C. J. Lote, and H. Bobinski, *Nature (London)*, 234 (1971) 25–26.
(94) M. A. Krysteva, I. N. Mancheva, and I. D. Dobrev, *Eur. J. Biochem.*, 40 (1973) 155–161.

b. n-Glycans and Isoglycans.—These glycans are present in two distinct forms, for which the following terminology was proposed.[14] (*i*) *Linear glycans* or n-*glycans*, as in acid glycosaminoglycans ("mucopolysaccharides"). These structures are relatively simple, as they result from the polymerization of disaccharide units, and they have been known for a long time. (*ii*) *Branched glycans* or *isoglycans*, the structures of which are more complex and present 1 to 5 branching points (see Figs. 4 to 22).

c. The Concept of a "Core" and of an "Inv" Fraction of Glycans.— The glycans of glycoproteins derive from the substitution of oligosaccharidic structures common to numerous glycans and which are, in consequence, nonspecific. These structures are conjugated to the nonglycosidic fraction of glycoconjugates, and constitute the most "internal" part of glycans, namely, the "core" (see Fig. 2). Core A exists in most of the *O*-glycosylproteins, core B constitutes the terminal sequence of proteoglycans, and core C is, with a few rare exceptions, common to all *N*-glycosylproteins[14]; the last results from the association, by a β-glycosidic linkage, of a mannotriose having a residue of di-*N*-acetylchitobiose, itself linked to an asparagine residue. It has been proposed that these common, nonspecific "cores" constitute the invariant (*inv*) fraction of glycans[14].

d. The Concepts of the Antenna and the "Var" Fractions of Glycans.[14]—The glycan structures are created by substitution of the *inv* cores by very diverse glycosidic structures that confer specificity on the glycans (see Table II and Figs. 4 to 16 in this regard), and which thus constitute the variable fraction (*var* fraction) of the latter. In addition, firstly, on the basis of the spatial conformation of the glycans (see Fig. 34), and secondly, in adopting the hypothesis that the *var* glyco-

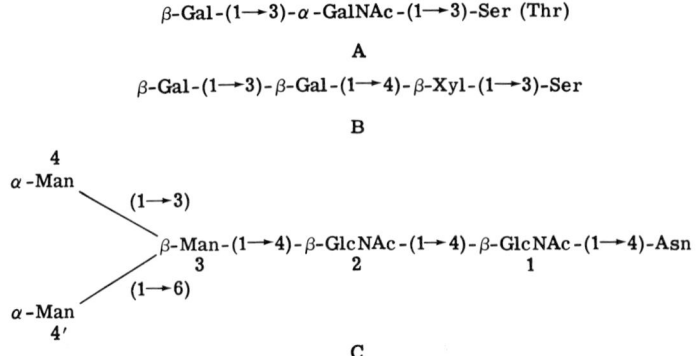

FIG. 2.—Oligosaccharide "Inner" Cores of Glycoproteins.

sidic motifs are the recognition signals carried by glycoproteins, it was proposed[14] that the glycosidic structures substituting the cores be termed "*antennae.*"

e. Oligomannosidic and N-Acetyl-lactosaminic Structures of Glycans of N-Glycosylproteins.

—The N-glycosylproteins may be classified fundamentally in two families (see Fig. 3) according to the nature of the carbohydrates that substitute the pentasaccharidic core C and that constitute the specific structural motif of the glycans.

In the first family, the pentasaccharide is substituted uniquely by mannose residues, and it was proposed[14] that these glycans be called the oligomannosidic type. The glycans[95-104] in Figs. 4 to 10 belong to this family.

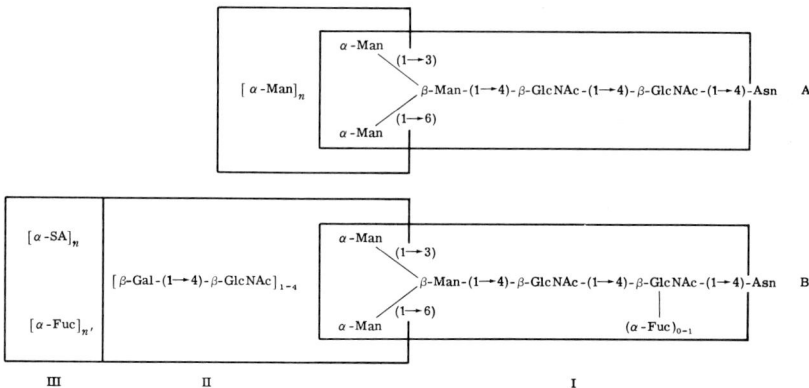

FIG. 3.—General Structural Schemes of N-Glycosylically Linked Glycans. (A, Oligomannosidic type; B, N-acetyl-lactosaminic type.)

(95) H. Yamaguchi, T. Ikenaka, and Y. Matsushima, *J. Biochem. (Tokyo)*, 70 (1971) 587–594.
(96) T. Tai, K. Yamashita, A. M. Ogata, N. Koide, T. Muramatsu, S. Iwashita, Y. Inoue, and A. Kobata, *J. Biol. Chem.*, 250 (1975) 8569–8575.
(97) T. Tai, K. Yamashita, I. Setsuko, and A. Kobata, *J. Biol. Chem.*, 252 (1977) 6687–6694.
(98) T. Tai, K. Yamashita, and A. Kobata, *Biochem. Biophys. Res. Commun.*, 78 (1977) 434–440.
(99) J. Conchie and I. Strachan, *Carbohydr. Res.*, 63 (1978) 193–213.
(100) P. W. Robbins, S. J. Turco, S. C. Rubbard, D. Wirth, and T. Liu, in *Proc. Int. Symp. Glycoconjugates, IVth, Woods Hole, 1977*, Academic Press, New York, 1979, pp. 441–448.
(101) S. Ito, K. Yamashita, R. G. Spiro, and A. Kobata, *J. Biochem. (Tokyo)*, 81 (1977) 621–631
(102) H. Lis and N. Sharon, *J. Biol. Chem.*, 253 (1978) 3468–3476.
(103) A. Chéron, unpublished results.
(104) T. Nakajima and C. E. Ballou, *J. Biol. Chem.*, 249 (1974) 7685–7694.

TABLE II: Structures[a] of Biantennary Glycans N-Glycosylically Linked to Protein

Fundamental structure

$$\beta\text{-Gal-}(1\to4)\text{-}\beta\text{-GlcNAc-}(1\to2)\text{-}\alpha\text{-Man}\underset{6'}{\overset{6}{}}$$

$$\begin{array}{c}4\\1\\\downarrow\\3\end{array}$$

$$\beta\text{-Man-}(1\to4)\text{-}\beta\text{-GlcNAc-}(1\to4)\text{-}\beta\text{-GlcNAc-}(1\to4)\text{-Asn}$$
$$\underset{2}{}\quad\underset{1}{}$$

$$3\quad\overset{6}{\underset{1}{\uparrow}}$$

$$\beta\text{-Gal-}(1\to4)\text{-}\beta\text{-GlcNAc-}(1\to2)\text{-}\alpha\text{-Man}\underset{4'}{}$$
$$\underset{5'}{}$$

Designation of structures	Origin of glycans		Substitution by additional residues of						References
			Gal-6	Gal-6'	GlcNAc-5	GlcNAc-5'	Man-3	GlcNAc-1	
1	Human-serum transferrin		α-NeuAc-(2→6)	α-NeuAc-(2→6)	—	—	—	—	35,36
2	Human α₁-acid glycoprotein		α-NeuAc-(2→3,6)	α-NeuAc-(2→3,6)	—	—	—	—	38,39
3	Rabbit-serum transferrin	GP-1	α-NeuAc-(2→6)	α-NeuAc-(2→6)	—	—	—	—	105
4		GP-2	α-NeuAc-(2→6)	α-NeuAc-(2→6)	—	—	—	—	105
5		GP-3	—	α-NeuAc-(2→6)	—	—	—	—	105
6	Human lactotransferrin	GP-1	α-NeuAc-(2→6)	α-NeuAc-(2→6)	—	—	—	—	35,106
7		GP-2	—	α-NeuAc-(2→6)	α-Fuc-(1→3)	—	—	—	35,106
8		GP-3	α-NeuAc-(2→6)	—	—	α-Fuc-(1→3)	—	—	35,106
9		GP-4	—	—	α-Fuc-(1→3)	α-Fuc-(1→3)	—	—	35,106
10	Human-milk IgA	GP-1	α-NeuAc-(2→6)	—	—	—	—	α-Fuc-(1→6)	107
11		GP-2	—	—	α-Fuc-(1→3)	—	β-GlcNAc-(1→4)	α-Fuc-(1→6)	107
12	Human-serum IgE	GP-B1	α-NeuAc-(2→6)	α-NeuAc-(2→6)	—	—	—	α-Fuc-(1→6)	37,42
13	Human-serum IgA and IgE (GP-B3)		α-NeuAc-(2→6)	α-NeuAc-(2→6)	—	—	—	α-Fuc-(1→6)	37,42
14	Bovine-serum IgG		—	—	—	—	—	α-Fuc-(1→6)	108
15	Bovine-colostrum IgG	GC-2	—	—	—	—	—	—	109
16		GC-1	—	—	—	—	—	α-Fuc-(1→6)	109
17		GC-4	α-NeuAc-(2→6)	α-NeuAc-(2→6)	—	—	—	—	109
18		GC-3	α-NeuAc-(2→6)	α-NeuAc-(2→6)	—	—	—	α-Fuc-(1→6)	109
19	Human-serum IgA₁		α-NeuAc-(2→6)	—	—	—	β-GlcNAc-(1→4)	—	42
20	Human-serum IgG		α-NeuAc-(2→6)	α-NeuAc-(2→6)	—	—	β-GlcNAc-(1→4)	α-Fuc-(1→6)	37,42
21	Sindbis virus S₁ glycopeptide		α-NeuAc-(2→3)	α-NeuAc-(2→3)	—	—	—	α-Fuc-(1→6)	100
22	Horse, pancreatic ribonuclease		α-NeuAc-(2→6)	α-NeuAc-(2→3)	—	—	—	α-Fuc-(1→6)	110

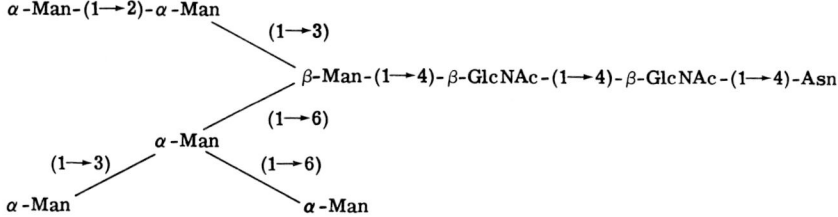

FIG. 4.—Structure of Taka-amylase A Glycan.[95]

In the second family, the pentasaccharide is substituted by a variable number of residues of N-acetyl-lactosamine [β-Gal-(1→4)-GlcNAc], and of sialic acid or fucose, or both, and it was proposed[14] that these structures be called the N-acetyl-lactosaminic type. Up to the present, the carbohydrate structures that have been found in this family, associated with core C, are the following: (1) substitution on C-2 of the mannose-4 and -4' residues (see Fig. 3) by 2 residues of N-acetyl-lactosamine, leading to the *diantennary* glycans of Table II and Fig. 11A; (2) substitution by 3 residues of N-acetyl-lactosamine, giving *triantennary* structures, either on C-2 and C-4 of mannose-4 and on C-2 of mannose-4' (see Figs. 11B and 12), or on C-2 of mannose-4 and on C-2 and C-6 of mannose-4' (see Fig. 13); (3) substitution by 4 residues of N-acetyl-lactosamine on C-2 and C-4 of the mannose-4 residue and on C-2 and C-6 of the mannose-4' residue, which makes up the *tetra-antennary* glycans (see Fig. 11C); (4) Substitution on C-4 of the mannose-3 residue by a 2-acetamido-2-deoxyglucose residue (structures 11, 19, and 20 in Table II; Figs. 14 to 18); (5) substitution on C-6 of the 2-acetamido-2-deoxyglucose-1 residue by a fucose residue (structures 6–14, 16, 18, and 20–22 in Table II; Figs. 13, 14, and 22); and (6) substitution on C-3 of the 2-acetamido-2-deoxyglucose-5 or -5' residues, or both (structures 7–9 and 11 of Table II) or of the 2-acetamido-2-deoxyglucose-7 residue (Figs. 11B and 11C; structures of the glycans of GP-II-4, GP-III-5, GP-IV-4, GP-IV-5, GP-V-2, and GP-V-3 of α_1-acid glycoprotein).

---

(105) D. Léger, V. Tordera, and G. Spik; L. Dorland, J. Haverkamp, and J. F. G. Vliegenthart, *FEBS Lett.*, 93 (1978) 255–260.
(106) G. Spik, R. Debray-Vandersyppe, B. Fournet, and J. Montreuil, unpublished results.
(107) G. Spik, A. Crétel, M. Pamblanco, and J. Montreuil, unpublished results.
(108) T. Tai, S. Ito, K. Yamashita, T. Muramatsu, and A. Kobata, *Biochem. Biophys. Res. Commun.*, 65 (1975) 968–974.
(109) A. Chéron, B. Fournet, G. Spik, and J. Montreuil, *Biochimie*, 58 (1976) 927–942.
(110) B. L. Schut, L. Dorland, J. Haverkamp, J. F. G. Vliegenthart, and B. Fournet, *Abstr. Int. Symp. Carbohydr. Chem., IXth, London*, 1978, pp. 459–460; *Biochem. Biophys. Res. Commun.*, 82 (1978) 1223–1228.

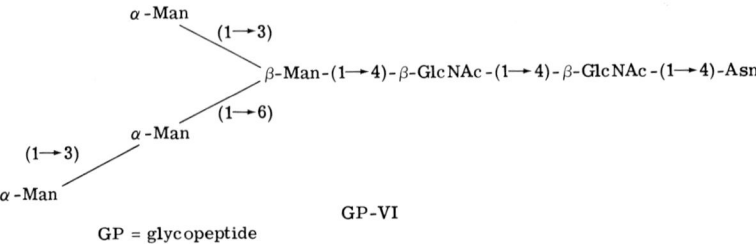

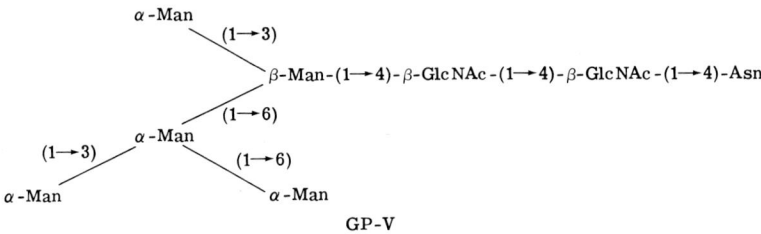

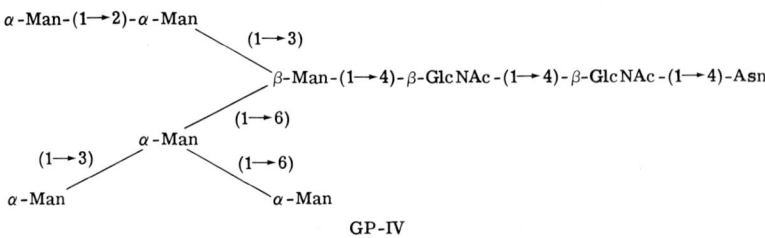

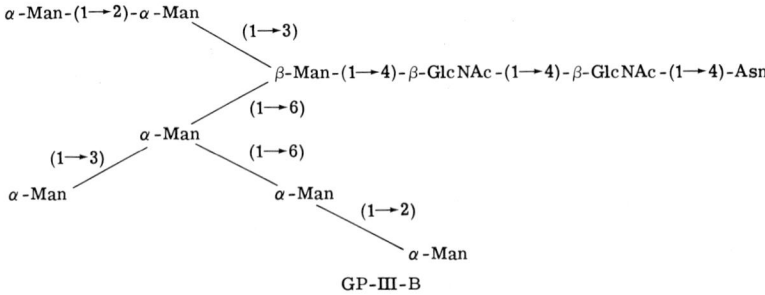

Fig. 5.—Structure of Hen-ovalbumin Glycopeptides GP-IV and GP-V (Ref. 96), GP-III-B (Ref. 97), and GP-VI (Ref. 98). [GP-V is identical to that of Taka-amylase A glycan (see Fig. 4); GP-IV and GP-V are identical to GP-5 and GP-6 glycopeptides from ovalbumin, as described by Conchie and Strachan.[99]]

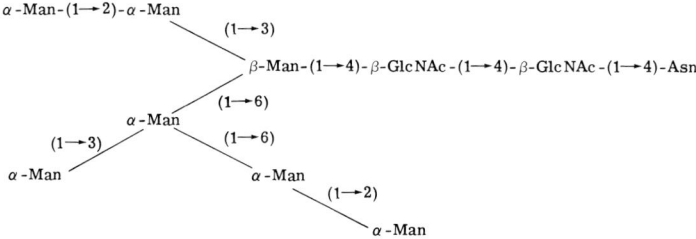

FIG. 6.—Structure of Sindbis Virus S-4 Glycan[100] (Compare with GP-III-B in Fig. 5).

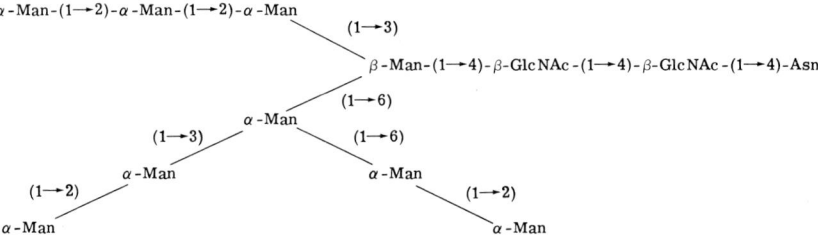

FIG. 7.—Structure of Glycan[101] of Calf Thyroglobulin Unit A.

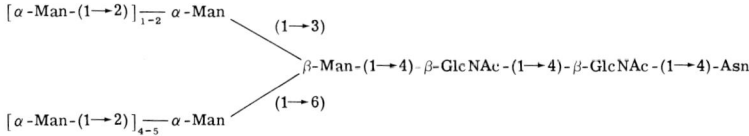

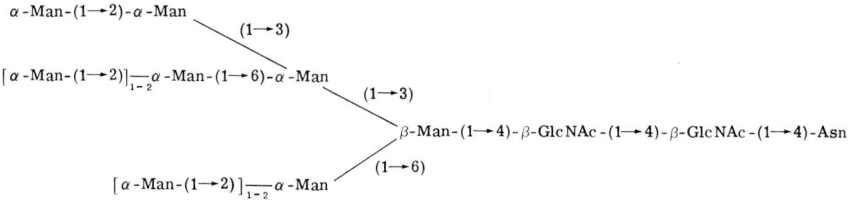

FIG. 8.—Structure of Glycans of Soybean Lectin.[102]

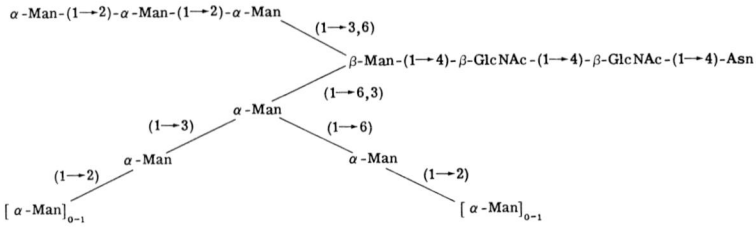

FIG. 9.—Structure of Glycans[103] of Bovine-milk Lactotransferrin ("Red Protein").

Occasionally, the branchings are incomplete and the formation of the N-acetyl-lactosamine residues is only started in outline, as in the glycans of ovotransferrin (see Fig. 15), ovalbumin (see Fig. 16), and ovomucoid (see Fig. 18). In other instances, glycan structures such as have just been described are enriched with supplementary monosaccharide residues; for example, the occurrence of disialyl groups [α-NeuAc-(2→8)-α-NeuAc], and of β-Gal-(1→3) residues linked to the terminal galactosyl residues, has been demonstrated in different tissues and cell membranes,[114,115] and in calf-thymocyte membranes,[116] respectively.

Finally, articles by Kobata and coworkers[96,97,117] on the structure

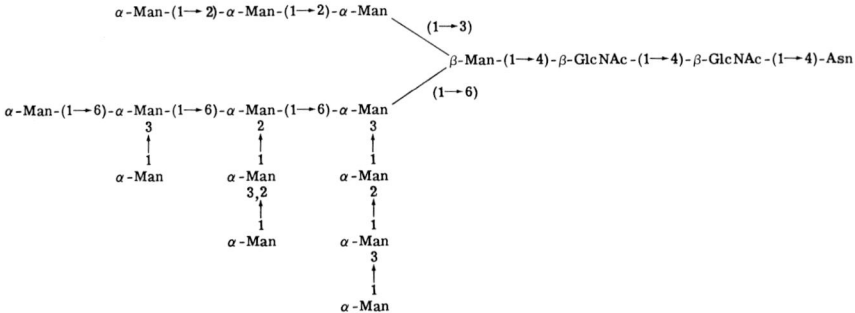

FIG. 10.—Core of "Mannan" (Ref. 104) of S. cerevisiae X-2180-1A Wild Type.

(111) B. Nilsson, N. E. Nordén, and S. Svensson, J. Biol. Chem., 254 (1979) 4545–4553.
(112) T. Kondo, M. Fukuda, and T. Osawa, Carbohydr. Res., 58 (1977) 405–414.
(113) G. Spik, B. Fournet, and J. Montreuil, C. R. Acad. Sci., Ser. D, 288 (1979) 967–970.
(114) J. Finne, T. Krusius, and H. Rauvala, Biochem. Biophys. Res. Commun., 74 (1977) 405–410.
(115) J. Finne, T. Krusius, H. Rauvala, and K. Hemminki, Eur. J. Biochem., 77 (1977) 319–323.
(116) R. Kornfeld, Biochemistry, 17 (1978) 1415–1423.
(117) K. Yamashita, Y. Tachibana, and A. Kobata, J. Biol. Chem. 253 (1978) 3862–3869.

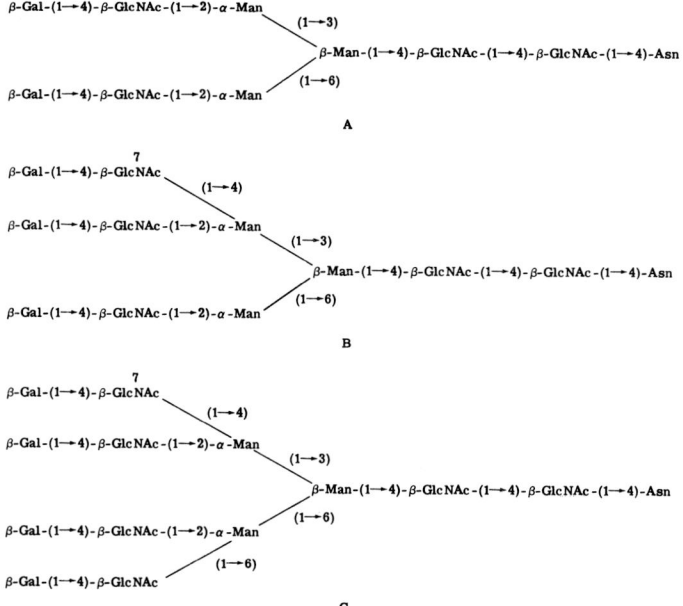

Fig. 11.—Structure of Di-, Tri-, and Tetra-antennary Asialoglycans of α_1-Acid Glycoprotein.[38,39] [Structure A, GP-II-6; Structure B, GP-II-5, GP-III-3, GP-III-7, and GP-IV-7; structure C, GP-II-3, GP-III-2, GP-III-6, GP-IV-3, GP-IV-6, and GP-V-4. In some glycans (glycans BP and CF), a supplementary α-L-fucosyl residue is substituted at O-3 of the 2-acetamido-2-deoxy-D-glucose residue no. 7 in structures B (GP-II-4) and C (GP-III-5, GP-IV-4, GP-IV-5, GP-V-2, and GP-V-3). For nomenclature of GP glycopeptides from α_1-acid glycoprotein, see Ref. 40. Most of the residues of galactose are substituted on C-3 and C-6 by N-acetylneuraminic acid.]

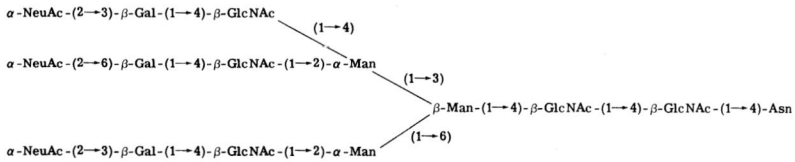

Fig. 12.—Structure of Fetuin Glycan.[111]

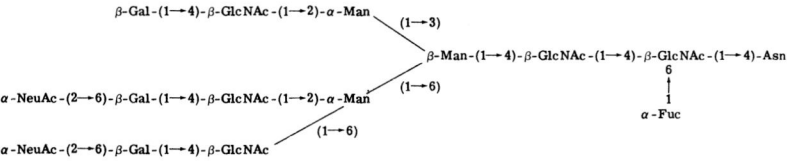

Fig. 13.—Structure of Unit-B Type of Glycopeptide GP-3 of Porcine Thyroglobulin.[112]

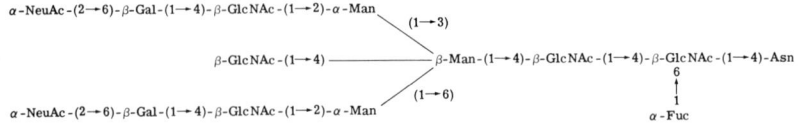

FIG. 14.—Structure of Human IgG Glycopeptide.[37,42]

of ovalbumin glycopeptides (see Fig. 16) lead us to define a third family of N-glycosylproteins in which the glycans simultaneously have structures of the oligomannosidic and of the N-acetyl-lactosaminic type, and thus belong to the mixed oligomannosidic-N-acetyllactosaminic type.

Summarizing, the perfecting of techniques has, in the past few years, allowed the definition of the primary structure of the carbohydrate moieties of numerous glycoproteins. The results obtained in demonstrating that the glycans possess a certain unity of structure raise very interesting questions of comparative biochemistry and of phylogeny and, in addition, allow the foundations to be laid for the molecular biology of the glycoproteins. However, the concept of the common pentasaccharide core and of the oligosaccharide structures common to all of the N-glycosylproteins must not be accepted as dogma, as several, "non-orthodox" structures have been described (see Figs. 17 to 22). They generally differ from the "orthodox" structures in the existence of a single 2-acetamido-2-deoxyglucose residue, instead of two, at the end conjugated to asparagine, and by the replacement of N-acetyl-lactosamine residues by structures of the "iso-N-acetyl-lactosaminic" type. In addition, the isolation,[123] from the urine of an Angus calf

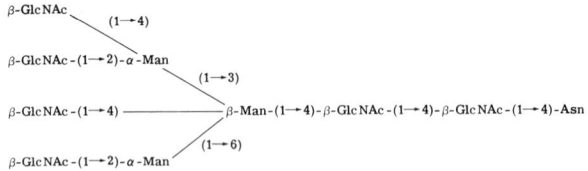

FIG. 15.—Structure of Hen-ovotransferrin Glycopeptide.[113]

(118) F. Miller, *Immunochemistry*, 9 (1972) 217–228.
(119) B. Bayard and J. Montreuil, in Ref. 13, pp. 209–218.
(120) N. Takahashi and T. Murachi, *Methods Carbohydr. Chem.*, 7 (1976) 175–184.
(121) J. F. Kennedy and M. F. Chaplin, *Biochem. J.*, 155 (1976) 303–315.
(122) S. N. Bhattacharyya and W. S. Lynn, *J. Biol. Chem.*, 252 (1977) 1172–1180.
(123) A. Lundblad, B. Nilsson, N. E. Nordén, S. Svensson, P. A. Öckerman, and R. D. Jolly, *Eur. J. Biochem.*, 59 (1975) 601–605.

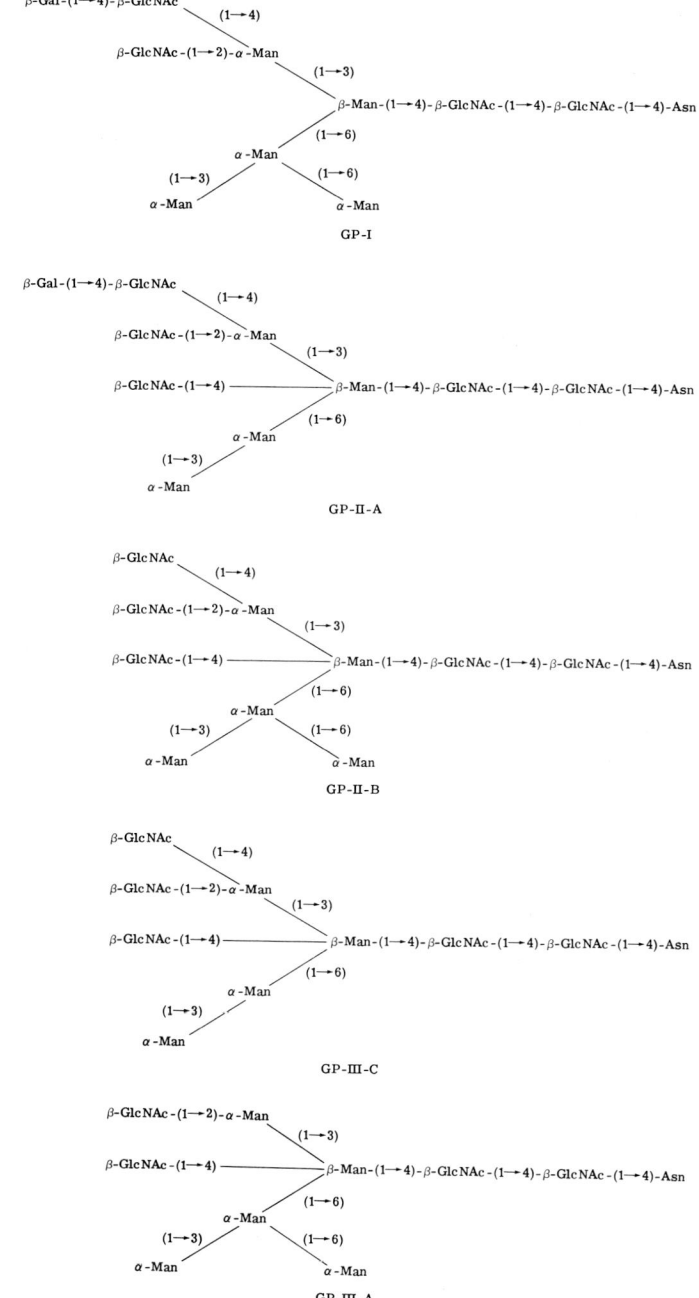

Fig. 16.—Structure of Hen-ovalbumin Glycopeptide of Oligomannosyl-*N*-acetyl-lactosaminic Type.[97,117] (GP-III-A is identical to GP-4-B as described by Conchie and Strachan.[99])

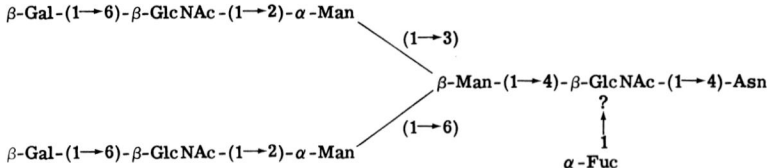

FIG. 17.—Structure [118] of Human Myeloma IgM.

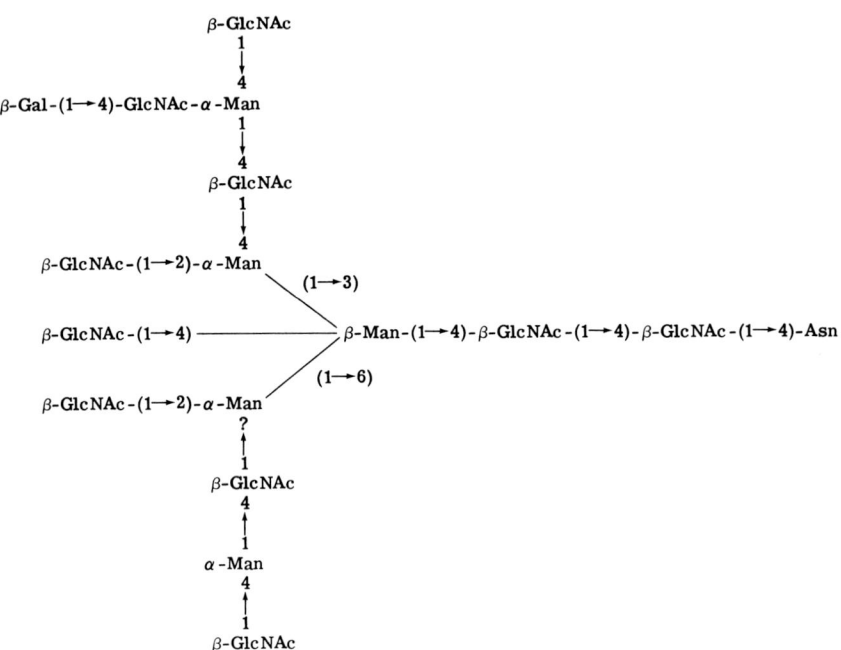

FIG. 18.—Structure of Hen-ovomucoid β-Glycopeptide.[119]

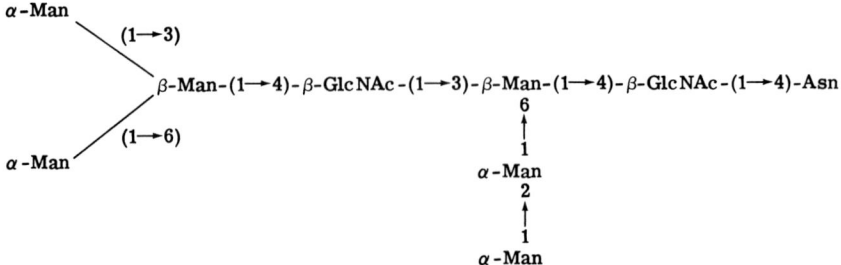

FIG. 19.—Structure [37] of C-1 Glycopeptide of Human Myeloma IgE.

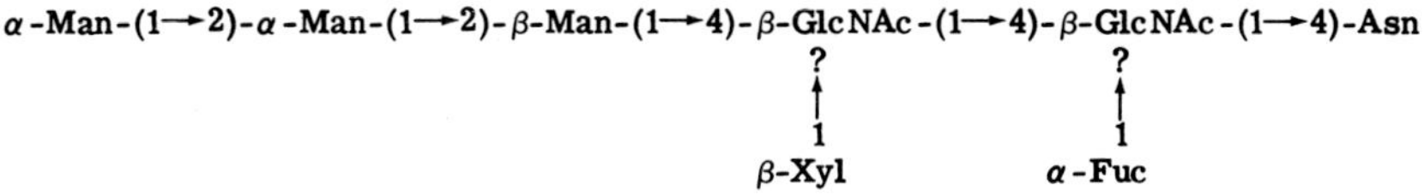

α-Man-(1→2)-α-Man-(1→2)-β-Man-(1→4)-β-GlcNAc-(1→4)-β-GlcNAc-(1→4)-Asn
```
                                    ?                    ?
                                    ↑                    ↑
                                    1                    1
                                  β-Xyl                α-Fuc
```

FIG. 20.—Structure of Glycan of Pineapple-stem Bromelain.[120]

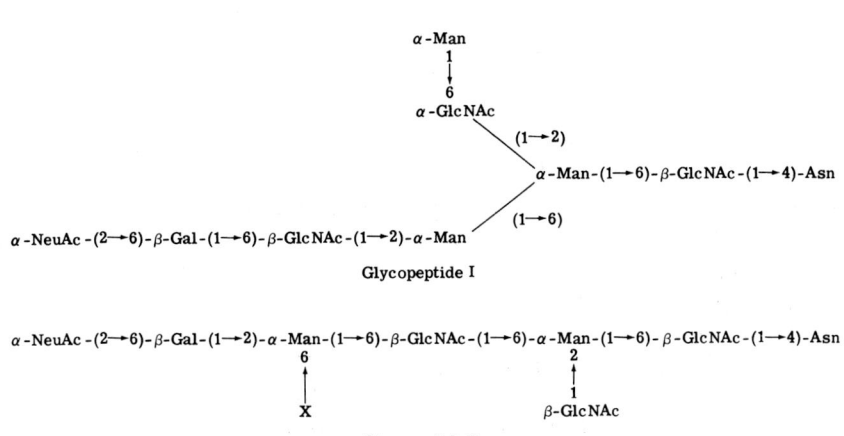

FIG. 21.—Proposed Structures of Glycopeptides 1 and 2 of Glycan of Human Chorionic Gonadotropin α-Subunit (X = Unknown Substituent).[121]

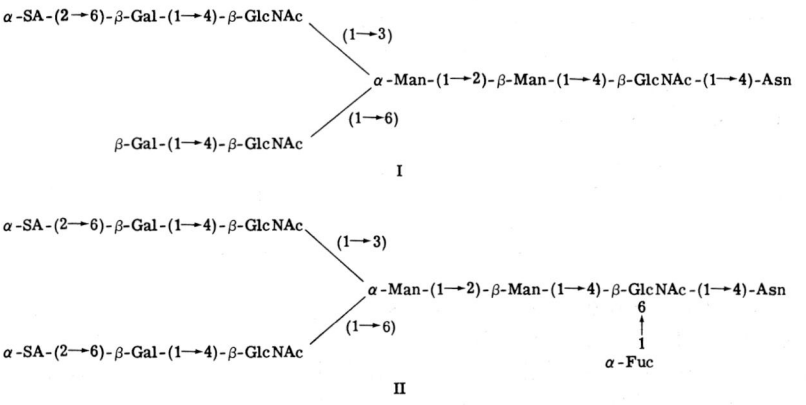

FIG. 22.—Proposed Structures[122] for Glycan Units of Alveolar Glycoprotein Glycopeptides I and II.

α-Man-(1→6)-β-Man-(1→4)-β-GlcNAc-(1→4)-β-GlcNAc-(1→4)-GlcNAc

FIG. 23.—Structure of the Isolated Oligosaccharide I from Urine of Bovine Mannosidosis.[123]

having mannosidosis, of a pentasaccharide having a tri-N-acetylchitobiose residue in the terminal, reducing position (see Fig. 23) suggests the existence of glycan cores containing more than two residues of 2-acetamido-2-deoxyglucose. Interestingly, these structures generally belong to glycoproteins of pathological origin, and they are, perhaps, evidence of the molecular lesion linked to the nature of the illness itself.

In conclusion, the glycans known at present reveal profound structural analogies, but each possesses its own peculiar attributes. If, however, some glycans carried by certain glycoproteins whose functions are different have identical structures, this fact is not in contradiction to the concept of recognition signals. In fact, it is advisable to consider the glycoprotein molecules as a whole. It is established that an infinity of different "saccharidic environments" exists, because the peptide chains may be substituted (i) by a variable number of glycans, one in rabbit serotransferrin,[105] and two in human serotransferrin,[35,36] and (ii) simultaneously by glycans of different types, for example, by oligomannosidic and N-acetyl-lactosaminic types, as in cow lactotransferrin,[103] or by N-glycosylic and glycosidic types, as in human IgA.[43]

2. Primary Structure and Metabolism of the N-Linked Glycans

a. *Primary Structure and Biosynthesis.*—It is now well established that glycans are synthesized by the transfer of monosaccharides, conjugated to nucleotides in the form of glycosyl esters of nucleotides, to acceptors, a transfer catalyzed by specific glycosyltransferases according to the following scheme.

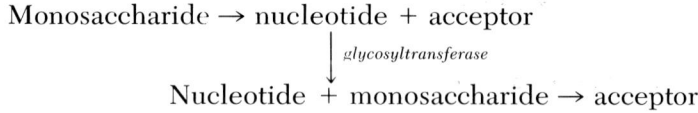

It has also been well demonstrated that the biosynthesis of the glycoproteins starts in the rough, endoplasmic reticulum, where *all* of the mannose and some of the 2-acetamido-2-deoxyglucose residues are conjugated, and that it continues and is terminated in the smooth, endoplasmic reticulum and the Golgi apparatus, where the remaining 2-acetamido-2-deoxyglucose residues and *all* of the galactose, fucose, and sialic acid residues are transferred. It may thus be presumed that, for the N-acetyl-lactosaminic type of glycans, the pentasaccharide core common to all of these glycans (fragment I in Fig. 3) is synthesized, and conjugated to protein, in the rough, endoplasmic reticulum, and that the antennae (fragments II and III in Fig. 3) are formed in the smooth-membrane fraction of the cell.

Such glycan structures as we know at present conform with the conceptions we have of their biosynthesis, as the sequence of the monosaccharide residues in the glycan structures corresponds well with the chronological order of their conjugation. However, the regulation mechanisms of glycoprotein biosynthesis are still not known. Hence, the conceptions that we now have concerning the latter are very standard. Consequently, they will not be developed further, but, instead, the reader is referred to a fundamental communication by Roseman[124] and to some general reviews relating to the biosynthesis of glycoproteins and to the role played in the latter by lipid intermediates or polyprenols.[10,13,16,29,33,125-136]

However, some results will be briefly described that lie outside classicism, and that concern the control of glycan biosynthesis by the primary structure of the peptide chain and by the oligosaccharide motifs carried by the glycan itself.

(i) **Peptide-chain Conformation, and Glycosylation of Proteins.**—It is well established that such specific amino acid sequences as Asn-X-Ser (or Thr), in the case of proteins containing an N-glycosyl type of protein–glycan linkage, are a necessary, but not a sufficient, condition for carbohydrate attachment to proteins. A second requirement has now been defined: that glycosylated regions of peptide chains could be associated with a specific, secondary structure. In fact, by applying

---

(124) S. Roseman, *Chem. Phys. Lipids*, 5 (1970) 270–297.
(125) R. Piras and H. G. Pontis, *Biochemistry of the Glycosidic Linkage*, PAABS Symposium, Vol. 2, Academic Press, New York, 1972.
(126) W. J. Lennartz and M. G. Scher, *Biochim. Biophys. Acta*, 265 (1972) 417–441.
(127) W. J. Lennarz and M. G. Scher, *Bioenergetics*, 4 (1972) 441–453.
(128) H. Schachter and L. Rodén, in W. H. Fishman (Ed.), *Metabolic Conjugation and Metabolic Hydrolysis*, Vol. 3, Academic Press, New York, 1973, pp. 1–149.
(129) H. B. Bosmann, R. J. Bernacki, and B. B. Kirschbaum, in Ref. 13, pp. 893–907.
(130) H. B. Bosmann, in Ref. 13, pp. 909–920.
(131) J. Molnar, in Ref. 13, pp. 921–935.
(132) H. Schachter, in Ref. 13, pp. 937–955.
(133) R. J. Ivatt, *Biosystems*, 7 (1975) 154–159.
(134) J. Molnar, *Mol. Cell. Biochem.*, 6 (1975) 3–14.
(135) W. J. Lennartz, *Science*, 188 (1975) 986–991.
(136) F. W. Hemming, *Biochem. Soc. Trans.*, 5 (1977) 1223–1231.

predictive methods[137-139] to amino acid sequences adjacent to the glycosylated sites of numerous glycoproteins (9 O-glycosylically and 28 N-glycosylically linked glycans in Refs. 140–142 and 31 N-glycosylically linked glycans in Ref. 143), it has been demonstrated that glycans are located in amino acid sequences favoring turn or loop structures, as defined by Kuntz[137]; most are in tetrapeptide β-turns, and the rest are in other types of loops or turns of the peptide chain, such as "hairpins" and corners (see Fig. 24). Thus, the glycosylation may be favored, as turn and loop conformations are generally located at the surface of globular proteins, making the asparagine residues present in these particular structures readily accessible to glycosyltransferases. In addition, proof has been obtained that the carbohydrate moieties are positioned on the outside of the glycoprotein molecule, and this result is in good agreement with the role of recognition signal played by glycans. Moreover, it is possible that protection against proteolytic attack may be due to the masking of turns and loops by the conjugated carbohydrate.[143]

(ii) **Glycan Primary Structure as a Guide for Glycosylation.**—Examination of the glycan structures known at present showed that a series of "substitution laws" exist, and that these are restrictive. For example, for N-acetyl-lactosamine glycans, the following rules for substitution are evident: (a) substitution of the terminal galactose residues by sialic acid residues on C-3 and C-6 only; (b) substitution by fucose residues on C-3 of the 2-acetamido-2-deoxyglucose residues constituting part of the N-acetyl-lactosamine residues, and on C-6 of 2-acetamido-2-deoxyglucose residues linked to asparagine; (c) substitution on C-4 of β-mannose by a residue of 2-acetamido-2-deoxyglucose; and (d) substitution of the mannose-4 and -4' residues (see the fundamental structure in Table II) by supplementary antennae on C-4 for mannose-4 and on C-6 for mannose-4'.

(137) I. D. Kuntz, *J. Am. Chem. Soc.*, 94 (1972) 4009–4012.
(138) V. I. Lim, *J. Mol. Biol.*, 88 (1974) 873–894.
(139) P. Y. Chou and G. D. Fasman, *Biochemistry*, 13 (1974) 211–245.
(140) M.-H. Loucheux-Lefebvre and J.-P. Aubert, *C. R. Acad. Sci., Ser. D*, 282 (1976) 585–587.
(141) J.-P. Aubert and M.-H. Loucheux-Lefebvre, *Arch. Biochem. Biophys.*, 175 (1976) 400–409.
(142) J.-P. Aubert, G. Biserte, and M.-H. Loucheux-Lefebvre, *Arch. Biochem. Biophys.*, 175 (1976) 410–418.
(143) J. G. Beeley, *Biochem. J.*, 159 (1976) 335–345; *Biochem. Biophys. Res. Commun.*, 76 (1977) 1051–1055.

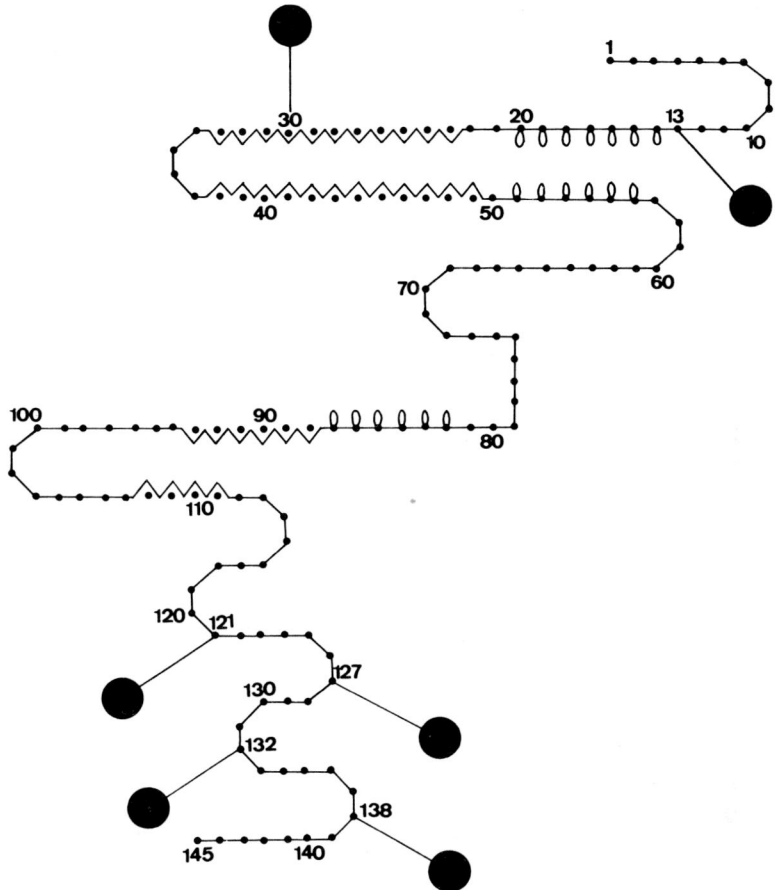

Fig. 24.—Evaluated, Secondary Structure of Hormonocorticogonadotropin β-Subunit.[142] [Residues are represented in their respective conformational state: helical (○), β-sheet (△), coil (−), β-turn tetrapeptides (⌒); Asn 13 and 30 and Ser 121, 127, 132, and 138 carry a carbohydrate moiety.]

It thus became desirable to understand, first, the basis of this determinism in the creation of glycosidic linkages, and second, the order in which the residues of monosaccharides of the branching points are conjugated. Some work has now been performed that demonstrates that this double problem is linked simultaneously to the specificity of the glycosyltransferases and to the presence of well defined, oligosaccharide structures in the glycan molecule. For example, Roseman's group[144-147] has characterized a number of sialyltransferase activities that differ from one another in their substrate specificities or in the nature of the glycosidic linkages formed between sialic acid and the carbohydrate acceptor, suggesting that several different transferases are responsible for forming the different sialyl linkages. This point was confirmed by Paulson and coworkers,[148,149] who isolated a CMP–N-acetylneuraminate:β-D-galactoside α-(2→6)-sialyltransferase from bovine colostrum responsible for incorporating N-acetylneuraminic acid onto the sequence β-Gal-(1→4)-GlcNAc. It has a strict substrate specificity, and forms only the α-(2→6)-sialyl linkage. N-Acetyl-lactosamine and asialoglycoproteins of the N-acetyl-lactosaminic type are the best acceptor substrates. Isomers of N-acetyl-lactosamine having β-(1→3)- or β-(1→6)-glycosidic linkages, as well as lactose, are poor acceptors.

Particularly interesting are some findings by Schachter and coworkers[150,151] on the conjugation of monosaccharides at the branching points. They concern the linkage of the fucose residue on the 2-acetamido-2-deoxyglucose attached to asparagine, and the conjugation of residues of 2-acetamido-2-deoxyglucose on α-mannose residues 4 and 4' (see the fundamental structure in Table II), demonstrating that this occurs in a well defined sequence. These authors have, in fact, demonstrated that the attachment of a 2-acetamido-2-deoxyglucose residue to the mannose-4 residue of the pentasaccharidic core of glycoproteins of the asparaginyl–2-acetamido-2-deoxyglucose type is an essential prerequisite both for attachment of a fucose residue to the internal 2-acetamido-2-deoxyglucose residue and for the attachment of a second 2-acetamido-2-deoxyglucose residue to the mannose-4' residue of the core. The sequence of these reactions[151-153] is illustrated in Fig. 25.

(144) B. Kaufman, S. Basu, and S. Roseman, in S. M. Aron and B. N. Volk (Eds), *Proc. Int. Symp. Cerebral Sphingolipidosis, 8th*, Pergamon Press, New York, 1966, pp. 193–213.
(145) B. A. Bartholomew, G. W. Jourdian, and S. Roseman, *J. Biol. Chem.*, 248 (1973) 5751–5762.
(146) D. M. Carlson, G. W. Jourdian, and S. Roseman, *J. Biol. Chem.*, 248 (1973) 5742–5750.
(147) D. M. Carlson, E. J. McGuire, G. W. Jourdian, and S. Roseman, *J. Biol. Chem.*, 248 (1973) 5763–5773.
(148) J. C. Paulson, W. E. Beranek, and R. L. Hill, *J. Biol. Chem.*, 252 (1977) 2356–2362.
(149) J. C. Paulson, J. I. Rearick, and R. L. Hill, *J. Biol. Chem.*, 252 (1977) 2363–2371.
(150) J. R. Munro and H. Schachter, *Arch. Biochem. Biophys.*, 156 (1973) 534–542.
(151) J. R. Wilson, D. Williams, and H. Schachter, *Biochem. Biophys. Res. Commun.*, 72 (1976) 909–916.

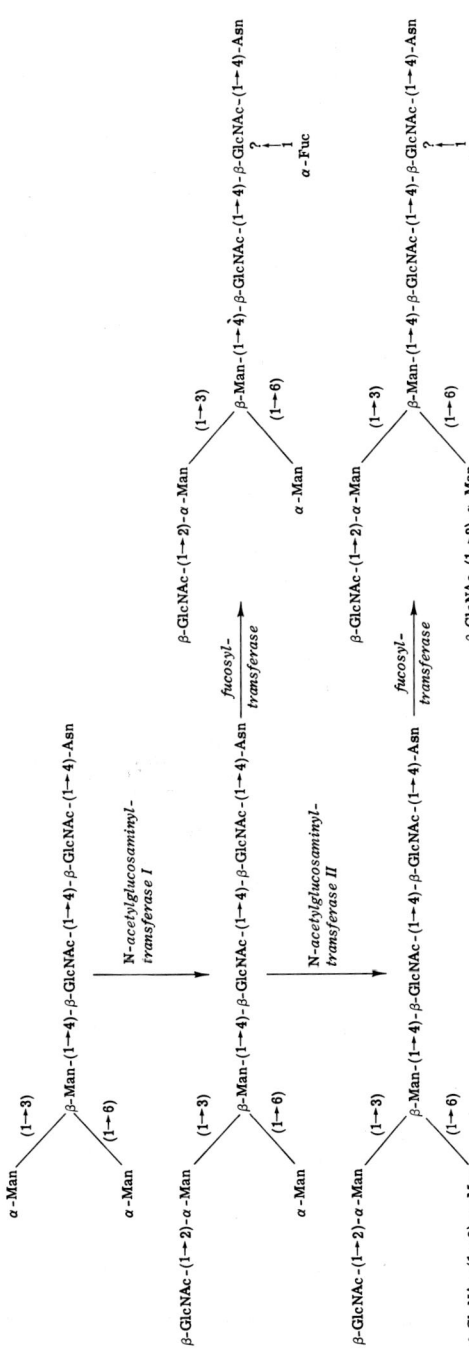

Fig. 25.—Sequence of Reactions Catalyzed by UDP-2-acetamido-2-deoxy-D-glucose: α-D-mannoside-2-acetamido-2-deoxy-D-glucosyltransferases I and II of Chinese-hamster, Ovary Cells[154,155] and by GDP-L-fucose: 2-acetamido-2-deoxy-β-D-glucoside-L-fucosyltransferase from Rat Liver.[156,157]

(iii) **Maturation of Glycans.**—The first stage in the formation of a glycoprotein, that of the conjugation of the carbohydrate to the peptide chain, is thus coded and directed by peptidic structures, while the biosynthesis of the glycan is itself coded and directed by oligosaccharide structures. Finally, it has now been demonstrated[158,159] that glycans of viral glycoproteins of the N-acetyl-lactosaminic type are not biosynthesized directly in their definitive form, but that they pass through an intermediate stage consisting of a structure of the oligomannosidic type. A study of the biosynthesis of the oligosaccharide moieties of the envelope glycoprotein of vesicular-stomatitis virus (VSV), a glycoprotein of the N-acetyl-lactosaminic type, has been undertaken by Hunt and coworkers.[158] The results indicated that a large, oligomannosidic structure containing ~7-9 mannosyl residues is initially added to the glycoprotein in the rough, endoplasmic reticulum, probably by transfer *en bloc* from lipid intermediates. Then, these oligomannosidic structures are "trimmed" to the pentasaccharidic core [$Man_3(GlcNAc)_2$] by the removal of mannose residues by specific mannosidases, either exo[159] or endo.[160] This hypothesis was reinforced by the isolation from rat liver, characterization, and purification of an α-mannosidase specifically present in the Golgi membranes.[161] In a final step, apparently occurring in smooth membranes, the chain-branches NeuAc–Gal–GlcNAc and fucose are added prior to the appearance of the mature glycoprotein at the plasma membrane. Similar results have been obtained by Renkonen's group with the Semliki Forest virus (personal communication).

According to Hunt and coworkers "these findings demonstrate an

---

(152) S. Narasimhan, P. Stanley, D. Williams, and H. Schachter, *Fed. Proc., Fed. Am. Soc. Exp. Biol.*, 35 (1976) 1441.
(153) S. Narasimhan, P. Stanley, and H. Schachter, *J. Biol. Chem.*, 252 (1977) 3926–3933.
(154) S. Narasimhan, P. Stanley, L. Siminovitch, and H. Schachter, *Fed. Proc., Fed. Am. Soc. Exp. Biol.*, 34 (1975) 679.
(155) P. Stanley, S. Narasimhan, L. Siminovitch, and H. Schachter, *Proc. Natl. Acad. Sci. U. S. A.*, 72 (1975) 3323–3327.
(156) I. Jabbal and H. Schachter, *J. Biol. Chem.*, 246 (1971) 5154–5161.
(157) J. R. Munro, S. Narasimhan, S. Wetmore, J. R. Riordan, and H. Schachter, *Arch. Biochem. Biophys.*, 169 (1975) 269–277.
(158) L. A. Hunt, J. R. Etchison, and D. F. Summers, *Proc. Natl. Acad. Sci. U. S. A.*, 75 (1978) 754–758.
(159) I. Tabas, S. Schlesinger, and S. Kornfeld, *J. Biol. Chem.*, 253 (1978) 716–722.
(160) J. Montreuil, personal hypothesis.
(161) D. R. P. Tulsiani, D. V. Opheim, and O. Touster, *J. Biol. Chem.*, 252 (1977) 3227–3233.

unprecedented mechanism that explains how the large oligomannosidyl structures observed for dolichol-linked oligosaccharides can be used to generate the smaller oligomannosyl structures found on glycoproteins. In addition, it suggests that the two major classes of oligosaccharide structures linked to L-asparagine in glycoproteins may share an intermediate." It seems that this particular mechanism observed in the field of the biosynthesis of viral glycoproteins may be extended, and generalized, to other glycoproteins, on the basis of results obtained by Tabas and coworkers[159] concerning IgG heavy-chain glycans.

b. Primary Structure and Catabolism.—In the sphere of glycan catabolism, our knowledge is more fragmentary. Certainly, it is known that the complete degradation of these structures is effected by exoglycosidases in the lysosomes. In the particular case of extracellular glycoproteins, it is known that the first step is their fixation by membrane receptors, some of which recognize galactose, and others, 2-acetamido-2-deoxyglucose or mannose, that reach the terminal position by the action of glycosidases, but all of the metabolic reactions immediately preceding the degradation by glycosidases are ignored. However, study of the oligosaccharides and glyco-asparagines [2-acetamido-N-(L-aspart-4-oyl)-2-deoxy-β-D-glucosylamines] isolated from tissues and from the urine of patients affected by divers glycoproteinoses has furnished important information on the catabolism of N-glycosylproteins, and has allowed the reconstruction of the different steps of the latter. These diseases, generally fatal, are all characterized by the same symptoms: a red spot at the back of the eye, facial dysmorphia, and mental retardation in particular; they result from deficiencies in lysosomal enzymes leading to the accumulation of oligosaccharides or of glyco-asparagines in the tissues and urine of the patients (for reviews, see Refs. 162–167). In Figs. 26–31 are given the structures of oligosaccharides and glyco-asparagines extracted from the urine or tissues of patients affected by mannosidosis, sialidosis, fucosidosis, GM_1-gangliosidosis, Sandhoff's disease, and asparaginylglucosaminuria, diseases caused by deficiencies in, respectively, α-D-mannosidase, α-neuraminidase, α-L-fucosidase, β-D-galactosidase, N-

(162) J. W. Spranger and H. Wiedeman, *Humangenetik,* 9 (1970) 113–139.
(163) A. Dorfman and R. Matalon, *Proc. Natl. Acad. Sci. U. S. A.,* 73 (1976) 603–637.
(164) R. Hirschhorn and G. Weissmann, *Prog. Med. Genet.,* 1 (1976) 49–102.
(165) J.-P. Farriaux, *Les Oligosaccharidoses,* Crouan et Roques, Lille, 1977.
(166) G. Strecker, *Glycoprotéines et Glycoprotéinoses,* Ref. 165, pp. 13–20.
(167) G. Strecker and J. Montreuil, *Biochimie* (in press).

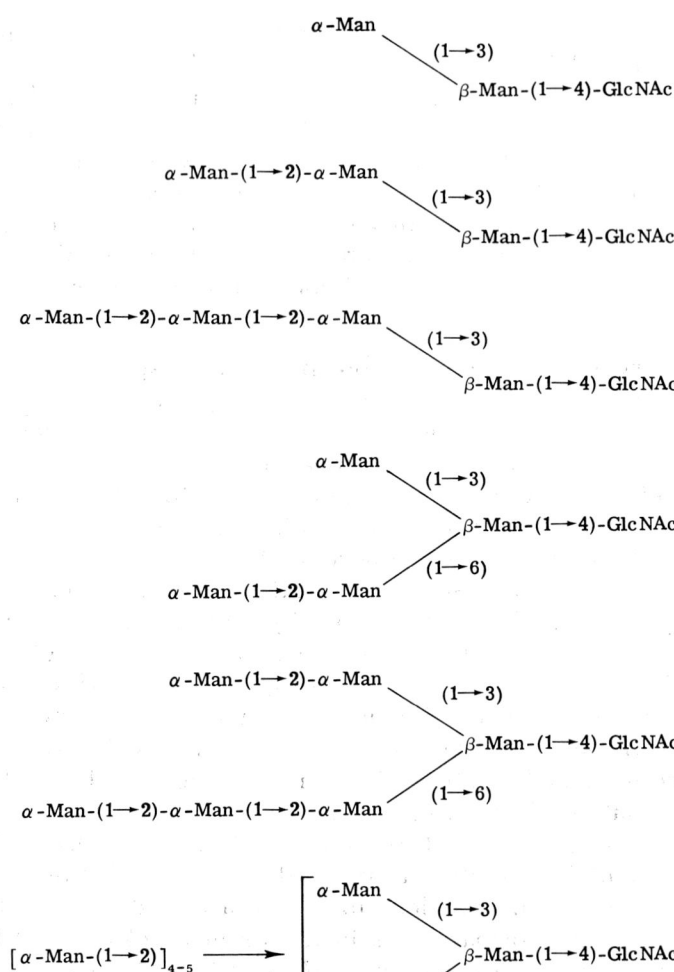

FIG. 26.—Structure of Oligosaccharides Isolated from Mannosidosis Urine. (Oligosaccharides 1–3, see Refs. 168–170; oligosaccharides 4–7, see Ref. 170.)

(168) N. E. Nordén, A. Lundblad, S. Svensson, P. A. Öckerman, and S. Autio, *J. Biol. Chem.*, 248 (1973) 6210–6215.
(169) N. E. Nordén, A. Lundblad, S. Svensson, and S. Autio, *Biochemistry*, 13 (1974) 871–874.
(170) G. Strecker, B. Fournet, S. Bouquelet, J. Montreuil, J. L. Dhondt, and J.-P. Farriaux, *Biochimie*, 58 (1976) 579–586.

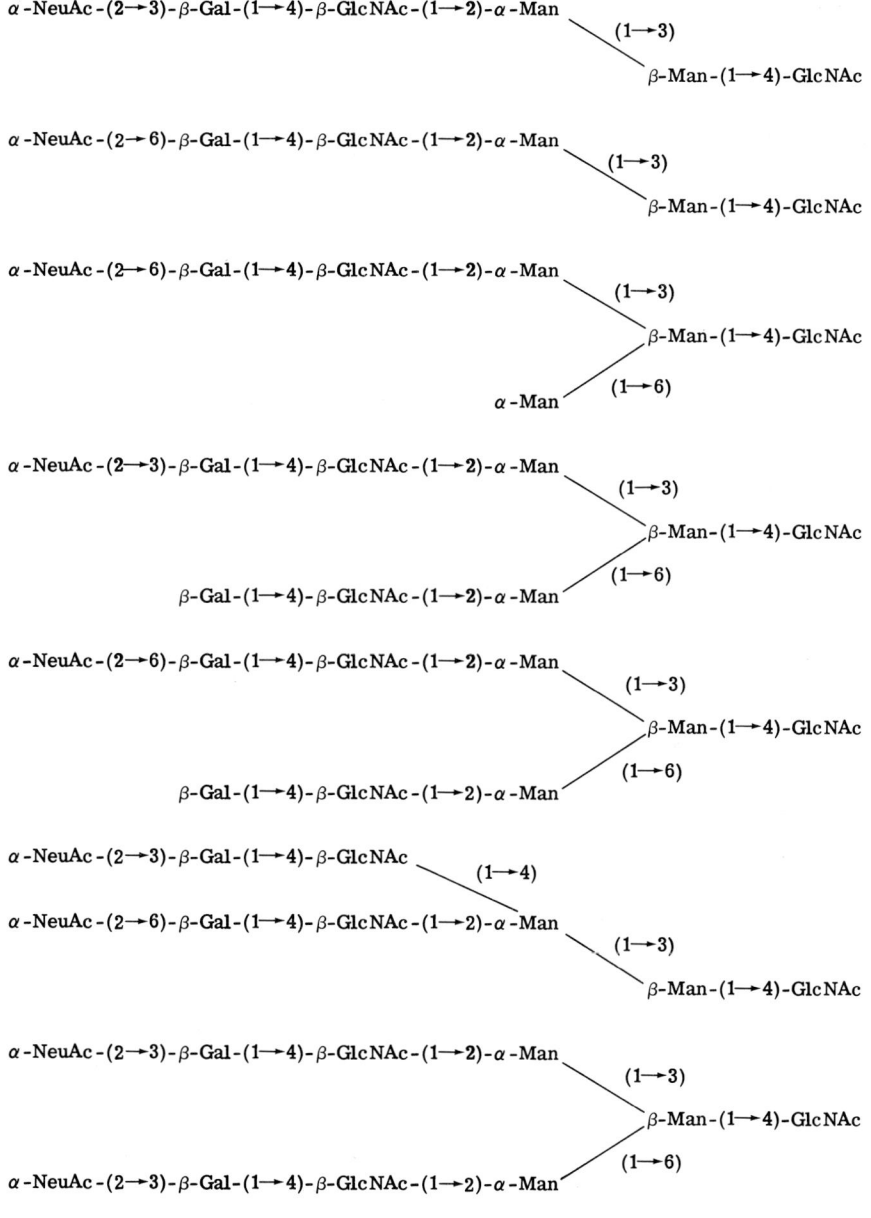

FIG. 27.—Structure of Oligosaccharides Isolated from Sialidosis Urine (*continued on pp. 192 and 193*).[171–176]

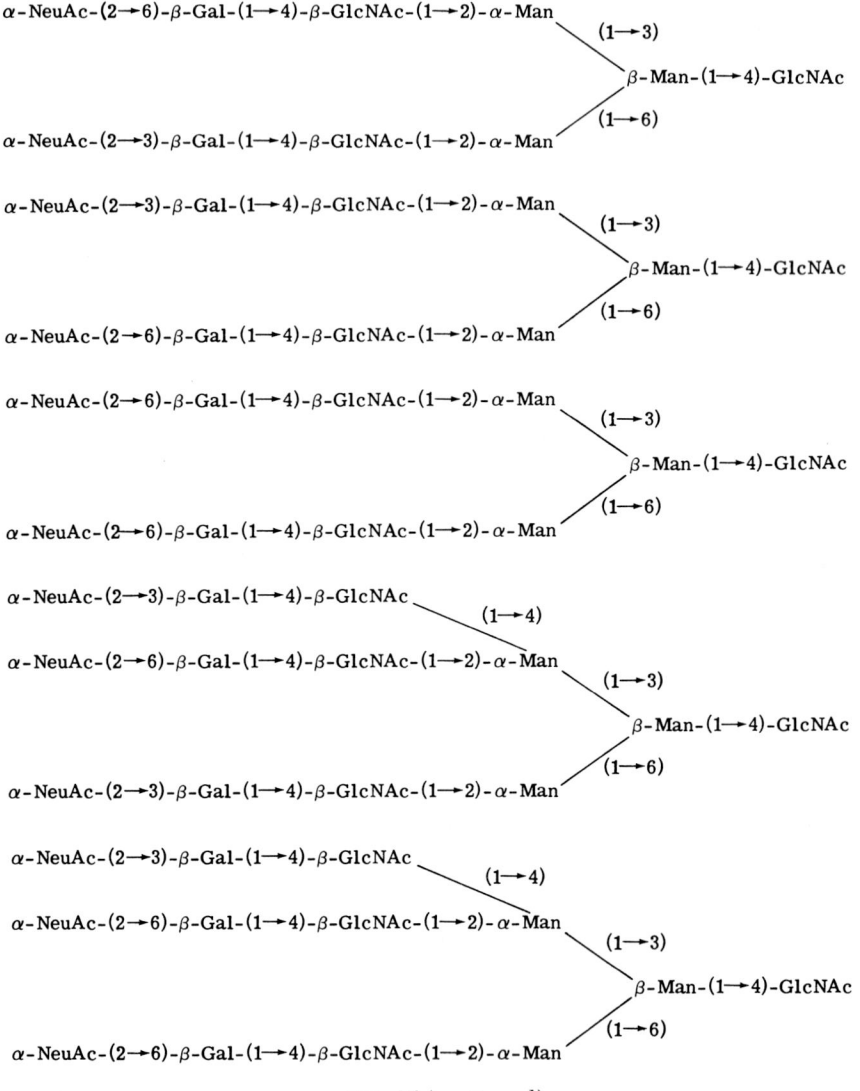

FIG. 27 (*continued*)

---

(171) G. Strecker, T. Hondi-Assah, B. Fournet, G. Spik, J. Montreuil, P. Maroteaux, P. Durand, and J.-P. Farriaux, *C. R. Acad. Sci., Ser. D*, 282 (1976) 671–673.
(172) G. Strecker, T. Hondi-Assah, B. Fournet, G. Spik, J. Montreuil, P. Maroteaux, P. Durand, and J.-P. Farriaux, *Biochim. Biophys. Acta*, 444 (1976) 349–358.
(173) G. Strecker, M.-C. Peers, J.-C. Michalski, B. Fournet, G. Spik, J. Montreuil, J.-P. Farriaux, P. Maroteaux, and P. Durand, *Eur. J. Biochem.*, 75 (1977) 391–403.

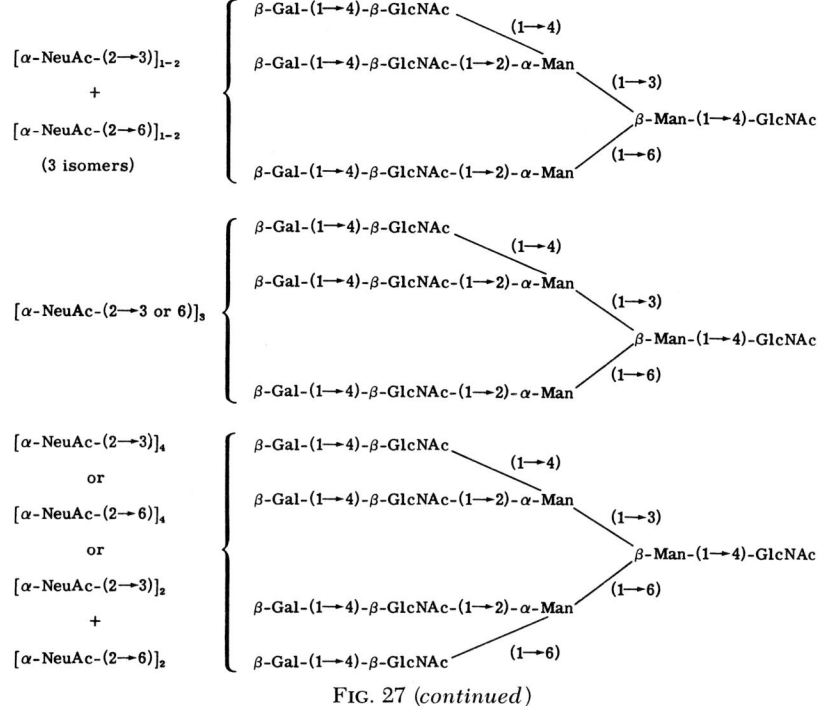

FIG. 27 (continued)

acetyl-β-D-hexosaminidase, and L-aspart-4-oylglucosylamino amidohydrolase.

It may be observed, first, that all of the oligosaccharides possess a residue of 2-acetamido-2-deoxyglucose in the terminal reducing position, to which is linked, at C-4, a residue of β-mannose, and which, second, are fragments of glycans as they exist in numerous glycoproteins. For example, the tenth oligosaccharide depicted in Fig. 27 is found in the structure of numerous diantennary glycans of human origin (given in Table II), and the oligosaccharides following in the same Figure may be considered to be fragments of the tri- and tetra-antennary glycans shown in Figs. 11 and 12; in the same way, the sixth glycan in Fig. 30 is a part of the glycan of IgG shown in Fig. 14.

---

(174) J.-C. Michalski, G. Strecker, B. Fournet, M. Cantz, and J. Spranger, *FEBS Lett.*, 79 (1977) 101–104.

(175) A. Federico, G. C. Guazzi, M. Apponi, J.-C. Michalski, and G. Strecker, *J. Neurol. Sci.*, (1978) (in press).

(176) G. Strecker, J.-C. Michalski, M.-C. Herlant-Peers, B. Fournet, and J. Montreuil, *Proc. Int. Symp. Glycoconjugates, 4th, Woods Hole, 1977*, Academic Press, New York, 1979, pp. 945–948.

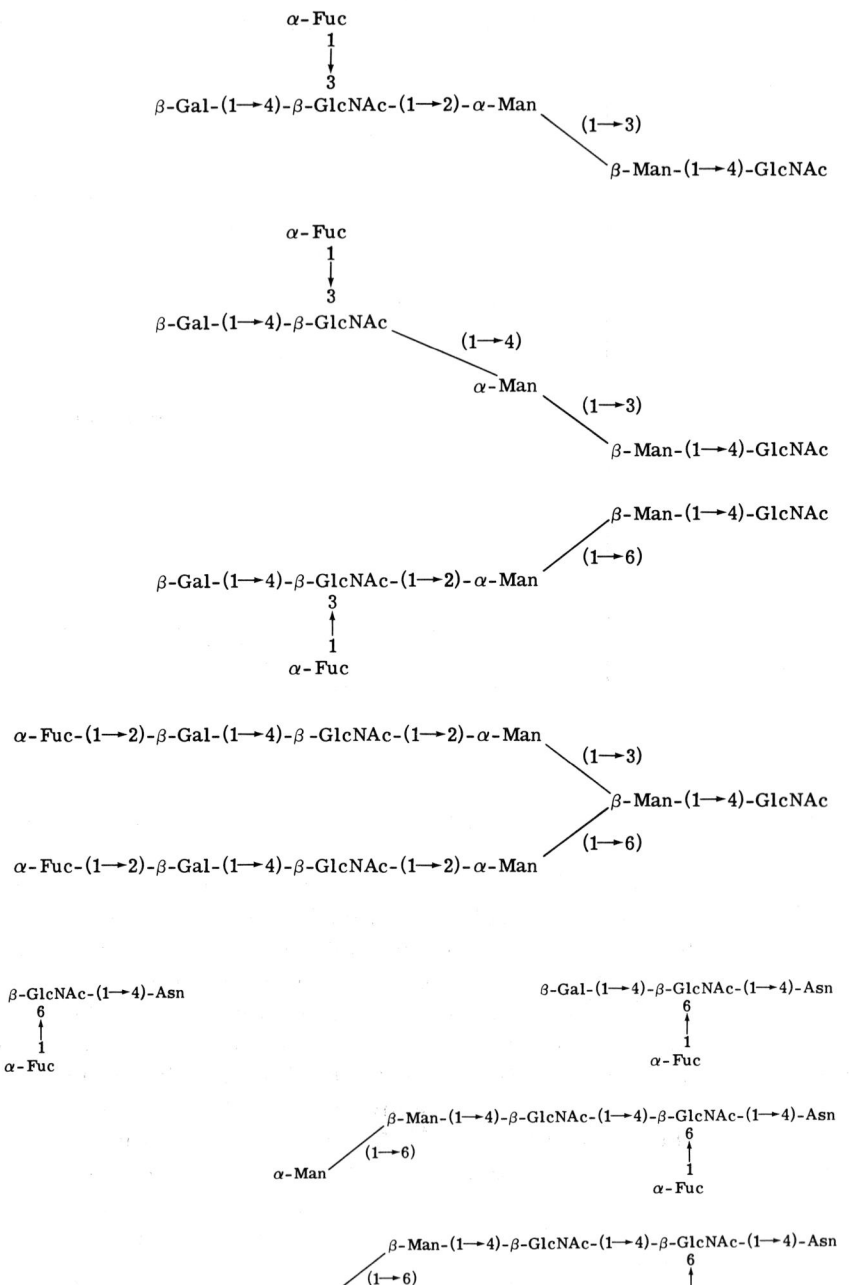

FIG. 28.—Structure of Oligosaccharides and Glycoasparagines Isolated from Fucosidosis Urine.[177-179]

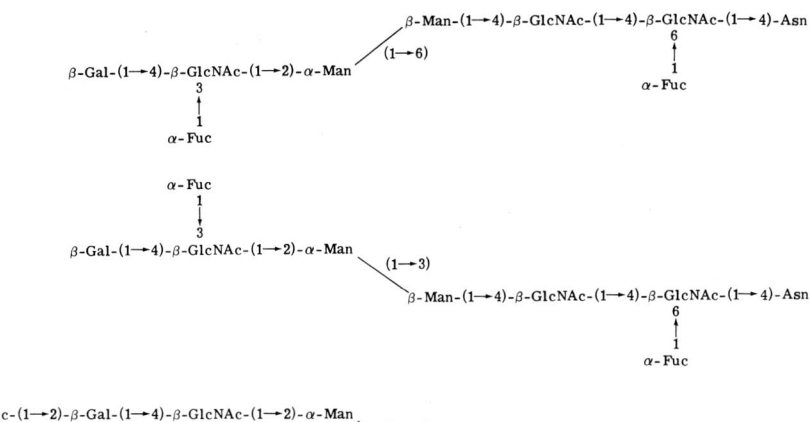

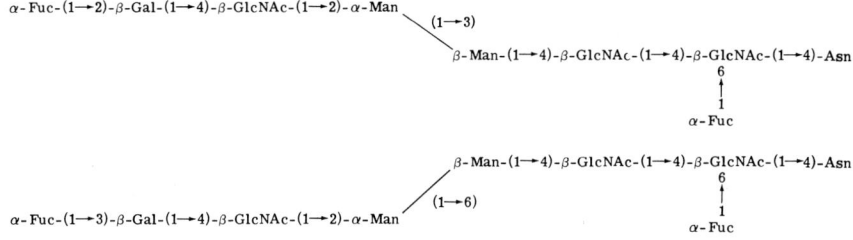

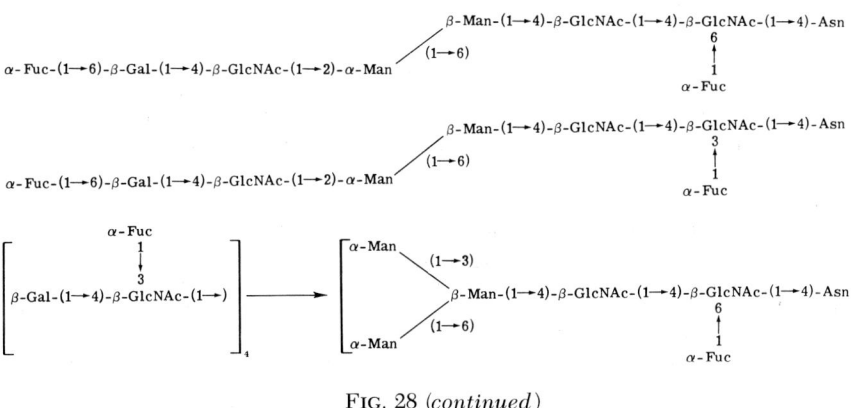

FIG. 28 (continued)

(177) G. C. Tsay, G. Dawson, and S. S. Sung, *J. Biol. Chem.*, 251 (1976) 5852–5859.
(178) G. Strecker, J.-C. Michalski, J. Montreuil, and J.-P. Farriaux, *C. R. Acad. Sci., Ser. D*, 284 (1976) 85–88.
(179) A. Lundblad, J. Lundsten, N. E. Nordén, S. Sjöblad, S. Svensson, P. A. Öckerman, and M. Gehlhoff, *Eur. J. Biochem.*, 83 (1978) 513–521.

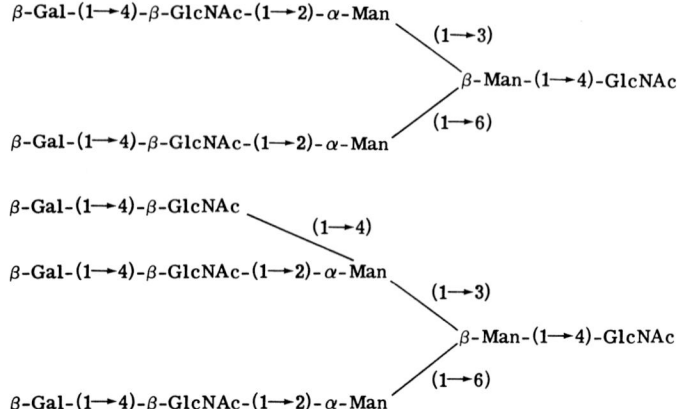

Fig. 29.—Structure[180] of Oligosaccharides Isolated from Urine and Tissues of GM_1-gangliosidosis Type I.

On the basis of these observations, the hypothesis has been put forward that the catabolism of glycans linked N-glycosylically to the protein starts by the action of endo-2-acetamido-2-deoxy-β-D-glucosidase, which splits the residue of di-N-acetylchitobiose.[14,187] Such enzymes acting on oligomannosidic glycans have been described as occurring in bacteria,[188,189] the rat,[187] the pig,[187] and man,[190] but the existence of enzymes acting on the N-acetyl-lactosaminic type of glycans has not yet been demonstrated. In splitting the residue of di-N-acetylchito-

(180) L. S. Wolfe, R. G. Senior, and N. M. K. Ng Ying Kin, Fed. Proc., Fed. Am. Soc. Exp. Biol., 32 (1973) 484; J. Biol. Chem., 249 (1974) 1828–1838.
(181) G. Strecker and J. Montreuil, Clin. Chim. Acta, 33 (1971) 395–401.
(182) N. M. K. Ng Ying Kin and L. S. Wolfe, Biochem. Biophys. Res. Commun., 59 (1974) 837–844.
(183) G. Strecker, M.-C. Herlant-Peers, B. Fournet, J. Montreuil, L. Dorland, J. Haverkamp, J. F. G. Vliegenthart, and J.-P. Farriaux, Eur. J. Biochem., 81 (1977) 165–171.
(184) R. J. Pollit and K. M. Pretty, Biochem. J., 141 (1974) 141–146.
(185) A. Lundblad, P. Masson, N. E. Nordén, S. Svensson, P. A. Öckerman, and J. Palo, Eur. J. Biochem., 67 (1976) 209–214.
(186) K. Sugahara, S. Funakoshi, I. Funakoshi, P. Aula, and I. Yamashina, J. Biochem. (Tokyo), 80 (1976) 195–201.
(187) M. Nishigaki, T. Muramatsu, and A. Kobata, Biochem. Biophys. Res. Commun., 59 (1974) 638–645.
(188) T. Muramatsu, J. Biol. Chem., 246 (1971) 5535–5537.
(189) A. L. Tarentino, T. H. Plummer, Jr., and F. Maley, J. Biol. Chem., 248 (1973) 5547; 249 (1974) 818–824; A. L. Tarentino and F. Maley, ibid., 249 (1974) 811–817.
(190) A. Boersma, G. Lamblin, P. Roussel, P. Degand, and G. Biserte, C. R. Acad. Sci., Ser. D, 281 (1975) 1269–1272.

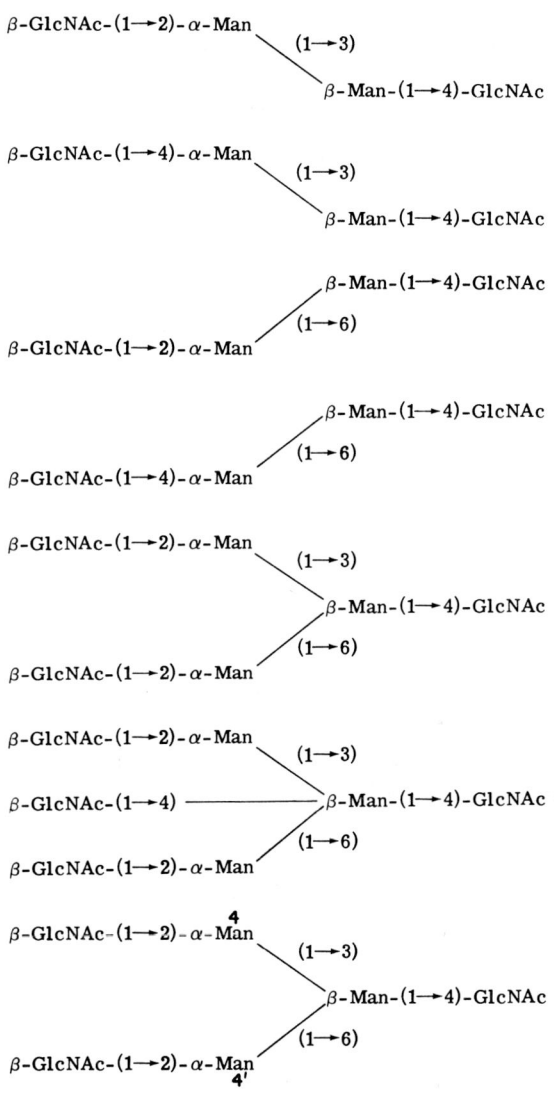

FIG. 30.—Structure of Oligosaccharides Isolated from Urine of Sandhoff's Disease.[181-183]

β-GlcNAc-(1→4)-Asn   β-Gal-(1→4)-β-GlcNAc-(1→4)-Asn

α-Man-(1→6)-β-Man-(1→4)-β-GlcNAc-(1→4)-β-GlcNAc-(1→4)-Asn

α-Man-(1→2)-α-Man-(1→3, 6)-β-GlcNAc-(1→4)-Asn
$$\underset{\underset{\beta\text{-Gal}}{\overset{1}{\uparrow}}}{4}$$

α-Fuc-(1→2, 6)-β-Gal-(1→4)-β-GlcNAc-(1→4)-Asn

or

β-Gal-(1→4)-β-GlcNAc-(1→4)-Asn
$$\underset{\underset{\alpha\text{-Fuc}}{\overset{1}{\uparrow}}}{6,3}$$

α-NeuAc-(2→3)-Gal-(1→2)-Gal-(1→4)-β-GlcNAc-(1→4)-Asn

or

α-NeuAc-(2→3)-Gal-(1→3, 4, 6)-β-GlcNAc-(1→4)-Asn
$$\underset{\underset{\text{Gal}}{\overset{1}{\uparrow}}}{6, 4, 3}$$

α-NeuAc-(2→6)-β-Gal-(1→6)-β-Gal-(1→3)-β-GlcNAc-(1→4)-Asn

α-NeuAc-(2→?)-β-Gal-(1→3, 4)-β-GlcNAc-(1→3)-Gal-(1→3)-β-GlcNAc-(1→4)-Asn

α-NeuAc-(2→9)-α-NeuAc-(2→3)-β-Gal-(1→3)-β-GlcNAc-(1→4)-Asn

α-NeuAc-(2→7)-α-NeuAc-(2→3)-β-Gal-(1→3)-β-Gal-(1→4)-β-GlcNAc-(1→4)-Asn

FIG. 31.—Structure of Oligosaccharides and Glycoasparagines Isolated from Asparaginylglucosaminuria Urine.[184-186]

biose, this enzyme liberates the glycan minus a residue of 2-acetamido-2-deoxyglucose. The oligosaccharide thus formed would then be degraded stepwise by lysosomal exoglycosidases. Fig. 32 illustrates the hypothetical mechanism of the normal and pathological catabolism of a glycan of N-glycosylproteins.

Thus, knowledge of the structure of the oligosaccharides that accumulate in the urine and tissues of patients suffering from glycoproteinoses has allowed the definition of the nature of the enzymic deficiencies that are a consequence of grave genetic diseases, and has led

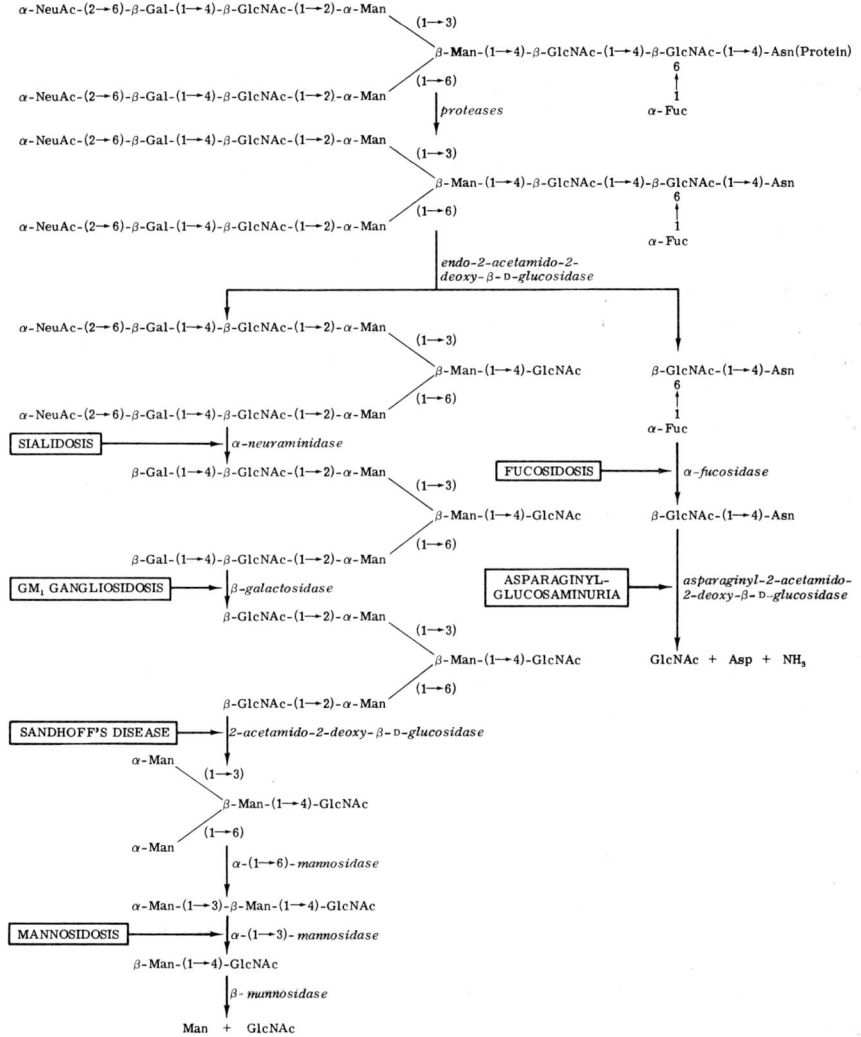

FIG. 32.—Proposed Pathway for Catabolism of Glycans.[166,167]

to perfection of methods for their antenatal diagnosis. However, interest in these compounds is not limited solely to the area of pathology. They are, in fact, replete with important information on the cellular metabolism of glycoproteins, and, in addition, they have proved valuable in the development of the n.m.r. spectroscopy of N-acetyl-lactosaminic glycans, discussed in the next Section.

III. THE FUTURE

1. The Development and Improvement of Procedures for the Study of the Primary Structure of Glycans

It may be concluded that the problem of the determination of the primary structure of glycans by enzymic and chemical techniques is virtually solved, owing to the following, considerable improvements in methods for: (*1*) isolation of the glycoprotein variants and of each of their glycan residues; (*2*) liberation of the glycan moieties by enzymic (that is, use of endoglycosidases) or chemical (that is, β-elimination and hydrazinolysis) cleavage; (*3*) the complete methylation of glycans, and identification by gas–liquid chromatography coupled to mass spectrometry of the methylated monosaccharides derived therefrom; (*4*) the partial, chemical splitting of glycosidic bonds by hydrolysis, acetolysis, and hydrazinolysis–nitrous acid deamination; (*5*) the mass fragmentometry of oligosaccharides; (*6*) periodate oxidation; and (*7*) the preparation of monospecific exoglycosidases and the definition of their activity in relation to oligosaccharide structure.

However, it remains to miniaturize the procedures, in order to extend their applicability to very small quantities of glycoproteins and to develop, for conformational studies, physical methods, particularly X-ray diffraction studies, and laser-Raman, infrared, and nuclear magnetic resonance spectroscopy. In this connection, our laboratory is working in collaboration with that of J. F. G. Vliegenthart in Utrecht, in order to explore the conformation of human, serotransferrin glycan by high-resolution, n.m.r. spectroscopy. Although information concerning the conformation of the glycan molecule has not yet been secured, the unexpected and exciting results obtained concerning the primary structures of glycans have led to the description of a method for determining the complete, primary sequence of monosaccharides of the *N*-acetyl-lactosaminic type of glycans, purely on the basis of methylation analysis and 360-MHz, ^{1}H-n.m.r. spectroscopy.[34,191–196]

As 360-MHz, n.m.r. spectroscopy as a tool in structural studies of

(191) L. Dorland, J. Haverkamp, B. L. Schut, J. F. G. Vliegenthart, G. Spik, G. Strecker, B. Fournet, and J. Montreuil, *FEBS Lett.*, 77 (1977) 15–20.
(192) L. Dorland, J. Haverkamp, and J. F. G. Vliegenthart; B. Fournet, G. Strecker, G. Spik, and J. Montreuil, *FEBS Lett.*, 89 (1978) 149–152.
(193) G. Strecker, M.-C. Herlant-Peers, B. Fournet, J. Montreuil, L. Dorland, J. Haverkamp, J. F. G. Vliegenthart, and J.-P Farriaux, *Eur. J. Biochem.*, 81 (1977) 165–171.
(194) L. Dorland, J. Haverkamp, and J. F. G. Vliegenthart; G. Strecker, J. C. Michalski, B. Fournet, G. Spik, and J. Montreuil, *Eur. J. Biochem.*, 87 (1978) 323–329.

oligosaccharides, glycopeptides, and glycoproteins will be treated by Vliegenthart's group in a succeeding volume of this Series, the principal results obtained from this fruitful collaboration will now be briefly summarized.

(1) Using, as reference products furnished by our laboratory, the native, and enzymically degraded, serotransferrin glycan, and oligosaccharides obtained by chemical degradation of ovomucoid, or isolated from the urine of patients having lysosomal storage diseases[191] (see Figs. 26–31), the Dutch group has succeeded in translating the n.m.r. message of human-serotransferrin glycan (see Table III). The results obtained entirely confirmed the primary structure elucidated by Spik and coworkers.[35,36] In particular, integration showed that 9 anomeric protons were present, in accordance with the proposed number of monosaccharide units. Integration of peak areas is an accurate method for the determination of the molar ratio of monosaccharides constituting a glycan.

(2) On the basis of the data on serotransferrin asialoglycan, the influence of substitution of this fundamental structure by mono- or oligosaccharides has been explored, and the principal results obtained may be summarized as follows. (i) The di-, tri-, and tetra-antennary structures may be distinguished[34,192] on the basis of the chemical shifts of H-1 and H-2 of the three mannose residues, namely, **3, 4,** and **4'** (see Table IV). An additional 2-acetamido-2-deoxyglucose residue linked to the mannose-3 residue gives rise[34,193] to changes in the chemical shifts of the three mannose residues (see Table IV). (ii) The occurrence of N-acetylneuraminic acid residues in α-(2→3)- or α-(2→6)-linkages, or both, to galactose residues induces chemical shifts, of various anomeric and N-acetyl protons, that depend[34,194] on the nature of the sialyl linkages (see Table V). Particularly interesting is the fact that α-(2→6), sialyl linkages are able to induce shifts of the anomeric protons of mannose-**4** and -**4'** residues, which are not affected at all by α-(2→3), sialyl linkages. This action is probably related to the rigidity of the α-(2→3)-linkage in comparison with the free rotation of α-(2→6)-linkages. Thus, it has become possible to determine rapidly the relative positions of α-(2→3) and α-(2→6), sialyl residues on the different antennae in a glycan molecule. (iii) The presence of a fucose residue α-(1→6)-linked to the 2-acetamido-2-deoxy-

---

(195) L. Dorland, B. L. Schut, J. F. G. Vliegenthart, G. Strecker, B. Fournet, G. Spik, and J. Montreuil, *Eur. J. Biochem.*, 73 (1977) 93–97.
(196) G. Strecker, B. Fournet, and J. Montreuil; L. Dorland, J. Haverkamp, and J. F. G. Vliegenthart; D. Dubesset, *Biochimie*, 60 (1978) 725–734.

TABLE III

^{1}H-N.m.r. Data^a for Anomeric Protons, Mannose H-2, and N-Acetyl Methyl Protons^b of Human Serotransferrin Asialoglycan (from Ref. 191)

H-1 of residue								H-2 of residue			NAc of residue			
1	2	3	4	4'	5	5'	6	6'	3	4	4'	1	2	5	5'
5.07	4.61	4.77	5.12	4.93	4.58	4.58	4.47	4.47	4.24	4.18	4.11	2.01	2.08	2.05	2.05
(9.6)	(7.6)	(0.9)^c	(1.3)^c	(1.7)^c	(8.0)	(8.0)	(8.0)	(8.0)							

^{a} Chemical shifts (δ) are given in p.p.m. downfield from sodium 4,4-dimethyl-4-silapentane-1-sulfonate; the values in parentheses are coupling constants ($J_{1,2}$) in Hz. ^{b} The numbering of the monosaccharide units in the reference compounds corresponds to that in the asialoglycan-Asn (see fundamental structure in Table II). ^{c} Values from a convolution-difference spectrum.

TABLE IV. Chemical-shift Data[a] for Mannose H-1 and H-2 in Di-, Tri-, and Tetra-antennary Structures[34,192,193]

Type of structure	Examples	H-1 of residue			H-2 of residue		
		3	4	4'	3	4	4'
——Man⁴ \\ ³Man ——Man₄' /	human-serum transferrin	4.77	5.12	4.93	4.24	4.18	4.11
——Man⁴ \\ ³Man ——Man₄' /	α₁-acid glycoprotein (see Fig.11)	4.76	5.12	4.93	4.21	4.21	4.11
——Man⁴ \\ ³Man ——Man₄' /	α₁-acid glycoprotein (see Fig. 11)	4.77	5.12	4.86	4.22	4.22	4.09
——Man⁴ \\ ³Man ——Man₄' /	human IgG (see Fig. 14)	4.70	5.06	5	4.18	4.25	4.15

[a] See footnotes *a* and *b* to Table III.

TABLE V

Influence of α-(2→3)-linked and α-(2→6)-linked, Terminal N-Acetylneuraminic Acid Residues on the Chemical Shift[a] of Anomeric and N-Acetyl Protons of Other Monosaccharide Residues Present in a Diantennary Glycan[34,194]

NeuAc linkage	Residues influenced	Chemical shift of	
		Asialo chain (reference)	Sialo chain (observed)
(2→3)	Gal **6, 6'**	4.470	4.548 ±0.003
	NAc **5, 5'**	2.047	2.030 ±0.001
(2→6)	Gal **6, 6'**	4.470	4.445 ±0.002
	GlcNAc **5, 5'**	4.581	4.602 ±0.005
	Man **4**	5.119	5.136 ±0.003
	Man **4'**	4.926	4.947 ±0.005
	NAc **5, 5'**	2.047	2.030 ±0.001

[a] See footnotes a and b to Table III.

glucose-1 residue can be detected. The attachment of fucose to C-6 of the 2-acetamido-2-deoxyglucose residue gives rise to changes in the chemical shifts for H-4, H-5, and H-6 of the amino sugar residue, as compared to the shifts of the β-GlcNAc-(1→4)-Asn residue (see Table VI).[34,195,196] In the same way, substitution by fucose on C-3 of the 2-acetamido-2-deoxyglucose of N-acetyl-lactosamine residues, as in α_1-acid glycoprotein (see Fig. 11), can be demonstrated.

In conclusion, on the basis of these well-defined values, it is possible to use high-resolution, ¹H-n.m.r. spectroscopy as a "finger-

TABLE VI

Chemical Shifts for β-GlcNAc-(1→4)-Asn and α-Fuc-(1→6)-β-GlcNAc-(1→4)-Asn[34,195]

Proton of GlcNAc residue	Chemical shift of	
	1[a]	2[b]
1	5.09	5.09
2	3.83	3.84
3	3.62	3.62
4	3.48	3.53
5	3.53	3.67
6a	3.89	3.98
6b	3.75	3.73

[a] β-GlcNAc-(1→4)-Asn. [b] α-Fuc-(1→6)-β-GlcNAc-(1→4)-Asn.

print method," enabling a rapid and sure determination of glycan structures of the N-acetyl-lactosaminic type. N.m.r. spectroscopy allows the determination of the monosaccharide molar ratio and the complete primary structure of this kind of glycan,[34,191] the number of antennae,[34,192,193] and the number and position of sialic acid residues[34,194] and fucose residues.[34,195,196] This procedure has been successfully applied to the determination of the following structures: rabbit-serum, transferrin glycan,[105] horse-pancreatic, ribonuclease glycan,[110] 16 α_1-acid glycoprotein glycans,[38,39] 7 oligosaccharides from the urine of patients having Sandhoff's disease,[193] 10 sialyl-oligosaccharides from sialidosis urines,[194] and 6 fuco-oligosaccharides from fucosidosis urines.[196] This method has now to be extended to study of the structure of glycans of the oligomannosidic type and of O-glycosylically linked glycans.

2. Prediction of Glycan Structures

In Section II,2,b was stated the hypothesis according to which the catabolism of glycans of N-glycosylproteins would commence by the action of endo-2-acetamido-2-deoxy-β-D-glucosidases which, in splitting the residue of di-N-acetylchitobiose of the pentasaccharide core, would liberate oligosaccharides possessing one 2-acetamido-2-deoxyglucose residue in the terminal, reducing position.

Correlatively, it may be postulated[197] that the structures of the oligosaccharides of mannosidosis (see Fig. 26), sialidosis (see Fig. 27), and fucosidosis (see Fig. 28) pre-exist in the glycan structures of human N-glycosylproteins, even though they have not yet been characterized. These structures may be reconstituted by adding the sequence β-(1→4)-GlcNAc-β-(1→4)-Asn, α-fucosylated on C-6 or C-3 of the 2-acetamido-2-deoxyglucose residue (see Fig. 33), or not, to the reducing end of all of the oligosaccharides accumulated as a result of deficiencies in mannosidases, neuraminidases, and fucosidases, enzymes that liberate the monosaccharides from terminal positions in native

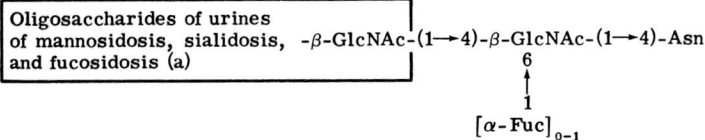

FIG. 33.—General Scheme of Foreseeable Glycan Structures. (See structures in Figs. 26–28.)

(197) G. Strecker and J. Montreuil, C. R. Acad. Sci., Ser. D, 287 (1978) 887–890.

glycan structures. Certain of these reconstituted structures correspond to glycans already known, such as those of numerous glycans reconstructed from the tenth (and subsequent) oligosaccharides shown in Fig. 27. The others have not yet been discovered, probably because they exist in low proportions in the human body. This is why we have hypothesized that these new structures are those of endocellular or membranous glycoproteins, or both, and that they do not originate only from the defective catabolism of erythrocyte, stromal glycoproteins during development, and of plasma immunoglobulins.[198] In glycoproteinoses, the oligosaccharides detached by the endo-2-acetamido-2-deoxy-β-D-glucosidases are protected from any further action of exoglycosidases. Consequently, they accumulate, first in the tissues, and then in the urine, where they can be readily characterized. The glycoasparagines isolated in fucosidosis urines (see Fig. 28) and in asparaginyl-glucosaminuria (see Fig. 31), a glycoproteinosis caused by a deficiency in L-aspart-4-oylglucosylamine amidohydrolase, reinforce the hypothesis of a glycoproteinic origin of the saccharidic structures accumulated in the urine, because, in the two pathological cases, the saccharidic groupings stay intact, with their residue of di-N-acetylchitobiose still attached to asparagine.

It thus seems feasible to predict the existence in man of several dozens of glycan structures, related to the oligosaccharides and glycoasparagines shown in Figs. 26–28 and 31, in glycoproteins that remain to be discovered.

3. Spatial Conformation of the Glycans

Although knowledge of the primary structure of the glycans has progressed rapidly during the past five years, we do not yet possess any information on their conformation. We have therefore anticipated future analytical results, in order to obtain an image of glycans that allows precise questions to be posed to experimenters. For this reason, we have constructed the diantennary glycan molecule of human serotransferrin (structure 1 in Table II) with the aid of molecular models, creating thermodynamically possible hydrogen-bonds.

The conformations we have obtained are illustrated in Figs. 34 and 35, which clearly bring out the disposition in space of the N-acetyl-lactosamine isoglycans, and the image obtained conforms entirely with the concept that the glycans are recognition signals. In addition, the essential observations that can be extracted by examination of molecu-

(198) N. M. K. Ng Ying Kin and L. S. Wolfe, *Biochem. Biophys. Res. Commun.*, 59 (1974) 837–844; 66 (1975) 123–130.

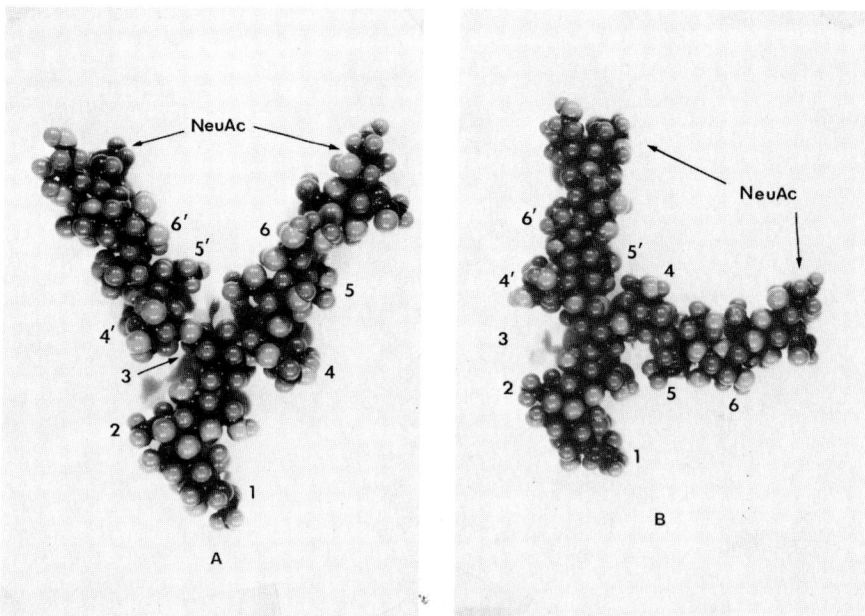

Fig. 34.—Molecular Model of Diantennary Glycan of Human-serum Transferrin. [A, Y Conformation[14]; B, T Conformation.[34] Numbers correspond to the numbering used in Table II (see fundamental structure).]

lar models are the following. (*i*) The structure of the diantennary glycan of serotransferrin may be divided into two parts (see Fig. 34). The first is compact: it is constituted of the *inv* structure of the pentasaccharide core of mannotriosyl-di-*N*-acetylchitobiose. The second is looser: it is made up of the two trisaccharidic antennae, α-NeuAc-(2→6)-β-Gal-(1→4)-β-GlcNAc, the *var* portion attached to the core. (*ii*) The trisaccharide β-Man-(1→4)-β-GlcNAc-(1→4)-β-GlcNAc-(1→) conjugated to the asparagine residue is flat, as the 3 monosaccharide residues are disposed in the same plane (see Fig. 35). It is also rigid, due to hydrogen bonds uniting the two GlcNAc-1 and -2 residues on the one hand with the GlcNAc-2 and Man-3 residues on the other. (*iii*) The antennae have a helical shape (see Fig. 35). (*iv*) The Man-4 residue may be disposed in two ways in relation to the plane defined by the terminal trisaccharide β-Man-(1→4)-β-GlcNAc-(1→4)-GlcNAc-(1→). The antenna corresponding, in Fig. 34, to the mannose-4 branch can, in fact, take up two different orientations, leading to two conformations of the glycan molecule, namely, the Y conformation (see Fig. 34A) and the T conformation (see Fig. 34B); each is compatible

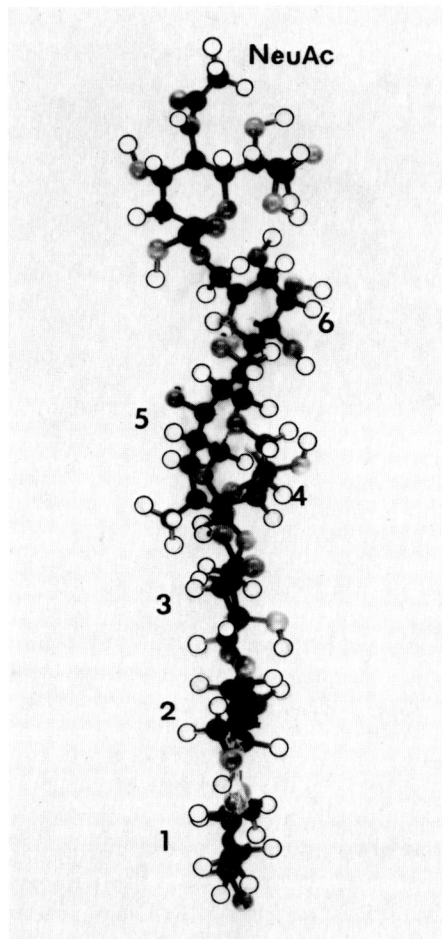

FIG. 35.—Lateral View of Diantennary Glycan of Human-serum Transferrin. [Numbers correspond to the numbering used in Table II (see fundamental structure).]

with the concept that it is the antennae by which the glycoprotein subsequently recognizes a protein receptor.

The first, X-ray diffraction results obtained favor the T conformation. In collaboration with the Laboratory of the Physics of Solids at the University of Lille, we have undertaken an initial series of experiments that concern the structures of oligosaccharides of low molecular weight that exist in complete glycans, as prepared from glycoproteinosis urines or by chemical and enzymic splitting of different glycans.

We have thus been able to determine the conformation of the trisaccharide α-Man-(1→3)-β-Man-(1→4)-GlcNAc (see Fig. 36), as isolated in elevated amounts from mannosidosis urine, and which has given excellent crystals.[199,200] Three important results were obtained in the course of this study, the first two confirming those given by the molecular models: the disaccharide β-Man-(1→4)-GlcNAc is planar; a hydrogen bond exists between the oxygen atom of the oxygen bridge of the mannose-3 residue and the OH group on C-6 of the 2-acetamido-2-deoxyglucose-2 residue; and the position of mannose-4 is such that the antenna which it supports is disposed almost perpendicularly in relation to the plane of the disaccharide β-Man-(1→4)-GlNAc. If this disposition is identical in the glycan molecule, it will adopt a T conformation. (v) Inspection of molecular models showed that the glycan structures should not be regarded as fixed in the conformations shown

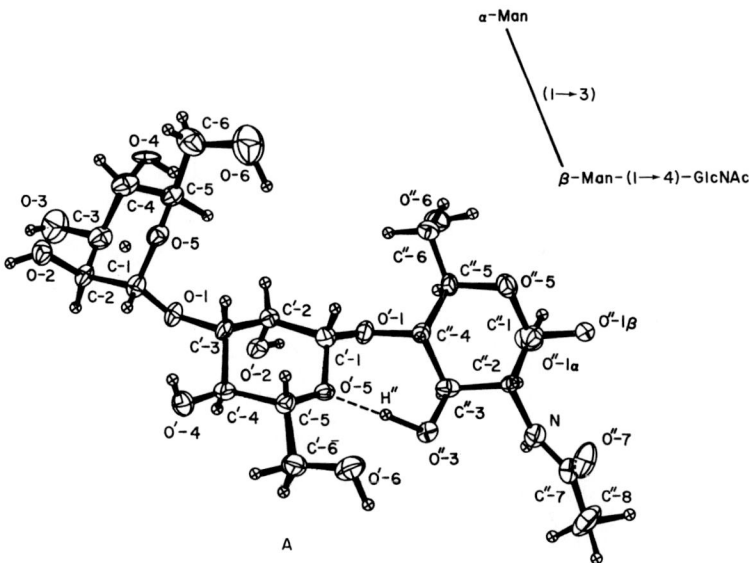

FIG. 36.—Molecular Conformation of the Trisaccharide β-D-Man-(1→3)-β-D-Man-(1→4)-D-GlcNAc, as Determined by X-Ray Diffraction.[199,200] [A, Molecular conformation; B, intramolecular bond-distances (in pm); and C, intramolecular bond-angles (in degrees).]

(199) V. Warin, F. Baert, and R. Fouret; G. Strecker, G. Spik, B. Fournet, and J. Montreuil, *Proc. Int. Symp. Glycoconjugates, 4th, Woods Hole, 1977*, Academic Press, New York, 1979, pp. 317–320.
(200) V. Warin, F. Baert, and R. Fouret; G. Strecker, G. Spik, B. Fournet, and J. Montreuil, *Carbohydr. Res.*, 76 (1979) 11–22.

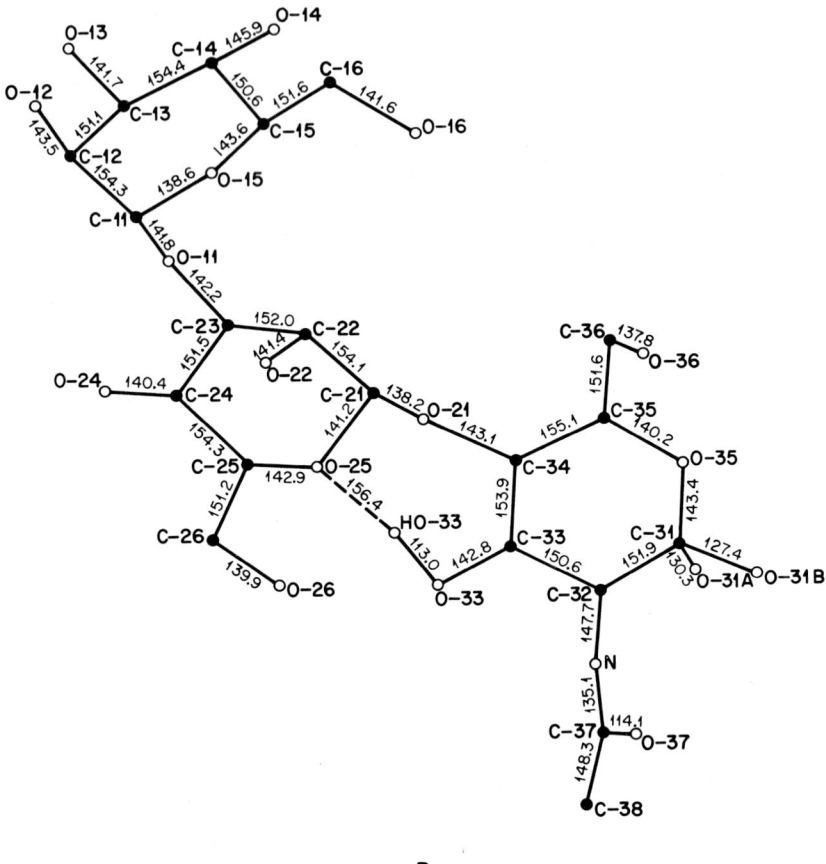

Fig. 36 (continued)

in Figs. 34 and 35. They certainly have "rigid" sequences, solidly maintained by hydrogen bonds, but they also have points of flexibility. For example, in the case of the glycan of serotransferrin, one of these is situated at the α-(1→6)-linkage uniting the mannose-**3** and -**4** residues, and it confers a certain freedom of rotation in space on the antenna carried by this linkage. The other involves the two residues of N-acetylneuraminic acid which can, due to their α-(2→6)-linkage take up most varied positions in space (even to falling back on the 2-acetamido-2-deoxyglucose-**5** and -**5'** residues), whereas they adopt a more fixed position when conjugated by an α-(2→3)-linkage to galactose residues. This property may explain the shifts of the mannose-**4** or -**4'** residues, or both, observed, by n.m.r. spectroscopy, only when the ga-

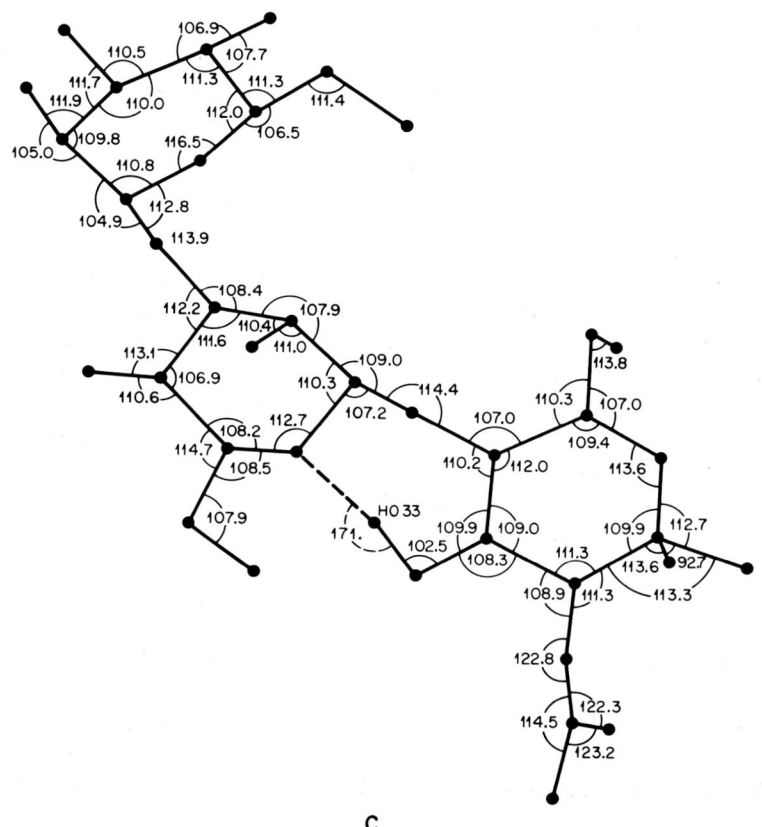

FIG. 36 (continued)

lactose-**6** and -**6'** residues are substituted on C-6 by N-acetylneuraminic acid (see Table V).

This double character of rigidity and flexibility that the glycans possess is completely compatible with the role of recognition signals which it is tempting to ascribe to them. They may be imagined as solidly planted on the proteins by a rigid "arm." This veritable ligand is constituted of the terminal trisaccharide which, it is not unreasonable to presume, could, on account of its planar conformation, possibly penetrate into the protein the better to anchor the flexible antenna position. The latter, because of its mobility, and, especially, because of its terminal sialic acid residues, could more readily adapt itself to the receptor sites and fit to them.

The concepts and situations just mentioned are certainly very speculative. Nevertheless, the author considers that they have the merit of facilitating the evocation of the recognition mechanisms that bring into play the glycan components of glycoproteins.

IV. CONCLUSIONS

The development of chemical, physical, and enzymic methods for investigating the primary structure of the carbohydrate fractions of glycoconjugates has, during the past ten years, allowed the determination of the structures of numerous glycans. In this regard, the combination of the techniques of permethylation and 360-MHz, proton-n.m.r. spectroscopy has afforded real progress in the rapid determination of the primary structures of oligosaccharide chains.

Our knowledge of the constitution of the latter is now sufficient to permit stating some "laws" relating to their structures, and to raise an interesting point of comparative biochemistry and phylogeny. In fact, there exists a certain unity of structure among glycans: (a) All are derived by the substitution of common, core oligosaccharides (inv fractions) by variable oligosaccharide structures (var fractions) which are the basis of their specificity. (b) The var fractions present a limited number of types of structure. In the case of N-glycosylproteins, for example, in which the glycan–protein bond is asparaginyl-2-acetamido-2-deoxyglucose, the glycans are of three fundamental types: the oligomannosidic, the N-acetyllactosaminic, and the mixed, oligomannosidic-N-acetyl-lactosaminic. (c) The biological specificity of the glycans is due to the following variables: (1) the number of oligosaccharide residues (antennae) substituting the core inv; in the case of glycans of the N-acetyl-lactosaminic type, for example, structures having 2, 3, and 4 antennae have been characterized; (2) the number, distribution, and type of glycosidic linkage of sialic acid residues [α-(2→3) and α-(2→6) bonds] and of fucose [α-(1→3) and α-(1→6) bonds]; (3) the number of glycan residues per molecule of protein, and their structural type: the same peptidic chain may be substituted by glycans of a single type, or of different types: the N-acetyl-lactosaminic and the oligomannosidic or the O-glycosylic, or both. Thus, a large variety of specific, carbohydrate loci exists, and widely covers the requirements of biological specificities.

The conformation of some glycans has been studied with the aid of molecular models. For structures of the N-acetyl-lactosaminic type, having two antennae, two conformations are possible, the Y and the T. Results from X-ray diffraction studies favor the T conformation. Both conformations are in good agreement with the role of recognition signal that the glycans could play.

The determination of the structures of oligosaccharides from the urines of glycoproteinoses, diseases characterized by a deficit in lysosomal enzymes catabolizing the glycans of glycoprotein, allows reconstruction of the different stages of glycoprotein catabolism, and presentation of the hypothesis that the catabolism of N-acetyl-lactosamine glycans starts by the action of endo-2-acetamido-2-deoxy-β-D-glucosidases in liberating oligosaccharides that are then degraded by exoglycosidases. Correlatively, it becomes possible, on the basis of knowledge of the structure of these oligosaccharides, to foresee structures of glycans existing in glycoproteins of human origin.

The knowledge that we now possess concerning the structures of the glycans still does not allow the resolution of the problem of their biological role. It does, however, permit, on a solid, physicochemical and molecular basis, establishment of the study of the normal and pathological metabolism of glycans, the laying of the foundations of a genetic study of the enzymes involved in this metabolism, and a better definition of the questions that we should ask of Nature.

V. ADDENDUM*

1. Role of Glycans

It has now become feasible to study the role of glycans by employing tunicamycin. This antibiotic, originally described by Tamura and coworkers[201] is a structural analog of UDP-2-acetamido-2-deoxyglucose, and blocks the first step in the glycosylation of dolichol[202] involved in the assembly of the core of glycans linked N-glycosylically to protein (see Fig. 45). Hence, in the presence of tunicamycin, proteins that are normally glycosylated are synthesized devoid of glycan. Thus, the tunicamycin may serve as a probe for the role of glycans.

Using tunicamycin, Struck and coworkers[203] demonstrated that, despite the inhibitory effect of the drug on glycosylation, secretion of transferrin, serum albumin, and apoproteins A and B of VLDL by primary cultures of rat and chick hepatocytes was virtually unimpaired. Keller and Sivank[204] demonstrated the same point by showing that,

---

* With the receipt of the galley proofs, the opportunity was taken to outline some additional work and to make certain reappraisals.

(201) A Takatsuki, K. Arima, and G. Tamura, *J. Antibiot.*, 24 (1971) 215–223.
(202) J. S. Thacz and J. O. Lampen, *Biochem. Biophys. Res. Commun.*, 65 (1975) 248–257.
(203) D. K. Struck, P. B. Siuta, M. D. Lane, and W. J. Lennartz, *J. Biol. Chem.*, 253 (1978) 5332–5337.
(204) R. K. Keller and G. D. Swank, *Biochem. Biophys. Res. Commun.*, 85 (1978) 762–768.

even when glycosylation is blocked by tunicamycin, ovalbumin is secreted by the oviduct. In the same way, Mizrahi and coworkers,[205] on studying the effects of this antibiotic on several properties of human immune interferon, induced in whole-leukocyte cultures by a mitogen, phytohemagglutinin-P, observed that glycosylation was not necessary for interferon to be secreted by the cell, or to express its antiviral function.

Moreover, data obtained by Loh and Gainer[206] concerning the common precursor to adrenocorticotropin, β-lipotropin, α-MSH, and β-endorphin (which is a glycoprotein synthesized by the neurointermediate lobe of the frog *Xenopus laevis*) supported Beeley's hypothesis,[143] according to which, the addition of sugars at the β-turns of proteins would result in the masking of the turn conformation, and, hence, could protect the molecule from proteolysis. In fact, the authors showed that lack of glycosylation of the precursor resulted in its rapid degradation, and formation of atypical and inactive peptides.

In conclusion, contrary to Eylar's hypothesis[22] of the "exit passport," glycosylation of secretory glycoproteins is not a prerequisite for their secretion. On the contrary, the hypothesis of the protective effect of glycans against proteolytic attack[143] seems to be reaffirmed.

2. Primary Structure of Glycoprotein Glycans

a. N-Glycosylically Linked Glycans.—The following, biantennary glycans of the N-acetyl-lactosaminic type derive from the fundamental structure shown in Table II. (*i*) Glycan of subcomponent Clq of the first component of human complement.[207] Oligosaccharides A-1: substitution by N-acetylneuraminic acid on O-6 of the galactose-6 residue, with or without α-fucosylation on O-6 of 2-acetamido-2-deoxyglucose-1. (*ii*) Glycans of rat-liver plasma-membrane,[208] and of thyroxine-binding globulin.[209] Substitution by N-acetylneuraminic acid on O-6 of the galactose-6 and -6' residues. (*iii*) Major asparagine-linked glycan of galactoprotein A from hamster fibroblasts.[210] Substitution by fucose on O-6 of the 2-acetamido-2-deoxyglucose-1 residue, with or

---

(205) A. Mizrahi, J. A. O'Malley, W. A. Carter, A. Takatsuki, G. Tamura, and E. Sulkowski, *J. Biol. Chem.*, 253 (1978) 7612–7615.
(206) Y. P. Loh and H. Gainer, *FEBS Lett.*, 96 (1978) 269–272.
(207) T. Mizuschi, K. Yonemasu, K. Yamashita, and A. Kobata, *J. Biol. Chem.*, 253 (1978) 7404–7409.
(208) H. Debray, L. Dorland, J. F. G. Vliegenthart, and J. Montreuil, *Proc. Int. Symp. Glycoconjugates, 5th, Kiel, 1979,* p. 86.
(209) A. B. Zinn, J. S. Marshall, and D. M. Carlson, *J. Biol. Chem.*, 253 (1978) 6768–6774.
(210) W. G. Carter and S. Hakomori, *Biochemistry*, 18 (1979) 730–738.

without α-sialylation on O-3 of the galactose-6 and -6' residues. (*iv*) Glycan of human-chorionic, gonadotropin α-subunit.[211] Substitution by N-acetylneuraminic acid on O-3 of galactose-6 and -6' residues (β-subunit is O-fucosylated). Thus, a structure that was originally given as non-orthodox (see Fig. 21) has become orthodox. (*v*) Glycans of human J chain isolated from a Waldenströms macroglobulin.[212] Substitution by N-acetylneuraminic acid on O-6 of galactose-6 and -6' residues in glycopeptide J-A and of the galactose-6 residue in glycopeptide J-B; no substitution of galactose residues in glycopeptide J-C (fundamental structure itself, in Table II). (*vi*) Glycan GP-5 of human-milk lactotransferrin.[213] Substitution by N-acetylneuraminic acid on O-6 of galactose-6 residue, by an N-acetyl-lactosamine residue on O-3 of the galactose-6' residue, and by fucose on O-6 of 2-acetamido-2-deoxyglucose-1 residue and on O-3 of 2-acetamido-2-deoxyglucose-5' residue. (*vii*) Glycopeptides having a complex-carbohydrate structure have been isolated from delipidated, human-erythrocyte membranes. The studies indicated that they contain a repeating β-Gal-(1 → 4)-β-GlcNAc-(1 → 3) structure, with branch points at O-6 of the galactose-6 and -6' residues. The saccharide chains terminate in 2-acetamido-2-deoxyglucosyl, galactosyl, 2,3- and 2,6-disubstituted α-N-acetylneuraminyl and 1,2-disubstituted α-fucosyl residues, and they also contain blood-group A, B, and H determinants (see Fig. 37). These results sug-

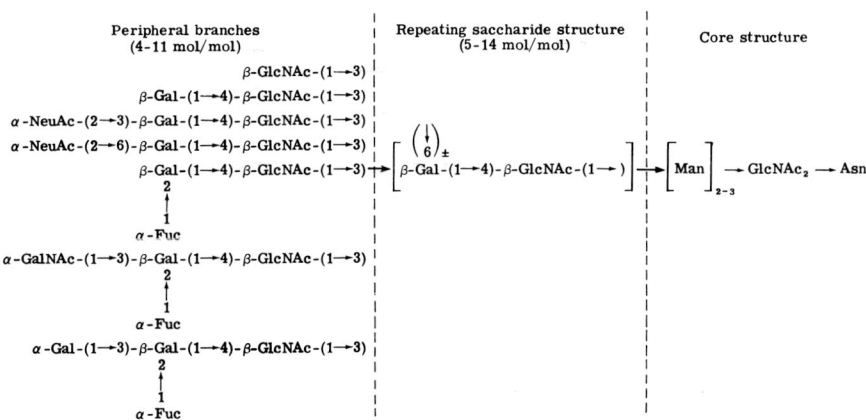

Fig. 37.—Proposed, General Structure of the Poly(glycosylpeptides) of Human, Erythrocyte Membrane.[214]

(211) O. P. Bahl, L. März, and M. J. Kessler, *Biochem. Biophys. Res. Commun.*, 84 (1978) 667–676.
(212) J. Baenziger, *J. Biol. Chem.*, 254 (1979) 4063–4071.
(213) G. Spik, B. Fournet, and J. Montreuil, unpublished results.
(214) T. Krusius, J. Finne, and H. Rauvala, *Eur. J. Biochem.*, 92 (1978) 289–300.

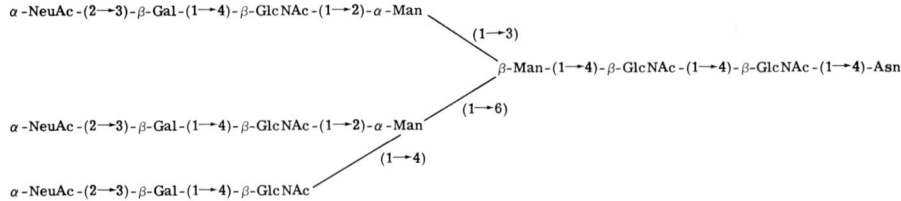

FIG. 38.—Structure of Glycan of Vesicular Stomatitis Virus (VSV) Membrane Glycoprotein.[215]

gest that protein-bound carbohydrates occur in a novel type of structure containing 20–70 monosaccharide residues, and raise the possibility that blood-group activities could also be shared by glycoproteins and glycolipids.[214]

The triantennary glycan structure of the membrane glycoprotein of vesicular stomatitis virus (New Jersey serotype) has been elucidated by Ballou and coworkers[215] (see Fig. 38).

The structures of the major glycans of the oligomannosidic type (IB-1, IB-2, IIA, and IIB) of a human, IgM myeloma protein have been determined[216] (see Fig. 39). More interesting is the family of the minor glycans[217] IA-1, IA-2, IA-3, II* (Fig. 39) and IA-4 (see Fig. 40). In fact, IA-1, IA-2, IA-3, IB-1, and IB-2 were postulated by the authors to be precursor oligosaccharides, resulting from the trimming of an oligosaccharide of the oligomannosidic type derived from the lipid-linked oligosaccharide carrier during glycan biosynthesis. Moreover, IA-4

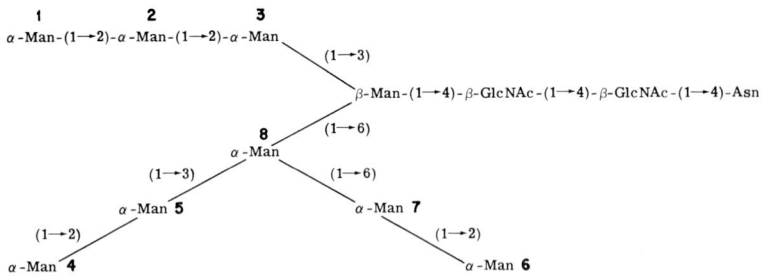

FIG. 39.—Structure of Glycan IA-1 of Human, IgM Myeloma Protein.[216,217] [Other glycans are derived from glycan IA-1 by the absence of the following mannose residues: IA-2, residue 1; IA-3, residues 1 and 6; IB-1, residues 1, 2 and 6; IB-2, residues 1, 2, 4, and 6; IIA, residue 4; II*, residues 1 and 4; and IIB, residues 1, 4, and 6.]

(215) C. L. Reading, E. E. Penhoet, and C. E. Ballou, *J. Biol. Chem.*, 253 (1978) 5600–5612.
(216) A. Chapman and R. Kornfeld, *J. Biol. Chem.*, 254 (1979) 816–823.
(217) A. Chapman and R. Kornfeld, *J. Biol. Chem.*, 254 (1979) 824–828.

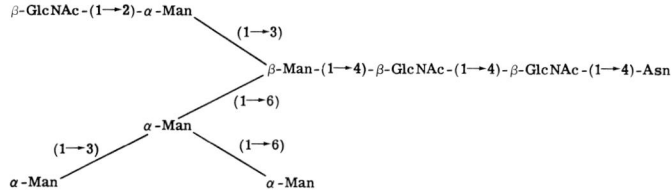

Fig. 40.—Structure of Glycan IA-4 of Human, IgM Myeloma Protein.[217]

may arise from IB-2 by the action of the UDP-2-acetamido-2-deoxy-glucose: glycoprotein N-acetylglucosaminyltransferase I described by Schachter and coworkers (see Fig. 25), which catalyzes the first reaction leading to glycans of the N-acetyllactosaminic type. In addition, Li and Kornfeld[218] determined the structure of three major glycopeptides, namely, B-1, B-2, and C-1 of the oligomannosidic type, from Chinese-hamster, ovary-cell glycoproteins: they are identical to those of glycopeptides IA-1, II-A, and II-B of human IgM myeloma protein (see Fig. 39).

b. Glycosidically Linked Glycans.—A neutral-sugar chain and an acidic-sugar chain have been isolated from the glycoproteins of blood-type O erythrocytes, and their structures have been elucidated as α-Fuc-(1 → 2)-β-Gal-(1 → 3)-GalNAc-ol and α-Fuc-(1 → 2)-β-Gal-(1 → 3)-[α-NeuAc-(2 → 6)]-GalNAc-ol. The neutral chain could serve as the acceptor of α-N-acetylgalactosaminyltransferases from the milk of blood-type A_1 and A_2 females, in contrast to the acidic chain.[219]

Five sialic-acid-containing oligosaccharides composed of 9, 10, 12, 13, and 15 monosaccharide residues have been isolated from rat, sublingual glycoprotein.[220] The structures proposed are given in Fig. 41.

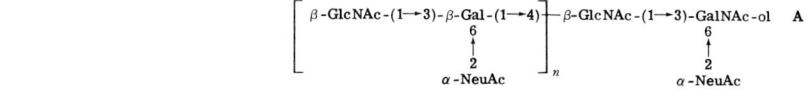

Fig. 41.—Structure of the Acidic Oligosaccharides of Rat, Sublingual Glycoprotein.[220] [Structure A: n = 4, 3, and 1 in oligosaccharides I, II, and V, respectively. Structure B: n' = 2 and 1 in oligosaccharides II and IV, respectively.]

(218) E. Li and S. Kornfeld, J. Biol. Chem., 254 (1979) 1600–1605.
(219) S. Takasaki, K. Yamashita, and A. Kobata, J. Biol. Chem., 253 (1978) 6086–6091.
(220) A. Slomiany and B. L. Slomiany, J. Biol. Chem., 253 (1978) 7301–7306.

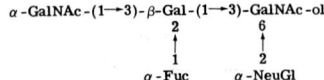

FIG. 42.—Structure of the Fundamental, Pentasaccharide Structure of the Major, Glycoprotein Fraction of Hog Submaxillary-gland Mucin.[221]

Ten sialic-acid-containing oligosaccharides and four neutral oligosaccharides have been purified from the major glycoprotein fraction of hog, submaxillary-gland mucin. ^{1}H-N.m.r. spectroscopy at 360 MHz, in combination with methylation analysis and mass spectrometry, allowed the determination of their structures, which are partial structures of a pentasaccharide (see Fig. 42) having blood-group A activity.[221]

Five glycosidically linked oligosaccharides have been isolated from human-milk IgA. Their structures have been elucidated[222] as β-Gal-(1 → 3)-GalNAc-ol, α-NeuAc-(2 → 3)-β-Gal-(1 → 3)-GalNAc-ol, β-Gal-(1 → 3)-[β-GlcNAc-(1 → 6)]-GalNAc-ol, and β-Gal-(1 → 3)-[β-Gal-(1 → 4)-β-GlcNAc-(1 → 6)]-GalNAc-ol, and a nonasaccharide and a decasaccharide, the structures of which are given in Fig. 43.

3. Primary Structure and Metabolism of N-Linked Glycans

a. Primary Structure and Biosynthesis.—The question of maturation of glycans has now undergone important developments, because of findings of S. Kornfeld's group. In fact, in the first of a series of reports, S. Kornfeld and coworkers[223] isolated the major, lipid-linked oligosaccharide in vesicular stomatitis virus (VSV)-infected, ovary cells

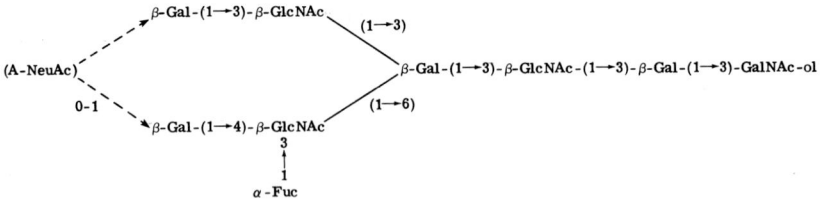

FIG. 43.—Structure[222] of Glycosidically Linked Nona- and Deca-saccharides of Human-Milk IgA.

(221) L. Dorland, H. van Halbeek, J. Haverkamp, G. A. Veldink, J. F. G. Vliegenthart, B. Fournet, J. Montreuil, and D. Aminoff, *Proc. Int. Symp. Glycoconjugates, 5th, Kiel, 1979*, pp. 29–30.
(222) A. Crétel, H. Egge, J. Montreuil, and G. Spik, *Proc. Int. Symp. Glycoconjugates, 5th, Kiel, 1979*, pp. 26–27.
(223) E. Li, I. Tabas, and S. Kornfeld, *J. Biol. Chem.*, 253 (1978) 7762–7770.

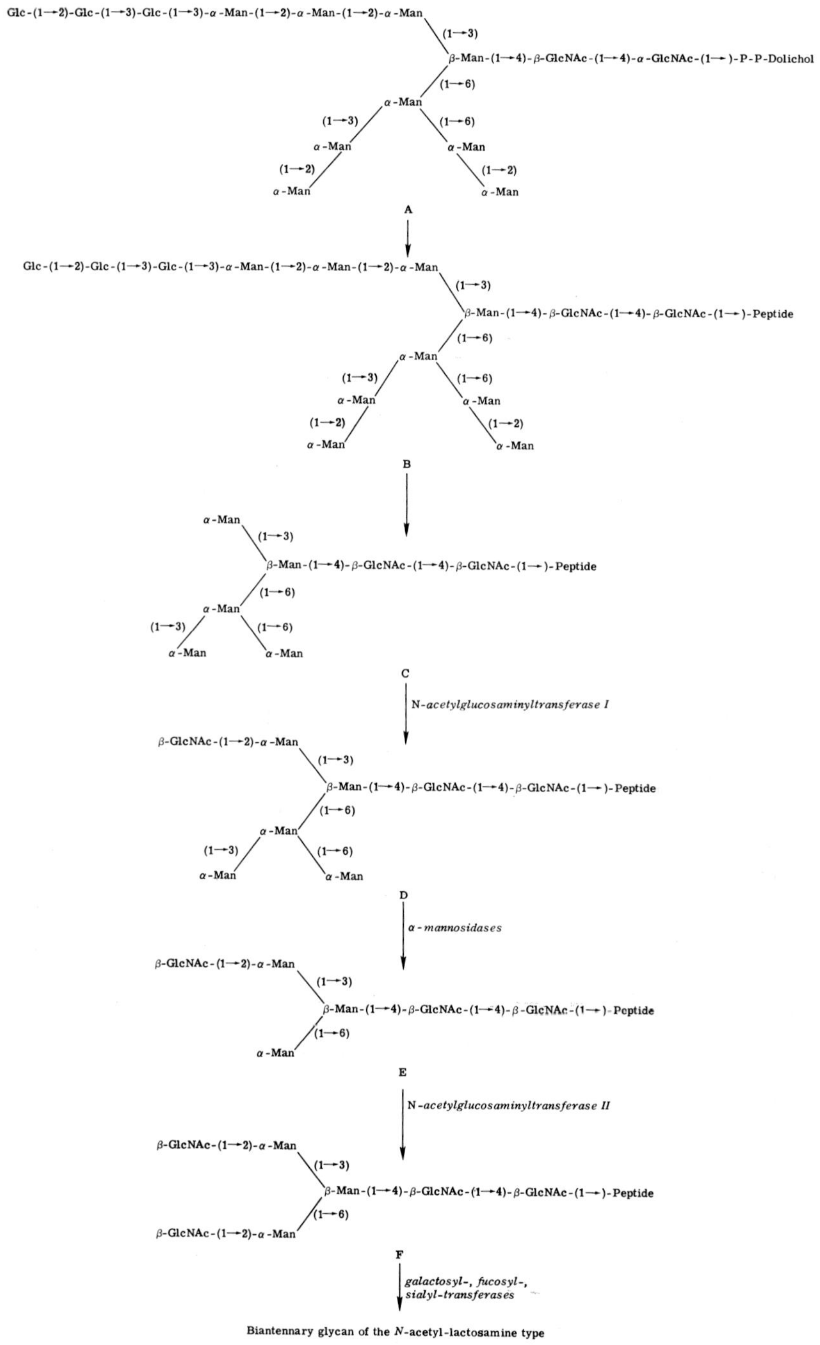

Glc-(1→2)-Glc-(1→3)-Glc-(1→3)-α-Man-(1→2)-α-Man-(1→2)-α-Man
                                                                          (1→3)
                                                                         β-Man-(1→4)-β-GlcNAc-(1→4)-α-GlcNAc-(1→)-P-P-Dolichol
                                                                      (1→6)
                                                               α-Man
                 (1→3)   (1→6)
           α-Man   α-Man
     (1→2)   (1→2)
  α-Man   α-Man

A ↓

Glc-(1→2)-Glc-(1→3)-Glc-(1→3)-α-Man-(1→2)-α-Man-(1→2)-α-Man
                                                                     (1→3)
                                                              β-Man-(1→4)-β-GlcNAc-(1→4)-β-GlcNAc-(1→)-Peptide
                                                             (1→6)
                                                       α-Man
              (1→3)   (1→6)
         α-Man   α-Man
    (1→2)   (1→2)
  α-Man   α-Man

B ↓

  α-Man
       (1→3)
           β-Man-(1→4)-β-GlcNAc-(1→4)-β-GlcNAc-(1→)-Peptide
     α-Man (1→6)
(1→3)   (1→6)
α-Man   α-Man

C ↓ N-acetylglucosaminyltransferase I

β-GlcNAc-(1→2)-α-Man
                   (1→3)
                       β-Man-(1→4)-β-GlcNAc-(1→4)-β-GlcNAc-(1→)-Peptide
             α-Man (1→6)
  (1→3)   (1→6)
 α-Man   α-Man

D ↓ α-mannosidases

β-GlcNAc-(1→2)-α-Man
                   (1→3)
                     β-Man-(1→4)-β-GlcNAc-(1→4)-β-GlcNAc-(1→)-Peptide
                 (1→6)
       α-Man

E ↓ N-acetylglucosaminyltransferase II

β-GlcNAc-(1→2)-α-Man
                   (1→3)
                     β-Man-(1→4)-β-GlcNAc-(1→4)-β-GlcNAc-(1→)-Peptide
                 (1→6)
β-GlcNAc-(1→2)-α-Man

F ↓ galactosyl-, fucosyl-, sialyl-transferases

Biantennary glycan of the N-acetyl-lactosamine type

FIG. 44. See p. 220 for legend.

of the Chinese hamster, and determined the structure of its carbohydrate moiety (see Fig. 44). The authors then demonstrated[224] that the initial step in the glycosylation of the VSV G-protein is transfer of this oligosaccharide *en bloc* from the lipid carrier to the nascent, polypeptide chain. This step is followed by trimming of the glycan by specific glycosidases,[225] and by the intervention of specific glycosyltransferases to form the mature glycan of the N-acetyl-lactosaminic type (see Fig. 38) of the viral-envelope glycoprotein. These reactions are described in Fig. 44. Thus, by correlating these findings with those of pioneers in this field (in this regard, see the excellent reviews on the biosynthesis of glycoproteins, and on the role of lipid intermediates in the glycosylation of proteins, by Parodi and Leloir[226] and Schachter[227]), it became possible to reconstitute the complete sequence of metabolic events leading to the biosynthesis of glycans of the N-acetyl-lactosaminic type, through intermediate glycans of the oligomannosidic type (see Fig. 45).

Moreover, Kornfeld's results solved the enigma of the complete identity of many glycans of the oligomannosidic type having very different origins, contrasting with the glycans of the N-acetyl-lactosaminic type; in fact, the glycans of Taka-amylase A (see Fig. 4), GP-IV glycopeptide of ovalbumin (see Fig. 5) and II-B glycopeptide of human IgM (see Fig. 39) are identical, like those of GP-III-B of ovalbumin (see Fig. 5) and of Sindbis virus S-4 (see Fig. 6), those of GP-V of ovalbumin (see Fig. 5) and of IB-2 of human IgM (see Fig. 39), and those of calf-thyroglobulin Unit A (see Fig. 7) and of IA-1 (see Fig. 39). In fact, it may be assumed that the structures of the oligomannosidic type are metabolic intermediates common to all cells and to all glycans of the N-acetyl-lactosaminic type. In this regard, the complete

(224) S. Kornfeld, E. Li, and I. Tabas, *J. Biol. Chem.*, 253 (1978) 7771–7778.
(225) I. Tabas and S. Kornfeld, *J. Biol. Chem.*, 253 (1978) 7779–7786.
(226) A. P. Parodi and L. F. Leloir, *Biochim. Biophys. Acta*, 559 (1979) 1–37.
(227) H. Schachter, in M. Horowitz and W. Pigman, *The Glycoconjugates*, Vol. 2, Academic Press, New York, 1978, pp. 88–181.

FIG. 44 (p. 219).—Proposed Sequence for the Synthesis of the N-Acetyl-lactosaminic Type of Glycans.[224] [Oligosaccharide moiety of compound A is transferred *en bloc* on the peptide chain, giving compound B. This compound is then trimmed by specific endo- and exo-glucosidases and -mannosidases, leading to compound C. Action[154,155] of N-acetylglucosaminyltransferase I gives compound D. Then, compound E is formed by hydrolysis by specific α-mannosidases, and the transfer of the second 2-Acetamido-2-deoxyglucosyl, residue occurs by the action[154,155] of N-acetylglucosaminyltransferase II, leading to Compound F. Glycan is then terminated by the successive action of galactosyl-, sialyl-, and fucosyl-transferases.]

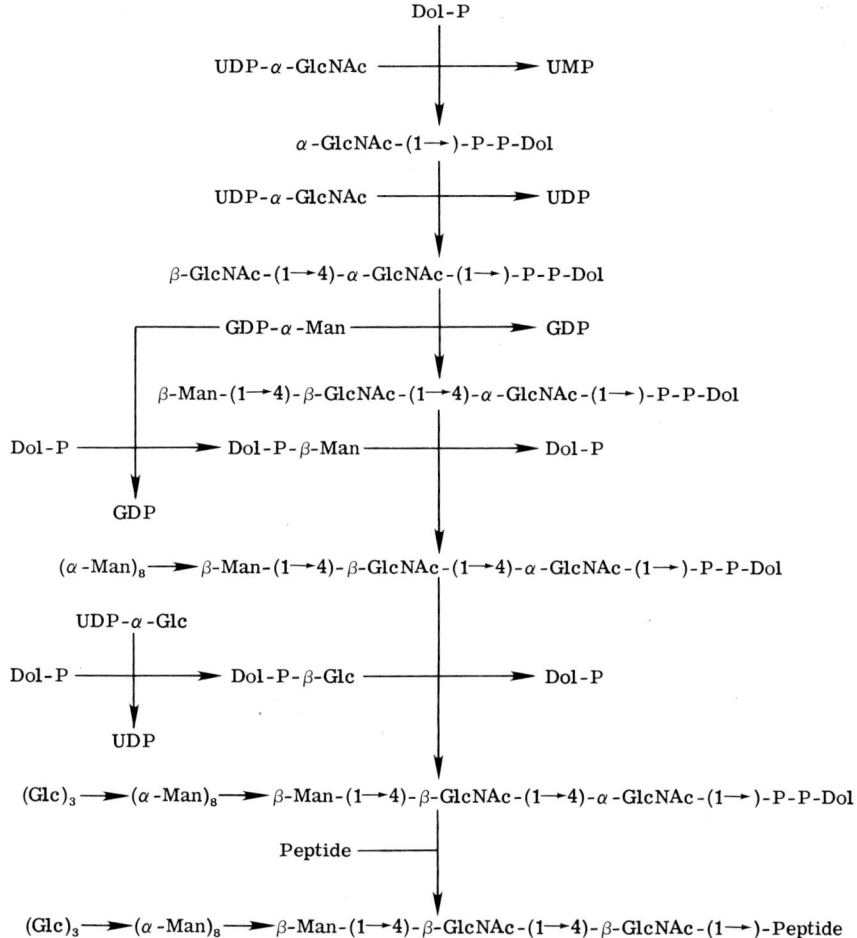

FIG. 45.—Pathway of the Biosynthesis of Lipid-linked Oligosaccharide Precursor of the N-Acetyl-lactosaminic Type of Glycans, and of the Intermediary Glycopeptide. (See general reviews 126–136, 226, and 227.)

identity of calf-thyroglobulin Unit A and of IA-1 glycans with the oligosaccharidic moiety of the lipid intermediate of Fig. 44 (after removal of glucose residues) is particularly demonstrative. Moreover, the origin of mixed structures of the oligomannosyl-N-acetyl-lactosaminic type (compare compounds in Figs. 16 and 40) is elucidated. Thus, it clearly appears that the glycans of the oligomannosidic type probably play no role as recognition signals, this function being restricted to the glycoproteins of the N-acetyl-lactosaminic type.

b. Primary Structure and Catabolism.

Figure 46 presents the structures of ten new oligosaccharides isolated by Strecker[228] from the urine of patients having GM_1-gangliosidosis, a lysosomal disease characterized by a deficiency in β-D-galactosidases. The most interesting structures are those that possess the terminal sequence β-Gal-$(1 \to 3)$-β-Gal-$(1 \to 4)$, because this kind of glycan-chain terminus had already been demonstrated by R. Kornfeld in calf-thymocyte membranes.[116] This finding reinforces the hypothesis proposed (see Section III,2), according to which the oligosaccharides of the urine of ly-

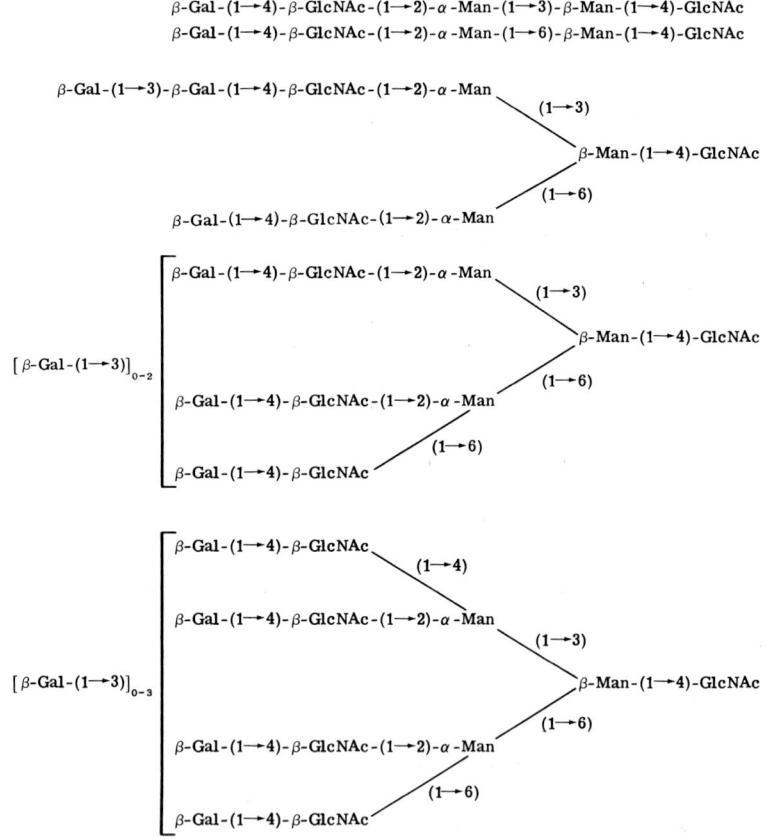

FIG. 46.—Novel Structures of Oligosaccharides Isolated From Urine of GM_1 Gangliosidosis.[228]

(228) G. Strecker, unpublished results.

sosomal diseases originate from endocellular or membranous glycoproteins.

In conclusion, the newly acquired results described demonstrate the fascinating progress that has been made in less than one year in the field of the metabolism and biological role of glycoproteins. Of course, these advances have arisen because of refinements in methodology, but, above all, because of knowledge of the primary structure of glycans thereby obtained.

NEOGLYCOPROTEINS
THE PREPARATION AND APPLICATION OF SYNTHETIC GLYCOPROTEINS*

By Christopher P. Stowell and Yuan Chuan Lee

*Department of Biology and the McCollum–Pratt Institute,
The Johns Hopkins University, Baltimore, Maryland*

I. Introduction 225
II. Preparation of Neoglycoproteins 228
    1. Desired Characteristics of Modification Reactions 228
    2. Diazo Coupling 229
    3. Isothiocyanates 234
    4. Amidation 235
    5. Amination 242
    6. Guanidination 245
    7. Amidination 246
    8. Bifunctional Reagents 248
    9. Other Methods 251
    10. Summary 252
III. Properties of Neoglycoproteins 254
    1. Physicochemical Properties 254
    2. Biological Activity 255
IV. Applications of Neoglycoproteins and of Modification Reactions .. 257
    1. General Considerations 257
    2. Antigens 259
    3. Substrates for Lectins 268
    4. Substrates for Glycoprotein Clearance and Uptake Systems ... 270
    5. Affinity Materials 277
    6. Cytochemical Markers 279
    7. Potential Applications 279
V. Conclusion 281

I. Introduction

Glycoproteins, proteins that contain covalently bound carbohydrates, comprise one of the most important classes of biological compounds. They are widely distributed in animals, plants, and micro-or-

*Supported by the United States Public Health Service, the National Institutes of Health Research Grant AM9970.

ganisms, where they serve a variety of functions as antibodies, enzymes, hormones, toxins, and transport proteins. The exteriors of cells are particularly rich in glycoproteins, which are thought to be involved in a number of cell-surface reactions. Some aspects of glycoproteins are presented in this volume.[1] Comprehensive treatises on the subject have also appeared.[2,3]

Many glycoproteins fulfil vital physiological functions; however, the contribution of the carbohydrate moiety to the physicochemical characteristics and biological activities of glycoproteins is only now beginning to be understood. Where it has been studied, the role of the carbohydrate prosthetic group has been determined primarily by observing the effect of changes in the carbohydrate structure on the behavior of the glycoprotein. Three approaches have been taken in order to acquire a series of glycoproteins that differ exclusively in the structure of their carbohydrate moieties, namely, by (1) obtaining naturally occurring variants, for example, ribonucleases A and B (EC 2.7.7.16)[4]; (2) treating native glycoproteins with enzymes or other reagents to alter or effect partial removal of the carbohydrate residues, for example, asialo-orosomucoid [neuraminidase (EC 3.2.1.18)-treated α_1-acid glycoprotein][5]; and (3) preparing synthetic glycoproteins, that is, neoglycoproteins.

It is the intention of this article to describe the methods whereby neoglycoproteins have been prepared, as well as to discuss the ways in which they have been used to investigate the function of the bound carbohydrate of glycoproteins. For the purposes of this discussion, a neoglycoprotein is defined as a glycoprotein produced chemically, in vitro, by the covalent attachment of mono- or oligo-saccharides to proteins that may or may not already contain naturally occurring, covalently bound carbohydrate. Excluded from this category are glycoproteins whose carbohydrate moieties are extended, in vitro, by glycosyltransferases, or altered by enzymes or other reagents. The attachment of proteins to insoluble polysaccharide materials has been reviewed[6] and is not included here, although the attachment of soluble oligosac-

(1) J. Montreuil, Adv. Carbohydr. Chem. Biochem., 37 (1980) 157–223.
(2) A. Gottschalk (Ed.), Glycoproteins: Their Composition, Structure and Function, Elsevier Publishing Co., Amsterdam, 2nd edn., 1972; M. I. Horowitz and W. Pigman (Eds.), The Glycoconjugates, Academic Press, New York, Vol. I, 1977, and Vol. II, 1978.
(3) N. Sharon, Complex Carbohydrates, Addison-Wesley Publishing Co., Reading, Mass., 1975.
(4) J. W. Baynes and F. Wold, J. Biol. Chem., 251 (1976) 6016–6024.
(5) G. Ashwell and A. G. Morell, Adv. Enzymol., 41 (1974) 99–128.
(6) J. F. Kennedy, Adv. Carbohydr. Chem. Biochem., 29 (1974) 306–405.

charides obtained from polysaccharides will be discussed. Some aspects of neoglycoprotein chemistry and biochemistry have been reviewed.[7]

Implicit in the foregoing definition of neoglycoproteins is that they are prepared for use as probes for ascertaining the roles of bound carbohydrate in biochemical and biological processes. In 1929, Goebel and Avery prepared what was probably the first neoglycoprotein, which they used to raise carbohydrate-directed antibodies.[8,9] Neoglycoproteins have since been widely used to raise antibodies in order to examine the natural immunogenicity of such carbohydrates as the polysaccharide coats of *Streptococcus pneumoniae*[10] and species of *Salmonella*.[11] These neoglycoproteins have also been used for determining the specificities of carbohydrate-specific antibodies (see Section IV,2), as well as of other carbohydrate-binding proteins, such as plant lectins (see Section IV,3) and the hepatic, glycoprotein-binding protein.[12] In addition, neoglycoproteins immobilized on insoluble, chromatographic supports have served as affinity materials for the isolation of carbohydrate-binding proteins.[13,14]

The applications of neoglycoproteins to the investigation of the contribution of carbohydrate to the functions mediated by glycoproteins are only now beginning to be explored. The ways in which neoglycoproteins have been used in order to study lectins and carbohydrate-specific antibodies could be extended to the study of other carbohydrate-binding proteins, such as the glycosyltransferases. Neoglycoproteins may also serve as soluble inhibitors of processes that are apparently glycoconjugate-mediated, such as cell–cell adhesion. Still another possible approach to investigating the role of carbohydrate in the behavior of cells would be to attach new sugars to the cell surface by using the methods developed to prepare neoglycoproteins.

The potential utility of neoglycoproteins is extensive and exciting.

(7) J. J. Marshall, *Trends Biochem. Sci.*, 3 (1978) 79–82.
(8) W. F. Goebel and O. T. Avery, *J. Exp. Med.*, 50 (1929) 521–531.
(9) O. T. Avery and W. F. Goebel, *J. Exp. Med.*, 50 (1929) 533–550.
(10) K. Landsteiner, *The Specificity of Serological Reactions*, Dover Publications, Inc., New York, 2nd edn., 1962, pp. 174–177.
(11) K. K. Nixdorff, S. Schlecht, E. Rüde, and O. Westphal, *Immunology*, 29 (1975) 87–102.
(12) M. J. Krantz, N. A. Holtzman, C. P. Stowell, and Y. C. Lee, *Biochemistry*, 15 (1976) 3963–3968.
(13) C. P. Stowell, T. B. Kuhlenschmidt, and Y. C. Lee, *Fed. Proc. Fed. Am. Soc. Exp. Biol.*, 36 (1977) 653.
(14) C. P. Stowell and Y. C. Lee, *J. Biol. Chem.*, 253 (1978) 6107–6110.

The primary advantage of the approach is that it is relatively easy to obtain large amounts of neoglycoprotein in which the structure of the carbohydrate is well defined, a task that may be considerably more difficult if naturally occurring glycoproteins or their derivatives are used. Furthermore, the structure of the carbohydrate can be varied in order to explore in detail the requirements for the activity of the neoglycoprotein; such flexibility may not be possible by using naturally occurring products. The limitation of the approach lies in the difficulty of synthesizing oligosaccharides of high degrees of complexity to be used for preparing neoglycoproteins. However, as the methodology for synthesizing oligosaccharides continues to develop, it is not unreasonable to anticipate that neoglycoproteins of complex structure will be used for the systematic investigation of the role of carbohydrate in glycoprotein function.

II. Preparation of Neoglycoproteins

1. Desired Characteristics of Modification Reactions

Although a variety of techniques is available for attaching carbohydrates to proteins, not all of them are suitable for work with biological systems. A number of criteria must be considered in developing and evaluating a chemical procedure for this type of modification.

Generally speaking, modifications of proteins having biological activity should not only be chemically efficient and easy to control, but should also be sufficiently mild to preserve the native structure and activity of the protein. The modifying reagent, in this case a carbohydrate derivative or carbohydrate in conjunction with other reagents, should either be stable, for the sake of convenience and reproducibility, or readily prepared and quantitated just before use. The preparation of the reagent should be accomplished under conditions to which carbohydrates are stable. Ideally, the preparation procedure should be sufficiently versatile to be applicable to a wide variety of different sugars and aglycons. This aspect is especially important because, for most applications of neoglycoproteins, it is desirable to attach different sugars to proteins by way of the same bridging structure, or to attach the same sugar by way of different bridges.

Preferably, the reagent should be soluble and stable in physiological solutions. If it is to be used for the modification of proteins in cells or such cellular components as membranes, the reagent should not be toxic or susceptible to metabolism that may transform it into other active substances. The modification reaction should proceed relatively rapidly under mild, preferably physiological, conditions, even with low concentrations of the reagent.

In order to simplify the characterization of the modified protein and the interpretation of results, modification should be specific, preferably for one functional group. The modification itself should be covalent, and stable to physiological conditions. If the modified protein is to be used *in vivo*, the linkage should be resistant to metabolic and enzymic degradation. The linkage between carbohydrate and protein should not introduce any bulky, or highly interactive, groups, such as long-chain hydrocarbons, aromatic rings, or ionic species, as such groups as these may interfere with the activity of the protein, or interact nonspecifically in biological systems.

The modified protein should be easy to purify from the reaction mixture, and there must be some way in which to quantitate the extent of modification. Most importantly, the modified protein should be soluble in physiological solutions, and retain full biological activity in such solutions. This requirement usually specifies that modification does not change the overall charge or the conformation of the protein, involve critical residues, or introduce bulky or hydrophobic groups.

2. Diazo Coupling

The first, and still the most popular, method for preparing neoglycoproteins was developed in 1929 by Goebel and Avery, who attached a variety of mono- and oligo-saccharides to ovalbumin and horse serum-albumin by diazo coupling for immunological studies.[10] The procedure, used today primarily as described by Westphal and Feier,[15] is shown in Scheme 1. The *p*-aminophenyl or *p*-aminobenzyl glycoside

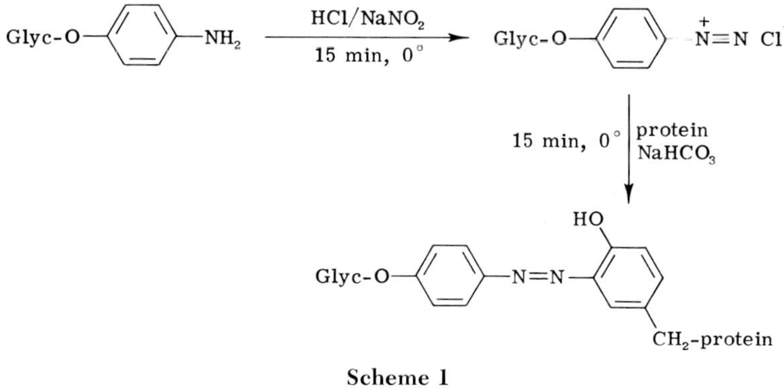

Glyc-O—⟨C₆H₄⟩—NH₂ $\xrightarrow{\text{HCl/NaNO}_2}{\text{15 min, 0°}}$ Glyc-O—⟨C₆H₄⟩—$\overset{+}{\text{N}}$=N Cl⁻

15 min, 0° | protein
NaHCO₃

Glyc-O—⟨C₆H₄⟩—N=N—⟨C₆H₃(OH)⟩—CH₂-protein

Scheme 1

(15) O. Westphal and H. Feier, *Chem. Ber.*, 89 (1956) 582–588.

is converted into the diazonium salt by treatment with nitrous acid in the cold, and the salt is mixed with an alkaline solution containing the protein, to yield the azo-protein.

Diazonium ions react rapidly with histidyl, lysyl, and tyrosyl residues to form mono- and di-azo derivatives, and much more slowly with arginyl, cysteinyl, and tryptophanyl residues.[16] The lack of specificity of the reaction can create problems in interpreting results, particularly if critical residues are modified. The azo-proteins formed may be readily purified, and are intensely colored; this property may permit quantitation of the extent of the reaction by measurement of the absorbance. Not uncommonly, however, the products of the reaction are of a dark-brownish color that interferes with many of the standard assays for protein and carbohydrate.

As the diazonium ions are very reactive, and form adducts with several types of amino acid, it is possible to achieve very high levels of modification, although large excesses of reagent are needed as the ions are unstable. In aqueous solution, diazonium ions decompose to phenols which further react with the diazonium ions to form highly colored azophenols. The low efficiency of the reaction with protein is mitigated by the fact that the *p*-nitrophenyl glycosides of mono- and di-saccharides are stable, crystalline compounds that are commercially available (or readily synthesized), reduced to *p*-aminophenyl glycosides, and these converted into diazonium salts. Although diazonium salts are reasonably stable as their fluoroborate salts,[17] or when bound to cation-exchange resins,[18] they are generally prepared immediately before use. The instability of the diazonium ions, which makes quantitation impractical, and the rapidity with which they react, make control of the extent of the reaction difficult.

The application of diazo coupling is somewhat limited by the availability of the *p*-aminophenyl glycosides, particularly of those of the oligosaccharides. Their precursors, the *p*-nitrophenyl glycosides, are usually obtained by the condensation of a per-*O*-acetylated glycosyl halide with *p*-nitrophenol in ethanol (Michael reaction)[19,20] or by the reaction of a per-*O*-acetylated sugar with *p*-nitrophenol in the presence of a Lewis acid catalyst (Helferich reaction).[21] *p*-Nitrobenzyl 1-thioglycosides have also been prepared by the condensation of the

(16) G. E. Means and R. E. Feeney, *Chemical Modification of Proteins*, Holden–Day, Inc., San Francisco, 1971.
(17) A. Roe, *Org. React.*, 5 (1957) 204.
(18) J. A. Phillips, S. A. Robrish, and C. Bates, *J. Biol. Chem.*, 240 (1965) 699–704.
(19) A. Michael, *Ber.*, 12 (1879) 2260–2261.
(20) A. Michael, *Am. Chem. J.*, 5 (1884) 171–182.
(21) B. Helferich and E. Schmitz-Hillebrecht, *Ber.*, 66 (1933) 378–383.

per-O-acetylated 1-thioglycose with p-nitrobenzyl bromide.[22,23] It is preferable to store the p-nitrophenyl or p-nitrobenzyl glycosides, which are quite stable, and then to reduce them to amino compounds immediately before diazotization. Although p-nitrophenyl 1-thioglycosides have been obtained in reasonable yields by the direct condensation of unprotected monosaccharides with p-nitrobenzenethiol,[24] the method has not been extended to oligosaccharides. Another, shortened procedure is to use p-aminobenzenethiol in the Michael reaction in order to eliminate the reduction step.[25]

Several strategies have been developed for obtaining p-nitrophenyl derivatives of carbohydrates without *de novo* formation of glycosides. Goebel coupled a type-specific polysaccharide obtained from type III *Streptococcus pneumoniae* to horse serum-albumin by diazotizing an aminobenzyl ether of the polysaccharide.[26,27] The p-nitrophenyl derivatives of oligosaccharides derived from the lipopolysaccharide of *Salmonella minnesota* R mutants were prepared by allowing the free amino groups of the 2-amino-2-deoxy-D-glucose residues of the oligosaccharide to react with N-succinimidyl 4-(p-nitrophenyl)butanoate in dimethyl sulfoxide containing triethylamine.[11] The 4-(p-nitrophenyl)-butanoyl group, linked by an amide bond to the amino group of 2-amino-2-deoxy-D-glucose, was then reduced with sodium dithionite, and the product coupled to edestin (a large protein from hemp seed) by the usual, diazo coupling-procedure. In still another approach, milk oligosaccharides were reductively aminated to afford the 1-[2-(p-aminophenyl)ethyl]amino-1-deoxyalditol derivatives, which were converted into the diazonium salts and these coupled to edestin.[28] Glycopeptides from porcine thyroglobulin have been treated with p-nitrobenzoyl chloride or N-hydroxysuccinimide p-nitrobenzoate to give the N-(p-nitrobenzoyl) derivatives, which were then reduced and the products coupled to ferritin and horseradish peroxidase (EC 1.11.1.7) by the standard, diazo coupling-procedure.[29,30]

(22) F. M. Delmotte and M. L. P. Monsigny, *Carbohydr. Res.*, 36 (1974) 219–226.
(23) M. E. Rafestin, A. Obrénovitch, A. Oblin, and M. L. P. Monsigny, *FEBS Lett.*, 40 (1974) 62–66.
(24) J. E. Schneider, H. H. Liu, and Y. C. Lee, *Carbohydr. Res.*, 39 (1975) 156–159.
(25) S. Chipowsky and Y. C. Lee, *Carbohydr. Res.*, 31 (1973) 339–346.
(26) W. F. Goebel and O. T. Avery, *J. Exp. Med.*, 54 (1931) 431–436.
(27) O. T. Avery and W. F. Goebel, *J. Exp. Med.*, 54 (1931) 437–447.
(28) D. A. Zopf, C.-M. Tsai, and V. Ginsburg, *Arch. Biochem. Biophys.*, 185 (1978) 61–71.
(29) M. L. P. Monsigny, C. M. T. Kiéda, D. Gros, and J. Schrevel, *Eur. Congr. Electron Microscopy, 6th, Jerusalem*, (1976) 39–40.
(30) C. M. T. Kiéda, F. M. Delmotte, and M. L. P. Monsigny, *FEBS Lett.*, 76 (1977) 257–261.

The most serious drawback of the diazo coupling-technique is that it introduces into the neoglycoprotein an aromatic function that may interfere with, or complicate, the biological interactions under study. In the early 1900's, Landsteiner, among others, found that azophenyl proteins are good immunogens.[10] It has since been found that it is possible to raise antibodies against the azobenzoate hapten alone conjugated to rabbit serum-albumin.[31] In 1929, Goebel and Avery noted that, when azo-proteins are used as antigens to raise antibodies against carbohydrate haptens, antibodies specific for the phenyl and azo-phenyl groups are also produced.[8,9] Their observations have been abundantly confirmed by other workers.[32-40]

The hydrophobic character of the phenyl group may also introduce nonspecific interactions that can obscure specific, biological events. Iyer and Goldstein[41] observed that phenyl β-D-glucopyranoside binds more readily than methyl β-D-glucopyranoside to concanavalin A (con A). They attributed this result to hydrophobic interaction between the phenyl aglycon and the hydrophobic binding-site adjacent to the carbohydrate-binding site of the lectin.[42]

An even more serious disadvantage of this technique is that it often impairs the biological activity of the modified protein. The activities of hen's egg lysozyme (EC 3.2.1.17) and alpha amylase from *Aspergillus oryzae* (EC 3.2.1.1) were lessened by diazo coupling of glycosides or aniline.[12] Whether the decrease in activity was due to the modification of critical residues, or to the introduction of aromatic structures, is not yet clear; however, enzymes subjected to the diazo-coupling conditions in the absence of the diazonium salts retained their activity, implying that the reaction conditions themselves were not responsible for the loss of activity.

A variation of the diazo-coupling technique has been developed by

(31) M. Kitagawa, Y. Yagi, and D. Pressman, *J. Immunol.*, 95 (1965) 455–465.
(32) F. Karush, *J. Am. Chem. Soc.*, 78 (1956) 5519–5526.
(33) F. Karush, *J. Am. Chem. Soc.*, 79 (1957) 3380–3384.
(34) S. W. Tanenbaum, M. Mage, and S. M. Beiser, *Proc. Natl. Acad. Sci. USA*, 45 (1959) 922–929.
(35) S. M. Beiser, G. C. Burke, and S. W. Tanenbaum, *J. Mol. Biol.*, 2 (1960) 125–132.
(36) J. Yariv, M. M. Rapport, and L. Graf, *Biochem. J.*, 85 (1962) 383–388.
(37) G. J. Gleich and P. Z. Allen, *Immunochemistry*, 2 (1965) 417–431.
(38) P. Z. Allen, I. J. Goldstein, and R. N. Iyer, *Biochemistry*, 6 (1967) 3029–3036.
(39) P. Z. Allen, I. J. Goldstein, and R. N. Iyer, *Immunochemistry*, 7 (1970) 567–579.
(40) R. S. Martineau, P. Z. Allen, I. J. Goldstein, and R. N. Iyer, *Immunochemistry*, 8 (1971) 705–718.
(41) R. N. Iyer and I. J. Goldstein, *Immunochemistry*, 10 (1973) 313–322.
(42) K. D. Hardman and C. F. Ainsworth, *Biochemistry*, 15 (1976) 1120–1128.

Himmelspach and coworkers,[43–45] based on the work of Ohle and Melkonian,[46,47] who prepared 1-phenyl-1H-pyrazolo[3,4-b]quinoxaline derivatives of several monosaccharides, as shown in Scheme 2. These derivatives are stable, brightly colored, and fluorescent, and hence are convenient to work with. The nitro group can be reduced to an amine, which may be diazotized, and the product used for coupling the sugars to proteins. The primary advantage of this technique is that protection of the hydroxyl groups is not necessary, whereas it usually is in the preparation of the p-nitrophenyl glycosides. The elimination of the protecting and deprotecting steps greatly facilitates the preparation of these derivatives, especially those of the oligosaccharides. The 1-(3-nitrophenyl)flavazole derivatives of di- and tri-saccharides[48]

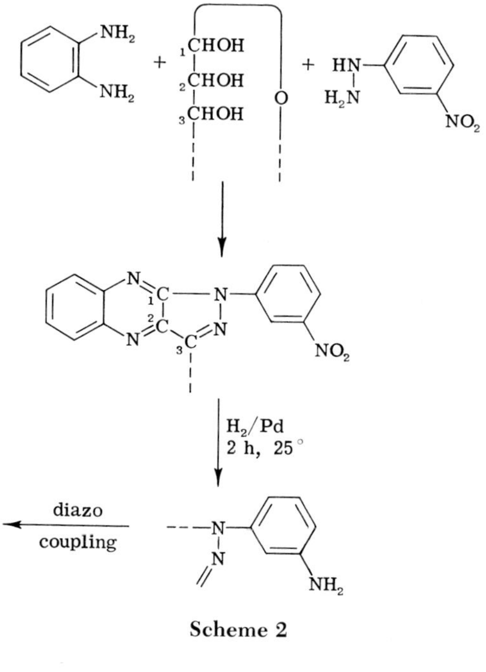

Scheme 2

(43) K. Himmelspach, O. Westphal, and B. Teichmann, *Eur. J. Immunol.*, 1 (1971) 106–112.
(44) K. Himmelspach and G. Kleinhammer, *Methods Enzymol.*, 28 (1972) 222–231.
(45) G. Kleinhammer, K. Himmelspach, and O. Westphal, *Eur. J. Immunol.*, 3 (1973) 834–838.
(46) H. Ohle and G. A. Melkonian, *Ber.*, 74 (1941) 279–291.
(47) H. Ohle and G. A. Melkonian, *Ber.*, 74 (1941) 398–408.
(48) G. Neumüller, *Ark. Kemi*, 21A (1945) 1.

and higher oligosaccharides[49] have been prepared in good yields. The 1-(3-nitrophenyl)flavazole derivatives of isomaltotetraose and isomalto-octaose have been prepared in yields of 50 and 20%, respectively.[44] The 1-(3-nitrophenyl)flavazole derivative of a tetrasaccharide prepared from the lipopolysaccharide of *Salmonella illinois* having O-antigenic activity has been coupled to edestin.[44]

There are, however, several disadvantages to this procedure. As C-1, C-2, and C-3 of the reducing (terminal) sugar residue are involved in the condensation, the original, sugar-ring structure is lost. The effect of this transformation must be carefully evaluated with a suitable control, using the appropriate monosaccharide derivative. An additional problem is that sugars substituted on O-2 or O-3 cannot form flavazole derivatives; this limits the applicability of the technique, particularly in studies of mammalian glycoproteins that contain large proportions of the 2-acetamido-2-deoxy sugars and 3-substituted sugars. Derivatization of oligosaccharides containing these sugar residues can be accomplished only if they are not situated at the reducing terminus. Finally, the presence of an even larger aromatic group augments the problem of nonspecific interaction.

3. Isothiocyanates

The instability of the diazonium salts, and the lack of specificity of diazo coupling, may be overcome by converting the *p*-aminophenyl glycosides into isothiocyanates by treatment with thiophosgene, as shown in Scheme 3. By treating bovine serum albumin (BSA) in dilute sodium hydroxide (pH 9.0) with a 10-fold excess of isothiocyanate to

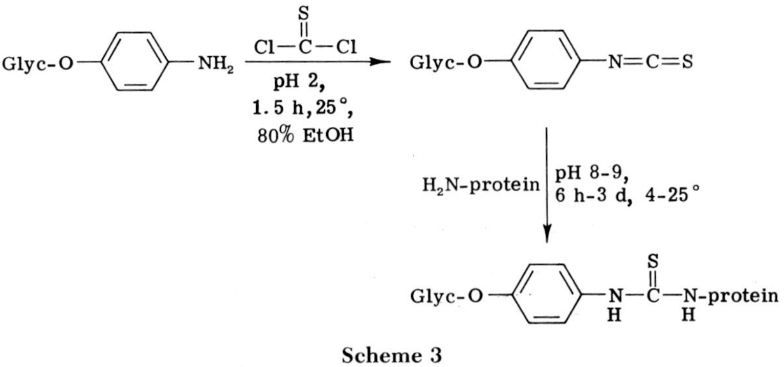

Scheme 3

(49) P. Nordin and D. French, *J. Am. Chem. Soc.*, 80 (1958) 1445–1447.

protein amino groups, it was possible to modify 90% of the amino groups.[50]

These conditions for preparing the isothiocyanate derivatives from the aminophenyl glycosides are acidic (pH 2), and would not be suitable for use with acid-sensitive oligosaccharides. Unlike the diazonium salts, the isothiocyanates are stable, crystalline products,[50] and do not have to be prepared frequently. Although isocyanates may be prepared by a similar scheme using phosgene (a more potent reagent than thiophosgene), isothiocyanates are generally preferred for use in this scheme.

Isothiocyanates react with many nucleophiles, but only the products with amines (thiocarbamoyl derivatives) are stable.[16] Although the increased specificity is desirable, the reaction with the amino group changes the charge on the protein, and this may be needed in order to maintain the activity or the conformation, or both. The linkage formed is alkali-labile, and, as with the azo derivatives, the aromatic ring is a liability.

Isothiocyanates may also be prepared under mildly alkaline conditions. For example, the phenyl isothiocyanate derivative of 3-O-(3,6-dideoxy-α-D-*ribo*-hexopyranosyl)-α-D-mannopyranose was prepared[51] by treatment of the p-aminophenyl glycoside with thiophosgene at pH 8. A modification of this technique using alkaline conditions has been developed that lessens the hazards of handling thiophosgene.[52] By stirring a two-phase system consisting of thiophosgene in chloroform and the 1-[2-(p-aminophenyl)ethylamino]-1-deoxyalditols of milk oligosaccharides in sodium hydrogencarbonate buffer, pH 8.0, for 1 hour, an aqueous solution of the isothiocyanate derivative was obtained that reacted readily with BSA. By using about a two-fold excess of the isothiocyanate (assuming complete conversion from the aromatic amine) to protein amino group, it was possible to attach approximately 25 mol of oligosaccharide per mol of BSA. Under these conditions, the sialic acid content of sialyl-oligosaccharides attached to BSA was unimpaired.[52,53]

4. Amidation

Another major approach that has been taken to attach carbohydrates to proteins involves amide-bond formation. Amidation offers several

(50) C. R. McBroom, C. H. Samanen, and I. J. Goldstein, *Methods Enzymol.*, 28 (1972) 212–219.
(51) P. J. Garegg and B. Gotthammar, *Carbohydr. Res.*, 58 (1977) 345–352.
(52) D. F. Smith, D. A. Zopf, and V. Ginsburg, *Methods Enzymol.*, 50 (1978) 169–171.
(53) D. F. Smith and V. Ginsburg, *Fed. Proc. Fed. Am. Soc. Exp. Biol.*, 57 (1978) 2631.

advantages over diazo coupling and related methods in the stability and hydrophilicity of the amide bond, the specificity with which it is formed, and the absence of large aromatic groups. Unfortunately, amidation eliminates from the protein charged groups that may be needed for normal conformation and activity. Nonetheless, a number of ways of forming amide bonds between proteins and amino or carboxyl groups of sugar derivatives (especially glycosides) have been devised.

a. Carbodiimide-facilitated Amidation.—As shown in Scheme 4, carbodiimides activate carboxyl groups by forming an active ester that is subject to slow hydrolysis, or to condensation with amines and other nucleophiles.[16] In the presence of an amine, the major product of carbodiimide-facilitated coupling is the amide; however, the formation of other products, especially with proteins containing highly reactive cysteine or serine residues is not unknown.

Amidation using a carbodiimide may be conducted in aqueous or organic solvents. Generally speaking, amidation in water requires a large excess of the carbohydrate derivative, which may not be readily available. Amidation is more efficient in organic solvents which are, however, unsuitable for use in the modification of proteins having biological activity.

A variety of sugar derivatives have been attached to proteins by amidation with the aid of a carbodiimide. The sugar derivatives include aldosylamines, aldonic acids, 6-(p-aminobenzoates), and glycosides having an amino or carboxyl group on the aglycon. Moczar and co-workers attached several glycosylamines, including 4-O-β-D-galactopyranosyl-β-D-glucopyranosylamine, to lysozyme by using 3-(3-dimethylaminopropyl)-1-ethylcarbodiimide (DAEC) in aqueous dimethyl sulfoxide containing guanidinium chloride, and determined the site of modification by peptide-mapping of tryptic digests.[54–56]

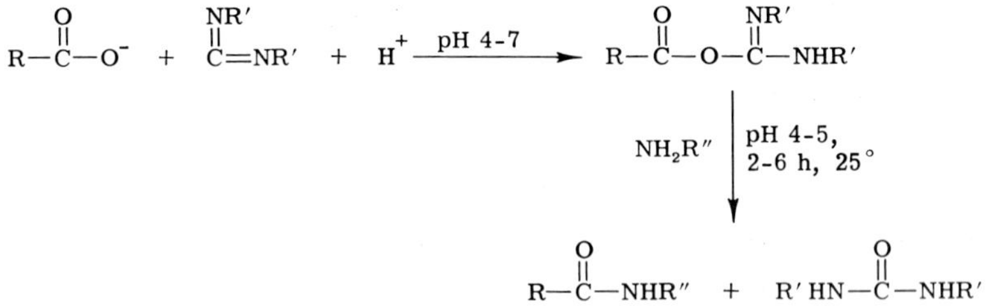

Scheme 4

(54) E. Moczar, *Experientia*, 29 (1973) 1576–1577.
(55) E. Moczar and J. Leboul, *FEBS Lett.*, 50 (1975) 300–302.
(56) E. Moczar and G. Vass, *Carbohydr. Res.*, 50 (1976) 133–141.

Shier coupled 2-acetamido-4-O-(2-acetamido-2-deoxy-β-D-glucopyranosyl)-2-deoxy-β-D-glucopyranosylamine to poly(L-aspartate) in water by use of DAEC, and used the product as an artificial antigen.[57]

Goldstein and coworkers developed a simple procedure for coupling the aldonic acids from di- and tri-saccharides to proteins[58] and to (2-aminoethyl)-Bio-Gel.[59] The aldonic acids were prepared by oxidizing the reducing saccharides with hypoiodite,[60,61] as shown in Scheme 5. The aldonic acids were then coupled to the amino groups of BSA, or 2-(aminoethyl)-Bio-Gel, in water by use of DAEC at pH ~4 during several hours at room temperature. With a nine-fold excess of aldonic acid to amino group of the protein, 37 mol of di- or tri-saccharide were incorporated per mol of BSA. It should be noted that the aldonate residue in these neoglycoproteins may itself react in biological systems. For example, antibodies raised against disaccharides coupled by this method to BSA recognized the aldonate arm as well as the terminal, cyclic hexose.[58]

As α,α-trehalose lacks a reducing terminal, Gensler and Alam prepared the 6-(p-aminobenzoate) and the 6,6'-bis(p-aminobenzoate), which were coupled to BSA in water by using 1-cyclohexyl-3-(2-mor-

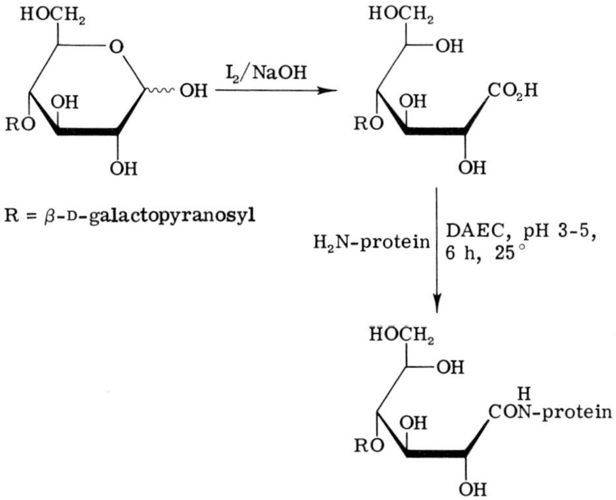

Scheme 5

(57) W. T. Shier, *Proc. Natl. Acad. Sci. USA*, 68 (1971) 2078–2082.
(58) J. Lönngren, I. J. Goldstein, and J. E. Niederhuber, *Arch. Biochem. Biophys.*, 175 (1976) 661–669.
(59) C. E. Hayes and I. J. Goldstein, *J. Biol. Chem.*, 249 (1974) 1904–1914.
(60) S. Moore and K. P. Link, *J. Biol. Chem.*, 133 (1940) 293–311.
(61) A. Kobata, *Methods Enzymol.*, 28 (1972) 511–514.

pholinoethyl)carbodiimide metho-*p*-toluenesulfonate.[62] By using a ratio of carbohydrate reagent to protein amino group of ~50:1, ~5 mol of α,α-trehalose were attached per mol of BSA.

Lee and coworkers prepared a series of carboxymethyl and 2-(6-aminohexanamido)ethyl 1-thioglycosides, which were coupled to alpha amylase in dimethyl sulfoxide by use of DAEC.[12] Under these conditions, amidation was much more efficient than in water. About 6–10 glycosyl groups were attached to alpha amylase by using a ratio of four mol of 1-thioglycoside per amino group; however, these derivatives lacked enzymic activity, and were sparingly soluble in water.

b. Mixed-Anhydride Method.—The mixed-anhydride method has been used[63,64] to couple the aldonic acids of an isomaltose series to BSA. The mixed anhydride was prepared by treating the aldonic acid with isobutyl chloroformate in *N*,*N*-dimethylformamide and tributylamine at 0°, as shown in Scheme 6. The mixed anhydride was then added to a solution of BSA at pH 10.5, and the mixture was kept for 15–20 h at 20°. By using a three- to four-fold excess of anhydride to

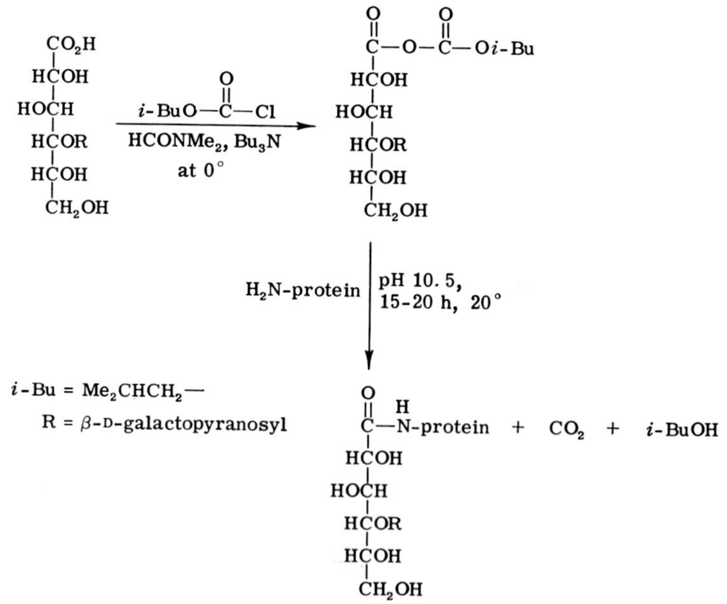

Scheme 6

(62) W. J. Gensler and I. Alam, *J. Org. Chem.*, 42 (1977) 130–135.
(63) Y. Arakatsu, G. Ashwell, and E. A. Kabat, *J. Immunol.*, 97 (1966) 858–866.
(64) G. Ashwell, *Methods Enzymol.*, 28 (1972) 219–222.

amino group (assuming quantitative conversion of the aldonic acid into the anhydride), it was possible[63] to incorporate 8–15 mol of isomaltose per mol of BSA. Although the efficiency of the reaction is good, the conditions for coupling may not be suitable for proteins sensitive to alkaline conditions. In addition, the loss of the ring structure from the originally reducing (terminal) sugar residue must be considered when evaluating the biological behavior of these derivatives. It has been found that antibodies raised against these neoglycoproteins recognize the aldonate, as well as the cyclic aldohexoses, although the contribution of the acyclic sugar to the immunogenicity of the oligosaccharide decreased as the chain length was increased.[63] This method has also been used to couple human-milk oligosaccharides to poly(L-lysine).[65,66]

Several 8-carboxyoctyl glycosides have been coupled to protein by the mixed-anhydride technique.[67] The 8-carboxyoctyl glycosides of two disaccharides were converted into the mixed anhydride shown in Scheme 7. The mixed anhydride in N,N-dimethylformamide and tributylamine was then added to BSA in water (pH 12), and the mixture was stirred for 18 hours at 24° to afford the amide. By using a 2:1 ratio of the mixed anhydride to protein amino group, ~15–20 mol of glycoside were attached per mol of BSA. Again, the rather extreme conditions for coupling are a disadvantage of this procedure.

Rüde and coworkers prepared the per-O-acetylated 3-O-glycosylserines from several mono- and di-saccharides, which were converted into the N-carboxy anhydrides (Leuchs anhydrides) of serine by treatment with phosgene in an inert solvent,[68–70] as shown in Scheme 8.

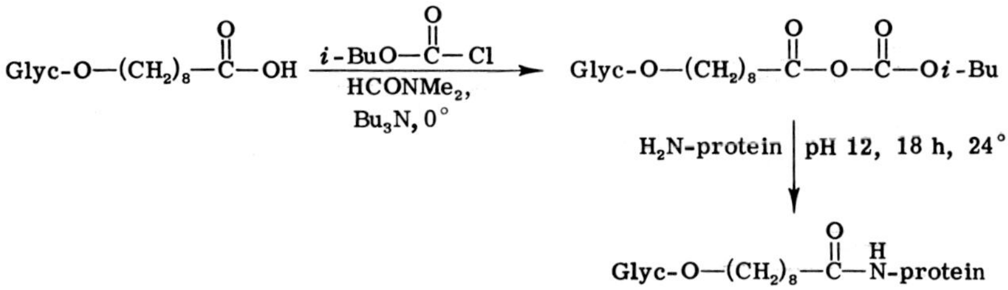

$$\text{Glyc-O-(CH}_2)_8\text{-C(=O)-OH} \xrightarrow[\text{HCONMe}_2, \text{Bu}_3\text{N}, 0°]{i\text{-BuO-C(=O)-Cl}} \text{Glyc-O-(CH}_2)_8\text{-C(=O)-O-C(=O)-O}i\text{-Bu}$$

$$\downarrow \text{H}_2\text{N-protein} \quad \text{pH 12, 18 h, 24°}$$

$$\text{Glyc-O-(CH}_2)_8\text{-C(=O)-N(H)-protein}$$

Scheme 7

(65) D. A. Zopf and V. Ginsburg, *Arch. Biochem. Biophys.*, 167 (1975) 345–350.
(66) D. A. Zopf, A. Ginsburg, and V. Ginsburg, *J. Immunol.*, 115 (1975) 1525–1529.
(67) R. R. King, F. P. Cooper, and C. T. Bishop, *Carbohydr. Res.*, 55 (1977) 83–93.
(68) E. Rüde, O. Westphal, E. Hurwitz, S. Fuchs, and M. Sela, *Immunochemistry*, 3 (1966) 137–151.
(69) E. Rüde and M. Meyer-Delius, *Carbohydr. Res.*, 8 (1968) 219–232.
(70) E. Rüde, M. Meyer-Delius, and M.-L. Gundelach, *Eur. J. Immunol.*, 1 (1971) 113–123.

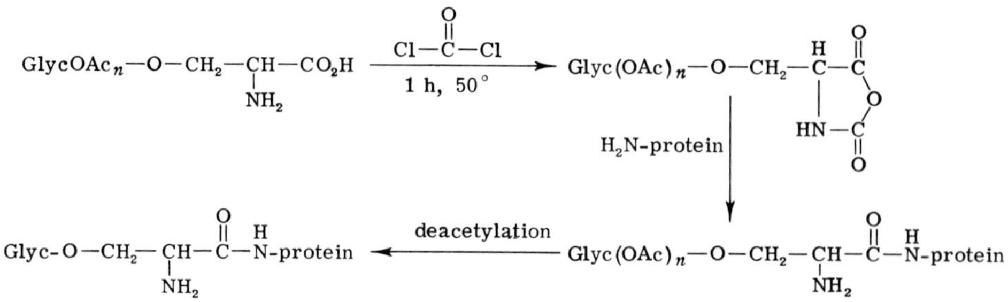

Scheme 8

$$\text{GlycOAc}_n\text{—O—CH}_2\text{—CH(NH}_2\text{)—CO}_2\text{H} \xrightarrow[\text{1 h, 50°}]{\text{Cl—C(=O)—Cl}} \text{Glyc(OAc)}_n\text{—O—CH}_2\text{—CH—C(=O)—O—C(=O)—NH (Leuchs anhydride)}$$

$$\downarrow \text{H}_2\text{N-protein}$$

$$\text{Glyc-O—CH}_2\text{—CH(NH}_2\text{)—C(=O)—NH-protein} \xleftarrow{\text{deacetylation}} \text{Glyc(OAc)}_n\text{—O—CH}_2\text{—CH(NH}_2\text{)—C(=O)—NH-protein}$$

These crystalline anhydrides were used to attach the *O*-glycosylserines to synthetic, branched polypeptides.[70] This method of modification could be very useful in physiological systems, as it would not change the net charge, but it has several disadvantages. The preparation of the Leuchs anhydride requires the use of phosgene, and must be performed with per-*O*-acetylated sugar derivatives. Deacetylation of the anhydride is not feasible, because it is quite labile, and deacetylation of the resultant neoglycoprotein risks damaging the protein. The use of the Leuchs anhydride of 3-*O*-glycosylserine could probably be avoided, however. For example, *N*-protected *O*-glycosylserine could be coupled to protein by means of a water-soluble carbodiimide, followed by *N*-deprotection. If such readily removed groups as trifluoroacetyl or maleoyl were used for *N*-protection, this route would have the advantages of the Leuchs anhydride method without its drawbacks.

c. Acyl Azide Method.—The acyl azide method was used by Inman and coworkers to couple peptide haptens to carrier proteins for immunological studies.[71] Lemieux and coworkers adapted this method[72,73] for attaching 8-carboxyoctyl glycosides to proteins, as shown in Scheme 9. The 8-(hydrazidocarboxy)octyl glycoside was converted into the acyl azide by treatment with nitrous acid in *N*,*N*-dimethylformamide and 1,4-dioxane. The acyl azide was immediately dripped into an alkaline solution of BSA, to form the amide. By using a 1:1 ratio of glycoside to protein amino group (assuming quantitative

---

(71) J. K. Inman, B. Merchant, L. Claflin and S. E. Tacey, *Immunochemistry*, 10 (1973) 165–174.

(72) R. U. Lemieux, D. R. Bundle, and D. A. Baker, *J. Am. Chem. Soc.*, 97 (1975) 4076–4083.

(73) R. U. Lemieux, D. A. Baker, and D. R. Bundle, *Can. J. Biochem.*, 55 (1977) 507–512.

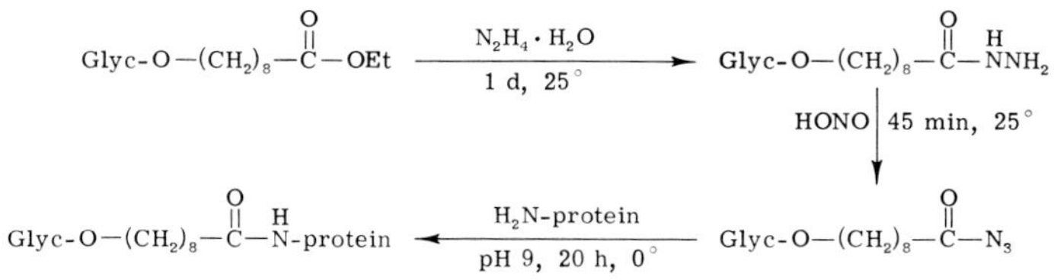

$$\text{Glyc-O-(CH}_2)_8\text{-}\overset{\overset{O}{\|}}{C}\text{-OEt} \xrightarrow[\text{1 d, 25°}]{\text{N}_2\text{H}_4 \cdot \text{H}_2\text{O}} \text{Glyc-O-(CH}_2)_8\text{-}\overset{\overset{O}{\|}}{C}\text{-}\overset{H}{N}\text{NH}_2$$

$$\downarrow \text{HONO} \quad 45 \text{ min, } 25°$$

$$\text{Glyc-O-(CH}_2)_8\text{-}\overset{\overset{O}{\|}}{C}\text{-}\overset{H}{N}\text{-protein} \xleftarrow[\text{pH 9, 20 h, 0°}]{\text{H}_2\text{N-protein}} \text{Glyc-O-(CH}_2)_8\text{-}\overset{\overset{O}{\|}}{C}\text{-N}_3$$

Scheme 9

conversion of hydrazide into acyl azide), it was possible to incorporate 30–38 mol of glycoside per mol of BSA. The reaction is very efficient, although the necessity of preparing the acyl azide immediately before using it may be inconvenient.

By use of this method, Lemieux and coworkers attached mono-, di-, and tri-saccharide residues to BSA. The trisaccharide was 2-acetamido-2-deoxy-4-O-α-L-fucopyranosyl-3-O-β-D-galactopyranosyl-D-glucose, the terminal trisaccharide of the human, Le^a active, blood-group substance. This elegant work emphasized the primary advantage of using neoglycoproteins as synthetic antigens. These neoglycoproteins, which have specific, blood-group activity, were homogeneous, and could be obtained in large amounts; this would be extremely difficult to achieve with natural, blood-group substances.

d. Active Ester Method.—Carboxyl groups in glycopeptides may also be activated for amide-bond formation by using the Woodward reagent (N-ethyl-5-phenylisoxazolium 3'-sulfonate).[74,75] The oxazolium salt reacts readily with carboxylates to afford active enol-esters which, in turn, react selectively with amines to form amides. The reagent has been used to activate the carboxyl groups of a desialylated, N-acetylated glycopeptide from bovine fibrinogen, and the compound was then coupled to lysozyme,[76] presumably to its amino groups (see Scheme 10). By using about one activated glycopeptide per amino group of lysozyme, it was possible to attach 2 mol of glycopeptide per mol of protein. This technique provides an efficient means of attaching a complex heterosaccharide (the fibrinogen glycopeptide contains, per mol, 4 residues of 2-acetamido-2-deoxy-D-glucopyranose, 4 residues of D-mannopyranose, and 3 residues of D-galactopyranose) to proteins. The value of this procedure is limited by the quantity and homogeneity of the glycopeptide available. It is not suitable for carbo-

(74) R. B. Woodward and R. A. Olofson, *J. Am. Chem. Soc.*, 83 (1961) 1007–1009.
(75) R. B. Woodward, R. A. Olofson, and H. Mayer, *J. Am. Chem. Soc.*, 83 (1961) 1010–1012.
(76) E. Moczar and C. Sepulchre, *Biochimie*, 57 (1975) 1241–1243.

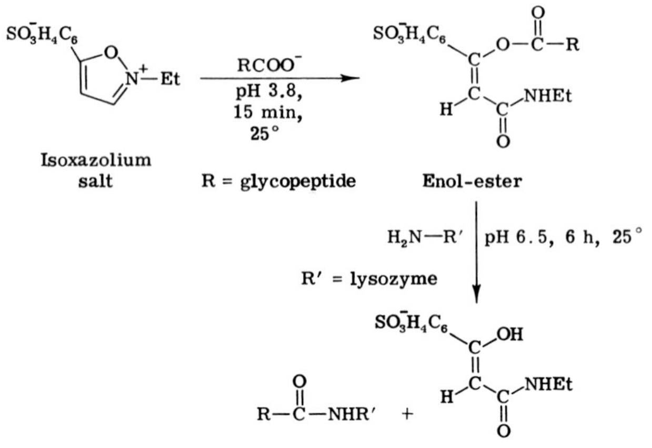

Scheme 10

hydrates containing acid-sensitive residues, or unprotected carboxyl or amino groups, or both. The incorporation of the peptide moiety of the glycopeptide may also be a liability in clearly determining the biological effect of the attached carbohydrates.

5. Amination

Aldehydes and ketones react reversibly with the amino groups of proteins to form aldimines or ketimines (Schiff bases).[16] The Schiff base thus formed may be reduced with sodium borohydride, to afford alkylamines, which are stable. This reductive amination technique has been widely used for the alkylation of the 6-amino group of lysine.[77]

Aldoses and ketoses also react with the amino groups of proteins, to give Schiff bases (2 in Scheme 11). It has been considered that D-glucose and related sugars may become attached in this way to hemoglobin *in vivo*.[78] The Schiff base formed between a reducing sugar and a protein may also be stabilized by reduction to the polyhydroxy alkylamine.[78,79]

Reductive amination has been used for preparing neoglycoproteins by using either sodium borohydride[78-80] or sodium cyanoborohy-

(77) G. E. Means and R. E. Feeney, *Biochemistry*, 7 (1968) 2192–2201.
(78) H. F. Bunn, D. N. Haney, K. H. Gabbay, and P. M. Gallop, *Biochem. Biophys. Res. Commun.*, 67 (1975) 103–109.
(79) P. M. Abdella, J. M. Ritchey, J. W. O. Tam, and I. M. Klotz, *Biochim. Biophys. Acta*, 490 (1977) 462–470.
(80) D. N. Haney and H. F. Bunn, *Proc. Natl. Acad. Sci. USA*, 73 (1976) 3534–3538.

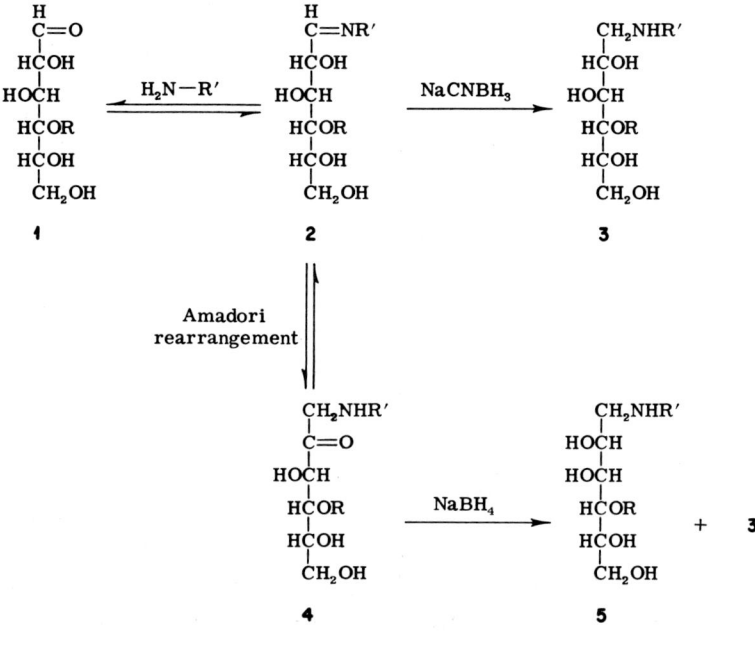

Scheme 11

dride[81–85] as the reductant. Sodium borohydride has not proved satisfactory for the preparation of neoglycoproteins as the yields are poor, and the products are heterogeneous. Sodium borohydride not only reduces the Schiff base but also the carbonyl group of the reducing sugar, thereby converting it into an alditol(s), which is not reactive. In addition, after it has been formed, the Schiff base (**2**) can undergo an Amadori rearrangement to the 1-amino-1-deoxyketose **4**, as has been observed with carbohydrate-modified hemoglobin.[78] This 1-amino-1-deoxyketose may also be reduced by borohydride, yielding products having the D-*gluco* (**3**) and D-*manno* (**5**) configurations.[78]

Sodium cyanoborohydride, on the other hand, reduces the Schiff base much more rapidly than the carbonyl group[86] at neutral pH. The

(81) G. R. Gray, *Arch. Biochem. Biophys.*, 163 (1974) 426–428.
(82) B. A. Schwartz and G. R. Gray, *Arch. Biochem. Biophys.*, 181 (1977) 542–549.
(83) B. J. Kamicker, B. A. Schwartz, R. M. Olson, D. C. Drinkwitz, and G. R. Gray, *Arch. Biochem. Biophys.*, 183 (1977) 393–398.
(84) J. W. Marsh, J. Denis, and J. C. Wriston, Jr., *J. Biol. Chem.*, 252 (1977) 7678–7684.
(85) G. Wilson, *J. Biol. Chem.*, 253 (1978) 2070–2072.
(86) R. F. Borch, M. D. Bernstein, and H. D. Durst, *J. Am. Chem. Soc.*, 93 (1971) 2897–2904.

yield of the reaction is improved, because no reducing sugar is lost by conversion into alditol(s), and there is no epimerization by way of reduction of the ketoamine.

The use of sodium cyanoborohydride for reductive amination has been successfully applied to the attachment of several reducing disaccharides to proteins[81–85] and to O-(2-aminoethyl)-Bio-Gel.[81,87] When asparaginase (EC 3.5.1.1) was modified with 4-O-β-D-galactopyranosyl-D-glucopyranose (lactose) and 3'-(O-(N-acetylneuraminoyl)lactose by using sodium cyanoborohydride, the enzymic activity was not impaired, even[84] after reaction during 9–12 days at pH 7.0 at 37°. However, reductive amination of bovine, pancreatic ribonuclease A with lactose under the same conditions decreased its activity in proportion to the extent of modification.[85] The fact that reductive amination does not alter the charge on the protein at physiological pH is, probably, partly responsible for the reasonably good retention of activity.

Attachment of carbohydrate by this method does, however, eliminate the ring structure of the reducing (terminal) residue, which may be a liability. It has been found that the antibodies raised against BSA that has been reductively aminated with 4-O-β-D-glucopyranosyl-D-glucopyranose (cellobiose) apparently recognize the D-glucitol moiety, as well as the terminal (cyclic) β-D-glucopyranoside.[83] Similar results were obtained when reduced milk-oligosaccharides were coupled to edestin, and used as antigens.[28]

Another disadvantage of this reaction is that it is very slow,[81,82,84,85,87] probably because of the low concentration of acyclic sugar in solution. The rate and the yield could be improved by aminating glycosides with an aldehydic aglycon; this approach would also avoid the formation of an acyclic sugar residue. Indeed, some 1-thioglycosides having an unsubstituted aldehyde group on the aglycon are much more rapidly attached to BSA than disaccharides, using sodium cyanoborohydride in aqueous solution[88] (see Scheme 12).

Although Schemes 11 and 12 depict a secondary amine as the sole product, tertiary amines are also formed. Treatment of proteins with formaldehyde and sodium borohydride yielded both mono-N^6-methyl- and di-N^6-methyl-L-lysine.[77] Similarly, both mono- and di-N^6-substituted-L-lysine were found when L-lysine was treated with lactose and sodium cyanoborohydride.[82]

Ginsburg and coworkers used a variation of this technique to attach

---

(87) R. Baues and G. R. Gray, J. Biol. Chem., 252 (1977) 57–60.
(88) R. T. Lee and Y. C. Lee, Abstr. Pap. Am. Chem. Soc. Meet., 176 (1978) BIOL-11.

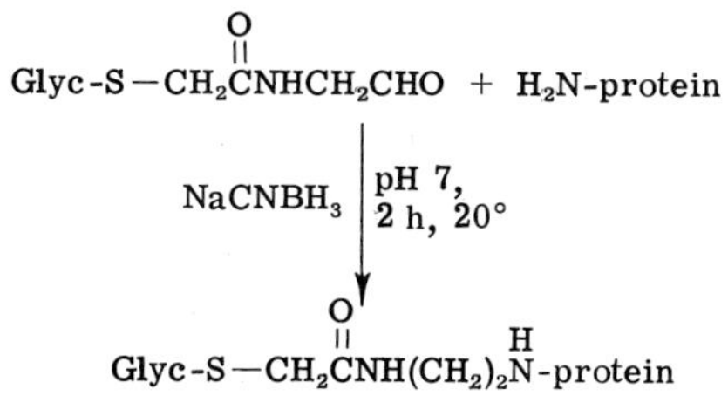

$$\text{Glyc-S}-\text{CH}_2\overset{\overset{\text{O}}{\|}}{\text{C}}\text{NHCH}_2\text{CHO} + \text{H}_2\text{N-protein}$$

$$\xrightarrow[\text{NaCNBH}_3]{\text{pH 7,} \atop \text{2 h, 20°}}$$

$$\text{Glyc-S}-\text{CH}_2\overset{\overset{\text{O}}{\|}}{\text{C}}\text{NH(CH}_2)_2\overset{\text{H}}{\text{N}}\text{-protein}$$

Scheme 12

human-milk oligosaccharides to Sepharose[89] and proteins.[28] Oligosaccharides were reductively aminated with alkyl- and aryl-diamines, to produce 1-alkyl- or 1-arylamino-1-deoxyalditols by using a large excess of amine to sugar (35:1, mol:mol; liquid diamine also served as the solvent) and sodium borohydride. Reduction was complete within 15 h, but these conditions would not be suitable for modifying proteins. The reductively aminated alditols were then coupled to cyanogen bromide-activated Sepharose,[89] or to protein by way of diazo coupling.[28]

6. Guanidination

Helferich and Kosch first prepared 1-β-D-glucopyranosyl-2-methylpseudothiourea,[90] which Maekawa and Liener used for modifying trypsin (EC 3.4.4.4) in an effort to define the role of amino groups in the activity of the enzyme.[91] This reagent reacts with amino groups to form a guanidine derivative, as shown in Scheme 13.

By using an ~9-fold excess of reagent to 6-amino groups, 6 mol of sugar were incorporated per mol of trypsin. Although 1-β-D-gluco-

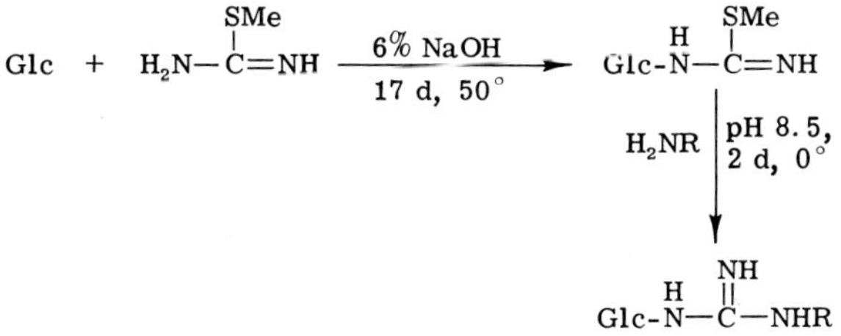

$$\text{Glc} + \text{H}_2\text{N}-\overset{\overset{\text{SMe}}{|}}{\text{C}}=\text{NH} \xrightarrow[\text{17 d, 50°}]{\text{6\% NaOH}} \text{Glc}-\overset{\text{H}}{\text{N}}-\overset{\overset{\text{SMe}}{|}}{\text{C}}=\text{NH}$$

$$\xrightarrow[\text{H}_2\text{NR}]{\text{pH 8.5,} \atop \text{2 d, 0°}}$$

$$\text{Glc}-\overset{\text{H}}{\text{N}}-\overset{\overset{\text{NH}}{\|}}{\text{C}}-\text{NHR}$$

Scheme 13

(89) A. M. Jeffrey, D. A. Zopf, and V. Ginsburg, *Biochem. Biophys. Res. Commun.*, 62 (1975) 608–613.
(90) B. Helferich and W. Kosche, *Ber.*, 59 (1926) 69–79.
(91) K. Maekawa and I. E. Liener, *Arch. Biochem. Biophys.*, 91 (1960) 108–116.

pyranosyl-2-methylpseudothiourea, like other pseudothioureas, reacts preferentially with 6-amino groups, it can also react with histidine. Maekawa and Liener found that three out of six β-D-glucopyranosyl groups are attached to histidine in trypsin.[92] As the guanidino derivatives are charged at physiological pH, this modification does not alter the net charge of the protein. It was found that this modification does not change the electrophoretic mobility of trypsin at pH 7.8, and has very little effect on its activity.[91]

Although 1-β-D-glucopyranosyl-2-methylpseudothiourea is an attractive reagent because it does not change the net charge of the protein, its reaction with protein is not completely specific. In addition, although it might be suitable for attaching monosaccharides to proteins, the preparation of this reagent requires very harsh conditions (6% NaOH for 17 days at 50°), and, consequently, the yields are very poor.[90]

7. Amidination

Another modification of proteins that does not produce large changes in the charge is amidination by use of imido-esters, a reaction formally analogous to guanidination. Imido-esters react rapidly, and specifically, with amines under mild, aqueous conditions to form amidines[93] (see Scheme 14). Amidines are more basic than the amino groups from which they are derived, and are therefore charged at

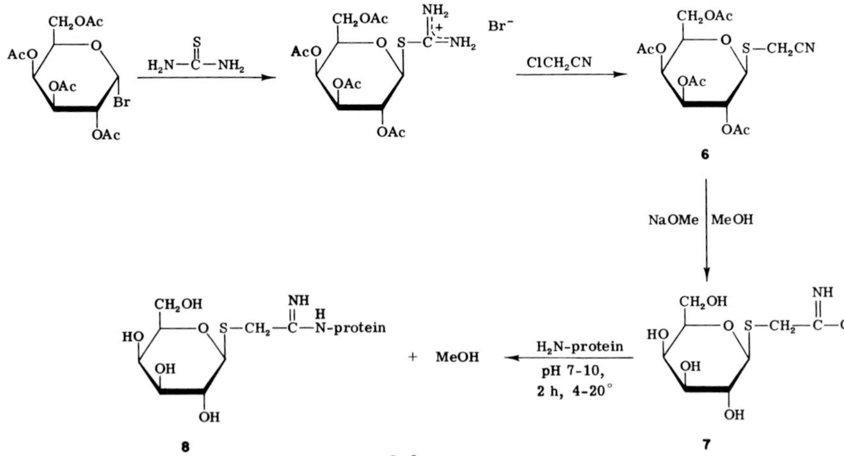

Scheme 14

(92) K. Maekawa and I. E. Liener, *Arch. Biochem. Biophys.*, 91 (1960) 101–107.
(93) M. J. Hunter and M. L. Ludwig, *J. Am. Chem. Soc.*, 84 (1962) 3491–3504.

physiological pH. The extensive amidination of many proteins, including antibodies, enzymes, and hormones, has been achieved with little or no change in their conformation or biological activity.[94] Amidination has even been used to modify living cells, with no impairment of viability or physiological functions.[95]

Lee and coworkers devised a new class of reagents for attaching sugars to proteins, namely, the 2-imino-2-methoxyethyl 1-thioglycosides (**7** in Scheme 14). These derivatives contain a methyl imidoester function in the aglycon which reacts readily[96] with amino groups to form amidines (**8**). The 2-imino-2-methoxyethyl 1-thioglycosides are readily prepared from the cyanomethyl 1-thioglycoside peracetates (**6**), which are stable, readily available, crystalline compounds. The imido-ester derivatives thus prepared may be used immediately, or be stored in the reaction mixture, or as a lyophilized powder. They are soluble and stable in neutral or alkaline solutions, in which they readily react with the amino groups of amines and proteins. Reactions with an excess of small amines were quantitative, and extensive modification of proteins could be achieved by using a modest excess of imido-ester (to protein amino group). By using a five- to ten-fold ratio of reagent to amino group at pH 8.5, for 2 h at 20°, 50–60% of the amino groups of BSA, alpha amylase, lysozyme,[96] and asparaginase[97] were modified. The extent of amidination may be reproducibly controlled by varying the proportion of 2-imino-2-methoxyethyl 1-thioglycoside in the mixture; monitoring of the reaction is facilitated by the availability of several, rapid assays for imido-esters.[96] The extent of amidination may be determined by quantitation of the sugar released by the selective cleavage of the thioglycosidic linkage by mercury salts.[98]

To date, the 2-imino-2-methoxyethyl 1-thioglycosides of β-D-galactopyranose, β-D-glucopyranose, 2-acetamido-2-deoxy-β-D-glucopyranose, α-D-mannopyranose, β-L-fucopyranose, β-D-xylopyranose, α-L-arabinopyranose, β-lactose, and 6-O-α-D-galactopyranosyl-β-D-glucopyranose have been prepared, and attached to several proteins.[96,97] Apparently, neither the amidination conditions nor the attachment of carbohydrates produces any gross structural changes, as the amidinated proteins retain full solubility and activity. Also, amidination did

(94) M. J. Hunter and M. L. Ludwig, *Methods Enzymol.*, 25 (1972) 585–597.
(95) N. M. Whitely and H. C. Berg, *J. Mol. Biol.*, 87 (1974) 541–561.
(96) Y. C. Lee, C. P. Stowell, and M. J. Krantz, *Biochemistry*, 15 (1976) 3956–3963.
(97) C. P. Stowell, Doctoral Dissertation, The Johns Hopkins University, Baltimore, Maryland (1978).
(98) M. J. Krantz and Y. C. Lee, *Anal. Biochem.*, 71 (1976) 318–321.

not alter the electrophoretic mobility of these proteins in poly(acrylamide) gels at pH 8.3, or at pH 7.0 in the presence of sodium dodecyl sulfate.[97]

8. Bifunctional Reagents

A number of bifunctional reagents have been used to attach carbohydrates to proteins by cross-linking them. Bishop and coworkers coupled mono- and di-saccharides to proteins through a triazine bridge by a two-step, temperature-controlled reaction[67,99,100] shown in Scheme 15. Cyanuric chloride (2,4,6-trichloro-s-triazine) reacts with nucleophiles to form substituted triazines.[101] Substitution of cyanuric chloride with an amine group strongly deactivates the remaining chlorine atoms, so that disubstitution can be achieved only under more vigorous conditions, usually achieved by raising the temperature. Therefore, it is possible to obtain a homogeneous, monosubstituted product by reaction with an amine at low temperature (0–5°). The monosubstituted product can then react with a second nucleophile at a higher temperature, to yield an asymmetric, disubstituted triazine.[102,103] Alcohols and thiols also react with cyanuric chloride, but not so readily as amines, nor do they deactivate the remaining chlorine atoms so strongly; consequently, it is common to obtain mixtures of mono- and di-substituted products by using hydroxyl or sulfhydryl groups.[101,104] In the presence of amines and alcohols, the amino-substituted triazine is usually the preponderant product.[102]

Bishop and coworkers first used this technique[99] to couple a galactomannan from *Epidermophyton floccosum* to bovine immunoglobulin G. The galactomannan was mixed with cyanuric chloride at 4°, and then with immunoglobulin G at 25°. An (apparently) covalently linked glycoconjugate was formed that was antigenic in rabbits. However, as these workers later pointed out,[100] they did not determine which hydroxyl group, or which function on the protein was involved in the linkage, or whether the polysaccharide or protein was cross-linked. In order to make the reaction more specific, and to eliminate the possibil-

(99) R. J. Fielder, C. T. Bishop, S. F. Grappel, and F. Blank, *J. Immunol.*, 105 (1970) 265–267.
(100) A. S. Chaudhari and C. T. Bishop, *Can. J. Chem.*, 50 (1972) 1987–1991.
(101) W. F. Beech, *J. Chem. Soc., C*, (1967) 466–472.
(102) C. K. Banks, O. M. Grunzit, E. W. Tillitson, and J. Controulis, *J. Am. Chem. Soc.*, 66 (1944) 1771–1780.
(103) S. Horrobin, *J. Chem. Soc., C*, (1963) 4130–4135.
(104) J. T. Thurston, J. R. Dudley, D. W. Kaiser, I. Hechenbleikner, F. C. Schaefer, and D. Holm-Hansen, *J. Am. Chem. Soc.*, 73 (1951) 2981–3008.

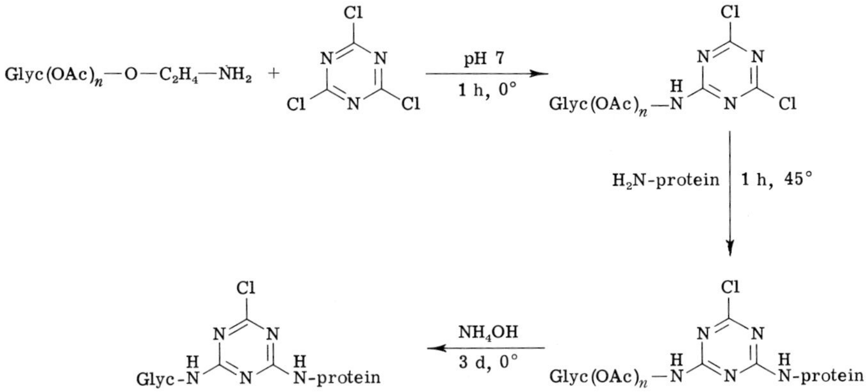

Scheme 15

Glyc(OAc)$_n$—O—C$_2$H$_4$—NH$_2$ + [cyanuric chloride: triazine with Cl, Cl, Cl] →(pH 7, 1 h, 0°) Glyc(OAc)$_n$—NH—[triazine-Cl,Cl]

↓ H$_2$N-protein, 1 h, 45°

Glyc(OAc)$_n$—NH—[triazine-Cl]—NH-protein

→(NH$_4$OH, 3 d, 0°) Glyc-NH—[triazine-Cl]—NH-protein

Scheme 15

ity of intramolecular cross-linking, these workers subsequently turned to the 1-amino-1-deoxyalditols, the 2-amino-2-deoxy sugars, and the 2-aminoethyl glycosides, the amino groups of which strongly deactivate the triazine ring, thereby discouraging disubstitution.[67,100] After the initial reaction of the amino group of the sugar with cyanuric chloride for 1 h at 0° at pH 7, the monosubstituted triazine was isolated. This reactive carbohydrate derivative was then mixed with a solution containing an amino acid or a protein at 45°, causing the reaction shown in Scheme 15.

The 1- and 2-amino sugars were coupled to amino acids without protection of hydroxyl groups.[100] As the amino group is so much more reactive than the hydroxyl group, there was little danger of substitution by a hydroxyl group. The 2-aminoethyl glycosides, as the acetates, were coupled to BSA, because attempts to couple the O-deacetylated glycosides to proteins by the same method resulted in insoluble products.[67] Therefore, it was necessary to O-deacetylate the acetylated glycosides after they had been attached to BSA, although these neoglycoproteins, also, were poorly soluble in water. Only the cellobiose neoglycoprotein was sufficiently soluble to raise precipitating antibodies in rabbits, but it could not be dissolved in concentrations adequate for quantitative, precipitin tests. Derivatives of BSA substituted to the same degree by the 8-carboxyoctyl glycosides of cellobiose and 2-acetamido-4-O-(2-acetamido-2-deoxy-β-D-glucopyranosyl)-2-deoxy-β-D-glucopyranose (N,N'-diacetylchitobiose) by the mixed-anhydride method were fully soluble.[67] It is not clear whether the insolubility is entirely due to the presence of the triazine ring.

The coupling reaction was quite efficient, even under these mild conditions. By using a one- to two-fold molar excess of the cyanuric chloride derivatives of the peracetates of the 2-aminoethyl β-glycosides of 2-acetamido-2-deoxy-D-glucopyranose, N,N'-diacetylchitobiose, and cellobiose to protein amino groups, 19–24 mol of glycosides were incorporated[67] per mol of BSA.

This method of coupling sugars to proteins through a triazine bridge has many attractive features. It is quite selective, and readily controlled. Even under mild conditions, the reaction proceeds rapidly and efficiently. The triazine derivatives are stable, and can be crystallized. However, the need to O-deacetylate the sugar–protein conjugate, and its insolubility, are serious drawbacks. It has been suggested that their insolubility makes these derivatives suitable as affinity absorbents,[67] but no practical application has been reported as yet. In addition, the possibility of nonspecific interactions is a liability. Like the phenyl groups of the diazo-coupled derivatives, the triazine ring may be antigenic, or react hydrophobically in biological systems.

Glutaraldehyde is another bifunctional reagent that has been used to cross-link carbohydrates, as glycopeptides, to proteins. Glutaraldehyde has long been used to "fix" tissues, probably by cross-linking them.[16] Although this reagent is known to react with cysteinyl, histidyl, lysyl, and tyrosyl residues in proteins, the products and mechanism of the reaction are not yet well-characterized. The reaction of glutaraldehyde with small amines is extremely complex, and gives rise to a number of products, including polymers.[105]

Glutaraldehyde has been used to cross-link glycopeptides from bovine fibrinogen and human immunoglobulin G to glutaminase-asparaginase (EC 3.5.1.2) from *Acinetobacter glutaminsificans*.[106] The glycopeptides were "activated" with a 100-fold (by weight) excess of glutaraldehyde (to prevent cross-linking), and then separated from the unreacted glutaraldehyde by gel filtration. The "activated" glycopeptides were then stirred with glutaminase-asparaginase for 18 h at room temperature. By using about a twenty-fold molar excess of "glutaraldehyde-activated" glycopeptide to enzyme monomer, approximately 1 glycopeptide was incorporated per monomer.

This procedure has a number of drawbacks, among them the requirement for obtaining large amounts of a homogeneous preparation of the glycopeptide. In addition, the reaction of glutaraldehyde with the protein seems to affect the integrity of the protein in some unknown ways. The incorporation of one glycopeptide per monomer caused the loss of 50% of the enzymic activity of glutaminase-aspara-

(105) P. M. Hardy, A. C. Nicolls, and H. N. Rydon, *J. Chem. Soc. Perkin Trans. 1*, (1976) 958–962.
(106) J. S. Holcenberg, G. Schmer, D. C. Teller, and J. Roberts, *J. Biol. Chem.*, 250 (1975) 4165–4170.

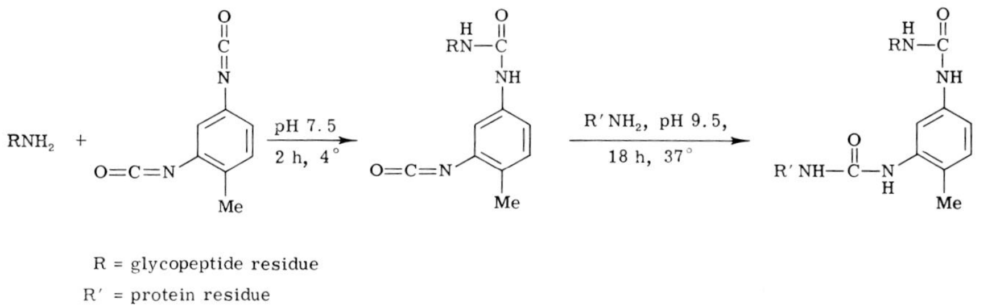

Scheme 16

R = glycopeptide residue
R' = protein residue

ginase, presumably because an active-site residue was modified, a critical charge group was eliminated, or the oligosaccharide side-chain interfered sterically with the active sites of the enzyme. Finally, it is not clear what effect, if any, glutaraldehyde has on the carbohydrate portion of the glycopeptide.

Another type of bifunctional reagent that has been used to couple glycopeptides to proteins is 2,4-diisocyanotoluene, which had been used in the past to cross-link proteins.[107] At neutral and alkaline pH, isocyanates react primarily with amino groups,[16] as shown in Scheme 16. The ureido linkage formed is stable, and is charged at physiological pH. Cross-linking can be prevented by using a large excess of reagent relative to amino group.

This technique has been adapted[108] for attaching glycopeptides of fetuin and human immunoglobulin G to lysozyme and to BSA. As shown in Scheme 16, the glycopeptide was activated with 2,4-diisocyanotoluene, purified by gel filtration, and then allowed to react with the carrier protein. Under the vigorous conditions used, 90% of the glycopeptide was coupled to the protein, resulting in ~1.5 mol of glycopeptide attached per mol of protein. Even at this low level of modification, 40% of the activity of the lysozyme was lost. In addition, the aromatic ring may interfere with specific, biological reactions. The limitations imposed by the preparation of large quantities of homogeneous glycopeptide could be overcome by using glycosides having amino groups on the aglycon.

9. Other Methods

Soluble polysaccharides (dextrans) activated with cyanogen bromide have been attached to enzymes in order to prepare neoglycoproteins.[7] The conditions for activating the soluble polysaccharides are some-

(107) A. F. Schick and S. J. Singer, *J. Biol. Chem.*, 236 (1961) 2477–2485.
(108) J. C. Rogers and S. Kornfeld, *Biochem. Biophys. Res. Commun.*, 45 (1971) 622–629.

what milder than those for activating insoluble polysaccharides, in order to avoid cross-linking and the formation of insoluble products. The conditions for the coupling of activated polysaccharide and enzyme also have to be adjusted for each enzyme, in order to maximize conjugation and retention of activity.

10. Summary

A variety of strategies have been employed in preparing neoglycoproteins, most commonly using mono- and di-saccharides. Many monosaccharides and some disaccharides are commercially available. Higher oligosaccharides have been obtained either by chemical synthesis, or from natural sources. One of the advantages of using a synthetic oligosaccharide is that it is often possible to prepare large amounts of a homogeneous compound that might not be readily available naturally. The synthetic route also offers the opportunity of introducing structural variations into the oligosaccharide, such as the incorporation of residues of sugars not commonly found in natural products. On the other hand, the degree of complexity that can be introduced is limited by the technology for preparing oligosaccharides. In this case, the ability to derivatize naturally occurring oligosaccharides offers an alternative, to the synthetic approach, which is particularly attractive when the natural product is abundant, as with some disaccharides, or can readily be obtained by the digestion of polysaccharides or glycoproteins. In the latter instance, the problem of purifying and characterizing the oligosaccharide is critical, and can be very difficult, especially if the carbohydrate exhibits microheterogeneity.

Of the several approaches taken to prepare derivatives of carbohydrates suitable for coupling to protein, the most common is to convert a sugar into a glycoside containing a reactive, functional group at the terminal position of the aglycon. The formation of a glycoside has a number of attractive features that recommend its use in the preparation of a neoglycoprotein, particularly in that it fixes the ring size and anomeric configuration of the sugar. Not only is it then possible to evaluate the effect of these structural features on the behavior of the neoglycoprotein, but it avoids the problem of introducing into the protein acyclic-sugar residues that may contribute to the biological function under consideration. Another advantage of the use of glycosides is that it is a simple matter to vary the size and hydrophilicity of the aglycon, and the type of reactive, functional group that it bears. The reductive amination or aldonate-coupling methods using naturally available oligosaccharides do not have such flexibility.

For the synthesis of oligosaccharides that are to be used for coupling to proteins, it is considerably more convenient to start with a glycoside having an aglycon that can be used directly [for example, 8-(methoxycarbonyl)octyl glycosides[67,72]], rather than a protective aglycon (for example, benzyl) which must be removed, and replaced by the reactive aglycon. Although glycosides, 1-thioglycosides, or glycosylamines can be prepared that have the same aglycon, 1-thioglycosides and glycosylamines may be preferred, as they are more resistant to the glycosylhydrolases present in biological systems.[109] 1-Thioglycosides have the additional advantage of being readily cleaved by mercuric salts under very mild conditions.[98] This property aids the analysis of sugars attached to protein, and facilitates the examination of any possible modification of the carbohydrates (such as glycosylation or phosphorylation) after exposure to biological systems.

Many of the carbohydrate derivatives that have been prepared react highly selectively with particular amino acid residues. The carbohydrate derivatives that are coupled by reductive amination, amidation (using carboxylate-containing, carbohydrate derivatives), guanidination, and amidination primarily modify amino groups, as do the derivatives containing an isothiocyanate or isocyanate group or an s-triazine residue. Amidation using carbohydrate derivatives containing amino groups is specific for carboxyl groups of proteins. Diazo coupling has the broadest specificity, and can be used to obtain very high levels of modification.

The modification of proteins by use of the p-aminophenyl, p-aminobenzyl, phenylisothiocyano, 2,4-diisocyanotoluene, flavazole, and triazine derivatives introduces into the proteins hydrophobic groups that may, in some cases, have been responsible for their lowered solubility in water, and that have been shown to interact in several biological systems. Amidation and carbamoylation (with cyanate derivatives) eliminate from the protein charged groups that may be needed for normal conformation and activity of a protein, whereas reductive amination, amidination, and guanidination preserve the charge. Both amidination and guanidination have been used to attach carbohydrates to enzymes, with little or no change in their activity.

All of the reagents discussed, or their immediate precursors, are stable, and can be stored. It has been possible to obtain reasonable degrees of modification with all of them, although rather large excesses of reagent are required for diazo coupling and carbodiimide-facilitated amidation in water. Most of the reactions are accomplished within a matter of hours, except for amination and guanidination,

(109) D. Horton and D. H. Hutson, *Adv. Carbohydr. Chem.*, 18 (1963) 123–199.

which require days. For the most part, the reactions discussed are conducted at neutral or slightly alkaline pH (7–9). The exceptions are amidation by way of the acyl azide, or mixed anhydride, which is performed at pH values of 9 to 12 for several hours at room temperature, and carbodiimide-facilitated amidation, which requires somewhat acidic conditions (pH 3–6.5) for a few hours at room temperature.

The choice of the modification reaction will be determined by the nature of the carbohydrate to be attached, as well as by the nature of the protein. The intended uses to which the neoglycoprotein will be put may also determine the suitability of a particular approach. The procedures described are varied, and offer a number of options for the preparation of neoglycoproteins.

III. Properties of Neoglycoproteins

1. Physicochemical Properties

The physicochemical properties of several neoglycoproteins have been examined, both to determine the effect of modification on the structure of the protein, and to clarify the relative contributions of these changes and of the presence of carbohydrate to their biological activity. The incorporation of six β-D-glucopyranosyl groups into trypsin by guanidination lowered its reactivity towards ninhydrin and 1-fluoro-2,4-dinitrobenzene, which was consistent with the observation that three lysine and three histidine residues were modified by 1-β-D-glucopyranosyl-2-methylpseudothiourea.[91] Guanidination also produced small changes in the ultraviolet absorption spectrum, the sedimentation coefficient, and the pI. The stability of the guanidinated enzyme to heat at various pH values was also slightly lessened.

The heat stability of glutaminase-asparaginase modified with "glutaraldehyde-activated" glycopeptides was slightly greater than that of the native enzyme, as was its susceptibility to trypsin.[106] This modification decreased the pI by several pH units, and altered the association behavior; the glycosylated enzyme had a much wider distribution of molecular weights as determined by sedimentation equilibrium.

Asparaginase modified with lactose by reductive amination was more stable to heat and tryptic digestion than the native enzyme.[84] The degree of stability increased as the number of glycosyl groups attached was increased. The modified enzyme consisted of two populations with respect to pI; one with the same pI (~5) as the native enzyme, and one with a slightly lower pI. The attachment of 3'-O-(N-acetylneuraminoyl)lactose, as expected, produced a wide spectrum of proteins having lowered pI values, in the range of ~4.3–4.8.

BSA, alpha amylase, and asparaginase that had been amidinated by using the 2-imino-2-methoxyethyl 1-thioglycopyranosides appeared[97] as a single band in poly(acrylamide)-gel electrophoresis at pH 8.3. Similar results were obtained when these amidinated neoglycoproteins were subjected to poly(acrylamide)-gel electrophoresis in the presence of sodium dodecyl sulfate at pH 7.0. The mobilities of all of the amidinated neoglycoproteins were virtually the same as those of the umodified proteins. Amidinated proteins are usually more resistant than the unmodified proteins to tryptic digestion, and this was found to be true for these neoglycoproteins, as well.[97]

A number of enzymes to which soluble dextran had been attached after activation by cyanogen bromide have been characterized by Marshall and coworkers.[7] All of the conjugated enzymes were found to be more stable than the native enzymes to heat, proteases, denaturants, and the absence of calcium. The attachment of dextran appeared to have stabilized the conformation of the enzyme. It was suggested that the attachment of the enzyme to the dextran polymer at several points "fixed" its conformation in much the same way as do intramolecular, disulfide bridges.[7]

Different methods of preparation produce neoglycoproteins that manifest different properties. Ideally, neoglycoproteins should possess the same physicochemical properties as the unmodified proteins, especially if the effect of the newly attached carbohydrate is to be examined.

2. Biological Activity

Among the proteins to which carbohydrates have been attached are several enzymes. Generally speaking, modification reactions that preserve the net charge of the protein, such as guanidination, reductive amination, and amidination, do not alter enzymic activity. Trypsin guanidinated with 1-β-D-glucopyranosyl-2-methylpseudothiourea retained virtually normal enzymic activity against several substrates.[91] Guanidinated trypsin showed a slightly higher K_m (for casein), while its pH optimum range was broader, and shifted up ~1 pH unit relative to native trypsin. Asparaginase to which 15 mol of lactose or 3'-O-(N-acetylneuraminoyl)lactose per mol of enzyme had been attached by reductive amination retained full activity, whereas derivatives containing 20 mol of oligosaccharide per mol were 75% as active as the natve protein.[84] The activity of dimeric ribonuclease was found to be somewhat more sensitive to reductive amination.[85] With 15 mol of lactose attached per mol of dimer, it retained only ~50% of its original activity. Derivatives of asparaginase to which up to 40 mol of β-D-galactopyranose, β-D-glucopyranose, or 2-acetamido-2-deoxy-β-D-glucopyranose per mol had been attached by amidination retained full activity.[97] The amidination of up to 50% of the amino groups of alpha amylase and lysozyme using the 2-imino-2-methoxyethyl 1-thioglycosides of the same sugars plus α-D-mannopyranose also did not impair the enzymic activity.[12] At lower levels of modification, amidination with these reagents actually enhanced the activity slightly. Amidination with other imido-esters has also been observed to activate lysozyme slightly,[110] and human and horse-liver alcohol dehydrogenase strongly.[111,112]

The activity of several enzyme–dextran conjugates using substrates of low molecular weight was not altered; however, occasional loss of activity using macromolecular substrates was observed, perhaps reflecting steric interference of the active site by the attached dextran polymers.[7] Enzyme activity using large substrates could be substantially restored by carefully limiting the extent of incorporation of dextran.

Modification reactions that neutralize charges or introduce hydrophobic residues usually lower the enzymic activity. The attachment of monosaccharides to alpha amylase by diazo coupling lowered the activity.[12] This enzyme was stable to the reaction conditions for diazo coupling (pH 10, 15 min at 0°) if the diazonium salts were not included in the solution. Inclusion of maltose in the reaction mixture to protect the active site lessened, but did not eliminate, the loss of activity, suggesting that the incorporation of hydrophobic structures, or the modification of a critical residue distant from the active site, was at least partly responsible for the loss of activity.

The incorporation of ~1.5 mol of glycopeptide per mol of lysozyme using 2,4-diisocyanotoluene lowered its activity[108] by 50%. Glutaraldehyde cross-linking of glycopeptides to glutaminase-asparaginase lowered its specific activity[106] by 50%. Although the specific activity of this enzyme was lessened, the ratios of its activity for L-glutamine, L-asparagine, and 6-diazo-5-oxo-L-norvaline, its pH optimum and K_m

(110) R. C. Davies and A. Neuberger, *Biochim. Biophys. Acta*, 178 (1969) 306–317.
(111) R. W. Fries, D. P. Bohlken, R. T. Blakely, and B. V. Plapp, *Biochemistry*, 14 (1975) 5233–5238.
(112) D. T. Browne and S. B. H. Kent, *Biochem. Biophys. Res. Commun.*, 67 (1975) 126–132.

(using L-glutamine as the substrate) were not changed by modification with the glycopeptides.

Carbohydrates have also been attached to another class of proteins having biological activity, namely, the lectins.[112a] The lectin concanavalin A (con A) was modified by incorporating 6-O-α-D-galactopyranosyl-D-glucopyranose as the corresponding aldonate (melibionate) by amidation.[58] With 6 mol of melibionate attached per mol, con A retained 50% of its activity as determined by the precipitation of dextran. Melibionate–con A was, in turn, precipitated by the α-D-galactopyranosyl-specific lectin from *Bandeiraea simplicifolia* (in the presence of methyl α-D-mannopyranoside to inhibit precipitation of the lectin from *B. simplicifolia*, a glycoprotein, by melibionate–con A). Melibionate–con A also retained its property as a mitogen specific for T-cells, although, in order to attain maximal stimulation of [³H]thymidine incorporation into DNA, higher concentrations were needed than of the native lectin.

IV. APPLICATIONS OF NEOGLYCOPROTEINS AND OF MODIFICATION REACTIONS

1. General Considerations

For several reasons, neoglycoproteins are suitable for the determination of the contribution of bound carbohydrate to the biological and biochemical activity of glycoproteins. Neoglycoproteins may be obtained in large amounts, whereas this is often not possible with natural glycoconjugates. Their ready availability facilitates the performance of numerous experiments on a convenient scale. In addition, the carbohydrates attached to neoglycoproteins are chemically homogeneous and well characterized. Interpretation of experimental results with neoglycoproteins is less ambiguous than with natural glycoproteins, the structure of whose carbohydrate side-chains may be quite complex, or not fully determined. From this standpoint, the relative simplicity of the carbohydrate portions of neoglycoproteins is an attractive feature.

Perhaps the greatest advantage of using neoglycoproteins is that it is possible to obtain a series of derivatives that differ in specific structural details of the carbohydrate portion, thereby permitting an evaluation of the effect of carbohydrate structure on neoglycoprotein activ-

(112a) I. J. Goldstein and C. E. Hayes, *Adv. Carbohydr. Chem. Biochem.*, 35 (1978) 127–340.

ity. The effect of variations in the configuration of the sugar, and the role of particular hydroxyl groups, on the activity of a neoglycoprotein can be assessed by replacing one epimer by another, or a hydroxyl group for another function (for example, an amino group or a halogen), or by derivatizing hydroxyl groups (for example, by acetylation or methylation). The anomeric configuration of the carbohydrate may also be varied, as may the linkage position and the sequence of sugar residues in an oligosaccharide. As many of these structural variations may not be readily available, or may not exist in Nature, the neoglycoproteins offer the advantage of structural flexibility.

The difficulties of using neoglycoproteins must be considered, along with the advantages, when designing experiments. Several procedures for preparing neoglycoproteins are available that do not perturb the native structure and activity of the protein; however, other procedures, particularly those which eliminate charged groups from the protein, or introduce hydrophobic residues, produce large changes that may obscure the effect of attaching carbohydrate. If one of these methods is used, it is necessary to distinguish between the contribution of the attached carbohydrate and the artifacts produced by the modification. This distinction can be made by attaching a carbohydrate that does not confer specific, biological activity on the neoglycoprotein, or by attaching the same carbohydrate by a different procedure. The variety of modification reactions available makes feasible the systematic variation of the carbohydrate, of the bridge between carbohydrate and protein, of the chemical linkage, of the amino acid that is modified, and of the protein, so that the contribution of all of these factors can be evaluated independently. This method of determining the effect of the chemical linkage and of the carrier protein on the behavior of neoglycoproteins has been used effectively in several systems.[12,58,73]

Although neoglycoproteins are chemically homogeneous with respect to the carbohydrate attached, they may be polydisperse as regards the number of carbohydrate side-chains attached to each molecule of protein, particularly if they are prepared with limiting proportions of carbohydrate. In these cases, it may be difficult to relate the biological activity to the proportion of carbohydrate incorporated, as a small number of highly modified neoglycoproteins could account for the activity of the whole population. However, neoglycoproteins that have been prepared under conditions that ensure maximal levels of modification are, probably, fairly uniformly substituted and do not present this problem.

The most significant factor limiting the usefulness of the neoglycoproteins may be the inability of the chemist to synthesize complex oligosaccharides to be attached to proteins. Currently, the largest nonrepeating oligosaccharides that have been synthesized are tetra-[113-116] and penta-saccharides.[117] Nonrepeating trisaccharides have been synthesized and attached to protein,[72] and it is anticipated that methods for the preparation of higher-oligosaccharide–protein conjugates will be developed. At present, studies of more-complex glycans may be conducted by attaching glycopeptides, or fragments of polysaccharides and lipopolysaccharides, to proteins, or by using naturally occurring glycoproteins. In this sense, the uses of neoglycoproteins and natural glycoproteins are complementary; the neoglycoproteins, as simple model compounds, are useful analytical tools that can provide valuable insights into the nature of glycoproteins that are structurally complex and whose behavior is biologically relevant.

2. Antigens

The earliest and most extensive use of neoglycoproteins has been as artificial antigens for the study of anti-carbohydrate antibodies. Carbohydrates are important natural antigens, some of which, such as the bacterial polysaccharides and human blood-group substances, are of considerable clinical interest.[3] The neoglycoproteins have been used both as antigens for eliciting the formation of anti-carbohydrate antibodies, and as precipitating antigens for *in vitro* studies of antibody specificity. The relative simplicity of the glycans of neoglycoproteins has been used to advantage in these studies. The antibodies raised against neoglycoproteins are less disperse, with respect to specificity, than antibodies raised against more-complex structures, which makes them easier to characterize. In addition, the ability to alter the glycan structure of the neoglycoproteins makes possible the clear identification of the features of carbohydrate structure that are immunodetermining.

The list of carbohydrates that have been attached to proteins for immunological studies is long, and includes neutral sugars,[8,9] amino

(113) S. E. Zurabayan, V. A. Nesmeyanov, and A. Ya. Khorlin, *Izv. Akad. Nauk SSSR, Ser. Khim.*, 6 (1976) 1421–1423.
(114) N. K. Kochetkov, N. Malysheva, V. I. Torgov, and Y. M. Klimov, *Carbohydr. Res.*, 54 (1977) 269–274.
(115) J.-C. Jacquinet and P. Sinaÿ, *Tetrahedron*, 32 (1976) 1693–1697.
(116) J.-C. Jacquinet and P. Sinaÿ, *J. Org. Chem.*, 42 (1977) 720–724.
(117) C. Augé, S. David, and A. Veyrières, *J. Chem. Soc. Chem. Commun.*, (1977) 449–450.

sugars,[11] uronic acids,[118,119] deoxy sugars,[120] sialic acids,[52,53] hexoses,[8,9] and pentoses.[43] Most commonly, mono-and di-saccharides have been attached, but many oligosaccharides have also been used.[11,26–30] Of the many methods for preparing neoglycoproteins, diazo coupling has most often been used, probably because of the ready availability of the *p*-nitrophenyl glycosides, the ease and rapidity of the coupling reaction, and the high levels of modification that can be attained.

Diazo-coupled neoglycoproteins were used by Avery and Goebel in their classic studies on the immunogenicity of bacterial capsular-polysaccharides. The capsular polysaccharides of *Streptococcus pneumoniae* are strongly immunogenic; however, their structure is quite complex,[3] and this complicates any effort to define their immunodeterminants. The approach taken by Avery and Goebel to this problem was to prepare neoglycoproteins by attaching mono- and di-saccharides to serum proteins by diazo coupling; the products were then used as model antigens. Experiments with these model antigens demonstrated that antiserum could be raised against carbohydrate haptens coupled to protein and that this antiserum was quite specific as regards details of carbohydrate structure.[8,9,121] For example, the antisera raised against neoglycoproteins showed a high degree of specificity for the monosaccharides[8,9] and for the nonreducing group of disaccharides.[122] These antisera also demonstrated a clear, although incomplete, specificity for the anomeric configuration of the attached carbohydrate.[8,9,122,123] This kind of information would have been very difficult to obtain by using the bacterial polysaccharides themselves.

The relevance of the antigenicity of the model compounds to an understanding of the behavior of bacterial polysaccharides was demonstrated by the cross-reactivity of anti-neoglycoprotein serum with the bacterial polysaccharides, and of anti-bacterial polysaccharide serum with neoglycoproteins. Antisera raised against the *p*-diazophenyl glycoside of 4-*O*-(β-D-glucopyranosyluronic acid)-β-D-glucopyranose (cellobiouronic acid) in rabbits precipitated the capsular polysaccharide from *S. pneumoniae*, type II (which contains terminal cellobiouronic acid residues).[118] In reciprocal fashion, the antisera raised against heat-killed *S. pneumoniae*, types II, III, and VIII, precipitated the neoglycoprotein containing cellobiouronic acid. By dem-

(118) W. F. Goebel, *J. Exp. Med.*, 68 (1938) 469–484.
(119) W. F. Goebel, *J. Exp. Med.*, 69 (1939) 353–364.
(120) O. Lüderitz, A. M. Staub, and O. Westphal, *Bacteriol. Rev.*, 30 (1966) 192–255.
(121) W. F. Goebel, F. H. Babers, and O. T. Avery, *J. Exp. Med.*, 60 (1934) 85–94.
(122) W. F. Goebel, O. T. Avery, and F. H. Babers, *J. Exp. Med.*, 60 (1934) 599–617.
(123) O. T. Avery, W. F. Goebel, and F. H. Babers, *J. Exp. Med.*, 55 (1932) 769–780.

onstrating that the bacterial polysaccharides and the neoglycoproteins share at least some important immunodeterminants, these experiments validated the assumption made by Avery and Goebel that the behavior of the neoglycoprotein model antigens could be related to the immunogenicity of natural carbohydrate antigens.

The value of neoglycoproteins as model antigens was confirmed by the finding that antisera raised against these synthetic antigens immunize animals against infection by specific strains of S. pneumoniae. Rabbit antiserum to cellobiouronic acid azo-protein immunized mice against infection[119] by types II, III, and VIII, whereas rabbit antiserum to 6-O-(β-D-glucopyranosyluronic acid)-β-D-glucopyranose (gentiobiouronic acid) azo-protein immunized mice[124] against type II. The injection of rabbits with type III capsular polysaccharide coupled to protein also immunized them against bacterial infection.[26,27] This experiment provided the first demonstration that immunization could be achieved by using a synthetic antigen. Shier has since used a synthetic antigen containing N,N'-diacetylchitobiose to immunize mice against tumors.[57] The rationale behind the choice of carbohydrate hapten was that the antibodies raised would bind the wheat-germ-agglutinin-binding sites present on the surfaces of many malignant cells.[125,126] Mice injected with this antigen rejected tumor transplants more vigorously, and, when challenged with methylcholanthrene, grew tumors less readily, than control mice.

The use of neoglycoprotein antigens in immunological studies, pioneered by Avery and Goebel, has since been very widely used. Westphal and his coworkers used neoglycoproteins to study the immunogenicity of the O- and R-antigens of Salmonella. The O- and R-antigens are highly complex lipopolysaccharides whose immunochemistry is complicated.[120] In order to define the immunodeterminants of the natural immunogens clearly, and to examine the contribution of different portions of the lipopolysaccharide to its immunogenicity, these workers prepared synthetic antigens. Several of the neoglycoproteins they prepared contained mono-[120] or oligo-saccharides[45] from the O-specific region (nonreducing terminal) of the lipopolysaccharides, whereas others contained oligosaccharides derived from the R-specific core region.[11] The immunogenicity of these neoglycoproteins, and the specificities of the antisera raised, helped to define the immunodeterminants of the lipopolysaccharide and, in

(124) W. F. Goebel, J. Exp. Med., 72 (1940) 33–48.
(125) M. M. Burger and A. R. Goldberg, Proc. Natl. Acad. Sci. USA, 57 (1967) 359–366.
(126) M. M. Burger, Proc. Natl. Acad. Sci. USA, 62 (1969) 994–1001.

particular, to identify the 3,6-dideoxy sugars as immunodominant features.[120]

Another important class of natural antigens that has been studied by using neoglycoproteins as model antigens is that of the blood-group antigens. Many studies of the immunogenicity of these antigens have been performed by using the blood-group active substances found in large proportions in ovarian-cyst fluids.[3] The structures of these substances have been determined, and found to be quite complex.[127,128] There can even be structural differences between the branches of a single oligosaccharide (for example, Type I and II groupings).[128] The neoglycoproteins may, therefore, be used to advantage in the study of blood-group antigens, because the synthetically introduced carbohydrates are structurally simple, and chemically homogeneous. The ability to vary the structure of the carbohydrates to be attached also makes possible a comparison of the immunogenicity of different parts of the glycan.

Neoglycoproteins have been prepared for the study of the Lewis blood-group substances by using both totally synthesized carbohydrates[72,73] and well characterized, milk oligosaccharides.[65,66] These neoglycoproteins were used both to raise antisera and as precipitating antigens for studies of antiserum specificity *in vitro*. Lemieux and coworkers synthesized the 8-carboxyoctyl glycosides (see Table I) of several mono- and di-saccharides, and a trisaccharide (**9**), the nonreducing, terminal trisaccharide of the Le^a-specific antigen.[72] These glycosides were then coupled to BSA by the acyl azide method.

These synthetic antigens were found to be highly immunogenic. The antiserum against the neoglycoprotein **9** showed a high degree of specificity for the Le^a trisaccharide; it precipitated Le^a blood-group substance[73] and the Le^a neoglycoprotein, and agglutinated human erythrocytes of the Le (a+b−) type.[72] Antiserum raised against the natural Le^a blood-group substance precipitated the Le^a neoglycoprotein. This cross-reactivity indicated that the synthetic antigen was a good model-compound for the natural antigen.

The specificity of the antiserum raised against the Le^a neoglycoprotein (**9**) was determined by hapten-inhibition studies using synthetic oligosaccharides,[72] and derivatives of bovine and horse serum-albumin to which the Le^a trisaccharide had been attached.[73] On the basis of hapten inhibition of precipitation, this antiserum was shown to be highly specific for the carbohydrate portion of the synthetic antigen,

(127) W. M. Watkins, *Science*, 152 (1966) 172–181.
(128) L. Rovis, B. Anderson, E. A. Kabat, F. Gruezo, and T. Liao, *Biochemistry*, 12 (1973) 5340–5354.

TABLE I

Synthetic Antigens[72]

Number	Structure
9	β-D-Galp-(1→3)-β-D-GlcpNAc-X[a] 4 ↑ 1 α-L-Fucp
10	β-D-GlcpNAc-X 4 ↑ 1 α-L-Fucp
11	β-D-Galp-(1→3)-β-D-GlcpNAc-X
12	β-D-Galp-X

[a] $X = -(CH_2)_8-CONH-BSA$.

although it interacted slightly with the carrier protein.[73] The sequence β-D-Galp-(1→3)-D-GlcpNAc was a stronger immunodeterminant than α-L-Fucp-(1→4)-GlcpNAc, although the linkage position of the α-L-fucopyranosyl residue was also found to be important.[72]

Synthetic antigens have also been used for obtaining detailed information about the specificity of another group of carbohydrate-directed antibodies, namely, the human-cold agglutinins.[65,129,130] Ginsburg and coworkers coupled a variety of milk oligosaccharides (see Table II) to poly(L-lysine)[65,66] and edestin.[28] These oligosaccharides have structures that resemble those of those in the human blood-group substances. For example, lacto-N-fucopentaose II and lacto-N-difucohexaose I resemble the nonreducing portion of the human Le[a] and Le[b] blood-group substances. The antigens prepared by coupling these oligosaccharides were precipitated by antiserum raised against the natural Le[a] and Le[b] blood-group substances, respectively.[65] Previous evidence had suggested that the cold agglutinins, which agglutinate erythrocytes[131] below 37°, are directed against the ABH and Lewis blood-group structures in various stages of completion on the surfaces

(129) C.-M. Tsai, D. A. Zopf, R. Wistar, Jr., and V. Ginsburg, J. Immunol., 117 (1976) 717–721.
(130) D. A. Zopf, C.-M. Tsai, and V. Ginsburg, Int. Convoc. Immunology, 5th, Buffalo, (1977) 172–178.
(131) D. Roelcke, Clin. Immunol. Immunopathol., 2 (1974) 266–280.

Table II
Structures of Some Milk Oligosaccharides[65]

Trivial name	Structure
Lacto-N-neotetraose	β-D-Gal$p$-(1→4)-β-D-Glc$p$NAc-(1→3)-β-D-Gal$p$-(1→4)-β-D-Glc$p$
Lacto-N-neohexaose	β-D-Gal$p$-(1→4)-β-D-Glc$p$NAc 1 ↓ 6 β-D-Gal$p$-(1→4)-β-D-Glc$p$NAc-(1→3)-β-D-Gal$p$-(1→4)-β-D-Glc$p$
Lacto-N-fucopentaose I	α-L-Fuc$p$ 1 ↓ 2 β-D-Gal$p$-(1→3)-β-D-Glc$p$NAc-(1→3)-β-D-Gal$p$-(1→4)-β-D-Glc$p$
Lacto-N-fucopentaose II	α-L-Fuc$p$ 1 ↓ 4 β-D-Gal$p$-(1→3)-β-D-Glc$p$NAc-(1→3)-β-D-Gal$p$-(1→4)-β-D-Glc$p$
Lacto-N-fucopentaose III	α-L-Fuc$p$ 1 ↓ 3 β-D-Gal$p$-(1→4)-β-D-Glc$p$NAc-(1→3)-β-D-Gal$p$-(1→4)-β-D-Glc$p$
Lacto-N-difucohexaose I	α-L-Fuc$p$ α-L-Fuc$p$ 1 1 ↓ ↓ 2 4 β-D-Gal$p$-(1→3)-β-D-Glc$p$NAc-(1→3)-β-D-Gal$p$-(1→4)-β-D-Glc$p$

of the erythrocytes.[132] Not surprisingly, they were found to precipitate milk oligosaccharide–poly(L-lysine) antigens that resembled portions of the ABH–Lewis blood-group. For example, the "Ma" agglutinin precipitated the synthetic antigens containing lacto-N-neohexaose (see Table II), but not those containing lacto-N-neotetraose, or lacto-

(132) T. Feizi, E. A. Kabat, G. Vicari, B. Anderson, and W. L. Marsh, *J. Exp. Med.*, 133 (1971) 39–52.

N-fucopentaose I, II, or III, indicating[65] that it is specific for the sequence β-D-Gal$p$-(1→4)-β-D-Glc$p$NAc-(1→6)-β-D-Gal$p$.

Neoglycoproteins and the antisera raised against them have been used as model systems in studies of anti-carbohydrate antibodies. Ginsburg and coworkers raised antibodies to milk oligosaccharides coupled by reductive amination to edestin, and determined their specificity by using a radioimmune assay.[28] As the structures of the oligosaccharides are relatively simple, it was possible for these workers to construct three-dimensional models that provided insights about the topography of the carbohydrate-binding sites of the antibodies.

Perhaps the most thorough analysis of the binding site of an anti-carbohydrate antibody has been performed by Lemieux and his coworkers.[133] Antibodies were raised against 8-carboxyoctyl β-D-galactopyranoside coupled to BSA (**12** in Table I) by the acyl azide method,[72] and purified by affinity chromatography. The ability of glycoside haptens to bind to the antibody was quantitatively assessed by determining the concentration of hapten needed to inhibit the precipitation of the antibody–neoglycoprotein complex by using a radioimmune assay. In this way, it was possible to determine the free energy of binding of the hapten. By varying the structure of the haptens, the authors were able to determine which parts of the 8-carboxyoctyl β-D-galactopyranoside were involved in binding to the antibody, the extent to which each of these interactions contributed to the overall change in free energy, and the chemical nature of the interaction. They provided strong evidence suggesting that intramolecular hydrogen-bonding of the ring-oxygen atom and the hydroxyl groups on C-6, C-4, and C-3 of β-D-galactopyranose, which converted the carbohydrate from a hydrated into nonhydrated form, permitted it to interact with the relatively hydrophobic combining-site of the antibody. The change in free energy of binding could then be accounted for by the Van der Waals interactions between carbohydrate and protein plus the change in free energy contributed by the release of water from both the carbohydrate and the binding site. The observation that carbohydrates can assume both hydrophilic and hydrophobic forms by intramolecular hydrogen-bonding may provide the basis for rationalizing the adsorption of carbohydrates from aqueous solutions into the binding sites of carbohydrate-binding proteins.

The use of neoglycoproteins in these systems has made it possible to analyze clearly, and in some detail, the structural features that con-

(133) R. U. Lemieux, P. H. Boullanger, D. R. Bundle, D. A. Baker, A. Nagpurkar, and A. Venot, *Nouv. J. Chim.*, 2 (1978) 321–329.

tribute to the immunogenicity of carbohydrates. Generally speaking, the (nonreducing) terminal glycosyl group of an oligosaccharide is immunodominant; antisera raised against oligosaccharides are frequently highly specific for the configuration and anomeric linkage of this terminal group.[8,9,40,63,65,66,122,123] However, the anti-carbohydrate antibodies also show a high specificity for sugar sequence, anomeric configuration, and linkage position in the oligosaccharide,[28,38,40,63,65,66,75,118,119,124,125] and even for the carbohydrate–protein linkage.[28,38,39,40,63]

The recognition of the carbohydrate–protein linkage of neoglycoproteins by "anti-carbohydrate" antibodies demonstrates the necessity of distinguishing between the antigenicity contributed by the attached carbohydrate and that contributed by the linkage and the protein. The diazophenyl linkage has long been known to be antigenic.[10] Diazo-coupled neoglycoproteins frequently elicit the formation of antibodies directed against the diazophenyl group.[32,33,38,39,40] The reducing-terminal, acyclic derivatives produced by coupling disaccharides to proteins by reductive amination,[28,83] or amidation using aldonates,[58] are also antigenic. In addition, antibodies raised against reductively aminated proteins recognize the secondary ammonium linkage.[83]

Similar considerations apply when neoglycoproteins are used as inhibitors of immunoprecipitation. A study of the effect of varying the length of the methylene bridge of the ω-carboxyalkyl glycosides of D-galactopyranose on their ability to inhibit the immunoprecipitation of 8-carboxyoctyl β-D-galactopyranoside coupled to BSA showed that longer bridges enhance the ability of the neoglycoproteins to react with the antiserum (see Fig. 1).[73,133] Enhanced binding to a hydrophobic aglycon has also been demonstrated with *Escherichia coli* β-D-galactosylhydrolase (EC 3.2.1.23) and a series of alkyl 1-thio-β-D-galactopyranosides.[134]

The carrier proteins themselves were usually immunogenic, although the antibodies they elicited could be readily adsorbed out of the antisera. In some instances, the contribution of the protein to the specificity of the immune serum raised against the neoglycoprotein was evaluated by attaching the carbohydrate antigen to different carrier-proteins.[73]

Carbohydrate-directed antibodies raised against neoglycoproteins have been used as probes for the presence and function of cell-surface glycoconjugates,[135] in much the same way as are lectins[136] and natu-

(134) C. K. De Bruyne and M. Yde, *Carbohydr. Res.*, 56 (1977) 153–164.
(135) C. M. T. Kiéda, F. M. Delmotte, and M. L. P. Monsigny, *Proc. Natl. Acad. Sci. USA*, 74 (1977) 168–172.
(136) N. Sharon and H. Lis, *Methods Membrane Biol.*, 3 (1975) 147–200.

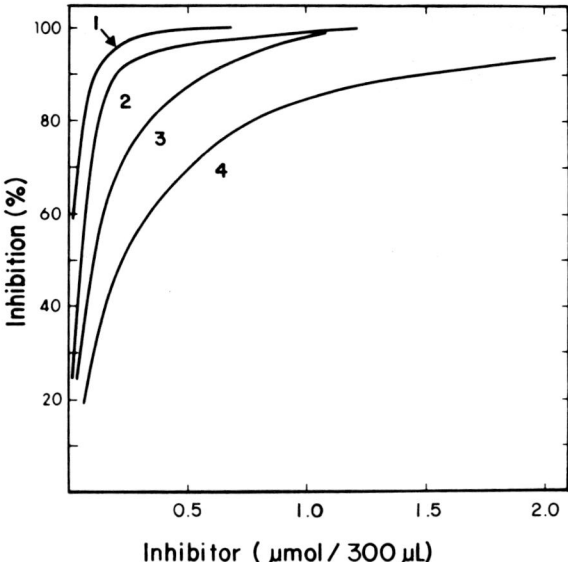

Fig. 1.—Hapten Inhibition of the Precipitation of the Synthetic Antigen 8-Carboxyoctyl 4-Chloro-4-deoxy-β-D-galactopyranoside-BSA by Rabbit Antiserum Raised Against 8-Carboxyoctyl β-D-Galactopyranoside-BSA (**12** in Table I). [The haptens were the ω-carboxyalkyl β-D-galactopyranosides having the aglycons (1) 8-carboxyoctyl, (2) 4-carboxybutyl, (3) 2-carboxyethyl, and (4) carboxymethyl (taken from Ref. 73).]

rally occurring, anti-carbohydrate antibodies.[137] Monsigny and his coworkers used a neoglycoprotein to raise antibodies against N,N'-diacetylchitobiose.[135] These antibodies were found to agglutinate transformed cells and mouse lymphocytes in a way that was reversed by the addition of the N,N'-diacetylchitobiose hapten. The use of neoglycoproteins as antigens has the advantage that antibodies directed against specific carbohydrates chosen by the experimenter can be obtained, thus eliminating reliance on the availability and specificity of naturally occurring antibodies and lectins. The use of antibodies has the further advantage that "monovalent," sugar-binding proteins could be obtained by preparing Fab fragments. Preparation of "monovalent" lectins by limited proteolysis or chemical modification has not been an easy task.

(137) B.-A. Sela, J. L. Wang, and G. M. Edelman, *Proc. Natl. Acad. Sci. USA*, 72 (1975) 1127–1131.

3. Substrates for Lectins

Lectins are carbohydrate-binding proteins that have been obtained mainly from plants,[112a,138] although lectin-like proteins have also been found in micro-organisms and animals,[139] including mammals.[140,141] Some of the properties of the lectins, and their utility as carbohydrate-specific reagents have been reviewed.[112a,138,139]

Lectins are widely used for blood typing, for determining the structure of glycans, and for isolating and purifying carbohydrate-containing polymers.[138,139] Currently, one of the most active applications of lectins is to the study of the presence and function of cell-surface carbohydrates.[136] In order that lectins may be useful in these studies, it is necessary to have a thorough understanding of their binding specificity. Neoglycoproteins, as synthetic substrates, have been used for characterizing the specificity of lectins in much the same way as they have been used to characterize anti-carbohydrate antibodies. The neoglycoproteins are desirable substrates for lectins, because they are less complex than the naturally occurring glycoconjugates and polysaccharides usually used, and yet they form precipitating complexes, unlike smaller carbohydrates. They can, therefore, be used in quantitative precipitin and immunodiffusion-type experiments.

Goldstein and coworkers used neoglycoproteins in order to determine the specificity of several lectins, among them, con A.[41,58,139,142] They compared the ability of a large number of diazo-coupled neoglycoproteins bearing different carbohydrates to bind and precipitate con A, and were able to determine which structural features of the sugar were required for binding. The results from these studies showed that con A has a strict requirement for an equatorial hydroxyl group at C-4. The presence of an axial hydroxyl group at C-2 enhanced binding, but was not absolutely essential, as α- and β-D-glucopyranosyl- and 2-acetamido-2-deoxy-β-D-glucopyranosyl-neoglycoproteins also bound to the lectin, albeit not so well as the α-D-mannopyranoside. Their results also indicated[41] that the phenyl ring contributes to the interaction between the diazophenyl-neoglycoproteins and con A. In particular, the presence of the hydrophobic aglycon was considered to be

(138) N. Sharon and H. Lis, *Science*, 177 (1972) 949–959.
(139) I. J. Goldstein, L. A. Murphy, and S. Ebisu, *Pure Appl. Chem.*, 49 (1977) 1095–1103.
(140) A. Novogrodsky and G. Ashwell, *Proc. Natl. Acad. Sci. USA*, 74 (1977) 676–678.
(141) A. de Waard, S. Hickman, and S. Kornfeld, *J. Biol. Chem.*, 251 (1976) 7581–7587.
(142) I. J. Goldstein and R. N. Iyer, *Biochim. Biophys. Acta*, 121 (1966) 197–200.

responsible for the "anomalously" good binding of the β-D-glucopyranosyl-neoglycoprotein. The ambiguities created by this artifact were eliminated by preparing neoglycoproteins that did not contain a hydrophobic group in the linkage. Derivatives of BSA to which 6-*O*-α-D-glucopyranosyl-D-glucopyranose (isomaltose) and *O*-α-D-glucopyranosyl-(1→6)-*O*-α-D-glucopyranosyl-(1→6)-D-glucopyranose (isomaltotriose) were coupled as the corresponding aldonates by amidation were used as test substrates in "hapten"-inhibition experiments that confirmed that the lectin favored the α over the β-D-glucopyranosyl configuration.[58]

In much the same way, neoglycoproteins have been used to characterize other lectins, including those from wheat germ,[143,144] and *Bandeiraea simplicifolia* and *Ricinus communis*.[58] For these specificity studies, the neoglycoprotein substrates are often used in conjunction with naturally occurring polysaccharides and glycoproteins. In this sense, the neoglycoproteins complement the natural glycans by providing structures not available in Nature. The availability of the synthetic and natural substrates has made possible the characterization of the differences between several lectins having the same primary specificity. For example, Goldstein and coworkers found that four 2-acetamido-2-deoxy-D-galactopyranose-binding lectins, from soybean, lima bean, *Dolichos biflorus*, and *Helix pomatia*, precipitate hog A+H substance, which possesses a 2-acetamido-2-deoxy-α-D-galactopyranosyl terminus, but not larch arabinogalactan, which possesses a β-D-galactopyranose terminus.[139] The lectins from soybean and *H. pomatia* precipitate guaran, which has an α-D-galactopyranosyl terminal group, and the neoglycoprotein 2-deoxy-2-amino-β-D-galactopyranosyloxyphenyl-azo-BSA. Only soybean agglutinin precipitated the azo-neoglycoproteins bearing α- and β-D-galactopyranosyl residues.

These experiments illustrate some of the advantages of using neoglycoproteins to study lectins. As they can be obtained in large amounts, in homogeneous form, they are convenient substrates for precipitin and immunodiffusion-type studies. The flexibility of the synthetic approach also allows the construction of neoglycoproteins whose structure complements the naturally occurring glycans, thereby permitting a more thorough characterization of lectin specificity.

(143) I. J. Goldstein, S. Hammarström, and G. Sundblad, *Biochim. Biophys. Acta*, 405 (1975) 53–61.
(144) J. P. Privat, F. M. Delmotte, and M. L. P. Monsigny, *FEBS Lett.*, 46 (1974) 224–228.

4. Substrates for Glycoprotein Clearance and Uptake Systems

a. Clearance *in vivo*.—In a classic series of experiments, Ashwell and coworkers demonstrated that many neuraminidase-treated glycoproteins, such as asialo-ceruloplasmin, are rapidly cleared from the circulation of mammals by hepatocytes, and are subsequently catabolized.[5] Treatment of these glycoproteins with neuraminidase removes sialic acid groups from the nonreducing terminus of the oligosaccharide chains, thereby exposing (originally penultimate) β-D-galactopyranosyl groups. The presence of the β-D-galactopyranosyl groups, rather than the absence of the sialic acid groups, acts as a signal for clearance, because removal, or structural alteration, of the exposed β-D-galactopyranosyl group of ceruloplasmin inhibits its clearance. Removal of the β-D-galactopyranosyl group exposes a 2-acetamido-2-deoxy-β-D-glucopyranosyl group, which lowers the rate of uptake of ceruloplasmin, although some glycoproteins terminated in 2-acetamido-2-deoxy-β-D-glucopyranosyl groups are cleared rapidly, among them asialo-agalacto-orosomucoid.[145] Subsequent removal of the 2-acetamido-2-deoxy-β-D-glucopyranosyl groups from the asialo-agalacto-glycoproteins, which exposes α-D-mannopyranosyl groups, again promotes rapid clearance.[145,146]

The sugar specificity of the clearance of glycoproteins, and their fate once they have been cleared, have been extensively studied by using serum glycoproteins treated with glycosylhydrolases to expose different glycosyl groups.[5,145–148] However, heterogeneous products may be formed, as a result of incomplete enzymic degradation,[146] or the presence of contaminating activities in the enzyme preparation,[149] and this makes it imperative that the enzyme-treated glycoprotein be carefully characterized before it is used in clearance experiments. These problems are avoided by using neoglycoproteins that are structurally well-defined, and homogeneous.

Several neoglycoproteins have been used in studying the role of carbohydrate in the clearance of glycoproteins from the circulation. Derivatives of BSA to which the 1-thioglycosides of β-D-galactopyra-

---

(145) R. J. Stockert, A. G. Morell, and I. H. Scheinberg, *Biochem. Biophys. Res. Commun.*, 68 (1976) 988–993.
(146) J. L. Winkelhake and G. L. Nicolson, *J. Biol. Chem.*, 251 (1976) 1074–1080.
(147) G. Gregoriadis and B. E. Ryman, *Biochem. Biophys. Res. Commun.*, 52 (1973) 1134–1140.
(148) J. H. LaBadie, K. P. Chapman, and N. N. Aronson, Jr., *Biochem., J.*, 152 (1975) 271–279.
(149) S.-F. Chien, S. J. Yevich, S.-C. Li, and Y.-T. Li, *Biochem. Biophys. Res. Commun.*, 65 (1975) 683–691.

nose, β-D-glucopyranose, 2-acetamido-2-deoxy-β-D-glucopyranose, and α-D-mannopyranose had been attached by amidination[96] (Gal-BSA, Glc-BSA, GlcNAc-BSA, and Man-BSA) have been used for clearance studies in the rat.[150] All four neoglycoproteins were cleared rapidly from the circulation (see Fig. 2a) but, as determined by cross-inhibition experiments, by two independent systems (see Fig. 2b). One system cleared Gal-BSA, and is probably the hepatocyte system described by Ashwell and Morell.[5] A second system cleared both GlcNAc-BSA and Man-BSA. The presence of 2-acetamido-2-deoxy-β-D-glucopyranoside-specific activity in the liver had been noted pre-

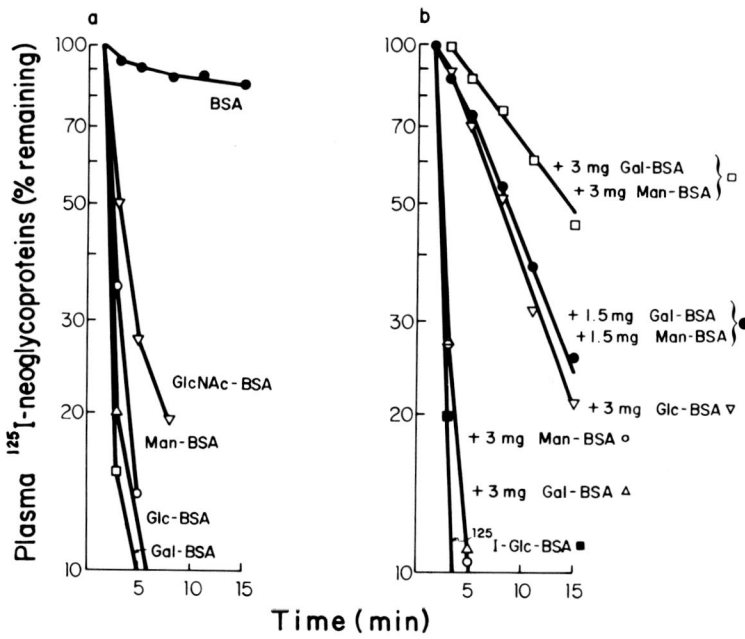

FIG. 2.—Clearance of Amidino-neoglycoproteins in the Intact Rat. [a. Amidinated glycoproteins containing ~30 mol of 1-thioglycoside per mol of BSA were labeled with ^{125}I, using Chloramine T, and administered intravenously (20 μg, 5 × 10^6 c.p.m.) in 0.5 mL of saline during 70 seconds to an anesthetized (Nembutal, 30 mg/kg), female Wistar rat. Plasma samples were taken in heparinized hematocrit tubes at the indicated times by using a constant-infusion pump. The plasma samples (10 μL) were precipitated with 0.5 mL of 5% phosphotungstic acid in 2 M HCl, dissolved in 1.0 M NaOH, and counted (taken from Reference 150). b. Effect of blocking doses of neoglycoproteins on the clearance of ^{125}I-labeled Glc-BSA. The clearance of 20 μg of ^{125}I-labeled Glc-BSA co-infused with 1.5–3.0 mg of unlabeled neoglycoproteins was measured as in Fig. 2a (taken from Ref. 150).]

(150) P. Stahl, personal communication (1978).

viously,[151–157] and it has been shown to clear D-mannopyranosides as well.[156,157] The behavior of Glc-BSA was "anomalous"; it was cleared by the β-D-galactopyranoside-specific system, and by the system that cleared both GlcNAc-BSA and Man-BSA.[150] Apparently, the specificity of both systems is sufficiently broad to permit the clearance of Glc-BSA. The clearance of Glc-BSA was, of course, not anticipated by the observations of clearance of the natural serum glycoproteins and glycopeptide–protein conjugates which did not contain β-D-glucopyranosyl residues.

The rapid clearance of β-D-galactopyranosyl-terminated neoglycoproteins from the circulation has also been observed with other types of neoglycoprotein. The rates of clearance of asparaginase[84] and ribonuclease[85] from the circulation of mice was increased by attaching lactose by reductive amination, whereas attachment of 3′-O-(N-acetylneuraminoyl)lactose to asparaginase[84] prolonged its half-life relative to that of the unmodified enzyme. The attachment of the desialylated (β-D-galactopyranosyl-terminated) glycopeptides of fetuin to albumin and lysozyme by using 2,4-diisocyanotoluene also resulted in their rapid clearance.[108] If the sialic acid group was not removed from the glycopeptide, or if the β-D-galactopyranosyl group was removed with β-D-galactosylhydrolase, thereby exposing a 2-acetamido-2-deoxy-β-D-glucopyranosyl group, the neoglycoprotein was cleared much more slowly.

The neoglycoproteins have also been used to discriminate between clearance systems having similar specificities. By use of the amidinated neoglycoproteins, it has been shown by inhibition experiments that Man-BSA and GlcNAc-BSA are cleared, at least in part, by the same system in the intact rat.[150] This system also clears Glc-BSA. In the nephrectomized, eviscerated rat, however, the α-D-mannopyrano-

(151) P. Stahl, B. Mandell, J. S. Rodman, P. H. Schlesinger, and S. Lang, *Arch. Biochem. Biophys.*, 170 (1975) 536–546.
(152) P. Stahl, H. Six, J. S. Rodman, P. H. Schlesinger, D. P. R. Tulsiani, and O. Touster, *Proc. Natl. Acad. Sci. USA*, 73 (1976) 4045–4049.
(153) P. Stahl, J. S. Rodman, and P. H. Schlesinger, *Arch. Biochem. Biophys.*, 177 (1976) 594–605.
(154) P. H. Schlesinger, J. S. Rodman, M. Frey, S. Lang, and P. Stahl, *Arch. Biochem. Biophys.*, 177 (1976) 606–614.
(155) P. Stahl, P. H. Schlesinger, J. S. Rodman, and T. Doebber, *Nature*, 264 (1976) 86–88.
(156) D. T. Achord, F. E. Brot, C. E. Bell, and W. S. Sly, *Fed. Proc. Fed. Am. Soc. Exp. Biol.*, 36 (1977) 653.
(157) D. T. Achord, F. E. Brot, and W. S. Sly, *Biochem. Biophys. Res. Commun.* 77 (1977) 409–415.

side-specific clearance-system, which had been described earlier,[4] also clears Glc-BSA, but clears GlcNAc-BSA poorly.[150]

The attachment of carbohydrate to proteins has also been used as a means of prolonging the survival of proteins in the circulation. The attachment of dextran to alpha amylase, catalase[7] (EC 1.11.1.6), arginase (EC 3.5.3.1), and carboxypeptidase G (EC 3.4.12.10)[158] prolonged their serum half-lives in rats and mice. The attachment of dextran presumably diminished the susceptibility of the conjugates to proteolysis, uptake by the reticuloendothelial system, and filtration by the kidney. The immunogenicity of alpha amylase and catalase was also considerably lessened, although not entirely eliminated.[7]

b. Binding to Liver Membranes.—The hepatic-clearance system described by Ashwell and Morell has been further investigated by measuring the binding of glycoproteins to membranes prepared from the liver of the rat.[159,160] The binding of glycoproteins that had been treated with glycosylhydrolases to expose different sugars resembed the *in vivo*, hepatocyte-mediated clearance in showing specificity for β-D-galactopyranosides.

This membrane-binding system has also been examined by using neoglycoproteins prepared by amidinating BSA, lysozyme, alpha amylase,[12] and asparaginase[97] (see Fig. 3). Neoglycoproteins were also prepared by diazo coupling and amidation of alpha amylase.[12] In all cases, the derivatives containing β-D-galactopyranosides bound to the membranes, whereas the derivatives containing α-D-mannopyranosides and 2-acetamido-2-deoxyglucopyranosides did not (see Fig. 4). This specificity is consistent with what had already been observed on using glycosylhydrolase-treated, serum glycoproteins.[160] Interestingly, neoglycoproteins containing β-D-glucopyranosides also bound to the membranes; highly modified preparations of Glc-BSA bound to the membranes, as well as asialo-orosomucoid (β-D-galactopyranosyl-terminated). The binding of asialo-orosomucoid and of Glc-BSA was identical with respect to dependence on the concentration of calcium, sensitivity to neuraminidase treatment of the membranes, and degree of inhibition by a variety of carbohydrate derivatives.[13,14] These results, together with the observation that asialo-orosomucoid and Glc-BSA bind to membranes to the same extent, strongly suggested that

(158) R. F. Sherwood, J. K. Baird, J. Atkinson, C. N. Wiblin, D. A. Rutter, and D. C. Ellwood, *Biochem. J.*, 164 (1977) 461–464.
(159) W. E. Pricer, Jr., and G. Ashwell, *J. Biol. Chem.*, 246 (1971) 4825–4833.
(160) L. Van Lenten and G. Ashwell, *J. Biol. Chem.*, 247 (1972) 4633–4640.

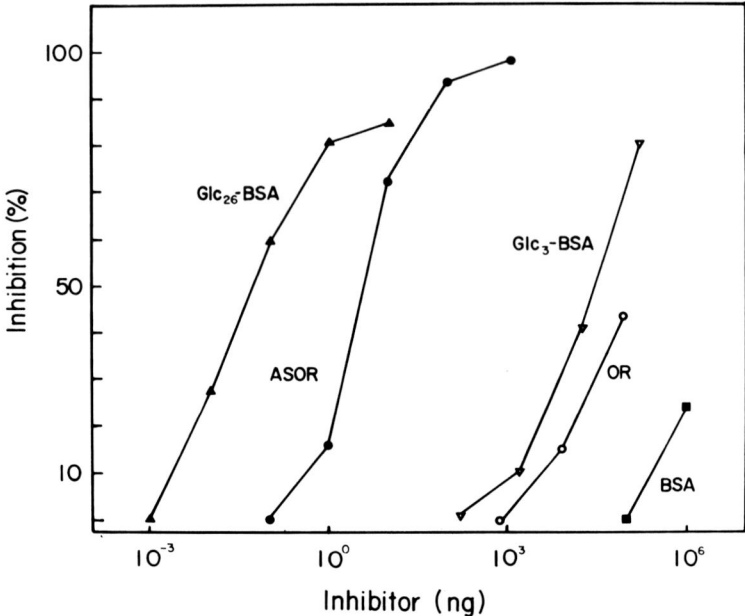

Fig. 3.—Inhibition of Binding of ^{125}I-Labeled Asialo-orosomucoid ([^{125}I]ASOR) to Rabbit-liver Membranes by Asialo-orosomucoid (ASOR), Orosomucoid (OR), BSA, and the Neoglycoproteins to Which 1-Thioglucopyranosides had been Attached by Amidination (Glc-BSA). [The subscripts refer to the number of moles of attached 1-thioglucopyranosides per mol of BSA (taken from Ref. 97).]

only one receptor, having a somewhat relaxed specificity, was responsible for binding both β-D-galactopyranosyl- and -glucopyranosyl-terminated glycoproteins.

The ability to attach carbohydrates to a variety of proteins by several methods, and to control the numbers of glycosides incorporated, made possible the evaluation of some of the parameters of neoglycoprotein structure that influence binding to membranes. It was found that the ability of neoglycoproteins to bind to membranes increases as the number of β-D-galacto- or -gluco-pyranosides attached is increased.[12] However, among the amidinated proteins, there are large differences in their ability to bind that could not be related in a simple way to the number of glycosides incorporated, or to their "average density" (nmol of glycoside per mg of protein) (see Table III). These results suggest that the structure of the protein may also play a role in the interaction between neoglycoproteins and membranes. As the binding of the unmodified proteins and of the neoglycoproteins containing α-D-mannopyranosides and 2-acetamido-2-deoxy-β-D-glucopyranosides was extremely weak, it is unlikely that the protein interacts directly

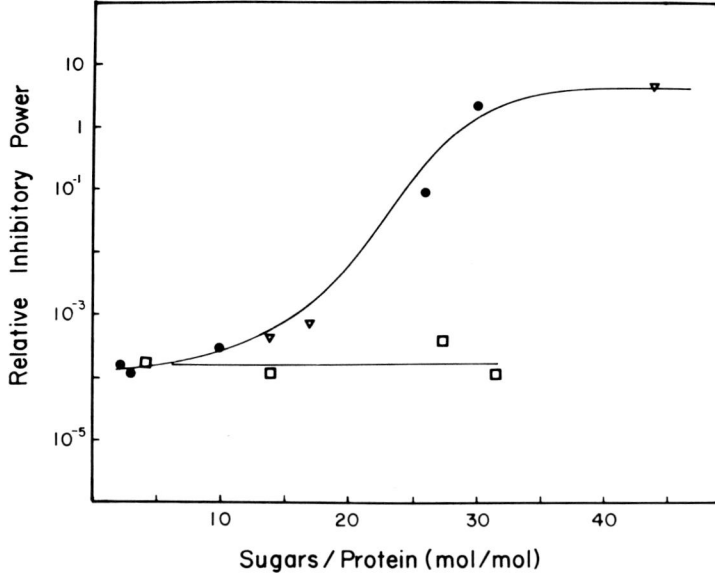

FIG. 4.—The Effect of Attaching 1-Thioglycopyranosides to Asparaginase, by Amidination, on its Ability to Bind to Rabbit-liver Membranes. {The ability of neoglycoproteins to bind to membranes was determined by measuring the amount required to inhibit the binding of [^{125}I]ASOR to the membranes by 50% (see Fig. 3). The relative inhibitory power (RIP) was defined as the ratio of amount of ASOR producing 50% inhibition to the amount of neoglycoprotein producing 50% inhibition. The RIP of ASOR is therefore 1. The RIP of a neoglycoprotein that binds to the membranes better than ASOR is greater than 1. The 1-thioglycosides of β-D-galactopyranose (●), β-D-glucopyranose (△), and 2-acetamido-2-deoxy-D-glucopyranose (□) were attached to asparaginase (taken from Ref. 97).}

with the membrane, but rather, that it indirectly influences the interaction between sugar and membrane.

The chemical linkage between sugar and protein also seems to influence the binding of neoglycoproteins to membranes, as there were differences between the neoglycoproteins prepared from alpha amylase by diazo-coupling, amidation, and amidination.[12] The small enhancement in binding of the diazo-coupled and the amidated derivatives relative to the amidino derivatives may reflect changes in hydrophobicity or surface charge produced by the former two methods.

c. Binding to the Purified, Binding Protein.—Ashwell and his coworkers isolated the asialo-glycoprotein-binding protein from a Triton X-100 extract of rabbit liver by affinity chromatography[161] on columns

(161) R. L. Hudgin, W. E. Pricer, Jr., G. Ashwell, R. J. Stockert, and A. G. Morell, *J. Biol. Chem.*, 249 (1974) 5536–5543.

TABLE III

Comparison of Parameters of Neoglycoproteins Producing 50% Inhibition of Binding of [^{125}I]-ASOR to Membranes[12,97]

Inhibitor[a]	RIP[b,c]	Protein[d] (ng)	Protein[d] (nM)	Sugar (nM)	Sugar (nmol) per protein (mg)
Gal_{34}-BSA	13.3	0.15	0.004	0.15	493
Glc_{26}-BSA	5.88	0.34	0.010	0.26	377
Gal_{30}-aspa	5.54	0.36	0.005	0.16	225
Glc_{44}-aspa	2.04	0.98	0.015	0.65	330
Glc_{19}-BSA	1.05	1.91	0.055	1.05	275
ASOR	1.00	2.00	0.100	1.80	450
Gal_{24}-BSA	0.400	5.40	0.157	3.75	348
Gal_{11}-amy	0.011	182	7.28	80.1	220
Glc_{11}-amy	0.004	485	19.4	213	220
Gal_4-lyso	0.001	1830	262	1150	316
Glc_3-lyso	0.007	2730	391	1250	230

[a] Preparations of BSA, asparaginase (aspa), alpha amylase (amy), and lysozyme (lyso) to which the indicated number of 1-thioglycopyranosides had been attached by amidination. [b] Determined by the inhibition assay described in Ref. 97. [c] RIP ≡ relative inhibitory power $\equiv \dfrac{\text{ng of ASOR producing 50\% inhibition}}{\text{ng of inhibitor producing 50\% inhibition}}$ (see Fig. 4). [d] Based on biuret determination.

of asialo-orosomucoid immobilized on cyanogen bromide-activated Sepharose 4B. The specificity of this binding protein has been assessed by using both glycosylhydrolase-treated serum glycoproteins[161] and neoglycoproteins,[13,14] and shown to bind primarily β-D-galactopyranosyl- and β-D-glucopyranosyl-terminated glycoproteins and neoglycoproteins. Its specificity for the glycosyl group is therefore the same as that of the membranes.

d. **Uptake by Cells *in vitro*.**—Glycoproteins are taken up by various types of cells *in vitro* by a selective, saturable process[162–167] that is influenced by the carbohydrate structure of the glycoprotein.[164–166,]

(162) G. Bach, R. Friedman, B. Weissman, and E. F. Neufeld, *Proc. Natl. Acad. Sci. USA*, 69 (1972) 2048–2051.
(163) K. von Figura and H. Kresse, *J. Clin. Invest.*, 53 (1974) 85–90.
(164) V. Hieber, J. Distler, R. Myerowitz, R. D. Schmickel, and G. W. Jourdian, *Biochem. Biophys. Res. Commun.*, 73 (1976) 710–717.
(165) G. N. Sando and E. F. Neufeld, *Cell*, 12 (1977) 619–627.
(166) A. Kaplan, D. T. Achord, and W. S. Sly, *Proc. Natl. Acad. Sci. USA*, 74 (1977) 2026–2030.
(167) K. Ullrich, G. Mersmann, E. Weber, and K. von Figura, *Biochem. J.*, 170 (1978) 643–650.

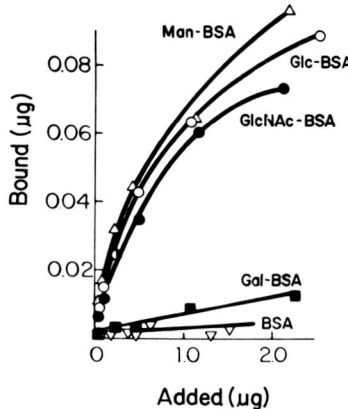

Fig. 5.—The Uptake of ^{125}I-Labeled Neoglycoproteins by Alveolar Macrophages from Rat Lung. {The macrophages were incubated with ^{125}I-labeled neoglycoprotein or [^{125}I]BSA for 30 min at 37°, washed, and then assayed for radioactivity (taken from Ref. 170).}

[168,169] The dependence of the uptake on the carbohydrate structure has been studied by altering the carbohydrate by periodate oxidation[165,168] and by digestion with glycosylhydrolases,[164] as well as by competition with glycoproteins[164-166] and carbohydrates.[164-167] Neoglycoproteins have been used in conjunction with glycoproteins and polysaccharides to study the uptake of glycoproteins by rat-lung alveolar-macrophages, which show specificity for D-mannopyranosides.[170] By use of the neoglycoproteins, it was found that the D-*gluco* configuration is also recognized, as Glc-BSA and GlcNAc-BSA were taken up almost as well as Man-BSA. However, the Gal-BSA neoglycoprotein was not taken up (see Fig. 5).

5. Affinity Materials

Neoglycoproteins are suitable affinants for affinity chromatography of carbohydrate-binding proteins. As they can be obtained easily and inexpensively in large amounts, and as the methodology for attaching

---

(168) S. Hickman, L. J. Shapiro, and E. F. Neufeld, *Biochem. Biophys. Res. Commun.*, 57 (1974) 55–61.

(169) E. F. Neufeld, G. N. Sando, A. J. Garvin, and L. H. Rome, *J. Supramol. Struct.*, 6 (1977) 95–101.

(170) P. Stahl, J. S. Rodman, M. J. Miller, and P. H. Schlesinger, *Proc. Natl. Acad. Sci. USA*, 75 (1978) 1399–1403.

proteins to chromatographic materials is well developed,[6,171,172] the construction of affinity materials can be readily and economically accomplished, even on a large scale. The protein portion can effectively serve as a "spacer" to alleviate steric strain,[173] and, by virtue of multipoint attachment, be fixed stably to the support.[174] The separation artifacts that might be introduced by the protein, or the bridge between carbohydrate and protein, can be readily evaluated, and avoided by preparing affinity materials containing the same sugar but different proteins or bridges.

Thus far, there have been only a few examples of an immobilized neoglycoprotein used for affinity chromatography. An affinity material was prepared[13,14] for the isolation of the hepatic asialo-glycoprotein-binding protein by attaching 1-thio-β-D-galacto- and -gluco-pyranosides (by amidination) to BSA that had been coupled to cyanogen bromide-activated Sepharose 4B. Substantial purification of the binding protein from a crude, Triton X-100 extract of rabbit liver was achieved in one step. These affinity materials were used repeatedly for a period of months with no loss of affinant, in part because BSA was probably attached to Sepharose at several points, but also because of the resistance of the 1-thioglycosidic linkage to glycosylhydrolases.[109]

An immunoadsorbent has been prepared by attaching BSA, containing p-diazophenyl 1-thio-β-D-galactopyranosides, to cyanogen bromide-activated Sepharose.[175] This affinity material was used to isolate mouse immunoglobulins (myeloma proteins) that bound carbohydrate.[176]

The use of neoglycoproteins as affinants can be extended to the purification of such other classes of carbohydrate-binding protein as lectins, glycosylhydrolases, and glycosyltransferases. Some of the procedures that have been developed to prepare neoglycoproteins have been adapted to attach carbohydrates directly to Sepharose[11,23,89,135,177,178] and (2-aminoethyl)-Bio-Gel.[59,81,87] These materials have been

(171) W. B. Jakoby and M. Wilchek (Eds.), *Methods Enzymol.*, Vol. 34, Academic Press, New York, 1974.
(172) K. Mosbach (Ed.), *Methods Enzymol.*, Vol. 44, Academic Press, New York, 1976.
(173) P. Cuatrecasas, M. Wilchek, and C. B. Anfinson, *Proc. Natl. Acad. Sci. USA*, 61 (1968) 636–643.
(174) I. Parikh, S. March, and P. Cuatrecasas, *Methods Enzymol.*, 34 (1974) 77–102.
(175) M. Potter and C. P. J. Glaudemans, *Methods Enzymol.*, 28 (1972) 288–295.
(176) M. E. Jolley, C. P. J. Glaudemans, S. Rudikoff, and M. Potter, *Biochemistry*, 13 (1974) 3179–3184.
(177) D. A. Zopf, D. F. Smith, Z. Drzeniek, C.-M. Tsai, and V. Ginsburg, *Methods Enzymol.*, 50 (1978) 171–175.
(178) F. M. Delmotte, C. M. T. Kiéda, and M. L. P. Monsigny, *FEBS Lett.*, 53 (1975) 324–330.

used to isolate glycosylhydrolases,[23] lectins,[59,87,178] and antibodies.[11,89,135,177] The chemical homogeneity of these affinity materials, especially the (2-aminoethyl)-Bio-Gel derivatives, substantially diminishes the possibility of obscuring the effects of affinity separation by introducing unknown, nonspecific interactions. The structural variations that can be introduced into the affinity materials also makes it possible to distinguish between affinity interactions and such nonspecific interactions as binding to charged or hydrophobic groups.

6. Cytochemical Markers

Lectins have been used to detect the presence of specific carbohydrates on cell surfaces.[136] The lectin bound to the cell surface can be made visible for electron microscopy by using such glycosylated, cytochemical markers as horseradish peroxidase,[179] hemocyanin,[180] mannan–iron complex,[181] or dextran–iron complex.[182] Although the technique has been useful, it is limited in the variety of lectins that can be used, and, therefore, in the carbohydrates that can be detected, by the small choice of glycosylated markers. Monsigny and coworkers provided markers for different sugars by attaching glycosides to ferritin and horseradish peroxidase.[29,30,183] After reduction and diazotization, the p-nitrophenyl glycosides of α-L-fucopyranose, α-D-mannopyranose, N,N'-diacetylchitobiose, lactose, N-(p-nitrobenzoyl)ated porcine-thyroglobulin glycopeptide, and desialylated porcine-thyroglobulin glycopeptide were coupled to ferritin and horseradish peroxidase. These neoglycoprotein markers were found to bind to a variety of lectins, including con A, phytohemagglutinin, wheat-germ agglutinin, *Solanum tuberosum* lectin, peanut lectin, and soybean agglutinin. These markers have been used to label cells that had previously been exposed to the appropriate lectin.[29] In this way, it was possible to localize a wider spectrum of carbohydrates on the cell surface by electron microscopy than had previously been possible.

7. Potential Applications

Neoglycoproteins have been used to advantage in a number of different ways, but their applications are only now beginning to be explored. The specificity studies that have been performed with lectins

(179) W. Bernhard and S. Avrameas, *Exp. Cell Res.*, 64 (1971) 232–236.
(180) S. B. Smith and J. P. Revel, *Dev. Biol.*, 27 (1974) 434–441.
(181) H. Franz and J. Roth, *Histochemistry*, 41 (1975) 361–363.
(182) B. H. Martin and S. S. Spicer, *J. Histochem. Cytochem.*, 22 (1974) 206–207.
(183) M. L. P. Monsigny, C. M. T. Kiéda, A. Obrénovitch, and F. M. Delmotte, *Protides Biol. Fluids Proc. Colloq., 24th*, (1976) 815–818.

and antibodies could be extended to the study of other carbohydrate-binding proteins, such as the glycosylhydrolases and glycosyltransferases. Appropriately designed neoglycoproteins or neoglycopeptides could serve as inhibitors or substrates that would be useful tools for characterizing the binding sites and nature of binding of these enzymes with respect to structural requirements. By serving as substrates, neoglycoproteins would also facilitate the study of the biosynthesis and the catabolism of glycoconjugates in cell homogenates.

A neoglycoprotein could be used as an acceptor for *in vitro* studies of glycosyltransferases. The chemical identity of the newly incorporated monosaccharide could be established by isolation, and characterization, of the glycosylated neoglycoprotein, a task that would be simplified by the fact that, unlike endogeneous acceptors, the exogenous neoglycoprotein acceptor is homogeneous and already well-characterized with respect to its physicochemical properties. The isolation of the glycosylated oligosaccharide would be further facilitated by the use of neoglycoproteins to which 1-thioglycopyranosides had been attached, as the newly glycosylated oligosaccharide could be liberated from the neoglycoprotein by hydrolysis with mercury salts.[98]

The preparation of neoglycoproteins also provides a means of studying the effect of carbohydrate on the physicochemical characteristics of glycoproteins. Neoglycoproteins could prove useful in clarifying the contribution of the carbohydrate prosthetic-group to such characteristic properties of glycoproteins as resistance to proteolysis, stability to heat and cold, density, shape in aqueous solution, and binding of detergents. The availability of modification procedures that do not change the positive charge of the protein at physiological pH (amidination, guanidination, and reductive amination) should be particularly useful for the study of the binding of anionic detergents, and this may lead to a better understanding of what at present appears to be the "anomalous" behavior of glycoproteins in poly(acrylamide)-gel electrophoresis in the presence of sodium dodecyl sulfate.[184–186]

Some of the procedures for preparing neoglycoproteins may be sufficiently mild to permit modification of intact cells or cell organelles without damaging them. The modification of the cell surface with carbohydrate would enable a direct evaluation to be made of the role of carbohydrate in many aspects of cell behavior. The modification of

(184) J. P. Segrest, R. L. Jackson, E. P. Andrews, and V. T. Marchesi, *Biochem. Biophys. Res. Commun.*, 44 (1971) 390–395.
(185) M. S. Bretscher, *Nature (London) New Biol.*, 231 (1971) 229–232.
(186) S. P. Grefrath and J. A. Reynolds, *Proc. Natl. Acad. Sci. USA*, 71 (1974) 3913–3916.

erythrocytes, lymphocytes, and cultured and transformed cells could be used to study lectin binding and its effects on cell metabolism and behavior. Such experiments might also clarify the changes in cell-surface architecture that accompany malignant transformation. The modification of cell surfaces could also be used to investigate various cell–cell interactions, such as aggregation, as well as different aspects of behavior in culture, such as motility, growth, and contact inhibition.

By taking advantage of the carbohydrate specificity of glycoprotein clearance and uptake, the attachment of carbohydrates to enzymes could provide a basis for rational, target organ-directed, replacement-therapy, particularly for lysosomal-enzyme deficiencies. The attachment of the appropriate carbohydrate would promote the uptake of the enzyme by a particular tissue, or at least limit the sites where it would be cleared. The attachment of the carbohydrate might also improve the stability of the enzyme, both in the circulation and intracellularly.

V. Conclusion

Even at the current, unsophisticated level of technology for their preparation and application, neoglycoproteins have proved to be useful tools for the study of the function of the bound carbohydrate of glycoproteins. As the methodology both for oligosaccharide synthesis and protein modification continues to develop, preparation of far more complex neoglycoproteins, more closely resembling natural products, may become a realistic goal. With the availability of more-complex neoglycoproteins, more-intricate questions relevant to the complex carbohydrates can be addressed.

BIOCHEMISTRY OF α-D-GALACTOSIDIC LINKAGES IN THE PLANT KINGDOM

By Prakash M. Dey*

Department of Biochemistry, Royal Holloway College, University of London, Egham Hill, Egham, Surrey TW20 OEX, England

I. Introduction	284
II. α-D-Galactosides of Sucrose	289
1. General Considerations	289
2. Trisaccharides	290
3. Tetrasaccharides	300
4. Higher, Homologous Oligosaccharides	304
5. Related Oligosaccharides	309
III. α-D-Galactosides of Polyols	312
1. General Considerations	312
2. α-D-Galactosides of Glycerol	312
3. α-D-Galactosides of *myo*-Inositol	316
4. Related α-D-Galactosides	318
IV. α-D-Galactolipids	322
1. O-α-D-Galactosylglycerides	322
2. Related α-D-Galactosides	328
V. Polysaccharides	332
1. General Considerations	332
2. D-Galactans	332
3. D-Galactomannans	334
4. D-Galactoglucomannans	337
VI. α-D-Galactopyranosyl-specific Lectins	339
VII. Metabolism	342
1. Toxicity of D-Galactose	342
2. *myo*-Inositol	345
3. Galactinol	348
4. Umbelliferose	349
5. The Raffinose Family of Oligosaccharides	351
6. D-Galactosides of Glycerol	360
7. D-Galactolipids	362
8. Polysaccharides	366

* The author is indebted to Professor J. B. Pridham for his support and valuable suggestions.

I. Introduction

D-Galactose is a hexose that is ubiquitous in the higher plants; it mostly occurs in combined form, usually linked to other monosaccharide residues. Homopolymers of D-galactose, analogous to starch or cellulose (from D-glucose), are rare. However, D-galactose is found in a variety of oligosaccharides and polysaccharides in combination with such related monosaccharides as L-arabinose, D-fructose, D-galacturonic acid, D-glucose, and D-xylose.[1]

In plants, photosynthesis results in the synthesis of a number of phosphorylated monosaccharides.[2] Some of these are enzymically hydrolyzed, causing accumulation of such free sugars as D-glucose (and D-fructose in some cases). These phosphorylated monosaccharides are partly utilized in respiration, and are also converted into "sugar nucleotides" (glycopyranosyl esters of nucleoside diphosphates) through a series of enzymic reactions.[3,4] The glycosyl residues of these esters are interconvertible, and such reactions are catalyzed by specific epimerases. These glycosyl esters are important as glycosyl donors in the biosynthesis of oligosaccharides and polysaccharides.[5] UDP-D-galactose [uridine 5′-(α-D-galactopyranosyl diphosphate)] is, therefore, an important intermediate for the formation of D-galactose-containing saccharides. A general outline of the pathway by which UDP-D-galactose may be synthesized through the process of photosynthesis is shown[6] in Scheme 1.

Free D-galactose has been detected in some plant tissues, but only in very low concentrations.[7–11] This free D-galactose may arise from chemical or enzymic breakdown of D-galactose-containing saccharides during the extraction of tissue. For example, D-galactose was shown to be present on the surface of some over-ripe fruits, such as prunes; here, the sugar seems to have no metabolic role, and appears as a by-product of the enzymic degradation of reserve carbohy-

(1) J. E. Courtois, *Bull. Soc. Bot. Fr.*, 115 (1968) 309–344.
(2) M. Calvin and A. A. Benson, *Science*, 109 (1949) 140–142.
(3) W. Z. Hassid, *Annu. Rev. Plant Physiol.*, 18 (1967) 253–280.
(4) H. Nikaido and W. Z. Hassid, *Adv. Carbohydr. Chem. Biochem.*, 26 (1971) 351–483.
(5) L. F. Leloir, *Biochem. J.*, 91 (1964) 1–8.
(6) J. A. Bassham, in L. P. Miller (Ed.), *Phytochemistry*, Vol. I, Van Nostrand–Reinhold, New York, 1973, pp. 38–74.
(7) S. Hittori and T. Shiroya, *Arch. Biochem. Biophys.*, 34 (1951) 121–134.
(8) J. Cerbulis, *J. Am. Chem. Soc.*, 77 (1955) 6054–6056.
(9) K. Nakahara, C. Hatanaka, and Y. Kawada, *Biol. J. Okayama Univ.*, 3 (1957) 187–195.
(10) S. Lascombes, *Ann. Pharm. Fr.*, 16 (1958) 191–195.
(11) K. Jeremias, *Planta*, 52 (1958) 195–205.

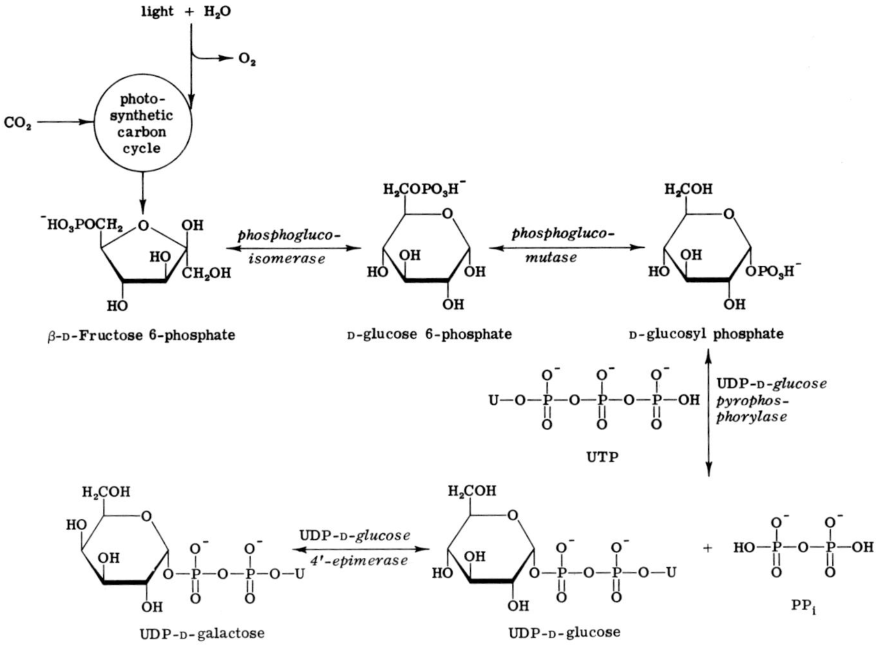

Scheme 1.—A Possible Pathway for the Formation of UDP-D-Galactose (U = Uridin-5'-yl).

drates.[1] In several instances where isolated seed-embryos were "germinated," D-galactose accumulated in appreciable amounts.[1,12] However, D-galactose was never detected in germinating whole-seeds.[12] It is, therefore, possible that (a) free D-galactose is immediately metabolized by enzymes capable of causing its transformation into derivatives, and, hence, that only a low concentration of the free sugar can be detected, and (b) D-galactose derivatives which are thus formed may enter the intermediary metabolism and be rapidly transformed into other saccharides. These deductions are supported by experimental evidence. Barley embryo contains raffinose, an O-D-galactosylsucrose [O-α-D-galactopyranosyl-(1 → 6)-α-D-glucopyranosyl β-D-fructofuranoside], but is devoid of stachyose, a di-O-D-galactosylsucrose. Impregnation of the embryo with D-galactose, followed by exposure to air, resulted in the appearance of stachyose.[13] On feeding D-[1-^{14}C]galactose through the stem or by impregnation, D-[^{14}C]glucose appeared in a very short time; more than 80% of the label was

(12) P. M. Dey, *Adv. Carbohydr. Chem. Biochem.*, 35 (1978) 341–376.
(13) A. M. MacLeod and H. McCorquodale, *New Phytol.*, 57 (1958) 168–182.

associated[14] with C-1. The evidence for the incorporation of D-galactose into the metabolic pool of sugars was further supported by feeding experiments using D-[^{14}C]galactose in various plants; thus, [^{14}C]sucrose was found in canna leaves,[15] and L-ascorbic acid and D-galacturonic acid became labelled in strawberries.[14,16]

Since the discovery of UDP-D-glucose by Leloir,[17,18] in 1951, this compound has been implicated in the biosynthesis of a number of D-glucose-containing saccharides.[4] It is now well accepted that such glycosyl esters are the most important intermediates in the biosynthesis of carbohydrates.[1,3,4]

UDP-D-galactose may be synthesized from either D-galactose or D-glucose. There are two possible routes[1] for this synthesis, starting from D-galactose. The first involves the participation of D-galactokinase[3,15,19–22] and ATP (adenosine 5′-triphosphate) in giving rise to α-D-galactosyl phosphate. The next reaction in the sequence is catalyzed by a specific enzyme, UTP-α-D-galactosyl phosphate uridyltransferase.

D-Galactose + ATP ⇌ α-D-galactosyl phosphate + ADP
α-D-Galactosyl phosphate + UTP ⇌ UDP-D-galactose + PPi

In the second route, UDP-D-galactose may be synthesized by the action of UTP-α-D-galactosyl phosphate uridyltransferase on UDP-D-glucose and α-D-galactosyl phosphate; here, an exchange reaction takes place.

α-D-Galactosyl phosphate + UDP-D-glucose
⇌ UDP-D-galactose + α-D-glucosyl phosphate

D-Glucose may be initially phosphorylated by a hexokinase, followed by transformation into α-D-glucosyl phosphate, which is then enzymically converted, in the presence of UTP, into UDP-D-glucose.

On the other hand, D-glucose may be converted into UDP-D-galac-

(14) F. Loewus and R. Jang, *J. Biol. Chem.*, 232 (1958) 505–519.
(15) W. Z. Hassid, E. W. Putman, and V. Ginsburg, *Biochim. Biophys. Acta*, 20 (1956) 17–22.
(16) F. Loewus, R. Jang, and C. G. Seegmiller, *J. Biol. Chem.*, 232 (1958) 533–541.
(17) L. F. Leloir, *Arch. Biochem. Biophys.*, 33 (1951) 186–190.
(18) L. F. Leloir, in W. D. McElroy and B. Glass (Eds.), *Phosphorus Metabolism*, Vol. I, Johns Hopkins Press, Baltimore, Md., 1951, pp. 67–89.
(19) E. F. Neufeld, D. S. Feingold, and W. Z. Hassid, *J. Biol. Chem.*, 235 (1960) 906–909.
(20) T. Shiroya, *Phytochemistry*, 2 (1963) 33–46.
(21) H. Göring, E. Rackin, and R. Kaiser, *Flora (Jena)*, 159 (1968) 82–103.
(22) J. B. Pridham, M. W. Walter, and H. G. J. Worth, *J. Exp. Bot.*, 20 (1969) 317–324.

tose through a reaction catalyzed by UDP-D-glucose-4'-epimerase. This reversible reaction is important in both the formation and the mobilization of D-galactose-containing saccharides.

$$\text{UDP-D-glucose} \rightleftharpoons \text{UDP-D-galactose}$$

In addition to UDP-D-galactose, other D-galactosyl esters of nucleotides, such as TDP-D-galactose from mung beans;[23] and GDP-D-galactose from strawberries,[24] have been identified as intermediates. These derivatives also play a role as D-galactosyl donors.

The high, negative values of free energy of hydrolysis of glycosyl esters of nucleotides, as compared to values for the hydrolysis of other glycosyl compounds (see Table I), render them superior glycosyl donors for the biosynthesis of complex saccharides.[4,25] However, it has been found that galactinol (1-O-α-D-galactopyranosyl-*myo*-inositol),

TABLE I

Free Energy of Hydrolysis of Glycosidic Linkages of Some Sugar Derivatives

Sugar derivatives	$\Delta G°$ (kJ.mol^{-1})	References
UDP-D-glucose (pH 7.4)^a	−31.820	26
α-D-Glucosyl phosphate (pH 8.5)^a	−20.097	27
D-Glucose 6-phosphate (pH 7.0)	−13.816	28
D-Fructose 6-phosphate (pH 7.0)	−15.910	28
Sucrose	−27.633	29
Maltose	−19.259	30
α,α-Trehalose	−18.422	31
Glycogen [(1→4)-α-D-glucosyl linkage]	−18.003	27
Dextran [(1→6)-α-D-glucosyl linkage]	−8.374	30
Levan [(2→6)-β-D-fructosyl linkage]	−16.747	32

^{a} The $\Delta G°$ values at pH 6.6 for UDP-D-glucose and α-D-glucosyl phosphate are −33.494 kJ.mol^{-1} and −21.771 kJ.mol^{-1}, respectively.[33] It is assumed that glycosyl nucleotide esters containing bases and glycosyl groups other than uracil and D-glucosyl, respectively, have approximately the same $\Delta G°$ values.

(23) R. B. Frydman, E. F. Neufeld, and W. Z. Hassid, *Biochim. Biophys. Acta*, 77 (1963) 332–334.
(24) R. R. Selvendran and F. A. Isherwood, *Biochem. J.*, 105 (1967) 723–728.
(25) W. Z. Hassid, *Science*, 165 (1969) 137–144.
(26) L. F. Leloir, C. E. Cardini, and E. Cabib, in M. Florkin and H. S. Mason (Eds.), *Comparative Biochemistry*, Vol. II, Academic Press, New York, 1960, pp. 97–138.
(27) K. Burton and H. A. Krebs, *Biochem. J.*, 54 (1953) 94–105.
(28) A. L. Lehninger, *Biochemistry*, Worth, New York, 2nd edn., 1975, pp. 387–416.
(29) H. A. Barker and W. Z. Hassid, in C. H. Werkman and P. W. Wilson (Eds.), *Bacterial Physiology*, Academic Press, New York, 1951, pp. 548–565.

which is a non-nucleotide D-galactosyl donor, can function as an efficient intermediate for the biosynthesis of stachyose in dwarf beans.[34] The negative free-energy of hydrolysis of galactinol was found to be ~4.2 kJ.mol^{-1} higher than that for the hydrolysis of the terminal D-galactosyl group of stachyose.[35] In this context, the possibility that α-D-galactosyl phosphate is an intermediate in the biosynthesis of D-galactose-containing oligosaccharides cannot be excluded in a reaction probably catalyzed by a specific phosphorylase (see also, Refs. 36–43).

(D-Hexose)$_n$ + α-D-galactosyl phosphate
$\rightleftharpoons$ (D-hexose)$_{n+\text{D-galactose}}$ + orthophosphate

In some instances, free D-galactose itself has been shown to act as the D-galactosyl donor for enzymic synthesis of saccharides.[44] These reactions are generally catalyzed by α-D-galactosidases. Although the equilibrium of glycosidase-catalyzed reactions in aqueous media favors hydrolysis, several factors *in vivo*, such as compartmentalization, high localized concentration of substrate, or rapid utilization of products, would give rise to the synthesis of oligosaccharides. Therefore, the possibility of *in vivo* synthesis of saccharides from "low-energy" donors should not be dismissed.

In summary, the general equation for the synthesis of complex saccharides through transglycosylation may be expressed as follows.

R^1—O—R^2 +	R^3—OH	→	R^1—O—R^3 +	R^2—OH
Glycosyl donor	acceptor		product	by-product
(D-hexose phosphate, "sugar nucleotides," di- to polysaccharides)	(alcohols, sugar phosphates, mono- to polysaccharides, H$_3$PO$_4$)		(D-hexose phosphate, glycosides, di- to polysaccharides)	(mono- to polysaccharides, nucleoside 5′-diphosphate, H$_3$PO$_4$)

---

(30) H. M. Kalckar, in W. D. McElroy and B. Glass (Eds.), *Symposium on the Mechanism of Enzyme Action*, Johns Hopkins Press, Baltimore, Md., 1953, pp. 675–728.
(31) E. Cabib and L. F. Leloir, *J. Biol. Chem.*, 231 (1958) 259–275.
(32) C. Péaud-Lenoël and R. Dedonder, *Bull. Soc. Chim. Biol.*, 39 (1957) 499–520.
(33) W. Z. Hassid, in D. M. Greenberg (Ed.), *Metabolic Pathways*, Vol. I, Academic Press, New York, 1967, pp. 307–393.
(34) W. Tanner and O. Kandler, *Plant Physiol.*, 41 (1966) 1540–1542.
(35) W. Tanner, *Ann. N. Y. Acad. Sci.*, 165 (1969) 726–742.
(36) M. Doudoroff, H. A. Barker, and W. Z. Hassid, *J. Biol. Chem.*, 168 (1947) 725–732.
(37) W. Z. Hassid and M. Doudoroff, *Adv. Enzymol.*, 10 (1950) 123–143.
(38) C. Fitting and M. Doudoroff, *J. Biol. Chem.*, 199 (1952) 153–163.

When the hydrolytic breakdown of a saccharide occurs, the acceptor is water. It is well documented that α-D-galactosidases function as hydrolytic agents in the degradation of D-galactose-containing oligo- and poly-saccharides.[44] Pridham and Dey[45] have discussed the physiological significance of α-D-galactosidases in higher plants.

II. α-D-Galactosides of Sucrose

1. General Considerations

Sucrose [α-D-glucopyranosyl β-D-fructofuranoside] (**1**) is the disaccharide most widespread amongst higher plants; its concentration varies from species to species. The metabolism of this disaccharide is well documented.[4,46–49] Sucrose is formed as a major product of photo-

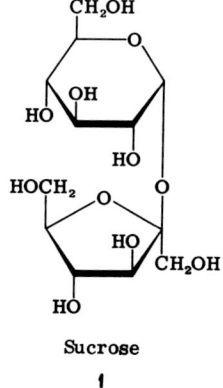

Sucrose

1

---

(39) E. W. Putman, C. F. Litt, and W. Z. Hassid, *J. Am. Chem. Soc.*, 77 (1955) 4351–4353.
(40) C. J. Sih, N. M. Nelson, and R. H. McBee, *Science*, 126 (1957) 1116–1117.
(41) F. H. Hulcher and K. W. King, *J. Bacteriol.*, 76 (1958) 571–577.
(42) W. A. Ayers, *J. Biol. Chem.*, 234 (1959) 2819–2822.
(43) L. R. Marechal and S. H. Goldemberg, *Biochem. Biophys. Res. Commun.*, 13 (1963) 106–109.
(44) P. M. Dey and J. B. Pridham, *Adv. Enzymol.*, 36 (1972) 91–130.
(45) J. B. Pridham and P. M. Dey, in J. B. Pridham (Ed.), *Plant Carbohydrate Biochemistry*, Academic Press, New York, 1974, pp. 83–96.
(46) D. R. Davies, in Ref. 45, pp. 61–81.
(47) J. E. Gander, in J. Bonner and J. E. Varner (Eds.), *Plant Biochemistry*, Academic Press, New York, 1976, pp. 337–379.
(48) H. G. Pontis, in D. H. Northcote (Ed.), *Plant Biochemistry II*, Vol. 13, University Park Press, Baltimore, 1977, pp. 79–117.
(49) T. ap Rees, in D. H. Northcote (Ed.), *Plant Biochemistry*, Vol. 11, Butterworth, London, 1974, 89–127.

synthesis in higher plants, and is generally the main form of translocate from leaves to other organs. It is a major, carbohydrate-storage material that provides a ready source of D-glucose and D-fructose for the liberation of energy. Sucrose is also an important precursor for the synthesis of D-glucosyl esters of nucleoside diphosphates, and thus takes part in the biosynthesis of complex oligo- and poly-saccharides.

Combination of D-galactose with the D-glucosyl or D-fructosyl group of the sucrose molecule gives rise to a number of oligosaccharides; these are, generally, α-D-galactosides. When such combinations form members of a homologous series, the D-galactosyl groups are joined to each other through O-α-D-galactosyl-(1→6)-linkages. It has been observed that the occurrence of these oligosaccharides in higher plants increases as the molecular weight falls.[50]

2. Trisaccharides

Eight isomers of mono-O-α-D-galactosylsucrose are possible, according to the way in which the D-galactosyl group is linked to the sucrose molecule. Six members of this family have been isolated (see Table II), and these will be described.

a. O-α-D-Galactopyranosyl-(1→1)-β-D-fructofuranosyl α-D-Glucopyranoside.—Davy and Courtois[52,53] showed the presence of this trisaccharide in the roots of *Silene inflata*. Some related tri- and tetrasaccharides were also present, and the oligosaccharides were sepa-

TABLE II

Mono-O-α-D-galactosylsucrose Isomers[51]

Oligosaccharide	Point of attachment of D-galactose to sucrose	Occurrence
Unnamed	C-1 of D-fructose	Caryophyllaceae
Unnamed	C-3 of D-fructose	Caryophyllaceae
Planteose	C-6 of D-fructose	Plantaginaceae, Labiaceae, Pedaliaceae, and Solanaceae
Umbelliferose	C-2 of D-glucose	Umbelliferae
Unnamed	C-3 of D-glucose	Monocotyledonae
Raffinose	C-6 of D-glucose	widely distributed

(50) J. E. Courtois and F. Percheron, in J. B. Harborne, D. Boulter, and B. L. Turner (Eds.), *Chemotaxonomy of Leguminosae*, Academic Press, New York, 1971, pp. 207–229.
(51) J. E. Courtois and F. Percheron, *Mem. Soc. Bot. Fr.*, (1965) 29–39.
(52) J. Davy and J. E. Courtois, *C.R. Acad. Sci.*, 261 (1965) 3483–3485.
(53) J. Davy and J. E. Courtois, *Medd. Nor. Farm. Selsk.*, 28 (1966) 197–210; *Chem. Abstr.*, 67 (1967) 91,053s.

rated by column chromatography.[54] It was found that lychnose[55,56] (see Section II,3,b), a structurally related tetrasaccharide, was the major sugar present, and it is likely that the trisaccharide was a product of partial hydrolysis of lychnose.

b. O-α-D-Galactopyranosyl-(1→3)-β-D-fructofuranosyl α-D-Glucopyranoside.—This trisaccharide was also found in the roots of *Silene inflata*,[52,53] and was separated from the associated oligosaccharides by column chromatography.[53,54] Amongst the oligosaccharides, a structurally related tetrasaccharide, isolychnose (see Section II,3,a) was also present. Courtois and coworkers[57] had earlier obtained the trisaccharide as a product of partial hydrolysis of isolychnose and related oligosaccharides.

c. Planteose.—This nonreducing trisaccharide [O-α-D-galactopyranosyl-(1→6)-β-D-fructofuranosyl α-D-glucopyranoside] was first isolated[58] from the seeds of *Plantago major* and *P. ovata*, and hence was given the name planteose. Gorenflot and Bourdu[59] examined 35 different species of *Plantago*, and detected this oligosaccharide in all of the species (see also, Refs. 60–63). It was also detected in the seeds of other species, including *Fraxinus excelsior*,[64] *Melissa officinalis*,[65] *Nicotiana tabacum*,[66-68] *Ocimum basilicum*,[65] *Pharbitis nil*,[69] *Sesa-*

(54) J. Davy, *Ann. Pharm. Fr.*, 24 (1966) 703–709.
(55) A. Archambault, J. E. Courtois, A. Wickstrøm, and P. Le Dizet, *C.R. Acad. Sci.*, 242 (1956) 2875–2877.
(56) A. Archambault, J. E. Courtois, A. Wickstrøm, and P. Le Dizet, *Bull. Soc. Chim. Biol.*, 38 (1956) 1121–1131.
(57) J. E. Courtois, P. Le Dizet, and F. Petek, *Bull. Soc. Chim. Biol.*, 41 (1959) 1261–1270.
(58) N. Wattiez and M. Hans, *Bull. Acad. R. Med. Belg.*, 8 (1943) 386–396.
(59) R. Gorenflot and R. Bourdu, *Rev. Cytol. Biol. Veg.*, 25 (1962) 349–360.
(60) D. French, G. M. Wild, B. Young, and W. J. James, *J. Am. Chem. Soc.*, 75 (1953) 709–712.
(61) H. Hérissey, *Bull. Soc. Chim. Biol.*, 39 (1957) 1553–1555.
(62) R. Bourdu, D. Cartier, and R. Gorenflot, *Bull. Soc. Bot. Fr.*, 110 (1963) 107–109.
(63) Z. F. Ahmed, A. M. Rizk, and F. M. Hammouda, *J. Pharm. Sci.*, 54 (1965) 1060–1062.
(64) C. Jukes and D. H. Lewis, *Phytochemistry*, 13 (1974) 1519–1521.
(65) D. French, R. W. Youngquist, and A. Lee, *Arch. Biochem. Biophys.*, 85 (1959) 471–473.
(66) E. Wada and K. Yamazaki, *Nippon Nogei Kagaku Kaishi*, 24 (1951) 398; *Chem. Abstr.*, 45 (1951) 10,308e.
(67) D. French, *J. Am. Chem. Soc.*, 77 (1955) 1024–1025.
(68) T. Mizuno, Y. Sato, A. Hirayama, and T. Kinpyo, *Nippon Shokuhin Kogyo Gakkai Shi*, 10 (1963) 361–365; *Chem. Abstr.*, 63 (1965) 938a.
(69) M. Okabe, Y. Ida, H. Okabe, and T. Kawasaki, *Shoyakugaku Zasshi*, 24 (1970) 88–92; *Chem. Abstr.*, 75 (1971) 16,039d.

mum indicum,[70-74] *Salvia officinalis*,[65] *Theobroma cacao*,[75] *Thymus vulgaris*,[65] and in cane-sugar-molasses[76] and rhizomes of *Tencrium canadense*.[77]

The presence of planteose in the seeds of various species of Plantaginaceae,[58,61] Pedaliaceae,[71] Solanaceae,[67] Labiatae,[65] and Oleaceae[64] seems to have some chemotaxonomic significance. These families belong to the allied orders of Sympetalae.[78] However, *Theobroma cacao* belongs to the Sterculiaceae family, not related to these orders. Courtois and coworkers[79] considered that planteose might be synthesized during the post-harvest period, through α-D-galactosyl transfer by α-D-galactosidase to sucrose. The "sugar nucleotide"-dependent biosynthesis of this oligosaccharide has not been demonstrated.

The structure of planteose (**2**) was deduced by French and coworkers[60,80] by use of chemical and enzymic methods. Partial hydrolysis of planteose with acid yields D-glucose and a reducing disaccharide, namely, planteobiose (see Section II,5,a).

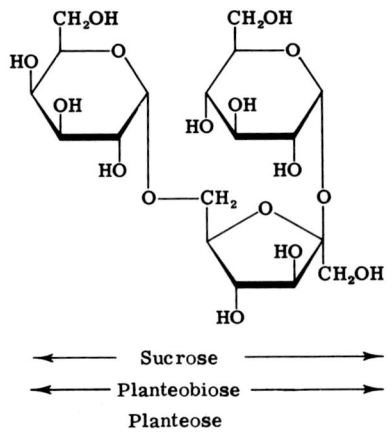

2

(70) M. Hasegawa, T. Takayama, and T. Shiroya, *Kagaku (Kyoto)*, 21 (1951) 593–594; *Chem. Abstr.*, 48 (1954) 5297c.
(71) S. Hatanaka, *Arch. Biochem. Biophys.*, 82 (1959) 188–194.
(72) A. V. Gloria and T. E. Gustavo, *Z. Lebensm. Unters. Forsch.*, 140 (1969) 335–338.
(73) G. A. Villalon and G. E. Torres, *Z. Lebensm. Unters. Forsch.*, 140 (1969) 332–334.
(74) D. B. Wankhede and R. N. Tharanathan, *J. Agric. Food Chem.*, 24 (1976) 655–659.
(75) J. Cerbulis, *Arch. Biochem. Biophys.*, 58 (1955) 406–413.
(76) W. W. Binkley, *Int. Sugar J.*, 67 (1965) 204–206.
(77) G. M. Wild and D. French, *Proc. Iowa Acad. Sci.*, 59 (1952) 226–230.
(78) H. Melchior, *A. Engler's Syllabus der Pflanzenfamilien*, Gebrüder Borntraeger, Berlin-Nikolassee, 12th edn., Vol. II, 1964.
(79) J. E. Courtois, F. Petek, and T. Dong, *Bull. Soc. Chim. Biol.*, 43 (1961) 1189–1196.
(80) D. French, G. M. Wild, and W. J. James, *J. Am. Chem. Soc.*, 75 (1953) 3664–3666.

Interestingly, planteose is the major oligosaccharide in the seeds of a number of plant species.[60,61,64,65,67,71,75,81] Some species of *Lottorella* and *Plantago* have stachyose (85%), sucrose (9%), and raffinose (6%) in their roots and stems, but the highest concentration of oligosaccharide in the seeds is that of planteose.[62] Morphologically, planteose is confined mainly in the endosperms of the seeds of *Fraxinus excelsior*.[64] This oligosaccharide and its higher homologs are deposited in increasing amounts in the seeds as they mature.[82] The physiological function of planteose is not known; most likely, it serves as a storage oligosaccharide that is utilized during the germination of seeds.

d. Umbelliferose.—This trisaccharide [O-α-D-galactopyranosyl-(1→2)-α-D-glucopyranosyl β-D-fructofuranoside] was first isolated from the roots of some species of the family Umbellifereae.[83-85] Boerheim-Svendsen[86] described its occurrence, in various proportions, in different parts of 17 species of Umbellifereae. Umbelliferose seems to have chemotaxonomic importance, as it is a typical oligosaccharide of all of the umbellifers so far analyzed[87-92]; Hopf and Kandler[92] showed its presence in all of the 43 species they examined.

The structure of umbelliferose (3) was elucidated[84] by a combination of enzymic (using α-D-galactosidase) and chemical techniques (using periodate oxidation, methylation, and acid hydrolysis).

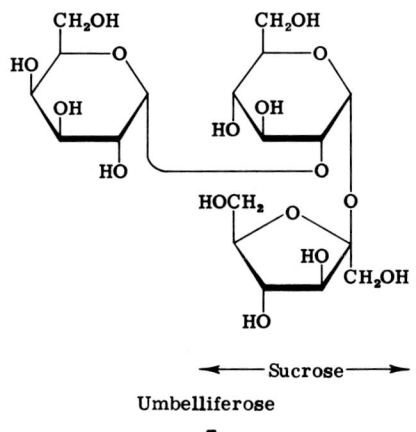

Umbelliferose

3

(81) N. Wattiez and M. Hans, *Bull. Acad. R. Med. Belg.*, 8 (1943) 386–396.
(82) K. S. Amuti and C. J. Pollard, *Phytochemistry*, 16 (1977) 529–532.
(83) A. Boerheim-Svendsen, Ph. D. Thesis, University of Oslo (1954).
(84) A. Wickstrøm and A. Boerheim-Svendsen, *Acta Chem. Scand.*, 10 (1956) 1199–1207.
(85) A. Boerheim-Svendsen, *Medd. Nor. Farm. Selsk.*, 20 (1958) 1–18.

Hopf and Kandler[92] conducted a detailed investigation of the physiological importance of umbelliferose in plants, and showed that it serves as a temporary reserve-carbohydrate, similar to the role of sucrose. In the ripe fruits of some species of Umbellifereae, the concentration of this oligosaccharide is higher than that of sucrose. On the other hand, during photosynthesis, it is less effectively translocated from the leaves than sucrose; the turnover is also slower.

It was shown that, in the maturing seeds, while the synthesis of reserve hemicellulose progresses in the endosperm, a large amount of a trehalose is formed, in addition to sucrose and umbelliferose.[92] This trehalose disappears rapidly during the progress of the ripening process, and umbelliferose accumulates continuously. It was predicted that the trehalose may be present in most umbellifers; however, the relationship of this disaccharide to the biosynthesis of umbelliferose, and the mechanism involved therein, are not known.

e. O-α-D-Galactopyranosyl-(1→3)-α-D-glucopyranosyl β-D-Fructofuranoside.—MacLeod and McCorquodale[93] reported the presence of this trisaccharide in the seeds of *Lolium* and *Festuca* species; both belong to the family Gramineae. The structure of the oligosaccharide was determined[93] by cleaving the D-fructosyl group, and then comparing the electrophoretic mobility of the resulting disaccharide with those of marker disaccharides. The structure was later confirmed by Sømme and Wickstrøm[94] by periodate oxidation. It is possible that this trisaccharide is a product of partial hydrolysis of a structurally related tetrasaccharide (see Section II,5,c) that also occurs in *Festuca*.[95]

f. Raffinose.—This trisaccharide [O-α-D-galactopyranosyl-(1→6)-α-D-glucopyranosyl β-D-fructofuranoside] occupies the second position, next to sucrose, in abundance of occurrence in the plant kingdom. Raffinose was first crystallized from an extract of the tissues of *Eucalyptus manna* by Johnston[96] in 1843. Since that time, its presence has been

---

(86) A. Boerheim-Svendsen, *Acta Chem. Scand.*, 10 (1956) 1500–1501.
(87) K. Hiller and N. Kothe, *Planta Med.*, 17 (1969) 79–86.
(88) R. K. Crowden, J. B. Harborne, and V. H. Heywood, *Phytochemistry*, 8 (1969) 1963–1984.
(89) R. Hegnauer, *Bot. J. Linn. Soc.*, 64 (1972) 267–277.
(90) K. Hiller, *Bot. J. Linn. Soc.*, 64 (1972) 369–384.
(91) V. H. Heywood, *Bot. J. Linn. Soc.*, 64 (1972) S-1.
(92) W. Hopf and O. Kandler, *Biochem. Physiol. Pflanz.*, 169 (1976) 5–36.
(93) A. M. MacLeod and H. McCorquodale, *Nature*, 182 (1958) 815–817.
(94) R. Sømme and A. Wickstrøm, *Acta Chem. Scand.*, 19 (1965) 537–540.
(95) S. Morgenlie, *Acta Chem. Scand.*, 24 (1970) 2149–2155.
(96) J. F. W. Johnston, *Phil. Mag.*, 23 (1843) 14–18.

demonstrated in seeds, roots, underground stems, and leaves of many leguminous and other plants. Raffinose does not seem to have any taxonomic significance in the plant kingdom. It is quite likely that a careful examination might reveal the presence of this trisaccharide in all green plants, as with sucrose. Raffinose invariably occurs in association with its higher homologs, for example, stachyose, verbascose, and ajugose. The distribution of raffinose and its family of oligosaccharides amongst plant species has been investigated by various authors.[50,51,70,82,97–113]

Since the methylation analysis of raffinose by Haworth and coworkers,[114] the structure assigned (4) has been confirmed by chemical and enzymic methods.[115]

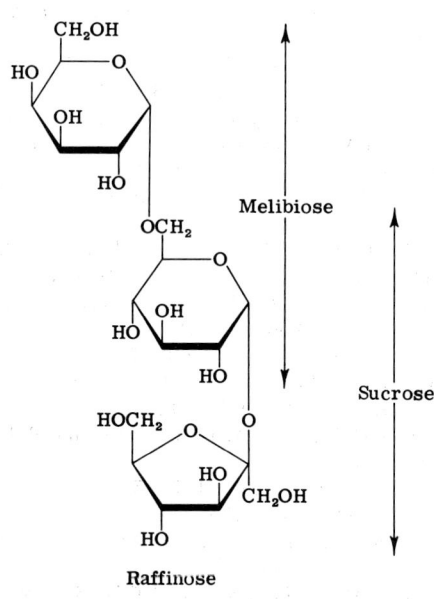

Raffinose
4

(97) G. W. Sanderson and B. P. M. Pecera, *Tea Q.*, 37 (1966) 86–92.
(98) R. Dupéron, *C.R. Acad. Sci.*, 235 (1952) 1331–1333.
(99) R. Dupéron, *C.R. Acad. Sci.*, 241 (1955) 1817–1819.
(100) J. E. Courtois, A. Archambault, and P. Le Dizet, *Bull. Soc. Chim. Biol.*, 38 (1956) 351–358.
(101) V. N. Nigam and K. W. Giri, *Can. J. Biochem. Physiol.*, 39 (1961) 1847–1853.
(102) P. Trip, G. Krotkov, and C. D. Nelson, *Can. J. Bot.*, 41 (1963) 1005–1010.
(103) A. Matsushita, *Nippon Nogei Kagaku Kaishi*, 40 (1966) 289–293; *Chem. Abstr.*, 65 (1966) 18,991g.
(104) M. Senser and O. Kandler, *Ber. Dtsch. Bot. Ges.*, 79 (1966) 210.
(105) M. Ayako, *Nippon Nogei Kagaku Kaishi*, 41 (1967) 646–653; *Chem. Abstr.*, 68 (1968) 66,373j.

Raffinose occurs only at low concentrations in the leaves of plants, but accumulates in the storage organs during the process of development. It has been generally observed that the level of raffinose increases as the tissue loses water; this [108,113,116–124] is a characteristic feature of maturation of seeds and the hardening process of winter-hardy plants. The hardiness of several plants towards desiccation and elevated temperature may be compared to the property of frost resistance. [125–134] When the heat resistance reaches a maximum in the summer, the frost resistance is at its minimum.

---

(106) K. L. Lehmann and R. J. McIlroy, *Nature*, 216 (1967) 1044–1045.
(107) M. Senser and O. Kandler, *Phytochemistry*, 6 (1967) 1533–1540.
(108) K. V. Stankevich, *Tr. Tsentr. Genet. Lab. Vses. Akad. Skh. Nauk*, 11 (1970) 28–45; *Chem. Abstr.*, 75 (1971) 106,063m.
(109) C. Y. Lee, R. S. Shallenberger, S. Robert, and M. T. Vittum, *N. Y. Food Life Sci. Bull.*, 1 (1970) 12; *Chem. Abstr.*, 74 (1971) 30,802h.
(110) F. Champaghol and M. Bourzeix, *J. Chromatogr.*, 59 (1971) 472–475.
(111) J. Cerning-Beroard and A. Filiatre, *Cereal Chem.*, 53 (1976) 968–978.
(112) K. Jeremias, *Ber. Dtsch. Bot. Ges.*, 75 (1962) 313–322.
(113) L. P. Miller, in L. P. Miller (Ed.), *Phytochemistry*, Vol. I, Van Nostrand–Reinhold, New York, 1973, pp. 145–175.
(114) W. N. Haworth, E. L. Hirst, and D. A. Ruell, *J. Chem. Soc.*, 123 (1923) 3125–3131.
(115) D. French, *Adv. Carbohydr. Chem.*, 9 (1954) 149–184.
(116) Y. Kashiwada, *Nippon Sanshigaku Zasshi*, 30 (1961) 179–182.
(117) A. Sakei, *J. Hortic. Sci.*, 41 (1966) 207–213.
(118) K. Jermias, *Ber. Dtsch. Bot. Ges.*, 82 (1969) 87–97.
(119) N. V. Novopavlovskaya, *Tr. Tsentr. Genet. Lab. Vses. Akad. Skh. Nauk*, 11 (1970) 185–192; *Chem. Abstr.*, 75 (1971) 115,889n.
(120) M. Senser, P. Dittrich, O. Kandler, A. Thanbichler, and B. Kuhn, *Ber. Dtsch. Bot. Ges.*, 84 (1971) 445–455.
(121) G. Reuther, *Ber. Dtsch. Bot. Ges.*, 84 (1971) 571–583.
(122) K. A. Santarius, *Planta*, 113 (1973) 105–114.
(123) S. Klenovska, *Acta Fac. Rerum Nat. Univ. Comenianae, Physiol. Plant.*, 7 (1973) 1–7; *Chem. Abstr.*, 81 (1974) 10,980f.
(124) K. A. Santarius and H. Milde, *Planta*, 136 (1977) 163–166.
(125) J. Levitt, *The Hardiness of Plants*, Academic Press, New York, 1956.
(126) J. Levitt, *Protoplasmatologia*, 8 (6), (1958) 1–87.
(127) O. L. Lange, *Planta*, 56 (1961) 666–683.
(128) P. A. Henckel, *Annu. Rev. Plant Physiol.*, 15 (1964) 363–386.
(129) L. Kappen, *Flora (Jena)*, 155 (1964) 123–166.
(130) O. L. Lang, in A. S. Troshin (Ed.), *The Cell and Environmental Temperature*, Pergamon Press, Oxford, 1967, pp. 131–141.
(131) W. Schwarz, *Flora (Jena)*, 159 (1970) 258–285.
(132) V. Y. Alexandrov, A. G. Lomagin, and N. L. Feldman, *Protoplasma (Wien)*, 69 (1970) 417–458.
(133) J. Parker, in T. T. Kozlowski (Ed.), *Water Deficits and Plant Growth*, Vol. III, Academic Press, New York, 1972, pp. 125–176.
(134) J. Levitt, *Responses of Plants to Environmental Stress*, Academic Press, New York, 1972.

By *in vitro* experiments, it has been shown that protoplasmic membranes of plant cells are damaged in frost or drought, and this damage can be protected by some mono- and oligo-saccharides.[135,136] Working with isolated chloroplasts of spinach, suspended in aqueous solutions of different sugars (D-glucose, sucrose, and raffinose, in the presence of 0.1 M sodium chloride), Santarius[122] showed that (*a*) electron-transport activity and cyclic photophosphorylation, which are inactivated in frost and drought, can be protected by the sugars, (*b*) the protective property of the sugars lay in the order, raffinose > sucrose > D-glucose, (*c*) a low concentration of the sugar, sufficient to protect the electron-transport reaction, is not so effective in protecting the photophosphorylation. This indicates that photophosphorylation, both cyclic and noncyclic, is the more sensitive to freezing and drying. Thus, it may be suggested that these external conditions cause uncoupling of photophosphorylation from electron transport.[122,135,136] Santarius and Milde[124] showed that, in the frost-hardy cells of cabbage leaves, the de-hardening process causes a decrease in the concentration of sucrose and raffinose, especially in the chloroplasts. Heat injury is also caused by the uncoupling of photophosphorylation from the electron-transport process (see also, Refs. 137 and 138). The oligosaccharides were again shown to protect these activities at high-temperature stress.[124] It was observed that sugars and bovine serum albumin can protect isolated chloroplast-membranes that are subjected to high-temperature stress.[124,139–142]

It has been suggested[124] that the affinity of the hydroxyl groups of a sugar for water may influence the micro-environment of the labile, membrane-bound proteins, thus stabilizing them against different stress-conditions. Sugars may also bind directly to the protein molecules, and prevent their denaturation.[134,143,144] It is also possible that the binding of sugars may bring about, in the membrane proteins, conformational changes that may have a stabilizing effect; such changes

(135) U. Heber and K. A. Santarius, *Plant Physiol.*, 39 (1964) 712–719.
(136) K. A. Santarius and U. Heber, *Planta*, 73 (1967) 109–137.
(137) D. Y. de Kiewiet, D. O. Hall, and E. L. Jenner, *Biochim. Biophys. Acta*, 109 (1965) 284–292.
(138) J. M. Emmett and D. A. Walker, *Biochim. Biophys. Acta*, 180 (1969) 424–425.
(139) N. L. Feldman, *Citologija (Leningrad)*, 4 (1962) 633–643.
(140) Y. G. Molotkovsky and I. M. Zhestkova, *Biochem. Biophys. Res. Commun.*, 20 (1965) 411–415.
(141) Y. G. Molotkovsky and I. M. Zhestkova, *Dokl. Akad. Nauk SSSR*, 166 (1966) 488–491; *Chem. Abstr.*, 64 (1966) 11,456*f*.
(142) Y. G. Molotkovsky, *Biokhimiya*, 33 (1968) 961–968.
(143) C. H. Giles and R. B. McKay, *J. Biol. Chem.*, 237 (1962) 3388–3392.
(144) P. L. Steponkus, *Proc. Int. Bot. Congr., 11th*, 1969, p. 209.

may also take place in the lipid content of the membrane. The concentrations of the sugars, however, do not increase with increasing heat-resistance of plant cells during the summer season.

Members of the raffinose family of oligosaccharides are present in appreciable concentrations in the nutritionally important food-legumes; these are known to cause flatulence in man and other animals. Blair and coworkers[144a] quantitated the production of flatus in man,

TABLE III

Raffinose Family of Oligosaccharides Present[a] in Some Food Legumes[145]

Legume seeds	Raffinose		Stachyose		Verbascose	
	A	B	A	B	A	B
Chick peas (*Circer arietinum* L.)	1.0	1.1	2.5	2.5	4.2	—
Cow peas (*Vigna unguiculata* L. Walp.)	0.4	0.4	2.0	4.8	3.1	0.5
Field beans (*Phaseolus vulgaris* L.)	0.5	0.2	2.1	1.2	3.6	4.0
Horse gram (*Dolichos uniflorus* Lam.)	0.7	—	2.0	—	3.1	—
Lentils (*Lens esculenta* L.)	0.6	0.9	2.2	2.7	3.0	1.4
Lima beans (*Phaseolus lunatus* L.)	—	—	0.2	—	—	—
Mung beans, black, dry (*Phaseolus mungo* L.)	0.5	—	1.8	—	3.7	—
Mung beans, green, dry (*Phaseolus aureus* Roxb.)	0.8	—	2.5	—	3.8	—
Peas, green, dry (*Pisum sativum* L.)	—	0.6	—	1.9	—	2.2
Peas, yellow, dry (*Pisum sativum* L.)	—	0.3	—	1.7	—	2.2
Pigeon peas (*Cajanus cajan* L.)	1.1	—	2.7	—	4.1	—
Soybeans (*Glycine max*)	1.9	0.8	5.2	5.4	—	—

[a] A, Percentage of edible protein[145a]; B, percentage of dry matter.[146]

(144a) H. A. Blair, R. J. Dern, and P. L. Bates, *Am. J. Physiol.*, 149 (1947) 688–707.

(145) J. J. Rackis, in A. Jeanes and J. E. Hodge (Eds.), *Physiological Effects of Food Carbohydrates*, American Chemical Society, Washington, D. C., 1975, pp. 207–222.

(145a) M. G. Hardinge, J. B. Swarner, and H. Crooks, *J. Am. Diet. Assoc.*, 46 (1965) 197–204.

(146) E. Cristofaro, F. Mottu, and J. J. Wuhrmann, in H. L. Sipple and K. McNutt (Eds.), *Sugars in Nutrition*, Academic Press, New York, 1974, pp. 313–336.

and showed that soybeans increase the production of gas. The content of the raffinose family of oligosaccharides was shown to vary among the food legumes (see Table III); thus, these may cause varying degrees of flatulence. These legumes are rich in proteins, and constitute the major source of dietary protein for a large percentage of the world's population. Consequently, further research on the problem of flatulence has been taken up by various groups of workers.

Members of the raffinose family of oligosaccharides are not digested by man, mainly because the intestinal mucosa lack the hydrolytic enzyme α-D-galactosidase,[147,148] and the oligosaccharides themselves are unable to pass through the intestinal wall.[149,150] The microflora in the lower intestinal-tract then metabolize the oligosaccharides, and produce methane, hydrogen, and carbon dioxide; the pH is also lowered.[145,146,151] Evidently, the oligosaccharides are first broken down to their constituent monosaccharides before the gas-producing mechanism can operate.

Various approaches have been suggested in order to lessen the flatulence factors of food legumes; the important ones are (a) development of special varieties of legumes by genetic manipulation that may lower the level of the oligosaccharides, (b) removal of the oligosaccharides from the legume products by using solvents, (c) soaking and germinating the seeds,[146,152,153] and (d) use of enzymes that hydrolyze the oligosaccharides.[154–158]

Raffinose was shown to have a detrimental effect in the manufacture of sucrose. Sugar beets contain a small proportion (~0.05%) of raffinose and a sucrose content of ~16%. Sugar beets serve as the main

---

(147) R. Gitzelmann and S. Auricchio, *Pediatrics*, 36 (1965) 231–236.
(148) H. Ruttloff, A. Taeufel, W. G. Krause, H. Haenel, and K. Taeufel, *Nahrung*, 11 (1967) 39–46.
(149) K. Taeufel, W. G. Krause, H. Ruttloff, and R. Maune, *Z. Gesamte Exp. Med. Einschl. Exp. Chir.*, 144 (1967) 54–66.
(150) W. G. Krause, K. Taeufel, H. Ruttloff, and R. Maune, *Ernaehrungsforschung*, 13 (1968) 161–169.
(151) A. C. Olson, R. Becker, J. C. Miers, M. R. Gumbmann, and J. R. Wagner, in M. Friedman (Ed.), *Protein Nutritional Quality of Foods and Feeds*, Part 2, Marcel Dekker, New York, 1975, pp. 551–563.
(152) D. H. Calloway, C. A. Hickey, and E. L. Murphy, *J. Food Sci.*, 36 (1971) 251–255.
(153) W. J. Kim, C. J. B. Smit, and T. O. M. Nakayama, *Lebensm. Wiss. Technol.*, 6 (1973) 201–204.
(154) H. Sugimoto and J. P. Van Buren, *J. Food Sci.*, 35 (1970) 655–660.
(155) T. Yamane, *Sucr. Belge*, 90 (1971) 345–348.
(156) S. E. Sherba, Fr. Pat. 1,598,615 (1970); *Chem. Abstr.*, 74 (1971) 86,566b.
(157) A. G. Ciba-Geigy, Fr. Pat. 2,137,548 (1973); *Chem. Abstr.*, 79 (1973) 30,697f.
(158) J. H. Reynolds, *Biotechnol. Bioeng.*, 16 (1974) 135–147.

raw-material for the manufacture of sucrose in several countries.[159] The concentration of raffinose increases in the molasses during the manufacturing process, and this greatly lessens the crystallizability and the yield of sucrose. Suzuki and coworkers[160–165] used microbial α-D-galactosidase, and hydrolyzed most of the raffinose to D-galactose and sucrose, thus increasing the yield of sucrose during the manufacturing process. In a method developed by Yamane[155], the mycelia of a mold, *Mortierella vinacea*, that contains bound α-D-galactosidase were used, in order to hydrolyze the raffinose in beet-sugar molasses. The advantage of this method is that the mycelia can be separated by filtration and re-used. Immobilized α-D-galactosidase and invertase have been used in continuous-flow reactors.[158,166]

Raffinose has also been related to the viability of seeds.[167] Corn seeds that initially had a high content of moisture showed a lower content of oligosaccharide after prolonged storage. The decrease in the level of oligosaccharide was especially large in the seeds that had lost viability. Raffinose and sucrose were totally absent from the non-viable seeds.

3. Tetrasaccharides

a. **Isolychnose.**—This tetrasaccharide [O-α-D-galactopyranosyl-(1→6)-α-D-glucopyranosyl 3-O-α-D-galactopyranosyl-β-D-fructofuranoside] was first isolated from the roots of *Lychnis dioica* by Courtois and coworkers[168] in 1959. Since then, its presence has been demonstrated

---

(159) R. J. Brown, *Anal. Chem.*, 24 (1952) 384–388.
(160) H. Suzuki, Y. Ozawa, and O. Tanabe, *Nippon Nogei Kagaku Kaishi*, 37 (1963) 623–629; *Chem. Abstr.*, 63 (1965) 9025e.
(161) H. Suzuki, Y. Ozawa, and O. Tanabe, *Nippon Nogei Kagaku Kaishi*, 38 (1964) 334–336; *Chem. Abstr.*, 63 (1965) 9025e.
(162) H. Suzuki, Y. Ozawa, and O. Tanabe, *Nippon Nogei Kagaku Kaishi*, 38 (1964) 542–545; *Chem. Abstr.*, 63 (1965) 9025e.
(163) H. Suzuki, Y. Ozawa, and O. Tanabe, *Hakko Kyokaishi*, 22 (1964) 455–459; *Chem. Abstr.*, 63 (1965) 15,504f.
(164) H. Suzuki, Y. Ozawa, and O. Tanabe, *Agric. Biol. Chem.*, 30 (1966) 1039–1046; *Chem. Abstr.*, 66 (1967) 26,189f.
(165) H. Suzuki, Y. Ozawa, H. Oota, and H. Yoshida, *Agric. Biol. Chem.*, 33 (1969) 506–513; *Chem. Abstr.*, 71 (1969) 1037v.
(166) R. A. Korus and A. C. Olson, *Biotechnol. Bioeng.*, 19 (1977) 1–8.
(167) K. E. Ovcharov and Y. P. Koshelev, *Fiziol. Rast.*, 21 (1974) 969–974; *Chem. Abstr.*, 82 (1975) 14,036w.
(168) A. Wickstrøm, J. E. Courtois, P. Le Dizet, and A. Archambault, *Bull. Soc. Chim. Fr.*, (1959) 871–878.

in the roots of *Cucubalus baccifera*,[169] *Dianthus caryophyllus*,[170] and *Silene inflata*.[171]

The structure of isolychnose (5) was determined by enzymic and chemical methods.

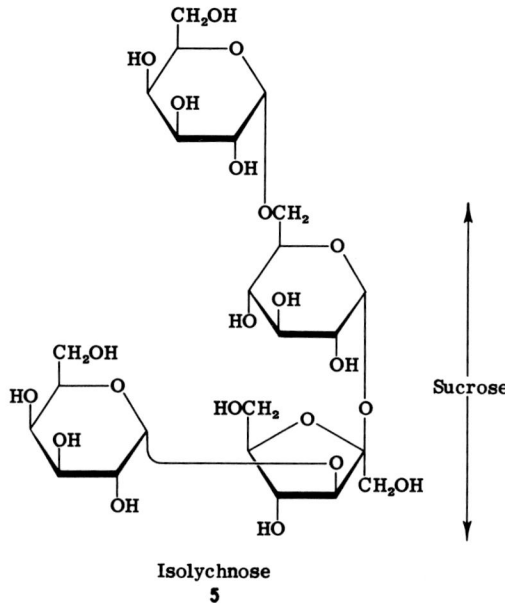

Isolychnose
5

b. Lychnose.—This tetrasaccharide [O-α-D-galactopyranosyl-(1→6)-α-D-glucopyranosyl 1-O-α-D-galactopyranosyl-β-D-fructofuranoside] was isolated from the roots of *Lychnis dioica* in Courtois's laboratory.[55,56,172–174] Its presence was also shown in the roots of *Cucubalus baccifera*,[169] *Dianthus caryophyllus*,[170] *Lychnis alba*,[175] and *Silene inflata*,[52] and in the seeds of *Sesamum indicum*.[71]

The structure of lychnose (6) was deduced[55,56,173,174] by methods involving methylation and partial hydrolysis.

(169) J. E. Courtois and U. Ariyoshi, *C.R. Acad. Sci.*, 250 (1960) 1369–1371.
(170) J. E. Courtois and U. Ariyoshi, *Bull. Soc. Chim. Biol.*, 44 (1962) 31–37.
(171) J. E. Courtois and J. Davy, *C.R. Acad. Sci.*, 261 (1965) 3483–3485.
(172) J. E. Courtois, *Biokhimiya*, 22 (1957) 248–258.
(173) A. Wickstrøm, J. E. Courtois, P. Le Dizet, and A. Archambault, *C.R. Acad. Sci.*, 246 (1958) 1624–1626.
(174) A. Wickstrøm, J. E. Courtois, P. Le Dizet, and A. Archambault, *Bull. Soc. Chim. Fr.*, (1958) 1410–1415.
(175) R. Paquin, M.Sc. Thesis, University of Montreal (1958).

Lychnose
6

Sesamose
7

c. Sesamose.—This tetrasaccharide [O-α-D-galactopyranosyl-(1→6)-O-α-D-galactopyranosyl-(1→6)-β-D-fructofuranosyl α-D-glucopyranoside] was isolated from the seeds of *Sesamum indicum* by Hatanaka[71] and named by him; this finding was further confirmed by other workers.[74,82] The structure of sesamose (**7**) was deduced[71] by chemical and enzymic methods, and it was shown to be a higher homolog of planteose (see Section II,2,c). The presence of sesamose in the plant sources that also contain planteose may be predicted analogously to the prediction for the raffinose family of oligosaccharides.

d. Stachyose.—This, the oldest known tetrasaccharide [O-α-D-galactopyranosyl-(1→6)-O-α-D-galactopyranosyl-(1→6)-α-D-glucopyranosyl β-D-fructofuranoside], was first isolated from the rhizomes of *Stachys tuberifera*.[176] It co-exists with the structurally related trisaccharide raffinose (see Section II,2,f), and is the major D-galactose-containing oligosaccharide in some plant species.[177–179] The structure of stachyose (**8**) was determined by several workers[80,180–183] through en-

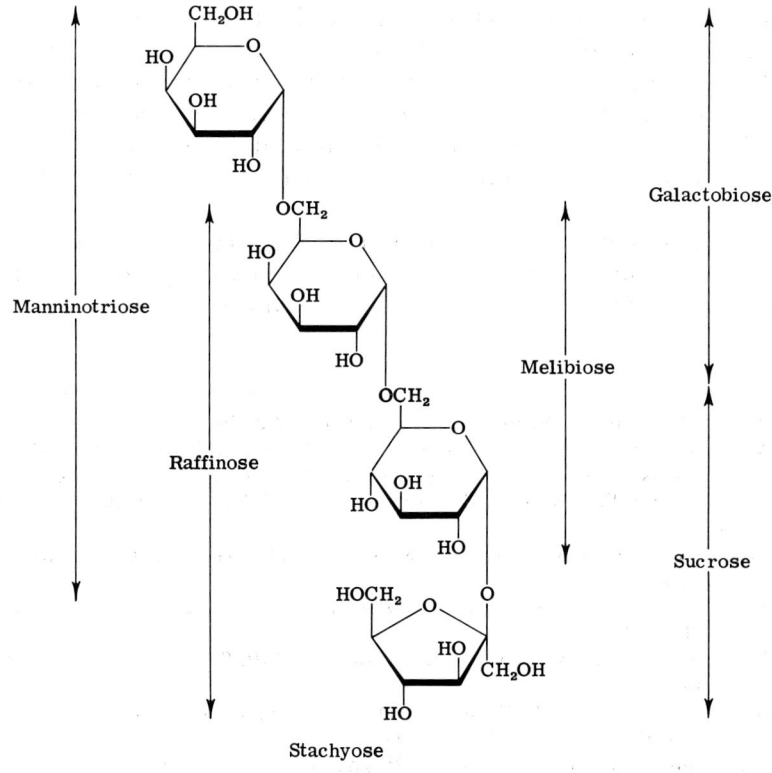

8

zymic and chemical techniques. A detailed description of the procedure used for its isolation and for elucidation of its structure was given in an earlier Volume.[115]

Stachyose and its homologs primarily occur in seeds and storage organs. Later research showed the presence of these oligosaccharides in the leaves of several plants,[184] where they accumulate, especially during the winter, at a concentration parallel to that of sucrose. At this concentration, they provide frost resistance to the plant (see Section II,2,f) rather than serving as storage carbohydrates.

Stachyose is present in the seeds of most food legumes, and has been recognized as a compound responsible for flatulence (see Section II,2,f).

4. Higher, Homologous Oligosaccharides

These oligosaccharides may be derived mainly from four basic units of tetrasaccharides: isolychnose, lychnose, sesamose, and stachyose.

a. Isolychnose Series.—The oligosaccharides of this series (9) occur in the roots of some members of the genera Sileneae.[51,53] It is possible to separate various members of this series by column chromatography on either cellulose or activated charcoal as the packing medium. However, by this method, it is difficult to resolve members of the isolychnose and lychnose series that have similar molecular weights. Members of both series have been found to co-exist in the plant sources that have been examined.[51,171] However, in *Lychnis dioica*, the members of the isolychnose series preponderate in the spring season.[168,185] Oligosaccharides containing 8–12 D-galactosyl groups have been detected.[186]

---

(176) A. von Planta and E. Schulze, *Ber.*, 23 (1890) 1692–1699.
(177) M. Tomoda, S. Kato, and M. Onuma, *Chem. Pharm. Bull.*, 19 (1971) 1455–1460.
(178) J. F. Nicholson and T. M. Weidner, *Trans. Ill. State Acad. Sci.*, 65 (1972) 3–6.
(179) I. R. Siddiqui, P. J. Wood, and G. Khanzada, *J. Sci. Food Agric.*, 24 (1973) 1427–1435.
(180) M. Onuki, *Nippon Nogei Kagaku Kaishi*, 8 (1932) 445–462; *Chem. Abstr.*, 26 (1932) 4308.
(181) M. Onuki, *Sci. Pap. Inst. Phys. Chem. Res. Jpn.*, 20 (1933) 201–244; *Chem. Abstr.*, 27 (1933) 3454.
(182) H. Hérissey, A. Wickstrøm, and J. E. Courtois, *Bull. Soc. Chim. Biol.*, 33 (1951) 642–648.
(183) R. A. Laidlaw and C. B. Wylam, *J. Chem. Soc.*, (1953) 567–571.
(184) K. Jermias, *Bot. Stud.*, 15 (1964) 1–96.
(185) J. E. Courtois, P. Le Dizet, and A. Wickstrøm, *Bull. Soc. Chim. Biol.*, 40 (1958) 1059–1065.
(186) J. E. Courtois, P. Le Dizet, and J. Davy, *Bull. Soc. Chim. Biol.*, 42 (1960) 351–364.

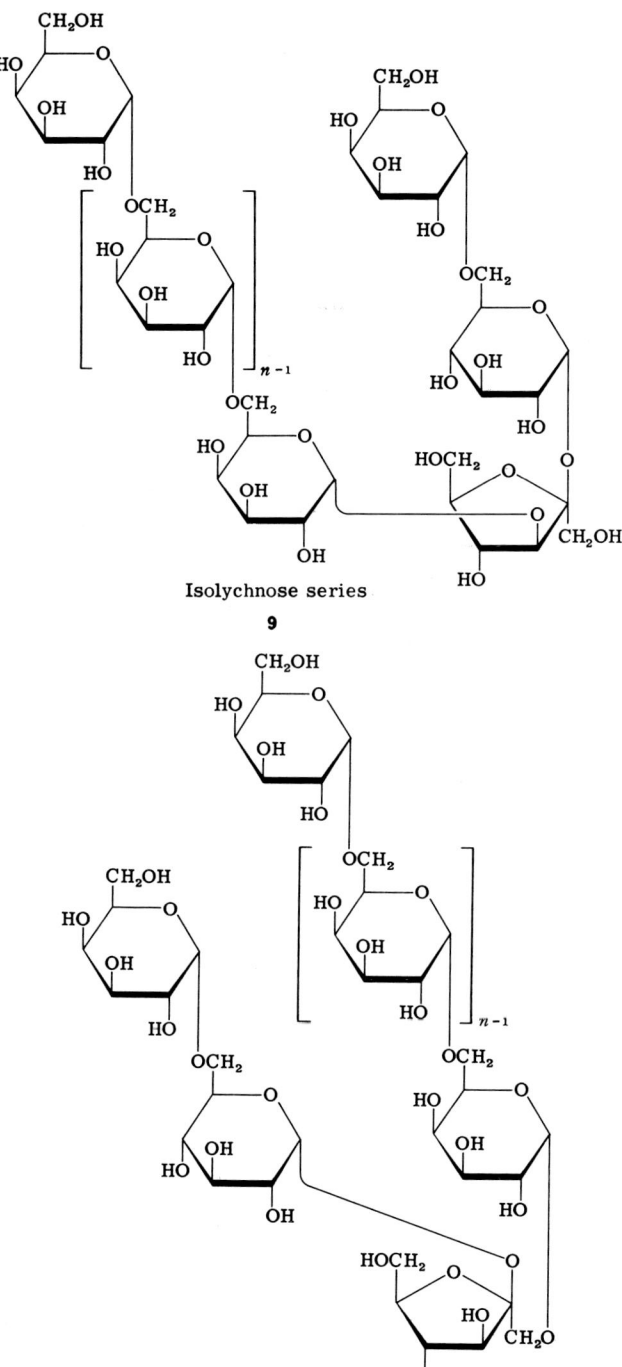

Isolychnose series
9

Lychnose series
10

b. Lychnose Series.—The oligosaccharides of this series (**10**) occur in the roots of *Lychnis dioica* mainly during the autumn season,[168,185] and have also been detected in the roots of *Cucubalus baccifera*[187] and *Dianthus caryophyllus*.[188] The penta- and hexa-saccharides are more abundant than the higher homologs. Courtois and coworkers[186] found that, after extracting the lower members of the series from the roots of *L. dioica* with 70% ethanol, it is possible to obtain a number of higher homologs of the lychnose and isolychnose series from an aqueous extract of the residue.

For both series, the α-D-galactosidase from coffee beans was used in determining the structures. The enzyme progressively removes D-galactosyl groups from the nonreducing ends of the oligosaccharide molecules. Nothing is yet known regarding the biosynthesis of either series of oligosaccharides.

c. Sesamose Series.—Hatanaka[71] reported the occurrence of an unidentified pentasaccharide in the seeds of *Sesamum indicum*. This was later shown to be a higher homolog of sesamose. Wankhede and Tharanathan[74] separated the oligosaccharides (up to the hexasaccharide) of this series (**11**) from *S. indicum* by using a charcoal–Celite column. Partial hydrolysis of the pentasaccharide {which displays an optical rotation of $[\alpha]_D +176°$ (c 2.5, water)} resulted in D-fructose, D-galactose, D-glucose, and planteobiose; the hexasaccharide {$[\alpha]_D +185.6°$ (c 1.5, water)} yielded the D-hexoses and planteose.

Amuti and Pollard[82] found that, in *S. indicum*, the concentration of the oligosaccharides of this series increases during development of the seeds. The higher members of the series seem to be deposited first, followed by the lower members.

d. Stachyose Series.—The first member of this series (**12**), the pentasaccharide verbascose, was isolated in 1910 by Bourquelot and Bridel[189] from the roots of *Verbascum thapsus*. In 1940, Murakami published a partial elucidation of the structure of this pentasaccharide.[190,191] Hérissey and coworkers[192] detected this oligosaccharide, along with other members of the series, in the roots of *V. thapsus*. After

---

(187) J. E. Courtois and U. Ariyoshi, *Bull. Soc. Chim. Biol.*, 42 (1960) 737–751.
(188) J. E. Courtois and U. Ariyoshi, *Bull. Soc. Chim. Biol.*, 44 (1962) 23–30.
(189) E. Bourquelot and M. Bridel, *C.R. Acad. Sci.*, 151 (1910) 760–762.
(190) S. Murakami, *Acta Phytochim.*, 11 (1940) 213–229; *Chem. Abstr.*, 34 (1940) 7859^2.
(191) S. Murakami, *Acta Phytochim.*, 13 (1943) 161–184; *Chem. Abstr.*, 45 (1951) 8599c.
(192) H. Hérissey, P. Fleury, A. Wickstrøm, J. E. Courtois, and P. Le Dizet, *Bull. Soc. Chim. Biol.*, 36 (1954) 1507–1518.

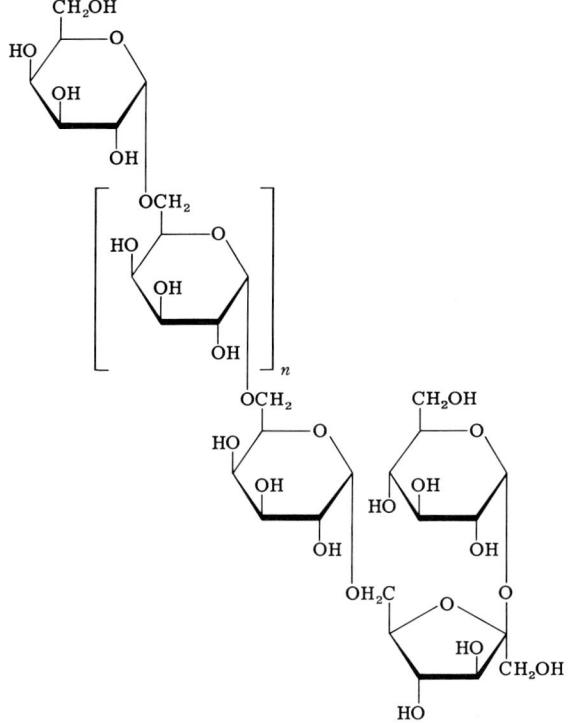

Sesamose series

11

separating the oligosaccharide by column chromatography, it was subjected to periodate oxidation, partial hydrolysis with acid, and methylation, and the structure was thereby established.[193-195] Verbascose is generally present in those plant sources in which the trisaccharide raffinose also occurs.

The hexasaccharide ajugose was detected by Murakami[196] in the roots of *Ajuga nipponensis;* it was later isolated from the roots of *V. thapsus*[192] and *Salvia pratensis*,[197] and the seeds of *Vicia sativa*[197] and

(193) H. Hérissey, P. Fleury, A. Wickstrøm, J. E. Courtois, and P. Le Dizet, *Bull. Soc. Chim. Biol.*, 36 (1954) 1519–1524.
(194) J. E. Courtois, A. Wickstrøm, P. Fleury, and P. Le Dizet, *Bull. Soc. Chim. Biol.*, 37 (1955) 1009–1021.
(195) A. Wickstrøm, J. E. Courtois, and P. Le Dizet, *Bull. Soc. Chim. Fr.*, (1956) 827–830.
(196) S. Murakami, *Acta Phytochim.*, 13 (1942) 37–56; *Chem. Abstr.*, 45 (1951) 3465g.
(197) J. E. Courtois, A. Archambault, and P. Le Dizet, *Bull. Soc. Chim. Biol.*, 38 (1956) 1117–1119.

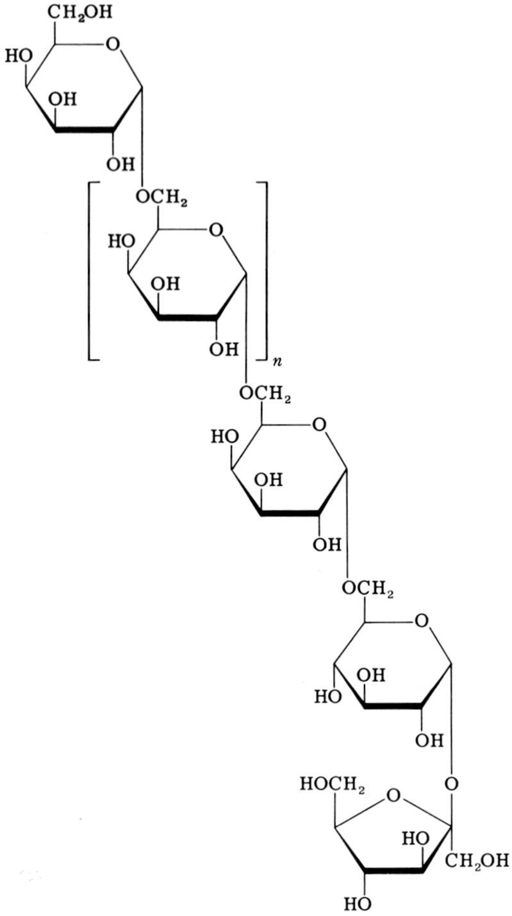

Stachyose series

12

other plants in which the lower homologs of this series occur (see Section II,2,f). Courtois and coworkers[198] elucidated the structure of this hexasaccharide. The heptaose, octaose, and nonaose of this series have also been isolated from the roots of *V. thapsus*.[193,199]

Courtois and coworkers[1,50] observed that, in plants, the abundance (distribution) of the oligosaccharides of this series is inversely proportional to their molecular weight. However, when a plant organ accumulates these oligosaccharides, this relationship may not hold. Thus, one kg of the seeds of *V. sativa* gave 1.12 g of stachyose, 2.5 g of ver-

(198) J. E. Courtois, G. Dillemann, and P. Le Dizet, *Ann. Pharm. Fr.*, 18 (1960) 17–28.
(199) S. Hattori and S. Hatanaka, *Bot. Mag.*, 71 (1958) 417–423.

bascose, and 0.22 g of ajugose; the same weight of the seeds of *Lens culinaris* afforded 0.68 g of stachyose and 0.86 g of verbascose (see also, Table III).

The presence of this series of oligosaccharides in the seeds, roots, and underground stems of plants may be important, as they may be reserve carbohydrates.

5. Related Oligosaccharides

a. Disaccharides.—The method used for extracting the oligosaccharides from plant materials is an important factor in assuming that the products obtained are not due to reactions that might have taken place during the process. Pazur and coworkers[200] reported the presence of D-fructose, D-galactose, and D-glucose in an aqueous extract of dry soybean-seeds. Various carbohydrases present in the seeds are likely to act on the reserve carbohydrates, thus yielding the D-hexoses. Similarly, soaking of the dry seeds in water, prior to extraction, may initiate carbohydrase action (see also, Ref. 201). It has also been noted that prolonged exposure of extracts of oligosaccharides to cation-exchange resins may cause their degradation.[82]

The disaccharide epimelibiose [O-α-D-galactopyranosyl-(1→6)-D-mannopyranose] was first isolated by Whistler and Durso[202] from a partial hydrolyzate of the D-galactomannan of guar by acid (see also, Ref. 203), and they also elucidated its structure. This disaccharide constitutes the branch points of the main D-galactomannan chain (see Section V,3).

Melibiose [O-α-D-galactopyranosyl-(1→6)-D-glucopyranose] is a constituent of the trisaccharide raffinose (see Section II,2,f), and is liberated on hydrolysis of the latter by invertase. A detailed, structural elucidation of this disaccharide was described by French.[115] Melibiose is found in the exudates[115] and nectaries[204] of several plants, and is also found in the tissues of various plants.[75,110,123,205–209] In *Aconitum*

(200) J. H. Pazur, M. Shadaksharaswamy, and G. E. Meidell, *Arch. Biochem. Biophys.*, 99 (1962) 78–85.
(201) M. Abrahamsen and T. W. Sudia, *Am. J. Bot.*, 53 (1966) 108–114.
(202) R. L. Whistler and D. F. Durso, *J. Am. Chem. Soc.*, 73 (1951) 4189–4190.
(203) J. Lal and P. C. Gupta, *Planta Med.*, 30 (1976) 378–383.
(204) G. R. Wykes, *New Phytol.*, 51 (1952) 210–215.
(205) R. B. Koch, W. F. Geddes, and F. Smith, *Cereal Chem.*, 28 (1951) 424–430.
(206) B. V. McCleary and N. K. Matheson, *Phytochemistry*, 13 (1974) 1747–1757.
(207) J. M. Whetter and C. D. Taper, *Can. J. Bot.*, 44 (1966) 51–55.
(208) H. Fonseca and J. D. P. Arzolla, *An. Esc. Super. Agric. Luiz de Queiroz Univ. Sao Paulo*, 27 (1970) 199–203; *Chem. Abstr.*, 77 (1972) 7,386l.
(209) S. Klenovska, L. Pastyrik, and I. Peterokova, *Acta. Fac. Rerum Nat. Univ. Comenianae Physiol. Plant.*, 9 (1974) 55–71; *Chem. Abstr.*, 82 (1975) 135,896k.

napellus, melibiose seems to have some physiological importance. It is found in significant proportions in this plant, especially in those grown at higher altitudes, and it is the major oligosaccharide that is translocated.[210]

Planteobiose [*O*-α-D-galactopyranosyl-(1→6)-D-fructofuranose] forms a part of the structure of planteose (see Section II,2,c), and may be obtained by partial hydrolysis thereof. It has also been isolated from the seeds of *Nicotiana tabacum*[68] and various species of *Plantago*.[63]

Some minor disaccharides containing α-D-galactosyl groups have also been detected in plant tissues; for example, *O*-α-D-galactopyranosyl-(1→3)-L-arabinopyranose,[113] α-D-galactopyranosyl D-galactopyranoside,[211] and *O*-α-D-galactopyranosyl-(1→4)-D-galactopyranose.[113]

b. Trisaccharides.—The action of β-D-fructofuranosidase on stachyose (see Section II,3,d) is known to liberate the trisaccharide manninotriose [*O*-α-D-galactopyranosyl-(1→6)-*O*-α-D-galactopyranosyl-(1→6)-D-glucopyranose]. This compound has also been detected as the free oligosaccharide in various plant species, such as *Betula papyrifera*,[212] *Corylus avellana*, *C. colurna*,[8] *Fraxinus ornus*, *F. rotundifolia*,[115] sugar molasses,[213] and *Theobroma cacao*.[214] The structure of manninotriose was elucidated by Hérissey and coworkers[182] in 1951, and was described in detail by French.[115]

c. Tetrasaccharides.—The cleavage of the terminal D-fructosyl group of verbascose (see Section II,4,d) by β-D-fructofuranosidase yields the oligosaccharide verbascotetraose [*O*-α-D-galactopyranosyl-(1→6)-*O*-α-D-galactopyranosyl-(1→6)-*O*-α-D-galactopyranosyl-(1→6)-D-glucopyranose]. This oligosaccharide has been isolated in the free form from *Betula papyrifera*,[212] *Salvia pratensis*,[215] *Theobroma cacao*,[75] and *Vicia sativa*.[215] Its structural elucidation has been summarized by French.[115]

A tetrasaccharide containing L-arabinose and D-galactose has been isolated from the fruits of *Hedera pastuchovi*.[216] The results of meth-

---

(210) S. Lascombes and J. Carles, *C.R. Acad. Sci.*, 242 (1956) 664–666.
(211) V. G. Bukharov, L. N. Surkova, and O. V. Ivanova, *Khim. Prir. Soedin.*, 5 (1974) 649–650; *Chem. Abstr.*, 82 (1975) 121,647t.
(212) S. Haq and G. A. Adams, *Can. J. Biochem. Physiol.*, 40 (1962) 989–997.
(213) H. G. Walker, Jr., *Int. Sugar J.*, 67 (1965) 237–239.
(214) J. Cerbulis, *Arch. Biochem. Biophys.*, 49 (1954) 442–450.
(215) J. E. Courtois, A. Archambault, and P. Le Dizet, *Bull. Soc. Chim. Biol.*, 38 (1956) 359–363.

ylation, periodate oxidation, and hydrolysis suggest that this oligosaccharide has the linear structure O-α-D-galactopyranosyl-(1→3)-O-α-D-galactopyranosyl-(1→3)-α-D-galactopyranosyl β-L-arabinopyranoside.

Morgenlie[95] isolated a tetrasaccharide from *Festuca rubra*, and elucidated its structure as being O-α-D-galactopyranosyl-(1→4)-O-α-D-galactopyranosyl-(1→3)-α-D-glucopyranosyl β-D-fructofuranoside. Raffinose and stachyose co-exist with this tetrasaccharide.

Two new tetrasaccharides were isolated from *Gossypium* species.[217] The structure of one was established as that of a branched oligosaccharide that has the fundamental structure of raffinose (4: see Section II,2,f) and to the D-glucopyranosyl residue of which is attached a D-galactopyranosyl group through an α-D-(1→4)-linkage. The structure of the second tetrasaccharide is in doubt; it is either O-α-D-galactopyranosyl-(1→6)-O-α-D-glucopyranosyl-(1→2)-α-D-glucopyranosyl β-D-fructofuranoside, or O-α-D-galactopyranosyl-(1→2)-O-α-D-glucopyranosyl-(1→6)-α-D-glucopyranosyl β-D-fructofuranoside.

An O-D-fructofuranosylraffinose was extracted from *Triticum* species,[218–220] and its structure was determined[221] as being O-α-D-galactopyranosyl-(1→6)-α-D-glucopyranosyl O-β-D-fructofuranosyl-(2→1)-β-D-fructofuranoside (see also, Refs. 222 and 223).

d. **Pentasaccharides.**—A nonreducing pentasaccharide isolated from *Saponaria officinalis*[224] has the structure O-β-D-galactopyranosyl-(1→3)-O-α-D-galactopyranosyl-(1→3)-O-α-D-galactopyranosyl-(1→3)-α-D-galactopyranosyl α-D-glucopyranoside. Another nonreducing pentasaccharide was detected in *Gypsophila patrini*,[211] and its structure was shown to be that of O-α-D-glucopyranosyl-(1→6)-O-α-D-galactopyranosyl-(1→6)-O-α-D-galactopyranosyl-(1→6)-α-D-galactopyranosyl α-D-glucopyranoside. These oligosaccharides may serve as substrates for endo-acting α-D-galactosidases.

---

(216) G. B. Iskenderov, *Khim. Prir. Soedin.*, 7 (1971) 514–515; *Chem. Abstr.*, 76 (1972) 43,971d.
(217) Y. Veno, K. Ishiguro, M. Yamada, M. Abe, and K. Kato, *Int. Symp. Carbohydr. Chem., 9th, London*, (1978) 53–54.
(218) R. M. Saunders and H. G. Walker, Jr., *Cereal Chem.*, 47 (1969) 85–92.
(219) L. M. White and G. E. Secor, *Arch. Biochem. Biophys.*, 44 (1953) 244–245.
(220) R. M. Saunders, A. A. Betschart, and K. Lorenz, *Cereal Chem.*, 52 (1975) 472–478.
(221) R. M. Saunders, *Phytochemistry*, 10 (1971) 491–493.
(222) J. H. Pazur, *J. Biol. Chem.*, 199 (1952) 217–225.
(223) J. Edelman and T. G. Jefford, *Biochem. J.*, 93 (1964) 148–161.
(224) V. G. Bukharov and S. P. Shcherbak, *Khim. Prir. Soedin.*, 5 (1969) 469–473; *Chem. Abstr.*, 73 (1970) 15,137f.

III. α-D-GALACTOSIDES OF POLYOLS

1. General Considerations

Two classes of polyol are generally found in plants: acyclic and cyclic. The acyclic polyols occur both in the free and in combined forms; the widespread ones are D-glucitol ("sorbitol"), D-mannitol, and glycerol. D-Glucitol[225] was found to be an important transport material in the phloem of apple trees,[226] and it plays a physiological role in the leaves.[227] This alditol is also present in various species of the family Rosaceae.[228] On the other hand, D-mannitol forms a constituent part of plant exudates[225,229] and of several fresh-water and marine algae.[230-232] It is also present in the free form, in appreciable proportions, in several plants, especially in the winter season; it is known to provide winter-hardiness.[233] Glycerol is the most widespread alditol that occurs in its combined form, as, for example, in lipids, glycosyl derivatives, and intermediary metabolites in the metabolic cycles of carbohydrates and lipids.

Amongst the cyclic polyols, inositols are most widely distributed in the plant kingdom.[234] Out of nine stereoisomers, *myo*-inositol has the most widespread metabolic significance.[235] The derivatives of *myo*-inositol are also widespread. In plants, *myo*-inositol plays an important role in the biosynthesis of hemicelluloses and oligosaccharides; it also occurs as a storage product (phytic acid), a coenzyme for sugar-transport, a precursor of phosphoinositides, and esters of indoleacetic acid.[47,113,236]

2. α-D-Galactosides of Glycerol

a. **Isofloridoside.**—This compound (1-*O*-α-D-galactopyranosyl-L-glycerol)[236a] was isolated by Lindberg[237,238] in 1955 from *Porphyra umbilicalis*, a member of the Rhodophyceae. It was chemically syn-

---

(225) R. L. Lohmar, Jr., in W. Pigman (Ed.), *The Carbohydrates*, Academic Press, New York, 1957, pp. 241–298.
(226) K. L. Webb and J. W. A. Burley, *Science*, 137 (1962) 776.
(227) P. Hansen, *Physiol. Plant.*, 20 (1967) 382–391.
(228) C. Vincent and H. Delachanal, *C.R. Acad. Sci.*, 109 (1889) 676–679.
(229) E. Jandrier, *C.R. Acad. Sci.*, 117 (1893) 498.
(230) R. G. S. Bidwell, *Can. J. Bot.*, 36 (1958) 337–349.
(231) G. B. Feige, *Z. Pflanzenphysiol.*, 69 (1973) 290–292.
(232) G. B. Feige, *Z. Pflanzenphysiol.*, 72 (1974) 272–275.
(233) S. Seybold, *Flora (Jena), Abt. A*, 160 (1969) 561–575.
(234) L. Anderson and K. Wolter, *Annu. Rev. Plant Physiol.*, 17 (1966) 209–222.
(235) O. Hoffmann-Ostenhof, *Ann. N. Y. Acad. Sci.*, 165 (1969) 815–819.

thesized by Wickberg,[239] and thus structure **13** was established for it. Isofloridoside is now known to be widely distributed amongst the spe-

Isofloridoside

13

cies of Rhodophyceae.[240–246] The failure to detect this compound previously may have been due to (*a*) its presence in low concentration, (*b*) difficulty in crystallizing it, (*c*) difficulty in separating it from a structurally related compound, floridoside, and (*d*) a low percentage of radioactive incorporation into it during photosynthesis in the presence of $^{14}CO_2$.

The physiological functions of isofloridoside in algae have been shown to be (*a*) a carbohydrate reserve, and (*b*) a factor involved in controlling the osmotic balance in, for example, *Ochromonas malhamensis*.[242,244,247–249] *Ochromonas* is a green-brown alga that lacks a cell

---

(236) S. J. Angyal and L. Anderson, *Adv. Carbohydr. Chem.*, 14 (1959) 135–212.
(236a) The biochemical nomenclature, in which all asymmetrically substituted glycerol residues are regarded as being those of L-glycerol, and called *sn*-glycerol residues, was found unsuitable for use in this article.
(237) B. Lindberg, *Acta Chem. Scand.*, 9 (1955) 1093–1096.
(238) B. Lindberg, *Acta Chem. Scand.*, 9 (1955) 1097–1099.
(239) B. Wickberg, *Acta Chem. Scand.*, 12 (1958) 1187–1201.
(240) S. Peat and D. A. Rees, *Biochem. J.*, 79 (1961) 7–12.
(241) C. Su and W. Z. Hassid, *Biochemistry*, 1 (1962) 468–474.
(242) H. Kauss, *Z. Pflanzenphysiol.*, 58 (1968) 428–433.
(243) J. S. Craigie, J. Mclachlan, and R. D. Tocher, *Can. J. Bot.*, 46 (1968) 605–611.
(244) H. Kauss, *Ber. Dtsch. Bot. Ges.*, 82 (1969) 115–125.
(245) H. Nagashima, S. Nakamura, and K. Nisizawa, *Shokubutsugaku Zasshi*, 82 (1969) 379–386; *Chem. Abstr.*, 72 (1970) 97,498r.
(246) G. Impellizzeri, S. Mangiafico, G. Oriente, M. Piatelli, S. Scinto, E. Fattorusso, S. Manguo, C. Santacroce, and D. Sica, *Phytochemistry*, 14 (1975) 1549–1557.
(247) H. Kauss, *Z. Pflanzenphysiol.*, 56 (1967) 453–465.
(248) H. Kauss, *Nature*, 214 (1967) 1129–1130.
(249) H. Kauss, in U. Zimmerman and J. Dainty (Eds.), *Membrane Transport in Plants*, Springer, Berlin, 1974, pp. 90–94.

wall, and possesses only a cell membrane. The regulation of the osmotic pressure inside the cell is, therefore, of the utmost importance to the survival of the organism. At a low ionic-concentration outside the cell, one of the main products of photosynthesis in the cell is a (1→3)-β-D-glucan, whereas, at higher ionic-concentrations, large proportions of isofloridoside are formed.[247] The latter is transformed into the (1→3)-β-D-glucan if the ionic concentration is lowered again. Kauss and coworkers[249–253] thoroughly investigated this phenomenon, and suggested that it has ecological significance, as the isofloridoside level is dependent on the osmotic value of the medium in which the cells are grown.

b. Floridoside.—The presence of floridoside in marine algae was first demonstrated by Kylin[254] in 1918. In 1930, Colin and Guéguen[255] isolated this compound from the red alga *Rhodymenia palmata* and crystallized it; its structure was also determined to be 2-O-α-D-galactopyranosylglycerol (**14**). Putman and Hassid[256] later confirmed this structure by methylation and hydrolysis studies and the structure was

Floridoside

14

further confirmed by mass spectrometry.[257] Floridoside has since been detected in a number of red algae (Rhodophyceae).[237,238,241,243,246,258–270] In several species, floridoside and isofloridoside co-exist.

(250) B. Schobert, E. Untner, and H. Kauss, Z. *Pflanzenphysiol.*, 67 (1972) 385–398.
(251) H. Kauss, *Plant Physiol.*, 52 (1973) 613–615.
(252) H. Kauss, U. Luettge, and R. M. Kirchbaum, Z. *Pflanzenphysiol.*, 76 (1975) 109–113.
(253) H. Kauss, in D. H. Northcote (Ed.), *Plant Biochemistry II*, Vol. 13, University Park Press, Baltimore, 1977, pp. 119–140.
(254) H. Kylin, *Hoppe-Seyler's Z. Physiol. Chem.*, 101 (1918) 236–247.
(255) H. Colin and E. Guéguen, *C.R. Acad. Sci.*, 191 (1930) 163–164.
(256) E. W. Putman and W. Z. Hassid, *J. Am. Chem. Soc.*, 76 (1954) 2221–2223.
(257) R. T. Aplin, L. J. Durham, Y. Kanazawa, and S. Safe, *J. Chem. Soc.*, (1967) 1346–1347.
(258) H. Kylin, *Lunds Univ. Arsskr, Avd. 2*, 13 (1943) 51–63; *Chem. Abstr.*, 42 (1948) 4247e.

D-Fructose, D-glucose, and sucrose, commonly found in higher plants, are scarce in red algae; most probably, floridoside assumes their physiological role.[230,240,243,245,271] The physiological importance of floridoside in *Lemanea fluviatilis*, in relation to the environment in which it grows, lies in the low rate of its synthesis at 20° or at 30°, the highest rate being at 25°. This reflects the temperature range at which the metabolism in the alga may function normally in a natural environment.[232]

In higher plants, the morphological characteristics are generally the important guidelines for classification; however, in algae, two salient, biochemical features are considered important: (*a*) characteristic pigmentation, and (*b*) characteristic reserve-materials in the cells. Augier[260] suggested that floridoside and 2-*O*-α-D-mannopyranosyl-D-glyceric acid, which are constituents of a number of red algae (see also, Ref. 246), may be of chemotaxonomic importance. He further found that, out of the 14 species that were analyzed, those belonging to *Alsidium*, *Chondria*, and *Laurencia* contain floridoside. Majak and co-workers[272] carried out photosynthesis in the presence of $^{14}CO_2$, using 12 species from six orders of Rhodophyceae (Bangiales, Bonnemaisoniales, Ceramiales, Crytonemiales, Gigartinales, and Nemalionales), and found that [^{14}C]floridoside is not formed in the members of Nemalionales, and is formed in all others, but only at low concentration in those of Ceramiales. In similar experiments using 63 species from 43 genera of Rhodophyceae, Kremer and Vogl[273] found intense labelling of floridoside in all species except those of Ceramiales (see

---

(259) J. Augier, *C.R. Acad. Sci.*, 222 (1946) 929–931.
(260) J. Augier, *C.R. Acad. Sci.*, 224 (1947) 1654–1656.
(261) J. Augier, *Rev. Gen. Bot.*, 60 (1953) 257–283.
(262) J. Augier, *C.R. Acad. Sci.*, 238 (1954) 387–389.
(263) J. Augier, *C.R. Acad. Sci.*, 239 (1954) 87–89.
(264) B. Lindberg, *Acta Chem. Scand.*, 9 (1955) 1323–1326.
(265) J. R. Nunn and M. M. von Holdt, *J. Am. Chem. Soc.*, 77 (1955) 2551–2552.
(266) J. Gentcheff, *Bull. Soc. Bot. Fr.*, 103 (1956) 6–7.
(267) K. J. Su, *J. Chin. Chem. Soc. (Taipei)*, 3 (1956) 65–71; *Chem. Abstr.*, 53 (1959) 512*f*.
(268) J. R. Turvey, *Colloq. Int. C.N.R.S.*, 103 (1960) 29–37; *Chem. Abstr.*, 57 (1962) 7620*e*.
(269) See Ref. 245.
(270) M. Freire and I. Ribas, *An. Quim.*, 71 (1975) 418–422.
(271) R. C. Bean and W. Z. Hassid, *J. Biol. Chem.*, 212 (1955) 411–425.
(272) W. Majak, J. S. Craigie, and J. Mclachlan, *Can. J. Bot.*, 44 (1966) 541–549.
(273) B. P. Kremer and R. Vogl, *Phytochemistry*, 14 (1975) 1309–1314.

also, Refs. 230 and 274). These observations show that floridoside is a common, but not a ubiquitous, product of photosynthesis in red algae, thus emphasizing its importance in classifying the members of the Rhodophyceae.

3. α-D-Galactosides of *myo*-Inositol

a. **Galactinol.**—In 1953, Brown and Serro[275] isolated galactinol [O-α-D-galactopyranosyl-(1→1)-*myo*-inositol] from the juice of sugar beets. It was further detected in the molasses by various workers.[276-283] The presence of galactinol was also shown in the cambial sap of trees,[284,285] the leaves of various plant-species,[107,286-289] potato tubers,[290] and seeds of various plants.[35,179,291-294] Galactinol commonly occurs along with the raffinose family of oligosaccharides (see Table IV). Its concentration in some plants is as high as, or even higher than, that of raffinose.

TABLE IV

Distribution[a] of Galactinol and the Raffinose Family of Oligosaccharides in the Leaves of Various Plants[107]

Plant	Galactinol	Sucrose	Raffinose	Stachyose
Andromeda japonica	0.34	2.26	0.55	1.16
Buddleia davidii	0.18	3.68	0.22	0.16
Catalpa bignonioides	1.24	2.58	0.29	0.55
Lamium maculatum	0.48	1.15	0.66	0.68
Lycopus europaeus	2.81	3.43	2.49	2.12
Marrubium vulgare	0.56	2.0	0.65	1.34
Oenothera pumila	0.88	4.75	0.42	0.87
Origanum vulgare	0.97	8.28	0.78	1.40
Prunella grandiflora	0.72	2.47	0.52	1.88

[a] The quantities are expressed in mg/g (fresh weight) of tissue.

(274) G. B. Feige, Z. *Pflanzenphysiol.*, 63 (1970) 288–291.
(275) R. J. Brown and F. R. Serro, *J. Am. Chem. Soc.*, 75 (1953) 1040–1042.
(276) F. R. Serro and R. J. Brown, *Anal. Chem.*, 26 (1954) 890–892.
(277) J. Cerbulis, *Anal. Chem.*, 27 (1955) 1400–1401.
(278) J. B. Stark, A. E. Goodban, and R. M. McCready, *J. Am. Soc. Sugar Beet Technol.*, 10 (1959) 651–656; *Chem. Abstr.*, 54 (1960) 16,884i.
(279) A. Carruthers, J. V. Dutton, J. F. T. Oldfield, C. W. Elliott, R. K. Heaney, and H. J. Teague, *Int. Sugar J.*, 65 (1963) 234–237.
(280) A. Carruthers, J. V. Dutton, J. F. T. Oldfield, C. W. Elliott, R. K. Heaney, and H. J. Teague, *Int. Sugar J.*, 65 (1963) 266–270.
(281) H. G. Walker, Jr., B. A. Ricci, and J. C. Goodwin, *J. Am. Soc. Sugar Beet Technol.*, 13 (1965) 503–508.
(282) J. V. Dutton, *Int. Sugar J.*, 68 (1966) 261–264.

H. O. L. Fischer and coworkers[295] elucidated the structure of galactinol (**15**) by chemical analysis. Senser and Kandler[107] isolated it from

Galactinol
15

the leaves of *Lamium maculatum*, purified it by use of a charcoal–Celite column, and confirmed the structure of the crystalline product by i.r. spectroscopy.

The main, physiological role of galactinol has been demonstrated as that of a D-galactosyl donor in the biosynthesis of the raffinose family of oligosaccharides[35,293,296–298] (see Section VII,5). The high concentra-

---

(283) H. Schiweck and L. Buesching, *Zucker*, 22 (1969) 377–384.
(284) T. L. Hullar and F. Smith, *Arch. Biochem. Biophys.*, 115 (1966) 505–509.
(285) F. Oesch, *Planta*, 86 (1969) 360–380.
(286) M. Senser and O. Kandler, *Z. Pflanzenphysiol.*, 57 (1967) 376–388.
(287) V. Imhoff, *C.R. Acad. Sci.*, 270 (1970) 2441–2443.
(288) R. J. Beveridge, R. F. H. Dekker, G. N. Richards, and M. Towsey, *Aust. J. Chem.*, 25 (1972) 677–678.
(289) V. Imhoff, *Hoppe-Seyler's Z. Physiol. Chem.*, 354 (1973) 1550–1554.
(290) R. Pressey and R. Shaw, *Eur. Potato J.*, 12 (1969) 64–66.
(291) F. Petek, E. Villarroya, and J. E. Courtois, *C.R. Acad. Sci.*, 263 (1966) 195–197.
(292) A. Sioufi, F. Percheron, and J. E. Courtois, *Phytochemistry*, 9 (1970) 991–999.
(293) L. Lehle, W. Tanner, and O. Kandler, *Hoppe-Seyler's Z. Physiol. Chem.*, 351 (1970) 1494–1498.
(294) O. Theander and P. Aman, *Swed. J. Agric. Res.*, 6 (1976) 81–85.
(295) E. A. Kabat, D. L. MacDonald, C. E. Ballou, and H. O. L. Fischer, *J. Am. Chem. Soc.*, 75 (1953) 4507–4509.
(296) W. Tanner and O. Kandler, *Eur. J. Biochem.*, 4 (1968) 233–239.
(297) W. Tanner, *Allg. Prakt. Chem.*, 20 (1969) 152.
(298) L. Lehle and W. Tanner, *Eur. J. Biochem.*, 38 (1973) 103–110.

tion of galactinol in the leaves (see Table IV) tends to suggest that it may be a reserve substance. However, its concentration in the storage organs, such as roots, rhizomes, and seeds, is lower than those of the raffinose family of oligosaccharides.[179,286,292,294] The kinetics of radioactive incorporation into galactinol, raffinose, stachyose, and sucrose in photosynthesizing leaves of *Catalpa bignonioides* in the presence of $^{14}CO_2$ were studied by Kandler and coworkers.[299] The labelling of galactinol was faster than the slow incorporation, a typical feature of reserve substances, into the oligosaccharides. It was observed that, whereas the curve for the rate of incorporation reaches its maximum in ~30 min, that for the oligosaccharides progressively increases up to the first hour. This observation demonstrates that the probable function of galactinol is as an intermediary metabolite. The role of galactinol was further clarified by experiments in which the photosynthesis was first carried out in $^{14}CO_2$, and then in the presence of non-isotopic CO_2. The radioactivity in galactinol fell rapidly, indicating (*a*) a rapid turnover of the pool, and (*b*) that the newly formed, unlabelled galactinol and the previously formed [^{14}C]galactinol are used up for the synthesis of other compounds, thus causing dilution of the radioactive pool. On the other hand, the radioactivity in the raffinose and stachyose increased steadily, presumably at the expense of the large amounts of radioactive precursors already synthesized.

b. Higher Homologs of Galactinol.—In addition to galactinol, di-*O*-α-D-galactosyl-*myo*-inositol [*O*-α-D-galactopyranosyl-(1→6)-*O*-α-D-galactopyranosyl-(1→1)-*myo*-inositol] has been detected in the seeds of *Brassica campestris* and *B. napus*,[279,294,300] *Trigonella foenum-graecum*,[292] and *Vicia sativa*.[291] Courtois and Percheron[50] reported the existence of higher-homologous members, tri- and tetra-*O*-α-D-galactosyl-*myo*-inositol, in plants, and suggested that these derivatives may play an important, metabolic role in plants.

4. Related α-D-Galactosides

a. Clusianose.—This nonreducing compound (possibly 1-*O*-α-D-galactopyranosylhamamelitol) was first detected in the leaves of *Primula clusiana* by Beck[301] in 1969. In a further report,[302] its presence was shown in all of the species examined of the sub-sections *Cyanopsis*,

(299) O. Kandler, in A. S. Pietro, F. A. Greer, and T. J. Army (Eds.), *Harvesting The Sun: Photosynthesis in Plant Life*, Academic Press, New York, 1967, pp. 131–152.
(300) I. R. Siddiqui, P. J. Wood, and G. Khanzada, *Carbohydr. Res.*, 29 (1973) 255–258.
(301) E. Beck, *Z. Pflanzenphysiol.*, 61 (1969) 360–366.
(302) J. Sellmair, E. Beck, and O. Kandler, *Z. Pflanzenphysiol.*, 61 (1969) 338–342.

Arthritica, and *Rhopsidium;* these belong to the section, Auriculastrum. Clusianose is, however, not present in other sections of the genus *Primula.*

Beck[301] isolated clusianose, and purified it by using charcoal–Celite column chromatography and paper chromatography. He showed that, on hydrolysis with α-D-galactosidase, it yields D-galactose and hamamelitol, thus indicating that its structure may be **16**.

$$\begin{array}{c}\text{CH}_2\text{OH} \\ \text{HO}\diagup\!\!\!\diagdown\text{O} \\ \text{OH} \\ \text{OH} \quad \text{OH} \\ \text{OH}_2\text{C}-\underset{|}{\text{C}}-\text{CH}_2\text{OH} \\ \text{HCOH} \\ \text{HCOH} \\ \text{CH}_2\text{OH}\end{array}$$

Possible structure of clusianose

16

In the leaves of *P. clusiana,* clusianose was shown to accumulate in amounts comparable to that of sucrose. During photosynthesis in the presence of $^{14}CO_2$, this compound was formed at a much lower rate than sucrose. However, during the period of darkness following photosynthesis, its level remained unchanged while that of sucrose decreased. This indicates that clusianose does not function as a carbohydrate reserve.

Through this experiment, it was also shown[302] that the hamamelitol residue of clusianose is labelled more slowly than the D-galactosyl group, suggesting that biosynthesis of clusianose proceeds by way of free hamamelitol, whereas the D-galactosyl donor originates directly from the pool of photosynthetic intermediates. Sellmair and Kandler[303] demonstrated that the highest rate of formation of hamamelitol takes place in the young leaves of *P. clusiana.* Metabolically, hamamelitol is extremely stable, and is not translocated in the plant. In feeding experiments using intact plants and detached leaves, no radioactive intermediates were observed when labelled hamamelitol was fed.[303] Therefore, the authors suggested that one function of clusianose may be to provide frost-resistance to the plant.

The aldose hamamelose corresponding to hamamelitol has been

(303) J. Sellmair and O. Kandler, Z. *Pflanzenphysiol.,* 63 (1970) 65–83.

known since 1912, when it was isolated from the bark of *Hamamelis virginica*, in which it occurs in combination with tannins.[113] It was found to be widely distributed amongst the higher plants, especially in the species of Primulaceae.[303,304] The leaves of *Primula* species are capable of reducing hamamelose to the alditol, finally storing it in the form of clusianose.

b. Ethyl α-D-Galactoside.—This compound was isolated from the seeds of *Clitoria ternatea*,[305] *Glycine max*,[306] and *Trigonella corniculata*.[307] It has a bitter taste,[306,308] and, therefore, its presence in soybean (*G. max*) is of some importance, because flavor is a factor that limits the use of soy-protein products in various foods. This compound may be removed by extraction[306] with 81:19 (v/v) hexane–ethanol. Honing and coworkers[306] suspected that ethyl α-D-galactoside in soybean extract might have appeared as an artifact during the ethanol extraction, due to a transglycosylation reaction catalyzed by α-D-galactosidase,[12] an enzyme present in the seeds. However, this seems unlikely, as the enzyme is susceptible to denaturation by organic solvents.

c. Helminthosporoside.—This compound is a phytotoxin produced by *Helminthosporium sacchari*, a fungus that causes eyespot disease in sugar cane.[309] Although the toxin originates from the fungus, it is discussed in this Chapter because of its importance in relation to sugar-cane disease.

Steiner and Strobel[310] isolated this toxin from *H. sacchari*, and determined its structure [2-hydroxycyclopropyl α-D-galactopyranoside (**17**)] by physical, chemical, and enzymic techniques.

Helminthosporoside

17

(304) H. van Scherpenberg, W. Grobuer, and O. Kandler, *Beitr. Biochem. Physiol. Naturst. Festschr.*, (1965) 387–406; *Chem. Abstr.*, 64 (1966) 20,207e.
(305) D. K. Kulshrestha and M. P. Khare, *Chem. Br.*, 101 (1968) 2096–2105.
(306) D. H. Honing, J. J. Rackis, and D. J. Sessa, *J. Agric. Food. Chem.*, 19 (1971) 543–546.
(307) I. P. Varshney, A. R. Sood, H. C. Srivastava, and S. N. Harshe, *Planta Med.*, 26 (1974) 26–32.
(308) E. Fischer, *Ber.*, 47 (1914) 456–459.
(309) G. W. Steiner and R. S. Byther, *Phytopathology*, 61 (1971) 691–696.
(310) G. W. Steiner and G. A. Strobel, *J. Biol. Chem.*, 246 (1971) 4350–4357.

The fungus causes eye-shaped lesions on sugar-cane leaves, and this symptom is followed by the appearance of reddish-brown streaks that extend to the tip of the leaf. Resistant clones do not, however, develop this symptom. Experiments *in vivo*, using [^{14}C]helminthosporoside, demonstrated no breakdown of the toxin in both resistant and susceptible clones, suggesting that the resistance of a clone is not a result of biodegradation of the toxin. On application of the toxin to the susceptible clone, only slight alteration in the ultrastructure of the chloroplast membrane was detectable, while water droplets were observed on both sides of the leaf.[311] Experiments *in vitro* with the membrane preparations showed that only the preparation from the susceptible clone was capable of binding the toxin.[312] Furthermore, the binding was found to be with a specific, membrane protein (M.W. 48,000) that consists of four identical sub-units (see also, Ref. 313). This protein was also able to bind such α-D-galactosides as melibiose and raffinose.[314] A similar protein was isolated from the membrane preparation of the resistant clone; this was unable to bind the toxin, and was indistinguishable from that of the susceptible clone with respect to molecular weight and immunological properties.[315] The slight differences were in the electrophoretic mobility and in the relative proportions of four amino acids of the protein. However, when the non-binding protein was treated with a mild detergent, it was able to bind the toxin. Therefore, the quaternary structure of the protein was shown to be important for binding.

Treatment of the cell with the toxin was shown to cause depolarization of the plasma membrane, and swelling and rupture of the protoplast.[316] It was suggested that the toxin interferes with the membrane function through the associated protein; the K^+Mg^{2+}ATPase[314] and the D-glucosyltransferase activities of the membrane were also activated.[317] The binding protein does not display ATPase activity, nor could the ATPase bind the toxin; however, Strobel[317] demonstrated that conformational change occurs in the binding protein when the toxin binds to it; this, he suggested, may alter the membrane charac-

(311) G. A. Strobel, W. M. Hess, and G. W. Steiner, *Phytopathology*, 62 (1972) 339–345.
(312) G. A. Strobel, *J. Biol. Chem.*, 248 (1973) 1321–1328.
(313) G. A. Strobel and M. W. Hess, *Proc. Natl. Acad. Sci. U. S. A.*, 71 (1974) 1413–1417.
(314) G. A. Strobel, *Proc. Natl. Acad. Sci. U. S. A.*, 71 (1974) 4232–4236.
(315) G. A. Strobel, *Proc. Natl. Acad. Sci. U. S. A.*, 70 (1973) 1693–1696.
(316) J. W. van Sambeck, A. Novacky, and A. L. Karr, *Plant Physiol.*, Suppl., 56 (1975) 53.
(317) G. A. Strobel, in J. Friend and D. R. Threlfall (Eds.), *Biochemical Aspects of Plant–Parasite Relationships*, Academic Press, New York, 1976, pp. 135–159.

teristics, and activate the enzymes. Strobel and Hapner[318] concluded that the binding protein is the primary site of action of the toxin.

IV. α-D-GALACTOLIPIDS

Several reviews have been written that deal with different aspects of the biochemistry of galactolipids[319–323]; hence, only an overall account of the subject will be given here, with inclusion of subsequent advances made in this subject.

1. O-α-D-Galactosylglycerides

O-α-D-Galactosylglycerides are widely found throughout the plant kingdom,[324–326] especially amongst the photosynthetic tissues.[327–329] These have high rates of turnover in algae[330] and in the leaves of higher plants.[331] The O-α-D-galactosylglycerides also occur in small amounts in such other parts of plants[332–337] as bulbs, flowers, fruits, and roots; the main proportion occurs in the leaves[328,338] (see Table V). At

(318) G. A. Strobel and K. Hapner, *Biochem. Biophys. Res. Commun.*, 63 (1975) 1151–1156.
(319) P. S. Sastry, *Adv. Lipid Res.*, 12 (1974) 251–310.
(320) J. B. Mudd and R. E. Garcia, in T. Galliard and E. I. Mercer (Eds.), *Recent Advances in the Chemistry and Biochemistry of Plant Lipids*, Academic Press, New York, 1975 pp. 161–201.
(321) H. C. van Hummel, *Fortschr. Chem. Org. Naturst.*, 32 (1975) 267–295; *Chem. Abstr.*, 84 (1976) 40,695w.
(322) J. L. Harwood and P. K. Stumpf, *Trends Biochem. Sci.*, 1 (1976) 253–256.
(323) E. Heinz, in M. Tevini and H. K. Lichtenthaler (Eds.), *Lipids and Lipid Polymers in Higher Plants*, Springer-Verlag, Berlin, 1977, pp. 102–120.
(324) J. H. Law, *Annu. Rev. Biochem.*, 29 (1960) 131–150.
(325) L. P. Zill and G. M. Cheniae, *Annu. Rev. Plant Physiol.*, 13 (1962) 225–264.
(326) P. S. Sastry and M. Kates, *Biochemistry*, 3 (1964) 1271–1280.
(327) A. A. Benson, J. F. G. M. Wintermans, and R. Wiser, *Plant Physiol.*, 34 (1959) 315–317.
(328) J. F. G. M. Wintermans, *Biochim. Biophys. Acta*, 44 (1960) 49–54.
(329) L. P. Zill and E. A. Harmon, *Biochim. Biophys. Acta*, 57 (1962) 573–583.
(330) R. A. Ferrari and A. A. Benson, *Arch. Biochem. Biophys.*, 93 (1961) 185–192.
(331) M. Kates and F. M. Eberhardt, *Can. J. Bot.*, 35 (1957) 895–905.
(332) T. Galliard, *Phytochemistry*, 7 (1968) 1907–1914.
(333) T. Galliard, *Phytochemistry*, 7 (1968) 1915–1922.
(334) S. K. Kalra and J. L. Brooks, *Phytochemistry*, 12 (1973) 487–492.
(335) M. Lepage, *Lipids*, 2 (1967) 244–250.
(336) M. Lepage, *Lipids*, 3 (1968) 477–481.
(337) A. C. Thompson, R. D. Henson, J. P. Minyard, and P. A. Hedin, *Lipids*, 3 (1968) 373–374.
(338) C. F. Allen, P. Good, H. F. Davis, and S. D. Fowler, *Biochem. Biophys. Res. Commun.*, 15 (1964) 424–430.

TABLE V

O-α-D-Galactosylglyceride Composition[a] of Certain Parts of Some Plants

Plant	Mono-O-D-Galactosyldiglyceride (MGDG, 18)	Di-O-D-galactosyldiglyceride (DGDG, 19)	References
Apple, fruits	1.3	5.3	333
Maize, leaf chloroplasts	26.9	20.5	339
Potato, tubers	5.7	16.2	332
Spinach, leaf chloroplasts	38.0	25.0	340
Sugar beet, leaf chloroplasts	44.0	24.0	328
Tobacco, leaf chloroplasts	42.0	31.0	341

[a] Data give the percentage of total lipid.

the sub-cellular level, O-α-D-galactosylglycerides are mainly located in the chloroplast fraction of leaves.[340,342] It was found that, in the leaves of maize and sorghum, the bundle-sheath chloroplasts (agranal) have a higher level of the glycerides than the mesophyll chloroplasts (granal).[343,344] Within the chloroplast, the major proportion of O-α-D-galactosylglycerides is located in the lamellae and the osmophilic grana.[345,346] Their location was further demonstrated on the outer surface of thylakoid membrane.[347] Mackender and Leech[348] showed quantitative differences in the lipid compositions of the envelope membranes and the lamellae.

The presence of O-α-D-galactosylglycerides was also shown in the mitochondrial fraction of avocado fruits (*Persea americana*),[349] potato tubers (*Solanum tuberosum*),[349] and broad beans (*Vicia faba*).[350] However, McCarty and coworkers[351] could not detect them in the mitochondrial fractions of mung-bean hypocotyls (*Phaseolus aureus*) and potato tubers. The possibility of *in vivo* degradation of the glycerides during the fractionation process cannot be excluded, as these have high rates of turnover,[330,334] and the degradative enzymes are also present in plant tissues.[333,352–357]

---

(339) F. Koenig, *Z. Naturforsch.*, 26 (1971) 1180–1187.
(340) C. F. Allen, P. Good, H. F. Davis, P. Chisum, and S. D. Fowler, *J. Am. Oil Chem. Soc.*, 43 (1966) 223–231.
(341) A. Ongun, W. W. Thomson, and J. B. Mudd, *J. Lipid Res.*, 9 (1968) 409–415.
(342) A. Ongun and J. B. Mudd, *J. Biol. Chem.*, 243 (1968) 1558–1566.
(343) D. G. Bishop, K. S. Anderson, and R. M. Smillie, *Biochim. Biophys. Acta*, 231 (1971) 412–414.
(344) C. Costes, R. Bazier, J. Brangeon, and R. Bourdu, *C.R. Acad. Sci.*, 272 (1971) 1597–1600.
(345) J. L. Bailey and A. G. Whyborn, *Biochim. Biophys. Acta*, 78 (1963) 163–174.
(346) I. Shibuya and B. Maruo, *Nature*, 207 (1965) 1096–1097.
(347) A. Radunz, *Z. Naturforsch.*, 31 (1976) 589–593.
(348) L. R. O. Mackender and R. M. Leech, *Proc. Int. Congr. Photosyn. Res. 2nd*, 2 (1972) 1431–1440.
(349) H. A. Schwertner and J. B. Biale, *J. Lipid Res.*, 14 (1973) 235–242.
(350) L. R. O. Mackender and R. M. Leech, *Plant Physiol.*, 53 (1974) 496–502.
(351) R. E. McCarty, R. Douce, and A. A. Benson, *Biochim. Biophys. Acta*, 316 (1973) 266–270.
(352) P. S. Sastry and M. Kates, *Biochemistry*, 3 (1964) 1280–1287.
(353) R. E. McCarty and A. T. Jagendorf, *Plant Physiol.*, 40 (1965) 725–735.
(354) P. J. Helmsing, *Biochim. Biophys. Acta*, 144 (1967) 470–472.
(355) P. S. Sastry and M. Kates, *Methods Enzymol.*, 14 (1969) 204–208.
(356) P. J. Helmsing, *Biochim. Biophys. Acta*, 178 (1969) 519–533.
(357) T. Galliard, *Phytochemistry*, 9 (1970) 1725–1734.

Carter and coworkers[358-360] isolated two main O-D-galactosylglycerides, mono-O-D-galactosyldiglycerides (MGDG, 18) and di-O-D-galactosyldiglycerides (DGDG, 19) (see also, Table V) from wheat flour, and determined their structures (see also, Refs. 320, 321, 326, and 361) as 2,3-di-O-acyl-1-O-β-D-galactopyranosyl-D-glycerol and 2,3-di-O-acyl-1-O-[O-α-D-galactopyranosyl-(1→6)-O-β-D-galactopyranosyl]-D-glycerol, respectively.

MGDG
18
COR¹ and COR² are fatty acid groups

DGDG
19

Higher homologs of DGDG, namely, 1-O-(tri- and tetra-O-D-galactosyl)diglycerides have also been detected in some plant tissues.[342,361-365] These are formed through subsequent attachment of D-galactosyl groups by α-D-(1→6)-linkages to the (terminal) D-galactosyl group of DGDG. Hitchcock and Nichols[366] reported a 6-O-acyl derivative of MGDG.

Research carried out with respect to the fatty acid composition of D-galactosylglycerides of chloroplasts[320-322] revealed that, in higher

(358) H. E. Carter, R. H. McCluer, and E. D. Slifer, *J. Am. Chem. Soc.*, 78 (1956) 3735–3738.
(359) H. E. Carter, R. A. Hendry, and N. Z. Stanacev, *J. Lipid Res.*, 2 (1961) 223–227.
(360) H. E. Carter, K. Ohno, S. Nojima, C. L. Tipton, and N. Z. Stanacev, *J. Lipid Res.*, 2 (1961) 215–222.
(361) A. A. Benson, R. Wiser, R. A. Ferrari, and J. A. Miller, *J. Am. Chem. Soc.*, 80 (1958) 4740.
(362) E. F. Neufeld and C. W. Hall, *Biochem. Biophys. Res. Commun.*, 14 (1964) 503–508.
(363) T. Galliard, *Biochem. J.*, 115 (1969) 335–339.
(364) S. B. Chang and N. D. Kulkarni, *Phytochemistry*, 9 (1970) 927–934.
(365) S. Ito and Y. Fujino, *Phytochemistry*, 14 (1975) 1445–1447.
(366) C. Hitchcock and B. W. Nichols, *Plant Lipid Biochemistry*, Academic Press, New York, 1971.

plants, the most abundant fatty acid is 9,12,15-octadecatrienoic acid ($C_{18:3}$, linolenic acid); hexadecanoic acid ($C_{16:0}$, palmitic acid) and 9,12-octadecadienoic acid ($C_{18:2}$, linoleic acid) are also present. Amongst several lower, photosynthesizing organisms, fatty acids having 4, 5, or 6 double bonds ($C_{18:4}$, $C_{20:5}$, and $C_{22:6}$) are also found.[367–369]

Larger proportions of unsaturated fatty acids seem to be present in MGDG as compared to DGDG.[320,321] Hexadecanoic acid is present in higher proportion in DGDG. Based upon further observations, the content of hexadecanoic acid in O-D-galactosylglycerides is in the order (tri- > (di- > (mono-O-D-galactosyl)glyceride, if they are from the same source.[232,233,347,370] When 9,12,15-hexadecatrienoic acid ($C_{16:3}$) is found in O-D-galactosylglycerides, it is mainly present as an MGDG.[338,371,372]

It may now be generalized that C_{16} polyenoyl groups predominate at O-2 of the glycerol residue of MGDG, thus suggesting selection according to the chain length.[373–375] Heinz[323] proposed that the distribution of hexadecanoic acid on the glycerol residue of DGDG (see also, Refs. 374 and 376) is based on the systemic position of the plant, in two ways: (a) the lower the position in the taxonomy, the higher is the proportion of $C_{16:0}$ fatty acid group at O-2, and (b) when a $C_{16:3}$ fatty acid group is preponderant, it is present at O-2 of DGDG.

Free 1-O-[O-α-D-galactopyranosyl-(1→6)-β-D-galactopyranosyl]-D-glycerol has been isolated from various red algae,[377,378] rubber latex,[284] turnips and rapeseed,[179,294] and wheat flour.[358] It is likely that this compound is a product of enzymic hydrolysis (by D-galactolipase)[352] of DGDG.

(367) S. Patton, G. Fuller, A. R. Loeblich, and A. A. Benson, *Biochim. Biophys. Acta*, 116 (1966) 577–579.
(368) M. Kates and B. E. Volcani, *Biochim. Biophys. Acta*, 116 (1966) 264–278.
(369) E. Klenk, W. Knipprath, D. Eberhagen, and H. P. Koof, *Hoppe-Seyler's Z. Physiol. Chem.*, 334 (1963) 44–59.
(370) J. Gellerman, L. Anderson, W. H. Richardson, and D. G. Schlenk, *Biochim. Biophys. Acta*, 388 (1975) 277–290.
(371) G. R. Jamieson and E. H. Reid, *Phytochemistry*, 10 (1971) 1837–1843.
(372) M. Siebertz and E. Heinz, *Hoppe-Seyler's Z. Physiol. Chem.*, 358 (1977) 27–34.
(373) G. Auling, E. Heinz, and A. P. Tulloch, *Hoppe-Seyler's Z. Physiol. Chem.*, 352 (1971) 905–912.
(374) J. Rullkötter, E. Heinz, and A. P. Tulloch, *Z. Pflanzenphysiol.*, 76 (1975) 163–175.
(375) R. Safford and B. W. Nichols, *Biochim. Biophys. Acta*, 210 (1970) 46–56.
(376) H. D. Zepke, E. Heinz, and R. Pesch, unpublished results, cited in Ref. 323.
(377) P. Haas and T. G. Hill, *Biochem. J.*, 27 (1933) 1801–1804.
(378) B. Wickberg, *Acta Chem. Scand.*, 12 (1958) 1183–1186.

O-D-Galactosylglycerides have an important function in the structure of thylakoids.[379,380] Models of thylakoid membrane[381,382] suggest a continuous layer of asymmetrical, globular-lipoprotein sub-units that have a protein core surrounded by hydrophobically bound glycerides. The polyunsaturated fatty acyl residues of the glycerides bind well to the phytyl group of chlorophyll, and stabilize the chlorophyll molecule in the orientation that is necessary for an efficient, photoreceptive surface.[383,384]

A high content of linolenate in the thylakoid membranes would, most probably, make them more "fluid" and also provide a medium of low dielectric constant. In this medium, the electron-transport chains that are inhibited by water can function well.[384-386] It was found that photoreduction of cytochrome C is increased by the addition of MGDG and DGDG.[387] A complex that contained 12% of manganese, DGDG, and a flavine was isolated from a variety of leaves[388]; this was found to have a high redox potential, and thus, it may participate as an oxidizer.

Nichols and coworkers[389] found that, in MGDG (which contains a high proportion of unsaturated fatty acids), the rate of turnover of fatty acids is higher than that of DGDG (which contains a high proportion of saturated fatty acids), and suggested that lipids having a rapid turnover of fatty acid may be important in determining whether the plant would synthesize saturated or unsaturated fatty acids[390] (see also, Refs. 391–394).

(379) A. Rosenberg and J. Gouaux, *J. Lipid Res.*, 8 (1967) 80–83.
(380) M. Tevini, *Z. Pflanzenphysiol.*, 65 (1971) 266–272.
(381) T. S. Weier and A. A. Benson, *Am. J. Bot.*, 54 (1967) 389–402.
(382) D. Branton and R. B. Park, *J. Ultrastruct. Res.*, 19 (1967) 283–303.
(383) A. Rosenberg, *Science*, 157 (1967) 1191–1196.
(384) A. T. James and B. W. Nichols, *Nature*, 210 (1966) 372–375.
(385) K. Bloch, G. Constantopoulos, C. Kenyon, and J. Nagai, in T. W. Goodwin (Ed.), *Biochemistry of Chloroplasts*, Vol. II, Academic Press, New York, 1966, pp. 197–211.
(386) G. Constantopoulos and K. Bloch, *J. Biol. Chem.*, 242 (1967) 3538–3542.
(387) S. B. Chang and K. Lundin, *Biochem. Biophys. Res. Commun.*, 21 (1965) 424–431.
(388) T. M. Udel'nova and E. A. Boichenko, *Biokhimiya*, 32 (1967) 779–785.
(389) B. W. Nichols, A. T. James, and J. Breuer, *Biochem. J.*, 104 (1967) 486–494.
(390) B. W. Nichols, *Lipids*, 3 (1968) 354–360.
(391) P. G. Rouchan, *Biochem. J.*, 117 (1970) 1–8.
(392) R. S. Appleby, R. Safford, and B. W. Nichols, *Biochim. Biophys. Acta*, 248 (1971) 205–211.
(393) P. Pohl and H. Wagner, *Z. Naturforsch.*, 27 (1972) 53–61.
(394) M. I. Gurr, *Lipids*, 6 (1971) 266–273.

O-D-Galactosylglycerides have been shown to be important in sugar transport through membranes,[330,395] and as a carbohydrate reserve in plants.[327,389] These are also known to protect the thylakoid membrane against frost injury.[396] At low temperatures, increased unsaturation of the lipid fatty acid occurs, probably through the formation of a higher level of MGDG. Long-chain fatty acids are also formed that are probably involved in linking different sub-units of chloroplast, and thus provide an additional layer of hydrogen-bonded molecules of water on the membranes; this gives protection against frost injury.

2. Related α-D-Galactosides

Glycolipids that contain sterol residues occur in the plant kingdom. In steryl D-glucosides and their O-acyl derivatives, D-glucosyl groups are attached to O-3 of several types of sterols,[397-404] for example, campesterol, cholesterol, sitosterol, and stigmasterol.

Roots of *Yucca filamentosa* were found to contain closely related, steroidal glycosides that have α-D-galactosyl groups. These are[405-407] yuccoside C (**20**) and[405,406,408] yuccoside E (**21**); a spirostanol residue is the aglycon in these compounds. The others are termed[407] protoyuccoside C (**22**) and[409] protoyuccoside E (**23**), and these have a furostanol residue as the aglycon. It is assumed that the furostanyl glycosides are initially synthesized, and are then transformed into spirostenol glyco-

(395) A. A. Benson, *Adv. Lipid Res.*, 1 (1963) 387–394.
(396) J. C. A. M. Bervaes, P. J. C. Kuiper, and A. Kylin, *Physiol. Plant.*, 27 (1972) 231–235.
(397) M. Lepage, *J. Lipid Res.*, 5 (1964) 587–592.
(398) T. Kiribuchi, T. Mizunaga, and S. Funahashi, *Agric. Biol. Chem.*, 30 (1966) 770–778.
(399) T. Kiribuchi, N. Yasumatsu, and S. Funahashi, *Agric. Biol. Chem.*, 31 (1967) 1244–1247.
(400) C. Grunwald, *Plant Physiol.*, 45 (1970) 663–666.
(401) M. Kates, *Adv. Lipid Res.*, 8 (1970) 225–265.
(402) P. B. Bush, C. Grunwald, and D. L. Davis, *Plant Physiol.*, 47 (1971) 745–749.
(403) R. Dupéron, M. Brillard, and P. Dupéron, *C.R. Acad. Sci.*, 274 (1972) 2321–2324.
(404) Z. Wojciechowski, *Acta Biochim. Polon.*, 19 (1972) 43–49.
(405) I. P. Dragalin and P. K. Kintya, *Phytochemistry*, 14 (1975) 1817–1820.
(406) G. V. Lazurevskii, P. K. Kintya, and I. P. Dragalin, *Dokl. Akad. Nauk SSSR*, 221 (1975) 481–483; *Chem. Abstr.*, 83 (1975) 40,154y.
(407) I. P. Dragalin, *Tezisy Dokl. Sookshch. Konf. Molodykh Uch. Mold.*, 9th, (1974) 97–98; *Chem. Abstr.*, 84 (1976) 147,731g.
(408) I. P. Dragalin, A. P. Gulya, V. V. Krokhmalyuk, and P. K. Kintya, *Khim. Prir. Soedin.*, 11 (1975) 747–750; *Chem. Abstr.*, 84 (1976) 150,899y.
(409) I. P. Dragalin and P. K. Kintya, *Khim. Prir. Soedin.*, 11 (1975) 806–807; *Chem. Abstr.*, 84 (1976) 135,992e.

Yuccoside C
20

Yuccoside E
21

Protoyuccoside C (**22**) is **20**, R =
Protoyuccoside E (**23**) is **21**, R =

sides.[407] No details are known about the physiological significance or the biosynthetic pathway of these steroidal glycosides.

Some triterpenic glycosides that contain α-D-galactosyl groups have also been isolated from plant sources; these are phaseoloside D (**24**),[410] phaseoloside E (**25**),[410] and saponoside D (**26**).[411] It has been reported

Phaseoloside D (**24**) R = H

Phaseoloside E (**25**) R =

that a saponin from the seeds of alfalfa (*Medicago sativa*) causes a shortened length of radicle in germinating cotton seeds.[412] The biosynthetic pathways of the compounds are not known.

An alkaloid, raucaffricine[413] (**27**), that contains an O-α-D-galactosyl group has been characterized, but its physiological activity has not yet been investigated.

(410) G. V. Lazurevskii, V. Ya. Chirva, P. K. Kintya, and L. G. Kretsu, *Dokl. Akad. Nauk SSSR*, 199 (1971) 226–227; *Chem. Abstr.*, 75 (1971) 115,903n.
(411) V. Ya. Chirva and P. K. Kintya, *Khim. Prir. Soedin.*, 6 (1970) 214–218; *Chem. Abstr.*, 73 (1970) 88,123h.
(412) M. W. Pedersen, *Agron. J.*, 57 (1965) 516–517.
(413) M. A. Khan and A. M. Ahsan, *Tetrahedron Lett.*, (1970) 5137–5138.

BIOCHEMISTRY OF α-D-GALACTOSIDIC LINKAGES 331

Saponoside D
26

Raucaffricine
27

V. POLYSACCHARIDES

1. General Considerations

The D-galactose-containing polysaccharides are varied, and mostly heterogeneous in composition. L-Galactose occurs only rarely in polysaccharides of higher plants[414]; however, it is found abundantly in algal polysaccharides.[415,416]

Amongst the D-hexoses, D-mannose is most commonly found, linked with the D-galactose-containing polysaccharides. These polysaccharides also contain pentoses, for example, L-arabinose and D-xylose; the 6-deoxyhexoses L-fucose and L-rhamnose occur in relatively small proportions. Uronic acids are also frequently found; D-glucuronic acid and its derivative, 4-O-methyl-D-glucuronic acid, are the most common constituents. The methylated D-glucosyluronic acid groups are usually found in the terminal position; their presence in the polysaccharide seems to provide resistance against enzymic degradation. The pectins are constituted of residues of D-galacturonic acid and its methyl ester; most pectins also contain small proportions of other monosaccharides.

2. D-Galactans

There has been only one report[417] (see also, Ref. 418) of a homogeneous D-galactan from a plant source, comprised solely of α-D-galactosyl residues. This polysaccharide was isolated from sugar beet, and was found to have a high molecular weight. It showed an optical rotation of $[\alpha]_D^{20}$ +238° (c 10, water), which demonstrates the α-D configuration of the D-galactose residues. On hydrolysis, it was completely converted into D-galactose; no further structural information is available.

The existence of homogeneous D-galactans that have β-linkages is also rare, and, when they exist, they are well dispersed amongst other polysaccharides. A D-galactan composed exclusively of β-D-(1→4)-linked D-galactosyl residues was isolated from the seeds of *Lupinus*

---

(414) A. J. Erskine and J. K. N. Jones, *Can. J. Chem.*, 35 (1957) 1174–1182.
(415) C. Araki, *Proc. Int. Congr. Biochem., 4th, Vienna, 1958;* in M. L. Wolfrom (Ed.), *Carbohydrate Chemistry of Substances of Biological Interest*, Pergamon Press, London, 1959, pp. 15–30.
(416) E. Percival and R. H. McDowell, *Chemistry and Enzymology of Marine Algal Polysaccharides*, Academic Press, New York, 1967.
(417) E. von Lippmann, *Ber.*, 20 (1887) 1001–1008.
(418) E. von Lippmann, *Ber.*, 23 (1890) 3564–3566.

alba.[419] However, Courtois[1] considered that this D-galactan is an artifact, originating from a pectin that is rich in D-galactosyl residues. Drastic conditions of extraction are sometimes responsible for such artifacts; in arabinogalactans, D-galactan chains are readily detached from the rest of the molecule, even by mild treatment with acid.

Some fungal polysaccharides have been shown to have main chains of α-D-galactosyl residues linked together. On acid hydrolysis, a polysaccharide, $[\alpha]_{578}^{20}$ +85°, obtained from *Polyporus ovinus*[420] yields L-fucose and D-galactose in the molar ratio of 5:18. On mild hydrolysis with acid, most of the L-fucose residues are removed, and the residual, polymeric material shows a high optical activity, $[\alpha]_{578}^{20}$ +140°. Methylation analysis of the original polysaccharide (L-fuco-D-galactan) showed that it consists of chains of α-D-(1→6)-linked D-galactopyranosyl residues, ~25% of which are substituted at O-2 by single α-L-fucopyranosyl groups. The following is the structure proposed for the polysaccharide.

```
-α-D-Galp-(1→6)-α-D-Galp-(1→6)-α-D-Galp-(1→6)-
                 2
                 ↑
                 1
              α-L-Fucp
```

The fruit bodies of the fungi *Polyporus fomentarius* and *P. igniarius* were found to contain D-manno-L-fuco-D-galactans[421] that have similar structures. They consist of backbones of α-D-(1→6)-linked D-galactopyranosyl residues, ~30% of which in *P. fomentarius*, and ~40% in *P. igniarius*, are substituted at O-2 with α-L-fucopyranosyl groups, O-α-D-mannopyranosyl-(1→3)-α-L-fucopyranosyl groups, or α-D-galactopyranosyl groups. The structure proposed is as follows.

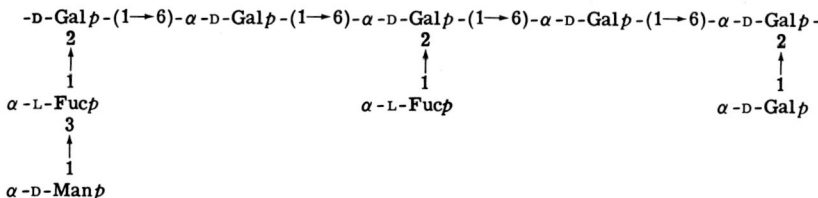

A polysaccharide from *P. squamosus*[422] was also shown to consist of a main chain of α-D-(1→6)-linked D-galactopyranosyl residues; ~90%

(419) E. L. Hirst and J. K. N. Jones, *J. Chem. Soc.*, (1947) 1221–1225.
(420) K. Axelsson and H. Björndal, *Acta Chem. Scand.*, 23 (1969) 1815–1817.
(421) H. Björndal and B. Lindberg, *Carbohydr. Res.*, 10 (1969) 79–85.
(422) H. Björndal and B. Wagstrøm, *Acta Chem. Scand.*, 23 (1969) 3313–3320.

of the residues are substituted at O-2. The substituents are α-L-fucopyranosyl groups, O-α-D-mannopyranosyl-(1→3)-α-D-fucopyranosyl groups, and short chains of α-D-(1→2)- and α-D-(1→3)-linked D-galactopyranosyl residues. The suggested structure is the following.

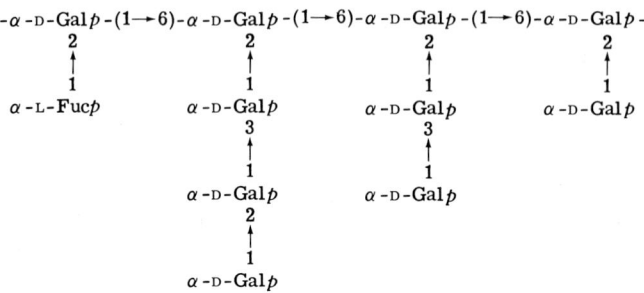

3. D-Galactomannans

Two articles[12,423] have been published that discuss the structure, properties, and biochemistry of D-galactomannans. In addition, several other reviews on this group of polysaccharides are available.[1,424–428] In this Section, an overall description of D-galactomannans will be given, with inclusion of recent advances made in this field.

D-Galactomannans are commonly found as major carbohydrate reserves in the endosperms of seeds of plants that belong to the families Anonaceae, Convolvulaceae, Leguminoceae, Palmeae, and Rubiaceae. The level of the polysaccharide is very high in seeds of some leguminous plants; for example, the seeds of *Ceratonia siliqua* (carob or locust bean) contain a D-galactomannan that constitutes ~88% (by weight) of the endosperm. The polysaccharide often co-exists with the raffinose family of oligosaccharides.

The molecular weights of D-galactomannans vary widely[429–432]; the

(423) I. C. M. Dea and A. Morrison, *Adv. Carbohydr. Chem. Biochem.*, 31 (1975) 241–312.
(424) R. L. Whistler and C. L. Smart, *Polysaccharide Chemistry*, Academic Press, New York, 1953.
(425) B. N. Stepanenko, *Bull. Soc. Chim. Biol.*, 42 (1960) 1519–1536.
(426) F. Smith and R. Montgomery, *Chemistry of Plant Gums and Mucilages*, Reinhold, New York, 1959.
(427) P. A. J. Gorin and J. F. T. Spencer, *Adv. Carbohydr. Chem.*, 23 (1968) 367–417.
(428) R. W. Bailey, in J. B. Harborne, D. Boulter, and B. L.Turner (Eds.), *Chemotaxonomy of Leguminoseae*, Academic Press, New York 1971, pp. 503–541.
(429) J. V. Kubal and N. Gralén, *J. Colloid Sci.*, 3 (1948) 457–471.
(430) P. A. Hui and H. Neukom, *Tappi*, 47 (1964) 39–42.
(431) A. M. Unrau and Y. M. Choy, *Carbohydr. Res.*, 14 (1970) 151–158.
(432) B. V. McCleary and N. K. Matheson, *Phytochemistry*, 14 (1975) 1187–1194.

range was found to be 50,000–300,000. The ratio of D-mannopyranose to D-galactopyranose (M/G) may also vary (from 1 to 7), depending upon the source of the polysaccharide. The polysaccharide consists of main chains of β-D-(1→4)-linked D-mannosyl residues to which are attached, as branch stubs, D-galactosyl groups through α-D-(1→6)-linkages. Structural elucidation of the D-galactomannans from *Ceratonia* and *Gleditsia* by enzymic techniques[433] showed that the distribution of the α-D-galactosyl groups along the main D-mannan chain has a rather definite pattern; some parts of the chain are substituted, whereas some are not. The results of further investigation[434,435] suggested that, in the polysaccharide from *Gleditsia*, some of the branch stubs consist of more than one D-galactosyl group. The proposed structure is the following.

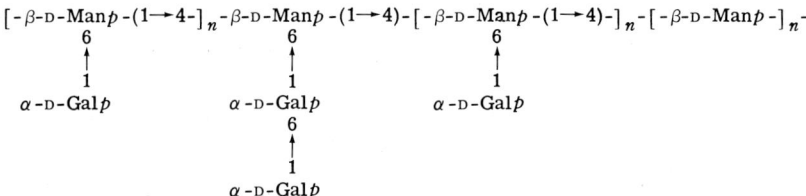

In the D-galactomannan of *Leucaena leucocephala*, there appears to be some regularity in the distribution of α-D-galactosyl groups.[436] This polysaccharide is hydrolyzed to a greater extent by β-D-mannanase than other D-galactomannans having similar M/G ratios. The present, general view regarding the structure of D-galactomannans favors a random distribution of α-D-galactosyl groups along the D-mannan backbone.[12,423,437]

In aqueous solution, D-galactomannans most probably exist in an extended-rod conformation[432,438], as was well demonstrated during gel-filtration experiments.[437] McCleary and coworkers[437] suggested that, in an aqueous solution of the polymer, the α-D-galactosyl stubs, when separated by no, or an even number of, D-mannosyl residues, lie on opposite sides of the main chain, and that those separated by an odd number of D-mannosyl residues lie on the same side of the chain, as illustrated.

(433) J. E. Courtois and P. Le Dizet, *Bull. Soc. Chim. Biol.*, 50 (1968) 1695–1710.
(434) J. E. Courtois and P. Le Dizet, *Bull. Soc. Chim. Biol.*, 45 (1963) 731–741.
(435) A. S. Cerezo, *J. Org. Chem.*, 30 (1965) 924–927.
(436) B. V. McCleary, personal communication.
(437) B. V. McCleary, N. K. Matheson, and D. M. Small, *Phytochemistry*, 15 (1976) 1111–1117.
(438) P. R. Sundararajan and V. S. R. Rao, *Biopolymers*, 9 (1970) 1239–1247.

```
      α-D-Galp                        α-D-Galp
        |                                |
       CH₂O   O         HO              CH₂O   O         HO
     O       HO                       O       HO
              |      O         O                |      O         O
      HO              HO      CH₂O    HO                HO      CH₂O
                               O                                 O
                            α-D-Galp                          α-D-Galp


     Gal           Gal           Gal
      |            |             |
  —Man—Man—Man—Man—Man—Man—Man—Man—Man—
                  |                    |
                 Gal                  Gal
```

where Man and Gal denote D-mannopyranosyl residues and D-galactopyranosyl groups, respectively. The linkages are of the same nature as shown in the structure of D-galactomannan.

In aqueous solution, D-galactomannans are extremely viscous, and the viscosity varies according to their source or extraction. The gelling property of these polysaccharides has been well documented[423]; the structure and the M/G ratio are important in determining the degree of gelling. McCleary[436] found a direct correlation between the extent of hydrolysis of D-galactomannans by β-D-mannanase and their degree of gelling-interaction with xanthan gum. He suggested that, for the interaction to take place, there is not an absolute requirement for long, unsubstituted sections of the D-mannan chain (compare Ref. 423). Those sections of the D-galactomannan in which all of the α-D-galactosyl stubs are located on one side of the chain[437] are important, and may serve as "junction zones" during gel formation.

The main function of D-galactomannans in seeds is as reserve polysaccharides that are depleted during germination. The α-D-galactosyl stubs of the polysaccharide provide hydrophilic character to the molecule, thus endowing it with a water-retaining capacity; this facilitates germination of the seed.

D-Galactomannans are important in various industries.[12,423] They have been used as foodstuffs from ancient times, and are now used in processed foods as additives for controlling the texture and the rheological behavior, and as binding agents. During the past two decades, D-galactomannans and related polysaccharides, collectively termed gums, have been related to certain physiological activities in animals.[439] These gums cause significant hypocholesterolemic response

(439) S. E. Davis and B. A. Lewis, in A. Jeanes and J. E. Hodge (Eds.), *Physiological Effects of Food Carbohydrates*, American Chemical Society, Washington, D. C., 1975, pp. 296–311.

when incorporated into cholesterol-supplemented diets in chickens and rats.[440] The mechanism of this response has been investigated only for the D-glucomannan from konjac; however, it has been suggested that the mechanism may also apply for the D-galactomannans.[439] The polysaccharide decreases the intestinal absorption of bile salts by interfering with the active-transport mechanism.[441] However, it does not bind these salts as such. The transport of cholesterol into the plasma and liver is also lowered.[442] Thus, the response appears to be due to inhibition of the absorption of cholesterol in the jejunum, and of the absorption of bile salt in the ileum.

High levels of carob (*Ceratonia siliqua*) and guar (*Cyamopsis tetragonoloba*) gums have been shown to depress growth in animals.[440,443-446] This is, however, a general effect shown by a wide variety of mucilaginous polysaccharides. No apparent toxicological effect has been observed.[439]

4. D-Galactoglucomannans

The D-galactoglucomannans are the structural constituents of woody tissues of gymnosperms and angiosperms.[447] They have been isolated in small quantities from the stems and leaf tissues of some legumes (*Stylosanthes humilis, Trifolium pratense*),[448,449] and the stems of an aquatic moss (*Fontinalis antipyratica*)[450,451] and a fern (*Pleridium aquilinum*).[452] The presence of the polysaccharide has also been demonstrated in the seeds of some species that belong to the families[453] Iridaceae and Liliaceae. In Leguminoceae, the isolation of

---

(440) B. A. Riccardi and M. J. Fahrenbach, *Proc. Soc. Exp. Biol. Med.*, 124 (1967) 749–752.
(441) S. Kiriyama, A. Enishi, and K. Yura, *J. Nutr.*, 104 (1974) 69–78.
(442) T. Kodama, H. Nakai, S. Kiriyama, and A. Yoshida, *Eiyo To Shokuryo*, 25 (1972) 603–608; *Chem. Abstr.*, 78 (1973) 123,075w.
(443) S. Bornstein, E. Alumot, S. Mokadi, E. Nachtomi, and V. Nahari, *Israel J. Agric. Res.*, 13 (1963) 25–35.
(444) P. Vohra and F. H. Kratzer, *Poult. Sci.*, 43 (1964) 502–509.
(445) P. Vohra and F. H. Kratzer, *Poult. Sci.*, 43 (1964) 1164–1170.
(446) B. H. Ershoff and A. F. Wells, *Proc. Soc. Exp. Biol. Med.*, 110 (1962) 580–582.
(447) T. E. Timell, *Adv. Carbohydr. Chem.*, 20 (1965) 409–483.
(448) M. Alam and G. N. Richards, *Aust. J. Chem.*, 24 (1971) 2411–2416.
(449) A. J. Buchala and H. Meier, *Carbohydr. Res.*, 31 (1973) 87–92.
(450) D. S. Gedds and K. C. B. Wilkie, *Carbohydr. Res.*, 18 (1971) 333–335.
(451) D. S. Gedds and K. C. B. Wilkie, *Carbohydr. Res.*, 23 (1972) 349–357.
(452) I. Bremner and K. C. B. Wilkie, *Carbohydr. Res.*, 20 (1971) 193–203.
(453) N. Jakimow-Barras, *Phytochemistry*, 12 (1973) 1331–1339.

D-galactoglucomannan from the seeds of *Cercis siliquastrum* is unique.[437]

The ratios of the D-hexoses (D-galactopyranose, D-glucopyranose, and D-mannopyranose) in D-galactoglucomannans differ; some results are summarized in Table VI. The proportion of D-galactose varies widely; the solubility of the polysaccharide in water increases with increasing content of this D-hexose. The related polysaccharides, D-glu-

TABLE VI

Composition of Some D-Galactoglucomannans from Plants

Source	Content of D-galactose (%)	Ratios of the D-hexoses[a]			References
		D-Gal	D-Glc	D-Man	
Pleridium aquilinum, stem	1.3	0.07	1.0	4.04	452
Tsuga canadensis, wood	2.4	0.1	1.0	3.0	454
Equisetum sp., stem	4.0	1.0	1.0	23.0	455
Picea engelmanni, bark	4.6	0.2	1.0	3.0	456
Lycopodium sp., stem	4.7	0.1	1.0	1.0	455
Larix laricina, wood	5.4	0.2	1.0	2.5	457
Psilotum sp., stem	5.5	0.2	1.0	2.4	455
Pinus resinosa, wood	7.2	0.26	1.0	2.65	458
Larix leptolepis, wood	7.5	0.4	1.0	3.9	459
Cercis siliquastrum, seeds	14.3	2.0	1.0	11.0	437
Trifolium pretense, leaf and stem	16.0	0.25	1.0	1.1	449
Fontinalis antipyretica, stem	17.5	1.0	1.0	3.7	450,451
Populus tremuloides, bark	17.8	0.5	1.0	1.3	460
Abies amabilis, wood	20.0	1.0	1.0	3.0	461
Picea engelmanni, wood	20.0	1.3	1.0	4.3	462
Ginkgo biloba, wood	26.5	1.0	1.0	1.4	463,464

[a] D-Gal:D-Glc:D-Man represents D-galactopyranose:D-glucopyranose:D-mannopyranose.

(454) T. E. Timell, *Tappi*, 45 (1962) 799–802.
(455) T. E. Timell, *Sven. Papperstidn.*, 67 (1964) 356–363.
(456) K. V. Ramalingam and T. E. Timell, *Sven. Papperstidn.*, 67 (1964) 512–521.
(457) G. C. Hoffman and T. E. Timell, *Sven. Papperstidn.*, 75 (1972) 297–298.
(458) T. E. Timell, *Tappi*, 53 (1970) 1896–1899.
(459) M. Hashi, F. Teratani, and K. Miyazaki, *Mokuzai Gakkaishi*, 16 (1970) 37–41; *Chem. Abstr.*, 73 (1970) 36,737s.
(460) K. S. Jaing and T. E. Timell, *Cellul. Chem. Technol.*, 6 (1972) 503–505.
(461) E. C. A. Schwarz and T. E. Timell, *Can. J. Chem.*, 41 (1963) 1381–1388.
(462) J. K. Rogers and N. S. Thompson, *Sven. Papperstidn.*, 72 (1969) 61–67.
(463) T. E. Timell, *Tappi*, 44 (1961) 88–96.
(464) A. J. Mian and T. E. Timell, *Sven. Papperstidn.*, 63 (1960) 884–888.

comannans of high molecular weight, are generally insoluble in water.

The methods used for the structural investigation of D-galactoglucomannans have been described by Timell.[447] The fundamental structure consists of a main chain of β-D-(1→4)-linked D-glucopyranosyl and D-mannopyranosyl residues, to which are attached α-D-(1→6)-linked D-galactopyranosyl groups as single stubs (see also, Refs. 458 and 460). The structure of the D-galactoglucomannan from *Pinus maritima*, as determined by Rudier and Eberhard,[465] is as given. In general, there is no set pattern of the occurrence of the D-hexoses in the

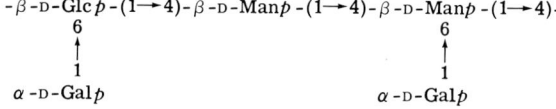

main chain, and the distribution of the D-galactosyl stubs is also random. In the polysaccharide from *Larix leptolepis*, the α-D-galactosyl stubs are attached to O-2 and O-3 of D-mannosyl residues.[466] The D-galactoglucomannans of the seeds probably serve as a food reserve; however, their location in the cells of lignified wood does not allow them to be assigned as food reserves therein.

VI. α-D-Galactopyranosyl-specific Lectins

In this Section will be discussed plant lectins that specifically bind to α-D-galactopyranosyl residues. Lectins of a special class that are specific for β-D-glycosidic linkages[467] also exist in the seeds and other tissues of plants. Various aspects of lectins have been reviewed by Goldstein and Hayes.[468]

Plant lectins (also termed agglutinins, hemagglutinins, and phytohemagglutinins) are glycoprotein macromolecules that are capable of specific, noncovalent binding to carbohydrates.[469] Lectins are known to occur widely in the seeds of plants[468]; however, they have also been

---

(465) A. J. Roudier and L. Eberhard, *Bull. Soc. Chim. Fr.*, (1967) 1741–1745.
(466) M. Hashi, F. Teratani, and K. Miyazaki, *Mokuzai Gakkaishi*, 17 (1971) 405–410; *Chem. Abstr.*, 76 (1972) 44,004c.
(467) M. A. Jermyn, Y. M. Yeow, and E. F. Woods, *Aust. J. Plant Physiol.*, 2 (1975) 501–531.
(468) I. J. Goldstein and C. E. Hayes, *Adv. Carbohydr. Chem. Biochem.*, 35 (1978) 128–340.
(469) M. Krüpe, *Blutgruppenspezifische Pflanzliche Eiwiesskörper (Phytagglutinine)*, Ferdinand Enke Verlag, Stuttgart, 1956.

detected in micro-organisms[470-475] and animals.[476-489] The carbohydrate-binding property of lectins may have physiological importance in the transport, storage, and immobilization of sugars.[469,490-492] Lectins are also known to bind to micro-organisms,[493-501] enzymes,[502,503] and some metabolites.[468] They may have physiological significance during the germination of seeds.[504-508]

(470) E. Neter, *Bacteriol. Rev.*, 20 (1956) 166–188.
(471) N. Gilboa-Garber, *Biochim. Biophys. Acta*, 273 (1972) 165–173.
(472) W. W. Ford, *J. Pharmacol. Exp. Ther.*, 2 (1910–11) 285–318.
(473) M. Coulet, J. Mustier, and J. Guillot, *Rev. Mycol.*, 35 (1970) 71–89.
(474) H. J. Sage and S. L. Connett, *J. Biol. Chem.*, 244 (1969) 4713–4719.
(475) Y. Fujita, K. Oishi, K. Suzuki, and K. Imahori, *Biochemistry*, 14 (1975) 4465–4470.
(476) O. Prokop, A. Rackwitz, and D. Schlesinger, *J. Forensic Med.*, 12 (1965) 108–110.
(477) A. Rackwitz, D. Schlesinger, and O. Prokop, *Acta Biol. Med. Ger.*, 15 (1965) 187–190.
(478) O. Prokop, D. Schlesinger, and A. Rackwitz, *Z. Immun. Allergieforsch.*, 129 (1965) 402–412.
(479) G. Uhlenbruck and O. Prokop, *Vox Sang.*, 11 (1966) 519–520.
(480) S. Hammarstrøm and E. A. Kabat, *Biochemistry*, 8 (1969) 2696–2705.
(481) B. Johnsson, *Acta Pathol. Microbiol. Scand., Suppl.*, 54 (1944) 456–464.
(482) R. Grubb, *Acta Pathol. Microbiol. Scand., Suppl.*, 84 (1949) 5–72.
(483) P. R. Desai and G. F. Springer, *Methods Enzymol.*, 28 (1972) 383–388.
(484) R. J. Stockert, A. G. Morell, and I. H. Scheinberg, *Science*, 186 (1974) 365–366.
(485) R. L. Hudgin, W. E. Pricer, Jr., G. Ashwell, R. J. Stockert, and A. G. Morell, *J. Biol. Chem.*, 249 (1974) 5536–5543.
(486) T. Kawaski and G. Ashwell, *J. Biol. Chem.*, 251 (1976) 1296–1302.
(487) A. de Waard, S. Hickman, and S. Kornfeld, *J. Biol. Chem.*, 251 (1976) 7581–7587.
(488) W. C. Boyd and R. Brown, *Nature*, 208 (1965) 593–594.
(489) H. Den and D. A. Malinzak, *J. Biol. Chem.*, 252 (1977) 5444–5448.
(490) W. C. Boyd and R. M. Reguera, *J. Immunol.*, 62 (1949) 333–339.
(491) A. Ensgraber, *Ber. Dtsch. Bot. Ges.* 29 (1958) 349–361.
(492) W. C. Boyd, D. L. Everhart, and M. H. McMaster, *J. Immunol.*, 81 (1958) 414–418.
(493) W. Punin, *Z. Naturforsch., Teil B.* 7 (1952) 48–50.
(494) M. Saint-Paul, *Transfusion (Philadelphia)*, 4 (1961) 3–37.
(495) P. Albersheim and A. J. Anderson, *Proc. Natl. Acad. Sci. U. S. A.*, 68 (1971) 1815–1819.
(496) D. A. Jones, *Heredity*, 19 (1964) 459–469.
(497) D. Mirelman, E. Galun, N. Sharon, and R. Lotan, *Nature*, 256 (1975) 414–416.
(498) M. Krüpe, *Z. Immunitaetsforsch. Exp. Ther.*, 107 (1950) 450–464.
(499) F. Ottensooser, *Arch. Biol.*, 39 (1955) 76–85.
(500) F. B. Dazzo, C. Napoli, and D. Hubbell, *Appl. Environ. Microbiol.*, 32 (1976) 166–171.
(501) F. B. Dazzo and W. J. Brill, *Appl. Environ. Microbiol.*, 33 (1977) 132–136.
(502) I. J. Goldstein, C. M. Reichert, and A. Misaki, *Ann. N. Y. Acad. Sci.*, 234 (1974) 283–296.
(503) K. M. L. Agrawal and O. P. Bahl, *J. Biol. Chem.*, 243 (1968) 103–111.

The affinities of different lectins for specific carbohydrate residues differ; the relative affinities of some lectins that bind α-D-galactopyranosyl residues are shown in Table VII. The lectin from *Bandeiraea simplicifolia* that is specific for α-D-galactopyranosyl residues has been purified,[494] and shown to be precipitated from solution by the D-galactomannan of guar seeds (*Cyamopsis tetragonoloba*). Other α-D-galactosyl-containing compounds also show a positive reaction.[509–512] The immobilized lectin has been used for a single-step purification of the D-galactomannan of *Cassia alata* seeds.[513] The molecular weight of the lectin was found to be 114,000, and it contains 9% (by weight) of carbohydrate. The molecule consists of four subunits, each having a molecular weight of 28,500. Chemical modification of the lectin showed that its carboxyl groups are important for its substrate-binding specificity.[514] The lectin also requires calcium ions for its activity.[511]

TABLE VII

Relative Affinities of Some Seed-lectins for
α-D-Galactopyranosyl Residues[468]

Source	Relative affinities
Arachis hypogaea	β-D-Galp-(1→3)-D-GalpNAc > D-GalpNH$_2$ ≈ α-D-Galp
Arbus precatorius	β-D-Galp > α-D-Galp
Bandeiraea simplicifolia	α-D-Galp > α-D-GalpNAc
Dolichos biflorus	α-D-GalpNAc ≫ α-D-Galp
Glycine max	α-D-GalpNAc ≈ β-D-GalpNAc ≫ α-D-Galp
Phaseolus lunatatus	α-D-GalpNAc > α-D-Galp
Ricinus communis	β-D-GalpNAc > α-D-Galp

(504) J. M. Jones, L. P. Cawley, and G. W. Teresa, *J. Immunol.*, 98 (1967) 364–367.
(505) I. K. Howard, H. J. Sage, and C. B. Horton, *Arch. Biochem. Biophys.*, 149 (1972) 323–326.
(506) D. Southworth, *Nature*, 258 (1975) 600–602.
(507) R. J. Youle and A. H. C. Huang, *Plant Physiol.*, 58 (1976) 703–709.
(508) R. E. Tully and H. Beevers, *Plant Physiol.*, 58 (1976) 710–716.
(509) O. Mäkelä, *Nature*, 184 (1959) 111–113.
(510) P. N. Shankar Iyer, K. D. Wilkinson, and I. J. Goldstein, *Arch. Biochem. Biophys.*, 177 (1976) 330–333.
(511) C. E. Hayes and I. J. Goldstein, *J. Biol. Chem.*, 249 (1974) 1904–1914.
(512) O. Mäkelä, P. Mäkelä, and M. Krüpe, *Z. Immunitaetsforsch. Exp. Ther.*, 117 (1959) 220–229.
(513) T. T. Ross, C. E. Hayes, and I. J. Goldstein, *Carbohydr. Res.*, 47 (1976) 91–97.
(514) J. Lönngren and I. J. Goldstein, *Biochim. Biophys. Acta*, 439 (1976) 160–166.

VII. METABOLISM

1. Toxicity of D-Galactose

The action of α-D-galactosidase on various D-galactose-containing oligo- and poly-saccharides liberates D-galactose.[12,44] This may be readily converted, first into D-galactosyl phosphate,[19,515–519] and then into UDP-D-galactose.[3,4,15,25,520,521] When D-[^{14}C]galactose is added exogenously to plant tissues, radioactivity is incorporated into the cell-wall constituents and oligosaccharides[15,522,523] (see Scheme 2).

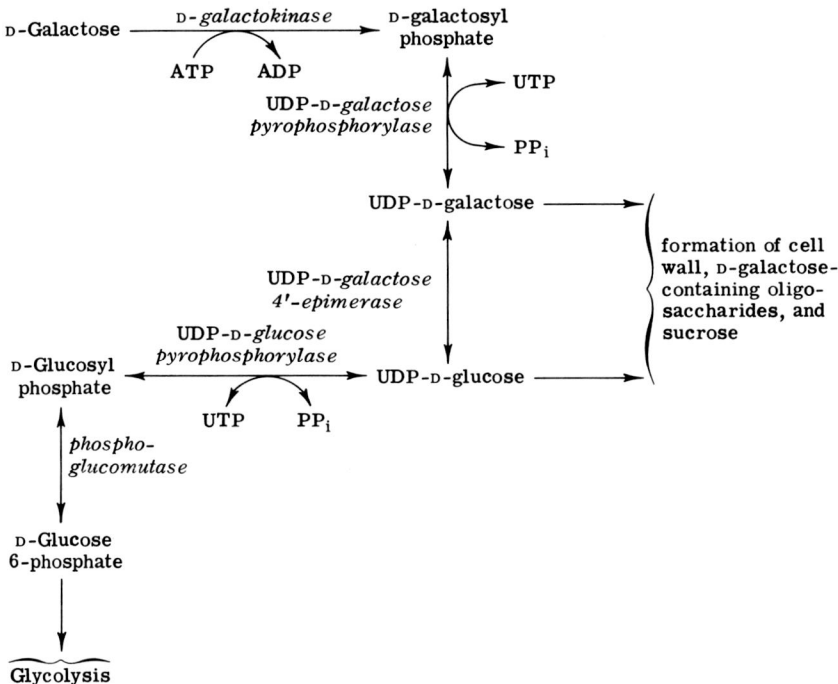

Scheme 2.—A Possible Pathway for the Metabolism of D-Galactose in Plants.[524]

(515) I. Tatsuro and I. Yoshiyuki, *Nippon Nogei Kagaku Kaishi*, 34 (1960) 306–309; *Chem. Abstr.*, 59 (1963) 1903f.
(516) M. J. Foglietti and F. Percheron, *Biochimie*, 56 (1974) 473–475.
(517) P. H. Chan and W. Z. Hassid, *Anal. Biochem.*, 64 (1975) 372–379.
(518) M. J. Foglietti and F. Percheron, *Biochimie*, 58 (1976) 499–504.
(519) M. J. Foglietti, *J. Chromatogr.*, 128 (1976) 309–312.
(520) V. Ginsburg, P. K. Stumpf, and W. Z. Hassid, *J. Biol. Chem.*, 223 (1956) 977–982.
(521) J. H. Pazur and M. Shadaksharaswamy, *Biochem. Biophys. Res. Commun.*, 5 (1961) 130–134.
(522) R. M. Roberts and V. S. Butt, *Planta*, 84 (1969) 250–262.

However, at a high concentration, D-galactose is toxic, and inhibits growth of plant tissues, for example, roots,[21,525–527] coleoptiles,[21,527–533] and germinating pollen.[534] One probable factor in this toxicity is D-galactosyl phosphate, which shows a marked increase as the concentration of D-galactose is raised.[527] D-Galactosyl phosphate is known to inhibit phosphoglucomutase, and is, therefore, likely to interfere with the metabolism of D-hexoses[535] (see also, Refs. 21, 527, and 529); other possible points of inhibition are shown in Scheme 3. The toxicity of D-galactose has been also observed in animal tissues.[535–537]

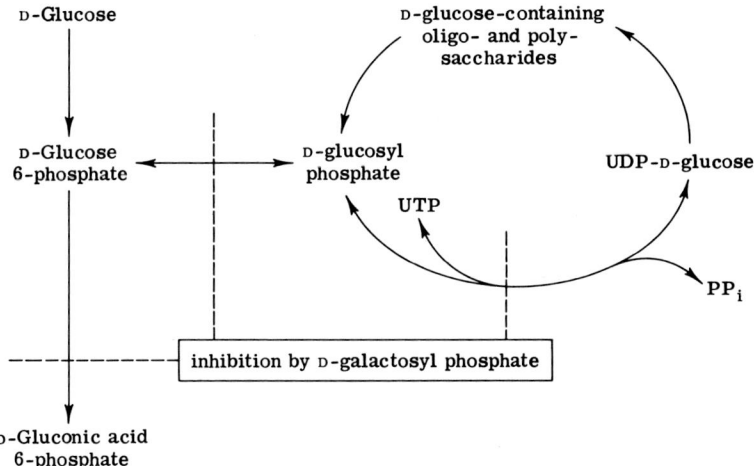

Scheme 3.—Influence of D-Galactosyl Phosphate on the Metabolism of D-Hexoses. [Possible points of inhibition are shown with dotted lines (see Ref. 535).]

(523) F. Hoffman, U. Kull, and K. Jeremias, Z. Pflanzenphysiol., 64 (1971) 223–231.
(524) A. Maretzki and M. Thom, Plant Physiol., 61 (1978) 544–548.
(525) J. D. Ferguson and H. E. Street, Ann. Bot. (London), 22 (1957) 525–538.
(526) I. Malca, R. M. Endo, and M. R. Long, Phytopathology, 57 (1967) 272–278.
(527) R. M. Roberts, A. Heishman, and C. Wicklin, Plant Physiol., 48 (1971) 36–42.
(528) D. B. Baker and P. M. Ray, Plant Physiol., 40 (1965) 360–368.
(529) L. Ordin and J. Bonner, Plant Physiol., 32 (1957) 212–215.
(530) K. G. Quednow, Bot. Arch., 30 (1930) 51–108.
(531) F. L. Wynd, Ann. M. Bot. Gard., 20 (1933) 569–581.
(532) R. Ernst, Am. Orchid Soc. Bull., 36 (1967) 1068–1073.
(533) R. Ernst, J. Arditti, and P. L. Healey, Am. J. Bot., 58 (1971) 827–835.
(534) J. C. O'Kelley, Am. J. Bot., 42 (1955) 322–327.
(535) R. G. Hansen and R. Gitzelmann, in A. Jeanes and J. E. Hodge (Eds.), Physiological Effects of Food Carbohydrates, American Chemical Society, Washington, D. C., 1975, pp. 100–122.
(536) J. S. Mayes, L. R. Miller, and F. K. Myers, Biochem. Biophys. Res. Commun., 39 (1970) 661–665.
(537) R. J. Winzler and J. G. Bekesi, J. Biol. Chem., 244 (1969) 5663–5668.

Roberts and coworkers[527] reported that the toxicity of D-galactose also causes a higher level of UDP-D-galactose in corn roots; this is ~125 nmol/g (fresh weight) of tissue when the roots are fed with 0.1 mM D-galactose. Untreated, mung-bean seedlings show a value of 14 nmol/g (fresh weight) of tissue.[520] Maretzk and Thorn[524] observed a similar phenomenon in sucrose-propagated, sugar-cane cells. When the cells were transferred to a D-galactose-containing medium, the level of UDP-D-galactose increased by a factor of ~10 (the increase in D-galactosyl phosphate was ~2-fold). The authors also showed a concomitant increase in the acivities of D-galactokinase (~1.25-fold) and UDP-D-galactose pyrophosphorylase (~1.6-fold); however, the level of UDP-D-galactose-4'-epimerase was unchanged. These observations explain the increase in the level of UDP-D-galactose (see also, Scheme 2). On the other hand, there was no accumulation of UDP-D-galactose in the D-galactose-adapted cells. However, there was an increase[524] in the level of D-galactokinase (~1.5-fold) and UDP-D-galactose-4'-epimerase (~10-fold). In contrast to D-galactose, raffinose showed no toxic effect for the sucrose-propagated cells. Although the presence of α-D-galactosidase in sugar-cane cells would release D-galactose, the level of this D-hexose remained below the toxic threshold.[524] It therefore seems likely that the activities of phosphoglucomutase, D-galactokinase, UDP-D-galactose phosphorylase, UDP-D-galactose-4'-epimerase, and, possibly, those enzymes that take part in utilizing UDP-D-galactose,[4] are involved in determining whether or not D-galactose will cause a toxic effect in a given plant. These enzymes may also play important roles in the *in vivo* metabolism of raffinose in plants.

An electron-microscope examination showed that inhibition of growth of orchid seedlings (*Phalaenopsis* cv.) by D-galactose is accompanied by invagination of the nuclear envelope (see Fig. 1) and rupture of the tonoplast.[533] The authors suggested the presence of factor(s) responsible for the maintenance of membrane permeability, and this is affected by D-galactose (or its metabolites). An analogous example of a toxin-binding factor (a protein) is known that is implicated with the eyespot disease of sugar cane (see Section III,4,c).

The inhibition of the synthesis of auxin by D-galactose was also shown to be a contributory factor in the retardation of growth of *Avena* coleoptiles.[538,539] On the other hand, D-galactose-induced evolution of ethylene is known to retard the growth of mung-bean seedlings.[540]

(538) L. Anker, M. A. A. de Bruyn, and M. A. C. I. Wiercx, *Acta Bot. Neerl.*, 22 (1973) 75–76.
(539) L. Anker, *Acta Bot. Neerl.*, 23 (1974) 705–714.
(540) G. C. Colclasure and J. H. Yapp, *Physiol. Plant.*, 37 (1976) 298–302.

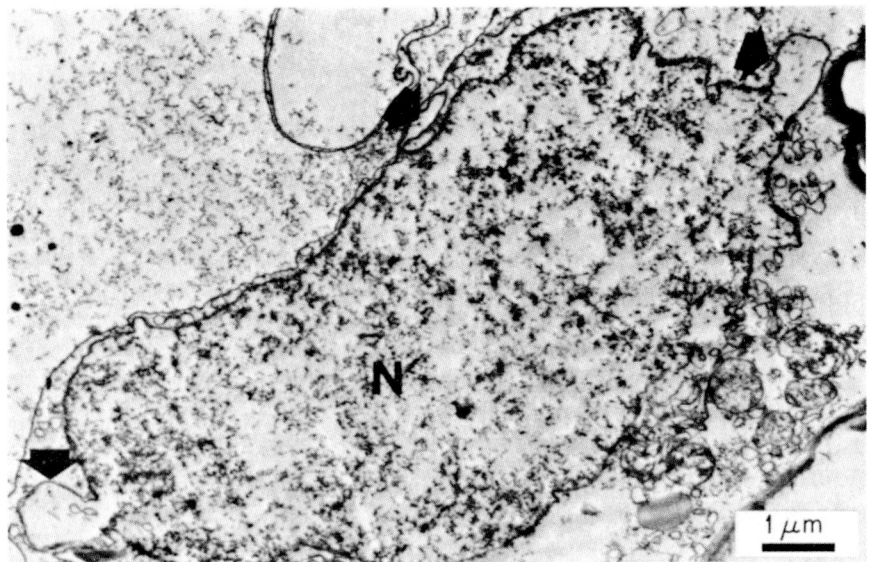

FIG. 1.—Nucleus (N) from D-Galactose-treated Orchid Seedling (*Phalaenopsis* cv. Doris F_3) Showing Dispersed Chromatin with Nuclear Envelope Envaginated (Arrows) into the Cytoplasm. [After treatment with D-galactose, seedlings were fixed in 2% glutaraldehyde for 2 h followed by 2% OsO_4 for 12 h. Tissue was dehydrated in a graded concentration, embedded in Epon 812, sectioned with a diamond knife, and photographed with a Zeiss EM9A electron microscope; × 13,340 (reproduced, by permission, from Ref. 533).]

It seems that the factors involved in D-galactose toxicity are diverse, and no single mechanism can be recommended as a general explanation. The conversion of D-galactose into cell-wall components and oligosaccharides in plants may be considered to be a detoxifying process.

2. *myo*-Inositol

myo-Inositol is widely distributed in the plant kingdom,[541] and Posternak[542] predicted that it would be found to be present in all plant species. The presence of *myo*-inositol was demonstrated[543] (see also, Ref. 299) in chloroplasts that were subjected to photosynthesis followed by a dark period. The pathway for the formation of *myo*-inositol in plants is well documented. D-Glucose 6-phosphate is converted

(541) G. Dangschat, *Encyclopedia of Plant Physiology*, Vol. VI, Springer, Berlin, 1968, p. 363.
(542) T. Posternak, *The Cyclitols*, Holden–Day, San Francisco, 1965.
(543) V. Imhoff and R. Bourdu, *Physiol. Veg.*, 8 (1970) 649–659.

into *myo*-inositol 1-phosphate in a reaction that is catalyzed by NAD-dependent, D-glucose 6-phosphate cycloaldolase.[542,544–553] The mechanism of this reaction has been studied in detail.[547,554–558] *myo*-Inositol 1-phosphate is then hydrolyzed by a phosphatase, affording *myo*-inositol.[546,552,559] This enzyme is specific and is unable to hydrolyze D-glucose 6-phosphate.

myo-Inositol may play a multiple role in the metabolism of plants. It can be converted into pentoses (D-xylose and L-arabinose) and uronic acids (D-galacturonic acid and D-glucuronic acid) of primary, cell-wall polysaccharides and pentoglycans,[47,544–546,560–562] as shown.

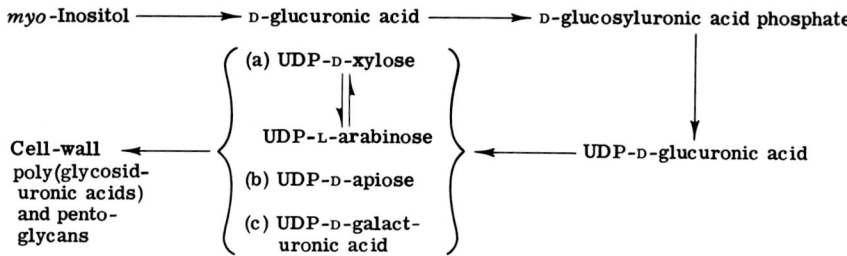

(544) F. Loewus, S. Kelly, and E. F. Neufeld, *Proc. Natl. Acad. Sci. U. S. A.*, 48 (1962) 421–425.
(545) F. Loewus and S. Kelly, *Arch. Biochem. Biophys.*, 102 (1963) 96–105.
(546) M. W. Loewus and F. Loewus, *Plant Physiol.*, 48 (1971) 255–260.
(547) M. W. Loewus and F. Loewus, *Plant Physiol.*, 51 (1973) 263–266.
(548) I. W. Chen and F. C. Charalampous, *Biochem. Biophys. Res. Commun.*, 12 (1963) 62–67.
(549) I. W. Chen and F. C. Charalampous, *J. Biol. Chem.*, 239 (1964) 1905–1910.
(550) I. W. Chen and F. C. Charalampous, *J. Biol. Chem.*, 240 (1965) 3507–3512.
(551) I. W. Chen and F. C. Charalampous, *Biochem. Biophys. Res. Commun.*, 19 (1965) 144–149.
(552) I. W. Chen and F. C. Charalampous, *J. Biol. Chem.*, 241 (1966) 2194–2199.
(553) H. Ruis, E. Molinari, and O. Hoffmann-Ostenhof, *Hoppe-Seyler's Z. Physiol. Chem.*, 348 (1967) 1705–1706.
(554) J. E. G. Barnett and D. L. Corina, *Biochem. J.*, 108 (1968) 125–129.
(555) G. Hauska and O. Hoffmann-Ostenhof, *Hoppe-Seyler's Z. Physiol. Chem.*, 348 (1967) 1558–1559.
(556) E. Pina, Y. Saldana, A. Branner, and V. Chagoya, *Ann. N. Y. Acad. Sci.*, 165 (1969) 541–558.
(557) I. W. Chen and F. C. Charalampous, *Biochim. Biophys. Acta*, 136 (1967) 568–570.
(558) W. R. Sherman, M. A. Stewart, and M. Zinbo, *J. Biol. Chem.*, 244 (1969) 5703–5708.
(559) F. Eisenberg, *J. Biol. Chem.*, 242 (1967) 1375–1382.
(560) F. Loewus, *Ann. N. Y. Acad. Sci.*, 165 (1969) 577–598.
(561) F. Loewus, *Annu. Rev. Plant Physiol.*, 22 (1971) 337–364.
(562) K. M. Gruhner and O. Hoffmann-Ostenhof, *Hoppe-Seyler's Z. Physiol. Chem.*, 347 (1966) 278–279.

It has been demonstrated that myo-[^{14}C]inositol can be incorporated into the cell-membrane fraction of plant tissues.[234,563-565] A possible route is the following.

myo-Inositol → phosphatidylinositol →
$\phantom{myo\text{-Inositol} \rightarrow}$ triphosphoinositide → membrane

myo-Inositol is an important D-galactosyl carrier in the biosynthesis of the raffinose family of oligosaccharides,[299] as shown.

myo-Inositol → galactinol → raffinose family of oligosaccharides

myo-Inositol may also exist as one of its methyl ethers (quebrachitol), or it can be esterified to give indoleacetic esters.[566]

The complete phosphorylation of myo-inositol yields its hexaphosphate, namely, phytic acid (see Refs. 567–572); this is stored in plants in the form of complexes with calcium, magnesium, and potassium ions.[567] The action of phytase on phytic acid liberates myo-inositol that may be further metabolized. It is noteworthy that phytase activity is repressed by orthophosphate[573,574]; this may be a control mechanism in the metabolism of phytic acid. Phytate has been shown to serve as a phosphate donor in the synthesis of "sugar nucleotides." It has been suggested that the six phosphate groups present in phytate may result in charge repulsion within the molecule, thus facilitating transfer of the group during enzymic catalysis.[575] Enzyme preparations have been obtained that catalyze the transfer of phosphate group[576-578] from

(563) D. J. Morré, *Annu. Rev. Plant Physiol.*, 26 (1975) 441–481.
(564) H. E. Carter, S. Brooks, R. H. Gigg, D. R. Strobach, and T. Suami, *J. Biol. Chem.*, 239 (1964) 743–746.
(565) P. Jung, W. Tanner, and K. Wolter, *Phytochemistry*, 11 (1972) 1655–1659.
(566) M. Veda, A. Ehmann, and R. Bandurski, *Plant Physiol.*, 46 (1970) 715–719.
(567) N. K. Matheson and S. Strother, *Phytochemistry*, 8 (1969) 1349–1356.
(568) R. M. Roberts and F. Loewus, *Plant Physiol.*, 43 (1968) 1710–1716.
(569) P. D. English, M. Dietz, and P. Albersheim, *Science*, 151 (1966) 198–199.
(570) K. Tanaka, K. Watanabe, K. Asada, and Z. Kasai, *Agric. Biol. Chem.*, 35 (1971) 314–320.
(571) H. Mori, *Eiyo To Shokuryo*, 22 (1969) 122–127.
(572) K. Asada, K. Tanaka, and Z. Kasai, *Ann. N. Y. Acad. Sci.*, 165 (1969) 801–814.
(573) M. L. Sartirana and R. Bianchetti, *Physiol. Plant.*, 20 (1967) 1066–1075.
(574) N. C. Mandal and B. B. Biswas, *Plant Physiol.*, 45 (1970) 4–7.
(575) M. R. Atkinson and R. K. Morton, in M. Florkin and H. S. Mason (Eds.), *Comparative Biochemistry*, Vol. II, Academic Press, New York, 1960, pp. 1–95.
(576) R. K. Morton and J. K. Raison, *Nature*, 200 (1963) 429–433.
(577) S. Biswas and B. B. Biswas, *Biochim. Biophys. Acta*, 108 (1965) 710–713.
(578) S. Biswas, I. B. Maity, S. Chakrabarti, and B. B. Biswas, *Arch. Biochem. Biophys.*, 185 (1978) 557–566.

phytate to GDP and ADP, thus synthesizing GTP and ATP. This finding is of much significance, and further work will be needed in order to generalize this observation.

3. Galactinol

The *in vitro*, enzymic synthesis of galactinol (**15**), a key intermediate in the biosynthesis of the raffinose family of oligosaccharides,[34,35,293,296,299] was first demonstrated by Frydman and Neufeld[579] in 1963. The enzyme UDP-D-galactose:*myo*-inositol D-galactosyltransferase extracted from peas catalyzes the following reaction. The enzyme requires Mn^{2+} for its activity and this could not be replaced by Mg^{2+}. Tanner and coworkers[34,35,293,296,297] confirmed occurrence of this reaction, and showed that the enzyme transfers a D-galactosyl group from UDP-D-galactose, and is unable to catalyze the transfer reaction if ADP-D-galactose is used.

UDP-D-galactose + *myo*-inositol ⇌
  O-α-D-galactosyl-(1→1)-*myo*-inositol + UDP

Experiments *in vivo* with maturing seeds of *Phaseolus vulgaris* showed that the biosynthesis of galactinol begins long before raffinose and stachyose are formed. These oligosaccharides are synthesized at the end of the ripening period[35] (see Fig. 2).

In the leaves, galactinol is formed during photosynthesis.[107] In experiments with intact plants in which the leaves at the top were allowed to photosynthesize in $^{14}CO_2$ while all other leaves were removed, it was demonstrated that raffinose and stachyose preponderate in the lower sections of the stem.[299] However, the level of galactinol in the leaves remains abundantly higher than that in the stem section, indicating that galactinol is not translocated as such. Thus, galactinol serves only as an effective D-galactosyl donor for the formation of reserve, D-galactose-containing oligosaccharides that are translocated.

On analyzing the extent of labelling, during photosynthesis in $^{14}CO_2$, of the two residues of galactinol, namely, those of *myo*-inositol and D-galactose, it became apparent that the latter residue is labelled much faster than the former, and, even after 4 h, the label in the two residues is not equal.[299] Thus, the D-galactosyl group of galactinol that is derived from the photosynthetic, carbon cycle is rapidly trans-

---

(579) R. B. Frydman and E. F. Neufeld, *Biochem. Biophys. Res. Commun.*, 12 (1963) 121–125.

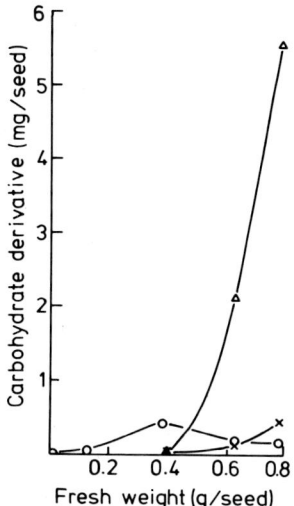

FIG. 2.—The Content of Galactinol, Raffinose, and Stachyose in the Seeds of *Phaseolus vulgaris* During Maturation. (○, Galactinol; ×, raffinose; △, stachyose. The course of maturation is expressed as the increase in fresh weight per seed. After Ref. 35.)

formed into the D-galactoside. *myo*-Inositol is newly synthesized at a lower rate, and serves only as the D-galactosyl carrier.

Tanner and Kandler[296] suggested that, analogously to galactinol, other glycosides of *myo*-inositol may play important roles in the biosynthesis of various oligosaccharides. However, little is known in this respect.

4. Umbelliferose

The *in vivo* biosynthesis of umbelliferose (3) in the leaves of the umbellifers *Carum carbi* and *Aegopodium podagraria* has been investigated.[92] After photosynthesis in $^{14}CO_2$, or assimilation of D-[^{14}C]hexoses, the distribution of radioactivity was demonstrated in umbelliferose. It was suggested that the biosynthesis proceeds by the transfer of a D-galactosyl group from an activated precursor to a sucrose molecule. In contrast to the biosynthesis of raffinose (see Section VII,5), galactinol is not a D-galactosyl donor. Galactinol is not significantly labelled in the leaves during photosynthesis in the presence of $^{14}CO_2$. This observation was made during the period when only umbelliferose is synthesized; however, labelled galactinol was detected when raffinose was also synthesized.

By *in vitro* experiments, Hopf and Kandler[92,580] showed that an enzyme preparation from the leaves of *A. podagraria* is able to synthesize umbelliferose when it is incubated with UDP-D-galactose and sucrose.

UDP-D-[^{14}C]galactose + sucrose ⇌ [^{14}C]umbelliferose + UDP

The authors named this enzyme UDP-D-galactose: sucrose 2-α-D-galactosyltransferase. The specificity of the D-galactosyl acceptor of the enzyme is narrow; except for sucrose, none of the saccharides tested (cellobiose, D-galactose, D-glucose, lactose, maltose, melibiose, raffinose, trehalose, and umbelliferose) acted as acceptors. The specificity of the D-galactosyl donor is also narrow (see Table VIII). In contrast to the biosynthesis of raffinose and stachyose (see Section VII,5), the enzyme was unable to catalyze an exchange reaction between [^{14}C]sucrose and umbelliferose. However, the enzyme preparation used in the experiments was not pure, and showed activities of α-D-galactosidase, invertase, sucrose synthetase, and UDP-D-galactose-4'-epimerase. This caused labelling of sucrose on longer incubation of the enzyme with sucrose and UDP-D-[^{14}C]galactose. The pH optimum of the transferase is ~7.5, whereas the value for α-D-galactosidase and invertase is ~5.5. Thus, the influence of these two hydrolases during the initial synthesis of umbelliferose was not great.

Umbelliferose is most probably utilized *in vivo* through the primary attack of an α-D-galactosidase that would yield sucrose. It has been shown that the oligosaccharide is extremely resistant to hydrolysis by invertase.[84] The kinetics of the inhibition showed[94] that invertase does not complex with umbelliferose; the inhibition is probably attribu-

TABLE VIII

Specificity of the D-Galactosyl Donor for the Synthesis of Umbelliferose, Catalyzed by an Enzyme Preparation from *Aegopodium podagraria*[580]

Acceptor	Donor	Newly formed umbelliferose
[^{14}C]Sucrose	galactinol	none
[^{14}C]Sucrose	UDP-D-galactose	detected
Sucrose	UDP-D-[^{14}C]galactose	detected
[^{14}C]Sucrose	D-galactosyl phosphate	none
[^{14}C]Sucrose	umbelliferose	none
[^{14}C]Sucrose	raffinose	none

(580) W. Hopf and O. Kandler, *Plant Physiol.*, 54 (1974) 13–14.

table to the presence of the bulky D-galactosyl group at O-2 of the D-glucosyl residue of the molecule (3) which would cause steric hindrance in the vicinity of the β-D-fructofuranosyl linkage.

5. The Raffinose Family of Oligosaccharides

The members of the raffinose family of oligosaccharides are widespread in the plant kingdom (see Section II); their formation during photosynthesis has been demonstrated by several workers.[35,102,104,107,299,581–588] The kinetics of the synthesis of these oligosaccharides are typical of reserve substances.[299] It was found[104] that, in the leaves of several plants subjected to photosynthesis in presence of $^{14}CO_2$, radioactive incorporation takes place in raffinose (4), stachyose (8), and an unidentified oligosaccharide that has four D-galactosyl residues. The maximum label was not found in stachyose; the labelling order was: maltose > sucrose > the unidentified oligosaccharide > raffinose > stachyose. It was suggested that stachyose is the end product of photosynthesis and is not metabolized until the leaves are placed in the dark. The distribution of label in the raffinose and stachyose molecules indicates that both are synthesized from D-galactose-containing intermediates, derived from the photosynthetic cycle. In the leaves of *Cucurbita pepo*, the D-galactosyl group and residue of stachyose (8) become labelled more readily than the D-glucosyl residue and D-fructosyl group of the molecule.[299,589,590] A large proportion of the label appears in the stachyose very early in photosynthesis (within 1 min) and is ~20 times that in sucrose.[587] The degree of labelling was stachyose > raffinose > sucrose. The extent of labelling in stachyose decreases with time, and, at 5 min, is lower than that in sucrose.

The effect of temperature on the labelling was also examined[586]; quantitatively, the labelling in the ethanol-soluble fraction (sucrose, raffinose, and stachyose) of the leaf remains unchanged at 0–45°, but

(581) T. Shiroya, V. Slankis, G. Krotkov, and C. D. Nelson, *Can. J. Bot.*, 40 (1962) 669–676.
(582) R. Bachofen, *Vierteljahrsschr. Naturforsch. Ges. Zuerich*, 107 (1962) 41–47.
(583) L. H. Weinstein, C. A. Porter, and H. J. Laurencot, Jr., *Contrib. Boyce Thompson Inst.*, 21 (1962) 439–445; *Chem. Abstr.*, 58 (1963) 1726b.
(584) J. A. Webb and P. R. Gorham, *Plant Physiol.*, 39 (1964) 663–672.
(585) K. L. Webb and J. W. A. Burley, *Plant Physiol.*, 39 (1964) 973–977.
(586) J. A. Webb, *Can. J. Bot.*, 48 (1970) 935–942.
(587) G. A. Beitler and J. E. Hendrix, *Plant Physiol.*, 53 (1974) 674–676.
(588) R. W. King and J. A. D. Zeevaart, *Plant Physiol.*, 53 (1974) 96–103.
(589) J. E. Hendrix, *Plant Physiol.*, 43 (1968) 1631–1636.
(590) J. A. Webb, *Int. Congr. Biochem.*, 7th, Tokyo, (1967) 329.

the rate is lower at lower temperature. However, at 55°, [^{14}C]malate preponderates. Thus, two pathways for the assimilation of carbon dioxide may exist: (a) the carboxylation of D-*erythro*-2-pentulose 1,5-bisphosphate,[591] a process that is unstable at high temperatures, and (b) carboxylation of a 3-carbon substrate (pyruvic acid),[592-594] a process that is more thermostable. However, the variation of temperature may have multiple effects in these experiments; for example, it may affect the diffusion and transport of carbon dioxide and its photochemical assimilation, the metabolism of assimilated carbon, and the translocation and further utilization of the metabolites.

Hoffman and coworkers[523] studied the labelling pattern of carbohydrates in leaves after feeding them with D-[^{14}C]galactose. In *Lamium album*, considerable labelling of the raffinose family of oligosaccharides occurs, whereas, in *Phaseolus vulgaris*, from which these oligosaccharides are reported to be absent, sucrose is highly labelled.

A seasonal variation of the $^{14}CO_2$ assimilated by the detached leaves of *Syringa vulgaris* was observed by Trip and coworkers.[102] Bachofen[582] found that the age of the leaf is also important in determining the extent of fixation of $^{14}CO_2$. When the youngest, trifoliate leaves of *Phaseolus multiflorus* were fed with $^{14}CO_2$ for 1–4 h, the rate of fixation did not show much dependence on time; the fixation was less in the smaller than in the larger leaves. The proportion of the label was small in the conducting organs (internodes). The leaf stems showed a higher level of label than the upper, conducting organs. The label was found in D-fructose, D-glucose, sucrose, planteose, and raffinose. In the fruits, the amount of label was shown to increase with time.

In considering these observations, the translocation of the oligosaccharides should be kept in mind. In *Cucurbita melo*, stachyose and traces of raffinose and sucrose are translocated to all parts of the plant, except to mature leaves.[584] Stachyose is almost completely translocated from the blades within 45 min of synthesis. However, in the young leaves and the shoots, it is readily metabolized to sucrose and other compounds, whereas, in the stem and roots, the metabolism is relatively slower.[584] It was shown through experiments using $^{14}CO_2$ that the greatest part of the translocated label passes from the nodal region to the upper and the lower parts of the plant; a small portion is retained by the petiole of the treated leaf (see also, Refs. 178, 589, and 595). The immature parts of the plant, for example, young leaves and

(591) J. A. Bassham and M. Kirk, *Biochim. Biophys. Acta*, 43 (1960) 447–464.
(592) M. D. Hatch and C. R. Slack, *Biochem. J.*, 101 (1966) 103–111.
(593) H. P. Kortschak, C. E. Hartt, and G. O. Burr, *Plant Physiol.*, 40 (1965) 209–213.
(594) D. C. Mortimer, *Can. J. Bot.*, 38 (1960) 623–634.
(595) K. Schmitz, *Planta*, 91 (1970) 96–110.

the shoot, were shown to import ^{14}C-translocates most actively. The import into the phloem of immature petioles is accompanied by the radial movement of the label into the surrounding tissues (see also, Refs. 585 and 596–602), but there was no detectable synthesis or export of stachyose from these regions. It was further shown that, as the young leaves mature, synthesis and export begin; even the senescent leaves that were partly yellowed were still able to synthesize stachyose and sucrose[584] (see also, Ref. 603). Flow of the labelled compounds from the roots to the upper parts of the plant was not detected.

King and Zeevaart[588] examined the mechanism of phloem exudation from the cut petioles. Following assimilation of ^{14}CO$_2$, the detached leaves of *Perilla crispa* exude small amounts of labelled material into water through the cut petiole for a short period, and then the exudation stops, presumably because of aggregation of proteinaceous components of the sieve tubes on the sieve-plate pores.[604,605] However, when the cut petioles are dipped in solutions of such chelating agents as (ethylenedinitrilo)tetraacetate (EDTA), citric acid, or 1,2-bis[2-(N-acetylacetamido)ethoxy]ethane, the exudation of the labelled materials is enhanced. In 20 mM EDTA solution, ~22% of the radioactivity fixed in the leaf could be exuded, ~95% of the radioactivity being found in the raffinose family of oligosaccharides. In this context, it is interesting that the translocation of the oligosaccharides from the attached leaves amounts to ~38%. The presence of EDTA in the collecting solution is needed for only the initial 1–2 h; the exudation continues when the petiole is transferred into water. However, calcium ions completely inhibit the exudation. Thus, calcium ions seem to be involved in sealing the cut phloem.[588]

The hydrolysis of members of the raffinose family of oligosaccharides by α-D-galactosidase yields D-galactose and sucrose. The equilibrium of this reaction favors hydrolysis; therefore, the synthesis of these oligosaccharides through the back-reaction seems unfeasible.

(596) J. A. Webb and P. R. Gorham, *Can. J. Bot.*, 43 (1965) 97–103.
(597) C. E. Hartt, H. P. Kortschak, A. J. Forbes, and G. O. Burr, *Plant Physiol.*, 38 (1963) 305–318.
(598) L. Horwitz, *Plant Physiol.*, 33 (1958) 81–93.
(599) N. A. Pristupa, *Fiziol. Rast.*, 6 (1959) 26–32.
(600) M. H. Zimmermann, *Plant Physiol.*, 32 (1957) 288–291.
(601) M. H. Zimmermann, *Plant Physiol.*, 32 (1957) 399–404.
(602) M. H. Zimmermann, in K. V. Thimann (Ed.), *The Physiology of Forest Trees*, Ronald Press, New York, 1958, pp. 381–400.
(603) R. E. Dickson and P. R. Larson, *Plant Physiol.*, 56 (1975) 185–193.
(604) A. S. Crafts and C. E. Crisp, *Phloem Transport in Plants*, Freeman, San Francisco, 1971.
(605) T. S. Walker and R. Thaine, *Ann. Bot.*, 35 (1971) 773–790.

It is now well documented that the biosynthesis of these oligosaccharides takes place through specific, trans-D-galactosylase-catalyzed reactions. These may proceed (a) by direct trans-D-galactosylation, using UDP-D-galactose, (b) trans-D-galactosylation using galactinol, and (c) trans-D-galactosylation, catalyzed by α-D-galactosidase, using α-D-galactosidic compounds.

In 1962, Korytnyk and Metzler[606] showed the formation of raffinose and its higher homologs in the maturing beans of *Phaseolus lunatus*, and suggested the participation of UDP-D-galactose as the D-galactosyl donor in the biosynthesis. In the same year, Bourne and coworkers[607] demonstrated that an enzyme preparation from the mature seeds of *Vicia faba* is able to synthesize raffinose when incubated with a mixture of sucrose, α-D-galactosyl phosphate, and UTP (see also, Ref. 608). It was suggested that the latter two compounds react enzymically and produce UDP-D-galactose, the D-galactosyl group of which is then transferred to sucrose. Pridham and Hassid[609] further showed that the enzyme is able to catalyze the transfer reaction directly from UDP-D-[^{14}C]galactose, to yield [^{14}C]raffinose. Gomyo and Nakamura[610] demonstrated a similar process for the biosynthesis of raffinose, using an enzyme preparation from immature seeds of *Glycine max*.

$$\text{UDP-D-galactose} + \text{sucrose} \rightleftharpoons \text{raffinose} + \text{UDP}$$

An enzyme preparation from the isolated chloroplasts of *Pisum sativum* leaves was also shown to synthesize raffinose from UDP-D-galactose and sucrose[289]; the enzyme has a high specificity for this D-galactosyl donor. This enzyme preparation is also able to transfer the D-galactosyl group of UDP-D-galactose to *myo*-inositol, to yield galactinol (**15**). However, *myo*-inositol inhibits the synthesis of raffinose, and raffinose inhibits that of galactinol. These characteristics may, therefore, be involved in the regulation of the metabolism of raffinose and galactinol in the leaves of *P. sativum* (see also, Refs. 35 and 611). The seeds of *P. sativum* also possess an enzyme that catalyzes the biosynthesis of galactinol.[293] The formation, in the chloroplasts of *P. sativum*, of galactinol, which is not used in the synthesis of raffinose, is intriguing. It is possible that there exists in the cell an enzyme that might utilize ga-

(606) W. Korytnyk and E. Metzler, *Nature*, 195 (1962) 616–617.
(607) E. J. Bourne, J. B. Pridham, and M. W. Walter, *Biochem. J.*, 82 (1962) 44P.
(608) E. J. Bourne, M. W. Walter, and J. B. Pridham, *Biochem. J.*, 97 (1965) 802–806.
(609) J. B. Pridham and W. Z. Hassid, *Plant Physiol.*, 40 (1965) 984–986.
(610) T. Gomyo and M. Nakamura, *Agric. Biol. Chem.*, 30 (1966) 425–427.
(611) C. B. Sharma, *Biochem. Biophys. Res. Commun.*, 43 (1971) 572–579.

lactinol for the synthesis of raffinose. In this regard, it is noteworthy that galactinol does not serve as a D-galactosyl donor for the synthesis of D-galactolipids in the chloroplasts (see Section VII,7).

Galactinol (15) is known to serve as a D-galactosyl donor in D-galactosylation reactions catalyzed by specific enzymes. Kandler and coworkers[293] showed that the enzyme preparations from the mature seeds of V. faba and wheat germ catalyze the synthesis of raffinose from galactinol and sucrose. The reaction does not take place if galac-

Galactinol + sucrose ⇌ raffinose + myo-inositol

tinol is replaced by UDP-D-galactose. The enzyme galactinol:sucrose 6-α-D-galactosyltransferase from V. faba was purified and characterized.[298] It shows a pH optimum of 7.0, and is different from α-D-galactosidase. It displays high acceptor specificity; out of ten acceptors examined (cellobiose, D-fructose, D-galactose, D-glucose, glycerol, lactose, melibiose, raffinose, stachyose and sucrose), only sucrose gave a positive result. The transfer is five times greater than the hydrolysis of galactinol. This enzyme also catalyzes the following exchange reaction (see also, Refs. 296 and 612–614). The authors suggested that the

Raffinose + [^{14}C]sucrose ⇌ [^{14}C]raffinose + sucrose

earlier reports of the formation of raffinose from UDP-D-galactose and sucrose, catalyzed by the relatively impure enzyme preparation from V. faba seeds,[607–609] could be the sum of the following two reactions.

UDP-D-galactose + myo-inositol ⇌ galactinol + UDP

Galactinol + sucrose ⇌ raffinose + myo-inositol

This would, however, require the addition of myo-inositol to the reaction mixture, unless this compound should already be present in a bound form in the enzyme preparation. The preparations from V. faba, G. max,[610] and the chloroplasts of P. sativum[286] were all thoroughly dialyzed, and no myo-inositol was added in the assay. Thus, this controversy requires further investigation. The maturity and the physiological state of the seeds are important factors in detecting a given enzyme, and consequently, these factors should be taken into consideration in future investigations.

An enzyme preparation from the mature seeds of Phaseolus vulgaris

(612) A. Moreno and C. E. Cardini, Plant Physiol., 41 (1966) 909–910.
(613) L. Glaser, Comp. Biochem., 15 (1964) 93–137.
(614) K. Nisizawa and J. Hashimoto, in W. Pigman and D. Horton (Eds.), The Carbohydrates, Vol. IIA, Academic Press, New York, 1970, pp. 241–300.

was shown to synthesize stachyose from galactinol and raffinose.[34,615] It also catalyzes the formation of galactinol from UDP-D-galactose and *myo*-inositol. At equilibrium, the concentration of stachyose was

$$\text{Galactinol} + \text{raffinose} \rightleftharpoons \text{stachyose} + myo\text{-inositol}$$

found to be 4 times that of raffinose, demonstrating the physiological importance of the enzyme (galactinol:raffinose 6-α-D-galactosyltransferase) in the biosynthesis of stachyose.[296] The enzyme was purified and characterized.[296,615] It is specific for raffinose as the D-galactosyl acceptor; melibiose is only 25% as efficient as raffinose. D-Galactose, D-glucose, and lactose show only weak acceptor specificity, whereas no activity was observed with cellobiose, D-fructose, gentiobiose, glycerol, maltose, melizitose, sucrose, and trehalose. Stachyose itself is not an acceptor; however, it is hydrolyzed to some extent by the enzyme. The trans-D-galactosylation reaction is 20 times as great as the hydrolysis of the D-galactosyl donor, namely, galactinol.

Kandler and coworkers[616] isolated from the mature seeds of *V. faba* (see also, Refs. 293 and 298) an enzyme that transfers the D-galactosyl group of galactinol to raffinose, yielding stachyose (compare with Refs. 34, 296, and 615), and to stachyose, yielding verbascose. When

$$\text{Galactinol} + \text{stachyose} \rightleftharpoons \text{verbascose} + myo\text{-inositol}$$

raffinose was used as the D-galactosyl acceptor, there was 93% transfer and 7% hydrolysis of the donor; with stachyose as the acceptor, the values were 80% and 20%, respectively.[35] Meliobiose is also a good acceptor; however, D-galactose, D-glucose, and lactose serve as poor acceptors.[35] The ratio of D-galactosyl transfer to raffinose and stachyose is ~2.6:1. There is a mutual inhibition of synthesis when the enzyme is incubated with both acceptors at the same time; the synthesis of verbascose is inhibited to a greater extent by raffinose.[616] It is of interest that the enzyme from *P. vulgaris* that synthesizes stachyose from galactinol and raffinose is unable to synthesize verbascose.[34,296,615] This agrees well with the oligosaccharide contents of the seeds of *P. vulgaris* and *V. faba*; there is abundance of verbascose in the latter.

The α-D-galactosidase-catalyzed transfer of the D-galactosyl group of an α-D-galactoside to sucrose, raffinose, and stachyose may yield the raffinose family of oligosaccharides.[44] The trans-D-galactosylase activity of α-D-galactosidase was demonstrated in 1950 by Blanchard and

(615) W. Tanner, *Ber. Dtsch. Bot. Ges.*, 80 (1967) 111.
(616) W. Tanner, L. Lehle, and O. Kandler, *Biochem. Biophys. Res. Commun.*, 29 (1967) 166–171.

Albon,[617] who showed the formation of manninotriose in an incubation mixture of the enzyme and melibiose; melibiose acted as the D-galactosyl donor, as well as the acceptor. This property of α-D-galactosidases has been extensively examined[44] with respect to the effect of various parameters, such as donor and acceptor specificities, the pH, the temperature, and the source of the enzyme. The hydrolyzing and the transfer activities of the enzyme constitute two aspects of the transfer of the α-D-galactosyl group to a hydroxylated acceptor that may be HOH or ROH, where R is an organic radical (see also, Section I). In general, the proportion of the transfer to ROH varies with the concentration of the latter; however, the process of hydrolysis always predominates. It is for this reason that the transfer reactions catalyzed by α-D-galactosidase could not be taken as constituting an important, *in vivo* mechanism for the synthesis of α-D-galactosides. It seems probable that a pathway involving galactinol as the D-galactosyl donor is most important for the biosynthesis of the raffinose family of oligosaccharides. A possible route is shown in Scheme 4.

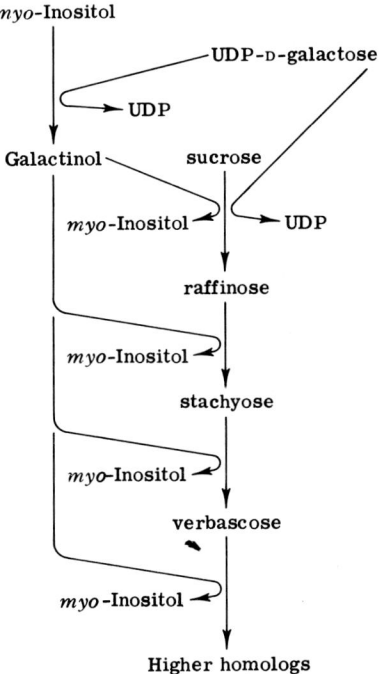

Scheme 4.—Postulated Pathway for the Biosynthesis of the Raffinose Family of Oligosaccharides.

(617) P. H. Blanchard and N. Albon, *Arch. Biochem.*, 29 (1950) 220–222.

After their biosynthesis, the raffinose family of oligosaccharides may not be stored by the plant in a specific organ if they are to be rapidly utilized. However, if they are to serve as longer-lasting reserve-materials, their localized accumulation may be detected in such organs as roots and seeds; these organs are generally used for the isolation of the oligosaccharides.[115] These oligosaccharides are the first to be mobilized and used during the germination of the seeds; this is followed by the breakdown of the reserve polysaccharides.[22,618,619]

It has been generally observed that the raffinose family of oligosaccharides accumulates in the seeds during maturation.[99,606,620–622] In barley,[623] citrus seeds,[624] rice,[625] and wheat,[626,627] these oligosaccharides are not found (or are present only in traces) in the early stages of maturation; they accumulate at a later stage of development, when the seeds approach full ripeness (see also, Ref. 82). However, in the seeds of *Tila cordata*,[628] raffinose and stachyose begin to accumulate shortly before the early stages of fruit maturation. The oligosaccharides are found in both the endosperm and the embryo; the latter has the higher level. In the sunflower plant,[629] the amount of raffinose in the stalk decreases rapidly during formation of oil in the seeds; no further account of this process is as yet available.

The level of the raffinose family of oligosaccharides has been shown to decrease during the germination of seeds of various species (see also, Ref. 12), notably, barley,[618] broad bean,[22] coffee,[630] corn,[631] cotton,[20,631a] lupin,[632] pea,[633,634] *Pinus* sp.,[635,636] rice,[637] runner bean,[622] soy-

(618) G. H. Palmer, *J. Inst. Brew. London*, 75 (1969) 505–508.
(619) J. S. G. Reid, *Planta*, 100 (1971) 131–142.
(620) D. Bourdon and M. Quillet, *C.R. Acad. Sci.*, 247 (1958) 504–506.
(621) R. Dupéron, *C.R. Acad. Sci.*, 239 (1954) 1410–1412.
(622) M. F. Gould and R. N. Greenshields, *Nature*, 202 (1964) 108–109.
(623) D. E. La Berg, A. W. MacGregor, and W. O. S. Meredith, *J. Inst. Brew. London*, 79 (1973) 471–477.
(624) A. Matsushita, *Nippon Nogei Kagaku Kaishi*, 45 (1971) 49–53; *Chem. Abstr.*, 75 (1971) 31,390e.
(625) A. Matsushita, *Nippon Nogei Kagaku Kaishi*, 45 (1971) 43–48; *Chem. Abstr.*, 75 (1971) 31,402k.
(626) M. Abou-Guendia and B. L. D'Appolonia, *Cereal Chem.*, 49 (1972) 664–676.
(627) M. Abou-Guendia and B. L. D'Appolonia, *Cereal Chem.*, 50 (1973) 723–734.
(628) H. R. Radecke, *Pharmazie*, 22 (1967) 97–109.
(629) P. S. Popov, *Biokhim. Fiziol. Maslich. Rast.*, 2 (1967) 380–389; *Chem. Abstr.*, 70 (1969) 93,977g.
(630) M. Shadaksharaswamy and G. Ramachandran, *Phytochemistry*, 7 (1968) 715–719.
(631) A. B. Bond and R. L. Glass, *Cereal Chem.*, 40 (1963) 459–466.
(631a) F. Yu. Rzhevskaya, *Tr. Tashk. Skh. Inst.*, 31 (1973) 61–65; *Chem. Abstr.*, 84 (1976) 14,732m.

bean,[153,200,638–641] and various others.[99,621,642–644] It was found[20] that, in cotton seeds, a supply of oxygen is necessary for depletion of the oligosaccharides, and, therefore, for germination. In most seeds, a major portion of the oligosaccharides disappears during the initial period of imbibition of water. The D-hexoses that are liberated during germination are rapidly metabolized; D-galactose, especially, is hardly detectable. Reid[619] showed that, in germinating fenugreek seeds, the oligosaccharides are metabolized in both the endosperm and the cotyledon (see also, Ref. 12). In experiments in which isolated endosperms were incubated under the conditions of germination, free D-galactose accumulated. Thus, it is evident that the liberated D-hexoses are metabolized in the cotyledon (see also, Ref. 12; Sections I and VII,1 and 8).

In addition to the degradation of the oligosaccharides during germination, evidence has been presented that reveals their simultaneous synthesis.[641,645] In the seeds of *P. vulgaris*[645] and *G. max*,[641] imbibition of radioactively labelled D-fructose, D-galactose, D-glucose, and sucrose in an aerated medium results in incorporation of label into sucrose and raffinose. It is also noteworthy that the reserve oligosaccharides may undergo rearrangement while present in the storage organ.

$$\text{Raffinose} + [^{14}C]\text{sucrose} \rightleftharpoons [^{14}C]\text{raffinose} + \text{sucrose}$$

The enzymes involved in the degradation of the raffinose family of oligosaccharides are β-D-fructofuranosidase and α-D-galactosidase, the levels of which increase during germination.[12] French[115] reviewed

---

(632) N. K. Matheson and H. S. Saini, *Phytochemistry*, 16 (1977) 59–66.
(633) K. Taeufel, H. Ruttloff, and A. Taeufel, *Beitr. Biochem. Physiol. Naturst: Festschr.*, (1965) 477–489; *Chem. Abstr.*, 65 (1966) 4259f.
(634) C. Y. Lee and R. S. Shallenberger, *Experientia*, 25 (1969) 692–693.
(635) B. Nyman, *Physiol. Plant.*, 22 (1969) 441–452.
(636) F. J. Baron, *Adv. Front. Plant Sci.*, 24 (1970) 47–64.
(637) T. Danjo, *Mem. Fac. Agric. Univ. Miyazaki*, 4 (1965) 17–20; *Chem. Abstr.*, 63 (1965) 6024c.
(638) J. W. East, T. O. M. Nakayama, and S. P. Parkman, *Crop Sci.*, 12 (1972) 7–9.
(639) S. H. Hsu, H. H. Hadley, and T. Hymowitz, *Crop Sci.*, 13 (1973) 407–410.
(640) K. E. Hun, *Kangwon Taehak Yongu Nonmunjip*, 8 (1974) 24–26; *Chem. Abstr.*, 85 (1976) 139,817u.
(641) A. H. Wahab and J. S. Burris, *Iowa State J. Res.*, 50 (1975) 29–45.
(642) D. Bourdon, L. Berthois, and M. L. Gielfrich, *Bull. Soc. Sci. Bretagne*, 29 (1954) 7–16.
(643) K. Taeufel, A. Taeufel, and H. Ruttloff, *Planta*, 58 (1962) 127–135.
(644) I. P. Varshney and R. Pal, *J. Indian Chem. Soc.*, 53 (1976) 153–155.
(645) R. Dupéron, *C.R. Acad. Sci.*, 258 (1964) 5960–5963.

this aspect in 1954; reviews on the role of α-D-galactosidases are also available.[12,44,45]

6. D-Galactosides of Glycerol

a. Isofloridoside.—Shibuya[646] observed the formation of isofloridoside (13) in *Porphyra umbilicalis* during photosynthesis in the presence of $^{14}CO_2$. When the organism was supplied with $^{14}CO_2$ for 2 h in the light, followed by 18 h in the dark, [^{14}C]isofloridoside continued to be formed. This demonstrated that isofloridoside is not a direct product of photosynthesis, and that it is probably formed from a precursor that is synthesized in the presence of light.[243]

Kauss and coworkers demonstrated the formation of isofloridoside in *Ochromonas malhamensis* under conditions of high osmotic stress, and its transformation into a (1→3)-β-D-glucan on removal of the stress (see Ref. 253 and Section III,2,a). It was shown by "chase" experiments with D-[^{14}C]glucose that radioactive incorporation into isofloridoside takes place at any osmotic condition, even when the pool size is constant. This is indicative of a rapid turnover of isofloridoside in the organism.[251] The pool size is bigger, and the turnover faster, on frequent increase and decrease of the osmotic pressure outside the cell. Therefore, the osmotic pressure-dependent, metabolic regulation is likely to be operative in the sequence: carbon source → isofloridoside ⇌ reserve polysaccharide. Kauss[253] proposed a pathway (see Scheme 5) summarizing the biochemical events that might take place during the formation and breakdown of isofloridoside in *O. malhamensis*.

Phosphorylated isofloridoside is formed from its precursors, UDP-D-galactose and glycerol 1(3)-phosphate; the reaction is catalyzed by a specific D-galactosyltransferase[647] (I in Scheme 5). Dephosphorylation of this intermediate by a phosphatase follows hydrolysis by an α-D-galactosidase[253] (see II and III, respectively, in Scheme 5). Kauss predicted the presence of enzyme systems that would convert the products of hydrolysis (glycerol and D-galactose) into the reserve D-glucan; the steps marked by asterisks in Scheme 5 are probably the controlling points. A specific phosphorylase that is capable of degrading the D-glucan (see IV in Scheme 5) has been isolated in pure form.[648] This enzyme is partially activated by AMP; the possible allosteric nature of the enzyme is not known. As regards the D-galactosyltransferase, it is

(646) I. Shibuya, *Diss. Abstr.*, 21 (1961) 2463–2464.
(647) H. Kauss and B. Schobert, *FEBS Lett.*, 19 (1971) 131–135.
(648) G. J. Albrecht and H. Kauss, *Phytochemistry*, 10 (1971) 1293–1298.

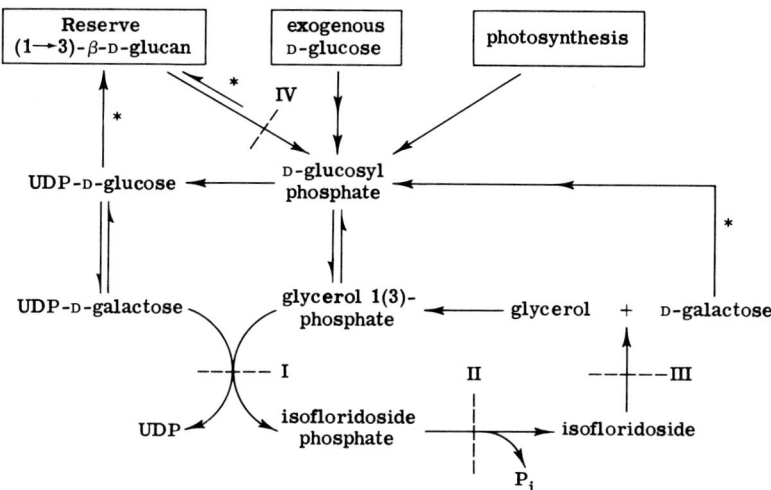

Scheme 5.—Postulated Pathway for the Metabolism of Isofloridoside (13) in *Ochromonas malhamensis*.[253] [The steps that are probably subject to regulation are shown with roman numerals and asterisks. (See the text for details.)]

now established that the activity of this enzyme is regulated by endogenous protease-activity.[649,650] The transferase exists as an inactive proenzyme, and can be activated by proteolytic action.[650]

b. Floridoside (14).—It has been generally observed that, when subjected to photosynthesis in the presence of $^{14}CO_2$, the species of Rhodophyceae synthesize [^{14}C]floridoside as one of the main products.[230-232,271-273,651,652] The kinetics of assimilation of $^{14}CO_2$ by the red, fresh-water alga *Lemanea fluviatilis* show that the normal, Calvin pathway of photosynthetic fixation of carbon is operative. Bean and Hassid[271] showed that some of the intermediary products of assimilation of $^{14}CO_2$, synthesized by *Iridophycus flaccidum*, are floridoside phosphate, 1(3)-glycerol phosphate, and UDP-D-galactose (see also, Ref. 241). These observations indicated that floridoside phosphate may be formed by the transfer of a D-galactosyl residue from UDP-D-galactose to glycerol 1(3)-phosphate, a reaction probably catalyzed by a specific D-galactosyltransferase. Hydrolysis of the floridoside phos-

(649) H. Kauss and H. Quader, *Plant Physiol.*, 58 (1976) 295–298.
(650) H. Kauss, K. S. Thomson, M. Tetour, and W. Jeblick, *Plant Physiol.*, 61 (1978) 35–37.
(651) R. C. Bean, E. W. Putman, R. E. Trucco, and W. Z. Hassid, *J. Biol. Chem.*, 204 (1953) 169–173.
(652) H. Nagashima, H. Ozaki, S. Nakamura, and K. Nisizawa, *Shokubutsugaku Zasshi*, 83 (1969) 462–473; *Chem. Abstr.*, 72 (1970) 108,139c.

UDP-D-galactose + glycerol 1(3)-phosphate ⇌
                              floridoside phosphate + UDP

phate by a phosphatase would then yield floridoside. Confirmation of this pathway requires isolation and characterization of key enzymes that might be involved in the overall synthesis. In contrast to the metabolism of isofloridoside,[253] very little is known about the mechanism of the biosynthesis of floridoside.

The *in vivo* degradation of floridoside is, most probably, catalyzed by α-D-galactosidase. Peat and Rees[240] showed the presence of this enzyme in *Porphyra umbilicalis*. Interestingly, although isofloridoside is also present in this organism, α-D-galactosidase hydrolyzes it very slowly, as compared to floridoside. This enzyme has only a weak action on melibiose and raffinose. These oligosaccharides are generally the endogenous substrates for α-D-galactosidases in plants.

7. D-Galactolipids

Benson and coworkers[330,361] showed by *in vivo* experiments that, in *Chlorella pyrenoidosa*, photosynthesis in the presence of $^{14}CO_2$ results in rapid labelling of D-galactosyl groups of the D-galactolipids. The results showed that ~39% of the label is associated with MGDG (**18**), and ~10% with DGDG (**19**). They proposed the following outline for the biosynthesis of the D-galactolipids.

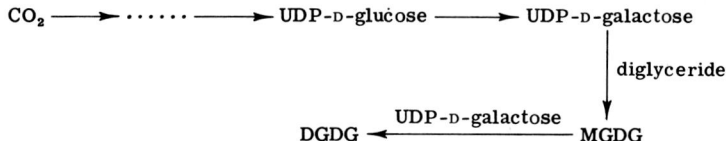

Neufeld and Hall[362] confirmed that, in spinach chloroplasts, UDP-D-galactose is the D-galactosyl donor, and that this D-hexosyl group could be transferred to endogenous acceptors, yielding *O*-(mono-, -(di-, -(tri-, and -(tetra-D-galactosyl)glycerides. Further labelling experiments supported the D-galactosylation route for the biosynthesis of D-galactolipids.[653–655] Galactinol (**15**), an effective D-galactosyl donor for the biosynthesis of the raffinose family of oligosaccharides, does not serve

(653) J. P. Williams, G. R. Watson, M. U. Khan, S. Leung, and A. Kuksis, *Anal. Biochem.*, 66 (1975) 110–122.
(654) J. P. Williams, M. U. Khan, and S. Leung, *J. Lipid Res.*, 16 (1975) 61–66.
(655) J. P. Williams, G. R. Watson, M. U. Kahn, and S. Leung, *Plant Physiol.*, 55 (1975) 1038–1042.

this function for the biosynthesis of D-galactolipids.[656] It was confirmed, by using UDP-D-[14C]galactose, that, in spinach chloroplasts, MGDG is labelled first, followed by DGDG.[342,364,372] However, in *Zea mays*, only MGDG is labelled.[657] An acetone-powder preparation of *Euglena gracilis*, which has no endogenous acceptors, was unable to transfer a D-galactosyl group from UDP-D-galactose to MGDG. On this basis, van Hummel[321] suggested an alternative route for the biosynthesis of DGDG. He presumed the presence of an endogenous D-galactosyl acceptor.

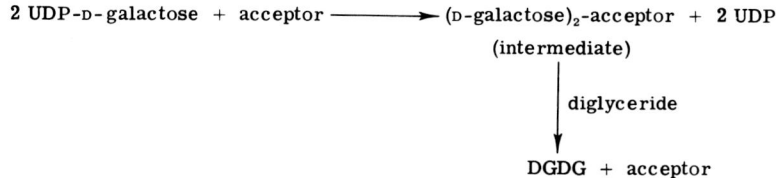

Mudd and coworkers[658] found that an enzyme preparation from spinach-leaf chloroplasts displays a pH-optimum of 7.2 for the synthesis of D-galactolipids from the precursor, UDP-D-galactose. A higher pH-value increases the synthesis of MGDG, and decreases the synthesis of O-(di- and tri-D-galactosyl)diglycerides. An elevated temperature increases the synthesis of MGDG; the optimum temperature is 45°. It was further shown that the SH-inhibiting reagents inhibit the synthesis of galactolipids[659]; the order of inhibition was O-(tri- > -(di- > -(mono-D-galactosyl)diglyceride. It therefore seems likely that the synthesis of each of these O-(D-galactosyl)diglycerides is catalyzed by a separate enzyme (see also, Refs. 342, 364, 372, and 660). Heinz and coworkers[376] found the existence of a uniquely identical, diglyceride pattern in the O-(mono-, -(di-, and -(tri-D-galactosyl)diglycerides of the blue-green alga *Tolypothrix*. Most eukaryotic organisms, and other blue-green algae generally, show differences in the diglyceride residue of their D-galactolipids.[320] However, in this instance, it appears that the O-(di- and -(tri-D-galactosyl)diglycerides are derived by subsequent D-galactosylation of a common precursor,

(656) O. Heisig, Ph.D. Thesis, University of Köln (1975).
(657) R. Douce and T. Guillot-Salomon, *FEBS Lett.*, 11 (1970) 121–126.
(658) J. B. Mudd, H. H. D. M. van Vliet, and L. L. M. van Deenen, *J. Lipid Res.*, 10 (1969) 623–630.
(659) J. B. Mudd, T. T. McManus, A. Ongun, and T. McCullough, *Plant Physiol.*, 48 (1971) 335–339.
(660) B. N. Bowden and P. M. Williams, *Phytochemistry*, 12 (1973) 1059–1064.

namely, MGDG. The reaction is probably catalyzed by the same D-galactosyltransferase. In the chloroplasts, this enzyme has been located in envelopes.[661–667]

Di-O-acylglycerols (diglycerides, DG), which are the D-galactosyl acceptors for the biosynthesis of D-galactolipids,[657,658,668] are synthesized by the transfer of acyl groups from activated, fatty acid intermediates to D-glycerol 1-phosphate; this follows the removal of the phosphate group from the phosphatidic acid, thus yielding the DG. Two acyl transferases have been detected in the chloroplasts[666]: (a) a soluble enzyme that has specificity for palmitoyl- and oleoyl-CoA,[666,669] and (b) an enzyme, located in the membrane, that is specific for transferring an acyl group from acyl-CoA to a mono-O-acylglycerol phosphate. Acyl-ACP (acyl-carrier protein) intermediates may also function as activated, acyl donors.[670] The positional specificity of the enzymes for the acyl transfer to D-glycerol 1-phosphate is not known. However, chloroplast preparations have been obtained that are able to utilize $C_{16:0}$, $C_{18:1}$, and $C_{18:3}$ intermediates for the biosynthesis of MGDG; these were found[671,672] to be directed to O-3. The highest level of DG was found[664] in the chloroplast-membrane fraction, a fraction that also contains phosphatidic acid phosphatase activity.[666]

Mudd and Garcia[320] suggested various factors that may be responsible for the high levels of unsaturated fatty acids in MGDG: (a) the specificity of the D-galactosylation reaction, (b) the desaturation of fatty acyl groups, (c) an acyl-exchange reaction in favor of unsaturated fatty acids, and (d) the availability of only unsaturated DG at the site of biosynthesis. With respect to D-galactosylation, it is known that separate enzymes exist, and these may have different specificities. However, whereas some results are conflicting,[668,673] others show an

(661) R. Douce, *Science*, 183 (1974) 852–853.
(662) R. Douce and A. A. Benson, *Port. Acta Biol.*, 14 (1974) 45–64.
(663) H. C. van Hummel, T. J. M. Hulsebos, and J. F. G. M. Wintermans, *Biochim. Biophys. Acta*, 380 (1975) 219–226.
(664) J. Joyard and R. Douce, *Biochim. Biophys. Acta*, 424 (1976) 125–131.
(665) B. Liedvogel and H. Kleinig, *Planta*, 129 (1976) 19–21.
(666) J. Joyard and R. Douce, *Biochim. Biophys. Acta*, 486 (1977) 273–285.
(667) J. Joyard and R. Douce, *Physiol. Veg.*, 64 (1976) 31–48.
(668) T. R. Eccleshall and J. C. Hawke, *Phytochemistry*, 10 (1971) 3035–3045.
(669) M. Bertrams and E. Heinz, *Planta*, 132 (1976) 161–168.
(670) O. Renkonen and K. Bloch, *J. Biol. Chem.*, 244 (1969) 4899–4903.
(671) S. S. Bajwa and P. S. Sastry, *Indian J. Biochem. Biophys.*, 10 (1973) 65–66.
(672) R. Safford, R. S. Appleby, and B. W. Nichols, *Biochim. Biophys. Acta*, 239 (1971) 509–512.
(673) K. A. Devor and J. B. Mudd, *J. Lipid Res.*, 12 (1971) 403–411.

increased rate of D-galactosylation with increasing unsaturation of the fatty acid residue of a DG.[358,360,372] With respect to desaturation, it is known that double bonds may be introduced into the fatty acyl residues, subsequent to their incorporation into the lipids.[375,389-392,674-681] The acyl-exchange specificity of acylating enzymes[671,672] has not yet been investigated well enough to permit conclusive remarks. Similarly, details are not yet known regarding the availability of unsaturated DG in the microenvironment where MGDG is synthesized. It seems likely that a combination of all of these factors may determine the nature of the D-galactolipid that is synthesized. The selective removal of the fatty acyl residues by various lipases during rapid turnover of the D-galactolipids, followed by reacylation, may also be considered to be an important factor in this context.

The degradation of D-galactolipids is a multi-step process; the enzymes involved therein have been detected in plant tissues.[333,352-357] Sastry and Kates[352,355] demonstrated D-galactolipase activity in the chloroplasts of *Phaseolus multiflorus;* the enzyme activity is bound to the chloroplasts, and it hydrolyzes both MGDG and DGDG in a step-wise manner.

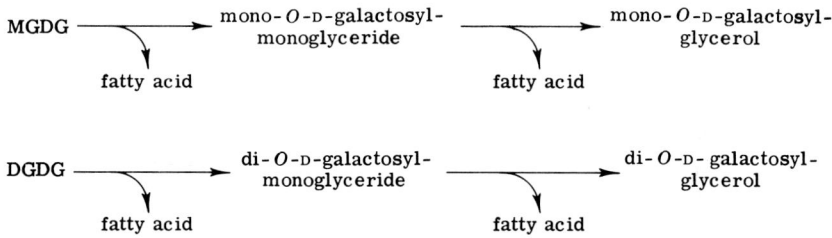

The pH optima for the hydrolysis of MGDG and DGDG are 7.5 and 5.9, respectively. The DGDG-hydrolyzing activity decreases on storage at 4°, but the MGDG-hydrolyzing activity remains constant. The authors also found in the cytoplasmic fraction of the tissue preparation a soluble enzyme that hydrolyzes only DGDG. A chloroplast preparation from spinach leaves also displays both activities.[354] Here again, the DGDG-hydrolyzing activity decreases on storage at 4°, but the

(674) M. I. Gurr, M. P. Robinson, and A. T. James, *Eur. J. Biochem.*, 9 (1969) 70–78.
(675) B. W. Nichols and R. Moorhouse, *Lipids*, 4 (1969) 311–316.
(676) P. G. Roughan and R. D. Batt, *Phytochemistry*, 8 (1969) 363–369.
(677) P. G. Roughan, *Lipids*, 10 (1975) 609–614.
(678) H. P. Siebertz and E. Heinz, *Z. Naturforsch.*, 32 (1977) 193–205.
(679) C. R. Slack and P. G. Roughan, *Biochem. J.*, 152 (1975) 217–228.
(680) A. Trémolières and P. Mazliak, *C.R. Acad. Aci.*, 275 (1972) 1883–1886.
(681) J. P. Williams, G. R. Watson, and S. Leung, *Plant Physiol.*, 57 (1976) 179–184.

MGDG-hydrolyzing activity increases, and reaches a maximum after 10–11 days of storage.

The O-(mono- and -di-D-galactosyl)glycerol are further degraded by the combined action of α-D-galactosidase and β-D-galactosidase. The former enzyme cleaves the terminal α-D-galactosyl group of O-(di-D-galactosyl)glycerol, and the latter cleaves the β-D-galactosyl linkage of O-(mono-D-galactosyl)glycerol.

8. Polysaccharides

The details of the metabolism of plant polysaccharides that contain α-D-galactopyranosyl residues are limited to D-galactomannans.[12] However, published data on the exact mechanism of biosynthesis are still not available.

It has been demonstrated[682,683] that, in *Trigonella foenum-graecum*, deposition of D-galactomannan begins in the cell wall of the endosperm at an early stage of maturation (3–4 weeks after anthesis) and ends after 9–10 weeks. The mode of deposition of the polysaccharide was further investigated by means of an electron microscope.[684] The M/G ratio of the D-galactomannan during the entire process of ripening remains unchanged. Courtois and Le Dizet[434] found only a slight increase in the M/G ratio of the D-galactomannan of ripe seeds of *Gleditsia ferox* compared to that of young seeds; the values are 3.73 and 3.9, respectively. Such differences would be expected, as most polysaccharides show a degree of heterogeneity with respect to their molecular weight and composition (in the case of heteropolymers).[12,437] These two criteria also influence their solubility and, thus, their extractability during the experiments. Kooiman[685] analyzed the seeds of six different, leguminous plants, and found that, in four, there was an average increase in the M/G ratio of ~12%, whereas, in *Cytisus praecox* and *Spartium junceum*, the respective increase was 43 and 33%. On the other hand, analysis of mature seeds by different authors produced variable values for the M/G ratio; for example, seeds of *Medicago sativa*[686–689] (1.0–1.25), *Trifolium repens*[434,690] (1.0–1.3),

---

(682) J. S. G. Reid and H. Meier, *Phytochemistry*, 9 (1970) 513–520.
(683) J. S. G. Reid and H. Meier, *Caryologia*, 25 (1973) 219–222.
(684) H. Meier and J. S. G. Reid, *Planta*, 133 (1977) 243–248.
(685) P. Kooiman, *Misc. Pap. Landbouwhogesch. Wageningen*, 12 (1976) 95–100; *Chem. Abstr.*, 86 (1977) 86,187b.
(686) J. S. G. Reid and H. Meier, *Z. Pflanzenphysiol.*, 62 (1970) 89–92.
(687) P. Andrews, L. Hough, and J. K. N. Jones, *J. Am. Chem. Soc.*, 74 (1952) 4029–4032.

Trigonella foenum-graecum[686,691,692] (1.1–1.2), and *Gleditsia triacanthos*[693–695] (3.2–3.8). However, Kooiman[685] suggested that an increase in the M/G ratio of D-galactomannan on maturation of the seed is due to *in vivo*, enzymic removal of some of the D-galactosyl residues. Further work seems necessary in order to establish whether this is correct.

As with most polysaccharides, the biosynthesis of D-galactomannans in plants seems to proceed through "sugar nucleotide" (glycopyranosyl esters of nucleotides)-dependent pathways (see also, Refs. 4, 25, 682, 696, and 697). Courtois and coworkers[292] showed the presence of UDP-D-galactose and GDP-D-mannose in the D-galactomannan-rich seeds of *Trigonella foenum-graecum*. Heller and Velemez[698] demonstrated a similar pathway for the biosynthesis in *Phaseolus aureus* of a D-glucomannan; this polysaccharide consists of D-glucopyranosyl and D-mannopyranosyl residues that are linearly linked together by β-D-(1→4)-linkages. The enzyme preparation from *P. aureus* has two transferase activities; one utilizes GDP-D-mannose, and the other, GDP-D-glucose. In the presence of both of the nucleotide esters, a D-glucomannan is formed, whereas, if only one nucleotide ester is present, the respective homopolymer is synthesized. However, the D-glucosyltransferase requires the presence of D-mannose-containing molecules for the maintenance of the enzymic activity, and this depends upon the activity of D-mannosyltransferase. The latter enzyme does not require a D-glucose-containing acceptor for its activity, and it is strongly inhibited by GDP-D-glucose. Thus, the biosynthesis of a D-glucomannan is favored over any of the homopolymers. *Phaseolus aureus* also possesses a specific transferase that uses UDP-D-galactose for the biosynthesis of a β-D-(1→4)-linked D-galactan.[699]

---

(688) J. E. Courtois, C. Anagnostopoulos, and F. Petek, *Bull. Soc. Chim. Biol.*, 40 (1958) 1277–1285.
(689) R. J. McCredie, *Diss. Abstr.*, 19 (1958) 432.
(690) K. F. Horvei and A. Wickstrøm, *Acta Chem. Scand.*, 18 (1964) 833–835.
(691) P. Andrews, L. Hough, and J. K. N. Jones, *J. Chem. Soc.*, (1952) 2744–2750.
(692) K. M. Daoud, *Biochem. J.*, 26 (1932) 255–263.
(693) E. Anderson, *Ind. Eng. Chem.*, 41 (1949) 2887–2890.
(694) C. Leschziner and A. S. Cerezo, *Carbohydr. Res.*, 15 (1970) 291–299.
(695) J. E. Courtois and P. Le Dizet, *Carbohydr. Res.*, 3 (1966) 141–151.
(696) W. Z. Hassid, *Adv. Chem. Ser.*, 117 (1973) 362–373.
(697) J. E. Courtois, in Ref. 45, pp. 1–6.
(698) J. S. Heller and C. L. Villemez, *Biochem. J.*, 129 (1972) 645–655.
(699) J. M. McNab, C. L. Villemez, and P. Albersheim, *Biochem. J.*, 106 (1968) 355–360.

It has been shown[700] that, in the seeds of *T. foenum-graecum* during the period of deposition of D-galactomannan, isolated endosperms are able to incorporate radioactivity into the polysaccharide from externally applied D-[^{14}C]galactose and D-[^{14}C]mannose. Reid[700] also obtained from the seeds an enzyme preparation that is capable of incorporating D-[^{14}C]mannose from GDP-D-[^{14}C]mannose into a polysaccharide that was analyzed, and identified as a D-galactomannan. The enzyme is present in the endosperm, but only during the period of deposition of D-galactomannan. Furthermore, the enzyme was shown to be associated with the cell fraction that contains endoplasmic reticulum (see also, Ref. 684).

The incorporation of D-galactose and D-mannose into D-galactomannan would involve an initial phosphorylation of the D-hexoses, yielding D-galactosyl phosphate and D-mannose 6-phosphate. The reversible conversion of D-mannose 6-phosphate into D-fructose 6-phosphate (an intermediate in glycolysis) is catalyzed by phosphomannoisomerase. This enzyme has been detected in several leguminous seeds,[437] but its level is conspicuously low in nonleguminous seeds. This enzyme is also known to occur in animal[701,702] and microbial[703,704] sources. In the dry, mature seeds, phosphomannoisomerase was found mainly in the cotyledons, with only small proportions in the endosperms; the endosperm is, however, the site of formation of D-galactomannan. It is possible that the enzyme is only present in the endosperm during the period of deposition of D-galactomannan.

The conversion of D-mannose 6-phosphate into D-mannosyl phosphate is catalyzed by phosphomannomutase, an enzyme distinct from phosphoglucomutase. Both enzymes have been detected by Matheson[705] in cassia seeds, mung beans, orchid tubers, and pea seedlings. These enzymes from cassia seeds have been separated from one another by chromatography on DEAE- and O-phosphono-cellulose columns, and further characterized. Phosphomannomutase from animal sources requires the presence of either D-galactose 1,6-bisphosphate or D-mannose 1,6-bisphosphate for activity.[706] D-Mannosyl phosphate may then be enzymically transformed into GDP-D-mannose in the

(700) J. S. G. Reid, personal communication.
(701) M. W. Slein, *Methods Enzymol.*, 1 (1955) 299–306.
(702) F. H. Bruns, E. A. Noltmann, and A. Willemsen, *Biochem. Z.*, 330 (1958) 411–420.
(703) F. Alvarado and A. Sols, *Biochim. Biophys. Acta*, 25 (1957) 75–77.
(704) R. W. Gracy and E. A. Noltmann, *J. Biol. Chem.*, 243 (1968) 3161–3168.
(705) N. K. Matheson, personal communication.
(706) L. Glaser, S. Kornfeld, and D. H. Brown, *Biochim. Biophys. Acta*, 33 (1959) 522–526.

presence of GTP. GDP-D-mannose has physiological importance, because it (a) serves as a substrate for D-mannosyl transferase, and (b) may be transformed into GDP-D-glucose and GDP-D-fucose that may be utilized for cell-wall biosynthesis.[4] The biosynthesis of UDP-D-galactose may take place as discussed in Section I. A combined action of D-mannosyltransferase and D-galactosyltransferase may then be involved in the biosynthesis of D-galactomannan (see Scheme 6); this may be compared with the biosynthesis of D-glucomannan.[698] A possible pathway for the biosynthesis of D-galactomannan is summarized in Scheme 6.

During the germination of seeds that contain D-galactomannan as reserve carbohydrate, the level of the polysaccharide falls, and it is rapidly metabolized.[432,619,707–711] A detailed account of this process has been given.[12] In *T. foenum-graecum*, this polysaccharide, which is stored in the endosperm, is mobilized by the enzymes that are secreted by the aleurone layer.[619,707–709] The complete degradation of D-galactomannan to its constituent D-hexoses requires the concerted action of at least three enzymes, namely, α-D-galactosidase, endo-β-D-

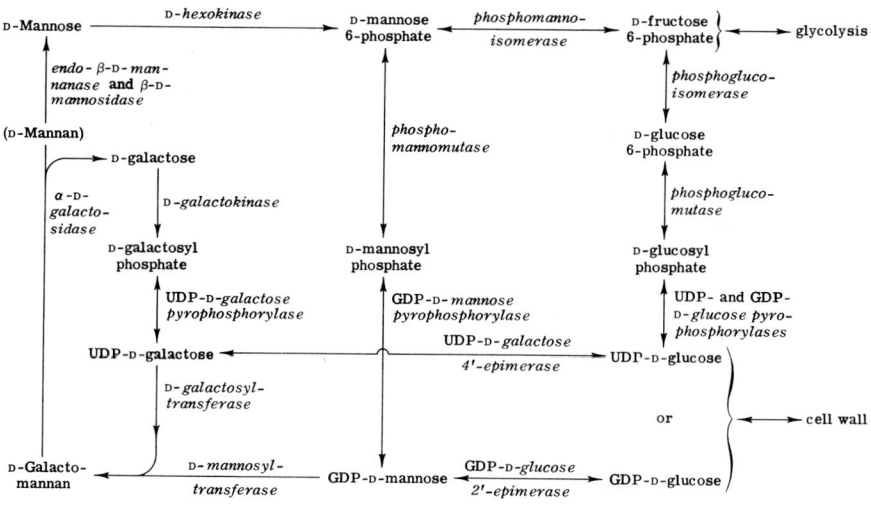

Scheme 6.—Postulated Pathway for the Metabolism of D-Galactomannan.

(707) J. S. G. Reid, C. Davies, and H. Meier, *Planta*, 133 (1977) 219–222.
(708) J. S. G. Reid and H. Meier, *Planta*, 106 (1972) 44–60.
(709) J. S. G. Reid and H. Meier, *Planta*, 112 (1973) 301–308.
(710) J. H. McClendon, W. G. Nolan, and W. F. Wenzler, *Am. J. Bot.*, 63 (1976) 790–797.
(711) A. Seiler, *Planta*, 134 (1977) 209–221.

mannanase, and β-D-mannosidase (see Scheme 6). α-D-Galactosidase[44] cleaves the D-galactosyl groups that are attached to the main D-mannan chain. The specificity of the enzyme, the M/G ratio of the polysaccharide, and the pattern of distribution of the D-galactosyl groups in it are important factors in determining the hydrolyzability of the D-galactomannan.[12] This enzyme also exists in multiple forms,[45,712] and these may have specific significance in this context. In general, an α-D-galactosidase will act on a D-galactomannan that is derived from the same source (see Ref. 12). Williams and coworkers[713] showed that an α-D-galactosidase from *Trifolium repens* has the highest affinity for its own D-galactomannan (M/G 1.1), as compared to the polysaccharide from *Medicago sativa* (M/G 1.0) and that from *Ceratonia siliqua* (M/G 4.0). The α-D-galactosidase from pig kidney[714] does not act on the D-galactomannan of *M. sativa*, and the enzyme from *Penicillium paxilus*[715] acts only slowly. It has been observed that a high M/G ratio (>2) generally facilitates the hydrolysis of the polysaccharide. The level of α-D-galactosidase increases during germination of seeds (see Ref. 12), which is compatible with the rapid mobilization of D-galactomannans.

A detailed description of endo-β-D-mannanases was presented earlier.[12] The action of this enzyme on D-mannan yields β-D-(1→4)-linked D-mannobiose and D-mannotriose as the end products. The enzyme also acts on D-galactomannan, and yields the same oligosaccharides, but only if α-D-galactosidase is also present in the incubation mixture. The action of endo-β-D-mannanase on D-galactomannan is governed by the distribution pattern of the D-galactosyl groups and the M/G ratio of the polysaccharide.[12] A higher M/G ratio favors the enzymic action; the presence of two contiguous, unsubstituted, D-mannosyl residues in the polysaccharide chain is necessary for occurrence of the enzymic action[437,716] (see also, Refs. 433 and 717). Here, it may be pointed out that, in experiments designed for examining the substrate specificity of endo-β-D-mannanase, it is important to use an enzyme preparation that is free from α-D-galactosidase and β-D-mannosidase activities. McCleary[718] purified the enzyme by the technique of affin-

(712) B. Thomas and J. A. Webb, *Phytochemistry*, 16 (1977) 203–206.
(713) J. Williams, H. Villarroya, and F. Petek, *Biochem. J.*, 161 (1977) 509–515.
(714) M. M. Debris, J. E. Courtois, and F. Petek, *Bull. Soc. Chim. Biol.*, 44 (1962) 291–299.
(715) J. E. Courtois, C. Carrère, and F. Petek, *Bull. Soc. Chim. Biol.*, 41 (1959) 1251–1259.
(716) E. T. Reese and Y. Shibata, *Can. J. Microbiol.*, 11 (1965) 167–183.
(717) J. E. Courtois and P. Le Dizet, *Bull. Soc. Chim. Biol.*, 52 (1970) 15–22.
(718) B. V. McCleary, *Phytochemistry*, 17 (1978) 651–653.

ity chromatography, using columns of D-glucomannan– and D-mannan–AH-Sepharose.

The level of endo-β-D-mannanase rises during germination of the seed; D-galactomannans are mobilized rapidly during this period. Such an increase in the level of the enzyme has also been demonstrated in isolated half-endosperms of *T. foenum-graecum* when they were incubated under the conditions of germination.[707] The only living cells of the endosperm are in the aleurone layer, and it has been suggested that the enzyme is secreted by these cells. The synthesis of endo-β-D-mannanase in these cells is inhibited by specific inhibitors of protein synthesis.

The action of β-D-mannosidase finally degrades the D-manno-oligosaccharides, to afford free D-mannose molecules; details of this process were given in an earlier article.[12] An enzyme identified as oligo-β-D-mannosyl-(1→4)-phosphorylase[719] may also take part in the mobilization of D-galactomannan in seeds. This enzyme, in the presence of orthophosphate, acts on D-manno-oligosaccharides (obtained from partial hydrolysis of D-mannan), and yields β-D-mannosyl phosphate.

D-Galactose and D-mannose, liberated on hydrolysis of D-galactomannan during the germination of seeds, are rapidly utilized *in situ*, and only traces of the D-hexoses may be detected at any stage of germination (see Ref. 12). However, when isolated half-endosperms are incubated under the conditions of germination, large proportions of the D-hexoses accumulate[708]; this suggests that, during germination, the D-hexoses are taken up by the cotyledon–embryo part of the seed, and are metabolized further. The fates of the D-hexoses in plants have been well documented (see Ref. 641). The first step in this metabolism probably involves phosphorylation, catalyzed by D-galactokinase[19,516–519] and D-hexokinase, yielding D-galactosyl phosphate and D-mannose 6-phosphate, respectively (see Scheme 6). The latter may be converted into D-fructose 6-phosphate, a glycolytic intermediate, through the action of phosphomannoisomerase, an enzyme that has been detected in several leguminous seeds.[720] D-Galactosyl phosphate may then be converted into UDP-D-galactose by a specific pyrophosphorylase, and this into UDP-D-glucose by an epimerase. The latter compound may finally be transformed into D-glucosyl phosphate by a specific pyrophosphorylase. UDP-D-galactose and UDP-D-glucose are also known to serve as precursors for the biosynthesis of cell wall, and could thus be utilized by the growing seedling. McCleary and

(719) M. J. Foglietti and F. Percheron, *C.R. Acad. Sci.*, 274 (1972) 130–132.
(720) B. V. McCleary and N. K. Matheson, *Phytochemistry*, 15 (1976) 43–47.

Matheson[720] monitored the uptake of ^{14}C-labelled D-galactose, D-glucose, and D-mannose by isolated cotyledon-embryos of guar (*Cyamopsis tetragonoloba*), and showed that these D-hexoses are readily metabolized. The radioactive label was found in carbon dioxide, D-fructose, D-glucose, sucrose, the cellulose–hemicellulose fraction, and the pectic fraction of the tissue. The proportions of label in these compounds were similar for all three D-hexoses that were infiltrated. Thus, the authors suggested[720] that preferential channelling of D-galactose or D-mannose does not take place either for cell-wall formation or into the glycolytic cycle. In similar experiments with soybeans (*Glycine max*), Wahab and Burris[641] found radioactive incorporation into raffinose, stachyose, sucrose, and some unidentified oligosaccharides. The radioactivity was also present in the embryonic axis of the seedling. In the seeds of *Phaseolus vulgaris*,[645] imbibition of D-[^{14}C]glucose also results in radioactive incorporation into raffinose.

BIBLIOGRAPHY OF CRYSTAL STRUCTURES OF CARBOHYDRATES, NUCLEOSIDES, AND NUCLEOTIDES* 1976

By George A. Jeffrey and Muttaiya Sundaralingam

Department of Crystallography, University of Pittsburgh, Pittsburgh, Pennsylvania
Department of Biochemistry, University of Wisconsin, Madison, Wisconsin

I. Introduction	373
II. Data for Carbohydrates	374
III. Data for Nucleosides and Nucleotides	408
IV. Preliminary Communications	434
1. Carbohydrates	434
2. Nucleosides and Nucleotides	434

I. Introduction

In general, the form of this bibliography is similar to that of those of previous years.[1-4] Perspective drawings for the structures are shown by using tapered bonds. The hetero-atoms are indicated by appropriate symbols. Where hydrogen-atom coordinates are not given, the atom is indicated by H. For the carbohydrate structures, the CRYS-

---

* Work supported by NIH Grants GM-17378 and GM-21794, and the College of Agricultural and Life Sciences, University of Wisconsin, Madison. The authors express their gratitude to Mr. R. Fox and Drs. Shozo Takagi and P. Swaminathan for the preparation of the Figures.

(1) G. A. Jeffrey and M. Sundaralingam, *Adv. Carbohydr. Chem. Biochem.*, 30 (1974) 445–466.
(2) G. A. Jeffrey and M. Sundaralingam, *Adv. Carbohydr. Chem. Biochem.*, 31 (1975) 347–371.
(3) G. A. Jeffrey and M. Sundaralingam, *Adv. Carbohydr. Chem. Biochem.*, 32 (1976) 353–384.
(4) G. A. Jeffrey and M. Sundaralingam, *Adv. Carbohydr. Chem. Biochem.*, 34 (1977) 345–378.

NET facility at Brookhaven National Laboratory was used.[5] There are several examples where the atomic coordinates given in a paper refer to the enantiomer of the compound named therein; in such instances, the name has been changed to correspond to the handedness of the coordinates reported.

For the nucleosides and nucleotides, the drawings of the correct enantiomorph were made by using the ORTEP program on an on-line Versatec plotter, linked to a PDP 11/35 computer housed in the Madison laboratory. These molecules are so viewed that the sugar-ring oxygen atom (O-1′) is generally away from the viewer, and the puckering of the ring, the glycosyl disposition, and the orientation of the exocyclic, C-4′–C-5′ bond are easy to discern. The glycosyl torsion-angles (*anti*, positive sign; and *syn*, negative sign), the pseudorotation parameters (phase angle of pseudorotation, P, and maximum amplitude of puckering, τ_m), and the torsion angles of the exocyclic, C-4′–C-5′ bonds (C-3′–C-4′–C-5′–O-5′ and O-1′–C-4′–C-5′–O-5′, respectively) are given in parentheses. This is a departure from the system used in previous years, where only the P value and the O-1′–C-4′–C-5′–O-5′ torsion-angle were given, and the amplitude of puckering (τ_m) and the backbone, C-3′–C-4′–C-5′–O-5′ torsion-angle were not. The orientations *gauche*$^+$/*trans*/*gauche*$^-$ around the exocyclic, C-4′–C-5′ bond are given with respect to the torsion angle C-3′–C-4′–C-5′–O-5′. Interatomic distances are given in picometers (pm).

Structures that were inadvertently omitted from the 1975 bibliography are given at the end of the article.

II. Data for Carbohydrates

$(C_4H_8O_3)_2 \cdot NaI$ Bis(1,4-anhydroerythritol)·sodium iodide[6]

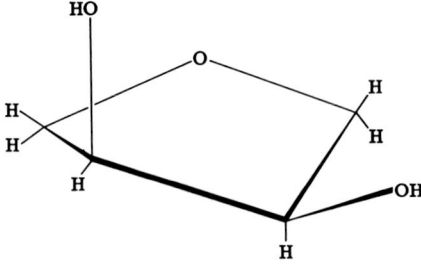

(5) "CRYSNET Manual," BNL Informal Report, BNL 21714, H. M. Berman, F. C. Bernstein, H. J. Bernstein, T. F. Koetzle, and G. J. B. Williams (Eds.), Brookhaven National Laboratory, Upton, N. Y., 1976.

(6) R. E. Ballard, A. H. Haines, E. H. Norris, and A. G. Wells, *Acta Crystallogr. Sect. B*, 32 (1976) 1577–1578.

$P2_1/n$; $Z = 4$; $D_x = 1.87$; $R = 0.074$, number of intensities not reported (film methods used). One furanoid ring is an envelope, the other has a twist conformation. The oxygen coordination around the Na^+ ion is a distorted octahedron, with Na^+–O distances of 237 to 250 pm. The shortest Na^+–I^- distance is 538 pm. The hydrogen atoms were not located.

$C_6H_8CaO_8 \cdot 4H_2O$ Calcium D-glucarate tetrahydrate[7]

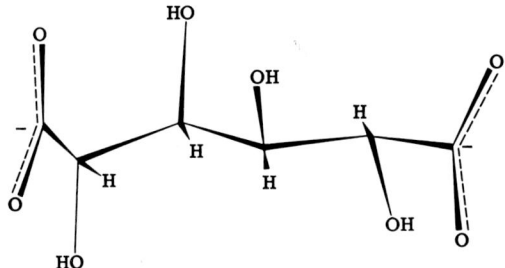

$P2_12_12_1$; $Z = 4$; $D_x = 1.74$; $R = 0.09$ for 913 intensities (film measurements). The anion has a sickle conformation, which avoids the *syn*-diaxial interaction between O-2-H and O-4-H that would be present in the planar, zigzag conformer. The C-1–C-2–C-3–C-4 torsion-angle is $+56°$. One of the α-hydroxyl groups is coplanar with the adjacent carboxylate group (O-1–C-1–C-2–O-2 = $+0.8°$), but the other hydroxyl group is staggered (O-5–C-5–C-6–O-6 = $-51°$). The Ca^{2+} ions are eight-coordinated, forming a distorted square-antiprism, with Ca–O distances from 239 to 250 pm. One of the carboxylate groups is not directly bonded to a calcium ion. The positions of the hydrogen atoms were not determined.

$C_6H_8O_7 \cdot H_2O$ D-Glucaro-1,4-lactone, monohydrate[8]

(7) T. Taga and K. Osaki, *Bull. Chem. Soc. Jpn.*, 49 (1976) 1517–1520.
(8) M. E. Gress and G. A. Jeffrey, *Carbohydr. Res.*, 50 (1976) 159–168.

$P2_1$; $Z = 2$; $D_x = 1.701$; $R = 0.041$ for 805 intensities. The conformation of the lactone is E_3, with an axial side-chain, and two equatorial hydroxyl groups. The conformation observed corresponds to the lower of two conformational, potential-energy minima, calculated theoretically. The α-hydroxy carboxylic acid group is close to planar, with a HO–C–C=O torsion angle of +5.6°. All of the hydrogen atoms, except that of O-4-H, were located. The hydrogen bonding includes all oxygen atoms except O-4.

$C_6H_9NO_5$ α-D-Ribofurano-[1,2-d]-2-oxazolidinone[9]

$P2_1$; $Z = 2$; $D_x = 1.577$; $R = 0.033$ for 1,041 intensities. The compound is a hydrolysis product of 5-azacytidine. The conformation of the D-ribose part is ^4E, with C-4 *endo*, similar to that observed for some α-nucleosides. The oxazolidine ring is planar. The dihedral angle between the two planes, as defined by the torsion angle O-4–C-1–C-2–O-2 about the common C-1–C-2 bond, is +111°. The orientation of the primary alcohol group is *gauche/gauche*.

$(C_6H_9O_7)_2Ca \cdot 3H_2O$ Calcium β-D-*arabino*-hexulosonate trihydrate (calcium "2-keto-D-gluconate" trihydrate)[10]
$P2_12_12_1$; $Z = 4$; $D_x = 1.743$; $R = 0.094$ for 2,235 intensities (film measurements). There are two symmetry-independent, pyranoid molecules having very similar, distorted $^2C_5$ conformations. The ring tor-

(9) P. Singh and D. J. Hodgson, *Acta Crystallogr. Sect. B*, 32 (1976) 2329–2333.
(10) M. A. Mazid, R. A. Palmer, and A. A. Balchin, *Acta Crystallogr. Sect. B*, 32 (1976) 885–890.

sion-angles lie between 46 and 62°. The Ca^{2+} ions are nine-coordinated, to three carboxylate oxygen atoms, one ring-oxygen atom, four hydroxyl oxygen atoms, and one water oxygen atom, with Ca^{2+}–O distances of 234–273 pm. The hydrogen atoms were not located.

$[C_6H_9O_7]_3CaNa\cdot 6H_2O$ Calcium sodium α-D-galacturonate hexahydrate[11]

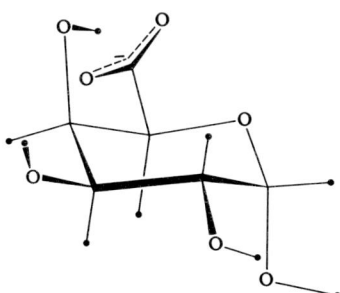

$P6_3$; $Z = 2$; $D_x = 1.636$; $R = 0.040$ for 830 intensities. The pyranose conformation is $^4C_1$, with ring torsion-angles ranging from 52 to 65°. The anomeric C-1–O-1 bond-length is short, 138.8 pm. The O-6–C-6–C-5–O-5 torsion angle is +18°. The Ca^{2+} ions are nine-coordinated, with Ca^{2+} distances of 239.7–282.9 pm; the Na^+ ions are six-coordinated, with Na^+–O distances of 235.7 and 250.2 pm.

$C_6H_{12}O_6$ α-D-Galactopyranose[12]

(11) S. Thanomkul, J. A. Hjortas, and H. Sørum, *Acta Crystallogr. Sect. B*, 32 (1976) 920–922.
(12) B. Sheldrick, *Acta Crystallogr. Sect. B*, 32 (1976) 1016–1020.

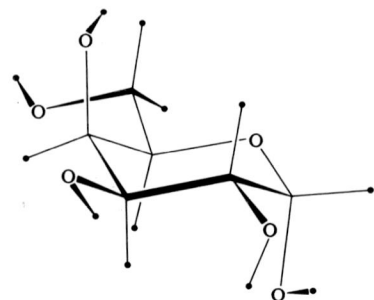

$P2_12_12_1$; $Z = 4$; $D_x = 1.619$; $R = 0.08$ for 572 intensities; $R = 0.07$ for 784 intensities.[13] The pyranose conformation is $^4C_1$, with ring torsion-angles between[13] 55 and 61°. The anomeric C-1–O-1 bond-length[13] is 140 pm, 141 pm. The primary alcohol group is *gauche/trans*. The hydroxyl hydrogen positions reported are different in the two structure-determinations and, hence, the hydrogen-bonding schemes reported are different.[14]

$C_6H_{12}O_6$ β-D-Galactopyranose[12]
$P2_12_12_1$; $Z = 4$; $D_x = 1.580$; $R = 0.032$ for 821 intensities. The structure is the same as that previously reported.[15]

$C_6H_{12}O_6$ α-D-Mannopyranose[16]

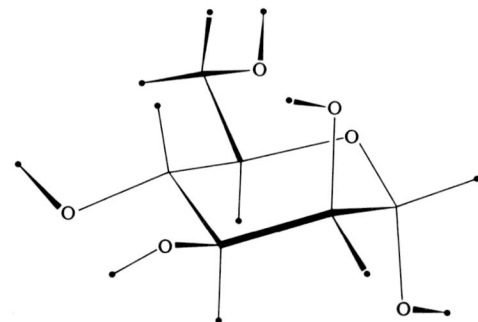

$P2_12_12_1$; $Z = 8$; $D_x = 1.564$; $R = 0.035$ for 1,674 intensities. There are two symmetry-independent molecules in the crystal structure. The

(13) J. Ohanessian and H. Gillier-Pandraud, *Acta Crystallogr. Sect. B*, 32 (1976) 2810–2813.
(14) G. A. Jeffrey and R. Shiono, *Acta Crystallogr. Sect. B*, 33 (1977) 2700–2701.
(15) F. Longchambon, J. Ohanessian, D. Avenel, and A. Neuman, *Acta Crystallogr. Sect. B*, 31 (1975) 2623–2627; *Adv. Carbohydr. Chem. Biochem.*, 34 (1977) 351.
(16) F. Longchambon, D. Avenel, and A. Neuman, *Acta Crystallogr. Sect. B*, 32 (1976) 1822–1826.

pyranose conformations of both are $^4C_1$; one ring is slightly more distorted than the other. In one, the ring torsion-angles range from 51 to 59°; in the other, from 53 to 58°. The primary alcohol group is *gauche/gauche* in one molecule, and *gauche/trans* in the other. There appear to be errors in the hydrogen coordinates of one of the molecules (II); hence, the hydrogen bonding is uncertain.

$C_6H_{12}O_6 \cdot CaBr_2 \cdot 2H_2O$ β-D-Fructopyranose·calcium bromide, dihydrate[17] $P2_1$; $Z = 2$; $D_x = 2.030$; $R = 0.039$ for 1,171 intensities. The pyranose conformation is a distorted $^2C_5$, with ring torsion-angles from 39 to 82°. The orientation of the primary alcohol group is *gauche/trans* (it is *gauche/gauche* in β-D-fructopyranose[18]). The Ca^{2+} ions are seven-coordinated, to five hydroxyl oxygen atoms and two water molecules, in a pentagonal-bipyramid arrangement.

$C_7H_{14}O_6 \cdot NaCl$ 2,5-O-Methylene-L-mannitol·sodium chloride[19]

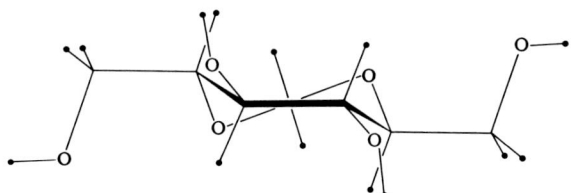

$C222_1$; $Z = 4$; $D_x = 1.60$; $R = 0.044$ for 597 intensities. The molecule has a crystallographic, two-fold axis of symmetry passing through C-1 and the mid-point of the C-3–C-3' bond of the seven-membered ring, which has the twist-chair conformation. The Na^+ ions are six-coordinated by oxygen atoms, with Na^+–O ranging from 231.4 to 241.7 pm. Although the authors described[19] the L enantiomer, they called it the D form.

$C_7H_{16}O_7$ *glycero-gulo*-Heptitol[20]
$P2_1/c$; $Z = 4$; $D_x = 1.540$; $R = 0.044$ for 1,373 intensities. The molecules have a sickle conformation; this avoids the *syn*-diaxial interaction between the 3- and 5-hydroxyl groups that is present in the

---

(17) W. J. Cook and C. E. Bugg, *Acta Crystallogr. Sect. B*, 32 (1976) 656–659.
(18) J. A. Kanters, G. Roelofsen, B. P. Alblas, and I. Meinders, *Acta Crystallogr. Sect. B*, 33 (1977) 665–672.
(19) R. A. Wood, V. J. James, and J. A. Mills, *Cryst. Struct. Commun.*, 5 (1976) 207–210.
(20) K. Nimgirawath, V. J. James, and J. A. Mills, *J. Chem. Soc. Perkin Trans. 2*, (1976) 349–353.

achiral, zigzag conformer. In consequence, the crystal structure contains equal numbers of enantiomorphic conformers. Some of the hydroxyl hydrogen atoms appear to be disordered, and their positions are uncertain.

$C_8H_{11}NO_5$ 2-Acetamido-2,3-dideoxy-D-*threo*-hex-2-enono-1,4-lactone[21]

$P2_12_12_1$; $Z = 4$; $D_x = 1.451$; $R = 0.045$ for 832 intensities. The lactone ring is planar. The acetamido group makes an angle of $+10°$ with the ring, as defined by the C-7–N–C-2–C-3 torsion-angle. The side chain has a bent conformation, as defined by the C-3–C-4–C-5–C-6 and C-4–C-5–C-6–O-6 torsion-angles of $+54$ and $-68°$, respectively.

(21) Ž. Ružić-Toroš and B. Kojić-Prodić, *Acta Crystallogr. Sect. B*, 32 (1976) 2333–2336.

$C_9H_{14}O_5$ Methyl 3,4-O-isopropylidene-β-L-*erythro*-pentopyranosid-2-ulose[22]

$P2_12_12_1$; $Z = 4$; $D_x = 1.312$; $R = 0.079$ for 1,216 intensities. The pyranoside conformation is a distorted $^4C_1$, with ring torsion-angles of 34–64°; this gives rise to a short, transannular distance from C-2 to O-5 of 236 pm (the normal value is ~242 pm). The dioxolane ring has a twist conformation. The C-2–C-3–C-4–O-4 torsion-angle about the C-3–C-4 bond common to both rings is −85°. The acetal moiety, C-5–O-5–C-1–O-1–Me, has bond lengths of 142.7, 141.1, 140.8, and 142.3 pm, and the glycosidic torsion-angle is +70°.

$C_9H_{16}O_6$ Methyl *exo*-3,4-O-ethylidene-β-D-galactopyranoside[23]

(22) H. T. Palmer and R. A. Palmer, *Acta Crystallogr. Sect. B*, 32 (1976) 377–380.
(23) K. B. Lindberg, *Acta Crystallogr. Sect. B*, 32 (1976) 639–642.

$P2_12_12_1$; $Z = 4$; $D_x = 1.326$; $R = 0.052$ for 1,185 intensities. The pyranoside conformation is a distorted $^4C_1$, with ring torsion-angles from 34 to 71°. The dioxolane ring has a twist conformation. The C-2–C-3–C-4–O-4 torsion angle about the common C–C bond is $-86°$. The C-5–C-1–O-1–Me bond-lengths in the acetal moiety are 144.2, 142.3, 139.3, and 142.1 pm; the glycosidic torsion-angle is $-70°$. The primary alcohol group is *gauche/trans*. The two hydroxyl groups are linked by an infinite chain of hydrogen bonds.

$C_9H_{16}O_7$ Methyl 6-*O*-acetyl-β-D-galactopyranoside[24]

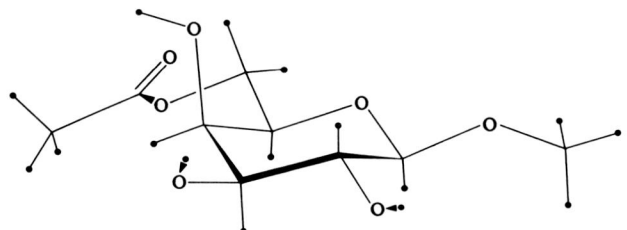

$P2_12_12_1$; $Z = 4$; $D_x = 1.377$; $R = 0.044$ for 796 intensities. The pyranoid conformation is $^4C_1$. The C–O bond-lengths in the acetal moiety, C–O-5–C-1–O–Me, are 142.7, 143.7, 137.4, and 142.8 pm, and the glycosidic torsion-angle is $-82°$. The orientation of the primary alcohol group is *trans/gauche*. The intermolecular hydrogen-bonding links both hydroxyl groups and one of the acetyl oxygen atoms: O-H$\cdots$O-H$\cdots$O=C.

$C_9H_{16}O_7$ Methyl 6-*O*-acetyl-β-D-glucopyranoside[25]

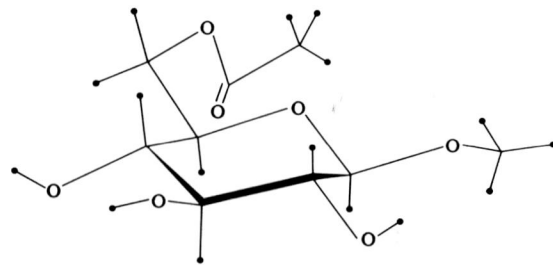

(24) K. B. Lindberg, *Acta Crystallogr. Sect. B*, 32 (1976) 645–647.
(25) K. B. Lindberg, *Acta Crystallogr. Sect. B*, 32 (1976) 642–645.

$P2_1$; $Z = 2$; $D_x = 1.367$; $R = 0.046$ for 1,266 intensities. The pyranoid conformation is a distorted $^4C_1$, with ring torsion-angles between 47 and 70°. The orientation of the primary alcohol group is *gauche/trans*. The C-6 atom is almost in the plane of the acetyl group; the C-6–O-6–C=O angle is +2.8°. The O-5–C-1–O-1–Me torsion angle is −70°, and the C-1–O-5–O-1–Me bond-lengths are 142.9, 142.9, 138.4, and 142.8 pm, in good agreement with the theoretical values calculated by *ab initio*, quantum-mechanical methods.[26]

$C_{10}H_{14}O_7$ 2,3-Di-*O*-acetyl-1,6-anhydro-β-D-galactopyranose[27]

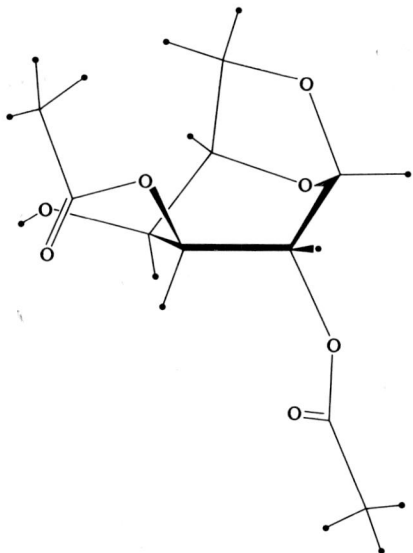

$P2_1$; $Z = 4$; $D_x = 1.47$; $R = 0.043$ for 1,783 intensities. The pyranose conformation is a distorted $^1C_4$, which is flattened at C-3. This is similar to that observed for other 1,6-anhydropyranose molecules.[28] The anhydro ring has the $^{C-6}T_{O-1}$ conformation. The acetyl groups are almost planar, and are inclined to the pyranose ring at angles defined by the C-1–C-2–O-2–C (acetyl) and C-2–C-3–O-3–C (acetyl) torsion-angles of +20 and +46°.

(26) G. A. Jeffrey, J. A. Pople, J. S. Binkley, and S. Vishveshwara, *J. Am. Chem. Soc.*, 100 (1978) 373–379.
(27) C. Foces-Foces, F. H. Cano, and S. Garcia-Blanco, *Acta Crystallogr. Sect. B*, 32 (1976) 427–430.
(28) Compare Table 2, in J. H. Noordik and G. A. Jeffrey, *Acta Crystallogr. Sect. B*, 33 (1977) 403–408.

$C_{10}H_{16}N_2O_4S$ 1-Allyl-D-glucofurano-[2,1-d]-imidazolidine-2-thione[29]
$P2_12_12_1$; $Z = 4$; $D_x = 1.38$; R not reported for 617 (observed) intensities. The glucofuranose ring has the $^3T_4$ conformation. The imidazolidine ring is almost planar. The dihedral angle between the two rings, as defined by the N–C–C–O torsion-angle is $+117°$. The D-glucose side-chain has the zigzag conformation, with O-1–C-1–C-2–C-3 = $+175°$. The C-1–C-2–C-3–O-3 torsion-angle is $+67°$. The C=S bond-length is 169.3 pm. No hydrogen atom positions were reported.

$C_{11}H_{13}NO_7$ p-Nitrophenyl β-D-xylopyranoside[30]

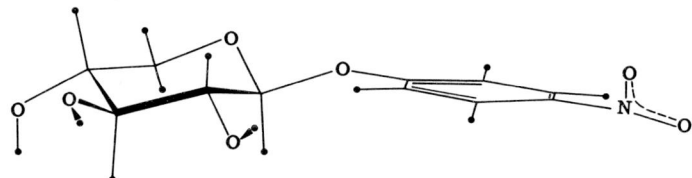

$P2_12_12_1$; $Z = 4$; $D_x = 1.573$; $R = 0.042$ for 915 intensities. The pyranoid conformation is $^4C_1$, with ring torsion-angles in the range of 43 to 70°. The linkage torsion-angles are O-5–C-1–O-1–C-6 = $-75°$, and C-1–O-1–C-6–C-7 = $+160°$. The O-1 valence angle is 118.5°; the anomeric bond-length, C-1–O-1, is 139.3 pm.

$C_{11}H_{15}FO_7$ 1,3,4-Tri-O-acetyl-2-deoxy-2-fluoro-α-D-xylopyranose[31]

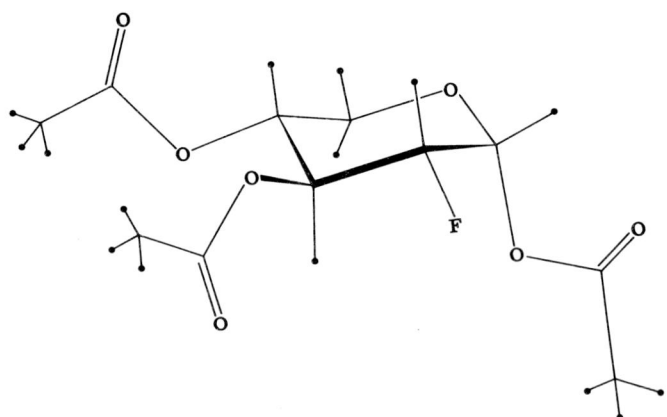

(29) R. Jimenez-Garay, R. Vega, and A. Lopez-Castro, *Cryst. Struct. Commun.*, 5 (1976) 353–356.
(30) K. Harata, *Acta Crystallogr. Sect. B*, 32 (1976) 1932–1934.
(31) G. Kothe, P. Luger, and H. Paulsen, *Acta Crystallogr. Sect. B*, 32 (1976) 2710–2714.

$P2_1$; $Z = 2$; $D_x = 1.35$; $R = 0.043$ for 1,409 intensities. The pyranose conformation is $^4C_1$, with ring torsion-angles of 54 to 60°. The planes of the acetyl groups are approximately normal to the mean plane of the pyranose ring. The C–F bond-length is 143.3 pm. The fluorine substituent has no apparent influence on the normal bond-structure of the rest of the molecule.

$C_{11}H_{15}N_3O_7$ Tri-O-acetyl-β-D-xylopyranosyl azide[32]

$P2_1$; $Z = 4$; $D_x = 1.31$; $R = 0.06$ for 3,059 intensities. The crystal structure contains two symmetry-independent molecules. Both pyranose conformations are $^4C_1$, with all substituents equatorial. The conformations are very similar, with corresponding, ring torsion-angles differing by less than 4.5°. The azide orientation is $-sc$, with O-5–C-1–N–N torsion-angles of -51 and $-68°$ in the two molecules. The C-1–N bond-lengths are normal, 144.5 pm.

$C_{11}H_{17}NO_5$ 2-Acetamido-2,3-dideoxy-5,6-O-isopropylidene-α-D-erythro-hex-2-enofuranose[33]

(32) P. Luger and H. Paulsen, Acta Crystallogr. Sect. B, 32 (1976) 2774–2779.
(33) D. Avenel, J. Ohanessian, and A. Neuman, Acta Crystallogr. Sect. B, 32 (1976) 21–24.

$P2_1$; $Z = 2$; $D_x = 1.308$; $R = 0.045$ for 1,188 intensities. The compound was derived from chromogen I. The conformations of both five-membered rings are $E°$. The O–C–C–O linkage torsion-angle is $-175°$, and the two rings are therefore roughly parallel. The acetamido group is planar, and the C=C–N–C(=O) torsion-angle is $+23°$.

$C_{12}H_{11}BrN_2O_5$ L-*threo*-2,3-Hexodiulosono-1,4-lactone (dehydro-L-ascorbic acid) 2-(*p*-bromophenyl)hydrazone[34]

$P2_12_12_1$; $Z = 4$; $D_x = 1.709$; $R = 0.042$ for 2,668 intensities. The conformation of the lactone is an envelope, with C-4 displaced from the plane. The L-*glycero*-1,2-dihydroxyethyl side-chain has a sickle conformation. The hydrazino group is planar within ±1.5 pm. There is an N–H···O=C intramolecular hydrogen-bond having an H–O distance of 199 pm. The intermolecular hydrogen-bonding consists of a finite chain linking both hydroxyl groups and the carbonyl oxygen atom not involved in the intramolecular bond. The atomic parameters referred to the L form, but the Figures in the paper depicted the D enantiomer.

$(C_{12}H_{14}O_{12})_2Sr·4.5H_2O$ Strontium 4-*O*-(4-deoxy-β-L-*threo*-hex-4-enopyranosyluronic acid)-α-D-galactopyranuronate, hydrate[35]

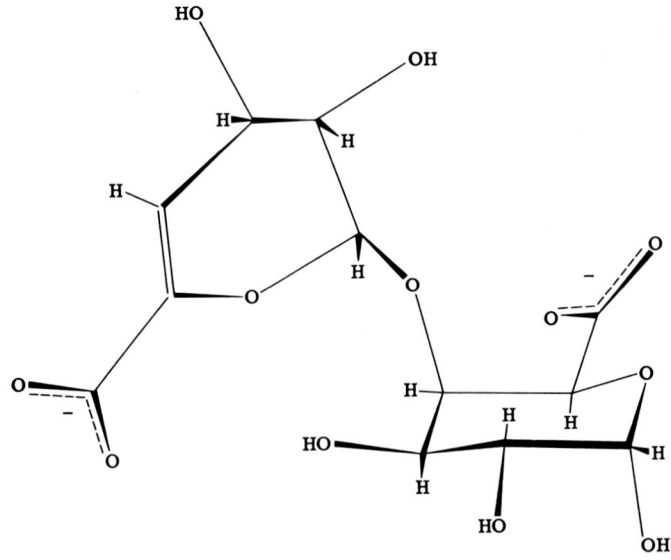

(34) J. Hvoslef and S. Nordenson, *Acta Crystallogr. Sect. B*, 32 (1976) 448–452.
(35) S. E. B. Gould, R. O. Gould, D. A. Rees, and A. W. Wight, *J. Chem. Soc. Perkin Trans. 2*, (1976) 392–398.

$P2_1$; $Z = 2$, $D_x = 1.83$; $R = 0.11$ for 1,928 intensities (film measurements). In the structure, there are two symmetry-independent, disaccharide anions having different conformations. The pyranose conformations are $^4C_1$ for both molecules; that of molecule 1, with torsion angles of 42–57°, is flatter than that of molecule 2, having angles of 46–64°. The conformations of the unsaturated moieties are respectively $^2H_1$ and $^1H_2$. In consequence, the glycosidic linkages are axial–axial and equatorial–axial, respectively. The linkage torsion-angles are, however, similar, being C-5–C-4–O-4–C-11 = +104, +112°, and C-4–O-4–C-11–C-15 = +60, +69°. In some of the corresponding bond-lengths, there are large differences that are probably due to experimental errors larger than normal, namely, C-12–C-22 = 150.0 and 160.5 pm, C-11–O-15 = 153.8 and 146.4 pm. The coordination of the Sr^{2+} ions is eight-fold, with Sr–O distances of 248 and 270 pm. The hydrogen positions were not determined.

$C_{12}H_{17}ClO_7$ Tri-O-acetyl-6-deoxy-α-L-mannopyranosyl chloride[36]
$P2_12_12_1$; $Z = 4$; $D_x = 1.30$; $R = 0.045$ for 1,017 intensities. The pyranose conformation is $^1C_4$(L), with ring torsion-angles 50 to 58°. The C–Cl bond is axial, with a C–Cl distance of 182.4 pm. The C-5–O-5, O-5–C-1 distances are 145.9 and 141.5 pm, respectively. The molecule cannot yet be displayed, owing to an error in the atomic coordinates published for C-3.

$C_{12}H_{20}O_{12}$ L-*threo*-2,5-Hexodiulose dimer[37]

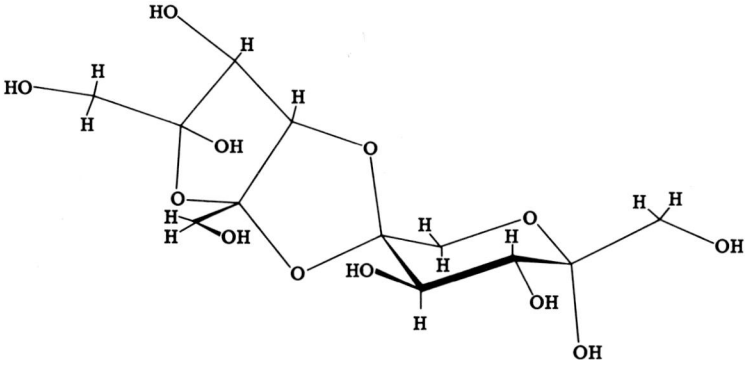

(36) P. Herpin, R. Famery, J. Augé, S. David, and L. Guibé, *Acta Crystallogr. Sect. B*, 32 (1976) 209–215.
(37) L. K. Hansen, A. Hordvik, and R. Hove, *J. Chem. Soc. Chem. Commun.*, (1976) 572–573.

$P2_12_12_1$; $Z = 4$; $D_x = 1.692$; $R = 0.04$ for 1,443 intensities. The molecule consists of a pyranoid and a furanoid moiety connected by a dioxolane ring. The pyranose conformation is $^5C_2$, and the dioxolane and furanoid rings have the $^{2'}T_{0-5}$ and $^{4'}T_{5'}$ conformations, respectively. The O-5–C-3′–C-2′–O-2′ torsion-angle between the fused rings is +99°. The orientation of the primary alcohol group on the pyranose ring is *gauche/gauche*, O–C–C–O = −74°. The positions of the hydrogen atoms were not determined. The title and the Figure in the paper referred to the D enantiomer, but the atomic coordinates given were those of the L enantiomer.

$C_{12}H_{22}O_{11} \cdot H_2O$ 6-*O*-α-D-Galactopyranosyl-α,β-D-glucopyranose monohydrate (α,β-melibiose monohydrate)[38]

$P2_12_12_1$; $Z = 4$; $D_x = 1.556, 1.570$ (Ref. 39); $R = 0.044$ for 1,439 intensities, $R = 0.046$ for 1,921 intensities.[39] The agreement between the two independent determinations of structure is excellent. Both structures contain α and β anomers in the ratios 17:3 and 4:1 (Ref. 39). The pyranose moieties have the $^4C_1$ conformation, with more distortion in the D-glucose residue than in the D-galactosyl group. The ring torsion-angles lie between 46 and 65°, 54 and 62° (Ref. 39). The orientations of the linkage bonds are, for O-5–C-5–C-6–O-6, −63, −65° (Ref. 39), for

(38) K. Hirotsu and T. Higuchi, *Bull. Chem. Soc. Jpn.*, 49 (1976) 1240–1245.
(39) J. A. Kanters, G. Roelofsen, H. M. Doesburg, and T. Koops, *Acta Crystallogr. Sect. B*, 32 (1976) 2830–2837.

C-5–C-6–O-6–C-1', −174, −174° (Ref. 39), and, for C-6–O-6–C-1'–O-5', +76, +77° (Ref. 39). These values are notably similar to those observed for the melibiose component of the trisaccharide raffinose, namely, −64, −170, and +72°. The primary alcohol group of the D-galactosyl group is *gauche/trans*. The hydrogen bonding consists of finite chains that begin at the anomeric hydroxyl group and terminate at a D-glucose ring-oxygen atom, and separate closed loops. The chains and loops intersect at the four-coordinated, water molecules. There is no direct, intramolecular hydrogen-bonding. There are two indirect, intramolecular links on each side of the molecule; one is through a water (W) molecule, namely, O-6-H···O-W-H···O-4-H, and the other through O-2-H of an adjacent molecule, namely, O-2'-H···O-2-H···O-5.

$C_{13}H_{15}BrN_2O_4S$ 1-(*p*-Bromophenyl)-L-glucofurano-[2,1-*d*]-imidazolidine-2-thione[40]

$P2_12_12_1$; Z = 4; D_x = 1.68; R = 0.052 for 1,518 intensities. This structure is isomorphous with that of the chloro compound,[41] reported next. The conformation of the two molecules is the same, and the molecular dimensions agree within experimental errors, except for the C–halogen bonds.

$C_{13}H_{15}ClN_2O_4S$ 1-(*p*-Chlorophenyl)-L-glucofurano-[2,1-*d*]-imidazolidine-2-thione[41]

$P2_12_12_1$; $Z = 4$; $D_x = 1.492$; $R = 0.10$ for 1,365 intensities. The glucofuranoid conformation is ^oT_c. The imidazolidine ring is almost planar. The dihedral angle between the rings, as defined by O–C–C–N is −123°. The phenyl ring is inclined at −117° (C–C–N–C) to the imidazole ring. The C–S bond-length is 166.0 pm. No hydrogen atom positions were reported. The atomic coordinates given referred to the L enantiomer.

$C_{13}H_{15}NO_6$ 2,5-Anhydro-6-O-benzoyl-D-mannonamide[42] ("1-carboxamido-5-O-benzoyl-α-D-arabinofuranose")

$P2_12_12_1$; $Z = 4$; $D_x = 1.37$; $R = 0.033$ for 1,297 intensities. The conformation of the furanose is E^2. The O-1–C-4–C-5–O-5, C-4–C-5–O-5–C-6, and C-5–O-5–C-6=O-6 torsion angles are +170, −170, and −3°, so that the side chain is approximately planar. The benzene ring is inclined to this plane with an O-6=C-6–C-7–C-8 torsion-angle of −15°. The amide group is almost exactly coplanar, with a O-1–C-1–C=O torsion-angle of +177°. The intermolecular hydrogen-bonding involves both of the hydroxyl groups and the N–H bonds as donors, and both of the hydroxyl carbonyl oxygen atoms as acceptors.

---

(40) R. Vega, V. Hernandez-Montis, and A. Lopez-Castro, *Acta Crystallogr. Sect. B*, 32 (1976) 1363–1366.
(41) E. Moreno, M. Garcia Gea, and V. Hernandez-Montis, *Cryst. Struct. Commun.*, 5 (1976) 369–372.
(42) O. Lefebvre-Soubeyran, C. Stora, and G. Barnathan, *Cryst. Struct. Commun.*, 5 (1976) 459–464.

$C_{13}H_{16}N_2O_4S$ 1-Phenyl-α-D-glucofurano-[2,1-d]-imidazolidine-2-thione[43]

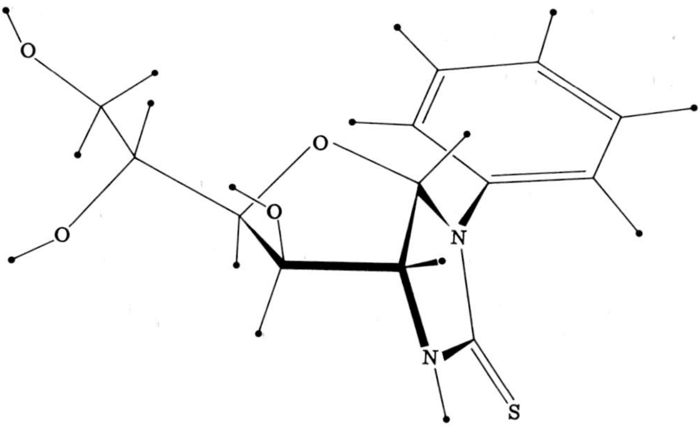

$P2_12_12_1$; $Z = 4$; $D_x = 1.44$; $R = 0.041$ for 1,210 intensities. The D-glucofuranoid conformation is E^2. The shape of the imidazolidine ring is close to planar. The angle between the two rings, as defined by the O–C–C–N torsion angle, is +117°. The phenyl ring is synclinal to the imidazole plane, with a C–C–N–C torsion angle of −62°. The C=S bond distance is 168.2 pm. (Atoms C-10 and C-11 were mislabelled in the Figure that provided the atomic notation.)

$C_{13}H_{18}O_9$ Tetra-O-acetyl-α-L-lyxopyranose[44]

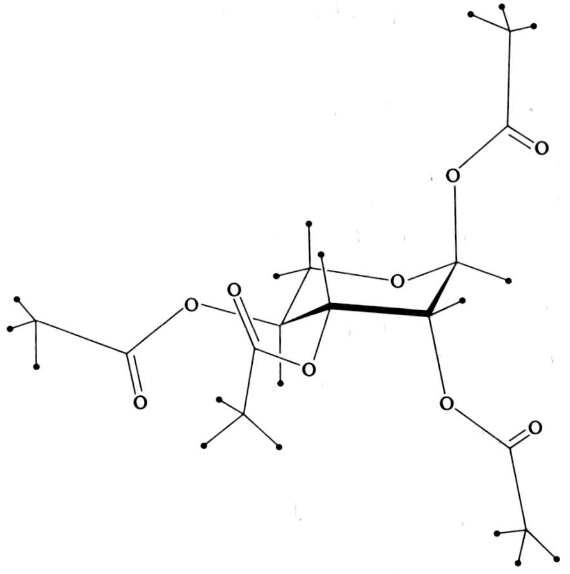

$P2_1$; $Z = 2$; $D_x = 1.365$; $R = 0.055$ for 2,000 intensities. The atomic parameters given correspond to the α-L anomer in the $^1C_4(L)$ conformation, although the title and text referred to the α $^4C_1(D)$ anomer. The pyranose ring is relatively undistorted, with ring torsion-angles of 50 to 59°.

$C_{13}H_{18}O_9$ 1,2,3,5-Tetra-O-acetyl-β-D-ribofuranose[45]
$P2_12_12_1$; $Z = 4$; $D_x = 1.354$; $R = 0.052$ for 1,891 intensities. The crystal structure is the same as that previously reported.[46]

$C_{13}H_{18}O_9$ 1,2,3,4-Tetra-O-acetyl-β-D-xylopyranose[47]

$P2_1$; $Z = 2$; $D_x = 1.29$; $R = 0.036$ for 1,333 intensities. The pyranose conformation is $^4C_1$, with ring torsion-angles ranging from 49 to 65°. All of the acetoxyl groups are equatorially attached, and inclined with their planes approximately normal to the mean plane of the pyranose ring.

$C_{13}H_{26}NO_8P$ Methyl α-D-glucopyranoside cyclic 4,6-phosphate, cyclohexylammonium salt[48]
$C2$; $Z = 4$; $D_x = 1.34$; $R = 0.035$ for 1,233 intensities. The pyranoside conformation is $^4C_1$, with no significant distortion resulting from the fused ring of the 4,6-phosphate, which has the $^PC_5$ conformation, with

---

(43) R. Jimenez-Garay, A. Lopez-Castro, and R. Márquez, *Acta Crystallogr. Sect. B*, 32 (1976) 2115–2118.
(44) P. Herpin, R. Famery, J. Augé, and S. David, *Acta Crystallogr. Sect. B*, 32 (1976) 215–220.
(45) B. J. Poppleton, *Acta Crystallogr. Sect. B*, 32 (1976) 2702–2705.
(46) V. J. James and J. D. Stevens, *Cryst. Struct. Commun.*, 2 (1973) 609–612; *Adv. Carbohydr. Chem. Biochem.*, 31 (1975) 353.
(47) V. J. James, K. Nimgirawath, and J. D. Stevens, *Cryst. Struct. Commun.*, 5 (1976) 853–856.
(48) C. L. Coulter, *J. Am. Chem. Soc.*, 98 (1976) 4997–5000.

ring torsion-angles ranging from 51 to 61°. The glycosidic torsion-angle, O-5–C-1–O-1–Me, is +62° and the C-1–O-1 bond is short, namely, 138.7 pm.

$C_{14}H_{16}O_6$ Methyl 2-C-benzyl-α-L-*xylo*-3-hexulo-3,6-furanosidono-1,4-lactone[49]

$P2_12_12_1$; $Z = 4$; $D_x = 1.341$; $R = 0.047$ for 1,470 intensities. The two fused rings have twist conformations. The C–C–C–C torsion-angle about the C–C bond common to both rings is +141°. The asymmetric carbon atoms, to which are attached the methoxyl and benzyl groups, are respectively R and S. The planar benzene ring is almost coplanar to the methoxyl group, and approximately parallel to the 1,4-lactone ring. The two hydroxyl groups and the carbonyl oxygen atom are linked by a finite chain of hydrogen bonds, O–H···O–H···O=C.

$C_{14}H_{19}BrO_9$ Tetra-O-acetyl-α-D-glucopyranosyl bromide[50]

(49) J. Hvoslef and S. Nordenson, *Acta Crystallogr. Sect. B*, 32 (1976) 1665–1669.
(50) M. Takei, H. Watanabe, J. Hayashi, and S. Watanabe, *Bull. Fac. Eng. Hokkaido Univ.*, 79 (1976) 101–109.

$P2_12_12_1$; $Z = 4$; $D_x = 1.465$; $R = 0.088$ for 1,451 intensities. The pyranose conformation is $^4C_1$, with ring torsion-angles of 50 to 62°. The C–Br bond-length is 200.2 pm and the C-1–O-5 and O-5–C-5 bond-lengths are respectively 134.6 and 145.8 pm, being respectively shorter and longer than normal. The acetyl group on the primary alcohol has the *gauche/trans* orientation. In the article,[50] the *a* and *c* axes were reversed with respect to the atomic coordinates, and the *x* coordinate of C-6 is incorrect.

$C_{14}H_{19}ClO_9$ Tetra-*O*-acetyl-α-L-mannopyranosyl chloride[36]

$P2_12_12_1$; $Z = 4$; $D_x = 1.33$; $R = 0.075$ for 1,638 intensities. The pyranose conformation is $^1C_4(L)$, with ring torsion-angles in the range 45 to 57°. The axial C–Cl bond-length is 185.6 pm. The C-5–O-5, O-5–C-1 bond-lengths are 144.3, 136.6 pm, being respectively longer and shorter than normal values. In the article,[36] the title and text refer to the $^4C_1(D)$ anomer, but the atomic parameters given were those of the α $^1C_4(L)$ anomer depicted.

$C_{14}H_{22}O_9S$ Methyl   tri-O-acetyl-6-deoxy-6-C-(methylsulfinyl)-α-D-glucopyranoside[51]

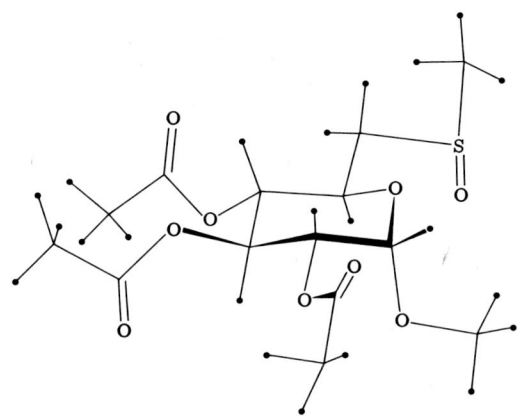

$P2_12_12_1$; $Z = 4$; $D_x = 1.364$; $R = 0.056$ for 1,716 intensities. The pyranose conformation is $^4C_1$, with ring torsion-angles of 47 to 68°. The O-5–C-1–O-1–Me torsion-angle is +62°, and the C-1–O-1 bond is short, 137.1 pm. The O-5–C-5–C-6–S, and C-5–C-6–S–Me torsion-angles are +65 and +180°, respectively. The planes of the acetyl groups are approximately perpendicular to the mean plane of the pyranose ring.

$C_{15}H_{17}IO_4$ Ethyl 6-O-benzoyl-2,3,4-trideoxy-4-iodo-α-D-*threo*-hex-2-enopyranoside[52]

$P2_12_12_1$; $Z = 4$; $D_x = 1.528$; $R = 0.095$ for 1,067 intensities. The conformation of the unsaturated pyranose is $^0H_5$. The attachment of the iodine atom and of the ethoxyl group is quasi-axial, and that of the benzoate group is quasi-equatorial. The benzoate group is planar, and is approximately perpendicular to the pyranose ring, as defined by the torsion angles O-5–C-5–C-6–O-6, C-5–C-6–O-6–C=O of +74°,

(51) K. B. Lindberg, *Acta Crystallogr. Sect. B*, 32 (1976) 2017–2021.
(52) R. Stokhuyzen and C. Chieh, *J. Chem. Soc. Perkin Trans. 2*, (1976) 481–483.

−150°. The O-5–C-1–O-1–Et torsion-angle is +72°. The hydrogen atoms were not located.

$C_{15}H_{19}NO_9$ 2,3,4,6-Tetra-O-acetyl-β-D-galactopyranosyl cyanide[53]

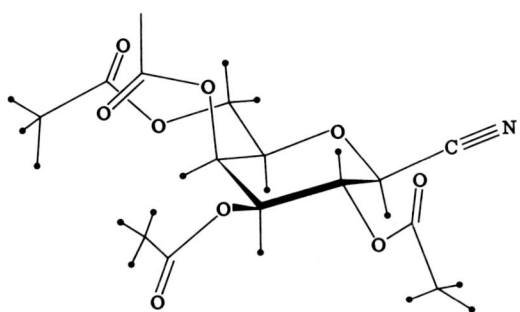

$P2_1$; $Z = 2$; $D_x = 1.33$; $R = 0.052$ for 1,721 intensities. The pyranosyl conformation is $^4C_1$, with ring torsion-angles of 49 to 65°. The orientation of the primary alcohol group is *trans/gauche*. The two ring C–O bond-distances are 144.1 and 141.5 pm, that to the anomeric carbon atom being the shorter.

$C_{15}H_{19}NO_9$ 3,4,6-Tri-O-acetyl-1,2-O-(1-cyanoethylidene)-α-D-glucopyranose[54]

$P6_1$; $Z = 6$; $D_x = 1.36$; $R = 0.08$ for 304 intensities. The pyranose conformation is a skew, so that the disposition of the substituent

(53) C. Foces-Foces, F. H. Cano, and S. Garcia-Blanco, *Acta Crystallogr. Sect. B*, 32 (1976) 964–966.
(54) C. Foces-Foces, F. H. Cano, and S. Garcia-Blanco, *Acta Crystallogr. Sect. B*, 32 (1976) 3029–3033.

groups is more axial than equatorial, with the exception of the primary alcohol group. The substituted 1,3-dioxolane ring has a twist conformation. The orientation of the primary alcohol group is *gauche/gauche*.

$C_{15}H_{20}N_2O_5S$ 1-(4-Methoxyphenyl)-3-methyl-4-(D-*arabino*-tetritol-1-yl)imidazoline-2-thione[55]

$P2_12_12_1$; Z = 4; D_x = 1.42; R = 0.071 for 407 intensities. The carbon chain of the D-*arabino*-tetritol-1-yl group has the zigzag conformation. The terminal hydroxyl group is *gauche*, with a C–C–C–OH torsion-angle of −50°. Within experimental error, the imidazole ring is planar. The N–C–C–C torsion angle to the alditol residue is +167°. The

(55) R. Jimenez-Garay, A. Lopez-Castro, and R. Márquez, *Acta Crystallogr. Sect. B*, 32 (1976) 1367–1371.

phenyl ring is inclined at 67° to the imidazoline ring. The S=C distance is 169.9 pm. The hydrogen-atom positions were not well determined, and the hydrogen-bond structure was not well defined.

$C_{15}H_{22}O_9$ 1,4,5-Tri-O-acetyl-2,3-O-isopropylidene-β-D-fructopyranose[56]

$P3_2$; $Z = 3$; $D_x = 1.29$; $R = 0.034$ for 1,400 intensities. The pyranose conformation is a distorted $^5C_2$, flattened at C-3, with ring torsion-angles of $+35$ and $-39°$. The acetoxymethyl and acetyl groups are axially attached at C-2 and O-4. The conformation of the isopropylidene ring is E^3. The orientation of the acetoxymethyl group is *trans/gauche*. There is a second, crystalline form, m.p. 56.5–57.5°, of this compound that is tetragonal, $P4_22_12$, with $Z = 8$, $D_x = 1.30$.

$C_{15}H_{22}O_{10}$ 3,4,6-Tri-O-acetyl-1,2-O-(1-methoxyethylidene)-β-D-mannopyranose[57]

$P2_12_12_1$; $Z = 4$; $D_x = 1.32$; $R = 0.066$ for 999 intensities. The pyranose conformation is a distorted $^4C_1$, with ring torsion-angles of 41 to 65°. The 1,3-dioxolane ring has the $^{C-7}T_{O-2}$ conformation. The O–C–C–O torsion-angle about the bond common to both rings is $-78°$. The primary alcohol group is *gauche/gauche*. The C–C bond-lengths vary from 145 to 155 pm, the C–O from 129 to 148 pm, and the C=O from 118 to 126 pm.

(56) P. Koll and J. Kopf, *Chem. Ber.*, 109 (1976) 3346–3357.
(57) J. L. Flippen, *Cryst. Struct. Commun.*, 5 (1976) 157–161.

$C_{15}H_{24}O_7$ (1S)-5,7-Anhydro-8-deoxy-1,2:3,4-di-O-isopropylidene-1-O-methyl-*aldehydo*-D-*glycero*-D-*galacto*-octos-6-ulose 1-acetal[58]
$P4_1$; $Z = 4$; $D_x = 1.223$; $R = 0.053$ for 1,301 intensities. This is the first crystal structure of a 3-oxetanone to be published. The two isopropylidene and oxetane rings are so linked that the O–CH–CH–O torsion angles are +sc (+60° and +58°). The carbon chain, C-1 to C-5, is bent. The outer dioxolane ring is $^{0,2}T_C$, and the inner ring is E^{o3}. The oxetane ring is almost planar. The hydrogen-atom positions give J_{ij} values, using the Karplus equation, in good agreement with those measured experimentally in deuteriochloroform solution.

$C_{16}H_{21}NO_9$ 1,4,6-Tri-O-acetyl-2-(N-acetylacetamido)-2,3-dideoxy-α-D-*threo*-hex-2-enopyranose[59]
$P2_12_12_1$; $Z = 4$; $D_x = 1.329$; $R = 0.038$ for 1,813 intensities. The unsaturated pyranose conformation is $^oH_5$, and the n.m.r. spectrum shows that it retains that conformation in solution. The C–C=C–C, C–C–C=C, and C=C–C–C ring torsion-angles are +6, +7, and +14°. The orientational angle about the glycosidic bond, C-1–O-1, is +77°. The

(58) A. Ducruix, C. Pascard, S. David, and J.-C. Fischer, *J. Chem. Soc. Perkin Trans. 2*, (1976) 1678–1682.
(59) B. Kojić-Prodić, V. Rogić, and Ž. Ružić-Toroš, *Acta Crystallogr. Sect. B*, 32 (1976) 1833–1838.

C-1–O-1 bond is long, 144.2 pm, as a consequence of being part of a chain of four C–O bonds terminating in a C═O bond.

$C_{16}H_{22}O_{10}$ 1-C-(2,3,4,6-Tetra-O-acetyl-β-L-glucopyranosyl)-1(S)-oxirane[60]

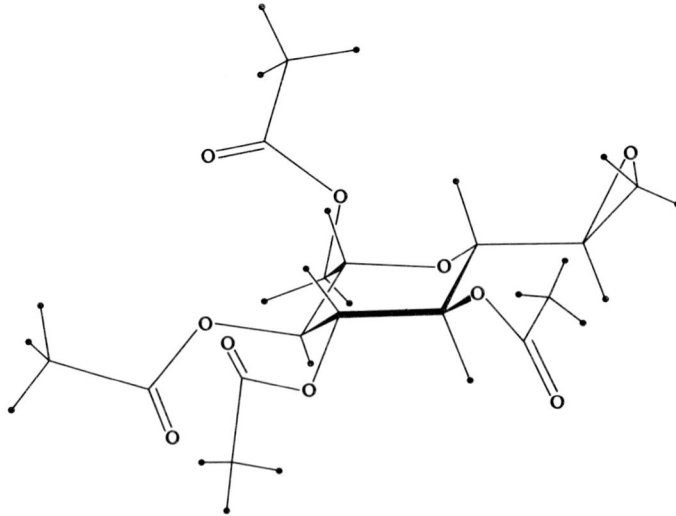

(60) A. D. Vasiljev, V. I. Andrianov, V. I. Simonov, S. D. Shiyan, and M. L. Shulman, *Bioorg. Khim.*, 2 (1976) 601–609.

P2$_1$2$_1$2$_1$; Z = 4; D$_x$ = 1.276; R = 0.042 for 1,145 intensities. The pyranose conformation is $^1C_4$(L), with ring torsion-angles of 54 to 67°. The primary alcohol orientation is *gauche/trans*. The oxirane (ox) ring is so oriented that the O-5–C-1–C-ox–O-ox torsion-angle is −90°. The C–C and two C–O bond-lengths in the oxirane ring are 147.6, 142.5, and 145.2 pm, respectively. The atomic coordinates reported referred to the L enantiomer having the (1R) oxirane group.

$C_{16}H_{22}O_{11}$ 1,2,3,4,6-Penta-*O*-acetyl-α-D-idopyranose[61]

P2$_1$; Z = 2; D$_x$ = 1.34; R = 0.046 for 1,870 intensities. The pyranose conformation is $^4C_1$, with four axial acetoxyl groups. The O–O separations between the two pairs of *syn*-diaxial, acetoxyl oxygen atoms are 287 and 288 pm; these do not cause major distortions in the ring, which has torsion angles of 41 to 59°. The 6-*O*-acetyl group is *trans/gauche*.

$C_{16}H_{32}O_6$ 1-Decyl α-D-glucopyranoside[62]
P2$_1$; Z = 2; D$_x$ = 1.220; R = 0.093 for 1,312 intensities. The pyranoside conformation is $^4C_1$, with ring torsion-angles in the range 53 to 61°. The glycosidic torsion angle, O-5–C-1–O-1–C-7, is +66°. The

(61) P. Luger and H. Paulsen, *Carbohydr. Res.*, 51 (1976) 169–178.
(62) P. C. Moews and J. R. Knox, *J. Am. Chem. Soc.*, 98 (1976) 6628–6633.

decyl chain is linear and extended. The primary alcohol group is *gauche/gauche*. The molecules pack in bilayers, with close-packed hydrocarbon chains lying between hydrogen-bonded layers of D-glucoside rings.

$C_{18}H_{25}IO_{10}$ Phenyl 6-deoxy-6-iodo-α-maltopyranoside[63]
$P2_1$; $Z = 2$, $D_x = 1.66$; $R = 0.178$ for 2,072 intensities. The conformation differs from that of phenyl α-maltopyranoside.[63] The linkage torsion-angles O-5–C-1–O-1–C-4' and C-1–O-1–C-4'–C-3' are +73 and +84°. This difference is attributed to the presence of the iodine atom, which blocks the formation of the O-2–H···O-3'–H intramolecular hydrogen-bond found in the phenyl α-maltopyranoside structure. The linkage torsion-angles to the phenyl ring, O-5'–C-1'–O-1'–C-7 and C-1'–O-1'–C-7–C-8, are +76 and +2°. The primary alcohol groups are *gauche/gauche*. The hydrogen-atom positions were not determined.

(63) T. Tanaka, N. Tanaka, T. Ashida, and M. Kakudo, *Acta Crystallogr. Sect. B*, 32 (1976) 155–160.

$C_{18}H_{26}O_{11}$ Phenyl α-maltopyranoside[63]

P2$_1$; Z = 4; D$_x$ = 1.40; R = 0.044 for 3,430 intensities. There are two symmetry-independent molecules in the crystal structure. The orientation of their linkage bonds is very similar, but the orientation of the phenyl group and the primary alcohol groups is different. The linkage torsion-angles are O-5–C-1–O-1–C-4′, +108, +110°; C-1–O-1–C-4′–

C-3′, +102, +100°. The linkage-bond orientation is very similar to that observed in methyl β-maltopyranoside,[64] where these angles are +110 and +129°. The orientation of the primary alcohol group is *gauche/gauche* and *gauche/trans* in one molecule, and *gauche/trans* and *gauche/gauche* in the other. The phenyl ring is so oriented that the O-5′–C-1′–O-1′–C-7 torsion-angles are similar in both molecules, +85 and +76°, but the C-1′–O-1′–C-7–C-8 angles differ, +123 and −10°. There are intramolecular, O-2–H···O-3–H, hydrogen bonds between the two D-glucose residues in both molecules.

$C_{18}H_{32}O_{16} \cdot H_2O$ O-α-D-Glucopyranosyl-(1→3)-β-D-fructofuranosyl α-D-glucopyranoside (melezitose), monohydrate (Form II)[65]

$P2_12_12_1$; Z = 4; D_x = 1.547; R = 0.032 for 1,600 intensities. This is a crystalline form different from that previously reported, which is also a monohydrate.[66] The D-glucosyl groups have the $^4C_1$ conformation, with the ring torsion-angle in the normal range, namely, 50 to 60°. The D-fructofuranosyl residue has the $^4T_3$ conformation. The linkage-bond torsion-angles are as follows.

(1→3)
- O-5–C-1–O-1–C-2′   +100°   (+109°)
- C-1–O-1–C-2′–O-2′   −31   (−42)

(2→1)
- C-2′–C-3′–O-3′–C-1″   −104   (−90)
- C-3′–O-3′–C-1″–O-5″   +78   (+92)

---

(64) S. S. C. Chu and G. A. Jeffrey, *Acta Crystallogr.*, 23 (1967) 1038–1049.
(65) D. Avenel, A. Neuman, and H. Gillier-Pandraud, *Acta Crystallogr. Sect. B*, 32 (1976) 2598–2605.
(66) K. Hirotsu and A. Shimada, *Chem. Lett.* (1973) 83–86.

The values in parentheses are for form I, indicating small, but significant, conformational differences. The molecule contains five and seven C–O bond sequences. The bond lengths (in pm) are as follows.

C-3'——O-3'——C-1''——O-5''——C-5''
143.4   141.0   142.4   145.4
(142.2) (140.7) (141.6) (143.4)

C-5——O-5——C-1——O-1——C-2'——O-2'——C-5'
145.9 143.9 141.0 143.4 141.5 146.3
(143.4)(140.4)(142.5)(143.7)(141.3)(145.2)

These values are in good agreement with the prediction[26] that the two external bonds in the sequence must be longer than the internal bonds. The primary alcohol orientations in the two D-glucosyl residues are both *gauche/trans*. In the D-fructofuranosyl residue, O-2'–C-2'–C-1'–O-1' and O-6'–C-6'–C-5'–O-2' are −63 and −65°.

$C_{20}H_{23}NO_7$ 1-Deoxy-2,3:4,6-di-O-isopropylidene-1-phthalimido-α-L-sorbofuranose[67]
$P2_12_12_1$; Z = 4; D_x = 1.32; R = 0.051 for 1,312 intensities. The conformation in the solid state is the same as the favored conformation in solution as determined by n.m.r. spectroscopy.[68] The dioxolane ring has the $^2T_3$ conformation, the 1,3-dioxane ring is in a chair conformation, and the phthalimide ring is almost planar. The linkage torsion-angles to the phthalimide ring, O-5–C-2–C-1–N and C-2–C-1–N–C-7, are −67, −85°, values that agree with the favored conformation as calculated by using a Lennard–Jones, potential-energy function.

$C_{26}H_{21}ClO_7$ 2,3,4-Tri-O-benzoyl-β-D-xylopyranosyl chloride[69]

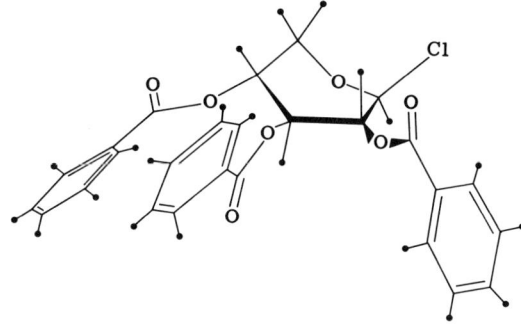

(67) R. S. Glass and P. L. Johnson, *Acta Crystallogr. Sect. B*, 32 (1976) 3129–3132.
(68) R. S. Glass and T. Williams, *J. Org. Chem.*, 37 (1972) 3366–3368.
(69) P. Luger, G. Kothe, and H. Paulsen, *Chem. Ber.*, 109 (1976) 1850–1855.

$P2_1$; $Z = 2$; $D_x = 1.35$; $R = 0.044$ for 2,391 intensities. The chlorine atom and three benzoyloxy substituents are all axially oriented. The stability of this conformer, vis-à-vis the all-equatorial alternative, is ascribed to the anomeric effect. The D-xylopyranose has the $^2S_0$ conformation. The C–Cl distance is 185.9 pm. The C-1–O-5, O-5–C-5 distances are 138.3 and 145.1 pm, being respectively shorter and longer than normal C–O distances.

$C_{28}H_{38}O_{19}$ Octa-O-acetyl-β-cellobiose[70]

$P2_12_12_1$; $Z = 4$; $D_x = 1.300$; $R = 0.075$ for 2,605 intensities. Both pyranose residues are in the $^4C_1$ conformation, slightly more distorted than in β-cellobiose. The ring torsion-angles range from 44 to 70°, as against 48 to 66° in the unacetylated compound. The linkage torsion-angles are O-5–C-1–O-1–C-4', $-77°$, C-1–O-1–C-4–C-5, $-104°$ (as against -76 and $-132°$ in β-cellobiose). The two primary alcohol groups are gauche/gauche and gauche/trans.

$C_{31}H_{31}BrN_2O_{10}$ 3-(4-Bromobenzamido)-4-hydroxy-8-methyl-7-[3-O-(5-methyl-2-pyrrolylcarbonyl)noviopyranosyloxy]coumarin[71]

$P2_12_12_1$; $Z = 4$; $D_x = 1.448$; $R = 0.047$ for 1,568 intensities. This compound is a 6-deoxy-6-methyl-α-D-gulopyranoside, related to the antibiotics coumermycin A and novobiocin. The pyranosyl residue is in

(70) F. Leung, H. D. Chanzy, S. Pérez, and R. H. Marchessault, Can. J. Chem., 54 (1976) 1365–1371.
(71) A. E. Wick, J. F. Blount, and W. Leimgruber, Tetrahedron, 32 (1976) 2057–2065.

the $^1C_4$ conformation. The glycosidic bond is axial, and the O-2–C-1–O-1–C-7 and C-1–O-1–C-7–C-8 torsion-angles are -74 and $-160°$.

$C_{36}H_{60}O_{30} \cdot nX$ α-Cyclohexaamylose complexes

Previous, complete, crystal structural studies of the cyclohexaamylose adducts have included the following: $1.9(C_2H_3O_2KI) \cdot 9.7H_2O$ (Ref. 2), $I_2 \cdot 4H_2O$ (Ref. 2), $I_2 \cdot 6H_2O$ (Ref. 3), $C_3H_8O \cdot 4.8H_2O$ (Ref. 3), and $C_6H_5NI \cdot 3H_2O$ (Ref. 3). The preliminary crystal data on 17 complexes have been reported.[72]

Complete, crystal-structure analyses have now been published on the following.

$C_{36}H_{60}O_{30} \cdot C_6H_4IN \cdot 3H_2O$ α-Cyclohexaamylose p-iodoaniline trihydrate[73]

$P2_12_12_1$; $Z = 4$; $D_x = 1.59$; $R = 0.055$ for 4,306 intensities. This is the same structure as previously reported.[3,74]

$C_{36}H_{60}O_{30} \cdot CH_3OH \cdot 5H_2O$ α-Cyclohexaamylose methanolate pentahydrate[75]

$P2_12_12_1$; $Z = 4$; $D_x = 1.435$; $R = 0.043$ for 4,283 intensities. The structure is of the "cage" type, isomorphous with the $I_2 \cdot 4H_2O$ structure.

(72) R. K. McMullan, W. Saenger, J. Fayos, and D. Mootz, *Carbohydr. Res.*, 31 (1973) 37–46.
(73) W. Saenger, K. Beyer, and P. C. Manor, *Acta Crystallogr. Sect. B*, 32 (1976) 120–128.
(74) K. Harata, *Bull. Chem. Soc. Jpn.*, 48 (1975) 2409–2413.
(75) B. Hingerty and W. Saenger, *J. Am. Chem. Soc.*, 98 (1976) 3357–3365.

The cavity of the cyclohexaamylose is occupied by methanol molecules which are two-fold disordered. The water molecules are ordered. The α-D-glucosyl residues have the $^4C_1$ conformation, with the 2- and 3-hydroxyl groups of adjacent D-glucosyl residues linked by intramolecular hydrogen-bonds. Two of the primary alcohol groups are disordered over the *gauche/gauche* and *gauche/trans* orientations, and the rest are *gauche/gauche*. The linkage-bond torsion-angles $O\text{-}4^n\text{-}C\text{-}1^n\text{-}O\text{-}4^{n+1}\text{-}C\text{-}4^{n+1}$ and $C\text{-}1^n\text{-}O\text{-}4^{n+1}\text{-}C\text{-}4^{n+1}\text{-}O\text{-}4^{n+2}$ range between 159 and 173° and -148 and $-178°$, respectively. The $O\text{-}4^n\text{-}O\text{-}4^{n+1}$ distances range from 412.7 to 431.0 pm. All of the hydrogen atoms were located, with the exception of those on the disordered hydroxyl groups and two disordered water molecules.

$C_{36}H_{60}O_{30} \cdot 0.48\ Kr \cdot 5.78\ H_2O$ at 3 atmospheres
$C_{36}H_{60}O_{30} \cdot 0.74\ Kr \cdot 5.28\ H_2O$ at 14 atmospheres

α-Cyclohexaamylose krypton hydrate[76]
$P2_12_12_1$; $Z = 4$; $D_x = 1.47, 1.51$; $R = 0.09$ for 3,953 and 3,880 intensities. The structure is of the "cage" type, analogous to that observed with other small molecules in the cage. It is pseudo-hexagonal, with the Kr adduct disordered over five positions within the cavity (diameter 500 pm). The linkage-bond torsion-angles $O\text{-}4^n\text{-}C\text{-}1^n\text{-}O\text{-}4^{n+1}\text{-}C\text{-}4^{n+1}$ and $C\text{-}1^n\text{-}O\text{-}4^{n+1}\text{-}C\text{-}4^{n+1}\text{-}O\text{-}4^{n+2}$ range between 158 and 172°, and -149 and $-184°$, respectively. The primary alcohol groups are all oriented *gauche/gauche*.

III. Data for Nucleosides and Nucleotides

$C_8H_{12}N_4O_5$ Virazole (ribavirin) (1-β-D-ribofuranosyl-1,2,4-triazole-3-carboxamide)[77]

The compound crystallizes in two crystal modifications, both having the same space group. Form I: $P2_12_12_1$; $Z = 4$; $D_x = 1.652$; $R = 0.05$ for 940 intensities; Form II: $P2_12_12_1$; $Z = 4$; $D_x = 1.587$; $R = 0.036$ for 916 intensities. In I, the glycosyl disposition is in the normal, *anti* range (10.4°) and the conformation of the D-ribosyl group is $^3T_2$ (11.7°, 39.4°). The exocyclic, C-4′–C-5′ bond torsion-angle is *gauche*$^+$ (55.1°, $-63.2°$). In II, the glycosyl disposition is in the high-*anti* range (119.0°), and the group exhibits the rare, C-2′-*exo* pucker ($_2T^1$) (33.5°, 35.5°) with the exocyclic, C-4′–C-5′ torsion-angle *trans* (180.0°, 63.4°). The hydrogen-bonding features in the two crystal structures were de-

---

(76) W. Saenger and M. Noltemeyer, *Chem. Ber.*, 109 (1976) 503–517.
(77) P. Prusiner and M. Sundaralingam, *Acta Crystallogr. Sect. B*, 32 (1976) 419–426.

scribed in the 1973 bibliography.[77a] The correct x coordinate for the O-1' atom is 0.6584.

$C_9H_{10}N_2O_5$ 2,2'-Anhydro-(1-α-D-xylofuranosyluracil)[78]

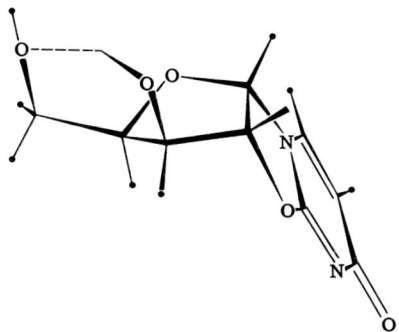

$P2_12_12_1$; $Z = 4$; $D_x = 1.645$; $R = 0.040$ for 897 intensities. The pyrimidine ring and the adjacent five-membered ring are coplanar, and this plane forms an angle of 106.0° with the mean plane of the furanose ring. The glycosyl disposition is *anti* (66.5°), the conformation of the

(77a) Ref. 2, p. 359.
(78) G. I. Birnbaum, J. Giziewicz, C. P. Huber, and D. Shugar, *J. Am. Chem. Soc.*, 98 (1976) 4640–4644.

D-xylofuranosyl group is $_4T^3$ (51.5°, 38.8°), and the exocyclic, C-4'–C-5' torsion-angle is *gauche*$^+$ (48.7°, −69.8°). This conformation facilitates the formation of a strong, 263.4-pm, intramolecular hydrogen-bond between the glycosyl hydroxyl groups O-3'–H···O-5'. The only other hydrogen bond in the crystal is the intermolecular hydrogen-bond between O-5'-H and the carboxyl O-4 atom on the base, length 276.0 pm.

$C_9H_{11}N_3O_5$ 6,2'-Anhydro-(1-β-D-arabinofuranosylcytosine)[79]

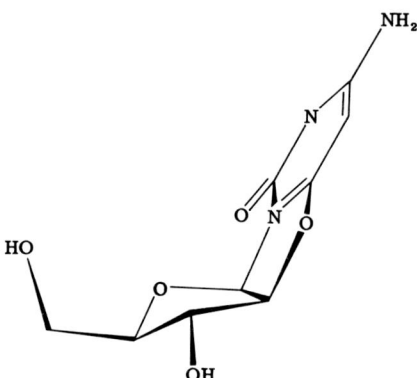

P2$_1$; Z = 2; D$_x$ = 1.572; R = 0.051 for 740 intensities. The base disposition is high-*anti* (111.4°). The conformation of the sugar is $_4T^0$ (63.4°, 43.8°) and the exocyclic, C-4'–C-5' bond torsion-angle is *gauche*$^+$ (56.8°, −59.5°). The nine-membered, fused-ring system resulting from the cyclization of the C-6 atom of the base to the O-2' atom is essentially planar, and this ring makes a dihedral angle of 60° to the sugar plane. Thus, 6,2'-anhydro-C is flatter than[80] 2,2'-anhydro-C, which exhibits the C-4'-*endo*, sugar pucker (233.5°, 27.4°), where the corresponding dihedral angle is 71°. Thus, the dihedral angle appears to be influenced by the sugar pucker; that is, the C-4'-*exo* pucker leads to a flatter, overall ring-system than the C-4' *endo*. The 6,2'-cyclization results in some marked changes in the bond distances, particularly of those in the new ring. The glycosyl C-1'–N-1 bond is shortened to 143.7 pm, compared to the normal value of 148 pm, whereas the C-6–O-2' bond is lengthened from the C=O double-bond value of 122 pm to 133.9 pm, thus acquiring considerable, single-bond character.

(79) Y. Kashitani, S. Fujii, and K. Tomita, *Biochem. Biophys. Res. Commun.*, 69 (1976) 1028–1031.

(80) T. Brennan and M. Sundaralingam, *Biochem. Biophys. Res. Commun.*, 52 (1973) 1348–1353.

$C_9H_{14}N_2O_4S_2$ 5,6-Dihydro-2,4-dithiouridine[81]

$P2_1$; $Z = 2$; $D_x = 1.556$; $R = 0.035$ for 1,894 intensities. The dihydrouracil base is puckered, displaying the skew conformation, with C-5 and C-6 displaced by 15.8 pm and 50.4 pm on opposite sides of the base. The glycosyl disposition is *anti* (23.4°), and the conformation of the D-ribosyl group is $^3T_2$ (11.3°, 38.6°). The exocyclic, C-4'−C-5' bond torsion-angle is *trans* (−171.9°, 72.2°). There is an interbase hydrogen-bond N-3−H···S-4 = 331 pm.

$C_9H_{14}N_3O_5{}^+NO_3{}^-$ Cytidinium nitrate[82]

$P2_1$; $Z = 2$; $D_x = 1.644$; $R = 0.026$ for 1,319 intensities. The glycosyl disposition is *anti* (6.8°), and the conformation of the D-ribosyl group is $^3T_2$ (13.4°, 34.3°). The exocyclic, C-4'–C-5' torsion-angle is *gauche*$^+$ (53.9°, −64.7°). The cytosine ring is protonated at N-3, and this site, as well as the N-6 amino group form a pair of hydrogen bonds to two of the oxygen atoms of the nitrate group. There is no base stacking, but the nitrate ions and the protonated bases are stacked.

$C_9H_{15}N_3O_5 \cdot H_2O$ 5,6-Dihydroisocytidine, monohydrate[83]

$P2_1$; $Z = 2$; $D_x = 1.521$; $R = 0.036$ for 874 intensities. The glycosyl disposition is *anti* (75.7°), and the conformation is $^3T_4$ (32.5°, 37.2°). The orientation about the exocyclic, C-4'–C-5' bond is *gauche*$^+$ (52.1°, −64.7°). The base is not planar, and is twisted into a half-chair conformation; C-5 and C-6 are displaced by 43 pm and 19.8 pm on opposite sides of the plane defined by the four atoms N-1, C-2, C-3, and C-4. The Figure published shows the *wrong enantiomorph*. The published coordinates of the base atoms C-2, N-2, N-3, C-4, and O-4 should be translated along *x* to be connected to the rest of the molecule. Similarly, the *y* coordinate of O-4 should be translated along *y*.

---

(81) B. Kojić-Prodić, A. Kvick, and Ž. Ružić-Toroš, *Acta Crystallogr., Sect. B*, 32 (1976) 1090–1095.

(82) J. J. Guy, L. R. Nassimbeni, G. M. Sheldrick, and R. Taylor, *Acta Crystallogr. Sect. B*, 32 (1976) 2909–2911.

(83) B. Kojić-Prodić, Ž. Ružić-Toroš, and E. Coffou, *Acta Crystallogr. Sect. B*, 32 (1976) 1103–1108.

$C_{10}H_{12}N_2O_7$ 5-Formyl-α-uridine[84]

$P2_12_12_1$; $Z = 4$; $D_x = 1.668$; $R = 0.086$ for 1,054 intensities. The glycosyl disposition is *anti* (21.6°). The conformation of the D-ribosyl moiety is close to the C-3'-*endo* envelope (17.3°, 39.3°). The O-5 atom is triply disordered, such that the main occupancy corresponds to the commonly observed conformation, where the C-3'–C-4'–C-5'–O-5' torsion-angle is *gauche*⁺. The two minor occupancies correspond to the alternative, staggered arrangements around the C-4'–C-5' bond. The bases are not stacked.

$C_{10}H_{12}N_4O_5$ Formycin B (Ref. 85)

$P2_1$; $Z = 2$; $D_x = 1.597$; $R = 0.044$ for 1,314 intensities. The C-glycosyl disposition is *anti* (30.3°), and the conformation of the D-ribosyl group is ${}^2_3T$ (143.7°, 41.6°). The exocyclic, C-4'–C-5' bond torsion-angle is *gauche*⁺ (54.2°, −63.8°). Each base is engaged in two interbase hydrogen-bonds to two different, neighboring bases. One of them is between N-1–H and O-6, and the other is between N-7–H and N-3. The N-8 atom of the base accepts a hydrogen bond from the 3'-hydroxyl group of an adjacent molecule.

(84) V. W. Armstrong, J. K. Dattagupta, F. Eckstein, and W. Saenger, *Nucleic Acids Res.*, 3 (1976) 1791–1810.
(85) G. Koyama, H. Nakamura, H. Umezawa, and Y. Iitaka, *Acta Crystallogr. Sect. B*, 32 (1976) 813–820.

$C_{10}H_{12}N_4O_6$ Oxoformycin B (Ref. 85)

$P2_12_12_1$; $Z = 4$; $D_x = 1.672$; $R = 0.043$ for 1,153 intensities. The C-glycosyl disposition is *syn* ($-164.1°$), and the D-ribosyl group has the $^3T_4$ conformation ($30.8°$, $38.5°$), which is unusual for a *syn* base. The rare combination of glycosyl torsion-angle range and sugar conformation is probably a consequence of the intramolecular hydrogen-bond N-3–H···O-5' = 282.9 pm, where the base is the donor, rather than playing its usual role of an acceptor. The exocyclic, C-4'–C-5' bond torsion-angle is *gauche*$^+$ ($59.9°$, $-57.2°$).

$C_{10}H_{12}N_4O_6 \cdot 2H_2O$ Xanthosine, dihydrate[86]

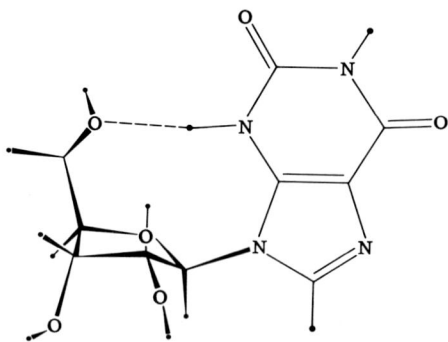

(86) G. Koyama, H. Nakamura, H. Umezawa, and Y. Iitaka, *Acta Crystallogr. Sect. B*, 32 (1976) 969–972.

$P2_12_12_1$; $Z = 4$; $D_x = 1.638$; $R = 0.051$ for 1,478 intensities. The molecule has the *syn* disposition ($-125.7°$); this conformation is stabilized by the intramolecular hydrogen-bond N-3–H$\cdots$O-5', where N-3 is the donor, as in oxoformycin B, but here the conformation of the D-ribosyl group and the glycosyl disposition are in the common ranges. The D-ribosyl group is in the rare, C-2'-*exo* conformation ($_2T^1$) (335.8°, 39.4°), and the orientation around the exocyclic, C-4'–C-5' bond is in the favored, *gauche*$^+$ range (52.8°, $-66.6°$). All potential, hydrogen-bonding sites, except the sugar-ring oxygen atom (O-1'), are involved in hydrogen bonds. Two of these hydrogen bonds involve direct interactions of water molecules to the N-7 and O-6 sites of the base. The only two intermolecular hydrogen-bonds are N-1–H$\cdots$O-2' and O-3'–H$\cdots$O-5'; the remaining hydrogen bonds are mediated by water molecules. The coordinates published[86] correspond to the *wrong enantiomorph*.

$C_{10}H_{12}BaN_5O_7P \cdot 7H_2O$ Adenosine (barium 5'-monophosphate), heptahydrate[87]

$C2$; $Z = 4$; $D_x = 1.886$; $R = 0.034$ for 1,943 intensities. The molecule exhibits the *anti* disposition (69°), with the common *gauche*$^+$ (58.4°, $-60.7°$) orientation around the exocyclic, C-4'–C-5' bond. The D-ribosyl residue has the rather unusual $_4T^3$ conformation (40.5°, 42.4°). The Ba^{2+} ion is coordinated to 8 water molecules; thus, the crystal structure may be regarded as being composed of entities of 5'-AMP and octahydrated Ba^{2+} ions. The water molecules link the Ba ions by hydrogen bonds involving the nucleotide N-7, N-1, and N-6 sites, and the D-ribosyl and phosphate oxygen atoms.

(87) H. Sternglanz, E. Subramanian, J. C. Lacey, Jr., and C. E. Bugg, *Biochemistry*, 15 (1976) 4797–4802.

($C_{10}H_{12}N_5O_8P$)Cd·$8H_2O$) Guanosine (cadmium 5'-monophosphate), octahydrate[88]

C2; Z = 4; D_x = 1.917; R = 0.060 for 1,707 intensities. The glycosyl disposition is *anti* (12.9°). The conformation of the D-ribosyl group is C-3'-*endo* (19.4°, 34.8°). The orientation around the exocyclic, C-4'–C-5' bond is *gauche*$^+$ (48.6°, −67.5°). The Cd ion has an octahedral coordination; five ligands are water oxygen atoms, and the sixth is N-7 of the guanine base. There are three intramolecular hydrogen-bonds, two of which involve two of the coordinated water molecules and two oxygen atoms of the phosphate, and the third, another coordinated water molecule and the carbonyl O-6 atom of the guanine base. Thus, there is no direct, metal–phosphate coordination. The metal coordination at N-7 seems to distort the molecular geometry of the base significantly, as well as to affect its planarity. The planes of the pyrimidine and imidazole rings make a rather large angle of 4°. The C-1' atom of the sugar is displaced 22 pm from the base plane; such deviations are frequently observed in nucleosides and nucleotides. The bases of adjacent molecules are stacked 330 pm apart, with a high degree of overlap of the pyrimidine rings.

[$C_{10}H_{12}N_5O_8P$)$_3Cu_3$]·$13H_2O$ Copper complex of guanosine 5'-monophosphate[89]

$P2_12_12$; Z = 4; D_x = 1.83; R = 0.077 for 4,459 intensities. The disposition of all three GMP molecules is *anti* (31.6°, 66.3°, 43.1°). The D-ribosyl residues of molecules 1 and 3 exhibit the C-3'-*endo* pucker (^3E) (17.5°, 33.1°; 16.7°, 38.0°), whereas the third has the $^2T_3$ conformation (172.9°, 31.2°). The exocyclic, C-4'–C-5' bond torsion-angles are all in

(88) K. Aoki, *Acta Crystallogr. Sect. B*, 32 (1976) 1454–1459.
(89) E. Sletten and B. Lie, *Acta Crystallogr. Sect. B*, 32 (1976) 3301–3304.

the favored, gauche⁺ range (61.9°, −51.1°; 53.9°, −70.4°; 50.8°, −62.6°). Each guanine base is coordinated at N-7 by a copper atom, which, in turn, is bonded to a phosphate group of a neighboring GMP molecule. Thus, the base–metal–phosphate bonds of the copper–GMP complex form an infinite, helical chain about a crystallographic, two-fold screw-axis. All three copper atoms display square-pyrimidal coordination, with N-7 of the base in the axial position, and phosphate and water oxygen atoms in equatorial positions.

$C_{10}H_{14}N_5O_7P \cdot H_2O$ Adenosine 5'-monophosphate, monohydrate (5'-AMP)[90]

$P2_12_12_1$; $Z = 4$; $D_x = 1.699$, $R = 0.065$ for 1,320 intensities. The molecule exhibits the *anti* disposition (72.5°). The conformation of the D-ribosyl group is $^2T_3$ (172.0°, 37.6°), and the exocyclic, C-4'–C-5' bond exhibits the favored, *gauche*$^+$ (62.3°, −55.9°) orientation. In contrast, the monoclinic polymorph[91] of 5'-AMP monohydrate has the $^3T_2$ conformation (21.2°, 43.9°), and the glycosyl conformation and the exocyclic, C-4'–C-5' bond orientation are respectively the favored, *anti* (25.6°) and *gauche*$^+$ (40.0°, −78.0°). The bases are stacked, with partial overlap of the rings. The shortest hydrogen-bond in the structure, 255.0 pm, involves a phosphate oxygen atom and N-1 of the base, which is protonated. Such short, base–phosphate hydrogen-bonding is frequently observed between nucleotides. The nucleotide exists as a zwitterion.

$C_{10}H_{14}N_5O_{10}P_2Rb \cdot H_2O$ Adenosine (rubidium 5'-diphosphate), monohydrate[92,93]

$P2_12_12$; $Z = 4$; $D_x = 1.844$; $R = 0.119$ for 1,200 intensities. The glycosyl disposition is *anti* (39.4°). The conformation of the D-ribosyl group is C-2'-*endo* (16.4°, 36.3°). The exocyclic, C-4'–C-5' bond orientation is *gauche*$^+$ (56.9°, −65.4°). The Rb$^+$ ion is six-coordinated; three lig-

(90) S. Neidle, W. Khulbrandt, and A. Achari, *Acta Crystallogr. Sect. B*, 32 (1976) 1850–1855.
(91) J. Kraut and L. H. Jensen, *Acta Crystallogr.*, 16 (1963) 79–88.
(92) M. A. Viswamitra, M. V. Hosur, Z. Shakked, and O. Kennard, *Cryst. Struct. Commun.*, 5 (1976) 819–826.
(93) M. A. Viswamitra, M. V. Hosur, Z. Shakked, and O. Kennard, *Nature*, 262 (1976) 234–236.

ands involve the oxygen atoms of the same pyrophosphate group and the pyrophosphate oxygen atom of the neighboring molecule, and N-3 of the base and a D-ribosyl hydroxyl group of a third ADP molecule. Thus, the Rb ion is not coordinated to the phosphate and base of the same ADP molecule. The water of crystallization links the pyrophosphate and D-ribosyl group of adjacent molecules. There is no base stacking in the structure. The N-1 and N-6 atoms of the base form a pair of hydrogen bonds to the phosphate oxygen atoms of one molecule, and N-6 and N-7 form a similar pair of hydrogen bonds to the phosphate oxygen atom of a symmetry-related phosphate group. The pyrophosphate group has a staggered conformation.

$C_{11}H_{14}N_3O_5{}^+Cl^-$ 3,N^4-Ethenocytidine hydrochloride[94]

$P2_1$; $Z = 2$; $D_x = 1.552$; $R = 0.045$ for 1,675 intensities. The disposition around the glycosyl bond is *anti* (42.6°), and the conformation of the D-ribosyl group is $^2T_3$ (170.5°, 38.7°). The orientation around the

(94) A. H. J. Wang, J. R. Barrio, and I. C. Paul, *J. Am. Chem. Soc.*, 98 (1976) 7401–7408.

exocyclic, C-4'–C-5' bond is *gauche*$^+$ (58.3°, −61.6°). The planes through the two halves of the cytosine moiety make a dihedral angle of ∼1.5°. There appears to be an intramolecular, C–H⋯O hydrogen-bond between C-6–H of the base and O-5' of the D-ribosyl group. The Cl⁻ ion is an acceptor of three hydrogen-bonds, one from N-4–H of the base, and the remaining two from the O-5'–H and O-3'–H of different, neighboring molecules. The carbonyl oxygen atom (O-2) does not participate in hydrogen bonding. There is hardly any overlap of the cytosine bases, but the Cl⁻ ion is sandwiched between the bases, and lies over the pyrimidine portion of the cytosine cation at a distance of 321 pm. The two atoms of the base closest to the Cl⁻ ion are N-3 (333.9 pm) and C-2 (330.3 pm).

$C_{11}H_{14}N_4O_4$ 3-Deazaadenosine[95]

$P2_12_12_1$; $Z = 4$; $D_x = 1.528$; $R = 0.039$ for 976 intensities. The disposition around the glycosyl bond is *anti* (4.5°), and around the exocyclic, C-4'–C-5' bond, *gauche*$^+$ (60.4°, −58.2°). The D-ribosyl group has the $^3T_2$ conformation (11.9°, 40.4°). The 5'- and 2'-hydroxyl groups are involved in both a donor and acceptor hydrogen-bonds to the N-6 amino group and N-7 of the base, and the N-6 amino group and N-1 of the base, respectively. The hydrogen bonding (324 pm) between the N-6 amino group and the O-2' atom is weak. The base planes are stacked at 347 pm apart, with C-6 and the two amino hydrogen atoms lying on top of C-3, N-1, and C-5, respectively, of the other molecule.

(95) P. Singh, J. May, L. B. Townsend, and D. Hodgson, *J. Am. Chem. Soc.*, 98 (1976) 825–830.

The average, interatomic separation of 354 pm is somewhat larger than the interplanar separation.

$C_{11}H_{14}N_4O_4S \cdot H_2O$ 6-(Methylthio)-9-β-D-ribofuranosylpurine, monohydrate[96]

$P2_1$; $Z = 2$; $D_x = 1.570$; $R = 0.040$ for 3,988 intensities. The disposition of the base is *anti* (5.8°). The conformation of the D-ribosyl group is ^3T_z (8.0°, 37.3°). The orientation around the exocyclic, C-4'–C-5' bond is *gauche*$^+$ (51.1°, −67.7°). The methyl substituent on the sulfur atom makes a torsion angle N-1–C-6–S–C-10 of 5.2°. All potential, hydrogen-bonding sites in the base and sugar are engaged in hydrogen bonding. The molecules are linked through hydrogen bonds from O-5' of one molecule and N-3 of another, to form chains along the *a*-axis. The water molecule is involved in a tetrahedral scheme of hydrogen bonds to the hydroxyl oxygen atom and nitrogen atoms of four different nucleoside molecules.

$C_{11}H_{15}N_5O_4$ 2'-O-Methyladenosine[97]
$P2_1$; $Z = 4$; $D_x = 1.484$; $R = 0.089$ for 1,681 intensities. There are two, crystallographically independent, molecules in the asymmetrical unit of structure. In molecule A, the glycosyl disposition is *anti* (14.4°), the sugar conformation is $^3T_2$ (11.3°, 36.8°), and the orientation

(96) C. Rømming and E. Sagstuen, *Acta Chem. Scand. Ser. B*, 30 (1976) 716–720.
(97) P. Prusiner and M. Sundaralingam, *Acta Crystallogr. Sect. B*, 32 (1976) 161–169.

around the exocyclic, C-4′–C-5′ bond is *gauche*⁺ (48.8°, −73.0°). The corresponding, conformational features in molecule B are: *anti* (0.5°), $_2T^3$ (349.9°, 35.0°), and *trans* (179.4°, 59.5°). Thus, the sugar residue has the rare, C-2′-*exo* pucker. A similar, C-2′-*exo* pucker had been observed[77] in one of the two forms of a nucleoside antibiotic (virazole). Apparently, the D-ribosyl group in xanthosine dihydrate is also C-2′-*exo*. The 2′-*O*-methyl groups display similar orientations in both molecules, C-1′–C-2′–O-2′–C-9 = 142.7° and 145.7°, and these appear to be but little perturbed by variation in the pucker of the sugar. The adenine bases are involved in two pairs of hydrogen bonds to adjacent adenine bases. The N-1 and N-6 atoms are hydrogen-bonded to N-6 and N-7 of an adjacent base. Similarly, N-6 and N-7 of each base are hydrogen-bonded to N-1 and N-6 of adjacent bases. Thus, the molecules are linked, to form an infinite ribbon. In one case, the amino groups are stacked over the pyrimidine ring of adjacent molecules; in the other, they are stacked over the imidazole ring. The interplanar separations are 340 pm and 336 pm, respectively.

$C_1H_{16}N_4O_5 \cdot 1.5H_2O$ Coformycin (6,7,8-trihydro-3-β-D-ribofuranosyl-imidazo[4,5-*d*][1,3]diazepin-8(*R*)-ol), sesquihydrate[98]
$P2_12_12$; Z = 4; D_x = 1.487; R = 0.057 for 1,021 intensities. The glycosyl disposition is *anti* (73.3°), and the D-ribosyl group has the $_1T^2$ conformation (138.5°, 44.4°). The exocyclic, C-4′–C-5′ bond orientation is

(98) H. Nakamura, G. Koyama, H. Umezawa, and Y. Iitaka, *Acta Crystallogr. Sect. B*, 32 (1976) 1206–1212.

the favored, gauche⁺ (44.7°, −74.2°). There is an intramolecular hydrogen-bond between O-2′–H and the N-4 atom (which corresponds to the N-3 atom of common purine systems). All potential, hydrogen-bonding sites in the molecule are engaged in hydrogen bonding. Even the oxygen atom (O-1′) of the furanose ring participates in a weak hydrogen-bond to the water of hydration. The bases are stacked, with partial overlap, and the interplanar separation is 325.6 pm.

$C_{12}H_{16}N_3O_4 \cdot C_6H_2N_3O_7$ Deazaisotubercidin, picrate[99]

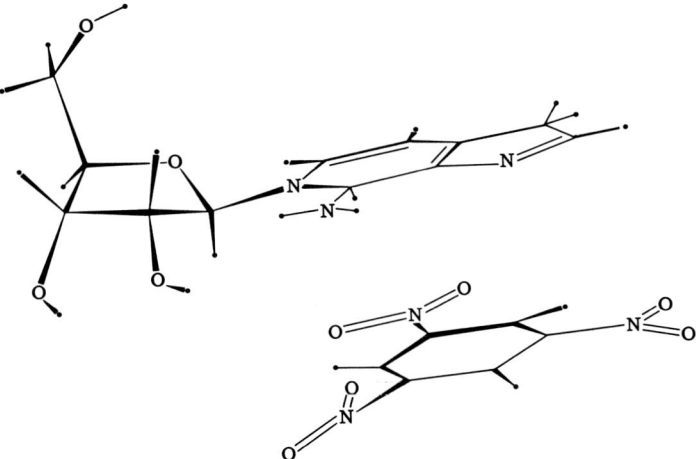

$P2_1$; $Z = 2$; $D_x = 1.639$; $R = 0.055$ for 1,987 intensities. The conformation of the D-ribosyl group is the symmetrical ^2_3T (144.0°, 37.9°), and the exocyclic, C-4′–C-5′ bond orientation is gauche⁺ (58.4°, −58.9°).

(99) A. Ducruix, C. Richie, and C. Pascard, *Acta Crystallogr. Sect. B*, 32 (1976) 2467–2471.

The glycosyl disposition is in the high-*anti* range (122.8°). The base rings and the picrate ions form alternating stacks, with a high degree of overlap. There is a hydrogen bond between the 5'-hydroxyl group of the nucleoside, and one of the nitro groups of the picrate ion. The central nitro group lies in the plane of the picrate ring, whereas the other two are twisted at angles of 26.6° and 34.6°.

$C_{13}H_{16}BrN_5O_4$ 8-Bromo-2',3'-O-isopropylideneadenosine[100]

$P2_12_12_1$; Z = 4; D_x = 1.676; R = 0.130 for 1,200 intensities. The glycosyl disposition is *syn* (−108°). The D-ribosyl residue is almost planar, and the exocyclic, C-4'−C-5' bond orientation is *trans* (168.2°, −78.5°). The planar conformation and the C-4'−C-5' orientation do not permit formation of the intramolecular hydrogen-bond observed in the monohydrate. Adjacent molecules, related by the two-fold screw-axis parallel to *c*, are connected together by interbase N-6−H···N-7 hydrogen-bonds, to form infinite ribbons along *c*. There is no base stacking in the structure. The coordinates published correspond to the *wrong enantiomorph*.

$C_{13}H_{16}BrN_5O_4 \cdot H_2O$ 8-Bromo-2',3'-O-isopropylideneadenosine, monohydrate[100]

C2; Z = 4; D_x = 1.68; R = 0.061 for 1,094 intensities. The glycosyl disposition is *syn* (−120.8°); this is stabilized by the intramolecular hydrogen-bond O-5'−H···N-3. The conformation of the D-ribosyl group is ^2_1T (14.5°, 26.3°), and the orientation around the exocyclic,

(100) S. Fujii, T. Fujiwara, and K. Tomita, *Nucleic Acids Res.*, 3 (1976) 1985−1996.

C-4'–C-5' bond is *gauche*⁻ (42.3°, −75.7°). Adjacent bases are linked together by pairs of N-6–H···N-7 and N-6–H···N-1 hydrogen-bonds. In both types of hydrogen-bonded pairs, the base planes make dihedral angles of 37°. Base stacking was not observed. The coordinates published correspond to the *wrong enantiomorph*.

$C_{15}H_{20}N_6O_7 \cdot 1.5H_2O$ 3-[(9-β-D-Ribofuranosylpurine-6-yl)glycyl]-L-alanine, sesquihydrate[101]

(101) P. Narayanan, H. M. Berman, and R. Rousseau, *J. Am. Chem. Soc.*, 98 (1976) 8472–8475.

A2, Z = 4; D_x = 1.535; R = 0.135 for 613 reflections. The glycosyl disposition is *anti* (15.5°). The conformation of the D-ribosyl group is $^3T_2$ (11.9°, 39.0°), and the exocyclic, C-4'–C-5' bond orientation is *gauche*$^+$ (60.9°, −58.5°). There is no intramolecular hydrogen-bonding between the glycylalanine portion of the molecule and the adenine portion. The dihedral angle between the peptide plane and the adenine ring is 91°, and the peptide group, in turn, makes a dihedral angle of 76.5° with the plane of the carboxyl group. The carboxyl group of one molecule forms a hydrogen-bonded pair with N-6 and N-7 of adenine of an adjacent molecule: N-7 of the adenine accepts a hydrogen bond from the carboxyl hydroxyl group, and N-6 of adenine donates a hydrogen bond to the carboxyl oxygen atom. This type of interaction provides a model for the interaction of a protein carboxyl group of glutamic or aspartic acid with the adenine base in a base-paired, double-helical RNA or single-stranded RNA. The coordinates published correspond to the *wrong enantiomorph*, and the signs of the torsion angles given in Table 2 of the article[101] are reversed.

$C_{17}H_{19}N_5O_4$ 6-(Benzylamino)-9-β-D-ribofuranosylpurine[102]

P1; Z = 1, D_x = 1.458; R = 0.049 for 2,222 intensities. The disposition about the glycosyl bond is *anti* (11.1°), and the conformation of the D-ribosyl group is $_3T^2$ (186.4°, 37.6°). The exocyclic C-4'–C-5' bond orientation is *gauche*$^-$ (−75.6°, 166.4°). The dihedral angle between the phenyl and purine planes is 98.9°, and the benzyl group is on the N-1 side of the base, or opposite the N-7 side of the base. The link (N-10–C-11) between the adenine amino group and the α-carbon atom of the benzyl group is twisted 5.2° from the base plane. The hydrogen atom of O-2'-H was suspected of being two-fold disordered; the major site H(O-2'A) appears to be involved in a rare, sugar–base, intramolecular hydrogen-bond to N-3 of the base; the associated, hydro-

(102) T. Takeda, Y. Ohashi, Y. Sasada, and M. Kakudo, *Acta Crystallogr. Sect. B*, 32 (1976) 614–616.

gen-bond distances and angles are: O-2'–N-3 = 281.1 pm, H(O-2'A)–N-3 = 198 pm, and O-2'–H(O-2'A)–N-3 = 153°. The purine rings are stacked at a spacing of 345 pm.

$C_{17}H_{21}N_3O_5$ 2-(3,4-Di-O-acetyl-2-deoxy-β-L-*erythro*-pentopyranosyl)-5,6-dimethylbenzotriazole[103]

$P2_1$; Z = 2; D_x = 1.310; R = 0.096 for 1,976 intensities. The pentopyranosyl group is in the $^4C_1$ conformation. The angle around the glycosyl C-1'–N-2 bond (O-1'–C-1'–N-2–N-1) is 81°. The packing in the crystal is entirely due to Van der Waals' interactions. All of the atoms of the sugar group, except C-1', should be translated along the x axis to connect to the rest of the molecule.

$C_{19}H_{23}N_7NaO_{12}P·6H_2O$ Adenylyl-(3'→5')-uridine (ApU), sodium salt, hexahydrate[104]

(103) J. Lopez de Lerma, F. Hernandez Cano, S. Garcia-Blanco, and M. Martinez-Ripoll, *Acta Crystallogr. Sect. B*, 32 (1976) 3019–3022.
(104) N. C. Seeman, J. M. Rosenberg, F. L. Suddath, Jung Ja Park Kim, and A. Rich, *J. Mol. Biol.*, 104 (1976) 109–144.

$P2_1$; $Z = 4$; $D_x = 1.552$; $R = 0.057$ for 4,700 intensities. In the asymmetrical unit, there are two molecules of ApU that are base-paired, to form a miniature, right-handed, antiparallel double-helix. The adenine and uracil bases are paired in a Watson–Crick scheme, and there is considerable base-stacking between adjacent bases. One of the Na^+ ions is coordinated to the phosphate groups, and the other is coordinated to both of the uracil carbonyl oxygen atoms (O-2) in the minor groove of the double helix; this mode of binding to the bases of the adjacent strands could be sequence-specific. Water molecules fill the remaining, coordination sites of the Na^+ ions. The C-1'–C-1' distance across the two A–U base-pairs is 1.050 nm, which is slightly less than the corresponding values of 1.067 nm and 1.087 nm in the GpC double-helix.[108] Both of the A–U base-pairs exhibit a propellerlike twist, the twist angles being 11.4° and 13.6°. All four of the independent, nucleotide residues display the favored conformational features, namely, *anti* disposition for the base (A: 6.8°, 3.7°; U: 28.9°, 29.0°), the C-3'-*endo* sugar pucker [A: (^3_2T) 0.0°, 40.1°; ($^3T_2$) 3.9°, 39.9°; U: ($^3T_4$) 23.3°, 40.8°; ($^3T_4$) 21.3°, 41.3°], and the *gauche*$^+$ orientation around the backbone, C-4'–C-5' bond. Thus, the D-ribosyl residues on the 3'-side have the $^3T_2$ conformation and smaller values for the glycosyl angles, whereas those on the 5'-side have the $^3T_4$ conformation and larger glycosyl angles. The phosphoric diesters exhibit the helical *gauche*$^-$, *gauche*$^-$ orientations, with the P–O torsion angles within the typical range of values: $(\omega',\omega) = (-66.8°, -71.8°), (-75.5°, -64.4°)$. The *y* coordinates of C-3'A in molecule 1 and the *z* coordinates of C-4A2 in molecule 2 reported are erroneous. The correct values are -0.0130 and 0.8523, respectively.

$C_{19}H_{24}N_8NaO_{12}P \cdot 9H_2O$ Guanylyl-(3'→5')-cytidine (GpC), sodium salt, nonahydrate[105]

C2; Z = 4; D_x = 1.572; R = 0.054 for 2,276 intensities. Both the guanosine and cytidine residues exhibit the conformational features commonly observed, namely, *anti* disposition for the base (31.7°, 13.0°), the C-3'-*endo* pucker for the D-ribofuranosyl group (17.2°, 40.1°; 7.2°, 37.2°), and the *gauche*$^+$ (51.2°, −67.7°; 49.1°, −68.2°) orientation around the backbone, C-4'–C-5' bond. The backbone phosphoric diester is in the helical, *gauche*$^-$, *gauche*$^-$ conformation (ω',-ω = −66.3°, −75.3°). The molecules are base-paired, with their two-fold axes being mates related such that the bases G and C of one molecule form triple hydrogen-bonds, respectively, to the C and G bases of the other, as found in double-helical, nucleic acids. The two-base-paired minihelix is, indeed, a segment of a right-handed, *anti*-parallel, double-helical RNA, with the bases stacked at 340 pm apart. The octahedrally coordinated Na$^+$ ions are directly bonded to the anionic, phosphoric diester oxygen atoms, and they bridge adjacent minihelices in the lattice. The water molecules, besides being coordinated

(105) J. M. Rosenberg, N. C. Seeman, R. O. Day, and A. Rich, *J. Mol. Biol.*, 104 (1976) 145–167.

to the Na⁺ ion, are also directly hydrogen-bonded both to acceptor and donor sites on the base, as well as to the 2'-hydroxyl groups and the phosphoric diester oxygen atoms.

$(C_{19}H_{24}N_8O_{12}P)_2Ca \cdot 18H_2O$ Guanylyl-(3'→5')-cytidine (GpC), calcium salt, 18 hydrate[106]

P_2; $Z = 4$; $D_x = 1.510$; $R = 0.082$ for 2,918 intensities. The general features of this structure were presented in the communications Section of the 1975 bibliography.[106a] The exact values of the conformation parameters are now provided. The structure is composed of two independent, miniature, GpC helices, and this gives rise to 8 glycosyl torsion-angles, four for the G's (8°, 4°, 1°, 7°), and four for the C's (33°, 21°, 25°, 28°). All 8 D-ribosyl residues have the C-3'-*endo* pucker, with pseudorotation phase-angles of 3°, 4°, 10°, and 5° for the G residues, and 24°, 19°, 10°, and 19°, respectively, for the corresponding C residues, in the GpC molecules. Again, the increase in the glycosyl torsion-angle is correlated with an increase in the pseudorotation phase-angle of the sugar residue. The orientation around the C-4'–C-5' bond is *gauche*⁺ (G's: 53°, 56°, 54°, 53°; C's: 47°, 57°, 53°, 52°). The phosphoric diesters are all within the standard, helical, conformational ranges, with ω',ω pairs of angles of (−66°, −69°), (−69°, −67°), (−70°,

(106) B. Hingerty, E. Subramanian, S. D. Stellman, T. Sato, S. B. Broyde, and R. Langridge, *Acta Crystallogr. Sect. B*, 32 (1976) 2998–3013.
(106a) Ref. 4, p. 378.

−74°), (−72°, −77°). The two, independent, Ca^{2+} ions are octahedrally coordinated. Two of the coordination sites around each Ca^{2+} ion involve oxygen atoms of phosphate groups from two different GpC dimers, and the remaining sites are occupied by water molecules. The conformational structures of CaGpC and NaGpC[105] are very similar.

$C_{20}H_{21}N_3O_9$ 3-(2,3-O-Isopropylidene-β-D-erythrofuranosyl)-4,5-di(methoxycarbonyl)-1-(p-nitrophenyl)pyrazole[107]

$P2_1$; $Z = 2$; $D_x = 1.417$; $R = 0.062$ for 1,258 intensities. The disposition of the C–glycosyl bond is in the high-*anti* range (N-1′–C-1′–C-1–N-2) = 122.8°. The D-erythrofuranosyl group has the $_0T^4$ conformation (261.2°, 39.4°). The imidazole and benzene planes are twisted at an angle of 38.4°. There are no hydrogen-bonds in this structure, and the packing in the crystal is solely determined by Van der Waals interactions.

$(C_{20}H_{25}N_4O_{15}P_2)^{2-}$ $Na_2^+ \cdot 12H_2O$ Sodium thymidylyl-(5′→3′)-thymidylate-(5′) (pTpT), dodecahydrate[108]

(107) B. W. Liebich, *Acta Crystallogr. Sect. B*, 32 (1976) 2549–2552.
(108) N. Camerman, J. K. Fawcett, and A. Camerman, *J. Mol. Biol.*, 107 (1976) 601–621.

$P2_12_12$; $Z = 4$; $D_x = 1.579$; $R = 0.109$ for 971 intensities. The two 5'-mononucleotide portions have similar conformations, with *anti* disposition about the glycosyl bond (32.5°, 34.7°), the C-2'-*endo* pucker for the D-ribosyl residues (164°, 38°; 173°, 28°), and the favored, *gauche*$^+$ orientations (43.8°, −68.5°; 41.6°, −78.5°) around the exocyclic, C-4'−C-5' bonds. The phosphoric diester has the extended *trans,gauche*$^-$ orientation, the ω', ω pair of angles being (164°, −76°). The bases are tilted at an angle of 39° to each other. One of the two sodium ions is disordered. The ordered sodium ion has an octahedral coordination, and three of the coordination ligands involve the anionic oxygen atom of the phosphate group and the carbonyl oxygen atom (O-2) of two thymine bases in different molecules. There is no inter-base hydrogen-bonding, and N-3 atoms of both thymine bases are hydrogen-bonded to the unesterified, phosphate oxygen atoms in different molecules. There are three independent, base-stacking interactions, namely, between pairs of symmetry-related A rings, B rings, and A−B rings. There is hardly any overlap between the A−A pair, whereas the B−B and A−B pairs exhibit a high degree of overlap.

$C_{30}H_{37}N_5O_{16}P_2 \cdot 6H_2O$ Adenylyl-(3'→5')-adenylyl-(3'→5')-adenosine (ApApA), hexahydrate[109]

(109) D. Suck, P. C. Manor, and W. Saenger, *Acta Crystallogr. Sect. B*, 32 (1976) 1727–1737.

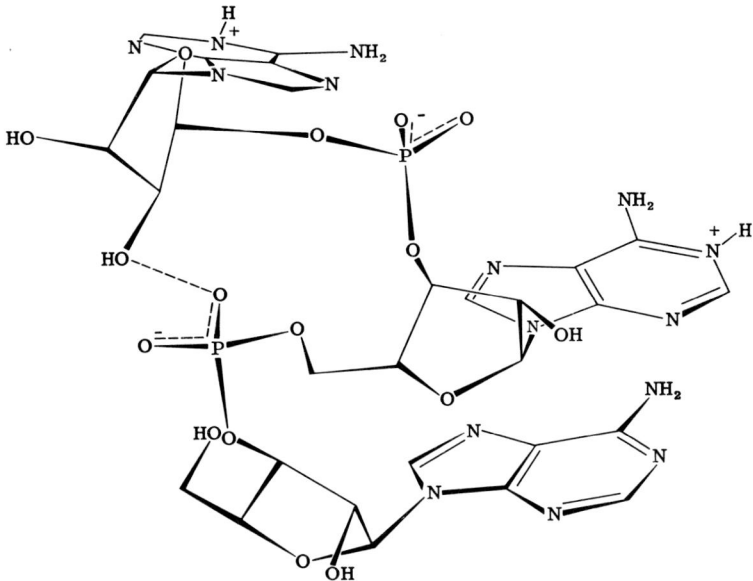

P4$_1$2$_1$2; Z = 8; D$_x$ = 1.559; R = 0.068 for 3,260 intensities. The molecule occurs as a di-positive zwitterion (ApA$^+$pA$^+$), with the middle and 3'-terminal adenine bases protonated at N-1. The A$^+$pA$^+$ portions of two-fold-axis-related molecules are complexed to form intermolecular hydrogen-bonds with the adenine$^+$ bases paired through the N-6 and N-7 atoms, and the 5'-phosphate group of one molecule is hydrogen-bonded to the adenine N-6 atom of the other. The backbone chains of diad-related, base-paired molecules are antiparallel; thus, this complex, unlike poly A$^+$ (Ref. 110), is nonhelical. The three adenine nucleoside residues exhibit the *anti* disposition for the base (7.8°, 28.0°, 26.7°), the C-3'-*endo* pucker ($^3T_2$) for the D-ribosyl group (9.3°, 39.7°; 14.2°, 39.9°; 9.7°, 38.7°), and the favored, *gauche*$^+$ orientation (52.7°, −63.3°; 55.9°, −62.5°; 61.1°, −57.5°) around the exocyclic, C-4'–C-5' bond, respectively. The phosphoric diester, P–O bonds of the ApA$^+$ fragment exhibit the helical, *gauche*$^-$, *gauche*$^-$ orientation, (ω',ω) = (76.7°, −62.6°), and the phosphoric diester of the A$^+$pA$^+$ fragment is in the folded, *gauche*$^+$, *gauche*$^+$ orientation, (ω',ω) = (77.2°, 92.8°). The latter orientation is stabilized by an intrachain hydrogen-bond between the 3'-terminal hydroxyl group and the penultimate

(110) A. Rich, D. R. Davies, F. H. C. Crick, and J. D. Watson, *J. Mol. Biol.*, 3 (1961) 71–86.

phosphate group. This hydrogen bonding is not feasible in a polynucleotide phosphorylated at O-3', thus disfavoring the *gauche*$^+$, *gauche*$^+$ orientation for the backbone chain.

IV. PRELIMINARY COMMUNICATIONS

1. Carbohydrates

$C_{13}H_{20}O_6$ (Z)-1-O-Acetyl-2,3:4,5-di-O-isopropylidene-D-*erythro*-pent-1-enitol[111]

$C_{13}H_{20}O_6$ (Z)-1-O-Acetyl-2,3:4,5-di-O-isopropylidene-D-*threo*-pent-1-enitol[111]

$C_{17}H_{23}NO_{10}$ 1,5-Di-O-acetyl-3-C-(R)-(ethoxycarbonyl)methyl-5(R), 1'(R)-N-formylepimino-2,3-O-isopropylidene-β-D-ribofuranose[112]

2. Nucleosides and Nucleotides

$C_6H_{10}N_4O_4$ 1-β-D-Ribofuranosyltetrazole[113]
$P2_1$; Z = 2; D_x = 1.555; R = 0.052 for 741 intensities.

$C_6H_{11}N_5O_4$ 5-Amino-2-β-D-ribofuranosyl-2H-tetrazole[114]
$P2_12_12_1$; Z = 4; D_x = 1.512; R = 0.040 for 1,035 intensities.

$C_6H_{11}N_5O_4$ 5-Amino-1-β-D-ribofuranosyl-1H-tetrazole[114]
$P2_1$; Z = 2; D_x = 1.586; R = 0.045 for 996 intensities.

$C_9H_9N_3O_9 \cdot H_2O$ 5-Nitro-1-(β-D-ribosyluronic acid)uracil, monohydrate[115] $P2_1$; Z = 2; D_x = 1.743; R = 0.056 for 1,427 intensities.

$C_9H_{12}MnN_3O_8P \cdot 2.5H_2O$ Cytidine (manganese 5'-monophosphate), 2.5 hydrate[116]
$P2_12_12_1$; Z = 4; D_x = 1.824; R = 0.117 for 586 intensities.

---

(111) A. Ducruix, C. Pascard-Billy, S. J. Eitelman, and D. Horton, *J. Org. Chem.*, 41 (1976) 2652–2653.
(112) A. J. Brink, J. Coetzer, O. G. de Villiers, R. H. Hall, A. Jordaan, and G. J. Kruger, *Tetrahedron*, 32 (1976) 965–968.
(113) M. S. Poonian, E. F. Nowoswiat, J. F. Blount, T. H. Williams, R. G. Pitcher, and M. J. Kramer, *J. Med. Chem.*, 19 (1976) 286–290.
(114) M. S. Poonian, E. F. Nowoswiat, J. F. Blount, and M. J. Kramer, *J. Med. Chem.*, 19 (1976) 1017–1020.
(115) T. Srikrishnan and R. Parthasarathy, *Nature (London)*, 264 (1976) 379–380.
(116) K. Aoki, *Chem. Commun.*, (1976) 748–749.

$C_9H_{12}N_3O_8PZn \cdot H_2O$ Cytidine (zinc 5'-monophosphate), monohydrate[117]
$P2_1$; $Z = 2$; $D_x = 1.917$; $R = 0.104$ for 388 intensities (film).

$C_{10}H_{12}N_5O_7P$ Guanosine 3',5'-monophosphate (cGMP)[118]
$P2_12_12_1$; $Z = 4$; $D_x = 1.328$; $R = 0.050$ for 969 intensities. Apparently, this was supposed to be a complete report of the structure, but a list of atomic coordinates was not given.

$(C_{10}H_{12}N_5O_8P)_3Cu_3 \cdot 12H_2O$ Guanosine (copper 5'-monophosphate), 12 hydrate[119]
$P2_12_12$; $Z = 4$; $D_x = 1.830$; $R = 0.119$ for 1,705 intensities.

The following structures were either omitted from the 1975 bibliography,[4] or insufficient details were given.

$C_{10}H_{15}N_3O_5$ (3-O-Methyl-1-β-D-arabinofuranosyl)cytosine[120]
$P2_12_12_1$; $Z = 4$; $D_x = 1.46$; $R = 0.038$ for 1,140 intensities. The disposition of the base is *anti* (28.7°). The conformation of the D-arabinosyl group is $^2T_3$ (167.8°), and the orientation around the exocyclic, C-4'-C-5' bond is *trans* (74.1°, −166.6°). All potential, hydrogen-bonding sites are involved in hydrogen-bonding, including O-1', which accepts a hydrogen bond from the amino group of a neighboring molecule.

$C_{14}H_{25}N_4O_{11}P_2 \cdot H_2O$ Cytidine 5'-(choline diphosphate), monohydrate[121]
$P2_12_12_1$; $Z = 4$; $D_x = 1.57$; $R = 0.13$ for 1,860 intensities. The molecule is in the folded conformation, but differs greatly in a number of the torsions around the "backbone" bonds found in the sodium salt[85] of CDP-choline. Furthermore, the conformation of the D-ribosyl group here is C-3'-*endo* (28.3°). The glycosyl disposition is *anti* (33.1°), and the orientation around the exocyclic, C-4'-C-5' bond is −57.4°. The pyrophosphate group has a staggered orientation around the

(117) K. Aoki, *Biochim. Biophys. Acta*, 447 (1976) 379–381.
(118) M. E. Druyan, M. Sparagna, and S. W. Peterson, *J. Cycl. Nucleot. Res.*, 2 (1976) 373–377.
(119) K. Aoki, G. R. Clark, and J. D. Orbell, *Biochim. Biophys. Acta*, 425 (1976) 369–371.
(120) G. I. Birnbaum, E. Darzynkiewicz, and D. Shugar, *J. Am. Chem. Soc.*, 97 (1975) 5904–5908.
(121) H. Nakamachi, K. Kamiya, Y. Wada, S. Fujii, Y. Matsukura, H. Nakamura, and M. Nishikawa, *J. Takeda Res. Lab.*, 34 (1975) 358–368.

P–P bond. The torsion angles around the skeletal bonds of the glycosyl–pyrophosphate–choline chain are: C-4′–C-5′–O-5′–P$^\alpha$ = 165.4°; C-5′–O-5′–P$^\alpha$–O-6 = 184.7°; O-5′–P$^\alpha$–O-6–P$^\beta$ = 124.3°; P$^\alpha$–O-6–P$^\beta$–O-11 = 87.4°; O-6–P$^\beta$–O-11–C-12 = 46.5°; P$^\beta$–O-11–C-12–C-13 = 69.5°. The orientations around O-6–P$^\beta$, P$^\beta$–O-11, and O-11–C-12 are in the *gauche* range. The choline residue has the favored, *gauche*$^+$ (63.8°) orientation. The N-3 atom and the amino group are hydrogen-bonded to oxygen atoms in the α and β phosphates, respectively, of the same pyrophosphate group. The crystal water is hydrogen-bonded to the β-phosphate oxygen atoms of symmetry-related molecules, as well as to the 2′-hydroxyl group of a third molecule.

$C_{20}H_{26}N_4O_8S_2$ (1*R*)-2,3,4,5-Tetra-*O*-acetyl-1-(1,6-dihydro-6-thioxopurin-9-yl)-1-*S*-ethyl-1-thio-D-arabinitol[122]
P2$_1$; Z = 4; D$_x$ = 1.31; R = 0.063 for 3,955 intensities. The acyclic sugar residue attached to N-9 of the 6-thioinosine ring adopts the planar, zigzag conformation.

$C_{10}H_{12}N_5O_4$ 8-β-D-Ribofuranosyladenine[123]
P2$_1$2$_1$2$_1$; Z = 8.

---

(122) A. Ducruix and C. Pascard-Billy, *Acta Crystallogr. Sect. B*, 31 (1975) 2250–2256; compare D. C. Baker and D. Horton, *Carbohydr. Res.*, 69 (1979) 117–134.
(123) O. Lefèbvre-Soubeyran, J.-P. Declercq, G. Germain, T. Huynh-Dinh, and J. Ingolen, *C. R. Acad. Sci. Ser. C*, 281 (1975) 655–657.

AUTHOR INDEX

Numbers in parentheses are footnote reference numbers and indicate that an author's work is referred to although his name is not cited in the text.

A

Aarnoudse, M. W., 55
Abagyan, G. V., 32(159), 33
Abdella, P. M., 242
Abe, M., 311
Abou-Guendia, M., 358
Abrahamsen, M., 309
Abrams, L., 84
Abt, A. F., 152, 154(586)
Achart, A., 418
Achord, D. T., 272, 276, 277(166)
Adam, S., 52, 75(229)
Adams, G. A., 310
Adams, G. E., 8, 20(11), 23(11)
Adams, P. T., 12
Adkins, H., 91
Agievskii, D. A., 15
Agnel, J. P., 16, 75(66, 67)
Agrawal, K. M. L., 340
Ahmad, M., 28
Ahmed, A. I., 161
Ahmed, N. U., 67, 69(300)
Ahmed, Z. F., 291, 310(63)
Ahsan, A. M., 330
Aida, H., 135
Aida, K., 138, 139(504, 507, 508), 141(504), 147
Ainsworth, C. F., 232
Aizenshtat, E. L., 33, 52(165)
Alais, C., 165(60), 167(60), 168
Alam, I., 238
Alam, M., 337
Alberda van Ekenstein, W., 129
Albersheim, P., 340, 347, 367
Alblas, B. P., 379
Albon, N., 357
Albrecht, G. J., 360
Alexander, B. H., 117
Alexander, C., Jr., 76(374, 377), 77
Alexander, P., 55
Alexandrov, V. Y., 296

Alieva, R. M., 109, 130, 135
Allen, A. O., 26, 42(124), 65, 66(256)
Allen, C. F., 322, 323(340), 324, 326(338)
Allen, P. Z., 232, 266(38, 39, 40)
Allison, D. L., 76(377), 77
Alpers, E., 117
Alumot, E., 337
Alvardo, F., 368
Aman, P., 316(294), 317, 318(294), 326(294)
Amenu-Kpodo, F. K., 68
Ameyama, M., 111, 137, 138(498), 141
Aminoff, D., 165(50), 166(50), 167(50), 168, 218
Amuti, K. S., 293, 295(82), 301(82), 306, 309(82), 358(82)
Anagnostopoulos, C., 366(688), 367
Ananthaswamy, H. N., 75
Anbar, M., 8
Anderson, A. J., 340
Anderson, B., 165(72), 166(45), 167(72), 168, 262, 264
Anderson, E., 119, 367
Anderson, K. S., 324
Anderson, L., 312(236), 313, 326, 347(234)
Anderson, R. C., 154
Andrews, E. P., 280
Andrews, G. C., 128, 143, 144(540), 145(540), 152, 155
Andrews, P., 366, 367
Andrianov, V. I., 400
Anfinson, C. B., 278
Angyal, S. J., 126, 132(396), 312(236), 313
Ankel, H., 168
Anker, L., 344
Anno, K., 120
Ansorge, G., 43
Aoki, K., 416, 434, 435
Aplin, R. T., 314
Appel, H., 113
Appleby, R. S., 327, 364, 365(392)

Apponi, M., 191(175), 193
ap Rees, T., 289
Arakatsu, Y., 238, 239(63), 266(63)
Araki, C., 332
Arbatsky, N. P., 165(70), 167(70), 168
Archambault, A., 291, 295, 301(55, 56), 304(168), 306(168), 307, 310
Arditti, J., 343, 344(533), 345(533)
Arima, K., 213
Ariyoshi, U., 301, 306
Armand, G., 67, 75(278)
Armstrong, V. W., 413
Aron, S. M., 186
Aronson, N. N., 270
Arragon, G., 105
Arthur, J. C., Jr., 32(160), 33, 51(160), 74(210)
Arzolla, J. D. P., 309
Asada, K., 347
Asahi, Y., 131
Asai, I., 131
Asai, T., 137, 138, 139(504, 505, 506, 507), 141(504), 147
Asai, Y., 128
Asano, K., 131, 139, 142, 143(530)
Ashida, T., 402, 403(63)
Ashwell, G., 160(19), 161, 162, 163, 226, 238, 239(63), 266(63), 268, 270(5), 271, 273, 275, 276(161), 340
Asmus, K. D., 8, 11
Aspinall, G. O., 165(69), 167(69), 168
Aspresyan, A. S., 32(159), 33
Atavi, N. A., 76
Athanassiadis, A., 75
Athanassiadis, H., 75
Atkinson, J., 273
Atkinson, M. R., 347
Atlani, P., 127
Aub, J. C., 159
Aubert, J.-P., 184, 185(142)
Augê, C., 259
Augé, J., 387, 391(44), 392, 394(36), 395(36)
Augier, J., 314(259, 260, 261, 262, 263), 315
Aula, P., 196, 198(196)
Auling, G., 326
Ault, R. G., 86
Auricchio, S., 299
Autio, S., 190
Avenel, D., 378, 385, 404

Avery, O. T., 227, 231, 232(8, 9), 259(8, 9), 260(8, 9, 26, 27), 261(26, 27), 266(8, 9, 122, 123)
Avrameas, S., 279
Avrutskaya, A. A., 93(126, 130, 131, 132, 134, 135, 137, 138), 94
Awan, M. H., 22, 28
Axelsson, K., 333
Ayako, M., 295
Ayers, W. A., 288(42), 289
Azarnia, N., 83

B

Babbar, I., 127(417), 128
Babers, F. H., 260, 266(122, 123)
Bach, G., 276
Bachman, S., 42
Bachofen, R., 351, 352
Bacila, M., 147
Backlin, R., 22
Bacon, B. E., 143, 144(540), 145(540), 152
Baenziger, J., 164(37), 165, 166(42), 172(37, 42), 178(37, 42), 180(37), 215
Baert, F., 209
Bahl, O. P., 165, 166(44), 215, 340
Baig, M. M., 165(50), 166(50), 167(50), 168
Bailey, A. J., 18, 23(83), 34(83)
Bailey, J. L., 324
Bailey, R. W., 334
Baird, D. K., 86, 89, 152(76)
Baird, J. K., 273
Bajwa, S. S., 364
Baker, D. A., 240, 253(72), 258(73), 259(72), 262(72, 73), 263(72, 73), 265(72), 266(73, 133), 267(73)
Baker, D. B., 343
Baker, D. C., 436
Baker, E. M., 80, 103, 152, 153(589), 154(248)
Bakke, J., 115, 116(326)
Balachandran, K. S., 95
Balakrishnan, M., 75(358), 76
Balazs, E. A., 67, 75(278, 351), 76
Balchin, A. A., 128, 376
Ballard, R. E., 374
Ballou, C. E., 168, 171, 176(104), 216, 317
Balyakina, M. V., 95

AUTHOR INDEX

Bambinek, M., 8
Bancher, E., 28
Bandurski, R., 347
Banks, C. K., 248
Bansal, K. M., 10, 27(20), 65, 66(260)
Baquey, C., 75(360), 76
Bardsley, J., 32(158), 33, 51(158), 67, 68(275), 74(158, 275, 277, 280)
Barker, H. A., 287, 288
Barker, S. A., 18, 23(82, 83), 27(85), 28(85), 33(82), 34(82, 83), 52(82), 119
Barnathan, G., 390
Barnett, J. E. G., 346
Baron, F. J., 358(636), 359
Barr, N. F., 65
Barrio, J. R., 419
Bartholomew, B. A., 186
Barton, D. H. R., 114
Basova, A. K., 101(235), 102
Bassford, H. H., 101(221, 222), 102, 103(222), 104(222)
Bassham, J. A., 284, 352
Basson, R. A., 18, 27(88), 28(88)
Basu, S., 186
Bates, C., 230
Bates, P. L., 298
Batt, R. D., 365
Baues, R., 244, 278(87), 279(87)
Baugh, P. J., 14, 32(158, 160, 33), 51(155, 156, 158, 160), 67, 68(275), 69(286, 287, 300), 74(155, 158, 268, 275, 277, 280), 75(278, 356), 76
Bayard, B., 164(36), 165, 172(35, 36), 178, 180(119), 182(35, 36), 201(35, 36)
Baynes, J. W., 226, 273(4)
Bazhin, N. M., 10, 27(16)
Bazier, R., 324
Bean, R. C., 315, 361(271)
Beck, E., 318, 319(302)
Beck, G., 11
Beck, M., 113
Becker, R., 299
Beech, W. F., 248
Beeley, J. G., 184, 214(143)
Beer, A. A., 95
Beesk, F., 47, 62(198)
Beevers, H., 340(508), 341
Behrens, G., 10, 12, 13(23, 44), 23, 27(43), 30(23)
Beigelman, N. A., 95,

Beiser, S. M., 232
Beitler, G. A., 351
Bekesi, J. G., 343
Bell, C. E., 272
Bell, E. M., 152, 153(589)
Bellisario, R., 165, 166(44)
BeMiller, J. N., 164
Benes, B., 94(148), 95, 101(148)
Bennett, E. L., 12
Benson, A. A., 284, 322, 324(330), 325, 326, 327, 328(327, 330), 362(330, 361), 364
Beranek, W. E., 186
Berends, W., 120, 123(352)
Berezovskii, V. M., 92, 101(228, 229, 234), 102, 104(228)
Berg, H. C., 247
Berger, G., 16, 67, 75(62, 63, 65, 66, 67, 71)
Berger, S., 84
Berman, H. M., 83, 374, 425, 426(101)
Bernacki, R. J., 183
Bernaerts, M., 140, 141
Bernal, J. D., 81
Bernhard, W., 279
Bernhard, W. A., 76(379, 380, 381, 384, 386), 77
Bernhauer, K., 91, 127, 128(406, 408, 409), 137(406, 409, 425)
Bernstein, F. C., 374
Bernstein, H. J., 374
Bernstein, M. D., 243
Berthois, L., 359
Bertrams, M., 364
Bertrand, G., 91
Bervaes, J. C. A. M., 328
Beshkov, M. N., 150(577), 151
Betschart, A. A., 311
Beveridge, R. J., 316(288), 317
Bevington, J. C., 27
Beyer, K., 407
Bhattacharyya, S. N., 178, 181(122)
Bhoyroo, V. D., 165(59), 167(59), 168(79), 169
Biale, J. B., 324
Bianchetti, R., 347
Bidwell, R. G. S., 312, 315(230), 361(230)
Bielski, B. H. J., 26, 42(124), 65(129), 66(129, 256, 257)
Bigler, A., 75
Billman, J. H., 84

Binette, J. P., 165, 172(39), 177(39, 40), 205(39)
Binkley, J. S., 383, 405(26)
Binkley, W. W., 51, 52(209), 292
Birch, T. W., 84
Bird, G. W. G., 165, 166(46)
Birnbaum, G. I., 409, 435
Biserte, G., 184, 185(142), 196
Bishop, C. T., 239, 248(67), 249(67, 100), 250(67), 251(67)
Bishop, D. G., 324
Biswas, B. B., 347
Biswas, S., 347
Biswas, T., 169
Björndal, H., 333
Blair, H. A., 298
Blakely, R. T., 256
Blanchard, P. H., 357
Blanc-Muesser, M., 133
Blank, B., 17
Blank, F., 248
Blanksma, J. J., 129
Blanquet, P., 75(360), 76
Bleeg, H. S., 151
Bloch, K., 327, 364
Bloemsma, B., 138, 141(501)
Blouin, F. A., 51, 75(210)
Blount, J. F., 406, 434
Boasson, E., 94, 101(141)
Bobinski, H., 169
Boch, J. C., 96
Bodkin, C. L., 76
Boedecker, F., 99(198), 100, 104(98), 110, 111(298)
Boerheim-Svendsen, A., 293, 294, 350(84)
Boersma, A., 196
Boezaardt, A. G. J., 127(419), 128
Bogner, A., 101(244), 102
Bogoczek, R., 98, 99(184, 185), 101(245), 102, 103(245), 107, 111, 113
Bohlken, D. P., 256
Boichenko, E. A., 327
Bonaly, R., 168(78), 169
Bond, A. B., 358
Bone, D. H., 139
Bonner, J., 343
Borch, R. F., 243
Bordner, J., 143
Borg, D. C., 32(161), 33, 51(161)

Borisoglebskii, S. D., 94(147), 95, 101(147)
Borisov, A. I., 93(126, 130, 131, 135, 137, 138) 94
Bornstein, S., 337
Bortsova, É. I., 33, 51, 52
Bosmann, H. B., 183
Bothe, E., 13, 23, 24(116, 117), 28(116), 33(116), 41(116)
Bothner-By, A. A., 154
Boullanger, P. H., 265, 266(133)
Bouquelet, S., 164(36), 165, 172(35, 36), 182(35, 36), 190, 201(35, 36)
Bourdon, D., 358, 359
Bourdu, R., 291, 293(64), 324, 345
Bourne, E. J., 75, 119, 354, 355(607, 608)
Bourquelot, E., 306
Bourzeix, M., 295(110), 296, 309(110)
Boutroux, L., 127
Bowden, B. N., 363
Bowen, R. A., 65, 66(257)
Box, H. C., 67, 76(382, 383) 77
Boyd, W. C., 340
Bradbury, A. G. W., 11, 12, 14(37), 48(34, 37), 49(34), 50(34, 37), 51(37), 67, 74(299)
Braenden, O., 105, 107(259)
Brangeon, J., 324
Branner, A., 346
Branton, D., 327
Bray, B. A., 165(48), 166(48), 168
Bredt, C., 92
Breitenbach, R., 124, 143, 144(540), 145(540)
Bremner, I., 337, 338(452)
Brennan, T., 410
Brenner, G. S., 152
Bretscher, M. S., 280
Breuer, J., 327, 328(389), 365(389)
Bridel, M., 306
Brill, W. J., 340
Brillard, M., 328
Brimacombe, J. S., 18, 27(85), 28(85)
Brink, A. J., 434
Brinkman, R., 55
Brooks, J. L., 322, 324(334)
Brooks, S., 347
Brot, F. E., 272
Brown, D. H., 368
Brown, D. M., 59

Brown, E. V., 129, 130
Brown, R., 340
Brown, R. J. 300, 316
Browne, D. T., 256
Broyde, S. B., 430
Bruns, F. H., 368
Brusentseva, S. A., 19
Bubnov, N. N., 10, 27(16)
Bucek, W., 127, 128(412)
Buchala, A. J., 337, 338(449)
Buchet, M.-T., 169
Bucknall, T., 16, 17(75)
Budzinski, E. E., 67, 76(382, 383), 77
Buesching, L., 316(283), 317
Bugg, C. E., 83, 84(49), 379, 415
Bukharov, V. G., 310, 311(211)
Buley, A. L., 10, 12(17), 27(17)
Bundle, D. R., 240, 251(72), 258(73), 259(72), 262(72, 73), 263(72, 73), 265(72), 266(73, 133), 267(73)
Bunn, H. F., 242, 243(78)
Burchill, C. E., 18, 19(86), 21(90), 22(99), 27(86), 42(86)
Burger, M. M., 159, 261, 266(125)
Burke, G. C., 232
Burley, J. W. A., 312, 353(585)
Burns, J. J., 80, 154
Burr, G. O., 352
Burris, J. S., 359, 371(641), 372
Burton, K., 287
Bush, P. B., 328
Butler, W. T., 169
Butt, V. S., 342
Byther, R. S., 320

C

Cabib, E., 287(31), 288
Cadet, J., 52
Cake, W. E., 90
Calberg-Bacq, C. M., 76(376), 77
Caldwell, B. P., 103, 123, 147(379)
Calloway, D. H., 299
Calvin, M., 12, 284
Camerman, A., 428(108), 431
Camerman, N., 428(108), 431
Cano, F. H., 383, 396
Cantor, S. M., 119
Cantz, M., 191(174), 193

Cardini, C. E., 287, 355
Carles, J., 310
Carlisle, C. H., 128
Carls, H., 98
Carlsen, R. B., 165, 166(44),
Carlson, D. M., 165(55), 166(55), 167(55), 168, 186, 214
Carlsson, B., 148
Carr, J. C., 138, 140(502)
Carrère, C., 370
Carrington, H. C., 86, 152(76)
Carruthers, A., 316, 318(279)
Carter, H. E., 325, 326(358), 347, 365(358, 360)
Carter, W. A., 214
Cartier, D., 291, 293(62)
Cavatorta, P., 67, 75(274)
Cawley, L. P., 340(504), 341
Cerbulis, J., 284, 292, 293(75), 309(75), 310(8, 75), 316
Cerezo, A. S., 335, 367
Cerning-Beroard, J., 295(111), 296
Chagoya, V., 346
Chakrabarti, S., 347
Champaghol, F., 295(110), 296, 309(110)
Chan, P. H., 342
Chang, S. B., 325, 327, 363(364)
Chanzy, H. D., 406
Chaplin, M. F., 178, 181(121)
Chapman, A., 216, 217(217)
Chapman, K. P., 270
Charalampous, F. C., 346
Charet, P., 164, 172(35), 182(35), 201(35)
Chargaff, E., 59
Charikov, A. A., 93(140), 94
Chaudhard, A. S., 248, 249(100)
Chaudhri, S. A., 22
Chen, C., 128, 129(454) 131, 132(456, 457)
Chen, I W., 346
Cheniae, G. M., 322
Chéron, A., 171, 172(109), 173, 176(103), 182(103)
Chich, C., 395
Chidambareswaran, P. K., 74
Chien, S.-F., 270
Chihata, I., 109
Chipowsky, S., 231
Chirva, V. Ya., 330
Chisum, P., 323(340), 324

Chizhov, O. S., 52
Chlenov, M. A., 17, 33(78), 42, 44(184), 51, 52(212, 213)
Chmurny, G., 128, 155
Chou, P. Y., 184
Choy, Y. M., 334
Chu, S. S. C., 404
Chupina, L. A., 94
Claflin, L., 240
Clark, G. R., 435
Close, D. M., 76(381, 386), 77
Cobbley, T., 25
Codington, J. F., 165(52, 67), 166(52), 167(67), 168
Coetzer, J., 434
Coffou, E., 412
Coggins, R. A., 138, 140(502)
Coleby, B., 123
Coleman, J., 84
Colin, H., 314
Collins, P. M., 18
Colulasure, G. C., 344
Comstock, D. A., 65, 66(257)
Conchie, J., 171, 174, 178(99)
Connett, S. L., 340
Connor, R., 91
Conrad, H. E., 120, 152(354)
Constantopoulos, G., 327
Controulis, J., 248
Cook, E. W., 126, 148(564), 149
Cook, W. J., 379
Cooper, F. P., 239, 248(67), 249(67), 250(67), 253(67)
Cooper, J. A. D., 147
Coquerelle, T., 58
Corbellini, A., 97
Corelli, J. C., 76(381), 77
Corina, D. L., 346
Costes, C., 324
Coulet, M., 340
Coulon, T., 127, 128(405), 137(405)
Coulter, C. L., 392
Courtois, J. E., 284, 285(1), 286(1), 290, 291(52, 53), 292, 295(50, 51), 300, 301(52, 55, 56), 303(182), 304(51, 53, 168), 306(168, 185, 186), 307(192), 308(1, 50, 193), 310(182), 316(291, 292), 317, 318(291, 292), 334(1), 335, 366(434, 688), 367(292), 370(433)
Covert, L. W., 91
Cox, E. G., 81, 83

Crafts, A. S., 353
Cragwell, G. O., 101(219), 102, 103(219)
Craigie, J. S., 313, 314(243), 315(243), 360(243, 272)
Crawford, T. C., 124, 128, 143, 144(540), 145(540), 152, 155
Crespi, H., 76(387), 77
Crétel, A., 165, 166(43), 172(107, 173, 182(43), 218
Crick, F. H. C., 433
Criddle, W. J., 27(144, 147), 28, 33, 75(358), 76
Crippa, P. R., 67, 75(274)
Crisp, C. E., 353
Cristofaro, E., 298, 299(146)
Crooks, H., 298
Crowden, R. K., 293(88)
Csürös, Z., 96
Ctvrtnik, J., 95
Cuatrecasas, P., 278
Cuiban, C. F., 94(148), 95, 101(148)
Cunningham, L. W., 169

D

D'Addieco, A. A., 114, 122(323)
Dahlhoff, W. V., 19, 71(94)
Dahr, W., 165(54), 166(46, 54), 168
Dalmer, O., 107
Dangschat, G., 345
Danjo, T., 358(637), 359
Daoud, K. M., 367
D'Appolonia, B. L., 358
Darnez, C., 75(360), 76
Darzynkiewicz, E., 435
Datta, A. G., 139
Dattagupta, J. K., 413
Dauphin, J.-F., 9, 16, 75(14, 66)
David, S., 259, 387, 391(44), 392, 394(36), 395(36), 399
Davies, C., 369, 371(707)
Davies, D. R., 289, 433
Davies, J. V., 33, 48, 51(218, 219) 52, 75(200, 351), 76
Davies, K. W., 27(145), 28, 52, 76
Davies, R. C., 256
Davis, D. L., 328
Davis, H. F., 322, 323(340), 324, 326(338)
Davis, S. E., 336, 337(439)
Davy, J., 290, 291(52, 53), 301(52), 304(53), 306(186)

Dawson, G., 194(177), 195
Dax, K., 117, 119, 133
Day, R. O., 429, 431(105)
Dayton, P. B., 154
Dazzo, F. B., 340
Dea, I. C. M., 334, 335(423), 336(423)
de Bataafsche, N. V., 97
de Bie, M. J. A., 155
Debray, H., 214
Debray-Vandersyppe, R., 172(106), 173
Debris, M. M., 370
de Bruyn, M. A. A., 344
De Bruyne, C. K., 266
Declercq, J.-P., 436
Dedonder, R., 287(32), 288
Defaye, J., 133
Degand, P., 196
de Kiewiet, D. Y., 297
Dekker, R. F. H., 316(288), 317
Delachanal, H., 312
de Leeuw, F. J. C., 91, 127(96), 152(96)
De Ley, J., 140, 141
Delmotte, F. M., 231, 260(30), 266, 267(135), 269, 278(135), 279(30, 135, 178)
Demetrescu, A., 91
Demole, V., 80, 81(4)
Den, H., 340
Denis, J., 243, 244(84), 254(84), 255(84), 272(84)
Derevitskaya, V. A., 165(70), 167(70), 168
Dern, R. J., 298
Dertinger, H., 58, 76(373, 375), 77
Desai, P. J., 150, 151(575)
Desai, P. R., 165(64), 167(64), 168, 340
Deschreider, A. R., 75
Deslongchamps, P., 127
de Villiers, O. G., 434
Devor, K. A., 364
De Vries, A. L., 165, 166(41)
de Waard, A., 268, 340
Dey, P. M., 284(12), 285, 289, 320(12), 334(12), 335(12), 336(12), 342(12, 44), 356(44), 357(44), 359(12), 360(12, 44, 45), 366(12), 369(12), 370(12, 44, 45), 371(12)
Dhondt, J. L., 190
Dickson, R. E., 353
Diehl, J. F., 75
Dietz, M., 347
Dillemann, G., 308

Dilli, S., 74
Distler, J., 276, 277(164)
Dittrich, P., 296
Dizdaroglu, M., 10, 11, 14(24, 28), 15(24, 28, 49), 18(22), 19(25, 47, 54), 26(28), 27(22), 28(22), 29(22), 33(24, 28), 34(24, 28), 36(24), 37(24), 38(24), 39(24), 40(24), 42(28), 46(28), 47, 52(27, 49), 53(49, 224), 55(49), 57(27), 59, 62(198), 67(25, 47, 54, 93, 94), 69(25, 47, 54), 70(54), 71(25, 47, 93, 94), 74(47)
Dobrev, I. D., 169
Dodgson, K. S., 48, 75(200)
Doebber, T., 272
Doesburg, H. M., 388, 389(39)
Doi, M., 108, 113, 123
Dolin, P. I., 19, 51(217) 52
Dong, T., 292
Dorfman, A., 189
Dorfman, L. M., 8
Dorland, L., 165, 172(38, 39, 105, 110), 173, 177(38, 39), 182(105), 196, 197(183), 200(195, 196), 201(191, 192, 193, 194), 203(192, 193), 204(194, 195, 196), 205(38, 39, 105, 110, 191, 192, 193, 194, 195, 196), 214, 218
Douce, R., 324, 363, 364(657)
Doudoroff, M., 288
Dragalin, I. P., 328, 330(407)
Drefahl, G., 97
Drinkwitz, D. C., 243, 244(83), 266(83)
Druyan, M. E., 435
Drzenick, Z., 278, 279(177)
Dubesset, D., 200(196), 201, 204(196), 205(196)
Dubinskaya, A. M., 32(159), 33
Ducolomb, R., 52
Ducruix, A., 399, 423, 434, 436
Dudley, J. R., 248
Duke, P. S., 65
Dul'china, B. M., 101(239), 102
Dunning, J. W., 91, 152(98)
Dupéron, P., 328
Dupéron, R., 295, 328, 358(99), 359(99, 621), 372(645)
Durand, P., 191(171, 172, 173), 192
Durham, L. J., 314
Durso, D. F., 309
Durst, H. D., 243
Dutton, G. J., 119

Dutton, J. V., 316, 318(279)
Dvorska, B., 101(243), 102
Dyatkina, M. E., 67
Dyfverman, A., 126

E

Eades, E. D. M., 18, 27(85), 28(85)
East, J. W., 359
Easty, D. B., 119
Eberhagen, D., 326
Eberhard, L., 339
Eberhardt, F. M., 322
Ebisu, S., 268, 269(139)
Eccleshall, T. R., 364
Eckstein, F., 413
Edelman, G. M., 267
Edelman, J., 311
Edwards, H. E., 16, 17(75), 75(359), 76
Egge, H., 218
Ehmann, A., 347
Ehrenberg, A., 67, 76(387), 77
Ehrenberg, L., 67
Ehrlich, F., 148
Eibenberger, J., 13
Eichhorn, I., 15, 55(56)
Eisenberg, F., 346
Eitelman, S. J., 434
Elger, F., 99(196, 206), 100, 101(206, 216, 217), 102, 103(217), 104(216, 217)
Elkan, G. H., 140
Elliott, C. W., 316, 318(279)
Ellis, S. C., 76
Ellwood, D. C., 273
El Saadany, F. M., 75
El Saadany, R. M. A., 75
Elsaesser, T., 91
Emannél, N. M., 33, 51(168), 52, 67
Emmett, J. M., 297
Endo, R. M., 343
English, P. D., 347
Enishi, A., 337
Enrico, G., 16, 75(66)
Ensgraber, A., 340
Eremina, T. N., 154
Erlbach, H., 98
Ernst, R., 343, 344(533), 345(533)
Ershoff, B. H., 337
Ershov, B. G., 32(157), 33
Erskine, A. J., 332

Esterbauer, H., 33
Etchison, J. R., 188
Ettel, V., 99
Ettinger, K. V., 76
Evans, N. A., 165(67), 167(67), 168
Evans, D. R., 76
Everhart, D. L., 340
Eylar, H., 161, 214(22)

F

Färber, G., 135, 136
Fahrenbach, M. J., 337
Famery, R., 387, 391(44), 392, 394(36), 395(36)
Farhataziz, 8, 22
Farley, R. A., 76(378), 77
Farriaux, J.-P., 189, 190, 191(171, 172, 173), 192, 194(178), 195, 196, 197(183), 200, 201(193), 203(193), 205(193)
Fasman, G. D., 184
Fattorusso, E., 313, 314(246), 315(246)
Faubl, H., 128
Fawcett, J. K., 428(108), 431
Fay, I. W., 121
Fayos, J., 409
Federico, A., 191(175), 193
Feeney, R. E., 161, 165, 166(41), 230, 235(16), 236(16), 242(16), 244(77), 250(16), 251(16)
Feier, H., 228
Feige, G. B., 312, 315(232), 316, 326(232), 361(231, 232)
Feingold, D. S., 286, 342(19)
Feizi, T., 165(72), 167(72), 168, 264
Fel', N. S., 51(217), 52
Feldman, N. L., 296, 297
Ferguson, J. D., 343
Ferrari, R. A., 322, 324(330), 325, 328(330), 362(330, 361)
Ferrier, R. J., 125
Fessenden, R. W., 11, 65, 66(253)
Fiat, A. M., 165(60, 61), 167(60, 61), 168
Fielder, R. J., 248
Filby, W. G., 51(218, 219), 52, 53(218, 219)
Filiatre, A., 295(111), 296
Finne, J., 165(53, 66), 166(53), 167(53, 66), 168, 173(14), 176, 215, 216(214)

Fioshin, M. Y., 93(126, 130, 131, 134, 135, 137, 138), 94
Fischer, E., 120, 121, 320
Fischer, H., 17
Fischer, H. O. L., 122, 317
Fischer, J.-C., 399
Fitting, C., 288
Fletcher, H. G., Jr., 132
Fleury, P., 306, 307(192), 308(193)
Flippen, J. L., 398
Flippovich, E. I., 95
Flueck, N., 151
Foces-Foces, C., 383, 396
Foda, L. O., 127
Foda, Y. H., 75
Földi, Z., 101(237), 102, 103(237)
Fogassy, E., 96
Foglietti, M. J., 342, 371
Fondarenko, A. V., 93
Fong, D. H. T., 76
Fonseca, H., 309
Forbes, A. J., 353
Ford, W. W., 340
Foster, T., 11, 12(30), 49(30)
Fouret, R., 209
Fournet, B., 164(36), 165(61), 167(61), 168(78), 169, 172(35, 36, 38, 39, 106, 109, 110), 173, 176, 177(38, 39), 178(113), 182(35, 36), 190, 191(171, 172, 173, 174, 176), 192, 193, 196, 197(183), 200(195, 196), 201(35, 36, 191, 192, 193, 194), 203(192, 193), 204(194, 195, 196), 205(38, 39, 110, 191, 192, 193, 194, 195, 196), 209, 215, 218
Fowler, S. D., 322, 323(340), 324, 326(338)
Franklin, C. E., 76(374), 77
Franz, H., 279
Frateur, J., 127, 128(405), 137(405)
Freeman, G. R., 22
Frehel, D., 127
Freire, M., 314(270), 315
Fremlin, J. K., 76
French, D., 234, 291, 292(60, 65), 293(60, 65, 67), 295(115), 296, 301(80), 304(115), 309(115), 310(115), 358(115), 359
Freudenberg, W., 92
Frey, M., 272
Frey, R., 58, 59(239)

Friedman, R., 276
Fries, R. W., 256
Frohlich, G. J., 93
Frush, H. L., 154
Frydman, R. B., 287, 348
Frye, G. H., 152
Fuchs, S., 239
Fujii, M., 138, 138(504), 141(504)
Fujii, S., 410, 424, 435
Fujino, Y., 325
Fujisawa, T., 136
Fujita, Y., 340
Fujiwara, T., 424
Fujiwara, Y., 101(238), 102, 103(238)
Fukuda, M., 165(63), 167(63), 168, 176, 177(112)
Fuller, G., 326
Fulmer, E. I., 91, 152(98)
Funahashi, S., 328
Funakoshi, I., 196, 198(186)
Funakoshi, S., 196, 198(186)
Furneaux, R. H., 125
Furukawa, M., 101(236), 102
Futrell, J. H., 68
Fuxa, K., 101(242), 102
Fuzesi, S., 119

G

Gabbay, K. H., 242, 243(78)
Gätzi, K., 113
Gainer, H., 214
Galante, E., 127(415, 416), 128(414)
Galli, H., 150
Galliard, T., 322, 323(332, 333), 324(333), 325, 365(333, 357)
Gallop, P. M., 242, 243(78)
Galun, E., 340
Gander, J. E., 289, 312(47), 346(47)
Garcia, R. E., 322, 325(320), 326(320), 363(320), 364
Garcia-Blanco, S., 383, 396, 427
Garcia Gea, M., 389(41), 390
Garegg, P. J., 235
Garnett, J. L., 74, 76
Garvin, A. J., 277
Geddes, W. F., 309
Gedds, D. S., 337, 338(450, 451)
Gehlhoff, M., 194(179), 195

Geiger-Huber, M., 150
Gejvall, T., 67, 69(296)
Gellerman, J., 326
Generalova, V. V., 16
Gensler, W. J., 238
Gentcheff, J., 314(266), 315
George, M. V., 95
Germain, G., 436
Gesner, B. M., 159, 163
Getoff, N., 43
Gibbs, M., 154
Gielfrich, M. L., 359
Gigg, R. H., 347
Gilbert, B. C., 12, 19, 27(39, 96)
Gilboa-Garber, N., 340
Giles, C. H., 297
Gillier-Pandraud, H., 378, 404
Ginns, I. S., 19, 21(90)
Ginsburg, A., 239, 262(66), 263(66), 266(66)
Ginsburg, V., 159, 163, 231, 235, 239, 244(28), 245(28), 260(28, 52, 53), 262(65, 66), 263((28, 65, 66), 265(28, 65), 266(28, 65, 66), 278(89), 279(89, 177), 286, 342(15), 344(520)
Giri, K. W., 295
Gisvold, O., 105, 107(259)
Gitzelmann, R., 299, 343
Giziewicz, J., 409
Glaser, L., 355, 368
Glass, R. L., 358
Glass, R. S., 405
Glaudemans, C. P. J., 278
Gleich, G. J., 232
Glöckner, W. M., 165(65), 166(47), 167(47, 65), 168
Gloria, A. V., 292
Goebel, W. F., 227, 231, 232(8, 9), 259(8, 9), 260(8, 9, 26, 27), 261(26, 27, 119), 266(8, 9, 118, 119, 122, 123, 124)
Goepp, R. M., Jr., 2
Göring, H., 286, 343(21)
Goldberg, A. R., 159, 261, 266(125)
Goldemberg, S. H., 288(43), 289
Gol'din, S. I., 75(355), 76
Goldschmidt, S., 94, 101(141), 107
Goldstein, I. J., 159, 232, 235, 237, 257(58), 258(58), 266(38, 39, 40, 58), 268(41, 58, 112a), 269(58, 139), 278(59), 279(59), 339, 340(468), 341
Gomyo, T., 354, 355(610)

Good, P., 322, 323(340), 324, 326(338)
Goodall, J. I., 14, 67, 74(277, 280)
Goodban, A. E., 316
Goodwin, J. C., 316
Goodwin, T. H., 83
Gordon, P. K., 12
Gorenflot, R., 291, 293(62)
Gorham, P. R., 351, 352(584), 353(584)
Gorin, L. F., 75
Gorin, P. A. J., 334
Gorlich, B., 91, 127, 128(406), 135, 137(406)
Gotthammar, B., 235
Gottschalk, A., 159, 160, 164(10), 165(56, 57), 166(56, 57), 168, 183(10), 226
Gouaux, J., 327
Gould, M. F., 358
Gould, R. O., 386
Gould, S. E. B., 386
Grabner, G., 43
Gracy, R. W., 368
Graefe, G., 118
Gräslund, A., 67, 76(387), 77
Grätzel, M., 10, 27(20), 65, 66(259, 260)
Graf, L., 232
Graff, G. L. A., 151
Graham, E. R. B., 165(56, 57), 166(56, 57), 168
Gralén, N., 334
Gramera, R. E., 133
Grant, P. M., 18, 22(82), 33(82), 34(82), 52(82)
Grappel, S. F., 248
Gray, B. E., 120, 122, 123(358), 129, 131, 135
Gray, G. R., 243, 244(81, 82, 83), 266(83), 278(81, 87), 279(87)
Greenshields, R. N., 358
Greenstook, C. L., 26, 42, 65(128), 66(128)
Grefrath, S. P., 280
Gregoriadis, G., 270
Gress, M. E., 375
Gridyushko, E. S., 93(140), 94
Griffiths, W., 33
Grigorashvili, E. I., 95
Grineva, L. P., 42, 44(184)
Grobuer, W., 320
Gros, D., 231, 260(29), 279(29)
Gross, B., 97
Grubb, R., 340

AUTHOR INDEX

Grüssner, A., 86, 89, 92, 93(81), 94, 96, 97(81), 98(69, 70, 74), 99(81, 187, 188), 103(81), 105(81), 148, 152(69, 70, 71, 72)
Gruezo, F., 165, 166(45), 262
Gruhner, K. M., 346
Grunwald, C., 328
Grunzit, O. M., 248
Gryzlova, L. G., 95
Guazzi, G. C., 191(175), 193
Guéguen, E., 314
Guibé, L., 387, 394(36), 395(36)
Guilbot, A., 75
Guillot, J., 340
Guillot-Salomon, T., 363, 364(657)
Gulya, A. P., 328
Gumbmann, M. R., 299
Gundelach, M.-L., 239, 240(70)
Gunson, H. H., 165(54), 166(54), 168
Gupta, P. C., 309
Gurr, M. I., 327, 365
Gustavo, T. E., 292
Guttmann, R., 148
Guy, J. J., 411(82), 412
Guymon, J. F., 91, 152(98)

H

Haas, P., 326
Hadley, H. H., 359
Haenel, H., 299
Haesen, G., 16, 33(68)
Hagen, U., 58, 59(239), 62
Haindl, E., 76(379, 384), 77
Haines, A. H., 374
Hakomori, S., 214
Hall, C. W., 325, 362
Hall, D. O., 297
Hall, R. H., 434
Hallgren, P., 168(82), 169
Hamamura, Y., 149
Hamidi, E., 75
Hamilton, J. K., 88, 132, 152(79)
Hamilton, P. B., 140
Hammarstrøm, S., 269, 340
Hammouda, F. M., 291, 310(63)
Haney, D. N., 242, 243(78)
Hans, M., 291, 292(58), 293
Hansen, L. K., 387
Hansen, P., 312
Hansen, R. G., 343
Hapner, K., 322
Haq, S., 310
Harata, K., 384, 407
Harborne, J. B., 293(88), 294
Hardinge, M. G., 298
Hardman, K. D., 232
Hardy, P. M., 250
Harmon, E. A., 322
Harmon, W. S., 101(222), 102, 103(222), 104(222)
Harris, L. J., 81, 84
Harris, R. S., 80, 8(6), 102(6)
Harrison, A. G., 68
Harrison, R., 165(49), 166(49), 167(49), 168
Harshe, S. N., 320
Hartig, G., 76(375), 77
Hartley, F. K., 169
Hartmann, V., 15, 33(53), 34(53), 70(53)
Hartt, C. E., 352, 353
Harwood, J. L., 322, 325(322)
Hasegawa, M., 292, 295(70)
Hasegawa, T., 131
Hashi, M., 338, 339
Hashii, E., 95
Hashimoto, J., 355
Hassid, W. Z., 284, 286(3, 4), 287(4, 33), 288(39), 289(4), 313, 314(241), 315, 342(3, 4, 15, 19, 25), 344(4, 520), 354, 355(609), 361(271), 367(4, 25), 369(4)
Hatanaka, C., 284
Hatanaka, S, 292, 293(71), 301(71), 303(71), 308
Hatch, M. D., 352
Hatsuda, Y., 127, 128(411)
Hattori, S., 308
Hauska, G., 346
Haverkamp, J., 165, 172(38, 39, 105, 110), 173, 177(38, 39), 182(105), 196, 197(183), 200(196), 201(191, 192, 193, 194), 203(192, 193), 204(194, 196), 205(38, 39, 105, 110, 191, 192, 193, 194, 195, 196), 218
Hawke, J. C., 364
Haworth, W. N., 80, 81(1), 82(1), 86(38), 87(77), 89, 106, 152(38, 75, 76, 77), 295(114), 296
Hayashi, J., 393, 394(50)
Hayashi, N., 108
Hayashiya, K., 149

Hayes, C. E., 159, 237, 257, 268(112a), 278(59), 279(59), 339, 340(468), 341
Haysom, H. R., 20
Healey, P. L., 343, 344(533), 345(533)
Heaney, R. K., 316, 318(279)
Hearn, R. A., 83, 84(49)
Heber, U., 297
Hechenbleikner, I., 248
Hechler, E., 93(127, 129), 94
Hedin, P. A., 322
Hegnauer, R., 293(89), 294
Heick, H. M. C., 151
Heinemann, G., 110
Heinz, E., 322, 326, 363(372, 376), 364, 365(372)
Heishman, A., 343, 344(527)
Heisig, O., 363
Helferich, B., 149, 150(568), 230, 245, 246(90)
Heller, J. S., 367, 369(698)
Helmsing, P. J., 324, 365(354, 356)
Hemming, F. W., 183
Hemminki, K., 176
Henckel, P. A., 296
Henderson, J. T., 140
Hendrix, J. E., 351, 352(589)
Hendry, R. A., 325
Henglein, A., 7, 8, 10, 11, 23, 27(20), 65, 66(259)
Henne, A., 17
Henneberg, D., 11, 14(24), 15(24), 19(47), 33(24), 34(24), 36(24), 37(24), 38(24), 39(24), 40(24), 67(47), 69(47), 71(47), 74(47)
Hennessee, G. L. A., 143
Henson, R. D., 322
Herak, J. N., 76(388), 77
Herbert, R. W., 81, 84(31, 32), 86, 89, 98(32), 152(76)
Hérissey, H., 291, 292(61), 293(61), 303(182), 304, 306, 307(192), 308(193), 310(182)
Herlant-Peers, M.-C., 191(176), 193, 196, 197(183), 200, 201(193), 203(193), 205(193)
Herlitz, E., 67
Herman, S., 127, 128(407)
Hernandez Cano, F., 427
Hernandez-Montis, V., 389(40, 41), 390
Herp, A., 4,
Herpin, P., 387, 391(44), 392, 394(36), 395(36)

Hess, W. M., 321
Heyns, K., 107, 113, 117, 118, 119, 122
Heywood, V. H., 293(88, 91), 294
Hickey, C. A., 299
Hickman, S., 268, 277, 340
Hieber, V., 276, 277(164)
Higuchi, T., 388
Hill, R. L., 186
Hill, T. G., 326
Hiller, K., 293(87, 90), 294
Himmelspach, K., 233, 234(44), 260(43)
Hingerty, B., 407, 430
Hinkley, D. F., 105, 152
Hinojosa, O., 32(160), 33, 51(160), 74
Hirano, S., 117
Hirasaka, Y., 120
Hirayama, A., 291, 310(68)
Hirayama, T., 110, 111(301, 302)
Hirotsu, K., 388, 404
Hirschhorn, R., 189
Hirst, E. L., 80, 81(1, 2), 82(1, 2), 84(31, 32), 86, 87(77), 89, 98, 106, 152(75, 76, 77), 295(114), 296, 333
Histaka, M., 135
Hitchcock, C., 325
Hittori, S., 284
Hjortas, J. A., 377
Hochster, R. M., 139
Hockett, R. C., 113, 120, 123(359)
Hodgson, D. J., 376, 420
Hönig, M., 126
Hoffman, F., 342(523), 343, 352(523)
Hoffman, G. C., 338
Hoffmann-Ostenhof, O., 312, 346
Hofreiter, B. T., 75
Hoinowski, A. M., 105
Holcenberg, J. S., 250, 254(106), 256(106)
Hollander, C. W. D., 96
Holmes, D. E., 76
Holm-Hansen, D., 248
Holt, N. B., 154
Holtzman, N. A., 227, 232(12), 238(12), 256(12), 258(12), 272(12), 274(12), 275(12)
Hondi-Assah, T., 191(171, 172), 192
Honing, D. H., 320
Honjo, T., 132, 144, 145
Hopf, W., 293(92), 294, 349(92), 350
Hordvik, A., 387
Hori, I., 127, 128(410), 129, 130, 135
Horowitz, M., 5, 164, 183(33)

AUTHOR INDEX

Horrobin, S., 248
Horswill, E. C., 25
Horton, C. B., 340(505), 341
Horton, D., 134, 253, 278(109), 434, 436
Horvei, K. F., 366(690), 367
Horwitz, L., 353
Hosokawa, M., 92
Hosur, M. V., 418
Hough, L., 366, 367
Hove, R., 387
Howard, I. K., 340(505), 341
Howard, J. A., 24, 25
Howells, G. R., 75(354), 76
Hsu, S. H., 359
Huang, A. H. C., 340(507), 341
Huang, H. T., 108
Hubbell, D., 340
Huber, C. P., 409
Huber, J., 91
Hudgin, R. L., 162, 275, 276(161), 340
Hüttenrauch, R., 84
Hüttermann, J., 67, 71(269, 270), 76(379, 380, 384, 385, 376, 388), 77
Hughes, A. M., 12
Hughes, G., 26
Hughes, R. C., 160(20), 161
Hui, P. A., 334
Hulcher, F. H., 288(41), 289
Hullar, T. L., 316(284), 317, 326(284)
Hulsebos, T. J. M., 364
Hulyalkar, R. K., 121
Humpers, J. E. C., 151
Humphreys, E. R., 75(354), 76
Hun, K. E., 359
Hunt, L. A., 188
Hunter, M. J., 246, 247
Hurd, C. D., 84
Hurwitz, E., 239
Hutson, D. H., 253, 278(109)
Huynh-Dinh, T., 436
Huyser, H. W., 106
Hvoslef, J., 83, 84(47, 50), 386, 393
Hymowitz, T., 359

I

Ichikawa, T., 67, 68(275), 74(275)
Ida, Y., 291
Iida, T., 130
Iitaka, Y., 413, 414(85), 415(86), 422, 435(85)

Ikawa, K., 145
Ikenaka, T., 169, 171, 173(95)
Ilan, Y., 23
Imada, K., 139, 142, 143(530)
Imahori, K., 340
Imai, Y., 120
Imanari, T., 131
Imhoff, V., 316(287, 289), 317, 345, 354(289)
Impellizzeri, G., 313, 314(246), 315(246)
Imshenetskii, A. A., 91, 152(93)
Inbar, M., 159
Ingalls, R. B., 76
Ingle, T. R., 133
Ingold, K. V., 25
Ingolen, J., 436
Inman, J. K., 240
Inoue, K., 142
Inoue, Y., 171, 174(96), 176(96)
Ipatiew, W., 90
Irimura, T., 165(52), 166(52), 168
Irrgang, K., 128, 137(425)
Irvine, R. A., 162
Isbell, H. S., 147, 154
Isemura, M., 169
Isherwood, F. A., 123, 287
Ishida, Y., 128
Ishidate, M., 120, 124
Ishido, R., 93
Ishiguro, K., 311
Ishikawa, S., 109
Isildar, M., 62
Iskenderov, G. B., 310(216), 311
Isono, M., 108, 112, 113(280), 122, 131, 136(373, 374)
Istric, E., 94(148), 95, 101(148)
Ito, K., 99(207, 208), 100
Ito, S., 171, 172(108), 173, 175(101), 325
Iton, L., 25
Ivanova, O. V., 310, 311(211)
Ivanova, T. A., 93(136), 94
Ivatt, R. J., 183
Iwashita, S., 171, 174(96), 176(96)
Iyer, R. N., 232, 266(38, 39, 40), 268(41)

J

Jabbal, I., 187(156), 188
Jackson, R. L., 280
Jacquinet, J.-C., 259

Jaffé, G. M., 96
Jagannathan, V., 127(417), 128
Jagemann, W., 91
Jagendorf, A. T., 324, 365(353)
Jaing, K. S., 338
Jakimow-Barras, N., 337
Jakoby, W. B., 278
James, A. T., 327, 328(389), 365(389)
James, K., 126, 132(396)
James, V. J., 379, 392
James, W. J., 291, 292(60), 293(60), 301(80)
Jamieson, G. R., 326
Janata, E., 10, 27(20)
Jandrier, E., 312
Jang, R. 284(14), 286
Janssen, E., 25
Jeanloz, R. W., 165(52, 67), 166(52), 167(67), 168
Jeblick, W., 361
Jefford, T. G., 311
Jeffrey, A. M., 245, 278(89), 279(89)
Jeffrey, G. A., 373, 375, 378, 383, 404, 405(26), 407(2, 3), 430(4), 435(4)
Jenner, E. L., 297
Jensen, L. H., 418
Jeremias, K., 284, 295(112), 296, 304, 342(523), 343, 352(523)
Jermyn, M. A., 339
Jevons, F. R., 169
Jimenez-Garay, R., 384, 391(43), 392, 397
Johnson, P. L., 405
Johnson, R. A., 27(141), 28
Johnsson, B., 340
Johnston, J. F. W., 294
Jollés, P., 165(60, 61), 167(60, 61), 168
Jolley, M. E., 278
Jolly, R. D., 178, 182(123)
Jones, B. J., 75(358), 76
Jones, D. A., 340
Jones, J. K. N., 106, 121, 332, 333, 366, 367
Jones, J. M., 340(504), 341
Jones, P. W., 21, 22(99)
Jones, W. J. G., 118
Jooyandeh, F., 75(353, 357), 76
Jordaan, A., 434
Jourdian, G. W., 186, 276, 277(164)
Joyard, J., 364
Jukes, C., 291, 292(64), 293(64)
Jung, H., 58

Jung, P., 347
Junghanns, G., 91, 97
Jung Ja Park Kum, 427

K

Kabat, E. A., 165(72), 166(45), 167(72), 168, 238, 239(63), 262, 264, 266(63), 317, 340
Kageyama, B., 132, 144
Kageyama, E., 74
Kaiser, D. W., 119, 248
Kaiser, R., 286, 343(21)
Kakudo, M., 402, 403(63), 426
Kalckar, H. M., 287(30), 288
Kalra, S. K., 322, 324(334)
Kalugin, K. S., 21
Kalyanasundaram, R., 151
Kalyazin, E. P., 27(140), 28
Kalyazina, N. S., 21
Kamicker, B. J., 243, 245(83), 266(83)
Kamiya, K., 435
Kanazawa, Y., 314
Kandler, O., 288, 293(92), 294, 295(107), 296, 316(107, 286, 293), 317, 318(286), 319(302), 320(303), 345(299), 347(299), 348(34, 107, 293, 299), 349(92), 350, 351(104, 107, 299), 254(293), 355(286, 293, 296), 356(34, 293, 296)
Kanters, J. A., 379, 388, 389(39)
Kanzaki, T., 108, 112(282), 113(280), 123, 134(282)
Kaplan, A., 276, 277(166)
Kapp, D. S., 16
Kappen, L., 296
Karabinos, J. V., 121
Karasaki, T., 130
Karasev, A. L., 27
Karr, A. L., 321
Karr, D. B., 103, 154(248)
Karrer, P., 81, 82, 84
Kartasheva, L. I., 27, 29(137, 138)
Karush, F., 232, 266(32, 33)
Kasahana, F., 131
Kasai, Z., 347
Kashimura, N., 117
Kashitani, Y., 410
Kashiwada, Y., 296
Kates, M., 322, 324, 325(326), 326(352),

326, 328, 365(352, 355)
Kato, K., 311
Kato, S., 303(177), 304
Kato, T., 95
Katona, L., 168(81), 169
Katznelson, H., 137, 138, 139(494), 141
Kaufman, B., 186
Kauss, H., 313, 314(247, 248, 249), 360(251, 253), 361(253), 362(253)
Kawada, Y., 284
Kawakishi, S., 11, 19(26), 33, 35(175), 67(26), 69(26), 71(26)
Kawasaki, T., 163, 291, 340
Kazakevich, L. G., 154
Kazimirova, V. F., 93
Keck, K., 23, 47(112)
Keele, B. B., 140
Keller, R. K., 213
Kelly, S., 346
Kemsley, K. G., 16, 17(75)
Kennard, O., 418
Kennedy, J. F., 164, 178, 181(121), 226, 278(6)
Kent, S. B. H., 256
Kenyon, C., 327
Kereszty, G., 101(237), 102, 103(237)
Kershaw, K., 32, 51(155, 156), 74(155), 75(356), 76
Kessler, M. J., 215
Kevan, L., 68, 74
Khafizova, A. D., 95
Khan, M. A., 330
Khan, M. U., 362
Khanzada, G., 303(179), 304, 316(179), 318(179), 326(179)
Khare, M. P., 320
Kharizanova, M. S., 150(577), 151
Khesghi, S., 127, 128(412)
Khorlin, A. Ya., 259
Khulbrandt, W., 418
Kieda, C. M. T., 231, 260(29, 30), 266, 267(135), 278(135), 279(29, 30, 135, 178)
Kiliani, H., 126
Killian, C., 137
Kim, C., 67
Kim, W. J., 299, 359(153)
Kimoto, M., 145
Kimura, A., 165, 177(40)
King, C. G., 65, 80, 103(8), 109, 111(292), 154

King, K. W., 288(41), 289
King, R. R., 239, 248(67), 249(67), 250(67), 253(67)
King, R. W., 351, 353
Kinoshita, S., 140
Kinpyo, T., 291, 310(68)
Kintya, P. K., 328, 330
Kirchbaum, B. B., 183
Kirchbaum, R. M., 314
Kiribuchi, T., 328
Kirino, Y., 65, 66(252)
Kiriyama, S., 337
Kirk, M., 352
Kirk, M. R., 12
Kirsch, A., 17, 18(77), 27(77), 28(77), 30(77), 31(77)
Kita, D., 122, 139
Kitagawa, M., 232
Kitahara, T., 115, 117(329), 118(329)
Kitamura, I., 108, 111(287)
Kito, Y., 11, 19(26), 33, 35(175), 67(26), 69(26), 71(26)
Kiyokawa, M., 145
Kjellevole, K. E., 83, 84(50)
Klaeboe, P., 84
Klamerth, O. L., 16
Klein, E., 94(148), 95, 101(148)
Klein, G., 68
Kleinhammer, G., 233, 234(44)
Kleinig, H., 364
Klenk, E., 326
Klenovska, S., 296, 309(123)
Klimov, Y. M., 259
Klinger, M., 168(83), 169
Klotz, I. M., 242
Klug-Roth, D., 23
Kluyver, A. J., 91, 127(96, 419), 128, 152(96)
Knape, W., 91
Knipprath, W., 326
Knobloch, H., 137
Knox, J. R., 401
Kobata, A., 171, 172(108), 173, 174(96, 97, 98), 175(101), 176(96, 97), 178(97, 117), 196, 214, 217, 237
Kobayashi, K., 144
Kobayashi, Y., 138, 139(505, 506)
Koch, R. B., 309
Kochetkov, N. K., 17, 33(78), 42, 44(184), 48, 51(168, 215, 217), 52(170, 212, 213), 67, 165(70), 167(70), 168, 259

Kochi, J. K., 24
Kochwa, S., 164(37), 165, 172(37), 178(37), 180(37)
Kodama, T., 337
Koenig, E., 91
Koenig, F., 323(339), 324
Koesis, F. J., 16
Koetzle, T. F., 374
Kofler, L., 84
Koide, N., 171, 174(96), 176(96)
Kojić-Prodić, B., 380, 399, 411(81), 412
Kojima, T., 138, 139(507)
Koll, P., 398
Koltzenburg, G., 12, 13(44), 43, 73(41)
Konaka, R., 95
Konaka, T., 95
Kondo, E., 91, 152(95)
Kondo, K., 111, 137, 138(498), 141
Kondo, M., 65
Kondo, T., 176, 177(112)
Konetzke, G., 91
Kongshaug, M., 74
Konings, J., 120, 123(352)
Konoblooh, H., 127, 128(408)
Koof, H. P., 326
Kooiman, P., 366, 367
Koops, T., 388, 389(39)
Kopf, J., 398
Kopylova, N. A., 92
Kornfeld, R., 160, 164(17, 37), 165, 166(42), 172(37, 42), 176, 178(37, 42), 180(37), 216, 217(217), 222(116)
Kornfeld, S., 160, 164(17), 188, 189(159), 217, 218, 220, 251, 256(108), 268, 272(108), 340, 368
Kortschak, H. P., 352, 353
Korus, R. A., 300
Korytnyk, W., 354, 358(606)
Kosche, W., 245, 246(90)
Koshelev, Y. P., 300
Kosolapova, N. A., 154
Kothe, G., 384, 405
Kothe, N., 293(87), 294
Kovalev, Yu. I., 51(215), 52
Koyama, G., 413, 414(85), 415(86), 422, 435(85)
Kozakiewicz, T., 148
Kraft, K., 81, 82, 86, 98, 100, 109(211, 212, 213),
Kramer, M, J., 434
Krantz, M. J., 227, 232(12), 238(12), 247, 253(98), 256(12), 258(12), 271(96), 273(12), 274(12), 295(12), 280(98)
Kratavil, A. J., 93
Kratzer, F. H., 337
Krause, W. G., 299
Kraut, J., 418
Krebs, H. A., 287
Kremer, B. P., 315, 361(273)
Kresse, H., 276
Kretsu, L. G., 330
Kristallinskaya, R. G., 92
Krokhmalyuk, V. V., 328
Krotkov, G., 295, 351(102), 352(102)
Krüger, C., 70
Krüpe, M., 339, 340(469), 341
Kruger, G. J., 434
Krushinskaya, N. P., 16
Krusius, T., 165(66), 167(66), 168, 173(14), 176, 215, 216(214)
Krutova, Y. N., 75
Krysteva, M. A., 169
Kubal, J. V., 334
Kudaka, M., 135
Kudryashov, L. I., 16, 17, 33(78), 42, 44(184), 48, 51(168, 215, 216, 217), 52(170, 212, 213), 67
Kudryashova, V. E., 93(140), 94
Kuhlenschmidt, T. B., 227, 273(13), 276(13)
Kuhn, B., 296
Kuiper, P. J. C., 328
Kuksis, A., 362
Kulhánek, M., 92, 122, 135(375), 136(100, 375), 147(375)
Kulkarni, N. D., 325, 363(364)
Kull, U., 342(523), 343, 352(523)
Kulshrestha, D. K., 320
Kuntz, I. D., 184
Kuo, I., 47
Kuridze, L. V., 126
Kusama, Y., 74
Kushehinskaya, I. N., 96, 154
Kusunoki, T., 108, 128
Kuwata, K., 27
Kuznetsov, E. V., 10, 27(16)
Kuzuhara, H., 132
Kuzyurina, L. A., 91, 152(93)
Kvapil, J., 92
Kvick, A., 411(81), 412
Kwan, T., 65, 66(252), 128, 129(454), 131, 132(456, 457)

Kylin, A., 328
Kylin, H., 314

L

La Badie, J. H., 270
La Berg, D. E., 358
Lacey, J. C., Jr., 415
LaForge, F. B., 121
Laidlaw, R. A., 303(183), 304
Lal, J., 309
Lamberts, H. B., 55
Lamblin, G., 196
Lambrev, B. K., 150(577), 151
Lampen, J. O., 213
Lamport, D. T. A., 168(81), 169
Landsteiner, K., 227, 229(10), 232(10), 266(10)
Lane, M. D., 213
Lang, G., 69
Lang, O. L., 296
Lang, S., 272
Langridge, R., 430
Lankester, A., 159
Lanzani, G. A., 127(416), 128(414)
Larkin, J. P., 12, 27(39)
Laroff, G. P., 11, 17, 65, 66(253)
Larriba, G., 168(83), 169
Larson, P. R., 353
Lascombes, S., 284, 310
Laurencot, H. J., Jr., 351
Law, J. H., 322
Lazarev, A. F., 94(149), 95
Lazurevskii, G. V., 328, 330
Leboul, J., 236
Le Dizet, P., 291, 295, 300, 301(55, 56), 304(168), 306(168, 185, 186), 307(192), 308(193), 310, 335, 366(434), 367, 370(433)
Lee, A., 291, 292(65), 293(65)
Lee, C. Y., 295(109), 296, 358(634), 359
Lee, R. J., 244
Lee, Y. C., 168(80), 169, 227, 231, 232(12), 244, 247, 253(98), 271(96), 273(12, 13, 14), 274(12), 275(12), 276(13, 14), 280(98)
Leech, R. M., 324
Lefebvre-Soubeyran, O., 390, 436
Léger, D., 172(105), 173, 182(105), 205(105)

Lehle, L., 316(293), 317, 348(293), 354(293), 355(293, 298), 356(293, 298)
Lehmann, K. L., 295(106), 296
Lehninger, A. L., 287
Leimgruber, W., 96, 406
Leitich, J., 11, 19(25), 67(25), 69(25), 71(25)
Leleu, J. B., 168(78), 169
Leloir, L. F., 220, 284, 286, 287(31), 288
Lemieux, R. U., 240, 253(72), 258(73), 259(72), 262(72, 73), 263(72, 73), 265(72), 266(73, 133), 267(73)
Lemmens, J. F., 97, 104(181)
Lemmon, R. M., 12
Lengyel, A., 96
Lennartz, W. J., 183, 213
Lepage, M., 322, 328
Leschziner, C., 367
Leung, F., 406
Leung, S., 362, 365
Levene, P. A., 81, 121
Levitt, J., 296, 297(134)
Lewis, B. A., 336, 337(439)
Lewis, D. H., 291, 292(64), 293(64)
Li, A., 25
Li, E., 217, 218, 220
Li, S.-C., 270
Li, Y.-T., 270
Liao, J., 165, 166(45)
Liao, T., 262
Lie, B., 416
Lieberman, R., 165(48), 166(48), 168
Liebich, B. W., 431
Liebster, J., 136
Liedvogel, B., 364
Liener, I. E., 245, 246(91), 254(91), 255(91)
Lim, V. I., 184
Lin, D.-P., 74
Lin, Y., 165, 166(41)
Lindahl, B., 165(73, 74), 168
Lindberg, B., 126, 312, 313, 314(237, 238, 264), 315, 333
Lindberg, K. B., 381, 382, 395
Lindenau, D., 62
Lindsay, D., 25
Link, K. P., 237
Linsley, K. B., 165(52), 166(52), 168
Lion, Y., 76(376), 77
Lipets, K. V., 95

Lipshitz, R., 59
Lis, H., 159, 171, 175(102), 266, 268(136) 279(136)
Liska, M., 92
Litt, C. F., 288(39), 289
Liu, H. H., 231
Liu, T., 171
Livertovskaya, T. Ya., 17, 33(78), 51(215, 216), 52
Livingston, R., 10, 27(15)
Lobry de Bruyn, C. A., 129
Lockwood, L. B., 91, 127(420), 128(413)
Loeblich, A. R., 326
Löfroth, G., 67, 69(287, 293, 296)
Lönngren, J., 237, 257(58), 258(58), 266(58), 268(58), 269(58), 341
Loewus, F., 80, 86(7), 154, 284(14), 286, 346, 347
Loewus, M. W., 346
Loh, Y. P., 214
Lohmann, W., 100
Lohmar, R. L., Jr., 312
Loitsyanskaya, M. S., 91
Lombart, C. G., 165(58, 68), 166(58,68), 168
Lomagin, A. G., 296
Long, M. A., 76
Long, M. R., 343
Longchambon, F., 378
Lopez-Castro, A., 384, 389(40), 390, 391(43), 392, 397
Lopez de Lerma, J., 427
Lorenz, K., 311
Lotan, R., 340
Lote, C.-J., 169
Loucheux-Lefebvre, M.-H., 184, 185(142)
Low, M. J. D., 84
Ludwig, M. L., 246, 247
Lüderitz, O., 260, 261(120), 262(120)
Luettge, U., 314
Luger, P., 384, 385, 401, 405
Luknitskii, F. I., 93(136) 94
Luknitskii, T. I., 93(133), 94
Luksik, B., 136
Lundblad, A., 168(82), 169, 178, 182(123), 190, 194(179), 195, 196, 198(185)
Lundin, K., 327
Lundsten, J., 194(179), 195
Lynn, W. S., 178, 181(122)

M

McBee, R. H., 288(40), 289
McBroom, C. R., 235
McCabe, L. J., 51, 52(209)
McCarty, R. E., 324, 365(353)
McCleary, B. V., 309, 334, 335(432), 336(437), 338(437), 366(437), 368(437), 369(432), 370(437), 371, 372(720)
McClendon, J. H., 369
McCluer, R. H., 325, 326(358), 365(358)
McCorquodale, H., 284(13), 285, 294
McCready, R. M., 316
McCredie, R. J., 366(689), 367
McCullough, T., 363
MacDonald, D. L., 317
McDowell, R. H., 332
MacGregor, A. W., 358
McGuire, E. J., 186
Macher, I., 133
McIlroy, R. J., 295(106), 296
McKay, R. B., 297
Mackender, L. R. O., 324
Mackie, W., 117
Mclachlan, J., 313, 314(243), 315(243), 360(243), 361(272)
MacLeod, A. M., 284(13), 285, 294
McManus, T. T., 363
McMaster, M. H., 340
McMullan, R. K., 407
McNab, J. M., 367
Maekawa, K., 245, 246(91), 254(91), 255(91)
Mäkelä, O., 341
Mäkelä, P., 341
März, L., 215
Maes, E., 16, 33(68)
Mage, M., 232
Magnus, P. D., 114
Mahjani, M. G., 76
Mahoney, J. F., 101(222), 102, 103(222), 104(222)
Maity, I. B., 347
Majak, W., 315, 361(272)
Major, R. T., 126, 148(564), 149
Makada, H. A., 26
Makarov, A. N., 93(126, 138), 94
Makarov, L. E., 32(157), 33
Makover, S., 111

AUTHOR INDEX

Maksimov, V. I., 94(149), 95
Malca, I., 343
Maley, F., 196
Malinzak, D. A., 340
Malysheva, N., 259
Mancheva, I. N., 169
Mandal, N. C., 347
Mandell, B., 272
Mangiafico, S., 313, 314(246), 315(246)
Manguo, S., 313, 314(246), 315(246)
Manor, P. C., 407, 432
Manta, I., 91
Mapson, L. W., 123
March, S., 278
Marchesi, V. T., 280
Marchessault, R. H., 406
Marechal, L. R., 288(43), 289
Maretzki, A., 342(524), 343, 344
Markevich, S. V., 75(355), 76
Marlier, S., 94, 101(146), 105
Maroteaux, P., 191(171, 172, 173), 192
Marquez, R., 391(43), 392
Marsh, C. A., 119
Marsh, J. W., 243, 244(84), 254(84), 255(84), 264, 272(84)
Marsh, W. L., 165(72), 167(72), 168
Marshall, J. J., 227, 251(7), 255(7), 256(7), 273(7)
Marshall, J. S., 214
Marshall, R. D., 160, 164(11), 183(29)
Martin, E. C., 74
Martin, C. K. A., 111, 112(305)
Martineau, R. S., 232, 266(40)
Martinez-Ripoll, M., 427
Martius, C., 82
Maruo, B., 324
Mason, H. S., 65
Masson, P., 196, 198(185)
Mastropietro-Cancellieri, M. F., 147
Masuo, E., 91, 123, 127(423) 128, 135(376), 146, 152(95)
Masutani, K., 99(207), 100
Matalon, R., 189
Matheson, M. S., 22
Matheson, N. K., 309, 334, 335(432), 336(437), 338(437), 347, 358(632), 359, 366(437), 368(437), 369(432), 370(437), 371, 372
Matsmoto, A., 131
Matsuda, O., 74

Matsui, M., 84, 115, 117(329), 118(329 124, 145, 152(547, 548)
Matsukura, Y., 435
Matsumaru, H., 108
Matsumoto, A., 101(236), 102
Matsushige, T., 12, 73(41)
Matsushima, Y., 169, 171, 173(95)
Matsushita, A., 295, 358
Mattok, G. L., 33
Maune, R., 299
Maurer, K., 98
May, J., 420
Mayer, J., 95, 101(243), 102
Mayer, H., 241, 266(75)
Mayes, J. S., 343
Mazid, M. A., 376
Mazliak, P., 365
Mazzetti, F., 12
Meager, A., 160(20), 161
Means, G. E., 230, 235(16), 236(16), 242(16), 244(77), 250(16), 251(16)
Medina, H., 147
Mehltretter, C. L., 117, 119
Mehta, S. K., 16, 33(74), 52(74)
Meidell, G. E., 309, 359(200)
Meier, H., 337, 338(449), 366, 367(682, 686), 368(684), 369, 371(707, 708)
Meinders, I., 379
Melchior, H., 292
Melkonian, G. A., 233
Meller, E. A., 93(133, 136), 94
Mellies, R. L., 117
Mercer, K. R., 76(381), 77
Merchant, B., 240
Merck, F., 107
Merck, K., 107
Merck, L., 107
Merck, W., 107
Meredith, W. O. S., 358
Merrill, A. T., 83, 84(48)
Mersmann, G., 276, 277(167)
Metzler, E., 354, 358(606)
Meyer, G. M., 121
Meyer, K., 165(48), 166(48), 168
Meyer-Delius, M., 239, 240(70)
Mian, A. J., 338
Michael, A., 230
Michalski, J.-C., 191(174, 175, 176), 193, 194(178), 195, 200, 201(194), 204(194), 205(194)

Micheel, F., 81, 82, 86, 98, 100, 109,
Michel, J. P., 16, 75(66, 71)
Middlebeck, A., 94, 101(141)
Miers, J. C., 299
Mijamoto, K., 135
Mikata, M., 145, 152(547, 548)
Miki, T., 110, 111(301, 302), 130, 131
Milde, H., 296, 297
Miller, D. H., 169
Miller, F., 178, 180(118)
Miller, J. A., 325, 362(361)
Miller, L. P., 295(113), 296, 310(113), 312(113), 320(113)
Miller, L. R., 343
Miller, M. J., 277
Miller, R. L., 143
Mills, J. A., 379
Minkhadzhiddinova, D. P., 75(352), 76
Minyard, J. P., 322
Mirelman, D., 340
Miroshnichenko, I. V., 67
Misaki, A., 340
Mishina, A., 75
Mitchel, R. E. J., 55
Mitev, I. P., 150(577), 151
Miyazaki, K., 338, 339
Mizrahi, A., 214
Mizunaga, T., 328
Mizuno, T., 291, 310(68)
Moan, J., 74
Mochizuki, K., 108, 112, 123, 128
Moczar, E., 236, 241
Möckel, H., 8
Moews, P. C., 401
Mohaesi, E., 96
Mohammad, D., 28
Mokadi, S., 337
Molinari, E., 346
Molle, J. L., 96
Molnar, J., 183
Molotkovsky, Y. G., 297
Monsigny, M. L. P., 169, 231, 260(29, 30), 266, 267(135), 269, 278(23, 135), 279(23, 29, 30, 135, 178)
Montgomery, R., 334
Montreuil, J., 160, 164(13, 14, 36), 165(14, 61), 166(43), 167(61), 168(78), 169, 170(14), 171(14), 172(35, 36, 38, 39, 106, 107, 109), 173(14), 176, 177(38, 39), 178(113), 180(119), 182(35, 36, 43), 183(13), 188, 189, 190, 191(171, 172, 173, 176), 192, 193, 194(178), 195, 196(14), 197(181, 183), 199(167), 200(34, 195, 196), 201(34, 35, 36, 191, 192, 193, 194), 203(34, 192, 193), 204(34, 194, 195, 196), 205(34, 38, 39, 191, 192, 193, 194, 195, 196), 207(14, 34), 209, 214, 215, 218, 226
Monzini, A., 99(200), 100
Moody, G. J., 28, 33(151), 52, 67, 75, 76
Moore, J. S., 16, 17(75), 27(60), 48, 51(218, 219), 52, 53(218, 219), 67, 75(200, 353, 357, 359), 76
Moore, S., 237
Moorhouse, R., 365
Mootz, D., 407
Moreau, C., 127
Morell, A. G., 160(19), 161, 162, 226, 270(5), 271, 275, 276(161), 340
Moreno, A., 355
Moreno, E., 389(41), 390
Morf, R., 81
Morgan, R. E., 75(353, 356), 76
Morganu, S., 94(148), 95, 101(148)
Morgenlie, S., 294, 311
Mori, H., 347
Morilhat, J. P., 168(78), 169
Morita, K., 95
Morré, D. J., 347
Morrison, A., 334, 335(423), 336(423)
Mortimer, D. C., 352
Morton, R. K., 347
Mosbach, K., 278
Moschera, J., 4
Moskalev, Yu. I., 21
Moskvin, M. D., 94
Motizuki, K., 108, 112, 113(280)
Mottu, F., 298, 299(146)
Moudra, M., 101(243), 102
Moudry, R., 101(243), 102
Mudd, J. B., 322, 324, 325(320, 342), 326(320), 363(320, 342), 364(658)
Müller, A., 67, 71(269, 270), 76(380), 77
Muir, L., 168(80), 169
Mukherjee, A. K., 169
Mulina, T. E., 93(132, 134), 94
Munashinghe, V. R. N., 18
Munro, J. R., 186, 187(157), 188
Murachi, T., 178, 181(120)

AUTHOR INDEX

Murakami, S., 306, 307
Muramatsu, T., 171, 172(108), 173, 174(96), 176(96), 196
Murata, M., 65, 66(263)
Murooka, H., 138, 139(505, 506)
Murphy, E. L., 299
Murphy, L. A., 268, 269(139)
Murto, J., 11
Mustier, J., 340
Myerowitz, R., 276, 277(164)
Myers, F. K., 343
Myers, L. S., Jr., 74, 76

N

Nachtomi, E., 337
Nadzhafova, M. A., 48
Nadzhimiddinova, M. T., 33, 51(168), 52
Nagai, J., 327
Naganuma, T., 115, 117(329), 118(329)
Nagasaka, N., 135
Nagashima, H., 313, 315(245), 361
Nagpurkar, A., 265, 266(133)
Nahari, V., 337
Naito, K., 92
Naito, T., 110, 111(301, 302)
Nakagawa, K., 95
Nakahara, K., 284
Nakai, H., 337
Nakajima, T., 168, 171, 176(104)
Nakajima, Y., 131
Nakamachi, H., 435
Nakamura, H., 413, 414(85), 415(86), 422, 435(85)
Nakamura, M., 354, 355(610)
Nakamura, S., 313, 315(245), 361
Nakamura, Y., 74
Nakanishi, I., 108, 112, 113(280), 122, 131, 136(373)
Nakanishi, T., 122, 136(374)
Nakata, T., 95
Nakatani, T., 135
Nakayama, T. O. M., 299, 359(153)
Namiki, M., 11, 19(26), 33, 35(175), 67(26), 69(26), 71(26)
Napoli, C., 340
Nara, K., 112, 113
Narasimhan, S., 186(152, 153), 187(154, 155, 157), 188, 220(154, 155)
Narayanan, P., 425, 426(101)

Nassimbeni, L. R., 411(82), 412
Nebbia, G., 84
Nechaev, A. P., 95
Nechaeva, N. S., 94
Nedoborova, L. I., 48, 51(217), 52
Nef, J. U., 121
Neidle, S., 418
Nelson, C. D., 295, 351(102), 352(102)
Nelson, E. R., 148
Nelson, N. M., 288(40), 289
Nelson, P. J., 148
Neracher, O., 126
Nesmeyanov, V. A., 259
Neta, P., 8, 12
Neter, E., 340
Neubacher, H., 67
Neuberger, A., 164, 183(29), 256
Neufeld, E. F., 276, 277(165), 286, 287, 325, 342(19), 346, 348, 362
Neukom, H., 131, 334
Neuman, A., 378, 385, 404
Neumüller, G., 233
Neuwald, K., 11, 14, 15, 19(47, 54), 25, 52(27), 57(27), 67(47, 54), 69(47, 54), 70(54), 71(47), 74(47)
Nevell, T. P., 119
Nevin, C. S., 119
Newman, R. A., 165(49, 65), 166(47, 49), 167(47, 49, 65), 168
Ng Ying Kin, N. M. K., 196, 197(182), 206
Nichols, B. W., 325, 326, 327, 328(389), 364, 365(375, 389, 390, 392)
Nicholson, J. F., 303(178), 304, 352(178)
Nicolls, A. C., 250
Nicolson, G. L., 270
Niederhuber, J. E., 237, 257(58), 258(58), 266(58), 268(58), 269(58),
Nigam, V. N., 295
Nikaido, H., 284, 286(4), 287(4), 289(4), 342(4), 344(4), 367(4), 369(4)
Nikitin, I. V., 67
Nikonova, V. V., 94(149), 95
Nikuni, Z., 75
Nilsson, B., 176, 177(111), 178, 192(123)
Nimberg, R. B., 165, 177(40)
Nimgirawath, K., 379, 392
Nishigaki, M., 196
Nishikawa, M., 435
Nishikimi, M., 66

Nishiyama, K., 136
Nisizawa, K., 313, 315(245), 355, 361
Nitchenko, V. M., 93
Nitta, I., 27
Nixdorff, K. K., 227, 260(11), 261(11), 278(11), 279(11)
Nojima, S., 325, 365(360)
Nolan, W. G., 369
Noller, R. M., 12
Noltemeyer, M., 408
Noltmann, E. A., 368
Noordik, J. H., 383
Nordén, H. E., 176, 177(111), 178, 182(123), 190, 194(179), 195, 196, 198(185)
Nordenson, S., 386, 393
Nordin, J. H., 168(77), 169
Nordin, P., 234
Norman, R. O. C., 10, 12(17), 19, 27(17, 39, 96), 32(131)
Norris, A. F., 16, 27(60, 143), 28, 34
Norris, E. H., 374
Novacky, A., 321
Novogrodsky, A., 268
Novopavlovskaya, N. V., 296
Nowoswiat, E. F., 434
Nozoki, Y., 146
Nueschul, P., 127, 127(407)
Nunn, J. R., 314(265), 315
Nyman, B., 358(635), 359

O

Oates, M. D., 165(71), 167(71), 168
Obata, Y., 112
Oblin, A., 231, 278(23), 279(23)
Obrenovitch, A., 231, 278(23), 279(23)
Ockermann, P. A., 178, 182(123), 190, 194(179), 195, 196, 198(185)
Oesch, F., 316(285), 317
Oga, S., 139, 143
Ogata, A. M., 171, 174(96), 176(96)
Ogawa, T., 84, 115, 117(329), 118(329), 145, 152(547, 548)
Ogura, H., 65, 66(263)
Ohanessian, J., 378, 385
Ohashi, Y., 426
Ohle, H., 92, 98, 233
Ohmae, T., 27
Ohnishi, S.-I., 27

Ohno, K., 325, 365(360)
Oishi, K., 340
Okabe, H., 291
Okabe, M., 291
Okada, M., 124
Okazaki, H., 108, 112(282), 113(280), 123, 134(282)
O'Kelley, J. C., 343
Okuno, T., 101(238), 102, 103(238)
Olbrich, G., 65, 66(255), 117
Oldfield, J. F. T., 316, 318(279)
Oloff, H., 76(385), 77
Olofson, R. A., 241, 266(75)
Olson, A. C., 299, 300
Olson, R. M., 243, 244(83), 266(83)
O'Malley, J. A., 214
Omori, T., 43
O'Neill, P., 48, 52(206)
Ongun, A., 323(341), 324, 325(342), 363(342)
Onodera, K., 117
Onuki, M., 303(180, 181) 304
Onuma, M., 303(177), 304
Oota, H., 300
Oparacche, N. N., 18
Opheim, D. V., 188
Oppenauer, R., 86, 98(69, 70, 74), 152(69, 70, 71, 72)
Orbell, J. D., 435
Ordin, L., 343
Oreshko, V. F., 75
Organon, N. V., 99(199), 100, 107
Oriente, G., 313, 314(246), 315(246)
Osaki, K., 375
Osawa, T., 165(52, 63), 166(52), 167(63), 168, 176, 177(112)
Oschenfeld-Lohr, I., 84
Ostwald, R., 12
Otsuka, M., 149
Ottensooser, F., 340
Ovcharov, K. E., 300
Overhoff, J., 106
Owens, L. N., 118
Ozaki, H., 361
Ozawa, Y., 300

P

Pal, R., 359
Palmer, G. H., 358
Palmer, H. T., 381

AUTHOR INDEX

Palmer, R. A., 376, 381
Palo, J., 196, 198(185)
Pamblanco, M., 165, 166(43), 172(107), 173, 182(43)
Pāquin, R., 300
Parikh, I., 278
Park, R. B., 327
Parker, J., 296
Parkman, S. P., 359
Parodi, A. P., 220
Parsons, B., 33
Parsons, M. A., 12
Parthasarathy, R., 434
Pascard, C., 399, 423
Pascard-Billy, C., 434, 436
Pashev, I. P., 150(577), 151
Pasternack, R., 99, 101(219), 102, 103(219), 123, 129, 130, 147(380)
Pastyrik, L., 309
Patton, S., 326
Paul, I. C., 419
Paulsen, H., 107, 119, 384, 385, 401, 405
Paulson, J. C., 186
Pazur, J. H., 309, 311, 342, 359(200)
Peat, S., 117, 313, 315(240), 362
Péaud-Lenoël, C., 287(32), 288
Pecera, B. P. M., 295
Pedersen, M. W., 330
Peers, M.-C., 191(173), 192)
Penhoet, E. E., 216
Percheron, F., 290, 295(50, 51), 304(51), 308(50), 316(292), 317, 318(292), 342, 367(292), 371
Percival, E., 332
Percival, E. G. V., 81, 84(32), 86, 98(32), 152(76)
Pérez, S., 406
Perkins, L. M., 152
Perlin, A. S., 117
Perlman, D., 108, 111(286, 287), 112(305), 122, 140, 141(524)
Perron, K. M., 18, 19(86), 27(86), 42(86)
Pesch, R., 326, 363(376)
Petek, F., 291, 292, 316(291), 317, 318(291), 366(688), 367, 370
Peterokova, I., 309
Peters, O., 149
Peterson, S. W., 435
Petrescu, S. V., 101(240), 102
Petro, J., 96
Petryaev, E. P., 27(140), 28

Phelps, G. F., 162
Phillips, G. O., 9, 14, 16, 17(75), 27(144, 145, 146), 28, 32(158) 33(151), 48, 51(155, 156, 158, 218, 219), 52, 53(218, 219), 67, 68(275), 69(286, 287, 300), 74(155, 158, 267, 268, 275, 277), 75(200, 210, 278, 289, 351, 353, 356, 357, 359), 76
Phillips, J. A., 230
Phillips, J. M., 20
Piatelli, M., 313, 314(246), 315(246)
Piette, L. H., 65
Pigman, W. W., 2, 5, 164, 183(33), 226
Pikaev, A. K., 27, 29(137, 138), 32(157), 33
Piloty, O., 120
Pina, E., 346
Piras, R., 183
Pitcher, R. G., 434
Pizzoli, E. M., 84
Plapp, B. V., 256
Pleven, E. J., 96
Plummer, T. H., Jr., 196
Plyushkin, S. A., 93(140), 94
Pohl, P., 327
Pollard, C. J., 293, 295(82), 301(82), 306, 309(82), 358(82)
Pollit, R. J., 196, 198(184)
Pontis, H. G., 183, 289
Poonian, M. S., 434
Pople, J. A., 383, 405(26)
Popov, P. S., 358
Poppleton, B. J., 392
Porter, C. A., 351
Posternak, T., 345, 346(542)
Potak, E. M., 95
Potter, M., 278
Potter, W. R., 76(382), 77
Prakash, J., 74
Preda, N., 91
Preodrazhenskii, N. A., 95
Pressey, R., 316(290), 317
Pressman, D., 232
Pretty, K. M., 196, 198(184)
Pribush, A. G., 19
Pricer, W. E., Jr., 162, 273, 275, 276(161), 340
Pridham, J. B., 286, 289, 342(44), 354, 355(607, 608, 609), 356(44), 357(44), 358(22), 360(44, 45), 370(44, 45)
Pristupa, N. A., 353

Pritchett, R. J., 10, 12(17), 27(17), 32(131)
Privat, J. P., 269
Prokop, O., 340
Pruess, D. L., 111
Prusiner, P., 408, 421, 422(77)
Punin, W., 340
Puscasu, V., 101(240), 102
Putilova, I. N., 75
Putman, E. W., 286, 288(39), 289, 314, 342(15), 361
Puxkandl, H., 84

Q

Quader, H., 361
Quednow, K. G., 343
Quillet, M., 358

R

Rabani, J., 22, 23
Rackin, E., 286, 343(21)
Rackis, J. J., 298, 299(145), 320
Rackwitz, A., 340
Radecke, H. R., 358
Radunz, A., 324, 326(347)
Rafestin, M. E., 231, 277(23), 279(23)
Raison, J. K., 347
Raizada, M. K., 168
Ramachandran, G., 358
Ramakrishnan, C. V., 150, 151(575)
Ramalingam, K. V., 338
Ramsey, G. B., 111
Rao, B. S. N., 65
Rao, V. S. R., 335
Rapport, M. M., 232
Rasumovskaya, Z. G., 92, 136(101)
Raunhardt, O., 131
Rauvala, H., 176, 215, 216(214)
Ray, P. M., 343
Raymond, A. L., 81
Raynor, R. J., 119
Razumova, G. N., 15
Razumovskaya, Z. G., 138
Reading, C. L., 216
Rees, D. A., 313, 315(240), 362, 386
Reese, E. T., 370
Regna, P. P., 99, 103, 123, 147(379, 380)
Reguera, R. M., 340
Reichert, C. M., 340

Reichstein, T., 80, 81(4), 86, 89, 92, 93(81), 94, 96, 97(81, 116), 98(69, 70, 74), 99(81, 196), 100, 101(214, 215, 218), 102, 103(81, 187, 214, 218), 104(214, 218), 105(81), 113, 126, 129, 148, 152(69, 70, 71, 72, 73)
Reid, E. H., 326
Reid, J. S. G., 358, 359, 366, 367(682, 686), 368(684), 369(619), 371(707, 708)
Remizova, T. B., 103
Renkonen, O., 364
Reuschl, H., 75
Reuther, G., 296
Revel, J. P., 279
Reynolds, J. A., 280
Reynolds, J. H., 299, 300(158)
Reynolds, R. J. W., 81, 84(32), 98(32)
Rhys, D., 16
Ribas, I., 314(270), 315
Riccardi, B. A., 337
Ricci, B. A., 316
Rich, A., 427, 429, 431(105), 433
Richards, G. N., 316(288), 317, 337
Richardson, W. H., 326
Richie, C., 423
Richter, H. W., 26, 65(129), 66(129)
Richtmyer, N. K., 122
Riederer, P., 28
Riedl-Tumova, E., 127, 128(409), 137(409)
Riesz, P., 67
Rigouard, A., 67
Rigouard, M., 16, 75(71)
Ring, R., 95, 97
Riordan, J. R., 187(157), 188
Rist, C. E., 117
Ritchey, J. M., 242
Ritter, A., 12, 13(44)
Rizk, A. M., 291, 310(63)
Robbins, P. W., 171, 175(100)
Robert, S., 295(109), 296
Roberts, H. R., 127, 128(412)
Roberts, J., 250, 254(106), 256(106)
Roberts, R. M., 342, 343, 344(527), 347
Robertson, P. M., 93
Robinson, M. P., 365
Robrish, S. A., 230
Rodén, L., 165(73, 74), 168, 183
Rodman, J. S., 272, 277
Roe, A., 230

Roe, E. T., 91, 127(420), 128
Roe, J. H., 80
Roelcke, D., 263
Roelofsen, G., 379, 388, 389(39)
Roerig, S., 168(81), 169
Rogers, J. C., 251, 256(108), 272(108)
Rogers, J. K., 338
Rogić, V., 399
Rømming, C., 421
Rome, L. H., 277
Romero, J. M., 105
Rosbottom, A. C., 165(71), 167(71), 168
Roseman, S., 183, 186
Rosenberg, A., 160(18), 161, 327
Rosenberg, J. M., 427, 429, 431(105)
Rosenstein, R. D., 83
Rosenthal, A. L., 168(77), 169
Ross, A. B., 8
Ross, T. T., 341
Rouchan, P. G., 327, 365(391)
Roudier, A. J., 339
Rousseau, R., 425, 426(101)
Roussel, P., 196
Rovis, L., 165, 166(45), 262
Rubbard, S. C., 171
Rubtsov, L. A., 95
Ruddock, G. W., 26, 65(128), 66(128)
Rudikoff, S., 278
Rudenko, N. V., 75
Rudloff, L., 95
Rudoff, S., 154
Rüde, E., 227, 239, 240(70), 260(11), 261(11), 278(11), 279(11)
Ruell, D. A., 295(114), 296
Ruis, H., 346
Ruiter, A., 138, 141(501)
Rullkötter, J., 326
Rumpf, P., 94, 101(146), 105
Rupprecht, A., 76(387), 77
Rusakova, M. I., 94
Ruskin, S. L., 83, 84(48), 120, 123(359, 360)
Rutter, D. A., 273
Ruttloof, H., 299, 358(633), 359
Ruys, A. H., 97, 104(181)
Ružić-Toroš, Z., 380, 399, 411(81), 412
Ryan, K. R., 68
Ryan, T. G., 22
Rydon, H. N., 250
Ryman, B. E., 270
Rzhevskaya, F. Yu., 358

S

Sachs, L., 159
Saenger, W., 407, 408, 413, 432
Safe, S., 314
Safford, R., 326, 327, 364, 365(375, 392)
Sage, H. J., 340(505), 341
Sagstuen, E., 421
Sah, P. P. T., 109, 110(293, 294, 295, 296), 111(293, 294, 295, 296)
Sahashi, Y., 131
Saikawa, H., 101(238), 102, 103(238)
Saini, H. S., 358(632), 359
Saint-Lébe, L.(R.), 9, 16, 67, 75(14, 61, 62, 65–67, 71)
Saint-Paul, M., 340, 341(494)
Sakei, A., 296
Sakurai, H., 27
Saldana, Y., 346
Salomon, H., 81
Salomon, L. L., 154
Samanen, C. H., 235
Sambrook, T. E. M., 22
Samec, M., 75
Samuelson, O., 148
Samuni, A., 12
Sander, I., 93(127), 94
Sanders, E. B., 33, 75
Sanderson, G. W., 295
Sando, G. N., 276, 277(165)
Sands, L., 119
Sano, K., 101(227), 102
Santacroce, C., 313, 314(246), 315(246)
Santarius, K. A., 296, 297
Saraswathi-Devi, L., 151
Sarma, P. S., 150, 151(574)
Sartirana, M. L., 347
Sasada, Y., 426
Sasajima, K., 108, 112, 113(280), 122, 131, 136(373, 374)
Sastry, K. S., 150, 151(574)
Sastry, P. S., 322, 324, 325(326), 326(352), 364, 365(352, 355)
Sato, K., 131, 139
Sato, M., 142
Sato, T., 93, 130, 430
Sato, Y., 291, 310(68)
Saunders, R. M., 311
Sawai, H., 136
Sazonova, T. V., 93(136), 94

Scalaffa, P., 127(415, 416), 128(414)
Schacknies, W., 101(232), 102, 103(232)
Schacter, H., 183, 186(152, 153), 187(154, 155, 156, 157), 188, 220(154, 155)
Schaefer, F. C., 113, 248
Schauenstein, E., 84
Schauer, R., 160
Scheinberg, I. H., 162, 270, 340
Schengrund, C. L., 160(18), 161
Scher, M. G., 183
Scherz, H., 10, 16, 18(22), 27(22, 57, 59), 29(22), 33(57), 52(57, 169), 75
Schick, A. F., 251
Schiweck, H., 316(283), 317
Schlecht, S., 227, 260(11), 261(11), 278(11), 279(11)
Schlenk, D. G., 326
Schlesinger, D., 340
Schlesinger, P. H., 272, 277
Schlesinger, S., 188, 189(159)
Schlubach, H. H., 91
Schmer, G., 250, 254(106), 256(106)
Schmickel, R. D., 276, 277(164)
Schmid, K., 164, 165, 172(38, 39), 177(38, 39, 40), 205(38, 39)
Schmidt, B., 28
Schmidt, G., 76(379, 384), 77
Schmidt, H. W. H., 131
Schmidt, J., 32(161), 33, 51(161)
Schmidt, M., 95, 97, 101(232), 102, 103(232)
Schmitz, E., 15, 55(56)
Schmitz, K., 352
Schmitz-Hillebrecht, E., 230
Schnabel, W., 7, 62
Schnaidman, L. O., 101(231), 102
Schneider, J. E., 231
Schobert, B., 314, 360
Schön, K., 128
Schöneshöfer, M., 65, 66(258, 260)
Schoenewaldt, E. F., 110
Schöpp, K., 81, 82
Scholes, G., 20
Schomburg, G., 11, 14(24), 15(24), 19(47), 33(24), 34(24), 36(24), 37(24), 38(24), 39(24), 40(24), 67(47), 69(47), 71(47), 74(47)
Schrager, J., 165(71), 167(71), 168
Schrevel, J., 231, 260(29), 279(29)
Schubert, J., 33, 75
Schuchmann, H.-P., 14, 18, 25, 69(25), 80

Schuchmann, M. N., 8, 23, 24(10, 117), 25(121), 26(10, 118), 33(10), 41(10), 42(118), 52, 55(225), 70
Schuler, R. H., 65, 66(253)
Schulte-Frohlinde, D., 12, 13(44), 14, 15(49), 17, 18(77), 19, 20(46), 23, 24(116, 117), 26, 27(43, 77, 89), 28(77, 116), 30(77), 31(77), 32(48), 33(48, 53, 89, 116), 34(53), 41(116), 42(46, 97, 125), 43, 44(46, 97, 125), 47(193), 48, 52(49, 206), 53(49), 55(49), 59, 62(46, 97, 125, 185, 198), 67(94), 69, 70(53), 71(93), 73(41)
Schulze, E., 303(176), 304
Schut, B. L., 165, 172(38, 110), 173, 177(38), 201(191), 200(195), 204(195), 205(38, 110, 191, 195)
Schutzbach, J. S., 168
Schwartz, B. A., 243, 244(81, 93), 266(83)
Schwarz, E. C. A., 338
Schwarz, W., 296
Schwarzenbach, G., 81, 84
Schwenker, G., 27(142), 28
Schwertner, H. A., 324
Schwörer, F., 43
Scinto, S., 313, 314(246), 315(246)
Sealy, R. C., 19, 27(96)
Sebrell, W. H., 80, 81(6), 102(6)
Secor, C. E., 311
Seebach, E., 129
Seegmiller, C. G., 286
Seeman, N. C., 427, 429, 431(105)
Segrest, J. P., 280
Seguin, F., 16, 75(66)
Seidler, F., 10, 27(18)
Seiler, A., 369
Sela, B.-A., 267
Sela, M., 239
Seleznev, L. G., 93(133, 136), 94
Sellmair, J., 318, 319(302), 320(303)
Selmicin, I., 91
Selvendran, R. R., 287
Senchenkova, T. M., 48
Senior, R. G., 196
Senser, M., 295(107), 296, 316(107, 286), 317, 318(286), 348(107), 351(104, 107), 355(286)
Sepulchre, C., 241
Seramoto, S., 130
Serbescu, R., 94(148), 95, 101(148)
Serro, F. R., 316

Sessa, D. J., 320
Setsuko, I., 171, 174(97), 176(97), 178(97)
Seybold, S., 312, 326(233)
Shadaksharaswamy, M., 309, 342, 358 359(200)
Shakked, Z., 418
Shallenberger, R. S., 295(109), 296, 358(634), 359
Shal'nov, M. I., 16
Shaltyko, G. E., 101(230, 231, 233), 102, 104(230, 231, 233)
Shankar Iyer, P. N., 341
Shapiro, H. S., 59
Shapiro, L. J., 277
Sharma, C. B., 354
Sharon, N., 159, 160, 164(16), 171, 175(102), 183(16), 226, 259(3), 260(3), 262(3), 266, 268, 279(136), 340
Sharpatyi, V. A., 33, 48, 51(168, 215, 216), 52, 67, 75(352), 76
Shaw, R., 316(290), 317
Shcherbak, S. P., 311
Shehelkunova, S. A., 127(418), 128
Sheldrick, B., 377, 378(12)
Sheldrick, G. M., 411(82), 412
Sheppard, G., 76
Sheppard, H. C., 76
Sherba, S. E., 299
Sherman, W. R., 346
Sherman, W. V., 22
Sherwood, I. R., 91, 152(97)
Sherwood, R. F., 273
Shevyreva, O. N., 154
Shibata, Y., 370
Shibuya, I., 324, 360
Shier, W. T., 165, 166(41), 237, 261(57)
Shierman, E., 42
Shigaeva, M. Kh., 109
Shimada, A., 404
Shimada, M., 74
Shimizu, K., 136
Shiono, R., 378
Shiroya, T., 284, 286, 292, 295(70), 351, 358(20), 359(20)
Shishiniashvili, M. E., 126
Shishkov, V. P., 154
Shiyan, S. D., 400
Shnaidman, L. O., 94, 96, 101(224), 102, 154

Shoemaker, R. N., 135
Short, R. G., 119
Shubin, V. N., 19
Shugar, D., 409, 435
Shulman, M. L., 400
Sica, D., 313, 314(246), 315(246)
Siddiqui, I. R., 303(179), 304, 316(179), 318(179), 326(179)
Siebertz, H. P., 365
Siebertz, M., 326, 363(372), 365(372)
Sieck, L. W., 68
Sih, C. J., 288(40), 289
Siling, M. I., 154
Siminovitch, L., 187(154, 155), 188, 220(154, 155)
Simonart, P., 127, 128(405), 137(405)
Simonov, V. I., 400
Sinaÿ, P., 259
Singer, S. J., 251
Singh, B. B., 74
Singh, P., 376, 420
Sioufi, A., 316(292), 317, 318(292), 367(292)
Sitte, H., 84
Siuta, P. B., 213
Six, H., 272
Sjöblad, S., 194(179), 195
Slack, C. R., 352, 365
Slankis, V., 351
Slein, M. W., 368
Sletten, E., 416
Slifer, E. D., 325, 326(358), 365(358)
Slobodin, Y. M., 92, 101(235), 102
Slomiany, A., 217
Slomiany, B. L., 217
Sly, W. S., 272, 276, 277(166)
Small, D. M., 335, 336(437), 338(437), 366(437), 368(437), 370(437)
Smart, C. L., 334
Smestad, B., 165(51), 166(51), 167(51), 168
Smillie, R. M., 324
Smit, C. J. B., 299, 359(153)
Smith, D. F., 235, 260(52, 53), 278, 279(177)
Smith, F., 80, 81, 84(32), 86(3), 88, 89, 98(32), 103(3), 106, 132, 152(76, 79), 309, 316(284), 317, 326(284), 334
Smith, G., 114
Smith, J. L., 150(578), 151

Smith, K. C., 16
Smith, S. B., 279
Smith, W., 147
Smitherman, T. C., 67
Snell, J. B., 18, 23(84), 33(84), 34(84)
Sniegoski, L. T., 154
Sojka, S. A., 84
Sokolov, V. N., 27
Sols, A., 368
Soman, S. D., 16, 33(74), 52(74)
Sømme, R., 294, 350(94)
Sonoyama, T., 132, 144, 145
Sood, A. R., 320
Sorkin, E., 129
Sørum, H., 377
Sosnovskii, O. A., 27
Southamer, A. H., 138, 139(499)
Southworth, D., 340(506), 341
Sowden, J. C., 122
Soylemer, T., 23
Sparagna, M., 435
Spencer, J. F. T., 334
Spicer, S. S., 279
Spik, G., 164(36), 165, 166(43), 172(35, 36, 38, 105, 106, 107, 109), 173, 176, 177(38), 178(113), 182(35, 36, 43, 105), 191(171, 172, 173), 192, 200(195), 201(35, 36, 191, 192, 193, 194), 203(192, 193), 204(194, 195), 205(38, 105, 191, 192, 193, 194, 195, 196), 209, 215, 218
Spinks, J. W. T., 7
Spiro, R. G., 160, 164(8), 165(59), 167(59), 168(79), 169, 171, 175(101)
Spoormaker, T., 155
Spranger, J. W., 189, 191(174), 193
Springer, G. F., 165(64), 167(64), 168, 340
Sramek, S., 168(83), 169
Sreenivasan, A., 75
Srikrishnan, T., 434
Srinivasan, K. S., 151
Srinivasan, M. G., 127(417), 128
Srivastava, H. C., 320
Stacey, M., 18, 23(82, 83), 33(82), 34(82, 83), 52(82), 75, 86, 89, 119, 152(76)
Stahel, R., 120
Stahl, P., 271, 272(150), 273(150), 277
Stampfer, M., 84
Stanacev, N. Z., 325, 365(360)
Stankevich, K. V., 295(108), 296

Stanley, P., 186(152, 153), 187(154, 155), 220(154, 155)
Stark, J. B., 316
Starodubtsev, S. V., 33, 52(165)
Staub, A. M., 260, 261(120), 262(120)
Stedehouder, P. L., 149
Steen, H. B., 74
Steenken, S., 10, 11(21), 14, 16(21), 19(21), 21, 27(43, 101), 32(48), 33(48), 48, 52(206), 65, 66(255)
Stehlik, G., 16, 33(68)
Stein, W., 122
Steiner, G. W., 320
Steiner, S., 168(83), 169
Stellman, S. D., 430
Stelter, L., 14, 20(46), 26, 42(46, 97, 125), 44(46, 97, 125), 62(46, 97, 125, 185)
Stepanenko, B. N., 334
Steponkus, P. L., 297
Stern, E. L., 165(73), 168
Sternglanz, H., 415
Sternlieb, I., 162
Stevens, J. D., 392
Stewart, A. B., 16, 75(69)
Stewart, D. J., 128
Stewart, H. B., 151
Stewart, L. C., 122
Stewart, M. A., 346
Stivala, J. F., 76
Stockert, R. J., 162, 270, 275, 276(161), 340
Stockhausen, K., 28, 31(149), 32(149)
Stokhuyzen, R., 395
Stone, I., 87, 152(78)
Stopsack, H., 91, 95, 97, 101(232), 102, 103(232)
Stora, C., 390
Stowell, C. P., 227, 232(12), 238(12), 247(97), 255(97), 256(12, 97), 258(12), 271(96), 273(12, 13, 14, 97), 274(12, 97), 275(12, 97), 276(13, 14, 97)
Strachan, I., 171, 174, 178(99)
Streckert, G., 114, 164(36), 165, 172(35, 36, 38, 39), 177(38, 39), 182(35, 36), 189, 190, 191(171, 172, 173, 174, 175, 176), 192, 193, 194(178), 195, 196, 197(181, 183), 199(166, 167), 200(195, 196), 201(35, 36, 191, 192, 193, 194), 203(192, 193), 204(194, 195, 196), 205(38, 39, 191, 192, 193, 194, 195, 196), 209, 222

Street, H. E., 343
Strel'chunas, L. I., 92, 101(228, 229, 234), 102, 104(228)
Strickdorn, K., 91
Strobach, D. R., 347
Strobel, G. A., 320, 321, 322
Stroem, G., 76(387), 77
Stroshane, R. M., 140, 141(524)
Strother, S., 347
Struck, D. K, 213
Strukov, I. T., 92
Stubbs, J. J., 91, 127(420), 128
Stumpf, P. K., 322, 325(322), 342, 344(520)
Su, C., 313, 314(241)
Su, K. J., 314(267), 315
Suami, T., 347
Subramanian, E., 415, 430
Suck, D., 432
Suddath, F. L., 427
Sudia, T. W., 309
Sudo, K., 95
Sugahara, K., 196, 198(186)
Sugimori, A., 43
Sugimoto, H., 299
Sugimoto, K., 99(208), 100
Sukhmaneva, L. M., 93(133, 136), 94
Sulkowski, E., 214
Sumiki, U., 127, 128(411)
Summers, D. F., 188
Sundaralingam, M., 373, 407(2, 3), 408, 409(2), 410, 421, 422(77), 430(4), 435(4)
Sundaram, V., 74
Sundararajan, P. R., 335
Sundblad, G., 269
Sung, S. S., 194(177), 195
Surkova, L. N., 310, 311(211)
Suzuki, H., 300
Suzuki, K., 340
Suzuki, S., 140
Suzumoto, M., 149
Svensson, S., 168(82), 169, 176, 177(111), 178, 182(123), 190, 194(179), 195, 196, 198(185)
Svirbely, J. L., 80, 84(15)
Swallow, A. J., 7
Swaminathan, N., 165, 166(44)
Swank, G. D., 213
Swarner, J. B., 298
Sweeley, C. C., 33

Szent-Györgyi, A., 80, 82, 84(14, 15)
Szkrybalo, W., 96

T

Tabas, I., 188, 189, 218, 220
Tabato, T., 145
Tabenkin, B., 127(420), 128
Tacey, S. E., 240
Tachibana, Y., 176, 179(117)
Taeufel, A., 299, 358(633), 359
Taeufel, K., 299, 358(633), 359
Taga, T., 375
Taguchi, K., 145, 152(547, 548)
Tai, T., 171, 172(108), 173, 174(96, 97, 98), 176(96, 97), 179(97)
Takagi, Y., 132, 133(462)
Takahashi, N., 178, 181(120)
Takahashi, T., 128, 130, 137
Takasaka, N., 145, 152(547)
Takasaki, S., 217
Takase, K., 99(207), 100
Takatsuki, A., 213, 214
Takayama, T., 292, 295(70)
Takeda, R., 122, 136(373, 374)
Takeda, T., 426
Takei, M., 393, 394(50)
Takesaka, N., 152
Takiura, K., 131
Tam, J. W. O., 242
Tamas, Z., 107
Tamm, C., 59
Tamura, G., 213, 214
Tamura, N., 74
Tanabe, O., 300
Tanaka, K., 347
Tanaka, N., 402, 403(63)
Tanaka, T., 101(236), 102, 402, 403(63)
Tanenbaum, S. W., 137, 138, 139(494), 141(494), 232
Tani, H., 144
Tanner, W., 288, 316(35, 293), 317(35), 347, 348(34, 35, 293, 296, 297), 349(35), 351(35), 354(35, 293), 355(293, 296, 298), 356(34, 35, 293, 296, 298)
Taper, C. D., 309
Tarentino, A. L., 196
Tarui, K., 112
Tashukhamedova, K., 33, 52(165)
Tate, B. E., 143

Tatsuro, I., 342
Tatum, E. L., 137, 139(494), 141(494)
Taura, S., 131
Taylor, P. R., 84
Taylor, R. L., 120, 152(354)
Taylor, R., 411(82), 412
Teague, H. J., 316, 318(279)
Teague, R. S., 119
Teichmann, B., 233, 260(43)
Teller, D. C., 250, 254(106), 256(106)
Tempus, F., 126
Tengerdy, R. P., 109, 111(288, 289)
Teodorescu, S., 94(148), 95, 101(148)
Téoule, R., 52
Terada, O., 140
Terada, Y., 113
Teramoto, S., 127, 128(410), 129
Teratani, F., 338, 339
Teresa, G. W., 340(504), 341
Tetour, M., 361
Tevini, M., 327
Thacz, J. S., 213
Thaine, R., 353
Thanbichler, A., 296
Thanomkul, S., 377
Tharanathan, R. N., 292, 303(74), 306
Theander, O., 115, 116(326, 328), 316(294), 317, 318(294), 326(294)
Thierfelder, H., 120
Thom, M., 342(524), 343, 344
Thomas, B., 370
Thomas, D. B., 165(62), 167(62), 168
Thomas, H. S., 133
Thompson, A. C., 322
Thompson, G. F., 19
Thompson, N. S., 338
Thoms, E., 10, 18(19), 27(19), 28(19), 29(19), 34(19)
Thomson, K. S., 361
Thomson, W. W., 323(341), 324
Thurston, J. T., 248
Thynne, J. G. J., 68
Tiecco, G. F., 147
Tieslau, C., 159
Tietze, H., 137
Tikhomolova, M. P., 33, 52(165)
Tillitson, E. W., 248
Timafeeva, T. P., 154
Timell, T. E., 337, 338, 339(458, 460)
Tipton, C. L., 325, 365(360)

Tkhorevskaya, Z. G., 95
Tocher, R. D., 313, 314(243), 360(243)
Todd, A. R., 59
Toguchi, K., 152
Tokuyama, K., 145
Tolbert, B. M., 12, 103, 152, 153(589), 154(248)
Tomita, K., 410, 424
Tomizawa, K., 140
Tomoda, M., 303(177), 304
Tordera, V., 172(105), 173, 182(105), 205(105)
Torgov, V. I., 259
Torres, G. E., 292
Touster, O., 188, 272
Townsend, L. B., 420
Towsey, M., 316(288), 317
Trémolières, A., 365
Trip, P., 295, 351(102), 352
Tripp, V. W., 74
Trucco, R. E., 361
Tsai, C.-M., 231, 244(28), 245(28), 260(28), 263(28), 265(28), 266(28), 278, 279(177)
Tsai, J.-H., 134
Tsar'kova, T. G., 93(132), 94
Tsay, G. C., 194(177), 195
Tsay, Y.-H., 70
Tsimarkina, G. E, 92
Tsukada, Y., 108, 111(286)
Tulecki, J., 91
Tulloch, A. P., 326
Tully, R. E., 340(508), 341
Tulsiani, D. R. P., 188, 272
Turco, S. L., 171
Tursin, V. M., 94
Turvey, J. R., 314(268), 315

U

Udel'nova, T. M., 327
Ueda, H., 67
Ueno, H., 99(207), 100
Ueno, Y., 147
Uhlenbruck, G., 165(49, 51, 54, 65), 166(46, 47, 49, 51, 54), 167(47, 49, 51, 65), 168, 340
Ullrich, K., 276, 277(167)
Umemoto, K., 120

Umezawa, H., 413, 414(85), 415(86), 422, 435(85)
Underkofler, L. A., 91, 152(98)
Unrau, A. M., 334
Untner, E., 314
Utalishvili, S. G., 126
Uzawa, J., 84

V

Vaibel, S., 75
Van Buren, J. P., 299
van Deenen, L. L. M., 363, 364(658)
Van den Eijunden, D., 165(67), 167(67), 168
Vandenheede, J. R., 161, 165, 166(41)
Van der Hart, M., 165(54), 166(54), 168
van der Laan, P. J.,101(220), 102, 103(220), 104(220), 106
van der Linde, H. J., 18, 27(87, 88), 28(88)
Vandersyppe, R., 164, 172(35), 182(35), 201(35)
van der Vorst, A., 76(376), 77
Vane, F. M., 111
van Eekelen, M., 101(220), 102, 103(220), 104(220)
Van Grunenberg, H., 92
van Halbeek, H., 218
van Hummel, H. C., 322, 325(321), 326(321), 363, 364
Van Lenten, L., 273
van Sambeck, J. W., 321
van Scherpenberg, H., 320
van Vliet, H. H. D. M., 363, 364(658)
Varshney, I. P., 320, 359
Vartak, H. A., 127(417), 128
Vasilenko, K. D., 95
Vasil'eva, O. A., 138
Vasiljev, A. D., 400
Vass, G., 236
Vatki, U. K., 75
Vaughan, G., 75
Vaughn, R. H., 127
Vecli, A., 67, 75(274)
Veda, M., 347
Vega, R., 384, 389(40), 390
Veksler, M. A., 93(133, 136), 94, 101(230, 231, 233), 102, 104(230, 231, 233)
Veldink, G. A., 218

Venkataramani, R., 16, 33(74), 52(74)
Veno, Y., 311
Venot, A., 265, 266(133)
Venter, P. J., 18, 27(88), 28(88)
Verheyden, A., 93
Verma, N. C., 65, 74
Verner, D. A., 148
Vetrov, V. S., 27(140), 28
Veyrières, A., 259
Vicari, G., 165(72), 167(72), 168, 264
Villalou, G. A., 292
Villarroya, E., 316(291), 317, 318(291)
Villarroya, H., 370
Villemez, C. L., 367, 369(698)
Vincent, C., 312
Vinogradova, M. G., 93(140), 94
Vishveshwara, S., 383, 405(26)
Viswamitra, M. A., 418
Vittum, M. T., 295(109), 296
Vliegenthart, J. F. G., 164, 165, 172(38, 39, 105, 110), 173, 177(38, 39), 182(105), 196, 197(183), 200(34, 195, 196), 201(34, 191, 192, 193, 194), 203(34, 192, 193), 204(34, 194, 195, 196), 205(34, 38, 105, 110, 191, 192, 193, 194, 195, 196), 207(34), 214, 218
Voevodskii, V. V., 10, 27(16)
Vogi, R., 315, 361(273)
Vohra, P., 337
Voinova, G. N., 127(418), 128
Voleani, B. E., 326
Volk, B. N., 186
Volk, H., 99(198), 100, 104(198), 110, 111(298)
Voltz, R., 68
Vondrova, O., 136
von Euler, H., 82
von Figura, K., 276, 277(167)
von Holdt, M. M., 314(265) 315
von Lippmann, E., 332
von Planta, A., 303(176), 304
von Planta, C., 83
von Schuching, S. L., 152, 154(586)
von Sonntag, C., 8, 10, 11, 12, 14(24, 28, 37), 15(24, 28, 49, 53), 17, 18(19, 22, 77), 19(25, 47, 54), 20(46), 23, 24(10, 116, 117), 25(121), 26(10, 28, 118), 27(18, 19, 22, 77, 87, 89), 28(19, 22, 77, 116), 29(19, 22), 30(77), 31(77), 33(10, 24, 28, 53, 89, 116), 34(19, 24,

28, 53), 36(24), 37(24), 38(24), 39(24), 40(24), 41(10, 116), 42(28, 46, 97, 118, 125), 43, 44(46, 97, 125, 192), 46(28), 47(193), 48(34, 37), 49(34), 50(34, 37), 51(37), 52(27, 49, 52), 53(49, 52, 224), 55(49, 225), 57(27), 59, 62(46, 97, 125, 185, 198), 67(25, 47, 54, 93, 94), 69(25, 47, 54, 80), 70(53, 54), 71(25, 47, 93, 94), 74(47, 299), 80
Vorwerk, J., 91
Voznesenskaya, S. V., 33, 51(215, 216), 52(170)

W

Wada, E., 291
Wada, S., 99(208, 210), 100
Wada, Y., 435
Wagner, H., 327
Wagner, J. R., 299
Wagstrøm, B., 333
Wahab, A. H., 359, 371(641), 372
Wakisaka, Y., 138, 139(510, 511), 141(510), 145
Walborg, E. F., Jr., 5
Walker, D. A., 297
Walker, H. G., Jr., 310, 311, 316
Walker, T. S., 353
Walling, C., 27(141), 28
Walter, M. W., 286, 354, 355(607, 608), 358(22)
Wang, A. H. J., 419
Wang, J. L., 267
Wankhede, D. B., 292, 301(74), 306
Ward, E., 27(147), 28
Ward, G. E., 127(420), 128
Ward, J. F., 47
Ward, R. B., 18, 23(82), 33(82), 34(82), 52(82)
Warin, V., 209
Washüttl, J., 28
Watanabe, H., 393, 394(50)
Watanabe, K., 347
Watanabe, N., 101(227), 102
Watanabe, S., 393, 394(50)
Watkins, W. M., 262
Watson, G. R., 362, 365
Watson, J. D., 433
Wattiez, N., 291, 292(58), 293
Webb, J. A., 351, 352(584), 353(584), 370

Webb, K. L., 312, 351, 353(585)
Webber, M. G., 51
Weber, E., 276, 277(167)
Weber, S., 152
Weeke, F., 25
Weidmann, H., 117, 119, 133
Weidner, T. M., 303(178), 304, 352(178)
Weier, T. S., 327
Weigl, J. W., 152
Weijlard, J., 95
Weinstein, L. H., 351
Weiss, J. B., 169
Weissman, B., 276
Weissmann, G., 189
Wells, A. F., 337
Wells, A. G., 374
Wells, P. A., 91
Wendenburg, J., 7
Wenner, W., 101(225), 102, 103(225)
Wenzler, W. F., 369
West, P. R., 11, 12(30), 49(30)
Westhof, E., 76(388), 77
Westphal, O., 227, 229, 233, 239, 260(11, 43), 261(11, 120), 262(120), 278(11), 279(11)
Wetmore, S., 187(157), 188
Weyer, J., 117
Whetter, J. M., 309
Whipple, E. B., 155
Whistler, R. L., 133, 164, 309, 334
White, E. G., 109, 111(292)
White, L. M., 311
Whitely, N. M., 247
Whiting, G. C., 138, 140(502)
Whyborn, A. G., 324
Wiblin, C. N., 273
Wick, A. E., 406
Wickberg, B., 313, 326
Wicklin, C., 343, 344(527)
Wickstrøm, A., 291, 293, 294, 300, 301(55, 56), 303(182), 304(168), 306(168, 185), 307(192), 308(193), 310(182), 350(84, 94), 366(690), 367
Widmark, G., 67
Wiedeman, H., 189
Wiercx, M. A. C. I., 344
Wigger, A., 11
Wight, A. W., 386
Wilchek, M., 278
Wild, G. M., 291, 292(60), 293(60), 301(80)

Wilkie, K. C. B., 337, 338(450, 451, 452)
Wilkinson, K. D., 341
Willemsen, A., 368
Williams, D., 186(152), 188
Williams, G. J. B., 374
Williams, J., 370
Williams, J. P., 362, 365
Williams, M., 154
Williams, P. M., 363
Williams, T. H., 405, 434
Willson, R. L., 8, 20(11), 23(11)
Wilson, G., 243, 244(85), 256(85), 272(85)
Wilson, J. R., 186
Wilt, J. W., 15
Winchester, R. V., 16, 75(69)
Winkelhake, J. L., 270
Winterburn, P. J., 162
Wintermans, J. F. G. M., 322, 323(328), 328(327), 364
Winzler, R. J., 164, 165(58, 62, 68), 166(58), 167(62, 68), 168, 343
Wirth, D., 171
Wiser, R., 322, 325, 328(327), 362(361)
Wistar, R., Jr., 263
Witt, C. G., 111
Wittman, R., 93(128), 94
Wojciechowski, Z., 328
Wold, F., 226, 273(4)
Wold, J. K., 165(51), 166(51), 167(51), 168
Wolf, E., 101(237), 102, 103(237)
Wolfe, L. S., 196, 197(182), 206
Wolfrom, M. L., 51, 52(209), 120, 133
Wolter, K., 312, 347(234)
Wolter, R., 98
Wood, D., 126
Wood, P. J., 303(179), 304, 316(179), 318(179), 326(179)
Wood, R. A., 379
Woodhouse, D. R., 16, 75(62, 65)
Woods, E. F., 339
Woods, R. J., 7,
Woodward, R. B., 241, 266(75)
Worth, H. G. J., 286, 358(22)
Worthington, N. W., 67, 75(289)
Wright, R. B., 111
Wriston, J. C., Jr., 243, 244(84), 254(84), 255(84), 272(84)
Wu, A. M., 4,
Wuersch, J., 151

Wuhrmann, J. J., 298, 299(146)
Wunschendorff, L., 137
Wurst, F., 28
Wykes, G. R., 309
Wylam, C. B., 303(183), 304
Wynd, F. L., 343

Y

Yagi, H., 92,
Yagi, R., 127, 128(410)
Yagi, S., 144
Yagi, Y., 232
Yakovlev, V. A., 93
Yamada, M., 311
Yamada, S., 109
Yamaguchi, H., 165, 171, 173(95), 177(40)
Yamaguchi, T., 141
Yamamoto, H., 128, 129(454), 131, 132(456, 457)
Yamamoto, M., 131
Yamane, S., 145
Yamane, T., 299, 300
Yamashina, I., 196, 198(186)
Yamashita, K., 171, 172(108), 174(96, 97, 98), 175(101), 176(96, 97), 179(97, 117), 214, 217
Yamazaki, I., 65
Yamazaki, K., 291
Yamazaki, M., 99(203), 100, 103(202), 128, 130, 131, 135, 136
Yariv, T., 232
Yarovaya, S. M., 33, 51(168), 52(170)
Yat, A., 75
Yde, M., 266
Yeow, Y. M., 339
Yevich, S. J., 270
Yonemasu, K., 214
Yoshida, A., 337
Yoshida, H., 67, 68(275), 74(275), 300
Yoshida, K., 123, 127(423), 128, 135(376)
Yoshino, H., 108, 112, 113(280)
Yoshiyuki, I., 342
Youle, R. J., 340(507), 341
Young, B., 291, 292(60), 293(60)
Young, M. D., 67, 74(267), 76
Youngquist, R. W., 291, 292(65), 293(65)
Yura, K., 337

Z

Zaika, L. L., 150(578), 151
Zak, J., 95
Zakatova, N. V., 51(216), 52, 75(352), 76
Zeevaart, J. A. D., 351, 353
Zegota, H., 14, 42, 44(192), 52(52), 53(52)
Zehnder, F., 82
Zehner, H., 76(386), 77
Zeldes, H., 10, 15(53), 27(15)
Zepke, H. D., 326, 363(376)
Zhdanovich, E. S., 95
Zhestkova, I. M., 297
Ziegler, J. B., 95
Zill, L. P., 322
Zima, O., 101(223), 102, 103, 104(249)
Zimbrick, J. D., 74
Zimmermann, M. H., 353
Zinbo, M., 346
Zinn, A. B., 214
Zolotarev, N. S., 94, 95
Zopf, D. A., 231, 235, 239, 244(28), 245(28), 260(28, 52), 262(65, 66), 263(28, 65, 66), 265(28, 65), 266(28, 65, 66), 278(89), 279(89, 177)
Zrike, E., 93
Zuideveld, J., 55
Zurabayan, S. E., 259
Zurr, D., 114
Zvereva, L. A., 94(149), 95

SUBJECT INDEX

A

Acylalkyl radicals
  hydrogen-abstraction reactions, by radiation, 18, 19
  oxidation, by transition-metal ions, 19
  radical–radical reactions by radiation, 18
  radical–scavenger reactions, by radiation, 18–23
  reduction by phenoxides, 19
  by transition-metal ions, 19, 20
Adenine, 8-β-D-ribofuranosyl-, crystal structure bibliography, 436
Adenosine
  barium 5'-monophosphate heptahydrate, crystal structure bibliography, 415
  5'-monophosphate monohydrate, crystal structure bibliography, 418
  rubidium 5'-diphosphate monohydrate, crystal structure bibliography, 418
  —, adenylyl-(3'→5')-adenylyl-(3'→5')-, hexahydrate, crystal structure bibliography, 432–434
  —, 8-bromo-2',3'-O-isopropylidene- crystal structure bibliography, 424
  monohydrate, crystal structure bibliography, 424
  —, 2'-O-methyl-, crystal structure bibliography, 421
Ajugose, isolation, 307, 308
Alanine, 3-[(9-β-D-ribofuranosylpurin-6-yl)glycyl]-L-, sesquihydrate, crystal structure bibliography, 425
Alcohols
  polyhydric, and radiation-generated electrons, 74
  radiolysis and free-radical reactions, 26–32
Aldos-2-uloses, preparation, 87
Algae, floridoside, 314–316
Alkoxyalkyl radicals, fragmentation and rearrangement by radiation, 14, 15
Alkyl halides, radiation and reactions with α-hydroxyalkyl radicals, 22

Allyl radical, formation by water elimination by radiation, 13, 14
Alveolar glycoprotein glycopeptides, structure, 181
Amidation, in neoglycoprotein preparation, 236–238
Amidination, in neoglycoprotein preparation, 246–248
Amination, in neoglycoprotein preparation, 242–245
Amino alcohols, deamination of radicals by radiation, 11, 12
Amino sugars, radiolysis, 49–51
5'-AMP, see Adenosine, 5'-monophosphate
6,2'-Anhydro-(1-β-D-arabinofuranosylcytosine), crystal structure bibliography, 410
2,2'-Anhydro-(1-α-D-xylofuranosyluracil), crystal structure bibliography, 409
Antigens, neoglycoproteins, 241, 259–267
Apurinic acid, formation by DNA radiolysis, 58
Arabinitol, (1R)-2,3,4,5-tetra-O-acetyl-1-(1,6-dihydro-6-thioxopurin-9-yl)-1-S-ethyl-1-thio-D-, crystal structure bibliography, 436
Arabinofuranose, "1-carboxamido-5-O-benzoyl-α-D-," crystal structure bibliography, 390
Arabinopyranose, O-α-D-galactopyranosyl-(1→3)-L-, in plant tissues, 310
Arabinose
  D-, from 2-amino-2-deoxy-D-glucose radiolysis, 49
  radiation chemistry, 33
Aryl halides, radiation and reactions with α-hydroxyalkyl radicals, 22
Ascorbic acid, D-, synthesis, 88, 123
  L-, crystallography, 83
  labelled, commercially available, 154, 155
  labelled, synthesis, 151–155
  nomenclature, 82
  properties, 83, 84

radiation-induced, free-radical reactions, 65, 66
structure, and spectral properties, 80–83
synthesis, 79–155
  by direct fermentation, 150, 151
  from D-glucitol, 112–115, 149
  from pectin, 147
  L-*threo*-2-pentosulose–cyanide, 86–89
  Reichstein–Grüssner, 89–105
  from L-sorbose, 105–112
  from L-threose, 149, 150
  by way of D-galacturonic acid, 146–148
  by way of D-glucuronic acid, 115–119
  by way of L-gulonic acid, 119–125
  by way of D-*threo*-2,5-hexodiulosonic acid, 137–140, 145, 146
  by way of D-*xylo*-5-hexulosonic acid, 126–137
[1-^{14}C]Ascorbic acid, L-, preparation, 154
[5-^{14}C]Ascorbic acid, L-, preparation, 154
[6-^{14}C]Ascorbic acid, preparation, 154
[2,3,4,5,6-^{14}C]Ascorbic acid, L-, preparation, 154
[4-^{3}H]Ascorbic acid, L-, preparation, 152, 153
[5-^{2}H]Ascorbic acid, L-, preparation, 152
[6-^{3}H]Ascorbic acid, L-, preparation, 151, 152
Asialo-orosomucoid, binding to liver membranes, 273, 274
Asparaginylglucosaminuria, oligosaccharides and glycoasparagines from urine, structure, 198
Azo-proteins, preparation and properties, 230

B

Benzotriazole, 2-(3,4-di-*O*-acetyl-2-deoxy-β-L-*erythro*-pentopyranosyl)-5,6-dimethyl-, crystal structure bibliography, 427
Bibliography, of crystal structures of carbohydrates, nucleosides, and nucleotides, 373–436
Biochemistry, of α-D-galactosidic linkages in plant kingdom, 283–372
Biosynthesis
  of glycans, 182–189, 218–221
  of raffinose family oligosaccharides, 351–360
Bis(1,4-anhydroerythritol)·sodium iodide, crystal structure bibliography, 374
Bovine mannosidosis urine, structure of oligosaccharide, 182
Bovine-milk lactotransferrin glycan, structure, 176

C

Calcium L-ascorbate, crystal structure, 83, 84
Calcium D-glucarate tetrahydrate, crystal structure bibliography, 375
Calcium β-D-*arabino*-hexulosonate trihydrate, crystal structure bibliography, 376
Calcium sodium α-D-galacturonate hexahydrate, crystal structure bibliography, 377
Calf thyroglobulin unit A glycan, structure, 175
Cancer, glycoconjugates' role, 159, 161
Carbohydrates
  crystalline, radiation-induced, free-radical reactions, 67–74
  crystal structure bibliography, 374–408, 434
  free-radical reactions, by radiation, 7–77
  radioactive labelled, self-decomposition, 76
Carbon monoxide, elimination reactions by radiation, 14, 34
Catabolism, of glycans, 189–199, 222, 223
Cellobiose, radiation and radical-induced scission, 51–55
β-Cellobiose, octa-*O*-acetyl-, crystal structure bibliography, 406
Cellulose
  oxidation, 119
  polymer grafting, by radiation, 74
Choline chloride, radiation-induced radical-chain reaction, 12
Clusianose

occurrence, 318–320
structure, 319
Coformycin, sesquihydrate, crystal structure bibliography, 422
Comenic acid, preparation, 138, 143
Conformation, of glycans, 206–212
Coumarin, 3-(4-bromobenzamido)-4-hydroxy-8-methyl-7-[3-O-(5-methyl-2-pyrrolylcarbonyl)noviopyranosyloxy]-, crystal structure bibliography, 406
Crystal structure, bibliography, of carbohydrates, nucleosides, and nucleotides, 373–436
Cycloheptaamylose
  fragmentation by radiation, 14
  radiation effect on complexes, 74
Cyclohexaamylose
  fragmention by radiation, 14
  radiation effect on complexes, 74
α-Cyclohexaamylose complexes, crystal structure bibliography, 407
α-Cyclohexaamylose β-iodoaniline, trihydrate, crystal structure bibliography, 407
α-Cyclohexaamylose krypton hydrate, crystal structure bibliography, 408
α-Cyclohexaamylose methanolate, pentahydrate, crystal structure bibliography, 407
Cytidine
  5'-(choline diphosphate) monohydrate, crystal structure bibliography, 435
  manganese 5'-monophosphate 2.5 hydrate, crystal structure bibliography, 434
  zinc 5'-monophosphate monohydrate, crystal structure bibliography, 435
—, 3, N^4-etheno-, hydrochloride, crystal structure bibliography, 419
—, guanylyl-(3'→5')-
  calcium salt octadecahydrate, crystal structure bibliography, 430
  sodium salt nonahydrate, crystal structure bibliography, 429
Cytidinium nitrate, crystal structure bibliography, 411
Cytochrome C, photoreduction, 327
Cytosine, (3-O-methyl-1-β-D-arabinofuranosyl)-, crystal structure bibliography, 435

D

Deamination
  of amino sugars by radiolysis, 48–51
  of radicals from amino alcohols by radiation, 11, 12
3-Deazaadenosine, crystal structure bibliography, 420
Deazaisotubercidin, picrate, crystal structure bibliography, 423
Dehydroascorbic acid, 2-(p-bromophenyl)hydrazone, crystal structure bibliography, 386
Deoxyribonucleic acid
  radiation-induced degradation, 76
  radical-induced strand-breaks, 59–64
Dephosphorylation, of sugar phosphates by radiolysis, 42–46
Dextrans, in neoglycoprotein preparation, 251
Diazo coupling, neoglycoprotein preparation, 229–234
Diglyceride, di-O-D-galactosyl-
  biosynthesis, 362–366
  isolation, 323, 325
—, mono-O-D-galactosyl-
  biosynthesis, 362–366
  isolation, 323, 325
Disaccharides
  fragmentation by radiation, 14
  occurrence in plant kingdom, 309–310
  radiolysis and radical-induced scission, 51, 53–55
DNA, see Deoxyribonucleic acid
Double bonds, radiation and radical addition reactions, 23

E

β-Elimination reaction, 3
  of carbon monoxide by radiation, 14
  of HOR and NR_3, by radiation, 11, 12
  of HX (X = Hal, OAc, or OPO_3H_2) by radiation, 12, 13
  of water, from carbohydrate radicals by radiation, 9–11
Epimelibiose, isolation and structure, 309
Erythorbic acid

D-, preparation, 98, 106, 123
  structure, 83
Erythritol
  radiation chemistry, 34
  radiolysis and free-radical chemistry, 27–29, 32
  water elimination reaction by radiation, 10
Erythropoietin, neuraminidase effect, 162
Ethylene glycol
  radiation chemistry, 34
  radiolysis and free-radical reactions, 27, 28, 32
  water elimination reaction, by radiation, 10

F

Fatty acids
  of D-galactosylglycerides, 326
  unsaturated, of D-galactosylglycerides, 326–327
Flavazole, 1-(3-nitrophenyl)-, oligosaccharide derivatives, 233, 234
Floridoside
  in algae, 314–316
  photosynthesis, 361, 362
  structure, 314
Formycin B, crystal structure bibliography, 413
—, oxo-, crystal structure bibliography, 414
Fragmentation
  of alkoxyalkyl radicals by radiation, 14, 15
  radiation and, in neutral sugars, 26
Free-radical reactions
  in biological systems, 3
  of carbohydrates, by radiation, 7–77
Frost resistance, oligosaccharides effect, 296, 304, 319
Fructofuranoside, O-α-D-galactopyranosyl-(1→4)-O-α-D-galactopyranosyl-(1→3)-α-D-glucopyranosyl β-D-, isolation, 311
—, O-α-D-galactopyrano-syl-(1→3)-α-D-glucopyranosyl β-D-, occurrence, and structure, 294

—, O-α-D-galactopyranosyl-(1→6)-α-D-glucopyranosyl O-β-D-fructofuranosyl-(2→1)-β-D-, isolation, 311
Fructopyranose, β-D-, calcium bromide dihydrate, crystal structure bibliography, 379
—, 1,4,5-tri-O-acetyl-2,3-O-isopropylidene-β-D-, crystal structure bibliography, 398
Fructose
  D-, 1,6-bisphosphate, radiolysis, 42
  conversion to D-erythrobic acid, 106
  1-phosphate, radiolysis, 42, 44
  6-phosphate, radiolysis, 42, 44
  radiation chemistry, 33
  radiation-induced, chain reactions in crystalline, 69, 71, 73
  radiation-induced, non-chain reactions, 74
Fucosidosis, oligosaccharides from urine, structure, 194, 195, 205

G

D-Galactans, occurrence, 332–334
Galactinol
  biosynthesis, 348, 354–357
  homologs, 318
  occurrence, 316
  physiological role, 317, 318
  structure, 317
  synthesis *in vitro*, 348
Galactoglucomannans
  D-, composition, 338
  occurrence, 337
  structure, 339
D-Galactolipids
  biochemistry, 322–331
  photosynthesis, 362–366
Galactomannan
  D-, biosynthesis, 366–369
  metabolism pathway, 369
  occurrence, 334
  properties, 336
  structure, 335
Galactono-1,4-lactone
  L-, irradiation, 123
  oxidation, enzymic, 123

preparation, 87
Galactopyranose, α-D-, crystal structure bibliography, 377
β-D-, crystal structure bibliography, 378
—, 2,3-di-O-acetyl-1,6-anhydro-β-D-, crystal structure bibliography, 383
—, O-α-D-galactopyranosyl-(1→4)-D-, in plant tissues, 310
Galactopyranoside, α-D-galactopyranosyl D-, in plant tissues, 310
—, methyl 6-O-acetyl-β-D-, crystal structure bibliography, 382
—, methyl exo-3,4-O-ethylidene-β-D-, crystal structure bibliography, 381
Galactopyranosyl cyanide, 2,3,4,6-tetra-O-acetyl-β-D-, crystal structure bibliography, 396
Galactose
  D-, in L-ascorbic acid synthesis, 146
  occurrence in plant kingdom, 284–289
  radiation chemistry, 33
  toxicity, 342–345
Galactoside
  D-, of glycerol, 360–362
  of polyols, 312–322
  of sucrose, 289–311
—, ethyl α-D-, isolation and properties, 320
α-D-Galactosidic linkages, biochemistry of, in plant kingdom, 283–372
Galacturonic acid
  D-, in L-ascorbic acid synthesis, 146–148
  α-D-, calcium sodium salt hexahydrate, crystal structure bibliography, 377
Gangliosidosis, oligosaccharides from urine and tissues, structure, 196
Gentiobiose, radiolysis and radical-induced scission, 52
D-Glucaric acid, calcium salt tetrahydrate, crystal structure bibliography, 375
D-Glucaro-1,4-lactone, monohydrate, crystal structure bibliography, 375
Glucitol
  D-, L-ascorbic acid synthesis, 149
  oxidation, chemical, 113–115
    fermentative, 112, 113

to L-sorbose, in L-ascorbic acid synthesis, 91, 92
  radiolysis and free-radical chemistry, 27, 32
D-Glucofurano[2,1-d]imidazolidine-2-thione, 1-allyl-, crystal structure bibliography, 384
α-D-Glucofurano[2,1-d]imidazolidine-2-thione, 1-phenyl-, crystal structure bibliography, 391
L-Glucofurano[2,1-d]imidazolidine-2-thione, 1-(p-bromophenyl)-, crystal structure bibliography, 389
—, 1-p-chlorophenyl)-, crystal structure bibliography, 389
Glucofuranurono-6,3-lactone
  D-, hydrogenation, 120
  synthesis, 118, 119
Glucopyranose, 6-O-α-D-galactopyranosyl-α, β-D-, monohydrate, crystal structure bibliography, 388
—, 3,4,6-tri-O-acetyl-1,2-O-(1-cyanoethylidene)-α-D-, crystal structure bibliography, 396
Glucopyranoside, 1-decyl α-D-, crystal structure bibliography, 401
—, O-α-D-galactopyranosyl-(1→1)-β-D-fructofuranosyl α-D-, occurrence, 290
—, O-α-D-galactopyranosyl-(1→3)-β-D-fructofuranosyl α-D-, occurrence, 291
—, O-β-D-galactopyranosyl-(1→3)-O-α-D-galactopyranosyl-(1→3)-O-α-D-galactopyranosyl-(1→3)-α-D-galactopyranosyl α-D-, isolation, 311
—, O-α-D-glucopyranosyl-(1→3)-β-D-fructofuranosyl α-D-, monohydrate, crystal structure bibliography, 404
—, O-α-D-glucopyranosyl-(1→6)-O-α-D-galactopyranosyl-(1→6)-O-α-D-galactopyranosyl-(1→6)-α-D-galactopyranosyl α-D-, isolation, 311
—, methyl α-D-, cyclic 4,6-phosphate cyclohexylammonium salt, crystal structure bibliography, 392
—, methyl α,β-D-, preparation and oxidation, 119
—, methyl 6-O-acetyl-β-D-, crystal structure bibliography, 382
—, methyl tri-O-acetyl-6-deoxy-6-C-(methylsulfinyl)-α-D-, crystal struc-

ture bibliography, 395
Glucopyranosyl bromide, tetra-O-acetyl-α-D-, crystal structure bibliography, 393
Glucose
  D-, in L-ascorbic acid synthesis, 89–105
    oxidation, fermentative, 137–140
    oxidation to L-ascorbic acid, 126–129
    6-phosphate, radiolysis, 42,44
    radiation chemistry, 33–35
    radiation-induced, non-chain reactions, 73
    radiation-induced, radical reactions, 36–42
    radiolysis, 35
—, 2-acetamido-2-deoxy-D-
    allyl radical formation by radiation, 14
    radiation-induced, free-radical reactions, 74
    radiolysis, 48, 50, 51
—, 2-amino-2-deoxy-D-
    deamination, by radiation, 12
    radiolysis and deamination, 48–50
D-Glucosyl phosphate, radiolysis, 42
Glucuronic acid, D-, L-ascorbic acid synthesis, 115–119
Glutaraldehyde, in neoglycoprotein preparation, 250
Glycans
  biological role, 158–164
  maturation, 188
  primary structure, and catabolism, 189–199, 222, 223
    development and improvement of procedures, 200–205
    of glycosidically linked, 217, 218
    of N-glycosylically linked, 214–217
    of N-linked, and biosynthesis, 182–189, 218–221
    of N-linked, and glycosylation, 184–187
    of N-linked, and metabolism, 182, 218–221
  role, 213, 214
  spatial conformation, 206–212
  structure of glycoprotein, 157–223
    N-acetyllactosaminic type, 171, 173, 178, 179

antenna and variable fraction, 170, 172, 173, 177
core and invariant fraction, 170
glycan–protein linkages, 164–170
n-glycans and isoglycans, 170
oligomannosidic type, 171–176, 178
Glyceraldehyde
  carbon monoxide elimination by radiation, 14
  3-phosphate, radiolysis, 42
  radiation chemistry, 32, 33
Glyceride, O-α-D-galactosyl-, occurrence, 322–328
Glycerol
  D-galactosides, 312–316, 360–362
  radiation chemistry, 34
  radiolysis and free-radical chemistry, 27, 28, 32
—, 1-O-[O-α-D-galactopyranosyl-(1→6)-β-D-galactopyranosyl]-D-, occurrence, 326
Glycoasparagines, structure of, from asparaginylglucosaminuria urine, 198
Glycoconjugates
  classification, 157
  primary structure, conclusions, 212, 213
Glycolaldehyde
  carbon monoxide elimination by radiation, 14
  radiation chemistry, 32, 33
Glycolipids, sterol-containing, in plant kingdom, 328–331
Glycoproteinosis, 163
Glycoproteins, see also Glycans
  chemical and functional aspects, 3
  molecular biology, 157–223
    future, 200–212
    past and birth, 158–164
    present, 164–199
  occurrence and functions, 225, 226
  synthetic, see Neoglycoproteins
Glycosides
  in neoglycoprotein preparation, 252
  radiolysis and radical-induced scission, 15, 51–53
Glycosidic linkage, free energy of hydrolysis, 287
Glycosylation, of proteins, 183–187
Guanidination, in neoglycoprotein prep-

aration, 245, 246
Guanosine
  cadmium 5'-monophosphate octahydrate, crystal structure bibliography, 416
  copper 5'-monophosphate dodecahydrate, crystal structure bibliography, 435
  5'-monophosphate copper complex, crystal structure bibliography, 416
  3',5'-monophosphate, crystal structure bibliography, 435
Gulonic acid
  L-, in L-ascorbic acid synthesis, 119–125
    oxidation, chemical, 123–125
    fermentative, 122, 123
  preparation, 87, 113, 119, 120
  —, 3,5:4,6-di-O-ethylidene-L-, preparation, 114
Gulono-1,4-lactone
  D-, irradiation, 123
  L-, conversion into L-ascorbic acid, 124, 125
    irradiation, 123
    oxidation to L-ascorbic acid, 123
      enzymically, 123
    preparation, 87, 120, 121
Gulose, L-, preparation, 109, 110

H

Hamamelitol, in biosynthesis of clusianose, 319
Hamamelose, occurrence, 319, 320
Helminthosporoside
  and clones, effect on sugar-cane leaves, 321
  isolation and structure, 320
Hen-ovalbumin glycopeptide, structure, 174, 179, 180
Hen-ovotransferrin glycopeptide, structure, 176, 178–180
Heptitol, *glycero-gulo-*, crystal structure bibliography, 379
Hex-2-enofuranose, 2-acetamido-2,3-dideoxy-5,6-O-isopropylidene-α-D-*erythro-*, crystal structure bibliography, 385
Hex-2-enono-1,4-lactone, D-*erythro-*, see

D-Erythorbic acid
  L-*threo-*, see L-Ascorbic acid
  —, 2-acetamido-2,3-dideoxy-D-*threo-*, crystal structure bibliography, 380
Hex-2-enopyranose, 1,4,6-tri-O-acetyl-2-(N-acetylacetamido)-2,3-dideoxy-α-D-*threo-*, crystal structure bibliography, 399
Hex-2-enopyranoside, ethyl 6-O-benzoyl-2,3,4-trideoxy-4-iodo-α-D-*threo-*, crystal structure bibliography, 395
Hex-4-enurono-6,3-lactone, *aldehydo-*L-*threo-*, synthesis, 116
2,5-Hexodiulose, D-*threo-*, preparation, 140
—, L-*threo-*, dimer, crystal structure bibliography, 387
2,5-Hexodiulosonic acid, D-*threo-*
  methyl ester, preparation, 143
  reduction, 145
  preparation, 137–140, 145, 146
  reactions, 142, 143
  reduction, 144, 145
  structure, 141–142
2,3-Hexodiulosono-1,4-lactone, L-*threo-*, 2-(p-bromophenyl)hydrazone, crystal structure bibliography, 386
Hexos-2-ulose, D-*arabino-*, from 2-amino-2-deoxy-D-glucose radiolysis, 49
—, L-*xylo-*
  oxidation, 111
  preparation from L-sorbose, 109–112
Hexulofuranose, 2,3:4,6-di-O-isopropylidene-L-*xylo-*
  oxidation to L-*xylo*-hexos-2-ulose, 110
  preparation from L-sorbose, in L-ascorbic acid synthesis, 92, 93
3-Hexulo-3,6-furanosidono-1,4-lactone, methyl 2-C-benzyl-α-L-*xylo-*, crystal structure bibliography, 393
Hexulofuranosonic acid, 2,3:4,6-di-O-isopropylidene-L-*xylo-*
  conversion to L-ascorbic acid, 96–105
  preparation, in L-ascorbic acid synthesis, 93–96
  uses, 96
5-Hexulo-5,2-furanosonic acid, α-D-*xylo-*, calcium salt, crystal structure, 128, 129
2-Hexulopyranosidonic acid, α-L-*xylo-*, methyl ester, preparation and con-

version into L-ascorbic acid, 105, 106
Hexulosonic acid, β-D-*arabino*-, calcium salt trihydrate, crystal structure bibliography, 376
2-Hexulosonic acid, L-*xylo*-
  conversion to L-ascorbic acid, 100, 103
  esters, preparation, 97, 98
  methyl ester, cyclization to L-ascorbic acid, 103, 104
  preparation, 89, 97
  preparation from L-gulono-1,4-lactone, 124, 125
  preparation, 89, 107, 130
    by chemical oxidation of L-sorbose, 106, 109
    by fermentative oxidation of D-glucose, 127–129
    by fermentative oxidation of L-sorbose, 108, 109, 112
    from D-galactose, 146
    from D-glucitol, 112–115
    from D-glucuronic acid, 115–116
    from L-gulonic acid, 119–125
    from L-*xylo*-hexos-2-ulose, 111
    from L-idonic acid, 134–137
    from pectin, 147
5-Hexulosonic acid, D-*xylo*-
  preparation from D-glucose, 126–137
  reduction, 129–133
  salts, hydrogenation, 129–133, 136
  sodium salt, structure, 128, 129
Hormonocorticogonadotropin, structure, 185
Human chorionic gonadotropin glycopeptides, structure, 181
Human IgG glycopeptide, structure, 178
Hyaluronic acid, synovial, 2, 3
Hydrogen-abstraction reactions, by radiation, 18, 19, 65, 71, 72
Hydrogen peroxide, reactions with radicals by radiolysis, 21
Hydrolysis, of radicals α to lactol bridge by radiation, 15
α-Hydroxyalkyl radicals
  elimination reactions, by radiation, 11, 12
  radiation and reactions with nitrous oxide and halides, 21, 22
  radical–radical reactions, 17, 18

I

Idonic acid
  L-, conversion into L-xylo-2-hexulosonic acid, 134–137
  preparation, 108, 109, 120, 129–133
  —, 2,4:3,5-di-*O*-benzylidene-L-, preparation and structure, 129
Idono-1,4-lactone, L-, irradiation, 123
Idopyranose, 1,2,3,4,6-penta-*O*-acetyl-α-D-, crystal structure bibliography, 401
L-Idose, preparation, 108, 133, 134
Imidazo[4,5-*d*][1,3]diazepin-8(*R*)-ol, 6,7,8-trihydro-3-β-D-ribofuranosyl-, *see* Coformycin
Immunogens, azophenyl proteins, 232
Inositol
  myo-, α-D-galactosides, 316–318
    occurrence in plant kingdom, 345
    radiolysis and free-radical chemistry, 27, 30, 32
    role in plant metabolism, 346
  scyllo-, radiolysis and free-radical chemistry, 27, 28, 30
  —, *O*-α-D-galactopyranosyl-(1→1)-*myo*-, *see* Galactinol
  —, *O*-α-D-galactopyranosyl-(1→6)-*O*-α-D-galactopyranosyl-(1→1)-*myo*-, occurrence, 318
  —, tetra-*O*-α-D-galactosyl-*myo*-, occurrence, 318
  —, tri-*O*-α-D-galactosyl-*myo*-, occurrence, 318
Irradiated food, 75
Isocytidine, 5,6-dihydro-, monohydrate, crystal structure bibliography, 412
Isofloridoside
  occurrence, 312, 313
  photosynthesis, 360, 361
  physiological function in algae, 313
  structure, 313
Isoglycans, structure, 170
Isolychnose
  occurrence, 291, 300
  structure, 301
Isolychnose series, oligosaccharides, occurrence and structure, 304, 305
Isothiocyanates, in neoglycoprotein preparation, 224, 225

SUBJECT INDEX

L

Labelling, of raffinose family oligosaccharides, 351–353
Lactol bridge, hydrolysis of α radicals by radiation, 15
α-Lactose
 monohydrate, radiation-induced chain reactions in crystalline, 69, 71, 72
 radiolysis and radical-induced scission, 52
Lectins
 neoglycoproteins as substrates, 268, 269
 plant α-D-galactopyranosyl-specific, 339–341
Linoleic acid, in D-galactosylglycerides, 326
Linolenic acid, in D-galactosylglycerides, 326, 327
β-Lipotropin, role, 214
Lychnose
 occurrence, 291, 301
 structure, 301, 302
Lychnose series
 oligosaccharides, occurrence, 306
 structure, 305
Lyoluminescence, of irradiated carbohydrates, 76
Lyxopyranose, tetra-O-acetyl-α-L-, crystal structure bibliography, 391

M

Malonaldehyde, formation from radicals from hydroxy compounds by radiation, 16
Maltol, preparation, 143
Maltopyranoside, phenyl α-, crystal structure bibliography, 403
—, phenyl 6-deoxy-6-iodo-α-, crystal structure bibliography, 402
Maltose
 hydrolysis and fermentative oxidation, 138
 radiolysis and radical-induced scission, 52
Manninotriose
 formation, 357
 occurrence and structure, 310

Mannitol, D-, radiolysis and free-radical chemistry, 27
—, 2,5-O-methylene-L-, sodium chloride, crystal structure bibliography, 379
Mannonamide, 2,5-anhydro-6-O-benzoyl-D-, crystal structure bibliography, 390
Mannopyranose, α-D-, crystal structure bibliography, 378
—, 3,4,6-tri-O-acetyl-1,2-O-(1-methoxyethylidene)-β-D-, crystal structure bibliography, 398
Mannopyranosyl chloride, tetra-O-acetyl-α-L-, crystal structure bibliography, 394
—, tri-O-acetyl-6-deoxy-α-L-, crystal structure bibliography, 387
Mannose, D-, radiation chemistry, 33
Mannosidosis, structure of oligosaccharides of urine, 182, 190, 205, 209
Maturation
 of glycans, 188
 raffinose family oligosaccharides during, of plants, 358
Melezitose, monohydrate, crystal structure bibliography, 404
Melibiose
 occurrence, 309, 310
 radiolysis and radical-induced scission, 52
α,β-Melibiose, monohydrate, crystal structure bibliography, 388
Metabolism
 of D-galactose-containing oligosaccharides and polysaccharides, 342–372
 of glycans, 182, 218–221
 of plant polysaccharides, 366–372
Mucins, structure, 3
Myeloma IgE glycopeptide, structure of human, 180
Myeloma IgM, structure of human, 180

N

Neoglycoproteins, 225–281
 applications, as affinity materials, 277–279
 as antigens, 241, 259–267
 binding to liver membranes, 273–275

binding to purified binding protein, 275, 276
as cytochemical markers, 279
general, 257–259
potential, 279–281
as substrates for glycoprotein clearance *in vivo*, 270–273
as substrates for lectins, 268, 269
uptake by cells *in vitro*, 276, 277
biological activity, 255–257
definition, 226
physicochemical properties, 254–255
preparation, active ester method, 241, 242
  acyl azide method, 240, 241
  by amidation, 235
  amidination, 246–248
  amination, 242–245
  bifunctional reagents, 248–251
  carbodiimide-facilitated amidation, 236–238
  desired characteristics of modification reactions, 228, 229
  diazo coupling, 229–234
  guanidination, 245, 246
  isothiocyanates, 224, 225
  mixed anhydride method, 238–240
  summary, 252–254
Neuraminidase, effect on glycoproteins, 161–163
Nitrous oxide, reactions with α-hydroxyalkyl radicals, 21, 22
Nomenclature, of L-ascorbic acid, 82
Nuclear magnetic resonance spectroscopy, of glycans, 200–205
Nucleosides
  crystal structure bibliography, 408–435
  radiation-induced degradation, 76
  radiolysis and radical-induced scission, 55–58
Nucleotides
  crystal structure bibliography, 408–435
  radiation-induced degradation, 76
  radiolysis and radical reactions, 47

O

Obituary, William Ward Pigman, 1–5
Octos-6-ulose, (1S)-5,7-anhydro-8-deoxy-1,2:3,4-di-*O*-isopropylidine-1-*O*-methyl-*aldehydo*-D-*glycero*-D-*galacto*-, 1-acetal, crystal structure bibliography, 399
Oligosaccharides
  of isolychnose series, occurrence, 304
    structure, 305
  of lychnose series, occurrence, 306
    structure, 305
  metabolism of D-galactose-containing, 342–372
  raffinose family, biosynthesis pathway, 357
    in plant kingdom, 351–360
  of sesamose series, occurrence, 306
    structure, 307
  of stachyose series, occurrence, 306–309
    structure, 308
  structure of, from asparaginylglucosaminuria urine, 198
    from fucosidosis urine, 194, 195, 205
    from gangliosidosis urine and tissues, 196
    from mannosidosis urine, 182, 190, 205, 209
    from Sandhoff's disease urine, 197
    from sialidosis urine, 191–193, 205
Oxidation, by transition-metal ions, 20
Oxirane, 1-*C*-(2,3,4,6-tetra-*O*-acetyl-β-L-glucopyranosyl)-l(*S*)-, crystal structure bibliography, 400
Oxygen, radiation and reactions of molecular, with primary carbohydrate radicals, 23

P

Palmitic acid, in D-galactosylglycerides, 326
Pectin, in L-ascorbic acid synthesis, 147
Pentasaccharides, in plant kingdom, 311
Pent-1-enitol, (Z)-1-*O*-acetyl-2,3:4,5-di-*O*-isopropylidene-D-*erythro*-, crystal structure bibliography, 434
—, (Z)-1-*O*-acetyl-2,3:4,5-di-*O*-isopropylidene-D-*threo*-, crystal structure bibliography, 434
Pentopyranosid-2-ulose, methyl 3,4-*O*-isopropylidene-β-L-*erythro*-, crystal structure bibliography, 381

Pentose, 2-deoxy-D-*erythro*-
  5-phosphate, radiolysis, 42
  radiation chemistry, 33, 34
  radiation-induced chain reactions in crystalline, 69, 70, 71
Pentos-2-ulose, L-*threo*-, preparation, 87
Pentos-4-ulose, 5-deoxy-D-*erythro*-, from D-ribose 5-phosphate radiolysis, 43
Peroxides, organic, radiation-induced reactions with α-hydroxyalkyl radicals, 22
Peroxyl-radical reactions, radiation-induced, 23–26
Phaseoloside D, isolation and structure, 330
Phaseoloside E, isolation and structure, 330
Phenoxides, reduction of acylalkyl radicals, 19
Phosphate group, elimination reactions, by radiation, 12–14
Photosynthesis, of raffinose family oligosaccharides, 351–353
Phytic acid, metabolism in plants, 347
Pigman, William Ward, obituary, 1–5
Pineapple-stem bromelain glycan, structure, 181
Planteobiose, occurrence, 310
Planteose
  biosynthesis, 292
  occurrence, 291–293
  structure, 292
Plant kingdom, biochemistry of α-D-galactosidic linkages, 283–372
Polysaccharides
  D-galactose-containing, 332–339
  metabolism of D-galactose-containing, 342–372
  plant, metabolism, 366–372
Porcine thyroglobulin glycopeptide, structure, 177
1,2-Propanediol, radiolysis and free-radical chemistry, 27
Proteins, peptide-chain conformation and glycosylation, 183, 184
Proteoglycans, structure, 170
Protoyuccoside C
  occurrence, 328
  structure, 329
Protoyuccoside E
  occurrence, 328
  structure, 329

Purine, 6-(benzylamino)-9-β-D-ribofuranosyl-, crystal structure bibliography, 426
—, 6-(methylthio)-9-β-D-ribofuranosyl-, monohydrate, crystal structure bibliography, 421
Purine nucleoside 5′-phosphate, radiolysis and radical reactions, 47
Pyrazole, 3-(2,3-*O*-isopropylidene-β-D-erythrofuranosyl)-4,5-di(methoxycarbonyl)-1-(*p*-nitrophenyl)-, crystal structure bibliography, 431
1*H*-Pyrazolo[3,4-*b*]quinoxaline, 1-phenyl-, monosaccharide derivatives, 233
Pyridizinium compounds, preparation, 143

R

Radiation
  of L-sorbose, conversion into L-ascorbic acid, 107, 108
  of L-tagatose, conversion into L-ascorbic acid, 107, 108
Radiation techniques, for free-radical reaction study, 7–77
Radical–radical reactions, of carbohydrate radicals by radiation, 17, 18
Radical–scavenger reactions, of carbohydrate radicals, by radiation, 18–23
γ-Radiolysis, of solvent water, 7–9
Raffinose
  biosynthesis, 354–359
  effect on sucrose manufacture, 299, 300
  occurrence, 294–300
  photosynthesis, 351–353
  structure, 295
—, *O*-D-fructofuranosyl-, isolation and structure, 311
Raffinose family
  of oligosaccharides, biosynthesis pathway, 357
  in plant kingdom, 351–360
Raucaffricine, structure, 330, 331
Reactions, *see* Free-radical reactions
Rearrangement, of alkoxyalkyl radicals by radiation, 14, 15
Reduction
  by phenoxides, of acylalkyl radicals, 19

by transition-metal ions, of acylalkyl radicals, 19, 20
Ribitol, radiolysis and free-radical chemistry, 27
α-D-Ribofurano[1,2-d]-2-oxazolidinone, crystal structure bibliography, 376
Ribofuranose, 1,5-di-O-acetyl-3-C-(R)-(ethoxycarbonyl)methyl-5(R),1'(R)-N-formylepimino-2,3-O-isopropylidene-β-D-, crystal structure bibliography, 434
—, 1,2,3,5-tetra-O-acetyl-β-D-, crystal structure bibliography, 392
Ribose
  D-, 5-phosphate, allyl radical formation by radiation, 14
  oxidation by transition-metal ions, 20
  radiolysis, 42–46
  radiolysis in D_2O, 20
  radiation chemistry, 33,34
Ribovarin, see Virazole

S

Sandhoff's disease, oligosaccharides from urine, structure, 197
Saponoside D
  isolation, 330
  structure, 331
Schiff bases, in neoglycoprotein preparation, 242–245
Serotransferrin, conformation, 206–212
Serotransferrin glycan, primary structure, 201–203
Sesamose
  occurrence, 303
  structure, 302, 303
Sesamose series
  oligosaccharides, occurrence, 306
  structure, 307
Sialidosis, structure of oligosaccharides from urine, 191–193, 205
Sindbis virus S-4 glycan, structure, 175
Sodium L-ascorbate, crystal structure, 83, 84
Sodium thymidylyl-(5'→3')-thymidylate-(5'), dodecahydrate, crystal structure bibliography, 431, 432

Sorbitol, see Glucitol, D-
Sorbofuranose, 1-deoxy-2,3:4,6-di-O-isopropylidene-1-phthalimido-α-L-, crystal structure bibliography, 405
Sorbose,
  L-, conversion into L-ascorbic acid, 105–112
    oxidation, chemical, 106–110
      fermentative, 108, 109, 111, 112
    synthesis from D-glucitol, 91, 92, 114
  —, 3,4,5,6-tetra-O-benzoyl-keto-L-, preparation, 114
Soybean, ethyl α-D-galactoside in, 320
Soybean lectin glycan, structure, 175
Stachyose
  biosynthesis, 285, 288, 356–358
  occurrence, 303, 304
  photosynthesis, 351–353
  structure, 303
Stachyose series
  of oligosaccharides, occurrence, 306–309
  structure, 308
Starch
  oxidation, 118
  radiation-induced degradation, 75
Strontium 4-O-(4-deoxy-β-L-threo-hex-4-enopyranosyluronic acid)-α-D-galactopyranuronate, hydrate, crystal structure bibliography, 386
Sucrose
  α-D-galactosides, 289–311
  occurrence in plants, 289, 290
  radiolysis and radical-induced scission, 52
  raffinose effect on manufacture, 299, 300
Sugar cane, eyespot disease, 321
Sugar phosphates, radiolysis, 42–47
Sugars, see also Amino sugars
  radiation chemistry of neutral, 32–42

T

Tagatose, L-, conversion into L-ascorbic acid by irradiation, 107, 108
Taka-amylase A glycan, structure, 173

Talono-1,4-lactone, L-, irradiation, 123
Tetrasaccharides, in plant kingdom, 310, 311
1H-Tetrazole, 5-amino-1-β-D-ribofuranosyl-, crystal structure bibliography, 434
—, 1-β-D-ribofuranosyl-, crystal structure bibliography, 434
2H-Tetrazole, 5-amino-2-β-D-ribofuranosyl-, crystal structure bibliography, 434
4-(D-*arabino*-Tetritol-1-yl)imidazoline-2-thione, 1-(4-methoxyphenyl)-3-methyl-, crystal structure bibliography, 397
Tetrodialdose, L-*threo*-, from D-glucose radiolysis, 41
Tetrulose, L-*glycero*-, preparation, 142
L-Threose, L-ascorbic acid from, 149, 150
Thylakoids, structure, O-D-galactosylglycerides in, 327
Thymidine, radiolysis and free-radical-induced scission, 52, 56, 57
Thymidine 3',5'-bisphosphate, radiolysis, 47
Toluene, 2,4-diisocyano-, in neoglycoprotein preparation, 251
Transglycosylation, 288
Transition-metal ions
  oxidation by, 20
  reductions, 19, 20
α,α-Trehalose, radiolysis and radical-induced scission, 52
Triazine, in neoglycoprotein preparation, 248–250
1,2,4-Triazole-3-carboxamide, 1-β-D-ribofuranosyl-, *see* Virazole
Trisaccharides, in plant kingdom, 290–300, 310
Trityl tetrafluoroborate, oxidation by, 114
Tunicamycin, role, 213

U

UDP-D-galactose [Uridine 5'-(α-D-galactopyranosyl diphosphate)], biosynthesis, 284–287
UDP-D-glucose, biosynthesis, 286

Umbelliferose
  biosynthesis, 294, 349
  occurrence, 293
  structure, 293
  synthesis *in vitro*, 350
Uracil, 5-nitro-1-(β-D-ribosyluronic acid)-, monohydrate, crystal structure bibliography, 434
Uridine, radiolysis and radical-induced scission, 52
—, adenylyl-(3'→5')-, sodium salt hexahydrate, crystal structure bibliography, 427, 428
—, 5,6-dihydro-2,4-dithio-, crystal structure bibliography, 411
α-Uridine, 5-formyl-, crystal structure bibliography, 413

V

Verbascose
  biosynthesis, 356, 357
  isolation, 306, 307
Verbascotetraose, occurrence and structure, 310
Virazole, crystal structure bibliography, 408
Vitamin C, *see* L-Ascorbic acid

W

Water, elimination reaction, from carbohydrate radicals, by radiation, 9–11, 13, 14

X

Xanthosine, dihydrate, crystal structure bibliography, 414
Xylopyranose, 1,2,3,4-tetra-O-acetyl-β-D-, crystal structure bibliography, 392
—, 1,3,4-tri-O-acetyl-2-deoxy-2-fluoro-α-D-, crystal structure bibliography, 384

Xylopyranoside, p-nitrophenyl β-D-, crystal structure bibliography, 384
Xylopyranosyl azide, tri-O-acetyl-β-D-, crystal structure bibliography, 385
Xylopyranosyl chloride, 2,3,4-tri-O-benzoyl-β-D-, crystal structure bibliography, 405
Xylose, D-, radiation chemistry, 33

Y

Yuccoside C
  occurrence, 328
  structure, 329
Yuccoside E
  occurrence, 328
  structure, 329